UNIKA

Illustrazione copertina: Victor Togliani e Studio Ellisse

Entra nel mondo di Unika
www.unikaonline.com

Redazione: corso della Vittoria, 91 – 28100 Novara
Coordinamento redazionale: Fabiola Beretta
Coordinamento grafico: Viviana Cerrato
Coordinamento produzione: Alberto Nava

www.deagostini.it

Prima edizione in singoli volumi:

La Fiamma della Vita
© 2010 E.J. Allibis per il testo
© 2010 Istituto Geografico De Agostini S.p.A., Novara
Illustrazione copertina: Victor Togliani e Studio Ellisse
La canzone citata nel capitolo 13 *Pensieri sulla jeep* è dei Duran Duran,
si intitola *Union of the Snake* ed è tratta dall'album "Seven and the Ragged Tiger"

L'Ultima Porta
© 2011 E.J. Allibis per il testo
© 2011 Istituto Geografico De Agostini S.p.A., Novara
Illustrazione copertina: Victor Togliani e Studio Ellisse

Il Capitolo Segreto
© 2012 E.J. Allibis per il testo
© 2012 De Agostini Libri S.p.A., Novara
Illustrazione copertina: Victor Togliani, Studio Dan Project e Studio Ellisse

Stampa: L.E.G.O. S.p.A., Lavis (Trento) – 2013

UNIKA

La Trilogia

DeAGOSTINI

Al mio angelo custode,
che mi guarda sempre
con i suoi occhi indaco

La Fiamma della Vita

Alle nostre ali,
che aspettano solo di essere scoperte
per farci spiccare il volo

PROLOGO

Valle di Sefira, 1 ora prima dell'Adlivun

I due ragazzi scendono affannosamente la scalinata stretta e ripida che pochi minuti prima hanno percorso per raggiungere la terrazza in cima alla torre. Con il cuore in gola respirano l'aria densa di polvere e umidità. Hanno gli occhi pieni di terrore e puntano lo sguardo sui gradini alti e insidiosi. Si tengono per mano e questo li rallenta: ma vogliono a tutti i costi stare uniti e farsi forza. I volti pallidi e turbati vengono illuminati a intermittenza dal sole che entra dai pertugi aperti nelle pareti in pietra ruvida.

Finalmente, davanti a loro compare la porticina in legno che conduce alla navata centrale del Tempio della Saggezza. Gli scalini sono finiti e il ragazzo accelera, trascinando la ragazza a percorrere di slancio gli ultimi metri. Con la mano libera spalanca il battente e insieme si gettano oltre la soglia. L'impeto li fa finire lunghi e distesi al centro della grande sala, dove interrompono in modo brusco l'importante concilio che è in corso.

«Sono là fuori!» urla lei, alzandosi da terra, agile come un felino.

«Ci stanno attaccando!» le fa eco lui, scattando in piedi al suo fianco.

Gli sguardi di tutti si concentrano sui due giovani sconvolti.

Dai loro occhi filtrano strali di paura che cristallizzano il gelido silenzio sceso nella stanza. Tutto è chiaro e ineluttabile, non servono domande.

L'attenzione generale si orienta verso colui che guida la riunione. È indiscutibilmente il capo, e la speranza di un suo gesto catalizza l'attesa collettiva. È seduto ai piedi dell'enorme statua raffigurante l'unicorno nero e le lame di luce che penetrano dalle finestre sostengono la solennità delle sue parole quando prende in mano la situazione.

Con grande pacatezza invita il gruppo a mantenere la calma, poi si alza e si avvicina ai suoi guerrieri. Li abbraccia con trasporto a uno a uno, mentre organizza il lavoro di tutti, in modo che ognuno abbia chiaro qual è il compito che gli spetta.

I due ragazzi osservano la scena, l'uno stretto all'altra. Lo sguardo di lei guizza inquieto in ogni angolo della sala maestosa, fino a soffermarsi sulla tempia del compagno. Il taglio che si intravede appena tra i capelli arruffati è ben rimarginato, ma le richiama alla memoria quanto è accaduto poche ore prima. Istintivamente la ragazza congiunge le dita e avverte il dolore della ferita che ha alla base del pollice destro. *Il nostro sangue…* medita angosciata. *Non dovevamo andare nella foresta, abbiamo sbagliato. Tutto questo è colpa nostra.* L'ansia la travolge come un fiume in piena e le pietrifica l'espressione del viso.

Il ragazzo non sa come rassicurarla e la guarda scoraggiato. La triste consapevolezza dell'imminente e inevitabile separazione pesa come un macigno su entrambi. Insieme pensano di poter affrontare tutto, divisi si sentono morire.

Con tempismo non casuale, il capo si volta e si dirige verso di loro. Allarga le braccia e appoggia il palmo delle mani sulle loro guance, come se stesse accarezzando un unico volto. Il calore rassicurante di quel tocco raggiunge lo spirito dei due giovani e ne placa la tensione.

«Devo salutarvi, adesso. Siete e sarete sempre la luce della mia anima.» Si china, chiude gli occhi e, mentre li bacia a turno sulla fronte, dentro di sé sussurra: *Nel cuore non custodite solo le due Entità Fondamentali, ma anche la vita dell'Angelo che è parte di me.*

Indugia per qualche secondo, respirando l'emozione profonda di quell'istante carico di sentimento. Lascia scorrere i ricordi di ciò che è accaduto quindici anni addietro e trattiene a stento le lacrime. Poi torna in posizione eretta e si rivolge ai suoi guerrieri. «Ognuno di voi sa cosa deve fare. È giunto il momento di andare a salvare quello in cui crediamo.»

Mentre tutti abbandonano la sala per mettersi all'opera, esclama con voce stentorea: «Ancora una cosa. Non abbiate pietà di Ophidiel».

Parte Prima

Le emozioni migliori non le abbiamo ancora vissute

Capitolo 1

JO

Maple Town, 15 anni dopo la Notte della Rinascita

Quando Joseph Springfield aprì gli occhi non si rese subito conto che la luce di quel mattino era più fredda e intensa del solito. La neve ammantava gli alberi del giardino e irradiava un riverbero d'acciaio che sfondava i doppi vetri delle finestre della stanza da letto fino a inondarla, disperdendosi in mille rigagnoli argentei che gocciolavano dal soffitto sui mobili in legno scuro.

Al sorgere del sole le pareti si accendevano dolcemente, ravvivando i motivi classici della carta da parati beige di cui era rivestita tutta la casa. Joseph stava bene in camera sua. Non aveva mai voluto cambiare la tappezzeria, né gli eleganti arredi scelti molto tempo prima dalla madre. Ai muri non aveva appeso i poster tipici dei ragazzi della sua età: nessuna rockstar, nessuna attrice, nessun campione sportivo, nessuna foto di gruppo. Solo tre stampe grandi, vivaci, spettacolari. Quella che giganteggiava sopra la testata del letto raffigurava il Sistema Solare e si distingueva dalle tradizionali rappresentazioni planetarie per la tonalità brillante dello Spazio: invece di roteare nel solito buio, i pianeti sembravano danzare in un azzurro elettrico che faceva a pugni con la sobrietà dell'ambiente circostante. Un'altra illustrazione incombeva sulle pile di libri appoggiate sopra la scrivania in stile neo-liberty e mostrava la straordinaria esplosione di un fascio di luce che passa attraverso il prisma e si separa nello spettro dei colori primari. La terza immagine era attaccata alla porta e ritraeva una fiamma crepitante di giallo e di rosso in campo nero.

L'azzurro del cielo, lo splendore della luce, il calore del fuoco: tutto ciò di cui Joseph aveva bisogno per viaggiare con la fantasia.

L'inverno a Maple Town era freddo. Le temperature correvano inesorabili verso lo zero e gli uomini, gli animali e la Natura sembravano andare in letargo.

L'inverno a Maple Town era lungo. L'estate terminava di colpo e le sfumature dell'autunno sbiadivano e si consumavano con la stessa rapidità, lasciando nella mente delle persone solo un vago ricordo che veniva puntualmente cancellato dal depositarsi della prima brina.

L'inverno a Maple Town era buio. Il sole era perennemente nascosto dietro la coltre lattiginosa di nubi e i raggi che vi filtravano si posavano gelidi sulla superficie delle cose. Le tinte tendevano a uniformarsi in un'unica gradazione di grigio, con disperati sprazzi di bianco e nero.

Ma, soprattutto, a Maple Town ogni inverno era identico al precedente: *freddo, lungo e buio*.

L'inevitabile e cupo scorrere del tempo penetrava nello spirito degli abitanti sotto forma di serena rassegnazione. Joseph aveva imparato ad accettare quella strana condizione: la vedeva negli occhi socchiusi della gente, la ascoltava nel tono sommesso delle voci, la misurava nei lenti movimenti dei passanti, la percepiva nei discorsi pacati dei suoi genitori. Ma non gli apparteneva.

Ogni mattina Joseph Springfield si destava da solo, senza sveglia, e carico di energia. I primi bagliori gli schiudevano le palpebre e dopo qualche secondo il ragazzo volgeva lo sguardo verso la mimosa di fronte al suo balcone. Quella pianta era una creatura singolare, costretta a resistere in un mondo che le era estraneo. Proprio come lui, si ribellava all'atmosfera deprimente che la circondava, opponendo una grande vitalità al diffuso senso di mestizia. Joseph conosceva quell'albero in ogni dettaglio: il tronco tozzo si ergeva dalle radici nodose per qualche metro, per poi divaricarsi in due enormi ramificazioni che a propria volta salivano verso l'alto, compiendo curve curiose e imprevedibili, fino a esplodere in decine di piccole fronde. Il più grosso dei due rami disegnava un semicerchio verso l'esterno del giardino per poi rientrare e puntare dritto verso la sua stanza. La presenza di una pianta così fragile in un luogo dal clima rigido come Maple Town aveva del miracoloso: Joseph sapeva che ogni inverno avrebbe potuto essere l'ultimo per lei ma, in cuor suo, nutriva la certezza che ce l'avrebbe fatta e che, al ritorno della primavera, avrebbe colorato di nuovo l'aria con il giallo intenso dei suoi fiori.

Ogni anno dopo la fioritura il papà di Joseph potava la mimosa, lasciandola quasi nuda. Il ragazzo era consapevole che quello era l'unico modo per darle una possibilità di sopravvivenza e il pensiero lo confortava tutte le volte che guardava il fusto spoglio.

Anche quel mattino Joseph scostò la folta chioma bionda che il cuscino gli aveva schiacciato sulla fronte e, con gli occhi ancora assonnati, si alzò. A piedi nudi percorse il pavimento in legno, dirigendosi verso la porta finestra che dava sul terrazzo. La spalancò e si lasciò investire dalla brezza ghiacciata che scivolava nella camera. Non aveva freddo e si sentiva molto vivo.

Le colline bianche galleggiavano sulla caratteristica nebbiolina bassa dell'alba. I camini delle case soffiavano dense colonne di fumo, rassicurante segno che anche il mondo attorno a lui si stava svegliando. Il bosco ai margini della cittadina si stagliava in tutta la sua vastità e ostentava indifferenza verso la coltre candida scesa durante la notte. La mimosa era coperta da un copioso strato di neve.

Joseph si sporse appena e si avvicinò alla fronda che quasi entrava in casa. Concentrò lo sguardo sui ramoscelli che già ospitavano le minuscole palline verdi: presto si sarebbero trasformate in boccioli morbidi e avrebbero annunciato la fine del brutto tempo. Ogni giorno il ragazzo si assicurava delle condizioni dell'albero: ne controllava la corteccia ruvida e la chioma, nella speranza di scorgere il primo ciuffo dorato. Aveva bisogno di sapere che la creatura era viva e che la bella stagione sarebbe arrivata anche quell'anno, portando l'azzurro nel cielo, la luce negli occhi, il calore sulla pelle.

Quel rituale gli infondeva grande serenità e gli riempiva il cuore della fiducia necessaria per affrontare le ore grigie di Maple Town.

Prima di richiudere le ante e prepararsi per andare a scuola, allungò la manica sinistra del pigiama per poterla stringere nel palmo della mano e coprirsi completamente l'avambraccio, poi, con un colpo ben assestato rimosse il grosso dei fiocchi che si erano accumulati sul ramo. Infine, con le dita pulì gli ultimi rimasugli, in una serie di gesti delicati e premurosi.

La naturalezza con cui svolse la sequenza di azioni era la stessa di sempre. Ma in quel mattino apparentemente uguale a tutti gli altri, Joseph "Jo" Springfield sentiva il peso di un'ombra gravargli sull'anima. La sua mimosa non gli sorrideva come al solito e la sua stanza era impregnata di un'aria inquieta. Due segnali inequivocabili che gli dicevano una cosa: quella notte aveva ricevuto visite.

Capitolo 2

UNIKA

Valle di Sefira, 37 ore prima della Notte della Rinascita

La piacevole sensazione dei piedi nudi sull'erba ancora bagnata di rugiada fu il primo regalo di quella mattina. Il sole sorgeva pigro dalla cresta del più basso dei Monti Tailli, mentre tutto prendeva silenziosamente vita, inconsapevole di ciò che sarebbe accaduto.

Unika alzò il viso al cielo, abbassò le palpebre e respirò a pieni polmoni l'aria fresca. Per qualche secondo accarezzò l'idea di essere la sola creatura sveglia nell'istante sottile e impercettibile in cui la notte diventa giorno e tutto si trasforma. Lasciò che il brivido di quella solitudine si fondesse con l'emozione di godersi la Natura nelle sue sembianze più segrete.

Riaprì gli occhi e si nutrì dei colori del maestoso scenario che si palesava di fronte a lei. La prima luce ha sempre qualche cosa di magico e l'effetto sembrava ancora più incantato a Sefira, la valle dove vivono gli angeli.

Lanciò lo sguardo verso nord, il punto in cui l'ampia Pianura del Sole di Melia dispiegava un caleidoscopio di paesaggi diversi, incorniciati da un anfiteatro di rigogliose colline tra cui brillavano gli specchi d'acqua turchese dei Laghi Hyatt. Si abbandonò allo stupore di vivere in un luogo così suggestivo e ricco di vegetazione. La sua vista vagò senza meta dagli scorci più selvaggi a quelli fioriti, fino a quando catturò l'enorme macchia scura che faceva da sfondo. Istintivamente si strinse intorno alle spalle il pesante scialle di lana grezza color verde smeraldo, cercando di contrastare il senso di minaccia che provava ogni volta che i suoi pensieri si posavano sull'imponente Foresta di Thinkingblu. Non chinò il volto e fece qualche passo nel prato per sciogliere quel principio di tensione, inatteso e indesiderato.

Unika adorava camminare. Le dava un senso di quiete e di contatto con il mondo che non provava quando volava o trasvolava. Si concedeva lunghe passeggiate e solo se aveva bisogno di vedere le cose dall'alto e nella loro interezza spiccava il volo, staccandosi da terra e prendendo quota nell'aria. In quei momenti saliva in cielo lasciandosi andare alla sensazione di leggerezza del corpo, per liberare lo spirito e osservare la vita da una prospettiva più ampia.

Usava di rado il trasvolo, il potere dello spostamento spaziotempo che le permetteva di percorrere lunghe distanze in pochi secondi, attraverso la dissolvenza del corpo. Lo faceva solo quando era indispensabile: nella quotidianità non voleva rinunciare al piacere di osservare tutto da vicino e con calma, assaporando i dettagli e vivendo ogni istante con la massima intensità.

"Buongiorno, Unika."

Le parole risuonarono nella sua mente e interruppero in modo gradevole le sue riflessioni. La voce amica che le era giunta per Telepatia era quella del riferimento assoluto della comunità, il vertice della gerarchia degli angeli, la luce della saggezza.

"Buongiorno, Metatron. Mi sto riempiendo l'anima con questa magnifica alba, prima di venire da te." Unika inclinò la testa all'indietro e sprigionò un sospiro lungo e profondo, ricco del benessere che i suoi sensi avevano assorbito.

"Sto osservando anch'io il cielo. Si preannuncia una giornata luminosa." Metatron si interruppe per un attimo, come se un'ombra offuscasse il suo sentire. "Unika..."

"Dimmi..."

"Dobbiamo parlare. Al più presto."

Unika colse l'urgenza che traspariva dal tono controllato di Metatron. "Volo subito da te."

"Ti aspetto."

Unika si alzò da terra, inarcò la schiena e si librò nell'aria. Quella mattina non aveva più tempo per camminare.

Conosceva Metatron da quando era nata, 13.411 anni prima. Lui l'aveva cresciuta e le aveva insegnato a capire la potenza della sua mente e le doti più profonde della sua anima, portandola a essere l'angelo speciale che ora tutti amavano e riconoscevano come leader naturale di Sefira: una creatura dotata di una straordinaria combinazione di intelligenza, forza e altruismo.

Con il corpo perfettamente in asse, Unika salì in verticale per qualche metro, sopra le cime degli alberi, prima di virare a est e puntare verso la residenza del Saggio. Il vento le accarezzò il viso, mentre i primi raggi del sole donavano alla sua pelle un riflesso dorato. I capelli lisci e biondissimi fluttuavano leggeri alle sue spalle, facendo risaltare i lineamenti dolci e armoniosi del volto.

Il profumo delle piante, del muschio e dei prati in fiore entrava forte nelle narici, ma non riusciva a inebriarla: l'apprensione che aveva sentito vibrare nella voce di Metatron l'aveva turbata. Gli occhi magnetici, da cui fluiva il fuoco della sua personalità, fissavano l'orizzonte. La concentrazione le arrossava le guance, mentre la gioia per la vita e il sentimento di fiducia nell'avvenire che accendevano costantemente le sue labbra sfumavano in un'espressione contratta.

Unika volava decisa ed elegante, solcando l'aria che sembrava aprirsi per farla passare. Nel suo corpo sinuoso ed energico si fondevano la sensuale autorevolezza della regina e la vitalità della guerriera.

Si stava chiedendo il motivo di quella chiamata improvvisa, quando un violento frusciare d'ali sopra di lei catturò la sua attenzione. La smisurata ombra di Yesod, l'Angelo Drago, la abbracciò.

Non fu sorpresa di incontrarlo: Yesod non riposava mai e vigilava sulla sicurezza della valle.

"Yesod!" lo salutò telepaticamente, tendendo la mano.

"Buona giornata a te, Unika. Stai andando da Metatron?" Il suono del pensiero del Drago rimbombava caldo e cavernoso nella mente di lei.

Unika gli sorrise. La presenza di Yesod le infondeva sempre una grande tranquillità. "Sì. Mi ha appena chiesto di raggiungerlo, ma non so perché."

"Vorrà parlare di quello." Con un cenno del muso, Yesod indicò un bagliore appena visibile, fisso nel cielo, a nord.

Unika, impietrita, rallentò di colpo. "È lei?" domandò esitante, mentre un brivido di terrore le correva lungo la schiena.

"Credo di sì, Unika. La Cometa del Mattino, il segno del presagio. Guarda... ha uno strano alone intorno e pulsa come se fosse viva."

Unika non rispose. Avvertì distintamente il battito accelerato del cuore e l'angoscia che le dilagava dentro.

Yesod se ne accorse subito. Anche a quella distanza riusciva a scorgere la potenza dello sguardo di Unika che si fondeva con l'energia del pensiero. Le iridi dell'angelo biondo scintillavano di un colore indaco opalescente e cangiante. A seconda della luce che filtravano erano più azzurre o più lilla e si dissolvevano nella corona dorata che circondava la pupilla ellittica. Yesod adorava quegli occhi. L'indaco era l'essenza del mistero e della perfezione. A volte non lo si distingue dal blu, altre lo si confonde con il viola, ma è blu e viola insieme, nella sintesi di tutte le tinte dell'arcobaleno. Un colore speciale che ha la forza di due colori. E Unika era così: intensa, determinata, energica, coraggiosa, vitale e nobile come le sfumature del blu; e dolce, seducente, enigmatica, sensibile, emotiva e profonda come le gradazioni del viola.

Yesod percepiva l'intensità delle sue riflessioni e sapeva che non c'era bisogno di ulteriori commenti. "Se avete bisogno di me, chiamatemi e vi raggiungerò." Con un poderoso battito d'ali inclinò il proprio assetto, fece un'ampia virata e si allontanò.

"Grazie, Yesod" rispose Unika in un sussurro, rapita dall'incertezza del futuro che quella visione portava con sé.

La dimora di Metatron era sulla sommità di una piccola collina, nascosta da una fitta vegetazione. Era una costruzione dalle geometrie rigide e squadrate, composta da due edifici rettangolari, uno di fianco all'altro. Quello a ovest, di due piani, era rivestito in pietra e mattoni e aveva un grande terrazzo a cielo aperto. L'altro era leggermente più lungo e più alto di un livello. Era tinteggiato di bianco e sovrastato da una serie di lucernari con le coperture a spiovente. Nel punto di intersezione tra le due ali si trovava una enorme porta in legno, pesante, tutta scolpita e incisa con profili di creature fantastiche, che fungeva da ingresso principale, mentre il retro dava su un parco di alberi secolari. Sul lato nord si ergeva una grande torre a base ottagonale, ricoperta di roccia scura. Era maestosa e caratterizzava la casa.

La Torre era un luogo raccolto e intimo, dove Metatron passava la maggior parte delle sue giornate. Il tetto a punta era dominato dalla Clessidra della Continuità, l'ingranaggio ancestrale che scandiva e misurava lo scorrere del tempo a Sefira. Due ampolle sovrapposte di acqua congelata e cristallizzata contenevano la Sabbia dell'Eternità. I granelli fluivano dal bulbo superiore a quello inferiore attraverso un piccolo foro di uscita e uno di ingresso. Perfettamente simmetrici e perpendicolari, i due ugelli erano separati da una fessura che stabiliva la fondamentale indipendenza dei due contenitori e il loro naturale equilibrio. Non appena l'ultima particella di sabbia lasciava il recipiente sovrastante per depositarsi in quello sotto, il congegno ruotava, dando l'avvio alla nuova unità temporale e ricominciando a calcolare il trascorrere inesorabile degli istanti. La velocità di discesa dei granelli era influenzata dall'intensità della vita a Sefira. Il cuore degli angeli e il loro stato d'animo avevano il potere di rendere gli attimi densi e vivaci oppure estremamente lenti e senza fine.

Unika volse lo sguardo nel preciso momento in cui la Clessidra si capovolgeva e non poté fare a meno di chiedersi quanto l'arrivo della Cometa del Mattino avrebbe suggestionato le emozioni della comunità e lo scandire degli eventi successivi.

La porta era aperta e il battente cigolò quando Unika lo spinse per entrare. A piedi nudi, camminò senza fare rumore sul pavimento in pietra a pavé. Ogni stanza era lastricata di un mosaico che raffigurava le gesta più importanti degli angeli di Sefira. Lungo le pareti c'erano scaffali carichi di libri, intervallati da arazzi colorati e impreziositi da sontuosi ricami che riprendevano i paesaggi della valle. Altri mobili antichi ospitavano sculture e manufatti di provenienza lontana. Tutto era in perfetto ordine. L'atmosfera era calda e accogliente. L'olfatto percepiva un leggero odore di legno e di pelle, emanato dalle copertine dei volumi.

Unika notò che il camino era acceso, come sempre. Metatron amava i significati importanti e intrecciati della fiamma e la teneva viva, qualsiasi fosse la stagione o il mese dell'anno. Il fuoco poteva dare la morte, ma era anche il simbolo dell'eternità. Spaventava con la sua forza, pur essendo fonte di calore. Come spesso succedeva, le cose fondamentali erano connotate da una forte dualità e nel fuoco vivevano il Bene e il Male, insieme.

Metatron avvertì subito la presenza di Unika e le parlò con il pensiero. "Grazie di aver fatto così presto."

"È la Cometa del Mattino, vero?" chiese Unika con genuina impazienza. Sapeva che lui le leggeva nella mente e non c'era bisogno di celare la propria trepidazione.

"Vieni, sono nell'osservatorio astrale, la sto ammirando."

Unika salì le scale volando, per raggiungere l'angolo del terrazzo dove Metatron aveva posizionato una serie di complicate e potenti apparecchiature per osservare il cielo. Passando davanti alla porta dello studio, si soffermò di fronte al tavolo: vi erano stesi i disegni e le mappe astronomiche su cui il Saggio aveva iniziato a segnare note e appunti.

Appena i loro occhi si incrociarono, Unika sentì il cuore sobbalzarle nel petto e si illuminò. Poi avvertì la preoccupazione di Metatron e le sue mani si raffreddarono. «Fammi vedere» disse, avvicinandosi al grande telescopio orientato verso la stella.

«Guarda la coda...» le indicò Metatron, spostandosi per lasciarle il posto. «È circondata da un alone verdastro molto brillante. È meravigliosa. Stupisce che una cosa tanto bella possa portare con sé tanta distruzione.»

Unika analizzò la Cometa e fu sorpresa dalla vitalità della sua luce. Rimase in silenzio per qualche secondo, e poi si informò: «Hai già un piano?»

«Nessun piano. Stavo studiando la sua storia, i suoi movimenti, le sue apparizioni, i presagi e le tragedie che l'hanno accompagnata. Per ora c'è solo una cosa da fare.»

«Cosa?»

«Interpellare l'Oracolo.»

Capitolo 3

ZACK

Maple Town, 15 anni dopo la Notte della Rinascita

Le note partivano dal piccolo lettore mp3 sistemato nella stessa tasca in cui il ragazzo teneva la mano destra, salivano lungo i cavetti bianchi che si arrampicavano sul giaccone nero e si infilavano tra i capelli corvini, nascosti dal berretto. Gli auricolari, ben incastrati nelle orecchie, le facevano esplodere nella testa ed enfatizzavano esageratamente i bassi: l'ideale per isolarsi dal resto del mondo e lasciar correre lo sguardo nel vuoto di dimensioni lontane.

Zackary Gent era seduto alla fermata dell'autobus che l'avrebbe condotto a scuola. Era una costruzione in legno piuttosto pittoresca, sul ciglio della strada che collegava i paesi limitrofi a Maple Town. La tettoia offriva riparo a quattro sedili tenuti insieme da un complicato gioco di travi. I ghirigori in ferro su cui erano innestati i due lampioni che si protendevano sopra la carreggiata rendevano la struttura una specie di monumento alla bizzarria del luogo. La neve scendeva fitta da ore e aveva dipinto tutto di bianco, compresa l'aria che attraversava. La protezione della pensilina aveva tracciato sul selciato innevato un rettangolo scuro che sembrava una zattera di cioccolato su cui Zack prendeva il largo.

In realtà il ragazzo vestito di nero era altrove, come sempre. La sua mente scivolava su un arcobaleno di suoni che lo portavano al caldo, al sole, nel rumore, tra la gente, con gli altri. *Gli altri*. Ne aveva bisogno. Dall'apprezzamento degli altri traeva l'energia vitale necessaria per essere Zack: quello giusto, brillante, vincente in tutte le situazioni. La Natura l'aveva dotato di una prestanza fisica fuori dal comune che lo poneva sempre al centro dell'attenzione. Dovunque si trovasse, percepiva l'interesse di chi gli stava intorno, mentre gli sguardi si posavano come farfalle sul suo corpo: li sentiva sul volto, sulle spalle, sul petto. E quel peso leggero si trasformava rapido in un brivido che lo disponeva all'azione, un segnale che faceva scattare il suo grande talento: la capacità di dire la cosa giusta al momento giusto. Sapeva penetrare nell'anima di chi gli si trovava di fronte e non si tirava mai indietro: gli piaceva controllare il pensiero e le opinioni delle persone.

«Ehi, Zack! Ci vuoi andare a scuola oggi, o no?»

La voce del conducente urlata fuori dalla portiera gli fece quasi male. La testa di Zack era intricata in un groviglio di chitarre e percussioni: non aveva neanche uno dei cinque sensi a disposizione per accorgersi dell'arrivo della corriera e gli ci volle qualche secondo per tornare in sé. Alzò il viso, mise a fuoco l'espressione conosciuta e amica che l'aveva riagganciato alla realtà e si rese conto che era giunto il primo momento interessante della giornata: l'ingresso nell'autobus.

Mentre interrompeva il flusso della musica dal lettore alle sue orecchie, ruotò il collo verso la fiancata del bestione giallo. Sui finestrini appannati si stampavano decine di occhi, tutti puntati su di lui. Si alzò dalla panchina senza togliere le mani dalle tasche e rimase fermo per un lunghissimo attimo. Fece un passo e con un balzo era già a bordo. Il veicolo sgangherato ripartì proprio nell'istante in cui Zack cominciava la sua traversata tra i ragazzi seduti e affiancati a due a due ai lati della corsia di passaggio.

Eccole, le farfalle. Le vedeva, le sentiva. Camminava lentamente e le sue iridi profonde guizzavano sicure da una faccia all'altra, dispensando una varietà impressionante di occhiate cariche di parole, tutte diverse. L'assetto instabile del vecchio autobus faceva ondeggiare i passeggeri, ma lui arrivò sicuro e leggero fino al sedile all'estrema sinistra dell'ultima fila, quello che nessuno occupava, il posto che gli apparteneva. Il ragazzo con i capelli biondi e arruffati seduto accanto scostò le gambe, come al solito, per farlo passare.

«Ciao, Zack.»

«Ciao, Jo, come ti va?»

I due si batterono il pugno destro, mentre Zack ruotava agile il bacino, scavalcando l'amico per prendere posizione.

Alle spalle dei due giovani, la zattera era ormai un puntino scuro perso in un oceano di neve.

Capitolo 4

L'ORACOLO

Valle di Sefira, 32 ore prima della Notte della Rinascita

"Allibis, abbiamo bisogno di te."

"Aspettavo la tua chiamata. Arrivo."

"Grazie, prenditi il tempo che ti serve. Ci troverai sul terrazzo della Torre."

L'Oracolo Allibis non aveva una dimora fissa. Viveva a Sefira, ma nessuno sapeva dove. Spesso il suo rifugio era il Bosco degli Alberi Millenari, anche se talvolta la si poteva trovare in una grotta sotterranea, in fondo al più piccolo dei Laghi Hyatt. Un luogo ameno a cui si accedeva attraverso una gola stretta e rocciosa che partiva dalla scogliera e scendeva in verticale sotto il livello dell'acqua. Per interpellarla era sufficiente pensare intensamente a lei e attendere che si materializzasse in una nuvola di luce, con le risposte a tutte le possibili domande.

Quella mattina Allibis era esausta e provata. Aveva trascorso la notte tormentata da un dormiveglia irrequieto. Si era alzata innumerevoli volte al buio, con la pelle madida di sudore, turbata da incubi violenti e confusi in cui le immagini di vicissitudini passate si mescolavano a volti di uomini e angeli ancora sconosciuti. Non le capitava spesso di sognare a occhi chiusi. Le sue visioni premonitrici avvenivano sempre quando era vigile. Non amava che le succedesse nel torpore, perché diventava difficile per lei distinguere il vero presagio dalle pure fantasie notturne.

Allibis ricordava benissimo la sera in cui Metatron si era presentato alla sua porta per chiederle di diventare l'Oracolo. Lei lo stava aspettando. Conosceva l'istante esatto in cui sarebbe entrato e le avrebbe detto: «Allibis, ho un ruolo da assegnarti». Erano passati millenni da quel giorno e le ansie e i dubbi che aveva provato nell'accettare un compito di così grande responsabilità erano ormai distanti e sbiaditi dal tempo.

Sapeva leggere il futuro da quando era nata: la sua era una dote naturale. Riusciva a vedere il manifestarsi degli eventi e a predire cosa sarebbe accaduto successivamente al loro verificarsi. La sua vita era una sequenza di momenti di apprensione, affollati da occhi sbarrati e pieni di domande. Allibis aveva imparato quanto fosse difficile rivestire quell'incarico: tutti speravano di avere da lei le risposte alle incertezze più intime e profonde.

Anche stavolta, l'Oracolo aveva ben chiara in anticipo la ragione per cui era stata interpellata. E sapeva che l'angoscia che l'aveva attanagliata quella notte non era che il segnale premonitore di un lungo periodo di avversità.

Unika e Metatron la attendevano fiduciosi, con gli occhi rivolti all'orizzonte. All'improvviso calò un silenzio assoluto e un senso di forte immobilità pervase ogni molecola dell'atmosfera, come se l'avanzare del mondo e il progredire del tempo si arrestassero per un istante non misurabile. Il cielo si rabbuiò.

Qualche secondo dopo, in lontananza si aprì un vortice luminoso che squarciava l'oscurità con la forza di un falò rovente. Dal centro del turbine spuntò una figura dal profilo iridescente e dai contorni non definiti: fluttuava nell'aria e procedeva veloce verso la Torre. Mentre si avvicinava, la creatura prendeva forma. Era una gazzella dotata di due imponenti ali piumate che si aprivano e chiudevano energiche, perfettamente parallele al terreno, contrastando l'aria in un travolgente abbraccio per poi liberarla sotto forma di vigorose raffiche di vento. Appena si posò a terra prese le sembianze di una donna: una maestosa silhouette femminile avvolta da un ventaglio di luce dorata.

Le ali si rimpicciolirono e si ripiegarono alle sue spalle, senza scomparire. La pelle emanava un riflesso magnetico. Aveva i capelli lunghi e del colore del tramonto, intrecciati in un'acconciatura raccolta da filamenti d'erba e sottili rami di glicine da cui sbocciavano fragili germogli. Sulla sommità del capo si ergevano due piccole corna leggermente ricurve verso l'interno che contenevano una sfera di energia. Metatron e Unika la fissavano con lo sguardo rapito dalla sua singolare bellezza.

«Spero di non avervi fatto aspettare troppo» sussurrò l'Oracolo, chinando appena la testa in un cenno di saluto.

«Grazie di essere venuta, Allibis.» Unika piegò le labbra in un sorriso sincero.

«Conosci il motivo per cui ti abbiamo chiamata.» La voce di Metatron era calma, ma grave. Senza nascondere la propria preoccupazione, il Saggio aggiunse: «Solo tu puoi aiutarci a capire cosa sta succedendo».

L'Oracolo tacque per un momento, poi parlò: «La Cometa sta ottemperando al suo ruolo di presagio e annuncia l'arrivo del Male. Ophidiel sta cercando di tornare, vuole impossessarsi dell'incarico che gli è stato interdetto. Ha bisogno della Fiamma della Vita e della Chiave della Felicità per generare un esercito di angeli malvagi e governare il mondo».

Allibis ebbe un fremito impercettibile e si concentrò. Gli occhi di Unika e Metatron rimasero su di lei, pesanti ma non stupiti. Purtroppo ciò che stava dicendo non li sorprendeva.

L'Oracolo prese fiato e proseguì, rivolgendosi al Saggio. «Da quando l'hai cacciato da Sefira, annullando i suoi poteri, Ophidiel vive confinato nella Foresta di Thinkingblu e ha usato le poche forze che gli erano rimaste per sopravvivere e ambientarsi, sviluppando nuovi sensi e capacità.» Allibis fece un'altra pausa. I suoi gesti erano flemmatici e solo all'apparenza rilassati, ma Unika avvertiva la tensione nei suoi pensieri e apprezzò la fermezza con cui cercava di controllarla.

«Ophidiel è sempre stato pieno di risorse: era il capo degli Angeli Guida. Lo investii io di tale carica proprio per il suo acume e la sua determinazione» intervenne Metatron, con espressione persa nei ricordi.

«È così» commentò Unika. «Ha davvero un'intelligenza fuori dal comune. Non ha mai mancato una missione, prima che tu decidessi di esiliarlo.» Prese l'orlo dello scialle e se lo tirò sopra le spalle per coprirsi, come se avesse avvertito un freddo pungente e inaspettato.

«Ormai Ophidiel ha recuperato quasi tutti i poteri che aveva perduto» continuò Allibis. Parlava con grande compostezza, ma il suo viso era cupo. «Ha plasmato la Natura che lo circonda per fortificarsi.»

Metatron reagì con un sospiro che sgorgava dal profondo. Sapeva bene ciò che l'Oracolo stava cercando di spiegargli: Ophidiel era tornato a essere il suo spietato antagonista. Ora più che mai. E questa volta sarebbe stato anche assetato di vendetta: nulla l'avrebbe fermato.

I tre si scambiarono uno sguardo eloquente: per un attimo nessuno fiatò, come se una mano invisibile avesse tolto loro la voce.

Fu Metatron a riprendere la parola. «È ancora fisicamente imprigionato nella foresta, ma se è vero che ha riacquisito i suoi poteri, è in grado di uscirne con la mente e con lo spirito. Potrebbe entrare nell'animo di altre creature e piegarle al suo volere...»

«Ha già tentato di insinuarsi tra noi?» si informò Unika, rifuggendo l'idea. Aveva le mani ghiacciate e il respiro sempre più rotto dalle onde infuriate che si agitavano dentro di lei.

«Con il pensiero è qui» rispose Allibis, roteando leggermente la testa prima verso destra e poi verso sinistra, quasi a indicarne la presenza. «Mi parla in ogni istante della giornata. Cerca di mettersi in contatto con me.» Sbatté le ciglia per liberarle dalle lacrime. «Io non rispondo mai e cerco di respingerlo con tutta l'energia che posso, ma sento che prova continuamente a scardinare le barriere della mia mente e lo fa con ferocia. A volte per impedirgli di entrare devo concentrarmi talmente tanto che la testa mi pulsa e le pupille mi scoppiano.» Si sentì mancare e allargò le braccia per ritrovare l'equilibrio. «Quando se ne va, il mondo si oscura e perdo i sensi.»

Allibis singhiozzava. Brividi inarrestabili facevano tremare il suo corpo. Unika la strinse a sé e non poté evitare di osservare la cicatrice, ancora ben visibile sul volto dell'Oracolo. Una linea netta le attraversava l'occhio destro, dal sopracciglio fino a metà guancia. Unika ricordava il terribile colpo che l'aveva causata: una sferzata brutale inferta dall'Angelo Rinnegato.

Era successo molto tempo prima. Ophidiel aveva interpellato Allibis sul suo futuro e lei gli aveva predetto che, se avesse proseguito nei suoi comportamenti disdicevoli, sarebbe stato allontanato da Sefira. Glielo aveva esposto guardandolo severa, senza nascondergli che la pazienza di Metatron era ormai al limite. Ophidiel non aveva accettato la premonizione e, travolto da un'irrefrenabile rabbia, l'aveva sfregiata con una sottile lama di luce.

«Rivivo quel momento ogni giorno» disse Allibis, leggendo i pensieri di Unika. «Eppure non l'avevo previsto. Questa è la mia condanna: riesco a vedere il futuro di tutti, ma non il mio!»

«Respira, Allibis. Respira...» si raccomandò Metatron con gentilezza. «Tu sei forte. Hai la capacità di schermarti e Ophidiel non può toccarti. Non ce la farà a impossessarsi di te.» Metatron cercava di rassicurarla, ma l'inquietudine cresceva dentro di lui e un'ombra di timore faceva vacillare la sua serenità: prima o poi Ophidiel avrebbe trovato il modo di liberarsi e avrebbe dedicato tutte le proprie forze alla ricerca della Fiamma della Vita e della Chiave della Felicità. Quello sarebbe stato l'inizio della fine.

«Cosa vedi nel futuro?» Unika aveva molte cose da chiedere a Allibis e non riuscì a placare il desiderio di sapere.

L'Oracolo abbassò le palpebre. Alzò la fronte al cielo e, inarcando la schiena, come per assorbire la vitalità proveniente dallo spazio che la circondava, liberò un triangolo di luce che dalle piccole corna raggiungeva le dita e univa le sue mani. La sfera che le fluttuava sopra la testa pulsava di un bagliore opalescente.

«Vedo quattro ragazzi. Due di loro sono angeli e sono due parti di un'unica entità. Non si conoscono, ma quando si fondono sono la salvezza.» Non era chiaro nemmeno a lei il significato di quelle parole. Inalò una boccata d'aria fresca, cercando di calmare il cuore che le esplodeva nel petto, poi proseguì: «Vedo un serpente».

In quel preciso istante le iridi ambrate si spalancarono, come se Allibis fosse stata fulminata da un'immagine agghiacciante. Smarrita, si girò verso Unika e la fissò incredula. Si concentrò di nuovo, sperando in una visione diversa da quella che l'aveva atterrita.

Unika avvertì lo stato d'ansia e di disagio di Allibis, ma non provò a leggere nella sua mente: era questione di attimi e l'Oracolo avrebbe parlato.

Allibis riprese a piangere. Erano lacrime azzurre che le sgorgavano dagli occhi e cadevano silenziose come gocce di rugiada sul pavimento della Torre. La voce le si spegneva in gola, ogni suono era soffocato. Solo il suo pensiero stava urlando ed era un grido disperato. "Unika, tu non ci sei nel futuro! Unika, io non riesco a vederti nel futuro!"

Capitolo 5

EVE

Maple Town, 15 anni dopo la Notte della Rinascita

Le mani della ragazza dai capelli rossi intrecciavano sulla tastiera del pianoforte le trame del *Notturno op.9 n.2* di Chopin. Le note uscivano dalla coda del maestoso Steinway posizionato al centro dell'abside e rotolavano lungo le travi della navata, prima di cadere sul pubblico silenzioso e rapito.

Il luogo era unico al mondo: una chiesa costruita interamente in legno agli inizi dell'Ottocento per volere della duchessa Maria Luigia. Fragilissima, la cattedrale era tenuta chiusa tutto l'anno ed era visitabile solo per un'ora al giorno, con l'accompagnamento di una guida che ne illustrava l'incredibile architettura e la storia tanto insolita quanto affascinante.

Si raccontava che, durante un viaggio, la duchessa fosse stata colta da una tormenta e costretta a passare la notte nel primo villaggio che aveva incontrato. Il mattino successivo, Maria Luigia, visibilmente turbata, aveva convocato le autorità locali nella sua stanza per un colloquio riservato. Il sindaco e il suo assistente erano usciti dalla locanda con gli occhi sbarrati e l'espressione confusa, stringendo tra le mani una borsa piena d'oro, che doveva servire per finanziare la costruzione di un luogo sacro completamente in legno. I partecipanti al misterioso incontro mantennero il segreto e portarono nella tomba i dettagli della conversazione, ma le testimonianze più o meno attendibili fornite dai clienti della locanda alimentarono la leggenda: Maria Luigia aveva passato quella notte piangendo e le sue urla erano state udite in tutto il borgo. Qualcuno parlò di presenze demoniache, altri di visioni mistiche, ma quel che è certo è che per il resto della sua vita la duchessa dedicò tutti i giorni un'ora alla preghiera. E ogni anno si recava a visitare la chiesa. Ci passava un'ora, da sola, inginocchiata, a pregare e a piangere. Poi ripartiva, prima che il buio avvolgesse il paese. In punto di morte, espresse una precisa volontà: la cattedrale avrebbe dovuto essere sconsacrata e chiusa al rito dei fedeli, ma una domenica all'anno al suo interno si sarebbe dovuto celebrare un ringraziamento a Dio attraverso quello che la duchessa considerava il ponte tra l'uomo e il cielo: la musica.

Proprio in quei giorni, la chiesa di legno di Maple Town ospitava il concorso internazionale per giovani pianisti "Maria Luigia". I talenti arrivavano da tutto il mondo e per un intero week-end la placida quiete della cittadina veniva sconvolta. All'apparenza era quasi impossibile trovare elementi condivisi tra i giovani che sciamavano nel piccolo centro: tipi trasandati con lunghe chiome si mescolavano a eleganti ragazze di buona famiglia, e qualche testa rasata brillava allo stesso tavolo del pub a cui sedevano ragazzi indiani in camicia a maniche corte e cravatta. La poliedricità dei personaggi nascondeva un comune denominatore invisibile nella forma, ma pronto a esplodere in tutta la sua potenza: il genio. La domenica sera, nell'improbabile e imponente scenario della cattedrale, il genio pulsava ovunque e ogni ragazzo che andava a sedersi sullo sgabello di fronte al pianoforte aveva il potere di richiamarlo tra le sue dita. Nell'attimo di silenzio che precedeva ogni esecuzione, quelle due mani attiravano tutto il talento dell'infinito e lo trattenevano con sapienza prima di scaricarlo sulla tastiera. I primi suoni che uscivano dal preziosissimo Steinway si impossessavano rapidamente dei sensi degli spettatori e li trasportavano altrove, via da Maple Town, via dalla città, via dal mondo normale. Verso un'altra dimensione.

Il divieto assoluto di fotografare, filmare, registrare alcunché aveva aggiunto un alone di mistero che contribuiva a rendere la competizione un evento di culto per gli appassionati. Di fatto, un giovane musicista poteva considerarsi davvero affermato solo se aveva suonato almeno una volta al concorso "Maria Luigia", e i vincitori diventavano vere e proprie celebrità di fama internazionale, avviate a una carriera di sicuro successo.

La performance di Evelyn Dufaux era molto attesa. Considerata tra i più nitidi talenti pianistici, aveva una particolarità: era nata a Maple Town e ci viveva. Si era parlato di lei da quando, l'anno precedente, aveva incantato il pubblico con un'esecuzione fuori concorso del *Capriccio n.* 2 di Brahms. All'epoca era stata invitata unicamente per la sua provenienza indigena, una specie di riconoscimento alla cittadina da parte degli organizzatori. Nessuno si era immaginato che quella ragazzina potesse domare lo Steinway, una volta appartenuto a Franz Liszt. Ma sin dall'attacco era stato chiaro che il genio aveva deciso di dimorare nelle sue mani e nella sua anima.

Eve la rossa sedeva sullo sgabello in modo dissacrante: la gamba sinistra correttamente posizionata in avanti, la destra leggermente divaricata all'esterno, in modo da farle ruotare il busto verso il pubblico. Durante l'interpretazione alzava spesso gli occhi dalla tastiera e, invece di puntarli verso lo strumento, li lasciava vagare tra la gente, catturandone lo sguardo e l'attenzione in modo implacabile. Quell'atteggiamento provocatorio e carismatico si accompagnava a un'intensità esecutiva senza eguali. Tutti gli spettatori stavano quindi aspettando la performance perfetta: quella in cui sarebbe stata capace di unire la sua unica potenza interpretativa al singolare virtuosismo tecnico. Per questo, gli insegnanti di Eve avevano insistito affinché la ragazza presentasse al concorso il *Concerto n. 3* di Rachmaninov, riconosciuto tra i brani più sentiti e difficili. Lei però, sorprendendo tutti, aveva deciso per il *Notturno* di Chopin, un pezzo carico e penetrante, ma non abbastanza complesso per consentirle di competere per la vittoria.

Eve non vinse il concorso quell'anno. Le riviste di settore avrebbero in seguito definito il suo *Notturno* come una delle migliori esecuzioni di tutti i tempi, pubblicando in copertina disegni con la ragazza snella dalla fluente chioma accesa che cavalcava lo sgabello, in un elegante abito lungo, nero e lucido, mentre fissava il pubblico e innalzava la chiesa di legno nella notte di Chopin.

Quella notte i vincitori fecero letteralmente volare le dita sulla tastiera, lasciando sbalorditi giudici e spettatori. Lei invece fece volare l'anima e tanto le bastò.

Eve sedeva felice e infreddolita sul muretto di fronte all'ingresso della scuola. Gli anfibi militari, i jeans neri aderenti e il giubbotto imbottito non la proteggevano abbastanza dagli aghi acuminati del gelo e lei era scossa dai brividi.

Se non fosse stato per i lunghi capelli che uscivano dal berretto street-style calato sulla fronte, sarebbe stato impossibile riconoscere in lei la ragazza che la sera prima aveva fatto vibrare lo Steinway.

Eve era contenta perché vedeva arrivare il bus giallo che stava portando da lei i suoi due amici. La stretta allo stomaco che provava ogni volta che li sentiva avvicinare non si fece attendere. Zack e Jo scesero come sempre per ultimi e la raggiunsero a passo veloce. Si salutarono con il solito abbraccio a metà: Eve appoggiò la guancia destra sulla spalla di Zack e, nell'attimo del contatto tra il suo viso e il giaccone di lui, chiuse gli occhi respirandone il profumo. Poi fece la stessa cosa con Jo. Lentamente sentì che la contrattura alla pancia si scioglieva e lasciava spazio al piacere di essere di nuovo tutti insieme.

Mentre si avviavano verso l'entrata della scuola, Zack rallentò per mettersi al centro e prese entrambi sottobraccio. «Eve, oggi si va al Lancelot» annunciò con sguardo malizioso.

Era il bar frequentato dagli studenti. Praticamente sotterraneo, si sviluppava in tre locali adiacenti e separati dai gradini che ne definivano i diversi livelli. Il soffitto era sorretto da pilastri in pietra grezza che si accendevano con la luce soffusa e colorata dei faretti nascosti a terra e tra le volte. I tavoli rotondi erano circondati da sedie semplici e comode con lo schienale basso, consumate dal tempo e dall'incessante scorrere di generazioni diverse sui loro cuscini. La musica rimbombava assordante.

Eve adorava il Lancelot, ma quel lunedì pomeriggio doveva incontrare il suo insegnante di pianoforte per tirare le somme del "Maria Luigia" e impostare il piano di lavoro dei mesi seguenti. Era un appuntamento troppo importante e non poteva mancare. «No, ragazzi, oggi pomeriggio non posso proprio» rispose, chiaramente delusa.

«Eve, guarda che ci andiamo stamattina» precisò Zack, passandosi una mano tra i folti capelli neri.

«Eh?»

«Dobbiamo parlare» dichiarò Jo, con il suo sguardo basso e riflessivo.

«Organizzo io» intervenne calmo Zack. «Abbiamo due ore di educazione fisica, no? Il professor Farrell mi vuole bene... sì, insomma... mi deve qualcosa. Non dirà nulla se evaporiamo per un po', invece di andare a sgambettare in palestra con gli altri.»

«Ok, ma che motivo abbiamo per...» Eve era incuriosita e confusa allo stesso tempo. Mise le mani in tasca e si chiuse nelle spalle, come per proteggersi dalla risposta che sentiva stava per investirla.

«Eve, Jo ha un problema e noi siamo la sua famiglia. Non c'è nulla di più importante. Gli amici vengono prima di tutto, è la regola» le spiegò Zack, deciso.

«È la regola» annuì Eve, alzando lo sguardo, mentre superavano il portone in bronzo della Grant School.

Non aveva mai notato le inquietanti incisioni che si protendevano dai montanti e salivano fino alla sommità dello stipite. Rabbrividì: le sembrava di essere stata appena ingoiata dall'enorme bocca di una creatura mostruosa.

Capitolo 6

RIFLESSIONI

Valle di Sefira, 26 ore prima della Notte della Rinascita

Come i freddi rintocchi di una macabra campana, le parole dell'Oracolo risuonavano ritmiche nella mente di Metatron, senza dare risposte convincenti alle due domande fondamentali.

Come fermare Ophidiel?

Perché Unika nel futuro non c'è?

La luce del giorno si stava affievolendo. I raggi del sole di Sefira scivolavano lentamente verso la linea dell'orizzonte e l'atmosfera nello studio del Saggio iniziava a colorarsi di riflessi dorati.

Unika avvertiva il peso dei pensieri nello sguardo concentrato di Metatron: riusciva a toccare lo spessore delle sue riflessioni e a vivere la sua inquietudine. «Non essere in ansia per me» sussurrò. «La priorità assoluta è la difesa della nostra terra. Ophidiel sta arrivando e noi dobbiamo essere pronti a riceverlo.»

«Sì, ma non credo che questo sia sufficiente» rispose Metatron, portandosi il pugno chiuso alla bocca e battendolo ripetutamente sul labbro superiore.

«In che senso?» chiese Unika perplessa.

Il Saggio era seduto alla sua scrivania e rimase assorto per qualche secondo. «Penso che siamo di fronte a un problema complesso, che potrebbe portare a scenari catastrofici. Dobbiamo elaborare una strategia in grado di salvaguardare il seme della nostra esistenza anche nell'ipotesi in cui il nostro esercito venisse distrutto da un attacco del Male.»

Unika lo guardava confusa. Le sue pupille pulsavano intense, avvolte dall'abbraccio delle iridi indaco.

«Sto solo valutando anche il caso peggiore, quello di una nostra possibile sconfitta: bisogna ideare un piano per questa drammatica eventualità.» Metatron si schiarì la voce e proseguì: «Dobbiamo essere in grado di proteggere la nostra specie a tutti i costi. L'alternativa è l'estinzione».

«Intendi dire...» mormorò Unika, corrugando la fronte, «che potrebbe essere necessario trovare un rifugio più sicuro per la Fiamma della Vita e per la Chiave della Felicità?»

«Esatto» replicò Metatron, accennando un sorriso. «La Fiamma della Vita è la fonte che dà origine a noi angeli. Se cadesse nelle mani di Ophidiel, lui potrebbe usarla per generare schiere di angeli malvagi o, addirittura, demoni.»

Unika si accigliò per un attimo, poi, come se stesse riflettendo a voce alta, aggiunse: «E se si impossessasse della Chiave della Felicità entrerebbe in stretto contatto con gli uomini, parlerebbe con le loro menti e influenzerebbe il loro agire».

«Appunto» confermò Metatron. «Non voglio neppure immaginare uno strumento tanto potente al servizio del Male. Ophidiel potrebbe portare tutto il genere umano alla distruzione.»

Su quell'ultima frase calò un velo di opprimente silenzio. Entrambi stavano visualizzando le possibili conseguenze di un simile pericolo. Gli occhi di Unika cercarono quelli di Metatron, con la speranza che dalla sua bocca sgorgasse la soluzione. Ma il Saggio stavolta non parlava. Era pensieroso. La consapevolezza della minaccia lo rendeva indifeso e vulnerabile.

Unika si ritrovò a osservarne le mani. Erano congiunte all'altezza del volto, tra il naso e le labbra. Il palmo era rivolto verso il basso. I pollici erano sovrapposti e le ultime falangi degli indici si incrociavano. Le altre dita, lievemente piegate, erano sospese in aria, quasi fossero in attesa di afferrare un oggetto invisibile. Le mani di Metatron in quel momento erano lo specchio del suo spirito: pronte a cogliere ciò che stava per concretizzarsi nei suoi pensieri.

«È indispensabile trovare un nuovo nascondiglio per la Fiamma della Vita e la Chiave della Felicità. Ma questa volta deve essere un posto segreto, sconosciuto anche agli Angeli Guida» proseguì Metatron. «Inoltre, per ridurre il rischio, è essenziale tenere separate le due Entità.»

Tutt'a un tratto il viso di Unika si illuminò. Un'idea insolita e azzardata le attraversò la mente.

Incuriosito, Metatron le lesse nel pensiero. «È troppo rischioso, Unika.»

«Sì, lo so. Ma io credo che, in una situazione di emergenza come questa, la Fiamma della Vita potrebbe essere nascosta fuori da Sefira... nel mondo degli uomini!»

«Dove?» Metatron era interessato e spaventato allo stesso tempo.

«Non lo so ancora, ma sono sicura che Ophidiel cercherà le due Entità qui. E, per quanto siano ben nascosti, prima o poi li troverà. Ma non immaginerà mai che noi abbiamo deciso di metterne uno nelle mani degli esseri umani.»

«Certo che non lo immaginerà: solo un folle potrebbe pensare di spostare da Sefira una delle due Entità Fondamentali.» Metatron sembrava lottare con l'ineluttabilità del destino. «Hai pensato a come proteggere la Fiamma della Vita, dopo che l'avremo spostata da qui?»

«Sì.» Unika chiuse le palpebre e le riaprì immediatamente, liberando uno sguardo determinato. «Con un angelo custode.»

«Ma non abbiamo appena detto che nessuno deve conoscere il posto in cui verrà nascosta?»

«Metteremo la Fiamma della Vita nel corpo di un angelo a sua insaputa, in modo che sia inconsapevole della missione che gli è stata affidata.»

Metatron era sbalordito e affascinato dalla proposta, ma Unika non gli diede il tempo di fare altre domande. «Con la Fiamma della Vita facciamo nascere un nuovo angelo e nascondiamo la Fiamma nel suo stesso corpo. Poi mandiamo il neonato a vivere sulla Terra, senza rivelargli la sua vera identità.» Mentre parlava, Unika si rendeva conto della complessità di quel piano. «Lo proteggeremo, lo terremo sotto continua osservazione e controllo, in modo da essergli vicini e da poterlo supportare in tutto.»

«E cosa succederà se Ophidiel conquisterà Sefira?» domandò Metatron.

«La cosa importante è che il Malvagio non venga a conoscenza del nascondiglio. A quel punto, anche se venissimo sconfitti, il nostro angelo continuerebbe a vivere nel mondo degli uomini. Prima o poi scoprirebbe di essere diverso dagli altri e capirebbe di avere poteri sovraumani. Si accorgerebbe di essere il custode della Fiamma e potrebbe dare la vita a una nuova schiera di angeli.» Unika lasciò intravedere le sfumature di una speranza e concluse: «Nel caso in cui fossimo noi a vincere, riporteremmo l'angelo e la Fiamma a Sefira a battaglia finita».

Metatron era positivamente colpito dal ragionamento di Unika e provò a stimolarla ancora: «È un'idea acuta e geniale. Vedo solo un punto debole...»

«Quale?»

«Noi non siamo in grado di decidere le caratteristiche genetiche dell'angelo che nascerà dalla Fiamma. Potrebbe essere un angelo con poche qualità e, in questo caso, potrebbe non arrivare mai a scoprire chi è e cosa custodisce.»

Unika annuì con l'espressione accesa di chi non ha una risposta ma sa che prima o poi la troverà.

«Comunque ci voglio pensare» affermò Metatron. «È un'idea troppo intelligente per essere abbandonata.» Il Saggio si alzò, librò nell'aria e raggiunse la vetrata che dava sulla distesa verde del parco dietro la Torre. Gli alberi disegnavano lunghe ombre sull'erba scompigliata dal vento e protendevano i rami carichi di foglie verso il cielo che si preparava al tramonto. «È ora di allertare gli Angeli Guida. Devono prepararsi all'arrivo di Ophidiel.»

«Ci penso io» disse Unika. «Vado a parlare con Yesod.»

Capitolo 7

LE RIVELAZIONI

Maple Town, 15 anni dopo la Notte della Rinascita

La cioccolata sul tavolo davanti a Jo era bollente. Il fumo che saliva dalla tazza gli scontornava i lineamenti tesi del viso, facendolo apparire più pallido e scavato del solito. Gli occhi acquistavano una sfumatura argentea e brillavano intensi nel bagliore soffuso del locale.

La luce rossa dei faretti rendeva l'atmosfera suggestiva e dava alle espressioni dei ragazzi una grande profondità.

Zack era di casa al Lancelot e le sue incursioni serali destavano sempre molto interesse. Le farfalle erano ammaliate dai tratti spigolosi della sua personalità e del suo portamento: volavano su di lui come api sui fiori.

«Allora... cosa devi dirci?» esordì Eve, impaziente.

Zack ruotò i suoi occhi spostando su Jo l'attenzione che, fino a quel momento, aveva riservato alle due fanciulle sedute al tavolo di fronte. «Dai, Jo, racconta la storia... che problema c'è? Forza!» incitò l'amico, in modo energico.

Jo lo guardò dapprima un po' infastidito, poi alzò le spalle in un gesto di rassegnazione e incominciò a parlare, fissando il fumo che saliva dalla tazza. Aveva le pupille dilatate e la sua mente si perdeva nel labirinto di un unico pensiero. «Qualcuno o qualcosa mi spia.»

Eve tenne le mani strette intorno al bicchiere e non mosse alcun muscolo della faccia, che rimase contratta e immobile. Zack la osservava, aspettando una reazione di stupore che non arrivò.

«Ne sono sicuro» proseguì Jo, monocorde. «Prima era solo una sensazione, adesso ho le prove. Ecco... qualcuno entra nella mia stanza di notte. Non so perché, ma so che *è* così.» Era in visibile imbarazzo e cercava di non farsi prendere dalla vergogna. Iniziava a pentirsi di aver coinvolto i due amici in quel difficile discorso.

«L'hai visto?»

«No, Zack, non l'ho visto, ma so che c'è. Tutto è cominciato la mattina in cui ho avuto l'impressione che qualcosa in me e nella mia camera fosse fuori posto. Non ci ho dato peso fino a quando Maia, la mia gattina, non ha più voluto dormire sul letto. Non era mai successo. Ho provato a tenerla in braccio, ma era come impazzita: mi ha graffiato, è corsa a rintanarsi in soggiorno, sotto il divano, e non è più uscita. È terrorizzata e per farla mangiare dobbiamo portarle il cibo proprio lì... tra le gambe della poltrona, capisci?» Jo aveva alzato leggermente la voce, infervorato dalla discussione.

«Tutto qua?» chiese Eve, con lo sguardo assorto nell'infuso che profumava di vaniglia.

«No. Una notte ho deciso di restare sveglio, al buio, e ho aspettato il visitatore. Ho ingurgitato litri di caffè, mi sentivo su di giri, ero sicuro che non avrei dormito per nulla al mondo. Non mi ricordo di essere crollato, ma alla mattina avevo la testa completamente vuota.»

«Ti stressi durante il giorno e poi la notte sei stravolto. Ho sempre detto che studi troppo e che ti perdi un pezzo importante della vita» ironizzò Zack, sperando di rasserenare l'amico e di strappare un sorriso a Eve. Ma non ci riuscì.

«La sera successiva ho cosparso di farina il pavimento della stanza» continuò Jo, incurante della battuta di Zack. «All'alba, quando mi sono alzato, non ho trovato nessuna impronta, ma la farina era dappertutto... come se qualcuno ci avesse soffiato sopra.» Il ragazzo fece una breve pausa, corrugando le labbra. «La sera dopo l'ho rifatto e ho chiuso la porta con due giri di chiave. Al mattino la situazione era esattamente la stessa: farina ovunque. E la porta era ancora bloccata.»

«Hai provato con l'aglio?» lo pungolò Zack con una risata.

«Eh?!»

«Aglio, a-gli-o. Per i vampiri ci vuole l'aglio... lo sanno tutti, no?»

Scocciato, stavolta Jo fulminò Zack con un'occhiata di risentimento. «Ieri ho messo la farina anche fuori dalla porta, in corridoio.»

«Uh?»

«Sì, l'ho sparsa sul pavimento in camera e fuori.»

«Perché?»

«Per provare a capire e... non ho capito. Stamattina la farina dentro la stanza era smossa, mentre quella fuori era intatta. Niente e nessuno si è avvicinato alla mia camera dal corridoio.»

«Sarà entrato dalla finestra» commentò Zack, con il solito fare vagamente sarcastico.

«La finestra era chiusa dall'interno e non c'erano segni sulla neve, né sul davanzale, né ai piedi del muro della casa o sulla mimosa. Se fosse passato qualcuno, avrei visto le tracce.»

«Quindi?»

«Quindi non lo so.»

Finalmente sgravato dal peso che lo opprimeva da giorni, Jo sembrava più rilassato. Zack, invece, era visibilmente agitato e si dondolava sulla sedia. Non sentiva più le farfalle. Dal canto suo Eve era stata concentrata per tutta la conversazione: le sue dita avevano continuato a stringere la tazza di vetro che conteneva il tè aromatizzato, ormai freddo. Quando aprì bocca, la voce che ne uscì era arsa come il ciglio della strada nel mese di agosto. «Sta succedendo anche a me.»

I due ragazzi spalancarono gli occhi, scrutandola sorpresi.

«Non tutte le notti» riprese Eve, senza sollevare lo sguardo. «Ma ho avuto la tua stessa sensazione. Non volevo dirlo a nessuno. Non sapevo come fare. Pensavo non mi avreste mai creduta... ma adesso...»

Jo si allungò verso di lei e le strinse l'avambraccio, scuotendola dolcemente. «Cosa senti, Eve? Dimmi... cosa senti?! Cosa ricordi il mattino dopo?»

Con un gesto improvviso Eve si divincolò dalla presa dell'amico e si portò una mano davanti alla bocca, quasi a voler fermare ciò che stava per uscirne. Avvertì una vampata di calore infiammarle le guance. «Quando mi siedo sul letto, con i primi raggi del sole che filtrano dalle persiane e la fronte bagnata dal sudore, ho sempre un ricordo netto, talmente nitido da avermi fatto pensare a un sogno ricorrente. O meglio... un incubo.» Il suo corpo tremava. «Mi vergogno...»

«Dai, Eve...» Zack provò ad avvicinarsi, ma anche stavolta la ragazza rifiutò il contatto fisico.

«Io... io... ho sempre l'impressione che un serpente sia entrato nel mio corpo e l'abbia esplorato.» Appoggiò la testa sul tavolo, nascondendola tra le braccia incrociate, mentre le granitiche volte del Lancelot sembravano scosse dai singhiozzi del suo pianto.

Cadde il silenzio. E il tempo sembrò fermarsi quando Zack, distendendo il busto contro lo schienale della sedia e stringendo il bordo del tavolo a due mani, esclamò: «Bene, allora suppongo che adesso tocchi a me. Finite di bere... che anch'io ho qualcosa da raccontarvi».

Capitolo 8

YESOD

Valle di Sefira, 23 ore prima della Notte della Rinascita

Rigenerato dalla sensazione dei muscoli che si tendevano per tagliare l'aria, Yesod spiegò le ali in una vertiginosa virata. Si avvitò in un volteggio a spirale e si abbandonò all'ebbrezza della velocità. Quando si gettò a capofitto verso il suolo che gli correva incontro, sentì l'adrenalina propagarsi nelle vene. Respirò a fondo e inalò attraverso le narici il fresco profumo della sera: lo lasciò scivolare nei polmoni, fino a riempirli di energia pura e inebriante.

Yesod era il capo degli Angeli Guida ed era un Drago.

A Sefira tutti nascevano con sembianze umane ma, nel corso della loro esistenza, imparavano a utilizzare il potere della Metamorfosi e si dotavano dell'aspetto che preferivano. C'erano angeli che assomigliavano a uomini, altri che decidevano di vivere come animali. Ma ce n'erano anche con la fisionomia di Fate, Gnomi ed Elfi. Ognuno era libero di scegliere chi essere, come manifestarsi e per quanto tempo mantenere quella foggia. Alcuni selezionavano la propria immagine per la vita, altri cambiavano apparenza di continuo. Gli angeli più esperti erano addirittura in grado di inventarsi, disegnando la propria figura in linea con il più profondo sentire e rivelandosi come creature fantastiche, singolari e mai viste.

Yesod aveva deciso di essere il più valoroso dei Draghi. Il suo corpo, massiccio e muscoloso, era guidato da una mente vivace e saggia, illuminata da uno sterminato senso di responsabilità e giustizia. Aveva gli occhi e le ali di un'aquila reale, per vedere lontano e per volare in alto, dove nessuno sarebbe mai riuscito ad arrivare. Una lunga fila di aculei dorsali camminava dalla nuca all'estremità della coda, che terminava con una punta triangolare, acuminata, capace di emettere potenti scariche elettriche. Sulla parte frontale del cranio spuntavano un paio di solide corna nodose e affusolate, simili a quelle di uno stambecco di montagna. La pelle di Yesod era completamente rivestita di squame dorate che arrivavano fino alle spalle, per poi lasciare spazio alle piume che coprivano gli arti anteriori, imponenti e vigorosi. Quando ne aveva bisogno, dal petto si materializzavano le zampe di un cavallo, con zoccoli robusti e compatti, in grado di renderlo scattante anche sul terreno e non solo in volo. Era una creatura maestosa, erculea nell'aspetto e sensibile nell'animo.

Yesod adorava volare nei colori caldi del tramonto: il pensiero di naufragare nella brezza notturna gli infondeva grande serenità. Dopo essersi lanciato nel vuoto per poi riprendere quota, fece spaziare lo sguardo su Sefira, che si pavoneggiava in tutta la sua bellezza centinaia di metri sotto di lui. Poi chiuse le palpebre e continuò a osservarla con la mente, senza smettere di fluttuare nell'aria con un'andatura altalenante tra cadute verticali e ripidissime ascese, intervallate da lunghe planate.

Il sole era appena scomparso e si era portato via i rumori della giornata: l'atmosfera era impregnata di un silenzio rilassante. I tenui bagliori sfiammavano dalla linea dell'orizzonte verso il cielo profondo, come pennellate ad acquerello, e accendevano i contorni delle nubi sparpagliate dal vento.

Yesod assaporava la tranquillità dell'istante in cui la tensione svanisce, la testa si abbandona e lascia affiorare i ricordi che avvolgono il cuore in un velo di soffusa malinconia.

Erano passati millenni da quando la Fiamma della Vita aveva generato lui e Ophidiel. Lo stesso giorno, la stessa ora, pochi minuti di distanza l'uno dall'altro. Erano fratelli. Così simili, eppure diversi. Per anni avevano condiviso il medesimo destino e affrontato insieme tutte le battaglie, fino al terribile momento della catastrofe, quando la forza opposta che vibrava nei loro spiriti aveva rotto anche gli ultimi argini.

Yesod conservava nella memoria l'immagine indelebile di Ophidiel sconfitto e privato dei suoi poteri durante l'interminabile viaggio nella Foresta di Thinkingblu. Era stato Metatron a chiedergli di scortarlo laggiù. Senza raccontare l'accaduto e senza spiegarne la ragione, Metatron aveva annientato Ophidiel fisicamente e l'aveva punito moralmente, decretando la sua condanna all'esilio eterno: sarebbe stato confinato per sempre nel nord della foresta. Il motivo di quel terribile verdetto non era mai stato svelato. Si sapeva solo che Metatron voleva che Ophidiel vivesse tutti i suoi giorni prigioniero, perché potesse sentire il peso dell'errore irreparabile che aveva commesso. Errore di cui nessuno conosceva l'origine e il contenuto.

E Yesod, come nuovo capo degli Angeli Guida, senza sollevare domande, l'aveva fatto. Aveva condotto suo fratello in mezzo al nulla, lontano da tutto e da tutti, dove l'unica forma di vita era rappresentata da una vegetazione incombente e minacciosa e dove le sole parole percepibili sarebbero state quelle della coscienza.

Per tutto il tragitto, Ophidiel non aveva fiatato. Si era trascinato inerte, con lo sguardo fisso a terra, quasi fosse ancora sottomesso alla furia che Metatron gli aveva scagliato addosso: gli occhi sempre socchiusi e le labbra strette in un'espressione di acuta sofferenza.

Yesod riviveva quell'attimo a ogni imbrunire. La ferita nel suo cuore era ancora aperta e probabilmente non si sarebbe mai rimarginata. La sua anima bruciava per l'amarezza di aver dovuto abbandonare il fratello. Non era pietà quella che aveva provato per lui, ma la spiacevole sensazione di essere in qualche modo responsabile di ciò che gli era accaduto: non era riuscito a dissuaderlo dai suoi propositi sovversivi e non era nemmeno stato in grado di aiutarlo a cambiare, a comprendere il pensiero di Metatron e a seguire la via dell'integrità e della lealtà.

Il Drago non nutriva rancore nei confronti di Metatron. Anche se il Saggio aveva sempre nascosto la causa di quel drammatico episodio, Yesod sapeva che aveva agito per proteggere Sefira, per ristabilire la pace e riportare la serenità. E aveva fatto la cosa giusta. L'unica possibile: aveva punito Ophidiel nel più spietato dei modi. Ancora più brutale della morte. L'aveva obbligato a un'esistenza solitaria, inutile, priva di obiettivi e di futuro. Dopo averlo distrutto nel fisico e spogliato dei suoi poteri, l'aveva imprigionato nella Foresta di Thinkingblu, gravandola con l'incantesimo del Non Ritorno: i sentieri si sarebbero spostati in continuazione e avrebbero cambiato direzione, come un labirinto vivente, obbligandolo a camminare a lungo, ma riportandolo sempre al punto di partenza. Così aveva sancito la caduta spirituale dell'angelo più potente di Sefira e la fine di un'era che portava con sé l'inizio di quella successiva, appesantita dalle illusioni del passato.

Yesod non poteva dimenticare l'espressione ostile di Ophidiel. Non aveva mai alzato il volto. Nemmeno quando lui l'aveva salutato e l'aveva abbracciato, come se fosse per l'ultima volta. Era rimasto immobile e severo, svuotato dentro e del tutto passivo. Solo la luce dell'odio gli ardeva nelle pupille e prometteva vendetta.

In quel preciso istante Yesod aveva deciso di trasformarsi in una creatura volante. Voleva fuggire. Dentro di sé desiderava librarsi nell'aria, potente, aggressivo, e con una vista più lungimirante di quella che non gli aveva permesso di riconoscere in tempo gli sbagli di suo fratello. Si era concentrato intensamente e, in una frazione di secondo, si era tramutato nel più imponente dei Draghi. Poi era volato via, lasciandosi alle spalle l'ombrosa Thinkingblu. Quel luogo, ormai maledetto, sarebbe stato per sempre lo specchio della sua coscienza. E non passava giorno che non si chiedesse se le cose sarebbero potute andare in modo diverso.

«Hai visto che notte piena di stelle si annuncia davanti a noi?» La voce di Unika lo raggiunse fino in fondo ai suoi più intimi pensieri.

Yesod non l'aveva sentita arrivare. Quando Unika si muoveva, spostava sempre grandi cariche di forza e di energia, e ogni angelo, anche in lontananza, riusciva a percepirne la presenza. Ma in quell'istante lui era assorto nelle sue riflessioni, rapito da uno stato d'insolita tensione.

«Tu che vieni a cercarmi a quest'ora? Significa che la Cometa del Mattino non porta buone nuove...»

«È così. Abbiamo consultato l'Oracolo e sappiamo che il pericolo è imminente» sospirò Unika, preoccupata.

«Cos'ha predetto Allibis?»

«Ophidiel sta tornando» rispose Unika, andando diritta al punto.

Yesod rivide di fronte a sé il corpo esangue del fratello. Ma non poté fare a meno di ricordare anche il suo ghigno sprezzante.

«Non so come abbia fatto, ma sembra che si sia riappropriato dei suoi poteri» continuò Unika, leggendogli nella mente. «Ha assorbito le forze della Natura che l'ha circondato in tutti questi anni e ora è pronto alla battaglia.»

«Non riesco a crederci» ribatté Yesod con un filo di voce, come se stesse parlando da solo.

Unika percepiva il tormento nell'anima del Drago. «La cosa più probabile è che voglia impossessarsi della Fiamma della Vita e della Chiave della Felicità» aggiunse, congiungendo le mani al volto. «La sua ambizione è sempre stata quella di dominare il mondo.»

«Non può farlo!» esclamò Yesod, rifuggendo anche solo l'idea. «Le due Entità Fondamentali sono protette in un luogo segreto che solo noi conosciamo!»

«È vero, ma lui è spietato e agguerrito e la sua bramosia non sarà saziata finché non le avrà trovate.» Unika lo guardò con espressione intensa e sentita, e Yesod capì che la minaccia aveva dimensioni più spaventose di quanto si potesse immaginare. «Sono venuta da te proprio per questo. Ho bisogno che tu sia pronto. Devi allertare tutta la schiera dei tuoi Angeli Guida per captare ogni minimo segnale di rischio. Sappiamo che il corpo di Ophidiel è ancora intrappolato a Thinkingblu, ma c'è la possibilità che con lo spirito sia già in grado di uscirne.»

«Cosa intendi dire?» chiese Yesod, frastornato.

«Non sappiamo con certezza quali poteri abbia sviluppato. Allibis ci ha detto che cerca di comunicare con lei, forzando la sua mente.»

Yesod spalancò gli occhi profondi e restò ammutolito per un istante.

«Non ha mai cercato di mettersi in contatto con te, Yesod?»

«No. Non l'ha mai fatto e, sinceramente, non credo nemmeno che lo farà. Nella sua testa, io l'ho tradito. Sono stato complice di Metatron nel privarlo dei suoi poteri e sono stato io a condurlo in esilio.» Mentre parlava, la lunga coda del Drago fremeva, a scatti. «Se tornerà, vorrà incontrarmi solo sul campo di battaglia.»

Unika annuì. «Come sai, gli angeli molto forti. Anche se spogliati dei loro poteri originari, possono riuscire a dominare le forze della Natura, facendole proprie e utilizzandole per animare cose inanimate. Potrebbero essere in grado di agire su una roccia, su una goccia d'acqua, su una scintilla, per trasformarle in creature viventi.»

«I *Dominati*» constatò Yesod.

«Sì. Creature legate in modo inscindibile al volere e all'anima di chi ha dato loro la vita.»

Yesod era immobile. Quelle parole trafiggevano il suo cuore come lame acuminate.

«E se Ophidiel ha fatto tutto questo, dobbiamo aspettarci

che abbia sviluppato anche il potere dell'Ordine e la conseguente capacità di comandare altri esseri, uomini e angeli compresi.» Unika era consapevole di fornire una descrizione sempre più nefasta della situazione, ma era importante che Yesod avesse un quadro chiaro e preciso di ogni evidenza.

«Mi stai dicendo che Ophidiel potrebbe impossessarsi con il pensiero della mente di uno di noi?»

«Sì» affermò Unika, grave. «Forse non di un Angelo Guida, ma di sicuro di un angelo meno forte.»

«E come possiamo evitarlo?»

«Non possiamo. Dobbiamo solo tenere gli occhi aperti e cercare di identificare ogni stranezza. Un comportamento anomalo da parte di un angelo potrebbe essere un segno.»

«Capisco» rifletté pensieroso Yesod. I suoi incubi peggiori tornavano ad affiorare.

«Quanti Angeli Guida hai a tua disposizione in questo momento, qui a Sefira?» domandò Unika.

«Quindici, me compreso» rispose deciso Yesod. «Sette si stanno preparando per tornare sulla Terra, ma direi di ritardarne temporaneamente la dipartita. Gli altri tre stanno per concludere la loro missione nel mondo degli uomini e possiamo richiamarli in anticipo, se necessario. Nel giro di poco, potremo pensare di essere al completo, tutti e diciotto schierati.»

«Credo sia la soluzione migliore» commentò Unika con un sospiro che era una strana combinazione di sollievo e preoccupazione. «Chiamali tutti e incomincia ad avvisarli. Nel frattempo penseremo a cosa dire agli altri.»

Yesod visualizzò nella sua testa l'organizzazione di Sefira. La gerarchia si basava sui poteri e sull'esperienza che i diversi angeli erano riusciti a conseguire nel corso della loro esistenza. Metatron era al vertice: era l'angelo più antico e viveva da decine di millenni. Era il custode della sapienza e nella sua mente dimoravano tutti i poteri dell'Universo, anche quelli più oscuri. Poi vi era Unika, la cui forza eguagliava quella di Metatron. Esistevano altri tre livelli. Il primo era quello degli Angeli Guida, di cui Yesod era il capo. Avevano un'esperienza smisurata e senza paragoni: nel tempo avevano accumulato saggezza e conoscenza, portando a termine con successo svariate missioni sulla Terra. Disponevano di poteri quasi illimitati e rappresentavano l'esempio per la comunità: erano guerrieri abilissimi e, in caso di estremo pericolo, scendevano in battaglia. I più valorosi erano Nishida, Mizar, Hod, Merak, Alcor, Tiferet e Elnath.

Subito dopo c'era la schiera più nutrita, gli Angeli della Forza: con un minor numero di poteri e con poche missioni alle spalle, avevano ancora bisogno di essere consigliati e seguiti dagli Angeli Guida.

Infine vi erano i giovanissimi, del tutto inesperti, gli Angeli della Primavera. L'unica loro importante capacità, oltre al volo e alla Metamorfosi, era la Telecinesi: il potere di spostare gli oggetti e le creature viventi con la forza del pensiero.

«Al momento informerei solo gli Angeli Guida. Il mio timore è che si scateni il panico a Sefira, se la notizia dovesse diffondersi.» Yesod era visibilmente irrequieto.

«Sono d'accordo» convenne Unika. «Non dobbiamo creare allarmismo. Per ora concentriamoci sulla strategia da seguire, poi, quando avremo le idee più chiare, informeremo tutti gli altri.»

Per qualche secondo restarono in silenzio. Il futuro incombeva su di loro, più incerto che mai.

«Unika, ho un favore da chiederti.» Yesod riempì con la sua voce l'atmosfera affranta che li stava avvolgendo. «Aiutami a comunicare agli Angeli Guida quello che sta accadendo a Sefira.»

Unika lo guardò negli occhi, colta di sorpresa.

«Tu hai parlato con l'Oracolo. Tu sei la custode di questa terra e la nostra guida. Nessuno meglio di te può trasmettere emozioni, sentimenti e coraggio per affrontare il domani.»

Unika fu toccata da quelle parole sincere e spontanee: sentiva il cuore del Drago che pulsava di speranza. «Ti ringrazio per l'inesauribile fiducia che riponi sempre in me» rispose commossa. «Sarò al tuo fianco e avviseremo insieme gli Angeli Guida.»

Yesod si illuminò, colmo di gioia. «La tua presenza sarà di grande sollievo per tutti. Adesso accompagnami alla Finestra sul Mondo, dobbiamo richiamare Nishida, Mizar e Merak.»

Yesod era felice di stare con Unika. Era la creatura più bella e speciale che avesse mai incontrato. Il suo aspetto armonioso, elegante e sensuale lo lasciava sempre senza fiato. A volte, di fronte a quegli occhi magnetici e pieni di vita si sentiva imbarazzato, tanto da non riuscire a reggerne a lungo lo sguardo. Non aveva molte occasioni di stare da solo con lei e il tempo che trascorrevano insieme era prezioso. Averla vicino significava essere contagiati dalla sua energia, imparare dalla sua saggezza e respirare la sua vitalità. Ma anche godere gli attimi e scoprire la meraviglia nelle cose semplici. Ogni volta, Yesod ne traeva una carica emotiva intensa che durava a lungo.

«Hai voglia di volare su di me?» le chiese d'impulso.

Unika conosceva i sentimenti di Yesod. Sapeva che se avesse rifiutato l'avrebbe ferito e che accettando non l'avrebbe illuso. Gli sorrise con dolcezza e acconsentì.

Il Drago s'inginocchiò e chinò la testa verso di lei, per darle la possibilità di salire agevolmente sulla sua schiena. Unika gli si avvicinò e appoggiò le mani sul suo dorso. Una forte commozione le esplose nel cuore: con le dita percepiva il calore che scorreva nelle vene di quel corpo potente. Si aggrappò al collo e si sollevò.

Yesod la sentì salda e spiccò il volo, lanciandosi con vigore nell'aria: le sue ali erano tese nel cielo notturno. Le piume si muovevano come fili d'erba agitati dal vento e le squame luccicavano di un colore bronzeo al pallido riverbero della luna.

Unika avvertì un leggero formicolio sulle guance: la brezza fredda della sera le pungeva il volto. Gli occhi, accarezzati dall'aria, cominciarono a lacrimare, mentre i capelli sciolti svolazzavano morbidi e vaporosi. Era una sensazione di libertà e naturalezza che non provava da anni. Si sentiva sospesa nel vuoto, in assenza completa di resistenza gravitazionale. Strinse le gambe intorno a Yesod e aprì le braccia, come una bambina che sogna di volare.

Yesod riusciva a toccare il suo stato d'animo e ne era intimamente lieto. Si librava con calma, a un ritmo sciolto e regolare, per darle la possibilità di assaporare appieno il viaggio. Batteva le ali con movimenti lenti e poderosi, volteggiando in ampie virate sopra la pianura, sfiorando le cime degli alberi. Unika era in estasi nella quiete rigenerante di quel momento. La Cometa con il suo presagio era offuscata. Ophidiel non era una minaccia. Sefira non era in pericolo. Per un istante senza tempo sentì che non esisteva più nulla. Solo lei con il suo Drago, avvolti nella luce della notte.

«Ci siamo!» La voce di Yesod la riportò alla realtà. «Tieniti forte che iniziamo la discesa.»

Il Drago inclinò leggermente l'assetto e rallentò. Puntò verso una radura poco visibile dall'alto, all'estremità superiore di un piccolo isolotto roccioso che affiorava dall'acqua argentea dei Laghi Hyatt. Con una serie di movimenti circolari, si avvicinò a terra.

Unika fu scossa da un brivido. Un pensiero sfuggente e premonitore le solcò la mente come un lampo improvviso e folgorante. Si chiese quando sarebbe salita di nuovo sul dorso di Yesod. Poi rinsaldò la presa e si preparò all'atterraggio.

Capitolo 9

LE APPARIZIONI

Maple Town, 15 anni dopo la Notte della Rinascita

Il pianto di Eve si spense a poco a poco, ma la ragazza continuò a tenere la testa nascosta tra le braccia.

Il silenzio intorno al tavolo durò qualche secondo e fu interrotto da una perentoria esclamazione di Jo: «Cos'è, dobbiamo supplicarti in ginocchio per sapere cos'hai da dirci, Zack?»

«Potrebbe essere di buon auspicio. Potremmo inginocchiarci tutti. Magari aiuterebbe...»

«Zack, ti prego.» La voce soffocata di Eve spezzò quell'inutile sarcasmo.

«È successo ieri sera» disse Zack, tornando serio. «Ed è cominciato proprio qui al Lancelot. Ero al banco e chiacchieravo con Cindy Barrymore...» Eve e Jo si scambiarono uno sguardo d'intesa che venne subito afferrato da Zack. «Voi due siete gelosi! Avete sempre da ridire sulle mie...»

«Piantala, Zack! Una volta per tutte! Se non vuoi spiegarci la tua storia ce ne andiamo e la chiudiamo qui!» lo riprese energicamente Jo, l'unico che poteva permettersi di farlo.

«Ero proprio lì, appoggiato al bancone» riprese serafico Zack «e mentre parlavo con Cindy ho notato un tipo insolito... Un tipo o... una tipa. Difficile a dirsi... Boh.»

«Vuoi dire che non sai se era un maschio o una femmina?» Eve era incuriosita.

«Direi un maschio. Ma aveva i capelli lunghi, legati in una coda. Indossava un paio di orecchini vistosi e i lineamenti erano molto femminili.»

«Cosa c'è di strano, scusa? Se ne vedono un mucchio di elementi così» commentò Jo, implacabile.

«Quello era davvero *molto* bizzarro. Primo: se ne stava in disparte nell'angolo vicino alla porta. E mi sono domandato cosa ci facesse uno così, tutto solo al Lancelot, di sera. Secondo: era vestito in modo quasi sinistro. Non saprei descrivervi in dettaglio i suoi abiti, ma portava una tunica che gli arrivava alle ginocchia, sopra un paio di pantaloni larghi e leggeri. E poi...» Zack si interruppe un attimo, con espressione assorta. «Poi quegli occhi... io non avevo mai incrociato occhi così.»

«Cos'avevano di speciale?» lo incalzò Eve.

«Erano gialli. Ok, avrà avuto lenti a contatto colorate, ma erano incredibilmente accesi ed era impossibile non notarli. Anche perché erano fissi su di me. Il tizio non ha distolto lo sguardo nemmeno quando mi sono messo a fissarlo anch'io. Ho provato a concentrarmi sul discorso di Cindy, ma il peso di quelle iridi incandescenti era sempre più fastidioso. Nello stesso momento in cui ho pensato di alzarmi per andare a chiedergli spiegazioni... è sparito. Un attimo prima era seduto lì e un attimo dopo non c'era più. *Volatilizzato*. Ma il senso d'inquietudine mi è rimasto addosso per tutta la sera, tanto che dopo un po' ho salutato Cindy e ho fatto rotta verso casa.»

Zack adesso era un fiume in piena e le sue parole inondavano senza tregua i due amici che lo ascoltavano colpiti.

«Sono uscito e non ho fatto nemmeno in tempo a chiudermi la giacca che ho visto la sua sagoma scura in fondo alla via. Era buio, ma il bianco della neve esaltava il contorno delle cose, che apparivano come ombre dal profilo nitido. Ho provato a raggiungerlo, ma ha svoltato l'angolo, velocissimo.» Prese fiato. «Mentre camminavo avevo la netta sensazione che mi stesse seguendo. Ho accelerato il passo finché mi sono trovato nel mio giardino, davanti all'ingresso di casa. Ho aperto la porta e, prima di tuffarmi dentro, mi sono guardato intorno e non ho visto nessuno. Ho chiuso a chiave e ho iniziato a salire le scale per andare in camera mia: sul pianerottolo, a metà della rampa, ho scostato la tenda della finestra e ho visto quei due occhi tremendi brillare nel buio vicino alla fontana. Il suo sguardo dritto nel mio: mi ha fatto gelare il sangue nelle vene. Non sapevo cosa fare e devo confessarvi che... sì... insomma... ho avuto paura.»

«Lo credo bene!» commentò Jo. «E poi cos'è successo?»

«Ero agitato e su di giri. Sono schizzato in camera e sono andato sul balcone per guardare giù. Fuori era deserto. Lui era svanito ancora una volta. Ero in confusione. Mi sono precipitato verso la porta: volevo uscire, senza un vero motivo, forse per scappare, anche se non lo sapevo. Fatto sta che, appena ho messo piede nel corridoio...» Zack fece una pausa degna di un grande attore.

«Cosa...?!» chiesero Eve e Jo all'unisono.

«Me lo sono trovato davanti. Era lì, immobile. È stato come se il tempo si fermasse: in quella frazione di secondo è successo di tutto. Io ero sconvolto, ma mi è sembrato di leggere una sorpresa ancora più grande sul suo volto e questo mi ha dato il coraggio di scagliarmi contro di lui per afferrarlo. Ma non ci sono riuscito!»

«È fuggito?»

«Magari. No, ragazzi, non se l'è svignata... si è semplicemente dissolto. *Puff*, via, dileguato nel nulla. Però ho avuto l'impressione di averlo toccato. Per un brevissimo attimo, ho sentito il contatto con il suo corpo e persino il suo strano odore selvatico.»

I tre ragazzi tacquero per qualche istante, gli occhi negli occhi. L'intensità di quel triangolo di sguardi fu tale da sciogliere la tensione e trasformare le espressioni contratte in luminosi sorrisi. Era come se la diga del terrore fosse stata travolta dalla voglia di essere felici.

«Be'» sussurrò Eve «mi sembra chiaro che in tutto questo c'è un aspetto positivo: qualcuno è interessato a noi tre!» Le sue labbra sottili si incurvarono nell'ombra di una simpatica smorfia.

«*Qualcuno?*» irruppe Jo. «E tu definiresti "qualcuno" un fantasma che sparisce tra le mani di Zack, un serpente che viene a turbarti il sonno, il visitatore notturno che vola nella mia stanza? Non ha senso, deve esserci sotto qualcosa che ci sfugge.» Jo era rientrato in possesso della sua capacità di ragionamento lucida e scettica.

Ma anche Zack era tornato a essere se stesso e, con il suo tipico fare sicuro e incisivo, lasciò cadere sul tavolo la parola che ormai ronzava nella testa di tutti. «L'hai detto tu, Jo: fantasmi! Di questo si tratta.»

Jo stava organizzando una risposta che non arrivò mai. Al suo posto, una voce profonda si levò dal tavolo alle spalle di Eve. «No, non si tratta di fantasmi. Tutt'altro.»

I tre ragazzi si voltarono di scatto verso la persona che aveva parlato, ma prima che riuscissero a metterla a fuoco, le sue parole tuonarono di nuovo nelle loro orecchie.

«Vi hanno trovato. Ma vi ho trovato anch'io, e questa per voi è una buona notizia!»

Capitolo 10

NISHIDA

Valle di Sefira, 21 ore prima della Notte della Rinascita

Yesod e Unika atterrarono nella radura di fronte all'Osservatorio, proprio sulla sommità del Faraglione di Mezzogiorno. Era un torrione roccioso collegato all'Isola di Meridiana da un sentiero naturale in pietra lavica, eroso dal vento e dalle onde. Il panorama notturno che si schiudeva davanti a loro toglieva il fiato. La luce della luna animava i contorni dell'Arcipelago del Tempo e in lontananza si intravedevano le sagome di tutti i vulcani subacquei che emergevano dalle acque placide dei Laghi Hyatt.

Unika si aggrappò con forza al collo di Yesod e spostò tutto il peso sulle braccia. I muscoli si tesero mentre sollevava il bacino per scavalcare il grande dorso del Drago e lasciarsi scivolare a terra. Prima d'incamminarsi, gli accarezzò vigorosamente la pelle con il palmo della mano. «Grazie per questo magnifico volo.» La sua voce era un sussurro da cui filtrava la tensione che stava tornando ad attanagliarla.

«Yesod! Yesod!»

I due angeli sorrisero nel vedere il piccolo Gnomo correre verso di loro, agitato ed euforico.

«Buonasera, Martin» lo salutò cordialmente Yesod. «Cos'è successo di tanto importante da infiammare la tua anima?»

«Nishida sta tornando!» gridò lo Gnomo, con tutto il fiato che aveva nei polmoni.

Yesod non credeva alle proprie orecchie. Non poteva sperare in una notizia migliore. Si voltò verso Unika e con aria carica di soddisfazione disse: «Saremo al gran completo! Nishida deve aver concluso in anticipo il suo compito».

«Grazie al cielo» sospirò Unika e appoggiò la testa alla massiccia spalla del Drago, in un naturale gesto di sollievo. «Il suo supporto sarà molto prezioso.»

«Ha sentito che avevamo bisogno di lui» affermò Yesod. «La missione che gli era stata affidata era veramente complessa e non mi illudevo di rivederlo prima di un anno dalla sua partenza. Sono sicuro che ha percepito il nostro stato di emergenza e ha fatto di tutto per accelerare i tempi.»

Unika annuì. «Lo credo anch'io. Tutto quello che ha a che fare con lui ha sempre qualcosa di magico. Basta pensare alla sua storia incredibile. Ricordo come fosse ieri l'istante in cui Metatron l'ha portato a Sefira. Ci disse che aveva deciso di fare un'eccezione alle regole: per la prima volta avrebbe nominato Angelo Guida una creatura che non era nemmeno un angelo.»

«E il merito è tutto mio!» intervenne Martin, orgoglioso e gongolante. «Fui io a parlare a Metatron di Nishida. Da anni osservavo il suo operare nel mondo degli uomini. Era un Elfo che usava i suoi poteri per mescolarsi alla gente e aiutare chi ne aveva bisogno, anziché stare nei boschi a salvaguardare la Natura e gli animali.»

«Un Elfo...» Unika sorrise. «Chi avrebbe mai detto che potesse esistere un Elfo con tanta sensibilità da mettersi al servizio invisibile degli esseri umani, come un vero angelo custode?»

«Nishida non è mai stato come i suoi simili» aggiunse Martin concitato. «Riusciva a leggere nel pensiero ed era dotato di Telepatia ancora prima di arrivare a Sefira!»

«Non è stato generato dalla Fiamma della Vita eppure è così

uguale a noi...» convenne Yesod, mentre allargava e sbatteva leggermente le ali per sistemarsi le piume.

«È proprio per questo che Metatron l'ha trasformato in un semi-angelo, dotandolo di poteri paragonabili a quelli degli Angeli Guida» continuò Unika. Poi guardò i suoi compagni e sentì il nervosismo delle ultime ore affievolirsi, per lasciare il posto a un velo di ottimismo. «Ma la cosa più buffa è stata l'espressione di Nishida quando è arrivato qui da noi e ci ha visti tutti quanti schierati ad accoglierlo. Forse pensava d'incontrare degli angeli alati, come quelli delle leggende. Invece ha trovato un Saggio fatto di luce, una donna che cammina a piedi scalzi, un Drago, uno Gnomo con i capelli arruffati in una manciata di treccine e una serie di altre creature fantastiche che nemmeno la sua mente brillante avrebbe mai potuto immaginare.»

I tre scoppiarono a ridere, rivivendo quella scena.

«E vi ricordate quando, per ringraziare Metatron, ha fatto scendere dal cielo enormi fiocchi di neve a forma di petali, mentre il sole splendeva alto?»

«Sì...» mormorò Yesod. «Che spettacolo! Del resto gli Elfi sono sempre perfettamente in sintonia con le forze della Natura e non c'è luogo migliore di Sefira per poter giocare con l'ambiente circostante.»

«Ma quello che io gli ho sempre invidiato di più è la velocità» svelò Martin, che mostrava una grande devozione e simpatia per Nishida. «Non ho mai capito come faccia a cambiare aspetto così rapidamente. E poi, l'avete visto quando si sposta? Cioè... volevo dire: ma voi *riuscite* a vederlo quando si sposta?»

«No» rispose Yesod divertito. «È praticamente impossibile perché i suoi movimenti sono così fulminei da essere impercettibili.»

Pieni di entusiasmo per la notizia inaspettata, Unika e Yesod si avviarono insieme a Martin verso la costruzione in pietra scura che dominava la distesa d'erba di fronte a loro. L'Osservatorio era un edificio molto antico, una fortezza dalla struttura squadrata sovrastata da una grande cupola trasparente che si apriva come un immenso occhio sul cielo. Unika si librò nell'aria verso l'ingresso circolare scavato nella parete frontale e bloccato da una superficie di energia. Con il potere dell'Elettromagnetismo sbloccò il passaggio ed entrò nel tunnel retrostante seguita da Yesod e da Martin.

Sbucarono in un piccolo atrio, rischiarato da riflessi di luce cangiante, su cui si aprivano tre stanze.

Quella di destra era la più ampia e luminosa, con i muri completamente coperti da una serie di schermi evanescenti su cui venivano visualizzate in tempo reale scene di vita degli esseri umani. Era la Finestra sul Mondo: il luogo in cui era possibile osservare tutto quello che accadeva sulla Terra.

La stanza centrale era simile alla precedente, ma gli schermi proiettavano scene del passato: era la Finestra del Tempo, dove gli angeli potevano consultare l'antichità per conoscere i fatti della storia e trarne i dovuti insegnamenti.

La stanza di sinistra era la più piccola e la più buia. A differenza delle altre, non aveva schermi. La parete esterna, rivolta a est, era liquida, fatta di iridescenza vibrante. Era la Finestra del Passaggio, ossia la porta spazio-temporale che dava agli angeli la possibilità di raggiungere il mondo degli uomini. In pratica, era l'anello di congiunzione che collegava, in modo istantaneo, Sefira con la dimensione terrena.

Unika aveva i brividi ogni volta che passava lì accanto. Percepiva sulla pelle la strana sensazione che aveva provato nell'attraversare quel portale: prima un senso di formicolio intenso, poi di disgregamento e di dissolvenza. A processo ultimato il corpo, ormai privo di consistenza, risultava etereo. La trasformazione della materia in energia pura provocava dolore, ma era un percorso obbligato, perché gli angeli non dovevano essere in alcun modo visibili agli uomini.

I tre entrarono nella stanza della Finestra sul Mondo.

«Buonasera, Unika. Buonasera, Yesod» salutarono all'unisono i nove angeli con sembianze di Gnomo che sotto la guida di Martin gestivano l'Osservatorio.

«È un piacere rivedervi.» Unika chinò il capo in segno di ossequio.

Quando entrava nell'Osservatorio, Unika restava sempre a bocca aperta. Non poteva fare a meno di apprezzare il lavoro di quei piccoli angeli dall'intelligenza spiccatamente scientifica. Passavano tutto il tempo a osservare gli avvenimenti nel mondo degli uomini e a compilare resoconti dettagliati e utilissimi, che davano a lei e a Metatron la possibilità di capire dov'era necessario un intervento e di decidere quali incarichi affidare agli angeli custodi.

«Ho bisogno di sapere a che punto sono Mizar e Merak» chiese Yesod, lasciando trasparire dalla sua voce un tono di leggera apprensione.

«Merak sta concludendo la sua missione» rispose prontamente Martin «e si sta preparando a rientrare.»

«E Mizar?»

«Mizar ha avuto qualche complicazione e necessita di altro tempo.»

«Vorrei parlargli.»

«Mizar non aspetta altro» affermò Martin. «Mi ha chiesto proprio stamattina di poter comunicare con te per raccontarti i suoi progressi.»

Yesod e Unika si posizionarono di fronte alla Finestra sul Mondo sintonizzata su Mizar.

Sullo schermo comparve l'immagine di un piccolo villaggio di periferia. In lontananza alcune case facevano da cornice a una chiesa di legno. In primo piano, seduta su una panchina, c'era una giovane donna dai lunghi capelli rossi. Aveva gli occhi socchiusi e l'espressione sofferente. Mizar era un tenue fascio di luce alle sue spalle e le stava parlando.

La giovane donna non udiva le parole di Mizar e non ne percepiva la presenza, ma la forza del pensiero dell'angelo riusciva a consigliare la sua mente. Gli angeli custodi dovevano stare vicini agli uomini, ma senza palesarsi, per evitare di influenzare le loro scelte. Il loro compito era di supportarli nei momenti difficili, illuminandone lo spirito e mostrando loro ciò che da soli non sarebbero mai riusciti a comprendere.

"Come stai, Mizar?" lo salutò il Drago.

"Yesod! Che felicità sentirti!"

"Sono qui per chiederti quanto tempo ti serve ancora: abbiamo un grave problema a Sefira ed è fondamentale che tu rientri al più presto."

"Non sono ancora pronto a salutare Emily." Mizar era rattristato. "L'incarico che mi hai affidato è molto delicato."

In quel momento Emily si alzò in piedi e Yesod e Unika si accorsero che era cieca.

"Emily non vuole dare alla luce la sua bambina" spiegò Mizar. "Considera la propria cecità un ostacolo invalicabile che le impedirebbe di essere una buona madre. Io so che lei è una persona speciale, capace di amare profondamente, e devo aiutarla a trovare la fiducia in se stessa." S'interruppe per un attimo e un'ombra solcò il suo sguardo. "Yesod... la bambina *deve* nascere perché, in qualche modo, ci aiuterà a dare una svolta al futuro."

Tutti restarono ammutoliti, colpiti da quell'affermazione.

"Te l'ha predetto l'Oracolo?" Unika era interessata.

"Sì" rispose Mizar. "Consulto sempre Allibis prima di partire per una missione: sa darmi importanti suggerimenti sul modo migliore per affrontarla. Questa volta mi ha stupito: ha detto che il mio compito era più rilevante di quanto tutti noi pensassimo, perché nel ventre di Emily sta crescendo una creatura che avrà un ruolo fondamentale nella nostra vita. Non ha saputo spiegarmi nient'altro, ma tanto mi è bastato."

Unika lo ascoltava con molta attenzione e non poteva fare a

meno di pensare all'ultima premonizione di Allibis. Le sue parole continuavano a risuonarle nella mente: *Unika tu non ci sei nel futuro! Unika, io non riesco a vederti nel futuro!*

Nonostante il senso d'inquietudine che l'attanagliava, volle stemperare l'angoscia che aveva percepito crescere in Yesod all'idea di non poter contare su Mizar. "Non preoccuparti, Yesod" lo rassicurò parlandogli con il pensiero. "Avevi previsto diciotto Angeli Guida. Sarete da subito in diciassette: possiamo considerarci comunque in forze." I suoi occhi erano accesi di speranza. "Mi sembra giusto che Mizar continui a stare accanto a Emily. Rientrerà appena gli sarà possibile."

Yesod annuì rassegnato.

«Cosa sta facendo Nishida?» domandò Unika, voltandosi verso Martin.

Lo Gnomo visualizzò lo spazio di Nishida su un altro schermo.

Una nave stava solcando le onde in mare aperto. Si vedevano alcuni giovani discutere animatamente. Tra di loro spiccava un ragazzo di poco più di vent'anni. Nishida era lo spirito alle sue spalle.

"Fratelli, sto per tornare a casa!" esclamò l'Elfo che aveva immediatamente avvertito la presenza dei suoi amici.

"Oggi il mio Diego e i suoi compagni sono riusciti a salvare un branco di balenottere azzurre qui in Antartide! Da mesi cercavano di proteggere il gruppo di cetacei in estinzione dai pirati del mare, gente senza scrupoli che insegue questi splendidi animali per catturarli con orribili pescherecci." Nishida era esultante. "Potete dire a Metatron che la mia duplice missione si è conclusa con successo! Sono riuscito a supportare Diego, infondendogli l'autostima necessaria per capeggiare gli altri ragazzi. E ho salvato l'equilibrio dell'ecosistema marino."

Unika ritrovò il buon umore di fronte all'entusiasmo di Nishida. "Quante balene hanno salvato?"

"Centotredici esemplari e hanno imparato come tenere a bada i bracconieri in futuro." Allargò leggermente le braccia, poi aggiunse: "Non hanno più bisogno di me quaggiù, quindi preparatevi al mio ritorno. Un po' mi dispiace, a dire il vero. Mi stavo divertendo a parlare con i pinguini e ho fatto amicizia con le foche".

Non fecero in tempo a ribattere che la sua immagine era già scomparsa dallo schermo.

«È arrivato! È arrivato!» urlò Martin, correndo nella stanza attigua, senza nascondere la propria trepidazione.

Unika e Yesod si scambiarono uno sguardo d'intesa e insieme volarono verso la Finestra del Passaggio.

Nishida era già lì. Rideva radioso sotto i folti capelli candidi come la neve, un po' scompigliati e raccolti dietro la nuca in una lunga coda di cavallo. Qualche ciuffo ribelle cadeva spettinato sulle spalle, lasciando intravedere le orecchie appuntite, adorne di una fila di orecchini lungo tutto il bordo esterno. La fronte alta e le sopracciglia ben disegnate sopra gli spettacolari occhi gialli gli conferivano un'espressione intensa e intelligente. Aveva lineamenti molto sottili, con un naso piccolo e perfettamente diritto che dava equilibrio all'ovale del suo volto, contrastando gli zigomi prominenti. La pelle era di un colore ambrato e metteva in risalto il sorriso immacolato.

Unika era rapita da quella bellezza un po' femminile e molto intrigante. Ed era inebriata dal forte profumo di muschio selvatico, mescolato al pino e al sandalo, che inondava l'aria intorno a lui.

«Avete sentito la mia mancanza, eh? Dite la verità!»

«Guarda che io non ti ho mai perso di vista!» Martin aveva la voce rotta dalla contentezza e gli si gettò tra le braccia, in una stretta di grande affiatamento.

Tuttavia, il tempo di godere di quell'atmosfera spensierata era finito. La voce di Metatron risuonò nella mente di Unika.

"Unika, ho trovato la soluzione."

Capitolo 11

CRAIG WALDEN

Maple Town, 15 anni dopo la Notte della Rinascita

«Mi chiamo Craig Walden e sono un docente universitario.»

In realtà l'uomo seduto da solo al tavolo del Lancelot non sembrava affatto un professore: fisico asciutto e scattante, jeans neri su scarponi neri, maglione a collo alto nero a sostenere un volto da ragazzo, scavato solo da qualche ruga d'espressione. Aveva i capelli cortissimi e brizzolati e doveva essere sulla quarantina. Eve rimase molto colpita dal colore dei suoi occhi: un'indefinibile fusione di verde e blu.

«Innanzitutto vi chiedo scusa per aver ascoltato i vostri discorsi, ma, come avrete modo di capire, sono qui per un motivo importante e, molto probabilmente, posso aiutarvi.»

«Alt, andiamo con ordine» lo interruppe Zack. «Cosa ci fa un sedicente professore universitario in un pub di Maple Town alle 11 di mattina di un freddo lunedì?»

«Sono arrivato da qualche settimana e sto cercando una persona. Quando si è sulle tracce di qualcuno, si hanno due possibilità: o lo si cerca in ogni buco o si attende che passi. Io ho scelto la seconda via: lo stavo aspettando nel posto più frequentato dai giovani della zona.»

«Deve trovare un ragazzo?» Zack lo incalzava in modo pacato, ma deciso.

«La persona che cerco dovrebbe avere più o meno quindici anni. Non ho altri indizi.»

Eve riuscì a scuotersi dallo stato confusionale in cui si trovava e fece la domanda più semplice e pesante. «Perché la sta cercando?»

Craig Walden puntò i suoi occhi in quelli di Eve e, prima di parlare, sembrò quasi esaminarla con lo sguardo. Poi, dopo un battito di ciglia sorprendentemente lungo, il professore continuò: «Insegno Teologia e, nei miei anni da accademico, ho approfondito lo studio dell'Antico Testamento. Senza falsa modestia credo di esserne uno dei maggiori esperti al mondo».

«Antico Testamento?» mormorò Zack, avvicinando il suo volto all'orecchio di Jo.

«La Bibbia» spiegò Craig Walden. «Contiene un vero tesoro di passato e di futuro, di verità e di saggezza, a disposizione di chiunque voglia appropriarsene. Ed è un peccato che nel mondo di oggi quasi nessuno la legga.» Il professore si accorse che il suo tono stava diventando paternalistico e cambiò registro. «La Bibbia è piena di storie suggestive che hanno convinto quelli come me a dedicarci la vita. Tra gli studiosi c'è chi ritiene che il testo rappresenti una potente raffigurazione metaforica della natura umana, completamente inventata e al di fuori di ogni realtà. Ma c'è anche chi, come il sottoscritto, pensa che alcuni degli elementi fondamentali dell'Antico Testamento siano invece presenti nella quotidianità, benché in una dimensione non percepibile dai nostri sensi.»

Craig Walden avvertiva chiaramente la confusione dei tre ragazzi e provò a spiegarsi meglio.

«È ovvio che la fede sta alla base di tutto: solo attraverso lo slancio del credere in modo istintivo e senza condizioni in qualcosa al di sopra di noi è possibile trovare un risvolto trascendente in ciò che ci accade. Il mondo si dividerà sempre tra coloro che nella nascita di un fiore a primavera vedono solo un ripetitivo manifestarsi della Natura e coloro che in quello stesso fiore leggono la meravigliosa forza del Bene Assoluto.»

Jo era rapito. Le parole di Craig Walden entravano nelle sue orecchie come pallottole che puntavano dritte al cuore. Pensava alla mimosa e all'emozione con cui ogni mattina cercava la speranza della rinascita fra i rami sottili. Non aveva mai attribuito alcun significato religioso a quelle sensazioni e non l'avrebbe fatto ora, nemmeno dopo il discorso di quel professore. Ma per lui la fioritura della mimosa non era *un ripetitivo manifestarsi della Natura*, poco ma sicuro.

«Ed è proprio questo slancio che mi ha spinto ad approfondire gli studi su una parte dell'Antico Testamento che ritengo reale, concreta e importante per l'esistenza del genere umano: l'Angelologia.»

A quel punto, i tre ragazzi erano totalmente persi. Con quel suo fare magnetico, il professore aveva prelevato tutta la loro attenzione per depositarla su una zattera alla deriva in un mare indefinito e poco comprensibile. Ma comunque affascinante. Mentre galleggiavano senza orientamento, l'esperto naufrago Zack prese l'iniziativa indicando la direzione.

«*Angelologia*? E che cosa sarebbe?»

«Lo studio degli angeli.» Craig Walden era emozionato e gli brillavano gli occhi mentre piazzava l'affondo decisivo. Scandì lentamente le parole senza distogliere lo sguardo dal viso enigmatico di Zack che, pur mantenendo la solita sicurezza, era accigliato. «È una branca di applicazione ristretta a pochissimi studiosi, convinti che gli angeli esistano e abbiano un ruolo nella vita degli uomini. Io penso che voi tre abbiate incontrato un'interessante varietà di angeli. Non fantasmi... angeli.»

Craig Walden s'interruppe per un attimo e scrutò con attenzione le espressioni dei ragazzi, infine riaprì bocca solo per pronunciare una frase lapidaria: «Gli angeli esistono. E voi li state incontrando».

Il volto pallido di Eve rifletteva una stanchezza profonda. Jo e Zack continuavano a scambiarsi sguardi affamati di complicità.

«Ci sono molte altre cose che dovete sapere» continuò il professore. «E sarò lieto di raccontarvele. Ma adesso è importante che nessuno di voi resti da solo. Dovete stare insieme e sorvegliarvi a vicenda.»

«Ma come facciamo?» chiese Eve, quasi disperata. «Dopo la scuola dobbiamo rientrare a casa.»

«Quando sono arrivato a Maple Town ho preso in affitto uno chalet piuttosto grande ai margini del bosco. C'è spazio per tutti e quattro e, se vi va, potete trasferirvi lì fin da subito. Potrei accompagnarvi a prendere il necessario per passare la notte fuori e poi condurvi alla baita. Staremo sempre insieme. Ai vostri genitori potrete dire che avete accettato un invito del vostro migliore amico e che rientrerete domani. Così vi coprirete a vicenda. Sono sicuro che non vi creeranno problemi.»

Di fronte all'ovvia titubanza dei tre giovani interlocutori, Craig Walden insistette, deciso. «Credetemi, ragazzi, è importante. Quando vi avrò spiegato ciò che penso vi stia accadendo... capirete.» Si alzò dal tavolo. «Allora, andiamo?» propose con convincente gentilezza, mentre i tre amici si sollevavano a propria volta dalle sedie con l'atteggiamento di chi non ha molte alternative.

Zack si mosse per primo, rivolgendosi al professore: «Devo solo fare una sosta... questi discorsi mi hanno fatto venire una gran voglia di visitare la toilette».

«Già, vale anche per me» gli fece eco Jo.

Entrambi si avviarono verso la scala che conduceva ai bagni. La sala principale del Lancelot era sotterranea e i servizi si trovavano a un livello ancora inferiore. Vi si accedeva percorrendo una gradinata molto stretta e poco illuminata, che portava a un locale ampio, somigliante a una vera e propria grotta, in fondo al quale si trovavano le due porte con i simboli dell'uomo e della donna. Il soffitto era in ombra e lasciava intravedere i grossi tubi in metallo di un vecchio impianto di riscaldamento.

Nonostante fossero sbalestrati e disorientati, i due ragazzi scesero gli alti scalini con la consueta agilità e attraversarono in silenzio l'antro che sembrava ancora più buio del solito. Zack ebbe un gesto di disappunto quando non riuscì a entrare nel bagno degli uomini: come spesso succedeva, era chiuso a chiave. Rimbalzò contro la porta e sbuffò contrariato, fece dietro front e, con gli occhi spazientiti rivolti in alto, tornò sui propri passi. «Vado a prendere la chiave.»

Jo appoggiò la schiena ai mattoni freddi e grezzi della parete e puntò lo sguardo nel vuoto, immergendosi nei propri pensieri. *La Bibbia, gli angeli... ma cosa abbiamo a che vedere noi con tutto questo? La Bibbia. Non l'ho mai letta. Credo di non averla mai vista, probabilmente a casa non ne abbiamo nemmeno una e...*

"Peggio per te."

Le parole si infilarono nella sua mente come un ago, facendogli male. Non riusciva a capire da dove provenissero, ma le aveva sentite. Impietrito si guardò intorno, girando solo le pupille, senza muovere un muscolo del corpo. Non vide nessuno. Si concentrò sull'idea che Zack fosse sul punto di riapparire, ma la voce dal nulla lo inchiodò di nuovo al muro.

"Anch'io non vedo l'ora che Zack torni qui, così ci divertiremo ancora di più."

Stavolta Jo realizzò con raccapriccio che le frasi non giungevano al cervello passando dalle orecchie, ma si formavano direttamente nella sua testa. E con altrettanta chiarezza comprese che chi gli stava parlando leggeva i suoi pensieri.

"Ecco che arriva, vediamo se ha più fegato di te."

I passi decisi che scendevano le scale risuonavano cupi e confusi. Quando le figure di Eve e Zack atterrarono rumorosamente nella grotta, Jo quasi non respirava per lo spavento.

Zack si stava rivolgendo a Eve con il solito tono secco e sgarbato. «Cerca di spicciarti, non farci fare mezzanotte come al solito.»

Eve si fermò davanti alla toilette delle donne. Zack proseguì verso quella degli uomini, facendo tintinnare tra le dita un pesante mazzo di chiavi. Lanciò un'occhiata a Jo e si accorse subito che qualcosa non andava. «Che ti succede?»

"Lui ha paura. E tu?"

A Zack si gelò il sangue nelle vene appena si rese conto che la risposta non proveniva da Jo. «Eh?!?!» urlò, poi scattò all'indietro e assunse istintivamente una posizione di difesa: le spalle contro il muro, il piede destro spostato in avanti, il braccio sinistro un po' piegato ed entrambe le mani basse e strette a pugno. «Chi c'è? Chi è?»

Nel breve istante che seguì, Zack fissò Jo con aria interrogativa. Lui scosse la testa, senza parlare. Subito dopo si voltò verso Eve, che era a pochi metri da lui, atterrita e pallidissima.

"Ti ho trovato."

Jo riuscì a riprendersi e cominciò a osservare l'ambiente che li circondava. Prima ispezionò la grotta, poi alzò gli occhi verso la volta buia. Fece scorrere lentamente lo sguardo sui grandi tubi che si intravedevano nell'oscurità fino a che ebbe la sensazione di scorgere un luccichio. Si fermò. Aggrottò la fronte, aguzzando la vista e gli sembrò di focalizzare due piccoli punti luminosi. Fluttuavano in prossimità del soffitto, al di sopra della tubatura più imponente, che sovrastava il tramezzo alla destra delle porte dei bagni. Rabbrividì quando capì che i due minuscoli bagliori si spegnevano per poi riaccendersi, con il tipico ritmo di due occhi su cui si abbassano le palpebre. Fece schioccare le dita per attirare l'attenzione degli amici. Con un cenno del mento indicò i due bulbi che squarciavano le tenebre.

"E adesso voi avete trovato me. Bene."

Un leggero fruscio lasciò intendere un rapido movimento. Gli occhi sparirono per un istante. Riapparvero. Poi scomparvero di nuovo, in uno spostamento continuo lungo il tubo, verso il centro della stanza, nella zona più illuminata. Ci volle qualche secondo perché il grosso ratto venisse completamente alla luce. Aveva le dimensioni di un gatto e la coda lunga quanto il corpo. L'espressione seminascosta dai baffi spessi e arruffati era resa spaventosa dallo strano e agghiacciante barlume che traspariva dalle iridi vitree e dal terribile ghigno della bocca.

"Bravi, state fermi e lasciate che io..."

All'improvviso due ragazze uscirono dal bagno, chiacchierando animatamente. Quando videro i tre che se ne stavano lì immobili, la bionda con i capelli cortissimi e il piercing sul sopracciglio sorrise ed esclamò: «Ciao, Zack!»

Zack colse l'attimo: approfittando della confusione provocata dall'arrivo delle ragazze, si concentrò sul faretto di luce arancione che illuminava l'antro, alzò il braccio sinistro per prendere la mira e con il destro gli scaraventò addosso il mazzo di chiavi. Centrò il bersaglio con incredibile precisione: la lampada esplose con fragore, facendo piombare la grotta nell'oscurità e innescando un incendio di urla terrorizzate.

La voce di Zack si elevò altissima per sovrastare le grida. «Via! Via di qui!»

In quei secondi di buio assoluto nessuno fu in grado di capire cosa stesse succedendo. Lo scalpiccio caotico si indirizzò verso il vago chiarore che filtrava dalla rampa di scale. I ragazzi si arrampicarono affannati su per i gradini e, quando emersero in mezzo ai tavoli del Lancelot, sembravano usciti dall'oltretomba. Si guardarono increduli e poi vennero sopraffatti dalla voglia impellente di uscire all'aria aperta. Lo fecero senza dirsi nulla. La grotta, intanto, era ripiombata nel silenzio tombale di sempre. Forse non c'era più nessuno. Forse.

Craig Walden li aspettava fuori dal locale. Aveva deciso d'infondere serenità, quindi non li rimproverò per il ritardo. Notò la loro espressione atterrita, ma la attribuì all'impatto emotivo della conversazione che si era svolta qualche minuto prima. Li accolse con un largo sorriso e li condusse alla sua jeep. «Su, è ora di andare. Salite.»

Eve si sedette davanti, mentre Jo prendeva posto sui sedili posteriori, spostandosi per lasciare spazio a Zack.

La sensazione nei cuori di tutti era che, in quel breve lasso di tempo trascorso al Lancelot, il mondo fosse cambiato. Nulla appariva più come prima. Zack chiuse la portiera e, mentre si calava il berretto sulla fronte, si rivolse al professore: «Perché è venuto qui? Perché fa tutto questo per noi?»

«Domande più che lecite che troveranno risposte esaurienti» sospirò Craig Walden, accendendo il motore. «Per ora, diciamo che molto probabilmente a Maple Town si sta compiendo un passaggio fondamentale per il futuro dell'umanità. Se le mie ricostruzioni sono esatte, due fiumi impetuosi hanno rotto i loro argini e stanno convergendo proprio qui.»

«Ma noi che cosa abbiamo a che fare con tutto questo?» Eve aveva la voce scossa dal pianto.

«Uno di voi tre è la causa del problema. E dobbiamo augurarci che possa rappresentarne anche la soluzione.»

Capitolo 12

LA DECISIONE

Valle di Sefira, 17 ore prima della Notte della Rinascita

L'odore di legno e di pelle emanato dagli scaffali pieni di libri arrivò intenso alle narici di Unika, quando varcò la porta d'ingresso della Torre. Respirò a pieni polmoni e si abbandonò alla rasserenante sensazione di essere a casa. Il fuoco nel camino era acceso e diffondeva un dolce tepore. Tutto sembrava immobile e sospeso. In attesa.

I pensieri di Unika viaggiavano veloci come rondini e il cielo ne seguiva i movimenti. Quando l'angelo biondo rifletteva intensamente, la sua mente s'impossessava della Natura e influenzava le condizioni atmosferiche. A Sefira si era alzato un vento impetuoso che spazzava ogni cosa e piegava le cime degli alberi. Le nuvole correvano agili, cambiando di continuo forma e colore. Ora scendevano gocce di rugiada, ora fiocchi di neve. E la notte assumeva le sembianze di un'aurora boreale.

«Rilassati, Unika.» La voce di Metatron arrivò leggera e rassicurante. «Ferma per un attimo la tua immaginazione. Ho bisogno della tua intelligenza lucida: dobbiamo prendere una decisione importante.»

Il Saggio era nella stessa posizione in cui l'aveva lasciato qualche ora prima: a mezz'aria, di fronte all'ampia vetrata, con gli occhi fissi sulla foresta. Sul tavolo di fianco a lui era appoggiato il *Libro degli Incantesimi*. Era aperto e dal suo testo si levava una nube d'impalpabili particelle di pulviscolo opalescente.

Era un volume incantato che racchiudeva tutta la scienza della magia e dei sortilegi. Poteva essere consultato solo da una creatura in grado di dominarlo, attraverso la padronanza dei principi dell'Universo visibile e della dimensione oscura. Unika ne conosceva il contenuto quasi a memoria e amava la forza che si sprigionava dalle sue pagine. Si avvicinò alla scrivania, lo prese delicatamente tra le mani e si lasciò investire dal brivido d'energia che ne scaturiva: lo sentì accendersi al contatto con le dita. Pulsava. Comunicava. Era vivo.

La scrittura era quella dell'antico alfabeto di Sefira. Simboli e immagini si susseguivano riga dopo riga, foglio dopo foglio. La pronuncia era sorda e profonda e il linguaggio era comprensibile solo dagli Angeli Guida.

La fibra cartacea con cui era stato creato il libro era nata dall'impasto e dalla fusione di elementi molto rari, provenienti da luoghi geograficamente energetici: aghi di abete bianco, principe delle foreste dell'emisfero boreale; corteccia di sequoia gigante dalle coste del Pacifico; radici aeree di palma dall'Isola del Cielo Infinito nella Polinesia occidentale; foglie e aculei di castagno dei Cento Cavalli dal parco del vulcano dell'Etna; petali di ninfea stellata delle nevi eterne dalle vette dell'Himalaya.

Gli occhi di Unika si posarono sulla pagina aperta. Metatron aveva sottolineato alcuni passaggi e appuntato note ai margini. Si trattava di un incantesimo potente e impegnativo.

«Mi hai detto di aver trovato la soluzione...» disse Unika, mentre cercava d'interpretare le meditazioni del Saggio.

«Ho riflettuto a lungo su quello che mi hai suggerito. Credo che la tua intuizione abbia senso, anche se continuo a essere convinto che sia rischioso nascondere la Fiamma della Vita nel mondo degli uomini.»

Unika ascoltava attenta. Un fremito di apprensione le increspò la pelle. I suoi pensieri non si erano calmati: Sefira era travolta da un'impetuosa bufera di neve.

«Affidare la Fiamma della Vita a un nuovo angelo potrebbe rivelarsi un errore fatale, perché il prescelto potrebbe non essere all'altezza del compito. Ritengo invece che la Fiamma dovrebbe essere custodita dall'angelo più forte che abbiamo.»

La mente di Unika guizzava tra le parole del Saggio e ciò che decifrava sulle pagine del volume.

«Sì, è proprio così» la anticipò Metatron, leggendole nell'anima. «Sto pensando all'incantesimo della Rinascita. L'abbiamo praticato molte volte sugli angeli che avevano perso del tutto la fiducia in se stessi. Con questo sortilegio siamo riusciti a farli rinascere, riportandoli alle origini e donando loro una nuova possibilità. Attraverso la cancellazione del passato, dei ricordi, delle esperienze e dei fallimenti abbiamo regalato loro la chance di ricominciare da capo. Abbiamo avuto quasi sempre successo: sono rinati, sono cresciuti e si sono rinnovati in angeli migliori» concluse puntando gli occhi in quelli di Unika.

«Non dobbiamo dimenticare il prezzo molto alto pagato da chi li amava» ribatté lei, malinconica. «L'angelo che decide di rinascere scompare completamente per generare un nuovo se stesso, partendo dall'infanzia.» Si interruppe per un attimo, in una pausa carica di tensione, poi aggiunse: «Di fatto, è come se morisse».

«È vero, ma chi ha scelto di rinascere l'ha fatto di sua spontanea volontà. Nessuno è mai stato costretto» sottolineò il Saggio.

Unika annuì, nella sua testa si agitavano mille domande: *Metatron vuole effettuare l'incantesimo su un Angelo Guida di cui conosce perfettamente le potenzialità per affidargli la Fiamma della Vita? L'obiettivo è lasciarlo crescere, ignaro di tutto, nel mondo degli uomini?*

«Non sto pensando di fare l'incantesimo a un Angelo Guida. Sto pensando di farlo a te.»

Unika sobbalzò. Per un istante il cuore le si fermò nel petto e il sangue pulsò doloroso nelle vene. Sentì un tremore partirle da dentro e scuoterla tutta. Le gambe vacillarono, mentre le mani e i piedi si raffreddavano come se la temperatura della stanza fosse scesa di colpo sotto lo zero. Non riusciva più a controllare il suo corpo, che ormai era in uno stato di totale turbamento.

Sefira era avvolta da una sferzante tormenta di grandine.

«Riflettici bene» la incalzò Metatron, calmo ma incisivo. «Nessuno meglio di te può custodire la Fiamma della Vita. Sei l'angelo migliore. Persino migliore di me, e lo sai bene. Se esiste anche solo una remota possibilità di riuscire in questa missione, quella possibilità sei tu.»

Unika non era più in grado di parlare. Ogni parola le si spegneva in gola e ogni idea svaniva nella sua mente incredula.

"Ho meditato a lungo" continuò Metatron "e non vedo nessuna valida alternativa. L'idea di perderti mi spacca il cuore e Sefira non può fare a meno della tua esistenza. Ma questo è anche l'unico modo che ho per salvarti da Ophidiel e per darti la possibilità di creare nuovi angeli, quando il pericolo sarà passato." Metatron parlava con il pensiero, il corpo immobile e il viso privo d'espressione. Aveva usato il potere dello Schermo delle Emozioni per non far trasparire i propri sentimenti. Dentro di sé piangeva come mai prima di allora: Unika era tutto per lui. Era la vita ed era la speranza. Ora non poteva più avere vita e speranza insieme. E stava decidendo di mettere fine alla vita per mantenere la speranza.

Unika era commossa. Iniziò a volare avanti e indietro per la stanza, spostando turbini leggeri di aria.

Respira. Calmati. Rifletti, continuava a ripetersi, mentre il suo battito accelerava senza tregua.

Sefira era colpita da pesanti scariche di saette e lampi, che squarciavano il cielo con frustate di pura energia.

«Capisco il tuo stato d'animo.» Metatron aveva un tono gentile. «E non mi aspetto una risposta immediata. Non sarò io a dirti cosa fare. Questo è solo il mio parere. Sarai tu a decidere del tuo futuro e di quello di Sefira.»

Respira. Calmati. Rifletti. Respira. Calmati. Rifletti... Poco alla volta i nervi di Unika iniziarono a rilassarsi e la tensione a svanire. *Metatron non vuole disorientarmi, sta solo cercando di trovare una soluzione per salvare la Fiamma della Vita e la Chiave della Felicità...*

«La Fiamma della Vita e la Chiave della Felicità!» esclamò ad alta voce, quasi gridando. «Alla Fiamma della Vita abbiamo trovato una sistemazione, ma che ne sarà della Chiave della Felicità?»

«Resterà a Sefira. La proteggeremo negli abissi del Lago del Ghiaccio Perenne, dov'è ora.»

«Non sono d'accordo!» protestò Unika. I suoi occhi erano accesi e brillavano della luce talentuosa dell'ingegno. «Se dobbiamo rischiare, facciamolo fino in fondo!»

Tutti i vulcani di Sefira iniziarono a eruttare e il suolo tremò.

«Cosa significa?» Anche se Metatron la conosceva da sempre, non finiva mai di stupirsi di fronte a tanto vigore.

«Sto pensando all'incantesimo dello Sdoppiamento» rispose Unika. «Quello che consente di creare due entità partendo da una stessa fonte. Potremmo unire i due incantesimi e... sì, potrebbe funzionare. Se troviamo il modo di effettuare in simultanea l'incantesimo della Rinascita e l'incantesimo dello Sdoppiamento, io svanirò e, anziché rinascere in una bambina, darò vita a due creature. Una andrà nel mondo degli uomini con la Fiamma della Vita, l'altra custodirà nel cuore la Chiave della Felicità e crescerà qui, con te. Ti prenderai cura di lei, come hai già fatto con me.» Unika inspirò: aveva parlato ininterrottamente e di getto, esaurendo tutta l'aria nei polmoni.

A Sefira iniziava a sorgere il sole all'orizzonte, gonfio di luce scintillante.

Metatron la guardava, silenzioso. Per l'ennesima volta Unika gli aveva dato prova di essere una fonte inesauribile d'intelligenza e spirito creativo. Era veramente l'unico angelo in grado di sconfiggere il Male e di disegnare il futuro. E ce l'avrebbe fatta. Da sola o sdoppiata.

«In fondo, continuerai ad avere una parte di me qui con te» concluse Unika. «Una piccola Unika a cui insegnare e a cui volere bene. Sarò io. Magari con meno esperienza, ma con questi occhi e con questa anima.»

Entrambi sentirono una morsa al cuore. Si fissarono intensamente, comunicando con gli sguardi i loro più profondi sentimenti. Un breve attimo colmo di eternità.

«Non hai considerato una cosa importante» riprese Metatron.

«Quale?»

«L'incantesimo dello Sdoppiamento non è mai stato provato sugli angeli. Ho fatto io stesso qualche esperimento su alcune piante, ma nulla di più. Il rischio di un insuccesso è molto elevato.»

«Che cosa può succedere?»

«Non lo so.»

«Quindi non esiste alcuna controindicazione sicura. Perfetto, a questo punto non ci resta che procedere» dichiarò Unika con l'energia di chi vuol far seguire l'azione al pensiero.

«Calma, Unika. Lo sai, non si fa un incantesimo del quale non si conoscono le conseguenze.»

«Che alternativa abbiamo?»

Metatron allargò le braccia, in segno di rassegnazione. «Nessuna. Purtroppo nessuna.»

Si trovavano in una situazione di difficile stallo. La decisione da prendere era gravissima e gli elementi a disposizione insufficienti.

Unika osservava nervosamente il testo che teneva stretto tra le mani, quando avvertì un impulso farsi largo nel suo petto. Senza pensare, lasciò che fluisse impetuoso, così come lo sentiva. E si rivolse al libro: «Libro magico, tu che hai vita e potere, aiutaci a decidere». Mentre le parole le uscivano dalla bocca, si sorprese del suo stesso atteggiamento. Non aveva mai comunicato con un libro prima di quel momento.

Il Libro degli Incantesimi iniziò a vibrare e dalle pagine scaturì una fiamma sottile di colore verde acceso. Era molto allungata e aveva contorni indefiniti: si muoveva in un inafferrabile perimetro di piccole nebulose scintillanti agitate dall'aria. Ondeggiava sinuosa verso l'alto e la sua luce irradiava un inconsueto calore. Dopo pochi secondi la fiamma scomparve. Il volume si fermò. Tutto tornò alla normalità.

Unika e Metatron si scambiarono uno sguardo eloquente. L'incredulità lasciò il posto all'intima complicità di sempre.

Adesso sapevano cosa fare.

Capitolo 13

PENSIERI SULLA JEEP

Maple Town, 15 anni dopo la Notte della Rinascita

Completamente bianche, le colline scorrevano veloci fuori dai finestrini. Le chiacchiere leggere all'interno della jeep si accompagnavano al desiderio di rilassarsi dei quattro passeggeri, dopo l'avventura al Lancelot.

Una volta saliti a bordo, Eve e Jo avevano raccontato in modo concitato a Craig Walden ciò che era accaduto davanti ai bagni del locale. Il professore aveva fatto molte domande, trovando nelle risposte un'ulteriore conferma alla propria tesi. Poi, pacato come sempre, aveva cercato di rasserenare i ragazzi.

Zack si era sistemato sul sedile posteriore dietro a Eve, con la nuca accoccolata contro il poggiatesta e il berretto parzialmente calato sugli occhi chiusi. Ogni tanto li apriva e guardava il mondo senza ascoltarlo: nelle sue orecchie dilagava la musica, e la realtà che si mostrava alla sua vista prendeva forme e significati diversi e altrimenti impensabili. Nell'mp3 di Zack c'era di tutto. La sequenza dei brani era rigorosamente casuale e, dopo una canzone recentissima, poteva capitare un vecchio classico di quando lui non era ancora nato. In quel preciso istante passava una hit un po' datata, un melodico-elettronico che stava tornando di gran moda. Zack adorava la fusione tra la chitarra ritmata e le tastiere.

L'insieme era di forte impatto. Ascoltò la prima strofa e poi alzò il volume, fino quasi a distorcere i bassi.

There's a fine line drawing my senses together
and I think it's about to break.

Un filo sottile tiene insieme i miei sensi
e credo che stia per spezzarsi.

Il ragazzo si divertiva a inseguire le trame disegnate dalla successione dei pezzi musicali e a metterci dentro il presente che aveva davanti: cose, persone ed emozioni si coloravano, componendo quadri che solo lui poteva vedere. Diede una rapida occhiata al paesaggio innevato e poi diresse lo sguardo su Craig Walden, al volante della jeep. Al suo fianco, Eve appariva calma e piuttosto loquace. Potevano sembrare una coppia di fidanzati in vacanza. Belli, sereni e desiderosi di parlarsi un po' addosso in vista di un futuro promettente. Già, il futuro... cosa gli avrebbe riservato? L'inquietudine che continuava ad agitarsi nell'addome di Zack era ingombrante. Gli ricordava quella che aveva provato sei anni prima, quando all'uscita di scuola invece di sua madre aveva trovato zia Mary Anne. Gli aveva detto che i suoi genitori erano dovuti partire e che lui sarebbe andato a stare da lei per un po'. Zack rivisse per un attimo la drammaticità e la vuota solitudine di quell'istante. Ebbe una vertigine e rammentò la sensazione che l'aveva attanagliato: la frustrazione di quando aveva capito che il suo mondo stava cambiando, prendendo una direzione sconosciuta e incontrollabile, senza dargli possibilità di scelta.

Da allora non aveva mai più rivisto i suoi.

Adesso, nella jeep di un professore di Angelologia, Zack cercava di prevedere quale altra svolta avrebbe investito la sua vita. Ma, come quel giorno, era in piena deriva: aveva male allo stomaco e la mente naufragava confusa. Poi pensò a Jo. Si chiese come stesse vivendo quell'esperienza. Si girò verso l'amico e si sorprese nel vederlo dormire. Il volto era disteso, l'espressione serena. Di solito Jo era il più agitato tra i due e la tranquillità che mostrava in quella situazione stimolò Zack a riflettere. Provò a convincersi che forse si stava preoccupando troppo, che una volta arrivati allo chalet avrebbero avuto spiegazioni esaurienti da Craig Walden, che non sarebbe stato difficile trascorrere una piacevole giornata e che al mattino seguente si sarebbero svegliati per andare a scuola tutti insieme. Ma il suo stato d'animo non cambiò. I pensieri positivi scivolavano sulla superficie impermeabile dell'angoscia, che montava insieme al crescendo della musica nelle orecchie.

If I listen close I can hear them singers oh-oh-oh
Voices in your body coming through on the radio-oh-oh

Se ascolto bene posso sentirle cantare oh-oh-oh
Le voci del tuo corpo che giungono dalla radio-oh-oh

Zack era sull'orlo di una crisi di panico, quando una mano si posò decisa sulla sua gamba facendolo sobbalzare. Aprì gli occhi di scatto e afferrò al volo lo sguardo dolce di Eve. Stava muovendo le labbra e lui riuscì a coglierne le parole.

«Siamo arrivati. È ora di scendere.»

Zack si tolse gli auricolari e ripose il lettore nella tasca del giaccone.

Ancora una volta un evento casuale l'aveva salvato appena in tempo. Sistemò il berretto sulla fronte e scese dalla jeep. Recuperò lo zaino dal bagagliaio, mentre gli altri erano già davanti alla porta d'ingresso della baita. Chiuse energicamente il portellone e si avviò con lentezza, calpestando il misto di neve fresca e ghiacciata che ricopriva l'erba del giardino. Nel suo stomaco, l'inquietudine si stava sciogliendo. Dalle sue tasche, l'mp3 ripeteva il ritornello del brano che l'aveva accompagnato per tutto il tragitto.

The Union of the Snake is on the climb.
Moving up, it's gonna race,
it's gonna break through the borderline.

La Setta del Serpente sta crescendo.
Avanza e presto comincerà a correre
per sfondare il confine.

Capitolo 14

UNIKA E GLI ANGELI GUIDA

Valle di Sefira, 9 ore prima della Notte della Rinascita

Le ali di Yesod erano tese e spingevano vigorosamente l'aria. La pressione dei suoi ampi movimenti creava una resistenza roboante nell'atmosfera, aprendo un varco invisibile in mezzo al cielo in cui il suo corpo nervoso avanzava possente.

Era stata una notte di tempesta: pioggia, neve, grandine e venti furiosi si erano scatenati sulla valle. Yesod conosceva la causa di quell'uragano: qualcosa di grave tormentava l'animo di Unika. Aveva ricevuto la sua chiamata e adesso stava volando da lei. Nella sua voce aveva sentito una combinazione indistinta di sentimenti, tutti inspiegabilmente intrecciati: coraggio e paura, fiducia e incertezza, eccitazione e malinconia. Opposti molto forti, saldamente uniti.

Yesod cercava di rilassarsi in volo, osservando dall'alto Sefira, avvolta in una fitta coltre di nebbia densa e umida. L'aria fresca del giorno gli accarezzava il muso e gli scompigliava le piume. Le narici erano dilatate e gli occhi guardavano fissi la linea dell'orizzonte, alla ricerca di qualcosa che ancora non vedeva. A un tratto, in fondo alla valle, la Torre di Metatron spuntò imponente, come un faro in mezzo al mare di foschia. Il cuore di Yesod s'infiammò nel cogliere, man mano che si avvicinava, il profilo di Unika, in attesa sulla terrazza. Aveva i capelli raccolti in un morbido chignon che le donava un aspetto elegante, mettendo in risalto il collo sottile e delicato. Le braccia nude erano distese lungo i fianchi e i piedi si tendevano sulle punte, come per protendersi verso il cielo.

Yesod incrociò il suo sguardo e percepì l'intensità delle pupille ellittiche che pulsavano energiche nell'abbraccio delle iridi color indaco.

«Come posso dare un po' di sollievo al tuo spirito?» le chiese il Drago appena toccò il suolo di fianco a lei.

«Non sono riuscita a nascondere i miei pensieri...»

«Direi proprio di no.» Yesod le sorrise con tenerezza. «Non ho mai visto tanta neve a Sefira...»

Unika arrossì, imbarazzata per la confusione che aveva generato. La sua espressione era quasi indifesa, ma la sua anima vibrava più determinata che mai. «Ho parlato a lungo con Metatron e siamo giunti alla conclusione che dobbiamo trovare un nascondiglio più sicuro per la Fiamma della Vita e la Chiave della Felicità.»

Yesod la seguiva con la devozione di sempre. «Cosa vuoi che faccia?»

«La missione che ci aspetta è decisiva. E se non avremo successo, sarà la fine. Ti è chiaro questo, vero?» gli disse Unika, anziché rispondere alla domanda.

«Chiarissimo.»

«Per il bene di tutti, è fondamentale che nessuno scopra quello che stiamo per fare.»

L'orgoglio di Yesod fu toccato nel profondo dalla sterminata fiducia che Unika aveva nei suoi confronti. Il Drago s'inginocchiò davanti a lei, chinò il capo e, con l'emozione che gli spezzava il respiro, sussurrò: «È un grande onore per me essere al tuo servizio. Puoi chiedermi quello che vuoi. Sono disposto a dare la mia vita per te e per Sefira».

«Lo so, ma spero non sia necessario.» Le parole le si strozzarono in gola, mentre si rendeva conto che, comunque fosse andata, per lei non ci sarebbe stato un domani. Un nuovo inizio sì, ma non un futuro costruito sul passato. Di colpo rivide nella sua mente il volo di qualche ora prima: nella notte, sotto un firmamento di stelle, sul dorso di quell'enorme creatura buona che ora le stava dimostrando stima, fedeltà e affetto inesauribili. Non riuscì a controllare il turbamento che si impossessava del suo cuore e gli occhi le si riempirono di lacrime.

Il cielo di Sefira si rabbuiò all'istante e cominciò a cadere la pioggia. Gocce trasparenti e sottili scendevano dal cielo e inondavano la valle.

«Scusami, Yesod. Mi sento molto fragile in questo momento.» Unika si strinse nelle spalle e scrollò il capo a destra e sinistra, come per scacciare i cattivi pensieri. Senza asciugarsi le lacrime, riprese il filo del discorso: «Ti ho chiamato perché ho bisogno di te per due compiti di vitale importanza. Innanzitutto, dovrai radunare tutti i tuoi Angeli Guida sulla Terrazza senza Confini, dove comunicheremo loro l'imminente minaccia. Dopo di che vai al Lago del Ghiaccio Perenne a recuperare la Fiamma della Vita e la Chiave della Felicità. Devi portarle qui. Se ti serve aiuto, chiedilo a Nishida. Gli altri angeli devono essere tenuti all'oscuro».

«Dobbiamo fare in fretta, non è così?»

«Non so quanto tempo ci resta. È necessario agire il più velocemente possibile.»

«Ce la faremo» affermò Yesod. Poi sollevò il grande muso e, con uno sguardo carico di rassegnazione, aggiunse: «Immagino che questo sia tutto quello che mi sarà dato di sapere».

«Sì. Ma è per il tuo bene. Ed è per il bene di Sefira. Fidati di me, so che puoi comprendere.»

Yesod annuì. «Capisco e lo accetto. Anche se vorrei poter essere di maggior aiuto.»

«Stai già facendo molto. Tutto il resto, purtroppo, lo dovrò fare da sola.»

«Con Metatron?» domandò il Drago allarmato.

«Con Metatron, ma da sola» concluse Unika enigmatica.

Appena Yesod spiccò il volo, Unika corse al pianterreno, di fronte al camino. Era il luogo della Torre che più le infondeva calma e concentrazione. Si sedette per terra a gambe incrociate, di fronte alle fiamme che crepitavano con forza. Fece un respiro profondo, poi inclinò la testa all'indietro e tese le braccia verso l'alto. Con la mano destra afferrò il polso sinistro e si allungò ancora di più, quasi come per toccare lo spazio infinito. Restò in quella posizione finché sentì la schiena rilassarsi e la tensione sciogliersi. Chiuse le palpebre e animò il potere dello Schermo delle Emozioni. Non l'aveva mai fatto prima, ma ora non poteva più permettere che Sefira leggesse quello che aveva dentro. Prolungò per qualche minuto quel prezioso sprazzo di solitudine, poi si alzò in volo verso la Terrazza senza Confini.

Quando Unika arrivò, Yesod aveva già radunato gli Angeli Guida. Erano diciassette in tutto. In più c'era Allibis, con un'espressione cupa e molto triste. Unika era tesa, ma la vista dei suoi compagni riuniti le diede un guizzo di felicità.

La Terrazza senza Confini era una vasta radura rocciosa a tremila metri di altezza, anfiteatro naturale in mezzo alle vette innevate dei Monti Tailli. Lo spettacolo che offriva era grandioso: lo sguardo poteva spaziare senza limiti attraverso valli, pianure, colline e montagne altissime, per raggiungere le distese verdi e le estensioni desertiche che solo il cielo riusciva a colmare.

La luce era pulita e resa ancor più penetrante dal riverbero della neve, che le donava un chiarore difficile da sostenere a occhio nudo. Si respirava un'aria rarefatta e il freddo era l'inseparabile compagno del silenzio. L'unico rumore era il leggero mormorio dell'acqua dei ruscelli sotterranei. Non c'era vegetazione, ma solo sporadici ciuffetti di muschio e di licheni che rivestivano la superficie pietrosa, rendendola, a tratti, quasi vellutata.

Unika si librò in cielo. Erano tutti schierati, concentrati e attenti, in attesa delle sue parole. Lei era agitata, ma sapeva che lo Schermo delle Emozioni avrebbe evitato agli Angeli Guida di leggere la sua mente e di cogliere i suoi sentimenti. E la sua coscienza non avrebbe più influito sulle condizioni atmosferiche di Sefira.

L'animo di Unika era scosso da pensieri e visioni tanto potenti quanto disordinati. Avrebbe voluto comunicare una buona notizia, annunciare l'inizio di un periodo positivo oppure festeggiare la sconfitta del Male. *Chissà se un giorno, alla fine di tutto questo, Unika bambina si troverà nelle condizioni di poterlo fare,* si chiese. Per un istante dimenticò ciò che la circondava. Sognò. Lasciò volare l'immaginazione e visualizzò una bellissima ragazzina bionda nello stesso posto in cui si trovava lei in quel momento. La vide parlare fiduciosa e sorridente a un esercito di angeli valorosi che pendevano dalle sue labbra.

Istintivamente cercò gli occhi di Allibis che, a differenza di tutti gli altri, riusciva a superare lo Schermo delle Emozioni. La stava fissando. Non era più tenebrosa, il suo volto si era rischiarato e un tenue rossore le coloriva le guance. Con il capo fece un impercettibile cenno di assenso, lasciando trasparire ottimismo. A Unika fu sufficiente per sentirsi rassicurata.

«Grazie per essere accorsi subito e con così poco preavviso» esordì Unika. «Come vi ha anticipato Yesod, Ophidiel sta tornando. Vuole impossessarsi della Fiamma della Vita e della Chiave della Felicità.» Prese fiato. «Quando è stato esiliato era debole ed esangue, ma siamo certi che abbia acquisito nuova forza e che si sia creato un esercito di Dominati, creature terribili, plasmate dalla materia e inscindibilmente legate al suo volere. È ancora imprigionato a Thinkingblu, ma pensiamo che abbia sviluppato la capacità di penetrare nella mente degli angeli e degli uomini per impadronirsene.»

La platea era ammutolita. Unika non riusciva a distinguere dove finisse la preoccupazione e dove cominciassero la collera e la volontà di annientare per sempre Ophidiel.

«La minaccia di un'invasione non è mai stata così concreta: da oggi siamo in guerra!» annunciò tutto d'un fiato.

Le sue parole scavarono un varco nell'anima degli ascoltatori, che ne furono feriti come se una lama affilata li avesse trafitti.

«Una guerra che non sappiamo ancora su quale terreno di battaglia si compirà. Potrebbe essere una lotta corpo a corpo, ma potrebbe anche essere un duello tra poteri oscuri, per il quale dovremo mettere in campo forze di ogni genere: dalla magia alla scienza, dall'energia della nostra intelligenza a quella del nostro spirito.» Li fissò a uno a uno. «Non ho molto altro da aggiungere, a parte la triste consapevolezza che se non ce la faremo sarà la fine per noi, per Sefira e per il mondo.»

Yesod sollevò lo sguardo verso il cielo e capì che Unika aveva alzato uno scudo che impediva agli Angeli Guida di leggere i suoi sentimenti. Si chiese che cosa stesse nascondendo. In cuor suo sapeva che qualsiasi cosa fosse, lo stava facendo per tutti loro. Ma non riusciva ad accettare di stare a guardare mentre lei si sobbarcava una responsabilità così gravosa.

«Non è tutto. Abbiamo il fondato sospetto che Ophidiel voglia colpire anche gli uomini e diventarne il dominatore assoluto.» Unika fece ricorso a tutta la determinazione che aveva per proseguire nella bugia che stava propinando ai suoi amici. «Dobbiamo evitare a tutti i costi un conflitto sanguinoso sulla Terra. Potrebbe costare il sacrificio di troppe vite innocenti. Per questo motivo, Metatron mi ha chiesto di andarci subito: dovrò individuare i possibili punti di attacco dell'esercito del Male e annientare in anticipo la sua offensiva. Sarà una mossa preventiva, che dovrò svolgere da sola per essere adeguatamente veloce e incisiva.» Sospirò, come per liberarsi dalla morsa di dolore che le attanagliava la gola, e aggiunse: «Credo che starò via a lungo... partirò nelle prossime ore».

Questa era la parte che le pesava di più. Stava mentendo ai suoi angeli. Non sarebbe mai riuscita a perdonarsi e a farsene una ragione.

Allibis era di nuovo triste, ma non aveva perso il suo sorriso carico di stima e affetto.

«È necessario dividerci su due fronti. Per questo non potrò starvi vicino fisicamente nella difesa della nostra amata Sefira. Ma la mia anima resterà qui, con voi. Non ci vedremo per molto tempo ma dovete sapere che sarò sempre al vostro fianco. Qualsiasi cosa succeda, nulla ci potrà mai separare.»

S'interruppe e, per qualche secondo, esplorò gli occhi dei suoi compagni. Traboccavano lacrime di ammirazione e amore, che solcavano incontrollate i visi smarriti. E quando riprese a parlare riversò i propri sentimenti nelle parole che pronunciava. «Se avessi dovuto disegnare la mia storia, non sarei stata in grado di pensarla così ricca e meravigliosa. Semplicemente perché non avrei mai potuto immaginare che al mondo potessero esserci angeli così speciali. Senza di voi io non sarei nulla e la mia esistenza non avrebbe valore. Siete i miei amici. Siete i miei fratelli. Siete la mia casa. Siete la mia vita. Lo sarete per sempre.»

Nessuno si muoveva. Nessuno parlava. Quasi a voler dilatare il più possibile quel momento che stava per concludersi e che avrebbe portato via Unika, il loro Spirito Guida. A poco a poco, ciascuno di loro iniziava a realizzare la tragica sensazione che non l'avrebbe più rivista.

«Dovete farmi una promessa» continuò Unika, ormai provata. «Quando vi sentirete tristi o sarete depressi, promettetemi che vi guarderete dentro. Che ascolterete il vostro cuore. Che ripercorrerete gli istanti più intensi e significativi della vostra esistenza. Quelli per cui è valsa la pena vivere. Perché solo se penserete alla ricchezza di cui siete capaci, ritroverete la forza per andare avanti, per combattere, per vincere. Ricordatelo. Ricordatelo sempre: tutto ciò che serve è in voi.» Si librò ancora più in alto, allargò le braccia come per stringerli tutti a sé e, con un soffio quasi impercettibile di voce, concluse: «Quando vorrete sentirmi, mi troverete nella vostra anima. E così farò io».

Unika non poteva fare a meno di ascoltare le grida di sofferenza della sua coscienza. Era un turbine vibrante di suggestioni e di emozioni. La testa le pulsava e le tempie sembravano scoppiare. Il suo petto ardeva infuocato come un incendio. Le mani tremavano per la mancanza di risposte su cosa sarebbe accaduto.

Guardò Yesod. Non avrebbe più volato sul suo dorso dorato.

Guardò Nishida. Non avrebbe più fatto sbocciare la primavera insieme a lui.

Guardò Allibis. Non avrebbe più condiviso con lei i colori del futuro.

Guardò tutti gli altri. Le sarebbero mancati immensamente.

Poi guardò il sole. Lo salutò con rammarico. Era forse l'ultima volta che lo osservava. La successiva, se ci fosse stata, l'avrebbe visto con occhi diversi.

Capitolo 15

A CENA DA CRAIG WALDEN

Maple Town, 15 anni dopo la Notte della Rinascita

«Allora? Nessuno è interessato a questo capolavoro di cheeseburger?»

La voce spessa e profonda di Craig Walden si diffondeva attraverso gli accoglienti locali dello chalet. In cucina il professore aveva apparecchiato in modo molto invitante: su ciascuna delle tovagliette di iuta disposte ai quattro punti cardinali del tavolo rotondo spiccavano altrettanti doppi cheeseburger, accompagnati da scenografiche foglie di insalata. Un piatto di portata offriva un trionfo di patatine fritte, un sole dorato attorno al quale orbitavano quattro vaschette di ketchup. Completavano l'affresco varie bevande: birra, succo di mirtillo, Coca Cola e una brocca d'acqua.

I tre ragazzi erano intimiditi dall'ospitalità di Craig Walden. Da quando erano arrivati non avevano detto un parola. Continuavano a guardarsi intorno, scambiandosi occhiate che saltavano dal binario dello stupore a quello del sospetto.

Lo chalet era piccolo, ma molto gradevole. I muri con mattoni a vista e i pavimenti in legno conferivano all'ambiente un calore piacevolissimo che veniva esaltato dagli arredi in rovere scuro.

«Siete tre buongustai: volete che il cheeseburger si raffreddi un po' e fate bene... ma attenti a non esagerare perché potrei approfittare del vostro ritardo.»

Al secondo simpatico invito, i tre amici si alzarono dalle poltrone davanti al camino. Eve arrivò al tavolo per prima e il professore si sistemò alla sua destra. Jo prese posto di fronte all'amica, mentre Zack temporeggiava, osservando i paesaggi montani dei quadri appesi alle pareti.

«Ok, adesso ciascuno si versi da bere, senza complimenti... e buon appetito!» esclamò Craig Walden prima di afferrare a due mani il suo cheeseburger e addentarlo con un morso vigoroso e un po' buffo.

La tensione si allentò, mentre Eve si riempiva il bicchiere di acqua e Jo apriva una lattina.

Zack si era volutamente tenuto in disparte per mantenere un certo distacco; si appoggiò a un mobile basso e si rivolse al professore: «Lei è molto gentile, ma direi che a questo punto ci deve delle spiegazioni. Perché siamo qui? Vogliamo saperlo». Fece una pausa tanto breve quanto significativa, per concludere con una sollecitazione decisa: «Adesso».

Craig Walden lo guardò dritto negli occhi, colpito da tanto carisma. Rimase con il cheeseburger a mezz'aria per qualche secondo, poi lo rimise sul piatto e, dopo essersi passato delicatamente il tovagliolo sulla bocca, parlò: «Perdonerete un piccolo preambolo che credo vi sarà utile per comprendere ciò che vi sta succedendo. Dopo la laurea e il dottorato, mi sono dedicato all'approfondimento dello studio della Cabala...»

Le occhiate smarrite che guizzarono tra i ragazzi vennero intercettate dal professore che si affrettò a spiegare: «La Cabala è una disciplina che offre una chiave di lettura dell'Antico Testamento. Si tratta di un codice particolare, che attribuisce ai simboli biblici significati precisi. In altri termini, i seguaci della Cabala ritengono che alcune entità di cui si parla nella Bibbia, gli angeli, esistano davvero e abbiano un ruolo fondamentale: sono il ponte tra la Terra e il Cielo, tra l'umano e il divino. Abitano in uno spazio a parte e promuovono il Bene attraverso missioni specifiche sulla Terra. I cabalisti le invocano attraverso riti particolari e sono convinti che i successi che ottengono nel quotidiano siano legati alla loro benevolenza e al loro aiuto. Ci sono prove concrete della loro presenza nel mondo reale: testimonianze di avvistamenti, apparizioni e miracoli sono state raccolte nei secoli e proprio da qui è partita la mia ricerca. In questi anni ho studiato centinaia di rappresentazioni dell'universo angelico: fantasiose, pittoresche, pseudo-scientifiche... ne ho trovate di tutti i colori, anche qualcuna decisamente cialtrona. Ho quindi sviluppato la mia personale teoria sull'esistenza degli angeli e devo confessarvi che oggi, dopo aver ascoltato i vostri discorsi al Lancelot, ho avuto un'insperata conferma delle mie idee. È stato come vincere il jackpot alla lotteria, credetemi». Riprese in mano il cheeseburger e ne addentò un altro boccone. Poi aprì una bottiglia di birra e proseguì: «Sono venuto a Maple Town perché qui si è verificata una serie di eventi paranormali. Sono quasi certo che gli angeli abbiano effettuato molte missioni in questa zona, forse per le sue caratteristiche di tranquillità, riservatezza, isolamento dal resto del mondo... o forse per un motivo più rilevante. Sono convinto che le coordinate geografiche di Maple Town siano rintracciabili in numerosi riferimenti cabalistici che la identificano come il luogo scelto dagli angeli per custodire il più importante segreto dell'Universo».

Le parole che uscivano dalla bocca dell'uomo brizzolato raccontavano di dimensioni misteriose e fantastiche, ma erano asciutte come la sua corporatura e cristalline come il fondo dei suoi occhi. Si depositavano solidamente nella coscienza dei tre giovani come le fondamenta di un palazzo reale. Nessuno sentì il bisogno di fare domande: era chiaro a tutti che Craig Walden li stava guidando in un viaggio di cui conosceva la strada in ogni sua curva.

«La vita degli angeli è sempre scorsa fluida e felice. Il loro sistema è molto ordinato e ispirato a gerarchie precise: si basano su un'organizzazione di tipo piramidale al cui vertice c'è l'angelo più saggio, il più potente. Immediatamente al di sotto esiste una ristrettissima cerchia di angeli denominati Angeli Guida. Sono pochi e dotati di poteri straordinari. Organizzano la comunità e le missioni nel mondo degli uomini. Dopo gli Angeli Guida esistono altri livelli a cui corrispondono capacità via via decrescenti, ma oggi non è il caso di entrare nel dettaglio. È invece necessario per voi conoscere un po' della loro "storia".»

Craig Walden si fermò per riempirsi il bicchiere di biondissima birra. La versò con calma, in modo che non facesse troppa schiuma, poi si portò il bicchiere alle labbra: un unico sorso profondo e quasi ne dimezzò il contenuto.

«Gli angeli hanno un compito essenziale: custodire la Fiamma della Vita e la Chiave della Felicità. La prima è il mezzo attraverso il quale vengono generati nuovi angeli, la seconda è lo strumento che consente di comunicare con gli uomini. Si tratta di due Entità Fondamentali che danno a chi le possiede il potere assoluto e per questo non devono cadere nelle mani sbagliate. Secondo le mie ricostruzioni, sono state sempre protette con estrema attenzione nel mondo degli angeli fino al giorno della tragedia, quando l'Angelo Guida più potente, il capo degli angeli guerrieri, perse la retta via. Il motivo non è chiaro; è molto probabile che, al termine di una delle sue tante missioni sulla Terra, abbia perso lo stato di grazia, la luce dell'anima che costituisce l'essenza di ogni angelo. Di sicuro, a un certo punto qualcosa lo spinse a desiderare più potere. Fu così che l'angelo capo, il Saggio, decise di punirlo con severità, privandolo dei suoi poteri e abbandonandolo in una foresta oscura. Secondo alcuni, lo umiliò amputandogli braccia e gambe: l'angelo che una volta era dotato di una bellezza abbagliante e di un fisico muscoloso divenne un moncone che striscia solitario in una giungla buia e minacciosa.»

Nello chalet il tempo si era fermato e tutto sembrava immobile.

«Ma le risorse dell'Angelo del Male erano inesauribili al punto che riuscì ad adattarsi a questa condizione. Si abituò a sopravvivere come un serpente e cominciò a dominare le forze della Natura selvaggia che lo circondava. Rientrò in possesso di una serie di poteri che a poco a poco lo misero nella condizione di poter organizzare una nuova offensiva. Fu subito chiaro che la sua attenzione si sarebbe rivolta alle due Entità Fondamentali. Se fosse riuscito a impossessarsene avrebbe coronato il suo sogno di dominio di tutti i mondi.» Craig Walden piegò le labbra in un accenno di sorriso compiaciuto. «E da questo punto parte la mia teoria. Con ogni probabilità la consapevolezza di un attacco da parte del Male convinse l'Angelo Saggio a una mossa geniale e disperata: allontanare la Fiamma della Vita dalla valle degli angeli per nasconderla in un posto segreto proprio qui, sulla Terra. Non so dire se decise di spostare anche la Chiave della Felicità o se preferì separare le due Entità, con lo scopo di scongiurare il rischio che potessero cadere entrambe nelle mani del Malvagio. In ogni caso, credo che questo sia accaduto circa quindici anni fa, secondo la scala temporale umana.»

La coscienza dei ragazzi volava senza limiti sul tappeto di parole del professore. Ormai erano dentro una storia tanto stupefacente quanto surreale, dove tutto poteva essere vero e niente era impossibile.

«Ci tengo a sottolineare che, da questo momento in poi, ciò che vi racconterò risponde soltanto a una mia personale convinzione» continuò Craig Walden, teso ed emozionato. «Solo io credo che la Fiamma della Vita sia sulla Terra. Solo io l'ho cercata nei testi e nei segni cabalistici. Solo io ne ho ricostruito gli spostamenti. E dopo anni di ricerche sono arrivato alla conclusione che il luogo scelto dall'Angelo Saggio sia proprio Maple Town. Ma adesso, per favore, rilassatevi e preparatevi alla notizia più importante.»

Craig Walden finì la birra rimasta nel bicchiere ed esplorò le espressioni dei tre ragazzi con lo sguardo del rapace che punta la preda.

«La Fiamma non è in un tempio, non è in un luogo sicuro, non è in un nascondiglio. L'Angelo Saggio la ripose nel posto più indifeso e inimmaginabile che potesse concepire: il cuore di un neonato. Un piccolo angelo arrivò circa quindici anni fa a Maple Town e cominciò una vita normale, del tutto inconsapevole dell'enorme responsabilità che portava dentro di sé.»

I ragazzi stavano per fare l'ultimo salto logico, quello che li avrebbe portati all'incredibile capolinea del viaggio fantastico, quando il professor Walden li anticipò e con spietata chiarezza esclamò: «Quell'angelo adesso è qui, in questa stanza, e non sono certo io!»

Capitolo 16

AQUA

Valle di Sefira, 5 ore prima della Notte della Rinascita

Nishida aveva ascoltato con interesse e attenzione le parole di Unika. L'aveva vista vibrare in aria, fiera e determinata, con la sua esemplare capacità d'infondere carica e speranza. Aveva detto molte cose, ma Nishida era sicuro che ne avesse taciute altre. Il turbamento di Unika non poteva derivare solo dalla guerra imminente: lei era troppo coraggiosa, intelligente e valorosa per esserne spaventata. C'era dell'altro, e lui era deciso a scoprirlo. Solo così avrebbe potuto finalmente dimostrarle la propria riconoscenza per averlo accolto a Sefira e per avere creduto in lui in tutti quegli anni.

«Nishida!» lo chiamò Yesod, avvicinandosi in volo. «Ho bisogno del tuo aiuto per un incarico segreto e di vitale importanza.»

L'Elfo capì subito che in quel modo avrebbe potuto trovare qualche risposta alle sue domande. «Sono pronto!» affermò con il solito tono gioviale e squillante. «Di che si tratta?»

«Dobbiamo andare al Lago del Ghiaccio Perenne a recuperare la Fiamma della Vita e la Chiave della Felicità» tagliò corto Yesod, come se stesse dicendo una cosa scontata e del tutto normale. «E portarle alla Torre.»

«Dato che non credo tu abbia perso completamente il lume della ragione, ti chiederei di spiegarmi il perché.»

Yesod sospirò e dalle sue ampie narici uscì un getto di fiato caldo e umido che odorava di cenere. Poi, nella speranza di liberare un po' della tensione accumulata, il Drago decise di raccontare tutto a Nishida. «È stata Unika a chiedermi di farlo e mi ha pregato di coinvolgerti.»

«Fin qui c'ero arrivato» ribatté l'Elfo, mentre continuava a spostarsi avanti e indietro di fronte al grande muso del Drago. «Ma potresti chiarirmi cosa c'è sotto?»

«Non mi ha detto nient'altro e io ho percepito che non dovevo fare ulteriori domande.»

«Molto strano. Tutto questo deve avere un senso che al momento ci sfugge.» Nishida era pensieroso. «Quante volte in vita tua sei andato al lago ghiacciato a prelevare la Fiamma della Vita e la Chiave della Felicità?»

«Mai.»

«Appunto!» esclamò l'Elfo. «Significa che Unika ha in mente un disegno che, per qualche motivo, non può o non vuole svelare. Il suo discorso di oggi era così ben studiato, calibrato, perfetto... anche troppo.» Commentava a voce alta, ma era completamente assorto nelle sue riflessioni. Cercava un indizio. Voleva interpretare.

«Con me ha continuato a sostenere che è meglio che nessuno di noi conosca i dettagli. Che dobbiamo fidarci di lei. Che agisce per il nostro bene e che non vuole metterci in pericolo» aggiunse Yesod.

«E questo è credibile. Ma non possiamo lasciare che faccia tutto da sola.»

«Ho cercato anch'io di farglielo capire, ma non ha voluto sentire ragioni.»

«L'aiuterà Metatron?» chiese Nishida.

«L'ho interrogata anche su questo punto e mi ha fatto intendere che Metatron è in qualche modo coinvolto, ma che sarà lei a fare *quello che deve fare*.»

«Il quadro si complica. Sembra quasi che si voglia sacrificare per noi...» sostenne Nishida, corrugando la fronte. «Aiutami a ricordare: cos'ha detto poco fa? Qualcosa del tipo che non ci rivedremo più, ma ci sentiremo nelle nostre anime?» Smise di parlare come se la risposta si fosse visualizzata fredda e terribile di fronte ai suoi occhi. Un fremito scosse violentemente il suo corpo e l'Elfo sentì le ginocchia che cedevano. «Era un addio, Yesod! Era un addio!»

Il Drago lesse nelle parole dell'amico la conferma di ciò che anche lui aveva temuto. Ora tutto tornava. Il cielo a Sefira della notte precedente. Le lacrime che aveva visto scendere inaspettatamente dal volto di Unika. La sua decisione di usare lo Schermo delle Emozioni. «Dove pensi che voglia andare?» Yesod era sempre più dubbioso e preoccupato.

«Questo non lo so» rispose Nishida con il cervello che girava a pieno regime, immaginando e valutando gli scenari più svariati.

«Una cosa è certa» sostenne il Drago «ovunque andrà, io la seguirò.»

E così farò anch'io, pensò tra sé Nishida.

Con il cuore pesante e perso nei pensieri, Yesod e Nishida si materializzarono sulla sommità di un piccolo promontorio immerso nel verde. Poco sotto si apriva la discesa al Lago del Ghiaccio Perenne. Era una conca nascosta nella boscaglia, a cui si aveva accesso attraverso un angusto sentiero scosceso che si snodava in tornanti a strapiombo su un baratro senza fine. Dalla cima si avvertiva il suono dei rigagnoli della cascata che cadevano verticali, producendo nuvole di caldo vapore. Yesod dovette modificare le proprie dimensioni per poter imboccare la strada. La prima parte del tragitto era nascosta nella fitta vegetazione, e Nishida usava le mani per spostare le fronde e liberarsi un varco tra i rami che ostruivano il passaggio. I due angeli procedevano veloci sul pendio ripido e irregolare, ricoperto di terra e sassi e sostenuto dalle robuste radici degli alberi. Quando arrivarono in fondo, si trovarono di fronte alla minuscola piscina naturale di acqua turchese che, come un'oasi in mezzo alla giungla, colorava la base della voragine. Il lago era completamente affogato nella roccia. Piante di ogni specie e genere, cariche di bacche e germogli vivaci, ne circondavano le placide rive.

«Quest'atmosfera mi trasmette sempre un senso di calma e quiete» disse Yesod, in un sussurro di abbandono.

«Le sfumature incredibili che vedi, un po' azzurre, un po' verdi, un po' rosa, sono dovute al doppio strato di densità» spiegò Nishida. «Per i primi trenta metri di profondità l'acqua è tiepida, poi si trasforma in ghiaccio puro. L'effetto della fusione toglie il fiato.»

In quel preciso istante i due angeli avvertirono un gorgoglio e un leggero fruscio di pinne che faceva da preludio a una visione soave e angelica. Dallo specchio d'acqua affiorò una creatura con un profilo dolce, dai lunghi capelli del colore della notte, legati in una treccia che le ricadeva sulle spalle.

«È sempre un piacere vederti, Aqua» la salutò Nishida con il suo sorriso più accattivante.

«Dovresti venire a trovarmi più spesso.» La voce della Sirena era melodiosa e incantevole.

«Sono stato in missione nel mondo degli uomini e sono appena rientrato.»

«Mi dispiace interrompere il vostro discorso romantico» intervenne Yesod, un po' ruvido, «ma siamo qui per un incarico affidatoci da Unika.»

«Lo so. Vi aspettavo» rispose Aqua con uno sguardo disarmante. «Mi ha annunciato il vostro arrivo, parlandomi con il pensiero.»

«Quindi sai già tutto?»

«So che devo consegnarvi le due Entità Fondamentali e che per molto tempo non sarò più io la loro custode. Torneranno da me quando verrà riportata la pace a Sefira.»

Nishida e Yesod si scambiarono un'occhiata di assenso.

«Se avete la pazienza di aspettarmi, vado a recuperarle.»

Aqua s'immerse senza attendere la loro risposta. Yesod e Nishida la videro slanciare la testa e le braccia all'indietro, mentre il ventre s'inarcava e sporgeva dall'acqua, esibendo un elegante piercing all'ombelico. Era un anello dorato al quale si agganciavano tre fili sottili di alghe, adornati da lucenti perle di fiume, che le cingevano il bacino. Con una leggera torsione del busto, la Sirena si tuffò di lato e scomparve nell'oscurità.

«Quanto tempo ci impiegherà?» chiese Nishida a Yesod.

«Una manciata di minuti, tenendo conto che il lago è profondo all'incirca trecento metri.»

«Sei mai stato là sotto?» si informò Nishida.

«No, gli abissi sono accessibili solo a Aqua. Sono completamente ghiacciati e sono crivellati da una serie di cunicoli e gallerie che portano alla grotta dove sono custodite la Fiamma della Vita e la Chiave della Felicità. I tunnel formano un labirinto e chiunque avesse la malsana idea di trasformarsi in pesce per poterci arrivare, si perderebbe. Aqua è l'unica che sa come raggiungere l'ingresso. Inoltre, la porta della caverna riconosce il suo canto e si apre esclusivamente al suono della sua voce meravigliosa.»

«Un'altra creatura femminile che da sola regge sulle sue spalle una grande responsabilità» constatò Nishida. «Tu, amico mio, saresti in grado di resistere in un posto così sperduto per tutta la vita?»

«Sì, se in quel posto ci fosse il mio grande amore» replicò il Drago con un'inaspettata vena sentimentale, volgendo lo sguardo verso un piccolo spiazzo di roccia che sporgeva poco più in alto. Immobile, in una posa dinamica e audace, si ergeva la figura in pietra di un angelo, molto simile a una statua. Era chino su se stesso, con la schiena incurvata e raccolta in avanti. Aveva due enormi ali nere chiuse lungo il dorso, mentre le braccia erano tese in avanti, verso il basso, come se stesse per tuffarsi. I suoi muscoli erano contratti e le gambe, leggermente piegate, spingevano per raggiungere l'acqua. Era come se qualcosa lo avesse pietrificato lì, per sempre, in quella posizione maestosa ed energica. Il volto non si vedeva perché era inclinato e nascosto tra le spalle, ma si intuiva la presenza di un corno frontale che era stato spezzato e di cui rimaneva solo la parte inferiore, brutalmente danneggiata. L'imponenza del corpo tonico e scolpito lasciava presagire l'indole dell'angelo guerriero.

«Spero di non avervi fatto aspettare a lungo» disse Aqua riemergendo leggera, qualche minuto dopo. Teneva fra le mani due piccoli oggetti sferici che emanavano una grande luce. «Ecco a voi la Fiamma della Vita e la Chiave della Felicità. Le ho custodite in queste due bolle di ghiaccio, in modo da proteggerne l'integrità. Il ghiaccio è perenne e non si scioglierà. Consegnatele così a Unika. Lei saprà cosa fare.»

Nishida e Yesod erano attoniti. Non avevano mai visto le due Entità Fondamentali prima d'allora. Ne avevano sentito parlare e se le erano raffigurate in mille modi, ma mai avrebbero pensato potessero essere così minuscole e delicate.

Nishida allungò le braccia verso la Sirena e aprì le sue mani affusolate.

Aqua lo guardò affettuosamente con i profondi occhi neri e sussurrò: «Riportatemele presto. Aspetterò con ansia. Loro sono parte di me, come questo luogo. Proteggetele con la vita, se necessario».

L'Elfo sentì il peso e l'onere di quelle parole. Non riusciva a distogliere lo sguardo dalle due gemme luminose che costituivano il potere assoluto: due piccolissimi elementi con una forza immensa. A causa loro sarebbe scoppiata una guerra. Angeli e uomini sarebbero morti. E lui li stava stringendo tra le dita. «Non ti deluderemo» affermò con un filo di voce tremula.

Yesod annuì in silenzio. Poi lui e Nishida si avviarono verso la Torre, rapidi e silenziosi. Aqua li osservò allontanarsi, con il cuore pieno di lacrime, domandandosi quando li avrebbe rivisti e quando la Fiamma della Vita e la Chiave della Felicità sarebbero tornate da lei.

Capitolo 17

L'INCANTESIMO

Valle di Sefira, 3 ore prima della Notte della Rinascita

Appena li sentì arrivare, Unika si precipitò fuori dalla Torre, attraversò il prato di fronte all'ingresso e corse loro incontro. I suoi piedi nudi sfioravano l'erba che ondeggiava leggera nella brezza, mentre il bagliore intenso del sole faceva brillare i colori di Sefira.

«Abbiamo fatto il più in fretta possibile» disse Yesod con il respiro ancora affannato.

«Siete stati velocissimi. Non riuscirò mai a ringraziarvi abbastanza.»

«Il modo migliore per farlo, è permetterci di assisterti nella missione che ti aspetta» suggerì Nishida, con lo sguardo serio e intenso, che rifletteva esplicitamente il desiderio di entrambi di esserle d'aiuto.

«Mi piacerebbe, ma non posso. Non questa volta.»

Nishida estrasse le due bolle di ghiaccio dal sacchetto di foglie di palma che teneva appeso alla cintura. Allungò il braccio verso Unika e gliele consegnò, con il sorriso di sempre. «Aqua ti manda i suoi saluti ed è ansiosa di sapere quando le riavrà.»

Unika rispose con un'espressione carica di dolcezza: «Spero presto». Sentì la commozione salirle agli occhi ed evitò di guardare i due amici. Con il capo leggermente chino, respirò a fondo e li salutò con voce bassa e disillusa, tendendo loro la mano. «Ora devo andare. Metatron mi sta aspettando. Arrivederci, Yesod. Arrivederci, Nishida. Abbiate cura di voi. E di Sefira.»

Si voltò rapida, disinnescando ogni possibile replica. Si avviò a passo deciso verso l'ingresso della Torre e si allontanò dando le spalle ai due angeli. Sentiva i loro sguardi su di sé e le loro voci silenziose che gridavano disperatamente il suo nome. Le parole non pronunciate entravano dentro di lei fulminee come frecce e pesanti come macigni, fino a raggiungere le sue viscere. Non riusciva a fermare il flusso accelerato del sangue che scorreva potente nelle vene, né a sedare le urla di dolore della sua anima straziata. Si fermò. Si girò di scatto e iniziò a correre impetuosamente verso i due amici. Provava un desiderio irrefrenabile di abbracciarli, di stringerli, di aggrapparsi a loro, per non essere costretta ad abbandonarli mai. Si tuffò tra le loro braccia e li attirò a sé con tutta la forza di cui era capace. La sua guancia si appoggiò al petto caldo di Yesod, mentre la sua mano si avvinghiava alla spalla di Nishida. Fu un istante lunghissimo. Pieno di sentimento e trasporto. Tre corpi vibravano insieme. Tre cuori battevano all'unisono. Tre menti pulsavano con lo stesso pensiero.

Il tempo cambiò ritmo.

Erano ancora uniti in quella stretta, quando in mezzo al cielo apparve un turbine di luce, da cui uscì Allibis. Le flessuose ali della gazzella si chiusero su di loro, quasi a proteggere e preservare per sempre quel toccante momento di intimità.

Da dentro la dimora, Metatron aveva osservato la scena, intenerito e profondamente turbato.

Dopo qualche secondo che sembrò durare un'eternità, Unika si staccò dal gruppo e cominciò lentamente a indietreggiare. Questa volta non diede loro le spalle ma continuò a camminare verso l'ingresso guardando i suoi amici negli occhi, finché la porta non si chiuse e lei scomparve inghiottita dalla Torre.

Allibis si dileguò in un lampo di energia. Nishida svanì tra le piante. Yesod restò immobile.

Fermo nel punto in cui si trovava, il Drago si convinceva che non poteva finire così. Doveva sapere. Doveva conoscere. Doveva capire. Doveva aiutarla. Spiccò il volo verso il bosco. Si fermò in un luogo nascosto dalla vegetazione e si concentrò. Avvertì un formicolio diffondersi nelle membra. Una fitta pungente gli perforò la schiena. Un bagliore accecante costrinse le pupille a rimpicciolirsi. Tutto accadde in un attimo. Si era trasformato in un grillo. Piccolo. Verde.

La prima sensazione fu di smarrimento: erano anni che non cambiava radicalmente il suo aspetto. Subito dopo Yesod si sentì leggero, agile e, soprattutto, invisibile. Sapeva che stava disobbedendo agli ordini di Unika e che stava compiendo un'azione gravissima, di cui non andava fiero: ma mai come in quel momento il fine giustificava i mezzi. Senza esitazione iniziò a trasvolare, fino a rimaterializzarsi su uno degli abbaini della Torre. Trovò una fessura e, appena dentro, seguì il suono inconfondibile della voce di Unika.

Poco distante, in un altro posto desolato e silenzioso, Nishida si trasformava in una coccinella.

«Eccoli!» esclamò Unika, avvicinandosi a Metatron con gli occhi ancora lucidi. «Non riesco a credere di stringere nelle mie mani i due oggetti che spingono a tanta bramosia e avidità. Sembrano così innocui e fragili...»

«Non sono loro la causa del Male. Essi dispensano vita ed emozioni, movente principe per la sete di potere di chi non sa gestire con equilibrio la propria esistenza» commentò Metatron.

Unika annuì. La sua testa era ancora persa nell'abbraccio di poco prima e il suo sguardo era fisso sulle Entità Fondamentali.

Nella bolla di ghiaccio che brillava di luce gialla si agitava un piccolo fuoco di un colore rosso acceso. L'altra sfera conteneva una chiave sottile con una lama allungata da cui partivano tre scanalature di lunghezza e forma diverse, che servivano per aprire la serratura della mente umana, fatta di sentimenti, d'intelligenza e di visione trascendente. La parte superiore era finemente intagliata e nell'impugnatura mostrava una sagoma a forma di fiamma, per indicare l'indissolubile legame con l'altro Elemento.

«Voglio dirti una cosa, Unika» dichiarò Metatron, leggendole nel pensiero. «Quello che stai facendo è un gesto irripetibile e un sacrificio immenso. Ti prometto che immolerò me stesso e anche l'ultima goccia di vitalità che mi sarà rimasta per proteggere e salvare le due piccole Unike.»

«Grazie» fu tutto ciò che Unika riuscì a dire. Poi, scrollandosi di dosso ogni malinconia, raccolse tutta la carica che aveva. «Adesso diamoci da fare. Non abbiamo molto tempo.»

Metatron sfogliò il Libro degli Incantesimi. «Nelle ultime ore ho studiato con molta attenzione i sortilegi dello Sdoppiamento e della Rinascita. Credo di essere riuscito a unire i due incantesimi in un'unica formula magica, così potremo fare tutto in una sola volta...» La fissò negli occhi. «Rinascerai sdoppiata.»

«Va bene.» Unika era convinta e determinata a proseguire.

«C'è un'altra cosa» continuò Metatron «l'efficacia dell'incantesimo sarà al suo massimo solo se uniremo le nostre forze.»

«Cosa intendi?» domandò lei, dubbiosa.

«Dovremo pronunciare la formula all'unisono, con le nostre due voci e le nostre due menti.»

«Dimmi cosa devo fare e lo farò.» Unika gli sorrise con l'anima. Aveva trascorso tutta la vita accanto a Metatron e, se quello doveva essere il traguardo del loro cammino, nulla l'avrebbe resa più felice di oltrepassare la linea in sua compagnia: insieme fino alla fine.

«Dovrai tenere nella mano destra la Fiamma della Vita e nella mano sinistra la Chiave della Felicità. Come prima cosa, userai il potere della Trasmigrazione per attirare dentro di te le due

Entità. A quel punto, quando saranno fuse nella tua stessa materia e parte integrante del tuo corpo, pronunceremo congiuntamente l'incantesimo. Impregneremo le parole di tutta la nostra energia e profonderemo nel rituale tutta la forza dei nostri poteri occulti. E... sarà fatto.»

Yesod non credeva alle proprie orecchie. Ciò che stava accadendo andava al di là di ogni possibile supposizione: stava assistendo impotente alla scomparsa di Unika. Era profondamente scosso e cominciava a dubitare di aver fatto la scelta giusta. Non poté fare a meno di domandarsi se avrebbe preferito restare ignaro di tutto, con la viva speranza di poterla rivedere un giorno.

«È tutto molto chiaro. Spiegami la magia e fammi vedere la successione di simboli che le darà origine.» La voce limpida e coraggiosa di Unika saturava l'aria.

Metatron le mostrò un foglio di papiro su cui aveva inciso con la mente il nuovo incantesimo, somma dei due esistenti.

Nishida era sbalordito di fronte alla determinazione di Unika. Ancora una volta era orgoglioso di aver servito un angelo di così grande valore. Giurò a se stesso che avrebbe supportato con altrettanta devozione il frutto di quel sortilegio.

«Sono pronta.»

«Non c'è fretta. Prenditi tutto il tempo necessario.» Il tono di Metatron era rassicurante.

«Sono convinta e voglio andare avanti. Non serve indugiare, ho fatto la mia scelta. Ti chiedo solo un ultimo favore.»

«Qualsiasi cosa.»

«Riguarda con cura quello che hai elaborato e verifica che non ci sia nessun vincolo tra le due nuove Unike. Lascia che siano libere di vivere una vita indipendente l'una dall'altra e che non siano obbligate dal destino a stare vicine. Devono poter essere complete anche se separate.»

«È stato il mio primo pensiero e così sarà» la confortò Metatron. «Puoi stare tranquilla.»

Nella sequenza di parole magiche il Saggio aveva aggiunto anche la possibilità che, una volta insieme e strettamente unite, le due Unike potessero dare di nuovo vita a lei, la grande Unika. Ma in quell'istante non se la sentì di dirglielo. L'incantesimo era un esperimento. Nessuno l'aveva mai tentato prima di quel giorno. C'era il rischio che qualcosa andasse storto. E non voleva illuderla.

«Allora possiamo procedere.» Unika regalò a Metatron il suo sorriso più sentito. Lasciò che la luce dei suoi occhi si fondesse per un attimo in quella energica del Saggio e poi, con un impercettibile cenno del capo, diede il via all'incantesimo.

Unika allargò le braccia: in ciascuna delle mani aveva un'Entità Fondamentale. Con la massima concentrazione le fece trasmigrare e le assorbì dentro di sé. Provò un forte dolore quando i due oggetti estranei entrarono a far parte del suo corpo. Li sentì mescolarsi con il suo sangue e correre nelle vene per arrivare al cuore. Sussultò. Dalla bocca le uscì un grido lancinante e le iridi s'infiammarono. Poi Unika si piegò su se stessa. Si portò le mani al petto, come per estrarne la sofferenza. Cadde sulle ginocchia. Svenne.

Yesod ebbe l'impulso di andare ad aiutarla e spiccò il volo, ma la coccinella gli arrivò davanti in un secondo e gli sussurrò: «Non possiamo fare niente, amico mio. Nulla dipende più da noi».

Metatron era troppo preso da ciò che stava accadendo per accorgersi della loro presenza.

Dopo qualche istante, Unika riaprì gli occhi. Era pallida e madida di sudore. Si sollevò e, passandosi delicatamente le dita sul volto, sussurrò: «Proseguiamo».

«Ti ricordi le parole che abbiamo memorizzato prima insieme?»

Unika annuì silenziosa.

Olegn aosorol avots euqotai ppodser ecsan iriafim isetn acniilg edorbil.
Opmet liomaim refei noizome idomaiv ivodn omledir oloci artione.

Tutto accadde in un attimo. Un fulmine accecante squarciò l'aria nella stanza. Unika svanì in un bagliore di luce violetta.

Silenzio.

Poi un pianto sottile. Due bellissimi neonati giacevano sul pavimento. Stavano strillando. Avevano la pelle rosea e morbidissima. Quello di destra era il custode dalla Fiamma della Vita, quello di sinistra possedeva la Chiave della Felicità.

Metatron era in un forte stato confusionale. Non riusciva ancora a capacitarsi. Era commosso per la perdita di Unika ma felice per la nascita dei due piccoli. Emozionatissimo, si avvicinò a loro. Li accarezzò timidamente, quasi intimorito. Li sollevò, se li strinse al petto e rimase a bocca aperta nel rendersi conto che si trattava di un maschietto e di una femminuccia.

«Guarda!» disse Nishida a Yesod. «Il bambino ha gli occhi blu, mentre la bambina ha gli occhi viola!»

Yesod sorrise. Pensò allo sguardo di Unika. L'indaco era la perfetta fusione di blu e viola. Un colore unico e speciale con la forza, l'energia e la vitalità di due colori.

L'esclamazione arrivò fino a Metatron, che alzò di scatto il volto. Era infuriato, ma non ebbe il vigore di fare nulla. In quell'istante poteva solo abbracciare le due minuscole creature che si stavano agitando, desiderose di cominciare a vivere. «Potete riprendere le vostre sembianze. Il vostro comportamento è stato davvero disdicevole» affermò con un tono di voce asciutto e adirato. Ma non poteva fare a meno di pensare che, al loro posto, avrebbe fatto esattamente la stessa cosa.

Il grillo e la coccinella si mossero verso la luce e si avvicinarono piano e con discrezione. Metatron sembrava un padre affettuoso e premuroso e loro avevano la sensazione di invadere quel momento di tenerezza.

«Ormai siete miei complici. Da oggi, la vita di questi piccoli sarà nelle vostre mani, così come nelle mie. Mi aiuterete a proteggerli e a crescerli. Dimostrando loro tutta la riconoscenza che dobbiamo a Unika e amandoli come abbiamo amato lei… Perché loro sono lei!»

Yesod e Nishida, che ormai avevano ripreso il loro aspetto normale, erano smarriti e scossi dall'emozione. Sui loro visi era stampata un'espressione remissiva e consenziente.

«I loro nomi saranno Uniko e Unika. La versione ufficiale è che stasera la Fiamma della Vita ha generato due angeli. Nessuno dovrà mai sapere che questi neonati sono frutto dell'incantesimo di Sdoppiamento e di Rinascita di Unika. È un segreto che custodiremo noi. Solo noi. Valuteremo in futuro se comunicare al popolo di Sefira che i due bambini sono i depositari delle Entità Fondamentali.»

Metatron si protese verso Yesod e gli consegnò uno dei due neonati. «La vostra missione ora è di portarlo nel mondo degli uomini. Precisamente a Maple Town, davanti alla porta numero 10 di via Settembre. Lì abita la famiglia giusta.» Il Saggio accarezzò le guance del minuscolo esserino. «Attraverso la Finestra sul Mondo seguiremo costantemente la sua crescita e voi due sarete i suoi angeli custodi.»

Poi guardò l'altro bebè e con grande affetto e trasporto disse: «Tu resterai qui con me. Casa mia sarà casa tua».

Capitolo 18

FUGA DAL MONDO DEGLI UOMINI

Maple Town, 15 anni dopo la Notte della Rinascita

Da tempo, ormai, su Maple Town era sceso il buio.

L'illuminazione esterna dello chalet diffondeva una morbida luce arancione che i muri in mattone sembravano assorbire per poi restituirla in un tono più scuro. L'alone rosso emanato dalla casa colorava la neve che cadeva copiosa, rendendo l'atmosfera ovattata e surreale. La grande vetrata del soggiorno si apriva su una sala in penombra, rischiarata solo dalle deboli fiamme rimaste nel camino; le altre finestre più piccole raccontavano di una notte solo all'apparenza tranquilla, con tutte le camere immerse nel tipico silenzio del sonno profondo.

In realtà all'interno dello chalet nessuno dormiva: era stata una sera tormentata. Craig Walden aveva spiegato con paziente chiarezza la sua incredibile teoria. Aveva risposto a tutte le domande dei ragazzi e ne aveva assecondato il comprensibile scetticismo. Non era mai entrato in polemica, mostrando sempre assoluta sicurezza e padronanza della situazione. Quando aveva percepito lo sfinimento dei tre, aveva concluso, ricapitolando l'accaduto e affondando l'ultimo colpo. Quello decisivo.

«Ragazzi, è così» aveva sostenuto. «C'è un'altissima probabilità che uno di voi sia il custode della Fiamma della Vita. È altrettanto probabile che l'Angelo del Male sia riuscito a trovarvi, così come ci sono riuscito io. Se questo è vero, allora è certo che a breve si farà avanti per impossessarsi dell'Entità Fondamentale. E sono anche sicuro che gli angeli buoni non staranno con le mani in mano. Mi rendo conto che tutto questo sembra folle e capisco perfettamente il vostro sgomento. È lo stesso che proverei io al vostro posto. Comunque presto vedremo se ho ragione oppure no. La posta in gioco è il potere assoluto e le enormi forze in campo non perderanno tempo. Non c'è niente che possiamo fare se non... aspettare.»

Sforzandosi di essere rassicurante, li aveva salutati e aveva cercato di chiudere la conversazione, per farli riposare qualche ora. «Eve, tu puoi dormire nella mia stanza, io starò qui sul divano. Ragazzi, voi due sistematevi pure nella camera degli ospiti, su al primo piano. Ci sono due letti piuttosto comodi. Se avete bisogno di me, chiamatemi.»

Jo e Zack avevano abbracciato Eve a lungo, fino a quando si era ritirata nella sua solitudine piena di interrogativi.

La ragazza si era sdraiata con lo sguardo fisso al soffitto e aveva ascoltato la domanda assurda che le pulsava nel petto: *Chi sono io? E che cos'ho dentro?*

L'idea di non essere umana scuoteva il mare delle sue emozioni, alzando onde monumentali che si infrangevano sui ricordi e sulle immagini del passato. Ma Eve non riusciva a trovare nessuna logica, nessuna sequenza, nessun fatto che potesse portarla a considerare l'ipotesi. Si lasciava trasportare senza direzione, in attesa. A tratti piangendo.

Sul divano del soggiorno, Craig Walden era quasi esaltato. Per tutta la sera aveva nascosto lo sconquasso emotivo provocatogli dalla consapevolezza di trovarsi alla presenza di un angelo. Il brivido era talmente forte da travalicare qualsiasi altro pensiero.

Nemmeno la domanda: *Quale dei tre?* sembrava avere più importanza. La sua mente era focalizzata sul futuro e il professore non faceva che chiedersi: *Cosa accadrà adesso?*

Aveva accuratamente evitato di esporre ai tre giovani i pericoli a cui sarebbero andati incontro. Ma, in cuor suo, sapeva benissimo che il Male avrebbe distrutto ogni cosa e messo fine a ogni vita che si fosse frapposta tra lui e il suo obiettivo.

Nella stanza degli ospiti il silenzio irreale venne lapidato da Zack. «Non so» esclamò, guardando Jo negli occhi, illuminati dal bagliore rossastro che filtrava dalla finestra.

Le labbra del ragazzo biondo erano serrate, ma dalla sua espressione sgorgava un fiume di sensazioni.

Zack risalì quella corrente e al momento giusto riprese la parola: «Non ci sono prove a sostegno di questa storia. Tutto è legato alle teorie del professor Walden che, detto tra noi, assomigliano alla trama di un film fantasy. L'unico fatto certo è che negli ultimi tempi ci siamo trovati coinvolti in situazioni un po' strane. Di possibili spiegazioni possono essercene a centinaia e quella del professore mi sembra davvero stramba».

«Tu ne hai una migliore?» lo incalzò Jo, monocorde.

«Sì, ne ho più di una. Potrebbero essere semplici coincidenze. Potrebbero essere scherzi di qualcuno dei nostri compagni. Noi tre potremmo essere esauriti, stanchi di queste lunghe giornate da surgelati. Tutte ipotesi che, per quanto improbabili, sono comunque più verosimili di quella per cui uno di noi sarebbe una creatura scesa dal cielo.»

Jo stava cominciando a essere infastidito da quella discussione inutile e fu contento quando Zack tacque all'improvviso. Pensò, compiaciuto, che l'amico avesse avvertito il suo disagio e lo stesse assecondando. Ma gli bastò osservare lo sguardo attonito e le pupille fisse sul lucernario per capire che era soltanto bloccato dal terrore.

La neve aveva smesso di cadere, quando l'urlo straziato di Jo spazzò via la silenziosa immobilità dello chalet isolato nel bosco.

Craig Walden scattò in piedi come un puma e divorò la rampa di scale. Le grida di Eve, in preda al panico e inchiodata al letto, facevano da orrendo sottofondo al fragore dei suoi balzi sui gradini di legno. In un attimo, il professore fu davanti alla porta della stanza degli ospiti ed entrò con decisione. Si fermò oltre la soglia per cercare i due ragazzi e, vedendo le brande vuote, si agitò. Un secondo dopo individuò Jo e Zack seduti sul pavimento, con la schiena contro il muro e il volto alterato dalla paura.

Nel frattempo Eve, lottando contro l'attacco di panico che l'aveva travolta, si era precipitata in soggiorno per non stare da sola. Il subbuglio al piano di sopra la indusse a salire per raggiungere gli altri. Mentre si avvicinava, si rese conto che le urla e i tonfi di qualche minuto prima erano cessati e avevano lasciato il posto a uno strano silenzio. Si bloccò a pochi metri dalla stanza e avvertì un rumore cupo che la fece rabbrividire. Si mosse lentamente. Più si avvicinava alla camera, più il suono cresceva di intensità. Proveniva dall'interno e sembrava un profondo ruggito. Per compiere l'ultimo passo e affacciarsi alla porta, la ragazza dovette fare appello a tutta la forza d'animo che le era rimasta.

La prima sagoma che le apparve fu quella di Craig Walden: immobile, come pietrificato sulla soglia, le dava le spalle. Con le gambe leggermente divaricate e le braccia distese lungo i fianchi, il professore impediva a Eve di guardare oltre. Con calma, la ragazza gli si accostò e capì che era teso e smarrito. Poi fece correre la vista in ogni angolo per cercare i suoi amici e li trovò rannicchiati per terra, sconvolti. D'impulso, scattò verso di loro per toccarli, sentirli, scuoterli, abbracciarli. «Jo! Zack! Ehi, ragazzi...» li chiamò, ma entrambi rimasero con il mento sollevato. Allora Eve si girò e si accorse che gli occhi del professore erano rivolti verso lo stesso punto a cui erano ancorati quelli di Jo e Zack. Istintivamente, serrò le palpebre, poi si agganciò alla traiettoria dello sguardo di Craig Walden e la seguì.

Arrivò, carica di trepidazione, al lucernario che incombeva

sopra le loro teste e vide un enorme occhio che da fuori fissava l'interno della stanza. Il bulbo oculare era irraggiato da capillari rossi luminescenti e s'incastonava in un'orbita nodosa di un colore marrone scuro. L'iride sottile avvolgeva una gigantesca pupilla nera che sembrava ingoiare tutto ciò che le si parava davanti.

A un tratto sparì, per ricomparire subito dopo di fronte a loro, in forma ancora più orribile: sulla parete opposta a quella dove si trovavano si materializzò la testa di un mostro, eterea e sospesa nell'aria. Dal cranio poderoso spuntavano due grandi corna massicce, sotto le quali spiccavano gli occhi penetranti e luminosi che continuavano a fissarli. Le narici erano dilatate e all'interno della bocca socchiusa si intravedeva una dentatura robusta. Il ruggito adesso era fortissimo e si tramutò in una voce cavernosa: «Uniko, per te è giunto il momento di seguirmi».

I tre amici sentirono il cuore fermarsi nel petto. Aggrappandosi alla propria identità di studioso appassionato, con un filo di fiato Craig Walden cercò di comunicare, ma tutto quello che uscì dalla sua gola fu un flebile: «Chi sei?»

L'essere imponente ignorò del tutto la domanda e tuonò di nuovo: «Uniko, devi venire con me».

Eve fu scossa da un impeto tanto ingenuo quanto disperato e urlò: «Cosa vuoi da noi? Perché stai rovinando la nostra vita?»

Nessuna risposta.

Zack lanciò uno sguardo complice a Jo e gli bisbigliò nell'orecchio, cercando di sollevarsi in piedi: «Ci provo io... Da dove vieni?»

«Non c'è più tempo, dobbiamo andare.» Il ruggito continuava a incalzare.

«Prima devi dirci chi è Uniko e perché per te è così importante.» Craig Walden alzò leggermente il tono, tagliando l'aria della stanza, senza successo.

Il respiro sospeso dei quattro fu scosso da una nuova voce che entrò in scena, cogliendo tutti di sorpresa.

«Yesod è molto valoroso, ma di poche parole. Permettete che mi presenti e che sia io a darvi qualche informazione.»

Il professore e i ragazzi si voltarono nella direzione da cui proveniva il suono. Una strana creatura era comodamente seduta sulla cassettiera, accanto all'ingresso. Le sue sembianze erano umane, ma nella penombra gli occhi brillavano di un giallo potente e irreale. Nell'esatto momento in cui lo guardarono, scomparve. Un secondo dopo riapparve accanto all'enorme testa del mostro.

«Mi chiamo Nishida e lui è il prode Yesod» disse la creatura con fare amichevole.

La luce che filtrava dalla finestra metteva in evidenza i lineamenti regolari e gentili del suo viso, i capelli lunghi e chiarissimi, l'atteggiamento raffinato ed elegante.

«Conoscete il motivo per cui siamo qui» affermò deciso. «Ho ascoltato i vostri discorsi. Non credo sia più una sorpresa per voi.» Subito dopo girò lo sguardo verso Craig Walden e, leggendone il pensiero, continuò: «No, professore, si tranquillizzi: non siamo demoni. Siamo angeli in missione per riportare la Fiamma della Vita nella valle di Sefira. Ed è esattamente quello che faremo adesso, nonostante gli imprevisti».

Nella stanza nessuno fiatava.

«Stanotte Yesod e io avremmo dovuto essere visibili solo a Uniko, l'angelo il cui cuore custodisce la Fiamma» proseguì Nishida che nel frattempo era ricomparso seduto per terra, proprio davanti ai tre ragazzi con le fronti imperlate di sudore freddo. «Eppure, per qualche strano motivo, che in seguito andremo ad appurare, tutti voi ci vedete e capite le nostre parole. Questo comporterà un cambio di programma a cui vi prego di obbedire senza discussioni.»

«Cosa dobbiamo fare?» domandò Craig Walden, tentando di apparire controllato.

«Vi condurremo tutti a Sefira. Non possiamo rischiare di lasciare alcuna traccia e non abbiamo il tempo per mettere a punto un piano alternativo. Una volta portata al sicuro la Fiamma, decideremo come procedere.»

L'aria era sempre più densa e carica di stupore.

«Vi prego di venire con me» li esortò Nishida, spostandosi fulmineo sulla porta della camera. Con un cenno gentile ma persuasivo li invitò a seguirlo e si avviò nel corridoio, mentre la testa di Yesod svaniva.

Zack si alzò per primo e offrì la mano a Eve. Craig Walden era ancora sulla soglia e li aspettava, emozionato. Senza dire una parola, scesero le scale e si diressero all'uscita. Appena fuori si fermarono esterrefatti. La figura di Yesod sullo spiazzo davanti allo chalet era ancora più terrificante di ciò che avevano visto poco prima. Era un Drago dall'aspetto potentissimo e dalle proporzioni smisurate. Al suo fianco, Nishida sembrava uno gnomo.

L'Elfo si volatilizzò di nuovo, per riprendere forma sulla collinetta situata qualche decina di metri più in là, proprio in prossimità del bosco. «Da questa parte!»

Diligenti, i quattro umani si misero in marcia. Ciò che avevano vissuto negli ultimi minuti aveva prosciugato in loro ogni energia e capacità critica. Si trovavano di fronte a eventi di enorme portata, solo da assecondare. Sentivano nel profondo che qualsiasi iniziativa o resistenza sarebbe stata inutile. Erano pieni di domande, ma capivano che il momento delle risposte non era ancora giunto. Il loro destino non era più sotto controllo. La sola spinta che avvertivano era quella di sostenersi l'un l'altro. Così Eve volle stringere la mano di Jo, mentre Zack le metteva un braccio intorno alle spalle. Erano alla deriva, in balia di una tempesta che li trascinava via. Lontano. In un posto sconosciuto. Craig Walden li seguiva con un'aria quasi paterna. E la domanda che pochi istanti prima aveva accantonato, adesso rimbombava impazzita nella sua testa: *Quale dei tre è Uniko?*

Il cammino procedeva lento e pesante. Yesod si era fatto invisibile ma la sua presenza incombeva.

Al contrario, l'immagine di Nishida appariva sempre poco più avanti, per indicare la direzione. La pelle chiarissima e i lunghi capelli candidi risaltavano nell'oscurità e quando riprese a parlare, la sua voce sciolse gli ultimi dubbi. «Passerete da qui» disse, mostrando lo specchio d'acqua in parte ghiacciato che si estendeva davanti a lui. Leggendo i pensieri dei ragazzi, li anticipò con sicurezza: «No, questo non è un lago. È il passaggio che conduce alla valle di Sefira. Non dovete fare altro che fidarvi di ciò che vi dico e tutto accadrà con grande naturalezza». Si fermò un attimo e il suo sguardo si fece ancora più intenso. «Credere... avere fiducia. Ogni cosa è possibile se la si sente davvero. Se in questo lago vedrete solo una massa d'acqua, ci annegherete. Se saprete vederci una porta aperta verso la Luce e avrete fiducia in voi stessi, vi ritroverete nel luogo più bello e felice dell'Universo.» Ruotò appena il bellissimo viso verso Craig Walden e, guardandolo con la coda degli occhi scintillanti, liberò un sorriso tanto leggero quanto penetrante. «Del resto... *Il mondo si dividerà sempre tra coloro che nella nascita di un fiore a primavera vedono solo un ripetitivo manifestarsi della Natura e coloro che in quello stesso fiore leggono la meravigliosa forza del Bene Assoluto*... Vero, professore?»

Le parole riecheggiarono, mentre Nishida spariva dalla vista dei quattro, che rimasero soli e annichiliti. Si fissarono disorientati, senza la capacità di proferire alcun suono.

Anche stavolta Craig Walden sentì la responsabilità di rompere il silenzio. «Io... io credo che dovremo immergerci» propose, cercando a turno l'assenso di ciascuno dei ragazzi.

«Sì» rispose Eve con un filo di voce.

«Sì... lo penso anch'io» le fece eco Jo, con un tono particolarmente basso.

«Già... non mi viene in mente nessuna alternativa» concluse Zack.

Il professore si mosse subito e, con un paio di passi decisi, mise entrambi i piedi nell'acqua. Si voltò e allungò la mano verso Eve che andò a prendersela, non prima di aver fatto lo stesso con gli amici. Così, stringendosi l'uno all'altro, Eve Dufaux, Jo Springfield, Zack Gent e Craig Walden cominciarono la loro incredibile fuga dal mondo degli uomini. Il futuro era oscuro come la pozza in cui si stavano immergendo, ma ormai avevano oltrepassato il punto di non ritorno.

Quando l'acqua gli arrivò al collo, il professore istintivamente si bloccò. Si voltò e vide tre ragazzi tremanti e agganciati alle sue dita. Li osservò con grande intensità e fu preda di un senso di commozione che gli era del tutto sconosciuto. Avrebbe voluto dire chissà cosa, ma riuscì a pronunciare una parola sola, l'unica che in quel momento era importante: «Andiamo!»

Tornò a guardare avanti e fece un paio di respiri profondi. Riempì il torace di tutta l'aria che il mondo gli offriva, abbassò le palpebre e inabissò la testa. I ragazzi fecero lo stesso, continuando a tenersi uniti.

Il lago gelido e misterioso li inghiottì.

La paura che imprigionava l'anima di tutti fu spazzata via dallo stupore per l'assenza di senso di soffocamento. Nel buio, senza gravità, persero gli ultimi pezzi del loro precario equilibrio mentale.

La sovraeccitazione di Craig Walden giunse al limite quando davanti a lui apparve una sottile mano femminile, bianca e luminosa. L'afferrò con la sinistra, mentre con la destra continuava a stare legato a Eve. Di colpo accelerò il suo viaggio, affiancando la creatura: li stava pilotando fuori dalla realtà che conoscevano. Il professore inclinò il capo e vide il profilo dolce e armonioso del volto che fendeva l'acqua con espressione sicura. Lunghissimi capelli neri ondeggiavano su una schiena tonica e la coda muscolosa, squamata e argentea si fletteva nell'elegante movimento caratteristico del delfino. Appena Craig Walden arrivò a inquadrare la grande pinna caudale ebbe modo d'intravedere lo sguardo di Eve: per la prima volta da quando l'aveva incontrata, gli stava sorridendo.

Parte Seconda

La vita che dura un istante contiene l'eternità

Capitolo 19

APPUNTI DI VIAGGIO

Mi chiamo Craig Walden, sono un libero docente di Teologia metafisica. In questo taccuino riporto i fatti che stanno coinvolgendo me e tre ragazzi di Maple Town perché ne rimanga memoria. Non posso prevedere cosa ci succederà nell'immediato futuro e non so se saremo mai in grado di raccontare le incredibili vicende di cui siamo protagonisti.

Chiunque dovesse entrare in possesso di questi appunti, sappia che tutto quello che vi è annotato corrisponde a verità. Vi prego di mettere da parte l'ovvia incredulità che queste note scateneranno e di dare loro almeno il beneficio del dubbio. In fondo al blocchetto ho scritto l'indirizzo del mio ufficio; per favore andateci e chiedete di accedere ai miei archivi. Ho lasciato disposizioni affinché chiunque si presenti con queste pagine possa consultare il dossier custodito nel faldone intitolato **Fiamma della Vita***: troverete i riscontri che sono alla base di ciò che ci sta accadendo. Il valore di questa testimonianza è inestimabile: renderla pubblica potrebbe avere conseguenze drammatiche e comporterebbe responsabilità immani.*

In questo momento mi trovo in un altro mondo, probabilmente nella terra degli angeli. I tre ragazzi che sono con me si chiamano Joseph Springfield, Zackary Gent e Evelyn Dufaux. Siamo stati prelevati dal mio chalet di Maple Town da due creature che si sono definite, per l'appunto, angeli. I miei studi confermano la veridicità di tale ipotesi. Ritengo che siano venuti a recuperare un loro simile che è stato inviato tra gli uomini circa quindici anni fa per custodire nel cuore la Fiamma della Vita e tenerla lontana dai possibili attacchi del Male. Costui (o costei) ha vissuto tutto questo tempo come un normale essere umano, completamente inconsapevole della propria natura e del proprio ruolo, e oggi deve rientrare a casa. L'angelo in questione è uno dei ragazzi, ma non sappiamo ancora quale dei tre. Credo sia per questo che siamo stati portati quaggiù.

Siamo arrivati attraverso una "porta" situata in un laghetto nel bosco di Maple Town: dopo esserci immersi, una sirena ci ha fatto strada per condurci a destinazione. Non saprei quantificare la durata del nostro viaggio. Siamo riemersi in un lago diverso, sulla sommità di una collina verdissima che domina un'ampia valle. Abbiamo raggiunto la riva dove ci troviamo adesso, completamente asciutti, in attesa di capire il da farsi. Il clima è mite.

Dimenticavo... gli angeli che ci hanno condotti qui hanno chiamato questo luogo con un nome preciso: Sefira.

Craig Walden, primo giorno a Sefira

Capitolo 20

ARRIVO A SEFIRA

Valle di Sefira, 48 ore prima dell'Adlivun

Il silenzio dei quattro naufraghi sembrava disperdersi nella leggera brezza che accarezzava la riva del lago. Erano emersi da pochi minuti, avevano raggiunto la spiaggia di ghiaia bianca e si erano guardati a lungo. Stavano tutti bene, non avevano bisogno neppure di chiederselo. L'esperienza del viaggio aveva catapultato i loro cuori in una nuova dimensione: nulla era più sorprendente, tutto diventava possibile. Di colpo, le bizzarre teorie di Craig Walden si erano trasformate nell'unità di misura assoluta. Lo straordinario stava inesorabilmente sfumando nella realtà, mentre il buon senso perdeva ogni concretezza. Il mondo era capovolto.

Il professore era senza dubbio il più lucido di tutti. L'onda emotiva che lo aveva attraversato non ne aveva travolto la ragione, semplicemente perché ciò che stava succedendo era nella sua testa da tempo. Nei suoi anni di studio si era convinto dell'esistenza di un Universo a parte, e gli avvenimenti delle ultime ore ai suoi occhi risultavano sbalorditivi nella forma, ma certo non nella sostanza. Craig Walden riusciva a mantenere una discreta consapevolezza di sé e di ciò che lo circondava. E non era poi tanto strano vederlo seduto sui sassi del bagnasciuga, concentrato ad annotare qualcosa sul suo taccuino.

Eve sembrava in stato di trance. Sul viso aveva disegnata un'espressione dolce, quasi sorridente. Si era arresa al corso degli eventi senza opporre resistenza, e la sua anima, per quanto sballottata, galleggiava nel mare in tempesta con leggerezza e rassegnazione.

Jo era ammutolito, ma di fatto era il solito ragazzo spettinato e taciturno di sempre. Il suo sguardo acuminato bucava tutto ciò su cui si posava, penetrandolo in profondità per assimilarne l'essenza.

Il silenzio di Zack era la reazione più rilevante di tutte. Di solito Zack brillava per la sua capacità di trovare parole efficaci in ogni situazione e si era sempre dimostrato in grado di tenere sotto controllo le cose che gli capitavano. Ma stavolta non era così.

Incredibilmente i tre amici erano già asciutti. Sulla riva della spiaggetta, aspettavano le istruzioni successive. Il lago luccicava placido sotto i primi raggi del sole che filtravano intensi attraverso la vegetazione lussureggiante e ospitale, tipica dell'alta collina. Il clima era mite e appena mosso da un venticello tiepido. Oltre gli alberi che incorniciavano l'insenatura si stagliava un cielo enorme: lo specchio d'acqua doveva essere in quota e, al di là delle fronde, era facile immaginare una discesa verso un'ampia vallata.

«Benvenuti a Sefira.»

Il tono carezzevole di Nishida arrivò dalla sommità di una roccia chiara e levigata che svaniva nel blu profondo del lago ed emergeva nitida nell'aria azzurra e tersa. L'Elfo era comodamente seduto là sopra e il suo sorriso splendeva come un diamante. Nemmeno il tempo di metterlo a fuoco, e aveva già abbandonato la sua posizione, raggiungendo i quattro sul litorale sassoso. Per la prima volta, Nishida era veramente vicino a loro e poterono osservarlo con attenzione. Le sembianze erano quelle di un giovane uomo, ma l'armonia e i colori che lo caratterizzavano non avevano nulla di terreno. Anche la voce squillava netta e piacevole, quasi melodiosa alle loro orecchie.

«Vi prego di seguirmi ancora, con pazienza e fiducia. Il mio compito è accompagnarvi da colui che potrà dare risposta alle vostre domande.» Nishida tese indice e medio insieme e mostrò il percorso. «Entreremo in quel bosco e lo supereremo, per poi scendere a valle.» Fece qualche passo in avanti, ma senza allontanarsi troppo e invitò il gruppo a intraprendere il cammino. Affiancò Craig Walden, che si era alzato per primo, e gli fece strada, mentre i tre ragazzi li seguivano a distanza ravvicinata, stando bene attenti a non restare indietro.

L'attraversamento della radura fu breve ed emozionante. Le piante erano di una specie mai vista: non troppo alte, floride e robuste, allungate in rami fitti e rigogliosi di foglie larghe e grasse che a tratti oscuravano la luce. Il buio che ne risultava era avvolgente, ma le creature del sottobosco emanavano un bagliore bluastro che ne rendeva visibili forme e contorni. Gli arbusti sembravano sospesi in un alone sottilissimo e sfumato e la mente di Zack accostò immediatamente la scena a uno dei suoi videogame preferiti, in cui un'azione di guerra si svolge di notte e i militari indossano un visore a raggi infrarossi, capace di scorgere nell'oscurità le sagome verdi di tutto ciò che emana calore. Gli occhi di Zack non vedevano figure di soldati armati fino ai denti, ma silhouette strane e fantastiche, placidamente accucciate oppure in volo.

Nishida irradiava energia più di tutto il resto e non fu difficile per i quattro stargli dietro. La fine della boscaglia arrivò improvvisa, quando il lampo del sole piombò accecante. Ebbero bisogno di un po' di tempo per mettere a fuoco la realtà che si offriva ai loro occhi. E ce ne volle ancora di più per riprendersi dallo stupore che invase i loro cuori.

La vallata si apriva ai piedi della collina e sarebbe stata il soggetto ideale per un dipinto. Guardando verso ovest, si potevano cogliere lunghi pendii la cui dolcezza ospitava terrazze naturali con prati ricolmi di alberi e fiori variopinti. A est correva una pianura sterminata che in lontananza s'increspava, lasciando il posto a vette altissime e innevate. Più a nord s'intravedeva un'imponente foresta, tanto fitta da incutere timore. Sarebbe stato un gran bel quadro, ma un particolare importante rendeva lo scenario incontenibile da qualunque tela o cornice: il villaggio brulicava di vita.

In fondo alla discesa si scorgeva una quantità di abitazioni e in ogni angolo creature in movimento animavano l'affresco, rendendolo vivace e in continuo cambiamento.

Nishida arrestò la marcia e non poté fare a meno di osservare le facce estasiate degli esseri umani, immobili e rapiti dalla maestosità del panorama. L'Elfo divaricò le gambe e allargò le braccia, in direzione del borgo sottostante. Chiuse le palpebre e inclinò la testa all'indietro, mostrando il viso al cielo. In una frazione di secondo il suo corpo fu attraversato da un fremito silenzioso che sembrò diffondersi alla frenetica attività poco distante. Tutto si bloccò di colpo. Cadde il silenzio, a cui si accompagnò un'onda che fece gelare il sangue nelle vene dei quattro: i volti e gli sguardi degli abitanti di Sefira si orientarono verso la collina, puntando l'attenzione proprio su di loro.

Craig Walden intuì che Nishida aveva trasmesso un segnale alla comunità. L'Elfo gli lesse nel pensiero e annuì, per poi esclamare: «Coraggio, ci stanno aspettando!»

Eve era inchiodata al suolo dal panico: Jo e Zack dovettero disporsi ai suoi fianchi e spingerla con dolcezza per farla camminare. Più avanzavano, e più le creature che sembravano attenderli prendevano forma ai loro occhi. La maggior parte aveva sembianze antropomorfe: persone semplici, vestite in modo essenziale, che offrivano sorrisi rassicuranti e limpidi. Ma s'intravedevano anche esseri dall'aspetto e dalle proporzioni stravaganti.

Di fronte a Craig Walden si parò un grande puma rosso, sinuoso e potente. Sulla schiena aveva una robusta coppia di ali piumate che sfumavano dal fulvo al nero. La testa era un'incredibile fusione di elementi felini e umani e gli conferiva un'aria fiera ed elegante. Le orecchie appuntite e aderenti al cranio ombreggiavano le iridi gialle e solenni di una tigre e il naso largo sovrastava una bocca ampia, ma proporzionata alla mascella. Una folta chioma scarlatta partiva dalla nuca e scendeva con lunghe onde fino alle spalle.

Il puma era accoccolato su un costone di roccia, disteso nella tipica postura dei gatti che sembrano riposare mentre in realtà sorvegliano attentamente tutto ciò che succede attorno a loro. L'estremità della coda si spostava a destra e a sinistra, con cadenza flessuosa e regolare. Craig Walden fissò incredulo l'essere che, a propria volta, sostenne il suo sguardo. Appena il professore gli passò davanti, le grandi palpebre del felino si chiusero per il tempo necessario a ruotare il muso verso i tre ragazzi. Al loro passaggio l'espressione del puma si fece più intensa e si accompagnò a un movimento delle zampe anteriori che si distesero, per portarlo in posizione seduta. Poi abbassò il capo in un evidente segno di deferenza. Quello a cui assistettero allibiti Eve, Jo e Zack fu il primo di una lunga serie di inchini che la popolazione di Sefira riservò loro nel corso di quell'interminabile tragitto. Si trovavano in mezzo a una folla colorata che s'inginocchiava ossequiosa al loro avanzare.

Craig Walden pensò che fosse meglio rallentare per stare vicino ai tre giovani. Si fermò sul ciglio sinistro del sentiero, poi affiancò Eve all'esterno e la strinse in un amichevole abbraccio. Lei teneva per mano Jo, che procedeva appena davanti a Zack. Fecero una breve sosta e si scambiarono occhiate di reciproco incoraggiamento.

Il professore parlò con voce bassa ma convincente: «Ragazzi, questi sono angeli e ci vogliono bene. Abbiate fiducia in ciò che il destino ci sta riservando. Forza!»

Le sue parole arrivarono come fulmini, dritte nel petto di Zack, che finalmente si riscosse dal suo torpore. «Jo, quante volte abbiamo sognato di volare via da quella cella frigorifera di Maple Town? Be', siamo stati accontentati. E siamo insieme, tutti e tre.»

Guardò Eve con grande calore. «Qualunque cosa sia, questo è il viaggio più strepitoso che potessimo sognare. Godiamocelo tutto, fino in fondo.»

I quattro, saldamente agganciati l'uno all'altro, ripresero il cammino tra la miriade di angeli. Davanti a loro Nishida, a indicare un avvenire misterioso. Dietro di loro un passato ormai inesorabilmente sbiadito.

Capitolo 21

AL COSPETTO DI METATRON

Valle di Sefira, 44 ore prima dell'Adlivun

Metatron guardava fuori dall'enorme vetrata della sua dimora e fissava con intensità la lenta processione che solcava la folla. Non riusciva a immaginare nessun possibile futuro, ma il torrente di preoccupazione che lo travolgeva sfociava nel mare della commozione: l'angelo con la Fiamma era di nuovo a casa. Vederlo lì, sotto i suoi occhi, lo obbligava a fare i conti con la gravità della decisione presa in segreto quindici anni prima: fino ad allora aveva condiviso il peso di quella scelta solo con Yesod e Nishida. Ad Allibis non si poteva nascondere nulla. Tutti gli altri ne erano rimasti all'oscuro.

«È giunto il momento, vero?»

La voce tessuta di grazia e candore lo raggiunse alle spalle, bucando il muro d'angoscia che lo opprimeva. Il Saggio abbassò le palpebre per trattenere la tenerezza di quel suono familiare, poi si voltò e assaporò la gioia di vedere la splendida fanciulla che lo stava osservando. Con un gesto lento e caloroso le tese la mano per invitarla ad avvicinarsi.

I capelli biondissimi della ragazza erano soffici come seta e incorniciavano l'ovale perfetto del viso, che parlava attraverso i sorprendenti occhi viola leggermente allungati: erano accesi dalle emozioni della vita e dal desiderio di crescere.

Metatron s'illuminò alla vista dell'espressione raggiante delle sue labbra e si abbandonò per un attimo ai dolci sorrisi che sapevano regalare.

«Sì, Unika, la Fiamma è tornata a Sefira» le rispose, scandendo le parole per sottolineare l'importanza dell'evento e, nello stesso tempo, nascondere l'ombra che gli attanagliava l'anima.

La bambina a cui aveva dato il nome dell'essere a lui più caro non sapeva com'era nata e, soprattutto, ignorava di portare nel cuore la Chiave della Felicità. L'aveva tenuta al suo fianco senza dirle mai nulla perché aveva ritenuto importante garantirle un'infanzia serena. Nei piani di Metatron, il momento della verità sarebbe arrivato a un'età in cui Unika avrebbe potuto gestire con forza e coraggio le responsabilità legate alla sua natura. Ma il Saggio si rendeva conto che quell'idea perdeva sempre più credibilità: gli ultimi avvenimenti stavano superando ogni possibile previsione e il tempo scorreva a velocità incontrollabile.

«L'angelo che ha custodito la Fiamma è qui» le disse, prendendola per mano.

Unika allargò il suo campo visivo fino ad abbracciare la moltitudine che si apriva via via al passaggio del piccolo gruppo. L'adorabile Nishida ne scandiva il passo, rispondendo con gesti cordiali ai tanti saluti. Dietro di lui procedevano esitanti i quattro esseri umani, tra cui c'era un angelo inconsapevole, che di umano aveva solo le sembianze. Gli abitanti di Sefira erano stati avvisati del suo arrivo solo qualche giorno prima. Ora lo avevano riconosciuto e si inchinavano con rispetto al suo passaggio.

Unika fu scossa da un violento impeto: un'incontrollabile vampata le attraversò il petto e ne scompaginò l'umore in modo del tutto inatteso. Lacrime color pervinca iniziarono a sgorgarle dagli occhi.

Metatron le passò una mano sulle guance arrossate e la strinse a sé con forza. Sentì il giovane corpo rilassarsi, ma non riuscì a placare il disagio del suo spirito. «Vieni con me, Unika, usciamo ad accoglierlo.»

Trasvolarono fino al terrazzo in pietra sulla sommità della Torre. Metatron si materializzò in piedi, immobile, affacciato sulla valle sottostante. Unika si sedette sul parapetto alla sua sinistra, cercando di mostrarsi il più composta possibile. La comparsa del Saggio e della fanciulla scatenò un fremito di emotività. Tutti gli angeli si voltarono verso di loro e si inginocchiarono.

Anche Nishida, che nel frattempo aveva guidato gli ospiti alla base della Torre, si fermò e appoggiò a terra il ginocchio sinistro. Inclinò la testa, con le iridi gialle che pulsavano di entusiasmo e vitalità. I quattro umani persero in un attimo la fragile sicurezza che avevano ricostruito negli ultimi minuti e restarono impietriti dal silenzio assoluto che si era impossessato di tutte le anime riunite. Sollevarono il volto e videro le due figure svettare contro il cielo.

Nishida li lasciò metabolizzare l'istante e poi si rivolse a loro con tono protettivo: «Vi suggerisco di unirvi a noi nel manifestare il vostro rispetto verso il luminoso Metatron, altissima espressione di potenza e saggezza». Accompagnò le parole con un gesto ampio, che li invitava inequivocabilmente a chinarsi.

Il primo a seguire il consiglio fu Craig Walden. Si piegò con fare cavalleresco, portando la mano destra al petto. Eve lo imitò quasi subito, mentre Jo e Zack si uniformarono dopo qualche tentennamento.

Passarono pochi secondi carichi di tensione, prima che il Saggio si librasse nell'aria e discendesse in volo verso di loro.

«Ben fatto, Nishida» si complimentò con amichevole solennità. Poi guardò in alto e cercò il pensiero del Drago che volava in cielo, per vigilare e proteggere Sefira come sempre. "Vale anche per te, prode Yesod. Ottimo lavoro." La voce della sua mente era straordinariamente calda e infondeva fiducia. Allargò le braccia, come per protendersi verso l'intera comunità. «Dobbiamo essere grati a questi due valorosi Angeli Guida perché hanno riaccompagnato a Sefira ciò che sta a noi custodire e preservare: la Fiamma della Vita.»

Unika osservava la scena dal parapetto della Torre, ancora incapace di comprendere a fondo le sensazioni che la scuotevano.

«Ophidiel è sempre più determinato a impadronirsi delle due Entità Fondamentali» proseguì Metatron, lasciando correre lo sguardo sulla folla. «In passato abbiamo nascosto la Fiamma nel mondo degli uomini per sottrarla a un suo possibile attacco, oggi la riportiamo qui per lo stesso motivo. Dopo quindici anni, Ophidiel ha scoperto il nostro piano e ha trovato la Fiamma sulla Terra. Ma eravamo pronti e l'abbiamo richiamata a noi: ora è di nuovo a casa. Qui sarà al sicuro. Sefira è preparata a proteggerla.» Scandì una breve ma significativa pausa, con cui intendeva marcare una nuova fase del discorso, e riprese ancora più potente: «Siamo consapevoli che Ophidiel è crudele e spietato e non si fermerà finché non avrà raggiunto il suo scopo. Continuerà ad attaccare con tutti gli strumenti a sua disposizione. Vuole dominare l'Universo e la sua bramosia non gli darà tregua. Per questo vi chiedo di tenere alta la guardia su ogni fronte, sapendo che potrebbe anche cercare di entrare dentro di noi, per piegare la nostra volontà e i nostri comportamenti. Dobbiamo ascoltare la nostra coscienza per capire se e quando lo spirito del Maligno cercherà di impossessarsene. È importante imparare a conoscere e ad apprezzare la purezza dell'anima: solo così sarà possibile individuare e scacciare lo sporco che cerca di inquinarla. Quando saremo in grado di difendere la luce che ci guida, per Ophidiel diventerà impossibile avvicinarsi alle due Entità Fondamentali». L'aria era satura di pensiero e Metatron si lanciò nell'esortazione finale. «Ricordatevi sempre che la forza dentro ciascuno di noi è in grado di sconfiggere qualunque nemico. Ogni singolo angelo ha in sé tutti i poteri necessari per annientare milioni di demoni. E questi poteri ci derivano da una risorsa unica, che niente e nessuno potrà mai sottrarci: la fiducia nel Bene. Noi crediamo, noi sappiamo che il Bene è destinato a prevalere su ogni avversità. Perché è dal Bene che nasce tutto ed è nel Bene Assoluto che tutto si riconduce.» Metatron mostrò entrambe le mani che si chiudevano a pugno, mentre il suo tono cresceva ancora. «Oggi, più di prima, perseguiremo con successo la nostra missione: salveremo il mondo, continuando a proteggere la Fiamma della Vita e la Chiave della Felicità. E ancora una volta ne usciremo vincitori!»

La reazione del popolo di Sefira al discorso di Metatron fu un urlo assordante di entusiasmo e consenso: gli angeli si sentivano uniti e forti nell'andare incontro all'avvenire e vollero gridarlo con il fragore del tuono.

Metatron guardò a uno a uno i suoi Angeli Guida. I loro cenni d'intesa gli confermarono che aveva raggiunto l'obiettivo: comunicare con chiarezza il pericolo incombente, prospettando una soluzione concreta. In realtà il futuro non era affatto scritto e la preoccupazione di Metatron era grande. Ma quello era il momento d'infondere speranza e coraggio, e lui ci era riuscito.

Quando anche l'ultima eco dell'esultanza si spense, Metatron abbassò le braccia, spalancò le dita e sciolse uno sguardo affettuoso in direzione dei quattro ospiti smarriti, inginocchiati di fronte a lui. Parlò con il pensiero, rivolgendosi a uno di loro: "Così è. Tu non sapevi di essere un angelo e hai custodito ciò che per noi era più importante. Il nostro amore ha sempre vegliato sulla tua esistenza ed è con lo stesso amore che adesso io ti chiamerò".

Craig Walden non riusciva più a contenere la propria curiosità. Dall'estrema sinistra della fila avvertiva la tensione dei tre giovani sconvolti. Istintivamente prese la mano di Eve, che sobbalzò e strinse, a sua volta, quella tremante di Jo. Al lato opposto, anche Zack sentì il bisogno di stabilire un contatto fisico e si appoggiò sulla gamba piegata dell'amico.

Metatron chiuse gli occhi e, distendendo le labbra in un lieve sorriso, disse: «Uniko, vieni da me».

Un leggero rumore alla sua destra fece intendere al professore che uno dei ragazzi si stava alzando in piedi. Non ebbe la forza di staccare gli occhi da terra, ma sentì il rumore dei passi. Uniko si stava avvicinando timidamente a Metatron.

Uniko era un angelo vestito di nero, i suoi capelli erano biondi e aveva le sembianze umane di Jo Springfield.

Capitolo 22

LA GIOVANE UNIKA

Valle di Sefira, 42 ore prima dell'Adlivun

I piedi scalzi tamburellavano sugli scalini di legno, producendo un rumore sordo. Il passo era piuttosto concitato ed esprimeva lo stato d'animo di Unika, mentre saliva nello studio in cui si era ritirato Metatron. Subito dopo la rivelazione, il Saggio aveva affidato Uniko e gli esseri umani a Nishida con lo scopo di farli riposare. E adesso era nella Torre, assorto nei suoi pensieri.

«Chi è?» Il tono alterato e convulso della ragazza inondò l'atmosfera. «Perché ha la Fiamma della Vita? Come gli è finita in corpo? Dov'è stato fino a ieri? E cosa ci fa qui con gli altri tre?» Unika tacque per un attimo e poi, con la voce rotta dall'emozione, urlò: «Perché si chiama come me?»

Il Saggio sorrise. «Per quale ragione non mi fai la vera domanda che vedo agitarsi dentro di te?»

Unika spalancò i grandi occhi viola e lasciò che un velo di disappunto oscurasse il suo splendido viso. Non riusciva ancora ad accettare il fatto che Metatron leggesse così bene la sua mente. Si sentiva nuda e indifesa. «Credi davvero che io non sappia che Uniko non è un angelo come gli altri? È un ragazzino che non sa nemmeno volare ma tutti lo venerano come se fosse una divinità. Tu mi nascondi qualcosa!»

I dubbi di Unika erano legittimi, ma a tormentarla non era il timore di non ottenere le risposte. Sapeva che Metatron avrebbe sciolto ogni nodo. Quello che non riusciva a spiegarsi e a gestire era il forte turbamento esploso dentro di lei appena aveva visto l'angelo biondo: una violenta inquietudine si era impossessata dei suoi pensieri e non l'aveva più abbandonata.

Imbarazzata e confusa, si girò di scatto e trasvolò sul terrazzo della Torre, lasciando Metatron di stucco.

Yesod sentì la voce della sua mente e la raggiunse subito. «Mi hai chiamato?»

«Sì. Mi accompagni alla Finestra del Tempo?»

Il Drago la scrutò. Se avesse rifiutato l'avrebbe delusa profondamente; ma, allo stesso tempo, non poteva lasciarla navigare senza freni nel passato, con il rischio che scoprisse da sola la verità. «Solo se mi prometti che non ci fermeremo a lungo e che poi mi accompagnerai all'Eremo delle Arti a controllare gli Angeli della Primavera.»

«Va bene» accettò Unika, sapendo che non era il caso di discutere e che quello sarebbe stato l'unico modo per raggiungere il suo obiettivo.

Yesod cercò di allentare la tensione con una battuta. «Devo inginocchiarmi davanti a te o ce la fai a volare sulla mia schiena?»

«Ci riesco!» E in una frazione di secondo era sul dorso del Drago.

Yesod le voleva un bene immenso. In lei rivedeva la brillante e intensa personalità dell'Unika originaria. La stessa intelligenza. Lo stesso temperamento. La stessa passione. La stessa testardaggine. Era intenerito e meravigliato di fronte a quella piccola forza della Natura, che aveva nel sangue la viva convinzione che *volere è sempre potere*.

Spiccò il volo.

Sentiva le esili dita aggrapparsi alle sue piume e le gambe sottili ed energiche stringersi intorno al suo corpo. A un tratto avvertì la testa della fanciulla appoggiarsi con delicatezza al suo collo, mentre con le braccia lo avvolgeva tutto. Per Yesod quel momento valeva un'intera vita.

Atterrarono sullo spiazzo di fronte all'Osservatorio. L'erba era alta e agitata dal vento.

«Cosa vuoi vedere nel passato?» indagò Yesod.

«Sei capace di tenere un segreto?»

«Certo!»

«Voglio scoprire da dove arrivano Uniko e gli altri tre.»

«Perché ti interessa la loro storia?» chiese il Drago, mostrando una certa perplessità.

«Yesod, amico mio... come pensi possa sentirmi sapendo che un angelo sconosciuto che si chiama come me porta nel cuore la Fiamma della Vita?»

Yesod la ascoltava con attenzione e rispetto. Conosceva la lucida capacità di ragionamento dell'Unika originaria e si commosse nel ritrovarla nella ragazza. «Capisco. Potrebbe trattarsi di una ricerca molto lunga» le rispose pensieroso, tendendo la schiena, per farla scivolare al suolo.

Entrarono insieme.

Martin fece gli onori di casa e gli altri Gnomi li salutarono come sempre all'unisono.

«Unika ha bisogno del tuo aiuto» spiegò Yesod con tono formale, strizzando l'occhio a Martin. «Vorrebbe conoscere qualcosa di più su Uniko. Riesci a farci vedere qualche momento della sua vita?»

«Sicuro!» confermò Martin, che aveva capito di dover soddisfare la curiosità di Unika senza rivelarle troppo.

Si avviarono nella stanza di mezzo. Martin attivò l'ologramma del controllo temporale e sintonizzò uno degli schermi su un paio d'anni prima, a Maple Town.

L'inquadratura riprendeva Uniko in camera sua, vicino a una piccola cassettiera di legno accanto al letto. Stava aprendo il terzo cassetto per estrarre una scatola quadrata, di un colore arancione intenso. Conteneva minerali, sassi e pietre di varie forme, dimensioni e caratteristiche. Il ragazzo li esaminava attentamente uno dopo l'altro, maneggiandoli con estrema delicatezza. Era concentrato e immerso nella sua passione.

«Puoi andare un po' indietro nel tempo?» Unika aveva gli occhi fissi sul monitor.

Martin annuì e, con la forza della mente, azionò la sorgente ottica da cui scaturì la nuova immagine.

Sembrava una festa. Il locale era affollato e, da sopra il bancone del bar, spiccava luminosa l'insegna con la scritta *Lancelot*. Si celebrava l'undicesimo compleanno di Uniko.

Zack si era tolto il maglioncino nero a girocollo, un po' consumato e sbiadito sui gomiti, e lo stava porgendo a Uniko con un'espressione mista di generosità e rincrescimento. «Jo, sai come la penso sui compleanni. In ogni caso, credo che regalarti il mio pullover portafortuna sia il gesto migliore che io possa fare per dimostrarti la mia amicizia.»

Il volto di Uniko era sorpreso e commosso.

La Finestra del Tempo consentiva di datare con esattezza l'evento a cui si stava assistendo, e Unika trasalì quando si rese conto che il festeggiato era nato solo tre giorni dopo di lei.

«Tutto bene?» le domandò Yesod un po' preoccupato. Unika non rispose. Era impietrita, perciò il Drago la esortò in modo deciso: «È ora di andare».

«Fammi guardare un altro momento. Uno solo e poi ti accompagno all'Eremo delle Arti» lo implorò Unika.

Stavolta Martin mandò avanti il tempo. Lo schermo mostrava una giornata di prima mattina. Uniko stava scendendo rapidamente le scale di casa: aveva il viso corrucciato, come se fosse turbato da brutte visioni. Uscì e si trovò in mezzo a una tormenta. Uniko non aveva i guanti e gli si stavano arrossando le dita; istintivamente le portò davanti alla bocca, per riscaldarle con il respiro.

«Possiamo andare adesso?» insistette Yesod.

Unika fece cenno di sì con la testa, mentre un'idea attraversava fulminea la sua mente.

Si avviarono verso l'uscita, lasciandosi alle spalle Martin e gli Gnomi che li salutavano con la mano. Unika avanzava nell'erba seguendo Yesod. Il suo sguardo era assente.

«Facciamo una gara?» propose Unika quando arrivarono alla radura e furono pronti per riprendere il volo.

«Che tipo di gara?» Yesod era sorpreso.

«Vediamo chi arriva prima alla Torre!»

«Io volo più veloce di te perché ho le ali più grandi e sono molto più abituato a cavalcare il vento. E poi, non mi hai sempre detto che non ti piace volare?»

«Infatti!» confermò Unika con occhi vivaci. «Io non intendevo sfidarti in volo ma... in trasvolo!» Cercava le parole migliori per essere il più convincente possibile. «Ormai mi sto allenando da mesi e credo di essere imbattibile.»

Yesod sorrise. Come poteva dirle di no? «Quanto tempo credi di poterci impiegare da qui?»

Unika fece un rapido calcolo: per fare quello che aveva in mente, le sarebbero serviti un paio di minuti. «Due minuti!» affermò, mostrando tutto l'entusiasmo di cui era capace.

Yesod annuì. «Va bene, accetto la sfida. Partiamo al mio tre e ci incontriamo sulla Torre!»

«Andata!» Unika inspirò profondamente. Stava per ingannare il suo miglior amico, ma era convinta che lui avrebbe capito e l'avrebbe perdonata.

«Uno, due... tre!»

Unika si concentrò e trasvolò nella stanza della Finestra del Tempo. Sintonizzò lo schermo sulla data della nascita di Uniko, che aveva scoperto con la visione della festa di compleanno: quindici anni prima, tre giorni dopo di lei. Apparve una stanza decorata con una raffinata carta da parati a fiorellini di tonalità più scura. Seduta su un ampio divano, una minuta figura femminile dai lineamenti delicati cullava tra le braccia un bimbo molto piccolo. Evidentemente la data era sbagliata.

Unika impostò le coordinate del giorno precedente. La scena che ne scaturì era molto simile a quella appena vista. La ragazza cominciò a sentirsi sempre più inquieta: un sospetto si stava insinuando nella sua mente. Chiese allora la visualizzazione del 18 giugno, la sua stessa data di nascita. Lo schermo proiettò il primo minuto dopo la mezzanotte: Unika rimase di sasso nel vedere che la casa era buia, la mamma di Uniko stava dormendo e non c'era nessun neonato. In preda all'ansia, fece scorrere rapidamente il tempo: le ore del passato procedevano in successione e, quando sul monitor le prime luci dell'alba iniziarono a fendere la notte, il suo cuore accelerò il battito.

Due figure a lei familiari uscivano dall'ombra e si avvicinavano alla porta dell'abitazione del numero 10 di via Settembre. Uno era Yesod, l'altro Nishida. Avanzavano sicuri. Si fermarono davanti al battente. Si chinarono. Deposero a terra un cestino. Dentro c'era un bambino.

Unika sentiva le tempie pulsare come se stessero per scoppiare. Aveva il fiato corto e l'agitazione le stava stritolando lo stomaco. Avrebbe avuto bisogno di pensare. Riflettere. Elaborare le visioni confuse che animavano la sua testa. Poco prima si era preoccupata di deludere Yesod e invece era lui che le aveva mentito. Lei si era fidata e il Drago l'aveva tradita, nascondendole la verità. Ma qual era la verità?

«Cosa fai ancora qui, piccola Unika?» la interruppe Martin, allarmato nel trovarla sola di fronte alla Finestra del Tempo.

Senza rispondergli, Unika si concentrò e si volatilizzò.

Dapprima vagò senza meta, con la testa piena di domande. Non riusciva a trovare risposte e fece appello alla propria capacità logica per riepilogare i fatti: *La Fiamma della Vita è stata deposta nel cuore di un angelo. Nato il mio stesso giorno. Che si chiama come me. Inviato sulla Terra per proteggere l'Entità Fondamentale dai possibili attacchi del Male. Per tutti questi anni... per tutti questi anni... io sono stata vicina a Metatron. Ogni giorno. Ogni ora. Ogni minuto. Sempre. Per tutti questi anni, Uniko ha nascosto la Fiamma nel mondo degli uomini... e Unika? Io cosa facevo nel frattempo qui a Sefira?*

Cominciò ad avvertire l'ebbrezza che le annunciava di essere sulla strada giusta. Stava sorvolando il Faraglione di Mezzogiorno, quando si focalizzò sulla strana sensazione che da sempre avvertiva nel ventre. La cercò dentro di sé per definirla e comprenderla. Riuscì a viaggiare nella profondità della propria coscienza: entrò in quell'emozione e la capì. Sentì il calore che aveva nel cuore diffondersi in tutto il corpo e, all'improvviso, la limpida consapevolezza dei fatti si schiarì davanti a lei.

Pianse a dirotto, con le mani serrate al petto. Sospesa nell'aria tersa, decise che era tempo di tornare da Metatron. Si concentrò di nuovo e si sorprese a sorridere, pensando che con lei trasvolava il prezioso tesoro che aveva custodito senza saperlo per tutto quel tempo: la Chiave della Felicità.

Capitolo 23

IL MOMENTO DELLA VERITÀ

Valle di Sefira, 40 ore prima dell'Adlivun

"Sei affamato di verità, vero?"

Le parole di Metatron si diffondevano semplici e prive di suono, raggiungendo la mente di Uniko. La comunicazione con il pensiero era un'esperienza profonda che coinvolgeva completamente l'anima del giovane angelo e ne imprigionava l'attenzione. Uniko aveva provato quella sensazione solo poco prima e da quell'istante era cambiato tutto: quando Metatron gli aveva rivelato la sua natura dinanzi al popolo di Sefira riunito, un fuoco si era acceso dentro di lui.

Subito dopo, il calore aveva preso la forma di due mani che gli accarezzavano il cuore e il viso, invitandolo ad alzare lo sguardo. Uniko si era lasciato catturare dagli occhi del Saggio, pronti ad accompagnarlo verso il lungo abbraccio che lo accoglieva nella comunità degli angeli. Da quel momento non era più riuscito a ragionare e non ci aveva nemmeno provato. Stava bene così: la realtà che gli veniva offerta era armoniosa e le domande potevano aspettare.

"Avremo modo di parlare a lungo. Adesso hai bisogno di riposo. Nishida si prenderà cura di te" gli aveva sussurrato Metatron, con infinita dolcezza.

Di colpo la tensione era svanita e Uniko aveva sentito tutta la stanchezza del mondo piombargli addosso. Alla fine si era addormentato.

Si era svegliato su un soffice prato verde, sotto gli occhi amichevoli di Nishida. Gli ci era voluto qualche minuto per riavvolgere mentalmente il film delle ultime ore e focalizzarsi su chi era e dove si trovava. Poco alla volta, i suoi pensieri erano tornati lucidi e le emozioni che l'avevano accompagnato durante tutta l'avventura da Maple Town a Sefira continuavano a travolgerlo.

«Andiamo, Uniko. Ti porto da Metatron.»

L'invito di Nishida arrivò con tempismo perfetto a interrompere la spirale di domande che stava per avviarsi per l'ennesima volta nella sua testa.

«Io però vorrei sapere cosa...»

«Sii paziente, Uniko. Tra poco Metatron ti racconterà tutto. Vieni con me adesso, coraggio.»

Uniko si alzò per avviarsi verso il sentiero che conduceva alla Torre. Non sapeva quanto avesse dormito, ma il sole splendeva e donava alla Natura i suoi colori più brillanti. Osservò in silenzio i suoi amici addormentati nell'erba. Eve riposava rannicchiata su un fianco. Sembrava rilassata. Zack giaceva con la schiena a terra e la nuca leggermente sollevata, appoggiata al tronco di un albero. Craig Walden era sveglio, stava annotando qualcosa sul suo taccuino e gli fece un cordiale cenno di saluto.

Uniko s'incamminò, ancora disorientato. Una nuova indefinibile inquietudine gli attraversò l'anima un istante prima di scorgere una ragazza seduta sul parapetto della terrazza, che lo stava osservando con sguardo fiero. Rapito dalla sua bellezza, non riusciva a staccarle gli occhi di dosso. Non fece in tempo a riprendersi dall'imbarazzo, che lei si librò nell'aria e iniziò a volteggiare aggraziata nella sua direzione. Uniko restò ammaliato dalle acrobazie perfette e flessuose della fanciulla e fu colto di sorpresa quando la vide chiudere l'ultimo cerchio per puntare decisa verso di lui. Fece un passo indietro appena si rese conto che gli si stava gettando letteralmente addosso. Ma Unika si fermò a pochi centimetri dal suo naso. Le pupille accese pulsavano, vive e indagatrici. La bocca era tirata, seria, ma lasciava trasparire un'espressione vivace e sveglia.

I visi di Unika e Uniko erano vicinissimi. Lui in piedi, impietrito. Lei sospesa a mezz'aria. Entrambi turbati e ammutoliti.

«Benvenuto, Uniko. Ho il piacere di presentarti Unika.» Metatron si era materializzato di fronte a loro. La sua voce paterna scuoteva il silenzio. Li aveva osservati, emozionato e divertito, mentre si studiavano con gli occhi e con i sensi. «Seguitemi, adesso. Entriamo in casa.» E fece strada, cingendo le loro spalle con un abbraccio affettuoso.

«Io vi saluto» disse Nishida. «Vado dagli esseri umani.» Dopo essersi piegato in un affabile inchino, tornò sui suoi passi.

Uniko rimase incantato dall'interno della dimora. I mosaici che lastricavano i pavimenti delle stanze lo incuriosivano, così come gli innumerevoli scaffali stipati di libri. L'atmosfera era soffusa e gradevole: comunicava familiarità. L'enorme vetrata del soggiorno si apriva su un accogliente porticato che consentiva l'accesso a un parco di alberi secolari rigogliosi e imponenti. Metatron li stava conducendo proprio all'ombra dei loro grandi rami. Il giardino era curatissimo e solcato da piccoli sentieri che si snodavano tra i cespugli fioriti.

Unika si librò in aria e rimase a fluttuare sulla sommità di un ciuffo di felci dorate. I raggi che filtravano dalle fronde le illuminavano il volto e regalavano un intenso bagliore ai suoi lineamenti delicati. Uniko si sedette per terra con le gambe incrociate. La sua vista si arrampicava dalle radici, su per le cortecce, fino alle foglie delle piante maestose che lo circondavano e il suo pensiero non poté fare a meno di correre alla mimosa.

«Non vedi l'ora di sapere, eh? È comprensibile. E la calma che stai dimostrando è apprezzabile.» Il tono di Metatron era in perfetta sintonia con la Natura florida e lussureggiante di quel luogo magico. «In realtà, tu conosci già molte cose. Sai di essere uno di noi e sei consapevole della responsabilità che ti abbiamo affidato quando sei nato. Erano tempi bui, ci aspettavamo un attacco del Malvagio da un momento all'altro e non eravamo sicuri di poterlo sconfiggere. Il suo obiettivo era lo stesso di oggi: entrare in possesso della Fiamma della Vita e della Chiave della Felicità, le due Entità Fondamentali con cui si può governare il mondo, nella forza del Bene o nell'oppressione del Male.» Metatron si interruppe per un attimo e diresse lo sguardo su Unika. «Anche tu sai già molto, Unika. La tua scorribanda di oggi ha fatto luce su alcuni dei tuoi dubbi. Ma ascoltatemi bene tutti e due, perché c'è ancora qualcosa che dovete conoscere.» Alzò il volto al cielo, come per ricordare. «Tanto tempo fa a Sefira viveva un angelo di nome Ophidiel. Era il più forte e aveva compiuto eccellenti missioni nel mondo degli uomini. Per questo lo misi a capo degli Angeli Guida. Purtroppo, la sua sfrenata ambizione lo accecò e la sua ostilità divenne intollerabile. Dopo l'ennesima, grave mancanza, lo privai di ogni potere e lo esiliai nella Foresta di Thinkingblu che da allora ho posto sotto incantesimo: chiunque vi entri, non può più uscirne. La foresta cambia di continuo la sua geografia e orientarsi al suo interno è impossibile: la vegetazione, gli alberi e i sentieri si rimescolano attimo dopo attimo, chiudendo ogni possibile via d'uscita. Solo gli Angeli Guida non ne subiscono il sortilegio; tutti gli altri sono destinati a rimanervi imprigionati per l'eternità.»

Metatron sembrò accigliarsi, mentre la sua mente si perdeva in un punto indefinito e misterioso del passato. «Ciascuno di noi ha doveri e responsabilità con cui fare i conti. Uno di questi è quello di non eseguire incantesimi che non abbiano la possibilità di essere annullati. Ogni azione deve essere reversibile, anche se spesso la modalità è del tutto segreta e può essere effettuata solo a nostro insindacabile giudizio. Si tratta di una forma di suprema equità e giustizia a cui tutti, me compreso, dobbiamo obbedire.» Prese fiato, mantenendo la sua espressione assorta. «Questo per dirvi che affinché un incantesimo sia valido ci deve sempre essere un modo per disinnescarlo… Ce n'è uno anche per uscire da Thinkingblu, ma solo io ne conosco il meccanismo e le regole per attivarlo.» Il Saggio tornò a osservare i due ragazzi. «Negli anni ho controllato i comportamenti di Ophidiel e ne ho registrato, purtroppo, i formidabili progressi: la sua incredibile fibra lo ha portato a sviluppare nuove capacità, tra cui quella di influenzare le azioni di altre creature. Pur essendo fisicamente imprigionato nella foresta, il Malvagio ha imparato a uscirne con lo spirito, per raggiungere il mondo esterno. In altri termini, è in grado di entrare nella mente altrui e di governarla, per farle fare ciò che vuole. Quando anche gli Angeli Guida sono stati oggetto delle sue incursioni e le loro difese hanno iniziato a vacillare, ho capito che ci trovavamo ad affrontare un pericolo mai visto prima. Controllando un Angelo Guida, Ophidiel avrebbe potuto impossessarsi delle due Entità Fondamentali e conquistare il potere assoluto. Non avevo scelta e attuai un piano di estrema protezione.» Gli occhi di Metatron si riempirono di tenerezza e si abbassarono, come se ascoltasse il proprio cuore. «Ricordo ogni singolo attimo di quella giornata. La Fiamma della Vita e la Chiave della Felicità furono recuperate in gran segreto dal loro nascondiglio e mi vennero consegnate. Decisi che il nuovo rifugio sarebbe stato nel cuore di due piccoli angeli: una volta adulti, i due custodi sarebbero stati addestrati alla battaglia, aumentando in modo significativo la possibilità di difesa. Prendemmo quindi due neonati venuti alla luce nello stesso giorno e deponemmo nei loro corpi le due Entità.» Guardò i giovani ammutoliti. «La Chiave della Felicità entrò in te, Unika» spiegò. Poi si voltò verso Uniko e proseguì: «E la Fiamma della Vita si accese dentro di te». Metatron liberò un respiro profondo e soffocò in silenzio la sua commozione.

Uniko aveva seguito con grande apprensione il racconto del Saggio: si trattava della storia della sua nascita ed era completamente diversa da tutto ciò che aveva creduto di conoscere fino a quel giorno. Cercò gli occhi di Unika, per trovare complicità e conforto, ma si schiantò contro uno sguardo asciutto e poco comunicativo. Per un attimo si rabbuiò, ma poi, con la lucidità di sempre, si rivolse a Metatron, senza nascondere lo stato di ansia che lo animava: «Perché mi hai mandato via? Perché non mi hai tenuto con te?»

Metatron sembrò abbracciarlo con il pensiero. «Era indispensabile che la Fiamma della Vita rimanesse nascosta in un luogo introvabile dal Male e che la Chiave della Felicità restasse al sicuro a Sefira. Separandole, abbiamo reso molto più impervio il cammino di Ophidiel: senza l'unione delle due Entità, infatti, non potrà mai controllare l'Universo.»

Uniko sentiva nel petto il calore dell'affetto di Metatron. Capiva il peso delle responsabilità che gravavano sulle spalle del Saggio e comprendeva la logica delle sue azioni. Il quadro della situazione era nitido e l'apprensione che l'aveva attanagliato cominciava a placarsi. Si girò di nuovo verso Unika, ma il viso della ragazza era ancora contratto. Si rese conto che molte delle cose raccontate da Metatron erano nuove anche per lei e ne fu sorpreso. La sua testa continuava a vorticare e un altro pesante dubbio si affacciò alla sua mente. «Perché mi hai fatto ritornare proprio ora?»

«Ophidiel ti ha trovato» rispose immediatamente Metatron. «Yesod e Nishida hanno registrato le sue incursioni a Maple Town. È venuta meno la segretezza del tuo nascondiglio e non aveva più alcun senso tenerti lontano.»

Adesso a Uniko mancava solo un pezzo per completare il puzzle. «E perché avete portato qui anche i miei amici e il professor Walden?»

Metatron si aspettava quella domanda. «Non potevamo lasciarli a Maple Town.» La sua voce era penetrante. «Ho la certezza che Ophidiel sia entrato in tutti e tre.»

«Perché? Come fai a saperlo?» Uniko scattò, visibilmente scosso.

«I tuoi tre compagni hanno visto Nishida e Yesod quando sono venuti a prelevarti. Gli esseri umani non sono in grado di vedere gli angeli, eppure loro ci sono riusciti. Ciò testimonia una percezione sensoriale estranea agli uomini, che può provenire soltanto dai poteri di un angelo.»

«Io... io non posso credere che...»

«Calmati, Uniko» lo interruppe Metatron, cercando di rassicurarlo. «È impossibile che tutti e tre siano posseduti da Ophidiel, perché lui non riesce a visitare più creature contemporaneamente, ma è costretto a passare da una all'altra. Però, sì... il Male alberga nascosto in una delle loro anime.»

Uniko impallidì, allibito. «Significa che tra di loro c'è Ophidiel?»

«È meglio dire che uno di loro è al suo servizio.» La voce di Metatron era ferma. «So che per te questa è una pessima notizia, ma sappi che ho fatto un incantesimo su Eve, Zack e Craig Walden, in modo da bloccare ogni fuga di energia.»

«Cosa significa?»

«Lo spirito crudele di Ophidiel sta influenzando uno dei tuoi amici ma, dopo il mio sortilegio, non può più abbandonare il suo contatto per orientarsi su qualcun altro. Questo ci permette di isolarlo.»

«Ma... chi di loro è assoggettato?»

«Non lo so, purtroppo. Ophidiel riesce a schermare le sue aggressioni e, per ora, non sono in grado di identificarlo. Ma cerca di vedere il lato positivo: ci basterà tenerli sotto controllo ed evitare situazioni rischiose. Nel frattempo troveremo il modo di superare lo schermo e di neutralizzarlo.» Metatron si accorse che Uniko era stanco. «Devi avere fiducia, Uniko. È la cosa più importante: credere e avere fede. Noi avremo la meglio anche stavolta. Io non ho dubbi. Cerca di non averne nemmeno tu. E stai tranquillo: Nishida e Yesod saranno sempre con te e con i tuoi compagni, in modo che tu non corra alcun pericolo.»

Il silenzio scese potente e avvolse tutto il parco. Ciascuno di loro era immerso in pensieri intimi e profondi.

Metatron celava la propria preoccupazione e custodiva preziosamente il segreto dell'origine dei due angeli che aveva di fronte. Due giovani angeli meravigliosi e speciali.

Unika era turbata dagli avvenimenti e dalle scoperte delle ultime ore.

E Jo Springfield si sforzava di essere Uniko.

Capitolo 24

IL RISVEGLIO

Valle di Sefira, 39 ore prima dell'Adlivun

Nishida osservava i tre umani con interesse e curiosità.

Non li aveva mai persi di vista, nemmeno quando si era allontanato per accompagnare Uniko da Metatron. Si era soffermato a scrutare attentamente Craig Walden mentre scriveva sul suo taccuino e aveva assistito al risveglio di Eve e Zack. Adesso erano uno vicino all'altra, seduti sull'erba verdissima che, scossa dal vento, ondeggiava come un mare in burrasca. Nishida aveva dato loro il tempo di scambiare qualche parola, prima di raggiungerli.

Eve aveva le mani tra i lunghi capelli rossi e cercava di legarli in una coda di cavallo con un elastico. Accanto a lei c'era Zack, disteso sul prato, con le braccia incrociate dietro la nuca e lo sguardo rivolto al cielo. Craig Walden parlava gesticolando e i movimenti delle dita accentuavano il significato delle frasi che fluivano dalla sua bocca. Ogni tanto giocherellava con il ciondolo che portava al collo, appeso a un cordoncino di cuoio scuro. Era di metallo. Nishida fece appena in tempo a vederne la forma e gli strani simboli in rilievo, prima che il professore allargasse il bordo della maglia e lo nascondesse con un gesto deciso.

Le espressioni di tutti erano spaesate e cariche di incredulità.

Tra loro c'era lo spirito corrotto da Ophidiel, ma l'Elfo non riusciva a capire chi potesse essere. Gli occhi di Eve catturarono la sua attenzione: avevano le sfumature dell'ambra e continuavano a roteare da una parte all'altra, turbati da ciò che vedevano. La ragazza sembrava calma, ma il sorriso sottile e corrucciato e il suo mordicchiarsi il labbro inferiore lasciavano trasparire una certa apprensione. Indossava un paio di pantaloni neri attillati con due grandi tasche laterali che sporgevano all'altezza dei fianchi. Ma ciò che disturbava Nishida era la maglietta: bianca, molto aderente, con le maniche che arrivavano appena a coprirle i gomiti. Sul petto era stampata un'immagine lenticolare: una soave farfalla dal corpo di donna, sospesa in volo. A seconda del punto di osservazione, il volto della fata cambiava aspetto, ora era bellissimo e gentile, ora raffigurava un teschio terribile e spaventoso.

Quando Nishida l'aveva prelevata a Maple Town, portava anche un giubbottino nero, corto e molto stretto, che ora era appoggiato per terra. A Sefira faceva caldo e Eve se ne era liberata appena riemersa dal lago.

Zack aveva un atteggiamento distratto, che evidenziava la solita aria spavalda e piena di sé. Si era tolto il berretto e i capelli corvini fluivano corposi e spettinati sulla fronte, fino a coprire le folte sopracciglia. Il suo viso appariva ancora più squadrato, con gli zigomi pronunciati e la mascella forte. Guardandolo, Nishida provava sensazioni contrastanti: la trasparenza dei suoi occhi verde smeraldo sembrava celare l'ombra di un mondo che non voleva essere svelato. Anche Zack era vestito di nero e i suoi jeans, un po' sporchi e un po' logori, erano fermati da una spessa cintura di pelle. Sulla fibbia di metallo c'era la testa di una creatura orribile, dalle fauci spalancate, con due pietre molto scure che brillavano al posto delle pupille. Nishida pensò che i due ragazzi condividessero l'attrazione per il mondo delle tenebre, e se ne domandò la ragione.

Craig Walden era il più entusiasta di tutti e continuava a scrutare ogni cosa con lo sguardo affamato di un bambino che scopre le meraviglie del mondo. La sua curiosità si manifestava in un dinamismo singolare e attento, volto a catturare il maggior numero possibile di informazioni. Nishida era colpito dalla frenesia con cui prendeva appunti, ma non sapeva se diffidare o no di quel comportamento.

«Avete voglia di fare due passi per conoscere un po' la valle?» chiese l'Elfo con un sorriso energico, mentre si avvicinava al gruppetto e tendeva le braccia in segno di amicizia. «Sefira è un luogo straordinario e unico. Siete nostri ospiti e io sarò lieto di poter fare gli onori di casa.»

I tre umani erano talmente assorti nei loro pensieri da non accorgersi del suo arrivo. Si voltarono di scatto, colti di sorpresa. Restarono immobili e per un attimo nessuno parlò.

Poi Craig Walden balzò in piedi pieno d'entusiasmo e rispose per tutti: «Con enorme piacere».

«Nel frattempo, se volete, vi racconterò qualcosa di noi.»

Il professore non credeva alle proprie orecchie. Il suo sangue pulsava veloce nelle tempie e la sua mente traboccava di curiosità. Mille domande si agitavano nella testa, che infuriava come un fiume in piena: interrogativi e dubbi si aggrovigliavano uno nell'altro, gettandolo in uno stato confusionale che gli rendeva impossibile determinare le priorità. Era impaziente di conoscere e di trovare le risposte a tanti anni di studio e di passione. «Posso fare qualche domanda, diciamo... di carattere generale?»

«Certamente» rispose Nishida.

«Quanti sono gli angeli?» La voce di Craig Walden aveva l'incisività di chi non aspetta altro.

«Gli angeli sono tanti quanti ne richiede la necessità. Ogni anima sulla Terra è accompagnata nella vita da un angelo. Alcuni di noi sostengono un uomo alla volta; altri, grazie alla loro maturità e lunga esperienza, sono in grado di custodirne anche migliaia insieme. Quello che importa è che ogni essere umano ha accanto il suo spirito guida.»

«E vivete tutti qui a Sefira?»

«Sì, quando non siamo in missione.»

«Cosa sono le missioni?» lo interrogò Eve, con malcelato interesse.

«Il nostro compito è quello di assistere voi uomini. Dedichiamo la nostra esistenza ad affiancare le vostre anime, dandovi consigli e suggerimenti per trovare la vostra strada.»

«Ma perché, quando ci state vicino, noi non vi vediamo?» esclamò Eve, con una lieve flessione del tono che lasciava trasparire una vena di delusione e sconforto.

«Se ci facessimo vedere, voi ci seguireste senza indugio, con assoluta fiducia. Il nostro dovere è quello di stimolare il vostro intelletto, per portarvi a comprendere da soli qual è il vostro ruolo nel mondo e quali sono le scelte giuste da fare. Dobbiamo riuscire a infondervi autostima e coraggio, ma la vita deve essere nelle vostre mani. Non nelle nostre. Non ci deve essere dipendenza, ma libero arbitrio. Dovete essere voi a decidere.»

Eve ascoltava le parole di Nishida con grande concentrazione. Si rendeva conto di quanta importanza potesse avere una missione per un angelo custode e di quale responsabilità dovesse farsi carico. «È a causa del libero arbitrio che non tutti gli uomini sono bravi?»

Nishida annuì. «Noi non siamo onnipotenti. Vi stiamo di fianco e proviamo a guidarvi e indirizzarvi ma non possiamo sostituirci a voi. Per le regole assolute dell'Universo, ogni creatura nasce libera e sovrana della sua coscienza. Poi il suo patrimonio genetico, il contesto in cui cresce, la realtà in cui si trova ad agire, insieme alle esperienze che farà, la porteranno ad avere una percezione della vita soggettiva e individuale. È proprio questa percezione che influisce sulla volontà di ciascun essere umano, orientandone i comportamenti.» Guardò Eve diritto negli occhi e con un sorriso comprensivo aggiunse: «So che è un concetto molto complesso da capire e da assimilare. Il Male e il Bene fanno parte della Natura e sono in ognuno di noi. Il messaggio importante è che, se vogliamo, possiamo essere migliori. Sempre». Tese una mano e le accarezzò la guancia.

Eve aggrottò la fronte. «Non potete diventare amici degli uomini, vero?»

«Esisterà sempre un legame molto forte tra noi e le anime che proteggiamo. Molto più forte dell'amicizia come la intendi tu. Ma il rapporto è unilaterale. Voi esseri umani non siete abbastanza forti per gestire una relazione di questo tipo. Vi abbandonereste completamente a noi, alle nostre indicazioni e alle nostre azioni. E questo rappresenterebbe la fine della vostra crescita e del fiorire della vostra intelligenza.»

Craig Walden era pensieroso e, con il volto serio, a un tratto chiese: «Come fate a rendervi invisibili?»

«Esiste un luogo qui a Sefira, la Finestra del Passaggio, che consente il nostro trasferimento sulla Terra attraverso un processo di dissolvenza della materia.»

«Pensavo che il collegamento tra Sefira e il mondo fosse il lago da cui siamo emersi...» constatò il professore.

«Quella è una porta di connessione tra le due dimensioni, un semplice punto di transito: si entra da una parte e si esce dall'altra. La Finestra del Passaggio, invece, permette la smaterializzazione del corpo e la nostra trasformazione in sostanza eterea, impercettibile all'occhio umano.»

Per qualche istante nessuno parlò. Craig Walden e i ragazzi si sforzavano di recepire tutte quelle informazioni.

Fu Eve a spezzare il silenzio. «Ma state continuamente vicini all'individuo che custodite?»

«Solo finché non ha risolto il suo problema e non ha individuato la sua via. A quel punto sarà lui stesso in grado di aiutare gli altri.»

«E allora lo abbandonate?» Eve si strinse nelle spalle, mentre i braccialetti di perline che aveva sul braccio scendevano con un leggero tintinnio verso il polso.

«Non lo lasciamo mai. Gli stiamo sempre accanto con lo spirito e proseguiamo nella nostra attività di sostegno, anche se siamo impegnati in altre missioni.»

«E non è doloroso?» Eve era presa da quella spiegazione e si immedesimava sia nell'uomo che nell'angelo, percependo i sentimenti di entrambi.

«Non esiste dispiacere perché per noi non ci sarà mai una vera e propria separazione» sussurrò Nishida, portandosi al petto la mano destra chiusa a pugno. «La nostra funzione ci chiede di assistere tante anime, ognuna delle quali è preziosa come se fosse unica.» L'Elfo si interruppe con un sospiro denso di tenerezza e attaccamento.

«Io non riuscirei a pensare nemmeno per un attimo di essere senza il mio angelo custode» affermò con dolcezza la ragazza.

«Lo so» rispose Nishida, scompigliandole i capelli con un gesto affettuoso. «Ma nessuno resta senza il suo angelo custode. La nostra presenza è costante. Semplicemente più intensa in alcuni momenti di bisogno. È anche per questo che non ci manifestiamo. Se ci facessimo sentire, ogni essere umano, istintivamente, si appoggerebbe a noi per la soluzione di qualsiasi difficoltà e non evolverebbe.»

Eve alzò lo sguardo e fissò a lungo Nishida, colpita dalla sua personalità intensa e rassicurante. Con tono fermo e determinato disse: «Io vorrei conoscerlo l'angelo che mi protegge», e un leggero rossore le colorò il viso.

«Sono sicuro che se ascolti attentamente il tuo cuore, puoi percepirlo» le sussurrò l'Elfo, strizzandole l'occhio. Poi si girò verso Zack e il professore. Entrambi avevano ascoltato la conversazione con grande coinvolgimento, anche se lo manifestavano con atteggiamenti e posture differenti.

«Suggerisco di avviarci per la visita della valle. Potremo continuare la nostra chiacchierata camminando» propose Nishida suadente.

La prontezza con cui i tre umani risposero all'invito fece definitivamente capire all'Elfo che la passeggiata sarebbe stata di grande interesse per tutti.

Capitolo 25

OPHIDIEL

Valle di Sefira, 38 ore prima dell'Adlivun

"Sono qui."

Le parole si materializzarono nella sua mente. Il contatto telepatico lo raggiunse mentre i suoi occhi si nutrivano del maestoso spettacolo del sole che si spostava nel cielo, muovendosi impercettibilmente dallo zenith alla linea del tramonto. In tutta Thinkingblu c'era solo un luogo da cui era possibile osservare per intero la discesa dei raggi fino alle tenebre: la grande terrazza quadrata in cima all'imponente piramide tronca. Si ergeva nell'unica radura che bucava la fittissima distesa di alberi e la dominava, consentendo un'incredibile vista della foresta dall'alto.

Il corpo di Ophidiel era raccolto lassù, avvolto dalla luce dorata che trasmetteva speranza e fiato alla sua anima in pena. Amava cullarsi al pensiero che il declino del sole rappresentasse la sua caduta in disgrazia e che l'alba avrebbe portato con sé la sua rinascita. Spesso, quando sentiva montare la rabbia, la smorzava annegando lo sguardo nell'oceano verde che smetteva di essere una prigione e diventava l'orizzonte della sua gloria futura.

Ophidiel viveva in quel luogo isolato da millenni. Si sentiva a casa: i colori, i profumi e l'atmosfera parlavano la lingua del suo spirito. Era una piramide squadrata, dalla sommità tronca, e sui quattro lati trecentosessantacinque gradini alti e inclinati riflettevano i giorni dell'anno solare. La struttura sembrava animarsi durante gli equinozi di primavera e di autunno, quando, all'alba e al tramonto, per un calcolato gioco di luci e di oscurità, gli scalini del lato nord davano vita a un'ombra simile a un serpente che strisciava lungo il pendio.

Per combattere la solitudine, Ophidiel aveva trasformato la roccia, le pietre, la terra e ogni altra sostanza inanimata in esseri viventi. Ne erano scaturiti i Dominati, creature spaventose, terribili, ma prive d'intelletto e incapaci di dialogare con lui. Erano mostri potenti, aggressivi, orientati alla battaglia e con una spiccata vocazione al combattimento: obbedivano senza discutere al suo volere e lo chiamavano *Padrone*. Erano tantissimi, pronti a scendere in campo al suo fianco per affrontare gli angeli che lo avevano esiliato. Il pensiero di scatenarli contro le truppe di Metatron l'aveva tenuto vivo per tutto quel lunghissimo tempo e ora, più che mai, Ophidiel vedeva vicini il ritorno e la vittoria. Si sarebbe impossessato della Fiamma della Vita, con cui avrebbe originato schiere di nuovi angeli, e della Chiave della Felicità con la quale avrebbe guidato le menti degli uomini. Il suo destino era destituire Metatron e incoronarsi imperatore di tutti i mondi. E quel giorno era alle porte.

"Sì, lo so." Ophidiel rispose mentalmente alla chiamata e lasciò trascorrere qualche momento prima di continuare la conversazione. "Che novità mi porti?"

"Tutto è così diverso qui..."

"Questa non è una novità e soprattutto non mi serve a nulla." Ophidiel comunicava al suo interlocutore in modo freddo e monocorde. "Chi c'è con te adesso?"

"Sono con gli altri umani e con l'Elfo. Ci sta accompagnando a fare una passeggiata per la valle. Potrà essermi utile..."

"Certo, ma non perdere di vista la cosa più importante: ho bisogno che tu trovi la strada per arrivare da me. E che porti con te Uniko. Devo entrare in possesso della Fiamma."

"Come posso fare?"

"Hai eccellenti argomenti, le tue qualità sono straordinarie come i tuoi talenti. Ci riuscirai."

"Io..."

"Non c'è tempo per discutere. È ora di agire." Le parole trasmesse da Ophidiel erano pesanti come macigni.

"Farò del mio meglio."

"Non è sufficiente. Devi impegnarti."

"Ok, non dubitare."

"Bene. Ora vai. Ci terremo in contatto."

Ophidiel, istintivamente, si portò la mano al petto e strinse tra le dita il corno gelido ed esanime appeso al legaccio di canapa grezza che gli cingeva il collo.

Provava una grande esaltazione: il profumo del rimpatrio si faceva sempre più denso e lo inebriava. I fatti avevano preso la direzione che desiderava e l'agonia sarebbe finita presto. Così come l'isolamento passato a guardare il cielo per cercare la costellazione del Delfino che, con la sua forma a coda di cetaceo, gli ricordava Aqua. Se chiudeva gli occhi, riusciva addirittura a sentire la sua voce melodiosa. La desiderava, la rimpiangeva, la sognava tutte le volte che perdeva coscienza: lui la abbracciava e lei scivolava via mentre i suoi lunghi capelli neri lo stritolavano fino a soffocarlo. Era un incubo ricorrente, ma stava per volgere al termine: Aqua sarebbe stata sua e si sarebbe sottomessa, implorandolo di non farle del male.

Anche per lei era arrivato il momento della resa dei conti.

Capitolo 26

ALLA SCOPERTA DI SEFIRA

Valle di Sefira, 38 ore prima dell'Adlivun

Eve, Zack e Craig Walden procedevano a passo tranquillo lungo un sentiero battuto di fresco. L'erba sfiorava le loro caviglie e ciuffetti di primule gialle maculavano i campi, sfumandoli come un sontuoso manto di leopardo.

Nishida li anticipava di qualche metro e ogni tanto si voltava per osservarli. Erano tornati silenziosi, ciascuno assorto in pensieri che l'Elfo cercava di indagare. Nelle menti dei tre si affollavano domande e considerazioni sulle meraviglie che si offrivano ai loro sguardi increduli e, apparentemente, nulla di più. Nishida sapeva benissimo che lo spirito assoggettato a Ophidiel sarebbe stato in grado di schermarsi, ma gli occhi di tutti sembravano davvero sinceri. Bisognava aspettare. E stare all'erta.

Di tanto in tanto, Eve si chinava a raccogliere le violette che crescevano ai piedi degli alberi. Ne accarezzava i petali delicatissimi e vellutati e ne respirava il profumo.

«Hai visto che panorama?» le domandò Craig Walden, impressionato dalla bellezza mozzafiato delle colline. Era un susseguirsi di dolci pendii che sembravano spostarsi in progressione, come se stessero galleggiando sospesi nell'aria.

Eve non riusciva quasi a parlare. L'atmosfera tersa e limpida rendeva tutto surreale, in uno spettacolo armonioso di riflessi pastellati.

«Sembra la tavolozza di un pittore» continuò Craig Walden. «È difficile capire dove finisce un colore per sfumare in un altro.»

L'attenzione di Zack era rivolta alle nuvole che correvano veloci, creando sagome fantastiche e in continuo movimento. Il ragazzo pensò che era facile lasciarsi trasportare dall'immaginazione. «Guardate!» esclamò, con il braccio teso a indicare il cielo. «Quelle nubi hanno la forma di un airone!»

Non fece in tempo a terminare la frase che l'airone si era già trasformato in una piuma e la piuma in un anello. In un attimo, l'anello si scompose in tanti piccoli agglomerati che ricordavano un fitto gregge di pecore.

Il professore riprese il suo interrogatorio, mentre i bagliori dei raggi del sole che si abbassava all'orizzonte lo costringevano a socchiudere le palpebre. «Le creature che abbiamo incontrato sono angeli?»

«Tutti gli esseri viventi che dimorano qui sono angeli. Non ci sono uomini a Sefira. Non ce ne sono mai stati» rispose Nishida, scrutando i volti dei tre amici. «Voi siete i primi.»

«Vuoi dire che...» Eve era impressionata. «...che anche tutti gli animali che abbiamo visto mentre venivamo quaggiù sono...?»

«Sì» confermò l'Elfo, interrompendola. «Grazie al potere della Metamorfosi, gli angeli hanno la capacità di trasformarsi in ciò che vogliono. Le nostre fattezze sono il frutto delle nostre aspirazioni: possiamo variarle in continuazione, senza vincoli né limitazioni. Alcuni di noi cambiano solo il colore dei capelli e degli occhi; altri decidono di essere animali. Altri ancora lavorano di fantasia e si disegnano da soli le proprie sembianze.»

«Cosa significa disegnarsi le sembianze?» Eve era sempre più stregata.

Nishida pensò al modo migliore per spiegarglielo. «Se tu potessi decidere di essere diversa, come vorresti essere?»

La ragazza era sbalordita, ma il gioco le piaceva. «Vediamo un po'... vorrei essere bella.»

Nishida sorrise intenerito. «Ma tu sei già bella.»

«Vorrei essere più bella» specificò Eve, intimidita e imbarazzata, abbassando lo sguardo. «Mi piacerebbe essere un po' più alta. Preferirei avere i capelli lisci e meno ribelli. E poi detesto queste lentiggini.»

Craig Walden sorrise, scuotendo la testa: era convinto che le lentiggini addolcissero il volto della ragazza e rendessero la sua espressione decisa e sbarazzina allo stesso tempo.

«Fai volare di più la tua immaginazione» la stimolò Nishida. «Ripensa a tutto quello che hai visto, a ciò che hai letto sui libri e guardato alla televisione. Visualizza nella tua mente la fauna che conosci e le creature straordinarie che hai sognato, e prova a dirmi se c'è qualche cosa che ti affascina.»

Eve si portò la mano alla bocca, in un istintivo gesto di raccoglimento, mentre la sua fronte si corrugava riflessiva.

«Adoro gli scoiattoli. Sono vivaci e curiosi. Hanno un musetto appuntito e due grandi occhi sempre attenti. La loro coda è morbidissima e si muove sinuosa quando corrono tra gli alberi.» Aprì le braccia, le tese verso l'esterno e iniziò a girare su se stessa in un'inaspettata piroetta. «Sono liberi perché vivono nella Natura, lontano dai rumori della città.» Il suo viso brillava gioioso. «E si innamorano per la vita. Ho letto su una rivista che sono in grado di riconoscere la loro anima gemella. Lo sapevate?»

Guardò negli occhi uno a uno i compagni di viaggio. Prima Nishida, poi Craig Walden e infine Zack, che si lasciò scappare una smorfia.

«Mi piace pensare che quando trovano la loro metà, si legano per l'eternità!» concluse Eve, entusiasta.

Nishida era colpito. Con quella genuina spontaneità, la ragazza riusciva a scaricare la tensione accumulata nelle ultime ore.

«Un po' di tempo fa custodivo un ragazzo che adorava rifugiarsi in un boschetto, dove viveva una coppia di scoiattoli. Stavano sempre insieme. Un triste giorno il maschio, non si sa per quale motivo, è uscito dai confini del parco ed è morto schiacciato dalle ruote di un'automobile. Il giovane ha provato a salvarlo, ma non è stato abbastanza veloce.» L'Elfo parlava lentamente, concedendosi lunghe pause. «La femmina si è avvicinata al corpicino esangue del suo compagno e si è messa a squittire. Piangeva, distrutta dal dolore. Il ragazzo allora ha raccolto lo scoiattolo agonizzante e l'ha portato nel querceto dove abitava. Lo stringeva tra le mani, mentre la sua anima volava via.» Il tono di Nishida era quasi un sospiro. «La scoiattolina l'ha seguito per tutto il percorso, ha aspettato che venisse appoggiato a terra e ha cominciato a sfregarsi su di lui. Lo annusava e lo toccava, come se volesse svegliarlo da quel sonno che odorava di morte. Ha osservato il giovane mentre lo seppelliva. Ha dormito sulla terra smossa per tutta la notte e per molte settimane successive. E vive ancora là, sui rami che ombreggiano la piccola tomba.»

Nishida si accorse che la platea si era rattristata e lo stava ascoltando con sgomento. Non era sua intenzione addolorarli. Cambiò l'intonazione della voce e, rivolgendosi di nuovo a Eve, le domandò: «Allora vorresti essere uno scoiattolo?»

Eve fece segno di sì. «L'unica cosa che non mi attira è il colore del loro mantello: è uguale ai miei capelli. Sarebbe più elegante se fosse completamente bianco. E mi piacerebbe avere gli occhi di un blu intenso e una coda lunghissima, sempre blu.»

Nishida sorrideva compiaciuto nel vedere che la ragazza aveva colto il senso del discorso e iniziava a immedesimarsi nella parte. «Cos'altro?»

«Posso avere le ali?»

«Puoi avere quello che vuoi. Sei tu che decidi come essere. Ti ricordi quello che ti ho detto prima? Non metterti limiti.»

«Allora mi piacerebbe possedere anche le ali, piccole e nascoste che all'occorrenza si allargano, per permettermi di spiccare il volo. E le vorrei dello stesso colore degli occhi e della coda: blu.»

«Brava, questo significa disegnarsi le sembianze. Adesso hai capito come si fa!» Nishida si voltò verso il giovane dai capelli corvini. «E tu, Zack?» gli chiese, provando a coinvolgerlo per vedere se riusciva a fargli cambiare umore.

«È un gioco inutile da fare. Noi non siamo angeli e non potremo mai cambiare il nostro aspetto» tagliò corto Zack.

«Non ti va nemmeno di provare a pensarci?»

«No.» Ma in cuor suo, Zack si stava visualizzando nei panni di un grande orso bruno, un grizzly dal manto folto e scurissimo. Si figurava alzato sulle due zampe posteriori, nei suoi tre metri di altezza, con il forte muscolo delle spalle contratto e gli artigli affilati e robusti. Quell'immagine maestosa lo elettrizzava, e pensò di aggiungerci le due corna massicce e ritorte dell'ariete.

Nishida non fece in tempo a fare la stessa domanda a Craig Walden che il professore stava già rispondendo.

«Io vorrei avere le sembianze celestiali dei cherubini» disse, prima di citare a memoria un passo della Bibbia: «*Scacciò l'uomo e pose a oriente del giardino di Eden i cherubini e la fiamma della spada folgorante, per custodire la via all'albero della vita*. Genesi: 3,24. Ecco, mi rappresenterei identico a quei cherubini, con quattro ali e quattro facce: una di uomo, una di angelo, una di leone e una di aquila».

Mentre Nishida rifletteva sulle parole dei tre umani, il centro della valle di Sefira iniziò a intravedersi in lontananza. Piccole abitazioni coloratissime si ammassavano una a fianco all'altra come in un vivace alveare. Alcune avevano la stessa tonalità del cielo, altre spiccavano per la luminosità del bianco con cui erano dipinte. Ma ce n'erano anche di rosa, di arancioni e di gialle. I davanzali erano esposti al sole e sui balconi germogliavano fiori di ogni specie.

Eve era rimasta incantata dalla veste di Nishida e non riusciva a staccarle gli occhi di dosso. Era una tunica verde chiaro senza maniche. l'Elfo la indossava sopra una casacca e un paio di morbidi pantaloni neri. Gli arrivava appena alle ginocchia e aveva due profondi spacchi laterali che agevolavano i movimenti. L'apertura sul collo e l'orlo inferiore erano bordati con una passamaneria di una tinta più scura. Sul petto era ricamata in oro una circonferenza che racchiudeva una doppia elica, le cui linee erano strettamente intrecciate.

«Questo è il simbolo di Sefira» raccontò l'Elfo, dopo aver letto i pensieri di Eve. «Il cerchio rappresenta Sefira nella sua dimensione unica e perfetta. Qui esiste un mondo completo, assoluto, ineguagliabile, a se stante rispetto a ogni altra realtà. L'incrocio delle due curve identifica il legame delle anime degli angeli, per sempre unite e indivisibili. Non è possibile individuare dove inizia una e dove finisce l'altra. Sono fuse in un moto eterno e senza fine.»

Craig Walden cercava di imprimersi tutto nella mente. Continuava a ripetersi quello che ascoltava, per scolpirselo in modo indelebile nella memoria e ogni tanto estraeva il suo taccuino dalla tasca per prendere nota dei particolari più interessanti.

«Se vuoi sintetizzare il concetto in poche parole» gli suggerì Nishida «puoi scrivere che è l'emblema della dimora del sentimento immortale.»

«Quali altri poteri avete voi angeli?» Eve si era entusiasmata durante la spiegazione della Metamorfosi e non tratteneva più la curiosità.

«Dipende dalla nostra esperienza» rispose Nishida, cercando di illustrare il tema in modo semplice. «Alcuni di noi hanno capacità illimitate, altri no. Siamo organizzati in tre ordini, in base all'età e alla saggezza: ci sono gli Angeli Guida, gli Angeli della

Forza e gli Angeli della Primavera. Gli Angeli Guida sono i più anziani e i più illuminati: sono i maestri, l'esempio spirituale di tutti gli altri e, in caso di pericolo, scendono in campo per combattere il nemico.»

«Tu sei uno di loro, vero?»

Nishida annuì, orgoglioso.

«Ma non sembri così vecchio» obiettò Eve, perplessa.

L'Elfo sorrise e proseguì con la sua spiegazione: «Gli Angeli Guida non si riconoscono per l'aspetto fisico, ma per la completezza interiore. Ogni Angelo Guida ha una responsabilità ben precisa e un ruolo importante».

«Qual è il tuo?» Eve era combattuta tra la volontà di apprendere e la paura di essere troppo invadente.

«Io sono l'angelo della Natura. Mantengo l'equilibrio nell'ambiente e proteggo la spontaneità delle sue manifestazioni.»

Craig Walden faceva fatica a nascondere la propria esaltazione. Aveva dedicato tutta la sua esistenza allo studio, diventando uno dei massimi esperti di Angelologia, e mai come in quel momento si era sentito tanto ignorante e, al tempo stesso, così felice di esserlo. L'Universo che si schiudeva davanti ai suoi sensi era completamente diverso da quello che aveva immaginato. Più luminoso, più ricco, più sofisticato, più articolato. Non sarebbe bastata una vita intera per studiare i millenni di storia di quelle potenti creature, e lui non voleva perdersi nemmeno un briciolo di quel sapere.

«Quando incontreremo un altro Angelo Guida, ce lo presenterai?» Le richieste di Eve si facevano pressanti.

«Certo! Avete già conosciuto Yesod, il Drago. È il capo degli Angeli Guida e sovrintende al buon andamento di tutto ciò che accade a Sefira. Trasmette la volontà di Metatron, traducendola in obiettivi da perseguire e comportamenti da tenere. Ci indica la direzione nella quale procedere e definisce le nostre missioni.» Le sue parole erano cariche di stima profonda.

Craig Walden era ansioso di verificare la correttezza di quanto aveva scoperto e approfondito dai testi antichi e interrogò l'Elfo con grande zelo. «Gli Angeli della Forza sono creature promettenti ma ancora bisognose di sperimentare e imparare, vero?»

«Già, il loro processo di apprendimento è avanzato, ma non ancora concluso. Hanno tanti poteri, ma non la completa padronanza di tutte le forze.»

«Sono angeli custodi anche loro?» s'informò Eve.

«Sì, ma nelle loro missioni nel mondo degli uomini sono assistiti dagli Angeli Guida.» Poi si rivolse nuovamente al professore e continuò: «I più giovani sono gli Angeli della Primavera. Sono chiamati così perché sono all'inizio del percorso di crescita e hanno ancora molto da assimilare per migliorarsi».

Craig Walden allargò le braccia e le appoggiò sulle spalle di Eve e Zack. «Sono gli angeli che hanno più o meno la vostra età» disse divertito. «Tra i loro poteri c'è la Telecinesi.»

Zack corrugò la fronte.

Nishida lesse il dubbio nella sua testa e tese le dita verso un albero carico di arance, poco distante da loro. Con la mente colse un frutto maturo e lo fece roteare nell'aria. «Questa è Telecinesi» spiegò, mentre faceva avvicinare l'agrume al volto del ragazzo.

Zack aprì il palmo della mano e lo afferrò, proprio nel momento in cui si stava trasformando in una mela.

«E questa è Telecinesi avanzata» specificò Nishida, sorridendo. «Gli Angeli della Primavera riescono con molta semplicità e quasi senza rendersene conto a spostare con il pensiero gli oggetti che li circondano. Gli Angeli della Forza sono capaci di fare quello che vi ho dimostrato io. Mentre gli Angeli Guida possono tramutare nuovamente la mela in arancia e ricongiungerla al ramo.» E, con un rapido cenno del capo, ripristinò le condizioni iniziali.

La prima a riprendersi dallo sbigottimento generale fu Eve. «Gli angeli appena nati sanno volare?»

«Sono solo in grado di staccarsi da terra. Volare è qualcosa di più intenso e sentito. È vivere nell'aria e riuscire a cavalcarla, a dominarla, a piegarla al proprio volere.»

Nishida sfrecciò vicino alla ragazza e, prima che lei se ne accorgesse, le girò intorno fino ad arrivarle alle spalle. La prese per le ascelle e la sollevò in alto. Lei si stupì di non provare alcuna paura e si abbandonò a lui appena i piedi si scollarono dal suolo. L'Elfo la fece piroettare nel cielo con giravolte ampie e profonde che componevano una vera e propria danza.

Eve percepì la dinamicità dei movimenti. Le sembrava di disegnare una scia, mentre il suo corpo solcava armonioso l'atmosfera. Provò a muovere le gambe e ad allargare le braccia e si identificò nel vento che soffiava forte.

Zack leggeva sul viso dell'amica una grande euforia mescolata a incredulità. Era tormentato tra il desiderio di provare la stessa sensazione e l'imbarazzo di domandarlo.

«Grazie» bisbigliò timida Eve, quando Nishida la riportò a terra.

«Gli angeli progressivamente imparano anche a trasvolare» precisò l'Elfo, scomparendo rapidamente dalla loro vista e ricomparendo molto più lontano.

Craig Walden era sempre più affascinato dalla personalità di quella creatura così stravagante e sensibile. Ne avvertiva la semplicità e gli piaceva il fatto che facesse seguire immediatamente l'azione al pensiero.

«Quanto impiega un angelo per diventare padrone di tutti i poteri?» domandò ancora Eve.

«Dipende molto dall'impegno. La nostra scuola consente di esercitarsi con intensità.»

«Avete anche una scuola?»

«Si chiama "Eremo delle Arti". È il luogo dove gli angeli studiano la Natura e gli aspetti della Terra, del Cielo e dell'Universo. Ma apprendono anche le Scienze come la Matematica, la Fisica, la Chimica, la Biologia e tutte le Arti, dalla Musica alla Danza, dalla Poesia alla Pittura, dalla Scultura all'Architettura e al Teatro. E imparano a combattere. È una palestra dove ci si applica per sviluppare le proprie capacità e per usare i propri poteri. Più tardi vi porterò a visitarla. L'Angelo Guida che la gestisce si chiama Mizar.»

Mentre i tre umani lo guardavano affascinati, Nishida proseguì: «I poteri degli angeli possono essere innumerevoli: l'Elettromagnetismo, la capacità di parlare con gli animali, quella di evocare creature, di creare la luce, di far confluire energia e di scaricarla, di viaggiare nel tempo e di praticare incantesimi». Prese fiato e ripartì incalzante: «Gli Angeli Guida sono addirittura in grado di animare le forze della Natura, di invertire il giorno con la notte, di cambiare le condizioni atmosferiche...»

«Cambiare le condizioni atmosferiche?» lo bloccò Eve, facendo fatica a immaginarselo.

Nishida si fermò in mezzo al sentiero. Individuò una roccia coperta dai cespugli di erica rossa, ci salì sopra e socchiuse gli occhi. Reclinò lievemente la nuca, mentre le sue braccia cominciavano a muoversi nell'aria tracciando forme immaginarie. Le mani si agitavano in gesti di richiamo, quasi per invitare qualcuno ad avvicinarsi. L'orizzonte si scurì e comparvero nubi plumbee. Qualche attimo dopo rivolse i palmi in alto per poi farli ricadere con violenza, come per tirare qualcosa verso il basso. Iniziò a piovere. Tese quindi le dita in avanti e con un'azione veloce le fece roteare all'esterno. Una raffica di vento spazzò via il temporale e riportò il sole.

Calò un silenzio pieno di stupore. Eve era esterrefatta, Craig Walden estasiato e Zack cercava di nascondere il proprio smarrimento.

Nishida era piacevolmente divertito dalle loro espressioni meravigliate e iniziava a godere della loro compagnia. «Ci sono altri poteri essenziali per noi: quelli che ci consentono di comunicare» riprese l'Elfo. «La Telepatia è il più importante. Ma siamo anche in grado di leggere nelle menti, di sentire le emozioni degli uomini e degli altri angeli e possiamo stimolare e influenzare idee, sensazioni e sentimenti.»

Per la prima volta Zack si dimostrò interessato e reagì d'impulso alla notizia. «Vuoi farmi credere che se focalizzo la mia attenzione su un oggetto qualsiasi, tu riesci a vedere a cosa sto pensando?»

Nishida gli si accostò e avvicinando la bocca al suo orecchio gli sussurrò: «Vorresti essere un grande grizzly e non hai il coraggio di chiedermi di sollevarti come ho fatto con Eve».

Zack serrò con forza i molari e la sua mascella squadrata si contrasse in modo evidente.

«Riuscite anche a leggere il futuro?» Le domande che prendevano forma nella testa di Eve non avevano fine.

«Metatron, il grande Saggio, ha il potere della Premonizione e della Chiaroveggenza a breve termine. Sa prevedere cosa succederà tra qualche istante.»

«Non è all'altezza di predire cosa accadrà domani?»

«Non precisamente. Solo il nostro Oracolo ha questa capacità.»

«Che cos'è un Oracolo?»

«La creatura che aspetta di conoscervi.» Nishida non aggiunse altro, lasciando che le sue parole rimanessero avvolte in un velo di mistero.

Capitolo 27

UNIKA E UNIKO

Valle di Sefira, 38 ore prima dell'Adlivun

«Andiamo sul Monte Forte.»

L'invito di Unika vibrò piuttosto secco. Al termine del colloquio a tre, Metatron li aveva lasciati soli, scomparendo senza preavviso. Uniko aveva osservato la ragazza a lungo e senza fiatare, assaporandone la delicata bellezza, ma provando anche una strana inquietudine nel vederla così assorta.

Stava per risponderle, quando lei lo anticipò: «Ci andiamo subito. In volo».

Uniko avvertì un brivido partire dal petto e impossessarsi di tutto il corpo. Non era sorpreso, era autenticamente emozionato. Lasciò che la vita gli scorresse dentro così come arrivava e guardò Unika con un'espressione di gioiosa resa.

La ragazza si voltò di spalle e portò la mano destra al viso, appoggiando il dito indice al centro della fronte, sopra i due intensi occhi viola. "Come prima cosa, parlami" gli comunicò telepaticamente. "È sufficiente che focalizzi l'attenzione su di me e pensi a ciò che devi dirmi. A contatto stabilito, avvertirai un calore tra il torace e la nuca: potrai sentire le tue parole che fluiscono dalla mente per raggiungermi. Provaci."

Uniko non se lo fece ripetere. Si concentrò e di colpo fu pervaso dalla piacevole sensazione della connessione telepatica. "Vorrei imparare a volare" le disse con il pensiero.

Unika tornò a voltarsi verso di lui. «Ti è venuto spontaneo, eh?» gli chiese, mantenendo un certo distacco. «Librarti nell'aria sarà altrettanto semplice. Devi solo desiderarlo e crederci: se sei un angelo, volerai.» Puntò le pupille in quelle del ragazzo. «Dammi la mano.»

Uniko aveva ormai sciolto le vele. Il vento di Unika lo avrebbe portato ovunque lei avesse voluto e lui pose fiducioso il suo palmo aperto in quello di lei.

«Staccarsi da terra è facile. Pensa al tuo corpo come a una catena di muscoli che parte dai piedi e arriva alle dita delle mani, senza interruzioni. Accendi la tua energia, mettila in moto dalle gambe e contrai le cosce. Lascia che scorra attraverso il bacino e la schiena. Percepirai una forza enorme affluire nelle spalle, mentre i tuoi arti si faranno sempre più leggeri, fino a perdere ogni peso. In quel momento sarai solo pensiero della mente e vigore nelle braccia, e sentirai di poterti spostare in ogni direzione.» Unika gli strinse più forte la mano per dargli il segnale. «Proviamo, adesso.»

Uniko tese polpacci e quadricipiti e diede un colpo di reni, con un movimento che trasferì al tronco e, successivamente, al collo. Quasi senza accorgersene, si ritrovò a qualche metro da terra. Esultante, guardò Unika, ma non fece in tempo a entusiasmarsi che avvertì una forte pesantezza e crollò verso il suolo. Fu pervaso dal panico. Nello stesso istante, vide le dita di Unika sfilarsi dalle sue, per afferrarlo sotto le ascelle e imprimergli una decisa spinta verso l'alto, contrastando la caduta.

«Be', di sicuro puoi volare» constatò Unika, prima che lui potesse esprimere la propria delusione. «Te l'avevo detto: sollevarsi è la parte facile, rimanere in aria è quella difficile.» Il suo volto era serio. «Se dopo il decollo interrompi il flusso di energia, avrai fatto un grande salto verso il cielo, ma tornerai inesorabilmente giù. Devi mantenere la concentrazione su tutte le fasce muscolari e sentirle attive, cariche, potenti. Devono sostenerti. Forza, da capo.»

Uniko scrollò le gambe come un atleta che si scalda prima della gara, espirò a fondo e ritentò. Lo stacco da terra fu meno alto del precedente, forse perché l'attenzione del giovane angelo era rivolta all'arrivo del momento di stallo, in cui si esaurisce la spinta e si perde l'equilibrio. Anche stavolta, la picchiata rovinosa fu evitata dall'intervento di Unika, che lo sorresse.

Dopo il fallimento del secondo tentativo, Unika stava per ripetergli la spiegazione, ma si fermò appena incrociò gli occhi di Uniko: scintillavano carichi d'orgoglio e di voglia di farcela. Invece di essere demotivato, il ragazzo fremeva dal desiderio di riprovare. Unika fu piacevolmente stupita quando lui sottrasse il braccio alla sua presa.

«Se so di poter contare sul tuo aiuto, non darò il massimo. Devo riuscirci da solo. Aspettami qui.» Dopo qualche saltello sul posto, Uniko si elevò. Salì in una lunga verticale e, arrivato in quota, inarcò leggermente il busto per prolungare il più possibile lo slancio. Mulinò d'istinto le gambe come se cercasse di rimanere a galla nell'acqua profonda e restò lì, sospeso nel vuoto, con lo sguardo strabordante di euforia.

Unika lo raggiunse e si congratulò con lui in modo misurato e un po' formale: «Bravo, ce l'hai fatta. D'ora in poi sarà poco più di un automatismo. Stai solo attento a non perdere il focus».

Uniko notò che la ragazza fluttuava nell'aria con grande controllo e leggerezza, mentre lui era piuttosto scomposto.

«Sì, sei decisamente poco elegante, ma non devi preoccuparti, la fluidità arriverà un po' alla volta. Per il momento è importante che tu riesca a mantenerti in volo. Soprattutto perché questo ti consentirà di affrontare la parte più divertente: quella dello spostamento. Tu sai nuotare?»

«Un po'...»

«Bene, adesso nuoterai nel cielo. Ma devi dimenticare i gesti tradizionali che ti hanno insegnato. Immagina di essere un pesce nel mare. Hai mai riflettuto sul fatto che i pesci si muovono in acqua molto più velocemente degli esseri umani pur non avendo braccia e gambe?»

Uniko la seguiva affascinato.

«Scivolano senza sforzo mentre gli uomini si affannano a sbattere mani e piedi» continuò Unika. «Il pesce buca l'acqua senza attrito. L'uomo la rompe con i suoi movimenti sgraziati. Scordati di avere le braccia: pensa al tuo corpo come a un fuso che deve penetrare l'atmosfera, alle gambe come a una coda e ai piedi come a una pinna. L'energia per spostarti arriverà dal bacino, che deve imprimere la spinta iniziale e accompagnarla con un lieve rollio in tutta la massa muscolare. Sarà come un'onda che attraverserà senza sosta il tuo fisico, dalle spalle fino alle caviglie, e accompagnerà il tuo avanzare. Guardami.»

Unika distese i gomiti lungo i fianchi e unì le esili caviglie mentre, sospesa nell'aria, si poneva in posizione orizzontale con la pancia rivolta al suolo. «Ti faccio vedere come si parte.» Inarcò la schiena e liberò un forte impulso con il ventre, potente come una vera e propria frustata ed elegante come le movenze sinuose di un delfino. Disegnò una bellissima curva e si sospinse in avanti con impressionante dinamismo e velocità. Replicò il gesto per varie volte, in una ripetizione sciolta e armoniosa.

Uniko non aspettò che lei glielo chiedesse e provò a imitarla. Ci riuscì benissimo, al primo tentativo. Avvertì subito la sensazione di se stesso in sintonia con l'abbraccio etereo dello spazio che lo circondava. Sfruttava il vento e vi scivolava attraverso.

«Va bene, va bene. Ora prova a non fermarti dopo il primo slancio: cerca di conservare il ritmo iniziale... così» gli suggerì, mostrandogli ancora e lentamente come muoversi.

Uniko non stava nella pelle e ne seguì subito l'esempio. Unika ebbe la conferma che cercava: il giovane angelo era dotato di grande intelligenza e sensibilità. Aveva ascoltato tutto con enorme concentrazione e senza distrarsi un secondo, assimilando anche i minimi dettagli. Non si era scoraggiato ed era stato in grado di dare continuità ai suoi gesti, in modo efficace: in un attimo aveva imparato a nuotare nell'aria come un pesce.

Unika decise che era ora di metterlo alla prova. «Vedi quel costone di roccia, laggiù? Quello che sembra una testa di cavallo?»

«Sì!» rispose accalorato Uniko. Gli piaceva ci fosse aria di sfida.

«Andiamo!» esclamò lei, partendo decisa.

Uniko si gettò all'inseguimento con tecnica approssimativa, ma con determinazione. Recuperò lo svantaggio e la superò. Faceva fatica a credere alla sua nuova capacità e cercò l'approvazione negli occhi di lei. Si fece prendere dall'esaltazione e aumentò la velocità, senza accorgersi che il masso si avvicinava rapidamente.

«Rallenta!» gli urlò Unika.

Uniko smise di imprimere energia al volo, ma ormai la parete era di fronte a lui e l'inerzia accumulata era tale da portarlo inesorabilmente a schiantarsi.

Unika lo afferrò per le caviglie, frenando un po' il suo impeto, ma la collisione fu inevitabile. Il ragazzo fece giusto in tempo a mettere le mani avanti, per attutire l'urto. Rotolò in modo goffo su un albero nano che spuntava dal dirupo e rimase lì, confuso e arruffato, per qualche istante.

«Complimenti, così hai imparato anche l'ultima lezione: l'importanza di fermarsi al momento giusto» lo prese in giro Unika, sedendosi vicino a lui sullo stesso ramo. «Te la senti?» gli chiese poi con espressione accesa.

«Di fare cosa?»

«Di venire con me sul Monte Forte. Ci vorranno pochi minuti... ne vale la pena, sul serio.»

«Certo che me la sento!» Uniko si ricompose e si slanciò in aria per dimostrare di essere nuovamente padrone del volo.

«Allora... seguimi!»

Unika schizzò verso il cielo e salì in quota. Lui si mise in scia. Assecondò un lieve senso di vertigine, prima di rilassarsi di fronte alla maestosa visione di Sefira dall'alto e, mentre sorvolavano la valle, si rese conto di quanto fossero lontane Maple Town e la vita di Jo Springfield. Era passato così poco tempo, eppure tutto gli sembrava sfumato, annebbiato dai colori sfolgoranti di quel mondo. Pensò ai suoi genitori, alla mimosa, alla scuola e gli venne un groppo in gola.

Con il solito, straordinario tempismo, Unika intervenne nei suoi pensieri. "Guarda là! Quello è il Monte Forte."

Uniko aguzzò la vista e inquadrò un rilievo di dimensioni contenute, ma con una particolarità che gli saltò subito agli occhi. «È coperto di neve!»

«Sì, perennemente. Nevica spesso sul Monte Forte. La coltre è sempre soffice e fresca. Anche adesso sta nevicando...»

I due giovani angeli biondi si tuffarono nella fitta nevicata e puntarono uno spiazzo pianeggiante in prossimità della vetta.

Uniko focalizzò i fiocchi che cadevano leggeri, senza che alcuna nuvola fosse presente nel cielo sopra di loro. Erano grossi, delicati e scendevano lentamente. L'impressione era quella di essere in un luogo surreale, magico, avvolto da un'atmosfera ovattata. Il ragazzo si lasciò avvolgere dal senso di quiete che quel posto infondeva. Era accanto a Unika e seguiva con attenzione i suoi movimenti, cercando di replicarli, per evitare di cacciarsi ancora in situazioni pericolose.

La prima parte dell'atterraggio fu decisamente migliore: giunti a pochi metri dal suolo, slanciarono le gambe in avanti in modo da abbassarsi dolcemente e in posizione eretta. I piedi sprofondarono nel morbido strato bianco, che arrivava quasi alle loro ginocchia. Poi Uniko scivolò, perse l'equilibrio e cadde con la faccia nella neve. Si rialzò subito, scrollandosi di dosso i candidi cristalli, e realizzò che tutto ciò che lo circondava era coperto da uno strato di ghiaccio. Guardò Unika e rabbrividì, notando il modo in cui lo fissava: gli occhi erano intensi come gocce di lava e lo passavano da parte a parte. Uniko aveva l'impressione che quello sguardo non avesse niente a che fare con il suo capitombolo: Unika stava riflettendo su qualcosa di molto profondo. Lui non ebbe il coraggio di chiederle nulla e rimase immobile e in silenzio per qualche interminabile secondo.

«Tu non hai freddo» constatò Unika.

«Eh?!»

«Siamo sottozero e non senti freddo. E per me è lo stesso.»

Uniko si osservò le mani. Non erano viola e intirizzite come quando aspettava l'autobus alla fermata di Maple Town. «Cosa intendi, scusa?» le domandò incuriosito.

Unika non rispose.

«Insomma... vuoi spiegarmi cosa significa tutto questo?» insistette il ragazzo, incapace di frenare il suo desiderio di sapere.

Lei alzò la fronte al cielo e si lasciò cadere all'indietro, seduta, con l'espressione persa nel vuoto. Uniko la scrutava spaesato: si inginocchiò davanti a lei, in attesa. La neve continuava a cadere armoniosa e i loro visi erano vicini e incredibilmente emozionati.

Per la prima volta da quando si erano conosciuti, Unika sciolse la tensione e aprì la sua anima, lasciando uscire i pensieri a ruota libera. «Sul Monte Forte c'è la temperatura più bassa di Sefira. Il freddo fa ghiacciare tutto, anche il sangue nelle vene. Per questo nessuno può venire quassù e sopravvivere. Solo gli Angeli Guida sono in grado di raggiungere questa cima senza perdere la vita.» Si fermò per riflettere e poi riprese: «Io e te non siamo Angeli Guida; non siamo anziani ed esperti e non abbiamo mai ricevuto insegnamenti particolari. Tu sei vissuto sulla Terra senza conoscere la tua natura e io sono stata sempre vicina a Metatron, limitandomi alla pratica dei poteri di base. Eppure adesso siamo qui, vivi e vegeti».

«Però io e te abbiamo in corpo le due Entità Fondamentali» la interruppe Uniko. «Magari per questo possediamo qualità particolari.»

«Sì, potrebbe essere» concordò Unika, meditabonda. «Ma allora quello che mi è successo non ha senso.» Si accostò ancora di più al viso di Uniko e, guardandolo intensamente negli occhi, continuò: «In questi anni, l'unico svago che ho potuto concedermi è stato il volo e sono diventata brava e veloce. Ho visitato i dintorni della Torre e ogni tanto, di nascosto, mi sono spinta più lontano, per provare il brivido di esplorare ciò che non conoscevo e mi era proibito. Sono stata sui Laghi Hyatt, ho sorvolato la grande Pianura del Sole di Melia, sono arrivata in prossimità della Foresta di Thinkingblu». Unika raccontava concitata. «Un giorno ho deciso di venire sul Monte Forte. Sapevo della sua temperatura glaciale e quindi, appena l'ho avvistato, ho rallentato, avanzando con grande cautela. Il freddo mi ha aggredita a varie centinaia di metri dalle prime pendici. Man mano che mi avvicinavo, sentivo gli spilli di ghiaccio pungermi il volto, mentre il mio corpo si scuoteva in preda ai brividi. Ricordo di aver perso di colpo la sensibilità delle mani e di aver rischiato di precipitare quando le gambe mi si sono intorpidite. Non so ancora come ho fatto, ma sono riuscita a invertire la rotta e ad allontanarmi.» La sua voce era profondamente scossa. «Ho avuto veramente paura di non farcela e la sensazione della morsa fatale del gelo che mi attanagliava non l'ho più dimenticata.»

Uniko capiva il disorientamento della ragazza. «Mi stai dicendo che, quando sei venuta da sola, tu hai avuto freddo?»

Unika annuì. «...Mentre oggi non succede.»

«Come te lo spieghi?»

«Non lo so» rispose Unika, abbassando gli occhi.

Restarono in silenzio per un lungo momento. La neve continuava a scendere soave sull'immobilità dei loro sguardi attoniti e pensierosi. Poi Uniko riprese la parola: «C'è un'altra cosa che non capisco. Perché hai voluto venire qui? Che senso ha una prova del genere?»

Unika lo fissò con l'espressione di chi non ha più niente da nascondere. «Non l'hai sentito anche tu?»

«Cosa?» le chiese lui, per prendere tempo.

«Quando ci siamo incontrati, non hai sentito anche tu un formicolio, quella specie di tensione nella pancia che diventa nervosismo, inquietudine?»

«Sì» confermò Uniko, timidamente.

«E poco fa, quando abbiamo volato insieme, com'era?»

«Si è trasformato in energia, voglia di volare, sensazione di forza e potenza.» Il suo tono era poco più che un sussurro.

Unika si sentì pervadere dall'emozione e si lasciò scappare un sorriso: Uniko le aveva descritto esattamente ciò che aveva provato anche lei. «Ho l'impressione che quando siamo insieme, io e te acquistiamo capacità superiori a quelle che abbiamo singolarmente. Penso che quando siamo vicini... abbiamo i poteri di un Angelo Guida.»

«Sarà sicuramente legato a ciò che custodiamo nel cuore» affermò Uniko, cercando di trovare una spiegazione logica.

«Forse è così» disse lei «o forse no. Purtroppo oggi non ci è dato saperlo. In questi anni Metatron mi ha tenuta all'oscuro di tante cose. Lo ha fatto per il Bene Supremo, ma lo ha fatto: non mi stupirei se mi nascondesse altro.»

«Secondo te siamo fratelli?»

«Non credo.» Unika lo guardò accesa e finalmente rasserenata. «Comunque, abbiamo capito che uniti siamo una forza, e questa è la cosa importante. Qualunque sia la ragione, sembra che insieme siamo invincibili.»

«Già, è così!» ribatté Uniko, con nuova grinta.

Si alzarono in piedi mentre la nevicata si infittiva e il sole cominciava a scivolare nel tramonto. Senza parlare si levarono in volo, lasciandosi alle spalle il gelo del Monte Forte e anni di solitudine. Puntarono verso la valle inondata da una luce ambrata, con la consapevolezza di non voler passare più un minuto l'uno lontano dall'altra.

Capitolo 28

IL LABORATORIO DEGLI AMULETI E DEI TALISMANI

Valle di Sefira, 36 ore prima dell'Adlivun

«Coraggio, seguitemi.»

L'esortazione di Nishida riscosse Eve, Zack e Craig Walden dal torpore che li aveva colti nell'ultimo tratto di strada. Le ore di quell'incredibile giornata erano letteralmente volate tra le fessure di sensazioni diverse e contrastanti, ma il peso della stanchezza iniziava a farsi sentire. Avevano camminato a lungo, fino a raggiungere un vialetto acciottolato e ordinato attraverso il quale erano sbucati in un ampio cortile che conduceva all'ingresso di un'imponente costruzione ad anfiteatro con il tetto spiovente. I muri erano in pietra, intervallati da una serie di piccole finestre protette da serramenti a due battenti di legno molto scuro. Un muretto scolpito nella roccia correva lungo tutto il perimetro dell'area e graziose aiuole offrivano fiori di ogni forma e colore.

Nella piazzetta di fronte all'entrata spiccava una fontana dalla struttura semplice ma scenografica: un bacile di pietra sopra al quale roteava, sospesa in aria, una sfera di granito avvolta da un vorticoso flusso d'acqua. L'acqua che cadeva dalla sfera riempiva il bacile e ne fuoriusciva, incanalandosi in uno stretto rigagnolo che costeggiava il sentiero ed entrava dritto nell'edificio. Il suono che produceva era rilassante e gradevole.

«Questo è il Laboratorio degli Amuleti e dei Talismani, dove ogni Angelo della Primavera viene a scegliere il suo portafortuna. Qui gli elementi della Natura coesistono in armonia e si animano per dare forza e supporto a chi ne ha bisogno.» La voce di Nishida era leggera e melodica.

L'atrio regalava uno spettacolo suggestivo. Il fuoco delle torce illuminava il portone, evidenziandone i profondi intarsi utili a catturare il vento, che vi si insinuava sibilando.

Sotto la soglia fluiva lento il ruscello, il cui intonato gorgogliare era reso visibile da una grande lastra di vetro limpidissimo, che consentiva di camminarci sopra. Nishida fece strada ed entrò.

All'interno, il pavimento era tutto di cristallo: l'acqua che vi scorreva sotto risaliva le pareti, violando la forza di gravità, e arrivava fino al soffitto, tracciando un motivo circolare, identico a quello ricamato sulla tunica di Nishida. E lì continuava a mulinare in un moto incessante.

La presenza simultanea di aria, acqua, fuoco e terra in uno spazio così ristretto conferiva all'ambiente un'intensità che stimolava i sensi in modo potente. Eve era intenta a respirare quell'atmosfera viva e vibrante, quando la sua attenzione fu rapita dalla parete a nord. Vi erano collocate innumerevoli pietre, rocce e gemme di varie tipologie, dimensioni e strutture. Una sorta di grande mosaico multicolore che, se osservato nella sua interezza, aveva la forma di una chiave messa in posizione orizzontale con la sagoma di una fiamma all'interno dell'impugnatura. Sul muro di fronte era appesa una pesante lastra marmorea su cui era incisa una serie di simboli.

«È il Canto dei nove Principi Ispiratori degli angeli di Sefira.»

Il suono cavernoso e inaspettato colse tutti alla sprovvista. Davanti ai loro sguardi inebriati, comparve una creatura severa e solenne. Fluttuava a qualche centimetro dal suolo e gesticolava autorevole con sei braccia flessuose che si allungavano dalle spalle. I lineamenti non erano giovani e il suo volto era segnato da rughe profonde. In mezzo alla fronte spuntava spalancato un terzo occhio.

«Il mio nome è Hod. Sono il custode degli amuleti forniti dalla maestosa Natura.»

«Buongiorno, Hod» lo salutò Nishida. «Ti presento gli amici di Uniko. Sono nostri ospiti e io sto mostrando loro la valle.»

«Siete i benvenuti.» Hod li accolse con gentilezza, allargando tutte le mani.

«Hod, amico mio, puoi tradurre le frasi che tanto attirano la nostra curiosità?» chiese Nishida, con fare ammiccante.

«Con grande piacere» rispose Hod, che dispiegò la voce in modo grave e avvolgente.

«Nulla è più potente del ***Sentimento*** *che ti guida.*
La ***Forza*** *è la vita che c'è in te.*
Trova nella tua anima il ***Coraggio*** *per far sgorgare l'****Amore assoluto****.*
Segui la luce interiore della ***Speranza*** *e della* ***Fiducia****.*
*L'****Intelligenza del cuore*** *nasce dalle tue* ***Emozioni*** *e si misura con la* ***Felicità*** *che sei in grado di regalare.»*

Le parole entrarono nelle menti dei tre umani come un raggio di sole infuocato. Non ne compresero a fondo il significato, ma riuscirono a cogliere il concetto essenziale.

Craig Walden aveva lo sguardo fisso sulla volta: l'emblema di Sefira era colpito dal rivolo d'acqua, che si intrecciava con ritmo ipnotico all'interno del cerchio. Il professore rifletteva sull'importanza di ciò a cui stava assistendo e non riusciva a capacitarsi di quante informazioni e insegnamenti stesse ricevendo da Nishida e dal mondo degli angeli. Era consapevole di tutte le cose che ancora ignorava, nonostante i tanti anni di studio, e la sua mente era una spugna che assorbiva con ingordigia.

Zack si avvicinò al muro e passò la mano sulle gemme. Ognuna comunicava un'energia diversa: alcune erano molto calde, quasi ustionanti, altre freddissime. Certe trasmettevano vibrazioni prolungate. Altre ancora trasferivano silenzio e vuoto assoluto.

Il sussurro di Hod si scavò un varco nelle sue meditazioni: «Ciascuno di noi ha il proprio carattere e la propria personalità, fatta di emozioni, pensieri, sentimenti, esperienza, temperamento, qualità, indole, animo. Non tutti siamo attratti dalle stesse essenze e le nostre sensibilità sono molto differenti da quelle degli altri. Qualcuno di noi nasconde paure, altri hanno solo sogni. Qualcuno genera forza, altri la assorbono. A qualcuno piace comandare, altri preferiscono essere guidati. Qualcuno cerca tranquillità, altri vivono di azione e adrenalina. Qualcuno dà, altri ricevono. Qualcuno gode ogni giorno di ciò che la vita gli regala, altri non trovano mai appagamento. Qualcuno crea serenità e pace, altri infondono timore e apprensione. E così anche la Natura ha creato minerali e rocce con caratteristiche diverse, in grado di sostenere le più svariate individualità».

Zack ascoltava, continuando a saggiare le onde sensoriali che scaturivano dalle pietre, mentre Eve era incuriosita dalle loro forme bizzarre e fantasiose: alcune erano piatte, altre avevano una superficie lamellare, altre ancora sfoggiavano trasparenti cristalli prismatici.

«Non saprei sceglierne una...» disse Eve, frastornata dalla magia di quel luogo.

«Ne sei proprio sicura?» le domandò Hod.

«Sono tutte così belle!»

«Sì, se le osservi insieme. Ma prova a guardarle singolarmente, a una a una e da vicino: vedrai che alcune non ti piaceranno per nulla, altre ti susciteranno sensazioni positive, qualcuna richiamerà la tua attenzione. Ma solo una ti sedurrà.»

Eve seguì il suggerimento di Hod.

«Toccale. Prendile in mano. Annusale. Sfregale sulla guancia.

Chiudi le palpebre e ascolta ciò che ti trasmettono. La vista è solo uno dei tuoi sensi. Usa anche gli altri. Vivi ogni gemma intensamente e lascia che si presenti a te.»

Eve sentì che le pietre si animavano. Sorpresa, iniziò a comunicare con loro. Una la inondò di profumi e di ebbrezza, un'altra le fece male come un pugno nello stomaco. Alcune le infusero nella mente immagini lievi e colorate, altre la turbarono, mandandola in confusione e rendendola insoddisfatta.

Trascorse molto tempo a esaminarle e a tastarle tutte. Poi ne indicò due e disse: «Entrambe mi regalano impressioni forti e benevole. Sono indecisa».

Hod fece un cenno con il capo. Eve si stupì vedendo che l'angelo aveva entrambi gli occhi chiusi mentre quello al centro della fronte era sbarrato e la stava scrutando. Ebbe la sensazione di essere letta nel profondo, ma non si spaventò.

«Per la prima volta, ho di fronte una creatura interessata a due rocce simultaneamente» commentò Hod con aria assorta. «Sono contento perché ogni novità è fonte di apprendimento e nulla accade per caso.» Fece una lunga pausa creando un forte senso di attesa; poi riprese, additando uno dei due cristalli. «Hai scelto l'Azzurrite, una pietra intimamente legata all'elemento dell'aria, che attiva la visione interiore. Ti aiuterà a sviluppare le abilità intuitive e ti permetterà di percepire come sono gli altri esseri umani, oltre le apparenze. Apprezzerai il loro sentire nascosto e conoscerai il valore del mondo che custodiscono, spesso in modo segreto. Capire chi ti sta vicino e condividere le tue esperienze ti servirà a conoscere meglio te stessa. Sarai in grado di comunicare con più efficacia e la tua anima acquisterà serenità, perché non ci saranno più angoli oscuri né incomprensioni.»

Eve sfiorava ammirata i cristalli aghiformi e allungati di colore blu intenso e ne apprezzava la lucentezza vitrea, ma non coglieva fino in fondo il significato delle frasi di Hod. Lei aveva pochi amici veri, sapeva tutto di loro e non riusciva a focalizzare il contributo che avrebbe potuto darle l'amuleto. Poi di colpo pensò a Jo: nei lunghi anni di amicizia con lui non si era mai resa conto di cosa avesse dentro veramente, della sua natura. Del suo essere un angelo. E anche ora faticava a crederci. Si accigliò per un attimo, concentrata.

«E questa è la Crisocolla» continuò Hod, voltandosi verso la seconda pietra, che era di un bel verde brillante. «È legata all'elemento dell'acqua e incoraggia a confessare quello che si ha nel cuore. È un alleato per aprire il tuo spirito e per manifestare i tuoi sentimenti agli altri. Ti darà la forza per allineare le parole al tuo sentire.»

Eve era sempre più pensierosa.

«Prendile e tienile sempre con te» le propose amichevolmente Hod. «Sono il mio regalo per il tuo futuro.»

La fanciulla annuì, mentre percepiva le gemme pulsare vive tra le dita. Non sapeva a cosa sarebbero servite veramente, ma la scossa vigorosa che avvertì nel petto la convinse che lo avrebbe scoperto presto. Alzò lo sguardo e vide Zack ammaliato da una pietra verde scuro: rifletteva le sue iridi e presentava chiazze rosso sangue che facevano accapponare la pelle.

«Il suo nome è Eliotropio e appartiene alla famiglia dei quarzi. Sei stato ispirato da un elemento della terra» spiegò Hod autorevole. «A causa del suo aspetto sanguigno, gli antichi credevano che avesse il potere di curare le ferite del corpo e dell'anima. Aiuta a trovare l'equilibrio emotivo e fornisce il coraggio per affrontare situazioni difficili. È fonte di forza mentale e aiuta a scacciare il Male che minaccia l'energia vitale.» Mentre parlava, il suo occhio centrale si chiuse in segno di forte concentrazione, e Zack intuì che era lo specchio della sua mente. «L'Eliotropio ti libererà dalle ombre dell'incertezza e ti consentirà di trovare da solo la tua strada. Imparerai a credere in te stesso e sarai indipendente. Non avrai bisogno di altro e nessuno potrà approfittare delle tue debolezze. Sarai tu a decidere cosa vorrai per la tua vita, facendo leva solo sulle capacità di cui disponi.» All'improvviso le tre pupille dell'angelo si spalancarono e Zack si sentì nudo al suo cospetto. Hod si accostò a lui e gli porse la pietra. «Ricordati, ragazzo: anche le tue fragilità hanno un valore.» E non aggiunse altro.

«Quella lassù mi sta parlando!» Craig Walden tese la mano verso una minuscola pietra vicino al soffitto.

Hod la prelevò con il pensiero e la offrì al professore. «Fluorite. È una scelta molto interessante. Il suo aspetto sfaccettato comunica autodisciplina, che favorisce l'ordine e la responsabilità. Aiuta la mente a comprendere le informazioni, a catalogarle e a usarle in modo efficace.»

Craig Walden era incantato dalla forma singolare del minerale che rimandava un arcobaleno di colori, dal violetto al giallo.

Hod lo osservò compiaciuto e concluse: «Avrai un grande supporto da questo amuleto, ma non dimenticare mai che la fame di conoscenza è sana solo se il sapere viene messo al servizio degli altri».

Erano tutti raccolti nelle rispettive meditazioni, quando Eve si voltò verso Zack. «Ci siamo dimenticati di Jo! Lui colleziona minerali, non possiamo non prendere un talismano anche per lui. Nessuno lo conosce meglio di noi: sono sicura che possiamo scegliere al posto suo senza sbagliare.» Cercò lo sguardo di Nishida, per ottenere il suo consenso e lo trovò.

«Credo che sia una bella idea» confermò l'Elfo con la solita espressione rassicurante. «Pensate a Uniko con intensità e comunicate alle pietre quello che provate per lui.»

I tre esseri umani seguirono il suo consiglio.

Eve visualizzò il dolce sorriso di Jo e rievocò le parole di conforto che riusciva sempre ad avere per lei nel momento del bisogno. Zack sentì la forza carica di onestà e purezza che emanava. Craig Walden ricordò gli occhi limpidi e sinceri che lo avevano colpito sin dal primo istante in cui l'aveva incontrato. Un solo minerale suscitò contemporaneamente la loro attenzione.

«Pirite, elemento legato alla terra e simbolo del dualismo assoluto.»

L'affermazione di Hod procurò una vampata di emozione nel cuore di Nishida.

«Cosa significa *dualismo*?» chiese Eve, portandosi le mani alla bocca.

«È l'esistenza di due unità facenti parte di un'unica entità. Un chiaro esempio è rappresentato dal profondo legame tra il Sole e la Terra. Senza il Sole, la Terra sarebbe spenta. Senza la Terra, il Sole non avrebbe la possibilità di veder fiorire le stagioni e sgorgare la vita.» Hod fissò a turno i suoi ospiti con grande trasporto. «La Pirite rappresenta la fusione dell'energia maschile e femminile: stimola la consapevolezza che nell'Universo esiste la nostra metà e, quando la incontriamo, ci spinge a legarci a essa per sempre. Solo così possiamo trasformarci in un intero che non è la semplice somma delle due parti, ma l'elevazione a potenza del loro essere.»

Hod fece levitare la pietra verso Eve, che la accolse tra le sue mani con grande delicatezza. «Consegnala fiduciosa al tuo amico e digli che, se la strofinerà con un'altra scheggia della stessa natura, produrrà meravigliose scintille e... si accenderà.»

Nishida soffocò la commozione con un respiro sentito, mentre il gruppo si dirigeva verso l'uscita.

Capitolo 29

L'EQUINOZIO DI PRIMAVERA

Valle di Sefira, 36 ore prima dell'Adlivun

"Stanno rientrando."

"Sono stati sul Monte Forte, vero?"

"Sì."

Yesod non aveva perso di vista i due giovani angeli per un solo momento. Sempre del tutto invisibile, aveva seguito ogni loro movimento da quando Metatron li aveva lasciati soli. Le prove di volo, le prodezze di Uniko, la fuga sul Monte Forte. E adesso riportava telepaticamente al Saggio la situazione.

"Grazie, Yesod. Non riuscirò mai a esprimerti abbastanza la mia stima." Metatron si rivolgeva al Drago in tono caldo e riconoscente. Conosceva la sua devozione assoluta, il coraggio con cui aveva affrontato la complessità del passato, i sensi di colpa nei confronti del fratello e gli slanci emotivi verso Unika. Sapeva che la sua forza smisurata era consacrata al Bene di Sefira e che in quella missione trovava il senso della propria esistenza. "Cos'è successo?"

"Tutto come avevi previsto. Unika ha voluto cimentarsi nella prova del freddo del Monte Forte e ha capito che il legame con Uniko è profondo e speciale. Adesso sa che le è stato tenuto nascosto qualcosa. Ha imparato a schermare le sue emozioni, quindi non riesco a guardarle dentro e non so cosa abbia in mente, ma sono sicuro che sta ragionando nel modo giusto e, prima o poi, dovremo dirle la verità."

"È così" ammise Metatron, serenamente rassegnato. Riconosceva nell'intuito del giovane angelo la stessa straordinaria capacità di pensiero dell'Unika originaria, che unita a un'incredibile energia, l'aveva portata a compiere gli incarichi più difficili e a raggiungere gli orizzonti più lontani. E sarebbe stata proprio quell'irripetibile combinazione di talenti a condurre la piccola Unika alla scoperta delle sue origini.

"È solo questione di tempo, devo decidere quando e come parlarle. Ma sento che è ancora presto."

"Metatron..."

"Sì, Yesod..."

"C'è un'altra cosa di cui dobbiamo discutere."

"Dimmi, amico mio."

"L'Equinozio di Primavera."

"Hai ragione... dobbiamo pensare al Torneo."

"Ho riflettuto a lungo sull'opportunità di organizzarlo anche quest'anno" spiegò Yesod. "La confusione che accompagna il Torneo potrebbe accrescere il pericolo di un attacco."

"Credi che dovremmo annullare l'evento?"

"No, daremmo alla nostra gente un segnale di forte debolezza nei confronti di Ophidiel. Il Torneo si è sempre disputato, è un appuntamento che gli angeli aspettano con ansia e una cancellazione testimonierebbe la nostra paura, diffondendola nella comunità." Yesod era fermo e determinato come sempre. "Penso che dovremmo prendere molte precauzioni, tenere alta la guardia, ma dare il via alla competizione."

"Ti ricordi *chi* deve partecipare al Torneo della Primavera di quest'anno, vero?"

"Certo. Ce l'ho ben impresso nella mente e l'ho tenuto in debita considerazione. Ma sono davvero convinto che se non facessimo la gara il prezzo che pagheremmo sarebbe enorme. Ammetteremmo che Ophidiel ci tiene sotto scacco anche da lontano. E con quale faccia potremmo poi pretendere dai nostri guerrieri ardore e coraggio, in caso di una sua offensiva diretta?»

Metatron non rispose e Yesod assecondò il suo silenzio per lasciargli il tempo di riflettere. Poi riprese: "Sorveglieremo Unika e Uniko senza sosta. Li proteggeremo. Faremo in modo che nulla di male possa accadere loro. Ne sarò personalmente responsabile. Hai la mia parola, Metatron".

"Grazie, Yesod. Il tuo contributo è sempre indispensabile. Credo che tu abbia ragione: il Torneo della Primavera deve avere luogo. Prima di darne pubblica notizia, però, ho bisogno di un po' di tempo per parlare con Uniko. Devo spiegargli la cosa."

"Certo, Metatron. La tua stima è il mio bene più prezioso. Attendo istruzioni."

Chiusero la comunicazione telepatica proprio mentre le sagome di Unika e Uniko spuntavano all'orizzonte. Metatron osservò il volo sincrono e armonioso con cui si avvicinavano alla Torre. Riuscì a stento a controllare l'emozione che gli provocava la vista dei due giovani angeli insieme. Uscì sul terrazzo e volò loro incontro, sorridendo.

«Bentornati!»

L'espressione smarrita di Uniko accompagnava quella intensa e penetrante di Unika. Appena toccarono terra, Metatron li raggiunse e abbracciò la fanciulla. «Unika, inquieta ragazza mia...» le sussurrò con dolcezza, mentre le baciava la fronte. «Devi solo avere un po' di pazienza e fiducia in noi che ti amiamo profondamente.» La strinse forte a sé, finché sentì il suo esile corpo decontrarsi e poi abbandonarsi. La fissò negli occhi e le scompigliò i morbidi capelli biondi. «Adesso vai a riposare. Io devo parlare con Uniko.» E le accarezzò le guance che avevano ripreso colore.

Unika adorava Metatron. Era il suo riferimento assoluto. Credeva in lui come in nessun altro. Ancora una volta tutte le ansie si sciolsero nel suo abbraccio e lei si sentì sollevata. Lanciò a Uniko un'occhiata di complice commiato e si avviò verso la sua stanza.

Uniko la guardò allontanarsi. In quell'istante provò un'altra nuova, forte, sorprendente emozione: il dolore dato dal distacco si miscelava alla piacevolissima consapevolezza che l'anima della ragazza sarebbe stata con lui sempre, ovunque, anche da lontano.

«Così hai imparato a volare» gli disse Metatron, riportandolo alla realtà. «Ti ho osservato mentre rientravi. Sei bravo.»

«Grazie» rispose Uniko con un po' di imbarazzo. «Credo di avere avuto un'insegnante molto determinata e tollerante.»

«Unika è speciale come lo sei tu. E la vostra amicizia rappresenta una ricchezza inestimabile che apprezzerete nel tempo.»

«Metatron...» Uniko esitò per qualche secondo, poi si fece coraggio e continuò: «Io e Unika ci conosciamo da poche ore e siamo già incredibilmente vicini. È una sensazione bella, ma anche strana, ingombrante. Io... io sono nervoso, è come avere dentro un formicolio che non passa mai».

«Entrambi custodite nel cuore un'Entità Fondamentale. Questo vi rende diversi da tutti gli altri e unici nell'Universo. Tra voi ci sarà sempre un'affinità fortissima che costituirà un legame indissolubile.»

«È proprio questo che non riesco a spiegarmi» confermò Uniko con straordinaria fermezza. «Fino a ieri avevo una vita che ora non c'è più. Avevo una casa, una famiglia, una scuola e degli amici. Una camera in cui studiavo e sognavo. Avevo un nome e un cognome. Ero Jo Springfield. Adesso chi sono?»

«Uniko...»

«Già, un nome bizzarro che non so da dove viene» lo interruppe Uniko «e sono anche una scatola che contiene una pietra preziosa che qualcuno vorrebbe rubare.»

«Tu sei un angelo!» Metatron cercava di arginare quell'inattesa eruzione. «Capisco il tuo disorientamento, è normale. Avrai modo di conoscere fino in fondo la tua natura e di godere del valore della tua condizione. Non avere fretta.»

«Tanto non ho scelta, vero?» Uniko aveva gli occhi gonfi di lacrime.

Metatron era impreparato a una reazione di quel tipo. Si rese conto di aver sottovalutato lo spessore della personalità del ragazzo. Aveva commesso un imperdonabile errore: non aveva considerato che anche lui aveva i geni dell'Unika originaria.

«Tutti abbiamo sempre una scelta, Uniko. Dico solo che dovresti concederti un po' di tempo per capire quello che ti sta succedendo, prima di trarre delle conclusioni.» Metatron valutò che non aveva senso continuare la discussione. L'inquietudine di Uniko era legittima e niente l'avrebbe convinto a calmarsi: la sua espressione trasmetteva quella stessa combinazione d'intelligenza e determinazione che conosceva benissimo. Decise quindi di allentare la tensione, cambiando discorso. «Hai voglia di rivedere i tuoi amici?»

«Sì... dove sono? Come stanno?» Uniko sembrò illuminarsi.

«Stanno benissimo. Sono con Nishida che li sta accompagnando in una visita di Sefira, ma presto saranno di ritorno.»

«E i miei genitori?» domandò Uniko, con il mento che ancora tremava per la commozione.

«Sono sereni, non preoccuparti.»

«Ma io dovrei tornare a casa... non vedendomi, si agiteranno terribilmente.»

«No. Sono intervenuto per evitare che ciò accadesse.»

«Cioè?» Il tono di Uniko era nuovamente alterato.

Metatron pensò di dovergli una spiegazione chiara e sincera. «Ho fatto un incantesimo. Ho momentaneamente rimosso la tua figura dalla coscienza di tutti coloro che ti conoscono. E ho fatto lo stesso per gli altri umani.» Il Saggio fece una pausa impercettibile con cui sondò il livello di comprensione del ragazzo, poi riprese: «Per qualche tempo, nessuno sulla Terra saprà della tua esistenza. Nessuno si chiederà dove sei finito, perché nessuno si ricorderà di Jo Springfield».

Dagli occhi di Uniko traspariva un turbamento profondo. Ciò che Metatron gli aveva appena rivelato era la rappresentazione dell'angoscia che lo attanagliava: il ragazzo che fino a poche ore prima si chiamava Jo non esisteva più per nessuno. *Lui* non esisteva più per nessuno.

Metatron lesse nel suo spirito e lo rassicurò: «Stai tranquillo, Uniko. Si tratta di un sortilegio molto potente ma temporaneo: se e quando sarà necessario, farò tornare tutto come prima».

Il Saggio nutriva grande rispetto per Uniko. L'attaccamento alla vita e l'amore che provava per i propri cari erano la prova della bontà d'animo del ragazzo e dimostravano la cura che metteva nelle cose che faceva. Quello smarrimento era inevitabile, sano, dovuto. L'unica cosa da fare era rimanergli accanto e rincuorarlo. La sua intelligenza avrebbe fatto il resto.

«C'è una cosa divertente di cui voglio parlarti. Vieni, andiamo in casa.»

Rientrarono nella Torre e Uniko sprofondò nel comodo divano azzurro, cosparso di morbidi cuscini rifiniti con un cordoncino dorato. Gli scaffali traboccanti di libri antichi conferivano all'ambiente un tono monumentale che metteva in soggezione il giovane angelo.

Metatron iniziò a parlare con voce accogliente: «Ogni comunità ha le sue tradizioni e noi non facciamo eccezione. Tutti gli anni, quando arriva l'Equinozio di Primavera, celebriamo un fatto avvenuto nel passato e che è diventato per noi un vero e proprio evento. Tanto tempo fa, alcuni Angeli della Primavera si trovavano sul cielo che incornicia i Laghi Hyatt. Si esercitavano nella pratica dei poteri che sono necessari per diventare Angeli della Forza. Continuavano a volare, trasformandosi rapidamente in animali e creature fantastiche sempre diverse. Riesci a immaginare lo spettacolo, Uniko? Davvero entusiasmante».

Uniko cercava di capire il motivo per cui Metatron aveva deciso di raccontargli quella storia. Ne percepiva l'importanza, ma non afferrava dove il Saggio lo avrebbe condotto. Si concentrò sull'ascolto con curiosità e interesse.

«Con loro c'ero io. All'improvviso mi arrivò una chiamata urgente: un problema importante da risolvere. Partii subito, raccomandando ai giovani angeli di sospendere le esercitazioni fino all'arrivo di un Angelo Guida. Gli Angeli della Primavera si radunarono sulla sponda del lago per rilassarsi e passare qualche ora chiacchierando. Stavano scherzando piacevolmente, quando un grido di terrore in lontananza spezzò la loro leggera allegria. Si voltarono in direzione dell'urlo e quelli dotati di vista più acuta rabbrividirono: videro un loro compagno che stava precipitando al suolo, completamente senza controllo. Poco prima si era trasformato in un falco ed era salito ad altissima quota, forse troppo in alto... era entrato in confusione e non era più stato in grado di gestire la trasformazione. Continuava a cambiare aspetto senza riuscire a prendere la forma necessaria per affrontare l'aria. E, in quel preciso istante, stava precipitando in preda al panico, con il corpo di un furetto e la testa di un coniglio.»

Uniko aveva la bocca aperta per lo stupore e Metatron lasciò che visualizzasse la scena nella sua mente.

«Erano tutti impietriti di fronte a quell'orrore. Nessuno di loro era in grado di salvare il compagno. A un tratto, dal gruppo paralizzato dalla paura, uscì di scatto una fanciulla che si tuffò nel lago. Appena videro la pinna che usciva dall'acqua per attraversare le onde a incredibile velocità, gli angeli capirono che si era trasformata in uno squalo. In un batter d'occhio il pesce raggiunse l'altra sponda e balzò fuori, prendendo le sembianze di un gabbiano. Per qualche secondo tagliò l'aria per poi abbassarsi a livello del terreno e mutare ancora il proprio aspetto. Questa volta diventò un ghepardo e coprì a grandi falcate il tratto di strada che lo separava dal punto dello schianto imminente. Gli altri Angeli della Primavera assistettero esterrefatti all'ultima mutazione: il ghepardo si accucciò e tornò a essere la bellissima fanciulla di sempre. Incrociò le braccia e accolse il piccolo fardello che pioveva dal cielo, salvandolo da morte certa.»

Uniko era rapito dalle parole di Metatron. Evitò di fare domande, aspettando che fosse il Saggio a proseguire.

«Era il giorno dell'Equinozio di Primavera. Da allora, ogni anno, celebriamo quel gesto di coraggio, destrezza ed eroismo con un Torneo che vuole ripercorrere in modo simbolico gli incredibili passaggi di quell'evento. Le regole sono semplici: i giovani partecipanti si radunano sulla sponda del lago più a nord e, una volta dato il segnale di partenza, devono raggiungere il punto in cui la fanciulla salvò il suo sfortunato amico. Il vincitore è colui che taglia il traguardo per primo. Ovviamente la prova richiede la capacità di trasformarsi nelle creature più veloci e adeguate per percorrere la distanza. Ogni anno, le condizioni in cui si svolge il Torneo sono diverse da quelle dell'anno precedente. Ossia, vengono rese complesse e imprevedibili per esaltare la fantasia, l'abilità e l'intelligenza dei partecipanti.»

«Non credo di capire...»

«Qualche esempio ti aiuterà. L'acqua del lago potrebbe essere disseminata di ostacoli: lo squalo, notoriamente, non ha una buona vista e si troverebbe in difficoltà nel farsi largo, perdendo tempo prezioso. Un pesce piccolo, agile e guizzante, al contrario, sarebbe avvantaggiato.»

Uniko era affascinato.

«Un altro esempio. Il prato dell'ultimo tratto potrebbe essere improvvisamente coperto di erbacolla, una pianta molto appiccicosa che si attacca ai piedi e imprigiona chi la calpesta. Un felino leggero ma poco potente potrebbe essere seriamente rallentato nella sua corsa, mentre un elefante, o un rinoceronte, sarebbero in grado di avanzare con maggiore velocità in virtù della loro forza.»

«Perciò vince chi riesce, di volta in volta, a trasformarsi nelle creature più idonee a superare le diverse avversità...» disse Uniko con aria trasognata.

«Sì» confermò Metatron. «Le calamità sono a sorpresa e l'Angelo della Primavera che vince entra a far parte della schiera degli Angeli della Forza.» Prima di proseguire, Metatron attese che nella mente di Uniko si formasse la domanda giusta. «Proprio così. Tra i partecipanti di quest'anno c'è Unika. E quindi ci sei anche tu.»

Uniko avvertì una vampata di calore accendergli il volto. Guardò Metatron con gli occhi sbarrati e balbettò: «Ma... io... non sono in grado di... non ho mai... no, non ce la farò, non posso!»

«Siete nati lo stesso giorno, avete la stessa età. Tu devi partecipare, è la regola.»

"Facciamolo!" Un sussurro sibilò nella mente di Uniko.

L'angelo biondo scosse istintivamente la testa, aggrottando le sopracciglia.

"Dai... facciamolo. Non avere paura, saremo vicini."

Uniko riconobbe la voce: era Unika che lo stava contattando con il pensiero e gli parlava. Abbassò le palpebre, pensò con intensità a lei e provò a risponderle. "Io non ho idea di come ci si trasformi, non l'ho mai fatto, e ho appena imparato a volare. Potrei affogare nel lago o schiantarmi a terra... non sono pronto."

"Ti sbagli" lo incalzò lei. "Sei stato rapidissimo nell'apprendere il volo e anche adesso stai usando il potere della Telepatia senza esserti esercitato. Tu hai mezzi e capacità che ti consentono di fare qualsiasi cosa. Facciamolo insieme, ci divertiremo."

Uniko tacque e guardò Metatron che lo osservava compiaciuto. I due rimasero in silenzio fino a quando il giovane puntò l'indice della mano destra verso il Saggio. «Ok. Va bene. Ci sto, ma a una condizione.»

«Quale?» volle sapere Metatron, divertito.

«Voglio che al Torneo partecipino anche i miei amici Eve e Zack.»

«Questo non è possibile! Non sono angeli!»

«Lo so, ma con tutti i poteri che hai, non ti sarà difficile dar loro la possibilità di competere.»

«Sarebbe dissacrante! Esseri umani che partecipano al Torneo insieme agli angeli...»

Uniko lo interruppe con aria di sfida: «Questa offerta non è negoziabile. Parteciperò solo se avrò al mio fianco i miei amici».

Metatron lo osservò, stupito. Poi sorrise e disse: «Va bene, va bene. Farò in modo di accontentarti».

"Bravo, Uniko" gli disse Unika. "Sono contenta. Ci alleneremo insieme e arriverai pronto al Torneo."

Uniko rivolse di nuovo la sua attenzione al Saggio, che nel frattempo si era accostato alla vetrata, pensieroso. «Metatron?»

«Sì, Uniko...»

«Ho solo un'ultima curiosità.»

«Dimmi» lo assecondò il Saggio, continuando a guardare fuori.

Uniko fece passare qualche secondo, poi pose la domanda che si agitava nella sua mente: «Come si chiamava la fanciulla dell'Equinozio di Primavera?»

Metatron sospirò, continuando a dargli le spalle. Poi si voltò e rispose, orgoglioso: «Si chiamava come te. Si chiamava Unika».

Capitolo 30

IL FIUME DELLE NOTE SEGRETE

Valle di Sefira, 35 ore prima dell'Adlivun

Eve, Zack e Craig Walden camminavano silenziosi, osservando gli amuleti. Seguivano fiduciosi e disciplinati il percorso tracciato da Nishida, ma le suggestioni a cui erano stati sottoposti in quella lunga giornata avevano assorbito molte delle loro energie.

Il sole stava per oltrepassare la linea dell'orizzonte e dominava il confine tra cielo e terra. Era sera e la luce del tramonto vibrava, offuscata da una leggera nebbiolina che rendeva meno nitidi i contorni. Gli ultimi bagliori filtravano oltre le nubi e coloravano i loro bordi di rosa e di viola, mentre sottili e trasparenti gradazioni eteree sfumavano il sereno, facendone risaltare l'immensità.

Nishida si accorse della stanchezza dei tre ospiti: i loro movimenti si facevano più lenti e le reazioni meno immediate. Capì che nei loro cuori si stavano agitando turbamenti e inquietudini che ne pregiudicavano il vigore e il benessere.

«Dove andiamo?» chiese Eve, con voce affaticata.

«Attraverseremo la valle per raggiungere il Bosco degli Alberi Millenari, dove vive l'Oracolo» spiegò Nishida, allungando il braccio destro con l'indice teso, per mostrare la direzione.

Lo stupore ravvivò i volti dei tre. Ognuno di loro si raffigurò l'Oracolo in vari modi e, dopo scambi di vedute creative, concordarono nell'immaginarlo come un vecchio molto saggio, cieco dalla nascita, con le pupille completamente bianche, dello stesso colore lattiginoso della cornea. Erano sicuri che trascorresse il suo tempo a meditare, seduto a gambe incrociate, con i polsi appoggiati alle ginocchia e il palmo delle mani rivolto verso l'alto.

«Quanto impiegheremo per arrivarci?» Zack si sfregò gli occhi, appesantiti dal sonno.

«Tutta la notte» replicò Nishida, consapevole dell'apprensione che la risposta avrebbe provocato nei suoi compagni di viaggio, ormai esausti.

«E cammineremo per tutto il tempo?» Zack avvertiva la spiacevole sensazione di sentire che le sue risorse fisiche lo stavano abbandonando e che anche quelle mentali sembravano essersi indebolite.

L'Elfo lo osservava con particolare interesse. Il ragazzo aveva dimostrato una forza eccezionale: il suo crollo improvviso doveva essere causato da un pensiero negativo che stava prendendo il sopravvento.

«No. Tra qualche minuto arriveremo alla fine di questo sentiero e saremo sulla sponda del fiume. Da lì potremo navigare fino al bosco, riposandoci anche un po'.» Nishida vide le espressioni dei tre umani rianimarsi di speranza. «Sefira è un luogo meraviglioso e non ci sono pericoli. Viaggiare nella Natura vi consentirà di conoscerla meglio e di vedere panorami che non potevate neppure sognarvi.»

Fitte bordure di erica rossa costeggiavano il percorso e bassi cespugli profumati davano l'idea di piccoli e morbidi cuscini, modellati alla perfezione dalle mani esperte di un giardiniere.

«Quando rivedremo Jo?» Eve decise di non nascondere il desiderio di ritrovare l'amico.

Nishida corrugò la fronte e comprese cosa rattristava le anime degli esseri umani, sottraendo loro resistenza e nutrimento vitale. «Domani» affermò con fare rassicurante. «Concediamogli qualche ora da solo con Metatron. Ha tante cose da scoprire del suo passato e della sua storia.» E con le dita affusolate e delicate sfiorò il mento della ragazza, sollevandolo appena. «Anche lui sente la vostra mancanza, ma tra pochissimo sarete di nuovo tutti insieme. Uniko avrà molto da raccontarvi e voi farete altrettanto.»

«E noi abbiamo anche un regalo per lui» aggiunse Eve rincuorata, aprendo la mano e mostrando il frammento di Pirite che custodiva nel pugno.

Zack era l'ultimo della fila. Allungò il passo e si avvicinò all'amica, cingendole le spalle. «È un angelo, Eve» le sussurrò all'orecchio. «Prima o poi ci saluterà e noi torneremo da dove siamo venuti. Forse dovremmo cominciare a pensarci.»

La cruda verità di quelle parole angosciò Eve, che scoppiò a piangere.

Craig Walden si avvicinò ai due ragazzi e li abbracciò con forza. «Non sappiamo che cosa accadrà e non conosciamo il ruolo di Jo in questo mondo.» Sospirò. Era carico di incertezze, ma anche determinato a trasferire loro vigore e speranza. «Non affrettiamo le conclusioni. Noi siamo una squadra e non ci divideremo.»

«È la Fiamma della Vita!» sbottò Zack, salendo di tono per sottolineare la debolezza del discorso del professore, quasi incredulo di fronte alla sua ingenuità. «Avete sentito cosa ha annunciato Metatron?» La sua voce era rotta dalla commozione. «Ha detto che *la Fiamma è tornata a casa*. Io non so cosa significhi, ma... insomma, avete visto come tutti s'inchinavano davanti a Jo? Che ci piaccia o no, lui è un angelo, probabilmente un angelo speciale. E non ha più nulla a che fare con noi!» Abbassò la testa. Aveva il fiato corto e sussulti incontrollati gli scuotevano il petto.

Eve sapeva che Zack aveva ragione: i suoi modi erano sempre provocatori e pungenti, ma la realtà era limpida e inconfutabile di fronte ai loro occhi.

«Se non fosse stato speciale, noi non saremmo qui» constatò Craig Walden, cercando di riportare equilibrio e serenità. «A modo nostro, siamo importanti anche noi. Jo avrà bisogno del nostro aiuto, perciò quando lo incontreremo dovremo fargli capire che può contare sempre su di noi.»

Eve si mordicchiava convulsamente il labbro inferiore, cercando di frenare i propri singhiozzi. Zack le prese il viso tra le dita e con i pollici asciugò le lacrime che le rigavano le guance. Poi estrasse dalla tasca il suo cappellino e glielo calò sulla fronte, con un gesto affettuoso.

Craig Walden osservava Nishida. Per la prima volta l'Elfo non aveva cercato di rassicurarli. Nel suo ottimismo, il professore pensò semplicemente che Nishida non fosse intervenuto perché non conosceva la loro sorte.

La verità era che Nishida non sapeva come confortare i tre amici: uno di loro era alleato con il Male; gli altri due si erano trovati nel posto sbagliato al momento sbagliato, oppure nel posto giusto al momento giusto, e condividevano un'esperienza che non era mai stata offerta a nessuna creatura umana. Stavano vivendo un'avventura straordinaria che solo lui poteva capire: entrare nel mondo degli angeli senza farne parte. Riusciva a toccare la loro tensione e percepiva il loro stato d'animo. Non poteva prevedere il loro futuro e tanto meno quello di Uniko. Nulla era ancora stato scritto.

Nishida non voleva conoscere la realtà prima di averla vissuta. In cuor suo era convinto che la vita dovesse essere condotta giorno per giorno, con la capacità di assaporarne gli attimi con intensità, desiderio, energia, trasporto, fossero essi permeati di vittorie o di sconfitte. Perché le vittorie danno fiato e luce per andare avanti e le sconfitte arricchiscono e liberano emozioni fondamentali che trasmettono la forza per conoscere meglio se stessi e perfezionarsi.

Aveva imparato che predire il domani non aveva alcun senso: l'avvenire di ogni creatura è nelle sue mani e i sogni prima o poi si avverano. Se ci si crede con forza e lo si vuole intensamente, si raggiunge la felicità. Qualsiasi cosa significhi, ovunque essa sia, anche se ci si dovesse impiegare tutta la vita.

Nishida alzò lo sguardo e si accorse che le stelle cominciavano ad accendersi attorno alla Cometa del Mattino, che da quindici anni seguiva in modo inquietante ogni istante dei giorni e delle notti di Sefira. L'Elfo si domandò quando sarebbe scomparsa, poi si voltò verso i tre compagni di viaggio e si accorse che ormai anche le ultime gocce di energia erano evaporate dai loro corpi provati. Non ce l'avrebbero fatta a muovere un passo in più. La commozione ne aveva sfibrato l'animo e prosciugato l'entusiasmo: doveva aiutarli a ritemprarsi e a recuperare brio.

Nishida li fece sedere per terra, riparati dai rami di un grande albero. Anche se il clima era mite e l'umidità della notte non era invadente, concentrò il suo respiro in un soffio prolungato e accese il fuoco. Le fiamme ardevano vivaci, ma nessun arbusto bruciava. Poco distante crescevano piante verdissime che offrivano grandi frutti rossi. Dai rami sbocciavano fiori rosati a grappolo. Le foglie erano lisce al tatto e avevano una forma romboidale, con cinque lobi irregolarmente seghettati ai bordi.

«Questo è il Rosaspino mielato. Le sue bacche sono molto gustose» disse Nishida, aprendone una davanti ai loro occhi spalancati. Somigliava a un melograno ma era grande come una noce di cocco. La buccia era molto spessa e non si lasciava spezzare facilmente. All'interno spiccavano un nocciolo centrale e tante cavità, separate da sottili membrane, in cui erano alloggiati moltissimi semi di colore diverso, simili ad acini d'uva. L'Elfo ne estrasse alcuni con le dita e li porse ai ragazzi.

Eve ne portò un paio alle labbra. La polpa era succosa e dolce. Craig Walden ne prese di più e ne tastò la morbida consistenza. Li annusò e avvertì un profumo simile a quello del miele. Quando li assaggiò fu deliziato dal denso sapore zuccherato che lasciavano sulla lingua.

Zack si alzò in piedi e si avvicinò al cespuglio per staccare altri frutti. Provò a sbucciarli, ma la scorza fece resistenza. Allora studiò con attenzione i movimenti di Nishida e, schiacciando con i due pollici alla base del frutto, nel punto esatto in cui era attaccato al ramo, riuscì a schiuderne altri tre.

Fu una sosta rigenerante per il loro spirito. L'Elfo li vide distogliere l'attenzione dall'angoscia che fino a pochi minuti prima li aveva tormentati e notò soddisfatto che gli sguardi di tutti ricominciavano a brillare.

Tutt'a un tratto, Craig Walden si rivolse incuriosito a Nishida: «Il potere nutritivo di questo frutto è davvero incredibile. Non avrei mai pensato che fosse sufficiente qualche acino per saziarci!»

L'Elfo sorrise. «Non è stato il Rosaspino mielato a sfamarvi. A Sefira, la dimensione corporea lascia spazio a quella spirituale e ci si nutre di emozioni. Qui si perdono completamente il senso dell'appetito e della fatica. Viviamo di sentimento e siamo tenuti in vita da tutto ciò che ristora e riempie la nostra anima. Le sensazioni positive ci donano forza e vigore, quelle negative ci abbattono.» Nishida scrutò attentamente i volti smarriti e confusi dei tre umani. «Non mangiate e siete svegli da ieri sera, ma fino a un attimo fa, nessuno di voi avvertiva fame né stanchezza. Poi avete pensato a Uniko. La malinconia e la preoccupazione per il suo e il vostro futuro hanno preso il sopravvento: i vostri passi sono diventati all'improvviso più pesanti. Sono bastati una sosta, due parole, un abbraccio. Vi siete dati speranza l'un l'altro e vi siete risollevati.»

«Stai dicendo che l'energia vitale dipende dal nostro stato d'animo?»

«Sì. La felicità, l'entusiasmo, la fiducia, la positività sono il nutrimento del nostro organismo, le essenze della nostra salute, la fonte per il nostro sostentamento.»

Dopo qualche istante di silenzio e riflessione, si rimisero in marcia. L'umore era tornato buono e le espressioni erano fiduciose. Sbucarono in una piccola radura che si affacciava su un corso d'acqua limpidissimo: si vedeva la ghiaia bianca sul fondo.

«Siamo sul Fiume delle Note Segrete» spiegò Nishida. «Attraversa tutta la valle senza mai sfociare e senza mai fermarsi e si ricongiunge con la sua sorgente nel laghetto dove siete affiorati. Visto dall'alto, disegna una forma che ricorda un cuore, con un occhio brillante sulla punta inferiore, che è proprio lo specchio d'acqua da cui siete emersi. Il fiume nasce e muore lì, nel bacino celeste che collega Sefira con il mondo degli uomini e che, proprio per questo, prende il nome di Occhio del Fiume.» Fece una pausa. «Percorre un lungo tragitto, ora in superficie e ora sotterraneo. Passa dai maestosi Laghi Hyatt e, attraverso una via scavata nella roccia sotto la superficie, alimenta il Lago del Ghiaccio Perenne dove vive la Sirena che vi ha illuminato il cammino negli abissi. A noi angeli piace pensarlo come il cuore pulsante di Sefira, la linfa che dà la vita alla nostra terra.»

I ragazzi lo osservavano affascinati: Nishida era bravissimo a dare corpo a ciò che descriveva.

L'Elfo inspirò e, dopo un attimo di voluto silenzio, aggiunse: «Quando vi siete immersi nel lago a Maple Town, non avete notato nulla di strano?» I tre umani si accigliarono, pensierosi. «Provate a ricordare le sensazioni che avete avvertito: separatele dall'emozione, dall'agitazione e dalla paura. Pensate solo alle impressioni fisiche.»

Nessuno parlava. Era difficile scomporre il sentire e isolare gli aspetti di emotività da quelli più corporei e materiali. Eve ci provò, anche se era un po' confusa e annebbiata dallo smarrimento e dall'incertezza. «Quando la bellissima Sirena ha preso la mano del professore... io credo di aver avvertito un cambiamento di rotta. Ci stavamo inabissando e nuotavamo verso il fondo del lago, ma a un certo punto mi è sembrato di risalire anziché di scendere in profondità.» Le parole uscivano timide dalla sua bocca e le sue guance si arrossarono di fronte alla stravaganza e all'assurdità di quell'idea. Ma lo sguardo di Nishida le fece capire che il suo pensiero non era poi tanto irragionevole.

«È così, Eve. Sefira è sotto al mondo oppure sopra. Il lago in cui vi siete tuffati è lo stesso da cui siete emersi. Pensatelo come una clessidra: da una parte c'è Maple Town, dall'altra Sefira. Il mondo è uno solo, capovolto a seconda del punto d'osservazione. Quando si sprofonda nel lago, superata la sua metà, la Terra si ribalta e invece di scendere, si sale.»

Le espressioni contratte di Zack e Craig Walden testimoniavano quanto fossero concentrati nel tentativo di visualizzare la scena.

«Perché si chiama "Fiume delle Note Segrete"?» Il nome non era passato inosservato a Eve.

«Lo scoprirai presto.» Nishida le strizzò l'occhio.

A Eve piaceva parlare con l'Elfo. Non era mai una sfida ma uno stimolo gratificante. Lui aveva il potere di calmare la sua inquietudine e di saziarne la curiosità.

«Chi sale per primo?» domandò Nishida, indicando una canoa di legno ancorata alla riva e in parte nascosta dall'erba alta e fitta. L'Elfo entrò in acqua, godendosi la piacevole sensazione dei piedi travolti dalla corrente fresca e spumeggiante. Sciolse il nodo della corda che legava la piccola imbarcazione a un paletto conficcato nella sponda e vide Eve che si avvicinava per salire. La aiutò, mentre Zack, con passo lungo e veloce, evitò il contatto con le onde e si sedette di fronte alla ragazza, in uno dei due posti centrali.

Nishida si rivolse a Craig Walden. «Hai voglia di aiutarmi a condurre la canoa?»

Il professore accettò con entusiasmo e si mise a prua, orientando lo sguardo verso la rotta, come una polena vigile e impavida. Nishida si posizionò a poppa, appoggiò il ginocchio destro sul supporto interno e tese in avanti l'altra gamba. Passò una delle due pagaie a pala singola a Craig Walden e impugnò saldamente la propria. Con movimenti esperti iniziò a fendere l'acqua e a spingere la canoa in avanti. Navigavano sullo specchio lucente, ma la sensazione era quella di essere sospesi nel vuoto: l'ombra dello scafo tratteggiato dalla luna li seguiva sul fondo del fiume.

Craig Walden non era molto abile e si lasciava guidare. Nishida ogni tanto puntellava la pala della pagaia in profondità per correggere la direzione. Timonava con sicurezza: sapeva leggere la corrente e riusciva a compensarla in anticipo.

Eve era ammaliata dal suo busto eretto e dalla spinta potente che riusciva a trasmettere dal legno all'acqua, mentre portava con maestria la piccola imbarcazione. La leggera brezza, provocata dal movimento, scompigliava i suoi capelli lisci, che danzavano dietro alle orecchie appuntite. Nonostante fosse controvento, Eve riusciva a sentire il suo intenso profumo di muschio selvatico.

La notte era stellata e si udiva solo il rumore della risacca. Il vapore acqueo ondeggiava impalpabile a mezz'aria, creando una foschia luminescente e regalando una visione magica e suggestiva.

Ogni tanto in lontananza apparivano delle sagome scure. Man mano che si avvicinavano prendevano la forma di fronde robuste che costringevano i naviganti ad abbassare il capo.

Sorprendendo tutti, Craig Walden cominciò a canticchiare. Parole incomprensibili uscivano dalla sua bocca e si confondevano con la melodia dell'oblio che li circondava. Senza rendersene conto, anche Zack intonò qualche nota e si stupì perché era la prima volta che pensava alla musica da quando erano arrivati a Sefira. Eve iniziò a fare oscillare la testa sul ritmo delle loro voci e anche dalla sua gola fluirono suoni acuti e vibranti. Non avevano mai cantato tutti insieme e adesso lo stavano facendo. Istintivamente. Spontaneamente. Apertamente. Senza preoccuparsi del timbro e dell'effetto acustico che producevano. Era come se una sensazione di felicità profonda e incondizionata li avesse pervasi in un abbraccio armonico e capace di elevare le loro anime.

Nishida sorrise. Li lasciò volteggiare nella musica e rivelò: «Ecco perché si chiama "Fiume delle Note Segrete"».

Capitolo 31

LA VISIONE DI UNIKA

Valle di Sefira, 34 ore prima dell'Adlivun

Unika rientrò nella sua camera, al secondo piano della Torre, e si allungò sul letto di fieno. La mente sovraccarica di pensieri, l'anima di emozioni. Si guardò intorno, cercando nei suoi oggetti personali la serenità necessaria per sciogliere la tensione. La luce che durante il giorno penetrava dalle ampie vetrate e infuocava la stanza era ormai tramontata, lasciando il posto al dolce buio della sera che portava con sé il miraggio del riposo.

Le piaceva distendersi sui due grandi materassi affiancati e appoggiati a terra di fronte alle finestre. Erano composti da steli d'erba essiccati e dai germogli di altre sette piante di montagna. Il fieno veniva falciato umido tutte le mattine all'alba, prima che il sole asciugasse le gocce di rugiada formatesi nella notte, e fatto disidratare insieme a lavanda, valeriana, ginepro, genzianella, melissa, artemisia e alchemilla. A ogni imbrunire, Unika si rilassava su un giaciglio naturale appena fatto che, con la sua morbidezza e la sua fragranza, le donava energia e conforto.

Quella sera proprio non riusciva a rasserenarsi. Era stata una giornata intensa e piena di rivelazioni: in una manciata di ore aveva scoperto più cose che in tutta la sua vita. Per tutto il tempo in cui gli avvenimenti l'avevano inghiottita non se n'era neppure resa conto; però, man mano che il nervosismo si scioglieva e liberava i suoi muscoli contratti, Unika iniziava a prenderne consapevolezza.

Finalmente era sola e poteva confrontarsi con i suoi pensieri. A uno a uno riviveva gli eventi e le sensazioni che aveva provato. Per la prima volta aveva incontrato degli esseri umani e aveva appreso che uno di loro era assoggettato al Malvagio. Aveva saputo che Ophidiel, di cui tutti parlavano sempre con grande timore e riserbo, non era una minaccia remota, ma si stava avvicinando velocemente, assetato più che mai di potere. Aveva trovato dentro di sé le pulsazioni della Chiave della Felicità e il conseguente senso di responsabilità nel doverla proteggere e custodire. E aveva conosciuto Uniko, un angelo speciale come lei. Così simile eppure diverso. Con il suo stesso sguardo. Legato al suo stesso destino. E aveva avvertito l'inaspettato batticuore che le scuoteva il petto ogni volta che incrociava i suoi occhi e che percepiva la sua presenza. Quando non c'era le mancava. Quando era lontano le sembrava di sentirlo.

Cosa le stava succedendo?

Non conosceva il significato profondo di ciò che la travolgeva. Non era in grado di capire le reazioni del proprio corpo e gli stati d'animo che si scatenavano dentro di lei. Aveva l'impressione che il mondo fosse cambiato e che ogni certezza stesse vacillando. I fatti prendevano una prospettiva diversa. Non padroneggiava più il proprio spirito, che si ribellava alla razionalità. Il cervello le diceva di fare una cosa e l'istinto la portava a farne un'altra.

Unika si rigirava nel letto, in preda all'agitazione. La testa pesante e confusa non riusciva più a focalizzare idee dai contorni definiti. Tra le mille immagini che animavano i suoi pensieri, si fecero largo gli occhi terrorizzati di una donna.

«*Lascialo in pace! Non fargli del male! Ti darò tutto quello che vuoi!*» Il grido era atterrito e snaturato dalla disperazione.

Due angeli stavano lottando ferocemente. Entrambi avevano

sembianze umane: uno aveva la pelle molto scura, segnata dalla continua esposizione ai raggi solari; la sua nuca era completamente rasata e nello sguardo brillava una forte determinazione. Le vene delle braccia muscolose erano sporgenti e alcune cicatrici gli rigavano il torace. Aveva un corpo che sembrava fatto per combattere.

L'altro era molto più alto. Il fisico ben scolpito e statuario e i fluenti capelli castani scoloriti dal sole lo rendevano più che attraente. Due enormi ali nere spuntavano imponenti dalla schiena e un maestoso corno color avorio si protendeva dalla fronte. Lottava con grande vigore e i suoi movimenti erano veloci e precisi.

L'atmosfera intorno a loro era accesa. Sullo sfondo si intravedeva un bacino di acqua verde e limpida da cui spuntava la testa della bellissima creatura femminile che agitava le mani e li implorava di smetterla. «*Ti prego Ophidiel. Ti supplico... fermati.*» Le sue parole, rotte dal pianto, tagliavano l'aria per poi cadere nel vuoto, rimbombando nella stretta conca.

Il combattimento era serrato. Era difficile distinguere chi attaccava da chi si difendeva. I due guerrieri assestavano con maestria colpi spietati e brutali. I loro corpi si contorcevano uno contro l'altro. Il contatto era costante. Le braccia e le gambe si intrecciavano in una danza violenta e barbarica.

La loro tecnica era molto simile. L'angelo con la pelle scura caricava con il palmo delle mani aperto. Le sue sferzate erano rabbiose e quando riusciva a mettere a segno la spinta, scaraventava l'avversario al suolo. L'angelo con i capelli castani era molto leggero e agile: schivava le prese e restituiva feroci pugni diritti al petto. A tratti le sue dita tese raggiungevano la giugulare del nemico, togliendogli il fiato.

Gli occhi di entrambi erano iniettati di sangue, le bocche incurvate da smorfie di dolore.

L'angelo alato si scagliò al collo del suo rivale, cercando di strangolarlo. Quest'ultimo con la mano sinistra gli afferrò il polso, e con tutta la potenza che aveva riuscì a staccarsi dalla morsa che gli stringeva inesorabilmente la gola e a immobilizzarlo a qualche centimetro di distanza. Con il braccio destro scaricò una manata sul mento dell'aggressore. Poi, sempre con lo stesso braccio, gli agguantò la spalla sinistra e lo tirò con forza a sé, per colpirlo ripetutamente con il ginocchio nello stomaco. Subito dopo, approfittando del momento di debolezza, con una gomitata lo spinse verso l'esterno e, facendo leva sulla propria gamba destra, lo sbilanciò e lo fece cadere. Quando fu a terra, iniziò a prenderlo a calci sui fianchi, senza pietà.

L'angelo con i capelli castani si rannicchiò in posizione fetale per difendersi. Con un piede riuscì ad agganciare la caviglia dell'antagonista e con l'altra gamba distesa gli sferrò un colpo sulla rotula. La mossa inaspettata e il dolore lancinante distrassero l'angelo dalla testa rasata che finì con la schiena a terra in un sordo boato. Il suo avversario si drizzò velocemente e lo sovrastò, mettendosi a cavalcioni sopra di lui con le ali aperte. Gli affondò le dita nella trachea, nel tentativo di soffocarlo.

L'angelo disteso si contorceva alla ricerca disperata di una boccata d'aria: si sentiva mancare, e il buio gli offuscava la vista. Le sue mani non erano in grado di sciogliere la presa. Provò a divincolarsi, alzando energicamente il bacino e gli arti inferiori. Dopo una serie di movimenti estremi, riuscì a insinuare il ginocchio tra il proprio corpo e il petto dell'angelo che lo dominava. Spinse vigorosamente. Si sollevò di scatto e lanciò il suo capo in una devastante testata sul naso dell'aggressore, che volò all'indietro, accecato dalla sofferenza. Le parti si erano invertite ancora una volta. L'angelo dalla pelle scura si posizionò sopra e colpì il rivale sulla faccia con una serie di pugni mortali che mise fine al combattimento. Nel momento in cui l'angelo alato perse i sensi, l'angelo rasato si aggrappò al corno che aveva sulla fronte e, come una furia, glielo strappò.

«*Nooo!*» L'urlo di donna che si alzò dal lago era carico di smarrimento.

L'angelo vittorioso si diresse verso di lei, mostrando il corno come un trofeo. Il suo corpo era coperto di sangue, la pelle tumefatta. In alcuni punti le lacerazioni lasciavano intravedere la carne viva. «*Non dovevi!*» esclamò con un tono misto di delusione e collera. «*Non dovevi innamorarti di lui! Lui non vale niente!*» Il suo sguardo era carico di risentimento. «*Tu sei mia!*»

La Sirena si immerse, nuotò impetuosamente verso la riva opposta con la propulsione di un delfino e poi si levò in aria con una forte spinta della pinna, per raggiungere la terraferma.

L'angelo sconvolto dall'ira le lanciò addosso una possente scarica di energia che la bloccò, facendola ricadere in acqua. «*Basathiel non esiste più. Non potrà difenderti!*» Man mano che si avvicinava alla sponda, le sue parole ferivano quel silenzio che sapeva di tormento.

L'angelo a terra provò a rialzarsi. Le forze lo stavano abbandonando, ma non poteva lasciare la sua amata nelle mani del Malvagio. Si girò su un fianco e, aiutandosi con il gomito, si rimise in piedi. Una fitta acuta e lancinante gli dilaniava il volto. Sanguinava. I muscoli del bacino gli dolevano. Le gambe non lo reggevano. Cadde. Si concentrò per resistere. Riusciva solo a strisciare. Ma non poteva arrendersi. Non ora. Sentiva la vita che lo stava abbandonando.

Non posso morire adesso. "Unika... Unika... aiutami a salvarla." Con il pensiero invocava la sua estrema richiesta di aiuto. Si sollevò dal suolo e, in un gesto disperato, tentò di tuffarsi nel lago per proteggere la bellissima Sirena indifesa.

In quell'istante, Ophidiel si girò verso di lui e scagliò una terribile maledizione. «*Pietrificati!*» Con un gesto fulmineo della mano lo immobilizzò, trasformandolo in una statua. «*L'eternità ti vedrà senza vita e il tempo scorrerà davanti ai tuoi occhi per sempre ciechi.*»

Indugiò per godere del malsano piacere provocatogli dalla vista del raggio di luce magica che avvolgeva il corpo esangue dell'avversario. Poi rivolse lo sguardo alla Sirena e le sorrise animoso. Un'idea crudele gli balenò nella mente. Si voltò di nuovo verso l'angelo fossilizzato e aggiunse: «*Ritroverai il respiro e la vista durante i minuti che illuminano ogni giorno l'alba e il tramonto*». Fece una pausa carica di soddisfazione e crudeltà. «*Se in quei brevi attimi la tua Sirena cercherà di uscire dall'acqua per avvicinarsi a te, tu morirai.*»

«*Sei un mostro!*» gridò la Sirena con tutto il fiato che aveva in gola. Il suo canto si trasformò in un verso pungente e straziante.

Ophidiel sapeva che per essere efficace ogni incantesimo doveva avere una chiave di reversibilità. «*Il sortilegio potrà essere spezzato solo se un essere umano bacerà con passione la bocca della tua amata.*» Sefira era un mondo protetto e nessun uomo ci avrebbe mai messo piede. Rise. Una risata esaltata, convulsa, isterica. Colma di rabbia.

La Sirena riuscì a cogliere l'ultimo sguardo del suo angelo, mentre la vita si fermava nelle sue vene. Gli sussurrò: «*Ti amo*» nell'istante in cui si spegneva. Lui non le avrebbe mai più parlato con gli occhi.

Mai più.

Unika si destò di soprassalto con le urla laceranti della Sirena nelle orecchie. La sua fronte era madida di sudore. Il cuore sembrava scoppiarle nel petto.

Aveva visto o aveva sognato? Era un incubo o era realtà? Quella scena si era già compiuta o doveva ancora accadere?

Capitolo 32

LE FATENINFE

Valle di Sefira, 31 ore prima dell'Adlivun

I quattro naviganti giunsero in un piccolo slargo dove la corrente si rilassava, come per prendere fiato. I raggi della luna filtravano nella notte ormai fonda e davano vita a un movimentato gioco di luci e ombre.

«Che posto è questo?» chiese Zack, mentre i suoi capelli corvini si coloravano di strani riflessi.

«Siamo nella Laguna del Tempo Senza Tempo. Qui le ore non passano e le stagioni non cambiano. È una dimensione diversa, in cui il tempo si ferma e le emozioni durano per l'eternità. In questo luogo gli istanti possono essere infiniti e gli animi ricchi riescono a riempirli dei più profondi significati.»

Eve non afferrò in pieno il senso del discorso, ma si lasciò comunque trasportare dalle suggestive parole di Nishida, che fluttuavano rarefatte in quell'atmosfera magica.

Sulla superficie dell'acqua galleggiavano bellissimi fiori di loto con foglie larghe e rotonde. Eve si sporse, tenendosi con una mano al bordo della canoa, mentre con l'altra cercava di accarezzarli per saggiarne la morbidezza. Nishida fermò l'imbarcazione per darle modo di raccoglierne uno, ancora chiuso. Non appena Eve lo sollevò e lo sentì tra le dita, il bocciolo si spalancò e piccole gocce lucenti schizzarono sul suo viso.

«Benvenuti!» disse una vocina squillante che si levava dal centro della corolla.

Eve si spaventò. Scattò indietro e fece cadere il fiore in acqua. Dai suoi petali spiccarono il volo tre minuscole e delicate creature fatte di luce che sembravano spandere chiarore intorno a loro.

«È bello rivederti, Tremilla!» la salutò Nishida, tendendo il palmo aperto verso l'alto.

«Mi sei mancato» bisbigliò la piccola farfalla con il corpo di donna, mentre si appoggiava sulla sua mano, sbattendo le ali finissime.

«Vi presento le Fateninfe» le introdusse Nishida. «Sono gli angeli custodi del nostro fiume.»

«Piacere di conoscervi» mormorò Craig Walden, che era rimasto a bocca aperta.

Eve stava osservando il grazioso esserino che cinguettava con Nishida. Era completamente trasparente, con gli occhi argentei e le orecchie aguzze che testimoniavano una chiara origine elfica. I lunghissimi capelli lucenti si muovevano soffici e vaporosi sul fisico esile e leggiadro. Indossava un vestito impercettibile, che dava risalto alla silhouette aggraziata e alle quattro ali cristalline: le due superiori erano piccole e circolari, mentre quelle inferiori si profilavano molto allungate, con le estremità dentellate in una serie di balze arrotondate. Dai loro bordi partivano gracili filamenti, che aiutavano il librare leggero nell'aria. La testa della Fataninfa ondeggiava in modo armonioso e braccia e piedi volteggiavano come se stesse danzando al suono della sua voce. Aveva un portamento molto elegante.

Eve, istintivamente, si tolse il berretto e se lo portò al petto, per nascondere l'immagine che appariva sulla maglietta: il mondo che fino a ieri le aveva dato rifugio ora le sembrava distante e fuori luogo.

«E tu chi sei?» domandò un'altra Fataninfa, svolazzando davanti al naso di Zack.

«Mi chiamo Zackary Gent» rispose il ragazzo, unendo le mani a cucchiaio, per far fermare la farfalla.

«Il mio nome è Desia.»

La piccola creatura aveva un atteggiamento simpatico e pieno di vitalità: si distese su un fianco, appoggiandosi sul gomito e reggendo la guancia con il polso. Le sue ali sembravano le piume di un pavone. Erano blu elettriche dai riflessi metallici, sottili e allungate alla base per poi esplodere sulla cima nella forma di un bulbo cangiante con le tonalità del verde. Quando Desia si agitava, i suoi movimenti avevano la stessa sensualità di quelli del vanitoso volatile.

Zack la guardava sorridente: i capelli molto corti con una frangetta folta e spettinata di colore azzurro intenso gli ricordavano la chioma bizzarra e affascinante dei personaggi dei fumetti manga.

D'un tratto la Fataninfa si mise a roteare. Fluttuava nel suo vestitino lilla, con la gonnellina frastagliata e una profonda scollatura sulla schiena. Zack la sollevò all'altezza degli occhi per poter comunicare con lei e si accorse che aveva le iridi dello stesso colore delle ali: metà celesti e metà smeraldo.

«Sei un uomo?»

Il ragazzo annuì.

«Sono gli amici di Uniko. Sto mostrando loro la nostra valle» spiegò Nishida.

Craig Walden aveva deposto la pagaia sul fondo dell'imbarcazione e stava osservando la terza farfalla che si manteneva a distanza. Aveva i capelli castani, ricci e scalati, più lunghi al centro e molto più corti ai lati. Due antenne minuscole ma sensibili vibravano nell'aria.

«Sei l'essere vivente più bello che io abbia mai incontrato» le confidò Craig Walden, allungando a sua volta la mano.

Ma la Fataninfa non si avvicinò, anzi indietreggiò e iniziò a cantare con voce soave. La sua pelle era molto pallida e le ali ricordavano le foglie della vite nelle tonalità dell'autunno.

«Lei è Ambrosia» la presentò Nishida. «E parla solo attraverso il canto.»

Il professore si sedette e, con delicatezza, la creatura gli si appoggiò sulla spalla. Aveva un abito giallo ocra molto leggero composto da drappi sovrapposti. Uno spacco frontale metteva in risalto le gambe affusolate e i polpacci avvolti da un motivo simile a un ramo di campanule. Una ghirlanda luccicante le cingeva la nuca e piccoli pendenti si appoggiavano dolcemente sulla fronte, tintinnando ogni volta che la Fataninfa inclinava il collo.

«Avete voglia di accompagnarci da Allibis?» domandò Nishida con un soffio di voce, timoroso di disturbare quel momento incantato.

«Con grande piacere. Seguiteci» replicò Tremilla, voltandosi e piegando le dita verso di sé in un gesto di richiamo garbato e disinvolto.

Le altre Fateninfe si unirono a lei e tutte insieme fecero strada verso la nuova meta. Nishida e Craig Walden ricominciarono a pagaiare, mentre i ragazzi non riuscivano a cancellare lo stupore dai loro volti.

«Per raggiungere Allibis abbiamo bisogno del vostro aiuto» annunciò Desia piroettando nell'aria e arricciando il nasino in una smorfia simpatica rivolta a Zack. «Lasciate libero lo spirito e abbandonatevi alla musicalità che esce spontanea dal vostro petto.»

Il professore osservò Nishida con un punto interrogativo scolpito nello sguardo.

L'Elfo annuì e aggiunse: «Non vi anticipo quello che succederà. Per me è stato commovente scoprirlo da solo». Rovesciò il capo all'indietro e iniziò a intonare un'allegra melodia.

Gli umani lo imitarono, seguendone il ritmo.

Quando arrivarono in un punto in cui il fiume si ripartiva in cinque diversi ruscelli, Nishida rallentò. Era indeciso su quale direzione prendere e guardò Desia: lei lo incitò a intensificare il canto e le voci di tutti si alzarono di tono. Improvvisamente, su un sasso levigato dalla corrente comparve un simbolo: si accese come se illuminato da una luce fievole. I ragazzi ammutolirono, rapiti da quella visione, e il bagliore si spense all'istante. La Fataninfa li esortò ancora e, appena i suoni melodiosi ricominciarono a sgorgare dalle loro gole, il segno si palesò di nuovo tra le rapide che facevano ribollire l'acqua tutt'intorno. E indicò loro la strada.

L'immagine non aveva una forma nitida e riconoscibile. Craig Walden pensò che, come spesso succedeva a Sefira, si trovava di fronte a un emblema che ricordava un intreccio. Sembravano due mani, una più grande e una più piccola, incrociate fra loro.

«Wow!» esclamò Eve, stupita. «Siamo stati noi con le nostre voci a fare apparire quel disegno sulla pietra?»

«Sì» confermò Nishida. «Il canto che fa vibrare le nostre anime ha un potere molto forte. Ha la capacità di mettere in luce la via. La nostra vita è fatta di musica e tutte le emozioni si possono descrivere con le parole e i suoni di una canzone: quelli che incendiano la nostra esistenza, quelli che ci fanno piangere, quelli che ci fanno gioire, quelli che ci fanno battere forte il cuore. I sassi che vedete indicano proprio questo: la musica ci può guidare.»

Eve mosse la testa in un impercettibile cenno di assenso. Nessuno meglio di lei poteva afferrare l'intimo significato di quel discorso. Le sue dita iniziarono ad alzarsi e ad abbassarsi nell'aria, correndo armoniosamente su un pianoforte immaginario. Si lasciò trasportare dalla sensazione di libertà che la pervadeva. Quello strumento astratto traduceva i suoi sentimenti in note, che si levavano nell'atmosfera vive e cariche d'intensità.

Proseguirono, seguendo il corso indicato dalla luminescenza e, dopo quella rivelazione, nulla avrebbe più potuto fermare la loro ode.

Il fiume si snodava flessuoso in mezzo alla vegetazione. Ogni tanto piegava in curve ampie, ora verso un lato, ora verso l'altro, come un enorme serpente che striscia agile sul terreno. Appena l'imbarcazione si trovava di fronte a un bivio, le loro voci facevano risaltare i simboli sulle rocce.

Eve si spostò di fianco a Zack e si appoggiò alla sua spalla. Le sue mani continuavano a suonare e le sue corde vocali a vibrare, mentre gli occhi si chiudevano gradualmente. Si addormentò. Nemmeno Zack resistette a lungo. Aveva lo sguardo fisso sulle Fateninfe che volavano leggere davanti a lui e non ebbe la percezione del momento in cui il sonno iniziò ad abbracciarlo per condurlo nel mondo dei sogni. Craig Walden, invece, non aveva alcuna intenzione di dormire: erano troppe le cose che doveva ancora vedere e non voleva perdere nemmeno un attimo di quel tempo prezioso. Le sue braccia spingevano a ritmo la pagaia, che produceva un frusciare acuto e gorgogliante ogni volta che veniva avvolta dalla corrente.

Percorsero un lungo tratto sul fiume, attraversando paesaggi magici, dall'aspetto quasi surreale.

Seguendo le farfalle, Nishida condusse la canoa all'interno di una grotta. L'aria era densa e umida, e l'odore penetrò nelle narici dei naviganti. L'acqua infiltrata per migliaia di anni colava dal soffitto verso terra, nella forma di stalattiti maestose, mentre i coni delle stalagmiti si ergevano dal pavimento. In alcuni punti stalattiti e stalagmiti si incontravano e si fondevano, creando imponenti colonne di roccia sedimentaria. La caverna era un intrico formato da innumerevoli cunicoli e passaggi stretti: un vero e proprio labirinto.

Craig Walden si accorse che il canto non dava più indicazioni. Non fece in tempo a domandarsi come avrebbero fatto a trovare la via, quando vide Tremilla chiamare a sé le sue compagne. Ognuna prese tra le mani la piccola ampolla che teneva appesa al collo.

Il professore si voltò verso Nishida con aria incuriosita.

«Ogni boccetta contiene una goccia d'acqua di uno dei bacini di Sefira» spiegò l'Elfo. «Tremilla ha una goccia color argento della Laguna del Tempo Senza Tempo. Desia porta con sé una goccia blu intenso dei Laghi Hyatt. Ambrosia conserva una goccia verde con sfumature cangianti azzurre e rosa del Lago del Ghiaccio Perenne. Le gocce mescolate tra di loro creano l'acqua purissima del Fiume delle Note Segrete.»

Le tre Fateninfe estrassero una piccolissima quantità del fluido e la lanciarono in aria. La nebulizzarono e la mescolarono, sbattendo velocemente le ali, e la spinsero al vento con il loro soffio. Depositandosi sulle rocce, le goccioline accendevano i simboli che mostravano la strada.

«Cosa stanno facendo?» chiese Craig Walden, affascinato da quell'ulteriore e insolita magia che si stava compiendo davanti ai suoi occhi.

«Per proteggere il nascondiglio di Allibis, le Fateninfe hanno scelto di non ricordare il cammino che conduce a lei. Man mano che avanzano... lo dimenticano. Ogni volta devono cantare per ritrovare la via che le porta fino a qui. Da questo punto in poi, però, il canto non è più sufficiente. Per aumentare la sicurezza del rifugio, alla musica è necessario mescolare l'acqua proveniente dalle diverse parti del fiume che ogni Fataninfa custodisce. Questo significa che nessuno potrà mai arrivare da Allibis, se non con l'aiuto di Tremilla, Desia e Ambrosia, unite e concordi.»

«Quindi se qualche essere malvagio volesse trovare l'Oracolo sarebbe in seria difficoltà, perché dovrebbe dominare tutte e tre le farfalle e piegarle simultaneamente al proprio volere?»

«Esatto» confermò Nishida. «Ma nel momento in cui le Fateninfe dovessero sentire il pericolo, frantumerebbero le ampolle, gettandole a terra, e perderebbero la possibilità di rintracciare il percorso. Sarebbe necessario procurarsi di nuovo una goccia d'acqua per ciascun bacino e ricominciare da capo, senza alcuna certezza di riuscita.»

Craig Walden annuì pensieroso.

Capitolo 33

LA COSCIENZA DI METATRON

Valle di Sefira, 30 ore prima dell'Adlivun

Il sole era scomparso da ore e la notte era fresca.

L'aria particolarmente tersa accendeva il profilo frastagliato della valle di Sefira. La luce delle stelle sfondava il blu cobalto del cielo, accendendolo di una tonalità elettrica che sfumava nel verde intenso, come in un'aurora boreale.

Dal terrazzo della Torre, Metatron lasciava che lo sguardo viaggiasse sull'orizzonte scuro e netto delle colline. Ne conosceva e ricordava ogni minimo dettaglio: gli spigoli, le curve, le creste. La sua terra, migliaia di anni, una foresta di memorie.

Metatron aveva una vista inimmaginabile per un essere umano. Dalla sua dimora riusciva a vedere il colore dell'iride di un angelo sulla riva dei Laghi Hyatt e a contare le piume di un uccello in volo sulla Pianura del Sole di Melia.

Nelle notti limpide, amava osservare le stelle. Riusciva a percepirne i contorni, la dimensione e l'età. Quella sera alzò lo sguardo e i suoi potenti occhi penetrarono l'atmosfera, raggiungendo Orione.

In alto, gli stupefacenti bagliori rossastri dell'enorme Betelgeuse.

In basso, l'azzurro freddo di Riegel. In mezzo Bellatrix e la cintura di Alnitak, Alnilam e Mintaka. Le sei stelle disegnavano in modo chiarissimo la vigorosa figura del guerriero Orione che fronteggia un toro nello spazio infinito. Subito il pensiero corse ai *suoi* angeli guerrieri e Metatron sentì una vampata di emozioni e ricordi montargli poderosa nell'animo. Quanto gli erano devoti e quante volte lo avevano dimostrato... di loro si fidava ciecamente, e ogni volta si stupiva di tanta fedeltà e coraggio. Il fortissimo Mizar, il guizzante Nishida, il valoroso Yesod.

Istintivamente, le sue pupille si spostarono per cercare Thuban, la stella principale della costellazione del Drago. La trovò subito, perché sapeva dove cercarla. Alcune migliaia di anni prima, Thuban era stata l'astro più importante del firmamento, in quanto situata in corrispondenza del polo nord celeste. Era la stella polare, quella che indicava la direzione agli esseri umani. Nel tempo, la precessione degli equinozi aveva portato il polo nord in corrispondenza di Alfa dell'Orsa Minore ma, per l'eterno susseguirsi degli eventi, di lì a ventimila anni le sarebbe toccato di nuovo il ruolo di stella polare. E lei l'avrebbe ripreso, con l'umiltà dei forti. Metatron era affezionato a Thuban e a Eltanin, i due bagliori che formavano la testa del Drago. Li vedeva solidi e affidabili come Yesod, il *suo* Drago, che era stato capace di superare dolori immani e ferite profonde.

Metatron cercò nel cielo limpido Castore e Polluce, gli astri della costellazione dei Gemelli. Pensava ai *suoi* due giovani angeli e avvertì una stretta all'anima quando trovò i due corpi celesti, vicini per sempre senza essersi scelti ma destinati da un fato superiore ad attrarsi per l'eternità. Sentì il peso delle decisioni che aveva preso: la Fiamma e la Chiave non più custodite e protette nel Lago del Ghiaccio Perenne. La creazione dei due piccoli angeli e la scelta di deporre le Entità Fondamentali nei loro cuori. L'invio del piccolo Uniko nel mondo degli uomini, la situazione di pericolo, il suo ritorno a Sefira. E adesso... la terribile minaccia che gravava su di loro. Tutto questo era stato voluto da lui, compreso l'incantesimo che aveva terminato la gloriosa esistenza dell'Unika originaria, e ora la sua commozione era fortissima. Il suo vagare tra le stelle era in realtà un viaggio nella coscienza e nella memoria: Unika gli mancava profondamente, e amava ritrovarla nella costellazione di Andromeda.

La leggenda identificava in Andromeda la figlia della vanitosa regina Cassiopea, che volle sacrificarla per placare le ire di Poseidone. Il sacrificio. L'atto più nobile di cui Unika era stata interprete sublime per il Bene della sua comunità e di tutto il creato. Metatron guardava le stelle di Andromeda e vedeva il volto di Unika: Sirrah e Mirach erano gli intensissimi occhi che contenevano il suo luminoso sorriso, Mu e Nu And formavano l'ovale dolce e incisivo del bellissimo viso, rappresentato dall'enorme galassia a spirale composta da trecento miliardi di stelle.

"Non ti sei sacrificata invano" stava sussurrando Metatron con il pensiero, quando sentì un violento turbamento farsi largo nel suo petto.

Il dolce crepuscolo che accoglieva il suo viaggio nel cielo diventò improvvisamente tenebra e il morbido respiro della notte si tramutò in un sinistro fruscio. Metatron abbassò le palpebre, stupito, e quando le riaprì vide davanti a se Unukalhai, la gigantesca stella rosso fuoco della costellazione del Serpente. Non avrebbe dovuto essere lì... oppure i suoi occhi si erano orientati in una direzione non voluta. Unukalhai dilatò il suo volume fino a prendere la forma di un volto orrendamente fiammeggiante, che spalancò le fauci lasciando uscire un sibilo agghiacciante.

"Cosa vuoi?" esclamò con la mente Metatron, puntando lo sguardo in quello del mostro.

"Tutto quello che sai" rispose una voce cavernosa e profonda.

"So solo di aver commesso un errore: avrei dovuto darti la morte e non l'ho fatto."

"Perché sei debole e ne paghi le conseguenze."

"Bada a te, Ophidiel. Se ti azzarderai a uscire da Thinkingblu per attaccarci, non avrò pietà."

"Credi di spaventarmi? Hai giocato le tue misere carte e non hai ottenuto niente. Il tempo è stato il mio alleato migliore, e lo vedrai."

Un silenzio tremendo si incastonò tra le pesanti parole dei due e nell'istante in cui Ophidiel riprese a parlare, Metatron avvertì un vento freddo soffiare tagliente sulla faccia.

"Non m'interessa umiliarti. Lo farai da solo, quando ti confronterai con i tuoi sensi di colpa. Sono qui per una proposta."

"Vattene, Ophidiel, tu non sei nelle condizioni di propormi nulla."

"Sì, invece. Consegnami la Fiamma e la Chiave. Estrai le due Entità Fondamentali dai cuori dei ragazzi e dammele. Avrete tutti salva la vita e io guiderò Sefira. Non verrà sparso sangue e questo ti farà onore nei confronti della popolazione. Ne uscirai sconfitto, ma avrai evitato le terribili conseguenze della mia ira."

"Tu puoi nutrire rabbia solo verso te stesso e i tuoi sbagli. Eri uno dei migliori, hai goduto della mia fiducia e l'hai tradita. Se un briciolo di coscienza alberga ancora nel tuo spirito, usalo per pentirti."

"Non ci saranno altre offerte, Metatron, ti conviene riflettere." Il tono si faceva sempre più teso e minaccioso. "Hai già fallito altre volte, questa sarebbe fatale per te e per chi ti sta vicino. Sarò io a non avere pietà!"

Metatron stavolta non rispose subito. La decisione che stava per prendere era obbligata: mai e poi mai si sarebbe arreso a Ophidiel, consegnandogli Sefira e il potere sull'Universo. Ma nella sua mente si materializzarono i visi dei due giovani angeli e si sentì disorientato nell'immaginarli nelle sue grinfie.

"Sì... lo sai cosa capiterà a entrambi. Non ingannarti, Metatron: tu sai cosa farò loro. E, anche questa volta, sarà colpa tua."

"Tu non..." Metatron provò a parlare, ma Ophidiel lo interruppe con ferocia: "Strapperò loro il cuore. Glielo caverò dal petto con le mie mani. Sai che posso farlo, che *voglio* farlo. Moriranno con l'orrore negli occhi, Metatron. E sarai stato tu a volerlo".

"Basta!" urlò Metatron, concentrandosi potentemente. Con il pensiero creò uno scudo e lo scagliò contro il mostro che fiammeggiava nel cielo, sbalzandolo lontano, nell'oscurità profonda.

Mentre Ophidiel spariva, nella mente di Metatron rimbombò il suo grido: "Sarà colpa tua, colpa tua, colpa tua..."

Metatron sospirò. Aveva la fronte imperlata di sudore e le dita gelide. Assaporò per un momento la calma che era tornata ad aleggiare intorno a lui e poi rientrò. Ancora una volta, si sarebbe assunto la responsabilità delle sue decisioni.

Capitolo 34

ALLIBIS E LA DIMORA DEI SOGNI

Valle di Sefira, 26 ore prima dell'Adlivun

Zack fu destato da un boato fragoroso. Aprì gli occhi e si abbandonò all'imponente scenario che aveva di fronte.

Il bosco si apriva in una radura e, come attraverso le tende di un sipario, si manifestava la potente bellezza della cascata. Una colonna d'acqua tempestosa si faceva largo in mezzo alla vegetazione, tuffandosi nel vuoto e saturando l'atmosfera con un frastuono assordante. Nishida sorrideva in direzione dei suoi ospiti, ma non riusciva a farsi sentire perché i suoni venivano sopraffatti da quel rumore scrosciante. Craig Walden sembrava riposato, anche se non si era assopito nemmeno per un secondo. Eve aveva un'espressione di stupore disegnata sul viso.

A metà della cascata, proprio al centro del pendio, cresceva un grande pino marittimo. Non si capiva dove fosse ancorato, sembrava sospeso a mezz'aria. Si sporgeva verso l'esterno con il suo tronco massiccio e ricurvo, slanciando al cielo i rami fitti di aghi.

"Allibis" chiamò Nishida con il pensiero. "Siamo arrivati."

Di colpo, il tumulto cessò e i getti d'acqua s'interruppero. Nessuna goccia sgorgò più e, in un batter d'occhio, le rapide lasciarono il posto alle pietre bagnate e levigate. Quel luogo tuonante di Natura impetuosa e selvaggia si colmò di silenzio e mutò il suo aspetto in spazio immobile e desertico.

«Cosa sta succedendo?» domandò Zack, mentre si passava l'avambraccio sul volto per asciugarsi dall'umidità.

Pregustando già il piacere dell'incontro, Nishida rispose gioioso: «Sta arrivando l'Oracolo».

Da una cavità non visibile e completamente nascosta nella rupe, comparve una figura femminile. Aveva un lungo vestito del colore dell'erba, fatto di due veli trasparenti e sovrapposti, uno più sgargiante e uno più tenue, che le carezzavano con delicatezza il corpo. La scollatura era profonda e copriva appena i seni. Il corpetto era sorretto da due spalline strette da cui partivano le ampie maniche aperte, che mettevano in risalto le braccia esili e bronzee. Camminava verso di loro, ma i piedi non toccavano il suolo. Portava i capelli morbidamente raccolti in una magnifica ed eccentrica acconciatura composta da trame sottili che ricordavano vagamente le ali tese delle libellule in volo. Piccoli monili naturali le cingevano la fronte, donando lucentezza al suo sguardo enigmatico.

«Vi stavo aspettando.» La voce di Allibis era intensa e carica di sentimento: riecheggiava nella quiete circostante e si amplificava, rimbombando contro le rocce.

Eve notò che, mentre l'Oracolo parlava, la sfera tra le sue corna si illuminava di vibrazioni energiche e ritmate, dando vita a raffigurazioni nitide e incomprensibili al tempo stesso.

Zack e Craig Walden erano paralizzati dalla bellezza di quella creatura singolare.

«Non è esattamente questa l'immagine che vi eravate fatti dell'Oracolo, vero?» ironizzò Nishida, osservando le loro mascelle aperte e ancora incapaci di proferire un qualsiasi suono.

«Avete fatto molta strada per arrivare fin qui» disse Allibis, muovendo il capo in cenno di riconoscenza. «Sarà un onore per me farvi vivere un'esperienza irripetibile. Vi darò la possibilità di visualizzare un vostro sogno.»

«Cosa significa?» Eve spalancò gli occhi, incuriosita.

Allibis volse l'attenzione verso un punto non facilmente identificabile nella parte alta della parete da cui fino a poco prima fluiva l'acqua. «Lassù c'è la Dimora dei Sogni. È il luogo segreto in cui si può vedere come sarebbe la nostra vita se il nostro sogno si realizzasse. È una prova che richiede equilibrio interiore e maturità. Sarete soli ad affrontarla. A tu per tu con la vostra coscienza.»

Nessuno sapeva a cosa sarebbero andati incontro, ma tutti avvertivano intimamente l'irrefrenabile desiderio di vivere quel momento. Lo stesso istinto che faceva tremare le loro gambe, li spronava a proseguire. Ciò che non potevano figurarsi era che la loro esistenza, dopo quel giorno, non sarebbe stata più la stessa.

«Venite con me.» Allibis s'incamminò e li esortò ad accompagnarla.

Li condusse alla base della cascata ancora spenta e li invitò a seguirla nel cunicolo da cui era apparsa poco prima. I piedi affondavano nel letto sabbioso del fiume, mentre i sensi venivano aggrediti dall'estrema umidità dell'ambiente. Prima di entrare, Nishida alzò la testa verso il cielo, per incrociare la vista del sole che stava sorgendo.

L'interno sapeva di muffa e Zack allungò le mani per toccare le pareti: ritrasse subito le dita, infastidito dalla sensazione di bagnato, scivoloso e viscido. Dopo qualche passo, dominato dall'agitarsi dei loro timori, sbucarono tutti in una piccola grotta naturale scavata nella roccia. Non vi era luce e s'intravedevano le sagome delle candele di salnitro che scendevano dal soffitto. Udirono un forte scroscio: l'acqua aveva ripreso a cadere, riempiendo di nuovo la conca.

«Questo ambiente non è spoglio come sembra» affermò Allibis, leggendo le menti degli esseri umani. «È il luogo più ricco e fertile che esista. È lo specchio dei vostri pensieri e si accende con i valori che custodite nel cuore. I vostri sogni determineranno la forma, i colori, i contenuti, l'atmosfera, la musica e la luminosità di questo spazio.» Li fissò negli occhi a uno a uno. «I sogni sono la cosa più importante che possediamo. Noi viviamo di sogni. Il futuro dipende dalla volontà e dalla capacità che abbiamo di riuscire a riconoscerli, accettarli, ascoltarli, accoglierli, inseguirli, sentirli fino in fondo per trasformarli in realtà.» Allibis si librò nell'aria e si avvicinò a Nishida. «I sogni nascono dalle nostre emozioni. Ecco cosa siamo. Emozioni. Nient'altro che emozioni.»

Zack si sedette per terra e, senza aspettare che Allibis finisse il suo discorso, si concentrò intensamente sul suo sogno. Voleva rivedere i suoi genitori. La grotta sfumò in tonalità pastellate e soffuse. Comparve il volto di sua madre. Si stava avvicinando per dargli un bacio. Suo padre era di fianco a lui e lo abbracciava con forza.

Quando li rincontrerò?

Questa era la domanda a cui non sapeva dare risposta e che lo assillava giorno e notte, senza tregua.

Immagini limpide del suo passato si manifestarono davanti a lui. Era tutto così reale. Rivide casa sua e il giardino in cui era cresciuto. Risentì in bocca il gusto della marmellata di amarene che gli preparava sempre sua madre. E nelle orecchie gli risuonarono i consigli di suo padre. Ma il tempo scorreva veloce e, a poco a poco, la certezza dei ricordi cedeva il posto a visioni più confuse. Tutto d'un tratto, apparvero paesaggi nuovi, sconosciuti, diversi. Zack si sentì perso. I rumori intorno a lui non erano più familiari. L'odore era quello acre del sudore e la sensazione quella pesante del dolore fisico. I suoi occhi erano fissi in quelli di una ragazza. Bionda. Bellissima. L'aveva già incontrata, ma non ricordava dove. Lo guardava con espressione penetrante, mista di paura e di sfida. Riusciva a percepirne la tensione e il battito frenetico del cuore. Sembrava indifesa, ma lo sguardo era orgoglioso, fiero e tagliente, e lo feriva nel profondo. Zack fu scosso da brividi violenti e le tempie iniziarono a pulsare forte, provocandogli un mal di testa lancinante. Inaspettatamente, alcune parole colpirono il suo inconscio. «*Dalle la mano.*» Era la voce dolce ma severa di sua madre. «*Dalle la mano*» continuava a ripetere.

Zack era disorientato.

Le figure dei suoi genitori erano davanti a lui, eteree, invisibili a tutti tranne che ai suoi occhi. Con i loro visi affettuosi, lo sostenevano e gli infondevano fiducia, come nei momenti più difficili. «*Dalle la mano.*» Non pronunciavano altro che quel costante incoraggiamento: «*Dalle la mano...*»

Subito dopo cadde il silenzio. La grotta si oscurò. I suoi genitori scomparvero. Zack pensò di svenire. Cercò i suoi amici, ma loro non avevano condiviso quell'avvenimento. Tutto era successo nella sua mente. Poi si voltò verso l'Oracolo. Lei c'era. Lei aveva visto. Lei sapeva.

«Ho rivissuto il mio passato. Ho riassaporato il calore e l'amore dei miei cari. Finché è apparsa una ragazza. Non credo di averla mai conosciuta. Non aveva niente a che fare con il mio sogno e, in quel preciso istante, i miei genitori mi hanno parlato.» Zack s'interruppe riflessivo. «Ma non erano in carne e ossa.»

«In quella ragazza potrebbe esserci l'esaudirsi del tuo desiderio» lo interruppe l'Oracolo. «Poco fa hai chiesto quando rivedrai la tua famiglia. La Dimora dei Sogni ti ha fatto vedere l'esatto momento in cui scoprirai dove trovare la pace interiore che cerchi.»

«Non capisco.»

«Questo luogo dà la possibilità di visualizzare il futuro. Non il futuro naturale, ma il futuro che potrà essere se si avrà la tenacia e la determinazione di lottare per raggiungere e concretizzare i propri pensieri.» Allibis lasciò che il ragazzo cogliesse il significato arcano delle sue parole. «Non sempre questa grotta mostra ciò che potrà avvenire in modo ovvio e comprensibile. Tutto dipende da te. Dalla tua anima. Dal tuo essere interiore. Dalle scelte che vorrai fare. Dalla fermezza con cui ti relazionerai con il tuo destino. Io posso solo dirti che quello che hai visto è sicuramente la risposta alla tua domanda. Se non è chiaro oggi, lo sarà domani.»

«Ma chi è quella ragazza?» chiese Zack.

«Non importa, ora. Quando ti confronterai con lei, sarà giunto il tempo in cui potrai indirizzare il tuo avvenire. In quel momento potrai scegliere.»

Gli altri compagni non erano in grado di afferrare il senso di quel dialogo, potevano solo percepire la tensione di Zack.

Eve andò a sedersi nel punto da cui si era appena alzato l'amico. Non chiuse gli occhi e osservò con attenzione la parete rocciosa di fronte a lei, quasi per penetrarla, per vedere oltre.

La mia musica avrà mai un significato più grande?

Era nella chiesa di legno di Maple Town e stava liberando nell'aria una lunghissima sequenza di note che incantava centinaia di volti rapiti. Gli spettatori erano irrimediabilmente inebriati dal suono che le sue dita producevano sulla tastiera. La mente di Eve era concentrata, mentre l'anima volava leggera. Viveva con intensità il pezzo che stava interpretando e le sembrava di essere tutt'uno con il pubblico: l'atmosfera che riusciva a creare le restituiva armonia in un benefico circolo virtuoso. L'attimo sembrava perfetto, eppure Eve sentiva che qualcosa mancava. Dentro di lei sapeva che non poteva essere solo quello il vero scopo della sua arte. La sua dote doveva avere un obiettivo più importante. La sua musica poteva fare di più.

L'immagine cambiò e la portò nel piccolo appartamento freddo e buio dove viveva. Le mani correvano gentili sul vecchio pianoforte scordato che sua madre le aveva regalato, vendendo tutto ciò che possedeva. Eve aveva incominciato a suonare proprio per lei, per farle assaporare i colori che non riusciva a vedere con gli occhi. Con la sua melodia le raccontava del cielo, del sole, del vento, dei fiori in primavera. E non c'era nulla di più importante per lei del sorriso gioioso e orgoglioso della donna che l'aveva messa al mondo e che aveva dedicato ogni goccia di energia della sua difficile vita per farla crescere in un ambiente sereno e colmo di affetto. Quelli erano i momenti in cui la musica acquistava per Eve un vero valore.

In un lampo, la scena cambiò di nuovo e la ragazza si trovò di fronte a esseri mostruosi. Avevano occhi venati e iniettati di sangue. I loro denti erano aguzzi e sporgevano come zanne. Correvano, enormi e spaventosi. Il loro avanzare sollevava dense nuvole di polvere e creava un rumore agghiacciante che si mescolava alle urla di guerra. Brandivano armi che Eve non aveva mai visto. Alcune sembravano mazze ferrate, altre lunghe alabarde con lame taglienti e seghettate, ma vi erano anche lance a molte punte, tridenti, asce, pugnali a mezza luna, scimitarre e bastoni con doppie catene. Era un esercito di guerrieri crudeli, spietati e senz'anima. Eve non sapeva dire da dove venissero, ma di sicuro portavano l'inferno. Iniziarono a tremarle le gambe e, per la prima volta in vita sua, vide la morte. Una morte fatta di sofferenza, di sangue, di tortura, di violenza.

Istintivamente la mente di Eve cercò rifugio nel suo sogno. Da anni studiava di notte per comporre un brano che esprimesse la complessità delle emozioni che provava. Non trascorreva giorno senza che aggiungesse alla sua creazione qualche nota, cambiandone altre. Quella musica però esisteva solo nella sua testa. Non l'aveva mai eseguita veramente. Un impulso le comunicò che era giunta l'ora.

Le dita delicate cominciarono a suonare l'aria e la melodia sbocciò dal nulla, diffondendosi in tutta la valle. All'inizio il suono era timido, lento, quasi trattenuto. Rispecchiava le fragilità di una ragazza molto sensibile che non ha ancora trovato il suo equilibrio nel mondo superficiale che la circonda. Ma un po' alla volta prendeva la forma di un canto di speranza, ricco di serenità e di fiducia nel futuro. Per poi esplodere in un crescendo orchestrale che tuonava di sentimenti travolgenti e di amore per la vita. In quell'istante la musica era poesia e dramma, sole e tempesta, passione e tormento. Il ritmo intenso, forte, toccante e, in alcuni passi, commovente era il semplice ritratto di una ragazza che crede e che sogna. Eve aveva nelle mani il fuoco, l'elettricità, il bagliore delle saette. Un fremito scosse la terra.

L'armata di demoni si fermò, trafitta. Il suono sembrava penetrare attraverso i pori e dilaniare i loro corpi. I mostri soffrivano. Scuotevano il capo. Cadevano. Urlavano di dolore. E, uno dopo l'altro, si inginocchiavano, spegnendosi e disintegrandosi in migliaia di particelle grigie come la cenere.

Eve tentò di alzarsi, ma le sue gambe erano ancora deboli e le braccia intorpidite da un fastidioso formicolio. «Chi...» Le parole le si smorzavano in gola. «Chi... chi erano?»

«Sono coloro che esaudiranno il tuo desiderio» rispose Allibis, sorreggendola. «Se non è chiaro oggi, lo sarà domani.» L'Oracolo concluse con le stesse parole che aveva rivolto a Zack.

Eve non osò domandare altro, era ancora troppo spaventata. Aveva gli occhi pieni di lacrime e la commozione le impediva di pensare lucidamente per dare un significato alle sue sensazioni.

Toccava a Craig Walden.

Si avvicinò alla parete. Appoggiò entrambi i palmi delle mani alla roccia. Non era fredda. Il professore ebbe l'impressione di venire assorbito e inghiottito. Era di fronte a facce attonite che lo ascoltavano interessate, con le bocche spalancate.

«Chi siamo lo scopriremo solo vivendo. Crediamo di sapere, di conoscere, di essere e, inaspettatamente, un giorno qualsiasi, ci accorgiamo che dentro di noi c'è un mondo che non si era mai svelato nella sua interezza e che la nostra vita è pronta a vedere con occhi diversi realtà che fino a poco prima sembravano lontane o irraggiungibili. E il punto di rottura verrà quando meno ve lo aspettate. Nessuno vi avviserà in anticipo. Non suonerà alcun campanello. Lo troverete sulla vostra strada e non potrete sfuggirgli. Ricordatevi sempre che un uomo cessa di essere la semplice evo-

luzione della scimmia nel momento in cui impara a volare. E si avvicina a Dio quando vola in ogni cosa che fa.»

Le sue parole risuonavano strane e bizzarre. Il sogno della sua vita era quello di diventare il massimo esperto di Angelologia e poter raccontare l'esperienza che aveva fatto, condividendo le conoscenze che aveva acquisito. Si chiese di chi stesse parlando. Di sé? Di qualcuno dei suoi amici? Di un angelo? O di tutti loro insieme, artefici di un destino attivo e in continua trasformazione?

Capitolo 35

MIZAR

Valle di Sefira, 24 ore prima dell'Adlivun

Come tutte le mattine, Mizar assaporò l'odore greve del fumo, mentre il calore denso e corposo gli avvampava le guance.

Le tre bocche di fuoco continuavano a eruttare a intervalli regolari. Fontane di lava zampillavano nell'aria, lanciando lapilli incandescenti nel cielo che si tingeva di rosso. Rivoli di fluido ardente scendevano dai pendii e creavano ai loro bordi estesi depositi di cenere e scorie roventi. Si sentiva ruggire il magma, e le rocce fuse mescolate ai gas disciolti si agitavano nel sottosuolo.

Erano i Fari di Sefira. Un agglomerato di cinque vulcani, collegati l'uno all'altro da un fiume di brace sotterraneo. Tre crateri erano attivi. Il quarto era un geyser con maestose emissioni di colonne d'acqua calda e vapore. L'ultimo era un lago vulcanico, nato su una cavità spenta, che nei secoli si era riempita di acque piovane e sorgive.

Mizar non riusciva ad allontanarsi da quel luogo, dove la Natura sembrava raggiungere la sua massima espressione di impeto e forza. Al sorgere del sole amava indugiare sul terrazzo di legno con lo sguardo rivolto alle montagne sempre accese, mentre si riscaldava con mosse di Tai Chi.

Mizar interpretava l'antica disciplina orientale di arte marziale come attività fisica energetica, in grado di infondergli un profondo benessere emotivo. Ormai era diventata un'abitudine vitale. Quei movimenti fluidi e rilassati gli permettevano di stimolare e di temprare il corpo, donandogli vigore, resistenza, elasticità e coordinazione.

La grazia dei singoli gesti nascondeva un addestramento alla lotta molto duro e faticoso. All'allenamento del fisico si associava la preparazione della mente. Era necessaria una forte concentrazione per raggiungere lo stato meditativo in cui pensiero e muscoli erano in perfetta sintonia.

La sequenza degli esercizi non era mai la stessa. Quella mattina Mizar incominciò da una posizione eretta con le braccia lungo i fianchi. Il suo respiro era lento e intenso. Piegò appena gli arti inferiori, spostando tutto il peso sul piede sinistro. Sollevò lentamente i gomiti, mentre il ginocchio destro saliva davanti a lui, fino a raggiungere l'altezza dell'anca. Poi tese le braccia, come per spiccare il volo. Da lì, fece un passo indietro in diagonale. Una torsione del busto lo portò nella direzione opposta. Incrociò i polsi davanti al torace, con il destro all'esterno e il sinistro all'interno. Nell'istante in cui i primi raggi cominciavano a penetrargli negli occhi e a illuminare la valle, alzò leggermente la gamba sinistra, per dare la spinta alla destra, che si issò altissima, calciando l'aria in un movimento rapido, ma flessuoso. Si immobilizzò in quell'espressione dinamica e rimase a lungo in equilibrio su una sola caviglia.

L'equilibrio era tutto.

Saper controllare il proprio assetto e il proprio movimento nello spazio significava possedere una forte stabilità interiore e una sicurezza psicologica capace di spiazzare qualsiasi avversario.

Mizar lo aveva imparato da Ophidiel, come l'intera filosofia di vita che lo guidava. Apprezzava il dono di aver avuto un maestro così esemplare, desideroso di insegnargli con passione ciò che sapeva. Per lui, Ophidiel era stato un comandante, un riferimento, un amico. Se non avesse incontrato sulla sua strada quell'angelo così carismatico e autorevole, non sarebbe diventato il leader esperto e valoroso che era.

Non passava giorno che non rivivesse la generosità con cui Ophidiel gli aveva trasmesso le proprie conoscenze. In una delle prime esercitazioni l'aveva condotto dentro il lago vulcanico e gli aveva detto di osservare l'immobilità dell'acqua. Senza aggiungere altro, l'aveva poi accompagnato in mezzo al fiume in piena e gli aveva suggerito di osservare l'irruenza delle rapide.

«*Devi imparare a essere fermo come uno stagno e travolgente come una cascata. Devi saper mantenere la calma e, nello stesso tempo, dare sfogo alla tua potenza.*»

Subito dopo l'aveva portato nel bosco. «*Pensa alle radici delle piante. Sembrano statiche e ancorate al terreno, ma con la loro forza possono sventrare il suolo e abbattere un muro.*»

Da quel momento, Mizar aveva trascorso tutta la vita al fianco di Ophidiel. Lo aveva supportato in ogni missione e spalleggiato in ogni battaglia. Le loro esperienze erano state fonte di crescita per entrambi e il loro rapporto si era solidificato su autentiche basi di fiducia e stima reciproca.

E ancora dopo anni di lontananza, i suoi consigli lo seguivano: erano diventati parte integrante della sua esistenza.

«*Ricordati di trovare il centro dentro di te. Tu sei energia in movimento. Impara ad aprirne il flusso. Falla scorrere. Liberala. Dalle modo di entrare in armonia con l'Universo e cerca di essere ricettivo a tutto ciò che ti succede intorno. Quella è la scala per l'ascensione spirituale, che ti consentirà di elevare la coscienza e di avere una profonda visione interiore. Nel momento in cui avrai capito come fare, vedrai tutto sotto una prospettiva diversa. Non con gli occhi, ma con l'anima. E gli occhi non ti serviranno più.*»

Quella frase gli martellava in testa da quando Metatron aveva annientato e consegnato Ophidiel a Yesod perché lo trascinasse nella Foresta di Thinkingblu.

Mentre si allontanava e lui lo osservava attonito, Ophidiel l'aveva salutato con il pensiero. "*Mizar, tu sei il mio orgoglio. Non permettere a nessuno di allontanarti dal centro.*"

E lui si era inchinato impercettibilmente di fronte al maestro.

Il suo unico e insostituibile maestro.

Capitolo 36

DI NUOVO INSIEME

Valle di Sefira, 23 ore prima dell'Adlivun

La sensazione della luce del primo sole che accarezza le palpebre era la stessa di sempre. Gradevole, amica, promettente. Anche lo sguardo istintivo che lanciò alla finestra per cercare la mimosa fu lo stesso di ogni mattina. Invano. Gli tornò alla mente che stavolta non avrebbe trovato nulla di ciò che si aspettava. Non avrebbe trovato la sua pianta, la sua camera, la carta da parati beige, i poster del cielo, della luce, del fuoco. Il profumo del caffellatte, la voce rassicurante di sua madre. Non avrebbe trovato nemmeno se stesso, perché Jo Springfield non c'era più.

Il primo risveglio di Uniko a Sefira fu lento e difficile. Il giovane angelo biondo restò per vari minuti con gli occhi spalancati a guardare l'ampia volta di roccia rossa che faceva da soffitto alla stanza in cui aveva passato la notte. Mobili antichi in legno intarsiato si appoggiavano imponenti ai muri, ospitando libri e oggetti che Uniko non riconosceva. Il letto in cui era sprofondato era molto più grande di quello in cui aveva dormito per tutta la vita, e la sua morbidezza lo coccolava dolcemente. Di fronte a lui giganteggiava una finestra alta e larga quanto la parete. Di fatto era un'enorme vetrata che partiva dal soffitto e arrivava fino a terra, regalando una vista maestosa della valle.

Uniko appoggiò le spalle alla testiera imbottita e lasciò spaziare lo sguardo sul panorama. Il bagliore intenso e i colori accesi testimoniavano che il sole era sorto da un po' e che lui aveva riposato a lungo. *Cosa mi riserverà questa giornata? Come vive un angelo? Dove sono i miei amici?* Mentre vagava senza meta con il pensiero, si sollevò a fatica dal comodo materasso, si sedette e mise i piedi nudi sul pavimento di pietra scura. Lo trovò piacevolmente caldo e ruvido, tanto che ebbe voglia di camminare subito per sgranchirsi le gambe. Fece qualche passo e distese anche le spalle e le braccia. Poi partì deciso alla ricerca di qualcuno con cui parlare.

Scese al piano di sotto, nelle sale principali della dimora di Metatron. L'ambiente era molto grande e ospitava librerie e scaffali stracolmi di volumi. Uniko fu colpito dalle scalette in legno che raggiungevano i ripiani più alti e non prestò molta attenzione né agli arazzi che impreziosivano i pochi spazi liberi delle pareti né alle sculture sparse qua e là. Seguì il suo istinto e si avviò in una stanza laterale da cui filtrava una luce calda. Al centro era posizionato un enorme tavolo ovale dai piedi massicci a forma di zampe di felino, apparecchiato per la colazione. Vassoi e cestini ricolmi di cibo si alternavano a brocche contenenti bevande coloratissime.

Uniko si rese conto di non avere appetito ed esitò, prima di avvicinarsi.

«Anche se non hai fame, non devi perdere le buone abitudini.» La voce di Metatron lo abbracciò, affettuosa.

Uniko si voltò e vide il Saggio seduto su uno dei tre divani azzurri, in penombra.

«Sul tavolo ci sono frittelle, brioche, marmellate e spremute dei frutti di Sefira. Sono alimenti buoni e genuini, simili a quelli a cui sei abituato.» Metatron si avvicinò al giovane angelo e lo invitò ad accomodarsi. «Dai, assaggia» gli propose sorridente, spingendo i piatti ricolmi di delizie verso di lui. «So cosa provi e non farò nulla per cambiare ciò che senti. È normale che sia così e devi viverlo nel modo più spontaneo possibile. Per te siamo estranei, lo capisco.»

Uniko lo ascoltava perplesso, con lo sguardo insonnolito e i capelli arruffati.

«Ogni cambiamento comporta sofferenza» continuò Metatron. «La sgradevole sensazione di perdere ciò che si conosce è sempre più forte e vivida del piacere di percorrere strade nuove. Stamattina ti sei svegliato con il sapore del distacco dal tuo mondo e non c'è nulla che possa addolcire questo gusto amaro. Ma questa non è una buona ragione per pensare che il presente sia sbagliato, ingiusto, non desiderabile.»

Il Saggio versò dell'invitante succo rosso in un bicchiere e lo porse con generosa insistenza a Uniko, che lo portò alla bocca, non senza incertezza. La consapevolezza di non avere sete si dissolse appena le sue labbra incontrarono la corposa densità del liquido e ne percepirono l'accesa, sorprendente bontà. Il ragazzo lasciò che la potente dolcezza della spremuta dilagasse sulla sua lingua, avvolgendo le papille gustative che trasferirono alla sua mente un inaspettato benessere.

«Qualche momento fa ti osservavo, mentre guardavi con diffidenza tutte queste prelibatezze. Una parte di te ne era attratta, un'altra le respingeva. Questo conflitto avrebbe potuto precluderti la scoperta di una gioia, semplice e naturale. Non c'è nulla di male nell'essere aperti al futuro ed è importante non mettere mai in contrapposizione il passato con la novità. Il tuo mondo di Maple Town è sempre con te, fa parte del tuo patrimonio e costituisce un pilastro fondamentale di ciò che sei.» Il Saggio liberò un respiro carico di intensità. «Voglio dirti una cosa che costituirà un esempio concreto di quello che intendo.» E lo fissò dritto negli occhi. «Uniko, tu non hai fame, vero? Eppure non mangi da diverse ore.»

Il ragazzo annuì pensieroso.

«Succede perché sei un angelo. Non hai bisogno né di mangiare né di bere, perché noi angeli viviamo di sentimenti e assumere del cibo è per noi soltanto un piacere, mai una necessità. Ma questo non significa che tu non lo debba fare. Se vorrai, potrai sempre concederti la soddisfazione di godere dei sapori che hai imparato ad apprezzare nella tua infanzia tra gli uomini. Non c'è niente di sbagliato. Sefira non può e non deve sostituire Maple Town: vuole semplicemente aggiungersi a quanto hai conosciuto finora. Il segreto per crescere in modo armonioso è nel mettere un'esperienza sopra l'altra, mattone su mattone, evitando che quelli più in basso si indeboliscano.»

Le parole di Metatron perforavano il petto di Uniko, infondendogli serenità. Il giovane angelo ormai aveva capito che il Saggio conosceva tutto di lui e non si vergognò di lasciarsi leggere nel profondo.

«Non farti travolgere dalla malinconia, non lasciare che le cose meravigliose che ti attendono vengano compromesse dalla tristezza. La forza di un angelo sta nella sua capacità di nutrirsi di emozioni e di trasformarle in voglia di essere, di fare, di costruire per generare un avvenire luminoso. E, all'opposto, la debolezza di un angelo si manifesta quando i pensieri negativi prendono il posto della fiducia e della determinazione interiore. La nostra vita dipende dalla ricchezza della nostra anima, che batte nel nostro cuore. Per questo ogni angelo deve proteggere sempre il proprio cuore e riempirlo di sentimento e speranza. Perché è l'unica parte del corpo che può farci vivere oppure condurci inesorabilmente alla morte.»

Uniko era concentrato e cercava di afferrare il significato intimo di quel discorso. Un dubbio solcò il suo sguardo e Metatron fu pronto a dargli una spiegazione.

«Noi angeli non siamo immortali. Siamo meno vulnerabili degli esseri umani, ma non siamo perfetti. La nostra longevità dipende dall'energia del nostro cuore. Se il nemico ci strappa il cuore, moriamo. Lo stesso succede se il nostro cuore si spegne per mancanza di emozioni. E solo con uno spirito dinamico, ottimista e desideroso di sensazioni positive riusciremo a essere forti e pieni di salute, per poter aiutare i nostri fratelli e gli uomini sulla Terra. Al contrario, i dispiaceri e la rassegnazione ci uccidono.» Il Saggio sorrise, comprensivo. «Tutto questo per dirti che in ogni complessità c'è sempre uno spiraglio di luce e che i tuoi occhi possono vedere oltre l'oscurità e le preoccupazioni del momento. Maple Town è lì, non è sparita, non è perduta. Anzi...» Metatron si interruppe per voltarsi verso la vetrata, lanciò una rapida occhiata oltre la soglia e poi concluse: «Laggiù c'è qualcuno che sarai felice di rivedere!»

Uniko balzò in piedi e corse alla finestra. Vide le sagome amiche di Eve, Zack e Craig Walden percorrere il vialetto acciottolato che portava alla Torre, preceduti dall'inconfondibile figura di Nishida. Fu travolto da una tumultuosa vampata di gioia che assecondò, precipitandosi fuori. Raggiunse il prato fiorito. Il suo corpo scalpitava e non riusciva a controllare l'esaltazione.

«Sììì!» urlò a squarciagola. Il suo viso era raggiante.

I tre umani udirono la sua voce e si illuminarono.

«Jo!» gridò Eve, mentre Zack aveva già incominciato la sua corsa verso l'amico.

Uniko si slanciò all'indietro con un poderoso colpo di reni e spiccò il volo. Appena furono uno di fronte all'altro, Zack portò il braccio destro verso quello teso di Uniko, che lo tirò a sé, impugnando la sua mano con la consueta presa del pollice. Si gettarono torace contro torace nel saluto un po' guerriero che avevano imparato giocando a rugby e poi si abbracciarono calorosamente. Dopo qualche secondo arrivò Eve e Uniko la strinse forte, riassaporandone il profumo e la morbidezza dei suoi capelli. Erano stati separati per poche ore, ma gli ultimi avvenimenti avevano reso il loro legame più forte, necessario, indispensabile. La consapevolezza di essere tutti e tre insieme in quel mondo costituiva di fatto l'unica sponda solida, il porto sicuro dove si stemperavano i violenti marosi da cui erano stati sballottati.

Craig Walden li raggiunse con calma, dando loro il tempo necessario per godersi l'euforia del momento. Attese sorridendo che Uniko lo salutasse, per andargli incontro.

«Professor Walden...»

«Ciao, Jo. È bello rivederti. Come stai?»

«Non lo so come sto. Sinceramente non so nemmeno più chi sono.»

Quelle parole riportarono l'attenzione sull'incredibile vicenda del ragazzo. Gli sguardi di tutti si soffermarono su di lui, prendendo un po' alla volta la forma di vere e proprie radiazioni di inquietudine che bussavano pesanti alla porta della loro anima. Nessuno riuscì a trovare il modo per affrontare la complessità della situazione, fino a quando Metatron apparve davanti a loro.

«Benvenuti nella mia dimora, sono onorato di conoscere gli amici di Uniko.»

Metatron lo chiamò di fronte a tutti *Uniko* e non *Jo*. Volutamente. Lasciò galleggiare qualche secondo di silenzio, poi si avvicinò a lui, gli cinse le spalle e si rivolse di nuovo agli esseri umani. «Il vostro amico sta bene. Ha appena preso coscienza di importanti novità sulle sue origini e sulla sua persona, ed è in ottima forma. Colui che vedete qui davanti a voi è il ragazzo che avete apprezzato a Maple Town. Porta dentro di sé i valori di Sefira ed è stato capace di meritarsi il vostro affetto anche grazie a questa ricchezza di cui non era consapevole. Potete chiamarlo con il nome che preferite ma, soprattutto, potete continuare a volergli bene come avete sempre fatto.» Metatron esplorò gli occhi di Eve, Zack e Craig Walden poi, con un'espressione affettuosa, concluse: «In casa c'è del buon cibo, stavamo giusto facendo colazione. Se volete, potete unirvi a noi». E s'incamminò verso l'ingresso seguito da Nishida.

Appena il Saggio si allontanò, Eve non riuscì più a trattenersi. «Dai, allora, racconta! Cos'hai fatto da quando sei qui?»

Uniko realizzò che quelle poche ore gli avevano riempito l'esistenza, disorientandola. Faticava a organizzare le idee con ordine e rinunciò a farlo. «Niente di particolare: mi hanno detto che sono un angelo e che custodisco dentro di me la Fiamma della Vita, una delle due Entità Fondamentali. Mi hanno detto che c'è un angelo malvagio e potente che vuole impossessarsene e che mi sta dando la caccia. Mi hanno detto che...» Stava per svelare la presenza di Ophidiel in uno di loro ma si fermò. Istintivamente, sentì che non era il caso di parlarne e preferì sviare l'argomento. «Mi hanno detto che posso volare. Ed è vero!»

«È divertente?» si informò Zack, incuriosito.

«Molto, guarda!»

Uniko piegò leggermente le gambe per caricare la spinta e sollevò il suo corpo verso l'alto. Con grande naturalezza salì a qualche metro da terra e imitò con successo il gesto che aveva visto fare a Unika: reclinò la testa, facendo seguire tutto il busto e disegnando nell'aria un cerchio perfetto che lo riportò tra i tre amici esterrefatti.

«E voi? Dove siete stati?»

Craig Walden prese la parola, togliendo d'impaccio i due giovani, ancora sbigottiti: «Abbiamo visitato luoghi sorprendenti in compagnia di una guida interessante». Con un gesto del viso indicò l'Elfo che camminava accanto a Metatron. «Nishida ci ha raccontato tante cose sulla vita degli angeli: è un mondo fantastico e le meraviglie di Sefira rispecchiano la ricchezza spirituale di tutta la comunità.» Poi volse lo sguardo verso la pianura, indicando il percorso che avevano seguito. «Siamo stati al Laboratorio degli Amuleti e dei Talismani, poi abbiamo navigato lungo il Fiume delle Note Segrete che abbraccia tutta la valle» spiegò, facendo un ampio gesto con le braccia. «E in canoa abbiamo raggiunto destinazioni segrete e suggestive.»

«Io sono stato lassù, sul Monte Forte» intervenne Uniko, tendendo la mano verso la montagna bianca. «C'è la neve perenne e...» si interruppe, vedendo che Eve e Zack parlottavano. «Che c'è?» domandò loro.

Zack gli rispose prontamente: «Io e Eve pensiamo che sarebbe bello passare un po' di tempo tutti e tre insieme, magari esplorando un po' questo posto. Potremmo fare una passeggiata fin laggiù». Zack puntò l'indice verso il tratto di orizzonte in cui la distesa verde si congiungeva con l'imponente e scura Foresta di Thinkingblu.

«Quella foresta è così maestosa... ed è esattamente all'estremo opposto rispetto a dove siamo adesso» constatò Eve. «Potremmo andarci e chiacchierare un po'. Dai, Jo, partiamo subito!»

Uniko avvertì un brivido lungo la schiena, ricordando che a Thinkingblu era imprigionato Ophidiel. Tuttavia, il pensiero di fare un bel giro con i suoi amici lo attirava molto. Stava per accettare, quando la voce profonda di Metatron piombò, inaspettata.

«Non credo sia una buona idea» osservò, grave, guardando Eve e Zack con aria circospetta. «Soprattutto perché avete cose più importanti da fare.»

«Per esempio?» replicò Uniko un po' indispettito.

«Ricordi? C'è da prepararsi per il Torneo e occorre fare un minimo di addestramento. Nishida e Yesod vi accompagneranno all'Eremo delle Arti, dove avrete la possibilità di esercitarvi seguiti da Mizar, un grande maestro dell'arte del combattimento. Sono sicuro che troverete l'allenamento interessante e molto più divertente di una passeggiata.»

Metatron era molto teso, pur non dandolo a vedere. Sapeva che dietro l'invito di Eve e Zack a inoltrarsi fino a Thinkingblu c'era un tentativo di Ophidiel di attirare Uniko nella foresta, ma non era riuscito a capire quale dei due amici fosse stato l'ideatore della proposta. Continuò a scrutare i loro visi con occhi penetranti senza lenire il bruciore del dubbio. *Quale dei due è alleato con il Malvagio?* Li fissò per qualche secondo ancora e poi rivolse a tutti un sorriso di congedo.

«A più tardi, allora. E buon divertimento.»

Capitolo 37

L'EREMO DELLE ARTI

Valle di Sefira, 21 ore prima dell'Adlivun

Unika era sull'Ippocastano Persempre, che Metatron aveva piantato 13.426 anni prima nel parco dietro la Torre. Era il luogo dove si nascondeva quando voleva stare sola e aveva bisogno di pensare. Sapeva benissimo che Yesod, Nishida e lo stesso Metatron la tenevano comunque sotto controllo, ma le fronde della pianta millenaria, così rigogliose e lucenti, le trasmettevano un forte senso di protezione e rifugio.

Era rintanata in un piccolo anfratto che sembrava fatto apposta per ospitarla. Aveva la schiena appoggiata al tronco e avvertiva sulle scapole il ruvido spessore della corteccia. I piedi erano in equilibrio su un ramo solido che si stendeva fiero verso la luce. Da quella posizione non riusciva a vedere l'esterno. Attorno a lei, le pareti di foglie multicolori creavano un'atmosfera ovattata, dove la penombra si animava di magico grazie ai timidi raggi di sole che riuscivano a filtrare. Le dita giocherellavano con una castagna e lo sguardo era assorto.

"Metatron mi ha chiesto di venirti a prendere. Dobbiamo andare." La voce di Yesod arrivò dritta alla sua mente.

"Non ho voglia."

"Non fare così, piccola."

"Mi alleno tutti i giorni. Oggi posso farne a meno."

Il Drago rimase in silenzio per qualche secondo, poi le chiese con tono caldo e amichevole: "Dimmi un po', Unika... cosa ti frulla nella testa?"

Unika si accigliò, mentre valutava come comportarsi: lasciare uscire tutto o tenere le proprie sensazioni per sé? "Uniko ha ritrovato i suoi amici. Porta loro."

"Ah, ho capito" replicò Yesod in modo morbido e paterno. "Però Metatron desidera che ci sia anche tu..."

"Ma perché?" urlò Unika in uno scatto di pianto che fluiva di getto dal cuore. "Uniko si è ricongiunto con la sua vita e non ha più bisogno di me!"

Yesod gioì nel vedere che la fanciulla aveva deciso di confidarsi con lui, senza filtri e senza vergogna. Il Drago sapeva che Unika percepiva, sentiva, viveva tutto con grande intensità. Nel suo spirito c'era la forza sentimentale dell'Unika originaria, e questo non doveva essere sottovalutato. Era capace di grandi passioni ed emozioni e, di conseguenza, era vulnerabile di fronte alle disillusioni e alle sofferenze dell'anima. Quello era il prezzo da pagare per essere così speciale, così capace di amare senza condizioni, così pronta a dare senza riserve. Yesod pensò che il futuro non sarebbe stato semplice per lei. L'aspettava un'esistenza fatta di momenti interiormente complessi, carichi di felicità assoluta ma anche di tormento vivo e profondo.

"Allora andiamo a farci un giro, solo tu e io" le suggerì. "Se poi cambierai idea, raggiungeremo Uniko e i suoi compagni all'Eremo delle Arti. In caso contrario, potremo dire di aver passato un po' di tempo piacevole insieme."

Unika si abbandonò a quella proposta e sentì un immediato sollievo. Il suo amico Drago riusciva sempre a rasserenarla e a mostrarle, con calma e pacatezza, l'aspetto positivo di ogni cosa. Da grande avrebbe voluto essere saggia come lui e possedere la medesima destrezza nel volare alto, sopra a tutto e tutti, per osservare la vita da una prospettiva più ampia e diversa, fuori dai confini che la mente crea. "Preparati perché sto per trasvolare direttamente sulla tua schiena" disse Unika con un tono di voce più tranquillo.

Yesod sorrise. "Dammi il tempo di contrarre gli addominali, per non accusare troppo il colpo." Con una leggera ironia la prese in giro, inspirando a pieni polmoni: "Vieni!"

Unika aveva imparato a trasvolare con una precisione assoluta. Materializzarsi in un punto esatto non era da tutti, soprattutto alla sua età. Appena atterrò sul dorso del Drago, le braccia erano già aperte per stringerlo a sé.

«Grazie, Yesod» gli sussurrò. «Non te lo dico mai, ma sapere che ci sei per me ha un valore inestimabile.»

Yesod annuì. Da quando Unika era svanita, nessuno gli aveva più rivolto parole di dolcezza. Tutti lo vedevano come il guerriero, il coraggioso capo degli Angeli Guida, il riferimento indiscusso per affrontare e risolvere ogni tipo di problema. Unika era stata la sola a percepire e appagare il suo spirito sensibile e bisognoso, come ogni altro essere, di affetto e sentimento.

«Alto o basso? Lento o spedito?» Era un gioco che facevano da sempre per decidere l'andatura da tenere.

«Fino alla sommità del cielo, più rapido che puoi! Ho voglia di piangere e l'aria sulla faccia confonderà la mia tristezza.»

Yesod levò l'enorme muso verso un punto indefinito nell'azzurro e iniziò a sbattere vorticosamente le ali. Unika sentì la velocità che le schiaffeggiava sfrontata il volto. Le spettinava i capelli. Le penetrava nelle pupille. Le lacrime uscivano dagli angoli degli occhi e volavano leggere alle sue spalle.

Yesod fece un'ampia virata e le bisbigliò: «Guarda laggiù. Osserva Sefira sotto di te».

Unika capì cosa voleva mostrarle il Drago. Da quell'altezza il mondo non era più piatto: appariva rotondo e sfumato, non si percepivano limiti e Sefira era piccolissima. Era impossibile identificare le case. Si vedevano solo la grande sagoma a forma di cuore del Fiume delle Note Segrete che abbracciava la valle, i Laghi Hyatt che brillavano come puntini lucenti, le cime innevate dei Monti Tailli e la macchia scura dell'inquietante Foresta di Thinkingblu. Ma tutto acquistava un aspetto diverso: il fiume non era così esteso, i laghi non erano così profondi, le vette non erano così ripide, la foresta non era così cupa. I suoi timori non erano più così soffocanti.

«Senti ancora il bisogno di piangere?» le chiese Yesod.

«No» rispose Unika. «Portami ad allenarmi. Mizar mi sta aspettando. Stasera devo vincere il Torneo.»

Yesod sospirò di soddisfazione e dalle sue enormi narici uscì un alito caldo che odorava di cenere. Era orgoglioso di quella ragazza dal cuore immenso e dallo sguardo intelligente. La sua determinazione non finiva mai di stupirlo. Si abbandonava a lui, sicura di imparare molte cose, ma la verità era che il Drago non aveva mai appreso tanto come nel tempo che trascorrevano insieme. Tutto ciò su cui la faceva riflettere era per lui stesso fonte d'ispirazione e ragionamento.

Dall'alto si intravedevano i nove colori dell'Eremo delle Arti. Era un'ampia pianura che si apriva in sterminati filari di fiori tutti diversi. La parte più a nord era una linea rossa dipinta dai papaveri, che sfumava nell'arancione dei tulipani. Seguiva l'area gialla dei girasoli, che confinava con quella verde del trifoglio, da cui partiva l'estensione azzurra dei fiordalisi. L'indaco delle ortensie e il viola della lavanda chiudevano l'arcobaleno. Le due estremità perpendicolari erano dominate a est da uno spazio rigoglioso di candide margherite e a ovest da una distesa di rarissime calle nere.

Era una scuola a cielo aperto, dove gli Angeli Guida preposti insegnavano le materie fondamentali agli Angeli della Primavera. Ogni tonalità rappresentava un campo di istruzione e orientamento. Rosso e arancione erano la palestra delle arti marziali e del combattimento, dove i corsi prevedevano anche l'allenamento all'uso dei poteri. Sulla superficie gialla si studiavano le Scienze come la Matematica, la Fisica, la Chimica, la Biologia. Sul verde e sull'azzurro si apprendevano i temi legati alla Natura e agli aspetti della Terra, del Cielo e dell'Universo. L'indaco e il violetto erano le classi di tutte le altre Arti, dalla Musica alla Danza, dalla Poesia alla Pittura, dalla Scultura all'Architettura e al Teatro. Ciò che non veniva classificato nelle categorie di base, era praticato nelle zone bianche e nere.

In fondo alla vallata si ergeva il Tempio della Saggezza, un'imponente costruzione in pietra che si stagliava contro il cielo, emergendo come un'isola da quell'oceano di petali variopinti. Un lungo viale lastricato conduceva all'ingresso. Tutte le volte che lo osservava, Unika si ricordava la sensazione che aveva provato nel percorrerlo a piedi anni prima. Risentiva il tremore delle sue gambe, causato dalla soggezione e dallo stupore di trovarsi in un luogo così dominante. Chiuse gli occhi e chinò leggermente il volto, in segno di rispetto per il fondamentale significato che quelle mura emanavano.

Era una struttura maestosa e solenne. La parte centrale raggiungeva un'altezza notevole ed era composta da due torri circolari avvicinate e sorrette da due magnifici angeli con le ali aperte e i lunghi capelli intrecciati. Erano l'Angelo della Sapienza e l'Angelo dell'Ignoranza. Uniti da un legame indissolubile ed eterno. Ordine e disordine. Luce e ombra. Per indicare che non esiste apprendimento finché non si riconosce che la conoscenza ha i suoi confini nell'infinito ignorare.

Yesod aveva perso quota per avvicinarsi a terra, e Unika riusciva a distinguere chiaramente il simbolo di Sefira, scolpito sul massiccio e pesante portone che sigillava quel luogo sacro.

«Eccoli!» esclamò Unika, facendo segno verso la valle.

Sei corpi si intravedevano in lontananza, in mezzo alla coltivazione di papaveri rossi. Si distinguevano da tutte le altre figure perché avevano i piedi al suolo e non libravano sospesi nell'aria.

Uniko era al centro. Alla sua destra c'era il ragazzo dai capelli corvini e la ragazza con lo sguardo malinconico era alla sua sinistra. Il professore stava più indietro di qualche passo e parlava animatamente con Nishida. Mizar era di fronte a loro. Dal modo in cui gesticolava, Unika immaginò stesse raccontando di qualche impresa eroica.

«Vuoi trasvolare laggiù?» le domandò Yesod.

«No» dichiarò Unika risoluta. «Atterriamo insieme a qualche metro di distanza e li raggiungo a piedi.»

Nishida agitò le mani quando li vide comparire. Aveva un sorriso acceso e carico di entusiasmo. Non vedeva l'ora di salutare il compagno e di stringere la piccola stella.

Appena il Drago toccò terra, Unika smontò con un balzo e iniziò a correre verso l'Elfo. «Nishida!» E gli si gettò al petto.

«Sì! Sì! Sì!» rispose lui, accarezzandole la nuca. «Anche tu mi sei mancata.» E con le lunghe dita delicate le raccolse i capelli dietro le orecchie e le diede un lunghissimo bacio sulla fronte. Era un bacio colmo di trasporto e di puro sentimento. «Non ci siamo visti per poche ore ma sembra passata un'eternità.»

Uniko si trovò a osservare stupito la nuova amica tra le braccia dell'Elfo. Nel poco tempo trascorso a Sefira non aveva potuto fare a meno di notare il calore che la circondava. Tutti erano premurosi nei suoi confronti, tutti la adoravano, tutti le volevano un gran bene. E lei ricambiava con parole gentili e gesti espansivi e sinceri.

Rivide gli attimi passati insieme e ne riassaporò l'incanto. Nonostante un po' di tensione iniziale, probabilmente dettata da una normale e ingenua diffidenza, Unika gli era sempre stata vicino. Lo aveva aiutato nella scoperta della sua natura di angelo. Gli aveva insegnato a volare. Lo aveva portato sul Monte Forte e si era fidata di lui tanto da svelargli le proprie convinzioni. E, nel momento in cui si era sentito solo e sconfortato, la sua voce era riuscita a raggiungerlo con la Telepatia.

Pensò che aveva di fronte un angelo pieno di risorse. Con tante cose da offrire. Con un mondo ricchissimo dentro, molto più esteso e profondo di quello che all'apparenza avrebbe potuto sembrare. E lui voleva farne parte. A qualsiasi costo.

Unika si voltò e guardò le facce perplesse che la stavano fissando con curiosità. «Scusate il ritardo. Farò del mio meglio per non farvi rallentare nemmeno di un secondo.» E alzò le spalle con un'espressione timida e un po' imbarazzata.

«Non avevamo ancora iniziato. Sono appena arrivati anche loro» la rassicurò Mizar.

Unika si perse nel suo sguardo carismatico e impetuoso, che faceva intendere un forte temperamento. Somigliava agli agenti dei corpi speciali che aveva visto attraverso la Finestra sul Mondo, in una delle sessioni di Storia.

Mizar aveva i capelli neri molto corti, leggermente più lunghi sulla sommità del capo. Non era molto alto, ma gli occhi a mandorla e la mascella squadrata gli donavano una grande personalità. Indossava una maglia nera a girocollo, molto aderente, che segnava i pettorali scolpiti. Le maniche corte coprivano appena le spalle, lasciando intravedere il fascio del deltoide e i bicipiti. I calzoni erano di tessuto nero ed erano simili a quelli delle divise militari, con due capienti tasche laterali oltre alle due frontali. Mizar aveva le mani infilate in un paio di guanti che avvolgevano le dita come una seconda pelle. Leggeri e flessibili, consentivano ogni tipo di movimento senza perdere precisione e senso del tatto. La parte superiore seguiva la linea delle nocche con un sottile strato di fibra di carbonio resistente agli urti e robusto nelle sferzate. Ai piedi del maestro di arti marziali era appoggiato un arco da cui spiccava una complessa struttura di pulegge, cavi e tiranti.

Unika conosceva quell'arma. Mizar la portava sempre con sé e a lei aveva concesso l'onore di provarla. Le aveva spiegato che il sistema di carrucole permetteva di accumulare una maggior quantità di energia e di ridurre lo sforzo nel momento di tensione e mira. Questo si traduceva in una potenza e una velocità di gran lunga superiore a quella di un arco tradizionale.

«Ti trovo in forma» si complimentò con lei Mizar, compiaciuto del fatto che si fosse preparata per l'addestramento, vestendosi con una canottiera elasticizzata e senza cuciture e un paio di pantaloni attillati sui fianchi, ma leggermente svasati verso il fondo.

Unika arrossì. Non si era ancora accorta dell'espressione sbigottita di Zack, che la stava guardando atterrito: aveva riconosciuto in lei la ragazza apparsa nella sua visione alla Dimora dei Sogni. «*Dalle la mano...*» La voce di sua madre gli riecheggiava ancora nella testa.

«Iniziamo!» li esortò Mizar, a braccia conserte. «Stasera si terrà il Torneo della Primavera. È una gara molto importante e paragonabile, per farvi un esempio, alle vostre Olimpiadi. Parteciperanno tutti gli Angeli della Primavera e il vincitore entrerà, da subito, a far parte della schiera degli Angeli della Forza.»

I ragazzi lo osservavano dubbiosi e ancora ignari di quello che avrebbe proposto loro.

«La prova consiste nel percorrere un lungo tragitto, composto da acqua, aria e terraferma, nel minor tempo possibile. La peculiarità è che le condizioni atmosferiche e fisiche del tratto saranno peggiorate da una serie di avversità. E i partecipanti dovranno decidere, di volta in volta, quali sembianze adottare per superare gli ostacoli. Ma non sarà sufficiente volare per raggiungere l'arrivo. Esiste un regolamento molto ferreo e dettagliato che richiede di rispettare le tre situazioni ambientali. Questo significa che nel lago bisognerà nuotare e al suolo sarà obbligatorio correre. Le ali si potranno usare solo nella zona del cielo.»

«E cosa c'entra questo con noi?» domandò Eve, turbata.

«Ho chiesto e ottenuto di farvi essere della partita» intervenne Uniko. «Io dovrò partecipare e non voglio farlo senza di voi.»

«Ma... ma come facciamo? Noi non sappiamo volare e nemmeno trasformarci in animali!» Eve era preoccupata.

«Per volere di Metatron, aggireremo questo intoppo» confermò Mizar. «Farò un incantesimo temporaneo, che vi darà il potere della Metamorfosi.»

Craig Walden si rivolse di slancio verso l'angelo maestro: «Ti prego» gli disse con le mani congiunte al petto «chiedi al Saggio di concedermi la stessa possibilità. Ho studiato Angelologia per lunghissimi anni e non ho l'età per partecipare al Torneo, ma datemi modo di capire come ci si sente quando si muta il proprio aspetto.»

Nessuno di loro era preparato a una tale richiesta. Solo Nishida. «Non ci sono problemi, amico mio» lo rassicurò l'Elfo. «Sapevo del tuo desiderio e ne ho parlato con Metatron, che ha dato il suo benestare.»

Craig Walden si commosse per la gioia.

«Non abbiamo molto tempo. Se siete pronti, diamo il via alle danze» affermò Mizar, risoluto.

Eve fece un cenno di assenso, senza proferire una sola parola. Zack era ancora disorientato dalla visione di Unika. Craig Walden non riusciva a contenere l'entusiasmo.

«Venite con me. Ci spostiamo solo di qualche passo, per evitare che il sortilegio tocchi qualcuno che non ne ha bisogno.» E arricciò il naso in una smorfia carica di simpatia rivolta agli altri angeli.

Uniko si avvicinò a Unika. «Sarà emozionante, vero?»

Lei annuì, pensierosa. Soffriva all'idea di non essere al centro delle attenzioni di Uniko. Capiva che Eve e Zack facevano parte della sua vita da molto tempo e che con loro aveva condiviso momenti importanti. Si chiese se un giorno sarebbe riuscita a entrare in profondità nel suo cuore.

«Guarda cosa mi hanno portato dal loro vagabondare per Sefira!» le disse Uniko, estraendo dalla tasca un piccolo sasso dorato. «Mi hanno spiegato che è Pirite. L'hanno presa per me in un posto che si chiama il Laboratorio...» E si interruppe dubbioso.

«Laboratorio degli Amuleti e dei Talismani» lo aiutò Unika. «È il luogo dove le pietre si animano di luce riflessa dagli spiriti che hanno di fronte.» *Avrei voluto accompagnarti io a scegliere un portafortuna insieme*, pensò ma non lo disse, limitandosi a osservare il minerale che Uniko stringeva tra le dita.

«Toccalo. Senti come è ruvido!»

Unika ci appoggiò sopra i polpastrelli e la roccia si accese. Uniko scattò indietro sorpreso e si allontanò. La Pirite tornò al colore originale.

«Hai visto anche tu?»

«Sì» rispose Unika. «Dalla a me.» Nel momento in cui la prese dalle mani di Uniko, la pietra si illuminò di nuovo. Fu solo per un istante, perché riprese la sua opacità appena la sollevò dal palmo del ragazzo. Istintivamente la sfiorarono insieme e scoprirono che la Pirite prendeva vita quando sentiva il contatto simultaneo della loro pelle.

«Qual è il suo significato?» Unika guardò Uniko dritto negli occhi.

«Non lo so» rispose Uniko. Ma mentiva. Nishida glielo aveva detto poco prima, aiutando Eve a spiegarlo. Ma il giovane angelo era turbato e non riusciva ancora a parlarne. *L'esistenza di due unità facenti parte di un'unica entità*.

Si voltò verso gli altri per non mostrare il proprio disagio alla ragazza. Unika riusciva a leggergli dentro e lui non voleva mostrare la debolezza che lo aveva portato a dirle una bugia. Sbigottito, si rese conto che Eve e Zack non c'erano più. Al loro posto si agitavano un piccolissimo scoiattolo con gli occhi blu e un grande orso bruno dotato di due imponenti corna di ariete. Craig Walden invece era immobile, in piedi, in tutta la sua altezza. Ma oltre alla sua testa ne aveva altre tre, una angelica, una da leone, una da aquila.

E tutti, adesso, avevano le ali.

Capitolo 38

IL MALORE DI EVE

Valle di Sefira, 18 ore prima dell'Adlivun

All'Eremo delle Arti l'addestramento procedeva proficuo e all'insegna del divertimento. Gli umani si impegnavano a fondo e con piacere negli esercizi proposti da Mizar.

«Sto volando!» urlò Craig Walden, mentre faceva le capriole nell'aria, lasciandosi abbracciare dal cielo. Galleggiava sospeso nel vuoto, sopra la distesa di fiori multicolori. Non era stato facile staccarsi da terra e agitare le ali al posto dei piedi. Aveva scoperto quasi subito che non bastava assecondare i movimenti con le spalle, inarcando e distendendo la schiena, per restare appeso a qualche metro dal suolo. Era soprattutto una questione di fiducia e di ritmo.

Il piccolo scoiattolo sfumato di blu si sollevava in una serie di saltelli rapidi e nervosi. Le zampette si dimenavano cercando di allungare al massimo la parabola, ma l'animaletto continuava a ruzzolare sull'erba in traballanti capitomboli.

«Non ci riesco» si lamentò Eve con la vocina acuita.

«Si fa così: lanciati in alto più che puoi» le spiegò Zack con tono cavernoso, spiccando un balzo con il corpo massiccio e coperto di pelo. «Poi buttati a pancia in giù...» si inclinò goffamente in avanti. «...e tieni i muscoli tesi e immobili. Concentrati solo sulle ali, poi sbattile con tutta l'energia di cui sei capace.»

Eve osservava con attenzione il grande grizzly che avanzava a scatti, impacciato e ridicolo, come se fosse sorretto da un filo invisibile. Provò a imitarlo e, dopo qualche tentativo, ci riuscì. Si sentiva sgraziata e insicura, ma la gioia di non avere le gambe ancorate al terreno era più forte di qualsiasi altra impressione.

A poco a poco, tutti e tre presero confidenza e gli spostamenti diventarono più fluidi: si spingevano in avanti, roteavano, cambiavano direzione, cercavano di mettersi in posizione seduta, si allungavano, piegavano le articolazioni, provavano a stare fermi, riprendevano l'andatura, acceleravano, frenavano, simulavano di nuotare a dorso o a rana. Ridevano. Si stavano divertendo come mai nella vita.

Unika li guardava con tenerezza. Capiva la loro sorpresa, poteva quasi toccarne la felicità. Si chiese come sarebbero riusciti a tornare alla quotidianità dopo quell'esperienza incredibile.

«Vi insegno un gioco» disse, avvicinandosi e offrendo la propria amicizia. Desiderava abbattere le barriere che la loro differente natura tendeva a creare. «Ma per farlo, è necessario che riprendiate le vostre sembianze umane. L'unica cosa che dovete tenere sono le ali.»

Eve accolse per prima la proposta. Apprezzava la capacità di Unika di farli sentire a proprio agio e si ripromise di contraccambiare un giorno, magari non troppo lontano, invitandola a casa sua, a Maple Town. Poi un dubbio le attraversò la mente: *Ma ci verrà? Io non ho nulla da offrirle.*

«Ci verrò molto volentieri.» Unika le strizzò l'occhio in cenno di intesa. «Mi spiace solo che non possiamo andarci adesso.»

Eve si sentì arrossire. Subito dopo si concentrò. Lo scoiattolo iniziò a trasformarsi e solo dopo vari e buffi tentativi, riacquistò l'aspetto iniziale.

Uno dopo l'altro seguirono tutti il suggerimento di Unika. Craig Walden decise di rinunciare per il momento a essere un cherubino. Le sue teste scomparvero in un istante, tranne quella da leone che sembrava non volersene andare. Anche Zack ebbe qualche difficoltà: si tramutò per sbaglio in un ariete, poi tornò nei panni dell'orso, ma alla fine ritrovò il suo corpo. Però voleva qualcosa di più. Dopo aver fissato a lungo Yesod, raccolse i pensieri e si fece spuntare due smisurate ali da Drago. In quel preciso istante, gustò la soddisfazione di riuscire a modificare le proprie sembianze. Non aveva ancora ben chiare tutte le opportunità insite in quel potere, ma avvertiva un seducente senso di grandezza.

Uniko li osservava divertito. Poche ore prima aveva provato lo stesso smarrimento mescolato al piacere di scoprire di avere capacità fino a quel momento sconosciute.

«Seguitemi!» li esortò Unika. «Voliamo più in alto che possiamo.»

La giovane si levò in aria e fece strada nel cielo aperto, voltandosi spesso per vedere se tutto filava liscio. Uniko chiudeva la fila, sorridente. Si inoltrarono nel blu, molto lontano da terra, e si fermarono.

Gli occhi di Unika sprizzavano gioia. «Prendiamoci tutti per mano.»

In un batter d'occhio formarono un cerchio.

«Da adesso in poi non sbattete più le ali. Scenderemo rapidamente verso il suolo. Non pensate alla paura, ma solo all'ebbrezza di sentire i vostri corpi in caduta libera.» Strinse le dita di Uniko, che era alla sua destra, e quelle di Eve che la guardava fiduciosa dalla parte opposta. «Ma state pronti a rimetterle in moto appena vi darò il via.»

Unika adorava quel passatempo e sperava che anche gli altri si sarebbero divertiti, stretti dall'abbraccio serrato dell'adrenalina pura.

Si gettarono nel vuoto senza esitazione, l'uno ancorato all'altro, con le braccia e le gambe aperte. Sembravano la corolla di un fiore. Un bellissimo anello di amicizia.

La velocità massaggiava i loro volti, che si distorcevano, scossi dall'impeto della forza di gravità. Le guance traballavano e i capelli si drizzavano come trattenuti da una mano invisibile. Tutti urlavano, liberando suoni e parole incomprensibili. Craig Walden non riusciva a smettere di cantare. Zack gridava a squarciagola. Eve si sentiva piacevolmente dominata dalla vertigine e la sua testa era come inebriata. Unika e Uniko si lanciavano sguardi complici. La terra era ormai vicinissima.

«Ora!» gridò Unika.

Tutti spalancarono le ali e le fecero vibrare. La velocità di caduta diminuì di colpo e in un attimo si sentirono risucchiare verso l'alto, come un elastico che, dopo la massima tensione, si ritrae. Si trovarono con i polmoni vuoti ed ebbero l'impressione di andare in stallo.

«La vedete quella chiazza di papaveri di rosso più acceso?»

«Sì» risposero all'unisono.

«Cerchiamo di atterrare là.»

Indirizzarono la planata accompagnati da un sibilo che faceva da scia. Ogni tanto Unika correggeva la direzione con un colpo d'ala. Il gioco si faceva sempre più difficile e stimolante.

Appena toccarono il suolo, furono assaliti dal silenzio. Come al risveglio da un sogno, realizzarono cos'era successo davvero e furono pervasi da un brivido di turbamento. Mentre precipitavano erano stati travolti da una miriade di sensazioni, dal panico all'esaltazione, dall'ansia all'abbandono, dalla voglia di piangere all'irrefrenabile desiderio di ridere. Avevano visto la vita scorrere davanti ai loro occhi e, in quei secondi, il passato e il futuro avevano cessato di esistere. Solo il presente aveva continuato a proiettare verso l'infinito le sue onde, come un sasso che cade nell'acqua e produce cerchi sempre più ampi.

Si guardarono.

Si abbracciarono.

Iniziarono a saltellare. Insieme. Uno di fianco all'altro.

Era stata un'esperienza straordinaria, che avrebbero ricordato per sempre.

«Grazie, Unika» sussurrò Eve, con uno sguardo sincero.

«È stato bello anche per me!» rispose l'angelo biondo con un sorriso pieno di simpatia.

Ancora euforici si avviarono verso Yesod, Nishida e Mizar che non li avevano mai persi di vista, osservandoli a distanza.

All'improvviso Eve rallentò il passo, sentì di perdere l'equilibrio e si appoggiò a Unika.

«Che cos'hai?» le domandò Zack quando vide il volto della ragazza impallidire e contrarsi in una smorfia di sofferenza.

Eve provò a parlare, ma aveva il fiato corto. Non riusciva ad articolare alcuna frase e nemmeno a pensare. Le girava la testa. Strinse gli occhi per cercare di mettere a fuoco le immagini, ma tutto era indistinto: il mondo non aveva più i contorni ben definiti. Si sentì inghiottire dalla paura e iniziò a tremare.

Uniko le si avvicinò, sfiorandole la guancia. «Siamo qui accanto a te, respira lentamente e stai calma.»

La ragazza udiva le voci sempre più lontane. Non distingueva i volti dei suoi amici. Erano confusi. Si scolorivano. Si esaurivano. A un tratto vide nero. Percepì una morsa gelida comprimerle il petto e si accasciò.

Unika l'aiutò a sdraiarsi sull'erba. Pensò potesse trattarsi della forte emozione provocata dal volo, ma cambiò subito idea quando si accorse che le sue iridi avevano preso il colore delle tenebre.

Yesod, Nishida e Mizar si precipitarono di fianco a loro.

Mizar s'inginocchiò alle spalle di Eve e le sollevò leggermente la nuca. Rabbrividì quando vide le labbra blu e la fronte imperlata di sudore denso e freddo. Le avvolse il polso con la mano e ne controllò il battito. Era debole. Troppo debole. «Dobbiamo portarla subito da Metatron» dichiarò, fermo e preoccupato.

Dal sacchetto di foglie di palma che teneva agganciato alla cintura, Nishida estrasse una piccola ampolla colma di liquido trasparente e l'accostò alla bocca della ragazza. «Eve, riesci a sentirmi? Cerca di deglutire e vedrai che tra poco andrà meglio.»

Eve socchiuse le labbra e Nishida le versò l'essenza sulla lingua.

«L'acqua pura dei nevai dei Monti Tailli è prodigiosa» spiegò l'Elfo. «Se ha contratto un'infezione sulla Terra, queste gocce l'aiuteranno a depurarsi e a liberarsene.»

Eve continuava ad ansimare. Batteva i denti come se fosse stata colta da un gelo improvviso e sul collo iniziavano a intravedersi minuscoli puntini violacei.

«Arisuye...» mormorò Mizar, visibilmente scosso.

Gli altri due Angeli Guida spalancarono gli occhi increduli.

«Le chiazze sulla pelle e la difficoltà respiratoria mi fanno pensare alla Sindrome di Arisuye» confermò Mizar, allarmato. «Normalmente colpisce gli angeli dopo una lunga esposizione a condizioni atmosferiche diverse da quelle di Sefira, ma nulla esclude che possa accadere anche agli uomini.» Fissò l'Elfo e il Drago. «Nessun essere umano è mai stato a Sefira, quindi non sappiamo come può reagire il loro corpo a un posto così incontaminato. Forse il malore di Eve dipende dalla sua incapacità di adattamento.»

Nishida e Yesod annuirono riflessivi.

Anche Uniko e Zack si erano chinati di fianco a Eve e le tenevano le mani.

«Quanto tempo ci mette la tua pozione a fare effetto?» domandò Zack.

L'Elfo lo guardò con un'espressione sinceramente dispiaciuta e Zack capì: non c'era stato alcun impatto positivo. Intanto Craig Walden cercava di focalizzarsi sulle proprie conoscenze in merito, sperando di ricordare qualche soluzione. Invano.

Unika avvertiva una strana sensazione. Il presentimento che quell'evento potesse influire in modo inesorabile sul loro futuro, portando con sé il seme del cambiamento. Un pensiero terribile iniziava a farsi strada nella sua testa: non voleva accettarlo, ma doveva affrontarlo.

«È grave?» chiese Uniko con un filo di voce, non del tutto sicuro di voler conoscere la risposta.

«La domanda giusta da fare è: chi è Arisuye?» lo corresse Unika.

Mizar alzò lo sguardo verso Yesod. Si fissarono impietriti e nessuno dei due aprì bocca.

Fu Nishida a prendere l'iniziativa. «Non importa chi era. La cosa fondamentale è che abbiamo imparato molte cose da quello che gli è successo.»

Non importa chi era... chi era... non chi è. Unika si rese conto che la situazione era disperata.

«Cosa dobbiamo fare?» Uniko scattò in piedi, lasciando trasparire la sua angoscia.

«Andare da Metatron, senza perdere altro tempo» rispose Mizar risoluto, sollevando Eve da terra. Con un braccio le sorreggeva la schiena, con l'altro le ginocchia. «Non avere paura» le sussurrò nell'orecchio «è una promessa che ho fatto molti anni fa a me stesso, guardando negli occhi tua mamma: ti salverò la vita.»

La testa di Eve si appoggiò al suo petto, abbandonata e priva di forza. Era svenuta e non riusciva a riprendere i sensi.

«Zack, professor Walden, salite sul mio dorso. Andiamo tutti alla Torre» propose Yesod, concitato.

Nishida si avvicinò a Mizar. «Posso aiutarti?»

«Tu pensa a Unika e Uniko. Io mi occupo di lei. Spetta a me. Sono stato vicino a sua madre per far sì che nascesse. Ho seguito passo dopo passo ogni secondo della sua crescita, fin dal suo primo vagito. E non mancherò certo adesso la mia missione.»

Nishida annuì. Sfiorò la fronte pallida della ragazza e le disse sottovoce: «Adesso sai chi è il tuo angelo custode».

Metatron li stava aspettando.

«Sbrigatevi!» esclamò il Saggio. «Ho preparato la Stanza della Meditazione.»

Li condusse in una camera spaziosa e accogliente. Le pareti erano in mattoni a vista con inserti di pietra di cava, intervallati da piccoli spazi d'intonaco in calce bianca. Il soffitto era un capolavoro in legno. Un'articolata struttura di travi, poste a uguale distanza e intersecate perpendicolarmente tra loro, dava vita a una serie di scomparti sfondati e ottagonali. Gli infissi erano completamente chiusi e dalle fessure filtrava una luce dorata e rarefatta. La temperatura era gradevole.

Unika conosceva bene quel luogo. Era il locale più tranquillo di tutta la casa, dove Metatron si rintanava quando doveva riflettere. Era un ambiente caldo ma volutamente spoglio ed essenziale, pensato apposta per non offrire distrazioni. Non c'erano mobili, a parte un grande letto e un divano dall'aria comoda. Il benessere faceva parte di quell'atmosfera e Unika sapeva che, riemergendo da quella stanza, il Saggio si sentiva ogni volta rinnovato, come chi ha ritrovato equilibrio e serenità.

Mizar adagiò il corpo debilitato di Eve sul giaciglio quadrato al centro del pavimento. Le condizioni della ragazza stavano peggiorando: aveva perso conoscenza, la respirazione sembrava insufficiente, le pupille erano rovesciate verso l'alto. Aveva la bocca serrata in un ghigno di dolore e continuava a digrignare i denti.

Metatron la esaminò con grande attenzione. I suoi occhi la scrutavano. Le sue dita la tastavano. La sua mente era un vorticare di intuizioni, ragionamenti, analisi, valutazioni.

La stanza intanto restituiva e amplificava la sensazione di immobilità provocata dal silenzio della piccola folla. Ognuno combatteva con le più profonde paure: passato, presente e futuro si mescolavano, ricordi e progetti si confondevano. Pochi minuti prima volavano nel cielo aperto e adesso il sapore di quella gioia sapeva di effimero.

«La tua diagnosi è corretta» affermò Metatron rivolgendosi a Mizar. «Senza ombra di dubbio si tratta della Sindrome di

Arisuye.» Fece una pausa e poi aggiunse in tono grave: «In forma molto acuta».

«Esiste un rimedio?» chiese Craig Walden sottovoce.

«Sì. Questi angeli si prenderanno cura di lei.» Il Saggio camminò verso i suoi ospiti e, allargando le braccia, li condusse all'uscita. «Per favore, aspettate di sotto, nel soggiorno. Fate come se foste a casa vostra.»

Rivolse lo sguardo a Nishida e, per evitare che gli esseri umani udissero, gli parlò con il pensiero: "Accompagnali e non perderli di vista nemmeno per un secondo. Ma rimani in contatto telepatico con noi: dobbiamo decidere cosa fare".

Nishida annuì e fece strada a Zack e Craig Walden. Unika e Uniko rimasero al capezzale di Eve.

«Venite anche voi» li invitò l'Elfo. «Eve ha bisogno di riposare e, al momento, non c'è nulla che possiamo fare per lei.»

Appena varcarono la soglia, Nishida chiuse la porta alle sue spalle.

Metatron sospirò. "La vita è la cosa più preziosa e più fragile che abbiamo." Si portò le mani al volto. "Si nasce, si vive, si muore. L'importante è che tutto avvenga sempre in questo ordine. Che la nostra esistenza porti con sé qualcosa di speciale e abbia un significato vero per noi e per gli altri. Questa ragazza non ha ancora vissuto, quindi non possiamo lasciare che muoia."

Eve fu scossa da una tosse incessante e convulsa. Il suo corpo si inarcò in una serie di spasmi nervosi e il collo iniziò a contorcersi in brusche torsioni a destra e a sinistra.

"Siamo di fronte a una crisi molto violenta. La sua pelle è tutta livida e il fiato non riesce a fluire. Non abbiamo molto tempo" constatò Metatron.

"L'unica cura è sempre il succo di radice di mangrovia nera?" Yesod conosceva già la risposta.

"Sì, e sai bene che si trova a Thinkingblu. Ma ora come ora

non possiamo permetterci di entrare nella foresta... uno di voi deve andare a cercare la pianta in Amazzonia."

"Ci vado io!" si offrì Nishida dall'altra stanza. "Yesod non può allontanarsi da Sefira: deve presidiare e proteggere la valle. Io sono quello che conosce meglio di tutti la Natura. Mizar terrà d'occhio i ragazzi al posto mio. Tre ore al massimo e sarò di ritorno."

"Dobbiamo essere rapidi" confermò Metatron. "Il caso più disperato a cui abbiamo assistito è stato quello di Arisuye e non era grave nemmeno la metà di Eve."

«Guardate!» urlò Mizar. «Ha un'emorragia!»

Un copioso flusso di sangue stava sgorgando dal naso e dalla bocca di Eve.

Metatron lanciò un'occhiata a Yesod. Poi a Mizar. Cadde un silenzio agghiacciante che fu interrotto dall'invito lapidario del Saggio: "Nishida, vai!"

Unika aveva ascoltato con la mente tutto il dialogo tra Metatron e gli altri Angeli Guida. Eve stava morendo e lei non poteva restare a guardare con le mani in mano. Non sopportava di sentirsi così inutile e impotente, non voleva lasciarsi sommergere dallo sconforto. Ma cosa poteva fare?

Attivò lo Schermo delle Emozioni, per evitare che gli altri leggessero i suoi pensieri. *Devo riflettere, escogitare un piano. Arisuye... non so chi sia e cosa gli sia successo e non posso scoprirlo adesso. Tutto quello che so è che le mangrovie nere sono la soluzione. Si trovavano in Amazzonia e a Thinkingblu. Nishida sta per andare in Amazzonia. Ma Thinkingblu è più vicina. Pericolosa, ma più vicina. Ci vive Ophidiel... ma è più vicina. Se riesco ad arrivarci, trovare la pianta, prendere una manciata di radici e tornare indietro... Ce la posso fare. Velocemente.*

In quel momento ripensò al Monte Forte e al fatto che quando ci era andata con Uniko non avevano sentito freddo. Rivide la Pirite che si accendeva appena le loro dita la toccavano. *Forse andarci da sola è rischioso, ma se Uniko mi accompagnasse, la nostra energia si moltiplicherebbe e tutto sarebbe più semplice.*

Cercò lo sguardo di Uniko. Con stupore notò che lui la stava già osservando. Unika gli fece un cenno impercettibile con la testa e gli sussurrò: «Non parlare... non pensare».

Poi si focalizzò su Nishida. Di lì a un attimo sarebbe partito. La sua speranza era che si avviasse anche solo un secondo prima dell'arrivo di Mizar. Il destino l'accontentò.

«Ci vediamo tra un paio d'ore. Vi lascio in compagnia di Mizar, ma per poco.» Senza aspettare le loro risposte, Nishida svanì.

Unika si avvicinò a Uniko. «Adesso!» Gli prese la mano e trasvolarono insieme.

Subito dopo, Mizar si materializzò nella sala. Il suo volto era assorto e intenso. Molto preoccupato, mostrava tutto il dolore che provava. Con un sorriso tirato, che mascherava una forte irrequietezza, si rivolse agli ospiti: «Vi proporrei di tornare all'Eremo delle Arti, ma immagino che il vostro umore non sia dei migliori, quindi ditemi cosa vi sentite di fare e io cercherò di accontentarvi».

All'istante si rese conto che c'erano solo Zack e Craig Walden ad ascoltarlo. «Dove sono Unika e Uniko?»

«Sono andati con Nishida» rispose Zack, con gli occhi fissi sul pavimento, i gomiti appoggiati alle gambe e le mani nei capelli.

Un pensiero orribile trafisse la mente di Mizar. Sentì il cuore accelerargli nel petto.

Era tardi. Troppo tardi.

Capitolo 39

TRA LE SPIRE DEL COBRA

Valle di Sefira, 16 ore prima dell'Adlivun

Ci volle meno di un minuto di trasvolo per arrivare a Thinkingblu.

La materializzazione di Uniko fu come il risveglio da un sonno profondo: all'inizio si sentì intorpidito e poi un'onda di calore lo travolse, correndo dalla spina dorsale alle estremità. La presa di coscienza fu immediata: il ragazzo aprì gli occhi e incrociò lo sguardo di Unika che lo aspettava carica di energia. Sapeva quello che doveva fare ed era pronto all'azione. Fece un passo verso di lei ma gli sembrò di svenire.

«Che ti succede?»

«Mi gira la testa.»

«È l'effetto del trasvolo. Quando non si è abituati, toglie le forze. Fai un respiro profondo e muoviti con calma. Vedrai che passerà in fretta.»

Erano in un piccolo spiazzo coperto da una vegetazione alta e densa. Faceva molto caldo e l'aria era satura di umidità. Unika si mosse per prima e con cautela, per abituare i suoi sensi all'ambiente circostante. L'atmosfera era pesante, probabilmente a causa della cappa di nubi che ristagnava sopra le loro teste. Il bagliore che arrivava dal cielo era filtrato dai rami e dalle foglie e si riduceva a un riverbero grigiastro e piuttosto tenue.

Uniko rimase fermo per qualche secondo e si guardò intorno, ma vide solo una barriera impenetrabile di arbusti. Era una foresta lussureggiante, formata da diversi strati, uno sovrapposto all'altro. Il più basso era costituito da un folto sottobosco di felci giganti e di piante carnivore, che lottavano per uscire dalla penombra e conquistare un po' di luce preziosa. Nello strato superiore svettavano le chiome larghe e maestose dei grandi alberi. Nella parte centrale crescevano piante legnose dai fusti sottili e allungati.

Uniko era assorto nella contemplazione del paesaggio quando fu raggiunto da un fruscio: Unika spostava le fronde con tutta la forza che aveva nelle braccia, cercando di farsi largo e aprirsi un varco. Il ragazzo la raggiunse immediatamente e si mise all'opera accanto a lei.

«Non avrei mai pensato che potesse esistere un posto così» le disse, mentre avanzavano nell'oceano verde. Il giovane angelo non riusciva proprio a capacitarsi. Era appassionato di Scienze Naturali e il mondo vegetale l'aveva sempre affascinato. Per lui un fiore, un filo d'erba, un albero o un bosco rappresentavano l'espressione della vita e della lotta per la sopravvivenza, spesso condotta in modo impari, contro le condizioni atmosferiche e le barbarie dell'uomo. E trovarsi in un luogo in cui i rapporti di forza erano completamente capovolti lo sconcertava: l'infinita molteplicità di piante una di fianco all'altra, l'incredibile varietà di forme, la solennità delle dimensioni sembravano volere incutere timore. E Uniko si sentì piccolo e vulnerabile.

Unika era emozionata e incuriosita. Aveva studiato sui libri della biblioteca di Metatron e aveva visto alcuni esemplari nel Florario, la serra nel parco dietro alla Torre. Riusciva a riconoscere alcune specie di palma, di mogano e di ebano scurissimo e si stava gustando il profumo dolciastro e persistente del palissandro.

Non aveva paura ed era affascinata da quell'ambiente insolito e straordinario, dove la vita sembrava esagerata con i suoi germogli che spuntavano e crescevano a ciclo continuo, raggiungendo estensioni eccezionali.

Man mano che si addentravano nella zona più interna, i due ragazzi si scambiavano sguardi intensissimi, fatti di complicità e sensazioni condivise. Un leggero velo di inquietudine avvolgeva i pensieri di entrambi. Sapevano di essere nella terra dove era confinato Ophidiel e quella consapevolezza incombeva sul loro incedere come un pesante macigno. Avevano i sensi accesi e stavano all'erta. Intorno a loro la foresta era viva e sembrava parlare: in sottofondo si avvertiva un rumore continuo, somma di tutti i suoni diversi che si alternavano fino a fondersi in un concerto singolare. Impregnavano l'aria il fruscio del vento, lo stormire delle foglie, il gocciolio dell'acqua e il rimbombo assordante del silenzio immobile.

Sbucarono in un'ampia radura. La foresta sembrava interrompersi di colpo, come fermata da una linea di confine invisibile. Un effimero senso di sollievo prese posto negli animi dei due giovani angeli, mentre il campo visivo si allargava e i raggi del sole tornavano a illuminare il suolo.

Al centro di una vasta distesa si ergeva imponente una piramide tronca.

«Dove siamo?» domandò Uniko, con gli occhi spalancati e la voce rotta dall'affanno.

«Ma, soprattutto, cosa ci fa un edificio di pietra nascosto nella foresta?» ribatté Unika, avvicinandosi circospetta alla struttura monumentale.

Il sole era molto forte e bruciava la pelle. Unika arrivò alla base della costruzione e, senza pensarci troppo, iniziò ad arrampicarsi su per i ripidi gradini. Ancora una volta, Uniko fu colpito dal suo coraggio e dallo spirito di iniziativa. Non provò a dissuaderla e si affrettò a raggiungerla.

«Saliamo fino in cima?» Il tono del ragazzo celava una punta di preoccupazione.

Unika orientò lo sguardo verso la vetta. Poi guardò Uniko e capì che le forze non gli erano ancora tornate del tutto. Non era pronto a trasvolare di nuovo e anche il semplice volo lo avrebbe stancato.

«Sì» rispose Unika con un sorriso comprensivo. «Ci arrampicheremo fino lassù, così potremo avere una vista dall'alto della foresta. Ci aiuterà a individuare lo specchio d'acqua dove crescono le mangrovie nere.» Mentre parlava, notò l'espressione interrogativa di Uniko. «Tu sai come è fatta una mangrovia, vero?»

«Ecco, io...» balbettò lui.

«Le mangrovie sono alberi strani e affascinanti» spiegò Unika. «Spesso si trovano in riva al mare o in zone salmastre. Hanno spettacolari radici aeree, nodose e attorcigliate, che escono dal terreno paludoso e sorreggono la pianta in modo originale.» Scrutò l'espressione di Uniko per vedere se aveva capito, poi proseguì: «La mangrovia nera è particolare perché ha radici molto più lunghe del normale e completamente diritte. A volte è difficile distinguerle dal tronco e danno l'idea di una costruzione architettonica grandiosa ed elegante».

Uniko ascoltava con attenzione.

«Vieni, andiamo! Se riusciremo a scorgere la zona dove vivono, risparmieremo molto tempo.»

Al centro della scalinata era agganciata una fune spessa e robusta, composta da vari cavi saldamente intrecciati tra loro. Unika l'afferrò e si aiutò nella scalata. A metà del percorso si voltò per guardare in basso e, sebbene fosse abituata a volare, ebbe un forte senso di vertigine. I gradini erano a strapiombo e tanto inclinati da farla sentire sospesa nel vuoto. Le sembrò di cadere, perse l'equilibrio e traballò. Cercò di aggrapparsi alla pietra con le dita e si sbucciò malamente le mani.

Uniko la vide in difficoltà e la raggiunse in un attimo. Le prese la mano destra che sanguinava e gliela fasciò con il fazzoletto.

«Non mi sembra il caso di continuare a salire usando la corda. Perché non ci arriviamo in volo?» le propose con dolcezza. «Non ti preoccupare per me, mi sono ripreso. Ce la posso fare senza troppa fatica.»

«Ok!» rispose Unika, riconoscente.

Si scambiarono un cenno di intesa e si sollevarono in aria.

Atterrarono sull'ampio terrazzo quadrato sulla sommità della piramide. Non fecero caso ai singolari massi neri, lucenti e perfettamente levigati posizionati nell'angolo a sud, perché la loro attenzione venne immediatamente catturata dalla magnificenza del panorama. Un ampio arcobaleno attraversava il cielo e le sue due estremità svanivano nella nebbia di vapore che velava il mare di vegetazione rigogliosa. Era un bellissimo arco multicolore, che dal rosso acceso sfumava all'arancione, al giallo, al verde, all'azzurro, all'indaco, fino a perdersi nel viola intenso. Nessuno dei due ragazzi aveva mai visto una manifestazione della Natura così potente. Senza dirsi nulla, Uniko e Unika si sedettero a terra e lasciarono spaziare lo sguardo.

«Ecco, sono là, guarda!» esclamò Uniko euforico, tendendo il braccio verso una zona poco distante. Si intravedeva un leggero luccichio che segnalava la presenza di uno specchio d'acqua. Unika usò il potere della Vista d'Aquila e scorse una macchia nera che somigliava a una struttura complessa e aggrovigliata: le inconfondibili radici a sviluppo verticale delle mangrovie nere.

Avrebbero voluto concedersi qualche attimo di gioia per assaporare la pienezza di quel momento, in cui la luminosa certezza di poter raggiungere l'obiettivo si fondeva con la grandiosità dello scenario. Ma non era quello il destino di quel pomeriggio a Thinkingblu. L'embrione di felicità che prendeva forma nei loro cuori fu spazzato via da una violenta onda di terrore, che si accese quando il pavimento del terrazzo quadrato sembrò ondeggiare e animarsi. Uniko perse l'equilibrio e cadde sul fianco, battendo la testa al suolo. Rimase lievemente stordito e un rivolo di sangue scivolò sulla sua tempia sinistra. Unika riuscì istintivamente a levarsi in volo e dall'alto vide una scena spaventosa.

Quelli che sembravano massi scuri erano in realtà le spire di un enorme serpente nero, completamente attorcigliato su se stesso. Velocissimo, senza produrre il minimo rumore, si era scagliato contro Uniko e gli aveva stretto le caviglie in una presa formidabile. Unika urlò, mentre il mostro si abbarbicava a poco a poco al corpo del ragazzo. La testa era simile a quella di un cobra. Era rivestita di placche perfettamente lisce del colore delle tenebre, da cui emergevano due pupille ellittiche verticali che bruciavano come la brace. Dalla mascella spuntavano lunghe zanne scanalate, dietro alle quali si intravedeva una fila di denti piuttosto piccoli, ma molto aguzzi. Il rettile aveva ormai bloccato anche le braccia di Uniko e stava avvicinando le fauci al suo volto. Dalla bocca spalancata uscì una lingua viscida e biforcuta che si tese, lenta e inesorabile, fino alla fronte dell'angelo biondo, per leccare il sangue che sgorgava dalla ferita.

«Uniko, svegliati!» Unika era in preda a un folle spavento. «Uniko! ...Uniko!» continuava a chiamarlo a squarciagola, nella speranza di fargli riprendere i sensi.

Il ragazzo aprì gli occhi ed ebbe un soprassalto, accorgendosi che il mostro lo stava stritolando. Fece per urlare ma le parole gli si spensero tra le labbra: il cuore batteva all'impazzata e il fiato era strozzato nei polmoni. Cercò disperatamente di divincolarsi, ma la paura gli bloccava gli arti.

«Uniko, trasformati!»

Uniko sentiva il fiato caldo e fetido del rettile che gli succhiava la pelle dove il sangue si mescolava con il sudore. Terrorizzato, cercò di concentrarsi solo sulle parole amiche che gli arrivavano alle orecchie.

«Trasformati!» Unika aveva la voce scossa dall'ansia, ma non smetteva di incitarlo.

Uniko abbassò le palpebre, per cancellare l'immagine inquietante dell'enorme serpente che si muoveva dinnanzi a lui. Convogliò tutta l'energia su se stesso e si trasformò in una lepre. La presa del cobra risultò immediatamente troppo larga per le ridotte dimensioni dell'animale, che riuscì a divincolarsi e a lanciarsi a capofitto giù per la scalinata. Il mostro ebbe un fremito di rabbia e si voltò verso la ragazza sospesa in aria, con uno sguardo carico d'odio. Nell'istante esatto in cui Unika incrociò i suoi occhi fiammeggianti, il cobra caricò il corpo come una molla e compì un imprevedibile salto verso di lei, cercando di azzannarle una gamba. D'istinto, Unika gli rifilò un violento calcio sulla testa. Poi mutò le proprie sembianze e volò via con la potenza di un'aquila reale, mentre il serpente ricadeva pesantemente al suolo con il fragore di un palazzo che crolla.

Il rapace puntò il leprotto, che ormai aveva raggiunto la base della piramide, lo raggiunse e lo abbrancò con i suoi artigli, senza fargli male.

«Sono io» gli disse, nell'istante in cui lo sollevava per portarlo con sé verso la macchia di mangrovie nere. Uniko allungò il collo per osservare la piramide e vide con raccapriccio la lunghissima ombra nera che scendeva i gradini.

«Ci sta inseguendo!»

«Sì, ma abbiamo un po' di vantaggio» disse Unika. «Tu stai bene?»

«A parte la botta alla testa e lo schifo di quella lingua... direi che me la cavo.»

L'aquila si infilò con la sua graziosa preda in un varco naturale tra i rami degli alberi più alti e atterrò in un piccolo spiazzo proprio ai margini del laghetto paludoso. I due ragazzi ripresero l'aspetto umano e si gettarono nell'acquitrino in cerca delle radici.

«Quante ne serviranno?» chiese Uniko, cominciando a strapparne una.

«Prendiamone il più possibile» rispose Unika. La mano ferita continuava a sanguinare e il dolore non le permetteva di fare molta forza. Provò a sradicare una radice di grandi dimensioni, ma dovette desistere. Si concentrò su quelle più sottili e si aiutò con i piedi e con l'altro braccio, per staccare i ceppi che fuoriuscivano dalla melma.

Avevano raccolto tre radici a testa, quando un fruscio cupo e profondo si fece largo alle loro spalle. Si voltarono e videro i cespugli del sottobosco spostarsi in modo innaturale. L'enorme testa del cobra apparve a una decina di metri di distanza, li osservò e sgranò gli occhi.

Uniko sentì le ginocchia tremare.

«È me che vuole... tieni!» esclamò la ragazza, lanciando le sue tre radici a Uniko, che le agguantò, disorientato. Poi gli si mise davanti e attirò l'attenzione del mostro. Iniziò a correre tra gli arbusti per farsi inseguire. Unika si spostava velocemente nella fitta vegetazione, cercando di allontanare il pericolo da Uniko. I suoi muscoli erano contratti e il fiato faceva fatica a fluire dalla gola. La sua mente era lucida e accesa: avrebbe potuto trasvolare e mettersi in salvo in un istante, ma se l'avesse fatto il serpente si sarebbe scagliato su Uniko. E lei voleva assolutamente evitarlo. Doveva dare al ragazzo il tempo per concentrarsi e smaterializzarsi. Solo in quel momento avrebbe potuto abbandonare la foresta e tornare a Sefira anche lei.

Devo escogitare qualcosa per ribaltare la situazione. I suoi pensieri viaggiavano veloci alla ricerca di una soluzione. *Nishida!* In un lampo di memoria visionaria, ricordò i consigli dell'Elfo quando giocavano a nascondino insieme. Le aveva insegnato i trucchi per mimetizzarsi, trasformandosi in creature sempre diverse. E le aveva mostrato come muoversi rapidamente su e giù nello stesso posto per ingannare e confondere l'avversario.

Unika individuò un grande albero ricco di fronde, a pochi metri da un groviglio di mangrovie. Volò su uno dei rami e, subito dopo, si lanciò verso la mangrovia. Senza aspettare, dalla mangrovia si diresse nuovamente ai piedi dell'alto fusto e poi ritornò indietro. Ripeté il movimento per decine e decine di volte, spostando sempre di poco la posizione di arrivo. Era un incessante avanti e indietro tra due punti a distanza ravvicinata che disorientava il mostro, sfiancandolo. Quando le sembrò che il nemico stesse perdendo energie, raccolse tutte le sue forze e spiccò il volo verso una superficie che si intravedeva in lontananza. Da lì si voltò, nella speranza di vedere Uniko trasvolare. Ma il ragazzo era immobile e ancora impietrito. Unika ricominciò a scappare per farsi rincorrere dal cobra.

Uniko la osservava incapace di muoversi. La vide inciampare in una radice e ruzzolare a terra, sbattendo la spalla destra sul terreno duro, per poi rialzarsi e riprendere la fuga. Il serpente continuava a seguirla.

Unika visualizzò un tronco e si trasformò in un piccolo insetto dello stesso colore della corteccia. Per un attimo si sentì invisibile, pur sapendo che quella condizione non sarebbe durata a lungo. Dopo qualche secondo, cambiò le proprie sembianze in quelle di un altro microscopico animale verde che si confondeva perfettamente sulla foglia di una palma. E poi ancora in una farfalla con le ali simili ai licheni attaccati alla roccia. Il mostro continuava a vederla, a sentirla e si avvicinava impetuoso.

Unika scorse una serie di liane contorte che coprivano la cavità di un gigantesco albero con le radici immerse nel fango. Pensò fosse un buon nascondiglio per riprendere fiato. Inspirò profondamente, si concentrò e si trasformò in una sanguisuga. Restò immobile nella pozza melmosa e si riposò. Il cuore rallentava lentamente il battito e le forze cominciavano a tornare. Unika provò a comunicare telepaticamente con Uniko.

"Ci sei?"

"Sì."

"Trasvola, allora. Torna a Sefira con le radici."

"E tu?"

"Io ti seguo. Aspetto che tu vada e mi smaterializzo subito dopo."

"Unika?"

"Dimmi..."

"Non ti lascio qui. Trasvoliamo insieme."

"Tu intanto vai. Eve ha bisogno di te!"

Uniko non rispose e lei si sentì sollevata, pensando che fosse finalmente partito per Sefira.

Il rettile, intanto, sembrava essersi volatilizzato. Unika sapeva che si era semplicemente nascosto per farla uscire allo scoperto e aggredirla, ma ora che Uniko era salvo, lei poteva riassumere le sue sembianze originarie e affrontare il trasvolo. Decise di rischiare.

La sagoma aggraziata della ragazza prese forma nel fango, silenziosamente. Sbucò dal grande albero solo con la testa, poi fece affiorare il resto del corpo. Si guardò intorno, circospetta, e socchiuse le palpebre, quasi alleggerita. Stava per smaterializzarsi, quando alle sue spalle l'enorme cobra nero emerse fragorosamente dalla palude con le fauci spalancate e i bulbi iniettati di sangue. Unika rimase di stucco, mentre la terribile creatura troneggiava imponente sulla sua esile figura. Il mostro era pronto a muovere l'attacco, ma un violento colpo all'occhio destro lo irrigidì, facendolo urlare di dolore. Uniko, sospeso in aria, brandiva un ramo di quercia nodoso e appuntito, e stava per assestargli un'altra sferzata. Il serpente cadde all'indietro proprio in mezzo alle mangrovie nere.

«Forza Unika!» urlò l'angelo biondo. «Andiamo via!»

Unika annuì e si concentrò. Sentì una forte fitta attraversarle le tempie e vide nero. «Non ce la faccio, non ce la faccio! Sono troppo stanca!»

«Non è vero, puoi farcela. Ora è il momento di crederci... trasvola!»

Uniko era al suo fianco e cercava di infonderle energia. Ma Unika aveva esaurito le sue forze e non riusciva a smaterializzarsi.

Davanti a loro la bestia tenebrosa si stava raggomitolando lentamente ed emetteva un rumore sinistro.

«Lasciami qui e mettiti in salvo!» Unika era presa dallo sconforto.

«Non se ne parla nemmeno! Ti sei sfibrata per proteggermi e io non me ne vado senza di te.» Uniko la fissò negli occhi, frapponendosi tra lei e il rettile, che iniziava ad agitarsi alle sue spalle. Il ragazzo ostentava la calma artificiale ma efficace dei toreri che danno la schiena al toro nell'arena. «Adesso tu ti calmi e...» si interruppe nel vedere l'espressione incredula di Unika: non lo stava ascoltando e aveva la bocca spalancata. Uniko si voltò e assistette a uno spettacolo inconcepibile.

Il cobra si era rannicchiato in prossimità della grossa radice che pochi minuti prima Unika aveva tentato di estrarre dalla melma. Con un movimento lento e voluttuoso il mostro faceva scivolare la lingua viscida lungo tutta la mangrovia, ed era completamente disinteressato ai due ragazzi. L'espressione compiaciuta era la stessa di quando aveva leccato il sangue dalla fronte di Uniko.

«Sta leccando il mio sangue...» Unika era esterrefatta e disgustata.

«Eh?!»

«Quella è la radice che ho provato a strappare senza riuscirci. Sopra c'è il sangue della mia mano e il serpente lo sta leccando!»

Intento a raccogliere ogni singolo atomo del fluido raggrumato, il cobra li osservava con la coda dell'occhio.

La calma surreale che avvolgeva quella scena assurda fu interrotta da Uniko, che prese Unika per un braccio e la scosse. «Adesso noi ce ne andiamo. Abbiamo una missione da compiere. Eve ci sta aspettando!»

A quelle parole Unika sembrò riattaccare la spina alla presa della vita. Fu percorsa da nuova energia e, senza dire altro, si smaterializzò. Uniko fece lo stesso, non prima di aver gettato un'ultima occhiata all'orrenda creatura, che lo stava scrutando con un agghiacciante ghigno, in una sorta di minaccioso saluto.

Portando con sé le radici di mangrovia nera con cui avrebbero salvato Eve, ma anche lo shock della terribile avventura, Unika e Uniko lasciarono Thinkingblu.

Un istante dopo, il cobra nero si trasformò nel più forte angelo guerriero della storia di Sefira.

Ophidiel era di nuovo libero.

Capitolo 40

LA SALA DELLE DECISIONI

Valle di Sefira, 14 ore prima dell'Adlivun

«Sefira ha bisogno del nostro aiuto e ne ha bisogno adesso.»

Le parole di Metatron rimbombavano pesanti nel silenzio della Sala delle Decisioni, quella dedicata alle riunioni con gli Angeli Guida. Le pareti in pietra mostravano gli ologrammi dei luoghi più belli della valle, mentre al centro della stanza si trovava il grande tavolo circolare su cui era inciso il simbolo di Sefira. L'enorme piede centrale e il vasto piano rotondo erano stati ricavati scavando direttamente la pietra e facevano corpo unico con il pavimento. Intorno erano disposte venti sedie in legno scuro, essenziali, con le gambe massicce e lo schienale alto. Diciotto erano occupate dagli Angeli Guida, radunati in silenzio. Poi c'era Metatron, e alla sua destra una sedia vuota: dalla Notte della Rinascita non era stata più usata, ma il Saggio non aveva voluto farla togliere.

Per la prima volta dall'istituzione dell'ordine degli Angeli Guida, Metatron li aveva convocati d'urgenza in assemblea senza specificare il motivo. Il sentimento generale era di sorpresa e attesa per ciò che il Saggio stava per comunicare. Solo Mizar e Nishida conoscevano gli ultimi sviluppi ed erano molto preoccupati.

«Tutti voi sapete del ritorno della Fiamma della Vita e delle motivazioni che ci hanno spinto a recuperarla dal suo nascondiglio nel mondo degli uomini: il Malvagio l'aveva trovata e l'abbiamo riportata qui per poterla difendere al meglio, insieme alla Chiave della Felicità. Da ieri Uniko e Unika sono entrambi a Sefira, sotto la nostra protezione.» Metatron sospirò profondamente e poi riprese: «Per ragioni di sicurezza, abbiamo dovuto ospitare tre esseri umani che teniamo sotto vigile controllo. Poche ore fa la ragazza di nome Eve ha avuto un grave malore. Abbiamo riconosciuto i sintomi della Sindrome di Arisuye. L'unica cura era l'assunzione di succo di radici di mangrovie nere, che nella nostra valle si trovano soltanto nella palude di Thinkingblu».

Metatron fece una pausa, per dare il tempo a tutti gli Angeli Guida di afferrare ogni singola parola.

«Abbiamo ritenuto troppo rischioso entrare nella foresta, per questo Nishida è trasvolato in Amazzonia per recuperare le radici.»

Gli Angeli Guida ascoltavano tesi.

«Purtroppo, spesso l'entusiasmo della gioventù si traduce in comportamenti dissennati» proseguì Metatron implacabile. «Unika e Uniko hanno deciso di andare a Thinkingblu per salvare l'amica.»

Un brusio di sconcerto serpeggiò nella sala.

«Sono trasvolati fino nel cuore della foresta e sono stati aggrediti da Ophidiel.»

«Sono rientrati? Stanno bene?» s'informò Merak, molto agitato.

«Sì, sono rientrati sani e salvi e in questo momento sono al sicuro, qui nella mia dimora. Questa è la buona notizia, amici miei. Ma esiste la possibilità che ce ne sia una cattiva, molto cattiva.»

Nello sgomento generale, Metatron chiuse gli occhi e parlò telepaticamente con Unika: "Per favore, raggiungici con Uniko nella Sala delle Decisioni".

In pochi secondi i due giovani angeli si materializzarono

davanti alla raffigurazione maestosa del Monte Forte. Unika era pallida, il suo volto diafano rifletteva e amplificava tutta l'angoscia dei presenti. Ma la sua espressione era quella di sempre: accesa e carica di energia. Non fosse stato per la mano fasciata, sarebbe stato impossibile immaginare la difficoltà della prova che Unika aveva appena affrontato. Lo stesso valeva per Uniko. La ferita sulla tempia si era quasi rimarginata e gli occhi guizzavano vivaci tra i sorrisi degli angeli.

«Avvicinatevi.» Metatron ruppe il silenzio e i due ragazzi camminarono intimiditi verso di lui.

Il Saggio si alzò in piedi e cominciò a girare attorno a Uniko, che rimase immobile, con le guance imporporate dall'imbarazzo. Mentre gli osservava la testa, il Saggio si fermò e avvicinò il viso alla fronte del ragazzo. Con la mano scostò i capelli biondi vicino alla tempia sinistra, su cui si soffermò per qualche secondo. Non aprì bocca, ma il battito di palpebre e la smorfia turbata con cui si allontanò lasciarono intendere l'inquietudine che lo attanagliava. All'esame di Unika dedicò meno tempo: le prese subito la mano fasciata e ne studiò prima il dorso e poi il palmo. Scostò appena la benda, per poi ricomporla con cura. Tornò al proprio posto, ma invece di sedersi, si mise in piedi dietro la sedia e appoggiò le braccia alla sommità dello schienale.

La tensione era pietrificata in una gelida attesa che andò in mille pezzi quando Metatron parlò. «Ophidiel è libero.»

La dolorosa vampata di sbigottimento che inondò la Sala delle Decisioni fu tale da inibire ogni commento.

«Le vostre ferite non sono gravi, ma hanno fatto scorrere il vostro sangue» spiegò Metatron, rivolgendosi ai due ragazzi. «Il serpente che vi ha aggrediti ha avuto la possibilità di toccarle, vero?» Il tono della domanda era di quelli che hanno una sola risposta, scontata.

I giovani angeli annuirono senza parlare e Metatron raccontò: «Tanto tempo fa, quando imprigionai Ophidiel dovetti predisporre un meccanismo di disinnesco dell'incantesimo della foresta. È la regola: ogni sortilegio deve avere il suo antidoto».

Un vociare d'incredulità si diffuse nell'aria.

Metatron attese che l'attenzione fosse di nuovo assoluta, prima di riprendere: «Il rischio era massimo e io decisi di rendere l'incantesimo quasi irreversibile. Stabilii una condizione pressoché impossibile, ossia che Ophidiel avrebbe potuto essere liberato solo nel caso in cui avesse toccato contemporaneamente la Fiamma della Vita e la Chiave della Felicità. Entrambe erano, e sono tuttora, sotto la mia responsabilità e nessuno poteva e può disporne all'infuori di me. Inoltre, la contemporaneità del contatto rendeva improbabile ogni tentativo da parte di Ophidiel di raggiungere prima un'Entità e poi l'altra. Era come se, di fatto, solo io potessi dare la libertà a Ophidiel. E questo, nella mia mente, non sarebbe mai potuto accadere».

Tutte le anime vibravano nell'incertezza del futuro.

«Sapete che Uniko e Unika custodiscono nel loro cuore la Fiamma e la Chiave. Con il loro gesto avventato, le hanno portate a Thinkingblu, dove sono stati aggrediti dal Malvagio. Ophidiel è molto astuto e deve aver capito che quella che gli si offriva era un'occasione da non perdere.» Metatron fece qualche passo verso i due giovani a cui si orientò con voce sofferta: «Il sangue che circola dentro di voi proviene dal vostro cuore, e nel vostro cuore c'è quanto di più prezioso esiste al mondo». Fissò Unika dritto nelle pupille. «Il tuo non è sangue comune, Unika. Contiene i valori della Chiave della Felicità. E lo stesso vale per te» disse, guardando Uniko.

Le facce attonite degli Angeli Guida raccontavano la piena comprensione di una realtà inaspettata.

«È così» aggiunse Metatron, leggendo ciò che frullava nelle loro menti. «Il serpente ha trovato il modo di entrare in contatto simultaneo con il vostro sangue ed è come se avesse toccato insieme le due Entità Fondamentali.»

«Aspetta un momento… no, no! Non ci ha mai toccato insieme!» esclamò Uniko con gli occhi spalancati su Unika. «Ha leccato il sangue dalla mia fronte, questo sì. Ma non è mai riuscito a toccarci nello stesso istante! Vero?»

Unika abbassò la testa, evitando lo sguardo pieno di speranza dell'amico e scoppiò in lacrime. Le sue parole si fecero largo a fatica tra i singhiozzi. «L'ha fatto, quel demonio l'ha fatto. Ecco perché ci ha lasciati andare…»

«Cosa stai dicendo?» Uniko cercava disperatamente un punto debole nell'argomentazione della ragazza, ma non ce n'erano.

«Ha leccato il sangue che avevo lasciato sulla radice. Ricordi? Lo ha raccolto con la sua lingua schifosa!»

«Su quella lingua c'era anche il tuo» intervenne Metatron, voltandosi verso Uniko. «Quando ha leccato la radice, Ophidiel ha mescolato il vostro sangue. In quel momento lui ha toccato contemporaneamente la Fiamma della Vita e la Chiave della Felicità e ha spezzato l'incantesimo di Thinkingblu. Ophidiel è libero.»

La Sala delle Decisioni era raggelata dall'orrore. Metatron rimase in piedi di fronte al tavolo, con i pugni chiusi sul piano. I suoi occhi brillavano ed esprimevano la voglia di reagire. «È tempo di decidere. Decidere e agire. Da questo momento siamo ufficialmente in guerra e ogni nostra azione deve portare al conseguimento di due obiettivi. Primo: proteggere le Entità Fondamentali. Secondo: sconfiggere Ophidiel e debellare la sua minaccia per sempre.»

Gli angeli riuniti nella stanza riprendevano forza e fiducia. Non volevano altro che seguire Metatron e la sua strategia.

«Yesod, possiamo annullare il Torneo della Primavera?»

«No, Metatron, non lo ritengo opportuno. La folla si sta già assiepando sulle pendici delle colline di fronte all'Eremo delle Arti. Tutto è pronto. Un annullamento creerebbe uno stato di ansia che potrebbe sfociare in panico, in sfiducia e debolezza, e Ophidiel ne trarrebbe solo giovamento. No, saggio Metatron. Io suggerisco di far svolgere la competizione.» Yesod osservò i due giovani angeli. «Dobbiamo invece chiederci se sia opportuno che Uniko e Unika vi partecipino.»

«Io voglio partecipare al Torneo!» dichiarò d'impulso Unika. Raccolse le idee e spiegò le sue ragioni: «Ascoltatemi: durante il Torneo, io e Uniko saremo sotto gli occhi di tutti. Nessun posto sarà più sicuro del campo di gara. Voi sarete lì e ci sarà tutta Sefira. Ophidiel non tenterà un attacco in una situazione così difficile. Inoltre, la nostra gente si aspetta che noi partecipiamo».

Gli angeli ascoltavano stupiti l'incredibile combinazione di lucidità e coraggio espressa dalla giovane. Yesod, in particolare, ne era affascinato.

«Sì...» confermò Unika. «Io e Uniko dobbiamo partecipare!»

«Che ne pensi?» chiese Metatron a Yesod, mentre il Drago continuava a osservare la ragazza, rapito.

La fissò ancora per qualche secondo, poi si rivolse al Saggio. «Penso che abbia ragione. Non dobbiamo aspettarci un attacco durante la competizione, anche perché Ophidiel non ha avuto ancora il tempo di organizzare le sue forze. E poi noi saremo in grado di proteggere meglio i ragazzi.»

Metatron si rivolse all'assemblea: «Ci sono posizioni diverse da quella espressa da Yesod?»

Il silenzio che seguì confermò il consenso.

«Allora siamo d'accordo: il Torneo della Primavera avrà luogo e Unika e Uniko vi prenderanno parte.»

Un urlo di approvazione sancì quella prima, delicata decisione.

Metatron concluse la seduta con poche parole chiare e dirette. «Bene. Yesod, tu sarai responsabile della sicurezza durante la gara.» Poi si girò verso Mizar. «Tu garantirai, come sempre, lo svolgimento regolare del Torneo.» Infine dichiarò in tono corale: «Massima allerta per essere pronti a qualsiasi evenienza». Sapeva che ciascuno dei diciotto angeli avrebbe dato il massimo e gli sguardi che incrociava glielo confermavano. Sciolse quindi l'assemblea. «Più vi guardo e più sono convinto che niente può sconfiggerci. Coraggio, angeli: il futuro è nelle nostre mani!»

Il rumore delle sedie che si spostavano accompagnò ciascuno dei partecipanti verso il compito che l'attendeva. Nella Sala delle Decisioni restò Metatron. Solo, ancora una volta, con i suoi pensieri.

Capitolo 41

OPHIDIEL E ALLIBIS

Valle di Sefira, 13 ore prima dell'Adlivun

"Riesci a predire il futuro di tutti tranne il tuo. Questa è la tua condanna, vero, Allibis?"

La voce riecheggiò nel silenzio etereo che riempiva la mente dell'Oracolo e le trafisse il petto come una fredda lama d'acciaio.

"Mi spiace che tu non riesca a vedere in anticipo quale sarà il dono che ti porterò, ma sono sicuro che apprezzerai la sorpresa." Ophidiel liberò una sferzante e prolungata risata carica di risentimento.

Allibis assaporò il gusto amaro della minaccia e si portò istintivamente la mano sull'occhio destro, dove la ferita ormai guarita sembrava pulsare.

"Rifletti, Allibis, rifletti... non condannarti alla sofferenza, al dolore, alla prostrazione infinita e inutile. Non metterti contro di me. Sii lungimirante e offrimi la tua devozione. Te ne sarò grato e ti concederò la possibilità di vivere nella mia benevolenza."

Allibis aveva sempre saputo che quel momento sarebbe arrivato. Non poteva dire quando e nemmeno come, ma era sicura che Ophidiel l'avrebbe cercata. Era passato molto tempo dal maledetto giorno in cui gli aveva preannunciato l'esilio. Ma l'umiliazione che Ophidiel aveva provato era stata talmente forte da lasciare un segno indelebile nel suo orgoglio. Si era sentito esposto e vulnerabile. E non vedeva l'ora di vendicarsi.

Allibis capiva anche che la sua dote di preveggenza era per lui un'arma importante: con l'Oracolo al suo fianco nulla lo avrebbe più fermato. Era per questo che quindici anni prima Allibis aveva chiesto a Metatron di farle una promessa. Se Sefira fosse caduta nelle mani di quell'angelo malvagio, il Saggio avrebbe dovuto trasformarla, senza indugio, in sabbia inerte, leggera, trasportabile dal vento. Lei non si sarebbe mai arresa e non avrebbe mai messo il suo potere al servizio di Ophidiel.

Chiuse gli occhi e si concentrò, con la speranza di leggere un domani senza battaglia e pieno di luce. Udì il boato dei tuoni in un cielo squarciato dai fulmini. Vide un serpente mostruoso inghiottire un cuore.

Si sentì mancare. Ma non poteva cedere. Non adesso.

"Non farti illusioni, Ophidiel. Ti sto aspettando per lasciarti con un pugno di polvere in mano."

Capitolo 42

TORNEO DELLA PRIMAVERA

- L'EMOZIONE DELL'INIZIO -

Valle di Sefira, 13 ore prima dell'Adlivun

Densa, palpitante, gioiosa.

L'eccitazione che pervadeva l'aria frizzante del campo di gara era quella tipica del giorno di festa. La moltitudine variopinta di occhi, orecchie, bocche, code si era sistemata intorno all'area prospiciente l'Eremo delle Arti e aveva invaso ogni spazio disponibile. Pareva un enorme cuore composto da migliaia di cuori che battevano all'impazzata, tutti insieme, fremendo in attesa dell'arrivo dei partecipanti. La luce colorata delle fiaccole prendeva il sopravvento sugli ultimi, coraggiosi raggi del sole, che scorreva lentamente lungo la parte più bassa della sua parabola.

Uniko osservava la grandiosità della scena dalla vetrata dell'androne del Tempio della Saggezza in cui si erano radunati gli Angeli della Primavera. La tensione era palpabile e faceva rimbalzare l'umore del gruppo da momenti di rumorosa euforia a lunghi silenzi incandescenti. Aspettavano tutti con ansia che Mizar li chiamasse per condurli sulla riva del bacino più a nord dei Laghi Hyatt, da cui sarebbe partita la competizione. Ogni secondo durava un'eternità.

I pensieri di Uniko erano dispersi in mille rivoli. L'imminente prova di coraggio e abilità non riusciva a spazzare via i ricordi e le speranze, i dubbi e le certezze, gli angeli e i demoni che affollavano la sua mente.

«Rilassati.» La voce amica di Unika lo raggiunse, avvolgendolo di piacevole calore. Era arrivata al suo fianco e gli sorrideva con dolcezza. «Sgombra la mente e concentrati su ciò che devi fare. Troverai nuove energie e ti divertirai» gli suggerì, mentre osservava la folla festante.

Uniko si voltò, fissandola negli occhi da vicino, e lei sostenne lo sguardo. Il tempo sembrò fermarsi: si conoscevano da poche ore eppure avevano già condiviso tantissimo.

«Eh, sì, stasera ci divertiremo!» Il tono allegro di Zack ruppe la magia di quel momento. Il ragazzo dai capelli corvini sembrava particolarmente elettrizzato e cinse le spalle di entrambi con un abbraccio poderoso. L'idea del Torneo lo rendeva esuberante.

«Ciao, grande Zack.» Uniko era contento di vedere il suo migliore amico. Il conforto di Unika e l'entusiasmo di Zack sortirono un effetto tonificante sul suo umore. Avvertì un'ondata di forza irradiarsi nei muscoli e la voglia di lottare farsi largo nello spirito. Proprio quella rinnovata vitalità lo portò a focalizzare il viso provato e sofferto di Unika. «Ma tu... te la senti di partecipare? Dopo quello che hai appena passato sarai distrutta...»

«Be'... lo stesso vale per te» ribatté Unika, premurosa. «Comunque non perderei l'opportunità di disputare il Torneo per nulla al mondo!» Poi si girò verso Zack che la stava ancora stringendo. «Piuttosto, come sta Eve?»

«Sta molto meglio: il succo di radici è stato miracoloso. Ha recuperato subito vigore, al punto che voleva presentarsi alla gara. Ma, dato che le è stato proibito di affaticarsi, Metatron le ha concesso di assistere al Torneo vicino a lui. La terrà con sé durante tutto lo svolgimento.»

«Quindi tu sei l'unico essere umano a scendere in campo» constatò Uniko.

«Stai tranquillo, amico mio. Vedrai che saprò tenere alto l'onore di Maple Town» replicò Zack, strizzandogli l'occhio, mentre la voce di Mizar risuonava potente nell'androne.

«Benvenuti, giovani angeli di Sefira!»

L'attenzione si addensò sul maestro di arti marziali che avanzava rapido e leggero. Mizar si fermò al centro della sala e si sollevò in aria, in modo da essere perfettamente visibile.

«Partirete tutti insieme dalla sponda orientale del bacino più a nord dei Laghi Hyatt: al via vi tufferete in acqua per raggiungere la riva opposta in corrispondenza della grande cascata di Monte Marino; poi dovrete spiccare il volo fino alla Piana della Vittoria, dove vi aspetta una lunga corsa verso il traguardo. È una gara di velocità, destrezza e fantasia. Lungo il percorso troverete ostacoli che supererete con creatività e coraggio, trasformandovi di volta in volta nella creatura più adatta ad affrontare le diverse difficoltà. Ricordatevi che il lago dovrà essere attraversato nuotando e non potrà essere sorvolato e che nel tratto finale dovrete correre con le vostre gambe: sarete obbligati a tornare in possesso delle sembianze abituali, quelle che avete qui adesso e nella vita di tutti i giorni. Non vi sarà più consentita alcuna metamorfosi e potrete fare leva esclusivamente sulla forza mentale, sulle energie che vi saranno rimaste e, soprattutto, sul sentire della vostra anima. Dovrete farcela da soli.»

Mizar sottolineò il concetto con qualche secondo di silenzio, poi concluse il discorso con enfasi.

«Chi taglierà per primo la linea dell'arrivo avrà vinto il Torneo della Primavera ed entrerà a far parte da subito della schiera degli Angeli della Forza!» Le sue parole rimbombavano tra le volte dell'androne e cadevano a pioggia sull'agitazione dei giovani angeli.

«È tutto chiaro?»

Le espressioni di assenso confermarono il desiderio di iniziare la competizione e Mizar proseguì con tono intenso e solenne: «Bene. Allora seguitemi, giovani cuori di Sefira!»

Pur non essendo altissimo, la sua stazza appariva imponente mentre attraversava la sala dirigendosi verso il portone, che spalancò con un gesto vigoroso delle braccia. La luce morbida ma invadente del crepuscolo irruppe tumultuosa, trascinando il boato di incitamento del pubblico all'esterno.

«Questo è per voi!» esclamò fiero il maestro di arti marziali, voltandosi sorridente verso i suoi allievi. «Coraggio, andiamo!»

Tutti gli occhi traboccarono di emozione di fronte alla scena incredibile che li accolse fuori dal Tempio della Saggezza: il cielo era coperto da una schiera di angeli sospesi in volo.

Uniko non riusciva a capacitarsene. Non aveva mai assistito a un simile spettacolo. Il suo sguardo era cristallizzato verso l'alto e aveva le labbra semiaperte dallo stupore. Era come se la volta affrescata di una chiesa, raffigurante folle di cherubini, avesse preso vita sopra la sua testa. Era immobile con il naso all'insù, mentre gli altri partecipanti lo superavano, in marcia verso il lago.

La voce amica di Unika lo scosse dolcemente. «Il popolo di Sefira segue lo svolgimento del Torneo dall'alto, spostandosi lungo tutto il tragitto.» Lo prese sottobraccio e lo spinse a muoversi. «Avremo il loro incitamento nel corso di tutta la gara.»

Uniko camminava sbalordito senza distogliere gli occhi attoniti dalla ressa brulicante, cercando di memorizzarne i dettagli. Le sue pupille rimbalzavano da una sagoma all'altra, da una chioma a una coda, quando le figure di Nishida e Yesod catturarono la sua attenzione. Li notò distintamente perché, a differenza di tutte le altre creature, non stavano volando. I due Angeli Guida camminavano lenti sulla cresta più alta della collina, a pochi metri l'uno dall'altro, e perlustravano la zona, orientando lo sguardo ora al cielo, ora a terra. Erano dissociati dall'euforia collettiva, e tutt'altro che sereni. Uniko si sentì pervadere da un forte turbamento appena notò l'espressione tesa e preoccupata di Nishida, attanagliato dal senso del pericolo.

Capitolo 43

OPHIDIEL E YESOD

Valle di Sefira, 13 ore prima dell'Adlivun

"Mi sei mancato, fratello."

Yesod ebbe un tuffo al cuore. Era in perlustrazione con Nishida, quando la voce tagliente di Ophidiel lo trapassò da parte a parte. L'intonazione delle sue parole riaprì una voragine di sofferenza e sconforto nel suo spirito.

"Stammi lontano" fu tutto quello che riuscì a rispondere, chiudendo gli occhi e concentrandosi.

"Non sono arrabbiato con te, anzi... ti sono grato. Avresti potuto finirmi e non lo hai fatto. Adesso mi sento più forte di prima e sono pronto a tornare. Ed è tutto merito tuo" concluse Ophidiel, compiaciuto.

Yesod avvertì una morsa agguantargli lo stomaco. Aveva vissuto tutti quegli anni nell'oppressione del senso di colpa e ora il fardello tornava a gravargli pesante sulla coscienza.

"Cosa vuoi da me, Ophidiel?"

"Quello che può volere un fratello, Yesod. Ciò che è normale, giusto e dovuto: il tuo affetto. Sto preparando il mio rientro, lo sai. E prenderò il potere che mi spetta e di cui farò buon uso. Governerò tutti i mondi e tu potrai essere al mio fianco. Avremo armate invincibili e tu sarai il comandante assoluto. Io e te, Yesod. Su tutto e su tutti."

Il Drago aveva lo sguardo perso nel cielo e il petto gonfio di dolore. Chiuse le grandi palpebre per trattenere le lacrime e quando le riaprì, trovò Nishida nel suo campo visivo. Ignaro del tremendo dialogo che stava avendo luogo nella mente di Yesod, l'Elfo era impegnato con tutta l'anima nella vigilanza della zona, dimostrando per l'ennesima volta la lealtà e la devozione incondizionata verso Sefira. Yesod si identificava in quel comportamento: generoso, onesto, solidale. *Quelli* erano i suoi amici, *quelli* erano i suoi valori. Così voleva vivere e non riusciva a concepire nulla di diverso.

"Sarò qui ad attenderti. Ho sbagliato una volta. Non succederà la seconda!" E con la bocca aperta e le narici spalancate, il Drago scaraventò nell'aria un potente getto di fuoco, denso di tutta la rabbia che aveva in corpo.

Capitolo 44

TORNEO DELLA PRIMAVERA

- AI BLOCCHI DI PARTENZA -

Valle di Sefira, 12 ore e 30 minuti prima dell'Adlivun

«Eccolo, ce l'ho. Mi sta guardando.»

Le parole di Nishida si fecero largo nel baccano della folla festante, ma non ottennero nessun riscontro da parte di Yesod. L'Elfo si voltò verso il compagno e lo vide distratto e turbato. Le narici dilatate e l'odore aspro del fuoco dicevano che era molto alterato.

«Yesod, amico mio...»

Il Drago ruotò immediatamente l'enorme cranio e non riuscì a nascondere l'espressione fiammeggiante di collera.

Nishida capì che non era il caso di approfondire le ragioni della sua inquietudine e preferì riportare l'attenzione sul compito che dovevano svolgere. «Uniko è laggiù.» E tese il braccio.

Il capo degli Angeli Guida seguì la direzione indicata dall'Elfo e incrociò gli occhi del ragazzo. Quando lo vide trasalire, capì che Uniko era in grado di leggere la preoccupazione che lo attanagliava. Non cercò di sembrare più rassicurante: la gestione delle emozioni non rientrava tra i suoi talenti. Si rivolse a Nishida, in modo conciso e puntuale. «È con Unika. Prendili in consegna tutti e due. Da questo momento non devi più perderli di vista. Durante il Torneo si separeranno... il controllo di entrambi sarà molto complesso.»

«Ci penso io, Yesod.»

«Dovrai sorvegliare anche il comportamento dell'umano. Lo sai.»

«Posso farlo, Yesod.»

«Non ho dubbi. I ragazzi sono nelle tue mani e io ci conto. Teniamoci sempre in contatto.»

Yesod allargò le ali possenti e spiccò il volo. Era tempo di raggiungere Metatron, che lo attendeva alla Torre insieme a Eve e Craig Walden. Nel breve tempo che gli occorse per arrivare a destinazione, pulì la sua mente da ogni condizionamento e cercò di riordinare le idee.

La priorità assoluta era la protezione delle due Entità Fondamentali e questa era garantita dall'affidabilità di Nishida. Il secondo aspetto critico era la vigilanza del territorio per intercettare un possibile attacco di Ophidiel: a tal fine aveva assegnato a ciascun Angelo Guida la responsabilità di presidiare un punto strategico della valle e di tenerlo informato sulla situazione. Infine, era necessario seguire gli umani, tra i quali c'era sicuramente un'anima corrotta e piegata al volere di Ophidiel: Zack era impegnato nel Torneo e sotto gli occhi di Nishida, Eve era debole e guardata a vista da Metatron, Craig Walden era con loro e poteva essere sorvegliato da vicino e con facilità.

È tutto sotto controllo, pensò Yesod, ispirando in profondità, per poi liberare un pesante soffio caldo e allentare un po' la tensione. Giunto in prossimità della dimora del Saggio, iniziò a rallentare, fermando le ali in posizione aperta e offrendo il suo largo petto alla resistenza dell'aria. Il corpo passò con rapidità da una posizione orizzontale a un assetto sempre più verticale che gli consentì di atterrare velocemente sul terrazzo.

Metatron apparve davanti a lui.

«Ben fatto, valoroso Yesod. *È tutto sotto controllo*» gli disse con grande complicità, indicando con lo sguardo Eve e il professore seduti su uno dei divani al di là dell'ampia vetrata.

«Il Torneo sta per iniziare, luminoso Metatron. La tua presenza sulla linea di partenza è necessaria.»

«Soltanto un attimo» rispose il Saggio, che si voltò per rientrare in casa a recuperare i due umani.

Appena uscirono, Yesod notò che i volti della ragazza e del professore erano rilassati e amichevoli. Immaginò che Metatron li avesse già preparati.

«Partiamo!» esclamò Metatron, invitando gli ospiti a prendere posto sul dorso del Drago.

Yesod si abbassò e fece salire prima Eve, che si sedette a cavalcioni quasi sul suo collo. Dietro di lei si posizionò Craig Walden. Senza alcuna esitazione, il professore appoggiò il petto sulla sua schiena e la abbracciò. Eve assaporò una sensazione che mescolava entusiasmo e imbarazzo. Ma durò molto poco. Giusto il tempo per Yesod di sbattere le ali e sollevarsi da terra, e Eve dovette a sua volta aggrapparsi per tenere la presa.

«Ci vediamo al Torneo.» Metatron salutò il trio che decollava.

Durante il volo, ognuno allargò la mente sui meravigliosi spazi sottostanti, per appropriarsi di pensieri positivi. Craig Walden sintetizzava in quel viaggio fantastico il suo passato di studi, in cui aveva immaginato e, spesso, sognato dimensioni che adesso gli si offrivano concrete, fisiche, reali. Eve gustava la veemenza dell'aria sul viso, sentendo in essa il soffio della vita e della salute ritrovata. Yesod non poteva fare a meno di riflettere sull'eccezionale capacità di Metatron di tenere nascosta la tensione, continuando a infondere serenità. In quel momento, sulle spalle del Saggio gravava l'immane responsabilità del futuro di Sefira, eppure lui riusciva ad apparire calmo, in grado di trasmettere positività e fiducia agli altri.

Quando Yesod arrivò sulla sponda orientale del bacino più a

nord dei Laghi Hyatt, Metatron aveva già trasvolato e stava in piedi su un costone roccioso che dominava la riva del lago su cui erano radunati gli Angeli della Primavera. Al suo fianco librava Mizar con le braccia conserte e lo sguardo fiero. Il cielo era completamente coperto dalla moltitudine di angeli che attendeva in silenzio l'inizio della gara.

Il Drago atterrò a poca distanza da loro e s'inclinò per consentire agli umani di scendere a terra. Eve cercò i suoi due amici tra i partecipanti e li trovò immediatamente, entrambi accesi dalla felicità di rivederla. Zack alzò il pugno destro con il pollice rivolto verso l'alto e Uniko le strizzò l'occhio.

«Giovani e audaci angeli, benvenuti!» La voce di Metatron rimbombò con enorme potenza nel crepuscolo che si stava colorando di rosa. «Non servono tante parole per descrivere la gioia che unisce il popolo di Sefira nell'osservarvi pronti a celebrare i valori della nostra comunità. Voi in questo momento la sentite arrivare nei vostri cuori pronti a gettarsi nella mischia. Quindi non perderò tempo in discorsi inutili e mi limiterò a ricordarvi soltanto il principio più importante di ciò che state per fare: stasera sarete tutti vincitori. Acclameremo colui o colei che taglierà il traguardo per primo, ma gli altri non saranno sconfitti. L'impegno che profonderete in termini di coraggio, determinazione e ingegno sarà il vostro trionfo e tutti noi ve ne renderemo merito. Date il massimo che potete nel rispetto delle regole. E divertitevi!»

Un boato di approvazione saturò l'aria. La folla era rapita dal carisma del Saggio, ignara della tensione che animava i pensieri di Nishida e Yesod, impermeabili all'emozione dell'evento e concentrati sui loro difficili compiti.

«Giovani cuori di Sefira, siete pronti?»

«Sì!» tuonò l'urlo compatto che si levò dalla riva del lago.

Metatron lasciò che passasse qualche secondo, poi alzò solennemente entrambe le braccia, gridando con voce altissima: «E allora... Via!»

Capitolo 45

OPHIDIEL E AQUA

Valle di Sefira, 12 ore prima dell'Adlivun

"Tra poco sarai regina."

Aqua sentì sulla pelle due occhi accesi da una passione violenta e crudele. La scrutavano e la possedevano. Si immerse verso il fondo del Lago del Ghiaccio Perenne. Nuotò velocissima tra i cunicoli congelati e si inabissò per impedire alla voce di raggiungerla e ferirla.

Capitolo 46

TORNEO DELLA PRIMAVERA

- LA PRIMA PROVA -

Valle di Sefira, 12 ore prima dell'Adlivun

Fu un istante e intorno a Uniko non vi furono altro che schizzi e frammenti di rumore assordante. I partecipanti stavano percorrendo di corsa le prime decine di metri in cui la riva scendeva gradualmente nel lago. L'acqua era troppo bassa e tutti sgomitavano, sollevando miriadi di spruzzi in attesa che la profondità consentisse di immergersi e nuotare.

L'affanno che travolse l'angelo biondo fu interrotto dalla voce amica di Unika che risuonò nella sua mente. "Ehi..."

"Dove sei?"

"In questo caos non possiamo vederci anche se siamo vicini... ascoltami!"

"Sì..."

"Quando l'acqua ti arriva all'ombelico, tuffati e prendi le sembianze del pesce più rapido che ti viene in mente. Guarda sempre avanti e cerca di captare l'ostacolo che ti si pone di fronte. Appena lo vedi, pensa alla creatura che più di ogni altra ti sembra in grado di superarlo e usa la Metamorfosi. Buona fortuna!"

"Unika..." Una gomitata in pieno volto lo riportò alla convulsa realtà.

Davanti a lui gli altri angeli si stavano già inabissando. Nel momento in cui vide una pinna di squalo solcare le onde al suo fianco, capì che era ora di lanciarsi nel blu e trasformarsi. La prima cosa a cui pensò fu l'immagine di una foca che nuota sinuosa e decisa. E, in un secondo, Uniko si tramutò nel mammifero e guizzò agile e fiducioso.

La sensazione che lo accolse fu meravigliosa. Dal fragore insostenibile era piombato in un silenzio ovattato. Il dolore e l'ansia si dissolsero, lasciando il posto alla piacevolissima ebbrezza di scivolare nel fluido. Era svelto e provava soddisfazione nel rullare il suo corpo ritmicamente in modo da acquistare sempre più velocità. Con la coda spingeva, trasmettendo una forte propulsione al suo avanzare, mentre gli arti anteriori aderenti ai fianchi gli donavano maggior idrodinamicità. Accompagnava i movimenti delle pinne con oscillazioni laterali del tronco e gli sembrava di volare nell'acqua. Nella quiete oscura del lago riusciva a tenere il passo con molti avversari, addirittura ne raggiungeva e sorpassava qualcuno. La maggior parte erano pescispada e tonni, ma c'erano anche esseri bizzarri. Il più efficace era una via di mezzo tra un barracuda e uno squalo che procedeva fulmineo alla sua destra. Viaggiava con la sua stessa andatura. Uniko ne incrociò i tremendi occhi laterali e provò una gioia violenta nel riconoscervi lo sguardo di Zack, che gli lanciò un cenno d'intesa nell'attimo in cui accelerava. Uniko gli si accodò sfruttandone la scia, e la strana coppia superò in progressione buona parte dei rivali, avvicinandosi alle posizioni di testa.

Uniko non perdeva di vista la pinna caudale dello squalo che solcava la corrente. Si lasciava trascinare dalla sua traiettoria e si divertiva a fluttuare leggero e spedito. Di colpo Zack rallentò, al punto che la foca dovette scansarsi per evitare di sbattere il muso contro la coda tagliente che la precedeva. Uniko assistette con disorientato stupore a ciò che il barracuda aveva visto prima di lui: una rete smisurata e fittissima si stagliava insuperabile a pochi metri da loro. I componenti del gruppo in vantaggio non avevano fatto in tempo a frenare e ci erano finiti inesorabilmente dentro. Si trattava soprattutto di pesci dalle dimensioni rilevanti che, una volta incastrati tra le maglie intricate, si erano fatti prendere dal panico e avevano incominciato ad agitarsi. Più si divincolavano e più la rete gli si aggrovigliava intorno, peggiorando la situazione.

Gli inseguitori avevano avuto il tempo di esaminare la scena, fermarsi e riflettere sul da farsi. Decine di animali acquatici stavano immobili e sospesi nella profondità, alla disperata ricerca di un'idea.

L'intelligenza di Uniko era lucida e attiva. *Devo pensare al pesce più piccolo che c'è. Un pesce talmente minuscolo da riuscire a passare tra le fessure della barriera... Sì, ci sono, ci sono! Il pesce Dracula!*

Uniko si era ricordato una lezione di Scienze di qualche mese prima. In un fiume del Myanmar era stata scoperta una sottilissima creatura lunga non più di diciassette millimetri e dotata di due microscopici ma affilatissimi canini, che altro non sono che il prolungamento della lisca. La memoria visiva di Jo Springfield era rimasta colpita dalla foto inquietante del pesciolino che, a parte le ridottissime dimensioni, sembrava un mostro marino. Ne riportò alla mente la forma per assumerne le sembianze.

Il cambio di aspetto e la diminuzione repentina della massa fisica lo frastornarono e gli fu necessario qualche istante prima di raccapezzarsi.

Gli altri Angeli della Primavera erano enormi in confronto a lui. Uniko doveva spostarsi di continuo per riuscire a vedere oltre le loro sagome. Anche il rischio di essere colpito con violenza era molto alto. Stava cominciando a pentirsi della decisione presa, quando scorse la rete. Scura, immensa, senza fine. Con due forti colpi di coda vi si lanciò contro e, man mano che si avvicinava, si entusiasmava nel percepire le maglie sempre più larghe. Scelse uno dei tanti riquadri e, senza esitazioni, ci si infilò, trattenendo il fiato. Non fu necessario alcuno sforzo: l'agilissima *Danionella Dracula* attraversò facilmente lo sbarramento. Si voltò felice per godere della momentanea vittoria e vide con un certo disappunto che la sua intuizione era stata copiata: dozzine di invertebrati piccolissimi stavano fuoriuscendo dai varchi e procedevano a ritmo sostenuto.

La competizione era più viva che mai e Uniko si concentrò per riprendere le sembianze di foca. La fatica gli impedì di accorgersi della remora che si era attaccata con la ventosa alla parte posteriore del suo corpo, facendosi trasportare, mentre comunicava telepaticamente con l'esterno.

Capitolo 47

OPHIDIEL E MIZAR

Valle di Sefira, 12 ore prima dell'Adlivun

"Mizar, sei riuscito a mantenere il centro?"

"Capitano..."

Mizar attendeva da secoli quella domanda. Per tutto quel tempo aveva rispettato il volere di Metatron: non si era mai messo in contatto con il suo maestro, anche se gli era costato molto ed era stata per lui una grande prova di forza interiore. Eppure non aveva mai smesso di pensare a Ophidiel, verso cui provava un'inestinguibile stima. Non sapeva quando, ma era convinto che un giorno Ophidiel sarebbe tornato e gli avrebbe chiesto di stare al suo fianco. Quel giorno era arrivato.

"So di poter contare su di te, Mizar. Non ho bisogno che tu me lo dica. Voglio solo che tu sappia che la resa dei conti è vicina. Molto vicina."

Mizar aveva riflettuto spesso sulla terribile vicenda di Ophidiel. Non vi era alcun dubbio sul fatto che Metatron avesse avuto ragione nel punirlo. Ma era certo che quella condanna lo avrebbe reso ancora più forte e determinato. Ophidiel era un guerriero invincibile, un leader eccezionale, aveva un coraggio straordinario. Non si sarebbe piegato e non avrebbe mai rinunciato alle proprie convinzioni.

"Ricordi, Mizar? Fermo come uno stagno e travolgente come una cascata."

Un brivido percorse la schiena dell'Angelo Guida.

"Tu l'hai fatto. In questi anni hai mantenuto la calma che solo i grandi posseggono. So quanto è stato difficile e mi rende orgoglioso che tu ci sia riuscito. Tra breve potrai scatenare la tua potenza di travolgente cascata. Tieniti pronto, Mizar. Tieniti pronto."

Ophidiel chiuse la comunicazione, lasciando Mizar in pieno stato confusionale. Un torrente di emozioni si rovesciava sulla sicurezza del maestro di arti marziali. Chiuse gli occhi per un attimo, cercando di ritrovare lucidità, e quando li riaprì vide Metatron: era seduto al suo fianco e osservava con attenzione la gara.

Il Saggio si fidava di lui e lo stesso valeva per Ophidiel.

Per Mizar era arrivato il momento della scelta definitiva.

Capitolo 48

TORNEO DELLA PRIMAVERA

- L'ASTUZIA DEL DELFINO -

Valle di Sefira, 11 ore e 30 minuti prima dell'Adlivun

"Sono con Uniko. Fin qui tutto bene. È stato bravo, ha superato la prova della rete con grande astuzia."

"C'è anche Unika?"

"È più indietro, ma sta rimontando, la vedo."

Yesod era sollevato dal resoconto di Nishida. "E l'umano?"

"Per il momento l'ho perso di vista. Sono attaccato alla coda di Uniko e riesco solo a guardarmi ai lati e alle spalle. Con ogni probabilità è più avanti. Nella prima parte è stato molto veloce e, direi, anche furbo. Comunque a breve mi trasformerò e accelererò per anticiparli alla prossima difficoltà."

Yesod era ancora sul costone roccioso, al fianco di Metatron e Mizar. Gli sguardi sembravano persi in un punto indeterminato dell'orizzonte, in realtà le loro menti erano accese e in azione. Alla loro destra, Eve aguzzava la vista per cercare di captare qualche movimento sotto il pelo dell'acqua, ma non ci riusciva. Dopo il ribollire della partenza movimentata, la superficie del lago si era ricomposta in modo quasi innaturale. Il bacino sembrava aver placidamente inghiottito i giovani angeli e la loro frenetica agitazione.

La folla di creature volanti si spostava con lentezza nell'aria, seguendo da vicino la gara.

Craig Walden studiava divertito la nuvola di corpi e di urla che incombeva sulle loro teste.

«Perché si spostano in quel modo?» chiese Eve, incuriosita.

«Seguono il Torneo» rispose il professore. «L'acqua è trasparente e molto limpida e consente un'ottima visibilità dall'alto, a patto di essere il più possibile sulla verticale dei partecipanti. Noi, da qui, non vediamo nulla perché siamo in una traiettoria obliqua.»

Le pupille di Eve si allargarono su quelle di Yesod, lasciando uscire in modo evidente il desiderio di osservare ciò che accadeva. Il Drago si voltò verso Metatron, che gli fece un impercettibile cenno di assenso.

«Andiamo!» propose Yesod a Eve, chinandosi per farla salire.

Lei guardò il professore e lui la levò dall'impaccio.

«Vai pure tu, Eve. Io resto qui, se la mia presenza non dà fastidio.»

«Ne siamo onorati, professore.» Il tono di Metatron era pacato.

Eve montò sul dorso di Yesod, che partì di slancio con un battito d'ali tanto poderoso da smuovere l'aria circostante, facendo vacillare Craig Walden. Salirono in cielo e si avviarono verso il centro del lago, mentre il pubblico volante si spostava con deferenza per far passare il capo degli Angeli Guida. In pochi secondi, raggiunsero il punto in cui si scorgevano chiaramente gli Angeli della Primavera alle prese con la rete.

«Eccoli!» urlò Eve, appena avvistò le sagome scure che nuotavano con agilità.

Erano pesci di dimensioni diverse e continuavano a superarsi l'un altro in una rincorsa entusiasmante e sensazionale.

Yesod si posizionò qualche decina di metri più avanti rispetto alla testa della gara e si abbassò di quota.

«Ma cosa sono?» domandò Eve quando focalizzò innumerevoli macchie bianche che si agitavano all'impazzata, facendo ribollire la superficie.

«Ghiaccio» rispose Yesod. «Blocchi di ghiaccio in balia di potenti vortici acquatici. Saranno un duro ostacolo da superare.»

Eve rabbrividì. La collisione era ormai prossima e avrebbe avuto conseguenze disastrose. I concorrenti non se n'erano ancora accorti e la folla rumoreggiava accalorata.

I primi a finirci dentro furono i pescecani che guidavano il gruppo: a causa della loro velocità, non ebbero alcuna speranza di frenare per tempo. Un grosso tonno venne sbalzato fuori dall'acqua in seguito a un violentissimo colpo ricevuto dal basso e cadde tramortito con un tonfo impressionante. Arrivando in seconda battuta, molte creature non riuscirono a fermarsi e si trovarono dentro turbinosi mulinelli, dove gli iceberg sbatacchiavano l'uno contro l'altro, spinti dalla corrente. Solo i ritardatari furono in grado di rallentare e pensare a come proseguire.

«È qui che si vede chi usa la testa» mormorò Yesod che osservava interessato.

«Cosa vuoi dire?»

«Non è possibile passare attraverso la marea di macigni ghiacciati. È troppo fitta e potente. Stavolta non è questione di dimensioni o velocità. Bisogna scavalcare i blocchi.»

Eve tornò a guardare in basso, verso i partecipanti disorientati. Il loro numero era diminuito sensibilmente in quanto alcuni erano rimasti intrappolati nella rete e altri si erano ritirati dopo l'impatto con il muro di ghiaccio. «Zack e Jo… cioè… Uniko… sono ancora in gara?» Eve temeva la risposta.

«Sì» la rassicurò Yesod mentre si abbassava, andando a posizionarsi in corrispondenza di un enorme e immobile barracuda con la pinna e gli occhi da squalo. «Quello è Zack» le disse, sapendo di provocare un'ondata di gioia nel suo animo. Poi si spostò un po' di lato. «E quello è Uniko.»

Eve seguì la traiettoria indicata dal Drago e vide sotto di loro una foca che non riusciva a star ferma e continuava a girare in tondo. La ragazza si stava abbandonando alla sensazione di ammirazione e tenerezza, quando sentì Yesod prorompere in un'esclamazione trasognata, per lui piuttosto inusuale.

«Sì!»

«Cosa succede?»

«Quella, cara Eve, è Unika!»

Eve girò il viso nella direzione dello sguardo di Yesod e rimase esterrefatta nel vedere uno splendido esemplare di delfino che spiccava un salto la cui potenza era degna del decollo di un aereo. Unika si elevò tracciando una parabola alta e lunga, che sembrava non finire mai. Il pubblico rimase senza fiato fino a quando l'animale planò con fragore in acqua, ben oltre il turbinio dei blocchi di ghiaccio. Un boato di esultanza accompagnò il colpo di coda con cui il delfino si immerse di nuovo nel lago, per poi ripartire spedito verso la cascata di Monte Marino.

In pochi secondi gli altri giovani angeli afferrarono l'idea e diedero vita a una sfilata di pesci alati e mante volanti che balzavano fuori dalle onde e scavalcavano la difficoltà, gettandosi all'inseguimento del delfino che era in testa alla gara.

Un delfino di nome Unika.

Capitolo 49

TORNEO DELLA PRIMAVERA

- IL FALCO E L'AQUILA -

Valle di Sefira, 11 ore prima dell'Adlivun

Il placido orizzonte subacqueo blu cobalto iniziava a striarsi di movimentate venature bianche e luminose. Si avvicinava la cascata di Monte Marino: era tempo di pensare e decidere.

Il barracuda era in ottima posizione e vedeva davanti a sé solo il delfino. Attorno aveva un paio di pescecani che viaggiavano alla sua stessa velocità. *Chissà se uno di questi è Jo...* I turbini che annunciavano le rapide spazzarono il pensiero dalla mente di Zack, che si focalizzò sul presente. Si fermò per valutare con più lucidità la situazione, prima di lanciarsi nel vuoto: avrebbe perso un po' di tempo ma avrebbe evitato il rischio di trovarsi di fronte a complicazioni inaspettate e ingestibili. Decise di trasformarsi in un grosso caimano, abbastanza forte da contrastare la violenza dei flutti e capace di sporgere la testa senza venir trascinato dalla corrente. Risalì lentamente in superficie e lasciò affiorare gli occhi prominenti e minacciosi che si riempirono di uno spettacolo meraviglioso.

Lo strapiombo era altissimo, sterminato e maestoso. Oltre i

pochi metri di acqua in ebollizione si stagliava una piana lussureggiante e profonda che bucava l'infinito. A destra si intravedeva una foresta scura e imponente, a sinistra si susseguivano colline ondulate e rigogliose. Il cielo sembrava più grande del solito e le poche nuvole di fronte alla cascata erano ridicole al suo cospetto.

Lo stupore di Zack durò poco, interrotto dalle urla di incoraggiamento che provenivano dall'alto. Alzò lo sguardo e vide la folla variopinta e rumorosa incitare lui e gli altri partecipanti. Tutti i concorrenti stavano ragionando sulla mossa successiva, quando un piccolo volatile schizzò fuori dal lago. Per qualche secondo rimase sospeso in aria: sbatteva le ali per liberarsi dall'acqua, creando una nube di goccioline.

Il caimano osservava paziente: attese che l'uccello fosse ben visibile e lo analizzò con attenzione. Sentì un brivido di piacere corrergli lungo il dorso appena lo riconobbe. Era un falco pellegrino, un animale che aveva ammirato durante un noioso pomeriggio d'inverno nella sua camera a Maple Town. Zack chiuse gli occhi e s'inabissò per qualche secondo, lasciando che i flash di memoria riaffiorassero nella sua mente. Era un giorno freddo e uggioso e, come spesso capitava, lui non aveva voglia di studiare e aveva acceso la televisione. Non trovando nulla di meglio che uno dei soliti documentari sulla Natura, l'aveva messo in sottofondo e si era sdraiato sul divano. Si stava apprestando a viaggiare con la fantasia, quando alcune immagini del video lo avevano colpito. Un rapace appollaiato sulla cima di una torre altissima si era gettato a capofitto verso il suolo a una velocità impressionante. Zack si ricordava ancora le parole del conduttore: «*Il falco pellegrino è l'animale più rapido al mondo. La sua velocità di crociera è relativamente bassa, ma quando si lancia in picchiata non ha rivali*». Ogni minimo dettaglio stava tornando alla mente di Zack, anche l'ultimo, fondamentale particolare: quel pomeriggio, nella sua stanza, non era solo. Insieme a lui c'era il suo migliore amico, Jo Springfield, che adesso era in testa al Torneo, con le sembianze del falco pellegrino. La sua traiettoria formava una perfetta diagonale verso la Piana della Vittoria e stava per bucare alcune nubi, seguito da altri Angeli della Primavera che l'avevano subito imitato.

Il caimano emerse dall'acqua con lo sguardo incendiato dall'emozione: Zack si sentiva come paralizzato e, per qualche istante, perse ogni capacità decisionale. Nel suo animo la gioia si mescolava a una violenta rabbia e l'ammirazione si dissolveva in una strana e forte invidia. Avrebbe voluto urlare il nome dell'amico, ma le sue sembianze non glielo permisero. Restò lì a guardare, mentre Jo spariva nelle nuvole bianche e con lui la sua speranza di recuperare. Cercò di rilassarsi. Riuscì a concentrarsi e si trasformò in un'aquila reale: ormai la vittoria era sfumata e non poteva far altro che volare alto, sopra quella valle dai colori accesi. Decise che avrebbe seguito da lassù le ultime fasi della gara. Si levò in un volo ampio ed elegante, con i potenti occhi puntati sui cumuli bianchi in cui aveva visto scomparire Jo e buona parte degli altri partecipanti.

Un pensiero cominciò a echeggiare nella sua testa. *Qualcosa non va... vai a vedere cosa succede*, si disse, ancora prima di capire.

Mentre si avvicinava, la visione chiara di ciò che stava succedendo lo fece trasalire: Jo e gli altri erano entrati nelle nubi e non ne erano più usciti. Zack rallentò fino quasi a fermarsi e osservò circospetto il più grande degli ammassi lattiginosi. Aveva la forma di un grande batuffolo e si vedevano distintamente i buchi lasciati dall'ingresso dei rapaci. Dall'interno provenivano grida lancinanti.

Mosso dalla voglia di cercare l'amico, Zack trasformò il suo cranio passando dalle sembianze dell'aquila a quelle umane. «Jooo!!!» urlò con voce potente e grottesca.

«Zack!» La risposta arrivò immediata.

«Che succede?»

«Non entrare, Zack... non entrare!»

«Cosa c'è lì dentro?»

«Non lo so... non lo capisco. Sembra colla, ho le ali impiastricciate, non riesco a muovermi.»

«Prova a trasformarti, prova a...»

«L'ho fatto, ma sono bloccato e non ne esco... Zack...»

«Dimmi, Jo...»

«Zack, per me il Torneo è finito.»

«Non dire stupidaggini, adesso tu...»

«Zack, ora tocca a te. Vai e vinci!»

L'animo dell'aquila con la testa umana era scosso da sensazioni opposte e contraddittorie. Una voglia fortissima di riprendere la competizione lottava contro la spinta a rimanere. L'ambizione ebbe la meglio e Zack si lanciò alla rincorsa degli altri concorrenti, lasciandosi alle spalle l'amico intrappolato nella nuvola.

Capitolo 50

TORNEO DELLA PRIMAVERA

- LA NEBBIA NERA -

Valle di Sefira, 10 ore e 30 minuti prima dell'Adlivun

"Nishida, resta con lui. A Unika ci penso io."

L'eliminazione di Uniko dalla gara era un'eventualità prevedibile e il Drago si era preparato ad affrontarla: Nishida avrebbe garantito l'incolumità del ragazzo, mentre lui si sarebbe concentrato su Unika.

La situazione è sotto controllo, constatò.

Si accorse che Eve si era incupita. Non riusciva a leggere le sue emozioni in modo chiaro: sentiva che la giovane era infastidita dal Torneo, ma non capiva se il suo turbamento dipendeva da ciò che era accaduto all'amico o da altre ragioni. Come il senso di impotenza derivante dal non poter agire per conto di Ophidiel per impossessarsi delle due Entità Fondamentali, per esempio.

«Non devi preoccuparti per Uniko» le disse Yesod per farla parlare. «Qualunque danno o lesione verrà guarita. Sui partecipanti c'è un incantesimo, non rischiano nulla.»

«Ci sono cose che non si possono sanare» rispose seccamente Eve. «Questa gara è violenta e pericolosa senza motivo. Tutti i concorrenti ricorderanno per il resto della loro vita il dolore e il terrore che stanno provando. Anche se i loro corpi torneranno perfettamente a posto, le loro anime potrebbero restare compromesse. Non capisco perché debbano pagare un prezzo così alto.»

Yesod fu colpito dalla profondità della ragazza. Avrebbe avuto tutti gli argomenti per controbattere; avrebbe potuto illustrarle le forti differenze esistenti tra la sensibilità degli esseri umani e quella degli angeli; avrebbe voluto spiegarle quanto superiori fossero le risorse psico-fisiche di un abitante di Sefira rispetto a quelle di un uomo. Ma non lo fece, perché non era quello il momento. «Vuoi che ti riporti alla base?» si limitò a chiederle.

«No, vorrei continuare a seguire il Torneo. C'è un mio amico là in mezzo.»

I partecipanti rimasti in gara erano una decina, tra cui Unika. Alla cascata di Monte Marino era in testa: aveva scelto di trasformarsi in una poiana, un uccello molto meno veloce del falco pellegrino. Quella era stata la sua salvezza: dalle posizioni di retrovia aveva avuto la possibilità di osservare ciò che era accaduto ai velocissimi rapaci, riuscendo a evitare la trappola delle nuvole. Adesso volava circospetta, verso la Piana della Vittoria.

Yesod si era portato in prossimità del punto in cui gli Angeli della Primavera sarebbero atterrati, rimanendo sospeso a pochi metri da terra.

«Perché non scendiamo?» Eve era perplessa.

«Per vedere ciò che succederà fra poco è meglio stare in aria, fidati di me.»

Mentre l'agitazione di Eve cresceva, una specie di vapore scuro cominciò a salire dal suolo e, in pochi secondi, s'ispessì, diventando una densa coltre di foschia. Occupava una superficie vasta quanto un campo di calcio ed era alta svariati metri. Aveva un aspetto tetro e terrorizzante. Era nebbia nera.

«No!» urlò Eve. «Si schianteranno!»

«Non credo» rispose calmo Yesod. «Adesso volano a bassa

velocità e hanno il tempo di rallentare, anche se non potranno evitare di planare dentro l'ostacolo.»

«E quindi?»

«La nebbia nera toglie ogni visuale e fa perdere l'orientamento. La percezione dei movimenti viene completamente distorta: ti sembra di correre in una direzione e invece ti stai muovendo in tondo. Una volta entrati, è impossibile uscirne. A meno che...» Yesod s'interruppe, quando il boato del pubblico annunciò che gli uccelli stavano piombando nella coltre scura.

Il sibilo dei volatili inghiottiti dal buio risuonò sinistro nelle orecchie di Eve, che era già angosciata per Zack.

«A meno che?»

La domanda non ebbe risposta. Un silenzio agghiacciante cadde sulla Piana della Vittoria: tutti avevano capito che quella sarebbe stata la difficoltà decisiva. Il tempo scorreva, dilatando e amplificando la tensione. Nessun partecipante compariva dalla nebbia.

«E se nessuno ce la fa a venirne fuori?» Eve aveva il cuore in gola.

«Qualcuno ce la farà.»

«Ma come?»

«C'è sempre una via d'uscita. Se si ha coscienza di questo, si acquisisce la lucidità necessaria per trovarla. Altrimenti si viene travolti dal pessimismo e dal panico. E non si va avanti.»

Eve osservò il muso del Drago. Il respiro pesante e rumoroso gli dilatava il collo con ritmo regolare, mentre teneva lo sguardo fisso sulla gara. La ragazza era molto colpita da quella creatura dalle sembianze durissime e dai modi severi, che però dimostrava una sensibilità profonda. Fece sua la piacevole sensazione di essere in compagnia di un animo nobile e chiuse gli occhi. Li riaprì per focalizzarli sull'enorme buco nero che aveva appena divorato dieci giovani angeli.

Non ne usciva niente e nessuno.

Capitolo 51

TORNEO DELLA PRIMAVERA
- ATTESA ALLA PIANA DELLA VITTORIA -

Valle di Sefira, 10 ore e 30 minuti prima dell'Adlivun

«Il Torneo sta entrando nella sua fase cruciale. Professore, vuole accompagnarmi all'arrivo?»

Craig Walden non finiva di essere sorpreso dal garbo rispettoso che Metatron gli riservava. Sapeva di trovarsi al cospetto di una delle creature più potenti dell'Universo e non riusciva ad abituarsi al suo tono amichevole. «Ne sarei onorato» rispose con deferenza.

«Bene, allora la farò trasvolare insieme a me.»

Mentre il professore attendeva, teso ed emozionato, il Saggio gli mise una mano sulla spalla. «Prima ho bisogno di un po' di tempo per un'ultima cosa. Intanto si rilassi e sciolga l'ansia che le irrigidisce la mente. Vedrà, non c'è motivo di preoccuparsi.»

Metatron congiunse le mani, aprì lo sguardo sull'orizzonte e poi abbassò le palpebre, sintonizzandosi con il capo degli Angeli Guida.

"Valoroso Yesod, com'è la situazione?"

"Uniko non è riuscito a superare la prova del volo ed è rimasto intrappolato nella nuvola. Non ha riportato danni particolari. Nishida è vicino a lui e lo tiene sotto controllo. Io sono con Eve alla Piana della Vittoria, in prossimità della nebbia nera, dove sono finiti tutti i partecipanti rimasti in gara. Tra di loro ci sono Unika e Zack. Non ne è ancora uscito nessuno. Aspettiamo."

"Ottimo. Allora io posso recarmi al podio di pietra. Porto con me il professore. Per favore, dà istruzioni a Nishida perché mi raggiunga insieme a Uniko. Tu resta lì e sorveglia Unika. Teniamo aperta la comunicazione."

"Sarà fatto, Metatron."

Il Saggio si voltò verso Craig Walden con un certo compiacimento. «È pronto, professore?»

«Sì.»

«Faccia un bel respiro, chiuda gli occhi e si rilassi. Al resto ci penso io.»

Craig Walden seguì le indicazioni di Metatron. Dopo qualche secondo sentì un forte calore avvolgergli le braccia e diffondersi gradualmente per tutto il corpo fino a raggiungere la sua mente.

«Ci siamo. Può riaprire gli occhi.»

Lo scenario che si offrì alla vista del professore era molto diverso dal precedente. Si trovava su una formazione rocciosa monolitica d'imponente grandezza che troneggiava in mezzo a una pianura vasta e verdissima, una specie di grande masso appoggiato su un prato sterminato. La luce del sole era ormai un debole residuo che si perdeva negli spazi aperti della Piana della Vittoria ed enfatizzava l'effetto spettacolare dei due filari paralleli di fiaccole. Le torce delimitavano un lunghissimo rettilineo, che partiva da un punto imprecisato della distesa e arrivava al cospetto del monolite. Craig Walden associò l'immagine alle piste d'atterraggio viste di notte dalla cabina di pilotaggio di un aereo. E capì che erano proprio sull'ultima parte del percorso del Torneo. Il podio di pietra segnava il traguardo.

Quando il professore riuscì a distogliere la propria attenzione dalla maestosità di quel paesaggio, realizzò che era in piedi in un grande incavo molto in alto, che offriva ospitalità a lui, a Metatron e ad altre due creature, all'estremità opposta. Il dorato bagliore di due grossi fuochi lo aiutò a riconoscere Uniko e Nishida, e si sorprese nel sentire nel petto una forte emozione. Avrebbe voluto correre dal ragazzo e abbracciarlo ma si trattenne, consapevole della situazione delicata in cui si trovava. Si avvicinò lentamente e lasciò che fosse il Saggio a parlare.

«Nishida, sei stato veloce ed efficiente come al solito, sei arrivato prima di me.»

«Ognuno ha i suoi talenti, luminoso Metatron. E i miei sono tutti al tuo servizio» rispose l'Elfo con la prontezza di sempre.

«Come stai, Uniko?» chiese Metatron con tono paterno.

«Sto bene, ma sono un po' deluso per la mia prestazione. Sono stato avventato, non ho pensato a sufficienza a quello che facevo e adesso ne pago le conseguenze.» Poi si voltò verso Craig Walden. «Buonasera, professore. Sono felice di rivederla!»

Craig Walden apprezzò lo slancio di Uniko nel salutarlo e gli tese la mano. Uniko gliela strinse con entusiasmo e con un sorriso sincero.

«Hai già tratto il giusto insegnamento.» La voce potente di Metatron si riappropriò dell'attenzione di Uniko. «La forza, la velocità, la destrezza sono importanti per il raggiungimento di un obiettivo, ma possono essere inutili se non sono precedute dal pensiero lucido e intelligente. C'è un tempo per riflettere e un tempo per agire. Prima viene uno, poi l'altro.»

«Dov'è Unika? E Zack? E Eve?» Uniko fremeva dalla voglia di avere notizie dei suoi amici.

«Si trovano laggiù.» Metatron puntò l'indice verso una specie di foschia scura che si appoggiava sulla pianura, macchiandola in modo inquietante.

La parte di cielo che sovrastava il passaggio era affollatissima, ma nessun rumore trapelava. Il silenzio era raggelante.

«Unika e Zack sono ancora in gara, stanno bene e si trovano con gli altri partecipanti dentro la nebbia nera che toglie il senso dell'orientamento. Eve è lì con Yesod, stanno seguendo da vicino i loro progressi» spiegò Metatron.

«Voglio andarci anch'io, voglio osservare quello che succede!» esclamò l'angelo biondo, scalpitando.

«Uniko, devi fare tesoro di ciò che ti accade. Hai appena toccato con mano l'importanza del pensiero e quanto sia fondamentale esercitarlo prima di agire.»

Uniko guardò Metatron, imbarazzato per quel rimprovero.

«Tu sei un angelo, hai poteri e abilità che nemmeno immagini. Prima di agitarti, prova a pensare che, forse, tra questi c'è la capacità di vedere lontano. Dai, aguzza la vista!»

Uniko non se lo fece ripetere due volte e indirizzò gli occhi verso la macchia buia, concentrandosi. Immediatamente percepì dettagli nitidissimi della situazione. Riusciva a cogliere i volti degli angeli tra il pubblico, i loro movimenti, le caratteristiche dei loro corpi. Poi catturò la sagoma del Drago che volava basso.

«Eve!» gridò contento, quando scorse la sua amica sul dorso di Yesod.

Craig Walden lo osservava compiaciuto. Apprezzava sempre più il rapporto che legava i ragazzi ed era felice di farne parte, in qualche modo. Mentre assaporava quella gradevole sensazione, il professore notò i lineamenti di Uniko irrigidirsi per la tensione. Il sorriso vivace si era trasformato in un'espressione dura e assorta.

«Cosa vedi?» gli chiese Metatron.

«La nebbia nera... ne sta uscendo qualcosa.»

Capitolo 52

TORNEO DELLA PRIMAVERA

- L'ULTIMA SFIDA -

Valle di Sefira, 10 ore prima dell'Adlivun

Yesod percepì il piccolo vortice che si stava creando nella parte più a ovest della massa buia. Intuì che preludeva all'uscita di un partecipante e, con un colpo d'ali ben assestato, si portò in corrispondenza del punto esatto.

«Ci siamo» disse a Eve. «Qualcuno ha trovato il modo di venirne fuori.»

La ragazza si sporse per vedere meglio la scena. Intanto, anche il pubblico aveva notato la turbolenza e aveva preso a rumoreggiare, accalcandosi sopra la zona in movimento. In quegli interminabili secondi di attesa tutta l'attenzione dell'Universo sembrava concentrarsi su quel piccolo angolo della Piana della Vittoria. Ed esplose quando un cranio di dimensioni contenute fece capolino, bucando la parte alta della foschia. Era chiaro, completamente calvo e incastonava due occhi grandi in una cornice ossea robusta e nodosa.

«Cos'è?» Eve era esterrefatta.

«È una delle poche creature che può superare questa situazione» rispose Yesod con la consueta sicurezza.

«Cioè?»

«È un *Amphicoelias albino*, un sauropode vissuto sulla Terra nell'Era Giurassica.»

«E perché è in grado di vincere la nebbia nera?»

«Oh, è molto semplice» spiegò Yesod con una vena di ironia. «Molto probabilmente è l'animale più lungo che sia mai esistito.»

Eve comprese la linearità di quella soluzione. Bastava essere più alti della coltre per portare la testa e gli occhi fuori dall'oscurità, così da riacquistare il senso dell'orientamento. Il sauropode stava facendo proprio questo: la sua nuca svettava qualche metro sopra il buio e si spostava lentamente verso il lato da cui partivano i filari di fiaccole del rettilineo finale.

La folla applaudiva e lanciava urla di approvazione rivolte al colosso con l'espressione innocua. Il suo lunghissimo collo compariva passo dopo passo, seguito dalle robuste zampe anteriori e dal corpo panciuto. La coda era interminabile al punto che l'estremità era ancora avvolta dalla foschia quando si fermò per prendere fiato e assaporare la gioia di quell'importante risultato.

«Chi è? Chi è?» Eve non stava nella pelle dall'emozione e martellava Yesod con l'ovvia domanda.

«Non lo so ancora» rispose enigmatico il Drago. I suoi sensi superiori gli dicevano che le creature in uscita dalla nebbia erano due, ma i suoi occhi ne vedevano solo una. Rimase sospeso nel dubbio fino all'istante in cui il dinosauro riprese la marcia. Appena la sua sagoma spuntò completamente e il pubblico proruppe in un boato di sorpresa, Yesod capì.

Attaccata con i denti alla punta della coda dell'Amphicoelias c'era una iena. Esausta, si lasciava trascinare, con il dorso a terra e le zampe flosce e prive di forza. La prova aveva prosciugato tutte le sue energie e, prima di crollare sfinita, si era avvinghiata disperatamente al grande animale preistorico per farsi trasportare oltre la massa nebulosa. Subito fuori, la iena mollò la presa e lasciò cadere il muso al suolo. Solo allora il dinosauro si rese conto dell'ospite. Si girò, lo osservò, sbatté le palpebre per lo stupore e realizzò di essersi portato dietro un altro concorrente. L'Amphicoelias e la iena si guardarono negli occhi, immobili, per un attimo, prima dello scatto decisivo verso la vittoria.

Eve sembrava sbranare la scena con la bocca aperta e le iridi accese.

La trasformazione del sauropode fu spettacolare. In una frazione di secondo la coda e il collo si rimpicciolirono, mentre il corpo prendeva le aggraziate forme di Unika. La ragazza apparve in ginocchio, le braccia lungo i fianchi, l'espressione affaticata ma sorridente e lo sguardo rivolto verso il cielo coperto dalla folla festante. Poi si voltò verso il suo avversario. La iena era scomparsa. Sdraiato su un fianco c'era Zack, stremato.

L'aitante ragazzo di Maple Town conservava una notevole plasticità, nonostante l'evidente stanchezza. La maglia lacerata lasciava intravedere i muscoli scolpiti del petto e il torace ampio su cui si innestavano due spalle robuste. Il viso provato ma sempre bellissimo era distorto da un ghigno inquietante, che Eve faticò a riconoscere.

«Adesso ce la giochiamo, eh?» Zack si rivolse a Unika, ansimando.

Lei non rispose. Spense l'ultima fiamma di sorriso e cominciò a correre, imboccando il percorso segnato dalle torce che puntava dritto verso il traguardo. Zack si alzò con grande agilità e si lanciò alla sua rincorsa.

Il pubblico era in un turbine emotivo. Tutti gli angeli si accalcavano sia sopra che ai lati dei duellanti, creando una specie di tunnel in movimento che incitava a perdifiato. Lo svolgimento del Torneo era stato sensazionale e ora regalava un finale di un'intensità mai vista. Perfino Metatron era in piedi, sbalordito.

I due ragazzi procedevano a tutta velocità. I denti digrignati, la fronte contratta e l'espressione tesa incorniciavano un gesto di corsa non proprio perfetto. Le gambe erano pesanti e le braccia si muovevano scomposte, quasi a cercare aiuto in un'improbabile presa nell'aria. Zack recuperò a fatica lo svantaggio su Unika e l'affiancò. Lei riuscì ad accelerare quanto bastava per non essere superata. Proseguirono a lungo uno vicino all'altra, tenendosi sotto stretto controllo e lanciandosi occhiate fiammeggianti. Stavano dando più del massimo possibile e l'affanno assorbiva tutta la loro concentrazione. Tanto che non si accorsero della difficoltà che li attendeva. L'ultima, quella che avrebbe deciso il vincitore del Torneo della Primavera.

Capitolo 53

LA FINE DEL TORNEO

Valle di Sefira, 9 ore e 30 minuti prima dell'Adlivun

Unika sentiva di essere allo stremo, eppure riuscì a trovare l'energia per aumentare il passo. La vista era annebbiata dalla fatica, il sudore le imperlava il volto, ma le gambe spingevano ancora con efficacia sul manto erboso. Il monolite era ormai a un centinaio di metri e tutto ciò che doveva fare era arrivarci il prima possibile. Al suo fianco, Zack non perdeva un metro e correva con una postura rigida, ma molto potente. Lo sprint finale che si stava consumando quella sera nella Piana della Vittoria era il più appassionante a cui Sefira avesse mai assistito.

Il lamento che accompagnava ogni affannosa espirazione di Zack diventò un urlo di sbigottimento quando il ragazzo sentì il terreno cedere sotto il piede destro. Perse l'equilibrio e si sbilanciò in avanti. Fu abbastanza rapido nell'allungare le braccia e appoggiare le mani al suolo. Cercò di rialzarsi, ma non ci riuscì e proseguì convulsamente a quattro zampe.

Unika non fece in tempo a capacitarsi dell'effimero vantaggio che la sorte le stava riservando, perché si ritrovò a ruzzolare con la faccia a terra. Si rese conto in leggero ritardo che la superficie su cui si stavano muovendo era cambiata di colpo: il colore si era fatto più chiaro e la consistenza diversa. Non reggeva il peso dei loro corpi e si fratturava inesorabilmente ogni volta che vi si appoggiavano. Unika provò a sollevarsi, mentre Zack tentava di superarla, ma nessuno dei due era più in grado di proseguire: enormi crateri si aprivano sotto di loro, diventando sempre più profondi man mano che il traguardo si avvicinava.

Zack capì che ogni tentativo di correre si traduceva in una caduta dolorosa e sfiancante. Si fermò carponi e restò immobile, cercando di ordinare le idee e di recuperare un po' di fiato. Qualche metro davanti a lui, Unika aveva trovato il modo di avanzare. Strisciava leggera sui gomiti e sulle ginocchia, con i gesti simili a quelli dei marines in azione. Zack la imitò senza accelerare e rimase praticamente incollato ai suoi piedi. A un tratto sollevò la testa e vide ciò che i suoi occhi si aspettavano di vedere: poco oltre il terreno cambiava colore, tornava a essere bruno e appariva di nuovo compatto. Zack pensò, elaborò la strategia e decise come avrebbe giocato le sue carte.

Unika era ormai vicinissima alla sponda solida e sapeva che di lì in poi avrebbe potuto riprendere a correre. Si voltò e osservò Zack che incalzava poco dietro. Valutò che il suo avversario non avrebbe fatto in tempo a sorpassarla e sentì diffondersi dentro di sé il brivido della consapevolezza: poteva vincere. Non doveva fare altro che arrivare con le mani al bordo fermo e trascinare il corpo su di esso. A quel punto avrebbe potuto alzarsi finalmente in piedi, per precipitarsi verso il trionfo.

Unika effettuò con rinnovata vitalità le ultime due bracciate, allungò la mano destra e si agganciò al suolo scuro. Concentrò tutta la forza che aveva nel bicipite e si tirò in avanti, mentre con rapidità tendeva anche il gomito sinistro. Le mancava poco. Inspirò tutta l'aria che poteva per compiere l'ultimo sforzo. Sentiva le spalle bruciare dolorosamente e i palmi e le dita sbucciarsi al contatto con la terra ruvida. Fu in quel momento che il mondo le crollò addosso.

Le sue caviglie si irrigidirono di colpo e i muscoli dei polpacci si contrassero in modo innaturale. Una morsa la tratteneva. Urlò dal male e fece ancora più trazione sulle spalle per avanzare, ma una presa vigorosa le afferrò il bacino. Zack l'aveva abbrancata e sarebbe passato sopra di lei. Il pensiero esplose come un uragano di rabbia nella testa di Unika, quando capì che lui intendeva usare il suo corpo come ponte verso la sponda dura. Ma l'istinto di andare avanti era così forte che il giovane angelo non mollò l'appiglio sul terreno. Nemmeno quando sentì il ginocchio sinistro di Zack puntare pesantemente sulla sua schiena per fare da perno e slanciare l'altro piede contro la scapola destra. Nemmeno quando tutte le ossa del suo dorso scricchiolarono provocandole un'acuta sofferenza. Nemmeno quando si sentì d'un tratto leggera, sollevò la testa e vide Zack dominante davanti a lei, pronto a lanciarsi verso il traguardo.

Lui era fermo, ansimava e la guardava. L'atmosfera nella Piana della Vittoria era piombata in un silenzio irreale che esprimeva l'assoluta disapprovazione del pubblico per il comportamento di Zack. La folla taceva, nella speranza di assistere a un gesto riparatore. Tutti si aspettavano di vedere la mano tesa di Zack pronta ad aiutare la fanciulla ad alzarsi per poi accompagnarla alla meritata vittoria. Unika, invece, non si aspettava nulla. L'espressione degli occhi di Zack rifletteva inequivocabilmente la raggelante luce della malvagità.

Dalle la mano...

Il ragazzo dai capelli corvini non ascoltò la voce proveniente dalla sua coscienza. Si voltò di scatto verso il monolite e prese a correre in progressione, mentre i pensieri sbalorditi degli angeli si trasformavano in grida di dissenso e disappunto. Arrivato all'ultima fiaccola, rallentò e puntò lo sguardo verso Metatron, lanciandogli un'occhiata minacciosa e carica di sfida. La luce della torcia scolpiva i suoi lineamenti, rendendoli ancora più duri e rocciosi.

Il Saggio non mosse un muscolo e continuò a fissarlo gelido dal podio, mentre al suo fianco Uniko era incredulo.

Il fragore della folla divenne un vero e proprio boato di urla ostili verso l'umano che aveva infranto il codice etico del Torneo e adesso osava addirittura mancare di rispetto a Metatron.

Zack rimase immobile e spavaldo anche quando la valle fu scossa da un tuono sferzante. Il cielo si rischiarò all'improvviso e si accese di un rosso infuocato. Dopo un attimo di disorientamento, tutti gli Angeli Guida si disposero intorno a Metatron. Mizar era alla sinistra del Saggio, Yesod era accorso vicino a Unika, Nishida cingeva con le sue braccia le spalle di Uniko e Eve. Craig Walden aveva la bocca spalancata, come tutte le creature di Sefira, con il viso orientato nella direzione in cui il lampo aveva avuto origine.

Un puntino luminoso cresceva di dimensione e intensità, prendendo velocemente le forme di una sagoma che diventava sempre più chiara, sempre più netta, sempre più vicina. Era quella di un guerriero statuario, dal fisico potente e completamente glabro, con la testa rasata e gli occhi incendiati di rabbia.

La possente figura di Ophidiel piombò con prepotenza dal cielo. In piedi su un fascio di luce accecante, puntava il podio di pietra e in pochi secondi lo raggiunse. Si fermò a qualche decina di centimetri da Metatron, in una quiete surreale che si interruppe solo dopo un istante interminabile.

«Ciò che doveva essere, adesso è.» La voce tuonò vigorosa, mentre si rivolgeva alla comunità. «Il tempo ha reso giustizia all'ignobile misfatto compiuto contro di me. Era scritto che io assumessi il comando di Sefira, poiché ero l'angelo migliore, ma non fui ascoltato, venni aggredito e mandato in esilio.» Ophidiel si voltò verso il Saggio che lo osservava inespressivo e tese un dito in direzione del suo volto, prima di proseguire con tono ancora più iracondo: «La brama di potere ti ha accecato, Metatron. Ti sei macchiato della colpa più odiosa. Ora il momento della resa dei conti è arrivato». Tacque qualche istante, per poi arrivare al cuore del suo discorso. «Ma io sarò magnanimo quanto tu fosti avido e ingiusto, e voglio offrirti una grande possibilità: puoi fare oggi ciò che avresti dovuto fare quindici anni fa. Consegnami le due Entità Fondamentali e il tuo regno. Fallo pacificamente e non verrà sparso sangue. Non opporre resistenza e terrò a freno le mie potentissime armate. Sottomettiti al mio volere e avrai salva la vita. Tu, gli Angeli Guida e tutta la popolazione di Sefira.»

Metatron lo fissava in silenzio.

Con un ghigno che esprimeva odio e sicurezza, Ophidiel concluse la sua incursione nella Piana della Vittoria. «Ti lascio tutta la notte per riflettere e prendere una decisione. Aspetterò la tua risposta domattina all'alba. Pensa, Metatron, pensa attentamente: non costringermi a scatenare l'Adlivun con il suo carico di morte e distruzione. Io raggiungerò comunque il mio scopo, lo sai. Risparmia al popolo di Sefira l'orrore: sarà il tuo modo di redimerti per tutti i tuoi sbagli e per il torto che mi hai fatto.» Ophidiel arretrò di poco, rimanendo in piedi sul fascio di luce, e lanciò un urlo terrificante. «Domattina, all'alba, alla Pianura del Sole di Melia. Se non avrò la tua resa... sarà l'Adlivun!»

Fece un cenno al ragazzo dai capelli corvini che era rimasto in piedi di fronte al podio di pietra e allungò il fascio di luce verso di lui. Zack vi salì con un agile balzo e insieme a Ophidiel sparì nel buio della notte.

Parte Terza

Nulla è impossibile per chi cerca la dannazione

Capitolo 54

IL CONSIGLIO DEGLI ANGELI GUIDA

Valle di Sefira, 9 ore prima dell'Adlivun

Adlivun.

Il suono sinistro di quel nome tanto temuto era serpeggiato nel cupo mormorio della folla. Si era propagato come un'onda sismica che aveva raggiunto e scosso la coscienza di Metatron.

Il Saggio poteva sentire i brividi che si ripercuotevano tra la sua gente: l'Adlivun aveva i colori dell'Apocalisse, dello scontro finale tra Bene e Male, della furia devastatrice che si sarebbe abbattuta sulla quiete dell'innocenza. Soprattutto, l'Adlivun era il sipario delle Tenebre che sarebbe sceso sul futuro di Sefira: tutti gli angeli conoscevano il mistero della sua profezia, ma nessuno poteva prevederne le conseguenze. Le Sacre Scritture s'interrompevano dopo le inquietanti descrizioni di dolore e morte portate dall'Adlivun. Raccontavano con chiarezza il triste presagio legato alla Cometa e delineavano gli orribili scenari della battaglia, ma un velo di ombroso silenzio copriva il domani. Ed era questo l'elemento che più di ogni altro suscitava paura: il buio sull'avvenire, la possibilità che si instaurasse un nuovo ordine malvagio, l'idea di un'eternità fatta di ingiustizia e sofferenza.

Negli occhi degli angeli assiepati sulla Piana della Vittoria si leggeva lo sgomento, che si rifletteva sul volto serio di Metatron. Ophidiel era sparito da pochi secondi insieme a Zack, e il popolo di Sefira aspettava dal Saggio l'indicazione della direzione da seguire.

Fedele al suo ruolo di guida, Metatron scandì poche parole profonde: «Angeli di Sefira, questo è il momento di essere forti. Il ritorno di Ophidiel non ci coglie di sorpresa, tanto meno impreparati: sapevamo che sarebbe successo e sta succedendo. Il Consiglio degli Angeli Guida si riunirà immediatamente e nelle prossime ore vi faremo conoscere le nostre decisioni». Fece un'unica, breve pausa prima di congedare la folla, aprendo le mani in un gesto rassicurante. «Tornate a casa, adesso. E non smettete di avere fiducia nel futuro.»

Mentre tutti si allontanavano, Metatron comunicò per via telepatica con gli Angeli Guida. "Vediamoci nella Sala delle Decisioni. Massima priorità." Poi si rivolse a Yesod e Nishida: «Portate Unika, Uniko e gli umani con voi. Non perdeteli di vista nemmeno per un attimo». E continuò a dedicarsi alla sua gente, prodigo di saluti, sorrisi e cenni gentili: ancora una volta infuse serenità e sicurezza, tenendo per sé l'enorme preoccupazione che lo tormentava.

Metatron fu l'ultimo a lasciare la Piana della Vittoria, assaporando i magnifici colori di quella notte che avrebbe cambiato per sempre il corso della loro vita.

Quando Metatron arrivò nella Sala delle Decisioni non fu sorpreso di trovare gli Angeli Guida già schierati, ognuno al proprio posto intorno all'enorme tavolo di pietra. Il Saggio esplorò gli sguardi: erano tesi ma fieri. Si sentì forte e fiducioso: aveva davanti a sé i suoi generali e sapeva di poter contare sulla loro totale affidabilità e determinazione. Con un leggero movimento del capo salutò la coppia di giovani angeli che sedeva vicino ai due umani sulla panca di legno appoggiata alla parete.

Gli occhi di Unika sprigionavano fiamme di energia, rabbia e dedizione. La ragazza avrebbe voluto alzarsi e correre da lui per abbracciarlo e offrirgli tutta la forza e l'abnegazione che aveva dentro, ma si trattenne e rimase dov'era. Le fatiche del Torneo sembravano non avere intaccato la sua vitalità.

Metatron captò il disagio di Uniko. Il ragazzo era accanto a Eve. Le cingeva le spalle per darle conforto, anche se il più bisognoso di supporto sembrava proprio lui. La sua angoscia era il risultato delle violente emozioni delle ultime ore. La rocambolesca fuga da Maple Town, la rivelazione della sua vera identità, la coscienza di essere così speciale e di correre un pericolo mortale, l'aggressione di Ophidiel a Thinkingblu, la sfortunata partecipazione al Torneo culminata con il trauma più profondo di tutti: il tradimento del suo migliore amico.

Metatron percepiva ciò che Uniko stava provando, ma ora come ora non poteva fare niente per aiutarlo. "Coraggio, ragazzo!" lo spronò telepaticamente, strizzandogli l'occhio.

Il Saggio si concentrò sulla priorità del momento: era di fronte ai diciotto Angeli Guida, che aspettavano di ricevere le sue istruzioni. Raccolse le idee, ma appena aprì bocca fu interrotto dalla voce grave e solenne di Yesod: «Saggio Metatron, posso parlare?»

«Certo, valoroso Yesod, il tuo pensiero è prezioso» rispose Metatron, colpito dall'iniziativa del Drago.

«Parlo a nome dell'unanimità degli Angeli Guida. In attesa del tuo arrivo ci siamo consultati e vorremmo metterti a parte della nostra opinione prima che tu prenda la decisione finale.»

«Ti ascolto con grande interesse.»

«Vogliamo combattere e sconfiggere Ophidiel» annunciò Yesod. «È nostro dovere lottare per la pace ed è ciò che desideriamo più di ogni altra cosa. Abbiamo fiducia nei nostri mezzi, crediamo nei nostri cuori, siamo pronti a offrire le nostre vite. Saggio Metatron, non consegnare le Entità Fondamentali a Ophidiel. Guidaci in battaglia e portaci alla vittoria!»

Metatron era commosso. La forza di volontà dei *suoi* Angeli

Guida gli gonfiava l'anima di orgoglio e speranza. Era colpito dalla sicurezza con cui Yesod si era fatto portavoce di una posizione così risoluta nei confronti del fratello. La sua era una vera e propria dichiarazione d'amore assoluto verso Sefira: oltre ogni interesse privato, al di sopra di ogni legame affettivo. Il capo degli Angeli Guida avrebbe sacrificato la propria vita e i propri sentimenti per la salvezza suprema, dando a tutti un trascinante esempio di solidità e dedizione alla causa comune.

«Grazie, amici miei» disse Metatron. «Vi ammiro per il vostro coraggio. Il mio sentire è in tutto e per tutto uguale al vostro: non ho mai pensato di cedere il governo di Sefira a Ophidiel.» Lasciò che l'ultima, importante affermazione sedimentasse nelle loro coscienze e continuò: «Adesso andate a casa e organizzate la vita di coloro per cui siete importanti: dovranno fare a meno di voi per qualche tempo. Vi aspetto domattina, prima dell'alba, al Tempio della Saggezza: definiremo la strategia con cui scenderemo in battaglia». Poi si voltò verso il Drago. «Yesod, allerta gli Angeli della Forza e di' loro di prepararsi: dovranno schierarsi alle prime luci del giorno nella piana di fronte all'Eremo delle Arti. Voi quattro invece» si rivolse con fare gentile a Uniko, Unika, Eve e Craig Walden «passerete la notte alla Torre.»

La concentrazione nella sala era altissima.

«Non posso prevedere le trame di Ophidiel, ma è certo che ci attende una prova difficile, sicuramente la più dura che abbiamo mai affrontato. Dovremo combattere un nemico dalla potenza inimmaginabile e dovremo essere pronti a fronteggiarlo con valore, intelligenza, fermezza e, soprattutto, fiducia in noi stessi e nei nostri compagni. Voi siete i principali depositari di questa fede: è vostro compito trasferirla a tutti gli angeli in campo.» Rifletté per un attimo e concluse con enfasi: «Non so cosa accadrà domani, ma sono sicuro che alla fine dello scontro i vincitori saremo noi!»

Congedò tutti con un cenno di entrambe le mani e rimase in piedi, assorto, mentre gli Angeli Guida uscivano dalla stanza.

Capitolo 55

L'ALBA DELLA BATTAGLIA

Valle di Sefira, 2 ore prima dell'Adlivun

L'alba era alle porte.

Il sole stava sorgendo, incendiando l'orizzonte come uno squarcio di luce in un cielo ancora notturno. La luna piena dominava gli incalcolabili secondi in cui il buio si confonde con i primi bagliori. Si palesava come se volesse sfidare il costante splendore della Cometa, che da quindici anni imperversava senza tregua. Nessuna nuvola appannava l'azzurro del mattino. L'aria era tersa e frizzante e i primi raggi donavano ai colori la loro naturale nitidezza.

Tutto sembrava immobile e fermo. L'atmosfera era pervasa dall'apparente inerzia che precede il temporale. Il caos si nascondeva, pronto a sferrare un agguato, affamato e bramoso di scatenarsi sulla valle in un'ondata di furia implacabile. Poteva essere il primo giorno di una nuova Era o l'ultimo giorno di una grande storia.

Metatron lasciò che il suo sguardo vagasse libero sulla distesa sterminata che circondava la Torre. Non c'erano confini. Non ce n'erano mai stati. Sefira era un luogo di pace e di equilibrio. Il

Saggio assaporò la sensazione di eternità che quella vista continuava a regalargli. Respirò a pieni polmoni, quasi per accogliere dentro di sé e rendere immortale il paesaggio che si schiudeva armonioso di fronte ai suoi occhi. Ora riusciva a toccarne la fragilità. Si chiese se ci sarebbe stato un futuro.

L'avrebbe scoperto presto. Anche se la notte appena passata sembrava non finire, il domani sarebbe arrivato rapido e violento. E lui era deciso a combattere e dare l'anima per riempirlo di nuove prospettive. Era determinato, ma non era pronto. Nessuno poteva dirsi preparato ad affrontare l'Adlivun che stava per abbattersi sul creato per sprofondare nelle tenebre la speranza, i sogni, l'avvenire.

Chiuse le mani a pugno.

Quanti ricordi. Quanta vita. Quanti avvenimenti. Quante cose erano successe in quella terra. Millenni di vicende, emozioni, sentimenti. E ora affioravano tutti nella sua mente, come succede a un condannato un secondo prima della morte.

Il Monte Forte svettava fiero con la sua cima ammantata di neve. Metatron rammentò i momenti della sua giovinezza passati a sconfiggere il freddo e a temprare il corpo, per forgiare lo spirito in quel luogo severo e pungente.

In lontananza spiccavano i Monti Tailli e l'ampia Terrazza senza Confini che si affacciava sull'universo sottostante. Lì aveva tenuto i discorsi più importanti e solenni. Lì, insieme ai primi Angeli Guida, aveva fondato la comunità di Sefira e giurato fedeltà alla Luce.

Spaziò verso nord-ovest e, sebbene ancora avvolte nella nebbia mattutina, riuscì a intravedere le sagome delle isole dell'Arcipelago del Tempo e del Faraglione di Mezzogiorno, dove svettava l'Osservatorio, prezioso punto di contatto con il mondo degli uomini. Si trovò a rivivere i viaggi attraverso la Finestra del Passaggio e ripercorse le missioni che i suoi angeli avevano valorosamente portato a termine. Non ne aveva dimenticata nemmeno una.

Ascoltò il vento che soffiava veloce nella Pianura del Sole di Melia. Ricordò che proprio là, al centro della distesa, secoli prima, erano state posizionate la Fiamma della Vita e la Chiave della Felicità. Pensò a quanti spostamenti aveva dovuto imporre alle due Entità Fondamentali, per salvaguardarle e proteggerle dal Male.

Con lo sguardo cercò l'Altare delle Emozioni, dove aveva vissuto i momenti più intensi e profondi con Unika. Volò indietro con la memoria.

Era notte. Si vide disteso su un giaciglio sistemato sulla sommità di una struttura in legno a palafitta, che si ergeva alta nella Natura selvaggia. Unika era accoccolata tra le sue braccia. Erano soli. In mezzo al verde e al silenzio. Sopra di loro l'immenso cielo stellato. Lui le stava leggendo le ultime pagine che aveva scritto nel *Libro senza Fine*. Lei lo ascoltava abbandonata e coinvolta, con occhi interessati e felici. Metatron avrebbe voluto che quell'istante potesse durare per sempre.

Il Saggio allentò i pugni. Le sue mani si spalancarono nel vuoto per cercare di afferrare quel ricordo, per aggrapparvisi, per trasformarlo in forza pura e invincibile energia.

Unika, non sai quanto mi manchi. Ma ti sento qui, al mio fianco, e so che affronteremo insieme le ore che verranno.

Gli sembrava che la Foresta di Thinkingblu lo stesse osservando. Minacciosa. Incombente. Ormai priva di frontiere.

Il tempo era scaduto.

Andiamo!, disse alla sua stella e, senza chiudere gli occhi, trasvolò all'Eremo delle Arti, per raggiungere i guerrieri che lo aspettavano.

Capitolo 56

LA STRATEGIA

Valle di Sefira, 1 ora e 30 minuti prima dell'Adlivun

«Oggi non combatteremo solo per Sefira.»

Metatron aveva iniziato il suo discorso senza preamboli. «Quella che sta per avere luogo è la battaglia per difendere la Fiamma da cui nasciamo e la Chiave che ci aiuta a proteggere le anime degli uomini. L'eroismo e le gesta di questa giornata getteranno il seme del mondo che verrà. Se vinceremo, salveremo la nostra dinastia e il genere umano. Se perderemo, non ci sarà mai più un futuro di Luce e di libertà. Qualche ora fa siamo stati messi di fronte a una scelta e insieme abbiamo preso l'unica decisione possibile. Ora non ci resta che darle seguito. Lotteremo uniti contro Ophidiel!» gridò con voce impetuosa, alzando le braccia al cielo con i palmi aperti e le dita larghe, come se volesse diffondere intorno a sé tutta la forza che lo animava.

L'eco di quelle frasi rimbombò nel salone e le anime dei suoi angeli urlarono all'unisono la propria determinazione.

Metatron fluttuava nell'aria al centro della grande navata. Davanti a lui si ergeva l'entrata principale, sorretta da due imponenti angeli di pietra e sigillata dal simbolo dell'eternità di Sefira. Dalle aperture sulle pareti penetravano lame di sole che proiettavano lunghe ombre sul pavimento. Alle sue spalle troneggiava la statua dell'unicorno nero. Era una bellissima scultura, elegante e austera. Il cavallo era impennato, con i muscoli contratti, in un atteggiamento fiero e nobile. Aveva le narici frementi e i suoi occhi espressivi comunicavano coraggio. Dalla fronte si elevava un corno bianco che simboleggiava la conoscenza che, come un faro nella notte, porta la luce nel buio dell'ignoranza. Un'altra rappresentazione della saggezza, in quel luogo di culto e devozione verso il sapere.

Gli Angeli Guida erano tutti schierati. Con loro c'era anche Allibis. Unika era sul dorso di Yesod. Nishida cingeva le spalle di Uniko. Mizar era vicino a Eve e a Craig Walden.

«Dobbiamo proteggere la Fiamma della Vita e la Chiave della Felicità» continuò Metatron con voce limpida e solenne. «Se Sefira dovesse soccombere all'esercito del Male, ma le due Entità venissero salvate, esse potrebbero dare la speranza all'avvenire e generare nuova vita. Non sarebbe vero il contrario.» Fissò i suoi interlocutori, parlando ai loro cuori e trasmettendo forza e fiducia. «Anche stavolta non abbiamo alternative: è necessario tenere separati i due Elementi.»

Metatron sapeva che la sua decisione avrebbe trovato pieno consenso, ma era anche consapevole che avrebbe sconvolto nel profondo Unika e Uniko.

In effetti, le sue parole provocarono una terribile inquietudine nel cuore di Unika, che si sentì sommergere dalla malinconia e cercò conforto nello sguardo di Uniko. Ma lo trovò assorto nei suoi pensieri, con i grandi occhi blu persi in un punto indefinito.

«Questa notte ho studiato la strategia» proseguì Metatron, all'apparenza imperturbabile. «Yesod, tu ti prenderai cura di Unika. Andrete sui Monti Tailli.»

Yesod si aspettava quella richiesta. Era rattristato di non poter guidare i suoi guerrieri, ma considerava un grande privilegio poter stare vicino alla fanciulla e proteggerla a costo della sua stessa vita. Molti anni prima l'Unika originaria si era immolata per tutti loro: adesso toccava a lui sacrificarsi. Era grato che il destino gli offrisse l'opportunità di ricambiare.

«Nishida, a te affido Uniko. Vi muoverete verso i Fari.»

L'Elfo fece un cenno di assenso. «Sì, luminoso Metatron. Difenderò Uniko e la Fiamma che porta nel petto.»

Il Saggio annuì. «Grazie, amico mio. Ascoltatemi tutti: da questo momento Nishida e Yesod potranno comunicare telepaticamente solo tra di loro e con me. Qualunque altra trasmissione potrebbe essere intercettata da Ophidiel e vanificare i nostri sforzi. Perciò noi tre ci schermeremo ed eviteremo intrusioni.»

Poi si rivolse di nuovo al Drago: «Yesod, prenderai in consegna anche Eve e il professore e li lascerai da Aqua. Lei darà loro rifugio in fondo alla conca del Lago del Ghiaccio Perenne e... nel malaugurato momento in cui le cose per noi dovessero mettersi male, li condurrà all'Occhio e li accompagnerà nel loro mondo».

Eve si strinse a Craig Walden e incominciò a singhiozzare. Erano passati quasi due giorni da quando erano emersi dallo specchio d'acqua in mezzo al verde e troppe cose le erano cadute addosso, tumultuose. Gli eventi l'avevano trascinata a Sefira, dove aveva scoperto che Jo era un angelo. Aveva incontrato tante creature singolari, dall'animo sincero, che le avevano spiegato la loro realtà, regalandole nuove emozioni. Senza rendersene conto, si era trovata a faccia a faccia con la morte. Jo e Unika le avevano salvato coraggiosamente la vita. Ma lei non aveva fatto in tempo a godere della felicità di essere guarita, perché subito dopo Zack si era alleato con il demone che di lì a poco avrebbe invaso la valle. Stava per scoppiare una guerra che avrebbe portato morte e distruzione. E lei sarebbe tornata a casa senza i suoi più cari amici.

La sala era muta, in attesa degli ordini di Metatron.

«Mizar, tu capeggerai insieme a me i nostri Angeli.»

Lo stupore esplose dai volti esterrefatti. Il Saggio aveva deciso di scendere in campo in prima persona. Significava che la partita sarebbe stata decisiva: un unico duello, una sola sfida. Vittoria o sconfitta. Inizio o fine. Non ci sarebbe stato un secondo scontro.

Mizar s'inginocchiò con il braccio destro al petto e chinò la testa. «Sarà un grande onore per me combattere al tuo fianco.»

Metatron corrugò la fronte e mosse impercettibilmente le labbra in segno di ringraziamento.

In quel preciso istante si udì un urlo angosciato: «Mizar, no! Mizar!»

Tutti si voltarono verso Allibis e la videro barcollare. Era in preda a una premonizione e aveva gli occhi sbarrati. Si appoggiò al muro per evitare di cadere e con sconforto pronunciò ancora il nome dell'amico: «Mizar! Oh, Mizar...»

Gli Angeli Guida erano disorientati. Alcuni osservarono preoccupati il maestro di arti marziali, che avvertì una morsa atroce stritolargli lo stomaco; altri rimasero con sguardo afflitto su Allibis, in preda alla sofferenza. Ma nessuno sapeva cosa stesse vedendo. Nessuno, tranne Metatron.

Il Saggio penetrò nella mente dell'Oracolo e assistette all'orrore che vi si materializzava: nella miriade di scontri violentissimi che incendiavano il campo di battaglia, l'inconfondibile figura di Mizar non stava correndo incontro al nemico ma scappava, inseguita da orde fameliche. Metatron riuscì appena a cogliere i tratti del viso dell'Angelo Guida, prima che le immagini sfumassero nel pianto di Allibis. La misteriosa visione lo turbò enormemente: aveva appena visto colui a cui aveva affidato il comando delle truppe in una situazione di grave difficoltà. Ma non c'era tempo da perdere, era il momento di avere fiducia e pensare che quella fosse una delle tante situazioni transitorie che compongono uno scontro.

Severo e controllato, Metatron riprese il discorso con fermezza. «Se non avete nulla da suggerire o da obiettare, ora passiamo dalla strategia alla tattica.»

Gli angeli si ricomposero e tornarono a concentrarsi su di lui.

«L'esercito di Ophidiel è fatto di mostri creati dalla roccia e dalla materia inanimata, generati solo per attaccare. Questo significa che avremo di fronte creature feroci e aggressive, ma completamente prive d'intelletto.» Fece una pausa, sicuro di aver fornito il primo spiraglio di luce ai suoi ascoltatori.

«Noi saremo in minoranza, da un punto di vista numerico, ma potremo contare sulla nostra intelligenza» affermò Mizar, nascondendo l'irrequietezza che il sogno di Allibis aveva scatenato dentro di lui. «Loro avanzeranno lenti e pesanti e brandiranno armi brutali, ma rudimentali. Noi sappiamo volare e trasvolare e li annienteremo con i poteri del nostro ingegno.»

«Esatto, Mizar. E con un piano chiaro e articolato, saremo in grado di sconfiggerli: il mio progetto è composto da tre fasi che dovremo seguire senza mai perdere di vista l'obiettivo.» Il Saggio chiuse le dita a pugno, prima di cominciare a spiegare.

«Innanzitutto, *la prima fase*: dovremo guidare il conflitto in modo da avere i Dominati sotto controllo. Ricordate che quando riuscite a vedere il nemico, la prima parte del confronto è vinta, perché nulla può più coglievi di sorpresa.»

I presenti annuirono.

«*La seconda fase* consisterà nell'accerchiarli, con lo scopo di immobilizzarli in uno spazio ben definito e scoprire il loro punto debole. Sono esseri che non abbiamo mai visto e che ancora non conosciamo e sarà fondamentale, per avere il sopravvento, colpirli dove sono più vulnerabili.» Lasciò che le sue considerazioni venissero assorbite da tutti.

«*La terza e ultima fase* sarà travolgerli con tutta la nostra forza dirompente, per distruggerli!» Fece tuonare la voce e caricò di adrenalina la platea, che liberò un boato di puro entusiasmo.

«Non dimenticate mai che Ophidiel, a differenza dei suoi raccapriccianti mostri, è molto intelligente e acuto. Anche lui avrà una strategia e cercherà di metterla in atto. Quando si accorgerà delle nostre mosse, proverà a interpretarle e darà ordini al suo esercito per indirizzare e correggere la sua tattica.» Una scintilla balenò negli occhi del Saggio. «I Dominati non hanno cervello, reagiranno molto lentamente agli ordini del loro capitano e noi dovremo essere pronti a sfruttare i momenti d'incertezza e disorientamento. Mentre Mizar vi guiderà sul campo, io mi occuperò di Ophidiel. Il mio compito sarà fare in modo che disperda le sue energie sul campo di battaglia, ritardando il più possibile i comandi alle truppe.»

La sala ribolliva di tensione attiva e positiva. Con l'immaginazione gli angeli erano già entrati nel vivo del conflitto e assaporavano la loro superiorità in azione.

«Qualsiasi cosa succeda» intervenne Mizar con la sicurezza di un grande condottiero «non perdete mai di vista l'obiettivo finale. Non lasciate che gli eventi confondano i vostri pensieri. Le tre fasi devono essere il vostro faro. Non allontanatevi, per nessuna ragione, dallo schema che ci siamo dati.» Poi, scandendo le parole, aggiunse: «Quando vi muoverete dovrete essere rapidi come il vento, maestosi come la foresta, avidi come il fuoco e incrollabili come la montagna».

Metatron si portò le mani al torace. «E proteggete sempre il cuore. Il nostro punto sensibile è il cuore ed è dove Ophidiel indirizzerà la sua offensiva e quella dei suoi Dominati. Riparatelo fisicamente ed emotivamente. La prima parte è la più semplice: utilizzate coperture e scudi adeguati. Sarà molto più complesso preservarlo dalla tristezza e dallo sconforto. In qualsiasi modo dovesse evolvere la situazione, tenete alto lo spirito e la fiducia in voi stessi e nei vostri compagni. Non devo ricordarvi che la nostra vita e la nostra forza dipendono dall'energia che ci batte nel petto. Se perderemo la speranza, moriremo. E con noi Sefira e la possibilità di salvare il mondo.»

Senza aspettare reazioni, Metatron proseguì risoluto. Allargò le braccia e con un rapido e impercettibile gesto visualizzò in aria l'ologramma con la mappa della Pianura del Sole di Melia.

«Mi aspetto che i demoni escano assai numerosi dalla Foresta di Thinkingblu per schierarsi lungo la riva del Fiume delle Note Segrete. Ophidiel vorrà condurli nella valle con una traiettoria retta» disse con tono sicuro, indicando il percorso con le dita. «Noi dovremo attirarli lontano dal centro abitato e portarli dove la battaglia potrà essere gestita con maggior facilità. Faremo quindi in modo di incanalarli in una zona chiusa, per tenerli tutti vicini ed evitare che si sparpaglino. Proprio al centro della Pianura del Sole di Melia, c'è un punto dove il vento ha scavato la terra e ha creato una conca stretta e profonda, quello che noi chiamiamo il Canyon del Silenzio, perché è talmente avvallato che nessun suono vi arriva. Se riusciremo a costringere i mostri tra i suoi pendii, faranno fatica a muoversi con agilità e li avremo completamente sotto controllo.»

L'ombra di un sorriso di soddisfazione attraversò il suo viso.

«Una volta ammucchiati e trattenuti nel fossato, saranno compressi uno contro l'altro e i loro spostamenti risulteranno lenti e impacciati. In quel momento alzeremo un vento carico di sabbia per accecarli e frastornarli. La tormenta negli occhi li coglierà impreparati e farà perdere loro il senso dell'orientamento. Si sentiranno indifesi e si agiteranno. Saranno come belve in gabbia e, se saremo fortunati, inizieranno ad azzannarsi tra di loro.»

La maestria con cui era stato concepito il piano dava fiducia e accendeva negli animi che affollavano la navata del Tempio la speranza di poter governare il futuro.

«Dobbiamo evitare che riescano a tornare nella foresta» affermò Mizar.

«Sì» continuò il Saggio. «Approfitteremo del loro stato confusionale e, con grande velocità, ci apriremo dei corridoi laterali e li circonderemo. Appena li avremo attorniati, scaglieremo su di loro un muro di frecce di ghiaccio e di luce per obbligarli ad avanzare e squarceremo la terra alle loro spalle. È importante provocare una profonda spaccatura, per impedire che indietreggino.»

«A quel punto, alcuni di noi avranno già creato delle zone dove intrappolarli» suggerì Mizar, esponendo l'idea che aveva concepito, ascoltando il progetto di Metatron. «Trasformeremo una parte della pianura in sabbie mobili. Non c'è niente di meglio per bloccarli. Appena i mostri vi metteranno sopra i piedi, sprofonderanno: affonderanno velocemente fino al busto e non riusciranno più a uscirne. È molto probabile che quelli nelle retrovie cercheranno di farsi strada calpestando i compagni. Per questo posizioneremo un'area di melma lavica e incandescente subito dopo. I Dominati non sono in grado di volare e verranno inghiottiti dal fuoco.»

«È una proposta molto scaltra» commentò Metatron compiaciuto. «Quando saranno ormai smarriti e sopraffatti dal caos, dovrete attaccarli con tutti i poteri e la forza che avete in corpo, per capire a cosa reagiscono e individuare le loro fragilità. Io penso che esista un punto debole comune, qualcosa che può annientarli tutti in un colpo solo. Ma potrebbe anche essere che ogni tipologia di mostro abbia un tallone d'Achille differente. Per alcuni potrebbe essere la testa, per altri il cuore, per altri ancora gli occhi, la bocca, il collo. Prima lo scopriremo e prima saremo in grado di annientarli.» Metatron sospirò. «In ogni conflitto le manovre regolari portano allo scontro e quelle imprevedibili alla vittoria. Siate sempre presenti a voi stessi. La concentrazione e la pazienza decreteranno il nostro trionfo.»

Un austero silenzio calò di nuovo nella sala. Pochi secondi in cui ognuno si immerse nella propria coscienza. Un istante lungo una vita.

«Posso fare una domanda?» Una voce importante riportò tutti alla realtà.

«Certo, Hod, chiedi pure.»

«Noi siamo in pochi, e Ophidiel questo lo sa benissimo. Ha vissuto qui, ci conosce molto bene. Come faremo ad attirare le truppe dei Dominati verso il Canyon del Silenzio?» Il suo occhio al centro della fronte era acceso e vitale.

«Materializzeremo dal nulla un esercito fantasma, che attirerà i demoni nella conca profonda» rispose imperturbabile Metatron, suscitando lo stupore generale. «Ophidiel sa che abbiamo la Fiamma della Vita. Penserà che l'abbiamo usata per generare una nuova moltitudine di angeli da schierare in battaglia. Noi, ovviamente, non daremo la vita a nuove creature soltanto per mandarle alla guerra. Lo inganneremo, e lui ci crederà.»

Nessuno riuscì a evitare di pensare all'amara e crudele possibilità di generare esseri viventi solo per combattere. E tutti si resero conto che quella era la qualità che differenziava Metatron da Ophidiel: la compassione.

«Con il potere dell'Illusione, renderemo invisibile la valle» propose Mizar. «La offuscheremo e ne proietteremo l'immagine come un miraggio proprio dietro al Canyon. I mostri non si accorgeranno che si tratta di un'allucinazione e marceranno in quella direzione.»

Gli Angeli Guida annuirono, impressionati ed elettrizzati da una strategia così solida e ben articolata.

Metatron assaporò quell'istante di solidarietà e condivisione. Con la mente osservò la Cometa del Mattino. Pensò alla profezia e alle Sacre Scritture. Guardò negli occhi i suoi compagni. Percepì il coraggio e la vita che pulsavano dentro di loro. Non volle incrociare lo sguardo di Allibis. Non ne aveva più bisogno. Ora riusciva a sentire cosa sarebbe successo dopo l'Adlivun.

Capitolo 57

L'ESERCITO DEL MALE

Valle di Sefira, 1 ora prima dell'Adlivun

«Posso chiederti una cosa?»

Il sussurro di Unika arrivò timido all'orecchio di Yesod, che si voltò verso di lei, cogliendo uno sguardo in cui la malinconia si scioglieva nella tristezza. I grandi occhi viola, carichi di vitalità, sembravano socchiusi dal peso dei pensieri.

«Cosa aspetti? Dimmi pure» rispose sottovoce il Drago, colto dalla tenerezza. Conosceva Unika e riusciva a leggere lo sconforto nel suo spirito. Metatron aveva appena annunciato la necessità di nascondere i due ragazzi in località diverse ed era normale che fosse sconvolta.

«Posso avere dieci minuti da sola con Uniko?»

Yesod si aspettava quella richiesta. Non poteva evitare di pensare al grave fardello che quelle due creature bionde e indifese erano costrette a portare. L'adolescenza che avrebbe dovuto essere un momento di serenità e spensieratezza era diventata per loro la responsabilità di custodire nel cuore il potere del futuro. Insieme avevano trovato la forza di affrontare il loro destino e l'idea di separarsi nuovamente pesava come un macigno.

Yesod fece mente locale sulla situazione: il Saggio stava perfezionando la strategia con gli Angeli Guida, ne avrebbe avuto ancora per un bel po' e la presenza dei due giovani non era fondamentale.

«Dieci minuti. Non uno di più. Non allontanarti e non fare sciocchezze.» Ma sapeva che non c'era bisogno di raccomandarglielo. Unika e Uniko avevano provato sulla propria pelle le conseguenze di gesti imprudenti e non avrebbero commesso lo stesso errore una seconda volta.

Unika si guardò intorno. Voleva salutare Uniko, abbracciarlo, confessargli la sua felicità nell'averlo incontrato e il suo immenso desiderio di rivederlo. Ma non c'era nemmeno un angolo in cui avrebbe potuto appartarsi con lui.

Come posso fare? Saremo sotto gli occhi di tutti. Non riuscirò mai a dirgli quello che provo.

Si sentì assalire dalla disperazione.

"In fondo alla stanza troverai una porta che conduce sul retro, da lì partono delle scale piuttosto ripide, che salgono sulla sommità del Tempio." Il pensiero di Yesod arrivò dritto alla sua mente. "Nascosto tra i capelli intrecciati degli angeli che sorreggono la struttura c'è un terrazzino, che domina la distesa fiorita dell'Eremo delle Arti."

Unika gli sorrise piena di gratitudine.

"Dieci minuti, non uno di più" le ricordò il Drago.

Unika chiamò telepaticamente Uniko: "Vedi dove rivolge lo sguardo l'unicorno?"

"Sì."

"Trasvoliamo subito là dietro, alla fine della navata. Ti devo parlare."

Uniko si rivolse a Nishida, che aveva già avuto istruzioni da Yesod e gli fece un cenno di assenso con il capo, poi trasvolò. Il resto della sala era troppo concentrato sul discorso di Metatron per rendersi conto che i ragazzi erano svaniti. Unika e Uniko s'incontrarono davanti a una porticina di legno, stretta e bassa, bloccata alle estremità da due solidi chiavistelli.

«Aiutami» disse Unika tirando con forza la sbarra più in alto.

Uniko appoggiò entrambe le mani sull'asse che ancorava il battente alla parete in basso e liberò l'apertura. Lei si intrufolò verso le scale e Uniko la seguì.

«Dove andiamo?»

«In un posto tranquillo a...» le parole sgorgarono con impeto, ma le si spensero in gola, rotte dalla commozione «...a salutarci.»

In quel momento Uniko capì. Ancora una volta, la sua nuova amica aveva visto e sentito prima di lui. La sensibilità di Unika lo disorientava. Alzò gli occhi verso la bellissima creatura che si arrampicava leggera e veloce sugli scalini scoscesi e avvertì l'energia che la muoveva e che metteva nelle cose in cui credeva. Un senso di pace e serenità lo pervase. *Io sono come lei.* Nell'istante in cui il tempo scorreva inarrestabile e il futuro dimostrava la sua incertezza, Uniko prese consapevolezza di se stesso. Della realtà più importante: di chi era e di cosa voleva. E si rese conto che aveva imparato molto da Unika. Lei gli aveva insegnato a vedere e a sentire. Ma, soprattutto, a conoscere il mondo sterminato e sorprendente che c'era dentro di lui: lo aveva aiutato ad aprire la porta dell'anima e a dare vita e luce al suo essere.

Uniko si fermò. La guardò mentre scompariva nella tromba delle scale. Ora che quella porta era aperta, una nuova verità affiorava nel suo spirito. A lui non interessava far fluire e liberare l'universo che aveva appena scoperto, se Unika non poteva farne parte. Quell'universo c'era, pulsava, esisteva, ma non sarebbe valso a nulla se lei non fosse stata al suo fianco.

La gradinata saliva verticale all'interno di una delle due torri del Tempio. Piccoli pertugi consentivano all'aria di circolare e alla vista di spaziare sulla valle. Le pareti erano ruvide e coperte da un impalpabile strato di polvere che vi si era depositato, portato dal vento. Le narici respiravano l'odore della pietra e del tempo.

Per un attimo, Unika pensò che nessuno, prima di loro, avesse mai messo piede in quel luogo. Le sue emozioni erano scosse da sentimenti differenti e, per certi versi, contrapposti. Non sapeva cosa avrebbe detto a Uniko. Non sapeva cosa gli avrebbe taciuto. Non sapeva se stringergli la mano o buttarsi tra le sue braccia. L'ascesa sembrava non finire e ogni passo portava con sé una forte inquietudine. Aveva dieci minuti e doveva farli durare un'eternità. Anche se, con tutta probabilità, non sarebbe riuscita a dire una parola.

Uniko la seguiva silenzioso. Non era preoccupato. L'ansia si era dissolta, come sempre gli succedeva quando era con lei. Non sentiva più il bisogno di salutarla. In cuor suo sapeva che non l'avrebbe lasciata e che non si sarebbero persi. Mai.

Giunsero in cima, di fronte a una porticina, identica a quella più in basso. Si gettarono sui chiavistelli e li sbloccarono senza fatica, ma il battente non si aprì. Iniziarono a spingere con le braccia tese, senza successo. Unika si appoggiò con la spalla e riprovò.

«Aspetta, ti aiuto.» E anche Uniko diede una spallata. Udirono un leggero scricchiolio.

«Al mio tre!» esclamò Unika, cercando di calcolare quanti minuti erano già trascorsi. «Uno... due... tre!»

Entrambi si lanciarono con tutto il corpo contro la porta, che si spalancò, alzando un pulviscolo denso e sottile. Persero l'equilibrio e si trovarono in mezzo al terrazzo. Unika cadde in avanti, mentre i suoi capelli fluttuavano leggeri dietro la nuca, per poi ricoprirle il volto. Uniko inciampò su di lei e ruzzolò a terra, battendo le ginocchia e i palmi delle mani al suolo. Tutto accadde in un istante. Sollevarono lo sguardo e rimasero impietriti nell'aria tersa appena mossa dalla sottile brezza che soffiava a quell'altitudine. Erano letteralmente esterrefatti dall'immagine che si palesava in lontananza.

L'esercito dei Dominati era schierato. Migliaia e migliaia di mostri erano emersi dalla foresta e si erano disposti in assetto da guerra. Innumerevoli file compatte e parallele di terrificanti creature coprivano gran parte della Pianura del Sole di Melia, estendendosi come la lunga ombra di Thinkingblu, che troneggiava minacciosa alle loro spalle. Il cielo palpitava gonfio e plumbeo, specchio della fame di distruzione che animava l'orda barbarica. Erano tanti. Troppi. Più di quelli che ognuno di loro avrebbe mai potuto immaginare. Unika e Uniko, istintivamente, usarono il potere della Vista d'Aquila per osservare da vicino quell'orrore.

La prima linea era composta da belve ululanti, con l'aspetto di spaventose iene. Avevano il muso squadrato e piccole orecchie tonde. Dalle mandibole ossute e serrate sporgeva una dentatura ingiallita e robusta fatta da lunghe zanne sudice che si inarcavano verso l'alto. Le iene agitavano il collo, che si tendeva massiccio dal piccolo corpo tozzo e senza forma, come se annusassero l'aria per percepire la scia del sangue o il fetore delle carogne. Erano completamente prive di pelo e la loro pelle rosata era maculata da putride chiazze di abrasioni ed escoriazioni. Una striscia di crine ruvido e irsuto spuntava sulla fascia dorsale e correva su tutta la schiena fino alla sommità della coda, dove prendeva la forma di un ciuffo ispido e spinoso.

In seconda fila erano allineati orchi ciclopici con le spalle incurvate da un'enorme gobba e la testa piccola e sproporzionata rispetto al busto tarchiato. I musi ripugnanti erano appuntiti in nasi aguzzi che con smorfie grottesche si congiungevano alle bocche spalancate, da cui emergevano gengive spesse e canini storti e pronunciati. Non avevano alcuna espressione negli occhi, solo lo sguardo vuoto e fisso delle bestie affamate. Ondeggiavano a destra e a sinistra, calpestando la terra in movimenti pesanti e sordi. Le gambe enormi e i piedi deformi premevano il suolo, mentre le mani con solo tre dita nodose e ricurve come uncini stringevano e dimenavano le armi più brutali. Alcuni impugnavano robuste mazze di legno con cui percuotevano incessantemente gli strumenti tubolari cavi che portavano appesi al collo. La struttura era quella di tamburi primitivi e rozzi dal suono grave e assillante. Era un *tam tam* cupo e lugubre che si diffondeva freddo e tetro nella valle. Assordante. Quasi doloroso. Entrava nella mente. Nelle ossa. Agguantava lo spirito. Non cessava mai. Annunciava tormenti e terrore.

Tenebrosi falò avvampavano ovunque. Demoni con un corno ossuto sulla fronte e corposi zoccoli all'estremità delle zampe brandivano torce dal fuoco nero, che liberava strisce di fumo denso con l'odore dell'oltretomba.

Unika si sentì paralizzare al pensiero che Metatron potesse aver sottovalutato la crudeltà del suo avversario. Avvertì il contatto delle mani di Uniko che la prendevano per un braccio e la trascinavano.

«Vieni, Unika. Sbrighiamoci! Dobbiamo correre ad avvisare gli altri!»

Si tuffarono giù per la scalinata che avevano percorso pochi minuti prima. Imboccarono la porticina in legno e irruppero al centro della grande sala, ruzzolando fragorosamente al suolo. Entrambi sfigurati dall'espressione di chi ha appena visto in faccia la morte.

«Sono là fuori!» gridò Unika, e Uniko le fece eco: «Ci stanno attaccando!»

Nell'animo di tutti i presenti calò il gelo. L'attenzione degli Angeli Guida fu calamitata dai giovani angeli che tremavano come se fossero fuggiti dalla morsa degli inferi. Non servivano domande. Tutto era chiaro e ineluttabile. Dopo qualche secondo di silenzio, Metatron invitò alla calma e riprese la parola.

«Grazie, Mizar, per l'importante supporto. Il tuo aiuto in battaglia sarà fondamentale.» Fece una pausa. «E ricorda che il più grande condottiero è colui che vince senza combattere.»

Poi il Saggio abbracciò tutti i suoi ufficiali, a uno a uno. Non l'aveva mai fatto. Ma Unika sì. E in quell'istante il pensiero di Unika era con lui.

Subito dopo si rivolse a Allibis, guardandola nelle intense iridi sfumate dai colori del tramonto. «Non ti chiedo che sarà di noi, ti prego solo di sostenerci con la tua forza mentale. E stai tranquilla: se succederà quello che nessuno di noi si augura, manterrò la mia promessa.»

L'Oracolo si strinse nelle spalle. *Non farti illusioni Ophidiel. Ti sto aspettando per lasciarti con un pugno di polvere in mano.*

Concentrato, Metatron si avvicinò a Unika e Uniko.

«Devo salutarvi, adesso. Siete e sarete sempre la luce della mia anima.» Abbassò le palpebre e, mentre li baciava a turno sulla fronte, dentro di sé sussurrava: *Nel cuore non custodite solo le due Entità Fondamentali, ma anche la vita dell'Angelo che è parte di me.*

Chino su di loro, visualizzò nella mente la notte di quindici anni prima, alla Torre. Rivide Unika che, di fronte alla sequenza di simboli magici che avrebbe cambiato il futuro, lo guardava negli occhi dicendogli: «*Sono convinta e voglio andare avanti. Non serve indugiare. Ho fatto la mia scelta*».

Metatron si commosse e, trattenendo le lacrime, si voltò di scatto verso i suoi guerrieri. «Ognuno di voi sa cosa deve fare. È giunto il momento di andare a salvare quello in cui crediamo.»

Mentre gli Angeli Guida preparavano le loro coscienze allo scontro, aggiunse: «Ancora una cosa. Non abbiate pietà di Ophidiel».

Capitolo 58

UNIKO E NISHIDA VERSO I FARI

Valle di Sefira, pochi minuti prima dell'Adlivun

«Nishida...»

«Sì, Uniko?»

«Ho voglia di camminare. Possiamo andare a piedi?»

«Mmm... è un tragitto piuttosto lungo. Potremmo raggiungere in volo il Fiume delle Note Segrete e poi camminare fino ai Fari. Facciamo così?»

«Sì, grazie.»

Nishida sentiva il grave peso della responsabilità. Stava attento a non trasferire il proprio stato d'animo al ragazzo: ne percepiva il turbamento e voleva provare a rasserenarlo. Per quanto possibile.

Si staccarono da terra seguendo una traiettoria quasi verticale per prendere subito quota, poi puntarono verso il fiume e iniziarono a sorvolare la valle. Lo spettacolo dei Laghi Hyatt incendiati dalla luce dell'alba si aprì davanti a loro, ma Uniko non poté fare a meno di guardare in direzione della Pianura del Sole di Melia e scorgere in lontananza l'enorme massa scura delle minacciose truppe di Ophidiel. L'angoscia si allargò a dismisura nel suo ventre e i brividi gli fecero fremere la pelle.

Nishida tracciava la rotta, volando un paio di metri più avanti. Con la coda dell'occhio, verificava che l'assetto del ragazzo fosse sempre corretto e che il suo umore si rigenerasse un po'. Capì che non era così e provò a rinfrancarlo. «Voli molto bene, hai imparato in fretta.»

«Ho avuto un'insegnante davvero in gamba.»

L'Elfo colse il velo di malinconia che offuscava la voce di Uniko. «Non essere triste» gli disse, con grande dolcezza. «Unika è in ottime mani. E presto avrete modo di ritrovarvi.»

Ritrovarvi. Uniko sentì il suono caldo di quella parola entrargli nella mente e scendere fino al cuore. Scrutò gli occhi gialli di Nishida e fu certo di trovarvi complicità e affetto. Era come se, oltre a leggergli nel pensiero, l'Elfo riuscisse a captare le sue emozioni più intime e profonde. Quelle che nemmeno lui capiva con chiarezza.

«Atterriamo laggiù.» Nishida indicò un piccolo spiazzo.

Iniziarono la discesa. Il panorama sotto di loro toglieva il fiato: i primi bagliori si riflettevano sul fiume e restituivano scintille d'argento che animavano le increspature dell'acqua.

«Siamo nella Laguna del Tempo Senza Tempo» spiegò Nishida, appena misero piede su un morbido prato.

Uniko tuffò lo sguardo nella magnetica tranquillità dello specchio di onde luminescenti, dove i fiori di loto galleggiavano pigri e rassicuranti. Il contrasto tra la calma della laguna e l'orrore dell'esercito dei Dominati visto poco prima lo colpì come uno schiaffo in piena faccia.

«Bentornato, Nishida!» Una voce sottile e melodiosa giunse alle loro orecchie. «Cosa ti porta ancora da queste parti?»

«Buondì, Tremilla. Posso presentarti Uniko?» L'Elfo si voltò verso il ragazzo. «Uniko, questa meraviglia è Tremilla. Una Fataninfa.»

La creatura deliziosa e minuscola volò gioiosa fino ad arrivare a pochi centimetri dal viso stupefatto dell'angelo biondo e con un lievissimo sibilo sussurrò commossa: «Sei tu... che emozione!»

«Siamo di passaggio, Tremilla. Non possiamo trattenerci con te» intervenne Nishida, con tono desolato, ma fermo.

«Capisco» cinguettò la Fataninfa, continuando a fissare Uniko. «Lasciami solo il tempo di salutare degnamente colui che porta la Fiamma nel cuore.» Si avvicinò alla guancia del ragazzo e lo baciò con trasporto. «Ricordati che qui sei e sarai sempre il benvenuto. Questa è casa tua.»

«Andiamo, Uniko.» L'Elfo interruppe l'idillio con un sorriso divertito.

«Addio, Tremila.» Le parole di Uniko erano poco più che un bisbiglio, quasi incredulo, di fronte alla soave bellezza della farfalla.

«Arrivederci...»

Nishida e Uniko si misero in marcia verso sud e proseguirono in silenzio, attraversando colline verdi e rigogliose, fino a quando videro stagliarsi in lontananza l'imponente colonna d'acqua e vapore del geyser, che faceva da sfondo alle strepitose e folgoranti eruzioni di liquido ardente.

«Dove siamo?»

«Quelli sono i Fari di Sefira» disse Nishida. «Si chiamano così perché il loro fuoco illumina sempre la valle e di notte si vedono a grande distanza.»

In breve tempo l'odore acre del fumo si impossessò dei loro sensi, mentre i colori dolci venivano un po' alla volta sostituiti dal rosso del magma e dal marrone scuro della roccia arsa. La temperatura fresca del sottobosco si perdeva nel caldo asfissiante. Uniko si lasciò rapire dalla potenza impressionante di quel posto: alle sue spalle le sfumature soffuse del fiume, davanti a lui l'impeto dei vulcani. Non aveva mai visto un luogo in cui la Natura fosse così dominante.

A un tratto, l'Elfo cambiò direzione di marcia ed entrò deciso in uno degli ultimi sprazzi di radura. Uniko lo seguì concentrato fino a quando si fermò sbalordito di fronte a un albero maestoso.

«Bella, eh?» ammiccò sorridente Nishida.

«Ma che cos'è?» chiese Uniko, esterrefatto.

«È una sequoia gigante» rispose Nishida, dando il tempo al ragazzo di misurarsi con le dimensioni colossali della pianta: era alta come un palazzo e alla base del tronco aveva una cavità larga quanto il portone della scuola di Maple Town.

«È l'albero più grande che ci sia e questo è un esemplare davvero unico» continuò l'Elfo. «Supera i duecento metri di altezza e la circonferenza del tronco sfiora i quaranta. Ha più di mille anni. Andiamo dentro, sono sicuro che sarà felice di accoglierci per una breve sosta.»

Nishida entrò nell'ampia fessura che si apriva sul fusto, facendo strada a Uniko. Si sedettero sulle possenti radici che affioravano nodose dal terreno e si rilassarono. All'interno filtrava poca luce ma l'aria era frizzante, trasmetteva vibrazioni positive e profumava di muschio.

«Nishida...»

«Dimmi.»

«Come fai a essere così calmo? Sì, insomma... quello che sta succedendo è tremendo.»

Nishida lo guardò con tenerezza. «No, amico mio, ti sbagli. Sono preoccupato e anche molto. E alla preoccupazione aggiungo la rabbia per non poter essere vicino ai miei compagni. È un momento duro e straziante anche per me.»

Uniko lo fissava con intensità, colpito dalla serenità con cui l'Elfo riusciva sempre a comunicare il suo pensiero.

«Gestisco la mia ansia avendo fiducia. Prima di tutto in Metatron, che mi ha assegnato un incarico importante; e poi in me stesso, essendo convinto di poter portare a termine la missione.» Nishida si rese conto di non essere stato abbastanza chiaro e proseguì: «Vedi, io credo che ciò che devo fare rientri in un disegno complessivo più ampio. So che se eseguirò bene il mio compito, e ciascuno dei miei compagni farà altrettanto, raggiungeremo l'obiettivo con successo. Quindi mi concentro a *fare bene quello che devo fare*. Capisci, Uniko? È questione di fiducia in se stessi e negli altri. È così che si superano i momenti difficili».

Uniko scolpì nella propria mente il senso profondo di quelle parole e guardò fuori dall'antro: le esplosioni dei vulcani lo riportarono alla battaglia che stava per scatenarsi poco distante da loro. Ma, per la prima volta, l'inquietudine che sentiva arrivare era contenuta, controllata, gestibile.

Uniko si accorse di pensare al futuro con fiducia.

Capitolo 59

L'URLO DI GUERRA DI OPHIDIEL

Valle di Sefira, l'Adlivun

«Allora è questo ciò di cui parla la profezia.»

Mizar osservava il terrificante spettacolo che si dispiegava di fronte ai suoi occhi increduli. Nel suo tono, lo stupore si fondeva con l'inesorabile presa di coscienza del precipitare degli eventi.

«L'Adlivun è cominciato. Da adesso in poi scriveremo la storia.» La voce di Metatron era un sospiro quasi impercettibile, il soffio di un momento di riflessione interiore. Il suo sguardo era fisso all'orizzonte, sull'inarrestabile marea grigia di dannati che trasudavano devastazione. La sua mente era un turbinio di pensieri.

Metatron sapeva che Ophidiel stava attaccando con una strategia precisa. Quello che li aspettava non sarebbe stato semplicemente uno scontro fisico. Ophidiel voleva minare la solidità psicologica degli angeli: voleva abbatterne l'anima e spegnerne definitivamente il cuore. Conosceva le loro sensibilità e stava mettendo in campo tutto quanto di più orribile e mostruoso la sua intelligenza perversa era riuscita a originare. Ardeva dal desiderio di veder impallidire Sefira davanti al flagello che avrebbero portato i Dominati, arsi dalla sua stessa sete di vendetta. Nella notte li aveva fatti azzannare tra di loro per far sì che il sangue sgorgasse dalle ferite e si mescolasse al sudore, impregnando l'aria dell'odore acre della morte. Le urla, i tamburi e i roghi avrebbero sferrato il colpo di grazia, gettando sulla valle un impalpabile sentimento di affanno, terrore e micidiale sconforto.

«Vuole solo impressionarci!» urlò Metatron ai guerrieri dall'aria persa e atterrita. «Non guardate con il cuore, ma con il cervello. Voi siete esseri superiori. Avete la luce dentro! *Voi* siete in grado di distinguere le impressioni dalla verità. *Loro* sono orchi! Creature nate dal fango e da quanto di più inanimato possa esistere. L'aspetto malefico che Ophidiel ha dato loro non deve togliere lucidità al vostro spirito. Non permettetelo!» Come sempre, Metatron cercava di trasmettere serenità e fiducia con il suo fare pieno di coraggio e determinazione.

«Angeli Guida!» Mizar tuonò il primo comando. «È il momento di rendere invisibile Sefira. Tenetevi pronti. Appena io spegnerò il sole per qualche istante, voi proietterete il miraggio della valle dietro al Canyon del Silenzio e darete vita all'esercito di angeli fantasma. In pochi secondi dovremo spostarci sulla Pianura del Sole di Melia, per attirare i mostri verso di noi.» Guardò a uno a uno i suoi soldati e calcò sulle ultime parole: «E là, nella profondità della conca, li annienteremo!»

Il cielo si rabbuiò.

Sefira scomparve.

Lontano dal campo di battaglia, Nishida socchiuse le palpebre, allargò le braccia con i palmi delle mani rivolti verso l'alto e piegò il capo all'indietro. Alzando il volto allo spazio infinito, respirò profondamente.

Verso est, Yesod divaricò le narici, spalancò la bocca enorme e lanciò un imponente getto di fuoco a incendiare l'aria davanti a sé.

Allibis sentì un brivido correrle giù per la schiena, scacciò le visioni che stavano per impossessarsi di lei e portò le dita alla sfera che si agitava sulla sommità della sua testa.

Il momento era giunto.

La guerra aveva inizio.

Dopo qualche secondo, tenui raggi di sole ricominciarono a splendere sulle truppe di Metatron, perfettamente compatte e allineate nella brughiera.

Gli angeli immaginari erano schierati e dominavano le prime linee. Dietro di loro si nascondevano gli Angeli della Forza, posizionati in modo da essere completamente invisibili. Si libravano maestosamente sospesi nel vuoto, con le ali aperte e tese che a ogni battito riflettevano chiarore e lo diffondevano. Indossavano un'armatura leggera fatta di luce pura. Il corsetto che proteggeva il busto era aderente e creava un campo di energia molto intenso. Qualsiasi arma, scagliata anche con grande vigore, sarebbe stata distrutta dallo scudo generato dalla corazza. Nello stesso modo erano stati concepiti gli spallacci, le protezioni per le braccia e i gambali. Ogni angelo aveva sul petto anche una placca metallica, sottile ma indistruttibile, che proteggeva la zona del cuore, per dare massima salvaguardia al punto vitale.

Ognuno di loro stringeva in una mano lo scudo iridescente e liquido, nato dalla fusione di minerali essenziali. Era stato forgiato da Hod e aveva il potere di captare e parare i colpi grazie al movimento fluttuante delle molecole. Nell'altra impugnavano una lama di fulmine accecante.

«Mantenete la formazione e non scendete mai a terra» continuava a raccomandare Mizar. «Ricordate che finché sarete in aria i Dominati non potranno nulla contro di voi. Hanno una forza selvaggia, ma non sanno volare e non hanno poteri di alcun genere. Evitate di entrare in collisione diretta con loro, sottraetevi dalle sferzate mortali che possono lanciare e cercate di attaccarli tenendovi a dovuta distanza.»

I suoi ordini rimbombavano nel vuoto che regnava sul bassopiano ed erano innervati di potente sicurezza. L'apparenza malvagia e aggressiva dei demoni incuteva sempre meno timore. Ora erano visti come esseri primitivi e inferiori.

«Qualsiasi cosa accada, state alla larga da Ophidiel. A lui ci penseremo noi» intervenne Metatron, con uno sguardo di complicità a Mizar. Quella era la vera minaccia e l'unico pericolo fatale: Ophidiel era violentissimo e la sua forza impareggiabile. Entrare in conflitto con lui, significava morte certa.

A un tratto, la terra tremò.

Il rumore in lontananza mutò di intensità. Il frastuono dei tamburi era stato sopraffatto da un ronzio assordante. Una nuvola di piccole creature simili a calabroni si materializzò dal nulla e si alzò consistente in cielo. Era un brulicare di ali invisibili che rendevano l'aria densa e palpabile. Sembrava un'onda di vento scuro e tempestoso che, lentamente, si accorpò per prendere le sembianze della testa di un cobra. La sagoma del serpente iniziò a palpitare burrascosa, spalancò di colpo le fauci ed emise un orrendo sibilo gutturale che accompagnò l'apparizione di Ophidiel.

L'Angelo del Male si levò imponente e maestoso davanti all'esercito di Dominati, protetto dall'abbraccio del cobra. Il suo corpo era scolpito da muscoli marcati. La pelle glabra e brunita dal sole era cosparsa di un unguento che la rendeva lucida. Un copricapo raccapricciante gli riparava il cranio: era il teschio di un orco che gli avvolgeva la testa come un elmo. L'osso frontale si estendeva quasi fino agli occhi e quello mascellare faceva da scudo agli zigomi. Con la cotenna di quel mostro Ophidiel aveva realizzato le protezioni che gli coprivano le spalle, gli avambracci e la parte bassa delle gambe. L'effetto era inquietante: sembrava che Ophidiel avesse sventrato e dilaniato dall'interno la creatura che lo aveva inghiottito.

Cinghie spesse e larghe sorreggevano una corazza che gli fasciava il petto. Aveva la forma triangolare della testa di un rettile e alle sue zanne erano agganciati una serie di robusti pugnali con lame appuntite. Al collo, Ophidiel portava un legaccio di canapa grezza su cui era saldamente infilato il corno color avorio che, millenni prima, aveva sradicato dalla fronte di Basathiel.

Un tatuaggio spiccava sul suo quadricipite destro e decorava tutta la parte anteriore della coscia fino alla base del ginocchio. Era un originale disegno geometrico formato da una successione regolare di linee nette, spigolose e molto intricate, che componevano una reinterpretazione astratta degli elementi naturali: fuoco, terra, aria e acqua, uniti tra loro.

Ophidiel era sospeso a mezz'aria, con le braccia tese in avanti. Le sue pupille parlavano di rivalsa e minacciavano la distruzione. Dalle sue mani spalancate fuoriuscivano due serpenti che si allungavano feroci ed irruenti oltre i suoi palmi.

Mentre avanzava, il suolo vibrava convulsamente, come scosso da un terremoto. Una miriade di scarafaggi si animò dai piedi dell'armata di demoni e iniziò a propagarsi verso il miraggio di Sefira. La scena era impressionante: il cobra di vespe sibilava nel cielo e il mare salmastro di insetti imbizzarriti scuoteva la terra.

Si alzò un vento fortissimo. All'orizzonte apparvero rudimentali imbarcazioni con vele tenebrose che solcavano l'aria, navigando trasportate da calabroni agitati e senza requie. Procedevano veloci, cariche di mostri.

In quell'attimo lungo un'eternità, gli angeli furono investiti da emozioni che aprirono varchi incolmabili nelle loro anime. Le immagini della vita trascorsa si mescolavano inesorabili con quelle dei sogni di un futuro incerto.

Cadde il silenzio. I tamburi si fermarono. Il brusio si calmò. La valle fu avvolta da una morsa di attesa.

Ophidiel lanciò l'urlo di guerra. Agghiacciante. Spaventoso. Senza fine.

Capitolo 60

UNIKA E YESOD VERSO I MONTI TAILLI

Valle di Sefira, l'Adlivun

Le lacrime scorrevano copiose sul suo viso. Unika non capiva quanto fossero dovute al vento sulla faccia e quanto al dolore che aveva dentro. Le sentiva scivolare dagli angoli degli occhi sugli zigomi, per poi disperdersi tra i capelli. Ma la tensione non si dissolveva con loro: restava lì, un macigno nel petto. Volava qualche metro dietro a Yesod, leggermente spostata sulla destra, godendo degli effetti benefici della sua scia nel fendere l'aria. Procedevano spediti verso est, in direzione del Lago del Ghiaccio Perenne, e il sole nascente profilava controluce l'imponente sagoma scura del Drago, che portava sul dorso Eve e Craig Walden.

Unika provava a osservare il mondo da lassù. Yesod le aveva insegnato che, nei momenti difficili, volare alto aiuta a ridimensionare i problemi e a ripristinare una prospettiva serena della vita. Ma stavolta lei non ci riusciva, non era capace di sciogliere i nodi che le stringevano il cuore: il passato ai suoi occhi era sempre più misterioso, il presente la faceva soffrire, il futuro si presentava buio. L'unica sensazione che riconosceva con chiarezza era il bisogno di Uniko.

Sentiva che, se l'avesse avuto vicino, tutto sarebbe stato più facile. Le complessità avrebbero smesso di essere baratri senza fondo e avrebbero preso la forma di ostacoli da scavalcare. Alti, difficili, ma superabili. Quando lei e Uniko erano insieme, acquisivano forza ed energia senza eguali, e di questo non poteva e non voleva più fare a meno. Dal momento in cui lo aveva conosciuto nulla era stato più come prima.

«Eve, professor Walden, tenetevi forte.»

La voce cavernosa di Yesod la riportò alla realtà. Unika guardò in basso e scorse il delizioso specchio d'acqua turchese circondato dal bosco lussureggiante. La traiettoria del Drago puntava verso una radura, proprio all'imbocco del sentiero che conduceva alla conca. Anche lei virò in quella direzione. Attese che Yesod si abbassasse e che gli umani toccassero terra, e atterrò di fianco a loro.

Unika notò lo sguardo provato e spaurito di Eve, che annegava nel pallore del suo volto. Ne fu intenerita e le cinse le spalle, regalandole un sorriso pieno di comprensione. Il professore aveva l'aria stanca, ma dai suoi occhi filtrava sempre il bagliore dell'entusiasmo e della curiosità. Yesod rimpicciolì le proprie dimensioni e tutti insieme si avviarono verso il lago. Appena giunsero sulla riva, furono accolti da una visione meravigliosa.

«Vi stavo aspettando» li salutò la splendida creatura, appoggiata alla sponda rocciosa.

Craig Walden trasalì nel riconoscere la bellissima Sirena che l'aveva preso per mano nel rocambolesco passaggio dal mondo degli uomini a quello degli angeli.

«Ciao, Aqua» le sorrise Yesod. «Sai perché siamo qui.»

«Certo, Yesod. Metatron mi ha avvisata.» Si voltò verso i due umani. «Noi ci siamo già conosciuti, ricordate?»

«Come potremmo dimenticare...?» fu la risposta che uscì spontanea dalla bocca trasognata di Craig Walden.

«Passerete un po' di tempo qui con me. Avrete modo di vedere che il posto è confortevole.»

Nel silenzio che seguì, l'attenzione di tutti si spostò su Eve, visibilmente rapita dalla maestosità della statua di pietra che sporgeva dal costone poco sopra la superficie dell'acqua. A bocca aperta, si avvicinò per osservarla meglio. La definizione delle fasce muscolari del corpo era perfetta, l'armonia del gesto del tuffo semplicemente assoluta. La testa seminascosta tra i due deltoidi contratti nello slancio delle braccia tese conferiva alla scultura un dinamismo straordinario.

Yesod teneva gli occhi su Aqua, che a sua volta guardava Eve. Unika ebbe un sussulto, mentre la mente la riportava alla visione di qualche ora prima.

«Grazie, Aqua» disse Yesod per rompere la tensione. Poi si rivolse a Unika: «Noi dobbiamo andare. Vuoi volare su di me?»

Unika annuì, assorta nei pensieri e con il fiato sospeso. Poi fece qualche passo in direzione di Eve e l'abbracciò con forza. «Stai tranquilla. Qualunque cosa succeda, il tuo futuro sarà luminoso.»

Eve si commosse. Con un filo di voce espresse ciò che provava: «Tu mi hai salvato la vita e questo mi lega a te per sempre. Quando la guerra sarà finita, ci ritroveremo».

Unika si staccò da lei, salutò Craig Walden e si avviò verso Yesod che la stava aspettando.

«Unika!»

L'esclamazione di Eve tagliò l'aria. Unika si voltò di scatto. Eve le corse incontro. La fissò con le guance accese e le disse singhiozzando: «Prenditi cura di Jo».

Unika aguzzò lo sguardo dentro gli occhi della ragazza, come per cercare di capire cosa avesse nell'anima quell'essere umano tanto sensibile. In un baleno le sembrò di entrare nel suo cuore e ci trovò calore, sincerità, affetto. Non disse una parola e la strinse a sé, prima di lasciarla e partire con il suo Drago.

Unika fece un gesto con la mano a Aqua, mentre si allontanava, andando incontro a una giornata che avrebbe cambiato per sempre la sua vita.

Capitolo 61

NEL CANYON DEL SILENZIO

Valle di Sefira, l'Adlivun

"Stanno entrando."

La voce solenne di Mizar aprì un varco nelle menti degli angeli guerrieri, sopraffatte dai rumori assordanti dell'esercito del Male che avanzava.

I Dominati erano alle porte del Canyon del Silenzio, attratti dalle truppe volanti. Si muovevano disordinati e pesanti, trascinando i loro enormi corpi in una carica affannosa e convulsa. Travolgevano tutto ciò che incontravano. Gli arbusti cadevano sradicati e i campi venivano arati dalle migliaia di zampe scatenate. Zolle di terra e frammenti di piante volavano in aria, spostate dalla furia del branco.

"Mantenete le posizioni e indietreggiate lentamente." Le parole di Mizar guidavano con calma il compiersi della strategia. "Dobbiamo chiuderli nella conca per averli tutti sotto controllo." Inarcò la schiena e con un movimento fulmineo salì molto in alto, prese la mira e tese la corda del suo arco. Scagliò un dardo di luce verso la moltitudine e colpì in piena fronte uno degli orchi che correva, brandendo due sciabole piatte e ricurve.

"Continuate ad attaccarli. Ophidiel non deve capire che li stiamo attirando in una trappola."

Gli Angeli Guida facevano arretrare l'armata fantasma, mentre gli Angeli della Forza scaraventavano tutto il loro impeto contro il nemico. Era una tempesta di raggi luminosi e accecanti. Frecce, lame e lampi di energia tagliavano lo spazio e trafiggevano i mostri. Alcuni cadevano e restavano a terra, calpestati dai compagni. Altri si rialzavano feriti. Altri ancora barcollavano, ma non smettevano di procedere e ringhiare.

Si avvicinavano, del tutto inconsapevoli dell'agguato che li attendeva. Gli sguardi vuoti e feroci erano fissi sullo schieramento che li stava richiamando nell'avvallamento. Le iene erano le più veloci. Avevano l'aspetto di lupi mannari, latravano come cani randagi e si gettavano contro gli angeli in volo per azzannarli.

A distanza, seguivano i demoni con le torce dal fumo nero e le creature ciclopiche che agitavano armi atroci di ogni tipo e fattezza. Sotto il cielo lugubre si stagliavano lunghe asce, spesse e molto pesanti. Bastoni su cui erano montate teste ferrate munite di creste e spuntoni. Scuri con doppie lame seghettate e cuspidi appuntite. Mazze snodate con le sommità ancorate al manico per mezzo di cerniere da cui partivano nerborute catene a maglie larghe e taglienti. Martelli dai becchi acuminati. Lance a forca e tridenti di varie dimensioni.

I Dominati correvano rabbiosi in direzione dell'avversario. Erano bestie irrequiete, affamate di vittime. Distruggevano tutto ciò che si materializzava sul loro cammino. Impugnavano a due mani gli oggetti contundenti e li facevano roteare, per abbatterli sull'obiettivo con brutalità. Pochi colpi andavano a segno. La maggior parte attraversava il bersaglio e finiva nel vuoto.

Ophidiel capì immediatamente. *Non sono angeli. Sono solo immagini illusorie.* Digrignò i denti ed emise un urlo lancinante, collerico. Si fermò sospeso nel cielo, furibondo: l'avevano preso in giro.

Incrociò le braccia al petto, con le dita serrate. Dopo un breve istante, i suoi pugni chiusi si spalancarono e i gomiti si tesero con slancio verso l'esterno.

«Aaaah!» Mentre liberava la sua ira, proiettò il potere della Dissolvenza sulla valle e fece scomparire tutti i fantasmi.

La milizia di Sefira si ridusse considerevolmente. Ora si libravano nell'aria poche manciate di combattenti alati.

Ophidiel sentì una vampata di calore partire dal basso ventre, percorrergli il torace, ardergli nella gola, fino a infiammargli le guance. Gli angeli erano nudi. Erano pochi e facilmente attaccabili. Avevano provato a ingannarlo, ma il gioco non era durato a lungo e lui iniziava a gustare il sapore della vittoria. Gli orchi non se ne resero conto subito e continuarono a muoversi nella mischia, alimentando lo scompiglio.

"Era previsto. Procediamo con le fasi successive del piano!" Metatron rassicurò i suoi guerrieri e fece ricomparire la schiera fantasma.

Ophidiel la dissolse e Metatron ne creò un'altra. Fu così che sul campo di battaglia si generò una grande confusione di angeli che apparivano e sparivano in continuazione. I Dominati erano disorientati e incapaci di comprendere ciò che stava succedendo. Si buttavano addosso a un'illusione e cadevano al suolo. Provavano ad attaccarne un'altra e la loro lama trapassava il nulla. Inseguivano gli spettri, rendendosi vulnerabili all'assalto che arrivava da punti imprevedibili e a loro sconosciuti.

"Manca poco." Ancora una volta i comandi di Mizar non tardarono. "Sono quasi tutti dentro il Canyon."

Gli Angeli Guida comunicarono con gli Angeli della Forza, che si prepararono per l'accerchiamento.

Ophidiel tese le braccia in avanti. Con rapidi movimenti di indice e medio, saldamente uniti uno all'altro, equipaggiò i suoi demoni di archi, fionde e catapulte. Erano armi più difficili da usare, ma in grado di raggiungere l'obiettivo a distanza. Miriadi di frecce, sfere acuminate e spade affilatissime invasero il cielo e costrinsero gli angeli a usare gli scudi liquidi.

E questo è solo il principio, pensò Ophidiel, indirizzando con la mente le lame scagliate dai mostri. I dardi lanciati dalle balestre erano i più devastanti e l'Angelo del Male li guidava con precisione contro le creature di Sefira.

"State all'erta!" avvertì Mizar, appena capì la tattica del suo maestro. "Mantenete la concentrazione. Siate rapidi nei movimenti e rendetevi invisibili."

Metatron attivò in cielo uno schermo catalizzatore, che attirava a sé le punte metalliche fendenti. Gli orchi restarono presto privi di armi e Ophidiel consumò molte energie per continuare a rifornirli.

"Merak, Hod" chiamò Mizar con il pensiero. "Organizzate le vostre squadre per circondare il Canyon. Dobbiamo chiudere la conca e impedire ai selvaggi di tornare indietro." Incrociò lo sguardo soddisfatto di Metatron. "Alcor, tu andrai con loro e provocherai la spaccatura della terra che li isolerà nella vallata, in modo da rendere impossibile il loro rientro nella foresta." Poi si voltò verso Tiferet e Elnath. "Il vostro compito è creare le sabbie mobili, ma non troppo presto. Aspettate che i mostri si avvicinino alla zona designata e fateli sprofondare quando meno se l'aspettano. Devono sentire il suolo che li inghiotte e l'inesorabile senso della fine." La sua animosità stava crescendo e avvertiva dentro di sé il desiderio di veder fermato quello scempio.

Mentre gli Angeli Guida predisponevano le loro truppe, i Dominati incalzavano e si ammassavano tra le pareti scoscese della gola. Si trovarono presto compressi e schiacciati gli uni contro gli altri. Le retrovie premevano e spingevano quelli più avanti che, a propria volta, erano bloccati nell'imbuto creato dal restringimento dei pendii laterali. Lo spazio si era ridotto considerevolmente e i movimenti diventavano difficoltosi. I ruggiti di guerra si trasformarono in strepiti di nervosismo, e il puzzo che traspirava dalla pelle dei demoni, mescolato al sudore freddo dell'agitazione, impregnava l'aria, rendendola nauseabonda.

Alcune torce caddero a terra e il fuoco attaccò le bardature di cuoio e le armi di legno, diffondendosi rapidamente. Le iene guairono e si scatenarono contro qualsiasi corpo si trovasse sulla loro strada, nella foga di aprirsi un varco verso l'uscita. L'atmosfera si rabbuiò in una foschia nera e densa che sapeva di cenere. I mostri iniziarono a contorcersi tra il fumo e le fiamme.

"Alimentate l'incendio!" comandò fulmineo Mizar.

"Non bruciano!" constatò Merak, di fronte alla moltitudine di creature imbizzarrite e in preda al panico.

I roghi avvampavano, ma la loro carne non ardeva.

"Portano le mani al volto" intervenne Hod. "Guardate come scuotono la testa."

"Barcollano" osservò Tiferet, entusiasmato nel constatare la vulnerabilità dell'esercito nemico.

"Sembra che siano disturbati dal fumo" aggiunse Hod. "Hanno la vista offuscata e sono frastornati."

In quell'istante Ophidiel spense l'incendio.

"Alzate la sabbia!" Il grido di Mizar giunse tempestivo. "Da come si comportano, gli occhi potrebbero essere il loro punto debole. Quando non vedono, perdono il senso dell'orientamento. Dobbiamo accecarli!"

Gli Angeli della Forza sollevarono un polverone corposo. Minuscoli granelli aleggiavano e vorticavano, depositandosi nelle cavità oculari, nelle orecchie, nel naso e nella bocca degli orribili esseri che si dimenavano frenetici, scontrandosi a vicenda, inghiottiti dallo spesso muro di nebbia.

"Non smettete!" Mizar continuava a incitare i suoi: "Usate tutti i vostri poteri per farli brancolare nel buio".

Ophidiel generò un vento pesante. Opprimenti raffiche cadevano dall'alto e pressavano il pulviscolo a terra, pulendo l'aria. Poi il Malvagio si spostò velocemente verso le retrovie dello schieramento e ordinò all'ultimo plotone di indietreggiare. Doveva impedire che si accalcasse nell'avvallamento. I Dominati si voltarono in modo scomposto e si rimisero in marcia verso la foresta.

Ma era tardi.

Gli angeli di Merak e Hod li stavano aspettando per aggredirli con una pioggia di frecce di ghiaccio. Li colsero di sorpresa. Urla strazianti eruttarono dalle gole dei mostri: molti stramazzarono feriti, altri inciamparono sopra i corpi abbattuti. Ma la maggior parte ripiegò sui propri passi e ricominciò ad ammassarsi nella conca, travolgendo i compagni ancora ammucchiati.

Ophidiel osservava la scena dall'alto. L'istinto dei suoi demoni vacillava e vagavano impazziti, feriti da ciò che non riuscivano a identificare. Erano un branco impaurito e senza meta.

Devo ribaltare la situazione.

Ophidiel manipolò le loro deboli menti e li costrinse a correre contro le frecce, lanciandoli come una massa informe in direzione di Merak e Hod, per aprire un passaggio verso Thinkingblu.

Alcor dilaniò il terreno. Una voragine ampia e profonda squarciò di traverso la distesa della Pianura del Sole di Melia. I Dominati precipitarono inesorabilmente nel baratro.

Un sussulto di gioia esplose dalle file degli angeli. I cuori esultarono nei petti. La battaglia era solo all'inizio, ma l'orda degli invasori subiva la loro superiorità. Non c'era confronto.

Sefira stava vincendo.

Capitolo 62

IL TRADIMENTO

Valle di Sefira, l'Adlivun

Stiamo vincendo.

Mizar era concentrato sulla terza fase della strategia tracciata da Metatron. Come previsto, la superiorità numerica dell'esercito del Male era stata compensata dall'intelligenza degli angeli che adesso, con calma e lucidità, colpivano i demoni nei loro punti vitali.

Il più grande condottiero è colui che vince senza combattere.

Era ciò che Mizar stava facendo: non aveva avuto alcuno scontro fisico. Impugnava la spada, ma non la usava. Volava da un punto all'altro dello scacchiere della battaglia, impartendo direttive precise agli Angeli Guida che, a propria volta, organizzavano le attività delle truppe.

In quel momento aveva Merak davanti agli occhi. Vestito con semplici pantaloni e casacca in tela grezza, aveva un aspetto marziale, enfatizzato dalle protezioni luminose che portava su stinchi, ginocchia, spalle e gomiti. Un elmo leggerissimo copriva i fluenti capelli castani e lo faceva somigliare a un guerriero Acheo. Era sospeso in aria, in posa plastica, e sprigionava dalle sue mani fasci di luce incandescente che si univano a quelli provenienti dal suo gruppo di angeli: stavano terminando un folto plotone di mostri, intrappolato in un vicolo cieco. La scena era violenta e terribile: gli orchi si contorcevano emettendo orrende urla e azzannandosi l'un l'altro, accecati dal panico, dalle fiamme e dal fumo. I volti degli angeli erano fermi e determinati. Sapevano che ormai era solo questione di sangue freddo e pazienza: l'ingegno, la strategia, l'utilizzo tattico del volo stavano implacabilmente sconfiggendo la forza bruta e ancorata al suolo delle milizie di Ophidiel.

Ophidiel!

I pensieri di Mizar vennero squarciati da un lampo improvviso. Stava osservando l'elegante gestualità aerea di Merak, quando questi si spostò di colpo. Dietro di lui, in lontananza, si muoveva la potente sagoma del suo maestro. Il tono del corpo era lo stesso di sempre: i muscoli guizzavano energici sotto la pelle scura e obbedivano rapidi ai comandi della mente acutissima. Lottava come un leone, spostandosi velocemente da un capo all'altro del campo per spingere avanti la sua armata: combatteva come una furia scatenata, urlava i suoi ordini e spingeva con vigore straordinario i pesanti mostri nelle posizioni che dovevano presidiare. Ma era evidente che tutto ciò non bastava.

È solo.

Mizar ebbe un tuffo al cuore. Restò immobile, colpito da un'idea. Nella sua mente presero forma tutte le qualità che avevano reso Ophidiel il suo riferimento assoluto: il carattere indomito, il portamento fiero e determinato, la forza smisurata, l'intelligenza strategica, il coraggio senza fine. Le caratteristiche che aveva conosciuto tanto tempo prima e che, in quel preciso momento, catapultarono i suoi sentimenti nel passato, quando l'ex capo degli Angeli Guida incarnava tutto ciò che Mizar avrebbe voluto essere: un grande guerriero. Continuava a osservarlo e si rendeva conto che il suo enorme sforzo non riusciva a sovvertire l'andamento del conflitto: laddove era presente e organizzava il combattimento, i Dominati tendevano a prendere il sopravvento.

Ma era un'avanzata effimera che spariva non appena egli si recava in un altro focolaio. La stupidità degli orchi senz'anima veniva sopraffatta dalla superiorità geniale dell'esercito di Sefira, e l'angelo guerriero dal cranio rasato non poteva presidiare contemporaneamente ogni scontro.

Ha bisogno di me.

Fu un attimo: la coscienza di Mizar cominciò a girare come un vortice in cerca di un centro di gravità. La ragione perse spessore e andò in frantumi, in attesa di un nuovo sistema di riferimento. In quei brevi secondi di limbo, il cuore prese il sopravvento sulla testa e le emozioni travolsero il pensiero. Tutto andò verso un nuovo ordine, quando gli occhi fiammeggianti di Ophidiel incrociarono la sua anima che vagava persa. La potenza di quello sguardo lo attrasse in modo inesorabile, definitivo.

Il mio centro è lui.

Una nuova realtà si costruì davanti a Mizar. Si sentì fuori posto, dalla parte sbagliata. Avvertì l'urgenza di correre verso il suo maestro che, nel frattempo, si era fermato e lo attendeva, con l'espressione traboccante di ardore e la bocca serrata in un sorriso compiaciuto. Mizar gli arrivò di fronte, si osservarono e non ebbero bisogno di dirsi nulla. Alle sue spalle la battaglia infuriava.

Sono al tuo fianco, Ophidiel.

Mizar aveva deciso. Si voltò e sollevò il braccio destro che brandiva il gladio, cominciando ad avanzare contro gli angeli di Sefira. Si alzò in volo, seguito da terra dalle orribili orde barbariche. Dalla sua gola sgorgò un urlo atroce, liberatorio. Poi si gettò nel plotone dei Dominati che stavano morendo per mano della squadra di Merak e attivò un potentissimo schermo di luce scura. Di colpo, i raggi incandescenti scagliati dagli angeli rimbalzarono indietro. I mostri tornarono in forza e ripresero a lottare, capeggiati da colui che li aveva salvati.

Alla vittoria, mio maestro!

Merak non credeva ai suoi occhi: Mizar stava aiutando il nemico.

Il panico si diffuse tra gli angeli: il comandante in campo era passato dall'altra parte e volava rapidissimo sul teatro della battaglia, capovolgendo in modo implacabile l'andamento del conflitto. E dove non arrivava Mizar, c'era Ophidiel, ancora più agguerrito e crudele. Lo stupore degli Angeli Guida si traduceva nello sconforto delle truppe: il disorientamento derivante dalla mancanza di direttive si accompagnava al terrore di essere aggrediti dalla potenza dei due angeli rinnegati. Colpivano al cuore, per uccidere, spietati. Si scambiavano sguardi di complicità e incoraggiamento che accrescevano la loro violenza. La furia dei demoni riprendeva un po' alla volta il sopravvento e si abbatteva apocalittica sulle schiere degli angeli, sfibrate dall'angoscia e dalla sfiducia.

Ophidiel osservava il discepolo con grande soddisfazione, mentre alternava l'uso dei poteri alle tecniche di combattimento. "Grazie, Mizar, sapevo di poter contare su di te."

"Grazie a te, maestro. Ti ho aspettato tutti questi anni."

"Lo so, e adesso sei qui con me, per vincere."

"Per vincere."

"Ho bisogno ancora del tuo aiuto, Mizar."

"Dimmi, maestro. Qualunque cosa."

"È necessario compiere la mossa decisiva: entrare in possesso delle Entità Fondamentali." La battaglia tuonava intorno a Ophidiel, ma il suo pensiero era lucido e potente. "Dobbiamo scoprire dove si trovano e andarle a prendere."

"Io so dove sono" rispose Mizar, emozionato.

Ophidiel spalancò i suoi profondi occhi scuri, lasciando trasparire un'onda di compiacimento. "Sì? ...E dove?"

"I due ragazzi sono stati divisi per rendere più difficile la loro localizzazione. Uniko è andato con Nishida ai Fari mentre Unika è con Yesod, sono diretti sui Monti Tailli."

Fu così, senza alcun dubbio o conflitto interiore, che Mizar si rese colpevole del più abbietto comportamento che un angelo potesse mai avere: il tradimento della fiducia di Metatron. La sua coscienza era ormai sconvolta e non riusciva a capire la gravità di quel gesto. Tutto ciò che contava era aiutare Ophidiel a vincere. Il resto era secondario.

"Sì!" esclamò Ophidiel, digrignando i denti dal piacere. Abbassò le palpebre per i pochi secondi che gli furono necessari per riflettere e decidere il da farsi. Poi si rivolse ancora a Mizar: "Allora, mio fedele amico, per noi è tempo di agire. Ho bisogno che tu vada ai Fari a cercare Uniko; sarà un gioco da ragazzi per te e non avrai problemi a neutralizzare Nishida. Sei l'unico che conosce bene quel luogo impervio e la tua forza è nettamente superiore a quella dell'innocuo Elfo. Trova il ragazzo, Mizar, trovalo e fallo prigioniero. Ti sarò vicino con la mente e appena l'avrai catturato ti raggiungerò e prenderò con le mie mani ciò che è scritto diventi mio".

"E Unika?"

"Ci penserà lui" ribatté Ophidiel, mentre alla sua destra appariva la muscolosa sagoma di Zack. Ophidiel guardò il ragazzo negli occhi. «La fanciulla è sui Monti Tailli ed è con Yesod. Il tuo compito è catturarla e chiamarmi. Io arriverò e mi occuperò prima di mio fratello e poi di lei.»

Zack fece un cenno di assenso, senza dire una parola.

"E tu, maestro?" chiese Mizar.

Ophidiel sorrise velenoso e ruotò il capo puntando l'attenzione verso un terrapieno arso dal sole e dal fuoco della battaglia, dove lo scontro era duro e cruento.

Tra la polvere e il frastuono emergeva solenne la figura di Metatron. Il Saggio guardava fisso verso di loro. Il volto era scavato dalla sofferenza che gli dilaniava l'anima: ciò che stava accadendo gli era ormai tristemente chiaro. Mizar aveva tradito la fiducia sua e dei compagni e l'avrebbe fatto fino in fondo, svelando i nascondigli delle due Entità Fondamentali. Al dolore immenso che ciò gli provocava, Metatron aggiungeva il carico di un tremendo senso di colpa: poche ore prima aveva interpretato male la visione di Allibis. All'Eremo delle Arti, l'Oracolo aveva visto Mizar correre inseguito dai demoni. E lui aveva sottovalutato quel presagio. Non gli aveva dato il peso necessario, commettendo l'errore più grave della sua vita. Senza riflettere sul suo possibile significato e senza approfondire, aveva proseguito il suo discorso, condividendo la strategia con tutti gli Angeli Guida. E ora si trovava a osservare impotente Mizar, mentre svelava al nemico dov'erano rifugiati i due giovani cuori. Aveva sbagliato. E adesso ne pagava le drammatiche conseguenze.

"È mio" tuonò Ophidiel, ricambiando lo sguardo intenso di Metatron. "Vado a prenderlo."

Capitolo 63

IL COBRA E LA MANGUSTA

Valle di Sefira, l'Adlivun

La furia di Ophidiel cresceva irrefrenabile.

Il conflitto stava volgendo a suo favore: gli angeli di Sefira erano emotivamente fragili e indeboliti nell'anima. Ma quello per lui era diventato un dettaglio di poca rilevanza. Osservava con fastidio gli scontri che si consumavano nei punti strategici del campo di battaglia: avrebbe voluto cancellare tutto ciò che si frapponeva tra lui e Metatron, la fonte del suo odio.

Sentì le pupille infiammarsi come la brace, mentre il corpo statuario si trasformava nel cobra mostruoso e violento che rifletteva il suo spirito. Dalla lingua biforcuta scatenò un potente raggio velenoso contro un gruppo di Angeli della Forza, che stava sollevando una nube di sabbia davanti a lui.

"Fate attenzione!" urlò Metatron con il pensiero, cercando di bloccare Ophidiel. Ma non fece in tempo a intervenire: il raggio letale travolse i suoi guerrieri e li tramortì. Centinaia di demoni si avventarono su di loro per finirli, mentre altri Angeli della Forza accorrevano nella mischia, creando una barriera protettiva.

"No! Non scendete a terra!" Metatron era costernato: i suoi

soldati, animati dall'istinto di salvare i compagni, si erano precipitati al suolo, rendendosi vulnerabili.

"Adesso!" intimò Ophidiel ai Dominati, assaporando il gusto della vendetta. Sorrideva compiaciuto di fronte all'agghiacciante spettacolo di quei mostri bramosi di sbranare il cuore degli angeli. Tendevano le mani orrende per afferrare le prede e dal naso emettevano suoni rauchi e gutturali. Le bocche ansimavano, lasciando fuoriuscire raccapriccianti fiotti di saliva schiumosa. I mostri agitavano il collo con movimenti convulsi e infervorati.

"Nooo!" Il grido disperato di Hod inondò la valle. Senza esitazione, l'angelo trasvolò in mezzo al dramma. Iniziò a scagliare colpi mortali, mulinando le sei braccia e scaraventando i nemici lontano. La lama di luce che fuoriusciva dall'occhio centrale trafiggeva i loro corpi massicci. Hod lottava con grande agilità e le sue sferzate, calcolate e precise, andavano sempre a segno.

Nel frattempo, nella zona più a sud, le iene si erano ricavate una breccia tra il fumo e la sabbia, verso l'uscita del Canyon. Erano veloci e l'olfatto permetteva loro di trovare la via, senza bisogno della vista.

"È ora!" esclamò Tiferet, rivolgendosi a Elnath.

La terra diventò liquida e le bestie cominciarono a sprofondare. Si affannavano per non essere divorate dalla superficie su cui, fino a poco prima, avevano corso. Con le zampe anteriori cercavano di aggrapparsi al suolo che si scioglieva sotto il loro peso, mentre con quelle posteriori spingevano, senza riuscire a fare leva, nella melma che le avvinghiava. Il panico aumentava insieme alla disperazione. Più le belve si agitavano, più affondavano.

Ophidiel riprese le sembianze del guerriero, ostentando una spaventosa maschera di odio assoluto. Il suo spirito urlava dal profondo e la sua attenzione era concentrata solo ed esclusivamente su colui che aveva ferito a morte il suo sentire e umiliato ogni briciola del suo essere: Metatron. I loro sguardi si incrociarono ancora una volta.

Senza distogliere gli occhi dall'avversario, Ophidiel trasformò l'aria in afa con l'intento di asciugare l'argilla e dare la possibilità alle sue orribili creature di riemergere. Era una pura dimostrazione di forza di fronte al nemico di sempre. Metatron, impassibile, fece scrosciare sul Canyon una pioggia fitta e oleosa, per continuare ad alimentare le sabbie mobili.

Il combattimento cambiava dimensione e poco alla volta si trasformava nello scontro definitivo tra i due esseri superiori: potenti, invincibili, mossi da sentimenti opposti, ma animati dalla stessa veemenza. Le pupille di Ophidiel erano accese dalla brama di potere e rivalsa. Quelle di Metatron erano gelide.

L'Angelo del Male chiuse le palpebre, in un sospiro senza fine. Carico di collera, iniziò a roteare rapidissimo su se stesso dando vita a un tornado bruno che lanciava vento incandescente. Di fronte a lui, Metatron si trasformò in un ciclone grigio-azzurro, denso d'acqua. Le due trombe d'aria giravano in tondo, una intorno all'altra, come due rivali che si scrutano prima di sferrare l'attacco.

A un tratto, il vortice scuro si lanciò verso l'antagonista. I turbini si urtarono. Per un istante incalcolabile, sembrò si compenetrassero. Scintille arroventate eruppero oltre i labili confini delle sagome in movimento. Poi tutto si calmò e i due profili ripresero le loro sembianze.

Ophidiel si rimaterializzò nella paurosa testa del cobra. I calabroni ricominciarono ad ammassarsi intorno a lui, donando al suo aspetto un'apparenza macabra e minacciosa.

Ci siamo, pensò Metatron, e con la mente corse a Unika e Uniko che stavano volando lontano. Yesod e Nishida li avrebbero protetti a costo della loro stessa vita. L'ombra di un sorriso accese il suo volto, mentre incurvava all'indietro le spalle, per gettarsi in un maestoso tuffo dorsale. La sua immagine si dissolse in un luccichio iridescente e al suo posto comparve una mangusta argentea. Aveva il manto striato di nero e la peluria intorno agli occhi penetranti disegnava un ombroso motivo allungato, che dava all'espressione aggressività e cattiveria.

Il cobra e la mangusta presero a studiarsi. Nei loro sguardi brillava la consapevolezza di essere giunti al duello definitivo, la resa dei conti che avrebbe posto fine all'Adlivun.

Capitolo 64

LA CACCIA DELLA LINCE

Valle di Sefira, l'Adlivun

La lince grigia era a caccia e avanzava rapida nell'intricato sottobosco. I suoi sensi straordinari erano all'erta per penetrare la coltre di fitta vegetazione che faceva da scudo alla luce del sole bruciante. Qualsiasi dettaglio visivo entrava nel cervello del felino attraverso gli occhi potentissimi e ogni rumore veniva captato dalle orecchie grandi e sensibili, alla cui sommità giganteggiavano due ciuffi di pelo nero. L'olfatto lo guidava tra i sentieri. La taglia dell'animale era perfetta per spostarsi agilmente in quell'ambiente: era lungo circa un metro, aveva le zampe posteriori forti e robuste per spiccare balzi veloci. Le sue unghie affilate erano retratte, ma pronte a scattare in caso di attacco.

Era stato Ophidiel a consigliare a Zack di utilizzare il potere della Metamorfosi, che aveva ricevuto per partecipare al Torneo della Primavera. Il ragazzo si era spostato in volo fino ai Monti Tailli con le sembianze dell'aquila reale, poi si era tramutato in lince. Ora stava perlustrando il territorio: risaliva il versante in uno zigzagare preciso e attento.

«Sta arrivando.» La voce di Yesod era bassa, ma rimbombava

nella grotta in cui si era rifugiato con Unika. Era un orrido che il Drago conosceva molto bene: dopo la grande sofferenza provocata dalla perdita del fratello, amava rintanarsi in quella gola profonda e naturale, scavata dall'acqua sorgiva. Lì trovava rifugio e riusciva a tenere lontani tutti i pensieri più tristi. La conformazione della cavità consentiva di isolarsi: il cunicolo entrava orizzontalmente nella roccia, creando una specie di elegante triclinio, in cui la pietra formava vere e proprie sculture, e poi piombava in verticale come un pozzo che sprofonda negli abissi. Là sotto non c'era luce e la temperatura era costante in ogni stagione. Si era lontani da tutto e da tutti, il mondo restava fuori.

«Chi?»

«Zack, l'umano. L'amico rinnegato di Uniko.»

Unika trasalì. Fu assalita dalle terribili sensazioni provate nella fase finale del Torneo: il dolore fisico generato dal peso del ragazzo che passava sul suo corpo; l'amarezza provocata dal sentirsi usata, brutalizzata, violata; l'angoscia per la tremenda espressione di cattiveria stampata sul viso sfigurato di Zack. Dopo qualche attimo di disorientamento, la scossa di adrenalina si trasformò in capacità di reazione.

«Che arrivi, allora... lo aspetto! Ho un conto in sospeso con lui e stavolta lo regoleremo partendo alla pari.»

Yesod la guardò intenerito. «Purtroppo non è così semplice.»

«Cosa intendi?»

«È una spia di Ophidiel. Potremmo anche essere in grado di batterlo, neutralizzarlo, catturarlo. Ma lui comunicherebbe comunque la nostra posizione al suo capo, che si catapulterebbe qui in un batter d'occhio. Non è Zack che sta arrivando... è Ophidiel.»

«Maledetto!» urlò Unika, facendo uscire tutta la rabbia che aveva nel petto.

Yesod smise di respirare, abbassò le palpebre e rimase immobile.

La fanciulla lo guardò interrogativa, fino a quando il Drago sospirò, riaprì gli occhi e, rivolgendole uno sguardo rassegnato, le disse: «Ha sentito».

«Eh?»

«Zack ha sentito il tuo grido.»

«Come fai a saperlo?»

«Ho attivato il potere di Super-Percezione Sensoriale che mi consente di tenere sotto controllo qualunque essere transiti in questo momento sui Monti Tailli. Poco fa ho avvertito muoversi nel perimetro una creatura non angelica sotto forma di lince e la sto seguendo passo a passo. È Zack. Subito dopo il tuo urlo si è fermato, ha cambiato direzione e si è messo a correre verso di noi.»

«Mi dispiace...» Unika era amareggiata.

«Devo parlare con Metatron, la situazione diventa delicata.» Yesod si concentrò per qualche secondo, ma ben presto un'espressione di disappunto animò il suo enorme muso.

«Cosa c'è?» chiese Unika, spaventata.

«Non riesco a comunicare con lui. Non è mai successo prima d'ora...»

«Cosa può essere capitato?»

«Non lo so...» Yesod era pensieroso. Rimase con lo sguardo basso per un lunghissimo istante e poi riprese: «Potrebbe essere in difficoltà o, comunque, impegnato in battaglia. Ma è certo che se Ophidiel ha sguinzagliato Zack per trovare noi, avrà inviato qualcun altro per cercare Uniko e Nishida».

«Come fai a esserne sicuro?»

«La Chiave della Felicità non gli serve a nulla senza la Fiamma della Vita. Puoi star certa che in questo momento la caccia è aperta anche ai Fari. Devo mettermi in contatto con Nishida. Subito.»

Yesod chiuse di nuovo gli occhi e si concentrò per raggiungere l'Elfo. Unika lo guardava, tesa.

Sopra le loro teste, intanto, un felino si aggirava famelico, cercando l'orrido. Zack aspettava di trovare l'ingresso per chiamare Ophidiel. Sapeva di essere ormai vicino.

Capitolo 65

SCONTRO FRA TITANI

Valle di Sefira, l'Adlivun

«Finalmente.»

Gli occhi del cobra ardevano del violento fuoco dell'odio. Era di fronte a colui che aveva distrutto la sua esistenza. Colui che per perseguire il suo progetto l'aveva allontanato e umiliato. A lui Ophidiel aveva dedicato tutti i pensieri di vendetta degli ultimi millenni.

La mangusta lo scrutava, silenziosa.

Tuoni e lampi di battaglia fiammeggiavano fragorosi, ma era come se una nuova dimensione avesse preso forma intorno a loro: erano soli.

«Devo ringraziarti, Metatron» sibilò Ophidiel, mentre riacquisiva l'aspetto del potente guerriero.

Anche il Saggio riprese le sembianze originarie. Il suo volto serio valeva più di ogni risposta.

«Grazie per non aver accettato le mie proposte di resa senza combattere. Mi avresti privato di questo momento, che per me vale un'eternità. Dimmi... hai mai pensato a me in tutto questo tempo? Cosa sentivi? Riuscivi a percepire cosa provavo? No, non credo. I milioni di interminabili attimi di dolore, angoscia, solitudine e rabbia che ho subito non ti hanno toccato minimamente.

Ma adesso sono tutti qui, nella mia testa e nelle mie mani. Non ne ho rimosso neanche uno proprio perché aspettavo di restituirteli tutti. Tu hai provocato questo oceano di tormento, Metatron, e ora ti ci immergerai. Per non uscirne più.»

Metatron era immobile. Qualsiasi parola sarebbe stata inutile, eccessiva, sprecata. Nessun argomento avrebbe potuto cambiare il corso degli eventi: quello era l'Adlivun e l'unica cosa da fare era combattere il Male. Il Saggio aspettava solo la prima mossa di Ophidiel.

«Ho grandi progetti per il tuo futuro a breve termine: ho intenzione di occuparmi di te» ringhiò l'angelo rinnegato. «Ti farò dono di tutto ciò che non hai mai conosciuto: la tortura fisica, le ferite dell'anima, l'orrore della morte. Preparati ad affrontare un viaggio nella sofferenza estrema, Metatron!»

Ophidiel cominciò a girare con fare minaccioso intorno al Saggio, lasciando trasparire un terribile ghigno.

«Sai... ho riflettuto a lungo e ho deciso che questo istante dovesse essere soltanto nostro. Non ti dispiacerà quindi se ho interrotto ogni tua possibilità di comunicazione telepatica. Nessuno ci disturberà, Metatron.» Il tono della sua voce era sempre più alterato. «Stavolta non potrai invocare l'aiuto dei tuoi Angeli Guida. Sarai solo davanti alla disperazione, come lo sono stato io. Nessuna mano amica, neanche una parola di conforto, niente. Nessuno a cui chiedere se è meglio vivere nel dolore assoluto o morire. Ma tu sei più fortunato di me, Metatron: nel tuo cammino verso il baratro avrai me!»

Ormai la faccia di Ophidiel era una maschera oscena di malvagio piacere. «Guardami, Metatron, guarda me... e vedi la tua fine!»

Ophidiel si gettò verso il Saggio, spostandosi rapidamente con un'andatura in cui la corsa si mescolava al volo. I suoi piedi falciavano l'aria a circa dieci metri da terra. Le gambe davano un forte impulso propulsore a un'azione tempestiva e sincronizzata:

un arto si distendeva mentre l'altro si fletteva in alto, spingendo in avanti la sua massa atletica. Ophidiel si fermò a poca distanza dal Saggio. Il suo corpo era eretto e fiero, disegnato dalle fasce muscolari in tensione. Le spalle si aprivano perfettamente in asse con il bacino, le ginocchia erano allargate e le caviglie solidamente ancorate su un invisibile strato di cielo.

Fece una breve torsione laterale del busto. I gomiti si sollevarono fino a congiungere i pugni in posizione orizzontale, all'altezza del viso. Le dita chiuse sembravano avvinghiare qualcosa, mentre i pollici e gli indici premevano gli uni contro gli altri. Senza spostare il volto, inclinato verso la presa, Ophidiel ruotò gli occhi per cercare Metatron. La pupilla corse fino all'estremità esterna, puntando sul bersaglio uno sguardo carico di rancore.

Alla velocità dei movimenti di pochi istanti prima, si contrapponevano ora gesti calmi e precisi, come nel compimento di un rituale sacro. Sembrava che il tempo avesse cambiato ritmo e che la brutalità di Ophidel si fosse trasformata in una sorda eleganza.

Mantenendo un'intensità fluida e calibrata, la mano destra si staccò dalla sinistra. Ne scaturì una scintilla. Ophidiel fece scorrere l'impugnatura, liberando il raggio poco alla volta, fino a sguainare del tutto una spada di luce accecante. La lama sembrava uscire dal palmo ancora chiuso ed emetteva un bagliore bruno molto intenso.

Metatron era austero. Inespressivo. Le braccia cadevano, apparentemente rilassate, lungo i fianchi. Con una mossa impercettibile distese i polsi e accese i suoi fasci azzurri di energia vibrante.

Forza... cosa aspetti? Colpiscimi! La mente del Saggio era pronta ad affrontare il suo spietato antagonista.

Ophidiel si lanciò avanti con un salto vigoroso e pesante e, appena prima di abbattersi contro l'avversario, attivò nella mano libera un secondo raggio luminoso.

Metatron scattò fulmineo, si girò di lato e si tolse dalla traiettoria di attacco. Fece perno sulla pianta del piede e vi spostò tutto il peso, fino a sentire la forza del suo corpo premere sul quadricipite contratto, e parò con ferma maestria la sferzata successiva. Poi inarcò la schiena e si gettò indietro in una capriola serrata. Mentre roteava sospeso in aria in un doppio giro su se stesso, scaricò una raffica di pugnali radianti.

Ophidiel si distese in un tuffo lungo e profondo, posizionandosi parallelo al suolo. Con un possente colpo di reni, si arrotolò di lato in un avvitamento turbinoso e veloce che generò una forte onda d'urto. I pugnali vi si scagliavano contro e venivano respinti con violenza all'esterno, producendo faville simili a quelle di una fiamma ossidrica quando si scontra con il metallo. L'atmosfera circostante si colorò con le tonalità vive e magnetiche dei lampi e delle scosse elettriche che dominavano il duello.

Senza cessare il fuoco, Metatron molleggiò con agilità sulle caviglie e si spinse in uno slancio altissimo che lo portò sopra il nemico. Da quel punto incurvò le spalle e, con il mento rivolto al petto, si gettò verso il basso, nel tipico gesto del tuffatore. I muscoli del dorso reggevano saldamente tutto lo sforzo e il carico della massa corporea, mentre le mani si appoggiavano sul vento solido e i tricipiti facevano leva in una ruota protesa e dinamica. La sua figura capovolta in una verticale perfetta piombò verso la testa di Ophidiel, ancora avviluppato nella piroetta, con un doppio calcio posteriore indirizzato con precisione alla nuca.

Ophidiel perse l'equilibrio e cadde a terra con un tonfo poderoso. Non aveva sentito arrivare il contrattacco e il colpo lo tramortì. Si sollevò a fatica e iniziò a trasvolare rapidamente in posti diversi per allontanarsi da Metatron e riprendere le forze. Lo sguardo del capo di Sefira lo inseguiva implacabile e senza tregua.

Ophidiel attivò il potere dell'Invisibilità e scomparve. Il Saggio non indugiò e fece lo stesso: per un attimo lo spazio intorno a loro tornò ad essere fermo e silenzioso. Fino a quando entrambi azionarono, nello stesso istante, la capacità di vedere l'invisibile.

Fu così che Metatron captò nuovamente la sagoma di Ophidiel.

E trasalì: due gigantesche ali grigie si agitavano alle spalle dell'angelo ribelle, mantenendolo sollevato nel vuoto. A un tratto si chiusero verso l'interno, per poi riaprirsi con violenza, generando una corrente carica di aria tagliente.

Metatron s'inclinò con tutto il peso in avanti e, con le dita spalancate, creò uno scudo sfumato di blu, sottile e impalpabile. Si opponeva agli urti che si schiantavano con fragore sulla sua superficie, facendo tremare il Saggio. Onda dopo onda, le folate brutali ebbero la meglio sulla barriera difensiva, che si infranse come uno specchio in una moltitudine di scaglie di cristallo. I due rivali arretrarono, coprendosi il volto con gli avambracci per evitare i frammenti.

Passata la tormenta, si fermarono. Si fissarono a lungo. Si studiarono attentamente. Uno aspettava la mossa dell'altro. Le tempie pulsavano. Il cuore accelerava. La tensione era massima. Il colpo successivo avrebbe potuto essere quello decisivo.

Ophidiel aveva gli occhi bianchi come il ghiaccio. L'iride si confondeva con il contorno del bulbo. Metatron era concentrato con tutte le sue facoltà: un'ombra di luce irradiava i contorni della sua figura, come un abbraccio invisibile. Il sangue gli circolava veloce nelle arterie, la giugulare era gonfia e tesa. Ophidiel era di fronte a lui e non si sarebbe fermato finché non fosse riuscito a raggiungere lo scopo che si era prefisso. Un senso di ineluttabilità, mescolato alla rabbia di non poter invertire il corso degli eventi, cominciava a fluire nella mente di Metatron. L'Adlivun significava anche questo: guardare in faccia la realtà e capire che, a volte, l'unica possibilità è distruggere. Uccidere.

Il ghigno di Ophidiel si trasformò in una smorfia. La sua fronte si segnò con una fitta ramificazione di vene scure e pulsanti, che sembravano voler esplodere sotto la pelle. Il collo era deformato dallo scorrere adirato della forza che si dilatava per tutto il corpo. Lo sguardo era in fiamme e le narici allargate, come se stessero per eruttare vampate incandescenti. L'Angelo del Male alzò il mento e inclinò il capo, emettendo un verso gutturale e demoniaco. Dalla bocca aperta, incorniciata da una dentatura forte con i canini leggermente allungati, si intravedeva la gola nera e profonda, come un buco senza fine. La sua carne sussultava in preda alle convulsioni e i muscoli si ingrossavano a vista d'occhio. Un impeto furibondo lo scosse e fece disintegrare la cotenna protettiva e il teschio che indossava come elmo. Migliaia di brandelli furono lanciati tutto intorno. Dalla sommità della testa spuntarono due protuberanze che crebbero per trasformarsi in orribili corna rosse, massicce e ricurve all'indietro. La fisionomia di Ophidiel trasmutò e assunse un aspetto più corpulento e potente.

Non distolse gli occhi da quelli del suo avversario e spiccò un salto verso l'alto. Chiuse le robuste ginocchia al petto. Si fermò imponente a mezz'aria, con le ali color fumo spalancate e frementi. Avvicinò i polsi e, con grande slancio, inarcò i palmi e ne fece sgorgare due mostruosi serpenti che si avventarono contro Metatron. Un alone di fuoco denso e torbido avvampava alle sue spalle, mentre i rettili si allungavano, feroci, per azzannare il nemico.

Metatron aspettò che le belve si avvicinassero. Con straordinaria rapidità accese la lama di luce e la impugnò con entrambe le mani. Con un'unica mossa, le decapitò. Le teste volteggiarono inanimate, prima di rotolare al suolo. Il sangue iniziò a zampillare, mentre i tronchi amputati si contorcevano in movimenti deboli e spastici. Ophidiel urlò tutto il suo dolore.

Metatron approfittò del momento per scagliarsi su di lui. Lo afferrò all'avambraccio e lo costrinse in una brusca torsione del busto. Poi, con la spada di energia, iniziò a sferzare colpi verso il suo collo. L'angelo dannato si muoveva a destra e a sinistra per scansare le stoccate, cercando di divincolarsi dalla morsa. Riuscì a chinarsi all'indietro e a ruotare su se stesso, sfuggendo alla presa e calciando ripetutamente contro il fianco del Saggio. Metatron accusò l'impatto, ma non interruppe l'offensiva. Accese anche il secondo fascio luminoso e continuò ad attaccare con una sequenza di movimenti decisi e taglienti. Le sue frustate fendevano l'aria, creando profondi solchi che restavano visibili nell'atmosfera per qualche istante.

Ophidiel si inginocchiò e si gettò tra le due lame di Metatron. S'infilò tra le sue braccia e, una volta raggiunto il petto dell'antagonista, spalancò i gomiti con violenza. Si trovarono faccia a faccia, a pochi centimetri di distanza l'uno dall'altro. I respiri si mescolarono, gli sguardi si specchiarono. Due titani a confronto. Il Bene e il Male. La Luce e le Tenebre. I due angeli che avrebbero scritto la storia.

In una frazione di secondo Ophidiel afferrò le spalle di Metatron, fece leva e si sollevò sopra di lui in verticale. In un brevissimo attimo, i due corpi sembrarono in perfetto equilibrio, uno ancorato al suolo e l'altro teso al cielo. Mentre le teste si sfioravano, Ophidiel si gettò con furia all'indietro e, sfruttando la forza della caduta, trascinò il Saggio. Nel momento in cui i suoi piedi si assestarono, sollevò l'avversario e lo fece roteare sopra di sé, per scaraventarlo a terra molti metri più in là.

Metatron si schiantò contro il terreno freddo e duro e, per la prima volta, avvertì una sofferenza acuta. Si alzò di scatto e appoggiò entrambe le mani sull'erba per recuperare un po' di stabilità. Giusto in tempo per scorgere la sagoma di Ophidiel che si lanciava all'attacco. Il Saggio temporeggiò, attendendo di averlo addosso. Si puntellò sull'avambraccio destro e allungò la gamba sinistra in un calcio basso e prestante. Ferì il nemico alla caviglia e lo fece crollare.

Ophidiel chiamò a sé tutta l'energia possibile. Sul suo petto vorticava un bagliore torbido e penetrante. La spirale si allargò fino a inghiottirlo del tutto, trasformandolo in un lampo di forza bruna.

Metatron era già luce azzurra.

I due raggi si scontrarono fragorosamente. Sembravano due

getti d'acqua, scagliati con forza l'uno contro l'altro. Il punto di contatto prendeva un colore verde intenso. La loro potenza era molto simile. Nessuna delle due correnti prevaleva sull'altra. Nessuno vinceva. Nessuno perdeva.

D'un tratto, Ophidiel rovesciò la situazione, trasformandosi nuovamente in cobra e Metatron riprese le sembianze della mangusta. Il rettile sibilava, ondeggiando la grande testa in una vibrazione continua e inquietante. La mangusta era all'erta e pronta ad aggredire. Erano vicini. Molto vicini. Inaspettatamente, Ophidiel scivolò all'indietro, arretrando di qualche metro e riprese il suo aspetto originario. Sul suo volto era disegnato un sorriso enigmatico che sfumava nel sarcasmo.

«Ho vinto io, senza combattere» disse con voce tonante ma molto controllata. «Le Entità Fondamentali sono in mio possesso. I miei soldati hanno appena catturato i tuoi giovani angeli.»

Il pensiero di Metatron andò a Unika e Uniko, a ciò che di più caro aveva nel cuore. E fu una reazione incauta.

Ophidiel spalancò gli occhi e allargò la bocca in una risata di terribile follia. Distese verso di lui la mano chiusa a pugno ed estrasse il pollice, ruotandolo verso il basso. «Sei morto.»

Solo in quell'istante Metatron capì. Un brivido gli percorse la schiena. Ma era tardi. Troppo tardi. Di fronte all'espressione soddisfatta di Ophidiel, sentì le forze che lo abbandonavano.

«Hai pensato alla cosa più importante che hai e io ho paralizzato il tuo corpo e ingabbiato la tua mente con l'incantesimo dello Spirito Imprigionato. Lo ricordi, vero? Me l'ha insegnato Unika... per anni l'ha utilizzato per educare gli angeli a capire che il corpo è solo il tramite per manifestare la nostra presenza nel contesto in cui agiamo. Che la mente è il nostro mezzo per fare accadere le cose. E che lo spirito abita nel corpo e nella mente ed è la nostra essenza, la parte eterna che c'è in noi. Per addestrarci a liberare lo spirito, Unika ci diceva di concentrarci sulla cosa fondamentale della nostra vita e da lì azionava il sortilegio che immobilizzava il fisico e la capacità della ragione. Era molto doloroso, sai? Visualizzare ciò che di più grande c'è nella tua esistenza e nello stesso tempo perdere la padronanza dei movimenti e dell'intelletto. Ogni angelo all'inizio si scontrava con la difficile sensazione di non riuscire a mettere in funzione i propri muscoli. Si rifugiava istintivamente nella forza del pensiero, per cercare di trovare una soluzione alla propria carne paralizzata. E solo dopo lunghe ore, giorni, settimane arrivava a rendersi conto che la risposta risiedeva nello spirito. E che questo era il punto focale per spostarsi nel tempo e nello spazio anche senza l'energia della materia e la vitalità dell'intelligenza. Per mezzo dell'incantesimo dello Spirito Imprigionato, Unika ci portava a superare i limiti imposti dalla massa corporea e i confini creati dalla nostra testa. Ci insegnava a volare e a mettere le ali alla nostra anima.»

L'attenzione di Ophidiel era fissa nel vuoto, come se stesse rivivendo dentro di sé un passato ormai lontano. «Io ho sempre odiato questo concetto. Noi siamo realtà tangibile, prestanza, vigore. E il nostro fisico, insieme al cervello, è ciò che identifica chi siamo e separa i forti dai deboli.» Si guardò intorno. «Ma dov'è andato il tuo angelo biondo, sempre prodigo di consigli? Ti ha abbandonato alla tua sorte? Credo che sarebbe orgoglioso di me nel vedere come ho imparato dai suoi suggerimenti e con quale facilità sono riuscito a imprigionare il tuo essere...» Ophidiel spostò gli occhi nella direzione di Metatron e lo fissò a lungo. «Ora capiremo quanto il tuo spirito, senza poter usare il corpo e i poteri della mente, sarà in grado di volare e di raggiungere il benessere supremo, nel momento in cui strapperò il cuore ai due ragazzi.» Le sue mani rotearono in aria e si chiusero ad artiglio intorno all'immagine della fragile vita dei giovani angeli, come se i suoi pugni volessero stritolarla in una morsa dolorosa.

«Tu sentirai, vedrai e vivrai tutto da vicino e maledirai Unika per averti dato coscienza dell'inutilità della tua anima.» E lanciò la sferzata definitiva. «Ogni incantesimo per essere valido deve avere una chiave di reversibilità e lo scioglimento potrà avvenire solo per mano di lei, dell'ideatrice di tutto questo.»

Una goccia di sudore solcò la fronte di Metatron. Scese sulle tempie. Gli rigò la guancia. Cadde nel vuoto.

«Quel rivolo di paura liquida è l'ultima manifestazione corporea che avrai!»

Dalla gola di Ophidiel sgorgò una risata concitata, simile a una sequenza di singhiozzi forzati e spasmodici, che saturò di odio l'aria intorno a loro.

Capitolo Segreto

12.591 anni prima dell'Adlivun

Capitolo 66

IL NEMICO INATTESO

Valle di Sefira, l'Adlivun

«Uniko...»

«Sì, dimmi, Nishida.»

«Dobbiamo sbrigarci. Yesod mi ha appena detto che un emissario di Ophidiel è sulle loro tracce. Con ogni probabilità qualcuno starà dando la caccia anche a noi. Non possiamo più camminare... dobbiamo volare il più veloce possibile ai Fari.»

«Se preferisci trasvolare, io posso farcela.»

«Meglio volare. Ci consente di tenere gli occhi aperti e guardarci intorno.»

«Ok, andiamo!» rispose Uniko, deciso.

Uscirono dall'enorme albero che li aveva ospitati e decollarono. Nishida si sentì sollevato, perché non era stato costretto a rivelare a Uniko che il cacciatore sulle orme di Unika era Zack. Si chiese chi fosse il loro inseguitore. Era comunque fiducioso: il luogo verso cui si stavano dirigendo era davvero ameno e sarebbe stato un eccellente rifugio. Si trattava di una grotta nascosta all'interno del cratere inattivo che ospitava il lago vulcanico. L'ingresso era situato proprio al di sotto del bordo della bocca, poco sopra il livello dell'acqua, in una posizione perfettamente riparata.

Nishida aveva conosciuto quella caverna grazie a Mizar, che

dimorava abitualmente ai Fari. Durante una visita, l'aveva portato sul cratere. Mentre erano seduti sul ciglio e discorrevano, Mizar gli aveva indicato la cavità. Nishida aveva faticato a individuarla, tanto era celata tra le rocce.

«*Se mai avrai bisogno di nasconderti, vai lì*» gli aveva suggerito Mizar. «*Non ti troverà nessuno.*» Quelle parole risuonavano nella memoria di Nishida, che si sentiva rassicurato. Non poteva immaginare quanto si sbagliava.

Nishida aveva accelerato e Uniko era impegnato a non restare indietro. Atterrarono sulla sponda. Erano arrivati da nord e avevano avuto modo di sorvolare i tre vulcani in eruzione. Lo spettacolo di maestosa potenza aveva lasciato Uniko senza fiato: i colori intensissimi, il calore rovente e le esalazioni di bruciato avevano catalizzato i suoi sensi. Poco più in basso si apriva uno specchio d'acqua blu che ribolliva minaccioso: il lago era costantemente mosso dalle scosse provocate dall'attività del magma nel sottosuolo.

«È lì che dobbiamo andare» disse Nishida, con l'indice teso verso un punto poco visibile.

Il ragazzo si sporse e scorse un incavo nell'ombra. «Ma come facciamo a scendere laggiù?»

«Voliamo. Con attenzione... l'acqua è bollente.»

Nishida si levò in aria e discese verso l'apertura del cunicolo, facendo segno a Uniko di seguire la sua stessa traiettoria. L'angelo biondo si incanalò con qualche incertezza.

L'antro era caldo e umidissimo. L'odore acre di cenere ristagnava nell'aria, che era quasi irrespirabile. Non era semplice ambientarsi. La corrente fluiva sotto di loro e la lava ruggiva in profondità.

Uniko si sedette per terra, a qualche passo dall'ingresso e in posizione rialzata, in modo da poter guardare fuori e lasciar vagare lo sguardo. La sua gola era arsa. La mente pure.

Nishida lasciò passare qualche minuto per sincerarsi che il ragazzo stesse bene e poi gli parlò: «Esco a dare un'occhiata».

«Vuoi che venga con te?»

«No, Uniko. È meglio che tu rimanga qui. Vado solo a vedere se è tutto tranquillo.» Nishida sgusciò via dalla grotta con incredibile agilità, si arrampicò fino alla superficie, tenendo il corpo ben nascosto e facendo sbucare solo la testa. Si guardò intorno aguzzando la vista e non notò nulla di strano. Si rilassò e lasciò correre i pensieri in libertà.

In quell'istante si rese conto che non si sarebbe mai immaginato di poter diventare una preda. Aveva vegliato tutta la vita sugli esseri umani, era sempre stato lui a seguire gli altri, a tenere sotto controllo la situazione. E adesso doveva guardarsi le spalle. Ma da chi? Yesod gli aveva detto di avere Zack alle calcagna e che, probabilmente, qualche altro alleato di Ophidiel avrebbe fatto lo stesso con lui e Uniko. Ma gli era impossibile immaginare chi potesse svolgere un incarico tanto delicato e complesso. Mentre si poneva domande senza risposta, notò in lontananza una figura familiare che risaliva sicura il costone nord del vulcano. Era Mizar.

L'animo di Nishida fu attraversato da sentimenti contrastanti: la visione dell'Angelo Guida lo rallegrò, ma allo stesso tempo avvertì un senso di preoccupazione farsi largo nel petto. Perché Mizar aveva abbandonato il campo di battaglia? Era il comandante alle dirette dipendenze di Metatron... cosa mai era successo per indurlo a lasciare il suo posto? Che significato aveva una mossa di quel tipo all'interno della strategia illustrata dal Saggio all'Eremo delle Arti?

Intanto il maestro di arti marziali continuava ad arrampicarsi rapido sul pendio, puntando dritto verso il nascondiglio. Era evidente che stava andando da loro. Sarebbe stata questione di poco e li avrebbe raggiunti.

Devo parlare con Metatron. Nishida si concentrò e cercò la mente del Saggio. Invano. Con calma rimosse le scorie dell'ansia che si stava impadronendo del suo spirito e ritentò. Senza successo. Chiamò allora il suo amico Drago.

"Yesod..."

"Sì, Nishida..."

"Capita una cosa strana. Ho appena visto Mizar, è qui sotto, sta risalendo verso il cratere, si sta avvicinando."

"Non è possibile. Mizar deve guidare le nostre truppe in battaglia."

"Lo so, per questo sono allarmato. C'è qualcosa che non torna..."

«Ehi, Nishida!» La voce di Mizar arrivò potente alle orecchie dell'Elfo. L'aveva localizzato con facilità, grazie alla sua perfetta conoscenza di ogni singolo angolo dei Fari. Era poco distante e procedeva spedito.

Nishida sentì l'agitazione crescere, si rannicchiò e riprese a parlare con Yesod. "Mi ha visto e sta venendo qui."

Il silenzio di Yesod durò l'arco di un momento decisivo, quello in cui la luce della ragione prende il sopravvento su tutto. "Scappa!"

"Eh?!"

"Scappa, Nishida. Prendi il ragazzo e vai via di lì. Cambiate nascondiglio, presto!"

"Ma, Yesod..."

"È lui il vostro cacciatore. Non so come sia potuto accadere ma è così. Fuggi immediatamente, trasvola più veloce che puoi!"

Il Drago stava ancora completando l'ultima frase che Nishida era già rientrato nella grotta e aveva preso per mano Uniko.

Il cuore era gonfio di dolore, ma l'animo, come sempre, era pronto all'azione.

Capitolo 67

L'AMORE DI AQUA

Valle di Sefira, l'Adlivun

Tutto ciò che ho scritto su questo taccuino è stato per me emozionante. Ma l'assemblea a cui ho partecipato poche ore fa supera ogni immaginazione.

Si è tenuta una riunione straordinaria in cui Metatron ha illustrato agli Angeli Guida la strategia da tenere in battaglia. Sono rimasto impressionato dalla combinazione di lucidità e passione che ha animato il suo discorso. I partecipanti sono usciti dall'incontro fortemente motivati e con una visione chiarissima delle priorità da perseguire e delle cose da fare.

Jo è stato inviato in un luogo segreto insieme a Nishida, Unika in un altro con Yesod. Sono stati separati per ragioni di sicurezza. Eve e io adesso ci troviamo al Lago del Ghiaccio Perenne, un piccolo specchio d'acqua completamente nascosto tra le rocce e la vegetazione. Siamo in compagnia della Sirena Aqua. Dovremmo essere al sicuro.

Mentre noi aspettiamo, la guerra tra gli angeli e le truppe di Ophidiel infuria. È davvero difficile rimanere in attesa, mentre a breve distanza da noi si sta combatt…

«Che ne sarà di noi?»

La domanda di Eve esplose drammatica nell'aria rarefatta che abbracciava il lago. Craig Walden si rese conto dell'inquietudine della ragazza e interruppe subito la frenetica attività di scrittura.

L'interrogativo della fanciulla dai capelli rossi rifletteva il suo stato d'animo: a Sefira si stava combattendo una battaglia dal cui esito dipendevano le sorti del mondo, e lei era seduta impotente sulla sponda di un laghetto sprofondato nelle viscere della terra, in compagnia di un professore e di una Sirena.

«Ricordi le parole di Metatron?» le disse Craig Walden, riponendo il taccuino nella tasca posteriore destra dei suoi jeans. «Nel caso in cui le cose si dovessero mettere male per gli angeli, Aqua ci riporterà a casa.»

«Se le cose si dovessero mettere male... probabilmente saremo gli ultimi a saperlo» fu il commento disarmante di Eve. «Anzi, potrebbe venire a dircelo direttamente Ophidiel. Non è così, Aqua?»

«Tutto andrà bene» rispose la Sirena. Giaceva su un fianco, immersa in parte nell'acqua di fronte ai due umani, con i lunghi capelli neri raccolti in una treccia che si appoggiava alla sua schiena. «Metatron e gli Angeli Guida sono destinati alla vittoria.»

«Come fai a esserne così sicura?» le chiese Craig Walden, ammirato.

«Io ho fiducia in loro. Conosco il coraggio e la determinazione che sanno mettere nel perseguire il Bene di Sefira. Sconfiggeranno Ophidiel, non falliranno.»

«Aqua?»

«Dimmi, Eve.»

«Ophidiel... tu lo hai conosciuto?»

La Sirena fissò la fanciulla a lungo, ma rimase in silenzio. Eve cercò di approfondire il discorso. «Te lo chiedo perché... io l'ho solo intravisto e mi è sembrato possedere una potenza impressionante.»

«È così. Ophidiel è molto forte.»

«Ma perché è diventato malvagio? E cosa ha fatto di tanto grave per meritarsi l'esilio?»

«Il motivo per cui Ophidiel ha perso definitivamente lo stato di grazia rimane un mistero per tutti noi.» Il tono di Aqua era pacato, ma si era incupita. «Fatto sta che da un certo momento in poi ha smesso di relazionarsi con Metatron. Ha preteso di disporre di ogni cosa, di ogni creatura, di ogni vita secondo la sua volontà. Si è disinteressato completamente delle regole della comunità e ha perseguito la sua strada.»

A Craig Walden non sfuggì il grave turbamento che accompagnava il discorso della Sirena. La osservò sciogliersi la treccia e inabissarsi nel lago, come per allentare la tensione, per poi riemergere armoniosa. I capelli bagnati scendevano lucidi dietro le sue spalle, mettendo in evidenza la straordinaria bellezza del viso pallido e luminoso. Con l'incisività che lo contraddistingueva, il professore le pose una domanda tanto diretta da risultare brutale. «Voleva disporre anche di te, vero?»

Aqua spalancò i grandi occhi neri, colpita dal fare acuto e diretto dell'essere umano. Per la prima volta notò l'espressione intensa e intelligente che veniva da quel volto pieno di energia. Ne colse le vibrazioni positive e rispose con sincerità. «Sì.»

Eve, visibilmente stupita e interessata, la incalzò: «E cos'è successo?»

Forse fu a causa della solitudine in cui aveva vissuto per tanto tempo, forse per le buone sensazioni che le provenivano dall'uomo brizzolato. Forse, semplicemente, perché non ci trovava nulla di sbagliato. Comunque, Aqua decise che avrebbe raccontato a Craig Walden e a Eve parte della sua storia. Si distese sul dorso, trovando una posizione comoda, e parlò: «Ophidiel era ossessionato dall'idea di avermi. Un desiderio che cresceva nel tempo, irrefrenabile. Giorno dopo giorno diventò sempre più possessivo, fino a sconfinare nella violenza su di me e su chiunque mi fosse vicino».

«Era innamorato di te?»

«La smania di possesso non può essere amore. Mancano il rispetto, la sensibilità, il piacere di rendere felice l'altro. No, non era innamorato di me. Mi pretendeva, è diverso.»

«E tu?»

«Io...» La Sirena si fermò con lo sguardo perso nelle visioni di un passato che non c'era più. «Io avevo un amore. Semplice, sereno, sincero. Era un angelo di nome Basathiel.»

Eve e Craig Walden compresero la delicatezza del ricordo e la lasciarono libera di dire ciò che voleva, come voleva, quando voleva.

«Ophidiel non poteva accettare il sentimento che mi legava a Basathiel e, così, finì per attaccarlo. Lo aggredì con violenza, trascinandolo in una lotta all'ultimo sangue. La smisurata forza di Ophidiel ebbe la meglio e pose fine in modo tragico alla nostra bellissima storia.»

Eve era commossa. Con la voce rotta dalla suggestione chiese: «L'ha ucciso?»

«No.» Aqua sospese in un istante di silenzio il dramma di ciò che stava per sussurrare, poi continuò con tono monocorde: «Peggio. Prima lo ha brutalizzato in combattimento, mutilandolo. Poi lo ha pietrificato, trasformandolo in una statua. Infine ha creato un incantesimo per cui ogni giorno, all'alba e al tramonto, Basathiel riacquista la vista e il respiro».

«Quindi puoi raggiungerlo e stargli vicina?» Eve aveva il cuore gonfio di speranza.

«Se in quei momenti uscissi dall'acqua per avvicinarmi, lui morirebbe.»

Le ultime parole della Sirena concretizzarono l'infinita crudeltà di Ophidiel, lasciando attoniti Eve e Craig Walden. La ragazza tratteneva le lacrime, il professore cercava di dominare la commozione. Era colpito dalla fierezza con cui Aqua affrontava il torrente di dolore che l'aveva travolta. La stava guardando rispettoso e ammirato, quando udì il suono dolce della voce di Eve.

«Aqua...»

«Sì...»

«Dov'è adesso Basathiel?»

La Sirena chinò la testa e abbassò le palpebre per qualche secondo. Poi alzò il viso e riaprì gli occhi, lanciando uno sguardo carico di passione verso la sagoma marmorea situata sul costone roccioso che dominava lo specchio d'acqua. La stessa che Eve aveva notato appena arrivata al Lago del Ghiaccio Perenne e che sembrava la perfetta scultura di un angelo che si tuffa.

I due umani rimasero in silenzio, stretti nell'emozione che quello strano essere con il corpo di ragazza e la coda di pesce aveva creato dentro di loro.

Capitolo 68

L'ALTARE DELLE EMOZIONI

Valle di Sefira, l'Adlivun

Mizar aveva le spalle schiacciate contro la parete di roccia davanti all'ingresso della grotta. Immobile, cercava di captare il minimo segnale di vita proveniente dall'interno. Avrebbe voluto catturare Nishida senza combattere e per questo l'aveva chiamato con tono amichevole, ma dal modo in cui si era dileguato, era chiaro che l'Elfo aveva fiutato il pericolo. Mizar attivò i poteri per sondare l'eventuale presenza delle due prede dentro la caverna, ma Uniko e Nishida non c'erano. Decise allora di verificare l'andamento della caccia ai Monti Tailli e contattò Zack.

"Zack?"

"Sì..."

"Li hai trovati?"

"Proprio in questo istante. Si sono nascosti in una cavità molto profonda. Ho appena sentito la voce di Unika, sono sotto di me."

Mizar si rallegrò per il parziale successo di Zack e non si accorse che Nishida era sopra la sua testa e stava ascoltando tutto.

Insieme a Uniko si era smaterializzato ed era andato a rifugiarsi sullo strato di pietra lavica che copriva il cunicolo. Da lì, si era messo in ascolto telepatico e aveva intercettato la conversazione tra Mizar e Zack. La conferma definitiva del tradimento di Mizar gli causava un dolore insopportabile. Avrebbe voluto urlare, piangere, saltare giù per schiaffeggiarlo e farlo rinsavire. Ma la posta in gioco era troppo alta e non poteva rischiare. Con il cuore distrutto, si mise in contatto con Yesod, dopo essersi assicurato di aver schermato la comunicazione.

"Avevi ragione, è passato dall'altra parte."

"Questa... questa cosa mi sconvolge. Speravo di sbagliarmi" Yesod era incredulo.

"Non dirlo a me" ribatté Nishida, fuori di sé. "Cosa facciamo?"

"Innanzitutto dobbiamo pensare alle priorità che ci ha assegnato Metatron e definire le prossime azioni."

"Mizar ha parlato un attimo fa con Zack. L'umano è sopra di voi, vi ha trovati e non mancherà di informare Ophidiel sulla vostra posizione. Verranno a prelevarvi in forze. Dovete sparire subito e lo stesso vale per noi."

Qualche secondo di silenzio fu sufficiente a Yesod per elaborare il suo pensiero e proporlo al compagno. "Nishida?"

"Sì, Yesod..."

"È necessario modificare il piano prestabilito."

"Cioè?"

"È chiaro che qualcosa è andato storto sul campo di battaglia: Metatron non è contattabile, Mizar tradisce e si mette a darci la caccia... è possibile che nessuno stia capeggiando le nostre truppe in questo momento."

"Più che possibile... direi che è molto probabile."

"Devo andare, Nishida. Devo andare a prendere il comando. Lo capisci, vero?"

"Lo capisco."

"Adesso è importante convergere in un punto e incontrarci.

Tu proteggerai entrambi i ragazzi e io andrò a guidare il nostro esercito."

"È proprio ciò che il Saggio ci ha detto di non fare... tenere insieme le due Entità..."

"Lo so, amico mio. Ma ci sono momenti in cui bisogna decidere e saper rischiare, e io penso che sia giunta l'ora. Sono venuti a mancare due presupposti fondamentali alla base della strategia: la comunicazione con Metatron e il supporto di Mizar. La strategia non esiste più."

Le ultime parole del Drago risuonarono cupe nella mente di Nishida e lo misero di fronte alla nuda verità. Erano senza riferimenti e senza una guida: una barca senza timone. Ma nel suo spirito vibrava forte la consapevolezza del valore di Yesod. Riusciva a percepire tutta la sua nobiltà d'animo, in quel frangente tanto difficile: il coraggio di prendere in mano la situazione, la lucidità nello studiare un nuovo schema di azione, la determinazione nell'imboccare una strada alternativa, non prevista, audace. Fu orgoglioso di essere al suo fianco e si sentì di dargli tutto l'appoggio possibile.

"Dimmi cosa devo fare."

"Per prima cosa, stabiliamo dove vederci."

"Yesod, io un'idea ce l'ho."

"Ti ascolto, Nishida."

"L'Altare delle Emozioni."

Yesod non commentò e Nishida argomentò la sua proposta. "So che è un luogo praticamente sacro. Era la dimora di Unika e ce ne siamo sempre tenuti tutti lontani. Da quando lei non c'è più, l'inviolabilità è diventata assoluta. Solo Metatron vi si reca ogni tanto. Ma proprio per questo può diventare un nascondiglio perfetto."

Il Drago rifletteva. Nell'intuizione del suo compagno c'era il raro seme dell'originalità, molto utile in una circostanza così complessa: il rischio di rifugiarsi in un luogo sconosciuto era più che compensato dall'opportunità che fosse tale anche per il nemico. Fece quindi rapidamente la sua scelta.

"Ottimo, Nishida, andiamo lì. Subito."

"Bene. Ancora una cosa."

"Sì..."

"Ce la faremo, vero?"

Yesod prese la mano di Unika e, mentre la invitava mentalmente a concentrarsi per il trasvolo, rispose a Nishida: "Certo che ce la faremo!"

Il pipistrello che entrò in quell'istante nell'antro buio fece appena in tempo a vedere il Drago e la ragazza che sparivano. Il disappunto che scosse il suo spirito avido e rancoroso non trasparì da quelle sembianze inespressive, ma era decisamente rintracciabile nella chiamata che fece a Mizar.

"Accidenti, sono scomparsi!"

"Me l'aspettavo, anche qui non c'è nessuno."

"E adesso?"

"Stai lì, Zack. Chiamo il capo e lo metto in contatto anche con te."

"Ophidiel..." il pensiero di Mizar era deciso e risoluto.

"Li avete trovati?"

"Sì, ma sono fuggiti. E non sappiamo ancora dove."

Ophidiel fece una smorfia, che ricompose assaporando la vista di Metatron ormai in suo potere. "Ciò è deludente, ma credo di poter rimediare. Non muovetevi e aspettate mie istruzioni."

Mentre il triangolo del Male chiudeva la comunicazione, il Drago e la ragazza terminavano il trasvolo, materializzandosi all'Altare delle Emozioni. Unika aprì gli occhi e rimase senza fiato: si trovava nella più grandiosa foresta che avesse mai potuto immaginare. Il ricordo dell'imponenza di Thinkingblu era impresso nella sua memoria, ma impallidiva di fronte allo spettacolo che la Natura le stava proponendo.

Migliaia di tronchi altissimi partivano dritti dal terreno per raggiungere il cielo ed esplodere in un'infinità di rami rigogliosi. La luce filtrava e componeva scintillanti striature di luce bluastra che si adagiavano dolci su un sottobosco morbido e accogliente. Il profumo di erba e muschio era intenso.

Poco distante, Unika scorse il luccichio tipico di uno specchio d'acqua: vi si avvicinò e poté apprezzarne il colore verde smeraldo che sembrava brillare dal profondo, come se fosse vivo. In quel momento, la ragazza si rese conto che tutta la foresta sembrava avere una vita propria e superiore, in grado di sintonizzarsi perfettamente con la sua anima. Percepiva una straordinaria e istintiva armonia con quel luogo magico e solenne. Si sentiva a casa.

Giunta sulla sponda del lago, alzò lo sguardo e intravide in lontananza una strana costruzione in legno, simile a una grande palafitta. Aveva dimensioni piuttosto rilevanti e impressionava per la sua eleganza essenziale. Dava l'idea di essere disabitata ma, invece di apparire spettrale, le risultava affascinante. Unika abbassò le palpebre e si guardò dentro: la sensazione era del tutto simile a quella che aveva provato quando aveva incontrato Uniko per la prima volta. Quella consapevolezza la turbò e decise che voleva saperne di più. Si voltò verso Yesod per interrogarlo e rimase sorpresa quando si accorse della sua commozione: il Drago fissava la palafitta con il volto sofferente e tratteneva a stento le lacrime.

«Yesod... tutto bene?»

Il Drago annuì.

«Dove siamo?»

«Questo è un luogo sacro per tutti noi, e un giorno conoscerai il perché.»

«Voglio saperlo adesso» rispose Unika con il suo solito piglio deciso.

Yesod la osservò con l'affetto di sempre e le rispose: «No, Unika. La storia di questo posto appartiene a Metatron e sarà lui a decidere se e quando raccontartela. Però posso dirti due cose: la prima è che si chiama Altare delle Emozioni».

La pausa di Yesod consentì a Unika di lasciar scorrere l'inaspettato brivido che le attraversava la schiena.

«E la seconda?»

«Qui ci incontreremo con Uniko e Nishida.»

Una vampata di gioia travolse la ragazza. Non si preoccupò di nascondere la sua contentezza e si sciolse in un sorriso meraviglioso, mentre saltava al collo del Drago per abbracciarlo. Non sarebbe stata così felice se avesse saputo che la sua mente non era limpida. Che Ophidiel la stava ascoltando a distanza: l'angelo rinnegato era entrato nella sua coscienza per derubarla delle informazioni che riceveva.

Non sarebbe stata così felice se avesse saputo che, in quello stesso istante, Ophidiel stringeva i pugni per la soddisfazione e comunicava con i suoi alleati.

"Andate all'Altare delle Emozioni. Stavolta ci sarò anch'io."

Capitolo 69

IL RUGGITO DI YESOD

Valle di Sefira, l'Adlivun

«Unika!»

La voce di Uniko ruppe la quiete dell'Altare delle Emozioni. Il giovane angelo si era materializzato con Nishida a pochi decine di metri dalla ragazza, che era ancora abbracciata a Yesod.

Quando lei lo vide, si staccò dal Drago e gli corse incontro per stringerlo con tutta la forza che aveva. Yesod strizzò l'occhio a Nishida: era un momento speciale. Entrambi gli Angeli Guida ne conoscevano il valore e il significato.

Yesod attese qualche secondo, poi parlò ai ragazzi. «Io devo tornare da Metatron, credo abbia bisogno di me. Voi due resterete qui con Nishida. Fate ciò che vi dice. Sarete al sicuro.»

I ragazzi annuirono con gli occhi spalancati.

«Tornerai da me, vero, Yesod?» chiese Unika, preoccupata.

«Certo, piccola mia. Ci puoi contare» le rispose il Drago, con il petto che bruciava dall'emozione. «Adesso è proprio tempo che vada.»

Fece un cenno di saluto all'amico Elfo e spiccò il volo. Si allontanò, senza voltarsi, per trasvolare sul campo di battaglia. Ma non riusciva a concentrarsi: nell'attimo in cui la mente si svuota e consente di estraniarsi dal mondo, l'ansia gli attanagliava il cuore.

Era successo quindici anni prima e ora avvertiva lo stesso dolore. Quella poteva essere davvero l'ultima volta che vedeva Unika, l'ultima volta in cui avrebbe avuto modo di occuparsi di lei, l'ultima volta in cui gli sarebbe stato possibile dare alla propria vita il senso profondo di proteggerla. Virò leggermente e inclinò lo sguardo. La vide parlare con la sua metà ritrovata e la sentì solida, forte, in grado di affrontare la vita. Yesod si calmò, sciolse l'ansia in un respiro profondo e si smaterializzò verso la Pianura del Sole di Melia. In un batter d'ali, scomparve dall'Altare delle Emozioni e piombò nel pieno del furore dell'Adlivun.

L'apparizione di Yesod fece tremare la conca dove si stava consumando la tragica rimonta dei demoni sugli angeli. Il Drago si materializzò su una collinetta che dominava il teatro del combattimento, alzò la testa verso il cielo e lanciò un terrificante ruggito che lasciò attonita la valle. I Dominati barcollarono. Gli angeli si fermarono increduli e si orientarono verso di lui. Iniziarono a urlare di gioia, mentre la speranza tornava a riempire le loro anime.

Yesod liberò dalle narici due enormi colonne di fuoco che saturarono l'aria, provocando una luce abbagliante e un calore intensissimo. L'entrata in scena del capo degli Angeli Guida fu spettacolare e bastò, da sola, a moltiplicare le forze degli angeli e a incutere timore alle truppe del Male.

Il Drago decollò potente verso il Canyon del Silenzio e, poco prima di abbattersi sul nemico, si concentrò e si dotò della sua splendida e minacciosa bardatura. Era stata forgiata a caldo e lavorata fino a ottenere lamine sottilissime ma straordinariamente resistenti, bagnate in prezioso argento fuso di colore rosso. Il cranio era protetto da una calotta sferica dotata di fori per le corna, nodose e affusolate. La copertura scendeva con una striscia metallica in mezzo agli occhi, fino a metà del grosso naso, e riparava lateralmente le mascelle sino all'attaccatura della bocca. Forniva una protezione assoluta, senza compromettere in alcun modo la visibilità e la respirazione. All'elmo era agganciato un elegante camaglio che cingeva il collo lungo e robusto e si fondeva in una corazza scintillante che abbracciava il torace. Le fessure, posizionate sulla schiena, lasciavano spuntare gli aculei dorsali, mentre spallacci molto essenziali si appoggiavano sull'innesto delle ali. Yesod voleva totale libertà nei movimenti e quindi non usava gambali per gli arti inferiori. Riteneva giusto proteggere le sue parti vitali: il resto gli serviva per combattere.

In breve tempo, riprese le redini dello scontro: si spostava da un nucleo all'altro e guidava con ferma maestria i suoi guerrieri. Impartiva disposizioni chiare e lungimiranti. Gettava strali incandescenti contro i Dominati e li sferzava con precisione chirurgica. I mostri erano resistenti al fuoco, ma le fiamme e il fumo li disorientavano, e questo assicurava agli angeli la possibilità di andare a colpo sicuro. L'armata di Sefira tornò presto ad avere il sopravvento.

Dopo lunghi attimi di puro furore, Yesod salì in quota per prendere fiato e per vedere il quadro d'insieme. Si rese conto che il conflitto era in una fase di stallo: gli angeli tenevano in scacco l'esercito nemico, ma non riuscivano ad affermare una supremazia decisiva. Aggredivano gli orchi dall'alto con violenti fasci di energia, sospesi a pochi metri da terra ed evitando il corpo a corpo. Ma le orrende creature continuavano ad affluire sulla Pianura del Sole di Melia. Il vantaggio tattico degli angeli era bilanciato dalla superiorità numerica dei demoni, e non c'era una chiara via di uscita da quella situazione.

Yesod sapeva che il tempo giocava a suo sfavore. Doveva escogitare in fretta un sistema per rompere l'equilibrio e vincere la battaglia: alla lunga gli angeli si sarebbero stancati di volare e avrebbero dovuto scendere al suolo, diventando facili bersagli. Sarebbero stati costretti alla lotta fisica e a quel punto avrebbero avuto la peggio. Non c'era un minuto da perdere, doveva trovare la carta vincente. Riportò alla memoria le parole con cui Metatron aveva illustrato la strategia e un passaggio riecheggiò nella sua testa: «*Sono esseri che non abbiamo mai visto e che ancora non conosciamo e sarà fondamentale, per avere il sopravvento, colpirli dove sono più vulnerabili».*

Colpirli dove sono più vulnerabili..., si ripeté Yesod. *Già, ma dove?*

La vista acuta del Drago penetrava lo scontro per individuare il punto debole dei mostri, ma non riusciva a trovare nulla. Gli esseri malefici reagivano a ogni offensiva e si risollevavano quasi sempre dopo qualunque impatto. Gli unici a rimanere senza vita sul terreno erano coloro che venivano dilaniati da urti molto violenti, ma non si poteva certo pensare di sconfiggerli facendoli tutti a pezzi. Erano troppi. Occorreva individuare una fragilità comune: una parte del corpo su cui concentrare l'attacco per annientarli in massa.

Yesod notò che alcuni erano spesso frastornati e barcollavano accecati dai raggi di luce intensa scagliati dagli angeli e che altri rimanevano storditi dopo rumori particolarmente assordanti. Ma erano sempre in grado di recuperare le forze e riprendere il combattimento. Il Drago capì che era inutile continuare a osservare ciò che stava accadendo. Il presente non gli era di nessun aiuto, doveva rivolgere il suo sguardo altrove. Un fremito partì dal cervello, arrivando fino ai potenti muscoli dorsali: *Allibis*. Con lei poteva guardare al futuro e tentare di capire qualcosa di più. Il tempo sfuggiva impietoso sulla Pianura del Sole di Melia e Yesod contattò senza esitazione l'Oracolo.

"Allibis... Allibis... riesci a sentirmi?"

"Sì, Yesod, amico mio."

"Allibis, ho bisogno di te. Ho domande a cui non riesco a dare risposta. Devo consultare il futuro."

L'Oracolo si materializzò di fronte a lui. Il corpo sinuoso era sospeso nell'aria, raccolto in un'elegante posizione seduta a gambe incrociate. Il volto era contratto e la sfera di energia racchiusa tra le due piccole corna vibrava di luce intensa. Gli occhi erano fissi sullo scenario della guerriglia e l'espressione non nascondeva la tensione.

«Grazie di essere venuta, Allibis. Solo tu mi puoi aiutare.»

L'angoscia dell'Oracolo prese la forma di rughe profonde che attraversavano la fronte da una tempia all'altra. «Dov'è Metatron?» chiese turbata.

«Non lo so... ma adesso devo pensare alla battaglia.» Yesod si accorse che le mani di Allibis tremavano. «È importante scoprire la vulnerabilità dei mostri. I nostri poteri non hanno la meglio sulla loro forza bruta e, se non troviamo in fretta il modo di sconfiggerli, ci distruggeranno.»

Brividi sempre più violenti scuotevano l'Oracolo, ma Yesod non poteva temporeggiare. «Esplora il domani, Allibis. Cerca il punto debole dei demoni e aiutami a salvare Sefira.»

Il viso dell'Oracolo era una maschera di dolore. Stava tentando con tutta la sua concentrazione di vedere l'avvenire, ma non ci riusciva. Chiuse gli occhi, serrando con violenza le palpebre, ma non poté impedire alle lacrime di sgorgare tra le lunghe ciglia e scivolare sulle guance pallide. «Non posso, Yesod, non posso!»

«Perché?»

«Non riesco ad andare oltre il presente... è impossibile andare oltre l'Adlivun.»

Yesod mantenne la calma, ma il suo animo era sconvolto. «Provaci, creatura sapiente e illuminata. Provaci per il bene di tutti noi.»

Allibis riaprì gli occhi devastati dal pianto e fissò il campo di battaglia. Vedeva i Dominati agitarsi scomposti, mentre urlavano e brandivano le loro terribili armi. All'improvviso un'immagine prese forma nella sua mente ma, con grande sorpresa, l'Oracolo si rese conto che non veniva dal futuro: affiorava dalla memoria del passato.

«Io li ho già visti» sibilò con un filo di fiato e l'espressione stravolta.

«Quando?» Yesod assecondò il delirio visionario dell'Oracolo.

«Li ho visti avanzare, combattere, soffrire e morire.»

Il Drago non voleva fare troppa pressione sul fragile equilibrio di Allibis, ma fremeva di impaziente speranza. «Li hai visti morire... e cosa li uccide?» si limitò a chiederle.

«Era il sogno di Eve, l'umana arrivata con Uniko» spiegò Allibis, mentre una tenue illusione sembrava offrirle un piccolo momento di quiete. «Poche ore fa, alla Dimora dei Sogni, la ragazza ha avuto un'apparizione popolata di mostri...» Si fermò per una breve pausa carica di agitazione, poi si mise a gridare con la voce rotta dalla rabbia: «Erano loro, erano loro!» Il suo braccio si tese verso lo scontro che infuriava sotto di lei.

Yesod percepì che doveva lasciarle il tempo necessario per far fluire i pensieri e restò in silenzio, in attesa che Allibis proseguisse.

«Li vedo ancora. Cadono l'uno sull'altro e si disintegrano.»

Per l'ultima volta Yesod attese che l'Oracolo inseguisse i flash che si accavallavano nella sua testa e non la incalzò.

«Muoiono, muoiono trafitti...»

«Da cosa?» Yesod pensò che ormai doveva aiutarla a focalizzare l'elemento importante della visione: il punto debole dei demoni. «Cos'è che li trafigge?»

«Stramazzano al suolo e esplodono in nuvole di cenere...» Allibis era in trance e non aveva più alcun controllo sulle parole. Descriveva ciò che osservava, senza filtro e senza mediazione.

«Cos'è che li fa cadere, Allibis?» Il Drago aveva bisogno di sapere.

«Qualcosa che entra dentro di loro...»

«Dove, Allibis? Dove vengono feriti? Dove dobbiamo colpire per eliminarli?»

Allibis era travolta dalla fatica immane. Le sue palpebre vibravano. Il suo corpo era scosso da continui sussulti. Inarcò la schiena all'indietro e si portò le mani alle tempie. Il gesto di chi compie l'ultimo sforzo, quello decisivo, oltre il quale non c'è più nulla se non lo stremo definitivo. Le immagini si sovrapponevano l'una all'altra, ma prendevano una sequenza illuminante: «Eve, le sue dita, la musica altissima, il frastuono, i Dominati che scuotono la testa e si fermano, urlano, si dimenano come forsennati, crollano, si disgregano. Muoiono».

I secondi si perdevano interminabili nella profonda riflessione di Allibis. I muscoli di Yesod erano rigidi come granito per il nervosismo ed ebbero una contrazione quando l'Oracolo parlò di nuovo.

«Non vengono trafitti nel fisico. Non c'è niente che li buca, nulla li perfora» Allibis tornò in posizione eretta. Adesso era rilassata e la sfera sospesa sulla sua testa pulsava di un bagliore soffuso e armonioso. Spalancò gli occhi e, per la prima volta, guardò Yesod con fiducia e calore. Riprese il discorso e, stavolta, il suo tono era pacato e autorevole. «Non sopportano gli stimoli esterni. Sono esseri bruti, ma semplici. Pensano solo a demolire ciò che si para davanti a loro. Non sanno gestire i propri sensi e non sono capaci di elaborare i segnali che arrivano dall'esterno: luce, colori, odori, suoni... se sono particolarmente forti li mettono in difficoltà. Se sono fortissimi, li abbattono.»

«Ho bisogno di sapere come ucciderli nel minor tempo possibile.»

L'Oracolo rispose finalmente alla domanda che assillava Yesod: «Il suono. Il suono intenso che raggiunge i loro sensi deformi e ne distrugge i meccanismi vitali. Yesod, devi trovare il modo di produrre il rumore più potente che ci sia. Penetrerà nelle loro orecchie e li annienterà».

Improvvisamente, come era apparsa, Allibis sparì dalla vista del Drago, che non ebbe nemmeno il tempo di ringraziarla. Lei era fatta così: una creatura che nella solitudine trovava pace e conforto alla grande pena che la tormentava. Leggere il futuro assorbiva tutte le sue energie ed era un peso enorme, che gestiva rifugiandosi lontano dal mondo con i suoi pensieri e le sue meditazioni.

Le sue ultime, lapidarie parole avevano provocato una scossa formidabile nell'animo di Yesod. Adesso il Drago aveva una chiave per risolvere il conflitto: difficile, enigmatica ma possibile.

Il suono più potente che ci sia... Devo chiamare Nishida!

Capitolo 70

VITTORIA EFFIMERA

Valle di Sefira, l'Adlivun

"Nishida?"

"Yesod... tutto bene laggiù?"

"Sì, ma ho bisogno di te."

Quando Allibis gli aveva svelato la possibile arma letale per sconfiggere i Dominati, il Drago aveva subito pensato di chiedere aiuto al suo amico Elfo. Nishida era una miniera vivente di informazioni su ogni tipo di fenomeno: nel suo ruolo di protettore della Natura aveva maturato una straordinaria esperienza su tutto ciò che il mondo poteva offrire di estremo, insuperabile, eccellente.

"Dimmi, amico mio. Come posso aiutarti?"

"Nishida, forse possiamo annientare le truppe di Ophidiel in un colpo solo."

"Questa è la notizia che aspettavo!"

"Ma dobbiamo fare qualcosa di eccezionale."

"Non tenermi sulle spine, raccontami."

"Li distruggeremo se saremo capaci di produrre il suono più potente che ci sia. Sembra che il loro organismo brutale e primitivo non sia capace di resistere agli stimoli forti: un rumore assordante potrebbe neutralizzarli tutti insieme."

"Ne sei sicuro?"

"No, Nishida. Ma è una possibilità offerta da una visione di Allibis. Vale la pena provarci."

"Hai ragione."

"Nishida..."

"Sì?"

"Io non so da deve cominciare per generare un frastuono devastante..."

"Nulla di più semplice."

"Eh?!"

"È sufficiente rompere il muro del suono. Se mi concedi qualche secondo, posso provare a spiegarmi."

"Certo! Ti ascolto."

"Le molecole che compongono l'aria sono tutt'altro che ferme: si muovono a velocità altissima. Quando noi voliamo, fanno in tempo a spostarsi e a farci passare, proprio perché corrono rapidissime. Ma se un oggetto procede a un ritmo uguale o superiore al loro, esse non riescono a lasciare il passo e si accumulano, compresse, sulla parte frontale dell'oggetto stesso. Per esempio, se tu volassi a quella velocità, avresti tutte le molecole dell'aria schiacciate sul muso e sulle ali. Mi segui?"

"Credo di sì. Ma non riesco a capire come questo possa servirci..."

"Abbi pazienza. L'aria che si accumula davanti all'oggetto forma un'onda d'urto potentissima che genera un rumore tremendo, in grado di propagarsi in tutte le direzioni. Gli uomini chiamano questo fenomeno Bang Supersonico: la rottura del muro del suono."

Yesod era davvero colpito. Ancora una volta, il valore di Nishida si rivelava inestimabile.

"Il progresso tecnologico del genere umano ha portato alla creazione dei *jet supersonici*. Si tratta di aerei che avanzano a velocità incredibili, superiori a quelle delle molecole dell'aria. Quando infrangono il muro del suono, producono un boato simile a quello di un'esplosione. Il frastuono segue la traiettoria dell'aereo, ma si diffonde fino a terra."

"E una detonazione del genere non comporta danni all'udito delle persone?"

"No, perché i jet volano altissimi e le onde sonore si disperdono nel cielo, indebolendosi prima di arrivare al suolo. Ma se si muovessero a bassa quota..."

Yesod colse immediatamente il punto. Nishida gli stava dicendo che dovevano trovare il modo di far sfrecciare *qualcosa* a velocità elevatissima e a bassa quota, ovvero sul campo di battaglia. Il fragore che ne sarebbe seguito avrebbe raggiunto e annientato i Dominati. Per quanto improbabile, era una strada e Yesod era determinato a percorrerla fino in fondo.

"Io so volare veloce..." disse il Drago con tono esplorativo.

"No, amico mio. La celerità richiesta per produrre il Bang Supersonico è enormemente più alta di dove può arrivare la capacità di volo di ognuno di noi."

"Come possiamo fare, allora?"

"Una volta tanto, possiamo prendere esempio dagli esseri umani: loro sono stati capaci di realizzare oggetti che procedono a velocità supersoniche, noi dobbiamo fare altrettanto."

"Cosa intendi?"

"Penso che potremmo provare a concentrare il potere della Telecinesi di tutti gli angeli. Se focalizzassimo le nostre energie su un oggetto per spostarlo nello spazio, la somma delle forze impresse da ciascuno di noi sarebbe di portata stratosferica e potrebbe spingerlo fino a fargli raggiungere una velocità inimmaginabile... lo trovi bizzarro?"

"No, affatto!" Yesod era entusiasta. "È un'idea geniale, di quelle che possono nascere solo da una mente superiore come la tua. Penso che adesso abbiamo un piano e possiamo realizzarlo. È merito tuo, Nishida. Grazie."

"Il tempo di trasvolare e sono lì per fare la mia parte."

"Il tuo posto è vicino ai due ragazzi. Prenditi cura di loro. A sconfiggere i Dominati ci penso io."

Il tono del Drago era sicuro e positivo. Nelle sue parole Nishida sentì il suono confortante della fiducia che porta al raggiungimento dei risultati. Sorrise tra sé, sicuro che Yesod ce l'avrebbe fatta.

"Hai ragione. Ti abbraccio forte e ti starò vicino con il pensiero."

"Grazie ancora per il tuo prezioso aiuto: sarà decisivo come al solito."

Yesod chiuse la comunicazione e cominciò a scrutare con attenzione il Canyon del Silenzio. Doveva trovare un oggetto non troppo pesante, ma grande abbastanza da poter essere visibile a tutti. I suoi occhi perlustrarono ogni angolo della Pianura del Sole di Melia, mentre il cuore si gonfiava di ansia e trepidazione: i segni di stanchezza cominciavano a farsi evidenti sui volti degli angeli che volavano sempre più a fatica. Yesod mantenne la calma, continuò a cercare. La prima soluzione che valutò fu quella di utilizzare un albero: ma le ridotte dimensioni e la struttura non proprio aerodinamica lo spinsero a guardare altrove. Invano.

D'un tratto la sua attenzione fu attratta dal fluire del Fiume delle Note Segrete che si intravedeva in lontananza. *Acqua. Acqua... un'onda enorme.*

Un pensiero cominciò a serpeggiargli nella mente. All'inizio si fece largo timidamente, quasi si vergognasse. Ma poi l'idea prese corpo e, con coraggio, si palesò in tutta la sua genialità: *Possiamo alzare un'onda d'acqua, modellarla nella forma più opportuna e spingerla sulle teste dei mostri, oltre la barriera del suono. È possibile... sì, è possibile.*

Senza indugio, il Drago contattò telepaticamente gli Angeli Guida, impegnati nel combattimento.

"Mi sentite?"

Un coro di risposte affermative lo indusse a continuare.

"Ascoltatemi bene, c'è poco tempo quindi vi prego di credere in me. Abbiamo una carta vincente e adesso è il momento di giocarla. Possiamo annientare i mostri di Ophidiel, scatenando un frastuono supersonico che penetrerà nelle loro orecchie, uccidendoli tutti, in un colpo solo. Per quanto incredibile, potrebbe essere l'unica possibilità che ci resta. Per generare il boato dobbiamo concentrare le nostre forze telecinetiche su un oggetto e scagliarlo più forte che riusciamo in direzione dei demoni. Quando l'oggetto avrà raggiunto e superato il muro del suono, produrrà il rumore insopportabile che ci serve. Tutto chiaro fin qui?"

"Sì" risposero all'unisono gli Angeli Guida.

"Ottimo. Adesso state attenti, perché viene la parte più importante: io alzerò una colonna d'acqua dal Fiume delle Note Segrete. Sarà alta quanto basta perché tutti possiate vederla. Al mio cenno, voi e le vostre squadre di angeli dovrete usare la Telecinesi, convogliando ogni goccia di energia per lanciarla alla massima velocità verso il Canyon del Silenzio. Sarà fondamentale l'apporto di ciascuno di noi e, soprattutto, la contemporaneità dell'impulso. L'accelerazione richiederà vari secondi, quindi si tratterà di uno sforzo prolungato. Preparate i vostri angeli. Sarà una prova durissima, ma possiamo farcela."

Il piano di Yesod aveva l'inquietante impronta della follia. Nessuno degli Angeli Guida avrebbe mai seguito una direttiva tanto stravagante se non fosse giunta da lui. Tuttavia non ci fu alcuna reazione di incredulità. Il tono sicuro e autorevole del Drago non lasciava spazio a dubbi e perplessità.

"Allora andate e comunicate il piano ai vostri guerrieri. Appena siete pronti, mandatemi un segnale. Quando li avrò ricevuti tutti, isserò la massa d'acqua e andremo in scena. Coraggio, Angeli di Sefira, è il momento di vincere!"

Yesod raggiunse rapido l'ansa del fiume e atterrò sulla sponda ovest. Esaminò il luogo e identificò il punto preciso in cui il corso si allargava profondo e capiente, offrendo una quantità d'acqua sufficiente al suo scopo. Il Drago sentiva di avere una visione chiara della situazione e il perfetto controllo di ciò che stava per succedere: dopo aver creato l'obelisco liquido, avrebbe dovuto fare in modo che lo stesso non si disgregasse nell'attimo della spinta telecinetica. Quella sarebbe stata sicuramente la fase più difficile, che gli avrebbe richiesto straordinaria concentrazione e un impegno inaudito. Ma nulla riusciva a minare la fiducia che nutriva in sé stesso: tra lui e il risultato c'era solo l'azione. E agire in modo efficace era il suo talento.

I segnali degli Angeli Guida arrivarono in brevissimo tempo, uno dopo l'altro, scandendo il ritmo dell'entusiasmo e della voglia di sferrare il colpo decisivo. Quando ricevette anche l'ultima risposta, Yesod fece la prima mossa.

Indirizzò lo sguardo nello spazio individuato e focalizzò con precisione il suo pensiero: la corrente placida cominciò a striarsi di piccole increspature concentriche. Le onde si ammassarono verso il centro, formando un cumulo che ruotava su se stesso e cresceva a dismisura. Sembrava un'enorme vite con la punta in alto che sorgeva dal fiume, vorticando verso il cielo. Un tornado fluido che, in un baleno, arrivò a raggiungere un'altezza pari a un palazzo di cinque piani. Era ormai visibile da ogni angolo della pianura, ma i Dominati non gli davano importanza, impegnati nello scontro e accecati dalla loro stupidità.

"Adesso!" tuonò Yesod nelle menti degli Angeli Guida.

In un istante, tutti i guerrieri di Sefira si estraniarono dalla lotta e puntarono gli occhi nella stessa direzione. Il loro dietro-front fu percepito come una ritirata e i mostri si misero a rincorrere il nemico in fuga. Isolati lampi di intuito portarono qualche orco a volgere l'attenzione verso ciò che gli angeli fissavano e a urlare di cieco furore alla vista della monumentale struttura d'acqua che si stagliava minacciosa in lontananza.

Tutto avvenne in un attimo: la colonna s'inclinò, raggiungendo un assetto quasi orizzontale e cominciò a muoversi, orientandosi sul campo di battaglia. Yesod era inginocchiato sulla zampa destra e, incendiato di ardore, polarizzava tutti i suoi sforzi per mantenere la compattezza del liquido. Le pupille degli angeli sembravano vulcani straboccanti di energia mentre spingevano l'imponente missile d'acqua a frantumarsi contro il muro del suono. L'accelerazione fu violentissima e il proiettile piombò sibilando sulla porzione di cielo che sovrastava gli eserciti.

Un boato inimmaginabile schiaffeggiò la vallata. L'orda avversaria cadde nel panico, sopraffatta da un supplizio inaspettato, brutale e inarrestabile. Latrati agghiaccianti si levarono ovunque. Erano grida di sofferenza profonda e travolgente.

Nel momento in cui la colonna esplodeva in una scintillante miriade di piccolissime goccioline, Yesod sciolse la tensione e si lasciò cadere al suolo, stremato da una fatica atroce. Si formò una nube di vapore argenteo. Rimase sospesa nell'aria, per poi scendere come pioggia sui Dominati e sulla loro inesorabile fine, che si consumava in un'atmosfera irreale.

I mostri erano avvolti dalla nebbia e annichiliti dal dolore. L'uno guardava stupefatto la morte dell'altro e i loro orribili corpi si decomponevano inesorabilmente in polvere e cenere. La pioggia li trasformava in uno strato di putrido fango scuro che si depositava sull'erba lucente della Pianura del Sole di Melia.

Gli angeli erano immobili, con il fiato spezzato e le membra inzuppate. Le gocce rigavano i volti agitati e si aggrappavano impertinenti alle ciglia sbarrate: nessun movimento, nessuna parola. Il tempo si era fermato nella spasmodica attesa della conferma di ciò che le anime desideravano più di ogni altra cosa: la vittoria e la fine dell'Adlivun.

Un suono inconfondibile spezzò il silenzio: era il battito delle ali di Yesod. La sagoma possente emerse dalla foschia. I suoi guerrieri lo videro avanzare, puntare il muso verso lo spazio infinito ed emettere un impressionante ruggito. Un'immensa eruzione di fuoco sgorgò dalle sue narici e rischiarò il panorama circostante.

La battaglia era finita, i Dominati erano sconfitti. Gli angeli avevano vinto.

L'urlo liberatorio di Yesod salì altissimo e rimbombò in ogni dove. La terra sembrò scuotersi e il cielo pulsare. L'euforia dilagava negli spiriti. Le espressioni degli angeli si accesero e le loro braccia si sollevarono a incitare il valoroso capo che li aveva condotti al trionfo. Yesod osservava il suo esercito con orgoglio, commozione e gratitudine. In quel giorno interminabile, gli angeli di Sefira avevano creduto nei propri mezzi e si erano nutriti della preziosa energia derivante dalla determinazione e dalla speranza. Avevano combattuto con eroismo e coraggio, avevano distrutto il nemico con un'azione di enorme complessità: avevano scritto la storia. Ancora una volta l'insegnamento di Metatron si era rivelato giusto: il bene più prezioso è la fiducia in se stessi e nei propri compagni. Se si ha questo, tutto diventa possibile.

Mentre Yesod rifletteva sulle parole del Saggio, un'ombra offuscò i suoi pensieri: dov'era Metatron? Prima dello scontro finale aveva provato a contattarlo, senza riuscirci. Nel Canyon del Silenzio non c'era. Un terribile presentimento cominciò a farsi largo nel suo petto e un timore inusuale accompagnò la decisione di tentare un nuovo contatto telepatico.

Le sue paure trovarono una dolorosa conferma: Metatron continuava a essere fuori gioco e questo rendeva concrete le ipotesi più svariate. La solida capacità di ragionamento del Drago mise rapidamente in fila gli altri pezzi del mosaico: *Il Saggio è scomparso così come Ophidiel. All'appello mancano anche il rinnegato Mizar e il malvagio Zack. Nishida è solo con i due ragazzi all'Altare delle Emozioni...*

Il quadro si schiarì, delineando uno scenario nefasto che travolse come una marea l'umore di Yesod: quella della Pianura del Sole di Melia era stata una vittoria effimera. La vera battaglia si stava disputando altrove e la posta in gioco era ben più alta: la Fiamma della Vita e la Chiave della Felicità. Ophidiel aveva sicuramente lasciato il campo con i suoi due alleati per puntare alle Entità Fondamentali e Metatron era l'unico, estremo baluardo di difesa. Il Drago provò rabbia nei confronti di se stesso: come aveva potuto sottovalutare l'assenza degli avversari più forti? Perché non si era reso subito conto che la priorità principale della strategia, ovvero la protezione dei due giovani angeli, era a rischio?

Riuscì a evitare che la collera prendesse il sopravvento o diventasse autocommiserazione: era di nuovo tempo di darsi da fare. Ancora una volta, senza indugiare, Yesod mise il suo pensiero al servizio dell'azione.

Per Metatron. Per Unika. Per Sefira.

Capitolo 71

AETERNA

Valle di Sefira, l'Adlivun

Unika aveva ancora impressa nella mente l'immagine della scia di aria bianca che Yesod aveva lasciato in cielo. Si era sollevato da terra, puntando il grande muso verso nord e, dopo una serie di potenti battiti d'ali, si era dileguato nel trasvolo che lo avrebbe condotto sul campo di battaglia, per salvare Sefira. Per salvare tutti loro.

L'aveva visto allontanarsi, ma anche voltarsi indietro per guardarla. E nel suo sguardo aveva letto la forza del presente e la promessa del futuro: un istante senza tempo che conteneva l'eternità. Aveva sentito il cuore scoppiarle nel petto, ma non era riuscita a dirgli quanto gli voleva bene. Ora aveva la vista annebbiata dalle lacrime che le colavano sulle guance, fino a bagnarle la bocca e a rigarle il collo. Le lasciava scorrere insieme all'onda di emozione che portavano: desiderava conoscere quel momento di dolore fino in fondo, perché solo immergendosi e ascoltando i sentimenti che la travolgevano avrebbe avuto più coraggio nell'affrontare le ore che sarebbero seguite.

Yesod sapeva quali erano le cose per cui valeva la pena vivere, ed era andato a combattere per proteggere quella più importante. E lei voleva essere come lui. Giurò a se stessa che se ci fosse stato un domani, si sarebbe impegnata per non sprecare più nemmeno un attimo, e avrebbe preso in mano ogni giorno della vita che l'aspettava, riempiendolo di significato e di valori, alla ricerca incondizionata della felicità.

«È ora di rifugiarci in casa.»

La voce di Nishida arrivò leggera e soave alle porte dei suoi pensieri. Unika non voleva muoversi. Il suo corpo era assorto in uno stato di torpore meditativo, da cui non sarebbe uscita prima di trovare la luce della speranza.

«È quella la casa?» Uniko portò la mano tesa alla fronte per ripararsi dal sole, mentre volgeva lo sguardo verso la palafitta che si ergeva imponente dalla foresta.

«Sì» rispose l'Elfo. «Lassù vi troverete bene.»

La vegetazione era rigogliosa, ma non impediva ai raggi di filtrare tra i rami per dare ai colori una tonalità ovattata. Unika si voltò lentamente e, seguendo i compagni, iniziò a camminare verso la costruzione. Una complessa struttura di solidi pilastri di legno partiva dal suolo, ancorata a terra da fondamenta invisibili, e si innalzava oltre le cime delle piante. Sulla sommità si apriva un ampio terrazzo, formato da spesse assi affiancate l'una all'altra, su cui si appoggiava l'abitazione. Aveva lo stile e l'aspetto di una "casa sull'albero", ma era architettata con ingegno e maestria.

«Come arriviamo fin là sopra?» chiese Uniko, ingenuamente.

«Volando» gli sorrise Nishida. «Siamo nella terra degli angeli, ricordi?»

Si sollevarono in aria e si diressero verso il rifugio. Dal basso dava l'impressione di essere più vicino, ma il viaggio per arrivarci sembrò infinito. Man mano che prendevano quota, l'aria diventava più asciutta e la loro pelle rilasciava l'umidità che aveva trattenuto nel sottobosco.

Unika tese la mano e Uniko, senza esitazione, la strinse con dolcezza. Appena si toccarono, entrambi avvertirono la sensazione di aver già volato in quel luogo.

Nishida faceva strada, davanti a loro.

Atterrarono su una grande balconata. Unika corse verso il parapetto e le sue dita afferrarono la balaustra, mentre il corpo si sporgeva in avanti. La sorpresa della vista che si schiudeva di fronte a lei costrinse la testa ad arretrare. Per un attimo, Unika si sentì smarrita, con il fiato che le si spegneva in gola. Era più in alto di quanto pensasse. Sotto di lei si agitava la foresta dell'Altare delle Emozioni: una maestosa distesa di sfumature verdi, ora più intense e ora più luminose, che pulsava di incredibile energia. Innumerevoli alberi si stagliavano solenni e fieri uno vicino all'altro, come tanti rigogliosi fili d'erba. La loro linfa scorreva per tutto il tronco fino a toccare il cielo nelle punte protese e mosse dal vento. L'aria avvolgeva i rami e accarezzava gli aghi e le foglie, producendo un sibilo che dava voce a tutta la Natura. Era un oceano di vita selvaggia e antica, che incuteva rispetto e soggezione. Unika non aveva mai assistito a uno spettacolo così armonioso e potente allo stesso tempo.

I suoi polpastrelli stringevano il legno ruvido del davanzale e gli occhi cercavano qualcosa in lontananza, dove un leggero strato di vapore annebbiava la linea dell'orizzonte. Attivò il potere della Vista d'Aquila. Inseguiva il trasvolo di Yesod. Lo sentì materializzarsi nella Pianura del Sole di Melia.

Torna da me…, sussurrò la sua mente. *Torna da me.*

Avvertì un caldo abbraccio provenire dalle spalle. Uniko aveva avvicinato il petto alla sua schiena e la stava cingendo con delicatezza.

«Tornerà» le mormorò all'orecchio, mentre con il mento si appoggiava alla sua spalla e le loro guance si sfioravano.

Unika si abbandonò a quel momento di grande vicinanza emotiva e sentì un forte senso di fiducia sciogliere la tensione che le attanagliava l'anima.

«Forza, entriamo.» Nishida non era sereno e, nonostante la

segretezza di quel nascondiglio, percepiva dentro di sé un'inafferrabile preoccupazione.

I giovani angeli si staccarono a fatica dal panorama senza confini che li aveva ipnotizzati, per seguire la voce dell'Elfo. Fecero qualche passo verso l'ingresso, ma la loro attenzione fu catturata dalle funi che partivano dalla base della terrazza per solcare il cielo verso destinazioni lontane e non visibili.

«Cosa sono?» La domanda di Uniko si sovrappose a quella di Unika: «A cosa servono quei tiranti?»

«Avete mai sentito parlare dei ponti tibetani? Sono strutture di collegamento tra la palafitta e altri luoghi della foresta.»

Unika notò che i passaggi erano solo sui due lati longitudinali. Fece correre lo sguardo ma non riuscì a vederne la fine. Ogni ponte era composto da tre cavi, uno centrale e due laterali più in alto.

«Come si usano?»

«La corda in basso serve da appoggio ai piedi e le due ai fianchi fungono da corrimano.»

«Ma... nella terra degli angeli si vola, o no?» sorrise divertito Uniko.

«È così. Infatti quei ponti di corda non sono sostitutivi del volo, ma creano un attraversamento aereo dove è possibile fermarsi, sospesi nel vuoto, per osservare il mondo sottostante: sono un'altalena in mezzo al cielo.»

Nishida stava ancora parlando, quando vide Unika mettere i piedi sulla base e afferrare con forza le cime che si estendevano all'altezza delle sue spalle. La passerella iniziò a oscillare e Unika si sentì in bilico. Continuava a cadere prima a destra e poi a sinistra, in un movimento insicuro e traballante.

«Annulla il peso del tuo corpo!» gridò Nishida. «Non ancorarti alle funi e non usarle come supporto. Pensa solo a camminare nell'aria, in un librare lento e leggero, seguendo il tragitto e vedrai che troverai l'equilibrio.»

Unika si concentrò sui suggerimenti dell'Elfo. Mantenendosi

in asse, con le gambe leggermente piegate una davanti all'altra e con le braccia aperte e tese, si staccò dai sostegni e iniziò a spostarsi, considerando la struttura solo come riferimento.

Si rese conto che se avesse valicato il bosco volando, la sensazione non sarebbe stata la stessa. In quel modo riusciva a passeggiare appesa nel nulla, per godere meglio dello scenario che la circondava. Era in grado di assaporarne i dettagli e farsi avvolgere dalla magia di quell'atmosfera selvaggia e incantata.

Appena trovò la stabilità si accucciò. Ruotò il busto verso l'esterno e spostò le mani sulla corda in basso. Da quella posizione si fece scivolare fino a sentire l'appoggio sulle cosce. Guardò verso la valle sottostante. Volse gli occhi a Uniko e Nishida che la stavano osservando a bocca aperta. Tese le braccia in alto, prima di gettarsi all'indietro. Sentì il cavo bloccarsi tra le ginocchia piegate e si abbandonò del tutto, lasciandosi penzolare a testa in giù, mentre liberava un urlo pieno di emozione. Il suo corpo dondolava con la visione capovolta degli alberi che la facevano sentire a casa.

«È ora di rientrare.» Nishida non riusciva a sgombrare la mente dall'ansia di mettere in salvo i ragazzi.

Unika distese le gambe e, come una trapezista, si gettò in un volteggio sicuro e flessuoso. Dopo una breve caduta, inarcò la schiena e risalì in volo verso la palafitta. Uniko le tese la mano e lei vi si aggrappò. Si avviarono taciturni verso l'ingresso. Non si udivano rumori, oltre allo scricchiolio dei loro passi sulle assi.

Dall'esterno sembrava una casa essenziale, ma l'ambiente era accogliente e confortevole, pensato da chi amava il contatto con la Natura e voleva viverci dentro. Il legno era l'elemento dominante e l'aria profumava di resina.

C'era un unico grande spazio e tutti i lati si aprivano sul terrazzo che si affacciava diretto sulla foresta. In alto era stato ricavato un soppalco, il cui accesso non era garantito da alcuna scala.

Creava un'ansa quasi nascosta, come se fosse un piccolo meandro protetto e raccolto.

Le travi portanti che sorreggevano la palafitta non si fermavano alla base della balconata, ma continuavano all'interno dell'abitazione, estendendosi oltre il soffitto, fino a puntellare il tetto e toccare il cielo. Unika vi si avvicinò e vide che su ogni pilastro era incisa una serie di simboli, per lei impossibile da decifrare. Ai piedi delle colonne erano disposte piccole ciotole che contenevano un fuoco intenso e vibrante. Unika era pronta a scommettere che quelle fiamme restavano sempre accese.

Si udiva un suono ritmato e soave. I ragazzi si guardarono intorno. Proprio al centro del soggiorno c'era uno specchio d'acqua trasparente e purissima. Era a raso del pavimento e aveva forma circolare. Non si capiva da dove sgorgasse, né tanto meno dove si riversasse. Si percepiva solo il suo luccichio, mentre una nuvola di gocce impalpabili si staccava dal suolo per librare in aria e ricadere nella pozza, in un movimento dolce e senza fine. Unika si inginocchiò e vi immerse un dito, per controllare che non fosse un'illusione.

«Ci vive qualcuno, qui?» La voce di Uniko dimostrava grande interesse.

Nishida si aspettava la domanda ed era pronto a rispondere. «In questo luogo dimora lo spirito di un angelo illuminato che ha sacrificato la sua vita per Sefira.»

«Ed è qui con noi ora?» Lo sguardo della fanciulla fluttuava nella stanza.

Nishida respirò profondamente, ricordando la notte in cui Unika era scomparsa per dare vita ai due angeli che ora lo stavano osservando stupiti. Li fissò per un attimo, poi rispose: «Sì... io sento la sua vitalità».

Il silenzio scese a riempire lo spazio circostante. Dopo un lungo istante senza parole, in cui i ragazzi cercarono di individuare la misteriosa presenza, Unika domandò con un filo di fiato. «È l'angelo che ha chiamato questo posto Altare delle Emozioni?»

Nishida annuì. «Questo è il *suo* Altare delle Emozioni. Ognuno di noi ne ha uno. L'Altare delle Emozioni è il luogo in cui custodiamo le cose preziose dell'anima. È dove ci sentiamo a casa, dove stiamo bene con noi stessi e con le persone che amiamo. È la dimora dei nostri sentimenti, dei nostri sogni e dei nostri desideri più profondi. È il posto in cui conta solo ciò che c'è dentro e non c'è spazio per quello che sta fuori.»

I due giovani lo ascoltavano assorti, cercando di comprendere il significato delle sue espressioni.

Unika, con i polpastrelli ancora immersi nell'acqua, colse il riflesso di un oggetto che brillava. Alzò gli occhi verso il soffitto. Un complicato intreccio di travi di legno reggeva la volta. Tra i solidi tronchi che costruivano l'intelaiatura su cui si appoggiavano le stuoie di listelli di rovere e castagno si intravedeva un manico lucente. Presa dalla curiosità, Unika si levò in un volo verticale per avvicinarsi.

Era l'impugnatura di una spada, la cui lama scompariva, nascosta tra le fessure delle assi appaiate del tetto. Istintivamente, la fanciulla allungò il braccio per afferrarla. Un'onda di sferzante energia la respinse e le impedì di accostarsi. Più Unika premeva contro l'aria che la separava dalla presa, più l'elsa la ricacciava indietro.

Unika era concentrata nel comprendere ciò che stava accadendo, quando avvertì la presenza di Uniko. Si voltò e vide che il ragazzo l'aveva raggiunta. Era al suo fianco e la stava guardando negli occhi. Appena le dita di Uniko avvolsero completamente le sue, la forza offensiva della spada svanì e, con le mani unite, i due ragazzi riuscirono a stringere l'impugnatura.

Una vampata di calore si diffuse ai loro polsi e, attraverso le vene, percorse le braccia fino a raggiungere ogni angolo del corpo di ciascuno.

Nishida li stava osservando con lo spirito sottosopra. Era come se l'Unika originaria vivesse in loro ogni qual volta si toccavano. Avrebbe voluto condividere quel momento con Yesod e con Metatron.

I ragazzi provarono a estrarre l'arma. Indietreggiarono un po', sospesi in aria, cercando di reggerne il carico. Ma la spada era enorme e, appena fu libera del tutto, Unika e Uniko caddero all'indietro travolti dal suo peso.

L'elsa era solida e allungata. Alla sommità aveva una sfera di cristallo, levigata e trasparentissima, in grado di rifrangere e amplificare la luce che vi si posava. Il corpo centrale era affusolato e intarsiato da fenditure profonde e ramificate che ricordavano i fulmini. L'estremità si chiudeva con due grandi ali dorate che sorreggevano la lama imponente e ben affilata. Sembravano le ali di un angelo in volo. Erano aperte e maestose, con le punte acuminate.

«Che cos'è?»

Nishida si domandò se fosse il caso di dare una spiegazione. E non ci vide nulla di sbagliato. «È *Aeterna*. Una spada molto antica, forgiata per sconfiggere il Male. La sfera rappresenta la Luce della Giustizia che irradia la propria forza attraverso le saette, per liberare il mondo dalle Tenebre e far volare in alto gli spiriti valorosi.»

«Appartiene all'angelo che abita in questa casa?» Unika era incuriosita.

Nishida annuì con la testa.

La fanciulla accarezzò la lama. Era incandescente ed emanava coraggio. Le sue dita si fermarono sull'incisione che la attraversava. Seguirono lentamente il profilo delle lettere che componevano la parola AETERNA.

«Perché si chiama così?»

L'Elfo rifletté un momento, per decidere da dove partire e quale parte della storia raccontare. «Questa era la spada di Metatron, temprata per lui, per stare al suo fianco nei momenti di guerra.

A quei tempi il Male era ovunque e attaccava nei modi più feroci e spaventosi.» Sospirò, ricordando le scene di battaglia di certe epoche buie, quando gli angeli di Sefira lottavano ogni giorno per liberare il mondo dall'oscurità. «Si racconta che Metatron decise d'impugnare un'arma impareggiabile e senza eguali. Si recò ai Fari, per forgiarla con il magma contenuto nel nucleo più profondo. Impiegò ottantaquattro giorni e, solo alla fine, riuscì a concentrare tutta la forza del vulcano in una lama scura, potente e irripetibile. Il cratere si spense appena la spada iniziò a pulsare.» Si rivolse a Uniko: «Adesso è il lago lavico dove ci siamo rifugiati prima».

Nishida parlava con calma, per lasciare che la storia venisse afferrata dalla mente dei due giovani angeli, che lo ascoltavano affascinati e rapiti.

«Ma Metatron non era soddisfatto. Voleva di più. Il suo desiderio era possedere qualcosa di veramente invincibile. Giunse alla conclusione che l'unico modo era dare alla spada una forza autonoma e indipendente, che la rendesse capace di leggere il suo volere e di amplificare il suo impeto durante gli scontri. Fu così che fece fluire alcune gocce del suo sangue nel globo di cristallo sulla sommità dell'elsa.»

Unika scrutò a fondo la sfera trasparente ma non vi trovò alcun segno bruno. Era limpida e sfolgorante, in grado di diffondere e dare intensità a ogni particella di luce che vi si rifletteva.

«E, come ultima cosa, incise sulla base della lama la lettera A, simbolo dell'evento che, purtroppo, ora conoscete molto bene.» Nishida trattenne il respiro, per lui era difficile pensare alla sofferenza che portava con sé il suono che stava per pronunciare: «ADLIVUN...»

Per qualche istante cadde il silenzio, e i ragazzi rabbrividirono appena udirono quella parola.

«Le Sacre Scritture parlavano dello scontro finale tra Bene e Male, e Metatron era pronto a combattere. La sua spada sarebbe stata il mezzo con cui avrebbe portato la vittoria della Luce sull'Oscurità. Nessun altro nome avrebbe potuto essere più indicato per la lama che era stata creata per affrontare la fine che dà origine a un nuovo inizio: A di Adlivun… non esisteva altro titolo con cui battezzarla.» Nishida chiuse le palpebre come per sigillare il significato del suo discorso.

«E perché ora non è con lui, ma è nascosta qui?» La domanda di Unika non tardò ad arrivare.

«Molti anni fa, ci fu un combattimento duro e difficile. Una battaglia lunga e piena di afflizione. L'arma restò sempre insieme a Metatron e, per sua mano, sconfisse il nemico. Ma quella lotta costò molte vite. Angeli valorosi e uomini innocenti caddero sul campo. Le urla di dolore e le immagini di morte si scolpirono in modo indelebile nella memoria del Saggio, che non fu più in grado di impugnare la spada. Dopo un lungo periodo di profonda riflessione, decise di renderla inutilizzabile. L'unico modo possibile, era sottometterla a una maledizione. E fu così che lui che le aveva dato la vita, gliela tolse. La portò al Monte Forte, un altro luogo che ormai conoscete bene, dove per la rigidità della temperatura solo gli Angeli Guida possono sopravvivere. E lì, in una grotta protetta dal ghiaccio e dalla neve, scagliò sulla spada un incantesimo potentissimo: nessuna mano, nemmeno la sua, sarebbe stata più capace di afferrarla.»

«E com'è finita su questo soffitto?» Unika moriva dalla voglia di conoscere tutti i dettagli.

«L'angelo la cui anima dimora in questo rifugio era un allievo di Metatron. Già… da giovane aveva un carattere impavido e orgoglioso. Non aveva nemmeno la vostra età quando, durante una piccola discussione, volle dimostrare al Saggio la sua tempra. Si diresse con grande determinazione e forza di volontà verso il Monte Forte e ne sfidò le condizioni atmosferiche. Sebbene non fosse ancora un Angelo Guida, riuscì ad arrivarci. Restarono tutti stupiti… tranne Metatron, che era comunque ignaro di ciò che sarebbe accaduto subito dopo.»

Unika e Uniko si scambiarono uno sguardo carico di intesa.

«Il giovane angelo restò lassù per qualche giorno e quando tornò alla Torre... indovinate un po'?» L'espressione di Nishida interrogava i due ragazzi, sicuro che avessero già immaginato la conclusione. «Impugnava la spada!» La sua voce aveva un tono esultante e carico di entusiasmo.

«Metatron parla spesso di quell'episodio. Non è mai riuscito a dimenticare l'emozione che lo travolse quando vide il giovane angelo che avanzava verso di lui, tenendo tra le mani la sua spada. Chi ha assistito alla scena racconta che è stata una delle poche volte in cui Metatron si è commosso. Sembra che sia corso incontro al suo allievo e l'abbia stretto a sé con tutte le sue forze. In quell'abbraccio, la felicità di averlo nuovamente a casa era mescolata alla fierezza di aver trovato conferma delle sue doti profonde. Ma, soprattutto, il Saggio gioiva nel rivedere pulsare la lama che lui stesso aveva generato e che in seguito, con la tristezza dell'ineluttabilità, si era sentito di dover spegnere. In quel momento, era come se la spada avesse chiesto di essere redenta. E la giovane creatura era stata l'anima pura che le aveva dato speranza di energia e vita futura. Metatron rideva, rideva, rideva senza fine. Aveva di fronte una storia che non avrebbe mai immaginato potesse esistere, tutta da scrivere: quella di un angelo speciale che stringeva nella mano il suo sangue e che al suo sangue avrebbe dato un nuovo corso.»

La trepidazione colmava i cuori dei tre amici seduti sul pavimento della palafitta. Per qualche istante si erano dimenticati della paura e della battaglia che si stava consumando a poca distanza da loro.

«Quindi anche Metatron, da allora, fu nuovamente in grado di afferrare la spada?» In cuor suo, Unika era convinta di conoscere già la risposta.

«No. Né Metatron, né nessun altro. La maledizione continua a essere viva, efficace e irreversibile. Tranne che per quell'angelo.»

Unika e Uniko non ebbero il coraggio di guardarsi. Sentivano dilagare nel petto un fuoco che avvampava e incendiava le guance.

Nishida riprese la narrazione. «Quella sera Metatron raccontò al suo discepolo la storia dell'arma. Non fu sufficiente qualche ora, nemmeno un giorno. Impiegò quasi una settimana per descrivere tutte le vicissitudini che l'avevano visto brandire la lama che portava salvezza e giustizia. Quando terminò, l'allievo chiese al maestro di accompagnarlo nel posto più segreto e selvaggio di Sefira. E arrivarono qui. Sulla riva dello specchio d'acqua ai piedi della palafitta. Davanti allo sguardo incredulo del Saggio, l'angelo scoppiò a piangere. Erano lacrime di sentimento, di fiducia, di felicità. Le fece cadere sull'impugnatura e, una dopo l'altra, fluirono naturalmente nel solco delle incisioni a forma di fulmini che, come tante vene, conducevano quella linfa vitale verso le ali dorate e tese. Poi, con il suo sorriso più sincero, l'angelo disse: *"Le nostre anime combatteranno insieme per l'eternità!"* E con la forza che scaturiva dai suoi occhi indaco incise sulla lama le lettere E T E R N A, senza cancellare la A, che si fondeva come capostipite nella parola che avrebbe dato alla spada il suo nuovo nome: AETERNA.»

Nishida era scosso dalla commozione, mentre i due ragazzi lo osservavano privi di ogni capacità di reazione, iniziando a rendersi conto del mondo che stringevano tra le loro dita intrecciate.

«Come si chiama l'angelo?» Mentre Unika sussurrava, un lieve fruscio si accompagnò a un tremendo senso di irrequietezza. L'atmosfera era ancora calma e silenziosa, ma i tre angeli avvertirono di non essere più al sicuro.

I due ragazzi non pensarono alla propria salvezza. La cosa più importante da fare era nascondere la spada, custode del sangue di Metatron e delle lacrime di un angelo dagli occhi indaco. La sollevarono e la rimisero al suo posto, tra le travi del soffitto. Un secondo dopo, una voce familiare si fece largo nelle loro menti.

Capitolo 72

LA CATTURA

Valle di Sefira, l'Adlivun

«Non sono qui per farvi del male e spero che non vogliate costringermi a cambiare idea.»

La voce era ruvida e tagliò l'aria tenue dell'Altare delle Emozioni, ferendo a morte la serenità che si era creata fino a quel momento. Proveniva dalle due sagome scure che si profilavano misteriose nella vivida controluce del sole potente. Erano immobili, sulla soglia della grande porta che si apriva verso la terrazza sospesa sulla foresta. Una era più alta e slanciata, l'altra più massiccia e nervosa. Entrambe muscolose, atletiche e ben piantate al suolo con gambe robuste e divaricate. Entrambe immediatamente riconoscibili dall'Elfo e dai due giovani angeli impietriti.

«Perché, Mizar?» Fu Nishida a rompere il silenzio cupo che era calato nella stanza all'entrata in scena dell'angelo maestro di arti marziali e di Zack, l'umano rinnegato al Male.

«Ognuno di noi nasce con una storia già scritta» rispose Mizar, avanzando a passo lento. Il suo tono era duro ma generoso. «La mia è quella di un guerriero fedele ai valori e alla guida che ha incontrato lungo la strada. Ophidiel ha accompagnato la mia crescita, l'ha arricchita in modo determinante e io gli sarò riconoscente finché vivrò.»

«Ophidiel è accecato dalla sete di potere. Il vortice di malvagità in cui si è intrappolato porterà lui e chiunque lo segua verso la distruzione. Non possiamo permettere che Sefira venga travolta da questo fiume di dolore. Mizar, ti prego... torna in te.»

«Io sono in me come mai prima. Immagino Ophidiel governare Sefira con la stessa ferrea equità con cui mi ha istruito e credo nella possibilità di disegnare un futuro solido. Vedo una maggiore incisività nelle missioni nel mondo degli uomini, un più forte rigore morale tra la nostra gente. No, Nishida, dovreste essere voi ad aprire le vostre menti e a rendervi conto che la superiorità di Ophidiel fino a oggi è stata condannata a un ingiusto esilio. E quindi acclamare lui come nuovo capo di Sefira.»

«Vuole ucciderci, Mizar. L'hai capito, vero?» La voce di Unika era inasprita dall'emozione, ma viaggiava sicura, senza tremiti.

«Non è così. La custodia delle Entità Fondamentali all'interno dei vostri cuori è stata una decisione di Metatron e Ophidiel è costretto a prendervi in ostaggio per poterle avere. Non vi ucciderà e non vi farà alcun male, se voi vi consegnerete in pace. Vuole solo tenervi con sé.»

«Mizar, amico mio... cosa ti ha fatto quel demone per deturpare la tua capacità di raziocinio in questo modo? I tuoi occhi non vedono più la realtà, il tuo pensiero non capisce più ciò che accade...»

«Ora basta, Nishida! Non sono qui per farmi insultare da te. Anzi, ti prego di non tentare alcuna azione che, oltre a essere inutile, metterebbe a repentaglio l'incolumità tua e dei ragazzi.» L'atteggiamento di Mizar era tornato freddo e autoritario. Quello di chi sa che non c'è né spazio di discussione, né margine di trattativa e che l'unica cosa che conta è essere il più forte.

«Ti informo che ho disattivato i poteri di Unika e Uniko con un incantesimo. Sono angeli giovani e inesperti e non è stato difficile imprigionare la loro forza. Non avranno nessuna possibilità di volare via o smaterializzarsi. Quindi, Nishida, mettiti tranquillo e aspettiamo.»

«E tu?» Le parole di Uniko arrivarono dritte alle orecchie di Zack con il peso enorme di uno sguardo schiacciante. L'amarezza dell'angelo biondo era smisurata: non riusciva a darsi pace per la perdita dell'amico, eppure nella sua espressione si coglievano ancora striature di speranza. «Chi sei diventato? Guarda che faccia hai... non sei più tu. Dentro di te c'è ancora un briciolo di ciò che eri?»

Il ragazzo dai capelli corvini non rispose, non cambiò atteggiamento e non abbassò gli occhi, continuando a fissare Uniko con la stessa impenetrabile maschera. Nei pochi metri che dividevano i due vecchi compagni si sgretolava una storia di amicizia, che lasciava il posto a una voragine di delusione.

«È una carogna. Una maceria umana, un relitto!» fu la durissima esclamazione di Unika. «Questo non è più il tuo amico: è un mostro come quelli che abbiamo visto stamattina e farà la loro stessa fine. A quest'ora Metatron e Yesod li avranno già annientati e quando arriveranno qui si prenderanno cura anche di lui.»

La veemenza di Unika dimostrava quanto il torto subito da Zack nel finale del Torneo fosse ancora vivo nella sua memoria. Fece qualche passo verso di lui e quando gli fu di fronte gli parlò a denti stretti: «Prega che non sia io a dovermi occupare di te...»

«È ora di finirla!» tuonò Mizar. Si avvicinò a Unika e la allontanò da Zack con uno strattone sulla spalla. Una crepa violenta fratturò lo spazio-tempo all'Altare delle Emozioni: per la prima volta una mano nemica toccava Unika, la custode della Chiave della Felicità.

Istinto, ragione, passione e dedizione si mescolarono nell'animo di Nishida, che si sentì spinto dall'impulso ancestrale di difendere la ragazza. Irrefrenabile, inesorabile, incontrollabile. L'emozione che gli attraversò il cuore si impossessò della mente e del corpo. Lui era lì per proteggerla anche a costo della vita, e nessuno poteva avvicinarsi a lei impunemente. Fu così che Nishida si scagliò contro Mizar in un attacco senza speranza.

Il maestro di arti marziali era un guerriero fortissimo, particolarmente efficace nel corpo a corpo. A parte Ophidiel, solo l'Unika originaria era riuscita a tenergli testa. Nishida, la cui figura esile era inadatta allo scontro fisico, non aveva la minima possibilità. Ma quella consapevolezza non intralciò la determinazione dell'Elfo e non fu in nessun modo rintracciabile nel potente balzo con cui si avventò contro Mizar.

Nishida fece due affondi in avanti con cui caricò i muscoli delle gambe come due molle, alla stregua degli ultimi passi di rincorsa che gli atleti effettuano prima del salto in alto. Alzò il ginocchio sinistro, mentre il polpaccio destro esplodeva in una spinta formidabile che lo sollevava in aria. Allargò le braccia, fece ruotare il busto e tese la gamba destra per sferrare un violentissimo calcio volante sul collo di Mizar.

Il maestro di arti marziali barcollò sbigottito e perse l'equilibrio, ma con un'agilità impressionante si piegò leggermente, abbassò il baricentro e ritrovò subito la stabilità. Gli fu sufficiente appoggiare la sola mano sinistra al suolo, per ricomporsi e sostenere lo scontro. In una frazione di secondo, scattò in piedi e si mise in posizione di guardia di fronte all'Elfo.

«Non avresti dovuto farlo.» Mizar era furioso.

«Stalle lontano, Mizar. Stalle lontano!»

A tutti sembrò inevitabile che Mizar scaricasse su Nishida la sua rabbia guerriera. Lo stava fissando con lo sguardo intenso di chi studia dove assestare il colpo mortale. Unika aveva il cuore in gola, preoccupata per la sorte dell'amico, e rabbrividì quando vide Mizar flettere rapidissimo le gambe, per lanciare l'attacco definitivo.

Mizar portò la mano destra all'altezza del petto e tese il braccio sinistro, alzandolo fino ad averlo orizzontale, parallelo al terreno. Aprì i pugni, allungando le dita e mantenendole serrate l'una all'altra, nella tipica posizione del karate. Chiuse gli occhi, per riaprirli fiammeggianti di energia e con un movimento circolare incrociò gli avambracci, ruotando i polsi fino a far combaciare i palmi delle mani. Una scintilla scura scoccò dai suoi polpastrelli e raggiunse Nishida, che si trovò avvolto da un'aura luminosa. Nello stupore generale, accadde l'incredibile: davanti ai volti attoniti di tutti, la figura dell'Elfo sembrò raggomitolarsi su se stessa e perdere dimensione, deformata da una metamorfosi che, in pochi secondi, lo trasformò in una creatura piccola e grottesca.

Ciò che restava di Nishida era alto meno di un metro e aveva il corpo esile come un fuscello. La testa enorme e sproporzionata ospitava gli inconfondibili occhi gialli, che adesso apparivano troppo distanziati tra loro. Il naso minuscolo si perdeva in quel faccione tondo e la bocca sembrava una piccola ferita arrossata. I fluenti capelli color platino erano arruffati e gonfi sul cranio: sembravano fiamme crepitanti da cui uscivano due orecchie lunghe e ricurve che svettavano sulla testa come antenne affusolate.

La creatura che una volta aveva le sembianze dell'elegante Nishida strabuzzò la vista e si guardò le mani microscopiche, le braccia corte e secche. Avvicinò il mento allo sterno per esaminare il busto strettissimo e le gambe rachitiche, prima di alzare lo sguardo verso Mizar e chiedergli: «Perché?»

La voce stridula e goffa gocciolò sul pavimento in legno, creando una pozza di imbarazzo.

I due giovani angeli erano sbalorditi. Zack si aprì in un ghigno di irrispettoso scherno. Mizar era concentrato e, mentre ruotava le mani ancora giunte verso l'interno, rispose con le ultime parole che aveva proferito prima di lanciare l'incantesimo: «Non avresti dovuto farlo».

Il piccolo essere si sedette a terra e prese la testa tra le dita. Il corpicino dondolava in preda allo sconforto. Poi si voltò verso Unika e, vedendola sconvolta, spalancò le iridi luminose e la rassicurò: «Sono io, Unika. Sono sempre io».

«Nishida...»

«Sì, amica mia. Sono Nishida l'Elfo, con l'aspetto che avevo prima che Metatron decidesse di farmi diventare un angelo.» Parlava con il tono sottile e tremulo di chi sa di essere in una posizione di debolezza. «Questa era la mia condizione quando cercavo di fare il Bene degli uomini sulla Terra. Non ero come gli altri Elfi: mi piaceva stare tra la gente e aiutare le persone nei momenti difficili, invece di vagare per i boschi. Grazie alla mia velocità negli spostamenti, riuscivo a nascondermi e a rendermi invisibile. La mia diversità ha attirato l'attenzione del Saggio che, dopo avermi esaminato e studiato a lungo, mi ha fatto fiorire nell'angelo che hai conosciuto.»

«Perché non l'hai ucciso?» La terribile domanda intrisa di gelido cinismo sgorgò dalla bocca di Zack.

Il maestro di arti marziali si spostò fino ad arrivargli di fronte. Il suo sguardo era pieno di disapprovazione. Lo scrutò perplesso per qualche secondo e gli rispose glaciale: «Perché non era necessario, adesso è innocuo».

«Ti ha quasi staccato la testa con un calcio...»

«Non mi ha fatto niente.»

«Spero che non dovremo pentirci di...»

«Tu non mi piaci» lo interruppe Mizar, seccamente. «Non mi piace né quello che pensi né quello che dici.»

«E a me non piace quello che hai fatto tu» controbatté Zack con la solita, sfrontata sicurezza. «Potremmo pentirci di averlo risparmiato.»

«Adesso io...»

«Smettetela!»

La voce che arrivò dall'angolo più buio della sala era cupa come la notte e profonda come l'oceano.

Tutti si voltarono verso il corpo nudo e possente che usciva dall'oscurità.

Tutti rabbrividirono nel riconoscere in quella sagoma la figura dell'Angelo del Male.

Tutti rimasero senza fiato nel vedere che portava un fardello nella mano destra.

Ma fu Unika che sentì la morte nel cuore quando capì che quel fardello era una testa.

La testa di Metatron.

Capitolo 73

L'ATTACCO DI OPHIDIEL

Valle di Sefira, l'Adlivun

Ophidiel sortì dall'oscurità con il passo lento di chi si sente un re. La sua mole impressionante giganteggiava nella stanza dell'Altare delle Emozioni, facendola sembrare piccola e angusta. Le vene sporgenti che attraversavano le lucide masse muscolari lasciavano intendere che il corpo del guerriero era caldo, appena uscito dalla battaglia. Con lo sguardo duro e marziale stampato sul volto, sollevò il braccio destro, brandendo il macabro trofeo che testimoniava la sua vittoria.

«No, no, no!» urlò Unika.

Ophidiel sorrideva con un ghigno sinistro. Dal suo pugno alzato, tenuta per i capelli, penzolava la testa di Metatron, con un'espressione incredibilmente vitale e gli occhi spalancati.

Era una scena orribile e surreale che lasciò tutti impietriti. Anche Mizar lo guardò allibito, quando Ophidiel cominciò a parlare: «Il Giorno del Giudizio è arrivato. Colui che non ha gestito con onore la responsabilità del comando, oggi paga il giusto prezzo. Costui avrebbe dovuto cedere il passo a chi era in diritto di governare, ma non l'ha fatto, facendo prevalere i suoi piani anziché il rispetto delle regole. Oggi il conto è saldato.»

Ophidiel si spostò verso una grande libreria in legno chiaro di forma piramidale che campeggiava in mezzo a due travi portanti, di fronte alla vetrata. Con un gesto violento della mano sinistra buttò a terra i libri che occupavano il ripiano più stretto e più alto e vi ripose la testa di Metatron, sistemandola in modo che il volto fosse orientato verso i due giovani angeli.

«Sei ancora in tempo per ravvederti, Ophidiel.» L'inconfondibile voce del Saggio lasciò tutti esterrefatti, soprattutto perché proveniva da una testa senza corpo posta sullo scaffale rialzato di un mobile.

«Metatron!» Unika era commossa.

«Per il momento puoi rallegrarti» la apostrofò Ophidiel, sarcastico. «Il tuo mentore non è morto. Non ancora. Ho deciso di tenerlo in vita perché voglio che assista alla resa dei conti definitiva. L'ho imprigionato nell'unica cosa che mi interessa lui abbia in questa fase: la testa. Gli occhi per vedere, le orecchie per ascoltare, la mente per capire e la bocca per gridare il suo immenso dolore.»

«Smettila!» gli intimò Metatron. «Fare del male ai ragazzi non ti servirà a nulla. Posso accedere alle Entità Fondamentali e rendertele disponibili senza che i due angeli ne risentano.»

«Taci!» replicò Ophidiel, rabbioso. «Ora non puoi più sottrarti alle tue responsabilità. Tua è stata la scelta scellerata di nascondere gli Elementi nei loro cuori e tua sarà la colpa della loro morte!»

«Ophidiel...» Mizar ruppe il gelo che era sceso nella sala.

«Dimmi, coraggioso Mizar. Dimmi che anche tu stai esultando di questo momento.»

«Io ti sono fedele e l'ho dimostrato. I valori che tu hai sempre incarnato sono quelli che vorrei ispirassero l'avvenire di tutti noi e per questo sono qui al tuo fianco.»

«Così sarà. Oggi è il primo giorno del futuro.»

«E io ne sono felice. Ma credo che la nuova Era debba cominciare con un gesto di magnanimità. Abbiamo vinto, Ophidiel: possiamo concedere l'onore delle armi a chi è stato sconfitto. E, soprattutto, non dobbiamo costruire il domani su atti di violenza gratuita e inutile.»

«Magnanimità?!» Ophidiel era alterato. «Dov'era la magnanimità quando sono stato quasi ucciso e mandato in esilio? E non era violenza gratuita quella perpetrata a me, il capo degli Angeli Guida? Non condividevo le *sue* idee e per questo sono stato punito.»

«È necessario avere a cuore il Bene comune, l'interesse di tutti. E tu hai dimostrato di pensare solo a te stesso» ribatté Metatron.

«Ma guardati... guarda in che condizioni sei.» Ophidiel adesso era travolto dal piacere di infierire. «Sei un moncone parlante e continui a dare lezioni di vita e di morale. Che importanza pensi possano avere le parole di uno che ha perseverato nel suo sbaglio? Uno che ha portato la sua gente a combattere una guerra sanguinosa e dall'esito nefasto e scontato? Uno che si è ridotto a essere una testa priva di corpo...» Ophidiel scoppiò in una risata isterica. «Uno che il massimo che oggi può fare per proteggere le Entità Fondamentali è osservarle, immobile e impotente. Oppure, sperare che una specie di Gnomo tenti un colpo a sorpresa.» Si avvicinò all'Elfo, che nel frattempo era rimasto accanto ai ragazzi. Si chinò e gli soffiò in faccia: «Ti ho riconosciuto, sai? Tu sei quello scherzo della Natura... né uomo né angelo, né maschio né femmina, né carne né pesce. Hai avuto il tuo periodo di immeritata gloria, Nishida, ma adesso la festa è finita. Prega che io abbia voglia di divertirmi e decida di assoldarti come giullare, invece di farti a pezzi con le mie mani».

Poi, Ophidiel si voltò verso Uniko, inclinò la testa per osservarlo meglio e cominciò a parlargli con tono acidamente mellifluo. «Eccoti, finalmente... la creatura più desiderata dell'Universo.» Iniziò a girargli intorno, squadrandolo da capo a piedi. Quando gli fu alle spalle, accostò il mento alla sua guancia destra e gli sussurrò nell'orecchio: «Ti sei reso conto di cosa ti hanno fatto? Della tremenda condanna che ti hanno inflitto? La tua esistenza è stata segregata in una prigione di fuga continua, in una condizione di eterna preda. Ti è stato affibbiato un destino segnato: sei un libro già scritto sulla cui ultima pagina è stata stampata in modo indelebile la parola *Morte*». Ophidiel fece una pausa e si spostò davanti al ragazzo. «Oggi è la tua ultima pagina, il racconto di Uniko finisce qui. E di questo puoi ringraziare quel campione di generosità e saggezza!» E indicò con ira la testa sulla libreria.

«E tu?» ringhiò di scatto verso Unika. «Tu che porti il nome della più grande truffa mai esistita, di colei che, a torto, tutti considerano il paradigma del coraggio ma che in realtà è scappata, evitando la battaglia, tu...» Ophidiel si accostò alla fanciulla con un'espressione spaventosa. Gli occhi stillavano fulmini di odio, mentre un rivolo di bava bianca spuntava dai margini della bocca serrata in modo innaturale. «Tu che sei stata allevata come un gattino. Un grazioso, stupido animale da salotto che non deve sapere nulla delle sue origini e del suo futuro... dimmi, cosa provi adesso? Cosa senti da quando hai capito di essere solo una scatola senza alcun pregio in cui hanno messo un gioiello dal valore inestimabile? Hai compreso che tu non sei il tesoro, ma solo un forziere da aprire, svuotare e poi buttare?»

Il rumore aspro dello schiaffo di Unika sullo zigomo sinistro di Ophidiel scosse l'aria all'Altare delle Emozioni, scandendo il tempo dei gesti definitivi da cui non vi sarebbe stato ritorno. L'anello che portava all'anulare della mano destra incise la pelle lucida e sottile dell'Angelo del Male, aprendo un taglio corto, ma profondo a sufficienza da far sgorgare un filo di sangue rosso scuro.

Ophidiel rimase immobile, con il sorriso dei folli, aspettando che il liquido bruno colasse sulla guancia. Quando lo sentì avvicinarsi al labbro superiore, tirò fuori la lingua e con un gesto volgare raccolse le prime gocce e le gustò con aria soddisfatta. «Tu lo sai, vero?» disse a Unika con voce fastidiosamente calda.

«Tu sai quanto adoro il sapore del sangue. Mi hai già visto leccare il tuo, ricordi? Certo che ricordi, so che è così. Il tuo sguardo indifeso che indugia su di me a Thinkingblu è scolpito nella mia memoria.» L'atteggiamento di Ophidiel era sempre più alterato e il movimento continuo degli occhi lasciava intuire che stava perdendo il controllo. «Allora avevo altre priorità, dovevo chiudere un cerchio per riaprirne un altro. Mi è costato non poterti dare ciò che meritavi, ma adesso il momento è giunto.»

Allargò lentamente le braccia, mentre il collo si gonfiava e il volto arrossato sembrava scoppiare.

«Ti ricordi di me, Unika? Ti ricordi di me?» tuonò sconvolto, ruotando i polsi e spingendo le spalle in avanti in modo da congiungere i palmi delle mani dietro la schiena. Quando le braccia furono aderenti ai fianchi, sbraitò per l'ultima volta: «Unika... ti ricordi di me?!»

Di colpo, il corpo di Ophidiel si coprì di squame scure e aumentò di dimensione. La schiena esplose verso l'alto, fondendosi con il cranio e creando un'enorme testa dai contorni quasi geometrici. Gli occhi si iniettarono di rosso e si accesero come brace, e una fessura verticale prese il posto della pupilla. La bocca si allargò a dismisura, lasciando spuntare due zanne grandi e terrificanti. I muscoli pettorali e addominali si modellarono in modo da formare una parete striata, tonica e uniforme, mentre il tronco e le gambe erano ormai fuse in una lunghissima e possente coda. Ophidiel era diventato un gigantesco cobra nero.

I due ragazzi riconobbero l'orribile serpente che li aveva aggrediti nella Foresta di Thinkingblu. Come allora erano sconvolti, ma stavolta avevano le spalle al muro: non c'era via d'uscita, era impossibile fuggire. Il mostro li sovrastava dall'alto e li schiacciava contro la parete. Nishida non poteva fare nulla. Metatron soffriva inerme. Zack osservava la scena eccitato. Mizar era sbalordito.

Il cobra si dondolava con aria minacciosa e sbuffava affannosamente dalle narici. Il suo strisciare produceva un rumore sordo, ritmico, sinistro. Ogni spostamento dell'enorme testa sembrava il preludio a un attacco, che tardava ad arrivare soltanto perché Ophidiel stava prolungando il gusto della rivincita. Dentro di lui scorrevano le immagini, le sensazioni, la collera e la fame di vendetta che avevano nutrito la sua solitudine per tutti quegli anni. Le faceva fluire e gli sembrava prendessero vita davanti a lui. Poteva vederle e toccarle ma, per la prima volta, non lo riguardavano più. Osservarle dalla posizione del vincitore lo faceva esultare profondamente. E, esultando, dondolava.

L'Angelo del Male dilatò il suo attimo di gloria per lunghi, interminabili istanti, fino a quando sentì che il suo animo era pronto per il piacere estremo: strappare il cuore delle due creature che custodivano le Entità Fondamentali. Con quel gesto definitivo avrebbe acquisito il potere assoluto e, insieme, provocato il dolore più grande nel suo odiato nemico. Si fermò e fissò Unika.

La ragazza capì le intenzioni del serpente: era giunta la sua ora. Ma, invece di lasciarsi travolgere dal panico, gli urlò contro con atavica fierezza: «Vieni pure a prendermi, essere immondo, ti aspetto! Potrai impossessarti di un pezzo del mio corpo, ma non avrai la mia anima!»

La reazione di Unika suscitò un brivido di soddisfazione in Ophidiel. Tutto era perfetto, adesso poteva agire. Puntò il petto della fanciulla, spalancò le fauci e rovesciò gli occhi all'indietro, nel sommo, cieco abbandono prima dell'appagamento finale.

E azzannò la preda.

La sensazione del calore che si scioglieva nella bocca lo avvolse con il gusto ferroso del sangue. Era tutto vero, stava accadendo: stava prelevando la Chiave della Felicità dal torace di Unika. Lentamente, sollevò le palpebre per assaporare anche con lo sguardo quel momento tanto atteso. Ma non vide ciò che voleva vedere.

Di fronte a lui, Unika si muoveva piena di voglia di vivere e cercava di scappare verso la porta, seguita da Uniko. Senza mollare la presa con la bocca, Ophidel si slanciò all'indietro per sbarrare la strada ai due fuggiaschi e ci riuscì. I ragazzi rimbalzarono verso la parte opposta della stanza dove non c'erano vie d'uscita. Il cobra poté ricomporsi e con rabbia sputò la preda che aveva azzannato. Con raccapriccio vide il corpo maciullato di Mizar rotolare esangue sul pavimento. Il maestro di arti marziali, con un gesto di supremo eroismo, aveva sacrificato la propria vita per salvare Unika: quando Ophidiel aveva chiuso gli occhi per strapparle il cuore, si era lanciato davanti a lei e aveva offerto il petto alle fauci del cobra.

La collera esplose nello spirito dell'Angelo del Male che cominciò a dimenarsi, emettendo latrati agghiaccianti. Travolto dal furore, sferrò una violenta testata contro la vetrata a nord, sfondandola. Poi si scagliò dalla parte opposta con tanta forza da procurare il cedimento di una colonna portante. Ciò che una volta era la dimora di Unika stava crollando sotto i colpi del gigantesco serpente. Mentre anche il soffitto in legno cadeva a pezzi, i due ragazzi si erano accucciati in un angolo parzialmente riparato. Nishida aveva preso la testa di Metatron e la proteggeva con il suo corpo minuto. Zack si era dileguato.

Uniko assisteva sconvolto a quanto stava succedendo. Non poteva fare nulla per arginare il fiume di violenza che vedeva scorrere intorno a lui. Abbracciava Unika, cercando di scuotersi dall'opprimente senso di impotenza che lo annichiliva, ma rimaneva in balia degli eventi. Vide il mostro assestare un'ultima frustata al suolo, arrestarsi ansimante e alzarsi per inseguire loro due. Nella devastazione generale, con le travi che continuavano a precipitare, Ophidiel, sanguinante, si avvicinava implacabile. Uniko cercò un varco attraverso cui fuggire. Non lo trovò, ma la disperazione portò i suoi occhi sul tenue luccichio che si faceva strada con coraggio tra le rovine del tetto. Aguzzò la vista, incurante dell'incedere del cobra che era ormai a pochi metri da lui, e la vide. In alto, incastrata in un groviglio di pezzi di legno, spuntava l'Aeterna.

Un istinto fortissimo s'impadronì della mente del ragazzo. Senza alcun fondamento razionale, tirò Unika verso di sé e la chiamò.

«Che c'è?»

«Guarda lì...»

«Dove?»

«Lassù, guarda... la spada!»

«Cosa vuoi fare?»

«Andiamo a prenderla.»

Le strinse le dita e la trascinò in un breve volo. Raggiunsero l'impugnatura, mentre il mostro sbuffava e li fissava contrariato, senza capire. Con la mano libera, Uniko provò ad afferrare l'elsa. Non ci riuscì. Cinse le dita di Unika ancora più forte e, concentrandosi, tentò di estrarre la lama.

Non servirà a nulla..., pensò Unika. *La spada è troppo pesante per noi*. La tenerezza e l'ammirazione per il coraggio del suo compagno ebbero comunque il sopravvento sullo sconforto e decise di aiutarlo. Aggrappandosi a lui, appoggiò l'altra mano sull'impugnatura, sopra a quella di Uniko, e dette un energico strattone che fece spuntare l'Aeterna dall'intreccio di travi in cui era incastrata. Il peso dell'arma era sproporzionato rispetto alle loro forze e i due caddero a terra per mantenere la presa. Tenevano la spada con tutte e quattro le mani, ma si rendevano conto che era impossibile sollevarla e brandirla. Ophidiel era ormai vicino.

È finita, non c'è più niente da fare.

I due ragazzi attendevano impietriti l'attacco del cobra, il cui orrendo muso grondante di sangue incombeva su di loro nella tipica posizione che precede il morso letale. Stava spalancando le fauci e tendendo i muscoli, quando Unika sentì il fuoco della vita bruciarle dentro e illuminarle l'anima.

"Guardami" disse a Uniko con il pensiero.

Lui obbedì, si voltò e vide gli occhi di lei accesi come non mai. I loro sguardi erano fusi uno nell'altro, indissolubilmente.

Senza dire più nulla, Unika appoggiò le labbra su quelle di Uniko.

Un bagliore silenzioso e accecante riempì ciò che restava dell'Altare delle Emozioni. La luce pervase tutta la stanza e sfondò le vetrate. Ophidiel fu costretto a chiudere gli occhi. Quando li riaprì sentì il sangue congelarsi nelle vene. Anche Nishida e Metatron schiusero lentamente le palpebre e guardarono in direzione del mostro, costernati all'idea di assistere allo scempio dei due ragazzi. Ma ciò che videro li lasciò senza fiato.

Il cobra era immobile e fissava il punto dove prima c'erano i due angeli biondi. Che non c'erano più.

Al loro posto si levava un angelo guerriero con i capelli luminosi come il sole e i vestiti del colore della notte. In una mano impugnava uno scudo di luce, nell'altra brandiva l'Aeterna. Le iridi di un inconfondibile indaco fissavano quelle del cobra, sfidandolo, inesorabili.

«Bentornata, Unika» sussurrò Metatron con un filo di voce.

Capitolo 74

IL RITORNO DI UNIKA

Valle di Sefira, l'Adlivun

Unika era in piedi di fronte a Ophidiel, grintosa e bellissima.

Sembrava immobile, ma in realtà si muoveva molto, molto lentamente, concentrata e combattiva. Lo sguardo non si staccava dagli occhi del cobra e il corpo statuario illuminava l'ambiente, bilanciando l'opprimente presenza del mostro.

Indossava una spettacolare tenuta guerriera, che rendeva atletica e aggressiva la sua figura elegante. Una guaina aderente di tessuto blu, lucido e leggero, fasciava i muscoli, sottolineandone la perfezione. Il petto e le spalle erano coperti da una bardatura metallica. Le protezioni degli avambracci presentavano lunghi spuntoni acuminati e sulle ginocchiere erano raffigurate le fauci di creature minacciose. Nella mano sinistra impugnava l'Aeterna, nella destra stringeva uno scudo di luce. Da dietro le spalle spuntava una katana, la lunga spada dei samurai. I capelli erano sciolti e le iridi tagliavano l'aria come un raggio laser color indaco.

Unika era di uno splendore abbagliante.

Riavutosi dallo stupore, Ophidiel decise di abbandonare le sembianze di serpente per tornare a essere il possente angelo dal cranio rasato. Armato e bardato a sua volta da battaglia, fronteggiava Unika con le gambe leggermente piegate, il busto ruotato di qualche grado e le braccia lungo i fianchi. Nella mano destra brandiva una spada tozza, dalla lama spessa. Aveva la testa inclinata all'indietro: le pupille erano rivolte verso l'alto e le labbra si incurvavano in un sorriso impregnato di follia.

«Guarda, guarda...» mormorò Ophidiel, ostentando sicurezza. «Questa è proprio una sorpresa. Unika la Grande è tornata per rendermi omaggio.»

In risposta alla sua provocazione non fu pronunciata neppure una parola.

«Ti trovo in forma... devi esserti riposata per bene, mentre i tuoi compagni combattevano.»

Nel silenzio che faceva da sfondo alla scena, Ophidiel squadrò Unika da capo a piedi, con occhi che traboccavano odio e attrazione al tempo stesso.

«Sei affascinante. Molto. Ti sei fatta bella per me, a quanto pare...»

Il volto di Unika restò impassibile.

«E questo cos'è?» domandò Ophidiel, appoggiando la punta della spada contro il ventre di lei. Tra la protezione del petto e la parte superiore della cintura risplendeva un simbolo misterioso: uno stemma circolare su cui erano incise le teste di una tigre e di un lupo con le rispettive fronti appoggiate l'una all'altra, in una posizione di grande complicità.

Con un gesto rapido e potente, assestato dal basso verso l'alto, Unika allontanò la lama rozza di Ophidiel, colpendola con l'Aeterna. Il clangore dei metalli che si scontravano risuonò aspro e foriero di tempesta.

«Non devi arrabbiarti così» continuò Ophidiel, sarcastico. «Volevo solo ricominciare a parlare con te.» Di colpo, il suo ghigno sferzante lasciò il posto a una smorfia irrequieta. Iniziò a fare qualche passo di lato, girandole attorno. «Adesso basta. Non mi interessa dove sei stata e da dove sei venuta. La tua morte renderà questo giorno ancora più glorioso!»

Ophidiel tese il braccio, puntando la spada verso il volto di Unika. Continuava a spostarsi in tondo, con un movimento veloce e quasi ipnotico.

Dopo pochi secondi, l'angelo biondo fece la sua prima mossa. Con una scattante flessione delle gambe spiccò un salto che la portò a scavalcare l'avversario. Mentre si trovava sopra di lui, inarcò il busto in avanti e si arrotolò in una capriola serrata, per poi distendere il corpo parallelo al terreno e allungare la parabola. Atterrò con l'agilità di un felino proprio di fronte a Metatron e Nishida, in posizione accucciata. Con il cuore gonfio di emozione, fissò il Saggio, gli accarezzò la guancia e sussurrò: «Aspettatemi qui».

Unika si alzò in piedi fulminea, infilò l'Aeterna nel fodero che portava appeso dietro la schiena, accanto a quello della katana, e uscì velocissima sulla balconata, lasciando che Ophidiel la rincorresse. Scavalcò la balaustra e si lanciò nel vuoto. Dopo un tuffo dinamico ed elegante, planò verso terra e cadde, in piedi, su un piccolo spiazzo erboso. Attraversò il laghetto in un baleno, poi si staccò di nuovo dal suolo, per volare fino alle cime degli alberi. Correva sospesa: le sue falcate lunghe e decise sembravano cavalcare l'aria. Nonostante il peso delle due spade incrociate all'altezza delle scapole, il suo gesto era leggero ed energico. Il ginocchio della gamba che avanzava si elevava armonioso, mentre il piede opposto saliva in spinta verso il gluteo, per poi tendersi in un nuovo passo. Il busto piegato in avanti faceva da perno al movimento delle braccia.

Ogni tanto Unika scartava di lato e cambiava direzione, per disorientare Ophidiel che la inseguiva con grande abilità.

Giunta in prossimità di un'area in cui la vegetazione era meno fitta, Unika si portò sulle fronde più basse. Afferrò una liana e si slanciò in avanti. Quando si sganciò dalla presa, compì una rotazione all'indietro e atterrò su un ramo sottile, proprio di fronte a Ophidiel. Divaricò le gambe e mise un piede davanti all'altro: molleggiava come un'acrobata sulla corda, in attesa di combattere. Aveva raggiunto il primo, importante risultato che si era prefissa: allontanare l'Angelo del Male dalla palafitta. Adesso era arrivato il momento di affrontarlo.

Ophidiel piombò su di lei senza fermarsi: urlava come un ossesso ed era pronto a trafiggerla. Unika si scostò bruscamente, per evitare la sferzata. Perse l'equilibrio e scivolò nel vuoto. Dovette avvitarsi su se stessa per ritrovare il controllo dei movimenti. Riuscì ad aggrapparsi con entrambe le mani a un ramo orizzontale e lo utilizzò come sostegno per effettuare tre circonvoluzioni a velocità crescente. Quando mollò l'appiglio, la grande energia cinetica accumulata la proiettò verso il cielo, oltre le chiome degli alberi. Abbrancò il tratto terminale di un fusto altissimo e si lasciò dondolare, fino a recuperare stabilità. Da quell'angolazione scorse la scarpata in cui la foresta digradava verso il fiume. Vi si diresse senza la minima esitazione. Mantenne la posizione eretta, lasciandosi scivolare sulle fronde, come se stesse cavalcando una tavola da surf. Sotto di lei, Ophidiel percorreva la stessa traiettoria, facendosi largo tra gli arbusti e menando fendenti che recidevano ogni ostacolo. Unika guardò in basso nell'istante in cui lui alzava gli occhi: in quell'incrocio di sguardi, due mondi entrarono in collisione senza alcuna possibilità di conciliarsi. Millenni di storia scorrevano nelle loro menti. I pensieri si incanalavano veloci su binari diversi. Una sola e possibile idea avrebbe scritto il futuro. Quella del vincitore.

Unika individuò un gruppo di rocce che affioravano al centro del fiume e vi orientò la sua discesa. Ophidiel sbucò dalla radura sotto di lei. Aveva la mascella serrata e il suo corpo muscoloso e abbronzato era lucido di sudore. Appena la vide planare le si avventò contro, pesante e minaccioso, camminando sulla cresta delle onde e brandendo la spada. Unika era pronta a riceverlo. Sfilò la katana da dietro la schiena e strinse l'impugnatura con entrambe le mani. Piegò leggermente le gambe e si posizionò di taglio, con il baricentro abbassato. Sollevò il gomito destro sopra la spalla, portando i pugni congiunti all'altezza dell'orecchio e puntò l'arma verso il nemico: la lama sembrava uscirle dagli occhi.

Unika e Ophidiel erano una davanti all'altro. Lei ferma e intrepida. Lui forte e impetuoso. Si fissavano in silenzio, con il battito accelerato e i sensi accesi. Sotto i loro piedi il fiume scorreva vivace, sopra le loro teste le nuvole erano sferzate dal vento: la Natura più maestosa incorniciava una scena drammatica, da cui sarebbe scaturita la sfida definitiva.

Unika si mosse per prima. Sollevò la katana e la scagliò con tutta la forza che aveva contro Ophidiel, che non si fece sorprendere. Si mise di traverso e con la spada parò l'affondo. Il rumore dello scontro tra i ferri risuonò acuto e segnò l'inizio di un duello violento, in cui i due rivali saggiarono le reciproche qualità fisiche. Ne seguì una serie impressionante di colpi sferzati ora con potenza bruta, ora con astuzia, ora con acrobatica agilità. L'equilibrio tra i due era assoluto.

Ancora una volta, Unika prese l'iniziativa. Con un salto proteso, si allontanò da Ophidiel e ricominciò a correre sulle onde, sfiorandone appena la cresta. Si muoveva fulminea, seguendo il corso del fiume. I suoi piedi si appoggiavano leggeri sulla superficie, aprendo impercettibili solchi nel fluido trasparente. Appena vide che davanti a lei cominciava a profilarsi la schiuma, figlia del ribollire che prelude a una grande cascata, si fermò. Pochi metri più avanti, le acque si lanciavano nel vuoto, frammentandosi in ammassi di goccioline bianche. Il suo corpo statuario e sinuoso sembrava sospeso su una nuvola. Si voltò e aspetto che Ophidiel le arrivasse a tiro. Poi spiccò un balzo contro di lui e gli sferrò un calcio violento alla base del collo. Mentre il possente angelo traballava, Unika gli si abbatté addosso con la katana tesa. Ophidiel fu colto di sorpresa. Fece giusto in tempo ad alzare l'avambraccio destro per parare il fendente. La robusta protezione in acciaio gli salvò l'arto, ma la brutalità dell'impatto fu tale da farlo cadere in acqua e sparire nella nube di vapore.

Non vedendolo riaffiorare, Unika cominciò a muoversi in cerchio, tenendo la lama puntata verso il basso. Stava guardando verso il salto della cascata, pensando che l'avversario potesse essere precipitato, quando una durissima pedata affondò dietro le sue ginocchia, piegandole le gambe e facendola crollare. Ophidiel schizzò fuori dall'acqua, con le braccia tese sopra la testa e la spada rivolta al cielo. Si levò altissimo, aprendo una voragine nel fiume. Disegnò nell'aria uno spettacolare volo avvitato e poi si avventò verso di lei, mirandole il cuore, per trafiggerla a morte.

Unika ebbe l'istinto di attivare lo scudo di luce. Parò l'offensiva e fece rimbalzare indietro Ophidiel, che sprofondò di schiena. Si rialzarono entrambi e ricominciarono a studiarsi. Unika aveva i capelli spettinati e inzuppati. Un ciuffo bagnato si era appiccicato alle guance arrossate. Ophidiel ansimava, con le narici dilatate. Dopo un attimo di immobilità, lui la aggredì con una serie di stoccate veloci e precise. Unika le parava, arretrando e mulinando la katana con altrettanta rapidità. Attese il momento giusto e, con un'imprevedibile torsione del bacino, gli assestò un calcio contro un fianco e poi subito contro l'altro, cambiando il piede di appoggio. Senza fermarsi, Unika si levò in volo, prese la spinta e si lanciò in picchiata per un nuovo affondo. La mano sinistra era puntata in avanti e le serviva da riferimento per scaricare con la destra una bordata feroce. Ophidiel sollevò la spada e la katana vi si scontrò, provocando un incendio di scintille. Unika barcollò e si trovò, vulnerabile, sbilanciata nel vuoto. Rotolò nell'aria e l'angelo guerriero sfruttò la situazione per assestarle un pugno tra le scapole. Unika sentì il fiato spegnersi nel petto quando percepì la spada nemica avvicinarsi alla sua spina dorsale. Raccolse le ultime energie e fece scorrere la katana alle spalle: parò il fendente, rimanendo di schiena. Ophidiel, rabbioso, urlò tutta la sua frustrazione.

I duellanti continuarono a fronteggiarsi in cima alla cascata:

sotto di loro un muro d'acqua di centinaia di metri. Sopra di loro il maestoso cielo di Sefira.

La forza dei due avversari si uguagliava, così come la preparazione atletica.

Unika capì che doveva cambiare il corso dello scontro. A sorpresa, si bloccò, rinfoderò la katana e si tuffò nel dirupo, seguendo il salto della cascata. Ophidiel rimase interdetto, mentre osservava dall'alto il corpo perfetto precipitare come un proiettile, parallelo alla parete d'acqua che confluiva nelle rapide tumultuose.

Unika si ritrovò in un vorticare di masse liquide, mentre il frastuono della superficie lasciava il posto al rumore sordo e ovattato della profondità. Sfiorò il letto sabbioso e si distese per trovare un assetto stabile che contrastasse la corrente. Ophidiel la raggiunse, muovendo con forza le braccia e spingendosi con potenti colpi di gamba. Le arrivò addosso con una violenza inaudita e la colpì all'altezza delle clavicole con entrambi i pugni serrati. Unika accusò l'impatto. Si sentì scaraventare sul fondale e vi rimbalzò disorientata. In un attimo, il nemico le fu di nuovo sopra. Le abbrancò la gola e iniziò a scuoterle la testa contro i sassi. Unika avvertì un dolore atroce alla nuca e il sapore del sangue le dilagò in bocca. Sentì la coscienza dissolversi: le forze la stavano abbandonando e la vita scivolava via. A un tratto, il buio si impossessò dei suoi occhi. Unika cercò di concentrarsi, prima di perdere i sensi. Non percepì nulla, oltre al suo corpo in balia della corrente. Mulinelli subacquei la travolsero. Le potenti dita di Ophidiel lasciarono la presa ed entrambi furono trascinati via da rapide ingovernabili. Solo allora l'Angelo del Male si rese conto che Unika aveva influenzato le condizioni atmosferiche, provocando una tempesta sottomarina. Ophidiel imprecò d'ira furibonda: quel repentino cambio di scenario gli aveva sottratto una vittoria ormai certa.

Quando Unika tornò in sé, lasciò spaziare la vista: Ophidiel si era dileguato. Non lo vedeva più. Decise di riemergere con grande cautela. Il fiume l'aveva trasportata più a valle e la cascata era un leggero fragore in lontananza. Unika affiorò, facendo uscire solo gli occhi dal pelo dell'acqua. Ispezionò con cura i dintorni e si assicurò che il nemico non fosse in agguato. Nel silenzio assoluto, emerse con tutta la testa, attenta a non creare alcun rumore e nessuna onda. L'acqua le cingeva il collo. Era all'erta, ma un piacevole senso di familiarità le illuminò l'anima: per un istante si abbandonò ai colori e ai profumi di Sefira, che si offriva a lei rigogliosa e ospitale come sempre. Fece qualche passo verso riva, finché spuntò con tutto il busto. L'acqua ora le arrivava ai fianchi e di Ophidiel non vi era traccia.

Ma dov'è finito?

Poi un brivido inafferrabile, una leggerissima scossa sulla pelle, una tenue increspatura dei sensi. Nel momento in cui Unika orientava lo sguardo verso la sponda, avvertì la sua presenza. Ma non lo vedeva. Non poteva vederlo. Perché lui si era materializzato alle sue spalle, schiena contro schiena, gli occhi spalancati in un'espressione animalesca e la bocca piegata dalla pazzia.

Unika fece in tempo a percepirlo e a irrigidirsi, ma non riuscì a reagire, mentre lui ruotava il capo e con voluttà le affondava i denti nel collo. Il dolore la penetrò, persistente, freddo e profondo, facendola urlare. Istintivamente, Unika si lanciò in avanti, per sottrarsi all'orribile morso. Sollevò il braccio e assestò una brutale gomitata al volto del suo aggressore. Lo colpì in piena faccia, rompendogli il naso. Si girò e lo vide vacillare intontito, sanguinare copiosamente e ridere di straboccante malvagità.

Unika portò la mano sotto l'orecchio destro, dove le fasce muscolari oblique congiungono la nuca allo sterno, nel punto in cui avvertiva una specie di lama bruciarle la carne. Con orrore, sentì la pelle slabbrata e le dita inzupparsi di liquido caldo. Spostò la mano davanti al viso e la osservò: era insanguinata. Ophidiel l'aveva morsicata. Era entrato dentro di lei.

Sconvolta, Unika balzò fuori dall'acqua e si mise a correre. Senza una meta, senza un obiettivo, senza una strategia. Correva, correva, correva e basta. Sperando di allontanarsi dalla terribile sensazione che niente sarebbe stato più come prima.

Si voltò e scorse Ophidiel che si alzava, si ricomponeva e riprendeva a camminare, sempre più rapido, fino a lanciarsi in una corsa sostenuta dietro di lei.

Il tempo della lotta non era finito.

Capitolo 75

LO SCONTRO FINALE

Valle di Sefira, l'Adlivun

Unika aveva il cuore che batteva all'impazzata.

Il sangue pulsava potente nelle vene, fino a comprimerle il respiro e a rimbombare doloroso all'altezza delle tempie. L'angelo biondo correva con tutta la forza che aveva nelle gambe. Le sue braccia spostavano l'aria con un movimento energico e ritmato. Ma le mancava la terra sotto i piedi. Era spaventata. Una sensazione di bruciore profondo le attanagliava i pensieri: il morso di Ophidiel faceva male. Molto più all'anima che alla carne. Il sapore amaro della paura le asciugava la gola, mentre le immagini del mondo intorno a lei si appannavano e ruotavano in buchi neri senza luce. Intravedeva i filari degli alberi scorrere veloci e annebbiati al suo fianco. I prati che attraversava erano una macchia verde che si confondeva con l'azzurro del cielo. Unika non sapeva neppure se stava correndo o volando. Se era in asse o capovolta. Aveva violente vertigini e avvertiva un minaccioso formicolio a tutti gli arti.

Non devo lasciarmi prendere dal panico. Non devo scoraggiarmi. La disperazione del cuore è morte certa.

Unika faceva di tutto per tenere gli occhi spalancati. Lottava contro l'intorpidimento, per garantirsi una visione più nitida, mentre i muscoli del collo scrollavano la testa come per togliersi di dosso quel tormento.

Devo restare lucida. Devo avere fiducia. Devo proteggere la mia anima dallo sconforto.

Si sentiva barcollare e perdeva il senso dell'orientamento, terrorizzata dal veleno che si irradiava in tutto il corpo.

Non posso pensarci. Non ora. Adesso devo solo concentrarmi per combattere. Per sconfiggerlo.

Nella sua mente, la paura che quel morso potesse condannare per sempre la sua identità si mescolava con la rabbia di non essere stata in grado di prevedere e contrastare l'attacco crudele e sleale.

A un tratto, lo sguardo di Metatron irruppe nei suoi pensieri. Lo vide ingabbiato nella sua stessa testa. Non aveva espressione, né voce, ma le stava parlando, come sempre. Il calore della fiducia che le infondeva dileguò la minaccia del domani. Se fosse riuscita ad annientare Ophidiel, l'avrebbe salvato e il Saggio si sarebbe preso cura di lei. E insieme avrebbero trovato il modo di liberarla dal fluido malvagio che le stava scorrendo dentro. Doveva focalizzarsi su una cosa alla volta. E il futuro sarebbe arrivato naturalmente.

La vista le si schiarì. I sensi ricominciarono a prendere coscienza. Sentiva Metatron al suo fianco, mentre lei attraversava la pianura nell'erba che frusciava tra le gambe e l'aria le faceva evaporare le lacrime.

Adesso!

Piegò il capo di lato e guardò indietro. Ophidiel continuava a rincorrerla, senza darle un attimo di tregua. Unika alzò il gomito destro e fece scivolare la mano dietro la nuca, fino a raggiungere l'impugnatura della katana. In un solo movimento, perfettamente fluido, sguainò la spada e si voltò di scatto. Distese il braccio e lasciò che le dita liberassero la presa, mentre l'arma roteava rapidissima verso il petto di Ophidiel.

L'Angelo del Male fu colto di sorpresa, nella sua corsa vigorosa. I suoi occhi si sbarrarono in una smorfia di sconcerto appena incrociarono il bagliore affilato che si scagliava contro di lui. Fece in tempo a vedere Unika immobile, leggermente inclinata in avanti, ancora protesa nel gesto del lancio. Concentrata. Determinata. Fiera. Lo sguardo indaco seguiva la traiettoria della katana e la anticipava nel punto di impatto: il suo cuore. Ophidiel chiuse le palpebre. Non c'era tempo per fare altro. Poteva solo prepararsi alla collisione e alla sensazione gelida della lama che gli avrebbe trapassato il torace.

Ma non accadde.

Un rumore metallico tintinnò improvviso e severo. Un pugnale proveniente da lontano aveva intercettato la katana e ne aveva deviato la parabola, mandandola a conficcarsi nella corteccia di un albero poco distante.

Unika e Ophidiel si fissarono increduli. Si voltarono verso il punto da cui si era materializzata l'offensiva. Un giovane uomo, dai folti capelli neri e dalla mascella squadrata li osservava con un ghigno beffardo. Era a torso nudo. Indossava solo un paio di pantaloni scuri, consumati sulle cuciture e strappati sulle ginocchia, che si appoggiavano sfilacciati sugli anfibi incrostati di fango.

«Era ora che arrivassi, Zack.» Il tono di Ophidiel non celava il sollievo nell'aver scampato la morte.

Unika dovette riflettere rapidamente, per decidere la mossa successiva. Con un balzo e una rapida piroetta si lanciò nella direzione opposta ai due nemici, verso i prati aperti, lasciandosi ancora una volta alle spalle la foresta dell'Altare delle Emozioni.

Di fronte a lei si schiudeva una distesa verdissima che si gettava decisa nella linea celeste dell'orizzonte. I suoi piedi travolgevano le spighe dorate e i lunghi steli carichi di fiori di colza selvatica mossi dal vento.

Unika sentiva sempre più vicina la pericolosa presenza dei due malvagi. Ne percepiva il procedere sinistro. Era in grado di ascoltarne i pensieri. Riusciva a immaginare le loro smorfie piene di tensione e bramosia.

Un po' correva. Un po' volava. Un po' trasvolava. Cercava di disorientarli e di rendere imprevedibile la propria direzione.

Un sibilo sferzante molestò il suo udito, prima di tramutarsi in un sordo frusciare. Una folata d'aria la investì. Il suo avanzare veloce fu ingoiato da un'ombra tetra e incombente. Unika alzò lo sguardo e vide Zack, trasformato in un orribile mostro alato. Sembrava un uccello preistorico ma, a parte le ali nodose e ricoperte da una peluria simile a quelle dei pipistrelli, aveva le caratteristiche di un rettile. Il muso inquietante si apriva in fauci squadrate, lungo cui si allineavano i denti appuntiti. Gli occhi erano minuscoli e nascosti sotto un massiccio osso frontale che si tendeva all'indietro in una protuberanza estesa. Aveva il torace stretto e scarno che lasciava intravedere la sagoma del costato rivestito da squame grigiastre irregolari. Non aveva zampe anteriori oltre alle ali, ma gli arti posteriori erano prestanti e dotati di artigli affilatissimi.

Ophidiel era sul suo dorso. In perfetto equilibrio, brandiva la spada e lanciava il suo grido agghiacciante, mentre Zack sputava getti di fuoco che incendiavano la vegetazione e lasciavano residui di cenere polverosa sul suolo devastato.

Unika zigzagò per evitare le fiamme. Rotolò a terra, fluida e inafferrabile. Poi si sollevò in uno spettacolare salto verticale. Volteggiò sospesa, anticipando lo spostamento della coppia di bruti e affondò un fendente preciso contro la terribile creatura volante, che ululò appena la lama dell'Aeterna aprì uno squarcio tra le fibre della sua ala destra. Ophidiel scaraventò un raggio di luce. Unika si scansò con agilità, per poi attaccare nuovamente, in un continuo incalzare di colpi e parate.

Era sola, contro due demoni spietati e agguerriti.

Appena mise i piedi a terra, ricominciò a correre veloce. Attraversava la brughiera in lunghissime falcate. Trasvolava e si rimaterializzava, per aumentare il distacco che le dava la possibilità di voltarsi, combattere e fuggire.

Il suo sguardo era fisso al cielo burrascoso e opprimente. La sfera infuocata del sole si stava abbassando verso la linea dell'orizzonte, facendosi strada tra le nubi nere e minacciose e striando il loro profilo con sfumature ambrate. All'improvviso, la vista di Unika catturò una macchia scura. Era un punto lontanissimo che avanzava, prendendo lentamente la forma di due imponenti ali che battevano poderose e inesorabili. Era un bagliore rosso scintillante: emergeva fiero dal tramonto.

«Yesod» sussurrò Unika con un filo di voce, mentre un sorriso intenso le esplodeva sul viso e gli occhi si riempivano di lacrime calde e colme di sentimento.

Yesod la vide. Era lei. Era tornata. Per un attimo il suo cuore si fermò nel petto. Poi il Drago sentì la forza della vita pulsargli ancora più forte nelle vene. Le sue pupille si persero nelle iridi indaco che avevano lasciato un vuoto incolmabile dentro di lui. Sentì la gioia fondersi con la speranza. Nulla era più importante del desiderio di riabbracciare Unika e di disegnare un nuovo inizio insieme. La stanchezza che si era abbattuta sui suoi muscoli e che gli si era depositata nella mente dopo la battaglia nella Pianura del Sole di Melia si dissolse di fronte all'immagine dell'angelo biondo che gli correva incontro. Yesod alzò il grande muso e con il fiato generò una colonna di fuoco capace di esprimere tutta la sua esultanza. Il ruggito rimbombò feroce e incendiò lo spazio intorno.

Unika non era più sola e la sua energia riprese vigore.

Il cielo si colorò di rosa. La trionfante felicità che le sgorgava rigogliosa dall'anima travolse tutta l'atmosfera come una violenta folata di vento, scacciò le nuvole e illuminò l'aria con tonalità limpide e accese.

Unika si concentrò e trasvolò sul possente dorso del Drago. Gli gettò le braccia al collo e gli appoggiò la guancia sulla nuca. Si stringeva a lui con tutta la vitalità che aveva in corpo. Yesod si fermò e assaporò il calore che nasceva da quell'abbraccio. Nessun altro gesto sarebbe stato più eloquente. Nessuna parola avrebbe potuto esprimere il loro sentire. Entrambi avvertirono la sensazione che, da quel momento in poi, nulla li avrebbe più fermati.

Yesod si mise in asse e salì in una stretta verticale. «Tieniti forte» si raccomandò, mentre prendeva la rincorsa per gettarsi contro i due nemici. In un batter d'ali si trovò sopra il mostro volante e il suo crudele fantino. La sua testa bardata si tuffò in picchiata verso di loro, che non riuscirono a reagire, perché colti all'improvviso dalla sua apparizione. L'impatto fu devastante. Il rumore del metallo dell'armatura che si schiantava nella collisione fu sopraffatto dall'urlo di Zack. Il Drago gli si era scagliato addosso con tutto il peso e le sue corna gli avevano perforato il collo. Zack non aveva avuto il tempo di cambiare traiettoria ed evitare lo scontro e ora un dolore lancinante dilagava in tutto il corpo attraverso i fasci di nervi. Tramortito dalla sofferenza fisica, Zack perse i sensi e, completamente inerte, cadde all'indietro, ribaltandosi a pancia in su. Ophidiel fu disarcionato e scaraventato lontano. Yesod non mollò il colpo e affondò gli artigli nel petto indifeso della creatura alata, che iniziò a dibattersi in modo spasmodico, emettendo rantoli gutturali.

Ophidiel scattò in un balzo ascendente e lanciò una potente onda d'urto verso Yesod. L'energia si abbatté con violenza sul Drago, che fu costretto a lasciare la presa. L'impeto della spinta lo allontanò da Zack e lo fece roteare nell'aria. Unika si agganciò con le mani e con le ginocchia alla bardatura, cercando di non precipitare, ma i muscoli dorsali e pettorali non erano in grado di sostenere le braccia, che si allungavano dolorosamente per restare aggrappate. Le gambe non ressero e si distesero all'indietro, senza appiglio: iniziarono a fluttuare nel vuoto in balia della raffica. Yesod turbinava nel vortice che Ophidiel continuava ad alimentare e Unika era appesa solo per le dita. Lottava con tenacia per opporsi alla forza che impediva alle sue falangi di resistere, facendole sganciare a una a una dall'impugnatura.

«Il Drago è mio!» ringhiò Zack, appena si riprese, ancora sanguinante. I suoi occhi trasudavano un odio irrequieto e logoro. «Gli stacco la testa a morsi. Tu occupati di lei.»

«Allora distruggiamoli una volta per tutte!» urlò Ophidiel, risalendo in groppa al mostro volante. Si protese in avanti e con la mascella stretta e il torace tronfio, dilatato dall'adrenalina, lo guidò all'attacco.

Yesod si concentrò e convogliò tutte le energie per uscire dalla feroce corrente che l'aveva investito.

«Stai bene?» chiese a Unika.

«Sono in sella.» E con il palmo teso gli diede un paio di colpetti affettuosi sul collo. Poi guardò verso il basso. Erano sopra il centro abitato di Sefira.

«Allontaniamoci da qui. Facciamoci inseguire e portiamoli verso i Fari.» Unika socchiuse gli occhi, riflessiva. «Mi è venuta un'idea.»

«Non sai quanto mi è mancato tutto questo» rispose Yesod e, riempiendosi d'aria i polmoni, cambiò rotta e si diresse deciso verso sud.

«Inseguili!» ordinò Ophidiel.

«Lasciamoli credere che stiamo scappando» disse Unika. «Noi siamo nettamente più veloci. Vola e trasvola per aumentare la distanza, ma fa in modo che ti vedano sempre.»

«Cos'hai in mente?»

«Dobbiamo metterne fuori gioco uno alla volta, ma non è possibile se non li separiamo. Zack è il più debole ma Ophidel lo protegge. Quindi bisogna pensare a un'alternativa.» La sua voce si ammutolì per un istante. «Zack è ferito e non è agile. Ma, soprattutto, non è un Drago e non è abituato a volare. Dobbiamo stancarlo e confonderlo. Ti ho chiesto di non allungare troppo il distacco perché non voglio che Ophidiel si accorga che il suo destriero è sfiancato. Zack cercherà di resistere fino alla fine e arrancherà alle nostre spalle senza dire nulla al suo capitano. È troppo orgoglioso e spaventato da Ophidiel per ammettere che è esausto. E noi reggeremo il gioco e gli faremo credere che non sta perdendo terreno.»

La colonna di fumo bianco del geyser si stagliava in lontananza. Faceva da sfondo al divampare della lava che eruttava rigogliosa e tonante dalle tre bocche attive. Era una vista spettacolare che scuoteva l'animo.

«Rallenta. È ora di farlo avvicinare» suggerì Unika. «Appena gli avremo creato l'illusione di averci raggiunti, buttati verso il suolo per toglierti dalla sua traiettoria, poi torna in quota e giragli intorno di continuo, sino a sfinirlo.»

Yesod si produsse in un'ampia virata e si gettò a picco verso il basso. Unika sentì il vento della discesa fischiarle nelle orecchie e un vortice di vuoto aprirsi nel suo stomaco. Di fronte a loro, la terra si avvicinava minacciosa.

Zack e Ophidiel si scontrarono con la scia lasciata da Yesod. Non fecero in tempo a rendersi conto che il Drago si era inabissato che se lo trovarono alle spalle. Il mostro alato si voltò su se stesso, ma Yesod era già sparito e si era spostato ancora una volta fuori dal suo campo visivo. Zack volava in cerchio, cercando di catturare il bersaglio che continuava a fuggire dalla sua vista. Le ali dei due colossi spostavano grandi quantità di aria e il rumore del loro sbattere tuonava potente. Yesod si muoveva leggero, con eleganza e precisione. Zack annaspava. Inseguiva il suo avversario in un moto ondivago, fatto di accelerate e scatti frenetici.

Lo sguardo di Unika era concentrato su Ophidiel. E lui ricambiava. I loro occhi si parlavano e le loro menti si studiavano.

Ophidiel inclinò il busto verso la nuca di Zack. Si agganciò al collo e, come un fantino che stringe redini invisibili, incominciò a indirizzare con le mani e con le ginocchia il suo stallone. All'inizio Zack si ribellò e scosse il capo, per liberarsi dalla morsa opprimente dei comandi. Poi, lentamente, accettò la supremazia di Ophidiel e si mosse furibondo sotto il suo governo. Spalancò le fauci e soffiò in aria una ventata di fuoco. Per un attimo, il muso deformato da una smorfia di rabbia riprese le sembianze del volto del ragazzo dai folti capelli neri.

Ophidiel anticipò lo spostamento di Yesod e scagliò Zack nella giusta direzione. Zack intercettò la rotta del Drago e riuscì ad abbattersi sul suo fianco. I due giganti si urtarono brutalmente. Entrambi accusarono il colpo e lo schianto rimbombò fino alle loro ossa come una cannonata di spasimo.

Ophidiel tirò Zack verso di sé e guidò la sua testa contro l'attaccatura delle ali di Yesod. I denti giallastri dell'orribile creatura volante erano inondati da una saliva densa e oleosa, conseguenza spontanea della bramosia di azzannare. Unika si sporse verso l'esterno e con una sferzata puntuale conficcò l'Aeterna dritta nella bocca nera e fetida del mostro. Sentì la lama affondare nel suo palato e squarciargli i tessuti. Zack si inarcò dolorante, mentre un getto di sangue nerastro gli zampillava sulla lingua e schiumava, per poi riversarsi nel vuoto in bave lunghe e pesanti.

Ophidiel spiccò un salto verso l'alto. Si staccò dal dorso di Zack e si preparò per abbattersi con tutta la sua ira contro Unika.

Unika glielo lesse nel pensiero e si sollevò da Yesod, senza aspettare la parabola discendente del suo aggressore.

Si trovarono in cielo. Uno di fronte all'altra. Sospesi. Spietati. Pronti a tutto. Il tempo sembrò cristallizzarsi. Poi le loro spade si schiantarono in una serie di stoccate vigorose e calcolate. I due rivali combattevano senza tregua, avvitandosi nell'aria, senza mai staccare lo sguardo dai rispettivi occhi. A un tratto, Unika impugnò l'Aeterna con entrambe le mani e, caricando tutto il suo peso, affondò in modo deciso. Ophidiel parò. Le braccia vibravano, scosse dalla tensione. La loro forza era comparabile. L'equilibrio regnava tra i due corpi tesi e nervosi. Erano vicini. Molto vicini. Il loro fiato accarezzava le lame, che riflettevano le espressioni assorte. Ophidiel accostò il viso sudato e sfigurato a quello di Unika.

«Il tuo sangue bagnerà come una pioggia questa terra. Io non mi fermerò finché non avrò stillato l'ultima goccia e prosciugato tutta la tua carne. E il tuo cadavere, spento e sfibrato, sarà esposto sulla Torre come monumento alla mia vittoria.» La guardò dritta nelle pupille e la ferì con la sua cattiveria: «Ma non sarai sola. Accanto a te giacerà Mizar, senza cuore». E si passò la lingua sulle labbra, come per gustarne ancora il sapore. «Così che tutti possano vedere cosa accade a chi non obbedisce ai miei comandi e non si sottomette alla mia autorità.»

Unika sentì una vampata di calore impossessarsi di lei. La testa le martellava, inarrestabile. Un senso di nausea improvvisa le attanagliò il ventre. Aveva la gola arsa dall'istinto di mettere fine all'essere immondo che aveva di fronte. Non riusciva a calmare i pensieri che travolgevano la ragione e urlavano furia. Era energia pura. Potente. Devastante. L'aria si incendiò. L'atmosfera esplose colpita da scariche elettriche. Fulmini intensi e ramificati si generavano in cielo e si scatenavano ovunque con violenza.

Le loro spade erano ancora una contro l'altra.

«Ti giuro su quanto di più caro sento nel cuore che l'ultimo sangue che cadrà sulla *mia* terra sarà il tuo. E segnerà la libertà!» Unika spostò il carico dell'Aeterna su una sola mano. Si sbilanciò in avanti e con l'altro braccio scaraventò un colpo a palmo aperto sul naso già rotto di Ophidiel, che digrignò i denti e indietreggiò, mantenendo la spada in posizione di guardia. Unika alzò la gamba destra e, con una leggera torsione del busto, lo attaccò con un calcio laterale. Poi si rimise in asse e sferzò un altro fendente con la gamba sinistra. Senza fermarsi, si piegò sulle ginocchia per girarsi fulminea su se stessa e tendere l'Aeterna verso la testa di Ophidiel. L'angelo rinnegato si tolse rapidamente dalla traiettoria di offensiva e allungò una sciabolata. Unika si avvitò in una piroetta e si gettò nel vuoto verso Yesod che stava combattendo contro Zack.

Atterrò sul suo dorso e urlò: «Vola! Vola via, lontano!»

Yesod si spinse nel vento. Solcò il cielo tumultuoso che gridava le emozioni di Unika.

«È colpa nostra, Yesod. Non dovevamo arrivare a questo punto. Era nostro compito ucciderlo prima. Ucciderlo. Capisci? Quante vite è costata la nostra benevolenza? Quanta sofferenza? Quanta paura?»

Yesod la sentì tremare, mentre piangeva a dirotto con il respiro affannato e i brividi nell'anima.

«Abbiamo fatto ciò che era giusto. Non siamo nati per odiare, né tanto meno per uccidere. Siamo stati creati per portare la pace e la salvezza. Ed è quello che stiamo facendo. Non saremmo stati noi se in quel momento lo avessimo ucciso. Noi siamo così. Siamo coloro che piangono con il cuore colmo di sentimento e che lottano per portare la speranza e la vita del domani. A qualunque costo.»

Una pioggia leggera scese su Sefira. Le lacrime di Unika si confondevano con le gocce d'acqua che impregnavano lo spazio.

«Oggi possiamo spezzare il cerchio del Male e mettere fine a questa terribile storia per dare al futuro un nuovo inizio. Concentrati su questo, Unika. Solo su questo.»

Unika si strinse a lui. Dopo un breve istante, roteò la testa e vide che Ophidiel e Zack erano a pochi metri da loro. Si accucciò sul dorso di Yesod, tenendo le mani piatte sulla sua grande nuca. Restò china per qualche secondo.

«Rallenta, Yesod... rallenta.»

«Cosa vuoi fare?» domandò il Drago, ma la risposta si perse nell'azione.

Unika scattò in piedi. In perfetto equilibrio sulla schiena del capo degli Angeli Guida. Il suo corpo tonico e statuario emanava coraggio e determinazione. Aveva una gamba davanti all'altra e le braccia leggermente aperte, come ali pronte a spiccare il volo. Senza esitazione, saltò elegante e fiera verso l'alto. Si chiuse in una capriola compatta all'indietro, con le mani strette alle ginocchia che premevano contro il mento, e atterrò precisa sulla coda di Zack, proprio alle spalle di Ophidiel.

Ophidiel si voltò sbalordito. Iniziò a ringhiare come un pazzo e si tuffò verso di lei. Iniziarono un duello serrato, in una successione di colpi corpo a corpo.

Yesod la guardava a distanza, con i sensi accesi e attento all'imprevedibile. Teneva sotto controllo Zack che aveva rallentato il suo avanzare, incerto su come procedere e su come comportarsi. I passi bruschi dei duellanti che saltavano con violenza sullo strato spesso della sua cotenna lo disorientavano.

La pioggia scendeva incessante. Bagnava i capelli di Unika, che si compattavano sulla sua fronte in ciocche lucenti. Rigagnoli di acqua le accarezzavano il profilo, le solcavano le guance, le attraversavano le labbra, cadevano sul suo petto.

I piedi scivolavano. Le mani si raffreddavano. Il cuore pulsava il sangue a un ritmo importante. La concentrazione era altissima.

«Stai piangendo per la voglia che hai di uccidermi, Unika? Tu sei uguale a me. Uccidi per il gusto di farlo. Uccidi perché sei la morte. Senti dentro di te la forza dell'odio. Vuoi possedere. Vuoi dominare. È per questo che piangi? Perché hai nascosto per tutta la vita la tua vera natura? Non sei un angelo. Sei un demonio. Proprio come me.» Ophidiel la fissava con uno sguardo serio e profondo. Non c'era sarcasmo nelle sue parole.

«I miei occhi di angelo sono quelli che ti accompagneranno all'inferno.» E dallo sguardo di Unika si generò un fascio di luce indaco intenso e brillante che affondò potente nei bulbi di Ophidiel.

L'Angelo del Male non chiuse le palpebre e lasciò che il raggio lo penetrasse. Spalancò la bocca e liberò un getto di corrente bruna, scaraventandolo verso il volto di Unika.

Il cielo si colorò di un rosso purpureo. Nubi gonfie e spaventose si addensarono intorno a loro. Un silenzio assordante coprì ogni rumore e saturò lo spazio. Yesod non aveva mai assistito a nulla di simile. Zack non sapeva cosa stesse succedendo sopra di lui e si stabilizzò in un movimento lento che gli permetteva di stare sospeso e sostenere i due rivali.

I guerrieri catalizzavano tutta l'energia dell'Universo. Due flussi accecanti si tendevano orizzontali e paralleli tra i loro visi, per poi avvolgerne i corpi in un intricato groviglio di luce.

Tremavano. Vibravano. Urlavano.

Poi, tutto d'un tratto, si spensero. Insieme. Simultaneamente.

Ophidiel cadde in ginocchio.

Unika barcollò e perse l'equilibrio. Vide le sue mani appoggiarsi sul dorso di Zack, instabili e violacee. Non aveva voce. Non aveva fiato. Sentiva la vita perdersi lontana.

Ophidiel era a pochi centimetri da lei. Aveva gli occhi bianchi e rovesciati all'indietro. La pelle era escoriata e carbonizzata. Abrasioni diffuse si dilatavano sulle sue guance. Il naso era contuso e tumefatto. Ansimava senza coscienza.

Unika tossì. Un fluido caldo le sgorgò dalle labbra. Si portò la mano alla bocca: era sangue, corposo e pungente. Si sentì mancare. Ma non poteva perdere i sensi. Non in quel momento. Non prima di avere annientato il suo nemico. Si tirò in piedi. I suoi arti dolevano e la sua carne bruciava. Ophidiel fece lo stesso. Erano nuovamente uno di fronte all'altra. Scossi. Feriti. Agonizzanti.

Unika cercò di spalancare gli occhi, per concentrarsi e dare seguito all'azione. Ma non riusciva a mettere a fuoco il bersaglio. Ophidiel era una visione confusa e annebbiata che le oscillava davanti. Vacillò. Senza rendersene conto, fu investita da un vento fortissimo. Vide buio. Nero. La terra capovolta. Il vuoto.

Yesod si era scaraventato su di loro e l'aveva afferrata con le zampe posteriori. Ora la teneva saldamente tra gli artigli e la stava trascinando via.

«Devo ucciderlo.» La voce di Unika era poco più di un sospiro. «Devo ucciderlo!»

«Lo ucciderai» rispose Yesod. «Adesso pensa a respirare.»

Unika perse conoscenza. Quando si svegliò, non seppe dire quanto tempo era passato. Le forze non le erano tornate del tutto, ma la sua mente era di nuovo lucida.

«Yesod...»

«Sono qui...»

«Riportami da Ophidiel.»

Yesod avrebbe voluto condurla in salvo, lontano da quell'inferno. Ma non era il destino che le era stato scritto. Lei era l'ultima goccia di speranza per distruggere il Male e per mettere fine all'Adlivun. Lei era Unika.

«Ce la fai a trasvolarmi in groppa?» Non aveva ancora finito la frase, che Unika si era già materializzata sopra di lui. La sentiva. Con la mente riusciva a vederla. Esausta ma bellissima. Valorosa. Regina e guerriera. Era orgoglioso di lei e ogni fibra del suo essere formicolava di energia. In quell'istante, si sentì più vivo che mai.

«Sei pronta?»

«Non ancora.» Il pensiero di Unika sussultava. «Yesod, fammi una promessa.»

«Nessuna promessa, Unika. Tu lo ucciderai.»

Unika inalò una boccata d'aria. I suoi occhi volevano gemere, ma le lacrime non scendevano. Non c'era più tempo per piangere. Scacciò lo sconforto della delusione e deglutì l'amarezza che le assillava la gola.

«Ti ricordi il gioco che facevamo quando ci allenavamo tanti anni fa?» Il suo tono era tornato limpido e deciso.

Yesod soffiò una potente fiammata davanti a sé. Poi partì in picchiata contro Zack, che procedeva veloce verso di loro, incitato da Ophidiel, ormai ferito e stanco. La distanza si accorciava. I due giganti alati con i loro cavalieri stavano per entrare in collisione diretta.

Era lo scontro finale. La resa dei conti.

Il cielo si incupì. La luce si spense e prese vita un'atmosfera che palpitava lugubre, come se una massa di sospensione gassosa si agglomerasse e implodesse poderosa nello spazio.

«Ci siamo!» tuonò Yesod.

«Vai!» lo incitò Unika.

Un istante prima dell'urto, Yesod si impennò. Con una rapidità inimmaginabile si avvitò nel giro della morte. Unika era ancorata saldamente con le gambe e con le braccia. I suoi muscoli si contraevano, seguendo i movimenti del Drago. Nell'attimo preciso della perpendicolare, portò la mano dietro la schiena e impugnò con forza l'Aeterna. Yesod concluse la rotazione a pochi metri dallo sguardo sbigottito di Zack e appena ritornò in asse, Unika scagliò la spada verso Ophidiel con tutto l'impeto di cui era capace.

Vola, Aeterna. Sei stata forgiata per questo. Porta a termine la tua missione. Perforagli il cuore con la tua forza, con il sangue di Metatron, con le mie lacrime di speranza.

L'Aeterna solcava l'aria. Tesa. Imponente. Veloce. Arrivò dritta nel petto di Ophidiel. Lo penetrò affilata e violenta, fino a trapassarlo. La punta insanguinata luccicava tra le sue scapole.

Ophidiel aveva un'espressione esterrefatta. Abbassò il volto. Guardò incredulo il torace squarciato. Poi alzò lo sguardo inorridito e cercò Unika. Era davanti a lui, a cavallo di Yesod. I suoi occhi brillavano più intensi che mai.

La lama bruciava. Il fiato gli mancava. Ophidiel portò le mani verso l'elsa, per estrarla. Ma la spada lo respinse. Le sue dita non riuscivano ad afferrarla. Soffriva. Stava morendo. Urlò. Dalla gola non uscì alcun suono, mentre le sue labbra si contorcevano in una orrenda smorfia di sofferenza.

Unika tese il braccio e richiamò a sé l'Aeterna, che si staccò dal tronco di Ophidiel e tornò alla sua padrona. Unika la sentiva pulsare. Rivide in un attimo il percorso che avevano fatto insieme, dal momento in cui l'aveva scoperta nella grotta del Monte Forte, all'istante appena passato in cui l'aveva scagliata contro il demone, padre dell'Adlivun.

La loro vita in un secondo. Un secondo lungo un'eternità. Un'eternità che si compiva adesso.

Ophidiel era un corpo esanime, trasportato dal procedere incerto e frastornato di Zack. La sua testa ciondolava senza pensiero e il cuore riversava un getto copioso di sangue che impregnava la schiena del mostro alato, prima di perdersi nell'aria in una scia acre e brunastra che si dissolveva nel vento.

«È finita» sussurrò Unika, mentre ciò che sembrava il cadavere di Ophidiel si piegava su un lato e crollava inanimato nel vuoto.

Unika e Yesod seguirono con lo sguardo la sua inerte picchiata verso il suolo. Contemporaneamente, focalizzarono il punto di caduta: era lo specchio d'acqua dell'Occhio, la porta tra Sefira e il mondo degli uomini.

Unika ebbe la sensazione di leggere qualcosa nella contrazione dei muscoli della bocca di Ophidiel. «Ci rivedremo» diceva la mimica delle labbra dell'angelo rinnegato. Era un'allucinazione o era un incubo senza fine più vero della realtà? Era tardi per capirlo. Le acque calme e placide dell'Occhio si erano ormai richiuse su Ophidiel.

Unika serrò le palpebre. Forse non era finita.

«Sta scappando!» gridò Yesod, guardando verso Zack.

Unika non aveva più le forze. Vide un piccolo sparviero con la testa grigia scuotere velocemente le ali in battiti rapidi e scivolati, per poi trasformarsi in un calabrone e scomparire dalla loro vista.

Unika restò lì, ferma, con lo sguardo perso nel vuoto. Yesod era immobile sotto di lei. Due anime. Lo stesso sentire. Avevano combattuto. Erano sopravvissuti. Avevano vinto. Ma un senso di incompiutezza naufragava sottile nel loro spirito.

Venne il giorno. Scese la notte. Si riaccese il sole. Brillarono le stelle. Si susseguirono le stagioni. Tutto in un istante. Finché i pensieri di Unika si rasserenarono e il cielo si tinteggiò di sfumature dorate.

«Lassù...»

Unika volse gli occhi nella direzione che indicava il Drago. La Cometa del Mattino si stava spegnendo. La sua luce era fievole. Aveva perso l'alone verde e moriva lentamente.

«L'Adlivun è concluso» annunciò Yesod, mentre si rimetteva in moto, lento e leggero. Nuotava nell'aria. Le ali si muovevano calme e rilassate. Non indossava più l'armatura e le piume si agitavano nel vento tra le squame che luccicavano ambrate sulla sua pelle.

Unika aprì le braccia, come aveva fatto l'ultima sera, prima dell'incantesimo. Sorrise nel riconoscere le stesse sensazioni di allora. Si fece coccolare dalla dolce brezza che le spettinava i lunghi capelli biondi e si lasciò trasportare dal vigore della vita che ricominciava a scorrere forte dentro di lei.

Unika e Yesod volavano liberi su Sefira. Sulla loro valle.

La Pianura del Sole di Melia era devastata, ma il luccichio del Fiume delle Note Segrete raccontava una storia.

«Yesod, il cuore è più grande!»

Il Drago sorrise nel vedere che l'onda che lui e tutti gli Angeli Guida avevano sollevato per rompere la barriera del suono e annientare i Dominati aveva cambiato il corso dell'acqua e aveva dato al fiume una circonferenza più ampia.

«È vero. È come se il cuore di Sefira si fosse rafforzato.»

Unika spostò lo sguardo verso nord. Thinkingblu era meno minacciosa.

Lei e Yesod viaggiarono a lungo. Unika rivedeva dopo tanto tempo la sua terra e ne assaporava intimamente ogni dettaglio.

«Adesso portami all'Altare» disse con la voce travolta dall'emozione. «Ho bisogno di stare per qualche minuto da sola.»

Yesod virò verso la palafitta. Cercò di far durare il più a lungo possibile quel momento che chiudeva il passato e liberava il presente.

Capitolo 76

IL SEGRETO DEI CINQUE

Valle di Sefira, 5 ore dopo la fine dell'Adlivun

Yesod depositò Unika sulla riva del lago all'Altare delle Emozioni, poco distante dalla palafitta. E volò via, rispettando il bisogno di solitudine dell'angelo biondo: per lei era un momento speciale e il Drago capì il suo desiderio di viverlo fino in fondo.

Unika era felice ed emozionata: finalmente era di nuovo a casa. Aveva il cuore aperto e la mente libera. Poco prima, quando si era materializzata davanti a Ophidiel, aveva dovuto concentrarsi su di lui, per annientarlo. Adesso, dopo averlo sconfitto, poteva abbandonarsi alla sensazione di gioia che quell'ambiente le regalava. Lasciò che l'anima si sciogliesse e si mescolasse fluida alle vibrazioni che le arrivavano dai colori e dai profumi dell'Altare: lì aveva vissuto i momenti più belli e intensi della sua vita. E lì c'era Metatron che la stava aspettando. Ancora una volta.

Unika si chinò e cominciò a slacciare gli stivali che aveva indossato in combattimento. Sentì la commozione crescerle dentro, ma volle compiere ogni singolo gesto con calma, come un rituale da eseguire con cura e gustare con consapevolezza. Sfilò prima il sinistro, poi il destro e appena appoggiò i piedi nudi a terra, la piacevole sensazione dell'erba fece crollare la diga della ragione. Il fiume dei ricordi la travolse inesorabile e lei lo assecondò, senza opporre resistenza. Alzò il viso al cielo, abbassò le palpebre e respirò a pieni polmoni. Era tornata.

Aprì gli occhi, si strinse le braccia al petto e camminò scalza verso la palafitta. In quei pochi passi, pensò a Metatron e a quanto era stato importante vivergli accanto. Assaporando l'aria familiare dell'Altare, liberò lo spirito, che iniziò a volare tra gli impervi pendii della memoria. Non riuscì a trattenere le lacrime. Si staccò dal suolo e cavalcò il breve ma immenso viaggio tra le immagini della sua vita, finché giunse sulla porta d'ingresso.

Appena dentro, piegato su se stesso, giaceva esangue il corpo di Mizar. Il petto era dilaniato e il suo cuore si trovava tra le macerie a qualche metro da lui. Unika lo osservò con riconoscenza e affetto, si inginocchiò e raccolse il cuore. Le tremavano le dita: ciò che un tempo era il prezioso centro vitale di un angelo valoroso, ora era freddo e senza anima. Con delicatezza e rispetto, lo rimise al suo posto, nel torace aperto dell'Angelo Guida. Restò immobile per un attimo e poi sussurrò: «Grazie...»

Nishida era seduto fra le rovine, con gli occhi brillanti di sempre e la schiena appoggiata all'unica colonna rimasta in piedi. Unika provò grande tenerezza nel vederlo ancora costretto nelle grottesche fattezze di Elfo in cui aveva vissuto fino a quando era diventato angelo. Trasmetteva comunque un senso di fortissima dignità, mentre vegliava su Metatron, imprigionato nella sua stessa testa. Il Saggio aveva le palpebre socchiuse ed era immerso in uno stato di trance meditativa, capace di lasciargli intatta la coscienza, ma anche di disinnescare ogni ansia. Privato di ogni potere, Metatron aveva atteso l'esito del combattimento, con i pensieri focalizzati su Unika.

«Sei arrivata...» le disse, commosso.

Nishida sobbalzò ed esultò appena la vide.

«Sono qui. E so quello che devo fare.»

Unika si avvicinò in silenzio al Saggio, gli appoggiò le mani sulle tempie e si concentrò. Solo lei poteva liberarlo dall'incantesimo e lo fece con sicurezza. Metatron tornò in possesso del suo corpo e di tutti i suoi poteri. Con uno sguardo, Unika gli trasferì telepaticamente ciò che era successo tra lei e Ophidiel. Il Saggio la guardò ammirato e la strinse a sé, in un abbraccio che diceva tutto.

«Sì» annuì lei. «È sconfitto. Ma non sono sicura che sia finita...»

«Lo so. Ma ora è lontano da Sefira. Abbiamo il tempo di riorganizzarci.»

Si fissarono con un'intensità straordinaria. Il resto del mondo sembrava svanire attorno a loro, quando una voce profonda li scosse dall'estasi in cui stavano per perdersi.

«Non credete ci sia un'altra cosa da fare?» Le parole di Yesod riempirono la stanza.

«Yesod, amico mio!» Nishida gridò di gioia e gli corse goffamente incontro. La vista di quel meraviglioso slancio di affetto tra i due vecchi amici comunicò a Metatron quale fosse *l'altra cosa da fare*.

«Ehi, sottospecie di angelo!» ironizzò il Saggio.

«Dici a me?» Nishida si voltò con un'espressione buffa che fece rallegrare tutti.

«Fermo lì!» Metatron distese il braccio destro, puntando la mano aperta in direzione dell'Elfo. La fece ruotare fino ad avere il palmo rivolto verso l'alto, poi chiuse il pugno con un gesto deciso e lo riaprì, scatenando una luce blu che restituì a Nishida le sembianze di angelo alto ed elegante.

«Grazie, grazie, grazie!» Nishida chinò il capo, riconoscente.

«Ma io ti preferivo con la faccia rotonda e i capelli arruffati. Eri più simpatico.» Stavolta la voce proveniva dall'angolo della sala, in cui fino a poche ore prima c'era il soppalco. Si girarono tutti di scatto e videro la figura sinuosa e inconfondibile dell'Oracolo. Aveva le gambe incrociate ed era seduta sospesa in aria su un cumulo di travi.

«Allibis!» Unika si sentì travolgere dall'emozione.

«Mi sei mancata, Unika.» Per la prima volta, dopo molto tempo, Allibis sorrideva, rilassata.

Nel silenzio che seguì, i cinque angeli si guardarono con profonda complicità. I loro occhi si incrociavano pieni di pensieri e di parole: comunicavano l'un l'altro la grande felicità di ritrovarsi, ma anche la consapevolezza di essere il gruppo ristretto su cui gravava una responsabilità immane: la custodia del segreto di Unika.

«È così: siamo noi...» Metatron spezzò la tensione, interpretando le riflessioni che agitavano le coscienze di tutti. «Siamo noi a conoscere la storia dell'incantesimo di tanti anni fa. Siamo noi che abbiamo protetto il segreto fino a oggi. Siamo noi ad aver visto tornare Unika. Siamo noi a sapere della sua straordinaria vittoria contro Ophidiel. Siamo noi. Solo noi.» Metatron sentiva gli sguardi appoggiarsi incandescenti sul suo volto. «Nessuno all'infuori di noi sa cos'è successo alla Torre quindici anni fa, né come sono stati generati i due ragazzi. Nessuno sa che loro sono nati dalla Rinascita e dallo Sdoppiamento di Unika. E nessuno può immaginare quello che è accaduto qui nelle ultime ore. Tutti stanno aspettando con il fiato sospeso l'esito finale della battaglia, ma nessuno ha visto com'è andata.»

Il Saggio s'interruppe, pensieroso. I cuori degli angeli riuniti all'Altare delle Emozioni ardevano di passione. A tutti era chiara la scelta dolorosa che assillava Metatron: doveva decidere tra la vita di Unika e quella delle due giovani creature. L'apparizione dell'angelo biondo aveva sospeso l'esistenza dei due ragazzi e il loro ritorno sarebbe stato possibile solo come conseguenza della scomparsa di Unika: qualsiasi alternativa avrebbe portato a una grave perdita.

Metatron rifletteva, meditava, soffriva. Unika era quanto di più caro avesse. Non avrebbe voluto lasciarla mai e per nulla al mondo. Inoltre, non c'era più una valida ragione per tenere separate le due Entità Fondamentali: ormai la strategia era stata scoperta da Ophidiel e la loro custodia nei corpi dei ragazzi aveva perso ogni contenuto tattico. L'idea di un futuro luminoso con Unika fece gioire l'anima di Metatron, ma il pensiero della perdita dei fanciulli gli provocò un forte turbamento. I due giovani angeli avevano preso il loro posto nel mondo e lui voleva molto bene a entrambi. Come avrebbe potuto porre fine alle loro esistenze?

«Ti siamo vicini, Metatron.» Yesod capì l'inquietudine del Saggio.

Metatron lo osservò con gratitudine. Nella sua mente, ragione e sentimento si erano mescolati in un inestricabile groviglio e non riusciva a decidere. Metatron stava per parlare, quando la voce di Unika si materializzò telepaticamente nei suoi pensieri, schermata da ogni possibile ascolto esterno.

"Faremo tornare i ragazzi."

Metatron strinse le labbra e sospirò: "Perché?"

"Perché è giusto. Li abbiamo creati, esistono e non possiamo terminarli. Sono splendidi e hanno un avvenire che nessuno ha il diritto di cancellare. Nemmeno noi."

"Unika..."

"Io ho già deciso. Ne ero convinta quindici anni fa e lo sono tutt'ora. Scelgo di andare."

Metatron conosceva quel tono fermo e determinato e sapeva che nulla le avrebbe fatto cambiare idea. Si concentrò per arginare il torrente di sensazioni che gli sconquassava l'anima e organizzò un piano d'azione. Fece un profondo respiro e, con espressione austera e voce solenne, indirizzò le energie dei suoi compagni verso il da farsi.

«Dobbiamo continuare a mantenere il segreto. Nessuno dovrà

sapere cos'è successo, né ieri né oggi. Diremo alla nostra gente che Ophidiel è stato sconfitto e allontanato da Sefira, ma non riveleremo mai il ritorno di Unika.»

Le ultime parole del Saggio ferirono mortalmente gli spiriti dei presenti, confermando il timore che aleggiava: Unika sarebbe scomparsa di nuovo, per lasciare il posto ai due ragazzi. Unika non avrebbe fatto rientro a Sefira. E, ancora una volta, si sarebbe sacrificata, cessando la sua vita.

Un'ondata di dolore piombò su Allibis, Yesod e Nishida. Come una mannaia si abbatté sui sentimenti di tutti, e rase al suolo gli slanci di felicità di pochi attimi prima. Gli sguardi si abbassarono, i corpi sussultarono, le anime piansero. Ma nessuno aprì bocca.

«Vi ringrazio per il vostro rispettoso silenzio» disse Metatron, visibilmente commosso. «Adesso è tempo di agire. Allibis e Nishida, dovete rapidamente radunare tutti gli angeli all'Eremo delle Arti. Sono angosciati e in trepidante attesa: dobbiamo rassicurarli. Io vi raggiungerò al più presto, per dare la buona notizia della sconfitta di Ophidiel.»

Nishida e Allibis fecero un cenno di assenso. Senza parlare, si voltarono verso Unika. Avevano i volti distrutti e le guance rigate di lacrime. Unika chiuse gli occhi e inspirò, come per portare dentro di sé per sempre quel momento di grande sentimento. Poi sorrise con dolcezza e annuì. Nishida e Allibis si smaterializzarono.

«Yesod, tu andrai al Lago del Ghiaccio Perenne a recuperare i due umani che abbiamo affidato alla custodia di Aqua. Porta anche loro all'Eremo. In seguito, li rimanderemo a casa. Sono creature buone e affidabili: sono sicuro che manterranno il segreto del viaggio a Sefira.»

«Senz'altro, Metatron: vado.» Le pupille del Drago fiammeggiavano, fisse in quelle del Saggio. Senza abbassare le palpebre, ruotò il muso in direzione di Unika. Yesod sapeva che non l'avrebbe più vista e quell'idea gli spezzava il cuore: non disse nulla e lasciò che tutta la devozione, l'ammirazione e la commozione che aveva dentro fluissero dalla sua ferita.

Un fiume caldissimo di emozione avvolse l'angelo biondo. Unika si portò le mani al petto e sussurrò: «Grazie, amico mio. Per sempre».

Yesod ruggì e trasvolò verso la sua missione, distrutto dal dolore che si rinnovava.

Metatron e Unika rimasero soli. Per la prima volta dopo tanto tempo. Immobili, non avevano bisogno di parole per sentire l'uno la voce dell'altra.

"Adesso devi andare" gli disse lei con la mente, troncando ogni possibile principio di incertezza.

"Non sono sicuro di volerlo fare."

"Lo farai, perché è importante. E tu lo sai."

"Unika..."

"Vai, tu sei la luce per gli occhi di tutti. Vai a parlare al nostro popolo, dà loro la tranquillità e la sicurezza che si aspettano dal loro capo e poi torna da me. Insieme, faremo ciò che dobbiamo. Come abbiamo sempre fatto." Gli accarezzò la guancia e, con straordinaria amorevolezza, concluse: «Ti aspetterò al Poggio del Cielo Infinito». E sparì.

Metatron restò solo con i suoi pensieri. E i suoi dubbi. Tutto stava accadendo troppo in fretta, aveva bisogno di fermare il tempo. Si portò le dita alle tempie e lasciò scorrere i ricordi dei momenti trascorsi con Unika. L'aveva vista crescere piena di energia e le era stato accanto, orgoglioso di vederla fiorire nel suo immenso talento. L'aveva conosciuta nei suoi tratti più intimi e affascinanti, felice di condividere tutto con lei. Unika gli aveva rivelato le sue fragilità, le paure che si accompagnavano alla sua smisurata forza d'animo, e lui si era sentito l'angelo più ricco dell'Universo per averla al suo fianco. Passo dopo passo, si era legato indissolubilmente a quell'essere eccezionale, con cui aveva affrontato l'avventura della vita.

Le scene del passato si sovrapposero frenetiche l'una sull'altra, in un viaggio che portò la coscienza del Saggio attraverso i secoli fino al presente. Ma, invece di tornare alla realtà, Metatron continuò a essere spettatore di se stesso. La sua anima era uscita dal corpo e assisteva da lontano a ciò che succedeva.

Vide l'immagine di sé concentrarsi e smaterializzarsi per trasvolare all'Eremo delle Arti. Apparire all'ingresso del Tempio della Saggezza e osservare la folla assiepata al suolo e sospesa in aria. Prendere la parola per catturare l'attenzione della moltitudine. Annunciare la fine dell'Adlivun e la vittoria su Ophidiel. Assecondare le manifestazioni di giubilo della sua gente. Rassicurare tutti sulla sorte dei due giovani angeli, comunicandone il prossimo rientro a Sefira. Fare appello alla responsabilità collettiva per proseguire nella difesa del Bene, tenendo alta la guardia nei confronti del Male. Concludere, invitando i presenti a celebrare il trionfo con gioia e speranza. Congedarli, soddisfatto e fiero. Incontrare gli sguardi commossi, amici e solidali di Yesod, Nishida e Allibis. Rasserenare quelli un po' preoccupati di Eve e Craig Walden. Rimanere solo per poi trasvolare verso il Poggio del Cielo Infinito, da Unika.

E, finalmente, tornare in sé.

Capitolo 77

LA TIGRE E IL LUPO

Valle di Sefira, 7 ore dopo la fine dell'Adlivun

La trovò seduta sull'erba, in quella parte di collina piccola e nascosta che solo loro conoscevano e in cui il bosco si apriva, consentendo una vista maestosa sulla valle di Sefira. Unika osservava l'orizzonte, ferma, con le braccia strette intorno alle gambe piegate contro il petto e il mento appoggiato alle ginocchia. Indossava una splendida tunica bianca che seguiva morbida le curve armoniose del suo corpo. I lunghi capelli biondi erano sciolti e accarezzati da un vento gentile.

Unika lo sentì arrivare alle sue spalle e sedersi al suo fianco. Si voltò verso di lui e lo accolse con uno sguardo carico di infinita dolcezza.

«Bentornato.»

«Unika, possiamo ripensarci...»

«*Shhhhh*...» Unika appoggiò l'indice della mano destra sulle labbra di Metatron. «Questo momento vale un milione di vite. Stammi vicino.» Si agganciò al suo braccio e chinò la testa sulla sua spalla. Il tempo scorreva senza tempo. Dopo un attimo di eternità, Unika parlò: «Devi essere sereno. Come lo sono io. Le due creature sono meravigliose e la loro presenza arricchisce chi li circonda. Li abbiamo generati per amore di Sefira e quell'amore scorre oggi dentro di loro. Adesso esistono, pulsano, lasciano una traccia bellissima nel mondo ovunque vadano. Cresceranno forti e vivaci, portando gioia a coloro che incontreranno e dando valore a tutte le cose che faranno. Il futuro è più luminoso se contiene Unika e Uniko».

«Ma io non riesco più a immaginare il mio avvenire senza di te.»

«So che è difficile, lo è anche per me. Tanto. Ma l'idea di vivere in quei due giovani angeli mi rende orgogliosa e felice. E poi so che al loro fianco avranno te, la mia Luce. Sarai un maestro eccezionale come lo sei stato per me.» Unika scandiva ogni frase con grande calma, parlando quasi sottovoce, stringendo forte il braccio di Metatron.

«Così sarà» rispose Metatron dal profondo.

«Sì, così sarà. E grazie a loro mi sentirai sempre vicina. Perché la scintilla che vedrai brillare nei loro occhi è la stessa che brilla nei miei.»

Rimasero in silenzio, lasciando che gli sguardi si prendessero per mano e volassero liberi sugli orizzonti della terra degli angeli.

«Unika...»

«Dimmi...»

«Adesso, in questo posto, in questo istante, c'è una cosa che devi sapere e custodire dentro di te.»

Lei si voltò e aprì l'anima alla mente penetrante di lui.

«Tu tornerai. Non passerà un solo giorno in cui io non dedicherò le mie energie alla ricerca di una strada che ti riporti da me. Questa è più di una promessa. È il mio unico futuro possibile.»

Unika si sentì sopraffare dalla commozione. La lasciò scorrere in tutto il corpo e capì che era giunto il momento. Il principio di ansia che le stava germogliando nel petto fu placato dal dilagare dell'emozione provocata dalle parole di Metatron: doveva solo avere fiducia in lui, come aveva sempre fatto, e ogni cosa sarebbe andata a posto. Continuò a tenere lo sguardo fisso nei suoi occhi, abbandonandosi senza difese.

«Sono pronta.»

Chiuse le palpebre e avvicinò il volto a quello di Metatron. Lui fece lo stesso. Le due fronti si incontrarono e si appoggiarono dolcemente l'una all'altra. Il lupo e la tigre, fronte a fronte, insieme per sempre.

Il tempo si fermò su di loro, in un attimo senza fine, con un domani ancora da scrivere.

EPILOGO

L'autobus procede lento e affaticato nel susseguirsi di colline coperte di neve. È un bus vecchio, rumoroso, e a ogni buca fa sobbalzare i passeggeri rassegnati. La spazzola tergicristalli sciaborda rumorosamente da una parte all'altra del grande vetro anteriore, cercando di spostare i fiocchi che cadono larghi come foglie. La sagoma tonda del conducente ondeggia rassicurante, con gli sbuffi di capelli castani che escono dal berretto di ordinanza.

Uniko ha la testa appoggiata al finestrino e la lunga chioma bionda gli copre quasi del tutto il viso. Si crogiola in un tiepido torpore fatto di ricordi, sogni, voli fantastici: il tipico dormiveglia di un ragazzo su un pullman in viaggio dalla provincia alla capitale.

L'idea è stata di Eve. Aveva saputo che Craig Walden avrebbe tenuto un seminario all'università e gli aveva proposto di andare ad assistervi. Uniko ne era stato subito entusiasta: dai tempi del ritorno da Sefira non avevano più visto il professore e quella era un'ottima occasione per incontrarlo. Eve si trovava in città per un concerto e si erano dati appuntamento davanti all'ingresso.

"Uniko..."

"Ciao, Unika."

"Sei arrivato?"

"Non ancora, ma non credo ci vorrà molto."

"Sei emozionato?"

"Sì. Sono contento di rivedere il professor Walden."

"Anche io vorrei riabbracciarlo. Mi manca lui e mi manca Eve..."

"Vedessi, Unika, quanta neve c'è qui oggi. Mi sembra quel giorno sul Monte Forte. Ricordi?"

"Come potrei dimenticarlo? È stata la prima volta in cui abbiamo capito."

"Vorrai dire: in cui *non* abbiamo capito. La prima volta di una lunga serie."

"Eh?"

"Ogni giorno penso a quello che siamo e a ciò che ci succede. E più ci penso e meno capisco."

"È vero!"

Ridono entrambi.

"Ma cos'è che ti inquieta veramente?"

"Mah... vedi, ormai ho accettato la mia natura, so di essere un angelo e conosco la mia missione. Non sono più preoccupato del futuro, perché posso comunicare con te ogni volta che voglio. Anche se sei lontana, è come se ti avessi sempre qui con me. E questo mi rende felice."

"E allora?"

"È che in tutta questa situazione continuano a esserci dei buchi, degli anelli mancanti. E sai a cosa mi riferisco..."

"Sì."

"Perché abbiamo questa necessità di essere sempre vicini, almeno con il pensiero? Perché se non ci sentiamo stiamo male? Perché quando siamo insieme i nostri poteri aumentano? E poi..."

Uniko si interrompe, riflessivo. Unika non lo incalza e attende che riprenda il filo del ragionamento.

"Cos'è successo quel giorno all'Altare delle Emozioni? Eravamo di fronte a un mostro orrendo che stava per sbranarci, Metatron era ridotto a una testa senza corpo e Nishida era diventato una creatura bizzarra. E noi... *puff!* Vuoto, oscurità. E alla fine ci siamo ritrovati sani e salvi e con ogni cosa al suo posto. Chi ha sconfitto Ophidiel? Come è stato possibile? Io non..."

«Siamo al piazzale dell'università. Oppure vuoi che ti riporti a Maple Town?» La voce un po' effeminata del conducente catapulta il ragazzo biondo e arruffato alla realtà, interrompendo la sua comunicazione con l'altro mondo.

Uniko strabuzza gli occhi, mette a fuoco il viso dai pomelli rossi che lo fissa interrogativo e si trattiene a stento dal ridere. «Scendo, scendo» gli dice, poi si alza un po' goffamente e recupera lo zaino dal vano portaoggetti. Attraversa il corridoio centrale dell'autobus ormai vuoto e scende i due gradini dalla portiera anteriore.

«Jo!» lo chiama Eve, con un sorriso luminoso che si fa largo tra la neve. È vestita di nero e i capelli rossi splendono, voluminosi, creando un'inconfondibile macchia di colore.

Uniko le corre incontro. Si abbracciano forte e a lungo, come fanno gli amici che hanno cose importanti in comune.

«Sei riuscito ad arrivare in ritardo anche oggi!» Il tono di Eve è un finto rimprovero. Si vede che è contenta di rivederlo, anche quando un'ombra le attraversa lo sguardo.

«Manca anche a me...» confessa Uniko, con tenerezza.

«Eh?!... Oddio, non mi abituerò mai al fatto che tu mi leggi nella mente!» Le gote di Eve si arrossano un po'. «Comunque è così: vi ho sempre visto scendere in due dal pullman e non riesco ancora ad accettare la fine che ha fatto Zack. Non posso crederci, non ce la faccio.»

«È durissima anche per me. Non so se preferisco pensare che

sia vivo da qualche parte, ad architettare chissà che cosa, o se vorrei fosse morto.»

«Dai, adesso entriamo: la lezione è iniziata.»

Eve e Uniko si immergono nel turbinio tipico dell'università: fiumi di energia sotto forma di ragazzi che si incontrano, parlano, ridono, vivono. I due si sentono fuori posto: sono troppo giovani e la cosa li imbarazza, spingendoli a correre forte per raggiungere l'aula dove un professore di Angelologia sta tenendo un seminario. Salgono rapidi le scale e arrivano affannati di fronte alle porte in legno. Si fermano, assecondando un momento di indecisione e poi entrano.

Di colpo, si trovano gettati dal vortice rumoroso e colorato dell'androne in un'atmosfera silenziosa e raccolta. I soffitti alti sovrastano una struttura a gradini discendenti, simile a quella di un cinema. Tende rosse e pesanti coprono le ampie vetrate che si affacciano sull'esterno e non lasciano filtrare la fredda luce della mattina. Le pareti e i banchi sono in legno scuro, segnato dai passaggi di migliaia di studenti. Le prime file sono tutte occupate ma c'è ancora qualche posto libero in quelle centrali. I due amici si guardano e, con un cenno d'intesa, si dirigono verso il lato destro della sala per prendere posto.

«Le teorie classiche sulla gerarchia degli angeli sono decisamente obsolete» sta argomentando Craig Walden, seduto dietro la cattedra. Indossa un maglione a collo alto identico a quello che aveva durante il viaggio a Sefira. Forse è lo stesso. Nota il movimento tra i banchi, si interrompe, vede i due ragazzi e trattiene un impeto di gioia. Poi riprende la spiegazione con fare autorevole. «In esse troverete suddivisioni pittoresche con nomi bizzarri: Serafini, Cherubini, Troni, Ophanim, Dominazioni, Virtù, Potestà, Principati, Arcangeli, eccetera. Tutte fantasie della nostra cultura che, quando non riesce a capire un fenomeno, lo riduce a una forma di spettacolo. Una specie di cartone animato. Ma la realtà è un'altra.»

«E quale sarebbe la *realtà*, professore?» chiede uno studente dall'aria dinoccolata, mentre mastica una gomma americana.

Craig Walden lo osserva e sorride. Infila una mano nel taschino, estrae un taccuino consunto, con le pagine stropicciate, e lo appoggia con calma sulla cattedra. Uniko guarda Eve e sente un brivido attraversargli la schiena.

«La realtà è che la vita degli angeli è meno complicata di quanto si pensi. Non è molto diversa dalla nostra. Anche la loro organizzazione e le loro gerarchie sono semplici e lineari: loro sono molto più simili a noi di quanto crediate.» Gli occhi di Craig Walden mandano lampi d'intelligenza. «Potrei chiedervi: se ci fosse un angelo in quest'aula, in questo preciso momento... lo riconoscereste? Io dico di no.» Le sue parole echeggiano nel silenzio.

Uniko ha i sudori freddi.

«E sapete perché? Perché cerchereste un putto con i boccoli e le ali candide sulla schiena. Un'immagine artificiale, che la nostra povera formazione intellettuale ha creato nel tempo per dare volto e connotati a quello che non siamo stati in grado di capire.» Si alza e si dirige verso le gradinate. «Questo è l'errore che facciamo sempre: provare a ricondurre tutto ciò che ci capita a qualcosa di comprensibile, misurabile, costruibile e scomponibile secondo la logica comune. E finiamo per deformare la realtà, spesso rovinandola senza motivo.»

Craig Walden adesso cammina lentamente davanti alla prima fila e il rumore secco e ritmico dei suoi passi sul pavimento ricorda a Eve il rintocco di un metronomo. Passando davanti alla cattedra, prende il taccuino con la mano destra e inizia a tamburellarlo sul palmo della sinistra. Poi si sposta verso il lato in cui siedono Eve e Uniko.

«La vita ci sorprende in continuazione: può darci grandi sofferenze e gioie immense. Ciascuno di noi può trovarsi da un giorno all'altro alle prese con un grave problema oppure può ricevere un regalo inatteso. Ma non sempre è possibile interpretare la ragione di ciò che ci accade.» Si ferma, guarda nella direzione opposta a quella in cui si trova Uniko e afferma: «Ognuno di noi potrebbe essere un angelo e non saperlo». E lascia che le sue parole scuotano gli animi in ascolto.

«Oppure...» riprende dopo una breve pausa «Potremmo incontrarlo, un angelo.» Ricomincia a passeggiare tra i banchi, dirigendosi verso le postazioni dei suoi due amici. «Sì... ci può capitare di incontrare persone che possono cambiare la nostra vita e migliorarla in modo definitivo. Creature la cui generosità nei nostri confronti ci desta subito sospetto: magari non ci fidiamo, e non riusciamo a fare a meno di chiederci cosa c'è sotto. E, sbagliando, chiudiamo la porta che potrebbe aprirci la via della felicità.» Craig Walden dà enfasi al suo discorso, alzando la voce.

«Lasciamo aperta la porta!» esclama, appoggiandosi con entrambi i pugni al banco dove è seduto Uniko. «Quando vediamo la luce filtrare dall'altra parte, abbiamo una grande possibilità: non sprechiamola per la nostra incapacità di spiegarne l'origine.»

La campanella che segnala la fine della lezione si abbatte spietata sulle sue ultime, ispirate parole. Gli studenti si alzano, qualcuno annoiato, qualcuno interdetto dalla strana arringa. In poco tempo l'aula si svuota. Gli assistenti spalancano le tende e lasciano che la luce inondi l'ambiente, cambiandone i colori ed enfatizzandone il silenzio.

I due ragazzi sono ancora seduti, Craig Walden li sta fissando. L'angelo biondo alza la testa e, un po' disorientato, incontra gli occhi verdi del professore.

«Jo, ciò che hai vissuto può essere difficile da comprendere e può generare dubbi sul tuo passato e incertezze sul futuro. Ma concentrati sul lato positivo e importante. È una storia straordinaria che ti ha regalato tante cose bellissime, tra cui una che vale più di tutto l'oro del mondo: il legame con Unika.»

Craig Walden gli sorride con affetto. «Non cercare di capire a tutti i costi da dove nasce la felicità. Quando arriva, prendila e godila fino in fondo.»

Uniko volge lo sguardo fuori dalla vetrata. Un piccione è fermo sul davanzale e guarda la neve cadere. All'improvviso, senza paura, allarga le ali e spicca il volo, incurante della tormenta.

"Uniko, ci sei?"

L'Ultima Porta

Al Male,
che si fa largo nella nostra vita
e ci costringe a trovare la forza
per fare trionfare il Bene

PROLOGO

Berlino, 4 ore dopo l'Adlivun

Lo stridore del portone che gratta sul cemento lacera la fredda umidità della notte. Il suono rimbalza sui muri scrostati e rotola tra i sacchi dell'immondizia di un vicolo stretto e silenzioso. È l'ora dei topi, che si muovono famelici e indisturbati nel mondo degli uomini.

L'anta metallica fatica a scorrere sulla superficie ruvida del pavimento bagnato dalla rugiada. È come se una mano invisibile la spingesse all'indietro, opponendosi alla forza di chi sta cercando di spalancare il battente per uscire dal palazzo. La porta dà sul retro, su un pianerottolo angusto, cinque gradini sopra la strada. La ringhiera malferma che accompagna la scala sembra cedere sotto il peso del buio incombente.

L'ultima spinta vince ogni resistenza, i ratti fuggono e tutto torna alla calma irreale. Le luci fioche dei due soli lampioni ancora funzionanti si adagiano gelide sul sudiciume dei marciapiedi, senza aggiungere alcun colore a un quadro tinteggiato di grigio. E non riescono a illuminare l'interno del varco aperto nell'edificio, che appare come un inquietante buco nero, privo di vita. Eppure nell'oscurità c'è qualcuno, fermo accanto alla porta: lo si capisce dalle fatue nuvole di vapore che testimoniano il respiro caldo di un essere umano in una sera particolarmente fredda. Un essere umano che non ha ancora deciso se oltrepassare la soglia.

Gli interminabili attimi di immobilità vengono interrotti di colpo da una giovane donna che sbuca dall'ombra e si offre alla luce del vicolo. Il chiarore della pelle è incorniciato da lunghi capelli con il colore della notte e accentuato dalle palpebre sfumate di blu. Il viola acceso delle labbra completa con efficacia quello che chiaramente è un trucco di scena: la donna ha appena calcato un palcoscenico.

Fa due passi in avanti e si stringe in un attillato cappotto nero. Gli stivali lucidissimi calpestano la sottile coltre d'acqua sul pianerottolo, mentre la silhouette esile ma statuaria esalta la bellezza diafana del viso.

Un battito di ciglia, e il blu cobalto degli occhi si solleva deciso verso la sommità del condominio di fronte, cercando di individuarne il contorno. Coglie l'angolo in cui nasce una grondaia e segue il suo cammino fino al punto in cui si interrompe. Si concentra sul gocciolio che scaturisce dall'estremità ricurva e arrugginita, e si perde nel vuoto.

Nello sguardo della donna arde un fuoco di emozioni di tale intensità che incendia le tenebre del vicolo. Il peso del passato e la complessità del presente si aggrovigliano con l'inquietudine per il futuro. La fronte si increspa di doloroso stupore: la preoccupazione per ciò che deve accadere è una sensazione nuova, sconosciuta. Perché finora non ha mai avuto paura dell'ignoto e oggi ne avverte l'ansia?

La donna abbassa le palpebre, si ascolta l'anima. No, non è ansia... è un presentimento. Il senso preciso e fortissimo di un destino incombente. Una immotivata, ma netta consapevolezza che la vita stia per cambiare... in un angolo buio dove si affaccia il retro di un locale alla moda di Berlino, nella notte fonda, dopo un concerto in cui ha cantato tutta se stessa.

Un lieve fruscio la fa rabbrividire. Apre gli occhi, guarda un cumulo di immondizia. Il nero dei sacchi ondeggia nella brezza con insistenza. Il respiro si blocca: l'avvenire le sta precipitando addosso.

"Sono qui."

Le parole arrivano nitide alla sua mente, senza passare dalle orecchie. Non hanno suono, ma travolgono ogni barriera ed esplodono in una violenta scarica di adrenalina.

Un'ombra scura si muove a pochi metri da lei.

"Vieni a me."

Il rimbombare dei tacchi che scendono le scale è lento, ma inesorabile. Giunta sulla strada, la donna dagli occhi cobalto si ferma, in un estremo tentativo di resistere all'inevitabile.

"Sì..."

Si arrende, si avvicina, e la sua vista afferra le forme del corpo di un uomo in preda a spasmi di dolore. È disteso su un fianco, quasi completamente nudo, e le dà le spalle. Ha muscoli possenti e sembra un gigante. Appena la sente, gira il cranio rasato. Il volto è sofferente, ma acceso dalla voglia di vivere. Le pupille pulsano come braci e le penetrano l'anima.

"Non ne sei mai stata cosciente, ma il tuo cuore mi ha sempre sentito vicino." L'uomo parla senza muovere le labbra. "Nelle notti insonni, nelle canzoni cantate a squarciagola, nella vita intensa che hai vissuto io c'ero, sempre. E ciò che provi adesso è semplicemente l'inizio del destino che ho scritto per te."

Nell'attimo di silenzio che segue, l'uomo ruota il busto, mostrando il torace largo e brutalmente squarciato. La donna si sente trasalire: una smorfia di orrore deforma il suo viso pallido.

"Ho bisogno di te" continua lui. "E ne ho bisogno adesso."

Senza più alcuna incertezza, la donna si china e, con un gesto deciso, lo aiuta a sollevarsi, fino a farlo sedere. Fa un respiro profondo e gli porge entrambe le mani. Lui si illumina in un'espressione appagata e unisce le dita alle sue. Lei gli sorride e gli parla con voce caldissima.

«Indicami la strada... Andiamo.»

Capitolo 1

UNIKO ESTRANEO A MAPLE TOWN

Maple Town, 6 giorni alla Porta di Horizon

"Uniko, svegliati!"

Uniko era disteso a pancia in giù sul materasso morbido. Le braccia stringevano il cuscino in cui sprofondava completamente il suo viso rilassato. La chioma bionda e arruffata si appoggiava tra le pieghe della federa e le coperte erano un ammasso disordinato tra le sue gambe.

"Ho avuto il permesso!"

Dalle persiane non filtrava neppure un raggio di luce. Fuori era buio e il mondo dormiva ancora.

"Uniko, non sto nella pelle!"

Il ragazzo sollevò leggermente la testa. Appena staccò il naso dal guanciale, sentì l'aria più fresca entrargli nelle narici. Ancora assonnato, si girò supino, spalancando la bocca in uno sbadiglio. Aveva le palpebre pesanti e i capelli schiacciati sulla fronte. Istintivamente, portò le mani al volto e si fregò gli occhi.

"Unika, sei tu?"

"Chi vuoi che sia, scusa? Ma hai sentito quello che ho detto?"

"No... è notte. Sto dormendo. Stavo dormendo."

"Ma se sei un angelo! Non hai bisogno di dormire!"

"Lo so, però mi piace farlo. Dovresti provarci anche tu qualche volta: non c'è niente di male e libera la mente."

"Sì, sì, va bene. Ma adesso vuoi ascoltarmi? Non vedo l'ora di dirtelo!"

"Cosa?"

"Credo di essere riuscita a convincere Metatron a farmi venire a Maple Town... a trovarti, capisci?"

Le parole di Unika arrivarono alla mente di Uniko dritte e cariche di elettricità, come una saetta. Il ragazzo si sedette sul letto. Spalancò gli occhi e mise i piedi a terra. La sensazione del pavimento freddo gli confermò che non stava sognando. Corse alla porta finestra che dava sulla mimosa carica di morbidi fiori gialli e aprì le persiane per guardare il cielo.

"Stai dicendo che ti rivedrò presto?" La sua voce telepatica era ancora leggermente impastata dal torpore notturno, ma la sua anima era sveglia come non mai, commossa ed emozionata.

"Da quando ci siamo salutati, sono tornata alla carica tutti i giorni con Metatron, implorandolo perché mi lasciasse venire da te e finalmente, poco fa, lui mi ha sorriso e ha annuito."

Uniko tese una mano verso le stelle che rischiaravano il buio. Aprì le dita come per afferrare quelle di Unika. Sentiva il battito accelerare nel petto e gli sembrava di avvertire la delicata pelle di lei sotto i polpastrelli.

"Devi spiegarmi bene come funziona la Finestra del Passaggio." Unika continuava a parlare, euforica, ma Uniko non la seguiva più. Era perso nell'idea di rivederla e stringerla forte. Non riusciva a pensare ad altro che ai suoi dolcissimi occhi viola, luminosi e vitali, e al suo sorriso gioioso, sempre colmo di energia ed entusiasmo.

"Uniko, mi stai ascoltando?"

"Sono qui... no, non è doloroso il passaggio. Almeno per noi che non dobbiamo smaterializzarci. Quello che si avverte è una vibrazione forte in tutto il corpo. Perdi completamente il controllo dei muscoli e per un istante hai l'impressione che la carne si stacchi dall'anima. Subito dopo, ti ritrovi in un posto diverso, con la vista appannata, la pelle congelata e il cuore in gola. Ma stai bene e sei tutto intero."

"Non ero preoccupata per la sofferenza fisica. Solo curiosa di sapere cosa si prova." Le sue parole sfumarono in una breve pausa riflessiva. "Uniko?"

"Dimmi."

"Ci sarai tu ad aspettarmi, vero?"

"Certo che sarò lì ad accoglierti... voglio essere la prima faccia che vedrai appena metterai piede sulla Terra. Ma sai già quando arriverai?"

"No, ma sento che sarà prestissimo."

Uniko tornò verso il centro della stanza. Si chinò davanti al comodino e aprì il cassetto che conteneva la scatola arancione con la sua raccolta di minerali. Estrasse la pirite e la strinse forte nel palmo della mano. Era spenta. Si ricordò i momenti in cui le sue dita insieme a quelle di Unika la facevano pulsare. E sorrise tra sé all'idea che sarebbe successo di nuovo.

"Unika, devo dirti una cosa..."

Non arrivò nessuna risposta.

"Unika... ci sei?"

Le parole della ragazza non lo raggiungevano più. Un silenzio strano gli rimbombava nella mente e l'unico suono era quello del vuoto assordante.

Provò a chiamarla ripetutamente. Invano.

Uniko si incupì. Un black out comunicativo non era mai capitato prima e non riusciva a spiegarsi cosa potesse essere accaduto. Da quando era tornato a Maple Town, con Unika si erano sentiti telepaticamente ogni giorno: con la voce del pensiero erano riusciti a superare la distanza fisica e avevano trovato il modo di condividere ogni esperienza e la quotidianità. Appena si svegliava, arrivava alla sua mente il saluto di lei che gli dava il buongiorno. E mentre si preparava per andare a scuola, Unika gli raccontava i propri pensieri, cos'era successo nella valle di Sefira e ciò che avrebbe fatto nella giornata. Continuavano a conversare per tutto il viaggio in autobus, finché Uniko entrava in aula, per riprendere negli intervalli e alla fine delle lezioni. In pratica erano sempre in contatto: Unika gli parlava di Metatron, di Yesod, di Nishida e di tutti gli altri angeli e lui la aggiornava sui progressi di Eve al pianoforte e su come Craig Walden fosse diventato popolare per i suoi corsi di Angelologia all'Università giù in città, e le descriveva anche i compagni di classe, i professori e tutto quello che lo circondava.

"Unika, mi senti?"

Quell'interruzione brusca e inaspettata lo preoccupava. Guardò l'ora. Erano le sei del mattino e ormai non aveva più sonno. Decise di vestirsi e uscire di casa, con la speranza di ristabilire il collegamento telepatico. Si lavò velocemente la faccia, preparò lo zaino e si avviò verso la porta a cui era appeso il poster con l'immagine della fiamma crepitante di giallo e di rosso. Se la chiuse alle spalle, imboccò le scale e puntò verso l'ingresso.

Fuori stava sbocciando la primavera. La neve si era sciolta da un po' e l'aria cominciava a essere più mite. I lampioni illuminavano la strada e definivano i contorni degli alberi del viale, che gettavano lunghe ombre sul marciapiede deserto. Le finestre delle case erano ancora spente e la quiete avvolgeva tutto in un clima piacevole e ovattato, interrotto solo dal rimbombare sordo dei suoi passi. Uniko oltrepassò la fermata del pullman e si diresse verso la scuola: era presto e aveva tutto il tempo per andarci a piedi. La sua testa era un turbinio di emozioni. L'ansia per non essere più riuscito a parlare con Unika si mescolava alla felicità di rivederla e alla travolgente sensazione di tutti i ricordi che riaffioravano. Anche se era passato un anno, gli sembrava fosse ieri il giorno in cui si erano incontrati per la prima volta. L'aveva vista librarsi nell'aria a pochi metri da lui, bellissima, armoniosa e con lo sguardo acceso. Si era chiesto come potesse esistere una creatura tanto perfetta e l'aveva osservata con ammirazione. Di fronte all'energia che emanava, si era sentito fragile e imbarazzato finché il timore di non avere nulla in comune con lei aveva lasciato il posto alla consapevolezza di essere uniti dallo stesso destino. E da quel momento, la sua vita aveva assunto un significato diverso e i suoi occhi avevano incominciato a guardare da una nuova prospettiva.

"Unika... Unika... Unika?"

Quell'improvviso silenzio lo metteva in apprensione. Attraversò il parco che costeggiava il centro abitato di Maple Town e si fermò su una panchina di legno scurita dal tempo. Il piano era bagnato dalla rugiada notturna. Uniko vi appoggiò i piedi e si sedette sul bordo dello schienale. Le sue dita continuavano a giocherellare con la pirite inanimata, mentre le palpebre si abbassavano di fronte al riverbero della prima luce del sole. I raggi erano ancora tenui e filtravano tra i rami dell'ippocastano che si ergeva imponente al centro di un cespuglio enorme con le fronde lunghe e nodose. Era molto simile all'Ippocastano Persempre, dove si rifugiava Unika quando voleva stare da sola. Perché tutto gliela ricordava?

Immagini, reminescenze e sensazioni si stavano impossessando del suo spirito e Uniko decise che le avrebbe assecondate nel viaggio della memoria verso cui si sentiva trascinato. Voleva sentirle muoversi, agitarsi e prendere vita dentro di sé, per afferrarle e interpretarle.

Si ritrovò a pensare al giorno in cui Unika gli aveva insegnato a volare. Gli era stata vicina a lungo, per mostrargli come ci si stacca da terra e come si solca l'aria. Ma, soprattutto, l'aveva aiutato ad aprire le ali dell'anima: senza di lei, non sarebbe mai stato in grado di capire fino in fondo la propria natura e il mondo di emozioni che orientavano il suo sentire. Rivide la loro fuga al Monte Forte e non riuscì a dire se fosse stato più intenso il brivido di scoprire che entrambi custodivano nel cuore un'Entità Fondamentale, lui la Fiamma della Vita e lei la Chiave della Felicità, o lo stupore di rendersi conto che quando erano insieme i loro poteri si moltiplicavano.

«Ciao, Jo.»

Il suono di una voce sconosciuta disturbò i suoi sensi, procurando un cortocircuito con il passato che lo riportò ruvidamente alla realtà. Uniko alzò lo sguardo e si accorse che non era solo. Su un muretto poco distante era seduto un ragazzo. Aveva la faccia rotonda, incorniciata da cortissimi capelli castani, pettinati con la riga da una parte. Il naso era largo e sorreggeva un paio di occhiali dalla montatura larga, rossa, con lenti spesse che appannavano ancora di più gli occhi apparentemente timidi e acquosi. Indossava uno smanicato marrone trapuntato da cui spuntava una felpa verde militare con un cappuccio stropicciato che si appoggiava alle spalle, coprendogli i lobi delle orecchie prominenti.

«Ci conosciamo?»

«Sono Heinrich. Heinrich Thule. Siamo in classe insieme. Perché mi guardi così?»

Uniko lo fissò, meditabondo. Era sicuro di non aver mai visto quel volto.

«Jo, stai bene?» gli domandò il ragazzo, con aria perplessa.

«Sì... ma... devo andare. Scusa» rispose Uniko. Scese con un balzo dallo schienale della panchina e si incamminò, voltando le spalle a Heinrich, per non evidenziare l'imbarazzo che l'aveva assalito.

Heinrich Thule? Mai incontrato prima d'ora e mai sentito nominare. Come cavolo faceva a sapere il mio nome?

"Unika, dove sei?"

Passo dopo passo, senza rendersene conto, si trovò di fronte al portone di bronzo della Grant School. Era ancora chiuso. Le punte dorate delle inferriate si tendevano fredde verso il cielo, come tante frecce parallele pronte a scagliarsi in alto. Uniko le seguì con gli occhi per tutta la lunghezza, poi fece scorrere lo sguardo oltre il perimetro della cancellata. Restò fermo per qualche istante, assorto. Poi si sedette sui gradini e appoggiò lo zaino fra i piedi. Il tessuto dei pantaloni non era abbastanza pesante da poter isolare le gambe dal contatto con la pietra umida. Sentì la pelle d'oca partire dalla schiena e le mani raffreddarsi. Le chiuse a pugno per portarle alla bocca e ci soffiò dentro.

Di fronte a lui c'era il viale di ingresso, lastricato da piccoli blocchi di cemento e sasso, disposti con simmetria a formare decori geometrici. Poco distante si apriva il piazzale dove parcheggiavano le automobili e gli autobus. La malinconia non tardò a presentarsi. Ancora una volta Uniko non poté fare a meno di pensare a come erano cambiate le cose dopo il rientro da Sefira.

Un anno prima lui era Jo Springfield e aveva due amici con cui condivideva tutto: Zack e Eve.

Ora era un angelo, si chiamava Uniko ed era indissolubilmente legato a un altro angelo di nome Unika.

Zack si era alleato con il Male ed era diventato suo nemico.

Eve si era trasferita quasi definitivamente in città per seguire il suo sogno di pianista.

E in mezzo era scorsa una vita.

Il campanile della chiesetta gotica che si ergeva appena dentro i cancelli della Grant School scoccò i suoi rintocchi. Erano le otto in punto. Il bidello arrivò ad aprire, sbucando come un grigio fantasma dall'interno della costruzione buia.

«Buongiorno, signor Silvester» disse Uniko all'anziano custode che si avvicinava lento e un po' curvo a togliere i chiavistelli. L'uomo lo guardò con aria assente e accennò un saluto stranito.

Si sta rimbambendo, pensò Uniko.

Udì alcune voci alle spalle. Si voltò e vide arrivare i ragazzi dell'ultimo anno. C'erano Greta, Alex, Amanda e qualche altro. Uniko alzò la mano. Ma nessuno gli rivolse la parola.

Ma cos'hanno tutti oggi?

Il rumore del bus attirò la sua attenzione. Lo scoppiettare del vecchio motore, unito allo stridere dei freni e al fischio prolungato delle porte a battenti, anticipava l'invasione di una fiumana di giovani assonnati e poco entusiasti. Uniko si alzò in piedi. Si passò le mani sui pantaloni per togliere la polvere e i residui grigiastri lasciati dal contatto con la pietra e si avviò verso l'androne. Si diresse all'ala est, dove al secondo piano si trovava la sua classe. La porta era spalancata e le pareti rimandavano i riflessi della luce dei neon che solcavano il soffitto. Entrò e si sedette al suo banco: terza fila, contro la finestra. I vetri erano leggermente appannati e l'aria sapeva di chiuso. La lavagna non era stata pulita e le tracce di pennarelli blu e rossi usati il giorno precedente erano ancora evidenti sul bianco della superficie.

Uniko prese dallo zaino i libri e li mise sul ripiano sotto il tavolo. Poi aprì il grande quaderno a quadretti, rilegato a spirale, e iniziò a scarabocchiarci sopra. La sua mano fluiva istintivamente sul foglio, mentre una lettera dopo l'altra componeva la scritta Unika.

La prima a spuntare sulla soglia fu Nina. Masticava rumorosamente una gomma, che ogni tanto si trasformava in una grande bolla pronta a scoppiarle tra le labbra. I capelli fucsia erano imprigionati da un cerchietto rivestito di minuscoli strass viola, intonati con il lucidalabbra dello stesso colore. Portava un giubbotto di pelle nera sopra una maglietta bianca a manica lunga, con una scollatura larga e profonda da cui sbucavano le spalline e il bordo lilla di una canottiera in lycra. I pantaloni erano morbidi e in stile orientale: a vita bassa, con il cavallo alle ginocchia e la parte dei gambali stretta al polpaccio.

«Ciao, Nina, vedo che sei mattiniera anche tu» disse Uniko, strizzandole l'occhio.

La ragazza lo guardò con curiosità, prima di accennare un debole sorriso.

«Sei pronta per l'interrogazione di matematica?»

Nina continuava a scrutarlo pensierosa, ma il vociare di un gruppo di altri studenti distrasse l'attenzione di entrambi. Irruppero in aula Kevin, Andrew e Tommy, i tre atleti più forti della squadra di rugby. Si stavano spintonando come al solito, mentre commentavano l'allenamento del giorno prima. Dietro di loro comparve Robin, il nuovo compagno di banco di Uniko, che nell'ultimo anno aveva preso il posto di Zack, alla sua destra. Era un ragazzo stravagante tanto nell'aspetto quanto nel comportamento. La statura esagerata rispetto alla muscolatura del busto portava le spalle a incurvarsi in avanti e la testa a ciondolare come ci fosse una molla al posto del collo. Quando si muoveva, le braccia oscillavano lungo i fianchi e le gambe esili gli davano un'andatura incerta e dinoccolata. Anche il suo modo di parlare era strampalato: a una leggera balbuzie si aggiungeva la pronuncia incomprensibile di alcuni suoni resa strascicata dal piercing sulla lingua.

Uniko lo osservò mentre si avvicinava. Quella mattina aveva i capelli ancora più arruffati del solito e gli occhi, minuscoli e solitamente inespressivi, gli rivolsero uno sguardo inquisitorio.

«Ehi, come ti va?» lo salutò Uniko, un po' intenerito dagli abiti del ragazzo. Il giubbotto era di un colore ormai indefinibile. Alla camicia mancavano due bottoni. I pantaloni avevano una tasca scucita. Tutto aveva bisogno di una bella lavata.

«Sei nuovo?» gli chiese Robin, appoggiando sul banco i libri dalle copertine consunte e con le pagine stropicciate.

«Scusa?»

«Io mi chiamo Robin. Questo è il mio posto. Se non parli troppo, puoi stare vicino a me. Ma ti anticipo che non sono molto socievole e non mi va di raccontarti i fatti miei.»

Uniko dilatò le pupille: «Oh, Robin, ma cosa ti prende oggi? Siamo seduti insieme dall'inizio dell'anno. Non ti ho mai fatto domande indiscrete e ti ho sempre passato le soluzioni dei compiti in classe...» Non fece in tempo a finire la frase, perché si accorse che tutti lo fissavano in modo strano. Si alzò in piedi e si sentì impallidire di fronte alle loro espressioni interrogative.

«Buongiorno, ragazzi!» Alle loro spalle spuntò puntuale il professor Brandon. Tutta la classe si voltò e una sinfonia stonata di voci rispose al saluto.

«Vedo che abbiamo una *new entry*» esclamò il professore, rivolgendosi a Uniko. «Benvenuto! Primo giorno alla Grant School?»

Uniko era sconvolto. Non capiva. Sembrava che nessuno lo riconoscesse. Ma cosa stava accadendo? Pensò a Unika e alla comunicazione interrotta. Poi ricordò di quando Metatron gli aveva parlato dell'incantesimo che aveva effettuato per rimuovere la sua presenza dalla coscienza delle persone che lo conoscevano. Ma gli aveva anche spiegato che si trattava di un sortilegio temporaneo per proteggere la sua permanenza a Sefira, evitando che i suoi genitori si accorgessero della sua assenza e si preoccupassero. Ed era stato annullato nel momento esatto del suo rientro a Maple Town.

È successo qualcosa. Devo capire al più presto di che si tratta.

Non aveva nessuna intenzione di fare la parte del nuovo arrivato. Non aveva senso indugiare, né tanto meno provare a spiegare ai suoi compagni e al professore chi era. Rifletté rapidamente e decise di filarsela in fretta dall'aula. Rimise le sue cose nello zaino e, senza dire una parola, sgattaiolò fuori dalla classe, avvertendo gli sguardi di tutti che lo seguivano fino all'uscita.

In un attimo si ritrovò sulla strada. Sentiva il fiato annaspare nel petto e i pensieri intrecciarsi e vorticare confusi nella sua testa.

"Unika, ci sei?"

No, non c'era.

"Unika, ho bisogno di te!"

Lo sconforto gli fece salire le lacrime agli occhi. Per la prima volta in tutta la sua vita si sentì solo.

I passi diventarono corsa. Aveva le palpebre chiuse e la testa china.

«Ah!» Un grido improvviso acuì il fragore del suo corpo che si scontrava con un altro. L'urto arrivò inaspettato e Uniko rimbalzò all'indietro. Perse l'equilibrio e cadde al suolo. Quando riaprì gli occhi si sentì indolenzito. Ci mise qualche secondo prima di sollevare il capo. Lo zaino aveva attenuato il colpo sulla schiena ma la nuca aveva sbattuto sul cemento ruvido del marciapiede. Si passò una mano tra i capelli e il contatto con le dita gli procurò un forte bruciore: sanguinava.

«Che botta...» La voce non era familiare ma nemmeno del tutto sconosciuta.

Uniko sollevò il busto, fino a sedersi. Mentre cercava a fatica di rialzarsi, vide che a poca distanza da lui c'era il ragazzo dagli occhiali rossi che aveva incontrato qualche ora prima al parco. Era dolorante.

«Scusami. Ero soprappensiero... Ti ho fatto male?» chiese Uniko, imbarazzato.

«Non ti ho nemmeno visto arrivare. Ho sentito solo il colpo e mi sono ritrovato steso.»

«Sei tutto intero?»

«Credo di sì» rispose Heinrich, spostando la testa a destra e a sinistra e muovendo le spalle, come per verificare che tutto funzionasse.

Uniko fece qualche passo verso di lui e gli accennò un sorriso, mentre nella sua mente prendeva vita l'embrione di un pensiero. *Lui mi riconosce. Al parco mi ha salutato e mi ha chiamato per nome.*

«Tu lo sai chi sono io?» domandò con una leggera apprensione.

«Certo! Siamo in classe insieme. Sei seduto dietro di me. Abiti in via Settembre, al dieci. Io poco più in là. Quasi tutti i giorni facciamo un pezzo di strada insieme dopo la scuola.»

Sono io che non mi ricordo di lui!

«Ci credi se ti dico che io non ti conosco?»

Il ragazzo annuì. «Purtroppo sì.» Corrugò la fronte e trattenne il respiro. «Non mi riconosce nessuno. Da due giorni sembra che Heinrich Thule non esista. Nessuno mi saluta. Nessuno mi rivolge la parola. Nessuno sa chi sono. E io non ho più una casa, né una famiglia, né i miei amici.» Tirò su col naso, prese la manica, piegando verso il polso la punta delle dita, e la passò sugli occhi lucidi. «Quindi me ne vado. Ho deciso di lasciare per sempre Maple Town: tra un'ora salgo su un treno che mi porterà in una nuova vita.»

«E... dove?»

«Lontano. Il più lontano possibile. In Tibet. Sul monte Kailash. È un viaggio che ho sempre sognato di fare. Ho letto libri e ho volato con la fantasia. Adesso ho un motivo per andarci.»

Uniko lo ascoltava con interesse e ammirazione. Sentiva la sua agitazione e gli leggeva in faccia la paura di chi ha preso una decisione "obbligata". Gli tese la mano. «Ti auguro buona fortuna, Heinrich!»

Il ragazzo unì il palmo a quello di Uniko e strinse forte. Poi abbassò lo sguardo e, senza dire nulla, riprese il cammino verso la stazione.

Uniko arrivò a casa. Il cancello che dava sul vialetto era socchiuso e le finestre spalancate lasciavano intendere che sua madre stava facendo le pulizie e sistemando le stanze. Raccolse il giornale che il postino aveva consegnato e si diresse verso la porta d'ingresso. Mise le dita sulla maniglia e spinse. Appena dentro, richiuse il battente alle spalle, fece cadere a terra lo zaino e appoggiò la schiena e la testa allo stipite, come se fosse riuscito a lasciare fuori ciò che lo rincorreva. Cullandosi nel tepore dell'ambiente casalingo, sospirò di sollievo.

Udì i passi al piano di sopra e sorrise: sua madre era sempre in grado di infondergli grande serenità. Viveva per lui, ignara della sua natura di angelo, inconsapevole dell'esistenza di Uniko, semplicemente orgogliosa di essere la mamma di Jo.

«Chi è?» La voce era calda e avvolgente.

«Sono io, mamma. Sono venuto a casa perché non mi sento tanto bene.»

La donna corse giù dalle scale e gli si mise di fronte.

«Mi girava un po' la testa e ho preferito rientrare» aggiunse Uniko, cercando di trovare una scusa al suo arrivo imprevisto.

«Chi sei, ragazzo? Come ti posso aiutare?»

No. No. No. Non è possibile. Non lei!

Uniko si sentì morire. Il cuore gli batteva così forte nel petto da fargli quasi male. Un dolore acuto e lancinante gli mozzò il fiato, fino a impedirgli di respirare. Perse i sensi e cadde a terra.

Quando riaprì gli occhi, era disteso sul divano morbido e comodo del soggiorno e sua madre era in piedi davanti a lui che gli parlava. Non riusciva a udirne le parole. Vedeva solo i suoi occhi intensi e il suo sorriso dolce.

«Mamma... io...»

«Shhh... non affaticarti» gli disse lei. «Probabilmente hai la febbre. Stai sdraiato e tranquillo. Se mi dici chi sei, chiamo i tuoi genitori e ti faccio venire a prendere.»

È un incubo. Un terribile incubo. Unika, dove sei?

I battiti ripresero a martellare, pulsando fin nelle tempie. Stava succedendo qualcosa di grave, fuori da ogni controllo degli Angeli Guida. Uniko sapeva che solo Metatron avrebbe potuto dare una spiegazione e riportare la situazione alla normalità. Se non era ancora accaduto, significava che Sefira non era in contatto. O, peggio, non poteva intervenire. Di colpo, si rese conto di non essere più al sicuro: doveva fuggire da Maple Town. Ancora una volta. Un anno dopo.

Cosa posso fare?

Fece un profondo respiro. Doveva liberare i suoi pensieri dall'affanno e cercare di riflettere con calma. Individuare dei punti di riferimento e partire da lì per definire un piano di azione. Ma quali erano i suoi punti di riferimento ora? Unika era irraggiungibile. Lui sembrava essere stato rimosso dalla conoscenza di tutte le persone che lo circondavano... *Di tutte tranne da quella di Heinrich Thule, che però è stato rimosso dalla mia.* Un'idea gli solcò la mente.

Uniko si sedette sul divano e si sporse verso sua madre, gettandole le braccia al collo. «Salutami papà» le disse, stringendola forte a sé e respirando il rassicurante profumo dei suoi capelli. Prima che lei reagisse a quel gesto bizzarro e inaspettato da parte di un giovane sconosciuto, Uniko si alzò in piedi e si diresse verso l'uscita.

«Tu non stai bene» sussurrò sua madre con lo sguardo sbigottito. «Stai qui ancora un po', finché non ti riprendi. Non vuoi una spremuta di arance, magari?»

«No. Grazie, signora. Mi scusi per il disturbo, ma devo tornare a scuola.»

Appena fuori, girò l'angolo e si nascose dietro la sua pianta di mimosa. Aveva le mani congelate, il corpo percorso da brividi continui e le gambe non si decidevano a smettere di tremare. Guardò i fiori gialli che illuminavano i rami. «Tu mi riconosci, vero, mia compagna di sempre?» Appoggiò le dita sul fusto centrale e sentì scorrere la vita. Era ciò di cui aveva bisogno per riprendere un po' di fiducia e di energia. Si concentrò, come non faceva da moltissimo tempo, e trasvolò. Si materializzò nella sua stanza, di fronte all'armadio. Spalancò le ante e tirò fuori un po' di biancheria, qualche maglione e un paio di pantaloni di ricambio. Mise tutto nello zaino, dopo averlo svuotato dai libri. Subito dopo andò al comodino di fianco al letto. Aprì l'ultimo cassetto ed estrasse un portafogli che teneva nascosto sotto una pila di fotografie. Prelevò tutti i soldi che conteneva e, senza contarli, li infilò in tasca. Corse alla scrivania e accese il computer. Entrò in Internet e cercò un planisfero. Trascinò il cursore verso est e allargò l'immagine. Digitò *monte Kailash* nello spazio per lo zoom e si fermò qualche istante a studiare il luogo che era apparso di fronte ai suoi occhi. Poi diede l'ok di stampa e aspettò che uscissero le due copie con la mappa della zona, dove spiccava la fotografia di un esteso altipiano. Con la matita scrisse *Unika*. Prese il primo foglio e lo attaccò con del nastro adesivo trasparente al centro del poster del Sistema Solare appeso sopra la testata del suo letto. Arrotolò stretto stretto il secondo, come un bussolotto, e lo appese a uno dei rami della mimosa, poco sotto l'apertura della porta finestra, in una posizione ben nascosta dalle fronde. Prima del black out comunicativo, Unika gli aveva detto che l'avrebbe raggiunto a Maple Town. Se era in viaggio verso di lui, sarebbe passata dalla sua camera e avrebbe trovato l'indicazione della sua meta. Se Unika fosse stata trattenuta a Sefira, Metatron avrebbe mandato comunque Nishida o Yesod a cercarlo, ed era importante lasciare loro un indizio. Per paura che sua madre potesse togliere i poster dalle pareti e gettare via anche la cartina che aveva appena stampato, decise di nasconderne una seconda tra i rami della mimosa. Unika e i suoi amici Angeli Guida sapevano quanto lui era legato a quella pianta e non avrebbero faticato a individuare il nascondiglio del foglio.

È ora di andare.

Si concentrò e trasvolò per la seconda volta dopo un anno.

Si materializzò alla stazione di Maple Town. Lo spazio era piccolo e affollato. Il vociare saturava l'aria che emanava un forte odore di folla. Vide Heinrich Thule alla biglietteria. Lo chiamò a voce alta. Il ragazzo stava parlando con l'anziano impiegato allo sportello. Gesticolava e muoveva la testa, come se cercasse di spiegargli in un secondo il lungo tragitto che stava per intraprendere. Uniko urlò di nuovo il suo nome. Heinrich si voltò incredulo. I loro occhi si incrociarono per un brevissimo istante.

«Lo vorresti un compagno di viaggio?» chiese Uniko.

Capitolo 2

COMUNICAZIONE INTERROTTA

Sefira, 5 giorni e 22 ore alla Porta di Horizon

"Rispondimi, ti prego."

Unika era seduta sul davanzale della terrazza che sovrastava l'edificio ovest della dimora di Metatron. I capelli biondissimi ondeggiavano leggeri sullo sguardo disperatamente smarrito nella magnificenza della Natura di Sefira. La gamba destra penzolava nel vuoto e il tallone batteva nervoso sul muro di mattoni.

La brusca interruzione della comunicazione con Uniko la turbava profondamente: non era mai successo e lei non riusciva ad accettarlo. Da quando Uniko era tornato a Maple Town erano in contatto telepatico costante. Si parlavano di continuo, si raccontavano tutto e spesso riuscivano a condividere le stesse emozioni: lui fra gli esseri umani, lei con gli angeli, ma sempre insieme nell'affrontare la vita. Poi quel vuoto improvviso.

Unika si alzò in volo e salì in verticale fino a raggiungere la cima della torre ottagonale da dove poteva osservare il cuore della valle di Sefira, disegnato dallo scorrere placido del Fiume delle Note Segrete. La ragazza lasciò che gli occhi vagassero senza confini da est a ovest, per carezzare i luoghi che le parlavano di Uniko.

Il primo fu l'affresco tenebroso della foresta di Thinkingblu, dove lei e Uniko avevano incontrato Ophidiel per la prima volta. Era apparso alle loro spalle nelle sembianze di un serpente mostruoso, pronto ad azzannarli: sembrava che li aspettasse per aggredirli. Lei aveva temuto di essere divorata, ma Uniko l'aveva strappata alla morte.

Il cuore di Unika sussultò, e l'enorme massa di alberi cominciò a sfocarsi, diventando a poco a poco lo sfondo scuro davanti al quale si accendevano i nove colori dei fiori dell'Eremo delle Arti. Le due torri del Tempio della Saggezza svettavano alte, oltre l'oceano di petali. Unika non poté fare a meno di ripensare alla corsa affannosa sulle scale ripide: lei davanti, Uniko che la seguiva, entrambi ansiosi di arrivare in cima per salutarsi prima che l'Adlivun li dividesse.

Dopo qualche secondo le acque turchesi dei Laghi Hyatt attrassero la sua attenzione e la portarono al Torneo della Primavera. Ma quei ricordi non fecero in tempo a prenderle l'anima, che l'imponente sagoma del Monte Forte entrò nel suo campo visivo e la riportò al giorno in cui aveva insegnato a volare a Uniko. Aveva voluto condurlo proprio sul massiccio innevato per capire se insieme sarebbero riusciti a raggiungere la vetta: era un luogo accessibile solo agli Angeli Guida e tutte le volte che vi si era avventurata da sola, il freddo l'aveva assalita e l'aveva costretta a desistere. Ma nell'istante in cui erano atterrati sulla morbida coltre di neve e si erano seduti uno di fronte all'altra, senza essere strangolati dal gelo, lei aveva sorriso: insieme acquisivano capacità superiori a quelle di cui erano dotati singolarmente.

Unika sentì le lacrime riempirle gli occhi. Quel pomeriggio entrambi avevano maturato la consapevolezza di non voler passare più un minuto l'uno lontano dall'altra.

E così era stato.

Per un anno intero, fino a quel momento.

Si asciugò il viso ma lasciò che l'emozione dilagasse nel petto.

Poi ruotò il capo per farsi accarezzare le guance dalla brezza che soffiava da ovest. Il suo sguardo abbracciò la rigogliosa macchia verde dell'Altare delle Emozioni, dove si era consumato l'ultimo atto della lotta contro Ophidiel. Poco prima che nella sua memoria si aprisse un buco nero. Unika si portò le mani al volto, mentre i suoni e le immagini di un anno prima travolgevano la sua coscienza.

L'orribile muso del serpente è davanti a noi.
Gronda di sangue.
Ha le fauci spalancate.
Sta per azzannarci a morte.
È finita.
«Lassù...» mi dice lui.
«Cos'è?»
«È la spada, Unika.»
«Cosa vuoi fare?»
«Andiamo a prenderla.»
«Eh?»
«Vieni, proviamoci!»
Mi sfiora la mano.
Voliamo.
Afferriamo l'Aeterna.
Le sue dita sulle mie.
Stringiamo l'impugnatura.
È troppo pesante per riuscire a sollevarla.
Non c'è più niente da fare.
«Guardami» gli sussurro io.
Lo bacio.
Poi il buio.
L'assenza assoluta di ogni memoria.
Mi sveglio nella dimora di Metatron.
Sono sola.

Senza di lui.
Il Saggio mi rassicura.
Mi dice che l'Adlivun è finito.
Che Ophidiel è sconfitto.
Che Uniko è tornato a casa.
Che sta bene.
Mi invita a chiamarlo.
Lo faccio.
Lui c'è.
Mi risponde.
Sono felice.

"Uniko… rispondimi… ti prego."

Capitolo 3

A LEZIONE DAL PROFESSORE

Università, 5 giorni e 18 ore alla Porta di Horizon

«Ogni parola comunica un mistero.»

Craig Walden dava le spalle alla platea quando decise di scandire con tono stentoreo una delle sue frasi a effetto. La corporatura asciutta e slanciata non riusciva a riempire la maglia a girocollo blu che cadeva morbida sui jeans a vita bassa e di taglio largo. Se non fosse stato per i capelli corti e brizzolati, si poteva pensare che si trattasse di uno studente sotto esame.

Il professore aveva tra le dita un piccolo pezzo di gesso e si accingeva a scrivere sulla grande lavagna nera al centro dell'Aula Magna. La sua voce rimbombava tra le gradinate a semicerchio, gremite dagli studenti del corso di Angelologia, e annegava in un silenzio carico di attesa. Nonostante non fosse la prima ora di lezione della giornata e la stanchezza avesse già sottratto un po' di energie agli studenti, l'attenzione era altissima.

«È la più bella introduzione che un libro possa meritarsi. Sono le parole con cui San Girolamo presentava un testo di profondità e interesse straordinari. Oggi non abbiamo il tempo necessario per approfondirne i contenuti complessi e affascinanti, ma ci tengo ad anticiparvi ciò di cui parleremo la prossima volta.»

Con un gesto calmo e misurato, Craig Walden sollevò il braccio destro e disegnò una grande A sulla lavagna. Poi si fermò, si voltò e catturò gli sguardi attoniti dei ragazzi.

«L'opera in questione è unica e irripetibile sia per gli argomenti che per la modalità con cui sono stati affrontati. È una vera e propria antologia di visioni simboliche il cui scopo è comunicare un messaggio spirituale. In essa, nessun termine va interpretato nella sua accezione convenzionale, ma occorre sempre sforzarsi di estrarre un significato nascosto, oscuro e spesso misterioso.»

Fece una breve pausa in cui tenne gli occhi fissi in quelli dei giovani concentrati. Poi si girò di nuovo e riprese a scrivere. La quiete irreale venne trafitta dallo stridore del gesso che scorreva sulla superficie di ardesia liscia.

Apokalypsis

«Chi di voi sa cosa significa?» domandò a voce alta, senza muoversi, nella tipica postura di chi aspetta le risposte per scriverle sulla lavagna.

Il silenzio si protrasse per qualche secondo fino a quando una roca voce maschile rispose.

«La fine del mondo.»

Il suono proveniva dalle ultime file. Il timbro era grave e cavernoso e lasciava intuire i segni del tempo sulle corde vocali di chi aveva parlato. Craig Walden capì che non si trattava di uno studente. Corrugò la fronte e si voltò, incuriosito.

«Questo è il senso comune che oggi attribuiamo alla parola "Apocalisse"» disse, cercando con lo sguardo l'interlocutore. «Ma non è il più corretto. Come spesso succede, la natura delle cose è diversa da ciò che appare.»

«E quale sarebbe il giusto significato di Apocalisse?»

Stavolta il professore individuò la provenienza della voce:

arrivava dall'ultima fila di destra, poco illuminata e particolarmente affollata.

«Quello puro e originario che gli antichi greci attribuivano al termine: *la Rivelazione*» esclamò deciso Craig Walden, appoggiando il gesso nella vaschetta di legno fissata al muro. Batté le mani per liberarle dalla polvere bianca e si diresse verso la platea. «L'accezione letterale è "togliere il velo".» Rimase immobile con le dita giunte, prima di proseguire con tono potente. «È l'ultimo libro della Bibbia e si compone di ventidue capitoli scritti dall'apostolo Giovanni nell'A.D. 95, durante il suo esilio nelle grotte dell'isola greca di Patmos. Il testo intende offrire all'umanità la chiave di lettura che può portare all'affermazione definitiva del Bene sul Male. Si tratta di una *rivelazione* di saggezze preziose che avviene attraverso visioni, immagini e simboli. Tra tutti i tesori nascosti nelle sue pagine, il tema della fine del mondo è marginale e viene discusso in modo assai misterioso, per alcuni versi incomprensibile. Questo perché non è concepibile che l'uomo possa essere messo a conoscenza dell'ultima fase del piano divino.» Sospirò. «Eppure l'umanità si è focalizzata solo su questo aspetto, concentrandovi tutte le sue paure. Ha identificato l'Apocalisse con il concetto della fine del mondo, tralasciando la vera e grande ricchezza morale presente nel Libro dell'Apocalisse di San Giovanni: la comprensione di ciò che è Bene e ciò che è Male.» Il professore lasciò che l'eco delle sue parole si spegnesse nell'aula. Poi fece correre lo sguardo sui volti rapiti e riprese.

«Non è compito di questo corso di studi approfondire la forma letteraria, lo stile, i contenuti profondi e gli scopi del libro. Ciò su cui ci soffermeremo nelle prossime lezioni è il ruolo fondamentale che gli angeli rivestono nella *rivelazione*. Pensate: l'autore dell'Apocalisse li menziona ben sessantasette volte. In nessun altro libro delle Sacre Scritture accade una cosa simile. E questo perché essi sono i portatori della rivelazione stessa, i messaggeri del Bene. Il linguaggio simbolico che...» Il suono distorto e inatteso della campanella annunciò la fine della lezione. Craig Walden alzò le spalle e sorrise. «Ci vediamo la prossima settimana. E non abbiate paura di vedere *cosa c'è sotto il velo...*»

Nel trambusto degli studenti che abbandonavano l'aula, il professore tornò alla cattedra e si infilò la giacca di velluto a coste che aveva lasciato sulla sedia. Si sedette e radunò i volumi e gli appunti, per riporli nello zainetto nero e consumato appoggiato ai piedi del tavolo. Il silenzio si impossessava delle gradinate quasi vuote, ma Craig Walden indugiava, con il dorso contro lo schienale e con le gambe allungate in avanti, incrociate alle caviglie: stava aspettando. La sua espressione tradiva tensione e curiosità e gli occhi continuavano a fissare la parte della sala da cui si era espressa la voce misteriosa. Poco a poco, i banchi si svuotarono e rimase solo una sagoma scura, in controluce. Appena l'ultimo studente abbandonò l'aula, il professore prese l'iniziativa.

«Potrei sapere il suo nome e la ragione della sua presenza qui?»

La sagoma scura si alzò e cominciò a scendere le scale verso la cattedra. Ci volle un po' prima che Craig Walden ne distinguesse il volto. Era un uomo tarchiato e robusto, di statura contenuta. La giacca gli penzolava stropicciata dalle spalle, sopra un paio di pantaloni della stessa tonalità di marrone scuro, che faceva a pugni con il nero della camicia. L'abbronzatura del volto decisamente marcato era enfatizzata dalla pronunciata calvizie che l'uomo gestiva rasando a zero i pochi capelli rimasti. Percorreva la scalinata con evidente fatica: i passi piccoli e frequenti mal si conciliavano con i gradini lunghi dell'Aula Magna. Nella mano destra impugnava una voluminosa borsa di pelle nera che teneva sollevata in modo da sorreggere anche il cappotto sull'avambraccio. La sua camminata era particolarmente insicura e quel breve tragitto sembrava per lui una specie di *via crucis*.

Quando arrivò davanti al professore, l'uomo si fermò sbuffando. In modo piuttosto goffo, posò a terra la ventiquattrore sformata e non riuscì a evitare che il soprabito cadesse. Si chinò per raccoglierlo, lasciandosi scappare un'incomprensibile imprecazione. Poi produsse un imbarazzante sorriso di circostanza e tese la mano destra verso Craig Walden.

«Sono l'ispettore di polizia Kazig. Vlad Kazig. È un piacere conoscerla, professor Walden.»

Craig Walden rimase impietrito sulla sedia. Il brivido che gli percorse la schiena nell'udire quel nome si trasformò in ansia appena avvertì il gelo della mano che stava stringendo.

Capitolo 4

VLAD KAZIG

Università, 5 giorni e 17 ore alla Porta di Horizon

Craig Walden si era alzato in piedi e osservava con apprensione lo stravagante personaggio che aveva di fronte. Non si era mai trovato al cospetto di un ispettore di polizia e tutto ciò che poteva immaginare al riguardo era frutto di memorie costruite dai telefilm o dalle letture di libri gialli. Peraltro, quello strano ometto era il contrario dello stereotipo del poliziotto brillante che si era sempre raffigurato. L'abbigliamento improbabile, la corporatura tozza e massiccia, la pelle olivastra, i tratti somatici slavi e i modi rozzi lo facevano somigliare molto più a un domatore di tigri in libera uscita.

E poi quel nome…

«Tutto bene, professore? La vedo agitato…»

«Sì, mi scusi. È che trovarsi di fronte a un ispettore di polizia non è un evento frequente. Anzi, le confesso che è la prima volta che mi capita e non so nemmeno come ci si comporta in questi casi. Forse io…» Craig Walden esitò, continuando a guardare Vlad Kazig negli occhi.

«Forse vorrebbe chiedermi un documento che attesti la mia appartenenza alla polizia? Lo troverei più che giusto.» Con sorprendente perspicacia, Vlad Kazig lo trasse d'impaccio, estraendo dalla tasca della giacca il tesserino di riconoscimento, che esibì con malcelato orgoglio.

«Mi deve perdonare...»

«Non si preoccupi, nessun problema.»

L'imbarazzante vuoto di parole che seguì fu riempito dagli sguardi di reciproco studio. Il primo a non reggere l'insostenibile silenzio fu Craig Walden.

«A cosa devo il piacere della sua visita?»

«Anche questa è una domanda più che legittima» rispose Vlad Kazig, prendendo una sedia e facendo cenni insistenti perché anche Craig Walden si sedesse. Quando furono nuovamente alla stessa altezza, l'ispettore lanciò una vera e propria sassata a bruciapelo sulla coscienza del professore.

«Cosa mi dice di Zackary Gent?»

Con inusitato sangue freddo, Craig Walden riuscì a mascherare il colpo che aveva ricevuto nello stomaco. Dai tempi dell'incredibile avventura a Sefira, nessuno gli aveva mai chiesto nulla di Zack. Non ne aveva più parlato nemmeno con Jo e Eve, rispettando il loro dolore per la sorte dell'amico. Sapeva che, dopo un breve periodo di indagini, la scomparsa del ragazzo era stata spiegata con una fuga: era conosciuto da tutti come una "testa calda" e non aveva mai fatto mistero della sua voglia di andarsene da Maple Town.

«Quello che le direbbero tutti qui nella zona: è sparito circa un anno fa, probabilmente fuggito per chissà dove» disse senza muovere alcun muscolo del corpo che non gli servisse per parlare.

«Certo. Ottima risposta.»

Il fatto che Vlad Kazig esprimesse giudizi su ogni sua affermazione irritava il professore.

«Però mi risulta che lei sia in rapporti piuttosto stretti con i due migliori amici di Gent, com'è che si chiamano...?» Un po' maldestro, l'ispettore aprì la borsa, ne estrasse un taccuino e lo lesse tenendolo a distanza. «Ah, sì... appunto: Jo Springfield e Evelyn Dufaux.»

«Sono due ragazzi interessati ai temi di cui mi occupo, ispettore. Sono bravi studenti, dotati di forte tensione spirituale e sana curiosità. Sono fiero di essere loro amico e di contribuire alla crescita delle loro passioni.»

«E avete mai parlato di Zackary Gent?» lo incalzò Vlad Kazig, avanzando con il busto verso di lui fino ad appoggiare i gomiti sulla cattedra.

«In rare occasioni e mai troppo in profondità, perché non ho mai voluto urtare la loro sensibilità.»

«Capisco» commentò laconico l'ispettore. Rimise il taccuino nella borsa, fissò Craig Walden e arretrò fino a pressare il dorso contro lo schienale della sedia, acquistando una postura rilassata e un atteggiamento spavaldo.

«Vede, professor Walden, io potrei metterla in grave imbarazzo. Potrei chiederle, per esempio, se lei ha mai incontrato Zackary Gent... e sarebbe obbligato a rispondermi, lo sa, vero?»

Craig Walden sudava freddo e si sforzava di rimanere impassibile. Continuava a non capire dove l'ispettore volesse andare a parare e quale fosse il suo vero obiettivo. Lo osservò mentre si alzava sospirando e cominciava a camminargli di fronte.

«Ma non le farò questa domanda. Non adesso, almeno» proseguì Vlad Kazig. «Perché sono qui per chiederle aiuto, illustre professore.»

«Mi dica cosa vuole da me!» sbottò Craig Walden, giunto al limite della sopportazione.

«Subito.» L'ispettore aveva l'aria soddisfatta. Fece ancora qualche passo intorno al professore e poi si fermò con entrambe le mani sullo schienale della sedia che aveva occupato fino a pochi istanti prima, pronto a lanciare un altro colpo.

«Qualche giorno fa è sparito un altro ragazzo nella zona di Maple Town.»

Il professore strabuzzò gli occhi senza cercare di nascondere lo stupore e la tensione che lo infiammavano.

«Stia tranquillo, non si tratta di uno dei suoi due amici. Il giovane si chiama Heinrich Thule e la sua scomparsa presenta aspetti particolari su cui credo lei possa darmi una mano. Lo farà... vero professore?»

«Certo, ma io non...»

«Lasci che le racconti alcune cose» lo interruppe Vlad Kazig, sedendosi nuovamente. Accavallò le gambe e iniziò a parlare, imperturbabile.

«Heinrich Thule ha sedici anni. È figlio unico di genitori umili e molto perbene. Pare che a scuola sia una specie di genio: è il primo della classe in ogni materia ed è conosciuto da tutti per la sua memoria enciclopedica. Un tipo solitario, concentrato sui propri interessi e poco orientato alle relazioni con gli altri. È uno a posto, senza amici ma anche senza nemici. Un ragazzo tranquillo, senza grilli per la testa e nemmeno evidenti ragioni per fuggire. E la sua famiglia non ha i soldi per pagare un riscatto. Insomma, uno che in apparenza non avrebbe alcun motivo per sparire.»

L'ispettore si grattò il mento. «Ho interrogato i suoi compagni, i professori, i genitori e non è emerso niente che possa rappresentare un indizio o un movente per la sua scomparsa. Solo quando ho chiesto e ottenuto la possibilità di ispezionare la sua camera da letto, mi si è aperto un mondo.» Si chinò sulla borsa ed estrasse un raccoglitore di plastica, sbiadito sugli angoli. Traboccava di fogli e documenti di varia natura. Lo appoggiò rumorosamente sulla cattedra. «Credo che il ragazzo abbia una vera e propria ossessione per gli angeli.»

Craig Walden restò a bocca aperta.

«Proprio così» continuò Vlad Kazig. «E non sono certo angeli come ce li immaginiamo noi, persone normali. Guardi qui...» L'ispettore spinse con entrambe le mani il dossier sotto il naso del professore. Craig Walden lo aprì e cominciò a esaminarne il contenuto.

Davanti a lui si dispiegava un susseguirsi di articoli, di pagine Internet stampate, di illustrazioni e di poesie con un elemento comune che saltava immediatamente agli occhi: l'assoluta dominanza del colore nero. Gli angeli erano sempre raffigurati in modo sinistro e l'espressione più ricorrente nei testi era "Angelo del Male".

«E questo non è nulla in confronto alla quantità di libri che ho trovato nella camera del ragazzo. Tutti sul Male, sul demonio e sulla sua natura angelica.»

«E questa chi è?» chiese sbigottito Craig Walden, indicando la foto di una donna molto affascinante, vestita di pelle nera dalla testa ai piedi.

«È la cantante di un gruppo musicale molto apprezzato dai giovani, uno di quei fenomeni che... che io non capisco. Appartengo a un'altra generazione, non riesco nemmeno a immaginare quali emozioni si possano provare nell'ascoltare rumori di quel tipo.» Vlad Kazig si rese conto che stava divagando e tornò sul tema: «L'unica cosa che so è che tutte le poesie che sta leggendo in questo momento sono in realtà i testi delle canzoni di quell'inquietante signorina. Non parlano altro che dell'Angelo della Morte e cose simili».

Craig Walden era molto colpito. In effetti il raccoglitore che stava esaminando aveva un contenuto di alto livello, ben diverso dalle tipiche fissazioni di un ragazzino un po' disorientato dal difficile passaggio verso l'adolescenza. La qualità e la profondità del materiale erano elevatissime. Il professore rimase di stucco quando, dopo l'ennesima foto della cantante, sfogliò una ventina di pagine stampate da Internet. Erano tenute insieme da una clip metallica e sul primo foglio c'era un post-it bianco con la scritta: *Changel*. Craig Walden tese il collo e trattenne il fiato, palesando uno sbigottimento che non poteva passare inosservato a Vlad Kazig.

«Cosa ha visto, professore?» domandò l'ispettore, sfrontato. Non ricevendo alcuna risposta, si sporse in avanti per capire cosa aveva sorpreso Craig Walden e sorrise sarcastico. «Ah, certo... fa impressione vedere se stessi in un dossier preparato da una persona scomparsa.»

«Lei quindi sa?»

«Che chi scrive su un forum di Angelologia con il nickname *Changel* è il professor Craig Walden? Certo che lo so. Non sarei un buon poliziotto se non fossi capace di risalire all'identità di un nickname, non crede?»

Craig Walden non sapeva cosa dire. Fu l'ispettore a riprendere la conversazione.

«Ma non si deve preoccupare. Scrivere su un forum in Internet non è certo un reato. E devo confessarle che ho letto tutti i suoi interventi e li ho trovati affascinanti. Evidentemente, Heinrich Thule la pensa come me: l'ha seguita con interesse nelle discussioni e si è stampato tutti i suoi contributi.»

Craig Walden sfogliava la documentazione e ne era impressionato. Il fatto che Heinrich Thule lo ammirasse in modo così implacabile lo turbava: il ragazzo aveva raccolto i testi di tutti i suoi scritti, delle conferenze e dei dibattiti sul web, con rigore quasi maniacale. Sembrava un grande appassionato di Angelologia, ma con una forte ossessione per la natura angelica del Male. I passaggi sottolineati con l'evidenziatore erano tutti inseriti in discussioni sull'*Angelo Caduto* e sulle cause della perdita del suo stato di grazia.

Il professore stava terminando di esaminare le stampate, quando i suoi occhi caddero sulla riproduzione di un dipinto a lui ben noto: *La Caduta di Lucifero* di Gustave Doré. Al di sotto dell'illustrazione era riportato un passaggio dell'Apocalisse:

«E ci fu una battaglia nel Cielo: gli angeli combatterono contro il dragone. Il dragone e i suoi angeli combatterono ma non vinsero, e per loro non ci fu più posto nel Cielo. Il gran dragone, il serpente antico, che è chiamato diavolo

e Satana, il seduttore di tutto il mondo, fu gettato giù: fu gettato sulla Terra, e con lui furono gettati anche i suoi angeli.» (Apocalisse 12, 7-9)

Il pensiero di Craig Walden andò a Ophidiel. Dopo il combattimento dell'Adlivun, l'Angelo del Male era stato sconfitto ma nessuno sapeva dove fosse realmente finito. La profezia dell'Apocalisse sembrava incredibilmente chiara: Ophidiel poteva essere caduto sulla Terra.

«Caro professore, credo che a questo punto abbia capito perché sono venuto a trovarla.» La voce rugosa di Vlad Kazig lo ridestò dall'incubo in cui si era perso. «Sparisce un ragazzo appassionato di angeli e demoni, lei è il maggior esperto in materia, il giovane colleziona tutti i suoi articoli e interventi su Internet. Poi scopro anche che lei è in rapporti di amicizia con i migliori amici di Zackary Gent, scomparso un anno fa e...» fece un pausa per enfatizzare ciò che stava per dire. «E vengo qui e la trovo a parlare dell'Apocalisse che tanto appassiona Heinrich Thule. Concorderà con me che lei, con tutta questa storia ingarbugliata, ha qualcosa a che fare, non pensa?»

Craig Walden si arrese alla logica disarmante dell'ispettore e annuì abbassando le palpebre. Si mordicchiò il labbro inferiore, ripetendosi che mai e poi mai avrebbe dovuto lasciarsi scappare una parola su Sefira e sugli angeli. Tentò di organizzare un pensiero che lo mettesse in grado di spiegare qualcosa all'ispettore e iniziò a parlare.

«Io credo che...» Il frastuono di una porta pesante che si chiudeva con violenza lo interruppe. Proveniva dall'ultima fila dell'aula ed entrambi orientarono la loro attenzione da quella parte. Il rumore di passi convulsi fece capire che una terza persona stava per irrompere nella scena. Il cuore di Craig Walden vacillò ancora una volta quando vide apparire tra i banchi Eve. Era trafelata e stravolta. Aveva le lacrime agli occhi e gridava.

«Professore, professore! Jo... è scomparso!»

Capitolo 5

TENSIONE IN AULA MAGNA

Università, 5 giorni e 16 ore alla Porta di Horizon

La corsa nervosa di Eve scuoteva l'aria solenne dell'Aula Magna. I lunghi capelli rossi sembravano appiccare il fuoco ai banchi, mentre il suo corpo esile si precipitava verso la cattedra. Giunta al piano più basso, Eve lasciò cadere lo zainetto e si lanciò addosso a Craig Walden.

«Professore! Professore! Jo è in pericolo, dobbiamo aiutarlo!» Eve si gettò tra le braccia dell'uomo brizzolato, che si era alzato in piedi per andarle incontro.

«Calmati, Eve» le sussurrò lui, accarezzandole la nuca.

Per diversi secondi ci fu spazio solo per le lacrime della ragazza. Vlad Kazig osservava in silenzio e aspettava. Quando i singhiozzi si fecero meno spasmodici, Craig Walden la staccò dolcemente da sé e con l'indice le asciugò gli zigomi. L'ispettore si fece avanti e, senza parlare, le offrì un fazzoletto di carta.

«Grazie» disse lei con voce ancora rotta dal pianto e lo sguardo incuriosito dal gesto inaspettato dello sconosciuto.

«Dai, vieni a sederti» le propose il professore, aiutandola a sfilarsi il cappotto. Eve si strinse nelle spalle, sollevando il collo del dolcevita grigio fino a coprirsi il mento. Dopo un attimo di esitazione, si sedette con le mani tra le ginocchia. Dondolava sulla sedia, e le sue dita giocherellavano irrequiete con il bordo degli stivali di cuoio, dentro i quali si infilavano un paio di leggins neri.

«Jo non c'è. È sparito ed è come se non esistesse più.» Eve era in preda a un forte stato d'ansia.

«Eve, raccontami tutto dall'inizio. Aiutaci a capire cos'è successo» la invitò Craig Walden.

«Sì, ha ragione, professore, mi scusi. È che sono davvero sconvolta.» Eve fece un respiro profondo, sbatté lentamente le palpebre e cominciò a parlare.

«In questi giorni ero fuori città per un concerto. Ho suonato ieri sera ed è stata un'esibizione impegnativa. Stamattina presto ho chiamato Jo per raccontargli com'era andata, ma aveva il cellulare spento. Ho provato altre volte, senza successo. Da quando... ehm...» Si interruppe, rivolgendo un'occhiata carica di apprensione a Vlad Kazig. «Sì, voglio dire, da circa un anno, io e Jo ci parliamo molto spesso e non spegniamo mai i telefoni. Il fatto di non riuscire a contattarlo mi ha turbata talmente tanto che ho deciso di prendere il primo treno per tornare a Maple Town.»

Tacque per un attimo, impietrita dall'incertezza. Non sapeva chi fosse l'uomo che sedeva vicino al professore e non si sentiva libera di parlare.

Vlad Kazig la scrutava con occhi curiosi e smaliziati: il fatto che Eve avesse sentito la necessità di fare le valigie per correre dal suo amico era quantomeno strano. Evidentemente c'era qualcosa che la ragazza non voleva dire, perciò decise di indagare.

«Buongiorno, signorina Dufaux, mi chiamo Vlad Kazig. Sono un ispettore di polizia. Sto indagando sulla scomparsa di un ragazzo le cui modalità potrebbero avere qualcosa a che fare con l'ambito di studio del professor Walden. Per questo sono qui.» Si schiarì la gola con un colpo di tosse. «So perfettamente chi è lei e chi è Jo Springfield, quindi farà bene a descrivere per filo e per segno ciò che le è capitato. Metterà me e il professore in condizione di poter aiutare Jo. E guardi che lo penso davvero.»

Eve osservò il professore dubbiosa. Lui ricambiò lo sguardo, senza esprimere il minimo cenno di assenso. E lei capì che doveva fare attenzione a ciò che diceva.

«Appena arrivata a Maple Town, sono andata a scuola a cercare Jo, ma non l'ho trovato. Ho chiesto ai nostri compagni e mi hanno guardata tutti con aria interrogativa, come se non sapessero di chi stessi parlando. Solo il signor Silvester, il bidello, mi ha detto di aver notato un ragazzo che non conosceva uscire di corsa dall'aula. Incuriosito l'ha seguito e l'ha visto fermarsi a parlare con un altro giovane sconosciuto. Dalla descrizione che mi ha fatto dei due ragazzi, uno di loro poteva essere Jo.»

Eve aveva parlato tutto d'un fiato e dovette respirare per ridare aria ai polmoni. Cercava di mantenere la voce composta, ma le guance arrossate lasciavano trasparire la forte emozione.

«Perciò ho deciso di andare a casa di Jo, convinta di incontrarlo là. Ho suonato il campanello e sua madre mi ha aperto la porta.» Eve si morsicò le labbra, tormentata dall'agitazione. Poi si rivolse a Craig Walden che stavolta la incoraggiò a continuare.

«Ho chiesto alla signora Springfield se potevo vedere Jo e lei... mi ha fissata allibita e mi ha detto che non sapeva di chi stessi parlando. Le ho ripetuto tutto, scandendo meglio le parole. Ho pensato che non avesse capito perché avevo il tono basso. Ma la signora Springfield mi ha sorriso e mi ha domandato se mi sentivo bene.»

I due uomini la ascoltavano a bocca aperta. Eve aveva deciso di raccontare tutta la storia e proseguì, senza fare alcun riferimento a Sefira e agli angeli.

«La mamma di Jo ha continuato a sostenere che lei non conosceva nessun Jo e che mi conveniva tornare a casa a misurarmi la febbre. Io mi sono sentita morire, sono scappata e ho pensato di venire da lei, professore. Ho preso l'autobus ed eccomi qui.» Sospirò. «E questo è tutto.»

«Come *è tutto*? Non può essere *tutto*, signorina Dufaux.» Il fare di Vlad Kazig era freddo e risoluto. «Lei ci sta dicendo che il suo amico è sparito da casa e anche dalla memoria della sua stessa madre?»

«Non solo da quella di sua madre» rispose Eve, secca. «Jo è scomparso dalla memoria di tutti i suoi compagni. Sembra che a Maple Town Jo non sia mai esistito.»

Craig Walden si protese verso la ragazza e le prese una mano. «Rilassati un momento, Eve. Dobbiamo ragionare per capire cosa è successo e trovare una soluzione.»

«Parole sante, professore» esclamò Vlad Kazig. «Se non fosse che è impossibile ragionare su premesse insensate. Perché ciò che ci sta raccontando questa dolce fanciulla è semplicemente assurdo: Jo Springfield sarebbe scomparso portandosi via il ricordo di tutti quelli che lo conoscevano? Ma per favore!»

L'ispettore aveva ragione. Il racconto di Eve non poteva che risultare incredibile alla mente di un essere umano ignaro dell'esistenza degli angeli e di Sefira. Vlad Kazig non poteva immaginare chi fosse realmente Jo Springfield e che nel cuore portava la Fiamma della Vita per la cui conquista si era consumata una tremenda battaglia. Se Vlad Kazig avesse saputo tutto questo, la storia di Eve sarebbe stata del tutto credibile.

Gli sguardi di Eve e Craig Walden erano intrecciati l'uno all'altro in un fascio di emozioni comuni: la consapevolezza che stesse accadendo qualcosa di grave, la preoccupazione per la sorte di Jo, la complicità nel dover mantenere il segreto.

La netta sensazione di essere all'oscuro di importanti pezzi del rompicapo irritò l'ispettore, che sbottò: «Qui c'è sotto qualcosa. Jo Springfield è il terzo ragazzo che sparisce in circostanze misteriose dall'area di Maple Town e io non posso stare con le mani in mano mentre voi due vi raccontate storie inverosimili, scambiandovi occhiate che parlano da sole. O mi dite cosa c'è sotto o...»

«Adesso basta!» Craig Walden interruppe bruscamente l'ispettore. «Lei è qui per chiedermi aiuto, giusto? Ebbene, se vuole che le dia una mano, d'ora in poi farà come dico io.»

«Cosa propone?» chiese Vlad Kazig, compiaciuto per lo scatto d'orgoglio del professore.

«Tanto per cominciare, lei adesso lascerà in pace Eve e me. La ragazza è stanca e ha bisogno di riposare. E io ho bisogno di tempo e calma per studiare l'accaduto. Mi dia il dossier su Heinrich Thule, lo porterò a casa e lo esaminerò con attenzione. La chiamerò appena avrò qualche novità.»

«Chi mi dice che lo farà?»

«Ha la mia parola.»

«Senza offesa, professore, ma di questi tempi la parola di un uomo non vale granché.»

«Lei è una persona intelligente, ispettore, e non ho intenzione di raccontarle frottole. Il fatto che sia venuto da me lo dimostra: ha capito che dietro la scomparsa dei ragazzi potrebbe esserci una spiegazione sovrannaturale. Posso dirle che potrebbe trattarsi di qualcosa di gran lunga superiore alle nostre esistenze. Deve darmi qualche ora per approfondire l'analisi della situazione e per poterle offrire un quadro completo.»

«È una promessa?» chiese sornione Vlad Kazig.

«È una promessa.»

«Bene, allora così sia» replicò l'ispettore, estraendo un biglietto da visita dal taschino della giacca. «Le darò un giorno. Questo è il mio numero, aspetto una sua chiamata entro domani all'ora di pranzo. È superfluo sottolineare che ogni tentativo di fuga da parte sua sarà perfettamente inutile.»

Craig Walden annuì.

«Venga, signorina Dufaux, la accompagno a casa.» Vlad Kazig

si rivolse con gentilezza a Eve. Le prese il cappotto e l'aiutò a infilarselo.

«Non ci penso nemmeno.»

«Eh?»

«Io resto con il professor Walden.»

«Eve, tu hai bisogno di riposare» le suggerì il professore.

«Niente affatto. Io non la lascio fino a quando non avremo ritrovato Jo.»

«Ma i tuoi genitori si preoccuperanno.»

«Sanno che sono via per il concerto, stanno tranquilli.»

«Che scenetta romantica» commentò l'ispettore, un po' beffardo. «Comunque, fate come vi pare, l'importante è che vi sia chiaro che entro domani dovrete darmi spiegazioni convincenti su ciò che sta accadendo.»

Vlad Kazig indossò il soprabito, che gli accorciava ulteriormente la figura brevilinea. Sistemò il bavero, chiuse tre dei quattro bottoni, voltò le spalle ai due interlocutori e si avviò verso l'uscita dell'Aula Magna, scandendo a voce alta poche ma significative parole.

«Entro-domani-all'ora-di-pranzo.»

Capitolo 6

HEINRICH THULE

Sulla strada per il Tibet,
5 giorni e 15 ore alla Porta di Horizon

Uniko aprì gli occhi di soprassalto.

Si guardò intorno disorientato. Ci mise qualche secondo per rendersi conto che si era assopito con la testa contro il finestrino, mentre il treno sfrecciava veloce tra vaste pianure e centri abitati. Cullata dal rumore del vagone che vibrava sulle rotaie, la spossatezza emotiva delle ultime ore si era sciolta in un sonno non del tutto sereno.

«Beato te che riesci a dormire.» La voce di Heinrich Thule fece trasalire Uniko. «Io non ce la faccio a riposare. Mi sento lo stomaco stretto in una morsa e non riesco a rilassarmi. Appena provo a chiudere le palpebre mi vedo solo nel mondo: senza una casa, senza una meta e completamente allo sbando.»

Uniko non fece in tempo ad assimilare il senso di quelle parole, che Heinrich gli si era già gettato addosso per stringerlo in un abbraccio sconfortato. «Non so come ringraziarti per aver deciso di partire insieme a me!»

«Stai tranquillo...» Uniko gli diede un paio di colpetti sulla spalla, cogliendo la profonda commozione di Heinrich. «Vedrai che si sistemerà tutto. Per ora prendiamoci il buono di questa esperienza e pensiamo al viaggio interessante che ci aspetta. Secondo me è un'occasione favolosa!»

Heinrich tirò su col naso e si ricompose, sprofondando nel sedile macchiato e un po' logoro, per il continuo via vai di passeggeri. Il suo sguardo si perse nel paesaggio che scorreva fuori dai finestrini, mentre le dita continuavano a tamburellare nervose sulle ginocchia.

Uniko pensò alla difficile situazione in cui si trovavano. Ma non riuscì a focalizzarsi su se stesso, preso dall'ansia che scoraggiava il suo compagno di avventura. Fino a poche ore prima Heinrich era un ragazzo come tutti gli altri, con una famiglia e degli amici. Ora era un perfetto sconosciuto agli occhi dell'umanità. La stessa cosa valeva anche per lui, che però sapeva di avere ben altre risorse: non era più Jo Springfield, ma Uniko, l'angelo che custodiva la Fiamma della Vita ed era destinato a far parte della schiera di angeli che avrebbe salvato il mondo e sconfitto il Male. Quel temporaneo black out esistenziale era solo una delle tante sfide da affrontare: non si sarebbe lasciato prendere dalla disperazione per così poco, non se ne parlava proprio.

«Cosa ti manca di più delle tue giornate?» gli domandò Uniko, con un sorriso comprensivo.

«Mio padre. Giocare a basket con lui nel cortile dietro casa.»

Uniko si chiese come fosse potuto succedere anche a Heinrich Thule ciò che era capitato a lui. Nel suo caso c'era sicuramente lo zampino di Ophidiel, ma era impossibile che fosse lo stesso per quel ragazzo... *a meno che... a meno che una sorte fortuita abbia voluto che Heinrich si trovasse nel raggio di azione di Ophidiel nel preciso istante in cui voleva colpire me.* Uniko corrugò la fronte e i suoi denti mordicchiarono il labbro inferiore. *Può darsi che Heinrich sia una vittima, un innocente capitato al momento sbagliato nel posto sbagliato... e ora ne paga le conseguenze per colpa mia.* Si sentì responsabile dell'accaduto. Cercò di rielaborare i fatti delle ultime ore. Heinrich l'aveva salutato al parco e quando si erano incontrati nuovamente fuori dalla scuola gli aveva detto che da due giorni la gente sembrava non riconoscerlo. *Forse Ophidiel ha provato l'incantesimo quarantotto ore prima, qualcosa non ha funzionato e senza volere ha danneggiato Heinrich al posto mio.* Uniko accusò un profondo senso di compassione e avvertì un forte legame con quel ragazzo dai capelli sempre ben pettinati e gli spessi occhiali rossi che, nonostante tutti gli sforzi, non riusciva ancora a ricordare di aver mai conosciuto.

«Hai già studiato l'itinerario per arrivare in Tibet?» Uniko cercava di allentare la tensione.

Heinrich fece un impercettibile cenno con il capo, sollevò lo zaino che aveva appoggiato a terra e ne estrasse un plico di fogli stampati al computer, da cui sporgeva una cartina piegata in formato tascabile. L'aprì e la distese sul sedile vuoto alla sua sinistra. Era la mappa geografica del mondo, su cui erano segnati a pennarello alcuni percorsi. Un grande cerchio contornava l'altipiano del Tibet e una freccia rossa indicava il monte Kailash.

«Quanti soldi hai?» Heinrich parlava senza distogliere lo sguardo dalla piantina.

Uniko ruotò di lato e allungò le gambe, per potersi infilare la mano destra in tasca e prendere qualche banconota stropicciata. Le dita iniziarono a contare, ma finirono presto. Heinrich scosse la testa. «Mi sa che non andremo molto lontano. Per prendere un aereo diretto ce ne vorrebbero almeno dieci volte tanto. E anche facendo diversi scali, il gruzzolo non basta per pagare i biglietti.» La sua espressione era un misto di rassegnazione e delusione. «Però non esiste solo l'aereo. Ci possiamo arrivare con altri mezzi. Certo, ci metteremo un po' più di tempo, ma di quello ne abbiamo in abbondanza...» Alzò le spalle e fece una smorfia simpatica, rivelando i denti perfettamente allineati, ma un po' ingialliti. «Allora, direi che la cosa da fare è trovare un aereo low cost fino a Mosca e da lì prendere la Transiberiana, il treno che attraversa la Russia e che, passando dalla Mongolia, conduce in Cina. I soldi che abbiamo non saranno sufficienti, ma il viaggio è lungo e avremo modo di pensare a come racimolare qualche spicciolo in più.»

Uniko si stupì nel vedere che il fragile Heinrich aveva le idee molto chiare sul modo migliore per affrontare quella spedizione. Il desiderio di trasformare la sfortuna che gli era capitata nell'opportunità di visitare una terra lontana era evidente. Si chiese come fare per aiutarlo a realizzare il suo sogno e per trovare il denaro necessario. Gli vennero subito in mente una manciata di alternative. Prima di tutto, quella di usare i suoi poteri di angelo. Poi pensò che non sarebbe stato giusto. Metatron non avrebbe approvato: la sua scelta di vivere nel mondo doveva portare con sé la capacità di adeguarsi ai limiti umani e fare conto sulle sole possibilità terrene. Perciò decise di soprassedere e di riservare l'impiego delle sue forze sovraumane solo ai momenti di vera emergenza.

«Berlino. Stazione di Berlino.» La voce metallica che si diffondeva nei vagoni annunciò l'arrivo alla prima meta.

Scendendo dal treno, i due ragazzi si trovarono in una struttura del futuro, come se fossero atterrati su una base spaziale. Innumerevoli coppie di binari correvano di fronte a loro come tanti trampolini di lancio, con motrici e vagoni modernissimi pronti a spiccare il volo. Ovunque, lungo le banchine, monitor a schermo piatto davano informazioni sugli orari dei convogli in arrivo e in partenza e fornivano notizie di ogni genere sulla città e sull'attualità. Uniko alzò lo sguardo: la stazione era sovrastata da un'enorme arcata in vetro, sorretta da pilastri e tiranti in acciaio. Ascensori a forma tubolare e scale mobili lucide e squadrate collegavano i vari piani in un intreccio di movimenti, animato dal costante andirivieni dei viaggiatori: uomini e donne d'affari camminavano in mezzo a studenti e turisti, in un groviglio di provenienze e destinazioni.

«Wow!» esclamò Heinrich, cercando di fermare la testa che gli girava.

«Non è proprio come la stazioncina di Maple Town, vero?»

«Direi proprio di no...»

«Dai, cerchiamo di capire dove partono gli autobus per l'aeroporto.» Uniko afferrò il braccio del compagno e lo strattonò amichevolmente, per riscuoterlo dall'incredulità.

Un'ora dopo avevano in mano i biglietti low cost per Mosca e al crepuscolo stavano già solcando il cielo russo.

Uniko non era mai salito su un aereo, prima. E la sensazione non gli piaceva. Sapeva cosa significasse volare sul serio, e si sentiva innaturalmente costretto dalla cintura di sicurezza sul sedile piccolo e scomodo che traballava a ogni vuoto d'aria. Fuori dall'oblò osservava il sole svanire sotto la linea dell'orizzonte e la malinconia lo portava a chiedersi quando avrebbe rivisto Unika.

Heinrich aveva entrambe le mani ancorate ai braccioli e la sua espressione accigliata non riusciva a nascondere il terrore di stare sospeso nel vuoto.

In Russia trovarono ad aspettarli un aeroporto datato e sbiadito dal tempo. Le luci fioche dei neon davano all'ambiente un'aria artificiale e rendevano ancora più opachi i muri poco puliti. I due ragazzi si accodarono alla fiumana di gente che sbarcava e seguirono le indicazioni per l'uscita. Alla dogana i passeggeri si accalcavano ordinatamente in linee parallele dietro gli sportelli per il controllo dei passaporti. Uniko osservò la procedura e si rese conto che a loro mancava qualcosa.

Non abbiamo il visto d'ingresso.

Gli si gelò il sangue nelle vene, le mani si raffreddarono all'istante e il cuore accelerò il battito. Si voltò verso Heinrich e, per la prima volta da quando erano insieme, notò che gli occhi del ragazzo brillavano. Si guardava intorno incuriosito e aveva il sorriso di un bambino che sta per scartare un regalo inaspettato.

Non posso lasciare che il suo sogno si infranga in questo corridoio.

La mente di Uniko cominciò a turbinare alla ricerca di una soluzione. Ma non c'era via d'uscita senza i documenti necessari. Tutti venivano controllati e loro sarebbero stati rispediti a casa in una frazione di secondo.

Non ho scelta.

Si concentrò con tutte le sue forze.

Fa' che funzioni. Fa' che funzioni.

Allungò la mano verso il gomito di Heinrich e gli bisbigliò: «Vieni con me».

«Dove?»

«Stai zitto e seguimi.»

«Non possiamo superare la coda...»

«Non abbiamo il visto, Heinrich. Dobbiamo correre!»

Heinrich rimase di sasso.

«Corri, Heinrich, corri veloce, più forte che puoi!» Uniko iniziò a zigzagare tra la folla che avanzava un passo alla volta.

Heinrich lo seguiva spaventato. «Ma ci vedranno... ci... ci... ci bloccheranno. Ci arresteranno...»

«Sta' tranquillo e fidati di me!»

I due ragazzi sgattaiolarono oltre la calca. Superarono il banco di controllo e si trovarono nella zona franca.

«Continua a correre! Non guardare indietro! Sbrigati!»

Heinrich era terrorizzato e un rivolo di sudore freddo gli colava dalla tempia sul collo, ma non perdeva di vista Uniko e cercava di tenere il passo dietro di lui.

È fatta.

Quello era stato il suo primo incantesimo. Uniko aveva reso invisibile se stesso e il suo compagno di viaggio. Ma per non farsi scoprire da Heinrich aveva dovuto ingannarlo e aumentare il suo stato di stress. Farlo correre era l'unico espediente possibile perché non si accorgesse che gli altri non li vedevano. Scappare gli avrebbe confuso i sensi e l'avrebbe costretto a concentrarsi sulla paura di essere catturato, distraendolo da ciò che succedeva intorno.

Si fermarono dietro un pilastro. Heinrich era congestionato in volto e aveva il fiato corto, come se facesse fatica a respirare. Uniko lasciò che si calmasse un po', poi interruppe il sortilegio.

Ci è cascato. E io ci sono riuscito! Sì!

Dentro di lui la soddisfazione superava il disagio di sentirsi colpevole per aver abusato dei propri poteri.

Si avviarono verso l'uscita. Stavano attraversando la hall principale e dalle vetrate filtrava il buio della notte. Heinrich era più taciturno del solito e strisciava i piedi, ancora sconvolto dall'accaduto. A un tratto, Uniko sentì un colpo alla schiena e perse l'equilibrio. Si ritrovò steso, pancia a terra. Ci mise un attimo per riprendersi. Uno strano peso gli gravava addosso. Girò a fatica la testa e si ritrovò davanti la faccia di una ragazza con gli occhi verde smeraldo e un'espressione tanto intensa quanto maliziosa.

«Scusa» disse lei, rimettendosi in piedi. Si spolverò le calze a strisce orizzontali multicolore che sbucavano da una minigonna di velluto marrone. Risistemò la cuffia di lana che copriva le due trecce in cui erano raccolti i capelli neri e si allontanò.

Uniko la seguì con lo sguardo. Aveva una lunga sciarpa, verde come il berretto, intorno al collo e un cappotto di lana pesante che le arrivava alle ginocchia. Ai piedi calzava un paio di anfibi maschili di tipo militare.

«Tutto ok?» La voce di Heinrich gli arrivò da dietro.

«Credo di sì. Sono stato travolto da una tipa che si muoveva alla velocità di un treno, ma sto bene.»

Ripresero il cammino e giunsero al banco informazioni per la Transiberiana. L'uomo dietro il vetro li osservava da sopra gli occhiali, che portava appoggiati sulla punta del naso. Uniko si infilò le mani in tasca e sbiancò: i soldi erano spariti.

La ragazza. È stata lei. Ha finto di investirmi e mi ha derubato!

Si sentì umiliato e preso in giro.

«Dobbiamo cercarla!»

«Chi?»

«La tizia che mi è venuta addosso.»

«Dai, Jo, ti sembra il momento?»

«Non hai capito. È una ladra. Mi ha fregato i soldi. E io voglio riprendermeli.» Uniko si era già messo in movimento e Heinrich lo tallonava, come al solito, un po' ciondolante.

«L'ha fatto con una tale destrezza che, probabilmente, è abituata. Scommetto che bazzica da queste parti e per mantenersi alleggerisce i turisti.»

Heinrich lo guardava allibito. Non sapeva cosa dirgli. Non l'aveva ancora visto così arrabbiato e lo seguiva come un cagnolino.

Girarono l'aeroporto in lungo e in largo, ma senza successo. Heinrich aveva mal di piedi e Uniko era sulle spine.

«Dai, era ovvio che non sarebbe stato facile trovarla. Che ne dici di lasciar perdere e riprendere il viaggio?» propose Heinrich, sedendosi su una panchina, sotto il tabellone centrale dei voli.

«Non ho più soldi!» ribatté Uniko, amareggiato.

«Possiamo chiedere a qualcuno se ce li presta. Se promettiamo di restituirli, magari...» provò a suggerire Heinrich, chiaramente stravolto da quella giornata che sembrava non voler finire mai. «Oppure potremmo proporci per lavorare in uno di questi bar aperti anche di notte...»

«Ti rendi conto di quanto dovremmo lavorare per racimolare quello che ci serve per andare in Tibet?» Uniko si chiese come facesse Heinrich a essere tanto ingenuo. Si sedette e sprofondò il viso fra le mani, sconfortato.

«Prendetela! Sta scappando!»

L'urlo arrivava dalla zona gruppi. In mezzo alla gente che affollava l'area, un paio di poliziotti si muovevano a velocità sostenuta.

«Cosa succede?» Heinrich era incuriosito.

«Boh, andiamo a vedere.»

Si spostarono verso la parte est della hall dove, nonostante l'ora tarda, c'era ancora un grande fermento di viaggiatori in partenza.

«È lei!» esclamò Uniko. «È quella che mi ha derubato.»

La ragazza si stava dileguando tra la folla. Correva veloce e sgattaiolava agile, facendosi largo tra le braccia, le gambe e le schiene degli sconosciuti che si ammassavano davanti a lei. Era svelta, astuta e imprendibile. Uniko non la perse di vista. In una manciata di minuti aveva seminato gli agenti di vigilanza. Si era nascosta dietro una colonna. Si era sfilata il berretto verde come i suoi occhi e si era sciolta le trecce, liberando una massa di riccioli neri. Si era tolta la sciarpa e se l'era cacciata in tasca. E ora si stava levando il cappotto per legarlo in vita a coprire le inconfondibili calze colorate.

Uniko la osservava affascinato: in un attimo si era trasformata in un'altra persona.

La ragazza aspettò che un gruppo di turisti le passasse accanto, e vi si accodò a passo deciso e sicuro.

A me non scappi, pensò Uniko, gettandosi verso di lei. Le arrivò alle spalle e la afferrò per un gomito.

Lei si voltò di scatto. «Che vuoi?» E diede uno strattone per liberarsi dalla presa.

«I miei soldi» rispose Uniko senza mollare.

Lei lo guardò con aria interrogativa e disse: «Non so di cosa stai parlando».

«Ah, no? Allora facciamo così: se non mi restituisci tutto all'istante, io ti porto da un paio di poliziotti che sono molto interessati a te e ti stanno cercando, e mostro loro le calze colorate che nascondi sotto il cappotto e il tuo bel cappello di lana verde che di sicuro hanno notato.»

La ragazza impallidì.

«Be', cosa vuoi fare?» la incalzò Uniko.

La ragazza tirò verso di sé la borsa che portava a tracolla. Aprì la cerniera con i polpastrelli che sporgevano da un paio di guanti in lana senza dita e ne estrasse qualche banconota.

«Tieni.» Prese la mano di Uniko e gli premette i soldi sul palmo. «Posso andare ora?»

Uniko non sapeva cosa pensare. Nella sua testa si agitavano sensazioni diverse, dall'ammirazione per la spavalderia di quella ragazza alla rabbia per la sua sfrontatezza.

Senza aggiungere una parola, lei si girò sui tacchi e riprese il suo cammino privo di meta.

Uniko raggiunse Heinrich che lo aspettava a una decina di metri di distanza. «Adesso abbiamo qualche spicciolo in più.»

«E anche compagnia» constatò Heinrich.

«Cioè?»

«Mi sa che Lady Ladra ha cambiato idea. Guarda chi c'è dietro di te.»

Uniko si voltò di scatto e se la ritrovò di fronte, che lo guardava con un sorriso scaltro.

«Dove state andando?»

«Cosa vuoi?»

«*Mmm*... vedo che sei ancora arrabbiato con me...»

«Perché sei tornata indietro?»

«Ho una proposta da farvi. Io sono sola ed è un bel po' che sto cercando di andarmene da qui. Per una ragazza è complicato fare un viaggio lungo, da queste parti.» Portò le dita alla fronte e spostò una ciocca di capelli ribelli dietro l'orecchio. «Immagino che siate diretti in Asia. Mi piacerebbe unirmi a voi. Qualsiasi sia la vostra destinazione.»

Uniko la studiò con attenzione. Poi piegò la testa verso Heinrich, per capire cosa ne pensava. Il ragazzo era sbigottito, con la mascella rigida e la bocca semiaperta. Uniko aveva avuto la risposta che attendeva.

«Quanti guai dobbiamo aspettarci da te?»
La ragazza alzò le spalle e gli fece l'occhiolino.
«Ok. Andiamo!»
«A proposito, io mi chiamo Dimitra.»

Capitolo 7

LA NOTTE DELLA SCOPERTA

Appartamento di Craig Walden,
5 giorni e 5 ore alla Porta di Horizon

Il borbottio della caffettiera colse di sorpresa Craig Walden: non l'aveva mai sentito così tardi, la sera. Si alzò di corsa dalla scrivania del suo studio e andò a spegnere il fornello, cercando di fare meno rumore possibile. Il profumo si distribuì nel buio del piccolo appartamento, insinuandosi negli angoli del disordine cronico.

Eve dormiva sul divano. Il chiarore del suo viso rilassato era l'unica luce nella penombra del soggiorno: spiccava sul plaid blu scuro con cui Craig Walden l'aveva coperta. Il contrasto tra la dolcezza dei lineamenti e il rosso acceso dei capelli era di forte impatto, tanto che il professore dovette rifuggire l'idea di fermarlo per sempre in una fotografia. Si accontentò di osservarla a lungo, cercando di memorizzarne i dettagli: pensò che un giorno l'avrebbe dipinta su una tela.

Quando erano arrivati all'appartamento, Eve era molto provata: la stanchezza fisica si era sommata allo stress nervoso per la scomparsa dell'amico. Craig Walden aveva cucinato una cena veloce a base di cheeseburger e patatine fritte. Lo stesso cibo che avevano mangiato la sera di un anno prima allo chalet, con Jo e Zack, quando tutto doveva ancora succedere. Poi si erano rilassati chiacchierando e ricordando le avventure incredibili che avevano affrontato insieme. Infine, si erano seduti sul divano per leggere il dossier di Heinrich Thule, ricevuto dall'ispettore Kazig. Dopo pochi minuti, Eve era crollata in un sonno profondo. Craig Walden le aveva messo addosso la coperta, prima di spegnere la luce e trasferirsi alla scrivania, per esaminare con calma la documentazione. Solo dopo qualche ora si era spostato in cucina per prepararsi una tazza di caffè. Craig Walden adorava il caffè: per lui era più di una bevanda, era un viaggio nel tempo e nello spazio. Ne conosceva la provenienza, le numerose miscele, le diverse caratteristiche organolettiche, le aree geografiche di produzione. E quella sera, mentre sorseggiava la *Pura Arabica*, pensò alla leggenda del pastore etiope Kaldi, che una volta si era accorto di una strana euforia nel suo gregge. Il pastore aveva capito che la ragione di tanta vitalità era nelle bacche rosse che le capre brucavano durante il giorno. Aveva deciso di raccoglierle e abbrustolirle. Poi le aveva macinate e ne aveva fatto una tisana. E aveva passato la notte sveglio: Kaldi era stato il primo uomo "che si era fatto un caffè".

Con la mente immersa nei maestosi altopiani del Corno d'Africa, Craig Walden ritornò alla scrivania, avvolto dal fumo denso e profumato che saliva dalla tazza.

Il computer era acceso e online. Il professore non lo spegneva mai. Teneva sempre attivi il browser di Internet e il lettore di file musicali. Aveva una library sterminata che spaziava dai suoni primitivi degli aborigeni australiani alla più recente produzione dei deejay londinesi. La prima cosa che faceva ogni sera, appena rientrava a casa, era avviare la musica. Spesso affidava al caso la successione dei brani, qualche volta spendeva minuti rilassanti a creare playlist che lo accompagnassero nelle sue attività. Quella notte aveva voglia di musica classica. Si sedette, selezionò la raccolta e lasciò il software libero di scegliere la sequenza. Inserì lo spinotto degli auricolari e si mise le cuffie alle orecchie. Chiuse gli occhi, abbandonandosi alla magia della sorpresa delle prime note.

Gli inconfondibili archi del *Canone in D maggiore* di Pachelbel gli procurarono un brivido di piacere: morbidi, armoniosi, invitanti. Evocavano l'immagine di una porta che si schiude delineando una prospettiva luminosa. Un'iniezione di fiducia che gli serviva per iniziare il viaggio dentro l'oscuro mondo di Heinrich Thule. Aprì il raccoglitore di plastica e ne estrasse tutto il contenuto, riversandolo sulla scrivania, poi cominciò a esaminare un foglio alla volta. Il crescendo del *Canone* guidò la sua mano fino al fascicolo su cui era stato appiccicato il post-it con la scritta CHANGEL.

All'inizio si crogiolò nella soddisfazione sottile di essere l'oggetto di interesse di un'anima giovane e inquieta. Conosceva la sensazione: una strana miscela di narcisismo e genuino desiderio. La stessa adrenalina che lo travolgeva quando trasformava le lezioni all'Università in veri e propri happening e gli studenti accorrevano ad ascoltarlo come se fosse una rockstar. Mentre indugiava tra le pieghe delle sue emozioni, il glorioso intreccio melodico del *Canone* si infittiva, portandosi via minuti preziosi. Un corposo sorso di caffè lo scosse, inducendolo a riflettere: non era ragionevole perdere troppo tempo su quella parte del dossier. Erano le stampe delle sue discussioni nei forum e non vi avrebbe trovato nulla di diverso da ciò che aveva scritto. Fece scorrere rapidamente le pagine tra le dita e notò che non c'erano annotazioni di alcun genere, ma solo l'abbondante uso dell'evidenziatore giallo: Heinrich Thule aveva letto i testi di Changel con attenzione, ma non vi aveva proiettato nulla di sé. Prese il fascicolo e lo mise da parte, nell'istante in cui le ariose atmosfere del *Canone* si spegnevano per lasciare il posto al cupo attacco della *Toccata e Fuga in D minore* di Johann Sebastian Bach.

Le note asciutte scagliate dall'organo colpirono con violenza la coscienza di Craig Walden e la catapultarono sulle illustrazioni demoniache che affioravano tra i documenti del dossier. Era una sequela impressionante di strane creature in cui le proprietà di uomini, mammiferi, uccelli, rettili o esseri meramente immaginari si mescolavano in modi sorprendenti e mostruosi. In calce a ogni raffigurazione erano indicati numeri e sigle che per una persona qualsiasi avrebbero avuto un significato oscuro:

Dan. 7:1-8, 8:3-12
2 *Enoch*, *lxxxv.-xc.*, *lx*.7
Esd. 11:1-12:3, 11-32

Ma per il professore erano immediatamente riconoscibili: si trattava dei riferimenti ai passaggi esatti in cui ciascun flagello appariva nell'Antico Testamento. L'organo di Bach accompagnò l'inquietante viaggio tra i demoni che terminò con *La Caduta di Lucifero* di Gustave Doré. Craig Walden raccolse le immagini angosciose sul lato sinistro della scrivania, mentre i suoi occhi venivano catturati dalle foto della cantante misteriosa. Erano tutte in bianco e nero e la mostravano sempre sul palcoscenico. Il professore la osservava con i sensi accesi dalla potenza che la *Toccata e Fuga* di Bach sprigiona nella sua parte centrale. Sollevò una delle fotografie: la donna sembrava galleggiare sul pubblico in estasi. Aveva le gambe leggermente divaricate e il capo inclinato all'indietro, con i lunghi capelli corvini che ondeggiavano sulle spalle. Nella mano sinistra teneva il microfono molto vicino alla bocca, la destra era appoggiata al ventre. Il cappotto strettissimo e sbottonato lasciava intravedere una maglia accollata e aderente, costellata di piccole borchie a forma conica. La gonna cortissima non riusciva a coprire le cosce toniche, fasciate da calze nere laminate d'argento. Le ginocchia esili affioravano da un paio di stivali dal vago stile settecentesco. Un fascio di luce la colpiva dall'alto, dando un'aria spettrale al viso algido. Craig Walden sospirò: la bellezza di quella donna gelava il sangue nelle vene.

Un lampo di lucidità riportò il professore alla dimensione fisica che lo circondava. Si sfregò le palpebre e si accorse di un piccolo oggetto che spuntava da sotto il mucchio di foto che stava osservando. Lo prese in mano e riconobbe una minuscola riproduzione di una *Gibson Les Paul*, una chitarra molto usata dai gruppi rock. Era in materiale gommoso e un taglio trasversale la divideva nettamente in due. Provò a separare le parti e con sorpresa si rese conto che si trattava di una chiavetta usb. La inserì nel computer e aspettò.

Dopo qualche secondo sullo schermo si aprì una finestra grigia e comparve un messaggio: il computer gli diceva che nella chiavetta aveva trovato due file musicali. Craig Walden esitò per un attimo. Poi diede l'invio che interruppe la riproduzione della *Toccata e Fuga* di Bach. Il cuore del professore batteva velocissimo, scatenato da un indecifrabile presentimento.

Un set di percussioni molto originali scaturì dal primo brano. Il ritmo era lento ma implacabile e lasciava intuire un crescendo maestoso, che puntualmente arrivò con l'ingresso della chitarra acustica e del basso. Gli strumenti costruivano un'atmosfera magnetica e rarefatta su cui si innestò la voce femminile: potente, calda e per nulla acuta, molto diversa dallo stereotipo delle cantanti in voga nel panorama della musica commerciale. La voce ripeteva la stessa breve frase con tono sempre più appassionato e coinvolgente, una specie di lamento che si trasformava in preghiera man mano che il pezzo aumentava la sua intensità.

Craig Walden ne era rapito: le note, quasi ipnotiche, avevano la forza di trasportarlo in un'altra dimensione. Cercava di capire le parole, ma non ci riusciva. Mentre faceva ondeggiare la testa per seguire il ritmo e la mente era concentrata, una mano gli si appoggiò sulla spalla sinistra. Craig Walden sobbalzò dallo spavento e si voltò di scatto. Con grande stupore, vide il volto sorridente di Eve: canticchiava la frase incomprensibile che si stava agitando nel suo cervello. Dopo un attimo di smarrimento, il professore tolse gli auricolari.

«Sei già sveglia? Spero di non averti disturbata...»

«Ho dormito a sufficienza, adesso sto meglio. Ho voglia di aiutarla, professore, non posso nemmeno pensare di stare con le mani in mano mentre Jo è in pericolo.»

Lui la osservò con tenerezza, apprezzava molto la sua sensibilità: per lei l'amicizia era tutto e non smetteva mai di dimostrarlo. Craig Walden attivò gli altoparlanti e lasciò che la musica si distribuisse in sottofondo e animasse lo spazio intorno a loro.

«Piuttosto, professore... sono colpita dalla sua passione per il rock. Il fruscio del suono che usciva dai suoi auricolari mi è arrivato alle orecchie nel dormiveglia. È sorprendente che un professore universitario ascolti gli Shamballah.»

Craig Walden la guardò con gli occhi sbarrati. «Cos'hai detto?»

«Non deve sentirsi in imbarazzo. I suoi gusti musicali sono molto giovani e raffinati.»

«Ti ringrazio per i complimenti, ma puoi ripetermi per favore il nome del gruppo?»

«Shamballah» ripeté Eve, intrigata.

Sul volto di Craig Walden l'entusiasmo si mescolava alla tensione. Quel nome aveva fatto scattare una scintilla nella sua mente all'erta.

«Scusa, Eve, ti ho vista canticchiare il ritornello della canzone... lo conosci?»

«Certo! È l'unica frase del brano e ne è anche il titolo.»

«Ah...» fu tutto quello che riuscì a dire Craig Walden, apparentemente in trance.

Eve lo osservò allungare entrambe le mani sui tasti del computer e premerli con maestria e velocità impressionante. Capì che il professore stava avviando una nuova applicazione, mentre il mantra ipnotico degli Shamballah continuava in sottofondo.

«Ti spiace scrivere qui la frase?» le chiese, porgendole la tastiera.

Eve tese l'indice destro e digitò il titolo.

I GOTTA GO RAH

«Vediamo un po'...»

«Cosa significa, professore?»

«Ancora non lo so, ma tra poco lo capiremo.» Craig Walden impugnò il mouse, diede un doppio click e attese.

Sullo schermo, le lettere della frase cominciarono a muoversi disponendosi in sequenze diverse. Sembravano danzare al ritmo della musica e davano vita a una serie di combinazioni. La maggior parte di esse non aveva alcun senso compiuto e rimaneva sul monitor una frazione di secondo, per poi disgregarsi e ricomporsi in una nuova espressione.

«Ma... che cos'è?» domandò Eve, corrugando la fronte.

«È un software che crea anagrammi. Tu scrivi una frase e lui tira fuori tutte le varianti possibili.»

Eve osservava assorta.

«Ci siamo!» esclamò a un tratto il professore. Strinse il mouse e bloccò i movimenti delle lettere sulla frase che era appena comparsa.

GO TO AGARTHI

Eve aveva gli occhi fissi sullo schermo. Il suo sguardo esprimeva mille dubbi. Craig Walden si voltò verso di lei senza parlare. Rimasero in silenzio per qualche secondo, poi lui tornò al computer e avviò il secondo brano contenuto nella chiavetta usb. La musica stavolta era rock puro, un vero e proprio muro di chitarre distorte e batteria su cui la voce femminile svettava con un canto duro e graffiante.

«Un po' di pazienza, Eve. Tra poco scoprirò se quello che ho in testa ha un senso oppure no. Intanto dimmi se conosci anche il titolo di quest'altra canzone.»

«Sì.»

Craig Walden le porse di nuovo la tastiera e lei scrisse:

I GET IT IN THE BEAST

Il professore ebbe un attimo di esitazione prima di avviare il processo di scomposizione in anagrammi. Era un titolo inquietante che sembrava fare riferimento a un concetto demoniaco. Con un gesto più timoroso del precedente allungò la mano sul mouse e lanciò l'applicazione.

La danza delle lettere si protrasse per qualche interminabile minuto. Le combinazioni si avvicendavano sul monitor. Eve era in balia di un vortice emotivo e, quando Craig Walden fermò il programma, non poté fare a meno di sbattere le ciglia e aguzzare la vista sulla frase che spiccava sullo schermo.

«Cosa c'è scritto?»

«È il luogo dove troveremo Heinrich Thule. E, con molta probabilità, anche Jo.»

THE GATE IS IN TIBET

Capitolo 8

TRA LEGGENDA E REALTÀ

Appartamento di Craig Walden, 5 giorni e 2 ore alla Porta di Horizon

«Cosa vuol dire *THE GATE IS IN TIBET*? E che cos'è *AGARTHI*?»

La voce di Eve vibrava di curiosità e speranza. Era in piedi dietro le spalle di Craig Walden, ancora seduto davanti al computer. Il professore era in evidente stato di iper-attività cerebrale: gli occhi erano inchiodati sulla frase che spiccava sullo schermo, ma la mente viaggiava tra le sterminate conoscenze costruite in una vita di studio.

«Insomma, professore... mi ascolta o no?»

Craig Walden scrollò la testa e tornò a sintonizzarsi con la realtà circostante.

«Sì, scusami, Eve. È che tutto questo è davvero incredibile... anche per uno come me, che ha avuto l'opportunità di conoscere Sefira.»

«Tutto questo... *cosa*?»

Craig Walden si voltò verso di lei. Si alzò dalla scrivania e, con fare affettuoso, la condusse al divano. Poi si diresse verso un mobile basso di legno scuro. Aprì un'antina e prese una bottiglia di whisky e un bicchiere. Tornò a sedersi accanto a Eve e iniziò a parlare con grande calma.

«*Tutto questo* è un'ipotesi. Una teoria apparentemente bizzarra che ha a che fare con credenze popolari e vecchie leggende. Ma tu e io abbiamo imparato che, talvolta, la leggenda è l'anticamera della realtà. Quindi, prova ad ascoltarmi con la mente lucida e aperta.»

Craig Walden stappò la bottiglia: era più vuota che piena e il liquido dentro non dava l'impressione di essere di gran qualità. Se ne versò due dita. «Tu vuoi qualcosa da bere? In frigo dovrei avere del succo di frutta...»

Eve fece cenno di no con la testa, mentre Craig Walden portava il bicchiere alle labbra e lo svuotava in un sorso, con una smorfia.

«Prima di tutto devo spiegarti cos'è Agarthi» sospirò il professore, con una voce roca che Eve non gli aveva mai sentito.

«Agarthi è un regno leggendario il cui nome in sanscrito significa *l'inaccessibile.* Le sue origini risalgono ai testi sacri del Buddismo e, secondo la storia, si trova al centro della Terra, protetto da una cintura di montagne altissime e suddiviso in otto parti a forma di petalo che lo farebbero somigliare a un fiore. Si racconta che sia stato fondato migliaia di anni fa da una civiltà superiore e molto evoluta che, per scampare a una spaventosa catastrofe, si sarebbe rifugiata nelle viscere della Terra. Laggiù avrebbe creato un luogo sotterraneo collegato al mondo degli uomini attraverso alcune *Porte* segrete.» Craig Walden diede un'occhiata alla bottiglia che campeggiava aperta sul tavolino e fece una breve pausa in cui valutò la possibilità di bere ancora un po'. Scacciò l'idea e riprese il discorso.

«È solo uno dei tanti miti nati per immaginare posti magici e civiltà straordinarie. Puoi pensare alla Terra Proibita, ad Atlantide, al castello di Camelot, all'isola di Avalon, al monte Olimpo e a tutte le altre destinazioni epiche. Sono creazioni della fantasia che nascono dalla natura trascendente dell'animo umano, cioè dalla sua tensione verso la spiritualità e dalla continua ricerca di un senso superiore e ultraterreno all'esistenza. Però...» Mentre cercava le parole giuste, si versò ancora del whisky. «Però io ho sempre reputato la leggenda di Agarthi molto interessante e ho studiato parecchio per saperne di più.»

«Come mai? Cos'ha di così particolare?» Eve era sempre più incuriosita.

«Sono convinto che il popolo di Agarthi sia realmente esistito e sia stato in contatto con gli angeli.» La risposta del professore arrivò decisa e lasciò la ragazza a bocca aperta. «Se hai voglia di capire, devi avere la pazienza di ascoltare tutta la storia... ti va?»

Eve annuì. «Sarò un concentrato di pazienza e attenzione.»

Craig Walden mise il bicchiere sul tavolino, appoggiò i gomiti sulle ginocchia e, strofinandosi le mani, entrò nel vivo del racconto.

«Il mito di Agarthi prese piede in Occidente tra la fine dell'Ottocento e l'inizio del Novecento. La prima teoria basata su fondamenti sufficientemente razionali si deve a Madame Blavatsky, la veggente fondatrice della Società Teosofica Internazionale, e allo scrittore, nonché viaggiatore, Ferdynand Ossendowsky. Al di là delle trovate pittoresche e discutibili, entrambi narrano di un periodo di grande felicità e benessere che avrebbe interessato la Terra migliaia di anni fa: la cosiddetta *Età dell'Oro*. Un'epoca in cui gli uomini comunicavano con il Bene Assoluto e usavano un fluido energetico chiamato *Vril*. Le narrazioni di molti Lama mongoli fanno proprio riferimento agli incredibili poteri che il *Vril* avrebbe conferito alla civiltà di quel tempo.»

«Ovvero?» Lo sguardo sorpreso di Eve tagliava l'aria.

«Spostare oggetti con il pensiero, volare, leggere nella mente: gli stessi poteri degli abitanti di Sefira.»

La tensione che sgorgò dagli occhi della ragazza colpì Craig Walden quasi a fargli male.

«Aspetta, Eve, non ti agitare. Lascia che ti spieghi il resto.»

Il professore le prese la mano e continuò: «La leggenda vuole che gli esseri superiori abbiano deciso di trasferirsi nelle viscere della Terra per scampare a un cataclisma terribile. Grazie alla scienza avanzatissima di cui disponevano, avrebbero costruito un vero e proprio regno sotterraneo con città collegate da cunicoli che davano accesso al mondo degli uomini attraverso una serie di Porte segrete, sparse nei vari continenti. Pur essendo un'ipotesi bizzarra e priva di prova concreta, ha affascinato gli animi di chi sognava l'esistenza di una razza eletta a cui fare riferimento. L'ideologia nazista è partita proprio da questa tesi e non c'è da stupirsi se Adolf Hitler inviò numerose spedizioni con lo scopo di cercare i passaggi che conducevano all'Agarthi».

«Ma... cosa c'entra tutto questo con la scomparsa di Jo?»

«Adesso capirai.» Craig Walden si alzò in piedi e cominciò a camminare lentamente nel piccolo soggiorno.

«Durante i miei studi mi sono imbattuto in decine di chimere di scarso valore. Ma quella in questione presenta alcuni elementi di contatto con la visione che ho sempre avuto degli angeli e che, come sai, si è dimostrata corretta. Io non credo nell'esistenza di un popolo che vive sottoterra. Ma non sarei stupito di apprendere che migliaia di anni fa esistessero creature in stato di grazia, capaci di relazionarsi con i principi del Bene Assoluto. Riesci a capire cosa intendo?»

«Mi sta dicendo che la razza gloriosa a cui fa riferimento la leggenda di Agarthi potrebbe essere quella degli angeli?»

«Non è l'ipotesi che preferisco. In realtà ce n'è un'altra che ho sempre trovato più affascinante.»

Eve era rapita. Con un certo piacere si rese conto che stava provando le stesse incredibili sensazioni di un anno prima, quando, in un caldo chalet immerso nella quiete della notte, Craig Walden aveva catturato l'attenzione sua e dei suoi due amici per farla volare in un mondo fantastico. Tanto fantastico da essersi poi rivelato assolutamente reale.

«Io credo che la storia dell'uomo come la conosciamo noi non sia completa. A oggi siamo in grado di risalire a poche migliaia di anni fa, ma non sappiamo nulla di cosa esisteva molto prima. Non ho argomenti per negare la possibilità dell'esistenza di civiltà diverse dalla nostra o addirittura superiori. Anzi, se proprio vuoi sapere il mio pensiero, sono convinto che sia molto verosimile. La tendenza del nostro mondo va verso un degrado inesorabile: probabilmente gli uomini di oggi sono migliori di quelli di domani e quelli di ieri erano più evoluti di noi...» Craig Walden si rese conto della complessità del ragionamento, ricapitolò le idee e riprese il filo del discorso. «È mia opinione che la civiltà eletta cui fa riferimento la leggenda di Agarthi sia realmente esistita. Sono propenso a pensare che vivesse in pace ispirandosi al Bene Assoluto, che fosse a conoscenza dell'esistenza degli angeli e comunicasse con loro. Ma credo anche che le Porte servissero per viaggiare tra il mondo degli uomini e Sefira e che siano ancora da qualche parte sulla Terra, in attesa di essere scoperte. E tutto ciò mi porta a ipotizzare che...» per una frazione di secondo arginò il torrente di affermazioni «...che la scomparsa di Jo sia in qualche modo legata a questo.»

«Sì, ma come?» Eve faceva fatica a seguirlo.

«Non lo so... è quello che dobbiamo capire...» rispose il professore pensieroso, passandosi la mano destra tra i capelli cortissimi. «Proviamo a ragionarci insieme.» Craig Walden restò in silenzio per qualche altro secondo, con lo sguardo di chi sta valutando idee contrastanti. «La leggenda vuole che l'Agarthi si estenda attraverso una serie di agglomerati situati al di sotto della crosta terrestre e collegati da un vasto reticolo di cunicoli. Si tratta di satelliti minori della vera e propria capitale del regno, la cosiddetta Città degli Smeraldi, il cui nome deriva da un termine sanscrito che significa *Luogo di Pace e Serenità*. Prova a indovinare qual è questo termine.»

Eve scosse la testa, dubbiosa.

«Shamballah!» esclamò Craig Walden.

Eve corrugò la fronte e fissò un punto indefinito: i collegamenti logici tra le informazioni che affluivano alla sua mente si mescolavano alle immagini della cantante misteriosa e alla sua musica ipnotica.

«E sai dove si trova Shamballah?» insistette il professore.

«A questo punto lo posso immaginare: in Tibet?»

«Esatto. E dove ci conduce tutto questo?»

Eve portò le dita alla bocca, mentre Craig Walden la rendeva partecipe della sua convinzione: «Credo che a Shamballah ci sia una Porta».

La ragazza deglutì, incredula. «Ma il Tibet è sterminato...»

«Proprio così» confermò il professore. «Shamballah è localizzata in un'area sotterranea vastissima tra il deserto del Gobi e la catena montuosa dell'Himalaya. La Natura estremamente impervia della zona ha fatto fallire le numerose spedizioni partite negli anni per cercare la Porta.»

«E allora? Noi come facciamo a trovarla?»

Gli occhi di Craig Walden fiammeggiavano di entusiasmo. Si avvicinò alla libreria e la setacciò con lo sguardo fino a quando individuò ciò che cercava: «Eccoti!»

Allungò il braccio destro, con l'indice arpionò il dorso superiore di un volume piuttosto vecchio e lo tirò fuori dallo scaffale. Lo sfogliò rapidamente, per poi lanciarlo a Eve, che riuscì a prenderlo al volo.

La ragazza esaminò la copertina: era sbiadita dal tempo e raffigurava un enorme crepaccio che si apriva sul fianco di una montagna, sprofondando in un baratro buio. Lo aprì e fece correre gli occhi sulle pagine ingiallite. Il titolo recitava:

The Lost Horizon
by James Hilton

«Che libro è?»

«Uno dei pochi vantaggi dell'essere uno studioso appassionato è quello di leggere tanti testi e riuscire a collegare informazioni che all'apparenza non hanno nulla a che vedere l'una con l'altra.» La raggiunse sul divano e riprese a parlare. «È un romanzo del 1933: ruota attorno a un anziano militare britannico partito per il Tibet alla ricerca dello Shangri-La, che altro non è che l'ennesimo modo per definire l'Eden, il Paradiso Terrestre, l'Eldorado. Un bel po' di anni fa ho letto il libro e sono rimasto impressionato dalle descrizioni vivide e nette della montagna ai cui piedi il protagonista trova lo Shangri-La. Ho immediatamente pensato che l'autore stesse descrivendo un posto reale e per questo ho deciso di approfondire. Ho studiato a lungo e alla fine... l'ho trovato.» Fece un sospiro profondo. «So dov'è il luogo in cui è nascosta la Porta.»

Eve lo ascoltava attonita. «E qual è?»

«Il sacro monte Kailash. È alto circa seimilasettecento metri ed è situato sull'altipiano del Tibet, alle spalle della catena dell'Himalaya. È al centro di un quadrilatero delimitato dalle sorgenti di quattro fiumi enormi che si diramano verso i rispettivi estuari, a più di duemila chilometri l'uno dall'altro. Per questo la profezia del Budda ha definito il monte Kailash "l'ombelico del mondo". È meta di un pellegrinaggio continuo di induisti e buddisti che sui suoi pendii pensano di raggiungere il centro dell'Universo, il punto cosmico dove ogni cosa ha inizio e fine. La tappa di arrivo del pellegrinaggio è il Dolma, un valico situato sul versante nord-orientale, a circa cinquemila metri d'altezza. Lassù i fedeli lasciano qualcosa di sé: un capo di vestiario, una ciocca di capelli, un dente, un simbolo della propria morte e della rinascita a nuova vita spirituale. Il percorso si ferma molto più in basso della vetta e io credo che la Porta sia oltre, tra il Dolma e la cima.»

«E lei ci è già andato?»

«Non ancora. Nella mia ricerca di un contatto con il mondo degli angeli, diedi priorità alla pista di Maple Town. Decisi che, se non avessi trovato nulla nella vostra cittadina, sarei partito per il Tibet. Sai com'è andata, quindi puoi capire perché una spedizione complessa e pericolosa come quella per il monte Kailash è passata in secondo piano.»

Eve era allibita dalla sicurezza con cui Craig Walden proponeva tesi basate su ipotesi fantasiose e argomenti discutibili. Il professore godeva di grande autorevolezza ai suoi occhi, ma stavolta le sembrava tutto decisamente incredibile.

«Professore, la teoria è affascinante ma non sono sicura di...» la voce dolce della ragazza fu graffiata da un suono fastidioso. Sembrava il gracidio di una rana che proveniva dal computer, sulla scrivania.

«C'è una chiamata in arrivo» disse Craig Walden, mentre il rumore continuava a echeggiare, impertinente.

Il professore si avvicinò alla scrivania. Era perplesso: non aspettava nessuna chiamata via Skype, soprattutto nel cuore della notte. Si sedette ed esitò prima di schiacciare il tasto per accettare il collegamento. Eve lo seguì e si fermò alle sue spalle. Appena il professore diede l'avvio con il mouse, sullo schermo apparve un'immagine che fece impallidire entrambi.

La faccia larga e abbronzata di Vlad Kazig galleggiava sorridente su uno sfondo scuro.

«Buonasera, professore; buonasera, signorina Dufaux.»

Nessuno dei due ebbe la presenza di spirito di rispondere.

«Scusate l'intrusione, ma credo di poter dare un contributo alla vostra interessante discussione.»

Craig Walden strinse le labbra, indispettito. «Ci stava spiando, ispettore?»

«Certo, poteva pensare che non lo facessi?»

«Ma come fa?» domandò Eve, sconfortata.

«Le ho messo una cimice ricetrasmittente nella tasca del cappotto. Ricorda? L'ho aiutata a indossarlo quando mi sono offerto di accompagnarla a casa.»

Le spiegazioni dell'ispettore erano di una semplicità disarmante, tanto da togliere ogni possibilità di replica. Vlad Kazig approfittò del silenzio per continuare.

«Signorina Dufaux, l'ho sentita piuttosto scettica in merito alle ricostruzioni fantasiose del professore. In effetti è comprensibile, ma volevo mostrarle cosa ho trovato tra i libri di Heinrich Thule.»

Si chinò fino a scomparire dallo schermo per riapparire qualche secondo dopo. Vicino al volto paonazzo mostrava un volume dalla copertina consunta identica a quella che Eve stringeva ancora tra le mani.

«Sembra che anche il nostro amico si sia appassionato a *The Lost Horizon*» ironizzò l'ispettore. «Ma non è tutto.»

Vlad Kazig arretrò e iniziò a sfogliarlo. Farfugliava frasi incomprensibili che si interruppero quando esclamò: «Oh, finalmente!» Sollevò la testa per ricominciare a guardare nel monitor e aprì il libro davanti alla webcam. Sulla doppia pagina c'era una mappa, ma Eve e Craig Walden non riuscivano a leggerne i dettagli. L'ispettore indicava un punto preciso.

«Riuscite a vedere?» Non ottenendo risposta, avvicinò ulteriormente le pagine alla webcam e l'immagine si fece più nitida. L'unghia poco curata del dito dell'ispettore puntava sulla scritta *Monte Kailash*.

«Visto? E guardate qui.» Vlad Kazig fece correre l'indice fino a raggiungere la parola *Dolma*. Da lì cominciò a seguire una linea scura evidenziata con un pennarello rosso fluorescente. Eve e il professore guardavano il percorso con gli occhi sbarrati e la bocca aperta.

«Ecco... si legge?»

«Benissimo» rispose Craig Walden, mentre sullo schermo appariva un'annotazione fatta a mano ma molto chiara: *Porta di Horizon*.

Vlad Kazig abbassò il volume e sorrise compiaciuto.

«A questo punto, direi che abbiamo qualche elemento concreto per poter pensare che Heinrich Thule stia facendo rotta verso il Tibet… magari accompagnato dal vostro amico Jo.»

«Cosa intende fare?» Craig Walden non riusciva a comprendere le reali intenzioni dell'ispettore. Si chiese quale fosse il motivo di quella chiamata e cosa volesse veramente da loro.

«Ho una proposta per voi due. Vi va di ascoltarla?»

«Certo!» esclamò Eve, speranzosa di poter trovare un modo per raggiungere Jo.

«Io vi offro la possibilità di partire per il monte Kailash. Farò predisporre un jet della polizia che ci porterà laggiù, insieme all'attrezzatura adeguata per muoverci in alta montagna.»

«Cosa vuole in cambio da noi?» chiese Craig Walden, sospettoso.

«Una cosa molto semplice, che a voi non costerà nulla, ma aiuterà me a capire qualcosa di più su ciò che sta succedendo.» Fece una pausa e avvicinò il volto alla webcam, che rimandò l'immagine dei suoi occhi scuri e penetranti.

«Voglio sapere cos'è Sefira. E chi sono i suoi abitanti.»

Capitolo 9

DIMITRA

Sulla strada per il Tibet,
3 giorni e 18 ore alla Porta di Horizon

Uniko aveva la felpa sulle spalle e le maniche della maglietta di cotone arrotolate all'altezza dei gomiti. Stava tornando allo scompartimento, reggendo un vassoio con tre tazze di tè nero, appena prese nella carrozza bar. Si era alzato poco prima per sgranchirsi le gambe, dopo essere stato rannicchiato a lungo nella sua cuccetta stretta e poco comoda. Il treno della Transiberiana viaggiava a circa settanta chilometri orari, attraversando immense distese tutte uguali. Erano al secondo giorno di viaggio, ma fuori dai finestrini il paesaggio non era cambiato: boschi di betulla si susseguivano a quelli di pini, in una taiga innevata, fitta e gelidamente misteriosa. Nel deserto di ghiaccio e conifere scorrevano piccoli villaggi tutti in legno, con case basse dai comignoli fumanti. Specchi d'acqua sterminati seguivano per chilometri e chilometri il procedere delle rotaie: fiumi che sfociavano in laghi e laghi che si diramavano in fiumi rimandavano riflessi argentei come sottili scintille tra le folte chiome degli abeti coperti di neve.

La temperatura, fuori, era di venticinque gradi sotto zero e sulla parte esterna del vetro si addensavano minuscole stelline di brina. All'interno il clima era confortevole e nei punti in cui c'erano molti passeggeri faceva anche troppo caldo. Il corridoio era stretto e Uniko dovette rallentare il passo e mettersi di sbieco per superare la lunga fila di persone in attesa di usare il bagno in fondo alla carrozza. Sfiorò con la schiena la tappezzeria a fiorellini e sorrise a una ragazza che teneva per mano una bimba di circa otto anni con un paio di orecchini di perline colorate molto vistose.

Il suo vagone era in terza classe: non c'erano scompartimenti chiusi e le cuccette più in basso fungevano anche da tavolo. Heinrich era ripiegato su se stesso, con lo sguardo concentrato sulle sue mappe. Aveva lo zaino sulle ginocchia e le cuffie del lettore mp3 nelle orecchie.

«Dov'è Dimitra?»

Heinrich scosse la testa. Non ne aveva idea.

«Non ti ho mai visto ascoltare musica, prima d'ora.»

«Infatti... me l'ha data lei un attimo fa. Vedessi quante cose ha in quella borsa!»

Uniko appoggiò il vassoio sul piano reclinabile, poi aprì il sacchetto di carta che teneva sotto il braccio e ne tirò fuori alcune polpette di carne.

«Hai fatto qualche nuova riflessione sul tragitto?»

Heinrich si grattò le tempie. «Sto pensando che non possiamo accontentarci di raggiungere i pendii del monte Kailash. Il nostro traguardo deve essere la vetta. È la montagna più bella del mondo, si trova dietro la catena principale dell'Himalaya. È considerata il centro dell'Universo e il suo nome significa *cristallo* o *gioiello delle nevi*. Ma, soprattutto, non è mai stata scalata da nessuno.» Per la prima volta da quando Uniko era tornato nello scompartimento, Heinrich alzò gli occhi verso di lui. «Secondo la leggenda, sulla cima c'è il Paradiso Terrestre. Sembra che lassù ci sia la fontana della vita, da cui partono i quattro fiumi della forza spirituale. E in questo momento, direi che entrambi ne abbiamo un gran bisogno.»

Uniko lo guardò con aria interrogativa. Si chiese quanto Heinrich fosse davvero convinto di quello che diceva o se fosse semplicemente attirato dall'idea di compiere una missione straordinaria. Quel ragazzo riusciva a stupirlo. A volte sembrava indifeso di fronte alla vita, altre appariva determinato fino all'estremo.

«Quando raggiungeremo la sommità saremo sopra a tutto e a tutti. La nostra mente vedrà il cosmo che ci circonda e voleremo nello spazio infinito...» Il ragazzo continuava a parlare, ma Uniko non lo seguiva più.

Spazio infinito. Uniko lasciò correre lo sguardo oltre il finestrino. All'orizzonte il cielo lattiginoso si fondeva con la terra ammantata di neve in una sfumatura opalescente. Il silenzio regnava leggero. Le sole creature viventi erano orsi, volpi, linci e lupi che sostavano immobili nel nulla, mentre il vento accarezzava il loro folto manto.

Quanto vorrei che tu fossi qui con me, Unika. Abbassò le palpebre e si concentrò per scorgere i suoi occhi viola nel buio. Sentì un sussulto nel petto e il cuore accelerare il battito.

«Quale sommità?» La voce di Dimitra lo raggiunse alle spalle. Aveva in mano una busta arrotolata che conteneva una manciata di frutti secchi e qualche filetto di pesce affumicato che puzzava esageratamente di sale.

«Stiamo pensando di scalare le pareti del monte Kailash» rispose Heinrich, monocorde, senza distogliere l'attenzione dalle mappe.

La ragazza non sembrò particolarmente interessata al discorso. Si lasciò cadere sulla sua cuccetta, con la solita espressione furba di chi nasconde qualcosa. Uniko notò che indossava un nuovo paio di orecchini. Erano quelli della ragazzina che aveva visto di fronte alla toilette poco prima. Si morse la lingua e finse di non averli notati.

«Perché hai preso questo treno con noi, Dimitra?» si limitò a chiederle.

Lei spalancò gli occhi, come se fosse stata punta sul vivo. Poi girò il viso verso il vetro e strinse le labbra. Il suo profilo assunse un'espressione fredda e spigolosa. La mascella si contraeva e il naso sembrava ancora più affilato. Dopo qualche secondo di titubanza, iniziò a parlare.

«Molti anni fa sono rimasta da sola. Ho perso i miei genitori in un incidente stradale. Nessuno dei parenti ha voluto tenermi con sé e mi hanno lasciata crescere in un orfanotrofio.» Il tono era distaccato, quasi impersonale, come se stesse raccontando la storia di qualcun altro.

«Ho conosciuto un ragazzo. Uno come me, con un passato simile al mio. I giorni erano lunghi e le notti piene di incubi e noi ci siamo fatti forza a vicenda. È diventato il mio migliore amico.»

Heinrich alzò la testa e ripiegò accuratamente i fogli, prima di riporli nello zaino. Poi si appoggiò allo schienale e si mise ad ascoltarla coinvolto.

«Dopo esserci fatti tanti scrupoli, abbiamo deciso di fuggire dall'orfanotrofio. E ce l'abbiamo fatta. È successo due anni fa e da quel momento la nostra vita si è svolta per la strada... ma è stato divertente.» Si lasciò sfuggire un sorriso e il suo timbro assunse un accento più vivace. «Non avevamo una casa, ma tanti posti dove stare: la stazione, l'aeroporto, i dormitori, i centri commerciali...»

Uniko si domandò se fosse sincera e cercò di immaginarsi quell'esistenza travagliata.

«Abbiamo fatto tutto insieme, condividendo ogni istante. Finché un giorno lui mi ha tradita. Mi ha abbandonata. Se n'è andato, senza guardare indietro.» Dimitra prese una ciocca di capelli tra le dita e iniziò a intrecciarla nervosamente. «Era una mattina fredda e pioveva a dirotto. Mi ha detto che sarebbe uscito per rubare qualcosa da mangiare e non è più tornato. L'ho cercato ovunque. Mi sono preoccupata, ho pensato che gli fosse successo qualcosa e sono anche andata a vedere in ospedale. Niente. Sparito.

Volatilizzato.» La ragazza si alzò in piedi e si sfilò il maglione dalla testa, restando con una maglietta di flanella rosa a maniche lunghe, un po' logora sui polsi e sotto le ascelle e macchiata intorno al collo. Poi si sedette di nuovo nella sua cuccetta, stringendosi le gambe al petto. Appoggiò il gomito al finestrino, mentre la mano sorreggeva la testa dai folti riccioli neri.

«Quella sera, distrutta e disperata, sono tornata alla stazione e ho chiesto a ogni persona che incontravo se l'aveva visto. Ho descritto a tutti i passanti il suo viso dolcissimo, fino a quando la vecchia signora che mendicava all'angolo del binario tre mi ha fatto cenno con il braccio e mi ha detto di avere notato un giovane come quello di cui parlavo salire sul treno del pomeriggio. Ma non era solo: con lui c'era una bellissima ragazza bionda.»

Uniko notò che nei suoi occhi vibrava una strana luce. Non erano lacrime. Non era rammarico. Era l'iracondo segnale di chi ha una partita aperta. Era odio.

L'altoparlante diffuse in tutti i vagoni una musica occidentale molto datata, poi una voce annunciò la fermata successiva, in una lingua incomprensibile.

«E dov'è andato?» La domanda di Heinrich non tardò ad arrivare.

«Per un anno ho perso le sue tracce. Completamente. Poi la sorte ha voluto che scoprissi il suo nascondiglio. È in Oriente. In Tibet. In un paesino di nome Darchen.»

Uniko e Heinrich si scambiarono uno sguardo di intesa.

«Quindi hai preso questo treno per andare da lui?»

Dimitra annuì. Sollevò il bicchiere di carta che conteneva il tè e lo portò alle labbra. Lo deglutì caldissimo in un solo sorso e rimise il bicchiere sul tavolo.

«Non vedo l'ora di ritrovarlo.»

«Perché, dopo tutto questo tempo?»

«Per ucciderlo.»

Capitolo 10

PREOCCUPAZIONE A SEFIRA

Sefira, 2 giorni e 22 ore alla Porta di Horizon

Unika si sentiva morire.

L'impossibilità di parlare con Uniko svuotava di ogni senso il tempo, che scorreva privo di luce. Era il secondo giorno di silenzio, ormai, e le sembrava un'eternità: la sua anima andava alla deriva nell'oceano delle invocazioni senza risposta e dei pensieri lanciati nel vuoto. Voleva restare sola e vagava senza meta intorno alla Torre.

A un tratto fu colta da un irrefrenabile moto di disperazione. Incapace di farsene una ragione, decise di andare da Metatron. Aveva bisogno del suo aiuto per scacciare il buio che le stritolava la coscienza.

Entrò in volo da una delle finestre e si gettò verso la scala ripida che conduceva allo studio del Saggio. La percorse sollevata dal suolo, silenziosa come scivolando su un cuscino d'aria. Il sibilo che accompagnava i suoi movimenti non riuscì a coprire le voci austere che venivano dalla stanza. Unika le riconobbe immediatamente e decise di non disturbare la conversazione in corso. Si fermò fuori dalla porta socchiusa e ascoltò ciò che non avrebbe mai voluto udire.

«No, valoroso Yesod. Non può esserci altra spiegazione.»

«Ma Metatron, se le cose stanno così, dobbiamo andare sulla Terra. E in fretta.»

«Probabilmente hai ragione, Nishida. Ma prima è necessario analizzare la situazione con lucidità, per elaborare il piano migliore.»

Seguì un breve attimo di silenzio, in cui Unika trattenne il fiato. Sperava che il discorso tra Metatron, Yesod e Nishida non avesse nulla a che fare con Uniko. Ma quando il Saggio riprese la parola, le sue fragili speranze si frantumarono contro il muro dell'evidenza.

«In questo momento non riusciamo a stabilire nessuna connessione telepatica con Uniko. Non possiamo comunicare con lui e questo è molto preoccupante. Ma il vero problema è che non sappiamo esattamente dove sia.»

Il Drago e l'Elfo non parlavano.

«Quando Uniko è tornato nel mondo degli uomini, ho attivato uno schermo di sicurezza intorno all'area di Maple Town. Una vera e propria barriera invalicabile per qualunque creatura sovraumana: se Ophidiel avesse provato ad avvicinarsi al ragazzo sarebbe stato respinto. E io l'avrei saputo subito. Posso dirvi che fino a oggi non c'è stato alcun tentativo di irruzione.»

«Questa è una buona notizia!» esclamò Nishida, entusiasta.

«Sì. Ma con la sospensione del contatto abbiamo perso le tracce di Uniko. Non siamo più in grado di dire se sia ancora all'interno dell'area protetta. Qualora ne fosse al di fuori, ogni schermo diventerebbe inutile.»

«Potremmo estendere l'area coperta dalla barriera.» Nishida era propositivo come sempre.

«Disgraziatamente, non servirebbe a nulla: Ophidiel potrebbe trovarsi già dentro il nuovo perimetro e, in tal caso, non ci sarebbe più modo di allontanarlo. No, amici miei, c'è solo una cosa da fare: riuscire a rintracciare Uniko e riportarlo a casa.»

Mentre l'ineluttabile chiarezza delle parole di Metatron lasciava il posto a una fredda pausa di riflessione, Unika sentì l'ansia dilagarle nel petto. Nascosta dietro la porta, si mordeva le labbra e tratteneva le lacrime. La sua metà era in pericolo di vita e lei doveva fare qualcosa: nella sua testa non vi erano più né futuro né passato. Esisteva soltanto il presente, che per lei significava una sola cosa: raggiungere Uniko dovunque fosse.

«Hai già provato a cercare Uniko con la Finestra sul Mondo?» La calma di Yesod era ammirevole.

«È la prima cosa che ho fatto» rispose Metatron. «Ma purtroppo sui monitor non si vede, non c'è, come se non esistesse. Martin l'ha perso di vista l'altra mattina e non è più riuscito a individuarlo. Eppure è lì, sulla Terra, da qualche parte...» Il Saggio si interruppe di colpo. Chiuse gli occhi e sospese ogni sua azione in una immobilità agghiacciante. Yesod e Nishida lo osservarono confusi: era come se la sua mente fosse attraversata da un'esperienza mistica superiore.

«Metatron, cosa succede?» domandò Yesod, allarmato.

Il Saggio non si mosse per qualche altro raggelante secondo. Le spire dello sgomento avvolsero il Drago e l'Elfo, nell'istante in cui Metatron riapriva gli occhi svelando uno sguardo pieno di sofferenza.

«Seguitemi: dobbiamo andare all'Osservatorio.» Il tono era grave.

«È accaduto qualcosa?»

«In questo momento lo schermo è stato violato. Una creatura sovraumana è entrata a Maple Town.»

«Ophidiel!» ruggì il Drago, furente.

«No, Yesod. Peggio.»

Capitolo 11

ALLA RICERCA DI UNIKO

Sefira, 2 giorni e 21 ore alla Porta di Horizon

L'acqua cristallina dei Laghi Hyatt era increspata dal vento e rifletteva la sagoma dell'Osservatorio che si stagliava imponente sulla sommità dello scoglio roccioso del Faraglione di Mezzogiorno. I dieci angeli con le sembianze di gnomo erano tutti al lavoro alla Finestra sul Mondo. Le altre due stanze che contenevano la Finestra del Tempo e la Finestra del Passaggio erano buie.

Seduti ordinatamente al centro della piccola sala, gli Gnomi osservavano gli schermi dove veniva trasmesso ciò che accadeva sulla Terra. Gli occhi curiosi erano quelli di sempre, ma l'atmosfera vibrava tesa per ciò che era accaduto qualche attimo prima.

I piccoli angeli non si erano ancora riavuti dall'incursione, quando un'altra apparizione improvvisa li fece sobbalzare: Metatron, Yesod e Nishida si materializzarono di colpo in mezzo a loro. Martin accorse, stupito e preoccupato al tempo stesso.

«Benvenuto, luminoso Metatron. Anche tu qui da noi? Che giornata!»

Il Saggio lo guardò con comprensione «Martin, abbiamo bisogno di vedere ciò che sta succedendo a Maple Town.»

Lo Gnomo fece due più due e capì. Un semplice cenno gli bastò per chiedere ai suoi nove assistenti di uscire, per lasciarlo solo con Metatron, Yesod e Nishida.

«Siamo già sintonizzati. Uno degli schermi è sempre orientato su Maple Town. Configuro subito anche gli altri.»

Dopo qualche istante, tutti i monitor trasmettevano vedute differenti della piccola cittadina.

«Nessuna traccia di Uniko, vero?»

«No, purtroppo, niente. È come se a Maple Town Uniko non fosse mai esistito, è questa la cosa strana.» Martin si schiarì la voce e cercò di spiegare: «Eve è andata a cercarlo e la signora Springfield le ha risposto che non sapeva di chi stesse parlando e che non conosceva alcun ragazzo di nome Jo».

Metatron si accigliò, pensieroso. «Mostrami la casa, per favore.» Il tono era calmo, ma si percepiva una forte apprensione. Martin annuì e l'abitazione della famiglia Springfield apparve sullo schermo.

«Grazie, Martin, ho bisogno di un'ultima consultazione: entriamo nella stanza di Uniko.»

Il piccolo angelo con la barba bianca e le treccine arruffate agì immediatamente.

«Unika!» urlò Yesod, quando il monitor rimandò l'immagine della ragazza che si guardava intorno spaesata.

«Cosa ci fa a casa di Uniko?» Nishida era incredulo.

«La ragazza è irrequieta di natura» sospirò Metatron. «E il legame con Uniko è fortissimo. L'ansia per la sua scomparsa deve averla spinta verso il tentativo disperato di raggiungerlo.»

«È andata proprio così» confermò Martin. «Si è presentata qui poco fa. Ci ha chiesto di assisterla perché doveva recarsi a Maple Town attraverso la Finestra del Passaggio. Ho cercato di dissuaderla, spiegandole ancora una volta che la Finestra dovrebbe essere usata solo dagli angeli in missione, quando hanno necessità di smaterializzarsi per andare sulla Terra ad assistere gli esseri umani in qualità di angeli custodi. Ma lei ha tagliato corto, mi ha detto che aveva bisogno di mantenere la sua fisicità e che avrebbe utilizzato la Finestra nello stesso modo in cui ne aveva usufruito Uniko un anno prima. Non ho fatto in tempo a risponderle, si è buttata senza esitazione.»

Metatron si intenerì nel vedere Unika che perlustrava ogni angolo della camera di Uniko.

Non sono mai stata qui eppure è come se ci avessi vissuto. Questo è il letto dove Uniko si stende per abbandonare la sua mente ai sogni, come fanno gli esseri umani. E questo è il cuscino su cui appoggia la testa. Unika lo prese in mano e l'avvicinò al naso. *Riesco a sentire il profumo dei suoi capelli.* Girò su se stessa. *Dove sono i poster che ama così tanto? I pianeti, la luce, la fiamma? Le pareti sono spoglie...*

«Unika!» la chiamò Yesod, con grande nervosismo.

«Non può sentirci.» Metatron aveva lo sguardo fisso sul monitor. «La comunicazione con la Terra è stata interrotta. Significa che chiunque di noi vada nel mondo degli uomini è tagliato fuori da Sefira e senza possibilità di parlare telepaticamente.»

L'ordine che c'è qui dentro è innaturale. Uniko non è così disciplinato, non organizza le cose in questo modo.

Uniko, cos'è successo? Dove sei, anima mia? Questa è la tua scrivania ed ecco i tuoi libri. Le tue cose mi raccontano di te...

«E adesso cosa facciamo?» Yesod sbuffava senza quiete.

«Dobbiamo andare da lei» rispose Nishida, cercando supporto in Metatron.

«Ragioniamo con calma» disse Metatron. «In questo momento Unika non è in pericolo. È all'interno dello schermo che protegge Maple Town, quindi Ophidiel non può raggiungerla.»

Negli attimi densi di trepidazione che seguirono, i quattro angeli non staccarono gli occhi dalla ragazza. La videro che si dirigeva decisa verso la porta finestra. La osservarono mentre la spalancava per sporgersi e prendere un piccolo oggetto appoggiato sul davanzale.

Uniko, hai lasciato la pirite qui per me? La nostra pietra. Tu la porti sempre con te... significa che mi stai dicendo qualcosa...

«Che cos'è?» La curiosità di Martin diede una scossa al silenzio che si era impossessato degli animi.

«È un pezzo di pirite. Proviene dal Laboratorio degli Amuleti e dei Talismani. Uniko ce l'ha spesso in tasca» spiegò Metatron.

«Metatron...»

«Dimmi, Nishida.»

«Perché riusciamo a vedere Unika e non il ragazzo?»

«Me lo stavo chiedendo anch'io. Credo che Ophidiel abbia attivato sulla Terra un sortilegio composto da tre potenti incantesimi. Il primo è quello della rimozione di Uniko dalla coscienza degli esseri umani. Il secondo prevede l'invisibilità del ragazzo ai nostri occhi. Il terzo è il taglio della comunicazione tra il mondo degli uomini e Sefira.»

«Ha trovato qualcosa!» gridò Martin col dito puntato verso il monitor. Unika stava frugando tra i rami fioriti della mimosa.

Questa è la tua pianta. Le sei molto legato. Hai messo la pirite vicino a lei perché volevi che cercassi tra le fronde. Sono sicura che è così... fammi vedere... sì... ecco, l'ho trovato!

Metatron, Yesod, Nishida e Martin avevano il cuore in gola. Unika afferrò un rotolino di carta nascosto tra i ramoscelli. Il Saggio riuscì a leggerne il contenuto prima di tutti e trasalì.

«Tibet? Perché in Tibet?» La domanda di Yesod non tardò ad arrivare.

«Nishida!» La voce di Metatron non riuscì più a celare il turbamento. «Corri da Unika e riportala qui. Subito.» Mentre parlava si rese conto che il tono incisivo e imperioso aveva causato stupore e preoccupazione. Abbassò le palpebre e diede una spiegazione.

«Per una ragione che vi racconterò quando avremo più tempo, Ophidiel sta attirando Uniko sulla vetta del monte Kailash, in Tibet. Unika non deve assolutamente convergere nella stessa località. La priorità in questo momento è riportarla qui. Dopodiché penseremo a recuperare anche Uniko. Adesso vai, Nishida... non c'è tempo da perdere!»

Nishida si stava lanciando nella Finestra del Passaggio, nell'istante in cui la voce di Metatron lo raggiunse con un'ultima raccomandazione.

«Quando sarai da lei, non potrò comunicare con te. Cerca di convincerla ma, qualunque cosa accada... non perderla di vista neanche per un secondo!»

È un messaggio! Hai scritto anche il mio nome. Sapevi che sarei venuta da te e hai voluto dirmi dove avrei potuto trovarti. Monte Kailash... sembra un luogo bellissimo, sono curiosa di sapere perché hai deciso di andarci. Adesso io...

«Unika!»

«Nishida! Come mai sei qui?»

«Unika, sei in pericolo. Dobbiamo rientrare immediatamente a Sefira.»

«È Uniko a essere in pericolo. Aiutami a trovarlo e a salvarlo. Poi torneremo a Sefira tutti insieme.»

«Lo faremo, c'è già un piano. Ma adesso tu vieni a casa con me.»

«Non se ne parla proprio, Nishida. Continuo a chiamarlo, ma

lui non mi sente, nemmeno adesso che sono sulla Terra. La telepatia non funziona più. Non lo lascio solo.»

«È un ordine di Metatron, Unika.»

«Come potete anche solo pensare di obbligarmi ad abbandonare Uniko al suo destino? Non avete capito niente! Anche se volessi, non potrei mai. Mai! Senza di lui io non torno.»

Metatron osservava la scena in preda ai sensi di colpa. Aveva sottovalutato la forza del legame tra i due ragazzi e non riusciva a perdonarselo.

«Unika, non ti lascerò andare via.»

«Non puoi impedirmelo.»

Non lasciarla andare da sola... ripeteva Metatron dentro di sé. *Stalle vicino...*

«Ascolta, Nishida: tu non puoi fermarmi e lo sai. Però puoi essermi d'aiuto. Vieni con me in Tibet, amico mio. Avrò bisogno di te per ritrovare Uniko.»

Nishida sapeva che la ragazza non avrebbe rinunciato. E lui non sarebbe mai stato in grado di convincerla. Ricordò la raccomandazione di Metatron: *Qualunque cosa accada, non perderla mai di vista.*

La guardò e le sorrise.

«Andiamo. Uniko ha bisogno di noi.»

Capitolo 12

LAGO BAIKAL

Sulla strada per il Tibet,
2 giorni e 20 ore alla Porta di Horizon

«Guardate!»

Dimitra aveva entrambe le mani appoggiate al finestrino e il suo fiato accarezzava il vetro, animando piccoli aloni di condensa che si muovevano con il ritmo dei suoi sospiri.

«È un lago o un mare?» chiese Heinrich, togliendosi gli occhiali, per cercare di mettere meglio a fuoco lo spettacolo naturale che si palesava davanti a loro.

«Credo che sia la Perla della Siberia» spiegò Dimitra, con lo sguardo acceso. «Il lago Baikal, il cui nome significa *grande acqua*. Ne ho sentito parlare spesso dai turisti che transitano in aeroporto. Ha oltre venticinque milioni di anni ed è il bacino più profondo del mondo: contiene il venti per cento della riserva d'acqua dolce del pianeta.»

Uniko si alzò in piedi, per avvicinarsi il più possibile ai compagni. Puntellò le dita sul tavolino coperto da una tovaglietta a scacchi bianchi e marroni rammendata al centro, e si sporse per vedere il paesaggio. Il cielo aveva una tonalità pervinca e si diffondeva delicato come un'ombra sul bianco della neve fresca. I raggi del sole sfondavano la sottile coltre di nubi e scivolavano sulla superficie ghiacciata del lago, con riverberi rosa, verdi, azzurri, in un arcobaleno di sfumature dai colori pastello. La sensazione era quella di uno specchio contornato da una cornice arricciata: lungo la riva le onde erano rimaste bloccate nel loro frangersi sinuoso, e ciò aveva dato al ghiaccio una forma morbidamente increspata.

Il treno rallentò in prossimità della stazione di Irkutsk, mentre la voce metallica dell'altoparlante annunciava la sosta di cinquanta minuti.

«Ho sempre sognato di visitare la Parigi delle Nevi» disse Dimitra. «Questa è la principale città della Siberia orientale ed è un luogo carico di storia, ma anche di mistero.»

«Mistero?»

Dimitra annuì. «L'isola di Olkhon è qui vicino. Non ne avete mai sentito parlare?»

Uniko e Heinrich si scambiarono un'occhiata interrogativa e poi fecero no con la testa.

«È la terra degli sciamani. Uno dei più importanti nuclei di energia sensoriale sul pianeta. Esistono leggende e miti che raccontano di questo posto sacro: lo definiscono *il confine della realtà*.» Dimitra osservò le facce allibite dei due ragazzi, poi propose: «Perché non ci andiamo? Potremmo fare una gita e tornare qui domani e prendere il prossimo treno per la Cina».

Heinrich iniziò a scuotere il capo. «No... non mi sembra una buona idea.»

Uniko gli lanciò un'occhiata perplessa. Ogni tanto si stupiva della sua titubanza nell'affrontare i cambi di percorso.

«Non importa. Voi fate come vi pare. Io ci vado comunque. Tanti saluti. Io Shaman Rock lo voglio vedere. Sento che mi sta chiamando.» Dimitra si lasciò sfuggire un sorrisetto malizioso.

Si alzarono tutti e tre. Indossarono cappotti e giacche pesanti e si diressero verso l'uscita.

Avevano percorso in treno più di cinquemila chilometri e

appena rimisero i piedi al suolo furono assaliti da una forte nausea.

«Mi gira la testa.» Heinrich si sostenne appoggiandosi al braccio di Uniko.

«È il mal di terra» spiegò Dimitra. «Lo stesso che colpisce quando si scende dalla barca. Siamo stati sulle rotaie per oltre tre giorni e non siamo più abituati a camminare su un piano fermo.»

Uniko si strinse nelle spalle, mentre l'aria freddissima gli si insinuava nei polmoni come una pioggia di frecce acuminate. Le sue narici percepirono l'odore intenso del formaggio secco di capra e del caglio del latte appena scremato, esposti insieme al montone bollito in uno dei tanti banchetti che popolavano l'area della stazione. In ogni angolo c'erano ambulanti che vendevano di tutto: abiti dai colori sgargianti, accessori con paillettes e lustrini, copricapo e scialli ornati di frange e ricami. Ma anche piccoli souvenir locali, coperte, gioielli, pietre dure, termometri, coltelli e strumenti militari.

«Per di là!» Dimitra faceva strada tra la folla. Imboccò decisa un sentiero, indicato da un cartello di legno dipinto di rosso. Dopo qualche passo, raggiunsero un grande spiazzo che si affacciava sul lago. Uniko si sorprese nel vedere che l'acqua era completamente congelata: una solida lastra di ghiaccio si estendeva per chilometri e chilometri a perdita d'occhio circondata dalle conifere e permetteva a mezzi di ogni genere di spostarsi da un capo all'altro.

«Venite! È divertente!» Dimitra si era gettata sulla superficie lucida e si lasciava scivolare, tenendosi in equilibrio con le braccia aperte. Si muoveva come se avesse i pattini ai piedi e volteggiava come una farfalla.

Preso dall'entusiasmo, Heinrich la seguì, ma non riuscì a reggersi in piedi e cadde goffamente, disegnando una scia nel sottile strato di neve polverosa scesa durante la notte.

Tutti e tre si trovarono a volare con lo spirito. Viaggiavano da tante ore in compagnia, ma non avevano ancora riso insieme.

Le guance screpolate dal vento si distesero in un'espressione spensierata: tutta la tensione accumulata nei giorni precedenti si sciolse in un momento di puro divertimento.

Dimitra aveva il naso arrossato e le sopracciglia imperlate dal freddo. Uniko la fissava: era come se la conoscesse da tanto tempo. Il viso impertinente e un po' ribelle della ragazza aveva qualcosa di vagamente familiare. Lei si accorse del suo sguardo e gli sorrise. Poi si avvicinò a Heinrich, lo prese sotto braccio e lo trascinò da Uniko.

«Allora, mi accompagnate all'isola degli sciamani, sì o no?»

Sul volto di Heinrich l'ottimismo di qualche istante prima si spense immediatamente. Quando il ragazzo riprese a fare no con la testa, Dimitra si rivolse a Uniko, che arricciò le labbra, in segno di rinuncia.

«Credo che le nostre strade si separeranno qui.» Dimitra alzò le spalle e sospirò. «Se la sorte lo vorrà, ci vedremo in Tibet tra qualche giorno.»

«Buona fortuna, Dimitra.» Uniko le tese la mano. «Stai attenta e cerca di avere cura di te.»

«E smettila di derubare i turisti... è pericoloso e non ti capiterà spesso di avere a che fare con due come noi» aggiunse Heinrich con una smorfia che era un misto di raccomandazione e rimprovero.

La seguirono con lo sguardo mentre si allontanava, con le braccia conserte e la sciarpa avvolta intorno al collo. Osservando i suoi riccioli ribelli e le sue gambe lunghe e troppo magre, Uniko sentì che l'avrebbe rivista.

«Non le ho dato il lettore mp3» bofonchiò Heinrich, estraendo dalla tasca destra le cuffie con i cavetti tutti annodati. «Glielo porto!»

«Io intanto compro qualcosa da mangiare» annunciò Uniko. «Ho visto delle frittelle laggiù.»

Appena Heinrich si mise a rincorrere Dimitra, Uniko si avviò verso le bancarelle. La sua attenzione fu attratta da un gruppo di artisti che stava realizzando fantastiche sculture, modellando grossi blocchi di ghiaccio. Gli scalpelli picchiettavano rumorosamente e liberavano dalla trasparenza figure armoniose e lucenti. La più incredibile era un angelo con il viso rivolto al cielo. Braccia e corpo non erano ancora stati intagliati. Si iniziavano a intravedere le ali che sembravano proiettare la statua verso il cielo, quasi volesse sprigionarsi dal macigno di gelo in cui era intrappolata.

Uniko si fermò e cercò nei lineamenti del volto il sorriso di Unika. E di colpo trasalì. Sentì la terra mancargli sotto i piedi e la vista gli si oscurò. Una fitta lancinante sembrò perforargli le meningi. Barcollando, si portò le dita alle tempie. Cadde in ginocchio. Il suolo umido bagnava i pantaloni e trasmetteva un freddo pungente alle ossa. Rabbrividì e pensò di svenire. A un tratto, una luce lo abbagliò e nella sua testa si riprodusse l'immagine del foglio che aveva lasciato per Unika, con le indicazioni del monte Kailash. Era reale come se ce l'avesse di fronte. Il pezzo di carta con il nome di Unika, scritto con la sua calligrafia, era sorretto da due bellissime mani dalla pelle candida.

"Unika!" La voce del pensiero sgorgò spontanea dalla sua mente.

Non arrivò nessuna risposta.

Ci mise un attimo per capire ciò che stava succedendo. Non poteva parlare con Unika, ma riusciva a vedere ciò che lei vedeva. Era come se guardasse attraverso i suoi occhi. E ciò che stava osservando gli diceva che in quel momento Unika era nella sua stanza a Maple Town. Era arrivata. Era corsa da lui. E aveva trovato l'indizio che le aveva lasciato tra i rami della mimosa.

"Unika, mi senti?" Il sangue pulsava forte nelle vene e le mani gli tremavano. Il silenzio continuava a rimbombargli in testa, ma aveva l'anima euforica. Il pensiero di aver ristabilito in qualche modo un contatto con Unika lo rincuorava.

Dopo qualche secondo l'immagine svanì.

"Unika... non andare! Ti prego non te ne andare!"

Buio. Poi solo la distesa di ghiaccio che aveva di fronte. Si alzò, malfermo sulle gambe. Si accorse di avere trattenuto il respiro ed ebbe un accesso di tosse. Aveva la faccia congelata e gli occhi pesanti. Cercò di fare respiri profondi e accennò qualche passo, per ridare ossigeno al corpo e allo spirito. Era confuso e non poté fare a meno di domandarsi che tipo di esperienza avesse vissuto: qualcosa dentro di lui gli disse che non era un potere comune a tutti gli angeli. Dopo qualche istante di smarrimento, ripensando alle dita sottili di Unika che stringevano il foglio, sorrise di gioia pura: sapeva dove si trovava, finalmente. E l'avrebbe raggiunta. Subito. Gli sarebbe bastato concentrarsi e trasvolare a casa, per riabbracciarla. Chiuse le palpebre e strinse i pugni. In poco tempo sarebbe stato da lei.

«Aiuto!» L'urlo disperato di Heinrich fece irruzione nelle sue orecchie.

Non ora, non ora... io devo andare.

«Jo! Aiuto! Dimitra sta affogando!»

Unika è nella mia stanza. Mi sta cercando. Devo trasvolare da lei.

«Oh, mio Dio! Jooooo...»

Uniko alzò lo sguardo e vide Heinrich in lontananza, disteso a terra, con la testa ruotata verso di lui in una smorfia di paura. Gridava a squarciagola, mentre qualche turista si precipitava a soccorrerlo. Il ghiaccio si era aperto e Dimitra era finita nel crepaccio. Le sue braccia erano ancorate a quelle di Heinrich, che stava scivolando nella fenditura dietro di lei.

Uniko iniziò a correre verso di loro. Ma i piedi sbandavano, non riusciva a fare presa sul terreno e continuava a perdere l'equilibrio. Si staccò appena dal suolo e volò più rapidamente che poteva. Raggiunse Heinrich prima di tutti gli altri. Si gettò sopra di lui e afferrò i polsi della ragazza.

«Sono qua!»

Diede un poderoso strattone e quando Dimitra riaffiorò dall'acqua gelida, la agguantò con una mano per il bavero del cappotto inzuppato e con l'altra le abbrancò la schiena.

«Ce l'ho... la tengo!»

Con tutta la forza di cui era capace la sollevò oltre il bordo frastagliato della fenditura. Heinrich la prese per la vita e lo aiutò a trascinarla in superficie. Dimitra era congelata. Batteva i denti senza controllo e il corpo era in preda a violentissimi brividi. Il volto era violaceo e le labbra gonfie. Non riusciva a parlare, ma gli occhi esprimevano tutto il panico che la travolgeva. Uniko la strinse a sé. «Dimitra, guardami! Reagisci... cerca di muoverti.» Con delicatezza le sfilò il cappotto fradicio e la avvolse nella propria giacca.

Nel frattempo erano sopraggiunte altre persone. Un ambulante con gli occhi a mandorla e il viso paffuto aveva portato un paio di coperte. Uniko avvolse Dimitra in quella più grande e porse l'altra a Heinrich che se la mise sulle spalle. Lentamente, si riavviarono verso la stazione. Uniko e Heinrich tenevano sottobraccio l'esile figura della ragazza che si muoveva a malapena: aveva il respiro affannato e la testa piegata sul lato.

Salirono sul treno per ultimi, dopo la chiamata finale del macchinista. La temperatura nello scompartimento era mite. Dopo qualche ora Dimitra aveva ripreso il suo colorito naturale. Poi si era addormentata avvolta nella coperta e ora riposava di un sonno apparentemente tranquillo.

Heinrich aveva le spalle appoggiate allo schienale della cuccetta, ma continuava a dondolare la testa avanti e indietro, con le pupille fisse nel vuoto. Da quando aveva smesso di urlare per chiedere aiuto non aveva detto più una parola.

Uniko tuffò lo sguardo nel crepuscolo che avvolgeva la foresta di ghiaccio. Con la mente volò a Unika. Era passato troppo tempo da quando aveva trovato il biglietto e di sicuro non era più a Maple Town. Conoscendola, era già partita per il Tibet. Pensò alla sensazione che aveva provato e si chiese se anche Unika fosse in grado di vedere attraverso i suoi occhi. Lasciò che la malinconia dilagasse nel petto e sorrise: in cuor suo sapeva che ora avevano un nuovo modo per comunicare.

Capitolo 13

IL SEGRETO DI EBER

Sefira, 2 giorni e 18 ore alla Porta di Horizon

Metatron aveva gli occhi fissi sullo schermo della Finestra sul Mondo, che mostrava Unika e Nishida seduti sul letto di Uniko. L'Elfo stava abbracciando la ragazza con l'infinita dolcezza di cui era capace.

«Saggio Metatron, posso chiederti qualche spiegazione in più?» La voce grave di Yesod interruppe la calma apparente che regnava nella stanza dell'Osservatorio.

«Certo, Yesod. È giusto che tu sappia cosa sta succedendo.»

Il Drago annuì con fierezza e poi aggiunse: «Due sono gli aspetti a me oscuri. Il primo riguarda la destinazione misteriosa verso cui si sta dirigendo Uniko. Il secondo è la strategia di Ophidiel».

Metatron rimase in silenzio, guardando con grande stima il capo degli Angeli Guida: la sua devozione non comprometteva l'orgogliosa e legittima ambizione di capire.

Metatron rivolse uno sguardo carico di affetto a Martin. Lo Gnomo comprese il messaggio del Saggio e abbandonò la sala. Appena l'eco dei passi di Martin si spense, Metatron riprese a parlare. E lo fece con grande incisività.

«In Tibet c'è la Porta di Horizon: un passaggio tra il mondo degli uomini e Sefira.»

Yesod trasalì, sbigottito.

«C'è stato un tempo in cui sulla Terra vivevano uomini molto saggi. Erano in armonia e il bene comune coincideva con quello dei singoli individui. La forte energia morale e spirituale di quella civiltà mi convinse ad aprire un canale di comunicazione.»

«A che scopo?» domandò Yesod, consapevole dell'importanza di ciò che il Saggio gli stava raccontando.

«Poteva essere l'avverarsi di un sogno: la possibilità di accelerare l'evoluzione della razza umana per farla vivere in perfetta simbiosi con i più alti valori. E tutto questo poteva concretizzarsi solo con il nostro intervento: grazie ai nostri poteri avremmo potuto aiutare gli esseri umani a indirizzare il futuro verso la luce e la prosperità. Angeli e uomini insieme: la Terra sarebbe diventata il giardino del Bene.» Metatron abbassò le palpebre e si morse le labbra, come per trattenere le parole. La sua espressione si fece ombrosa. «Cominciai a seguire i comportamenti del capo di quella civiltà. Si chiamava Eber, era un illuminato e il suo autorevole profilo etico mi indusse a credere in lui.»

Yesod era allibito. Ascoltava in rispettoso silenzio: la rivelazione di Metatron era talmente strabiliante da risultare incredibile.

«Eber era convinto che l'unione delle nostre stirpi fosse il vero obiettivo da perseguire. Ma, da saggio qual era, comprese anche quanto delicato e rischioso fosse il percorso per arrivarci. Con profonda onestà mi disse che non considerava pronto il suo popolo: gli uomini dovevano ancora progredire prima di potersi integrare con gli angeli. Decidemmo quindi di procedere con estrema cautela: sarebbe stato necessario un lavoro immane, che avrebbe richiesto generazioni e generazioni per arrivare al giorno dell'avvicinamento dei due mondi. Creammo una Porta segreta, la cui esistenza e localizzazione era nota soltanto a noi due. Attraverso quella Porta, Eber è venuto a Sefira. E quella Porta è la più antica, la prima a essere stata creata.»

Il Drago osservava Metatron senza fiatare. Teneva per sé i dubbi che gli affollavano la mente: sapeva che il Saggio gli avrebbe detto tutto ciò che poteva.

«Nel tempo aprimmo altre due Porte. Ma il destino decise che la storia avrebbe avuto un corso diverso.»

Metatron sospirò. Lo sguardo era perso in un vortice di emozioni in cui si mescolavano memorie millenarie. «Un tremendo cataclisma spazzò via quella gente, che si estinse nel giro di poche terribili ore. Rare furono le forme di vita che riuscirono a resistere sulla Terra; con fatica ripresero il lungo cammino evolutivo che ha portato alla razza umana che oggi conosciamo. Purtroppo molto diversa da quella gloriosa e promettente che scomparve in quel tempo.»

Il Drago percepì la sofferenza che vibrava profonda nell'animo di Metatron: nonostante la sua immane potenza, non era stato in grado di cambiare la sorte e ora sembrava accettarlo con grande dignità e coraggio.

«Le Porte da allora sono chiuse. Eber era il solo a possederne le chiavi e ho certezza che le abbia nascoste in prossimità delle Porte corrispondenti, nel segreto più assoluto.» Metatron lasciò che Yesod cogliesse appieno il significato delle sue parole, poi continuò: «Proprio per questo, molti anni dopo, ho deciso di creare l'Occhio. Mi serviva aprire un collegamento fisico e naturale con il mondo. La Finestra del Passaggio non era sufficiente ai nostri scopi: come sai è un'intelligenza artificiale che può essere utilizzata solo da noi angeli e la cui funzione è essenzialmente quella di smaterializzare il nostro corpo per renderci invisibili agli uomini. Era importante per me avere un punto di transito con la Terra. E si è rivelato anche molto utile per portare a Sefira Eve, Zack e il professore, che altrimenti non sarebbero mai potuti arrivare».

Yesod annuiva concentrato.

«Tuttavia, dopo l'Adlivun ho deciso di sigillare anche l'Occhio, per evitare che Ophidiel potesse rientrare.»

«Adesso il quadro mi è più chiaro» confermò Yesod. «Ma non mi spiego la connessione tra la Porta di Horizon in Tibet e il viaggio di Uniko. Perché il ragazzo sta andando laggiù?»

«Ci sono ancora tante cose che non sai, valoroso Yesod. Tra queste ce n'è una che devi conoscere adesso: per aprire la Porta non basta la relativa chiave. Occorrono anche le due Entità Fondamentali: La Fiamma della Vita e La Chiave della Felicità.»

Dalla gola del Drago uscì un ruggito di rabbia. Aveva capito il diabolico disegno di Ophidiel: voleva tornare a Sefira e stava attirando Uniko verso la Porta, confidando nel fatto che Unika non avrebbe resistito all'istinto di seguirlo. Ophidiel era sicuro di riuscire a trovare la chiave e con le due Entità Fondamentali custodite nei cuori dei giovani angeli avrebbe attivato la Porta e sarebbe rientrato a Sefira.

«So cosa provi, Yesod, e non staremo con le mani in mano, te l'assicuro.» Metatron lanciò un altro sguardo allo schermo: Unika e Nishida erano ancora impegnati in una fitta conversazione. Il Saggio aspettò qualche istante e poi chiamò Martin.

«Eccomi, come vi posso aiutare?»

«Martin, andiamo alla Finestra del Tempo. Abbiamo un po' di cose da scoprire su Ophidiel.»

Capitolo 14

IL MISTERO DI EVANGELIA

Sefira, 2 giorni e 17 ore alla Porta di Horizon

Metatron attraversò pensieroso l'atrio dell'Osservatorio, mentre Yesod e Martin lo accompagnavano taciturni: il Drago era consapevole della delicatezza del momento; lo Gnomo la intuiva e non fiatava.

Quando entrarono nella penombra profumata di antichità che caratterizzava la stanza della Finestra del Tempo, il Saggio attese qualche secondo e poi parlò con tono grave.

«Martin, sai bene che Ophidiel è stato sconfitto nella battaglia finale dell'Adlivun. Ma ciò che ancora non conosci, anche se l'avrai intuito dalla preoccupazione e dai discorsi di queste ore, è che è scappato nel mondo degli uomini.»

Lo Gnomo si sforzava di mantenere un atteggiamento calmo, ma era molto agitato. Comprendeva l'importanza di ciò che Metatron gli stava rivelando e non riusciva a fermare le mani, che tremavano una nell'altra.

«Sono convinto che Ophidiel abbia trovato un posto sulla Terra dove rifugiarsi, schermandolo e rendendolo invisibile ai nostri occhi.»

Il piccolo Gnomo aveva le guance paonazze e fissava il Saggio, con evidente apprensione.

«Martin, ho bisogno del tuo aiuto per ripercorrere gli spostamenti di Ophidiel, dal momento in cui è fuggito da Sefira. Dobbiamo cercare ogni possibile indizio che possa spiegarci cos'ha in mente.»

«Quando è arrivato sulla Terra?» fu la prima domanda di Martin, pronto a darsi da fare.

Metatron incrociò lo sguardo complice e solidale di Yesod: non avrebbero rivelato a Martin la vera storia della sconfitta di Ophidiel. Il ritorno di Unika e la sua straordinaria vittoria sul Malvagio dovevano rimanere un segreto inviolabile. Ma bisognava fornire allo Gnomo il tempo e il luogo su cui sintonizzare lo schermo della Finestra del Tempo per esplorare il passato.

«L'Adlivun si è concluso con l'annientamento di Ophidiel che, gravemente ferito, si è gettato nelle acque dell'Occhio. Da quel punto l'abbiamo perso di vista.»

«Queste informazioni sono sufficienti, saggio Metatron» confermò con orgoglio Martin, mentre tendeva le braccia in avanti e azionava l'ologramma del controllo temporale sul momento esatto della fine dell'Adlivun. Attivò lo schermo su una zona della Terra che Metatron e Yesod conoscevano benissimo: il laghetto alla periferia di Maple Town in cui affiorava l'Occhio.

L'immagine che apparve era quella di una sera fredda e tranquilla in cui gli strascichi dell'inverno si scioglievano nell'alba della primavera. Lo specchio d'acqua era completamente piatto e avvolto da una spessa nuvola di vapore che la luce della luna rendeva brillante e suggestiva. Le sponde del lago erano ammantate da uno strato di neve fresca, così come le fronde degli alberi sempreverdi che lo circondavano. Tutto era placidamente normale e nulla lasciava presagire l'interruzione di quella quiete perfetta.

I tre angeli osservavano il monitor con vibrante attenzione: il silenzio assoluto che regnava nella stanza era violato solo dal frusciare del vento che arrivava soffuso dalla campagna di Maple Town.

Un'impercettibile increspatura creò delle onde sottili. Metatron, Yesod e Martin trattennero il fiato. Una successione di cerchi concentrici si diffuse fino al bagnasciuga e la calma venne devastata da un rumore simile a una esplosione: la possente sagoma di Ophidiel emerse dall'acqua con un fragore assordante. Sbucò dal nulla, frantumò la superficie del lago e si levò fino a metà torace. Ansimava. Fece qualche passo e ricadde su un fianco, venendo nuovamente inghiottito dal buio. Poi apparve di nuovo. Lasciò che il cranio lucido affiorasse, mentre guadagnava lentamente la riva. Si trascinò sul bordo e affondò nella neve. Si distese sulla schiena. Respirava a fatica e gemeva di dolore.

Martin sgranò gli occhi in un'espressione sofferta appena vide la terribile ferita che squarciava il petto di Ophidiel. In quello stesso istante, Metatron immaginò la forza con cui Unika aveva lanciato l'Aeterna per dilaniargli il cuore.

L'angelo restò sdraiato per qualche minuto: raccoglieva le forze. Il respiro si faceva sempre più regolare e i gemiti si affievolivano. A un tratto, la gigantesca figura seminuda sparì senza lasciare traccia.

«Riesci a seguirlo, vero?» Dalla voce di Metatorn traspariva la fiducia con cui gestiva la grande tensione di quel momento.

«Certo!» rispose Martin. «Posso agganciare la sorgente ottica della Finestra a un qualsiasi soggetto. Se questo ha il potere del trasvolo, l'intelligenza virtuale lo segue dovunque si materializzi.» Quando le ultime parole dello Gnomo raggiunsero Metatron e Yesod, lo schermo si era già sintonizzato sulla nuova scena.

La notte regnava sovrana in un vicolo buio, intrappolato tra i palazzi degradati di una grande città. Il trambusto di qualche automobile si alternava allo squittire dei topi che rovistavano tra i sacchi dell'immondizia.

«È qui, dunque... in una oscura stradina di Berlino.»

«Sì, Metatron. Non lo vediamo ancora ma c'è, nascosto da qualche parte.»

Il monitor continuava a proporre una serie di immagini a prima vista insignificanti e il Saggio si chiedeva quale fosse la ragione della scelta di una simile destinazione. Aspettava, sicuro che la risposta sarebbe arrivata presto.

«Velocizzo lo scorrere dei minuti, fino all'apparizione di qualche nuovo elemento?» propose Martin, animato dall'ansia di scoprire che cosa sarebbe successo.

Metatron annuì, concentrato.

Il tempo cominciò a volare. Le luci dei fari delle macchine in lontananza sembravano lucciole impazzite in un quadro la cui immobilità era sporcata solo dalla frenesia dei ratti. Quando il portone metallico situato sul piano rialzato di uno degli edifici cigolò, i secondi ripresero a procedere a ritmo reale. I tre angeli si accigliarono appena scorsero la sagoma di una giovane donna. Il suo sguardo bucava il buio, mentre scendeva le scale. Camminava lentamente, quasi con incertezza. Sembrava attratta da qualcosa che ancora non si vedeva. Si avvicinò a un cumulo di sacchi di spazzatura. Si inginocchiò e tese le mani.

«È lui… è là!» esclamò Yesod.

Non fecero in tempo a mettere a fuoco il massiccio profilo di Ophidiel che entrambe le figure scomparvero.

«Se ne sta andando… seguilo!» Metatron chiuse i pugni. Aveva il presentimento che stavolta non sarebbe stato possibile.

«Non lo trovo più. È svanito. L'intelligenza virtuale ha perso completamente le tracce. È come se tutto avesse avuto fine in quell'istante, in quel vicolo.» Il volto di Martin era rassegnato.

«Cerca la donna» suggerì Yesod.

«Non vedo nemmeno lei.»

«Come può essere? Prova di nuovo.» Yesod era irrequieto.

«Lascia stare, Martin.» L'arrendevolezza di Metatron stupì tutti. «È proprio come immaginavo: Ophidiel ha scelto un luogo sulla Terra come suo rifugio e l'ha schermato. L'abbiamo perso.»

Yesod e Martin si scambiarono uno sguardo eloquente. Martin abbassò gli occhi. Yesod sospirò, con alito che odorava di cenere.

«Comunque non è finita» li incoraggiò il Saggio. «Dobbiamo scoprire chi è quella donna. Martin, cerca il suo passato.»

Lo Gnomo sentì il peso della responsabilità. Si tolse il cappello e lo appoggiò a terra. Poi asciugò con l'avambraccio il sudore che gli imperlava la fronte e con la forza della mente attivò di nuovo la ricerca. Andò a qualche ora prima e la Finestra produsse la visione della donna su un palcoscenico, nel teatro all'interno del palazzo da dove era sbucata.

«Vai al momento della sua nascita.» L'apprensione di Metatron era palpabile.

Martin fece un cenno di assenso. «Ci metterò qualche istante: la sorgente l'ha agganciata un attimo fa e per non perderla deve seguirla passo passo a ritroso nel tempo.»

Una dopo l'altra, come in una successione di flash back, le immagini della giovane misteriosa correvano sullo schermo.

A un tratto l'intelligenza virtuale si bloccò. Il monitor indicava la data: 9 gennaio 1982.

«Ci siamo!» Martin fece un piccolo salto di esultanza.

«Che posto è?» Metatron cercò di identificare i colori e le forme che disegnavano lo sfondo.

«Stonehenge» rispose Martin nel momento in cui il Saggio capiva.

«A cosa stai pensando, luminoso Maestro?» chiese Yesod, nel vedere Metatron così turbato.

«Il 9 gennaio del 1982 nell'emisfero nord della Terra c'è stata un'eclissi totale di Luna, una delle più lunghe che si ricordino: un'ora e diciotto minuti, ma oltre cinque ore considerando anche le fasi di parzialità. La Luna era perfettamente allineata alla Terra e al Sole ed è transitata attraverso l'ombra della Terra fino a essere completamente nascosta.» Metatron chiuse le palpebre per qualche secondo, poi riprese parlando con il pensiero solo a Yesod: "Stonehenge è uno dei luoghi che ho visitato insieme a Eber. Pensavamo di costruire lì una delle Porte. L'avevamo scelto perché è un centro di intensità spirituale, un collegamento naturale tra terra e cielo. Come il corpo umano è nutrito dal sangue, la Terra è percorsa da meridiani energetici e Stonehenge è all'apice di uno di quelli".

«Ma cosa c'entra tutto questo con la donna?» Yesod non riusciva a cogliere la connessione logica.

«Martin, sai dirmi quanti bambini sono nati in quel giorno nella zona?» si informò Metatron, temendo il responso.

Martin chiamò a sé gli altri nove angeli con sembianze da gnomo che lo assistevano nel suo lavoro di osservazione e studio quotidiano. Chiese loro di dedicarsi al quesito per produrre una risposta in tempo reale. Le buffe creature scomparvero dalla stanza e tornarono in una manciata di minuti, dopo aver analizzato tutti i dati.

«Il 9 gennaio del 1982 nell'area intorno a Stonehenge è nata solo una bambina: Elisabeth Lastenfer.»

Metatron strinse le labbra, assorto.

«Nulla accade per caso. Ophidiel l'ha scelta. Ha identificato l'unica creatura umana nata nel segno dell'eclissi lunare in un luogo sacro e l'ha chiamata a sé. Quella bambina è un essere speciale e Ophidiel non se l'è fatta scappare.»

Lo schermo della Finestra del Tempo rimandava l'immagine di un neonato nella culla.

«Guardate!» esclamò Martin terrorizzato. «Guardate dietro di lei! Ci sono due ali... la bambina è avvolta da due grandi ali nere...» Nella stanza scese il silenzio, finché Martin gridò di nuovo: «Alle sue spalle c'è Ophidiel!»

Yesod aguzzò la vista. «Può essere che Ophidiel si sia impossessato di lei?»

«No» intervenne Metatron. «Ophidiel non si è impossessato di lei: Ophidiel è il suo angelo custode.»

Capitolo 15

UNIKA NEGLI OCCHI DI UNIKO

Maple Town, 2 giorni e 16 ore alla Porta di Horizon

«Non l'abbiamo fatto!»

Unika era inquieta e continuava a spostarsi avanti e indietro a mezz'aria nella stanza di Uniko.

«Cosa?» domandò Nishida con la calma rasserenante di sempre.

«Siamo venuti sulla Terra senza consultare l'Oracolo. Prima di qualsiasi missione tutti gli angeli chiedono aiuto alla capacità premonitrice di Allibis. Sarebbe stato saggio interpellarla: ora avremmo almeno una vaga idea di cosa ci potrebbe accadere.»

«Allibis è sempre molto preziosa quando legge il futuro. Ma posso confessarti un segreto?»

Unika fece sì con la testa.

«Io preferisco vivere giorno per giorno, senza previsioni e anticipazioni. Conoscere l'avvenire significa farsi condizionare e non essere liberi di affrontare le sorprese che il destino ci riserva. Ma significa anche perdere la possibilità di sognare. Pensaci, Unika: se tu potessi scegliere, vorresti conoscere l'ora e il giorno esatto in cui rivedrai Uniko o per te è meglio non saperlo e continuare a sperare di poterlo riabbracciare domani?»

La giovane fissò l'Elfo con affetto e gli si gettò tra le braccia. Apprezzava quel suo spirito idealista e il modo che aveva di muoversi tra le strade della vita, sperimentando con naturalezza e spontaneità ogni tipo di esperienza. Imparava sempre molto da lui e non vedeva confini quando erano insieme.

«Allora concentriamoci sulle questioni pratiche: ho bisogno di un vestito adeguato per andare in Tibet. Un abbigliamento che mi confonda con le ragazze umane.»

Nishida le strizzò l'occhio. «Secondo me, se frughiamo in quei cassetti troviamo di sicuro qualcosa che ti va bene.»

Unika si illuminò all'idea di indossare gli abiti di Uniko. Si avvicinò all'armadio e spalancò le ante. Con le mani fece scorrere gli appendiabiti ed estrasse un bomber verde militare e un paio di jeans. Poi le sue dita si fermarono sulla pila di maglioni. Ne prese uno a dolce vita bianco che sembrava più stretto degli altri e lo portò al viso. La lana morbida aveva il profumo di Uniko e lei lasciò che i suoi sensi vi si perdessero. In quel preciso istante vide nero. Un buio profondo dilagò nei suoi occhi e una morsa le attanagliò il fiato. Non fece quasi in tempo a rendersene conto che l'immensità di un cielo stellato si palesò reale e vivida di fronte a lei.

«Ma che...» La voce le si spense in gola. Cercò di mettere a fuoco l'immagine e, nella notte che scorreva veloce, distinse chiaramente il riflesso di un volto sul vetro di un finestrino. Era Uniko. Scomparve in una frazione di secondo e lasciò il posto all'armadio.

Unika capì.

Si girò verso Nishida. «Non me lo so spiegare, ma credo di aver visto attraverso gli occhi di Uniko. È davanti al finestrino di un'automobile, di un treno o di un aereo... e sta guardando le stelle.» La sua espressione si addolcì. «Non riesco a contattarlo, ma l'ho sentito e per un attimo ho osservato il mondo come se fossi dentro di lui.»

Nishida sentì il battito accelerare. Rivisse le sensazioni del momento in cui la grande Unika era svanita nell'incantesimo della Rinascita e dello Sdoppiamento, per dare origine ai piccoli Unika e Uniko, salvando così le Entità Fondamentali. L'Elfo si emozionò come quando aveva assistito al bacio dei due ragazzi che, dopo aver afferrato l'Aeterna per difendersi da Ophidiel, si erano stretti l'uno all'altra, riportando alla luce l'Unika che li aveva generati. E si commosse come non gli capitava da tempo. Trattenne le lacrime e sospirò: quali altre meravigliose sorprese Unika e Uniko avrebbero regalato alla vita?

Capitolo 16

IL PROGETTO DI EVANGELIA

Sefira, 2 giorni e 15 ore alla Porta di Horizon

«Ophidiel è l'angelo custode di una bambina che porta dentro di sé la forza dell'eclissi e l'energia di un luogo impregnato di spirito ancestrale. Chissà quale destino ha disegnato per lei.» Yesod dava voce all'interrogativo che si era insinuato nella mente di tutti.

«Per capirlo abbiamo bisogno di conoscerla meglio» affermò Metatron, meditabondo. «Ricordatevi del libero arbitrio. Nessun angelo custode può modificare l'indole e la natura di un essere umano. Nemmeno Ophidiel. Noi possiamo solo cercare di orientare i comportamenti e i pensieri degli uomini. Ma non siamo in grado di fare miracoli. Né nel bene, né nel male. Chi è Elisabeth Lastenfer dipende solo da Elisabeth Lastenfer.»

Martin aveva già sintonizzato lo schermo della Finestra del Tempo su una domenica mattina di quattro anni dopo.

L'interno era quello di una piccola libreria nel centro storico di Salisbury. Le vetrine erano illuminate dalla luce del sole ed esibivano pile e pile degli ultimi bestseller. Il pavimento era coperto da una moquette di lana verde con minuscoli decori floreali ambrati che si intonavano alla carta da parati giallo ocra. I muri erano affollati da scaffalature stipate di libri di ogni genere e provenienza e negli angoli erano disposti alcuni tavolini rotondi dove venivano presentati i titoli del momento.

«Vieni, Elisabeth, andiamo a giocare con il libro magico!» Una raffinata signora sulla quarantina, con i capelli raccolti alla nuca e un lungo soprabito beige, teneva per mano una graziosa bambina con le treccine nere e due occhi blu, profondi come l'oceano.

Camminavano una accanto all'altra, con lo stesso portamento elegante. La piccola indossava un cappottino azzurro a doppio petto e una cuffietta rosa dello stesso colore dei gambaletti ricamati e svolazzava come una farfallina dietro al passo teso e distinto della madre. Salirono le scale che portavano al piano superiore e sbucarono nello spazio dedicato ai libri per ragazzi. Il locale era ampio e allegro: il soffitto era disegnato con tenui *trompe l'oeil* e sulle poltroncine affiancate ai minuscoli tavolini di plastica c'erano tantissimi bambini che giocavano, leggevano libri illustrati dalle fogge più strane, coloravano con pennarelli, pastelli e pittura a dita.

«È lassù!» La vocina di Elisabeth sembrava il cinguettio di un uccellino.

Sua madre si avvicinò al ripiano e afferrò un grande volume dal dorso dorato. Lo estrasse e sorrise alla bimba: «L'ho preso!»

Si sedette su un morbido divano-puff rosso a forma di conchiglia e si mise Elisabeth sulle ginocchia. Aprì il libro e lasciò che le dita della piccola lo sfiorassero. Sulla copertina c'era l'immagine di un occhio dalle ciglia molto lunghe. Nella pupilla brillava uno specchio in cui ci si rifletteva. Le lettere stampate in glitter blu componevano il titolo *Illusione*. Elisabeth girò la prima pagina e liberò un bellissimo pop-up. Il sistema solare con tutti i suoi pianeti prese vita davanti a lei. Una elaborata esplosione di piccoli oggetti di carta, tutti incastrati alla perfezione l'uno nell'altro, fuoriusciva dal volume come per magia.

«Ti piace?»

«Sì, mamma... è bellissimo!»

Dopo aver sfogliato tutte le pagine da cui emergevano le costellazioni più strane e dopo essersi soffermate per qualche istante sulla cometa dalla coda lunghissima, madre e figlia rimisero il volume al suo posto e si avviarono verso la cassa.

«Buongiorno» disse la madre alla commessa dietro al banco. «È arrivato il libro *Illusione*, che ho ordinato qualche mese fa?»

«Non ancora. È fuori catalogo e non se ne trovano più.»

«Non può proprio vendermi quello che avete qui in negozio?»

«Purtroppo no. È l'unica copia della libreria, quella per la consultazione del pubblico. Mi spiace.»

La madre di Elisabeth guardò la commessa con aria sconfortata, poi si rivolse alla piccola e le bisbigliò: «Vorrà dire che verremo qui tutte le volte che ci andrà di leggerlo...»

Elisabeth stava osservando un giovane dai lineamenti orientali in fila dietro di loro che teneva tra le mani una brossura quadrata scritta in ideogrammi.

«Mamma, mi leggi la storia di Miu?»

«Chi è Miu?»

«L'orsacchiotto che arriva dalle stelle.»

La madre prese in braccio la figlia. «Vieni qui, adesso andiamo a casa e mi racconti di Miu.»

Si allontanarono.

Il giovane asiatico porse il libro alla cassiera. Era un testo giapponese, scritto in lingua originale. Per emettere lo scontrino la signorina al banco dovette scannerizzare il codice a barre e sullo schermo del computer apparve la traduzione del titolo: *Miu, l'orsacchiotto che arriva dalle stelle.*

«Volete farmi credere che a quattro anni quella bambina sapeva già il giapponese?» Martin non riusciva a celare il suo sbigottimento.

«Tutte le lingue probabilmente, non solo il giapponese» rispose Metatron serio. «Martin, vai avanti di qualche altro anno, per favore.»

«Plié!» La voce dell'anziana istruttrice echeggiava nel piccolo locale al terzo piano di un palazzo in stile neoclassico. Il pavimento di legno chiaro e gli specchi alle pareti creavano un'atmosfera sobria ed essenziale.

Alla sbarra c'era una decina di ragazzine avvolte in ariose nuvole di tulle bianco che ondeggiavano leggere sulle punte delle loro scarpette da danza.

Elisabeth portò il braccio destro piegato ad arco davanti al petto, poi lo aprì verso l'esterno e ruotò con grazia il capo nella stessa direzione. I suoi occhi guardavano le dita, mentre le gambe si piegavano. Le flessioni erano perfette: il busto eretto, le spalle distese, le cosce in torsione e le ginocchia perpendicolari all'asse delle caviglie finemente aperte. La linea delicata del collo sfumava nel lucido corvino dei capelli raccolti in uno stretto chignon e il suo corpo si muoveva armonioso nel tutù con il colore del buio. Sembrava un cigno. Un cigno nero fra tanti cigni bianchi.

Senza aspettare la richiesta del Saggio, Martin fece scorrere il tempo. Una successione di immagini di Elisabeth solcava lo schermo e la bellezza luminosa della sua figura contrastava con l'alone scuro che la seguiva senza tregua.

«Adesso! Blocca questo momento. Vediamo che studi ha fatto.»

La sorgente ottica visualizzò un'aula dell'Università di Oxford in una uggiosa giornata autunnale dell'anno 2002.

«Congratulazioni, signorina Lastenfer! Ha chiuso in largo anticipo i suoi esami. E la sua tesi *Processo di creazione dell'illusione per la soddisfazione del consumatore* ha contenuti davvero interessanti. Ci vediamo alla cerimonia di laurea, il mese prossimo.»

«Grazie, professor Montgomery. L'illusione non è altro che una visione arbitraria della realtà e agisce sulle nostre impressioni sensoriali. Quando si riesce a gestirla con intelligenza si è in grado di manipolare la percezione della vita, nostra e degli altri. Il successo di un'azienda dipende molto dalla sua capacità di generare illusioni.»

Il professore la osservava colpito. Non aveva mai visto un volto così affascinante animato da un cervello tanto brillante.

«Mi piacerebbe averla con me nei prossimi anni. Le proporrei il dottorato di Economia e Management, qui al dipartimento di Economia. Potrebbe farmi da assistente, aiutarmi nei corsi e scrivere con me qualche articolo innovativo sul Marketing.»

Elisabeth lo guardò con un leggero rossore sulle guance e liberò un sorriso delizioso. «Ne sarei onorata, professore. Ma ho altri programmi per il futuro.» Si alzò e gli strinse la mano. «Ho imparato molto dal suo corso e mi farebbe piacere restare in contatto con lei.»

Mezz'ora dopo Elisabeth entrava in un'altra aula, questa volta alla facoltà di Teologia. Si teneva un seminario di Angelologia. Alla cattedra c'era un giovane professore, dall'aspetto non convenzionale. Si chiamava Craig Walden. Il suo nome iniziava ad apparire sulla stampa di settore e lo si sentiva citare spesso negli ambienti universitari. Parlava con tono deciso e comunicava grande carisma.

Elisabeth si sedette nell'ultima fila e ascoltò con interesse tutta la conferenza. Aspettò che gli studenti finissero le domande e quando la sala iniziò a svuotarsi, si avvicinò all'affascinante docente.

«Lei crede davvero negli angeli?» gli chiese a bruciapelo.

Il professor Walden la scrutò con il suo sguardo acuto e conciliante. «Non avrei dedicato tutta la mia vita a loro, se non fosse così.»

«Sa dirmi qual è il vero ruolo di un angelo custode?»

Craig Walden non riusciva a leggere l'espressione della giovane donna che lo stava interrogando. Il suo volto era dolce e apparentemente rilassato, ma i suoi occhi profondi nascondevano qualcosa.

«Come avrà intuito dal mio discorso, il loro compito è quello di guidarci nel mondo. Di aiutarci a trovare la nostra strada.»

Elisabeth arricciò leggermente il naso in una smorfia che poteva esprimere fermezza e titubanza allo stesso tempo.

«Allora, credo proprio che da oggi le nostre vie si incroceranno, perché il mio angelo custode ha voluto che io venissi a conoscerla.»

Capitolo 17

IN VOLO

Sulla strada per il Tibet,
2 giorni e 13 ore alla Porta di Horizon

La superficie liscia e fredda del vetro trasmetteva una sensazione piacevole alla fronte di Eve. La ragazza aveva appoggiato la tempia destra al piccolo oblò dell'aereo. I suoi occhi si perdevano nel caleidoscopio di colori che il cielo ad altissima quota dipingeva davanti a lei.

Non aveva mai visto niente di simile: le nuvole sembravano un mare sterminato di panna montata che soffocava a tratti il sole. La luce emergeva a fatica, spruzzando il bianco latteo con sfumature rosate. Man mano che lo sguardo saliva, la tonalità dello spazio si intensificava, dall'azzurro al blu scuro, fino a morire nel nero: il candore assoluto si gettava nelle tenebre più profonde senza discontinuità. *È come l'animo umano,* pensò Eve. *Puoi trovarci dentro tutto, senza capire dove il Bene si confonde con il Male.*

All'interno del piccolo ma confortevole jet regnava una calma artificiale e quasi surreale. Le otto poltrone in pelle beige erano disposte secondo una sequenza ordinata: vicino alla cabina di pilotaggio e su entrambe le fiancate si trovavano due coppie di posti singoli, posizionati uno di fronte all'altro. Davano l'impressione di un salottino con quattro sedili separati dallo stretto corridoio. All'estremità opposta, c'erano due divanetti da due posti, sistemati a elle intorno a un tavolino quadrato. Gli interni bianchi e i supporti in legno chiaro conferivano all'ambiente un'atmosfera ovattata, in cui veniva naturale cercare di rilassarsi per far passare il tempo. Peccato che i passeggeri di quel volo in viaggio per il Tibet fossero tutt'altro che rilassati.

Eve si era seduta dando le spalle alla coda dell'aeromobile e Craig Walden aveva occupato il posto all'angolo opposto. Vlad Kazig entrava e usciva in continuazione dalla cabina di pilotaggio e quando si fermava preferiva sedersi su uno dei due divanetti. Sull'altro c'erano due tipi nerboruti e vestiti di nero che sembravano più buttafuori da discoteca che poliziotti in borghese.

L'ispettore si chiudeva spesso nella cabina di pilotaggio per comunicare in modo riservato con i colleghi a terra: l'organizzazione di un viaggio come quello era complessa, ma Vlad Kazig dava l'impressione di gestire la situazione con grande sicurezza. I suoi occhi sprigionavano i lampi euforici del mastino che ha agguantato un osso succulento.

Craig Walden aveva reclinato leggermente lo schienale e vi si era disteso, con la nuca contro il poggiatesta. Aveva tagliato i ponti con l'esterno, chiudendo gli occhi e tappandosi le orecchie con gli auricolari collegati al lettore mp3. Lottava in silenzio contro la moltitudine di immagini, storie, leggende che affioravano dalle paludi della sua memoria. Provava a metterle in fila, a dare loro un senso, un possibile valore aggiunto nella disperata missione di ritrovare Jo.

Anche Eve continuava a pensare a Jo. Era un chiodo fisso, ormai conficcato nella testa come un ago dentro la vena. Sentiva che il suo amico era in pericolo e non sapeva cosa fare.

«Come si sente, signorina Dufaux? È a suo agio su questo aereo?» L'ingombrante presenza di Vlad Kazig si materializzò davanti a lei.

«Sì, grazie. È molto confortevole.»

«È un Bombardier Challenger 605. Uno dei pochi jet privati al mondo con un'autonomia tale da consentire un tragitto lungo come quello che stiamo affrontando. Non è stato facile ottenerlo...»

L'ispettore parlava con tono orgoglioso e sembrava cercare un apprezzamento nello sguardo assente della ragazza. Eve sapeva che tutto ciò che Vlad Kazig stava mettendo a disposizione era una semplice merce di scambio: una moneta preziosa con cui comprare informazioni su Sefira e i suoi abitanti. E lei non aveva nessuna intenzione di prestarsi a quel gioco.

«Mi aiuta a capire una cosa?» chiese Craig Walden all'ispettore, dopo essersi sfilato gli auricolari dalle orecchie.

«Certo, professore, mi dica.»

«Questo è un jet potente e noleggiarlo costa una fortuna. Siamo partiti da un aeroporto privato senza che nessuno ci chiedesse il passaporto e lo spiegamento di poliziotti che ho visto era spropositato...»

«E cos'è che la lascia perplesso?» lo interruppe Vlad Kazig.

«Io non credo che la polizia mobiliti sempre tutte queste risorse per qualunque ragazzo che fugge da casa.»

«Cosa vuole sapere, di preciso?» lo incalzò l'ispettore.

«Qual è il motivo di tutto questo?»

«Perché non me lo spiega lei, professore?» L'ispettore aveva il ghigno di chi sta lanciando una sfida.

«La smetta con questi giochetti» ribatté Craig Walden. «Quello che potrei dirle io non è il punto importante.»

«E quale sarebbe il punto importante, allora?»

«Come ha fatto a convincere i suoi capi della gravità del caso? Cos'ha raccontato per indurli a sostenere tutti questi sforzi?»

Vlad Kazig sorrise compiaciuto. Si alzò in piedi e fece un cenno ai due uomini seduti sul divanetto. Entrambi capirono il messaggio e si diressero verso la cabina di pilotaggio.

«A questo mondo, caro professore, c'è spazio per tutti. Anche per persone che condividono la sua stessa passione e la sua visione trascendente della vita. Non credo che lei sia così ingenuo da ritenere di essere l'unico appassionato di angeli, convinto dell'esistenza di una dimensione ultraterrena. Mettiamola così: il sottoscritto e quelli che lei chiama *i miei capi* concordano su molte delle sue teorie.»

«E che relazione vede con i due ragazzi?»

«Adesso sono io a pregarla di non fare certi giochetti con me. Lei sa benissimo cosa c'è sotto. E il mio lavoro è quello di indagare sui fatti misteriosi per trovare una risposta.»

Craig Walden era colpito dall'abilità verbale mostrata da Vlad Kazig. Gli aveva fatto intendere di sapere molto di ciò che stava accadendo, senza dirgli nulla di preciso. Come un giocatore di poker, rilanciava e aspettava la mano successiva prima di scoprire le sue carte.

«Ma non ho fretta, professore» continuò l'ispettore con una calma impressionante. «Sono sicuro che alla fine di questo viaggio io ne saprò almeno quanto lei. Che le piaccia o no.»

L'uomo tarchiato provocava strane vibrazioni nella mente di Craig Walden. In lui c'era qualcosa di indefinibile che lo rendeva speciale. Non era tanto l'alea tenebrosa proveniente dalle origini del suo nome, quanto una sorta di forte energia che si sprigionava da alcuni suoi atteggiamenti. Craig Walden si rese conto che Vlad Kazig non avrebbe parlato di se stesso fino a quando lui e Eve non gli avessero raccontato ciò che sapevano. E capì che li stava portando con sé esclusivamente perché pensava che potessero risultargli utili in qualche potenziale situazione difficile. Decise quindi di terminare quel primo duello dialettico e cambiare discorso.

«Posso chiederle il programma di viaggio?»

«Il programma è presto detto: questo volo ci porterà direttamente a Tribhuvan, l'aeroporto di Kathmandu. È la capitale del

Nepal ed è sufficientemente vicina alla vasta regione del Tibet. Da lì partiremo per il monte Kailash.»

«E come arriveremo lassù?»

«Purtroppo non abbiamo il tempo necessario per prendere un automezzo e percorrere la strada suggestiva che si inerpica lungo le gole himalayane fino al valico di Dolma.»

«E quindi?» domandò il professore, impaziente.

«Appena sbarcati da questo aereo, saliremo su un elicottero che ci condurrà direttamente sulla vetta del monte Kailash. Dobbiamo solo sperare che le condizioni meteorologiche siano favorevoli e che non ci siano perturbazioni. In questo periodo il monsone non crea particolari problemi e le giornate sono spesso limpidissime. A bordo dell'elicottero avremo a disposizione indumenti idonei alle temperature rigide dei seimila metri.» Vlad Kazig notò l'espressione contrita di Eve. «Non capita a tutti di godere della maestosa vista aerea sull'Himalaya e sugli affascinanti luoghi meta dei pellegrini. Le assicuro che sarà un'esperienza unica.»

«A me non importa nulla del panorama, né del pellegrinaggio» rispose secca la ragazza. «Io sono qui per ritrovare Jo. Il resto non mi interessa.»

«Sbaglia, signorina Dufaux. E sa perché?» Vlad Kazig interloquiva con pazienza e mestiere. Fece una pausa piuttosto lunga e ne approfittò per spostare i perspicaci occhi scuri verso Craig Walden. «Glielo spiega lei, professore, che una buona conoscenza del luogo dove siamo diretti potrebbe esserci d'aiuto? Ci racconti la storia dei due grandi laghi situati ai piedi del monte Kailash.»

Craig Walden aveva le pupille puntate in quelle di Vlad Kazig. Intuiva di trovarsi di fronte a un uomo furbo, colto e molto abile nel suo lavoro. Non doveva fare l'errore di sottovalutarlo e tantomeno di entrare in conflitto con lui: decise di assecondarlo.

«In effetti, è una storia interessante.» E sorrise a Eve, cercando di rasserenarla. «A circa trenta chilometri a sud del monte Kailash ci sono due laghi vicinissimi, separati da una sottile striscia di terra. Originariamente formavano un unico bacino che nel tempo si è diviso a causa di importanti movimenti geologici: la parte a est è diventata il sacro lago Manasarovar; quella a ovest è il temuto lago Rakshastal. I due laghi costituiscono un riferimento di culto per molte religioni orientali. Il Manasarovar, con la sua forma tonda e generosa, rappresenta la luce, la purezza assoluta e il Bene supremo. I seguaci lo raggiungono in pellegrinaggio per bagnarsi e bere la sua acqua fresca e limpida. Il rituale li purifica da tutti i peccati commessi e li prepara al Paradiso di Shiva.» Il professore appoggiò la testa allo schienale e proseguì: «Il lago Rakshastal è considerato il lago del demonio ed è abitato da Ravana, il mostruoso essere con dieci teste che tentò la scalata all'immortalità. Secondo la leggenda, Ravana vagava bramoso di potere sul monte Kailash quando incontrò Shiva. Ebbero uno scontro e Shiva fece crollare il monte addosso al mostro. Lo schiacciò, ma non lo uccise. Riconoscente per essere stato risparmiato, Ravana creò il lago a forma di mezzaluna ai piedi della dimora di Shiva. E, per ringraziarlo della sua magnanimità, ogni giorno si tagliava una delle dieci teste e gliela offriva in sacrificio. Mosso dalla compassione, Shiva fece l'errore di liberare Ravana e conferirgli grandi poteri. Sentendosi forte, il demone compì gesta ignobili e portò il male tra gli uomini».

«Come ha fatto Shiva a commettere uno sbaglio tanto grande?» si chiese Eve a voce alta. «E Ravana abita ancora nel lago?»

«Il luogo a cui siamo diretti è carico di significati mistici che hanno catturato l'interesse di una testa calda come Heinrich Thule» intervenne Vlad Kazig. «E con tutta probabilità si sta recando là anche Jo Springfield.»

«Faccio fatica a capirci qualcosa» sospirò Eve.

«Perché, signorina Dufaux? In fondo è tutto abbastanza chiaro.»

«*Chiaro,* dice?» Eve aveva la voce alterata. «Io sto cercando di scoprire dove può essere finito il mio amico più caro... lei ha una risposta *chiara* a questa domanda?»

«Credo di sì. In questo momento ho una visione della vicenda che fino a qualche ora fa ancora mi mancava. Mi sembra un bel progresso.»

«E quale sarebbe questa visione?» si informò subito Craig Walden.

L'ispettore prese la palla al balzo, si alzò in piedi e cominciò a mettere in fila i vari pezzi del puzzle.

«Tanto per cominciare, possiamo affermare con tranquillità di avere una buona pista per spiegare la scomparsa di Heinrich Thule. Per me una *buona pista* è una sequenza di fatti che ha un'origine solida, una motivazione ragionevole per accadere e un possibile punto di arrivo. E oggi sento di avere in mano tutti e tre questi elementi.» Fece una pausa, riordinò le idee, poi partì per una vera e propria requisitoria.

«*L'origine*: Heinrich Thule è un ragazzo intelligente, ai limiti del geniale. È irrequieto e affascinato dal misticismo che delinea la presenza di un mondo superiore e in qualche modo collegato al nostro. Negli anni compie un vero e proprio viaggio interiore, studia, si informa e costruisce un'intelaiatura culturale che lo porta a convincersi dell'esistenza di passaggi che conducono all'altra dimensione. E di colpo svanisce.

«*La motivazione*: Il ragazzo è sicuro di aver trovato una Porta per l'altra dimensione e decide di raggiungerla.

«*Il punto di arrivo*: il monte Kailash, dove secondo tutte le teorie si trova la Porta.»

Vlad Kazig alzò il sopracciglio destro e fissò entrambi i suoi interlocutori, in attesa di una reazione.

«E c'è una "buona pista" per arrivare a trovare anche Jo?» Le parole di Eve sgorgarono spontanee e rivelarono la sua ingenuità. La ragazza aveva il volto rosso e gli occhi lucidi.

«Ottima domanda, signorina Dufaux. Converrete con me che tanto è lineare la ricostruzione della fuga di Heinrich Thule quanto è sconclusionata quella della scomparsa del vostro amico.» Il tono di Vlad Kazig era severo. Il poliziotto tossì e riprese a parlare.

«*L'origine* è bizzarra: Jo svanisce e nessuno a Maple Town si ricorda più di lui.

«*La motivazione* è irrintracciabile: Jo è un ragazzo equilibrato, senza strane teorie e grilli per la testa. E di sicuro non è in cerca di Porte misteriose.

«*Il punto di arrivo* è inesistente: nessun elemento che ci dica dove può essere finito. Però...» L'ispettore si fermò in una postura un po' goffa, con la mano sinistra appoggiata al fianco e la destra a sorreggere il mento. «Però poi io intercetto la migliore amica di Jo e un certo professore di Angelologia. Li sento dire cose incredibili. Lei, signorina, parla degli angeli come parlerebbe dei suoi cugini. E lei, professore, racconta addirittura dei loro poteri e di un luogo misterioso chiamato Sefira. Un posto che secondo voi è abitato dagli angeli con cui un'antichissima civiltà umana avrebbe stabilito una connessione attraverso la Porta sul monte Kailash. A questo punto sono convinto che entrambi sappiate molto più di quanto dite e penso che stiate nascondendo qualche informazione importante sull'altra dimensione, la stessa che Heinrich Thule vuole raggiungere. Ecco, ora, nella nebbia che grava sulla sparizione di Jo Springfield, sto cominciando a intravedere il profilo sfumato ma promettente di una *buona pista*. Strana secondo il senso comune, ma affascinante. Una pista in cui confido.»

Eve e Craig Walden erano atterriti dalla straordinaria combinazione di capacità logica e fantasia che l'ispettore riusciva a produrre.

«E sono portato a credere che Heinrich Thule abbia saputo in qualche modo che Jo Springfield poteva essergli utile per arrivare alla Porta che conduce a Sefira. Il mio istinto mi dice che Heinrich Thule ha rapito Jo Springfield e lo sta trascinando con sé in Tibet.»

Craig Walden avvertì un'onda di agitazione increspargli la pelle. Rimase immobile e inespressivo, mentre l'ispettore faceva rientrare nell'abitacolo i due energumeni vestiti di nero.

Eve appoggiò nuovamente la tempia sul finestrino e pensò ai due laghi: il Bene e il Male, opposti eppure vicinissimi, generati da un'unica sorgente. Chiuse gli occhi e si addormentò.

Capitolo 18

IL DESTINO DI EVANGELIA

Sefira, 2 giorni e 12 ore alla Porta di Horizon

«È incredibile!»

Yesod era sconvolto nel vedere l'aura di Ophidiel sempre presente alle spalle della giovane donna. «Tutto questo significa che mentre noi credevamo Ophidiel a Thinkingblu, inoffensivo e distrutto, lui guidava Elisabeth in un piano che ancora non conosciamo.»

«Purtroppo è così» ammise Metatron. «E ora è tutto chiarissimo, Yesod. La verità è che l'abbiamo sottovalutato. Ci siamo illusi di poterlo privare di tutte le forze. Ma siamo stati ciechi. È evidente che siamo riusciti a imprigionare solo il suo corpo: il suo spirito è uscito da Thinkingblu e si è preparato un futuro. Negli anni di esilio nella foresta, Ophidiel si è rigenerato e ha ideato un progetto molto articolato: ha scatenato l'Adlivum su Sefira e si è costruito una via di fuga sulla Terra.»

«Io non riesco ancora a capacitarmi...» Yesod era attonito.

«Ha sopraffatto tutti noi.»

Un silenzio carico di preoccupazione dilagò nella sala.

«Martin, portaci a vedere gli ultimi anni di Elisabeth, prima dell'incontro con Ophidiel a Berlino» chiese Metatron.

Lo Gnomo annuì e azionò nuovamente l'ologramma del controllo temporale.

L'intelligenza virtuale condusse i tre angeli alla vita di Elisabeth cinque anni dopo la laurea. Lo schermo riprodusse l'ingresso del Centro Finanziario di Salisbury.

Il cielo notturno pulsava come se dovesse implodere. Le fiamme si alzavano alte e minacciose, colorando l'aria.

L'edificio che fino a poco prima ospitava la banca era chiuso nella morsa dell'incendio e si stagliava come un meteorite incandescente in mezzo al nulla. I muri bianchi e le colonne di marmo erano ingrigiti dalla cenere spessa e densa. Il fuoco correva inarrestabile nei corridoi ed esplodeva dalla finestre, che sembravano piccoli buchi neri in un deserto di brace rovente. Le vetrate si disintegravano in migliaia di piccole schegge e l'impatto oltraggiava il silenzio insieme al crepitio del legno arso.

La strada era deserta e, oltre alla devastazione, non si udiva alcun suono, se non il latrato di un cane che ululava in lontananza.

Una figura emerse dalle fiamme. Due gambe lunghe e slanciate scandivano il tempo nei passi che risuonavano sull'asfalto graffiato dai tacchi a spillo. Lo spacco profondo della gonna si apriva al distendersi del ginocchio, lasciando intravedere la coscia affusolata. I lunghi capelli avevano le tonalità della sera e ondeggiavano leggeri, spettinati dalle vampate di calore.

Lo sguardo assorto della donna disorientava Metatron, Yesod e Martin, che osservavano la scena sbalorditi. La videro procedere determinata e severa. La videro gettare i suoi documenti nel fuoco. Videro un sorriso compiaciuto illuminarle il viso. Ciò che i tre angeli non riuscirono a vedere fu che quella personalità intensa non si lasciava alle spalle solo il palazzo nel rogo, le pareti in fiamme, il tetto che cadeva, ma anche una storia, un passato, una vita che non voleva più vivere.

In quel momento Elisabeth scompariva per sempre, e diventava Evangelia.

«Martin, per favore, sintonizza lo schermo su un paio di mesi prima della sera di Berlino. Quella donna ha ancora molto da raccontarci...» Metatron si era incupito e sentiva crescere dentro di sé una forte tensione.

«Ci siamo!» Martin era pronto con le nuove immagini.

Migliaia di corpi ondeggiavano rapiti dalla musica degli Shamballah e travolti dalla voce della misteriosa solista Evangelia. Cantava con un timbro potente, che abbracciava le anime fino a possederle. In alcuni pezzi, il suono sensuale delle parole veniva modificato dall'effetto metallico del vocoder, che produceva spettri sonori artificiali, incisivi e taglienti. Non c'era amore nei testi. Solo visioni mistiche e sensazioni ultrasensoriali: un viaggio nell'ignoto, guidato dalle pupille ipnotiche e dalle mani bianche con le unghie laccate di blu che stringevano il microfono.

Illuminata dal chiarore dei riflettori, Evangelia era concentratissima. I muscoli del collo e del volto seguivano la melodia che sgorgava dalla gola e si contraevano nei momenti in cui il respiro liberava la passione più sentita.

Le vene pulsavano sotto la superficie levigata della pelle e gli occhi bucavano le luci e l'ombra, prima di raggiungere il pubblico estasiato.

Stonehenge faceva da sfondo naturale alla scenografia solenne e cupa del concerto. L'insieme circolare di monoliti antichissimi creava un'atmosfera suggestiva: la luna piena rischiarava a giorno le pietre alte e strette e le loro ombre davano un alone di magia allo spettacolo. Il tempo sembrava essersi fermato in quel sito arcano e solo la musica della dark lady pareva in grado di animarlo.

I can't stop running.
I try to escape.
I can feel you.
I can see your eyes in the darkness.
I can hear your voice inside my soul.

Non riesco a smettere di correre.
Cerco di fuggire.
Ti sento.
Vedo i tuoi occhi nel buio.
La tua voce parla alla mia anima.

Le parole della canzone erano gelide nel significato, ma calde nella tonalità. Il contrasto faceva palpitare il fiato nel petto degli spettatori.

Evangelia era in piedi, con le gambe divaricate al centro dell'enorme palco ottagonale quando le luci soffuse, viola e bluette, che avevano caratterizzato la coreografia fino a quel momento, si spensero sulle note imbizzarrite di una tastiera elettronica. Raggi chiarissimi invasero la scena come una pioggia abbagliante, mentre un fumo bianco si alzava da terra. La folla scatenata ci mise qualche istante a capire che non erano le solite esalazioni usate negli show, ma si trattava di una ventata di aria gelida. Agli strumenti musicali sembrò aggiungersene uno tanto inaspettato quanto stravagante: innumerevoli getti d'acqua, sottilissimi, sgorgarono da minuscoli fori sul piano di appoggio, producendo un fruscio fluido in sottofondo. L'acqua si depositava sul pavimento e si congelava: in qualche secondo, tutta la base fu coperta da uno strato di ghiaccio.

Evangelia era immobile, con la testa rovesciata all'indietro e la fronte rivolta all'immensità.

Take me.
I'll follow you wherever you want to lead me.

Prendimi.
Ti seguirò ovunque vorrai condurmi.

Una piattaforma meccanica si staccò dal pavimento, innalzando verso il cielo la sua esile figura.

Dalle estremità sbucarono dieci ballerini, cinque per lato. Ai piedi avevano pattini da ghiaccio e scivolavano veloci sul palco ormai cristallizzato. Indossavano tute aderenti color pelle. Quelli di destra sfoggiavano imponenti ali bianche. Quelli di sinistra erano piumati di nero.

I can't fly.
Without you, I can't fly.
You'll give me wings.

Non posso volare.
Senza di te, non riesco a volare.
Tu mi darai le ali.

La danza aveva un ritmo tribale. Dopo evoluzioni, salti e piroette, i ballerini scuri si lanciarono con irruenza su quelli chiari e li inghiottirono in una lotta primitiva e crudele. Le braccia si alzavano e si abbassavano perfettamente sincronizzate e i corpi si contorcevano in movimenti frenetici, mentre le ali bianche venivano fatte a pezzi e rese a brandelli. Dal mucchio emerse un ballerino nero dal fisico possente. Si diresse verso Evangelia. Appena giunse ai suoi piedi, si inginocchiò e le fece dono delle piume candide strappate al nemico.

Let me have wings.
Dammi le ali.

I lineamenti affilati del viso di Evangelia erano accentuati da un trucco che ne sottolineava i tratti decisi: le labbra brillavano di un viola acceso e contrastavano con l'incarnato bianchissimo. Le palpebre erano ombreggiate di un grigio metallico, sfumato di argento verso l'arco sopracciliare. La distanza tra gli occhi e la bocca formava un triangolo armonioso, che sublimava l'espressione intensa del volto.

La voce di Evangelia tuonava nella brezza che le agitava i capelli blu, scolpiti da un gel lucido a effetto bagnato.

Indossava una giacca nera molto corta, da ussaro, con le spalle squadrate, le maniche strette e gli alamari sul petto. Una gonna cortissima di tulle multistrato nero, simile a un tutù, sovrastava un paio di leggins, bucati in un paio di punti all'altezza delle cosce. Le scarpe erano a tacco alto, accollate fino alla caviglia e strette da un nastro di seta.

Evangelia era di una bellezza mozzafiato.

Le urla e le mani alzate imploravano i suoi sguardi, mentre la sua anima cantava assorta.

Now I'm your Angel of Death.
Adesso sono il tuo Angelo della Morte.

Capitolo 19

CHUKKU GOMPA

Himalaya, 7 ore alla Porta di Horizon

«Ma quanto è grande il cielo in questo posto?!»

Le parole di Heinrich esprimevano il pensiero di tutti.

Da quando erano arrivati in Tibet, la percezione dello spazio aveva assunto una dimensione completamente diversa. Le superfici innevate si estendevano a perdita d'occhio nell'aria pura e rarefatta. Sembrava impossibile tracciare qualunque confine, orizzontale o verticale: la terra correva aperta e luminosa sfumando dal bianco candido delle distese di ghiaccio al blu cobalto dei laghi incontaminati e un anfiteatro di imponenti montagne affondava le sue vette nelle nuvole vellutate.

Le espressioni di Uniko, Heinrich e Dimitra non riuscivano a celare lo stupore. La loro mente era completamente impreparata ad affrontare una simile immensità: naufragava smarrita insieme allo sguardo che non trovava riferimenti e al cuore che sgorgava di commozione.

«Mi manca il fiato» sospirò Dimitra, con un filo di voce. «Ditemi che non sto sognando...»

La jeep rumorosa e infangata che li aveva portati ai piedi del monte Kailash ripartì, lasciandoli soli e un po' disorientati a Darchen: un piccolo villaggio a quattromilaseicento metri di altezza, composto da una dozzina di casupole e qualche tendopoli. Era il punto in cui si radunavano i fedeli prima di partire per il pellegrinaggio intorno alla montagna sacra.

Il vento soffiava forte e i tre ragazzi si misero il cappuccio. Indossavano calde giacche termiche e impermeabili: sembravano marziani a confronto con gli abitanti del luogo, coperti da pesanti abiti di lana colorata e pellicce di yak.

Durante la sosta di Lhasa, Dimitra si era allontanata per un paio d'ore ed era tornata con una grossa borsa di nylon che conteneva tutta l'attrezzatura necessaria. Uniko sapeva che l'aveva rubata, ma non aveva commentato: li attendeva un viaggio impervio e l'aiuto della ragazza evitava a lui di dover fare troppo uso dei suoi poteri.

Dimitra chiuse la cerniera del piumino verde brillante fino al collo e strinse la coulisse per impedire al freddo di insinuarsi dal basso. Poi estrasse dallo zaino di Heinrich un paio di pantaloni antivento e li indossò sopra i jeans, che i suoi due nuovi amici le avevano comprato per pochi soldi dopo la disavventura sul lago Baikal.

Uniko era avvolto da un giubbotto in gore-tex giallo con le maniche blu, foderato da uno spesso strato di pile. A Heinrich era toccata una giacca grigio asfalto in piuma d'oca con una grande tasca azzurra frontale dello stesso colore dei calzoni polari di tre misure più grandi della sua. Era impacciato nei movimenti e sembrava un goffo pupazzo di neve.

Il monte Kailash era di fronte a loro: solido, imponente, limpido e tenebroso allo stesso tempo.

«Sembra che sovrasti tutto e tutti» constatò Heinrich. Il suo sguardo era fisso sui pendii che catturavano la luce del sole e la riflettevano ovunque, facendola rimbalzare nelle pupille fino in fondo all'anima.

«Lo sentite anche voi il suo spirito che ci chiama?»

«Credo sia suggestione» replicò Dimitra. «Ci credete se vi dico che io non riesco a distogliere gli occhi?»

Uniko annuì. Ascoltava il respiro che gli soffiava la vita nel petto e cercava le parole per esprimere quello che provava. Ma non le trovava: quella montagna dominava i suoi pensieri. Un forte senso di inafferrabilità fermava il tempo e faceva confluire passato, presente e futuro in un attimo di eternità.

«È ora di metterci in marcia!» suggerì Dimitra, mentre un vecchio camion militare di produzione cinese con il telone strappato passava di fianco a loro e depositava un gruppo di forestieri.

«Siamo a Darchen, Dimitra» la interruppe Heinrich. «Dove vive quel tuo... quel tuo... sì, insomma, quel tuo *amico*... tu ti fermi qui, vero?»

Dimitra fece no con il capo. «Vengo con voi. Vi accompagno fino alla cima. La mia vendetta ha aspettato talmente tanto che qualche ora in più non cambierà le cose.»

Uniko notò un leggero rossore accendersi sulle guance della ragazza.

Si misero in cammino dietro la fiumana di devoti che recitava il mantra in una lunga cantilena liberatoria. Heinrich era davanti a tutti e Uniko chiudeva la fila. Avevano il passo deciso e superarono molte persone, anche una compagnia che procedeva in groppa a cavalli tozzi e pezzati, carichi di sacchi e borse di tessuto variopinto. Procedevano taciturni, quasi in trance, assorti nelle loro riflessioni e mossi dall'irrefrenabile desiderio di arrivare alla meta.

L'aria rarefatta, il freddo pungente, l'altitudine, il rumore improvviso delle slavine, l'eco del vento tra le gole, il senso di silenzio e solitudine conferivano all'atmosfera un'aura spirituale molto intensa. Era come se il monte Kailash fosse vivo e stesse attirando a sé i tre ragazzi.

«E quello cos'è?» Dimitra indicò una piccola e semplice costruzione abbarbicata su di una rupe, che si stagliava sulla loro destra a qualche centinaio di metri in linea d'aria.

«Secondo le mie mappe, è il monastero di Chukku Gompa.»

La voce ferma e convinta di Heinrich diede una sferzata all'oblio che li aveva avvolti fino a quel momento. «È un passaggio obbligato. E noi possiamo arrivarci prima degli altri. Venite, c'è una scorciatoia: prendiamo per di là!»

Heinrich si staccò dalla fila compatta di fedeli che camminavano ordinati sul percorso del Kora e tagliò in verticale. Senza commentare, Uniko e Dimitra lo seguirono. I piedi affondavano nella neve e frantumavano lo strato superficiale di gelo, sollevando un impalpabile velo di polvere bianca. L'ascesa li faceva ansimare e il respiro si ghiacciava sotto il loro naso arrossato.

Uniko era contento di vedere Heinrich che cominciava ad assaporare l'esaudirsi del suo sogno. Ma era anche conscio del fatto che nessuno di loro sarebbe stato in grado di affrontare la scalata. *Devo escogitare un piano per portarli sulla vetta. Devo pensare a un incantesimo. Ma come posso fare senza che mi scoprano?*

La sua mente vorticava alla ricerca di una soluzione.

Arrivarono al monastero. Era un edificio rustico e squadrato. La facciata era tinteggiata di bianco, ma il tempo e le intemperie ne avevano segnato l'aspetto: il vento continuava a lasciare le sue pesanti ombre di terra e fuliggine sotto le finestre e il freddo aveva causato crepe profonde sui muri.

«Benvenuti nella nostra dimora» un vecchio monaco andò loro incontro, parlando una lingua sconosciuta. Era vestito di porpora e aveva il volto scavato e luminoso.

«Cosa ci starà dicendo?» chiese Dimitra, voltandosi verso i due amici.

Con sorpresa, Uniko si rese conto di riuscire a capire ogni parola pronunciata dal monaco. «Dall'inchino e dai gesti, immagino ci stia salutando» rispose, felice di aver scoperto un nuovo potere.

«Questa è la casa di Milarepa e sarà anche la vostra finché vorrete farne parte» continuò l'asceta, inclinando il capo in cenno di ossequio.

Milarepa. Chi era Milarepa? A un tratto Uniko ricordò: aveva letto da qualche parte la storia del Lama buddista vissuto intorno all'anno Mille. La leggenda narrava della sua sfida con il sacerdote Bön Narobonchung per raggiungere la cima sacra del Kailash e stabilire la superiorità spirituale. I testi raccontavano che Milarepa era riuscito a battere l'avversario grazie a un volo spettacolare. Nella sfida, Bön Narobonchung aveva perso il suo tamburo rituale, che era caduto lungo la parete sud della montagna, sfregiandola per sempre.

Dopo essersi scambiati un'occhiata di assenso, i tre ragazzi accettarono l'invito ed entrarono nel monastero uno dietro l'altro. L'interno era semplice e spoglio. Alcuni pellegrini arrivati prima di loro erano seduti sulle panche di legno disposte lungo le pareti e seguivano la voce di un monaco corpulento che li assisteva nella meditazione e nella preghiera.

Heinrich si fermò al centro dell'ingresso e si tolse gli occhiali, che si stavano appannando per il repentino sbalzo di temperatura. Dimitra lasciò ricadere sulle spalle il cappuccio della giacca a vento e si spostò nella sala principale dove, su un tavolo poveramente apparecchiato, veniva servito tè nero con burro fuso di yak. L'odore dolciastro impregnava tutto l'ambiente. Dimitra si sfilò i guanti e prese una scodella con grande avidità: la scarpinata nella neve l'aveva stancata e il suo corpo chiedeva qualcosa di caldo. La portò alle labbra e deglutì.

«Che schifo... ma cos'è?»

«Credo sia il famoso tè tibetano» rispose Heinrich con gli occhi socchiusi di chi fa fatica a mettere a fuoco. «Dovrebbe essere una specie di zuppa fatta con foglie di tè, farina d'orzo, latte di yak e un po' di sale. È un alimento prezioso in queste zone senza risorse e con il clima così rigido.»

«Ma è denso!» Dimitra esaminò il contenuto della scodella: «Ci sono blocchi di grasso oleoso che galleggiano in superficie...»

«È la bevanda che scalda il fisico e il cuore» le sorrise Uniko, divertito, mentre la sua attenzione veniva rapita da alcuni monaci che imboccavano una piccola porta di legno in fondo al locale e si dirigevano oltre l'edificio. Attraversavano in fila indiana uno stretto viottolo lastricato per raggiungere una cavità poco distante, nascosta tra le rocce. Senza farsi notare dai due compagni ancora alle prese con la bevanda bollente, Uniko si avvicinò al religioso che li aveva accolti e gli domandò: «Dove sono diretti i suoi fratelli?»

«Quella è la grotta di Milarepa. Il luogo in cui si è fermato a meditare per nove lunghi anni. È una piccola caverna naturale: si apre nella montagna e sfocia oltre il dirupo, in una minuscola piana rocciosa completamente isolata. Da laggiù si vede il monte sacro, che ha guidato il viaggio spirituale di Milarepa verso la vetta e verso l'illuminazione. Quando fece ritorno, si mostrò a noi come un uomo nuovo. Ci portò in dono i suoi canti, con la saggezza che ispira la mente e libera l'anima.»

L'espressione di Uniko si ravvivò. Ebbe un'intuizione forte e sentì di avere trovato la soluzione al suo dilemma: la grotta, così come l'aveva descritta il monaco, poteva essere l'espediente giusto per portare Heinrich e Dimitra sulla sommità del monte Kailash.

«Heinrich, Dimitra, forse esiste una via più rapida! Quella stradina laggiù conduce in un tunnel che porta in cima.» Uniko si avvicinò alla finestra e tese il braccio, indicando il percorso.

«Andiamoci subito!» Heinrich ingoiò in un solo sorso tutto il burro liquido contenuto nella scodella. Poi, senza esitazione, si gettò verso l'uscita. Dimitra sbuffò, si rimise cappuccio e guanti, e ripartì dietro di lui.

«Grazie.» Uniko sorrise al monaco che li osservava con l'espressione di chi possiede la pace. E si avviò.

Una nebbia lattiginosa accolse i tre ragazzi appena uscirono dal monastero. L'immensa distesa di aria azzurra e di infinito opalescente di poche ore prima aveva adesso i colori di una valle buia e minacciosa. Un leggero odore di fuliggine fluiva dal caseggiato alle loro spalle e arrivava alle narici, mescolandosi con il senso di fredda umidità che si depositava sul volto.

Uniko si spostò davanti a tutti, per fare strada. Seguì il passaggio stretto e dissestato che costeggiava la parete a strapiombo su cui era stato costruito il monastero. Alla sua destra il precipizio, alla sua sinistra il pendio sorretto da grandi blocchi di pietra levigata su cui erano incisi simboli e frasi. Uniko capì che si trattava delle rappresentazioni dei canti dell'asceta Milarepa. Si fermò un istante di fronte a quei segni e si accorse di saperli leggere. La sua attenzione fu attratta da alcuni versi: «*Nelle deserte pietraie dei monti troverai uno strano mercato: vi puoi barattare il vortice della vita con una beatitudine senza confini*». Un formicolio si impossessò della sua spina dorsale. Ebbe la sensazione che quelle parole volessero comunicargli qualcosa, come un avvertimento. Ma non aveva alcun elemento tangibile per poter avvalorare il pensiero e si convinse che era solo un'impressione. Uniko riprese il cammino, mentre sopra le loro teste sventolava una moltitudine di bandierine colorate. Dopo qualche minuto raggiunsero un battente di legno scuro, da cui sporgevano tre chiavistelli di metallo ossidato. Era socchiuso e Uniko lo spinse. Si trovarono in un antro buio e umido, rischiarato solo da una fiaccola posta all'ingresso. Si udiva il rumore dell'acqua che scorreva nel sottosuolo. Un gruppo di monaci era seduto su stretti davanzali di roccia, che sporgevano dalle pareti. Avevano le palpebre chiuse e i volti assorti nella meditazione. Uniko si concentrò e, ancora una volta, rese invisibile se stesso e i suoi compagni. Poi si infilò nel pertugio sulla parete più a nord. Sapeva che per condurre i due amici sani e salvi sulla sommità della montagna avrebbe dovuto usare i suoi poteri. Sapeva anche che l'impresa non sarebbe stata semplice: se non ci fosse riuscito, avrebbe dovuto trovare il modo di dissuadere Heinrich e Dimitra dal procedere. La montagna era pericolosa e loro non avevano né l'attrezzatura né le conoscenze necessarie per scalarla. Quello che lo preoccupava era Heinrich: non si sarebbe fermato per nessuna ragione, pur di raggiungere la meta avrebbe messo a rischio la propria vita e quella degli altri.

Uniko sospirò. Aveva poco meno di un centinaio di metri per farsi venire un'idea, studiare l'incantesimo e realizzarlo.

Come prima cosa devo togliere a Heinrich e Dimitra la percezione del tempo.

Erano molto distanti dalla punta dell'altopiano. Con quel passo avrebbero impiegato un paio di giorni per arrivare in cima. Se fosse riuscito a neutralizzare dalla mente dei suoi compagni lo scorrere dei minuti e delle ore, avrebbe poi solo dovuto trovare un modo efficace per trasportarli fino lassù. Uniko chiuse gli occhi e si concentrò.

Heinrich e Dimitra ebbero un attimo di sbandamento. Sentirono la testa pesante. Uniko era sicuro di poter fare leva sulle vertigini causate dall'alta quota. Per sincerarsi che l'incantesimo avesse funzionato, provò a interrogarli: «Ho un capogiro e inizio a sentire le gambe stanche. Mi sembra di camminare da una vita. Forse è l'effetto dell'altitudine...» Rallentò il passo e si voltò verso di loro, simulando un po' di fiacchezza. «Secondo voi quanto manca?»

«Non lo so. Ma non ho nessuna intenzione di fermarmi proprio adesso. Sento che quasi ci siamo» rispose Heinrich.

«Io sono distrutta e se volete fare una pausa, non mi tiro certo indietro. Spero solo di sbucare sul tetto del mondo tra pochi metri.»

Bene!, pensò Uniko. *Questa è fatta. Adesso devo riuscire a bloccare la loro coscienza per un istante. Giusto il tempo per farli trasvolare senza che se ne accorgano.*

Appena emersero nel piccolo spiazzo che il monaco aveva preannunciato, Uniko sospese la loro consapevolezza. Poi si focalizzò sullo spostamento e li portò uno alla volta direttamente sulla cresta. Un attimo dopo li riallacciò alla realtà.

Heinrich e Dimitra vacillarono e si guardarono intorno, un po' confusi.

«Ho un senso di nausea.» La voce di Dimitra era poco più che un sussulto.

«Anch'io, ma è normale: siamo oltre i cinquemila metri di altezza» disse Heinrich, cercando di mantenere l'equilibrio.

«Ce l'abbiamo fatta!» esclamò Uniko, stanchissimo per lo sforzo. Far trasvolare i due amici l'aveva portato quasi allo stremo. «Guardate! Siamo sulla cima del monte Kailash!»

Uniko raccolse le ultime energie e si concentrò di nuovo. Fece scendere la nebbia dietro di loro, per cancellare la vista della grotta che non c'era e dei passi che non avevano fatto.

«È lì, proprio di fronte a noi!» replicò Heinrich, commosso. E iniziò a camminare sempre più deciso. Superò Uniko e non si voltò indietro.

Capitolo 20

VERSO LA VETTA DEL MONTE KAILASH

Himalaya, 4 ore e 45 minuti alla Porta di Horizon

L'elicottero in alta quota che attraversava il cielo del Nepal era silenzioso: volava leggero nella luce del mattino, sopra gli straordinari paesaggi degli altipiani tibetani.

«Siamo quasi arrivati.» La voce di Vlad Kazig era squillante al punto giusto da destare Eve dal torpore in cui si era rifugiata durante il viaggio. All'aeroporto di Kathmandu era salita sulla grande libellula d'acciaio, aveva indossato la giacca termica arancione e si era sistemata nell'angusto abitacolo destinato ai passeggeri. Aveva scambiato uno sguardo di complice incredulità con Craig Walden quando aveva visto l'ispettore sedersi al posto di pilotaggio, infilarsi una cuffia e alzare il pollice all'addetto dell'aerostazione per confermare la partenza. Dopo essersi gustata l'emozione del decollo verticale, si era abbandonata alla stanchezza, lasciando che i suoi sensi scivolassero in un sonno leggero.

Craig Walden era seduto accanto a lei. Non aveva nemmeno provato a dormire: era euforico e pronto ad assaporare ogni dettaglio di quell'avventura. Prima di salire a bordo, aveva studiato con curiosità tutte le caratteristiche del mezzo che li avrebbe portati sul monte Kailash: il colore scuro adatto per mimetizzarsi nella notte, gli alloggiamenti dei mitragliatori e il motore silenzioso svelavano la natura militare dell'elicottero. Ma la caratteristica che aveva colpito di più il professore era la grande telecamera montata sulla cima del perno da cui partivano le quattro pale dell'elica: trasmetteva le immagini a un monitor nella plancia di comando, e consentiva di esplorare il terreno con precisione e di individuare qualsiasi bersaglio. Vlad Kazig gli aveva spiegato che la telecamera era collegata elettronicamente con il puntatore di una mitragliatrice: ciò che appariva nel video poteva essere distrutto con precisione implacabile.

«Tra una decina di minuti saremo sul monte Kailash» li avvertì Vlad Kazig. «È tempo che io vi illustri qualche aspetto importante della nostra missione.» L'ispettore inclinò appena la testa all'indietro e con la coda dell'occhio fissò i due passeggeri. Poi, senza distrarsi dal pilotaggio, parlò a voce alta.

«Siamo partiti da Kathmandu, la capitale del Nepal. Il Kailash si trova in territorio cinese. Tra breve supereremo il confine e voleremo bassi in modo da essere invisibili ai radar. L'elicottero che ci sta trasportando è un Kiowa OH-58D, un potente mezzo militare perfettamente adeguato alla nostra missione. Ha un'autonomia di volo di quasi seicento chilometri, significativa per un elicottero ma appena sufficiente per raggiungere il Kailash da Kathmandu. Per questo, una volta arrivati avremo poco tempo per perlustrare la montagna. Appena troveremo i ragazzi, li recupereremo e rientreremo subito in Nepal dove faremo rifornimento prima di tornare a Kathmandu.»

«Ci sta dicendo che il nostro viaggio è segreto?»

«Sì, professore. E credo sia facile capire il perché: ve l'immaginate la faccia del funzionario cinese a cui avrei dovuto spiegare che stiamo andando sul sacro monte Kailash per recuperare due ragazzi alla ricerca di una Porta che conduce al mondo ultraterreno dove vivono gli angeli?»

Craig Walden strinse le labbra, in segno di assenso.

«Ma dovete sapere anche che il valico di Dolma è il punto d'arrivo più alto del pellegrinaggio. È a cinquemilatrecento metri, ai piedi di pareti di roccia e ghiaccio impossibili da scalare.»

«E questo cosa significa?» Eve temeva la risposta.

«L'accesso alla vetta è difficilissimo. Inoltre, è vietato agli scalatori, per non violare la sacralità del monte.»

«Vuole dire che...»

«Nessuno ha mai raggiunto la cima» affermò Vlad Kazig. «Saremo i primi esseri umani a mettere piede lassù.»

Eve avvertì un brivido lungo la schiena. Craig Walden sorrise, intrigato dall'idea che la Porta fosse stata costruita in un luogo dove nessun uomo era ancora arrivato.

«Ecco il confine.» L'esclamazione di Vlad Kazig fu contemporanea a una sua brusca manovra: una raffica di vento lo obbligò ad abbassare repentinamente la quota di volo. Eve e Craig Walden avvertirono un vuoto d'aria e si sentirono mancare il fiato. Poi il velivolo si stabilizzò a poche decine di metri dal suolo. A quel punto la luce pungente dell'alba offrì agli sguardi uno spettacolo senza paragoni: una distesa sterminata si dispiegava a perdita d'occhio. Sembrava la tela di un quadro astratto, colorata di grigio, giallo e rosso: le sfumature della pietra raccontavano la storia di quel luogo brullo, dove la terra era spoglia di alberi e grandi canaloni rocciosi graffiavano la pianura, rivelando la presenza di corsi d'acqua estinti. Nonostante l'altitudine non c'era neve e l'aria era limpidissima.

«Guardate!» Eve strattonò Craig Walden per farlo avvicinare al finestrino: due macchie scure si stagliavano sotto di loro, una aveva la forma del sole, l'altra di una enorme mezzaluna blu cobalto.

«I laghi Manasarovar e Rakshastal... sono magnifici!» commentò Vlad Kazig.

Man mano che l'elicottero scendeva verso la sponda sud dei

laghi, Eve notò con sorpresa che migliaia di persone erano distribuite lungo le rive del bacino circolare del Manasarovar. Alcuni dormivano ancora nei sacchi a pelo, altri passeggiavano, ma molti si stavano bagnando nelle onde scurissime. Qualcuno si portava l'acqua alla bocca con entrambe le mani, la sorseggiava e pregava.

«Stanno purificandosi l'anima» spiegò Craig Walden.

L'assembramento più consistente era nei pressi di una struttura dalla cui sommità partivano lunghe funi che si distribuivano a raggiera fino al terreno, disegnando una specie di stella. Ciascuna corda era ricoperta da centinaia di drappi colorati che garrivano imperiosamente al vento: era il campo base per tutti coloro che arrivavano a piedi.

La folla si voltò incuriosita verso l'elicottero. Qualcuno gridava, altri gesticolavano. Alla sorpresa si mescolava la disapprovazione per l'irruzione nella quiete di quell'atmosfera mistica che regnava assoluta: i pellegrini si spostano a piedi, in segno di sacrificio e rispetto per la sacralità dei luoghi e l'incursione volante a cui stavano assistendo era considerata un insulto.

«Ecco il monte Kailash» annunciò Vlad Kazig, tendendo l'indice destro verso l'enorme massa bianca. Eve e Craig Walden rimasero a bocca aperta: era una montagna perfetta, con pareti impervie che si congiungevano alla vetta, in modo quasi simmetrico. Ai suoi piedi si snodava un serpente variopinto di credenti che circondava le pendici, avanzando lentamente in senso orario. Il tripudio di zaini e abiti colorati dava alla processione un'aria allegra e festosa. Uomini, donne, bambini si alternavano a buoi pezzati carichi di pesanti bagagli e generi alimentari.

«È il Kora» riprese a spiegare Craig Walden. «Il giro completo delle pendici del Kailash che porta alla purificazione. È un anello lungo cinquantadue chilometri e ci vogliono in media quattro giorni per percorrerlo, a meno che non si faccia come quello lì...» Il suo tono era a metà tra il sarcastico e l'ammirato mentre indicava una figura che si muoveva in modo strano.

«Cosa sta facendo?» chiese Eve, perplessa. L'uomo portava una corta tunica beige su pantaloni poco più scuri e passava dalla posizione prona sul terreno a quella eretta. Faceva un passo e poi si rimetteva bocconi al suolo. «Non mi dirai che percorrerà in quel modo tutti i cinquantadue chilometri?»

«Proprio così» rispose serafico Craig Walden. «Sta facendo il *Kora con prostrazione*, il più profondo e purificatore. Il fedele si prostra al suolo, prega, tende le braccia in avanti e fa un segno con le dita sul terreno. Poi si rialza in piedi e con un passo raggiunge il segno. Quindi si mette carponi, prega, fa un altro segno e va avanti così. Impiegherà varie settimane per concludere tutto il tragitto.»

«E quello è il Dolma.» Vlad Kazig indicò una macchia di mille colori simile a quella vista sulle sponde del lago Manasarovar.

«Tutto qua?» Eve era delusa: il valico che costituiva la meta più alta del pellegrinaggio era un luogo spoglio e insignificante. Non aveva nessuna caratteristica di un punto d'arrivo e, se non fosse stato per le migliaia di bandiere variopinte, avrebbe avuto lo stesso aspetto degli altri passaggi che movimentavano il periplo del Kailash.

«I pellegrini non vivono il Dolma come un traguardo» precisò Vlad Kazig. «Per loro è una tappa verso la salvezza.»

Eve rifletté su quanto fossero forti la tensione spirituale e la determinazione di quella gente.

«Bene, è ora di raggiungere la cima!» esultò a un tratto l'ispettore, spostando l'elicottero su una traiettoria verticale. Costeggiò il muro di roccia, dove le rare striature di neve ghiacciata si infittivano all'aumentare della quota, fino a coprire la superficie della montagna. La vetta del Kailash era completamente bianca e splendeva al riverbero dei raggi.

«Vi prego, mettete questi.» L'ispettore porse a Eve e Craig Walden due paia di occhiali molto particolari. Le lenti ovali erano scure e sembravano identiche a quelle usate per il sole, ma la montatura era circondata da protezioni in pelle nera che avrebbero aderito al volto, per evitare che qualunque tipo di radiazione potesse arrivare agli occhi.

Sempre più colpito dall'eleganza che la ragazza dai capelli rossi era capace di esprimere qualunque cosa indossasse, Craig Walden osservò Eve allargare la fascia elastica che sostituiva le bacchette e mettersi gli occhiali. Subito dopo la vide staccare la schiena dal sedile e avvicinare al finestrino il volto, contratto e pallidissimo.

«Eve... stai bene?»

La ragazza non rispose e batté una manata decisa sul vetro.

«Jo!» gridò con voce graffiata dall'emozione.

Vlad Kazig e Craig Walden trasalirono. Si girarono di scatto per intercettare lo sguardo di Eve. Ci misero un po' a focalizzare alcuni puntini scuri che sporcavano il bianco assoluto della cima del Kailash: a pochi metri dalla sommità, abbarbicate all'ultimo pezzo della parete, c'erano tre figure umane.

Capitolo 21

EVANGELIA E OPHIDIEL

Isola Bisentina, 4 ore e 30 minuti alla Porta di Horizon

La notte era particolarmente luminosa. La luna offriva alla vista il suo lato di ponente e si rifletteva nell'acqua placida. Evangelia aveva lo sguardo perso nell'orizzonte invisibile, e il vento si infilava leggero tra i suoi lunghi capelli corvini. Un cardigan di lana nera a trama spessa copriva un abito cortissimo e aderente. Le gambe lunghe e perfette erano avvolte fino al ginocchio in un paio di stivali a tacco alto. La figura troneggiava sulla cima del monte Tabor, nella parte più a nord dell'isola Bisentina. Sotto di lei si agitava silenzioso il lago di Bolsena. Se chiudeva gli occhi, riusciva a immaginare le scene di vita e di battaglia che si erano consumate nei secoli in quel luogo carico di mistero: gli Etruschi, i Romani, i Saraceni avevano solcato quelle onde e avevano lasciato tracce ovunque. Ma prima di loro, evoluti popoli arcaici erano stati attratti dall'energia emanata dalla piccola superficie vulcanica, tanto da considerarla un'isola sacra e renderla il centro pulsante delle loro attività. E ora, dopo migliaia di anni, Ophidiel ne aveva fatto la propria dimora. Evangelia si sentiva a casa tra le mura di quell'antico borgo, ma era anche intimorita dall'atmosfera oscura che vibrava in ogni antro. Sussultava ogni volta che passava di fianco alle piccole costruzioni di natura religiosa ed esoterica, nascoste tra i fitti boschi di lecci, platani e ontani e le si accapponava la pelle quando percorreva i cunicoli stretti e bui che si snodavano nel sottosuolo.

«Sono arrivati.»

Evangelia annuì. Non l'aveva sentito avvicinarsi, ma non era stupita. Ophidiel si spostava in continuazione. Appariva e scompariva in una frazione di secondo. E alcune volte sembrava riuscisse a essere in più posti contemporaneamente.

«Tieniti pronta, è quasi ora di metterci in viaggio.»

Evangelia non si voltò, perché sapeva che se ne era già andato. Portò le braccia al petto e si strinse nelle spalle. Alzò il volto al cielo e sentì le lacrime riempirle gli occhi. Il suono delle onde che si infrangevano sulla scogliera agitava i suoi pensieri, che non riuscivano a dare tregua all'anima. Non conosceva la ragione profonda di tutto quello che le stava accadendo e non era capace di dare una spiegazione alle sensazioni che la scuotevano. Era come se la sua vita fosse stata scritta da una volontà superiore, che l'aveva guidata inesorabilmente al giorno in cui Ophidiel le aveva parlato e le aveva detto: «*Ho bisogno di te e ne ho bisogno adesso*». In quell'istante tutto era diventato chiaro e tutto aveva assunto una prospettiva. Anni di dubbi, domande, cambiamenti acquisivano ora un significato e si incasellavano nella ricerca di ciò che era diventato una certezza: la consapevolezza di avere una missione importante. Quella di stare al fianco del suo angelo guida.

Evangelia aveva trovato la strada che inseguiva da tempo. Ma dove l'avrebbe portata quella strada? L'unica cosa sicura era che non c'era un'altra via e non ci sarebbe stata nemmeno in futuro. Quello era il destino. Quello era ciò che doveva fare. Quello era ciò che voleva fare. Ma perché, se la faceva soffrire tanto?

Si asciugò le lacrime.

Sentiva che Ophidiel le stava leggendo la mente. Si muoveva

dentro di lei e penetrava la sua anima in continuazione. Era così da sempre. Da prima che lui si rivelasse. La ascoltava, la indirizzava, la dominava. E lei non poteva nascondersi. Non poteva sfuggirgli. Non aveva altra scelta che vivere per lui. Ma questo non la spaventava. Non provava né dolore, né gioia. Solo il senso di ineluttabilità di ciò che accadeva.

Fece qualche passo indietro, con lo sguardo fisso nel vuoto. Poi si girò e si incamminò tra i cespugli di allori e oleandri, mentre il profumo della macchia mediterranea le entrava nelle narici e le travolgeva i sensi. Raggiunse un gruppo di aceri, spostò le fronde con le mani e si fece largo nella minuscola radura che si schiudeva fra i tronchi. C'era una botola nascosta nell'erba. Evangelia la aprì. Una scala a pioli ripidissima scendeva verso il basso. Era un pozzo profondo una trentina di metri. Evangelia staccò la torcia appesa al muro, appena mise piede a terra. Quell'antro la inquietava. Era stato scavato secoli prima per rinchiudere tutti coloro che venivano considerati eretici. Dalle pareti sporgevano una serie di sbarre metalliche a cui erano fissate lunghe catene con pesanti ceppi per i polsi e le caviglie. La pietra era segnata dalle scalfitture lasciate dalle unghie dei prigionieri e il tempo non era riuscito a cancellare le impronte delle loro mani impregnate di sangue e orrore.

Evangelia allungò il passo, per non farsi assalire dalle grida di paura e disperazione che aleggiavano in quello spazio angusto. Attraversò rapidamente la grotta, fino ad arrivare in un punto da cui partiva uno stretto cunicolo e vi si infilò. Nella prima parte dovette abbassare la schiena e girarsi sul fianco per poter procedere. Sentiva la roccia ruvida e fredda graffiarle gli abiti. Sbucò in un altro locale, dove la strada era completamente sbarrata da una spessa tramezza in muratura, coperta da un sottile strato di polvere. Si avvicinò e, con i modi decisi di chi lo ha fatto molte volte, si alzò in punta di piedi e tese il braccio verso l'alto per raggiungere un mattone identico a tutti gli altri, posizionato nell'estremità a destra, due file sotto il soffitto. Lo spinse con forza e fece un passo indietro. Un rumore frusciante indicò che era stato azionato un ingranaggio. Il divisorio si spostò di lato, scorrendo su di un binario nascosto e schiuse l'ingresso a un altro corridoio. Evangelia puntò la torcia davanti a sé e si avviò. I tacchi rimbombavano contro il suolo gelido e rimandavano un'eco spettrale. Camminò a lungo fino a quando vide la luce in fondo al tunnel. Giunse in una stanza ampia, rischiarata da una moltitudine di fiaccole. Il camino era acceso e le fiamme crepitavano vivaci. Tappeti scuri coprivano il pavimento di sasso umido e rendevano meno inospitale l'ambiente. I muri sotterranei e senza aperture erano decorati da pitture e graffiti rupestri che risalivano a epoche lontane. A prima vista sembravano scene di caccia ma, guardando attentamente, erano più simili a rappresentazioni di riti tribali e sacrificali. Non erano ritratti esseri umani, solo animali selvatici e creature fantastiche mezze uomo e mezze bestie: bisonti, lupi, centauri con zoccoli prominenti e uomini con la testa da rapace si muovevano nello spazio immaginario. Evangelia non riusciva a smettere di chiedersi se fossero predatori o vittime. I colori erano molto cupi: il nero e il bruciato prevalevano sul rosso e sul bianco, e davano alle immagini un aspetto lugubre e tenebroso. I disegni erano tracciati con l'ocra e il carbone, ma c'era anche un abbondante uso di sangue e liquidi organici. Nonostante i dipinti non fossero sempre nitidi, perché rovinati dalle infiltrazioni, si riusciva a distinguere la presenza costante del serpente: l'immagine di un rettile dominava ogni raffigurazione, a volte in primo piano, altre più nascosta.

Ophidiel era in piedi di fronte al fuoco. Era nudo, con le gambe muscolose divaricate e inchiodate al terreno. Dava le spalle alla stanza e dalla sua schiena sporgevano i dorsali tonici. Il sudore gli imperlava la nuca e rigava il collo, facendo brillare l'epidermide scura al riverbero delle fiamme. Aveva il capo inclinato di lato e il suo sguardo era concentrato: nella mano destra stringeva un coltello affilato, la cui punta penetrava nella carne del braccio sinistro. Come gli antichi aborigeni, si stava incidendo la pelle in modo indelebile, per sigillare un momento e segnare il preludio di un importante accadimento. Era pronto a rientrare a Sefira e i lembi che rimuoveva dal suo corpo rappresentavano la scarificazione della nuova vita: un marchio perenne per affermare il suo sentire profondo. Il sangue colava copioso sul bicipite e cadeva a terra, macchiando la roccia bruna, ma non c'era sofferenza nei suoi gesti e nella sua espressione. Solo il mostruoso piacere di chi si sente padrone della propria fisicità e delle proprie emozioni.

«Credo che tu abbia qualcosa da raccontarmi prima di partire...» Evangelia si fermò a qualche passo da lui.

«Ti stavo aspettando.» La voce di Ophidiel era intensa. «Avvicinati.»

Evangelia prese una grande sedia rivestita in pelle di cinghiale, appoggiata contro la parete in ombra, si sedette e aspettò in silenzio. Ophidiel non amava essere incalzato e avrebbe parlato quando l'avrebbe ritenuto opportuno.

«Devo impossessarmi di ciò che mi appartiene: il ruolo che il destino ha scritto per me e che Metatron ha voluto negarmi.» Era calmo, ma nelle sue parole vibrava il senso della sfida.

«C'è stato un tempo in cui Metatron ha pensato di cambiare le regole del mondo. La sua mente si è annebbiata alla rincorsa di un sogno impossibile e ha perso il lume della ragione. In quel momento io ero il solo in grado di farlo reagire. E ci ho provato. Ma per riportarlo in sé sono stato costretto a scuoterlo nel profondo: ho dovuto ferirgli l'anima.

«Lui non ha capito. Si è lasciato accecare dall'ira e dall'odio e ha deciso di vendicarsi. Per paura di ciò che rappresentavo, ha usato tutti i suoi poteri per massacrare il mio corpo e umiliare il mio spirito. Mi ha esiliato nella Foresta di Thinkingblu, con la speranza di cancellare, insieme a me, anche i propri errori.

«Lontano da tutto e da tutti, io ho avuto molto tempo per

pensare. Mi sono convinto che non era Metatron a dover guidare Sefira: per colpa sua gli angeli erano stati trascinati sull'orlo della fine e non potevo permettere che accadesse di nuovo. Mi sono reso conto che il mio compito era riportare la nostra stirpe agli obiettivi per cui era stata creata e ho capito che ero io a dover scrivere il futuro. Da quella missione sono ripartito. Ma ero solo: Metatron mi aveva rinnegato di fronte a tutti e nessuno mi avrebbe ascoltato. Decisi così di creare un esercito di *Dominati*, trasformando le pietre e le altre sostanze inanimate in obbedienti mostri legati al mio volere. E ho scatenato l'*Adlivun* su Sefira. Una battaglia come non si era mai vista: la devastazione che nemmeno le Sacre Scritture avevano saputo prevedere. Del resto, non c'erano alternative: per prendere il comando, dovevo mettere in ginocchio gli angeli che non avevano creduto in me e che erano ormai incapaci di vedere e di capire.»

Evangelia lo ascoltava concentrata. Le sue iridi cobalto scintillavano al riverbero del fuoco.

«Riuscii a neutralizzare Metatron...» Le parole di Ophidiel sfumarono in un sospiro. «Ma non *lei*. Commisi una grave mancanza: sottovalutai la forza di Unika. Lo ricordo come se fosse ieri: è comparsa dal nulla di fronte a me, bella come il sole e minacciosa come la notte. Agile e determinata, ha iniziato a duellare senza tregua, senza paura. Non avevo mai incontrato una creatura tanto valorosa e impavida. Mi guardava fisso negli occhi e anche quando piangeva non mollava, non si piegava: lottava con tutta l'energia che aveva in corpo. Ha combattuto fino alla fine come una tigre.»

Ophidiel fece una lunga pausa: nella sua mente tornarono le immagini di Unika guerriera che impugnava l'Aeterna e gli urlava la morte.

«Mi ha trafitto. Ho sentito la lama della sua spada invincibile entrarmi nel petto e perforarmi il cuore. Ma non ero pronto a morire: la consapevolezza di non aver ancora portato a compimento il mio incarico e l'urgenza di governare Sefira mi hanno tenuto in vita... e la fiducia nel futuro che mi appartiene ha rimarginato la ferita.»

Evangelia avvertì un senso di disagio.

Cosa provava Ophidiel per Unika?

Non riusciva a capire se nel suo tono ci fosse odio o solo infinita stima e ammirazione. Nonostante lui le leggesse l'anima, Evangelia avrebbe voluto chiederglielo. Aveva bisogno di ascoltare la risposta dalla sua voce: i sentimenti e le emozioni non potevano sostituire le parole. Parlare per lei era importante: significava comunicare, dare vita e colore all'interiorità, mettere in luce le sensazioni. Ma non lo fece.

Sapeva che Ophidiel non l'avrebbe apprezzato. Non solo: l'avrebbe considerata fragile, cogliendo dalla sua domanda la paura e gli spettri di dover combattere con la presenza di un'altra donna. Non sarebbe stato disposto ad ascoltare altro. Non avrebbe preso il senso più ampio della sua necessità di conoscere, di vedere, di dare una spiegazione alle cose, fondamentale per poter affrontare l'avvenire con chiarezza e determinazione. Evangelia si sentì sola. Ricacciò indietro quella domanda, strinse le labbra e ne pose un'altra.

«Lei sa che sei vivo?»

Ophidiel non rispose e continuò il suo racconto.

«Quando la spada di Unika mi ha trapassato il torace, non ho avuto scelta e sono stato costretto a fuggire: il fiato mi si era spento in gola e un'ondata di doloroso calore si era impossessata delle mie membra. Ho perso la vista e la mente non riusciva più a comandare il corpo: le mie mani non reagivano e il collo non sorreggeva la testa. Rammento solo la sensazione del sangue che sgorgava dalla ferita, prosciugando le vene. Le forze mi hanno abbandonato e la debolezza mi ha reso troppo vulnerabile, impedendomi di continuare a combattere.» La sua voce aveva cambiato inclinazione, diventando introspettiva.

«I valorosi sanno che non è importante perdere una battaglia, ma vincere la guerra.» Per la prima volta da quando aveva cominciato a parlare, Ophidiel smise di incidere la pelle e rivolse lo sguardo al fuoco, lasciando cadere lungo i fianchi entrambe le braccia. La lama del pugnale stretto nella sua mano scintillava alla luce delle fiamme.

«Eravamo nel cielo di Sefira. Unika sul dorso di mio fratello Yesod, io con Zack, che aveva assunto le sembianze di un uccello mostruoso. Sotto di me si apriva l'Occhio, lo specchio d'acqua che funge da passaggio tra Sefira e la Terra: senza esitazione, mi sono tuffato. Sono svenuto e quando ho ripreso conoscenza, ero sul bagnasciuga del piccolo bosco di Maple Town. Ho raccolto le ultime energie per trasvolare dove mi hai trovato tu.»

Evangelia sentiva su di sé gli occhi di Ophidiel, anche se lui era ancora di spalle. Gli stessi occhi che una notte di un anno prima, in un vicolo buio sul retro di un locale a Berlino, le avevano sussurrato: *«È semplicemente l'inizio del destino che ho scritto per te»*.

«Quel passaggio non esiste più» spiegò Ophidiel. «Metatron ha chiuso l'Occhio come collegamento tra i due Mondi, per evitare che io tornassi a Sefira.» Fece un passo in avanti, si accosciò e tese il braccio destro, per appoggiare la lama del coltello sulla brace rovente.

«Come farai a rientrare?» chiese Evangelia, con un alito di fiato che trasudava apprensione.

«Attiverò una Porta.» Ophidiel si alzò in piedi e ricominciò a incidersi il bicipite. Il suo sguardo emanava esaltazione e il tono era carico di euforia. Evangelia vi lesse l'effetto delle endorfine rilasciate dalla scarificazione. Si sporse leggermente dalla sedia, per vedere il simbolo che Ophidiel si stava imprimendo sulla pelle. Ma non ci riuscì.

«Nel suo periodo di follia, Metatron si è lasciato soggiogare dal sogno di dare vita a un mondo perfetto dove uomini e angeli avrebbero potuto vivere insieme. Ha creato una serie di accessi, chiamati *Porte*, che consentivano il contatto tra Sefira e la Terra e ne facilitavano l'integrazione.»

Si interruppe un attimo, come se cercasse di trovare le parole giuste. «Ma gli uomini non sono angeli. E non potranno mai esserlo. Soffrono di un forte senso di inferiorità: l'invidia e la brama di potere li accecano. Io ho cercato di far aprire gli occhi a Metatron prima che fosse troppo tardi. Invano. Aveva perso la testa e, per metterlo di fronte alla realtà, ho fatto una cosa che non mi ha mai perdonato. Ho agito per il bene di Sefira.»

Evangelia trattenne il respiro, in attesa della rivelazione finale. Ma Ophidiel passò oltre.

«Quel giorno ha segnato l'esistenza e il destino di tutti. Anche della civiltà a cui Metatron aveva deciso di dare fiducia. Una terribile catastrofe l'ha spazzata via per sempre. Da allora Metatron ha sigillato le Porte.»

Evangelia capì che c'era dell'altro. Qualcosa che aveva segnato in profondità Ophidiel e che lui non era ancora pronto a condividere. Si chiese se l'avrebbe mai fatto.

«E tu vuoi riaprire una di quelle Porte?» fu tutto quello che riuscì a domandargli.

Il silenzio di Ophidiel confermò il suo pensiero.

Le immagini sulle pareti sembravano prendere vita nella luce riflessa delle torce e delle fiamme che avvampavano brune e minacciose nel camino. I bisonti correvano verso il precipizio, i rapaci attaccavano i lupi, le renne azzannavano i cavalli e una pioggia di frecce cadeva fitta su tutti gli animali, mentre l'occhio vigile del serpente governava la scena.

Evangelia avvertì un brivido lungo la schiena, che si fece ancora più intenso quando Ophidiel riprese a raccontare senza muovere le labbra, con la pelle del collo che si copriva di spesse squame nere e i muscoli del dorso che pulsavano animosamente, come se stessero per esplodere.

«Le Porte si attivano con le due Entità Fondamentali, la

Fiamma della Vita, fonte che dà origine agli angeli, e la Chiave della Felicità, elemento attraverso il quale gli angeli possono entrare in contatto con le anime degli esseri umani. E ora le Entità sono custodite nel cuore di due giovani angeli: Uniko e Unika, la fanciulla che porta il nome della grande guerriera. Uniko è sulla Terra e vive a Maple Town, protetto da uno scudo che Metatron ha attivato per evitare che io possa avvicinarmi a lui. Unika è a Sefira.»

«Come farai a condurre entrambe le Entità alla Porta?»

«Metatron ha chiuso me fuori da Sefira e io qualche giorno fa ho isolato lui e la sua valle. Ho effettuato un incantesimo che ha interrotto la comunicazione tra Sefira e gli angeli sulla Terra. E, contemporaneamente, ho fatto un sortilegio che ha reso Uniko irriconoscibile dagli esseri umani che lo circondano e invisibile dagli schermi dell'Osservatorio di Sefira. In questo modo ho spaventato il ragazzo, l'ho fatto sentire solo e in pericolo, tanto da costringerlo a fuggire. Ora è fuori dallo scudo protettivo di Maple Town ma, soprattutto, è in viaggio verso la Porta, senza saperlo, mentre Metatron urla disperato la propria impotenza.»

«E... Unika, mi hai appena detto che è a Sefira?»

«Sono convinto che tra i due giovani ci sia un legame speciale. Non credo che siano in grado di stare l'uno senza l'altra. Tant'è vero che anche a distanza continuano a parlarsi per via telepatica. Appena Unika si renderà conto di non poter più comunicare con Uniko, si preoccuperà e troverà il modo per raggiungerlo sulla Terra. È una ragazzina sveglia, intelligente e molto furba. Riuscirà a scappare da Metatron e inseguirà Uniko fino alla Porta.»

Ophidiel lasciò cadere il pugnale. Poi girò la testa e fissò Evangelia. «Li troveremo tutti in Tibet.»

Evangelia si sentì perforare dalle pupille rosso sangue. Il cuore accelerò i battiti e le sue guance si infiammarono.

«Ti stai chiedendo cosa succederà una volta che avremo aperto la Porta, vero? Il cambiamento si costruisce lentamente, mia cara compagna. Lentamente.»

Ophidiel riportò gli occhi sul fuoco. Si inginocchiò e tese le dita per prendere una manciata di cenere incandescente. La sparse sulle ferite provocate dalla scarificazione e iniziò a strofinarla con vigore.

«Tu ti occuperai di Unika e Uniko: ti darò i poteri per prenderli in custodia, neutralizzarli e condurli quaggiù. Queste mura sono protette, segrete e non rilevabili. Ho schermato l'isola dalla vista degli angeli. Qui sarai al sicuro: terrai in ostaggio i due ragazzi e le Entità che hanno nel cuore. E io farò il mio ingresso trionfale a Sefira, pronto a destituire Metatron e a dare un nuovo corso alla storia.»

Ophidiel si alzò in piedi.

Si voltò verso Evangelia.

Lo sguardo era acceso.

Il viso era scolpito da una maschera di esaltazione.

Statuario e monolitico, si ergeva al centro della stanza, dominandone anche l'aria.

Solo allora Evangelia vide il simbolo che si era inciso sulla pelle.

Capitolo 22

ATTESA SUL TETTO DEL MONDO

Himalaya, 4 ore e 20 minuti alla Porta di Horizon

«No, Unika... Non farlo.»

«Non fare cosa?»

«L'ultimo passo, quello che ti porta in cima.» La voce di Nishida era calma e decisa, come sempre.

Unika si guardava intorno, completamente disorientata dallo strepitoso scenario in cui si erano appena materializzati. Si trovavano sulla vetta di una montagna altissima che sfondava le nuvole e assaliva il cielo.

L'azzurro era dappertutto e brillava accecante, riflettendosi sulle nubi che sembravano un velo perforato da tante formazioni rocciose. La linea dell'orizzonte era curva: l'effetto ottico dell'alta quota sorprendeva lo sguardo. Folate di neve finissima si sollevavano come fumo immacolato e il sibilo del vento era l'unico insulto al silenzio assoluto.

«E perché?» Unika si arrestò poco prima di raggiungere la sommità.

«È un'antica forma di rispetto che gli abitanti di questa regione riconoscono al gruppo di montagne che ci circondano: non si deve arrivare in vetta. Ci si ferma un po' prima, in segno di omaggio verso la casa delle divinità.»

«Quali divinità?» La curiosità di Unika si faceva largo tra i biondissimi capelli scompigliati.

«Vieni, sediamoci qui» la invitò Nishida, lasciandosi cadere nella neve. «Voglio raccontarti qualcosa di interessante su questo luogo.»

Unika gli sorrise, rivolgendo il volto al sole che donava alle sue iridi tutte le gradazioni del viola.

«Siamo sui monti Himalaya, nome che in sanscrito significa *la dimora delle nevi eterne*. Il Kailash, la meta verso cui siamo diretti, fa parte di questa catena montuosa e si trova laggiù.» Nishida tese il braccio per mostrare la posizione esatta. «Ma io ho preferito portarti prima qui, per farti assaporare l'emozione di essere sulla cima più alta della Terra.»

L'Elfo fece una pausa e inspirò profondamente. Era inebriato dalla forza sprigionata dalla Natura e lasciava che i suoi sensi ne fossero rapiti. Rovesciò la testa all'indietro, alzando al cielo gli zigomi perfetti che davano incisività al viso e abbassando le palpebre sugli intensi occhi gialli. I capelli candidi ondeggiavano alle sue spalle, scoprendo le orecchie appuntite, tempestate di orecchini. Unika lo osservò con ammirazione e si abbandonò alle stesse sensazioni.

«Gli uomini misurano le loro distanze con una unità chiamata metro… più o meno questa lunghezza.» Con la forza del pensiero, Nishida sollevò una sottile colonna di neve, perfettamente diritta e perpendicolare al suolo. «L'altezza della montagna su cui ci troviamo in questo momento misura ben ottomilaottocentoquarantotto metri. Siamo seduti sul *Tetto del Mondo*, che è il nome con cui le popolazioni indigene amano chiamare questo gigante, conosciuto anche come monte Everest.»

Unika seguiva con attenzione le parole dell'Elfo, ma lasciava che la vista vagasse senza limiti negli spazi infiniti.

«Noi due riusciamo a stare qui a parlare perché abbiamo capacità superiori. Ma salire fin quassù è un'impresa quasi impossibile per gli esseri umani, perché nell'aria c'è pochissimo ossigeno e la temperatura è estrema... c'è il serio rischio di morire.»

«E allora quelli chi sono?» Unika indicò alcuni puntini colorati e immobili a qualche centinaio di metri più in basso.

«È una delle spedizioni diretta alla cima.»

«E cosa ci vengono a fare?»

«È l'eterna sfida dell'uomo contro i suoi limiti. Non chiedermi il motivo... ci sono tante cose a cui non so dare risposta. Da sempre la razza umana si affanna per raggiungere e superare l'orizzonte che la Natura le ha donato. C'è del buono in questa perpetua ansia verso il progresso, perché ha portato a un grande miglioramento della qualità della vita. Ma talvolta gli abitanti della Terra non vedono i danni che provocano nella loro corsa senza fine.»

«Che tipo di danni?»

«Le splendide montagne che vedi ne sono un esempio lampante.» Nishida cercò le parole adatte per spiegare a Unika il delicato concetto che aveva in mente. «Su queste vette ci sono circa quindicimila ghiacciai, il cui scioglimento lento ed equilibrato alimenta un'enorme rete di fiumi dalle cui acque dipende la vita di oltre un miliardo di persone.»

Unika si accigliò. «Cosa significa uno scioglimento lento ed equilibrato?»

«Vuol dire che i ghiacciai si sciolgono quel tanto che serve per dare acqua ai fiumi, pur continuando a essere alimentati da piogge e nevicate: quindi non si esauriscono mai. Di fatto, potrebbero essere ghiacciai eterni in grado di svolgere per sempre il loro ruolo vitale di generatori di acqua.»

«Perché dici *potrebbero*?»

«Purtroppo si stanno esaurendo: l'inquinamento provocato dal continuo progresso tecnologico sta causando un costante incremento della temperatura del pianeta. In pratica, la Terra è sempre più calda. Questo comporta uno scioglimento più veloce dei ghiacciai che non riescono a ricostituirsi, correndo inesorabilmente verso la fine.»

«Ma... è terribile!»

«Infatti. Se l'inquinamento non verrà arrestato, il fenomeno dello scioglimento dei ghiacciai porterà prima a tremende inondazioni e poi, quando l'acqua sarà finita, a dolorosissime siccità.»

Unika osservava lo sguardo preoccupato di Nishida. D'istinto, si voltò verso la spedizione che procedeva con difficoltà e faticava a scalare la montagna. Erano uomini apparentemente insignificanti rispetto al maestoso gigante di roccia e ghiaccio, eppure determinati a dominarlo.

Com'è possibile che non capiscano?, si chiedeva la ragazza, tormentandosi. *Quale forza oscura li spinge avanti, sempre oltre il limite, anche se questo li porta all'autodistruzione?*

«È nella natura umana» le spiegò Nishida, leggendo i suoi pensieri. «E non c'è niente da fare. Noi possiamo aiutarli a riflettere, ma la scelta spetta a loro. E comunque, di una cosa puoi essere sicura...»

«Quale?»

«Il finale della storia è incerto. Ci sono sempre più creature illuminate sulla Terra in grado di capire ciò che sta accadendo. La speranza che le cose possano cambiare in tempo esiste ed è concreta.» E le strizzò l'occhio.

Unika sentì il cuore gonfiarsi di gioia.

«Avrei voglia di andare da quegli uomini che si stanno arrampicando per farli riflettere sulla bellezza di quello che hanno intorno e sull'importanza di queste montagne, per convincerli a rispettarle.»

Non ricevendo risposta, Unika si girò verso Nishida e rimase impietrita nel vederlo con il volto contratto per la forte concentrazione. «Nishida... cosa ti succede?»

L'Elfo non rispose. Rimase immobile nel suo stato di trance per qualche secondo. Poi la guardò. «Dobbiamo andare.»

«Dove?»

«Sul monte Kailash, la nostra meta. La mia percezione sensoriale mi ha detto che varie creature si stanno avvicinando alla vetta.»

«Chi sono?»

«Esseri umani. Tutti tranne uno.»

Unika trattenne il respiro. «È lui?»

Il sorriso di Nishida la raggiunse dritto nel cuore, facendolo esplodere di gioia.

Capitolo 23

IL BARATRO

Monte Kailash, 4 ore e 15 minuti alla Porta di Horizon

«Seguitemi!»

Il piglio deciso e quasi autoritario di Heinrich Thule lasciava poco spazio a possibili repliche. Il suo viso arrossato dal gelo era la perfetta rappresentazione dell'esaltazione di chi si sente investito del ruolo di leader. Uniko lo osservava stupito: in Heinrich convivevano atteggiamenti e modi di fare molto diversi, addirittura opposti. A volte sembrava disorientato e in balia degli eventi, altre era eccessivamente sicuro di sé. Stavolta, Uniko pensò che era il caso di assecondare la sua determinazione: l'arrampicata era difficile e facendolo andare avanti, l'avrebbe tenuto sotto controllo.

«Va bene, Heinrich, però stai attento a dove metti i piedi.»

«State tranquilli, vi porterò in cima al Kailash sani e salvi.»

«Dimitra, tu segui Heinrich e io chiudo la fila.»

La ragazza fece una smorfia e una linguaccia, in segno di simpatica accettazione. Era insofferente a qualunque tipo di autorità, ma capiva che l'invito di Uniko era di buon senso.

«Allora, adesso ascoltatemi» disse Heinrich. «Dobbiamo raggiungere quella cengia ascendente laggiù... la vedete?»

«E cosa sarebbe una *cengia*?» chiese Dimitra con tono impertinente, chiudendo fino in cima la zip del giubbotto, senza guardare nella direzione indicata dal ragazzo con gli occhiali.

«Cominciamo bene...» mormorò Heinrich, impaziente.

«Una cengia è una sporgenza orizzontale su una parete verticale di roccia» rispose calmo Uniko. «Una specie di lungo davanzale, abbastanza largo per camminarci sopra.»

«Ho capito, grazie: adesso la vedo» replicò Dimitra. «Ma come facciamo ad arrivarci? In mezzo ci sono quegli enormi pezzi di ghiaccio... sono smisurati. Sembrano torri.»

«*Seracchi*» precisò Heinrich.

«Eh?»

«Si chiamano seracchi» intervenne ancora Uniko. «Si tratta di formazioni ghiacciate che possono rimanere piccolissime o raggiungere addirittura le dimensioni di un palazzo.»

«E quelli lì davanti sono piuttosto grandi» sottolineò Heinrich. «Non è pensabile di scalarli in verticale perché potrebbero crollare e trascinarci nel baratro.»

«E allora come li superiamo?» Dimitra era preoccupata.

«Credo che quei seracchi siano il margine inferiore di una cascata di ghiaccio» spiegò Heinrich. «Molto probabilmente là dietro c'è un passaggio riparato che potremo utilizzare per salire sulla cengia.»

Heinrich sembrava molto sicuro di sé. Uniko e Dimitra tacquero e il loro silenzio fu interpretato come un assenso a partire.

«Mettiamoci in marcia!» Heinrich mosse il primo passo verso l'assalto alla vetta del Kailash.

Il ragazzo non aveva mai messo piede su una montagna: tutto ciò che sapeva in proposito nasceva dalle ricerche meticolose che aveva fatto per preparare la sua impresa. I primi movimenti furono lenti, ispirati da una saggia cautela che ben presto lasciò il posto all'euforia. Dopo qualche istante di ambientamento, le sensazioni divennero quasi familiari: Heinrich aveva l'impressione di aver sempre domato il ghiaccio. Accelerò l'andatura e, in breve tempo, si trovò sulla seraccata. Esultò in silenzio nello scoprire che era proprio come aveva immaginato: dietro le torri di ghiaccio c'era un passaggio gelato che conduceva dritto al davanzale sulla parete.

«Rallenta!» gli gridò Uniko, nel vederlo così deciso. Ma Heinrich era concentrato e non si fermò. Appena fu sulla cengia, il ragazzo rabbrividì: era larga come un marciapiede, ma cadeva a strapiombo. Rimase immobile mentre il senso dell'equilibrio si frantumava sotto il peso del terrore.

È lui, il mio incubo ricorrente. Il sogno che mi turba le notti: essere su un parapetto, su un cornicione, su una sporgenza stretta che si affaccia nel vuoto. E la paura di cadere mi assale, mi immobilizza, mi devasta...

Nonostante la distanza Uniko capì l'esitazione di Heinrich.

«Heinrich, aspetta! Arriviamo!»

Devo reagire. Posso farcela. Mi basta rimanere contro il muro e avanzare piano, di lato. Non mi succederà nulla. È sufficiente che non guardi in basso.

Prendendo il coraggio a due mani, il ragazzo cominciò a muoversi. Strisciò lungo una parte curva della montagna e sparì dalla vista di Uniko e Dimitra.

L'angelo biondo era in ansia. Avvertiva un marcato senso di pericolo e avrebbe voluto levarsi in volo per raggiungere l'amico. Ma, ancora una volta, non poteva farlo per non svelare la propria natura. Mentre cercava di combattere l'inquietudine, il silenzio irreale fu sgretolato dal rumore delle pale di un elicottero. Uniko si voltò incredulo e lo vide stagliarsi contro l'azzurro elettrico del cielo. Saliva, fiancheggiando il versante con una progressione minacciosa e solo quando passò davanti alla seraccata Uniko riuscì a intravedere i passeggeri.

«Eve! Professor Walden!»

L'elicottero arrestò l'ascesa, rimase sospeso, poi proseguì seguendo la cengia, sparendo dietro la stessa curva oltre cui si era avventurato Heinrich.

«Cosa sta succedendo?» domandò Dimitra con la voce stritolata dal freddo.

«Non muoverti e aspettami qui» le rispose Uniko, superandola con movimenti agili.

«E quello chi diavolo è?» esclamò Vlad Kazig quando vide Heinrich Thule abbarbicato alla parete vertiginosa. Con una manovra tanto abile quanto repentina si accostò ulteriormente alla montagna, arrivando a pochi metri dalla roccia ghiacciata.

Il frastuono dell'elicottero travolse il fragile stato d'animo del ragazzo e spazzò via il precario equilibrio con cui stava affrontando la salita. Heinrich si voltò di scatto e alla vista del velivolo sentì un formicolio partire dal ventre e raggiungere il cervello. Gli si annebbiò la vista e precipitò nell'abisso senza nemmeno gridare. L'orrenda consapevolezza di sprofondare nel vuoto durò una frazione di secondo: Heinrich Thule svenne e andò incontro alla morte privo di coscienza.

«Noooo!!!» urlarono all'unisono i passeggeri dell'elicottero.

Nel frattempo Uniko era salito sulla cengia e strisciava contro la roccia. Non vedeva Heinrich e aveva il cuore in gola per l'ansia. Girò l'angolo e si trovò proprio di fronte all'elicottero. Cominciò a sbracciarsi.

«Jo!... Eccolo, è lì... Jo!»

«Apra lo sportello!» urlò Craig Walden a Vlad Kazig.

Appena l'ispettore spalancò il portellone, Eve raccolse tutto il fiato che aveva in gola per lanciare al suo amico due drammatiche parole.

«È caduto!»

Uniko si sentì morire. Guardò istintivamente in basso e non vide nulla se non la parete a strapiombo che si gettava nelle nuvole. Senza dire una parola, sollevò gli occhi disperati, strinse le labbra e si tuffò nel vuoto, in picchiata.

«Per tutti i diavoli di Transilvania!» esclamò Vlad Kazig. «Ma è pazzo?!»

I passeggeri dell'elicottero videro il ragazzo biondo penetrare il mare di nubi bianche: a velocità folle, con la testa verso il basso e le braccia distese lungo i fianchi, Uniko tentava l'impossibile salvataggio di Heinrich Thule.

L'attesa congelò gli animi. L'ispettore osservava attonito le facce dei compagni di viaggio, sapendo che il momento di chiedere spiegazioni non era ancora arrivato. A un tratto, Eve si incupì e scoppiò in singhiozzi: Uniko stava risalendo in volo. Da solo.

Raggiunse l'elicottero e si appoggiò a uno dei due pattini d'acciaio. L'aria mossa dalle pale gli scompigliava i capelli, ma non riusciva a scalfire l'espressione angosciata.

«Non c'è, non l'ho trovato.»

«Eppure è caduto, Jo. Proprio qui sotto.» Il tono amico di Craig Walden allentò la morsa che lo attanagliava.

«Forse dovremmo andare a cercarlo noi con l'elicottero» propose Vlad Kazig, poco convinto.

«Lasci stare, ispettore, mi creda. Se non l'ha visto lui, vuol dire che non c'è.»

«Devo tornare da Dimitra.» Uniko si staccò dalla libellula d'acciaio e si indirizzò di nuovo verso la cengia. L'ispettore mosse l'elicottero e lo seguì.

L'abitacolo si riempì di stupore palpabile quando videro una figura magra e slanciata in piedi accanto a una torre di ghiaccio.

«Non è possibile...» commentò quasi rassegnato Vlad Kazig. «E questa chi è?»

Vlad Kazig riuscì a portare il Kiowa OH-58D in prossimità del seracco e Uniko accompagnò Dimitra fino al punto in cui la distanza dallo sportello si riduceva a poco più di un metro.

«Afferra la mia mano!» Craig Walden si sporse verso la ragazza.

Uniko la sostenne cingendole la vita, mentre lei allungava il busto senza la minima indecisione. Appena fu nell'abitacolo, Dimitra si adagiò sul sedile. Si tolse gli occhiali e abbassò il cappuccio dietro la schiena. Eve la osservò, colpita dal viso bello e squadrato e rimase meravigliata, perché non vi lesse alcun segno di paura.

«Grazie» sussurrò la ragazza, con voce limpida e sicura. «Mi chiamo Dimitra.»

«E tu sei Jo Springfield, vero?» disse Vlad Kazig rivolgendosi all'angelo biondo che nel frattempo era saltato a bordo con l'agilità di un felino. Jo non sentì neppure la domanda dell'ispettore: si era lanciato verso Eve, abbracciandola forte. Poi si voltò verso Dimitra e le carezzò la guancia.

L'attenzione di Dimitra era concentrata su Uniko e Craig Walden ne approfittò per rivolgere uno sguardo eloquente all'ispettore. Si portò l'indice della mano destra davanti alle labbra. Vlad Kazig capì che il professore gli stava dicendo di non chiedere spiegazioni riguardo al volo d'angelo a cui aveva assistito, perché ne avrebbero parlato in seguito. L'ispettore sbuffò mostrando una certa irritazione, ma decise di non fare parola dell'accaduto. Per il momento.

«Dov'è Heinrich?» chiese Dimitra, scrutando i volti tesi degli altri quattro. Uniko le prese le mani. «Non lo sappiamo. Potrebbe essere caduto, ma non ne siamo ancora sicuri. Dobbiamo cercarlo.»

«Perché caduto? Magari è andato molto avanti verso la vetta» obiettò Dimitra. «L'abbiamo visto camminare con grande velocità, ricordi? Potrebbe essere già in cima.»

Eve si rattristò di fronte a quella speranza ingenua.

«Allora? Muoviamoci!» continuò Dimitra rivolgendosi a Vlad Kazig, che sospirò insofferente, prima di tirare la cloche e prendere quota.

«Esploreremo rapidamente la vetta» confermò l'ispettore. «Ma poi rientreremo in Nepal. Abbiamo poco carburante.»

Il rombo del motore si fece più forte, mentre l'elicottero saliva come un ascensore verso l'infinito.

Eve accarezzò i capelli di Uniko. «Come stai?»

Lui le rispose con un sorriso un po' sofferto.

«Non ci credo!» Vlad Kazig era sgomento.

Uniko si voltò verso il lunotto frontale e trasalì. Sentì il tempo fermarsi e si ritrovò in un limbo di immobilità in cui c'era spazio solo per ciò che gli occhi comunicavano al cervello: la visione di Unika.

Era lì, davanti a lui, sulla cima del monte Kailash. Il viola dei suoi occhi perforava il vetro dell'elicottero e raggiungeva l'anima di Uniko, travolgendola nel torrente di emozioni che solo lei era capace di trasmettergli.

«Quello è Heinrich Thule... ma chi sono gli altri due?» La voce roca di Vlad Kazig lo riscosse.

Il resto della realtà si compose intorno alla figura di Unika. Poco a poco, Uniko riuscì a vedere tutti gli elementi della scena: vicino a lei c'era Nishida ed entrambi erano inginocchiati sulla neve, accanto a un corpo immobile. Quello di Heinrich.

Uniko riattivò la propria capacità di ragionamento e pensò che i due angeli fossero arrivati in tempo per vedere Heinrich cadere nel baratro. Immaginò che si fossero lanciati in volo, riuscendo a salvarlo.

Vlad Kazig portò l'elicottero verso una piccola piazzola che addolciva la sommità della montagna. L'aria smossa dalle pale sollevò una nuvola di neve farinosa. Con una manovra ardita e impeccabile, la grande libellula nera atterrò sulla superficie ghiacciata. Appena spense il motore e le pale smisero di roteare, l'ispettore si tolse la cuffia e si rivolse a tutti, ruvido: «Nessuno di voi si azzardi a mettere il naso fuori dall'elicottero. Scenderò a terra solo io, chiaro?»

Uniko non lo ascoltava. La sua attenzione era tutta per Unika. E non udì nemmeno la domanda successiva di Vlad Kazig. «Qualcuno sa dirmi chi sono questi due fenomeni in maniche di camicia a seimila metri d'altezza?»

Il silenzio assoluto in cui si persero le sue parole lo indusse a fermarsi. Con la mano destra appoggiata sulla maniglia e il busto ricurvo a causa dello spazio ristretto dell'abitacolo, Vlad Kazig indugiò sui volti impietriti di Craig Walden e Eve. Poi osservò l'espressione trasognata di Uniko: fissava attonito la ragazza bionda che nel frattempo si era avvicinata all'elicottero e aveva appoggiato la mano sul vetro. L'ispettore fece correre lo sguardo sull'individuo dai capelli bianchissimi e le orecchie a punta, inginocchiato vicino a Heinrich Thule. Un'embrione di idea cominciò a formarsi nella sua mente.

Jo Springfield che vola, Heinrich Thule che cade nel vuoto e ricompare scortato da due strani esseri che sopportano l'alta quota come se fossero a prendere il sole in riva al mare. Tutto questo ha un senso solo se lo metto nella prospettiva del dialogo che ho spiato al telefono: angeli. Questi devono essere angeli.

Craig Walden capì che l'ispettore era alle prese con i suoi ragionamenti. Non fu sorpreso quando lo vide voltarsi verso di lui con gli occhi incendiati dallo stupore di chi ha afferrato l'idea vincente. Il professore sbatté le palpebre e, con un leggero cenno del capo, annuì.

«Incredibile...» mormorò l'ispettore, aprendo il portellone. Lasciò che Uniko imboccasse l'uscita, senza opporre resistenza. Lo vide avvicinarsi alla ragazza bionda e stringerla a sé.

«Heinrich si è svegliato!» L'esclamazione di Dimitra ruppe la magia di quel momento.

Il ragazzo si era seduto sulla roccia e scuoteva la testa con gli occhi sbarrati. Dopo un buffo alternarsi di espressioni bizzarre, il lume della ragione tornò a brillare nelle sue pupille.

«Ce l'ho fatta... sono in cima al Kailash!» Si alzò in piedi con aria estasiata. A quel punto, Vlad Kazig saltò giù dall'elicottero e gli intimò di stare fermo: «Heinrich Thule, non muoverti!»

Il ragazzo sembrò non averlo sentito e cominciò a esplorare gli anfratti ghiacciati della vetta della montagna.

«Attento, è pericoloso!» lo avvertì l'ispettore con un braccio teso e le gambe divaricate. «Fermati lì, vengo a prenderti.»

Heinrich non lo considerò in alcun modo. Era ripiombato nella sua trance e si spostava come uno yeti barcollante sulle creste gelate e rocciose. Vlad Kazig non sapeva cosa fare: temeva di spaventarlo, avvicinandosi, e non voleva che scappando il ragazzo potesse scivolare e cadere tra i crepacci.

«Noi dobbiamo andare.» La voce squillante di Nishida sibilò armoniosa nell'aria rarefatta.

Uniko fece segno di sì a Unika, quando l'urlo di Heinrich scosse ancora una volta la coscienza di tutti.

«L'ho trovata! L'ho trovata» ripeteva il ragazzo, indicando una spaccatura in una parete rocciosa.

Era una fenditura di forma irregolare, alta poco più di un metro e larga quanto bastava per far passare un essere umano. Si nascondeva silenziosa tra i ghiacci, in un angolo sferzato dalle intemperie millenarie. Il buio delle sue profondità faceva immaginare una specie di piccola galleria che si insinuava verso il centro della montagna.

«No! Fermo!» fu la vana invocazione di Vlad Kazig. Ma Heinrich era già stato inghiottito dal buco nero.

«Heinrich!» Uniko si gettò per rincorrerlo, senza lasciare la mano di Unika.

"Uniko, dobbiamo tornare a casa." La voce implorante di Nishida lo raggiunse nella mente. Uniko scambiò uno sguardo complice con Unika e rispose: "No, Nishida, caro amico mio. Io e Unika andiamo con lui. Non voglio abbandonarlo in questa situazione. E anche se volessi, non potrei farlo. Ha bisogno di me, capisci?"

L'Elfo sapeva che le parole del ragazzo sgorgavano dal cuore. *Ciò che viene dal cuore, viene prima di tutto,* pensò.

"Ci accompagni, Nishida?" gli chiese Unika con un sorriso dolce e determinato.

Nishida non ebbe alcun dubbio. Il suo compito era di stare vicino ai ragazzi e con un gesto di nobile deferenza chinò il capo, chiudendo gli occhi in cenno di assenso. E si avviò verso il cunicolo insieme ai due giovani angeli.

Vlad Kazig era sconvolto: i due ragazzi scomparsi erano lì davanti a lui, ma gli stavano sfuggendo. Uno dopo l'altro, inesorabilmente.

Devo inseguirli.

Così facendo, però, avrebbe abbandonato tutti gli altri in cima a una montagna, a seimila metri di altitudine, senza alcuna possibilità di tornare a valle.

Devo portare in salvo il maggior numero possibile di persone con l'elicottero.

Ma non poteva lasciare Heinrich e Jo al loro destino.

Stritolato dalle spire dell'incertezza, sentì una voce sconosciuta ma dal tono affabile.

«Andiamo tutti.»

L'ispettore si voltò e capì che a parlargli era stata la ragazza bionda. Insieme a Jo Springfield, che la teneva per mano, si era fermata all'imbocco del cunicolo e lo fissava con intensità. L'incredibile colore dei suoi occhi amplificava l'impatto di un sorriso meraviglioso. Vlad Kazig intuì che quella fanciulla percepiva il suo dilemma interiore e lo invitava a prendere una decisione: gli stava leggendo nel pensiero.

Vlad Kazig si guardò intorno. Gli spazi enormi demolirono i confini della sua anima. *Gli dei sono piccoli visti da quassù...* e lasciò che le indecisioni si sgretolassero per lasciare il posto all'istinto più puro. Tornò verso l'elicottero e si assicurò che il portellone fosse perfettamente chiuso. *Se mai torneremo, ci riporterai a valle*, pensò, lanciando un'ultima occhiata al velivolo.

«Ok, andiamo a recuperare quel giovane pazzo!» Fece cenno a Dimitra, Eve e Craig Walden di seguirlo verso l'ingresso del passaggio oscuro. In pochi secondi anche i quattro umani sparirono inghiottiti dalle tenebre, restituendo la scena al silenzio assoluto.

Tutto sembrava tornare alla pace che aveva protetto nei secoli quel luogo sacro. Ma c'era un segno evidente della profanazione appena avvenuta, testimonianza dell'insulto al candore: una libellula nera, un piccolo insetto immobile sulla testa di un gigante bianco.

Capitolo 24

VISIONI SUL FUTURO

Sefira, 3 ore e 25 minuti alla Porta di Horizon

Il vortice luminoso squarciò l'atmosfera soffusa dell'Osservatorio. Martin si portò le mani al viso, per ripararsi gli occhi e Yesod serrò le palpebre: Allibis era comparsa di fronte a loro in un turbine di luce opalescente.

«Ti aspettavamo.» Metatron chinò il capo, in un cenno di ringraziamento.

Appena il bagliore si spense, l'Oracolo prese forma in tutta la sua sensuale bellezza. I capelli lunghi con il colore del tramonto erano raccolti in un'acconciatura morbida in cui si intrecciavano delicati fiori di campo. La sfera di energia sorretta dalle due piccole corna ricurve pulsava intensa, accesa dall'agitazione dell'animo.

«Spero di potervi aiutare.» La voce di Allibis aveva il suono del vento che accarezza l'erba.

«Ophidiel ha tagliato la comunicazione tra Sefira e la Terra e credo voglia attirare Unika e Uniko a sé» spiegò Metatron, senza celare la preoccupazione. «Tutto ciò che riuscirai a dirci in più sarà di grande valore per noi.»

Allibis si sollevò a mezz'aria e incrociò le gambe, appoggiando le mani sulle ginocchia. «Li vuole insieme.»

Metatron si avvicinò a lei e la fissò. Vide le sue pupille dilatarsi, come per abbracciare una visione ancora oscura.

«Da qualche giorno vedo neve. Tanta neve... e acqua. Acqua profonda e scurissima. Tutto ciò che la neve ammanta, l'acqua avvolge.»

Un rispettoso silenzio scese nella stanza, fermando il tempo. Allibis aveva chiuso gli occhi e reclinato la testa. Le sue palpebre cominciarono a vibrare: si stava concentrando e presto avrebbe perso il contatto con la realtà.

Metatron assecondò il momento, senza fare domande e lasciando che la mente dell'Oracolo vagasse libera.

«C'è poca luce e manca l'aria. Ma l'atmosfera non è tenebrosa, al contrario, sembra solenne.»

Metatron ascoltava, cercando di interpretare le parole di Allibis per catturarne ogni mimino indizio.

«Non vedo il suo volto, ma ne sento il pensiero.» Allibis cominciò a tremare e Metatron capì che stava parlando di Ophidiel.

«Leggo tanta fiducia nella sua anima. È sicuro di...»

Metatron, Yesod e Martin respirarono l'aria dell'attesa.

«...di tornare.»

Metatron strinse i pugni. L'Oracolo stava confermando la sua ipotesi.

«Vedo una caverna. No... non è una caverna. Ci sono delle scale e... una porta...»

Yesod sollevò le piume e tese la coda, scosso da un brivido.

«Ophidiel non è solo...» continuò Allibis.

«Chi c'è con lui?» Yesod non riuscì a trattenersi, impaziente di sapere. Metatron scosse la testa, facendogli segno di mantenere la calma e di non interrompere il corso della visione.

«È vicino a una donna...» Il respiro di Allibis si faceva sempre più affannoso. «È molto bella. Forte... la sua ombra si estenderà lunghissima sul futuro di tutti noi.»

Yesod osservò Metatron con sguardo perplesso. Avevano appena conosciuto Evangelia attraverso la Finestra del Tempo e si chiese che impatto quella donna avrebbe avuto sul loro avvenire.

«Sento delle voci. Tante voci. Le conosco... non tutte.» Il sudore imperlava la fronte di Allibis e la sua pelle emanava riflessi magnetici.

«Sono in due!» esclamò Allibis, in un grido simile a un rantolo angosciato. A un tratto, il suo corpo si contorse in spasmi violenti. Le orbite oculari si rovesciarono all'indietro e lei serrò la mascella. «State attenti, giovani angeli... Unika, Uniko li avete vicini... vicini!»

Allibis perse conoscenza.

Le sue membra si sciolsero, abbandonando ogni tensione. Rimase sospesa in aria come se una fune invisibile la sorreggesse per i fianchi. Il ventre bianco si mostrava al cielo mentre testa e braccia penzolavano. Le punte dei capelli sfioravano il suolo come i veli leggeri dell'abito che fasciava il suo corpo femminile.

Martin cercò gli occhi di Yesod e Metatron, ma non li trovò: erano fissi sullo schermo della Finestra sul Mondo. Osservavano il gruppo di angeli ed esseri umani che scendeva nel cunicolo buio e ripidissimo. Davanti a tutti c'era Heinrich Thule. A poca distanza, seguivano Nishida e Unika. Il braccio destro della ragazza era teso in avanti e le sue dita sembravano stringersi attorno a qualcosa di invisibile. Era la postura di chi tiene per mano qualcuno. Qualcuno che Metatron e Yesod non vedevano, ma di cui conoscevano perfettamente l'identità.

«È lui, vero?»

«Sì, Yesod» confermò Metatron. «È Uniko. Non riusciamo a vederlo, ma è lì con lei.»

Dopo essersi emozionato a osservare i movimenti fluidi di Unika, Uniko e Nishida che scivolavano lungo il cunicolo, Yesod diresse lo sguardo verso gli umani in fondo alla fila. Vlad

Kazig procedeva con andatura incerta: avanzava nell'oscurità con entrambe le mani appoggiate alle pareti e i suoi passi non erano stabili. Il corpo tozzo era reso ancor più compatto dalle ginocchia piegate. Sembrava uno scimmione che brancola nella notte. Dietro di lui, Craig Walden teneva la mano di Eve, che a sua volta stringeva quella di Dimitra.

«Pensi che *i due* a cui ha fatto riferimento Allibis siano in quel gruppo?» Il Drago era nervoso.

«È sempre difficile interpretare le visioni dell'Oracolo. Non siamo in grado di delineare una risposta. Dobbiamo solo tenere tutto sotto controllo e stare all'erta.»

«Metatron, non possiamo stare qui a guardare. Dobbiamo fare qualcosa...» La voce di Yesod era sfumata da una punta di irrequietezza. Non aveva nessuna intenzione di starsene con le mani in mano. Voleva rendersi utile.

«Abbi pazienza, valoroso Yesod. La tua apprensione è anche la mia. Ma questo è il momento di riflettere e pensare a fondo prima di agire.»

«Ogni mia azione è al servizio del tuo pensiero, luminoso Metatron, anche se in questo frangente la mia mente fatica a capire il senso dell'attesa passiva.»

Il Saggio osservava compiaciuto la generosa esuberanza del capo degli Angeli Guida. Poteva percepire tutto il calore del sentimento che ardeva nel suo petto: l'irrefrenabile desiderio di raggiungere i tre amici per ricondurli a Sefira. Avrebbe voluto dirgli: *Sì, Yesod, vai a prenderli e portali a casa*. Ma il tempo di intervenire non era ancora giunto.

«Sono accerchiati da demoni dalle sembianze umane e si stanno dirigendo tra le fauci di Ophidiel. Non possiamo lasciarli lì!»

«Non è ora» ribatté Metatron, cupo. «Tra poco capirai perché.»

«Eppure io non...»

L'incalzante arringa di Yesod fu interrotta da un gemito di Allibis che si trasformò in un urlo lancinante.

«No! No! No!» L'oracolo sussultava in preda a una crisi. Yesod le si avvicinò, per svegliarla, ma il Saggio lo bloccò.

«Fermo, Yesod. Non toccarla. Ha una visione e per comprenderla deve viverne il dolore. Destarla da questa esperienza potrebbe esserle fatale.»

Il Drago fremeva in quella situazione di impotenza a cui non era abituato. I suoi occhi danzavano frenetici dallo schermo della Finestra sul Mondo alla povera Allibis, passando attraverso il volto impassibile di Metatron. Quando l'Oracolo spalancò le palpebre, Yesod non aspettò oltre e le chiese ansioso: «Allibis, cos'è successo?»

Lei ci mise un attimo per riprendere conoscenza. Deglutì e rannicchiò le gambe al petto. Allungò le braccia all'indietro come per appoggiarsi sull'aria che la sosteneva e reclinò il capo. Rimase in silenzio con lo sguardo fisso nel vuoto. Poi cercò gli occhi di Metatron e sussurrò: «Ho visto un essere mostruoso, orribile. Ho visto la distruzione. Ho visto crollare la montagna e il suo tempio».

«Ophidiel!» rispose di slancio Yesod. «E noi non glielo lasceremo fare!»

Allibis sospirò e trattenne le lacrime. Guardò Yesod con un'occhiata carica di compassione e disse ciò che non avrebbe mai voluto.

«Sta per accadere. È inevitabile. E...» Allibis aveva l'espressione rassegnata di chi non può fare altro che accettare l'imminente destino. «...quel mostro non è Ophidiel.»

Capitolo 25

NEL CUNICOLO

Monte Kailash,
3 ore e 15 minuti alla Porta di Horizon

L'eco dei passi convulsi di Heinrich Thule si diffondeva nel cunicolo, a tratti sordo come un susseguirsi di tonfi pesanti, a tratti liquido e rarefatto come un gocciolio sinistro.

«Heinrich, aspettaci! Non allontanarti troppo. Il terreno è scivoloso.» Uniko aveva provato a chiamare il suo nuovo amico, ma si era arreso all'assenza di risposta: il timido ragazzo con gli occhiali rossi era scomparso ancora una volta dalla vista di tutti e avanzava spedito, senza alcuna intenzione di aspettarli.

«Dove sta andando così di fretta?» si informò Unika.

«È convinto che questo sia l'ingresso per raggiungere il Paradiso Terrestre. Da quando siamo partiti non fa che parlarne.»

Unika corrugò la fronte accigliata. E si domandò chi gli avesse messo in testa un'idea tanto bizzarra.

Dopo aver imboccato la feritoia, gli avventurieri si erano trovati ad affrontare una decina di metri di percorso relativamente facile: il passaggio non era angusto, la traiettoria era diritta e la pendenza non poneva particolari problemi. La luce esterna raggiungeva le pareti ghiacciate, illuminando il cammino. Dopo il primo tornante, lo scenario cambiò di colpo: il dislivello non consentiva più al sole di filtrare e il buio assoluto si impossessava del cunicolo che diventava una sorta di pozzo oscuro nelle viscere della montagna. La temperatura era rigida e il varco si stringeva, obbligando il gruppo a procedere accucciato.

Nishida apriva la fila. Avrebbe potuto accelerare la discesa, librandosi veloce nel budello insieme ai due angeli biondi e raggiungere subito Heinrich Thule, ma preferiva mantenere un ritmo più lento. Procedeva cauto, con i sensi accesi e molto attento a coloro che lo seguivano.

«Nishida?»

«Dimmi, Uniko.»

Le voci dei due angeli risuonavano di sfumature metalliche nello spazio chiuso.

«Perché andiamo così piano? Noi vediamo nel buio e potremmo volare in fondo alla galleria.»

«Ci sono due valide ragioni» rispose Nishida, fermandosi su una sporgenza di pietra situata al lato di una piccola ansa. «Innanzi tutto, gli umani stanno faticando. Per loro si tratta di una discesa impegnativa e pericolosa: non hanno torce e un percorso ripido come questo è veramente difficile. Qualcuno potrebbe scivolare, precipitare e battere la testa contro uno dei tanti spuntoni rocciosi. Significherebbe morte certa, non possiamo lasciarli soli.»

«E poi?» Unika era curiosa di conoscere anche il secondo motivo.

«C'è una cosa importante che dovete sapere. Quando ci materializziamo nel mondo degli uomini, i nostri poteri non sono illimitati come quando siamo a Sefira. Il loro utilizzo ci stanca e abbiamo bisogno di tempo per recuperare le forze.»

«E perché?» lo incalzò Uniko.

«Tutto questo è coerente con i principi fondamentali dell'Universo: i nostri poteri non dovrebbero mai essere usati sulla Terra. Noi angeli abbiamo il compito di proteggere le anime, affiancandole spiritualmente e aiutandole a trovare la loro strada. Il senso di essere *angeli custodi* è proprio questo: stare vicino agli uomini senza mai intervenire in modo diretto.»

«Quindi nelle missioni, noi non possiamo utilizzare le nostre capacità superiori?»

«Esatto, Unika. Nello svolgere gli incarichi nel mondo, dobbiamo essere eterei e invisibili. Il nostro dovere è infondere autostima e coraggio alle persone, portandole a comprendere quali sono le scelte giuste da fare. In genere siamo percepiti come voci della coscienza, pensieri, spunti di riflessione a sostegno di decisioni consapevoli.»

«Ma non è ciò che sta succedendo adesso!» esclamò Uniko, confuso. «Qui siamo in carne e ossa: tutti ci vedono, ci sentono, ci toccano.»

«Questa non è una missione.» L'Elfo guardò il ragazzo con gli occhi pieni di tenerezza. «È un'emergenza. Un anno fa tu hai deciso di ritornare a Maple Town attraverso la Finestra del Passaggio. Non hai attivato la funzione di scomposizione della materia, perché il tuo desiderio era di vivere nel mondo degli uomini come uno di loro. I giorni scorsi sei scomparso dai nostri schermi e non siamo più riusciti a comunicare. Ci siamo preoccupati e abbiamo deciso di usare la Finestra come hai fatto tu, semplicemente per venire a prenderti.»

«Nishida, aiutami a capire» intervenne Unika. «Ci stai dicendo che gli angeli non si materializzano mai sulla Terra?»

«Proprio così. Salvo rarissime eccezioni.»

«È la prima volta per te?»

«No. È la terza, da quando sono entrato a far parte della schiera degli angeli.»

«Una sarà quella di un anno fa, immagino, quando tu e Yesod siete venuti a prendermi a Maple Town.»

«E l'altra è quando sei nato!» aggiunse Unika con prontezza. «Vero, Nishida?»

L'Elfo annuì, mentre i suoi pensieri volavano al momento dell'incantesimo dello Sdoppiamento e della Rinascita con cui Unika aveva sacrificato la propria vita. Sentì il battito accelerare e rivisse le fortissime emozioni di quella sera.

«Ma...» Unika si portò una mano alla bocca. «Come ha fatto Ophidiel a spingersi fino alla Finestra del Passaggio, senza che nessuno lo vedesse?»

«Ci sono due modi per venire sulla Terra. Uno è appunto la Finestra del Passaggio. L'altro è l'Occhio, il laghetto in cui nasce e sfocia il Fiume delle Note Segrete. La differenza tra la Finestra del Passaggio e l'Occhio sta nella loro natura. La Finestra del Passaggio è un'intelligenza artificiale, creata dagli angeli per permettere la smaterializzazione del corpo. È controllata da Sefira e può essere utilizzata solo da noi. L'Occhio invece è un vero e proprio punto di transito, una connessione fisica tra la dimensione terrena e Sefira. Collega la nostra valle con Maple Town.» L'Elfo si rivolse a Uniko: «Ricordi? È da dove sei passato con i tuoi amici, la prima volta».

«E come dimenticarlo? Siamo entrati nello specchio d'acqua a Maple Town e siamo emersi nel boschetto sopra la valle di Sefira.»

«È da lì che è passato Ophidiel per raggiungere la Terra» confermò Nishida.

I due angeli biondi restarono in silenzio per qualche istante. Poi Uniko rifletté sulla spiegazione dell'Elfo e confessò: «Io... negli ultimi giorni, ho esercitato varie volte i miei poteri».

«Di sicuro, ti sarai sentito un po' stanco dopo averlo fatto...»

«In effetti, quando siamo trasvolati fino sulla vetta di questa montagna io ero stranamente provata» constatò Unika, senza lasciare tempo a Uniko di rispondere.

«Però è stato utile» disse il ragazzo, stringendole la mano. «Avete salvato la vita a Heinrich.»

Unika lo guardò con aria interrogativa. Poi, con tono smarrito, gli chiese: «Perché dici questo? Non gli abbiamo salvato la vita. Appena ci siamo materializzati, l'abbiamo trovato svenuto sulla distesa di ghiaccio. Stavamo per soccorrerlo quando siete arrivati voi con l'elicottero. A quel punto, Heinrich si è svegliato e si è infilato nel cunicolo».

Uniko sbarrò gli occhi. «Vuoi dire... vuoi dire che non siete stati voi a recuperarlo durante la caduta?»

«Quale caduta?» domandò Nishida, perplesso.

«Heinrich è precipitato nel vuoto mentre scalava la montagna.» Uniko era dubbioso. «O, almeno... questo è ciò che mi hanno detto Eve e il professor Walden.»

«È vero! È franato giù come un sasso.» La voce ruvida di Vlad Kazig uscì dal buio. Dietro di lui comparvero tutti gli umani.

«Facciamo una sosta?» propose Craig Walden, sopraggiungendo.

Uniko era turbato. Non riusciva a capire cosa fosse successo sulla vetta del Kailash: se non erano stati Unika e Nishida a salvare Heinrich, chi era stato? Con l'anima incagliata tra inquietudine e strani presentimenti, corse incontro a Eve e Dimitra.

«State bene?»

«Sì!» esclamò Dimitra, di slancio.

«Più o meno» sospirò Eve. «Camminare qua dentro è difficile, un vero stillicidio. Non si vede niente e dobbiamo stare attenti a dove mettiamo i piedi: vi stiamo facendo perdere tempo.»

«Non è un problema» la rassicurò Uniko. «Heinrich è lì davanti, prima o poi lo troveremo.»

L'oscurità che avvolgeva il gruppo era insopportabile. Nishida si accorse dell'apprensione che stava prendendo il sopravvento sulle forze degli esseri umani. «Credo di potervi aiutare.»

L'Elfo si concentrò e generò un potente raggio di luce gialla che gli fuoriusciva dalle iridi e illuminava il cammino. L'effetto era quello di una torcia da speleologo.

Gli umani restarono di stucco. Il chiarore accese l'ambiente angusto e opprimente, delineandone i dettagli: il tunnel era stretto e picchiava verso il basso.

«Oh, no! Era quasi meglio non vedere nulla...»

«Coraggio, Eve» la rincuorò Craig Walden. «Adesso potremo marciare più veloci e concludere al più presto questo supplizio. Forza!»

«Andiamo!» Nishida si avviò con andatura leggera.

Dopo qualche metro, il budello si aprì in una galleria più ampia. Il professore notò che non era un corridoio naturale: le pareti erano state scavate. L'arcata sovrastante sembrava disegnata con precisione e i muri si innalzavano verticali. Anche il fondo non era sconnesso, ma si sviluppava attraverso ripidi gradoni. Craig Walden avvertì un brivido corrergli lungo la schiena: chiunque avesse creato quel passaggio, doveva possedere competenze di alta ingegneria.

«Si viaggia adesso, eh?» Vlad Kazig allungò il passo e gli altri lo imitarono. Craig Walden dava prova di un'insospettabile condizione atletica, spostandosi agile e scattante. I ragazzi sorridevano sull'onda della frenesia del momento: il buio era ormai alle spalle e la luce mostrava loro la strada.

Gli angeli biondi rimasero a bocca aperta quando videro Dimitra superarli a grande velocità. La ragazza correva in modo originale: la tecnica approssimativa era bilanciata da una potenza sorprendente. Le gambe magre e affusolate sviluppavano falcate lunghe e regolari, capaci di spingerla avanti a ritmo sostenuto. Era concentrata: a differenza degli altri non sorrideva, quasi vivesse la situazione con innato istinto competitivo.

Unika voltò la testa e ne incrociò gli occhi verde intenso. Un fremito di disagio la travolse: quella strana creatura la innervosiva. Strattonò il braccio di Uniko e provò a parlargli con la mente. Ma non ci riuscì: la comunicazione telepatica era ancora interrotta. Lo tirò a sé e gli sussurrò nell'orecchio: «Ti fidi di lei?»

«Non le lascerei mai il portafoglio in mano. E starei attento a non irritarla. Ma, a parte la cautela che bisogna avere con una ladra dalle manie omicide, direi *abbastanza.*» E sorrise con dolcezza.

Mentre indugiavano con gli sguardi intrecciati, i due giovani angeli videro Nishida fermarsi di colpo e alzare il braccio in segno di stop. Si bloccarono tutti immediatamente, tranne l'ispettore che non riuscì a coordinare i movimenti, inciampò e cadde, lanciando un'imprecazione incomprensibile.

«Rimanete immobili» disse l'Elfo con voce bassa, spegnendo il raggio di luce. Il buio catapultò di nuovo gli animi nelle tenebre.

«Cosa succede?» La domanda di Unika si inabissò nel vuoto. Solo dopo qualche istante le parole di Nishida tagliarono l'oscurità.

«Heinrich si è fermato. È lì, davanti a noi.»

«E cosa aspettiamo?» rimbombò il timbro cavernoso di Vlad Kazig. «Andiamo a prenderlo!»

«No, dobbiamo aspettare. Sento che qualcosa non va, laggiù.»

Il silenzio tornò a gravare minaccioso. La tensione cresceva, ma nessuno si aspettava di assistere a ciò che accadde.

Un lampo violentissimo esplose pochi metri più in basso. La folgore serpeggiò lungo la galleria e per un breve attimo la inondò di luce bruna. Poi si spense, lasciando il posto a tenui bagliori irregolari, accompagnati da un leggero crepitio. Nishida riprese a muoversi con prudenza. Si portò dietro la curva in cui si incanalava il passaggio. Uniko strinse le dita di Unika. Dimitra era al loro fianco. Craig Walden abbracciò Eve. Vlad Kazig infilò la mano destra sotto l'ascella sinistra, per estrarre la pistola dalla fondina. Si guardarono, prima di avanzare. Mentre Nishida faceva un cenno con il capo e allungava il primo passo, un urlo agghiacciante lacerò l'aria. Era un'incomprensibile via di mezzo tra un lamento e una risata.

Uniko rabbrividì nel riconoscere la voce di Heinrich Thule.

Capitolo 26

INCONTRO NELLE VISCERE DELLA TERRA

Monte Kailash, 3 ore alla Porta di Horizon

«È lui... è Heinrich.»

Uniko ne era convinto. Guardò a uno a uno i suoi compagni, senza nascondere quanto fosse disorientato. Qual era la ragione di quel grido terrificante?

Nishida si era fermato contro la parete e nessuno aveva intenzione di muoversi prima di lui. In piedi, con le gambe divaricate e il ginocchio destro leggermente flesso, l'Elfo aveva l'atteggiamento dell'animale che percepisce la preda e rimane immobile con i sensi accesi, pronto a colpire. I muscoli del viso e del collo erano contratti ed enfatizzavano la tensione che vibrava nel suo spirito. Dopo qualche secondo di concentrazione, Nishida fece un passo verso la curva. Appena girò l'angolo, si bloccò di nuovo con gli occhi sgranati: il cunicolo si immetteva su un costone stretto e roccioso che faceva da cornice a un baratro profondissimo. La montagna era cava e di fronte a lui si apriva una voragine di cui non si vedeva la fine. Le pareti avevano il colore azzurrato dell'acqua solidificata ed erano solcate da luccicanti venature dai riflessi opalescenti. Dall'alto incombevano candele di ghiaccio lunghissime e perfettamente levigate. Si orientavano a terra come una pioggia di punte di cristallo acuminate. Avevano sfumature rosate e la loro trasparenza rifletteva la luce che filtrava dall'alto, diffondendola ovunque come in un gioco di specchi.

«Ben arrivati. Vi aspettavo!»

La voce cavernosa sembrava emergere dagli inferi e rimbombava tonante come il suono di un organo a canne. Uniko avvertì una fitta nel petto e strinse la mano di Unika. Fece correre la vista sulla sporgenza ghiacciata che costeggiava tutta la circonferenza della gola, finché si fermò sui contorni di una sagoma scura e imponente: si stagliava minacciosa sul lato sinistro dello strapiombo e al suo fianco vi era Heinrich, con l'espressione orgogliosa di chi ha raggiunto con successo la sua meta.

«Heinrich, ma che sta succedendo?» La domanda di Uniko si frantumò in migliaia di echi, senza ottenere risposta. Per qualche secondo il ragazzo con gli occhiali rossi fissò l'angelo biondo in silenzio, poi indietreggiò di un passo. La figura tenebrosa cominciò a procedere lungo il bordo del precipizio, avvicinandosi al gruppo impietrito.

«Non mi hai ancora riconosciuto, vero?»

Un mantello grigio di tessuto pesante copriva un fisico statuario. Il torace era nudo e i pantaloni si appoggiavano morbidi alle caviglie, lasciando intravedere i piedi scalzi. Il volto era nascosto dall'ombra del cappuccio, perforata solo dal bagliore di due feroci occhi scuri che tagliavano l'aria.

«È Ophidiel!» urlò Unika, mentre Uniko allungava il braccio di lato, per proteggerla e Nishida si gettava davanti a entrambi, per far loro da scudo.

«Stupido Elfo... cosa credi di fare? Bada a te, già una volta ti ho risparmiato la vita. Stavolta potrei decidere di ucciderti, invece di trasformarti nel grottesco e insignificante mostriciattolo che sei!»

Ophidiel avanzò lentamente e lasciò scivolare alle spalle la parte superiore del mantello, scoprendo il cranio rasato e la smorfia di soddisfazione che gli scolpiva il viso. Gli occhi fiammeggiavano e sembravano schizzare fuori dalle orbite.

«Fermatevi tutti dove siete!» ordinò, passando il suo sguardo tagliente sulle facce attonite. «Non siete altro che un branco di anime perse che finalmente ha trovato un pastore. Azzardatevi a fuggire e incontrerete la morte: non aspetto altro che scatenare la mia ira su di voi.»

Craig Walden si era bloccato qualche metro prima di uscire allo scoperto. Dietro di lui, Eve era visibilmente spaventata, mentre Dimitra osservava la scena senza fiatare.

«Cosa vuoi ancora da noi?» gridò Unika, sporgendosi oltre il braccio teso di Uniko.

«Vedo che la tua sfrontatezza non si è placata, piccola belva. Metatron non è riuscito ancora a domarti, eh? Sarà un piacere per me insegnarti un po' di buone maniere!» Ophidiel scoppiò in una risata sarcastica: «Iniziamo subito. Vieni qui!»

«In alto le mani!» Vlad Kazig spuntò dal piccolo tunnel, compiendo due passi troppo lunghi per le sue gambe corte. Avanzava impettito, agitando una Glock 17.

«Nessuno si muova!» intimò, deciso, puntando l'arma contro il gigantesco guerriero con il mantello.

Uniko guardò l'ispettore a occhi sbarrati: avrebbe voluto dissuaderlo dal proseguire in un'azione senza speranza, ma non fece in tempo.

L'esplosione di un colpo di pistola risuonò nell'aria rarefatta. Tutti portarono le mani alle orecchie e si accucciarono per la paura, mentre si rendevano conto con orrore che non era stata l'arma di Vlad Kazig a sparare.

«Getti la pistola, ispettore. Stavolta ho sparato contro la roccia, il prossimo colpo sarà per lei.» Una voce femminile molto sensuale li raggiunse alle spalle. Proveniva dal buio del cunicolo che avevano appena percorso e ne riproponeva la sensazione di angoscia. Ophidiel osservava la scena immobile, con un ghigno sempre più esaltato.

«Avanti! Tutti fuori. E non provate a fare scherzi. Muovetevi!»

Craig Walden e le due ragazze si spostarono timorosi vicino a Vlad Kazig, che nel frattempo aveva deposto la Glock, e si voltarono nella direzione del suono.

Una donna dai capelli corvini, raccolti alla nuca in una lunga coda di cavallo, camminava elegante e leggera verso di loro. Indossava un cappotto di montone nero, foderato da una fitta pelliccia dello stesso colore, che sbordava sul collo e nei risvolti delle maniche. I pantaloni aderenti erano di pelle e si infilavano in un paio di anfibi con la suola di gomma spessa e scanalata, allacciati fin sotto il ginocchio. Una maglia nera a collo alto contrastava con la pelle bianchissima del viso in cui vibrava il blu profondo dello sguardo. La donna impugnava due pistole Infinity in acciaio inossidabile. Da quella nella mano destra usciva il sottile filo di fumo tipico di un'arma che ha appena sparato. Gli indici erano fermi sui grilletti e il carrello satinato sopra la canna era freddo come il ghiaccio che regnava in quel luogo. Una cinghia solida le abbracciava il petto e sorreggeva una carabina *sniper* ad alta precisione S 205 Phantom, appoggiata alla sua schiena.

«Ora siamo al completo, possiamo partire. La via verso la giustizia comincia laggiù.» Ophidiel tese il braccio per indicare l'abisso. Poi si rivolse a Evangelia: «Occupati degli umani. Non esitare a liberarti di chiunque dovesse provare a intralciare o ritardare il cammino. Io prendo in consegna i miei simili e li condurrò in volo. Ti aspetto in fondo».

Nishida strinse a sé Unika e Uniko, mentre guardava l'algida figura femminile abbassare il capo in segno di assenso. Poi vide Ophidiel ruotare gli occhi verso Heinrich e parlargli con tono militare.

«Tu aiuterai Evangelia. Esegui ogni suo ordine e fai esattamente ciò che ti dice. Il tuo contributo fin qui è stato prezioso.

Continua così e meriterai un posto d'onore nel nuovo mondo.»

Il ragazzo dall'aspetto timido aveva lo sguardo carico di rispetto e ammirazione. Dopo aver annuito, si spostò verso la donna. Quando passò davanti a Uniko, il giovane angelo gli afferrò il braccio.

«Tu... tu mi hai tradito!» Uniko aveva la bocca incurvata dalla rabbia.

«No, ti sbagli! Non ti ho chiesto io di venire con me. E non ti ho obbligato a seguirmi.» Heinrich si divincolò dalla presa con uno strattone.

«Mi hai ingannato!»

«Sei tu che hai imbrogliato tutti noi e continui a farlo, nascondendo la tua natura di angelo!» Il volto del ragazzo era contratto. «Tu vai avanti e indietro dal Paradiso Terrestre e non dai la possibilità a nessun altro di accedervi. Ti sembra giusto?»

«Vieni qui, Heinrich.» Evangelia lo chiamò a sé.

«Sì, Generale.»

Con un gesto deciso, Evangelia spinse in avanti Eve e Dimitra, poi diede un calcio alla Glock di Vlad Kazig. «Prendila tu, Heinrich, e tienila saldamente davanti a te, in modo da avere tutti sotto mira.»

Craig Walden aveva gli occhi fissi sulla donna in nero. Un'inquietudine profonda lo turbava. Era come se l'avesse già incontrata da qualche parte. Ma non si ricordava dove. Il quadro gli si schiarì, appena Evangelia lo trafisse con lo sguardo cobalto. Dalla memoria uscì netta l'immagine di quel volto bellissimo. Craig Walden si sentì mancare. Il suo respiro sussultò e le ginocchia ebbero un fremito.

«Ebbene sì, professore. Sono io. È passato molto tempo ma siamo ancora noi, uno di fronte all'altra. Ti ricordi? Te l'avevo detto che le nostre strade si sarebbero incrociate.»

Capitolo 27

L'IRREQUIETEZZA DI YESOD

Sefira, 2 ore e 50 minuti alla Porta di Horizon

L'ombra sulla parete di fronte allo schermo della Finestra sul Mondo ricordava la forma di un enorme ragno. Era la sagoma di Allibis, che fluttuava a mezzo metro da terra, con le gambe incrociate. Il busto leggermente proteso in avanti le consentiva di appoggiare i gomiti sulle ginocchia, mentre gli avambracci erano tesi verso l'esterno e i palmi di entrambe le mani rivolti in alto. Aveva il viso chino e le palpebre chiuse. La sfera di energia sulla testa pulsava impazzita.

Nella stanza era calato un silenzio spettrale: le immagini sul monitor catalizzavano l'attenzione di tutti. L'apparizione di Ophidiel aveva gettato i presenti in uno stato di angoscia profonda.

Gli occhi di Martin saltavano in continuazione dall'ologramma al volto di Metatron, cercando conforto nella solidità del suo sguardo. E lo trovavano, perché il Saggio non tradiva in alcun modo il turbamento che gli stritolava l'animo.

Al contrario, l'ansia di Yesod era evidente. L'improvvisa apparizione del fratello l'aveva lasciato di sasso. Ora sbuffava alito caldo dalle narici dilatate. «È proprio come avevi previsto, Metatron: è stato lui ad attirare tutti alla Porta.»

Il Saggio non reagì.

«Adesso abbiamo le conferme che aspettavamo: dobbiamo intervenire» continuò Yesod.

«Amico mio, la tua esuberanza ti fa onore e non mi sorprende. Il tuo attaccamento a Sefira mi è noto. Ma proprio per il bene della valle e della nostra gente ti chiedo di pazientare ancora.»

«Non capisco. Perché, luminoso Metatron? Perché?»

«Tu vorresti affrontare subito Ophidiel, lo so. Sarebbe un'azione generosa... ma molto rischiosa.» Metatron squadrava la donna in nero che puntava le sue pistole contro gli esseri umani. «Come puoi vedere, Ophidiel è sempre pieno di risorse: ancora una volta ha dimostrato una capacità singolare nell'organizzare la sua riscossa. È arrivato nel mondo degli uomini in condizioni disperate. E adesso è lì, impavido e determinato, con nuovi alleati pronti a tutto. Sono sicuro che ha considerato con attenzione l'eventualità di un nostro intervento. Anzi, sono pronto a scommettere che non aspetta altro.»

«Cosa te lo fa pensare?»

«Yesod, lui è Ophidiel: l'angelo che per millenni ha capeggiato gli Angeli Guida, l'angelo che non si è mai piegato alle regole della comunità, l'angelo che abbiamo rinnegato, che abbiamo confinato a Thinkingblu e che da Thinkingblu è risorto, scatenando l'Adlivun.» Metatron sospirò. «No, Yesod. Non credo proprio che questa volta Ophidiel sia impreparato a un nostro attacco. Chissà quale trappola ha escogitato per avere il sopravvento. Si sta prendendo gioco di noi, in attesa di una nostra mossa.»

Yesod fissava Metatron, impietrito e incapace di replicare.

«Non è tutto...» riprese Metatron. «Ciò che accadrà nei prossimi minuti cambierà il corso degli eventi, ne sono certo.»

Metatron si voltò verso Allibis, ancora immobile, nella stessa posizione di prima. Poi lanciò un'occhiata a Yesod. «La visione dell'Oracolo ci ha confermato che siamo prossimi a un accadimento inevitabile e sconvolgente. Se agissimo ora, prima di conoscere quello che sarà, potremmo commettere un errore imperdonabile.»

«Luminoso Metatron, aiutami a capire.»

Metatron serrò le palpebre. «Yesod, devi sapere che...»

«Guardate!» La voce grottesca di Martin tranciò il filo di quel dialogo. Lo Gnomo tremava e con la mano destra indicava l'ologramma. Ophidiel si era levato in volo. Le braccia lunghe e possenti sostenevano il grande mantello nero che gli dava un'aria ancora più minacciosa. Accanto a lui c'erano Unika e Nishida. Con loro c'era anche Uniko, ma gli schermi non lo vedevano.

Uno dietro l'altro si stavano infilando nel baratro scuro, in balia del Male.

Capitolo 28

LA MONTAGNA CAVA

Monte Kailash, 2 ore e 45 minuti alla Porta di Horizon

«Andiamo!» intimò Ophidiel.

Aveva aspettato che il gruppo degli umani si mettesse in cammino, prima di alzare il volto verso le candele di ghiaccio e librarsi in aria con le braccia aperte, come un dio. Era passato un anno dalla sua sconfitta e l'attimo che si stava consumando in quella conca gelata nelle viscere del monte Kailash segnava l'esordio della sua vendetta. Abbassò le palpebre e inspirò profondamente, serrando le labbra come per trattenere ogni goccia di emozione.

«E se decidessimo di non obbedirti?» La voce di Unika risuonò ruvida alle sue orecchie. Ophidiel la guardò con straordinaria durezza e ringhiò: «Viva o morta per me è uguale. Mi interessano solo le Entità Fondamentali che avete nel cuore. Quindi sbrigati a scegliere se vuoi seguirmi o preferisci farla finita subito. Non ho tempo da perdere».

Uniko strinse i denti e fissò Unika. «Facciamo quello che dice.»

«Vedo con piacere che qualcuno ha più testa di te.» Ophidiel era una maschera di sarcasmo.

«Si può sapere perché vuoi portarci laggiù?» Gli occhi viola di Unika mandavano lampi furiosi.

«In fondo a questa gola c'è la Porta di Horizon. Una delle tre Porte che conducono a Sefira.»

«E noi cosa c'entriamo con tutto questo?»

«Ogni Porta ha la sua chiave, ma per aprirla occorre la presenza delle due Entità Fondamentali. Questo siete per me: un lasciapassare per Sefira.»

«Non ci credo! Metatron non ti permetterà mai di rientrare a Sefira!» Unika continuava a sfidare Ophidiel.

«La lungimiranza di colui che chiamate *Saggio* si è dimostrata assai limitata: è stato lui a creare le Porte migliaia di anni fa. Ed è stato lui a chiuderle quando si è reso conto del proprio errore. Ma non ha potuto cambiare le regole che aveva dato: per aprire le Porte occorre inserire la chiave dedicata e avere le due Entità Fondamentali. Troveremo la chiave laggiù da qualche parte e voi farete il resto. Cerchiamo di muoverci adesso. Voglio tornare a casa!»

Nishida lo osservava. Non sapeva cosa fare: Ophidiel era molto potente e qualsiasi mossa troppo rischiosa. Fece girare lo sguardo, come per cercare gli occhi di Yesod e Metatron. Era conscio che stavano seguendo la scena dalla Finestra sul Mondo, ma sapeva che non c'era alcun modo di comunicare con loro.

«È tempo perso, Elfo. Metatron non può fare nulla da Sefira. E non ha il fegato di venire qui ad aiutarti. Rassegnati. E inizia a valutare l'opportunità di cambiare squadra e allearti con me.»

«È un concetto che la mia mente non può considerare in alcun modo.» Nishida era fermo e freddo. «Io non ho rispetto per te. E in questo momento darei ogni istante della mia vita per farti scomparire per sempre.»

«Mi fai una gran pena. La tua incapacità di comprendere ti rende ancora più vulnerabile. Sei un essere che non sa e che non vede… e non è colpa tua. Non commettere sciocchezze e io sarò indulgente con te.» Ophidiel salì ancora più in alto e ordinò: «Prendi quei due e portali in fondo al canalone. Ti darò ancora qualche ora per riflettere sul tuo futuro e per dimostrarmi quanto vali. Ma non approfittarne. La mia pazienza non è infinita e sappi che ti tengo d'occhio».

Nishida sentiva il proprio spirito urlare ingabbiato nel petto. Non desiderava altro che affrontare Ophidiel, gettarsi contro di lui e combattere. E l'avrebbe fatto, se avesse pensato di avere anche solo una minima possibilità di successo. Ma il Malvagio era in grado di annientarlo prima ancora che facesse un passo. Cupo, Nishida si voltò verso Unika e Uniko, che lo guardavano in attesa, e scosse la testa, per dissuaderli da qualsiasi idea di ribellione.

«Forza, sbrigatevi! Non possiamo metterci tutto il giorno!» La voce di Evangelia era profonda come il baratro che avevano di fronte. Impugnava con forza le due Infinity e con la canna indicava agli umani di procedere verso lo stretto percorso che si snodava sulla circonferenza del pendio.

«Stia attenta, signorina» le disse Vlad Kazig. «Quelle sono armi pericolose.»

«Non giocherei con il fuoco, ispettore, se fossi nei suoi panni. Mentre lei provava a colpire le sagome di cartone in un piccolo poligono di periferia, io mi addestravo in Israele, nei nuclei operativi antiterrorismo. Le assicuro che la mia mano non sbaglia un colpo... ma se non ci crede, possiamo verificarlo subito.»

Vlad Kazig sostenne lo sguardo senza dire altro. Poi voltò le spalle a Evangelia e si avviò, cercando di non scivolare. Camminava in modo goffo: il pesante cappotto di lana grigia gli penzolava sulla schiena e gli scarponi di cuoio cigolavano ogni volta che appoggiava le suole sulla superficie ghiacciata.

Con un'occhiata rassicurante, Craig Walden prese per mano Eve e Dimitra e si mise in marcia dietro l'ispettore. La preoccupazione non riusciva a soffocare l'euforia che gli animava la mente. Ancora una volta stava assistendo a un evento incredibile che metteva a dura prova tutto quello che aveva studiato e analizzato nella sua vita di ricercatore. La leggenda dell'Agarthi e gli innumerevoli testi letti gli affollavano la testa. E i suoi pensieri si mescolavano con il ricordo di Evangelia. Anni prima si era presentata alla sua cattedra, dichiarando di essere stata mandata dal suo angelo custode e ora era a pochi metri da lui con le pistole spianate. *È il braccio destro di Ophidiel,* si disse. *Ma è un angelo o un essere umano? Devo scoprirlo.* Craig Walden osservava con attenzione la donna. Cercava di capirne la natura. A un tratto, un dubbio lo travolse. *Perché Ophidiel l'ha mandata da me? Perché ha voluto che venisse a conoscermi?*

«Mi hai mentito!» L'urlo rabbioso di Uniko riportò il professore al presente. Il giovane angelo si era rivolto di nuovo a Heinrich. «Io non mi ricordo di te perché non ti ho mai visto! Ti ho incontrato per la prima volta l'altra mattina al parco. E tu hai finto di essere stato rimosso dalla coscienza di tutti, per far sì che io mi avvicinassi a te e mi sentissi unito dalla tua stessa sorte. Hai approfittato della mia debolezza. Sei un bastardo!»

Il ragazzo dagli occhiali rossi era accanto a Evangelia, con le dita intorno alla Glock 17 dell'ispettore e le braccia tese contro il gruppo di umani. Girò la testa verso Uniko. «Se io sono un bastardo, tu cosa sei allora?» Il tono della voce era esasperato. «Voglio solo trovare l'Agarthi! Il luogo che tu e i tuoi nascondete gelosamente per evitare che qualcun altro possa godere dei privilegi della vita eterna.»

«Ti sbagli, Heinrich. Il posto che stai cercando non è il Paradiso che intendi tu. Non ti darà nessun potere e tanto meno l'immortalità.»

«Se è così, perché lo tenete segreto e nessun essere umano sa della sua esistenza?»

Un secondo sparo trafisse l'aria gelida nel cuore del monte Kailash. Il rombo del proiettile rimbombò nell'abisso di ghiaccio.

«Basta adesso! È ora di finirla!» La figura slanciata di Evangelia catturò la scena. Le sue iridi blu cobalto vibravano, trasmettendo un'intensa luminosità all'incarnato pallidissimo.

«Porta gli angeli via di qui!» disse a Ophidiel. «Ci vediamo alla Porta.» Poi aggiunse: «Heinrich, vedi di crescere e non rispondere alle provocazioni. Renditi utile e vai davanti a fare strada».

Mentre il ragazzo obbediva imbarazzato, allungando il passo per portarsi in prima linea, Uniko sussurrò a Unika: «Ho fatto di nuovo lo stesso errore, come con Zack. Mi sono fidato. Ho pensato che Heinrich fosse mio amico. E mi sono lasciato prendere in giro». Scosse la testa, desolato. «Mi ha tradito anche lui. Ci ha traditi tutti.»

Unika annuì, ricordando l'ultima drammatica parte del Torneo della Primavera, quando Zack si era aggrappato alle sue caviglie e aveva usato il suo corpo come ponte per raggiungere il traguardo prima di lei.

«Dove sarà ora Zack?» chiese Unika con una vena di rammarico.

«Non lo so» rispose Uniko, mentre uno strano presentimento prendeva posto nel suo animo. «E spero di non saperlo mai.»

La sponda di ghiaccio su cui camminavano era larga poco più di un metro e costeggiava tutta la circonferenza del burrone, come una spirale senza fine. Vlad Kazig si lasciò superare da Heinrich e appoggiò la mano sulla parete, per non perdere l'equilibrio. Appena inclinava la testa verso il dirupo si sentiva assalire da un forte senso di vertigine a cui si aggiungeva la claustrofobia per essere in un posto chiuso e senza via di fuga. Era il suo punto debole e non riusciva a combatterlo. Quando era piccolo, suo padre per punirlo l'aveva obbligato in una gabbia di metallo appesa al soffitto della torre della casa dove vivevano. Era stato abbandonato là per un giorno e una notte interi. Solo, al buio, imprigionato tra le sbarre di una voliera che altalenava nel vuoto. Da allora gli tremavano le gambe ogni volta che saliva una scala priva di protezioni e nei locali bui e senza aria gli si imbizzarriva il cuore.

Dimitra si sganciò dalla presa del professore e accelerò per raggiungere Heinrich. «Ma chi è quell'uomo che ti dà ordini?»

Impettito e orgoglioso, il ragazzo rispose: «È l'*Assoluto*. Colui che ci guiderà nel nuovo mondo».

«E come l'hai trovato?»

«È lui che ha scelto me. Un anno fa il Generale è venuto a parlarmi. Mi ha detto che l'*Assoluto* aveva una missione da affidarmi. Io l'ho ascoltato: mi ha raccontato di un luogo dove vivono gli angeli, un posto a cui gli uomini non hanno accesso. L'*Assoluto* è un angelo. È l'Angelo della Morte degli angeli. Colui che sconfiggerà i suoi simili per dare vita a una nuova Era.»

«E perché fai tutto questo?»

«Per stare al suo fianco e avere un posto d'onore nel futuro che creerà, dove solo i forti e i giusti potranno vivere» ribatté Heinrich, tronfio.

Giunsero in un punto in cui il ciglio che li sorreggeva si gettava nel nulla. Heinrich si spinse sull'orlo per sincerarsi dell'impossibilità di proseguire. Poi si voltò verso Evangelia, in attesa di istruzioni.

«La strada finisce...»

«Guarda sotto il bordo!»

Heinrich si sporse in avanti e si rasserenò: agganciata al muro di ghiaccio e parzialmente coperta dal gelo c'era una piccola scala di metallo che congiungeva il costone al piano di appoggio sottostante. Sembrava una scala antincendio ed era ancorata al lato verticale del dirupo. Heinrich infilò la Glock 17 nella cintura dei pantaloni e si calò sui primi pioli. Nonostante i guanti, il contatto con la superficie freddissima accentuò i brividi che il ragazzo aveva già a fior di pelle per il timore di cadere. Si tenne forte e cercò di non guardare in basso. Arrivato all'ultimo scalino, si rese conto che mancava circa un metro e si lasciò andare in un salto impacciato. Le caviglie non lo ressero e ruzzolò su un lato. Si rialzò di scatto e, dopo essersi tolto un po' di neve dai calzoni, estrasse la pistola e fece cenno agli altri di scendere.

Dimitra si muoveva agile come una scimmia e in un secondo fu accanto a lui. «Non so ancora se stai facendo la cosa giusta.»

«Non mi interessa il parere di una ladra» replicò Heinrich, guardando l'ispettore che si era bloccato a metà della scala.

«Non credo di farcela. Soffro di vertigini.» La voce roca e sicura di Vlad Kazig si era trasformata in un esitante balbettio.

«L'alternativa è restare qui da solo ad aspettare la morte bianca.» Evangelia lo esortò in modo brusco. «Mi dia retta. Meglio una caduta nel vuoto che morire assiderati.»

Craig Walden scrutò Evangelia e si chiese se la crudeltà che mostrava faceva parte del suo carattere o era semplicemente una necessaria messa in scena. La donna sembrò leggergli nel pensiero. Lo perforò con gli occhi cobalto e non cambiò atteggiamento.

«L'aiuto io, ispettore.» Craig Walden si inginocchiò vicino alla scaletta e sorresse Vlad Kazig. Notò che aveva le palpebre serrate e tratteneva il respiro. «Si tenga a me e scenda un gradino alla volta.»

Quando l'ispettore toccò il suolo, Craig Walden aiutò Eve. La ragazza lo guardò angosciata e gli chiese in un sussurro: «Cosa ci succederà quando saremo laggiù?»

«Stai tranquilla, Eve. Se avessero voluto liberarsi di noi, l'avrebbero già fatto.»

«Basta parlare! Muovetevi!» sbottò Evangelia.

Craig Walden si calò subito dopo Eve. Appena arrivò in fondo alla scala, alzò lo sguardo per osservare la donna del mistero, che aveva riposto una Infinity nella fondina agganciata alla cintura. Si reggeva alla scala solo con la mano sinistra. Il suo corpo era in torsione verso l'esterno e la mano destra puntava la pistola in direzione del gruppo di umani. Craig Walden non sapeva ancora dire se si trattava di un angelo. Ma non aveva dubbi sulla sua superiorità atletica.

«Per di là.» Evangelia indicò a Heinrich una piccola fenditura che si apriva nella parete cristallizzata poco distante. Dopo qualche metro si ritrovarono in una grotta. Non era un passaggio naturale, ma un cunicolo scavato dall'uomo. Il suolo era levigato e il soffitto in alcuni punti veniva sorretto da massicci pilastri di pietra. La luce si insinuava solo nella prima parte del tunnel, per poi dissolversi in un buio opprimente. Procedettero in fila indiana per alcuni interminabili minuti. Con le mani sfioravano il muro ruvido e freddo, cercando di mantenere l'orientamento. I loro passi rimbombavano sordi come le gocce che cadevano dalla volta e si solidificavano a terra. A un tratto, la galleria fece una curva a novanta gradi per poi inclinarsi e portarli di nuovo verso il baratro. Sbucarono una trentina di metri più in basso, dove un'altra sporgenza di ghiaccio si estendeva lungo il perimetro. Heinrich continuava a procedere davanti a tutti e ogni tanto si voltava per assicurarsi che gli altri lo seguissero.

Craig Walden lanciò uno sguardo al gruppo di angeli che scendeva in verticale al centro della voragine. L'andatura era lenta. Ophidiel era in posizione eretta e non staccava gli occhi da Evangelia. Unika e Uniko volavano con la testa rivolta verso il pendio e si tenevano per mano. Nishida li seguiva da vicino e continuava a guardarsi intorno come se cercasse una via di fuga.

«Cos'è quello?» Eve aveva la bocca spalancata e il braccio teso verso una carcassa che giaceva semicoperta dal ghiaccio.

«Sembra lo scheletro di un animale» rispose Vlad Kazig, stremato dalla discesa complicata.

Di fronte ai loro occhi terrorizzati giacevano i resti di una cassa toracica e di un cranio piccolo e allungato.

«Ce ne sono altri!» Eve era sempre più spaventata.

Il passaggio era coperto di ossa porose e giallastre. Gli umani si fermarono spaesati, appena si accorsero che le stavano calpestando.

Il tempo di rendersene conto e i timpani furono assaliti da un forte ululato: un paio di lupi erano sbucati dal nulla e avanzavano famelici.

Heinrich fece un balzo indietro e si mise a correre nella direzione opposta. Scivolò e cadde sulle ginocchia. Dimitra lo aiutò a rialzarsi e, mentre il ragazzo si aggrappava alla sua spalla per ritrovare stabilità, lei non si mosse e restò ferma a fissare le belve che fremevano con i denti impastati di saliva.

«Aiuto!» Eve non riusciva a smettere di gridare. I suoi occhi ambrati vibravano atterriti e le mani premevano sulle tempie, tra i folti capelli rossi.

«Dammi la pistola!» urlò l'ispettore a Heinrich.

Nella frazione di secondo in cui si consumava il trambusto, i lupi stramazzarono al suolo in una pozza di sangue, colpiti da una raffica di proiettili.

«Altri due cadaveri pronti a diventare carcasse. Andiamo!» La figura di Evangelia si stagliava come una statua nera nel bianco accecante. Il lungo cappotto le si appoggiava sulle gambe divaricate, mentre le Infinity fumavano tra le sue dita. Evangelia girò la testa verso il centro della conca, dove incrociò lo sguardo compiaciuto di Ophidiel.

Uno dopo l'altro, si rimisero in marcia silenziosi. Attenti a non scivolare e a dove mettevano i piedi. Erano all'interno della montagna, ma l'aria rarefatta e la strana luce azzurrata che vi filtrava facevano sembrare l'ambiente uno spazio aperto.

Si trovarono in un punto morto: lo stretto sentiero terrazzato che costeggiava la parete si interrompeva davanti a un piccolo ponte che tagliava in obliquo la gola, puntando in direzione del versante opposto. La passerella era fatta di assi in legno appaiate e tenute insieme da una corda molto spessa, simile a quella che fungeva da mancorrente. Sotto di loro si apriva la voragine ma, per la prima volta, si iniziava a intravedere il fondo, anche se erano ancora troppo in alto per scorgerne i contorni.

Heinrich non aspettò di essere spronato e avventurò il primo passo sulla superficie altalenante. Appena vi appoggiò il peso, le tavole iniziarono a cigolare e a dondolare.

«Tenetevi alle funi laterali e procedete veloci, senza farvi distrarre dall'altezza» suggerì Evangelia.

Heinrich si piegò sulle caviglie e afferrò con entrambe le mani le corde, cercando di trovare l'equilibrio. Dimitra corse in avanti, arrivò alle sue spalle e con un gesto deciso gli staccò il braccio destro dalla presa, si insinuò tra lui e il mancorrente e lo superò. Le falcate della ragazza erano sicure e ritmate: in un attimo si trovò sull'altro lato.

Vlad Kazig si lasciò precedere da Craig Walden e Eve e si fermò sul ciglio per concentrarsi.

«Forza, ispettore, non abbiamo tempo da perdere!» Evangelia dominava lo spazio e governava il destino di tutti.

Vlad Kazig deglutì la paura nella gola arsa, prima di gettarsi verso l'attraversata. Vampate di calda agitazione coloravano la sua faccia e gli imperlavano la fronte, mentre la spina dorsale era scossa da fremiti incontrollabili: si sentiva un tronco di legno frustato dal vento. La mente ordinava alle gambe di muoversi, ma il corpo non reagiva. Portò il piede destro in avanti, sforzandosi di non sentire il tremolio che gli agitava le ginocchia. E subito dopo spostò anche il sinistro.

«Venga avanti così... piano... piano.» Il professore gli parlava dall'altro capo del ponte e gli tendeva il braccio. Vlad Kazig pensò a quanti metri lo separavano dalla sua mano. Mancavano ancora una cinquantina di passi, forse sessanta. Troppi. Pensò che non ce l'avrebbe mai fatta. Sospirò. Guardò in basso e si sentì morire. Gli occhi lo trascinarono in fondo all'abisso e la testa iniziò a vorticare. Avvertì un forte senso di vertigine e cadde come un sasso. Si aggrappò alla corda, ma le dita non ressero il peso e la passerella si inclinò. Vlad Kazig scivolò nel vuoto.

«Sta cadendo!» Il grido di terrore di Eve echeggiò tra i ghiacci. Gli sguardi di tutti si fermarono sul corpo inerte dell'ispettore, che penzolava come un sacco di patate.

Vlad Kazig era cosciente e la sua razionalità cominciava a dare segni di rassegnazione: dalla sua bocca non usciva nemmeno un suono e le palpebre si stavano chiudendo per affrontare la caduta mortale nel baratro.

Craig Walden scattò fulmineo. Si ributtò sulle assi instabili del ponte e cercò di camminare il più rapidamente possibile per raggiungerlo. La distanza sembrava incolmabile. Vide il braccio sinistro dell'ispettore cedere e la mano perdere la presa.

«Non molli! Vlad, resista!» urlò il professore.

Non c'era più nulla da fare. La massiccia figura di Vlad Kazig stava per precipitare inesorabilmente, quando Evangelia si gettò su di lui. Srotolò la corda da arrampicata che teneva avvolta dietro la schiena. La fece correre intorno ai fianchi e impugnò i due moschettoni di acciaio che ne chiudevano le cime. Con movimenti esperti ne agganciò uno alla fune del mancorrente e l'altro alla bretella della fondina ascellare che fasciava il busto dell'ispettore sotto il cappotto. Poi tirò con forza. Vlad Kazig riuscì a sollevare la mano sinistra e si aggrappò al bordo del ponte. In quel momento sopraggiunse anche Craig Walden. Un paio di minuti e Vlad Kazig fu tratto in salvo.

Nessuno fiatò. L'ispettore serrò la mascella e ringraziò con un cenno del capo. La donna incurvò leggermente le labbra. E il professore ebbe un tuffo al cuore. Aveva avuto la sua risposta: Evangelia non era un angelo. Era una creatura terrena. Splendida. Agguerrita. Abile. Ma pur sempre una creatura terrena.

Capitolo 29

DISCESA NELL'IGNOTO

Monte Kailash, 1 ora e 40 minuti alla Porta di Horizon

Il gruppetto procedeva lento: la stanchezza fisica e le emozioni delle ultime ore avevano drenato molta energia. Il percorso per arrivare in fondo era ancora lungo e Evangelia iniziava a chiedersi se ce l'avrebbero fatta. Ophidiel l'aveva esortata a lasciare indietro chi non si fosse rivelato all'altezza e avesse rappresentato un ostacolo, ma lei era determinata a guidarli a destinazione, a qualsiasi costo. Erano quasi tutti vittime degli eventi e Evangelia non avrebbe permesso al destino di inghiottirli nella morsa della morte. Continuava a impugnare le Infinity, sebbene fosse sicura che non le sarebbero più servite: gli ostaggi si erano resi conto della loro inferiorità e non avrebbero tentato alcuna mossa pericolosa.

«È giusta la strada?» domandò Heinrich, voltandosi ancora una volta verso di lei, in cerca di rassicurazione.

«Sì. Bisogna scendere da quei gradoni.»

Heinrich si era fermato sopra un pianoro di pietra scura dal quale partivano scalini ripidi scavati nella roccia. Il ghiaccio che li ricopriva era friabile come la brina e i passi lasciavano impronte profonde. Dalla parete sporgevano alcuni chiodi spessi e arrugginiti, che fungevano da appiglio. Sul lato opposto, lo strapiombo incombeva minaccioso. Craig Walden si chiese chi avesse potuto costruire quella discesa negli inferi e quanti esseri umani fossero passati di lì prima di loro. *Stiamo andando nell'Agarthi...* pensò, con il cuore che batteva all'impazzata. *Questo è il luogo segreto in cui millenni fa gli uomini si incontravano con gli angeli.* Craig Walden si trovò a riflettere sulla natura soprannaturale di quel posto. Allungò una mano e sfiorò la roccia fredda. Gli sembrò di vivere le emozioni che avevano provato i suoi avi nello scoprire l'esistenza di una dimensione superiore. *Tra poco vedrò la Porta.* Si sentì assalire dalla commozione.

Nel frattempo, Dimitra aveva raggiunto la base della scalinata, dopo una sequenza di salti fluidi e ritmati. Gli occhi verde smeraldo fissavano gli altri con impazienza. Sembrava indifferente all'altezza e poco angosciata dalla situazione in cui si trovavano. Al contrario, Heinrich trascinava le gambe. Benché cercasse di apparire coraggioso, faceva fatica a sollevare i piedi, nel timore di perdere il contatto con il suolo.

Eve era immobile, con la schiena premuta contro la parete. Il suo viso era livido per il freddo e la tensione.

«Eve, girati verso il muro. Poi non voltarti più per nessuna ragione. Scendi di lato.» Il suggerimento di Craig Walden non tardò ad arrivare. «E lei, ispettore, stia dietro di me e mi segua senza pensare al vuoto che si apre sotto di noi.»

Evangelia li osservava con attenzione. I passi tremolanti rispecchiavano le inquietudini dello spirito. Ognuno di loro combatteva con le proprie paure e con l'incertezza del futuro. Non sapevano dove stavano andando e cosa sarebbe successo, ma continuavano ad avanzare imperterriti verso l'ignoto. Evangelia era convinta che non sarebbero tornati indietro nemmeno se fossero stati liberi di farlo.

Dopo l'ultimo gradone si snodava un'altra discesa angusta: un sentiero molto ripido proseguiva per oltre un centinaio di metri, seguendo la circonferenza della voragine. Si arrestava contro una protuberanza rocciosa su cui erano state tassellate alcune assi di legno.

«Il passaggio è strettissimo...» constatò Heinrich, mentre provava a oltrepassare l'ostacolo senza guardare nel baratro. Le assi scricchiolarono e flessero leggermente. Heinrich si bloccò: «Generale, non so se reggerà il nostro peso...»

«Non fermarti!» Evangelia aveva un tono asciutto e autoritario.

Heinrich si mise di traverso, quasi ad abbracciare il masso che sporgeva ingombrante dalla parete. Si spingeva a fatica verso l'estremità opposta e si obbligava a non pensare al peggio. Superò l'intoppo e atterrò dall'altra parte.

«Non si passa!»

«Cosa succede?» Evangelia aveva perso di vista il ragazzo, scomparso dietro l'enorme macigno.

«Il passaggio è sbarrato da colonne di calcare altissime. Sono scivolose. Una di fianco all'altra. È impossibile andare avanti!»

Craig Walden e Vlad Kazig si voltarono verso Evangelia.

Senza parlare, la donna girò su se stessa e tornò indietro. Immobili e silenziosi, tutti si limitarono a osservarla. Correva decisa sul sentiero nella direzione da cui erano arrivati. Il suo corpo si muoveva flessuoso ed elegante e i capelli nerissimi ondeggiavano leggeri nella coda di cavallo che li raccoglieva. Evangelia ripercorse in salita tutto il costone e imboccò nuovamente i gradini scoscesi. Giunta sul pianoro di pietra si fermò. Il gruppo la vide mentre faceva scorrere il braccio destro dietro la schiena per impugnare la carabina. Posizionò il bipiede a terra e sistemò l'arma. Poi si allungò sulla superficie ghiacciata e prese la mira. Il Phantom S 205 sparò il primo colpo. Heinrich urlò nell'istante in cui il proiettile entrava alla base della stalagmite più grande e la disintegrava in migliaia di frammenti. Subito dopo esplose il secondo colpo. Poi il terzo. La precisione era massima e ogni detonazione arrivava a segno: una dopo l'altra le stalagmiti si spaccarono e caddero nell'abisso. In un attimo il passaggio fu libero.

Il boato causato dagli scoppi spostò una massa d'aria che fece vibrare l'atmosfera in un susseguirsi di eco.

Gli angeli si fermarono in volo al centro della voragine. Alzarono gli occhi e furono investiti dalle schegge.

«State attenti!» gridò Nishida.

Ophidiel usò il potere della Vista d'aquila per sincerarsi che Evangelia stesse bene. La vide riporre la carabina dietro le spalle e sorrise tra sé.

Evangelia raggiunse il gruppo di umani. Si erano appena messi in marcia e stavano superando il tratto che poco prima era un labirinto di colonne di calcare. Craig Walden la fissò rapito. Era incantato da quella giovane donna e dalla sua intensa personalità. Avrebbe voluto parlarle, aveva tante cose da domandare. Ma non ci riuscì: tentennò per qualche minuto, poi chinò la testa e, con la faccia smarrita, riprese il cammino.

Fu Vlad Kazig a rompere il silenzio: «Signorina, perché vuole farci fare tanta strada e fatica per portarci in fondo? Non credo che laggiù saremo utili a lei e al suo amico...»

Evangelia lo perforò con le iridi cobalto fredde come il gelo. «Cosa vuole sapere, ispettore?»

«Vi serviamo come ostaggi, vero?»

Nessuna risposta.

«Questo mi è chiaro. Ciò che non capisco è chi possa essere interessato a noi» continuò Vlad Kazig.

Evangelia non cambiò espressione. Senza distogliere lo sguardo dal volto dell'ispettore, lo esortò: «Cerchi di allungare il passo. Non manca molto. Presto avrà le risposte che cerca».

Arrivarono a un altro punto morto. Il lembo di roccia e ghiaccio che li stava conducendo in basso si interrompeva bruscamente.

Questa volta non c'erano ponticelli né scale. L'unica via possibile era una fenditura bassa e regolare che forava la parete all'altezza delle loro ginocchia. Una grata di metallo ne ostruiva l'accesso. Evangelia si avvicinò. Con le mani avvolte in un paio di guanti di pelle nera afferrò l'inferriata e tirò decisa verso di sé, liberando il passaggio. Heinrich si inginocchiò e vi si infilò, seguito dall'indecisione degli altri. Avanzarono carponi per qualche metro, fino a che sbucarono in una grotta: il freddo era pungente e l'odore di chiuso si insinuava nelle narici. Il buio dominava lo spazio e scuoteva ancora di più i loro sensi. Si udiva un frastuono assordante, come se fossero sotto una cascata d'acqua. Craig Walden sentì la mano di Eve cercare la sua. Non fecero in tempo a chiedersi dove fossero che Evangelia aveva già acceso una torcia di alluminio aeronautico anodizzato. I led azzurrati producevano un bagliore molto forte e rischiararono l'ambiente. Si trovavano sul bordo di un torrente sotterraneo. L'acqua scorreva scura tra sassi sporgenti e lastroni di pietra. Enormi cubi di ghiaccio galleggiavano sulla superficie, producendo un rumore sordo ogni volta che sbattevano contro le rocce.

«Professore, ho bisogno del tuo aiuto.»

Craig Walden guardò Evangelia, incredulo.

«Tieni la luce puntata verso l'acqua» gli disse lei, porgendogli la torcia. «Dobbiamo attraversare il fiume.»

Evangelia srotolò la corda che teneva agganciata alla cintura e la ancorò a una stalagmite robusta.

«Le vedete quelle macchie scure?» chiese al gruppo, tendendo il dito indice verso il centro del torrente. «Sono rocce. Basta camminarci sopra per raggiungere l'altra sponda.»

Gli umani erano attoniti. I loro occhi trasmettevano al cervello un'immagine difficile da sintetizzare e comprendere: erano nel cuore della Terra, di fronte a una massa d'acqua burrascosa che travolgeva iceberg e frammenti di roccia, e una donna gelida come il ghiaccio li stava spronando a proseguire.

«Io vado dall'altra parte e ancoro la fune» continuò Evangelia, impassibile. «Tu illumina il tragitto e accertati che questa stalagmite regga.»

Craig Walden annuì, concentrato.

«La corda vi servirà da guida» spiegò Evangelia al gruppo. «Ma non appoggiatevi. Cercate di usarla solo come riferimento e sostegno in caso perdiate l'equilibrio.» Li guardò nelle pupille a uno a uno, per infondere fiducia. Poi si gettò con agilità sui sassi che sporgevano dalla corrente. Procedeva sicura, ma i piedi scivolavano sulla superficie bagnata. Perse stabilità un paio di volte. E, prima di raggiungere la riva opposta, finì in acqua. Riemerse fradicia, ma non si fermò. Individuò uno spuntone solido e vi annodò il capo della corda. Si sincerò che potesse tenere e alzò il braccio destro, facendo segno agli altri di avanzare.

Dimitra non se lo fece ripetere. Saltò sul primo appoggio e prese la rincorsa per il secondo. Anche lei perse l'equilibrio e rischiò di cadere, ma ritrovò subito il suo bilanciamento e, un passo dopo l'altro, atterrò di fronte a Evangelia. Le due si guardarono e Craig Walden ebbe l'impressione che si parlassero.

«Vai tu, Eve» suggerì Vlad Kazig, mentre osservava Heinrich Thule afferrare la fune a due mani e camminare per inerzia.

La ragazza dai fluenti capelli rossi si mordicchiò il labbro inferiore. Si fregò gli occhi con le dita e si avventurò nella traversata. Appena si rese conto che i massi non erano troppo distanti gli uni dagli altri, si rasserenò e oltrepassò il corso d'acqua con cautela, ma senza grandi problemi.

«Se non sono morto sul ponte, non mi fermerà sicuramente questo guado.» Vlad Kazig sorrise al professore, cercando di convincere se stesso. Craig Walden annuì, continuando a puntare la luce sulle onde tenebrose. Dopo il primo metro, l'ispettore iniziò a sentirsi in balia della corrente. I blocchi di ghiaccio che procedevano veloci e tumultuosi lo inquietavano.

«Non si fermi!» gli urlò Craig Walden, ma le sue parole arrivavano alla mente di Vlad Kazig come un suono lontano. La razionalità dell'ispettore si stava dileguando di nuovo. L'uomo fu preso dalle vertigini. Iniziò ad avvertire un forte senso di nausea e a perdere stabilità. A un tratto si sentì afferrare per un braccio e trainare verso la sponda opposta. Si concentrò e, come un cieco con il suo cane, seguì fiducioso quella guida senza pensare ad altro. Annullò la propria coscienza. Gli occhi non vedevano e le orecchie non udivano. Doveva solo abbandonarsi e lasciarsi condurre.

«Adesso può ricominciare a respirare.» La voce sensuale di Evangelia sembrava quella di un angelo che gli parlava dall'aldilà. Vlad Kazig ci mise un attimo per rendersi conto di essere sulla terraferma, insieme a tutti gli altri. Sospirò di sollievo. Per la prima volta incrociò lo sguardo della donna. Blu. Intenso. Vero. Si sentì toccare l'anima.

«Bravo! Ce l'ha fatta!» L'ispettore si voltò e si rasserenò nel vedere che anche Craig Walden l'aveva raggiunto e gli stava battendo la mano sulla spalla. Dietro di lui c'erano solo il buio profondo e lo scrosciare minaccioso del torrente.

Si rimisero in marcia sul sentiero in discesa. Evangelia apriva il cammino e orientava la torcia. Heinrich chiudeva la fila. Persero completamente la dimensione del tempo. Non sapendo quanto mancasse alla meta, cercavano di risparmiare energie e fiato. A un certo punto videro un chiarore filtrare in lontananza. Avvicinandosi, notarono che fuoriusciva da una galleria stretta, lastricata di cubetti di pietra. Evangelia la oltrepassò, senza mostrare interesse.

«Evangelia...» La donna ebbe un brivido nell'udire il professore che pronunciava il suo nome. Si arrestò e si voltò con aria interrogativa.

«Sei sicura che non dobbiamo andare per di là?» Craig Walden indicò il cunicolo da cui proveniva il riverbero.

Evangelia scosse la testa.

Craig Walden lanciò un'occhiata a Vlad Kazig, che procedeva a passo lento, molto dietro di lui. L'ispettore intuì immediatamente. Rallentò. Inalò una boccata d'aria e soffiò come se gli mancasse il respiro. Finse di fermarsi per la stanchezza, lasciandosi superare da Heinrich Thule. Poi si gettò nel tunnel e lo percorse a grandi falcate, finché fu investito dai raggi del sole. Si portò le mani alla fronte e dovette chiudere le palpebre: i suoi occhi erano nella penombra da ore e non erano più abituati alla luce. Quando riuscì a mettere a fuoco, fu assalito da un misto di gioia e sorpresa: era sbucato all'esterno, sulle pendici innevate del monte Kailash. Una distesa bianca e immacolata brillava di fronte a lui e in lontananza si scorgeva il percorso dei pellegrini.

«Non faccia il furbo, ispettore.» Evangelia aveva estratto le Infinity e le puntava dritte contro la sua schiena.

Vlad Kazig alzò le mani e senza opporre resistenza rientrò. Appena raggiunse il gruppo, rivolse un impercettibile cenno del capo a Craig Walden. E il professore capì.

Il cammino curvava prima a destra e poi a sinistra e, dopo una serie di tornanti stretti, si immetteva in un passaggio che si snodava sotto il torrente. Il fragore dell'acqua sopra le loro teste era doloroso come il freddo che stritolava la pelle. Le pareti erano coperte di ghiaccio e dal soffitto calavano stalattiti imponenti. Evangelia spense la torcia, ma la luce continuò a illuminare i loro passi. Più avanzavano e più il bagliore si faceva intenso: erano arrivati nel luogo in cui avrebbero conosciuto il loro destino.

Capitolo 30

LA PORTA DI HORIZON

Monte Kailash, la Porta di Horizon

«Li ho condotti tutti giù. Non manca nessuno.»

Le parole di Evangelia risuonarono profonde, scaldando l'atmosfera vitrea che dominava la voragine.

Gli umani sbucarono dal cunicolo dietro di lei e si bloccarono attoniti. Alzarono lo sguardo, per nutrirsi della maestosità che si mostrava ai loro occhi increduli. Erano in fondo alla gola, ma l'ambiente non aveva nulla a che vedere con quello che si erano trovati ad attraversare durante la discesa. Spalancarono la bocca, sbigottiti: erano in un tempio.

Il pavimento sembrava un mosaico. Enormi blocchi di pietra scura ne ricoprivano tutta la superficie. Le lastre laterali erano incastrate tra loro in modo da formare un unico grande decoro. Lo stesso che Eve e Craig Walden avevano visto più volte nella terra degli angeli: il simbolo di Sefira. Due eliche si attorcigliavano l'una all'altra, in un motivo circolare che rappresentava le anime degli angeli unite e indivisibili per l'eternità.

«Che razza di posto è questo?» Vlad Kazig era sbalordito.

«Il luogo per cui ci siamo messi in viaggio: la sede della Porta di Horizon» rispose Craig Walden in un sussurro, facendo correre ovunque le pupille assetate di conoscenza.

La luce filtrava dall'alto, si rifrangeva sulle candele di ghiaccio e colava a terra in raggi opalescenti simili a filamenti eterei. Il bagliore evaporava in una nebbia sottile, che rendeva tutto magicamente ovattato.

Gli umani trattennero il respiro. Lo scenario penetrava nei loro occhi e si impossessava dell'anima, dissolvendo la fatica, la tensione e la paura. Nessuno di loro avrebbe mai immaginato che sulla Terra potesse esistere un luogo di tale grandiosità.

Contro la parete che circondava l'ambiente si ergevano dieci colonne. Costeggiavano tutto il perimetro interno del baratro e sembravano sorreggere la montagna da dentro. Ognuna di esse era costituita da un fusto monolitico e i colori erano in gradazione: osservate in sequenza producevano un meraviglioso gioco di sfumature grigie, dall'argento all'ardesia scura. Avevano un diametro di circa cinque metri e si elevavano massicce per oltre trenta, puntellando il dirupo con giganteschi capitelli che riproducevano volti di creature umane.

«Ho i brividi...» Eve era turbata. Le facce contorte, le bocche scolpite nel granito, i bulbi oculari che sporgevano dai rilievi sembravano chiamarla. Senza parlare, cercò lo sguardo di Craig Walden, ma non lo trovò: il professore era assorto nei suoi pensieri, che sobbalzavano senza orizzonte da un angolo all'altro di quel luogo arcano. Anche Vlad Kazig era ammutolito e il suo respiro trasudava nervosismo. Solo Dimitra non sembrava suggestionata dall'atmosfera: la sua attenzione era rivolta a Heinrich Thule.

A dieci passi dalle colonne partiva un'imponente scalinata di pietra che percorreva tutta la circonferenza dell'androne. Dieci gradini innalzavano il corpo centrale della stanza, sulla cui sommità si stagliavano tre sculture: due piccole ai lati e una più grande in mezzo, leggermente arretrata. A destra svettava una piramide, a sinistra una sirena stritolata dal corpo allungato di un serpente marino. Al centro c'era una solenne statua di marmo bianco. Era la raffigurazione di un angelo con due teste identiche e una sola ala. Indossava abiti difficilmente riconducibili a un periodo storico preciso. La parte superiore aveva l'aspetto di un giubbotto di cuoio sotto il quale si intravedeva una tunica, che copriva le gambe fino al ginocchio. Il risvolto del collo era ampio, così come quello dei polsi. Spalle e gomiti erano rinforzati da protezioni metalliche. I pantaloni erano aderenti e segnavano i quadricipiti e i muscoli del polpaccio. In vita spiccava una cintura dalla fibbia rotonda su cui era intarsiato il simbolo di Sefira. Le braccia dell'angelo erano aperte. La mano destra brandiva una spada affilata con la lettera A incisa sulla lama. Dalla mano sinistra fuoriusciva un raggio di luce. I piedi erano scalzi e saldamente ancorati su un basamento di granito alto tre metri. Dalla superficie frontale del piedistallo spuntavano dieci cubi di metallo intarsiati e disposti in due file da cinque.

La piramide, la sirena imprigionata dal mostro marino e l'angelo a due teste erano posizionati sulle punte di un triangolo immaginario. Una scanalatura profonda, scavata nel pavimento, li collegava uno all'altro.

«È un enigma!» Il tono iracondo di Ophidiel squarciò l'aria.

Evangelia si guardò intorno, cercando di capire da dove venisse la voce.

Dietro l'angelo con due teste e una sola ala partiva un'altra scalinata. Era di marmo verde. Gli occhi di Evangelia la percorsero fino in cima: sospeso nell'aria sopra l'ultimo gradino c'era Ophidiel. Aveva le braccia conserte e dava le spalle alla sala. Era fermo di fronte a una porta monumentale: la Porta di Horizon.

«La chiave non c'è» tuonò Ophidiel.

Evangelia corse verso di lui. Attraversò la stanza, superò le tre sculture e inghiottì i gradini due alla volta. Alzò lo sguardo, indugiò sulla sua schiena muscolosa e guardò oltre, fino a cogliere la Porta.

«Che significa?» La voce di Evangelia era poco più di un sussurro.

«La chiave deve essere nascosta da qualche parte qui intorno.»

La Porta superava di circa tre volte l'altezza di Ophidiel. Era di un metallo molto scuro. La facciata era ripartita in riquadri intarsiati. Ogni riquadro rappresentava una scena di vita, in una sequenza temporale che si svolgeva dall'angolo in basso a destra fino all'estremità superiore sinistra. Il primo blocco raffigurava un fascio di luce da cui emergeva una creatura dalle sembianze umane. Lo spazio successivo mostrava l'arrivo di un secondo uomo. Subito dopo si vedeva l'avvicinamento dei due. E ancora gli stessi che si stringevano la mano. Per proseguire con i due uomini che parlavano, costruivano, innalzavano una porta e gioivano insieme.

Evangelia capì che era la descrizione della costruzione di quel luogo misterioso.

«Qui vanno messe le due Entità Fondamentali e qui la chiave.» Ophidiel indicò la parte centrale della Porta. C'erano cinque cavità disposte a croce. Ognuna aveva una forma ben precisa, che richiedeva l'inserimento di un oggetto con la stessa sagoma. Le tre orizzontali presentavano in sequenza: uno spazio con una fessura sferica; uno spazio intagliato con il profilo di un esagramma su cui spiccavano i contorni della lettera H e una linea orizzontale; uno spazio con un'altra fessura sferica. In verticale, perfettamente sopra e sotto l'incavo intarsiato con la lettera H, c'erano altri due campi simili, sempre a forma di esagramma. Quello in alto mostrava l'incisione della lettera O e un decoro che ricordava vagamente una clessidra con tre punti centrali. Quello in basso evidenziava la lettera A e il disegno di un'onda.

Evangelia non fece domande. Intuì che nelle fessure sferiche dovevano essere collocate le Entità Fondamentali e nello spazio centrale con l'aspetto di una stella a sei punte era necessario posizionare la chiave della Porta. Si chiese a cosa servissero le altre due cavità poste in verticale.

«Chi ti dice che la chiave è vicina...? Non potrebbe essere stata nascosta altrove?» Evangelia si portò la mano alla bocca, pensierosa.

«No.» Ophidiel aveva gli occhi fissi sulla Porta. «Sono sicuro che è qui.»

«Dove può essere?»

«Credo che quella scritta rappresenti l'enigma.»

Al di sopra della Porta c'era un'iscrizione nell'antico alfabeto di Sefira.

Le Emozioni Migliori Non Le Abbiamo Ancora Vissute.

«Non capisco.» Evangelia corrugò la fronte.

«Quei segni incisi sullo stipite della Porta hanno un significato ben preciso: sono parole scritte in una lingua comprensibile solo agli angeli e costituiscono l'indizio per trovare il nascondiglio della chiave. In quella frase c'è la soluzione.»

Ophidiel si concentrò.

Tempo. Il rebus ruota intorno al tempo.

La sua mente lavorava a una velocità straordinaria.

Le emozioni migliori non le abbiamo ancora vissute... ancora vissute... ancora vissute... il tempo che scorre. Il tempo che verrà. Le emozioni che non abbiamo vissuto oggi le vivremo domani.

Si sentì vicino alla decodifica.

La soluzione è una sequenza temporale. La chiave è nel futuro. In un futuro che contiene un sogno.

Ophidiel si guardò intorno per individuare qualcosa che indicasse l'avvenire. Trasvolò di fronte al basamento della statua dell'angelo con due teste e una sola ala. Le sue mani si appoggiarono sicure sui cubi di metallo e iniziarono a premerli in una successione ben definita. Il primo che spinse era il quarto della seconda fila e rappresentava il cerchio con il simbolo di Sefira. Subito dopo fece pressione sul terzo della prima fila dov'era inciso un cerchio vuoto. Poi pigiò il primo della seconda fila che evidenziava i due cerchi molto distanti tra loro. Dopodiché schiacciò l'ultimo della prima fila su cui spiccavano i due cerchi leggermente più vicini. E così via fino al penultimo, che mostrava il simbolo di Sefira parzialmente sovrapposto al cerchio vuoto.

È la sequenza temporale che illustra l'avvicinamento del mondo degli angeli a quello degli esseri umani.

La capacità di ragionamento di Ophidiel accelerò ulteriormente.

Il simbolo di Sefira indica la nostra stirpe. Il cerchio vuoto quella degli uomini.

Il desiderio era che le due genie entrassero in relazione, e questo nelle incisioni è rappresentato dall'intersezione dei due cerchi.

Nell'istante in cui l'ultimo blocco con l'immagine dei due cerchi perfettamente coincidenti penetrò nella superficie levigata del piedistallo, cadde il silenzio. Il tempo sembrò fermarsi e l'aria immobilizzarsi. Poi la terra tremò. Si udì un fruscio. Le due teste della statua ruotarono, fino a guardarsi. La sequenza con cui erano stati premuti i dieci tasselli aveva azionato un meccanismo complesso, che sbloccò il cubo con i due cerchi sovrapposti. Ophidiel lo afferrò: era libero. Lo estrasse e infilò le sue possenti dita nella cripta chc si era liberata dietro di esso.

La chiave sta nel futuro, in un futuro che custodisce l'emozione di un'intera esistenza.

Ophidiel aveva ormai decifrato l'enigma.

La speranza di Eber era che il mondo degli angeli e il mondo degli uomini si integrassero. Ecco cosa voleva dire con "Le emozioni migliori non le abbiamo ancora vissute".

Ophidiel volle condividere quel momento di ebbrezza con Evangelia. La guardò con occhi pieni di emozione e sollevò la mano. Le dita stringevano un oggetto metallico: un esagramma.

Sottile e intarsiato. Si scorgevano in rilievo una linea netta che separava cielo e terra e la lettera H. Era la chiave della Porta di Horizon.

«Il momento è giunto!» Ophidiel tese le mani al cielo, rovesciando la testa indietro. Si librò in aria. Le sue iridi avevano il colore della brace e pulsavano di un bisogno incontrollato. La pelle si coprì di agghiaccianti squame nere.

«Il destino è mio!» Al centro della sala avvampò un fuoco cupo. Le fiamme ardevano alte e dense e diffondevano una luce rossastra che ondeggiava impalpabile come una nebbia oscura.

Vlad Kazig fece un passo verso Craig Walden, mentre Eve si insinuava tra loro. Heinrich si spostò vicino a Dimitra. Il freddo che arrossava le loro guance si trasformò in una morsa di calore. Le candele di ghiaccio iniziarono a gocciolare e il tempio fu invaso da una pioggia incandescente. Il silenzio dell'attesa acquisì il suono della morte.

«Nishida, porta qui le Entità Fondamentali!»

L'Elfo sentì il cuore esplodergli nel petto. *Saggio Metatron, cosa devo fare?*

«Non mi deludere, Elfo. Fai vedere a Metatron che hai più coraggio di lui e sai prendere la situazione in mano.»

Ophidiel fece oscillare lo sguardo, come per cercare qualcuno che non si vedeva. Assaporò il momento ed esclamò: «Unika, sei pronta? Voglio che sia tu ad accogliermi a Sefira!»

Nishida sentì la pressione del sangue martellargli nelle tempie.

«Unikaaa... sto arrivando!»

Evangelia era in piedi, statuaria e inespressiva: dietro la maschera di freddezza la sua anima palpitava inquieta. Unika continuava a vivere nella mente di Ophidiel. Non poté fare a meno di chiedersi cosa sarebbe potuto succedere nel momento in cui si fossero incontrati di nuovo.

Il gruppo di umani era impietrito.

Unika e Uniko si tenevano per mano. Udirono disorientati la

voce di Ophidiel urlare il nome di Unika, il potente angelo che Metatron aveva citato qualche volta. Ma erano troppo spaventati per fare domande. La loro testa era focalizzata sui ricordi di un anno prima, quando si erano trovati nella stessa situazione. Ophidiel incombeva nelle sembianze di un cobra, con le fauci spalancate che cercavano di azzannare i loro cuori.

«Come abbiamo fatto a scappare da lui all'Altare delle Emozioni?» Unika voleva disperatamente trovare una via di uscita.

«Non lo so, Unika. Non mi ricordo… non ricordi nemmeno tu. Abbiamo entrambi un vuoto di memoria…»

«Sì, ma dobbiamo provare a concentrarci. Se riuscissimo a ricordarlo, forse potremmo fare la stessa cosa e salvarci.»

«Tempo scaduto!» Ophidiel si rivolse a Nishida. «Hai fatto la tua scelta, Elfo. Ora ne affronterai le conseguenze.» Tese le braccia verso i tre angeli e scatenò un incantesimo che li immobilizzò in una morsa invisibile. Unika, Uniko e Nishida provarono a muoversi, ma ogni tentativo era inutile. Ophidiel si portò le mani al petto e i tre angeli si sentirono sollevare e trascinare inesorabilmente verso di lui. Continuavano a divincolarsi, ma senza riuscire a liberarsi.

«Jo!» L'urlo terrorizzato di Eve rimbombò in tutta la conca.

«Non possiamo fare nulla.» Craig Walden strinse la ragazza a sé.

Gli occhi ambrati di Eve cercarono quelli di Heinrich. «È tutta colpa tua! Sei tu che l'hai portato qui!»

Heinrich tirò la manica sul palmo della mano e la passò sulla fronte sudata. «L'*Assoluto* non lo ucciderà.»

«Che cosa ne sai tu? Se lo conosci così bene, fai qualcosa!» Eve era in preda all'angoscia.

Heinrich abbassò lo sguardo.

Si udì un forte boato. Lo schianto dei corpi dei tre angeli contro la Porta risuonò come il colpo di un gong. Ophidiel li aveva scagliati con forza addosso ai cinque spazi cavi che fungevano da serratura. Con un gesto deciso delle dita, inserì nella fessura centrale la stella a sei punte. Un clic metallico confermò l'attivazione dell'ingranaggio.

«E adesso ho bisogno delle Entità Fondamentali.» Sollevò l'indice e il medio e con un rapido movimento comandò le braccia di Unika e Uniko, che si sentirono strattonare verso le due cavità laterali.

«Appoggiate le mani nei fori e sperate che non sia necessario che io vi strappi il cuore!»

I due giovani angeli seguirono i suoi ordini.

Nishida serrò gli occhi.

Evangelia trattenne il respiro.

Gli umani si coprirono la bocca con le mani.

Ophidiel fece straripare la sua esaltazione: «Apriti!»

La Porta di Horizon rimase chiusa.

Capitolo 31

TRATTATIVA IMPOSSIBILE

Monte Kailash, la Porta di Horizon

«Cosa succede?»

L'esclamazione di Yesod aveva i colori di un ruggito. La Porta non si era aperta e quel fallimento inatteso ruppe gli argini dell'emozione, squarciandogli il petto. Ophidiel non aveva ancora aggredito i due giovani angeli, ma Yesod sapeva che era questione di minuti. La calma di Metatron non riusciva a placare le sue ansie. Anzi, aumentava la sua consapevolezza di non avere gli elementi necessari per capire ciò che stava accadendo. E questo lo innervosiva ancora di più.

Il Drago osservava sullo schermo della Finestra sul Mondo il fratello che imprecava contro i due ragazzi: lo vedeva agitarsi con gli occhi iniettati di sangue, pronto a strappare il loro cuore.

Un pensiero si fece strada nella sua mente.

«Sì, Yesod, le cose stanno proprio come pensi.» Metatron parlò con tono grave, guardando il Drago negli occhi. «Unika e Uniko non portano più nel cuore le Entità Fondamentali.»

«E come è possibile?»

Il Saggio ruotò lo sguardo verso Martin. Lo Gnomo capì e lasciò la stanza.

«Noi tre siamo parte del gruppo dei Cinque.» Metatron si rivolse a Allibis e Yesod. «In questo momento, mancano la nostra amata Unika e Nishida, che è laggiù a difendere i ragazzi. Noi cinque siamo i custodi del segreto della nascita di Unika e Uniko e solo noi conosciamo il vero esito dell'Adlivun. Quello che sto per dirvi è legato al mistero che proteggiamo e dovrà continuare a essere tutelato con attenzione. Resterà tra noi. Ancora una volta e per sempre.»

Yesod e Allibis fissavano Metatron in silenzio.

«Come sapete, al termine dell'Adlivun decidemmo di far tornare i due giovani angeli. Anche se questo avrebbe comportato un nuovo sacrificio di Unika...» La fronte del Saggio si corrugò, attraversata da ricordi dolorosi.

Unika... mormorò tra sé. Poi riprese, commosso: «Quel giorno rimanemmo io e lei, da soli, per effettuare l'incantesimo che avrebbe riportato alla vita Unika e Uniko, terminando la sua esistenza. Fu proprio lei a farmi riflettere su una cosa veramente importante: sarebbe stato un grave errore lasciare le Entità Fondamentali nei cuori dei due ragazzi. Ophidiel non era morto e il nascondiglio non era più sicuro».

Yesod e Allibis seguivano l'evoluzione del racconto, sbalorditi.

«Così, Unika e io decidemmo di spostare le Entità Fondamentali. In caso di nuovo attacco, avremmo avuto un vantaggio nei confronti di Ophidiel.» Metatron sospirò. «E, in effetti, è ciò che sta succedendo ora.»

Metatron abbassò le palpebre e chinò il capo, assecondando l'impeto del fiume della memoria. Con gli occhi chiusi, spiegò le immagini che scorrevano nella sua mente.

«Abbiamo estratto dal corpo di Unika la Fiamma della Vita e la Chiave della Felicità. E io le ho riconsegnate a Aqua... riesco ancora a vedere lo sguardo felice della Sirena, appena le ho riportato le Entità perché le custodisse nel Lago del Ghiaccio Perenne.» La voce del Saggio si fece più profonda. «Unika mi ha aspettato al Poggio del Cielo Infinito, dove l'ho raggiunta per eseguire l'incantesimo dello Sdoppiamento e della Rinascita. Unika è svanita, e al suo posto sono tornati i due giovani angeli. Inconsapevoli di tutto, pieni di voglia di vivere. La stessa che bruciava dentro di lei.»

Un velo di tristezza ammantò l'anima di Allibis e Yesod. Ora conoscevano la verità. E, ancora una volta, le decisioni di Metatron e Unika si erano rivelate efficaci: i due ragazzi non avevano più le Entità nel cuore e Ophidiel non era in condizione di attuare il suo piano nefasto.

«Che scherzo è questo?» Ophidiel era immobile davanti alla Porta e ringhiava rabbioso. L'eco dei suoi improperi rimbombava sinistro negli spazi maestosi del tempio.

Unika e Uniko non capivano cosa stesse accadendo e si stringevano l'uno all'altra. A un tratto, Ophidiel li afferrò per i vestiti e con uno strattone li spinse giù per i gradini.

«È stato Metatron, vero? È stato lui? Parlate o sarà peggio per voi!» Ophidiel sbraitava dalla sommità della scalinata, mentre i due ragazzi ruzzolavano al centro della sala.

«Lasciali stare!» lo apostrofò Nishida. «Non vedi che non sanno nulla? Nessuno di noi sa perché la Porta non si apre.»

«Taci, viscido sgorbio!» Ophidiel mostrò i denti e colpì l'Elfo con un fendente di luce bruna. La saetta sibilò nell'aria rarefatta e raggiunse Nishida in pieno petto, tramortendolo.

Gli esseri umani si erano radunati tra le colonne alla base della voragine ed erano terrorizzati.

«Apriti... apriti!» Ophidiel continuava a imprecare contro la Porta. I suoi muscoli erano gonfi all'inverosimile e le vene sembravano voler esplodere da sotto la pelle. Con un gesto nervoso, l'Angelo del Male estrasse la chiave dalla cavità dove l'aveva inserita. Senza pensarci, la scagliò contro la Porta. L'esagramma non si ruppe, ma l'impatto fu talmente forte da farlo rimbalzare lontano, in fondo alla gradinata.

«È ora di fare i conti!» Ophidiel era fuori di sé. Volò di fronte ai ragazzi, lasciando che le squame lucide e nerissime prendessero forma sulla sua schiena e sul collo. «Se non riuscite ad aprire la Porta siete inutili, inutili, inutili! E allora porterò a termine ciò che non ho potuto concludere un anno fa!» Le iridi del cobra brillavano di una furia incontrollabile. «Se non mi servite, non meritate di vivere!»

Il cranio di Ophidiel si deformò nella testa del serpente. Dalla bocca spalancata spuntarono due grandi zanne ricurve, da cui colavano filamenti di bava biancastra. Con un sibilo che non era più una voce, Ophidiel urlò le sue ultime, definitive parole.

«Preparatevi a morire!»

Heinrich Thule era attonito. Si spostò dietro a Evangelia con il cuore che batteva all'impazzata. Percepiva distintamente che l'Angelo del Male avrebbe distrutto chiunque si fosse frapposto tra lui e l'obiettivo.

Ma la sensazione del ragazzo dagli occhiali rossi non era del tutto esatta. In realtà, una creatura che poteva rivolgersi con autorevolezza a Ophidiel esisteva. Ed era lì, nel tempio della Porta di Horizon, insieme a tutti loro.

«Non è una buona idea.» La voce di Evangelia tagliò l'aria. «I due angeli sono più utili da vivi che da morti.»

Il cobra si voltò di scatto verso di lei, mentre il silenzio piombava nelle viscere della montagna. Ophidiel riprese il suo aspetto. Fissava Evangelia, ansimando. Comprendeva il valore di quelle parole: la ragione doveva prendere il sopravvento sull'istinto.

«Tu sei nata per me» sussurrò, avvicinandosi a lei. Accostò il volto sudato alla sua fronte e la baciò con trasporto. Con l'indice le sollevò il mento. «Grazie...»

Poi fece roteare le pupille. «È giunto il momento di trattare. Metatron, devo parlare con te.» Portò le mani al petto.

Abbassò le palpebre e dopo qualche secondo separò gli indici, poi i medi, quindi gli anulari e i mignoli. Mantenne la congiunzione dei due palmi e li sollevò verso l'alto, mentre le braccia vibravano intensamente. Una scintilla purpurea si accese tra le sue mani e si estese fino a diventare una vera e propria folgore. Quando Ophidiel separò i palmi, la luce si trasformò in un lampo e accecò la vista di tutti, riempiendo lo schermo della Finestra sul Mondo. Un ronzio sordo accompagnò il tempo interminabile in cui Metatron, Yesod e Allibis non videro più nulla. Quando il bagliore si spense, la scena che si offrì ai loro occhi sembrava identica a quella precedente, tranne che per un dettaglio.

«Uniko!» esclamò Metatron, nell'istante in cui Yesod liberava un sospiro di sollievo dalle narici e le guance di Allibis si arrossavano per la felicità. Finalmente l'angelo biondo era visibile sullo schermo. Teneva per mano Unika ed era inginocchiato vicino a Nishida, ancora a terra per il colpo ricevuto.

«Ha disattivato gli incantesimi...» constatò Metatron. «Adesso possiamo vedere Uniko e comunicare con il mondo degli uomini.»

«Perspicace, come sempre.» Ophidiel si era sintonizzato con Sefira e poteva ascoltare tutto ciò che veniva detto nella stanza della Finestra sul Mondo. Le sue parole erano taglienti come lame e le sue iridi penetravano lo schermo, raggiungendo quelle di Metatron. Allibis abbassò lo sguardo e indietreggiò fino ad appoggiarsi alla parete. Yesod ruggì di rabbia.

«Ora tu devi spiegare, Metatron. E ti conviene farlo, perché in caso contrario potrei arrabbiarmi e sfogare la mia delusione sui tuoi cuccioli.»

«Ti sento, Ophidiel.»

La voce di Metatron toccò l'anima di Unika, Uniko e Nishida. I tre angeli si abbracciarono, speranzosi. Craig Walden e Eve si scambiarono un'occhiata di grande intensità, piena di tutti i ricordi del tempo trascorso a Sefira. Dimitra fissò Heinrich, nascosto dietro Evangelia. Vlad Kazig si guardava intorno irrequieto, cercando di capire.

«Qualcosa mi dice che questo contrattempo non è casuale. C'è sicuramente il tuo zampino, Metatron, vero?» Ophidiel era duro e sarcastico. «Hai tolto le Entità Fondamentali dai cuori dei ragazzi, è così?»

Il silenzio di Metatron irritò l'Angelo del Male, che alzò il tono.

«È così?!» ripeté Ophidiel, innervosito.

«È così» rispose Metatron.

«Sei furbo... devo dartene atto. Sono sicuro che hai già pensato alle implicazioni di questa mossa e che sei pronto a gestirle...»

«Cosa intendi?»

«Hai precluso l'apertura della Porta e il mio rientro a Sefira. Ma hai lasciato la vita dei tuoi ragazzi nelle mie mani. Hai già deciso cosa fare? Ti offro la possibilità di decidere il loro futuro: puoi farli vivere o morire, la loro sorte dipende da te...»

«Che cosa vuoi?»

«Cosa voglio?!» Ophidiel proruppe in una risata fragorosa, che echeggiò sinistra in tutto il tempio. «Voglio ciò che mi spetta. Voglio tornare a casa. Voglio vivere con la mia gente. Voglio avere il ruolo che mi sono guadagnato nel tempo. Voglio guidare Sefira al posto tuo. Tu hai sbagliato. Tu non sei in grado di governare. Tu non meriti nemmeno più di parlare.» Fece una pausa per riprendere fiato, poi proseguì: «Stavolta non ho intenzione di concederti il beneficio del dubbio. Hai dimostrato di essere debole. Se non hai la forza di decidere, togliti di mezzo e passa la mano a chi è in grado di farlo. Forse l'aitante guerriera dai capelli biondi avrebbe piacere di trattare con me? Vai a chiamarla, sarò felice di avere a che fare con Unika invece di perdere il mio tempo con te».

Metatron non replicò. E Ophidiel infierì: «Adesso basta! Se vuoi far vivere i ragazzi, apri questa maledetta Porta e lascia che io rientri a Sefira da vincitore. Ti risparmierò la vita, anche se dovrei ucciderti. O preferisci che strappi il cuore a questi due angioletti tremanti? Non vedo l'ora di farlo e lo sai».

Proprio mentre Ophidiel proferiva le ultime parole, la scalinata che conduceva alla Porta di Horizon cominciò a tremare. Ophidiel sussultò, e sul suo ghigno si disegnò un'espressione di incredula soddisfazione. *Metatron ha avuto paura: sta aprendo la Porta.* Cercò conferma nello sguardo di Evangelia. La donna era lucida e fredda come al solito: lo fissava con i suoi occhi cobalto, pronta a fare quanto concordato.

Il tremore cresceva, accompagnato da un rombo cupo e minaccioso. Le colonne iniziarono a vibrare e i primi frammenti rocciosi precipitarono al suolo, insieme a lunghe candele di ghiaccio.

«Sì... sì... sì!» Ophidiel era ebbro dell'idea di aver ottenuto ciò che voleva. Si librò nell'aria e tornò davanti alla Porta.

«Ophidiel... ascoltami!» La voce di Metatron tuonò nell'istante in cui una crepa profonda feriva a morte la parete opposta alla scalinata.

Nel frattempo, tutti si erano spostati, cercando un riparo dalla montagna che sembrava frantumarsi sulle loro teste. Tutti tranne Ophidiel: dava le spalle alla fenditura e la sua attenzione era concentrata sulla Porta. Non si curava di nient'altro.

«Ophidiel, devi ascolt...»

Stavolta il discorso del Saggio venne coperto dal frastuono causato dal crollo del muro. La roccia sull'altro lato della sala venne giù come una valanga. I due pilastri che la contenevano sprofondarono sotto il loro stesso peso. Una nube di detriti offuscò l'ambiente.

Allibis venne rapita dalla visione di poco prima. Yesod si rivolse a Metatron e gli parlò telepaticamente: "Cosa sta succedendo?"

"Ciò che deve essere" fu la laconica risposta del Saggio.

La terra continuava a scuotersi, ma la polvere si stava depositando al suolo, rendendo di nuovo nitidi i contorni.

«Eccoli!» proruppe Yesod, indicando i tre angeli rannicchiati in un angolo. Poco distante da loro vi erano anche gli umani.

«Nishida...» mormorò Metatron, con gratitudine. «Ha attivato uno schermo e li ha salvati tutti.»

Ophidiel non si era mosso. Stava in piedi, immobile, davanti alla Porta di Horizon irrimediabilmente chiusa.

«Metatron!» L'urlo sembrava sgorgargli direttamente dal petto. Si voltò e orientò lo sguardo verso la parete distrutta. Il varco che si era aperto era enorme, ma l'oscurità che vi regnava rendeva impossibile vederne l'interno. «È quella la Porta?!»

Metatron strinse i pugni per trattenere la tensione e parlò deciso: «Adesso sei tu a non avere più tempo... devi ascoltarmi, Ophidiel!»

Capitolo 32

IL CUSTODE

Monte Kailash, la Porta di Horizon

«Via! Andate via!»

L'esortazione di Metatron rimbalzava scomposta tra le macerie e si disperdeva nell'aria sovraccarica di pulviscolo. L'enorme quantità di detriti assorbiva suoni e rumori, rendendo l'atmosfera ovattata. Il simbolo di Sefira non era più visibile.

«È quella la Porta?» ripeté Ophidiel, spostandosi di fronte ai resti della parete franata. Aveva le gambe divaricate e i pugni chiusi. Il cranio ferito e sporco di polvere testimoniava che era rimasto immobile durante il crollo. In preda all'emozione per l'apertura della Porta, Ophidiel aveva atteso gli eventi con sfrontatezza, lasciando che i massi gli cadessero addosso.

Con un movimento nervoso si slacciò il mantello sporco e strappato, che scivolò a terra. Le spalle possenti erano segnate da lividi e graffi. Qualche rivolo di sangue gli rigava i muscoli pettorali. Ophidiel fece un passo in avanti e barcollò, provato dalla valanga di roccia che l'aveva colpito. Una frana di quella portata avrebbe ucciso chiunque, ma lui era ancora lì. Concentrato sull'obiettivo.

Appoggiò il braccio destro su un grande masso e affondò lo sguardo nella breccia che si era aperta nel muro. Nel buio si intravedeva una caverna ampia e profonda, sovrastata da una volta irregolare: il soffitto basso e incombente, a sinistra, si innalzava verso destra, man mano che la grotta diventava più spaziosa. Lunghe stalattiti piovevano dall'alto e si univano alle stalagmiti, formando possenti colonne calcaree.

La luce che rischiarava il tempio filtrava nell'antro e illuminava una rampa di scale scavata nella pietra, che si arrampicava verso le tenebre.

Di colpo, dall'oscurità sbucò un sasso che rotolò sui gradini, andando a fermarsi contro i piedi di Ophidiel.

«Chi c'è?» urlò l'Angelo del Male. Un fruscio dilagò dalla sommità della gradinata: qualcuno si stava muovendo.

«Sei tu, Metatron? Vigliacco, vieni fuori!»

«No, Ophidiel, non sono io.» Metatron era turbato. «Non c'è tempo da perdere, ascoltatemi tutti, laggiù!»

Gli occhi di Ophidiel si muovevano frenetici. Nishida si alzò in piedi e attese le parole del Saggio, pronto a scattare.

«La Porta di Horizon ha un Custode dormiente che si sveglia solo quando qualcuno prova ad aprirla.»

«La tua scaltrezza non mi incanta, Metatron!» replicò Ophidiel. «Cosa credi di fare? Ora basta... apri quella Porta!»

«Non posso.» La risposta di Metatron fu immediata. «La Porta si apre solo quando, insieme alla chiave, vengono inserite le due Entità Fondamentali. Se la condizione non si verifica, la Porta non si apre e il Custode si sveglia, scatenando la sua devastante potenza punitiva contro chi ha cercato di forzare l'ingresso.»

«Ma cosa stai dicendo?»

«È così, Ophidiel...»

«Non è vero, Metatron... non ti credo!» Ophidiel scuoteva la testa. «Ti conosco e so benissimo che non puoi delegare una decisione di questo livello a qualcun altro. Non lo faresti mai. È tuo il potere ma, soprattutto, è tuo il dovere di decidere. E stavolta non puoi metterti contro di me... apri la Porta!»

«Non ti permetterò di ricattarci in questo modo!» ruggì furioso Yesod.

«Aspetta, Yesod...» Metatron non fece in tempo a finire la frase, che l'esclamazione di Vlad Kazig lasciò tutti di stucco.

«Guardate!» L'ispettore fissava il varco. Una sagoma misteriosa scendeva i gradini.

Era una figura umana avvolta da un mantello rosso. I piedi scalzi si appoggiavano al suolo leggeri. Con la testa ancora nell'ombra, tese il ginocchio nell'ultimo passo e aprì il mantello, lasciandoselo cadere alle spalle. Era una donna bellissima con la pelle ambrata e il corpo armonioso. Non indossava nulla, a eccezione di un prezioso intreccio di sottilissime lamine di metallo, che si appoggiavano ai fianchi e le coprivano il pube. Sul braccio destro, all'altezza del bicipite, aveva tre anelli d'oro bianco. Erano della stessa foggia di quello che le adornava il polpaccio sinistro, e della fascia che le cingeva la fronte. I lunghi capelli del colore della roccia le coprivano i seni, incorniciando il viso dai lineamenti decisi. I suoi occhi scuri perforarono il buio nello stesso istante in cui la luce mostrò i contorni del copricapo che portava.

«Sì...» Ophidiel trasalì alla vista del cobra rosso accoccolato sulla testa della donna. Il corpo del serpente disegnava due spire circolari e simmetriche, che le coprivano le tempie. Al centro, proprio sopra la fronte, troneggiavano le fauci spalancate del rettile.

«Non è possibile...» bisbigliò Craig Walden. «Non può essere lei...»

Tutti si voltarono verso il professore, quando la voce cavernosa di Ophidiel scosse l'aria.

«Sono impressionato, davvero.» Ophidiel alzò lo sguardo come per cercare gli occhi di Metatron. «Così avresti affidato a questo essere meraviglioso il potere di punire i trasgressori delle tue regole?»

«Smettila!» lo interruppe il Saggio, senza ammettere repliche.

«È vero che non posso delegare le mie responsabilità e non l'ho fatto nemmeno questa volta. Ma adesso taci e stammi a sentire.»

La pausa che servì a Metatron per riprendere fiato sembrò durare un'eternità. «Tempo fa, creai un meccanismo di sicurezza in grado di prevedere ogni possibile evenienza, compresa quella che si sta verificando ora. Non c'è più tempo per...»

L'attenzione di tutti venne catalizzata da un movimento repentino della donna. Con grazia singolare, distese il braccio sinistro verso il basso. Nello stesso momento, slanciò il destro in alto e aprì i palmi di entrambe le mani, in modo che si guardassero. Abbassò le palpebre, mentre una luminescenza eterea si accendeva tra le sue dita.

«Scappate!» Il grido di Metatron non lasciava spazio all'esitazione. «Subito!»

Nishida si guardò intorno, cercando una via di fuga.

«Non azzardarti a muovere un solo passo!» gli intimò Ophidiel, prima di rivolgersi nuovamente al Saggio. «Tutto questo non ha senso, Metatron. Tu hai il potere di aprire questa Porta. Stai cercando di imbrogliarmi, ma io non...»

«Non è così!» lo zittì Metatron. «Se qualcuno tenta di forzare la Porta, il Custode si sveglia e ha il dovere di contattarmi per chiedermi l'*Ultimo Giudizio*.»

«Ovvero?» Ophidiel era confuso.

«È la possibilità di interrompere l'innesco della furia punitiva. Se l'Ultimo Giudizio è positivo, il Custode torna a dormire e la Porta si apre, anche in assenza delle Entità Fondamentali. Se l'Ultimo Giudizio è negativo, la Porta resta chiusa e...»

Una smorfia di tensione alterò il viso del Saggio: un violento conflitto interiore sconvolgeva la sua coscienza.

«È lei che ti chiama, vero? Dalle il *Giudizio Positivo* allora!» sbraitò Ophidiel esaltato, scagliandosi contro i due angeli biondi. «Subito o scannerò i tuoi ragazzi in questo stesso istante!»

«Io... non posso.» Metatron era affranto.

«Cosa significa che tu non puoi?»

«Non posso!» ribadì il Saggio, mentre un tremendo ruggito si impossessava della sala.

Ophidiel si voltò verso la creatura femminile appena uscita dalla caverna. Il raggio di luce tra le sue mani si agitava impazzito e prendeva le sembianze di una testa di leone. Nell'attimo sottile in cui l'impossibile diventa realtà, la testa del felino si appoggiò sulle spalle della donna, per prendere il posto del suo viso magnetico.

«È Sekhmet!» esclamò Craig Walden, esterrefatto.

La straordinaria creatura con il corpo di donna e la testa di leone puntava Ophidiel. Si era accucciata in una posa dinamica, che metteva in risalto le fibre muscolari delle cosce: era seduta sul tallone sinistro e la gamba destra si tendeva in tutta la sua lunghezza. Aveva le mani appoggiate a terra e il busto era piegato in avanti. Mostrava i denti ed emetteva un suono gutturale.

Nishida prese in mano la situazione; scacciò l'inquietudine che lo attanagliava e sussurrò ai due ragazzi: «Andiamo!»

«Dove?» chiese Unika a bassa voce.

«Riprendiamo il cunicolo da cui siamo arrivati... incrocia una piccola galleria che porta all'esterno.» Vlad Kazig anticipò la risposta dell'Elfo. «Quando scendevamo, ho lasciato che mi superaste tutti e mi sono addentrato. Sono sbucato sulle pendici innevate. Ho visto il percorso dei pellegrini. Non siamo distanti. Possiamo farcela!»

«Infiliamoci là dentro. Coraggio!» Nishida si avviò deciso.

Uniko si avvicinò a Craig Walden, che osservava a bocca aperta i movimenti della donna-leone. «Professore... ce ne andiamo, mi segua.»

«Ma quella è Sekhmet!»

«Ci spiegherà dopo chi è Sekhmet. Adesso venga, dobbiamo muoverci!»

«Forza professore. Non c'è tempo da perdere!» Vlad Kazig tirò a sé Eve e Dimitra. Il gruppo era pronto a tentare la fuga.

Intanto, la donna-leone si aggirava intorno a Ophidiel, muovendosi lenta e minacciosa tra le macerie. L'Angelo del Male era concentrato e aveva assunto una posizione di difesa. Ma fu colto di sorpresa quando Sekhmet gli saltò alla gola.

L'attacco lo sbilanciò e lo fece cadere a terra. I denti del felino gli laceravano la carne del trapezio, mentre le braccia lo costringevano al suolo. Ophidiel assestò un colpo deciso. Sekhmet fu sbalzata via e andò a sbattere contro la base della statua dell'angelo con due teste. In una frazione di secondo si rialzò, pronta all'azione.

L'istinto del guerriero prese il comando della mente di Ophidiel, facendogli ignorare sofferenza e fatica. Appena Ophidiel intravide una leggerissima contrazione del tricipite del braccio destro della sua antagonista, capì che stava per sferrare un altro fendente. La anticipò, sferzandola con un raggio di luce.

«Allora sei fatta di carne anche tu» ringhiò Ophidiel, compiaciuto alla vista del sangue che le colava dalla tempia destra.

Sekhmet non sembrava accusare dolore e continuava a muoversi in cerchio intorno a Ophidiel, con lo sguardo del predatore che sta per assalire la preda.

Al contrario, Ophidiel era molto provato. I postumi del crollo si sommavano all'uso prolungato dei poteri di cui aveva dovuto far uso nelle ultime ore: il trasvolo dall'isola Bisentina, il volo nelle viscere del monte Kailash e la lotta con Sekhmet. Ophidiel sapeva che la sua avversaria era fortissima e sentiva di essere in cattive condizioni. Fece appello a tutte le energie che gli erano rimaste e le si avventò contro.

Con agilità inarrivabile, la donna-leone si scostò dalla traiettoria, puntò entrambi i piedi contro un masso e si capovolse nell'aria, in modo da trovarsi alle spalle di Ophidiel. Si gettò su di lui e gli azzannò il fianco, con tutta la violenza accumulata in millenni di attesa. Gli affondò i denti nella carne, fino a che l'arcata superiore arrivò quasi a toccare quella inferiore.

Ophidiel urlò tutto il suo dolore. La vista gli si annebbiò e provò a divincolarsi. Mosso da furia cieca, cercò di colpire il muso del felino con pugni e gomitate, per staccarselo di dosso. Ma le forze lo abbandonarono e cadde stremato.

Sekhmet non desisteva: con la mano destra spingeva a terra la testa di Ophidiel e con il braccio sinistro gli immobilizzava le gambe, mentre i muscoli del collo si irrigidivano per mantenere la presa. Aspettava di sentire il corpo del nemico abbandonare ogni resistenza, per assestare il colpo mortale al cuore. L'Angelo del Male era allo spasmo e la donna-leone avvertì che il momento stava arrivando. Aprì la bocca e gli lasciò il fianco. Con il muso famelico ruotò Ophidiel in posizione supina, per azzannargli il torace.

In quell'istante una bordata di dolore bollente le perforò le spalle, spazzando tutta l'energia di quell'esaltante sensazione di supremazia.

Sekhmet si sentì mancare. Ruggì furiosamente, si staccò dalla sua vittima e si voltò. Fece appena in tempo a vedere il viso austero di una donna vestita di nero che le puntava una pistola fumante in mezzo alla fronte... e faceva fuoco.

Capitolo 33

IN FUGA

Monte Kailash, la Porta di Horizon

«Che cos'è?»

Eve si voltò appena udì i due spari. Incrociò lo sguardo di Dimitra, ma la ragazza si strinse nelle spalle e continuò ad avanzare a passo sostenuto. Cercava di tenere il ritmo di Nishida e dei due angeli biondi che si erano infilati nel cunicolo e correvano.

«Colpi di pistola!» esclamò Vlad Kazig in affanno. «E, più precisamente, di una delle Infinity che aveva in mano l'arpia.»

«Significa che ha sparato a quel... quel...» Dimitra non riusciva a trovare una definizione per la creatura che aveva aggredito Ophidiel.

«*Teriantropo*» rispose Craig Walden, fermo e autorevole come sempre.

«Teri... cosa?»

La voce di Eve rivelava un forte stato di affaticamento. Nishida capì che gli umani erano quasi allo stremo e decise di fermarsi per qualche secondo.

«Teriantropo» spiegò Craig Walden, mentre riprendeva fiato con la schiena appoggiata alla parete rocciosa. «Dal greco *therion*, animale selvaggio, e *anthropos*, uomo. Si tratta di creature in parte umane e in parte animali di cui è disseminata la storia del genere umano: compaiono nelle pitture rupestri di trentacinquemila anni fa, così come nella letteratura contemporanea che parla di vampiri e licantropi. Senza dimenticare il Minotauro e i centauri.»

«Ma una donna-leone cosa rappresenta?» Uniko era incuriosito.

«Il suo nome è Sekhmet: è una divinità adorata dalle popolazioni dell'antico Egitto. Sembra che sia una dea potentissima e molto temuta. Impersona l'ira, la violenza e la vendetta. Per non inimicarsi la donna-leone, gli egizi hanno creato numerose feste e celebrazioni. Pensate che nel tempio di Karnak sono state ritrovate più di cinquecento statue con la sua effige.»

«Però qui non siamo in Egitto...» Eve era confusa.

«È questa la ragione della mia incredulità. Ritrovare Sekhmet nelle viscere di una montagna himalayana è difficile da capire...»

«Di cose difficili da capire ce ne sono ben altre» commentò Vlad Kazig. «Ma mi sono rassegnato: per il momento cercherò di sopportare il prurito dell'incertezza. Comunque, a giudicare dai colpi di pistola, la gattona deve aver fatto una brutta fine...»

«Può stare tranquillo che si riprenderà.» La voce di Metatron echeggiò nell'aria e scosse l'ispettore, che di colpo sembrò diventare più basso e tozzo.

«Luminoso Metatron!» esultò Nishida, mentre Unika e Uniko si scambiavano uno sguardo pieno di gioia.

«Sono felice di sapervi in salvo» continuò il Saggio. «Ophidiel ha sospeso l'incantesimo di interruzione della comunicazione tra Sefira e la Terra. Di sicuro è un vantaggio momentaneo, quindi dobbiamo approfittarne in fretta. La situazione è ancora estremamente pericolosa.»

«Cara voce misteriosa...» ribatté Vlad Kazig. «Io non ho ancora chiaro chi tu sia e in cosa consistano i tuoi poteri. Ma una cosa l'ho capita: questo disastro l'hai scatenato tu, rifiutando di aprire quella dannata Porta. C'è mancato poco che il gigante con la testa rasata facesse la pelle a tutti quanti. Per non parlare della bestia feroce che è sbucata dal muro...»

«Non parlare in questo modo alla Luce dell'Universo!» Il ruggito di Yesod fece rabbrividire gli umani.

«No, Yesod. Quest'uomo ha ragione» intervenne Metatron. «Hanno il diritto di sapere cos'è successo.» Il Saggiò sospirò e poi riprese: «La Porta che avete visto è stata creata per mettere in comunicazione Sefira con il mondo degli uomini. Ciò accadde moltissimo tempo fa, quando una civiltà particolarmente illuminata ed evoluta sembrava poter stabilire un rapporto fecondo con gli angeli. Io e Eber, il capo di quella genia superiore, creammo tre Porte di collegamento. Per evitare il rischio di violazione studiammo un complesso sistema di sicurezza».

Tutti ascoltavano in assoluto silenzio. Craig Walden era commosso nel sentire confermate le proprie teorie.

«Un primo livello di sicurezza prevede la compresenza della chiave della Porta e delle due Entità Fondamentali. Nel nostro caso, tale condizione non si è verificata...»

«Ma come è potuto succedere? Perché non abbiamo più le Entità nel cuore?» chiese Unika, ansiosa.

«In segreto e per proteggervi, ho deciso di togliere la Fiamma della Vita e la Chiave della Felicità dai vostri corpi.»

«E hai fatto bene!» concordò Nishida, abbracciando i ragazzi. «È proprio grazie a questo che il tentativo di Ophidiel è fallito.»

«E ha svegliato il Custode... Sekhmet.» Craig Walden rifletteva ad alta voce.

«La creatura che gli esseri umani hanno divinizzato con il nome di Sekhmet, in realtà è un angelo» spiegò Metatron. «Un angelo nobile e forte di nome Felia, che ha deciso di dedicare la propria esistenza a proteggere le Porte tra la Terra e Sefira. Felia è un essere tanto forte quanto buono nell'animo.»

Eve ascoltava rapita. Le ritornava alla memoria l'incredibile viaggio a Sefira, dove aveva visto angeli dalle sembianze meravigliose, in parte umane e in parte animali. Ricordò la loro facoltà di poter scegliere le proprie caratteristiche fisiche e si intenerì pensando alla donna-leone.

«Ma… adesso come sta?» chiese con un filo di voce.

«Stai tranquilla, Felia è viva.»

«Abbiamo sentito degli spari…»

«Il suo cuore batte ancora. Si riprenderà.»

«Ma come può essere, se la strega nera gli ha sparato?» Vlad Kazig era perplesso come al solito.

«Ci vuole ben altro per uccidere un angelo» rispose Nishida, lasciandogli intendere di non fare altre domande.

Craig Walden rabbrividì nel ricordare che un angelo muore solo quando perde il cuore. O perché gli viene strappato, o nel momento in cui si lascia sopraffare dalle emozioni negative. Lanciò un'occhiata di rimprovero a Vlad Kazig. L'ispettore accusò il colpo, ma tornò sul punto che aveva sollevato in precedenza.

«Qui stiamo cincischiando… io non ho ancora capito perché la spettabile Luce dell'Universo non ha aperto la Porta, mettendo a repentaglio la vita di tutti noi!»

«Non l'ho fatto perché non era più in mio potere.» L'affermazione di Metatron lasciò tutti senza fiato. «Il sistema di sicurezza è stato pensato in modo da leggere il mio animo. Se dentro di me alberga un sentimento di preoccupazione, la conferma all'apertura della Porta si blocca. Anche contro la mia volontà. L'Ultimo Giudizio dà esito negativo e la Porta rimane chiusa. E per Felia scatta, come è scattato, il dovere di aggredire l'intruso, in questo caso Ophidiel.»

Yesod taceva, colpito dalla durezza di quell'incantesimo. Ma allo stesso tempo era compiaciuto dalla lungimiranza di Metatron: il Saggio aveva costruito un meccanismo che avrebbe protetto Sefira al di là delle sue stesse decisioni. Aveva previsto la possibilità di essere ricattato e aveva congegnato un sistema di sicurezza in grado di capire il suo animo e rifiutare l'apertura nel momento in cui lui fosse stato tenuto sotto scacco.

«Ora sapete. Però non è finita. Abbiamo scongiurato il pericolo imminente, ma la parte più complessa deve ancora venire. Quanto avete visto ha scatenato un piano protettivo la cui *estrema ratio* prevede una misura definitiva. Ciò che sto per dirvi è terribile, ma è assolutamente vero: quindi ascoltatemi bene e preparatevi ad agire.»

Le parole di Metatron si abbatterono sul gruppo come una mannaia.

«Il genere umano sta per essere spazzato via. E solo voi potete evitarlo.»

Capitolo 34

SENZA TREGUA

Monte Kailash, la Porta di Horizon

«Calmati, sono io.»

Quando Ophidiel riprese conoscenza, l'adrenalina del combattimento scorreva ancora nelle sue vene. Era sdraiato a terra con la testa appoggiata a un masso. Tutt'intorno troneggiava lo scenario lugubre di un tempio distrutto.

D'istinto, Ophidiel cercò di menare un fendente alla figura che incombeva su di lui, ma la rassicurante visione di Evangelia ne spense l'inutile ardore. Dietro di lei, il viso stralunato di Heinrich Thule gli chiarì del tutto la situazione. Erano passati pochi minuti da quando la morsa letale gli aveva dilaniato il fianco fino a fargli perdere i sensi.

«Dov'è?» fu la prima, urgente informazione di cui sentì il bisogno.

«È laggiù...» rispose Evangelia con un gesto del volto, che indicava un cumulo di macerie a una decina di metri da loro. «È gravemente ferita, ma sembra che le sue lesioni si stiano rimarginando. Credo sia un essere soprannaturale, con poteri superiori.»

Dopo essere stata colpita alla schiena e al volto, la donna-leone si era trascinata tra i detriti e si era nascosta. Sapeva che doveva far trascorrere il tempo necessario per recuperare le forze e riprendere il combattimento. Attendeva silenziosa, accucciata e fiduciosa nei propri potenti mezzi.

«E tu?» chiese Ophidiel, sofferente.

«Io e Heinrich abbiamo approfittato dello scudo creato dall'Elfo e poi ci siamo riparati nella caverna da cui è uscita la creatura. Il crollo non ci ha nemmeno sfiorati. Dal nostro nascondiglio abbiamo visto gli altri fuggire, ma io ho preferito non inseguirli per rimanerti vicino e...» Evangelia diresse lo sguardo verso l'angolo in cui si era rifugiata la donna-leone. «E ho fatto bene.»

«Io devo... ah!» Ophidiel provò ad alzarsi in piedi, ma il dolore lancinante e la debolezza lo fecero crollare a terra.

«Non muoverti» gli sussurrò Evangelia. «La bestia è ancora inoffensiva e tu non sei in grado di affrontarla. Invece di accanirci su di lei, dobbiamo pensare all'obiettivo più importante.»

Ophidiel la guardò compiaciuto. Ancora una volta, la lucidità di Evangelia riusciva a sciogliere ogni nodo dentro di lui, mettendo tutto nella giusta sequenza.

«Cos'hai in mente?»

«Dimmi una cosa...» gli domandò lei con grande freddezza. «Quanto tempo pensi ti sia necessario per recuperare le forze che servono per trasvolare?»

Ophidiel chiuse le palpebre per ascoltare il proprio stato d'animo e le condizioni fisiche del proprio corpo.

«Pochi minuti... mi bastano pochi minuti.»

«Ottimo» constatò Evangelia. «E quanti te ne serviranno per tornare completamente in forma?»

«Dammi qualche ora e... Metatron, ti farò pagare il prezzo di tutto questo!» ringhiò Ophidiel. Ma non ottenne risposta. Si concentrò per ascoltare il pensiero di Metatron e capì che il Saggio aveva schermato la propria comunicazione. Probabilmente stava parlando con gli esseri umani. Ophidiel ringhiò di nuovo, prima di schermare a sua volta il discorso con Evangelia.

«Raccontami il tuo piano.»

La donna sorrise al guerriero e gli accarezzò la fronte. «Gli angeli sono scappati con gli umani. A quest'ora saranno lontani e non serve a nulla disperdere energie preziose per inseguirli. Non credo che Metatron deciderà di condurre tutti a Sefira. Non se lo può permettere. Sarebbe troppo rischioso. E non credo nemmeno che farà rientrare solo gli angeli, lasciando qui gli uomini del tutto indifesi. Penso invece che troverà un nascondiglio. Devi rimetterti in sesto al più presto, dopodiché escogiteremo il modo per catturarli.»

Ophidiel annuì, piegando le labbra in un sorriso.

«È importante che tu torni in possesso delle forze che ci serviranno per il colpo finale. Anche perché...»

«Sì..?» Ophidiel era sempre più incuriosito.

«Tu hai riaperto la comunicazione. E un attimo fa hai sentito che Metatron ha schermato il dialogo con il gruppo. Sono sicura che in questo momento sta dicendo loro cosa fare e dove andare...»

Heinrich Thule li osservava ammutolito. Era affascinato da quelle due menti acute, che avanzavano nella stessa direzione per costruire un piano diabolico.

«E noi li lasceremo parlare...» Un lampo attraversò l'animo di Ophidiel.

«Loro penseranno di poterlo fare tranquillamente...»

«E lo faranno...»

«E noi sapremo tutto, comunque...»

«Perché abbiamo una carta segreta!»

Un ruggito minaccioso interruppe la loro conversazione e li fece voltare: la donna-leone si stava rialzando. Evangelia e Ophidiel tornarono a guardarsi e Evangelia prese in mano la situazione. «Non ha senso pensare a lei adesso. Trasvoliamo nella nostra isola, lì nessuno può trovarci. Tu riposerai e prepareremo la nostra riscossa.»

Ophidiel fissò Evangelia con intensità straordinaria. Allungò un braccio e le prese la nuca tra le dita. Le stropicciò i capelli e lei chiuse gli occhi, assecondando il gesto.

«Andiamo» le disse con voce sicura. Poi si rivolse a Heinrich: «Tu verrai con noi!»

Capitolo 35

MISSIONE DISPERATA

Monte Kailash, la Porta di Horizon

L'affermazione di Metatron annichilì le coscienze delle creature riunite nelle viscere del monte Kailash. Nessuno fiatava, in attesa di sapere il seguito.

«Il tentativo di forzatura di una Porta configura il massimo pericolo possibile: significa che qualcuno è a conoscenza dell'esistenza della nostra valle e cerca di entrarci senza averne diritto. Come potete immaginare, questo comporta un rischio incalcolabile: il potere che custodiamo a Sefira non può cadere nelle mani sbagliate.» Metatron fece una pausa. «Dopo l'intervento del Custode e la richiesta dell'Ultimo Giudizio è stata prevista l'unica misura in grado di proteggere in modo definitivo la sicurezza di Sefira: la cancellazione della specie al cui interno si è generata l'ostilità nei confronti del Bene.»

Il Saggio esponeva concetti ai limiti della comprensione umana. Parlava con tono grave, ma calmo: comunicava una terribile notizia, senza aggiungere pressione al turbamento che albergava nei cuori degli ascoltatori.

«Ma come può essere stata pensata una cosa del genere? E perché?» L'incredulità di Unika scalfì il silenzio in cui piombavano le parole di Metatron.

«Unika, creatura dolcissima, il tuo animo gentile deve sforzarsi di andare oltre l'orizzonte che è abituato a guardare. Il sostegno e lo sviluppo degli abitanti della Terra è per noi una priorità importantissima, ma rientra in una responsabilità più ampia: il Bene Assoluto. Non possiamo accettare che una deviazione del genere umano metta a repentaglio l'ordine complessivo dell'Universo. E questo è il senso del sistema di difesa che è stato studiato in caso di violazione della Porta: se per preservare la salvaguardia del Bene è necessario sacrificare la specie umana... sia ciò che deve essere.»

Tutti erano ammutoliti. Il discorso del Saggio era di una chiarezza disarmante e dolorosa allo stesso tempo.

«E come avverrà?» Craig Walden non poté evitare di chiederlo.

«Esiste una possibilità di fermare la catastrofe, professore» rispose Metatron con nuova brillantezza. «Il futuro del mondo degli uomini è ancora aperto. Concentratevi su ciò che *potete* fare, invece di pensare a ciò che, forse, *dovrete* subire. Ascoltatemi con attenzione, perché quello che sto per dirvi può mettervi in condizione di salvare la Terra!»

Il Saggio sentiva che era arrivato il momento di ricostruire motivazione e fiducia. Aveva delineato il problema in tutta la sua gravità e adesso doveva evitare che la disperazione rompesse l'argine della capacità di reazione delle creature che avrebbero potuto cambiare il corso della storia. Invece di svelare le modalità terrificanti con cui l'estinzione del genere umano avrebbe avuto luogo, decise di focalizzare le energie di tutti sulle azioni da compiere.

«C'è un solo modo per interrompere l'innesco distruttivo... ed è alla vostra portata. Si tratta di un compito difficilissimo, praticamente impossibile per gli esseri umani... ma non per gli angeli!»

Unika, Uniko e Nishida si guardarono emozionati, percependo tutto il calore che il Saggio riversava su di loro.

«Voi tre avete una responsabilità grande e meravigliosa: far sì che la giustizia continui a regnare sovrana. La razza umana non merita di essere spazzata via: non ha alcuna colpa. Il tentativo di apertura della Porta non è stato effettuato da un uomo, ma da Ophidiel. Quindi, la distruzione definitiva sarebbe del tutto iniqua. Non lo possiamo accettare. Per questo, dovrete dare il meglio di voi stessi e bloccare l'inizio della fine.»

Le parole del Saggio raggiunsero l'anima di tutti. La punizione tremenda e immotivata che stava per abbattersi sugli esseri umani sarebbe stata una ferita mortale all'integrità universale. Una discontinuità innaturale che avrebbe mutato il corso degli eventi, portandoli verso una direzione oscura, sbagliata, pericolosa. In gioco non c'era solo la Terra, ma la tutela del Bene Assoluto.

Quando il Saggio riprese il discorso, l'attesa era palpabile.

«Come vi ho spiegato, tanto tempo fa fu realizzato un sistema di tre Porte per mettere in comunicazione il mondo degli uomini con Sefira. Ogni Porta ha la sua chiave. Ebbene, per fermare l'innesco della cancellazione del genere umano è necessario presentarsi a una delle Porte con tutte e tre le chiavi insieme.»

«Non sembra così complicato» replicò Vlad Kazig, impavido. «Sono sicuro che la nostra voce misteriosa sa perfettamente dove si trovano le altre Porte. Ce lo dice, noi ci andiamo, prendiamo le chiavi e quando siamo arrivati alla terza il gioco è fatto.»

«Non è così semplice» obiettò Metatron. «Occorre farlo prima che la Terra abbia terminato due rotazioni intorno al proprio asse.»

«Quindi... sarebbe a dire...?» Vlad Kazig non era sicuro di aver capito. A chiarirgli le idee ci pensò Craig Walden: «Significa due giorni. Bisogna recuperare le tre chiavi e recarsi a una Porta entro quarantotto ore dal tentativo di effrazione».

«E… dove si trovano le altre due Porte?»

«Sono lontanissime» fu l'agghiacciante affermazione di Metatron.

«E allora, che razza di sistema è questo?!» sbottò Vlad Kazig. «Creare una prova impossibile non ha senso!»

«Non è impossibile, è molto difficile. E ciò che è complesso per gli uomini di oggi non lo era per la gente di Eber. Quella civiltà era straordinariamente evoluta e aveva modalità di trasporto per voi inimmaginabili.»

Craig Walden meditava silenzioso. *C'è qualcosa che non torna… Metatron ha creato un meccanismo in grado di annientare la razza che si macchia di una colpa gravissima. Ma, nello stesso tempo, offre a quella razza, la possibilità di fermare tutto? Che senso ha? E poi… quali mai potevano essere le modalità di trasporto degli esseri umani di quel tempo? In più… perché l'enigma inciso sulla Porta è scritto nell'alfabeto antico di Sefira, conosciuto solo dagli angeli?* Un pensiero si insinuò nel profondo della sua mente, ma il professore ritenne di tenerlo per sé. Decise di porre solo un quesito.

«Metatron, posso fare una domanda?»

«Ne ha tutto il diritto, professore.»

«Ho capito che ciascuna Porta si apre con l'inserimento della sua chiave e delle due Entità Fondamentali. Noi non abbiamo le Entità, ma qualora riuscissimo ad arrivare alla terza Porta con tutte e tre le chiavi, oltre a disinnescare lo sterminio, si verificherà l'apertura della Porta?»

La breve pausa che precedette la risposta suggerì al professore che aveva colto nel segno.

«Sì» disse Metatron, accigliato. «Le tre chiavi consentiranno di bloccare la fine del mondo e contemporaneamente apriranno la Porta.»

«Grazie.» Craig Walden sentì il cuore accelerare nel petto, ma non fece in tempo ad approfondire la riflessione, che Nishida prese la parola.

«Metatron, comunicaci dove sono le Porte.»

«Ti invierò una mappa con le tre destinazioni.»

«Ce la manda via e-mail?» ironizzò Vlad Kazig. «Purtroppo qui non abbiamo un computer, forse farebbe più in fretta a dirci subito dove...» Non riuscì a concludere la frase: vide l'Elfo spalancare gli occhi e proiettare un fascio di luce con la consistenza di un ologramma. L'antro buio si riempì di un bagliore denso, creando un'atmosfera di grande suggestione.

«Ma... cosa sta facendo?» domandò l'ispettore, allibito.

«Credo che Metatron gli abbia trasferito mentalmente le indicazioni per localizzare le tre Porte» spiegò Craig Walden. «E lui adesso le sta riproducendo per mostrarle a tutti noi.»

Le parole del professore trovarono rapida conferma: l'ologramma era una carta geografica. Su un fondo di colore giallo-ocra spiccavano linee grigie, che definivano i confini tra le terre emerse e il mare. Non c'erano scritte identificative delle zone, solo simboli. Tre esagrammi luminosi saltavano agli occhi.

«Noi siamo qui» Craig Walden puntò il dito sull'esagramma che spiccava nel cuore del continente asiatico.

Uniko si avvicinò e fissò l'immagine. Cercò gli altri due esagrammi ed esclamò: «E dobbiamo andare... qui!» La sua mano destra si fermò su quello posizionato nell'Africa del Nord.

«Che luogo è?» Eve era incuriosita.

«Dovrebbe essere l'Egitto» Craig Walden aguzzò la vista e colse un disegno molto leggero che stilizzava la forma inconfondibile delle piramidi.

«Nella Grande Piramide di Cheope si trova la Porta di Orion» confermò Metatron.

Vlad Kazig si grattò la nuca. «E la terza dove sarebbe?»

Stavolta a indicarla fu Unika. Tese il dito sul terzo esagramma, nell'Oceano Pacifico.

«In mezzo al mare?» Vlad Kazig era sempre più inquieto. Mise a fuoco l'illustrazione poco lontano dalla stella a sei punte.

«Io so cos'è questo» disse con tono soddisfatto. «È un Moai!»

Tutti guardarono la sagoma della testa molto allungata.

«Cos'è un Moai?» Eve corrugò la fronte.

«I Moai sono statue monolitiche caratteristiche dell'isola di Pasqua» spiegò Craig Walden.

«Ma l'esagramma è spostato rispetto all'isola» Vlad Kazig non perdeva un colpo.

«La Porta di Abyss si trova in fondo all'oceano» tagliò corto Metatron. «Ed è dove dovrete recarvi con tutte e tre le chiavi, per interrompere l'innesco fatale.»

Nishida memorizzò le posizioni e spense l'ologramma.

«È ora che vi mettiate in marcia. Io sarò al vostro fianco per darvi consiglio e supporto. Ce la possiamo fare. Ce la dobbiamo fare. Nishida, Uniko, Unika... siete pronti?»

«Sì!» risposero decisi i tre angeli, agitati ma carichi di energia.

«Allora andate, non c'è tempo da perdere» continuò Metatron. «Ma prima di tutto, dovete cercare di recuperare la chiave della Porta di Horizon. È necessario tornare nella sala da cui siete appena fuggiti e...»

«Aspetti un attimo...» L'esortazione di Vlad Kazig piombò come un fulmine a ciel sereno. «Mi sembra di cogliere una evidente volontà di tagliare fuori noi umani da questa storia, è così?»

Metatron non rispose e l'ispettore si sentì autorizzato a proseguire: «Be', se così fosse... sarebbe un grave errore. Per una serie di validi motivi».

Anche stavolta non vi fu replica.

«Visto che fremete dall'ansia di conoscerle, ecco tre ottime ragioni per cui è opportuno che voi angioletti condividiate con noi miseri esseri umani gli oneri e gli onori di questa sfida. Primo: questo disastro avviene per colpa vostra e le conseguenze gravano su di noi, quindi mi sembra quantomeno corretto lasciarci la possibilità di contribuire alla soluzione del problema. Secondo: c'è ancora in giro il gigante con la testa rasata e, a giudicare dal rancore che ha mostrato nei vostri confronti, è probabile che la prima cosa che farà sarà quella di darvi la caccia. Sarebbe proprio da idioti farsi trovare con entrambe le chiavi in tasca... rendiamogli la vita difficile e dividiamoci le chiavi.»

«E la terza ragione?» Nishida troncò la pausa che si era concesso l'ispettore.

«La terza è semplice: la chiave della Porta di Horizon ce l'ho io.» Vlad Kazig estrasse l'esagramma dalla tasca destra dei pantaloni e lo brandì con orgoglio. Tutti rimasero a bocca aperta e lui se ne compiacque visibilmente. «Mentre di là crollavano gli dei, mi è bastato fare una piccola gita in mezzo ai sassi e raccogliere ciò che il cattivone imbestialito aveva gettato via per la rabbia. Facile, no?»

«Cosa propone?» chiese Metatron, con freddezza.

«Nulla di particolare.» L'ispettore si schiarì la voce con un colpo di tosse, prima di rivolgersi agli angeli. «Voi tre vi recherete in Egitto. Se ho capito bene, siete in grado di materializzarvi nella piramide di Cheope in un batter d'occhio. Noi prenderemo un aereo e voleremo sul Pacifico, tenendoci ben stretto questo gingillo. Ci incontreremo sull'isola di Pasqua, uniremo le forze e recupereremo la terza chiave. Fine della partita.»

«Ma noi ci metteremo una vita a uscire da questo cunicolo e raggiungere un aeroporto» gli fece notare Craig Walden.

«Caro professore, a ognuno il suo mestiere. Questa galleria ci porterà fuori. A quel punto telefoniamo in Nepal.» Vlad Kazig mostrò il cellulare satellitare. «E ci facciamo venire a prendere. Posso organizzare un viaggio sufficientemente rapido per raggiungere l'isola nei tempi stabiliti. Fidatevi...» Sorrise soddisfatto e fece roteare gli occhi. «Che ne dice, grande capo, facciamo così?»

La lucidità e la sicurezza mostrate dall'ispettore erano impressionanti. Nel momento delle difficoltà, le qualità di quell'uomo goffo e tarchiato emergevano. Aveva le idee chiare ed era in grado di guidare il gioco.

Gli esseri umani lo fissavano sbigottiti. E la stessa sorpresa aveva agguantato gli animi degli angeli riuniti nella stanza della Finestra sul Mondo. Aspettavano tutti la decisione di Metatron, che arrivò in due semplici parole.

«Così sia.»

Capitolo 36

INCERTEZZE

Sulla strada per l'isola di Pasqua,
3 ore alla Porta di Orion

Eve riaffiorò dal sonno, portandosi dietro tutta la stanchezza accumulata negli ultimi giorni. Sollevò le palpebre e restò immobile con il capo inchiodato al poggiatesta. Guardò fuori dal finestrino: era sopra le nuvole.

L'aereo in cui si trovava era identico al precedente e, se non fosse stato per la tonalità leggermente più scura degli interni in legno, avrebbe potuto trattarsi dello stesso. *È l'aereo che ci ha portati in Tibet...* pensò Eve. *Sono io che vedo tutto più cupo.*

Due compagni erano gli stessi del viaggio precedente: il professore di Angelologia e l'ispettore di Polizia. Erano seduti uno davanti all'altro, nei posti singoli sul fianco sinistro dell'aereo. Ma stavolta c'era anche una ragazza dai capelli ricci e dallo sguardo furbo. Occupava il sedile di fronte al suo.

Il primo sguardo che Eve incontrò fu proprio quello di Dimitra. Era sveglia e la stava fissando. Quella ragazza le provocava strane sensazioni: il fascino della sua sicurezza strideva con l'atteggiamento solitario e spesso silenzioso. E la femminilità del suo corpo faceva a pugni con i modi ruvidi e scontrosi. *A cosa starà pensando?*, si chiese Eve nello stesso istante in cui Dimitra arricciava il naso in una smorfia, come se le avesse letto nella mente.

Eve avvertì un forte imbarazzo e si girò verso il lato dove era seduto Vlad Kazig. L'ispettore aveva le mani incrociate al petto. Le gambe corte e robuste erano tese lungo il corridoio e la caviglia sinistra si appoggiava sul collo del piede destro. La postura apparentemente rilassata non si conciliava con le contrazioni intermittenti dei muscoli mandibolari. *Anche lui è nervoso...* constatò Eve.

Non rimase invece sorpresa nel vedere Craig Walden assorto nella lettura di un fascio di fogli A4. In aeroporto il professore aveva chiesto la possibilità di usare un computer connesso a internet e di disporre di una stampante. E aveva navigato tutto il tempo prima dell'imbarco.

Mentre osservava i compagni di viaggio, Eve fu sopraffatta dal terrore che il genere umano stesse per essere distrutto. Sentì le lacrime salirle agli occhi e la gola stringersi in un nodo. Cercò di arginare l'emozione, ma non ci riuscì: ciò che era successo nelle ultime ore la tormentava.

Dopo la fuga dal tempio della Porta di Horizon e dopo l'inattesa proposta di Vlad Kazig, il gruppo si era diviso. Gli angeli si erano spostati in un luogo sicuro, per recuperare le forze necessarie a intraprendere il lungo trasvolo verso la piramide, e gli esseri umani avevano proseguito nel cunicolo che li aveva condotti sui pendii del monte Kailash.

Il passaggio dalla semioscurità alla luce era stato brusco. Appena lei e i suoi compagni avevano scorto l'uscita, l'istinto aveva preso il sopravvento sulla ragione e si erano lanciati fuori dalla galleria. Erano stati assaliti da un forte dolore alla testa e avevano avuto problemi alla vista. Per qualche minuto erano rimasti tutti immobili, con le mani sugli occhi. Poi Eve aveva udito la voce di Vlad Kazig: in un inglese approssimativo dava direttive chiare per far partire un elicottero che andasse a recuperarli.

Con passo cauto si erano incamminati verso il percorso dei

pellegrini. Il tempo aveva perso il suo ritmo: Eve non sapeva dire quanto avevano impiegato per raggiungere il luogo più vicino di raccolta dei fedeli, né quanto avevano aspettato l'arrivo dell'elicottero. Ma le sensazioni di quei momenti avevano impressionato in modo indelebile la sua coscienza: i volti gentili dei monaci, il sapore dolce e amico del tè bollente, le attenzioni paterne di Craig Walden, il vento gelido sugli zigomi, l'aria tersa, i colori accesi degli zaini e dei sacchi a pelo. E, incombente come il destino, l'enorme presenza del monte Kailash, che continuava a sfidare il cielo senza paura.

Il rumore delle pale dell'elicottero aveva scosso con prepotenza i suoi sensi, obbligandola a concentrarsi sulle cose da fare: salire a bordo, mettersi le cinture, ascoltare le indicazioni del pilota e quelle di Vlad Kazig, assecondare il colpo allo stomaco causato dal decollo. E poi volare. *Tutto ciò che vedo sta per essere cancellato*... era stato l'ultimo pensiero che le aveva attraversato la mente. I suoi occhi avevano indugiato sullo sguardo ingenuo di un bambino. In braccio alla madre, fissava l'elicottero che si alzava in volo. Eve gli aveva sorriso e l'aveva salutato con la mano, prima di abbassare la testa sulle gambe e scoppiare in un pianto incontrollato. Da quel momento in poi si ricordava poco o nulla: aveva raggiunto l'aeroporto, aveva sostato in una sala d'aspetto e aveva preso un altro aereo. Sempre con il sapore delle lacrime in bocca. Le stesse che le rigavano le guance, mentre guardava fuori dal finestrino di un jet diretto verso l'Oceano Pacifico.

«Proviamo ad addolcire un po' questa tristezza?» Craig Walden si era seduto di fianco a lei. Aveva appoggiato sul tavolino un piatto di biscotti. E le stava porgendo un fazzolettino di carta.

«Grazie.» Eve avvertì le guance accendersi di imbarazzo. «So che non dovrei fare così, ma è più forte di me.»

«Non c'è niente di male, Eve. Ognuno di noi gestisce l'ansia a suo modo. Io, per esempio, faccio appello alla mia curiosità e mi rifugio nella lettura: è una strategia come un'altra per evitare di pensare al cuore del problema.»

«E su cosa si sta documentando adesso?»

«In aeroporto mi sono collegato con la banca dati del mio ufficio e ho recuperato alcune informazioni sulla piramide di Cheope.» Il professore lanciò un'occhiata ai fogli che aveva appoggiato sul sedile dov'era seduto poco prima. «Sono sempre stato affascinato dai misteri che le aleggiano intorno, e credo di aver scoperto qualcosa in più.»

«Di che misteri parla?» Vlad Kazig si inserì nel discorso, sporgendo il busto verso Craig Walden e Eve. Dimitra non si mosse, ma nei suoi occhi si accese un lampo di curiosità.

«Be'... innanzi tutto: sapete cosa sono le piramidi egizie?»

«Certo. Tombe. Sono le tombe dei faraoni» rispose l'ispettore.

«Corretto» confermò il professore. «Ma forse non immaginate che ne esistono più di cento. Sono sparse per l'Egitto e provengono dal passato: le documentazioni ufficiali fanno risalire la costruzione della più antica al 2700-3000 a.C. ma io sono ormai convinto che la piramide di Cheope sia stata edificata molto tempo prima. E, soprattutto, che non sia mai stata la tomba di Cheope.»

«Cioè?» Vlad Kazig era perplesso.

«Sono andato a ripassare un po' di cose. Ci sono tanti misteri correlati alla Grande Piramide di Cheope che non hanno ancora trovato una spiegazione. Alla luce di ciò a cui abbiamo assistito poche ore fa, posso dire di avere una chiave di lettura di ogni enigma ancora irrisolto.»

«Lei vuole tenerci sulle spine, professore!» esclamò Eve, che si era finalmente distratta dall'angoscia.

«Non ci penso nemmeno» replicò Craig Walden, compiaciuto. «Abbiamo qualche ora da passare su questo aereo. Mettetevi comodi: la storia comincia!»

Capitolo 37

I PENSIERI DI METATRON

Sefira, 2 ore e 40 minuti alla Porta di Orion

Unika, non ti piacerebbe quello che sto pensando.

Metatron era sulla grande terrazza dell'Altare delle Emozioni. La sua anima ondeggiava allo stesso ritmo delle fronde mosse dal vento.

Mi manchi.

Gli occhi percorrevano l'immensità. Dal verde sterminato della foresta al blu intenso del cielo aperto, verso l'orizzonte che non si vedeva. Alla ricerca di una scossa che potesse distrarlo dal dolore che gli torturava il petto.

Ho bisogno di te.

Il pensiero di Unika lo rendeva felice e schiavo allo stesso tempo. Più la immaginava e più la sentiva vicina. Quasi riusciva a toccarla. E più le mani si tendevano per raggiungerla più il cuore soffriva per il vuoto che la sua scomparsa aveva lasciato.

Sefira ha bisogno di te.

Cercava nell'atmosfera di quel luogo a lei caro il suono della sua voce. Quella voce che sapeva essere calda nei momenti più importanti. Morbida mentre guardava il presente e progettava il futuro. Spietata quando lottava per difendere il mondo.

La vita è vuota senza il tuo cuore che batte. È spenta senza i colori accesi dai tuoi occhi. È inutile senza la tua voglia di sognare.

Metatron era travolto dall'emozione. Sensazioni forti gli pulsavano nelle tempie e gli bruciavano le vene. Cambiavano, si trasformavano, evolvevano fino a raggiungere confini inaspettati.

Hai scelto di rinascere sdoppiata in Unika e Uniko per proteggere le Entità Fondamentali. E io ti ho assecondata. Nelle tue pupille splendeva la felicità di chi sta per compiere qualcosa di grande. E io non potevo fermarti. Ma ora il mio spirito vacilla. Non posso, non voglio affrontare da solo ciò che verrà.

Metatron volava irrequieto. Era l'alba e i primi raggi si facevano largo nella densità della notte, aprendo fessure rosate. L'aria era tersa e le nuvole si nascondevano altrove. Da quando Unika se ne era andata, il clima non era più cambiato a Sefira e il cielo aveva mantenuto il colore azzurro di quell'ultimo giorno. Metatron alzò lo sguardo e pensò a come i pensieri di Unika erano sempre in grado di influenzare le condizioni atmosferiche. Sospirò. Se Unika fosse stata al suo posto in quel momento, avrebbe scatenato un uragano.

Un anno fa ti giurai che avrei dedicato ogni istante della mia esistenza per trovare il modo di farti tornare, senza annullare le anime di Unika e Uniko. E così ho fatto. E così continuo a fare. Non ho smesso nemmeno un secondo e il mio essere non avrà pace finché non ci riuscirò.

Metatron era commosso. Entrò nel grande atrio della palafitta. Decise di appoggiare i piedi a terra per sentire il calore del legno. Sfiorò le travi che sorreggevano il tetto. Quelle travi su cui Unika aveva inciso le sue poesie. Abbassò le palpebre e respirò il profumo di resina che sapeva di lei. Ogni cosa era al suo posto: dopo che Ophidiel si era gettato come l'inferno tra quelle pareti, lui aveva ricostruito tutto, nei minimi dettagli. Lo confortava l'idea che lo spirito di Unika potesse trovare sempre il suo rifugio in quella dimora.

Alcune volte non vorrei essere chi sono e portare sulle spalle le responsabilità che il mio nome richiede. Vorrei solo essere io. Colui che tu conosci nel profondo. E poter pensare a te, mia unica stella. E a noi. Libero di dire che tutto il resto non conta.

Capitolo 38

GLI ENIGMI DELLA PIRAMIDE

Sulla strada per l'isola di Pasqua,
2 ore e 30 minuti alla Porta di Orion

«La piramide di Cheope è una delle sette meraviglie del mondo costruite dall'uomo. È la più antica, la più imponente e, di sicuro, la più misteriosa.»

L'esordio di Craig Walden era promettente.

«È situata nella piana di Giza, un'area che ospita un eccezionale complesso monumentale, al cui interno si trovano la statua della sfinge e le altre due bellissime piramidi di Chefren e Micerino. La Grande Piramide è alta centoquarantasei metri e il suo volume è pari a otto volte quello dell'Empire State Building di New York. Per darvi un'idea della sua mole, pensate che potrebbe contenere sei chiese grandi come la basilica di San Pietro. Ma le dimensioni sono solo una delle caratteristiche che l'hanno resa importante nella storia.»

Vlad Kazig era un tantino infastidito. La sua natura pragmatica lo portava a nutrire una curiosità piuttosto limitata per i fatti non direttamente correlati ai casi che doveva risolvere. Non aveva ancora capito se il racconto di Craig Walden avrebbe migliorato la comprensione di ciò che stava accadendo e aspettava sospettoso, come un felino in agguato.

«Come sapete, la piramide di Cheope è stata edificata con enormi blocchi di pietra. La storiografia ufficiale fa risalire la sua costruzione intorno al 2500 a.C., ma a quel tempo non esistevano tecnologie e mezzi idonei a trasportare massi così grandi e a disporli con la precisione millimetrica con cui sono stati sistemati quelli della piramide.»

«Mi sfugge qualcosa.» Eve si morse il labbro inferiore. «Poco fa ci ha detto di essere convinto che la piramide di Cheope sia molto più antica...»

«È così. Direi che è stata costruita almeno 8000 anni prima.»

«Ma se nel 2500 a.C. non c'erano gli strumenti adatti, come si può pensare che esistessero nel 10500 a.C.?» insistette la ragazza.

«La tua domanda coglie nel segno. Dammi un po' di tempo e ti spiegherò la mia tesi.» Craig Walden addentò un biscotto e riprese a parlare. «La complessità architettonica della piramide di Cheope è inimmaginabile. Innanzi tutto la geometria della sua smisurata base quadrata rasenta la perfezione: i quattro lati lunghi duecentotrenta metri differiscono l'uno dall'altro soltanto di pochi centimetri. E i quattro angoli hanno un'ampiezza vicinissima ai novanta gradi. Nemmeno con i mezzi attuali saremmo capaci di posizionare circa due milioni e mezzo di blocchi di roccia calcarea e granito con tale accuratezza. Occorre poi considerare che delle oltre cento piramidi esistenti al mondo, quella di Cheope è l'unica che presenta un articolato sistema di passaggi, corridoi e stanze al suo interno. Ma ciò che è più incredibile è l'abbondanza di riferimenti geografici e astronomici che la contraddistinguono.» Il professore ricapitolò mentalmente tutte le informazioni che si accingeva a riversare sui suoi ascoltatori.

«Le quattro facce della piramide sono disposte in direzione dei quattro punti cardinali con un margine di errore quasi inesistente. La sua altezza corrisponde all'altitudine media delle terre emerse e la temperatura all'interno è uguale alla media di quella del globo. Le pareti non sono piatte: presentano un'impercettibile curvatura che è la stessa della Terra. Se moltiplichiamo la sua altezza per un milione, otteniamo l'esatta distanza tra il nostro pianeta e il Sole. E se moltiplichiamo il suo peso per un miliardo, si ha il peso della Terra. È situata all'incrocio del meridiano e del parallelo che coprono la maggior porzione di massa terrestre... praticamente si trova al centro del mondo.»

La raffica di dati aveva investito Vlad Kazig, Eve e Dimitra, lasciandoli senza parole. Il professore fece scorrere qualche secondo di silenzio, poi cominciò a tirare le fila.

«Credo abbiate capito il mistero che aleggia sulla piramide: la complessità della sua struttura è del tutto incompatibile con le limitate conoscenze dell'epoca a cui la si fa risalire. L'ingegneria meccanica, le tecniche di costruzione, l'architettura e le competenze astronomiche di quel tempo non potevano in nessun modo consentire la realizzazione di un'opera con le peculiarità che vi ho descritto. Ma l'aspetto più straordinario è un altro.» Craig Walden appoggiò la nuca allo schienale del sedile. «Le fonti ufficiali hanno ricostruito la cronologia delle piramidi, collegandole alle varie dinastie di faraoni che si sono avvicendate alla guida dell'Egitto. Le piramidi più antiche sono state attribuite alle prime tre dinastie e presentano caratteristiche rozze e approssimative, in linea con le possibilità di quei tempi. Secondo questa ricostruzione ufficiale, la quarta dinastia, quella a cui appartiene Cheope, sarebbe stata capace di erigere la Grande Piramide. Un'opera infinitamente più imponente, solenne, sofisticata delle precedenti, basata su un salto tecnologico impressionante rispetto al passato. È come se la nostra civiltà moderna fosse passata in breve tempo dalla capacità di ideare una bicicletta a quella di produrre un jet supersonico. Impensabile, soprattutto alla luce di ciò che è successo dopo.»

«In che senso?» Vlad Kazig si era fatto catturare dal racconto.

«I faraoni successivi sono tornati a edificare piramidi primitive come quelle antecedenti la quarta dinastia. Gli enormi progressi necessari per realizzare la tomba di Cheope sarebbero andati perduti subito dopo la sua costruzione. Un passo indietro tanto inspiegabile quanto quello in avanti che vi ho descritto. Per dare luce a questo paradosso sono state sviluppate teorie più o meno sensate, tra cui quella che mi sento di confermare.»

Craig Walden si alzò in piedi e si diresse verso il posto che aveva occupato durante la prima parte del viaggio. Raccolse i fogli appoggiati sul sedile e tornò a sedersi.

«È presumibile che la Grande Piramide non sia affatto la tomba di Cheope, anche perché la salma del faraone non è mai stata trovata. Si può invece ritenere che l'intero parco monumentale della piana di Giza sia stato creato circa 10500 anni prima di Cristo da una civiltà superiore, che disponeva di mezzi e capacità di grande qualità. Qualcosa ha portato la civiltà all'estinzione, e tutte le altre piramidi innalzate tra il 3000 a.C. e la venuta di Cristo altro non sono che tentativi di emulare la perfezione di quegli edifici.»

«Ma come fa a collocare la costruzione proprio al 10500 a.C.?» Vlad Kazig continuava a nutrire forti dubbi.

«Ogni scoperta recente va in quella direzione e conferma il livello di competenze architettoniche e astronomiche della civiltà estinta. Un esempio su tutti può essere utile: le tre piramidi della piana di Giza sembrano dislocate in modo casuale; la loro traiettoria è stata definita una *diagonale imperfetta* perché segue una linea che sarebbe retta, se non fosse per una piccola curvatura. Si è appurato in seguito che sulla stessa diagonale imperfetta sono disposte Al Nitak, Al Nitam e Mintaka: le tre stelle della cintura di Orione. Vi ricordo che Orione rappresenta Osiride, la massima divinità al centro di ogni forma di culto rinvenuta in Egitto.»

Un brivido percorse la schiena di Eve quando ricordò la voce di Metatron che citava la seconda Porta: quella di Orion.

«Ma l'aspetto rilevante è che la disposizione delle tre stelle, così come noi le vediamo, varia nel tempo. Solo in un dato periodo si sono allineate secondo una diagonale imperfetta comparabile a quella delle tre piramidi. Il fenomeno della precessione degli equinozi, legato all'oscillazione dell'asse terrestre, sposta lentamente ma inesorabilmente il disegno delle costellazioni. Con programmi molto avanzati di astronomia computerizzata si è potuto individuare l'unico lasso di tempo in cui le tre stelle della cintura di Orione si sono posizionate esattamente secondo la diagonale imperfetta delle piramidi: circa il 10500 a.C. In quello stesso periodo, il Sole sorgeva al mattino nella costellazione del Leone...»

«Ci mancava l'oroscopo!» sbottò Vlad Kazig, con una certa insofferenza.

«Eh no, caro ispettore» lo riprese Craig Walden. «Io le sto parlando di astronomia, non di astrologia. E sa perché è rilevante il fatto che nel 10500 a.C. il Sole sorgesse nel Leone?»

Vlad Kazig alzò le spalle.

«Perché a Giza, proprio vicino alla Grande Piramide, c'è una signora misteriosa dallo sguardo enigmatico e dal corpo di leone che tutte le mattine guarda sorgere il sole. È proprio così: gli occhi della sfinge sono puntati esattamente in direzione dell'alba. E l'unico periodo in cui il Sole dell'equinozio di primavera è sorto nel Leone è stato, per l'appunto, intorno al 10500 a.C.» Craig Walden inspirò e fece un cenno di assenso con il capo. «Quando è stata costruita, la sfinge vedeva sorgere, dietro il Sole, la costellazione del Leone, cioè se stessa.»

Craig Walden osservò le facce smarrite dei suoi compagni di viaggio e si sentì in dovere di precisare alcuni concetti.

«Capisco l'incredulità, ma dovete considerare che Orione e il Leone erano costellazioni altamente significative per gli antichi egizi, poiché si attribuiva loro il ruolo di guardiani della porta di accesso alla regione celeste del Duat, attraverso cui si credeva passassero le anime in viaggio verso l'immortalità. Il complesso monumentale di Giza si propone come una fedele riproduzione della porta verso il cielo. Ma non un cielo qualunque: quello che si vedeva nel 10500 a.C.» Il professore andò a versarsi del tè. Appena tornò a sedersi, riprese a parlare. «Partendo da questa ipotesi, sono stati condotti studi approfonditi sulla sfinge, per individuarne l'età. I danni inferti alla roccia dagli agenti atmosferici nel corso del tempo sono stati analizzati con attenzione: una rilevante quantità di scalfitture può essere ricondotta all'erosione causata da forti precipitazioni. Ma da millenni in Egitto piove pochissimo: 3 millimetri di acqua piovana all'anno. L'unica ipotesi possibile è che il deterioramento provenga dal diluvio distruttivo che alcune scritture individuano intorno al 10000 a.C.»

«Il diluvio universale...» mormorò Vlad Kazig con gli occhi persi nel vuoto.

«Già. Lo stesso che probabilmente ha cancellato la civiltà di cui ci ha parlato Metatron» annuì il professore con aria grave, prima di passare alla conclusione.

«Io credo che possiamo veramente ritenere che quello di Giza sia il monumento solenne che Metatron e Eber hanno realizzato per accogliere la Porta di Orion. Poi il cataclisma ha spazzato via quella razza illuminata, ma i monumenti sono rimasti lì, a custodire il segreto nell'eternità.»

Craig Walden si alzò in piedi ancora una volta e allungò le braccia verso l'esterno, nel tipico gesto dello stretching del busto. Inarcò la schiena, mentre un sorriso si disegnava sul suo volto. Osservò Vlad Kazig, Dimitra e Eve. Poi riprese: «Tutto questo è a mio avviso acquisito. Ma c'è dell'altro che vorrei condividere con voi, e riguarda la parte più sorprendente. Se avete ancora voglia di ascoltarmi...»

Le due ragazze annuirono. Vlad Kazig scrollò la testa, rassegnato.

«Allora adesso vi dirò con esattezza dov'è la Porta di Orion.»

Capitolo 39

LO ZED

Sulla strada per l'isola di Pasqua,
2 ore e 5 minuti alla Porta di Orion

L'atmosfera sul jet era adrenalinica.

Gli occhi di Vlad Kazig, Eve e Dimitra erano fissi sul viso di Craig Walden, che aveva l'espressione di uno pronto ad affondare il colpo decisivo.

«Dovete sapere che gli scavi alla piana di Giza procedono da decenni con grande lentezza, soprattutto per la volontà di non rovinare gli ambienti preziosi che vengono alla luce durante le esplorazioni. Solo da pochi anni è stata rivelata al mondo un'importante scoperta. All'interno della piramide esiste una struttura indipendente e, con ogni probabilità, preesistente alla piramide stessa: lo *Zed*.»

Il disorientamento rimbalzava come una pallina da flipper sui volti stupiti dei tre ascoltatori.

«Lo Zed è il simbolo più sacro dell'antico Egitto. È conosciuto anche come *la colonna vertebrale di Osiride* e rappresenta l'eternità. Ha la forma di una torre a tre, quattro o cinque piani, a seconda del numero di linee orizzontali che ne attraversano la parte superiore. Le sue raffigurazioni sono state rinvenute in moltissimi templi e luoghi di culto ed è stato ritrovato anche al collo delle mummie dei faraoni. Finora sono stati identificati tre tipi di Zed, riconducibili a epoche diverse: i più antichi hanno tre linee orizzontali sulla sommità, la maggior parte ne ha quattro, mentre i più recenti hanno cinque linee e vengono fatti risalire a un periodo immediatamente successivo all'avvento di Cristo. La chiave di lettura di questa differenza è suggestiva: lo Zed appartiene ai cosiddetti simboli messianici, quelli che intendono testimoniare la venuta delle divinità sulla Terra. In altre parole, ogni linea rappresenta l'arrivo di un Dio nel mondo: la terza linea si riferisce a Krisna, la quarta a Osiride e la quinta indica proprio l'avvento di Gesù. Le due precedenti si perdono nella notte dei tempi.»

«E tutto questo cos'ha a che vedere con la piramide di Cheope?» Vlad Kazig proprio non riusciva a contenere il tono polemico.

«La struttura scoperta all'interno della Grande Piramide è l'antichissima torre di granito dello Zed, costruita millenni fa. Il monumento sacro, l'oggetto della venerazione, l'origine del mistero.» Craig Walden era concentrato e parlava con voce solenne. «C'è molta nebbia intorno all'argomento... Del resto è come se venisse trovata la croce su cui fu crocifisso Gesù. Ciò nonostante, alcune informazioni sono filtrate dalla coltre di riservatezza generata dalle autorità egiziane. È una torre in pietra alta più di sessanta metri, edificata altrove e poi spostata a Giza, per essere nascosta dentro la piramide di Cheope. Alla sua base è posizionata la Camera del Re, un ampio locale coperto da grandi lastre in pietra, parallele e distanti circa un metro l'una dall'altra, che creano un sistema sovrastante di stanze basse e oscure.»

«Sta dicendo che esiste una torre altissima che è stata costruita in un luogo, trasportata in un altro e messa dentro una piramide...? Ma non è possibile!» Eve era allibita.

«Per quanto incredibile, è così» continuò il professore. «Un tempo lo Zed si trovava sulla cima della piramide a gradoni di Zoser, nella piana di Saqqara. Era visibile a tutti e veniva idolatrato. Nei secoli è accaduto qualcosa di straordinario che ha cambiato la prospettiva e lo Zed è stato smontato dal suo sito originario e rimontato a Giza. Ne sono testimonianza i segni rinvenuti su ogni pietra: identificavano la posizione del blocco di granito nella struttura iniziale, per agevolare il riassemblamento successivo.»

«Ma come si fa a costruire una torre dentro una piramide?» Per la prima volta Dimitra si inserì nella discussione. Craig Walden la guardò compiaciuto,

«È proprio questo il punto: la piramide è stata eretta dopo, proprio per coprire lo Zed. Le evidenze che supportano questa tesi sono ormai diffuse e molti studiosi la condividono. Ciò che è rimasto irrisolto è l'enigma di fondo: la funzione dello Zed. Perché *qualcuno* avrebbe deciso di nascondere una torre, sobbarcandosi la costruzione di un'opera complessa come la Grande Piramide? Io credo che oggi abbiamo trovato la risposta.»

Vlad Kazig, Eve e Dimitra trattennero il respiro.

«Secondo me la torre dello Zed è stata creata da Eber e Metatron per custodire la Porta di Orion. Forse all'inizio non c'era necessità di occultare la torre. Ma un problema importante deve aver fatto cambiare idea ai due, tanto da indurli a costruire la Grande Piramide. L'obiettivo era nascondere la Porta e, molto probabilmente, proteggerla dalla catastrofe che si sarebbe abbattuta sulla Terra.»

«Ma perché hanno spostato la torre? Avrebbero potuto lasciarla dov'era e edificarci intorno la piramide...» obiettò Vlad Kazig.

«Non era fattibile» replicò Craig Walden. «Nella piana di Saqqara, come in quasi tutto l'Egitto, il terreno è friabile e non poteva reggere l'enorme peso di una struttura idonea a coprire la torre. Quella di Giza è l'unica area caratterizzata da un fondo stabile e solido. Per questo lo Zed è stato smontato, portato via dalla piramide a gradoni di Zoser, e ricostruito a Giza. Subito dopo è stato mascherato con la Grande Piramide, che ne ha custodito il segreto per migliaia di anni.»

La spiegazione del professore non lasciava dubbi. Il filo che univa i pezzi del ragionamento era robusto, quasi inattaccabile.

«Ma... è possibile entrare nello Zed?» chiese Eve, pensando alla difficile missione che stavano per affrontare i suoi amici angeli.

«Sì. Gli scavi proseguono ormai da decenni e hanno portato alla luce il sistema di gallerie che conduce alla Camera del Re, situata nella torre. Il percorso è buio e articolato, ma non è un'impresa impossibile.»

«Quanto tempo impiegheranno?»

«Non molto. Nella piramide si entra mediante un ingresso sul lato nord e, dopo una breve discesa, ci si trova di fronte a un bivio: un cunicolo angusto prosegue verso il basso, mentre uno più ampio sale. Il primo conduce a una stanza misteriosa, a circa trenta metri di profondità sotto terra, di cui non è mai stato chiarito lo scopo. Il secondo si insinua nel cuore della piramide e porta a un'altra biforcazione.»

«*Mmm*... è una faccenda complicata!» Vlad Kazig si sfregò il naso.

«Da quel punto, procedendo in orizzontale, si arriva alla Camera della Regina. Se si imbocca la grande galleria che continua verso l'alto, si giunge alla Camera del Re.» La descrizione del professore era estremamente accurata.

«Ma Cheope aveva una moglie?» lo interruppe Eve.

«No, o meglio, non si sa. Perché, vedi... di Cheope non si conosce praticamente nulla. Ne è stata ritrovata solo una piccola statua di dubbia provenienza e le informazioni sul suo conto sono scarse e contraddittorie. È possibile che non sia nemmeno esistito. E comunque, per quello che vi ho appena raccontato, la Grande Piramide non è la sua tomba.»

«E allora perché le due camere si chiamano così?» insistette Eve, curiosa.

«Perché le fonti ufficiali hanno sempre voluto affibbiare alla piramide il ruolo di sepolcro. Avendo scoperto due stanze, una sopra l'altra, a quella più in basso è stata attribuita l'improbabile funzione di camera funeraria di un'altrettanto improbabile regina. E il locale più in alto è diventato la tomba del re. Ma nessun feretro è mai stato rinvenuto.»

«Allora... dov'è la Porta di Orion?» Dimitra lanciò i suoi occhi verdi in quelli del professore. «Scommetto che si è fatto un'idea di dove si trova...»

«Di sicuro non nella stanza in basso: la Camera della Regina non è all'interno dello Zed.»

«Sarà nella Camera del Re!» esclamò Vlad Kazig, trionfante.

«È plausibile.» Craig Walden annuì. «È la parte più spettacolare dello Zed. Vi si accede attraverso una galleria maestosa, alta quanto un palazzo di tre piani, che sale per circa cinquanta metri. L'arrivo nella stanza lascia senza fiato: l'ambiente molto spazioso viene enfatizzato dalle pareti costruite con prezioso granito di Assuan, lucido e levigato. In fondo al locale c'è un sarcofago, ovviamente vuoto. Il soffitto, altissimo, è formato da nove blocchi di granito di quattrocento tonnellate. Oltre la volta, ci sono le lastre che formano le aree buie ed enigmatiche sulla sommità dello Zed.»

«Be', se è così... non dovrebbe essere difficile trovare la Porta» Eve sbatté le palpebre, speranzosa.

«Non lo so» concluse il professore, meditabondo. «La Grande Piramide è piena di misteri. Oltre a ciò che vi ho descritto, vi sono altri cunicoli nascosti e anfratti segreti che potrebbero celare la Porta.»

«Sa che la invidio, professore?» disse Vlad Kazig, sinceramente ammirato.

«Per quale ragione?»

«Perché il suo lavoro l'ha portata a visitare posti davvero affascinanti. Complimenti.»

Per qualche secondo il professore fissò l'ispettore con sguardo smarrito, poi scosse la testa. «Veramente... io a Giza non ci sono mai stato.»

Eve e Dimitra si scambiarono un'occhiata esterrefatta, che sfociò nell'ovvia domanda di Eve: «Ma come fa a descrivere con tanta precisione un luogo che non ha mai visto?»

Craig Walden guardò fuori dal finestrino. Corrugò la fronte, rincorrendo chissà quale pensiero, poi si voltò verso la ragazza dai capelli rossi e le sussurrò: «Ho la fortuna di studiare cose che mi appassionano. Tutto qua».

Capitolo 40

LA STELLA DEL DESERTO

Giza, 1 ora e 50 minuti alla Porta di Orion

«Da quassù si vede dove finisce il mondo!»

Unika era incredula. La terra raggiungeva l'orizzonte in un'immensa distesa di sabbia rossa e l'intenso bagliore del sole ne diluiva i contorni.

I tre angeli si erano materializzati sulla sommità della Grande Piramide di Cheope. Li ospitava un terrazzo quadrato, che si affacciava sulla piana di Giza. Alle loro spalle si ergevano solenni Chefren e Micerino. Unika fece correre la vista sull'asse invisibile che univa le tre piramidi: erano incastonate al suolo come gemme preziose e proiettate al cielo come l'immagine speculare di stelle lontane.

«È qui, giusto?» Uniko era visibilmente turbato.

Nishida annuì.

«Vuoi dire che la tensione che stritola il nostro corpo come una tenaglia è lei?» Unika aveva mille domande scolpite nello sguardo.

«Sì. È l'energia sprigionata dalla Porta di Orion. All'inizio sembra una morsa ma, poco alla volta, vedrete che riuscirete a distinguere le percezioni interiori e a leggerle come un'onda magnetica che vi attira a sé» rispose Nishida. «È molto simile al richiamo della Porta di Horizon, che vibrava nel monte Kailash. Ma laggiù non ve ne siete accorti perché eravate troppo agitati dalla presenza di Ophidiel.»

L'Elfo respirò a fondo: i polmoni si dissetavano con l'aria infuocata e piena di storia che vibrava intorno a loro. Girò su se stesso, finché gli occhi catturarono la sfinge: dominava la valle di polvere ocra. Era vigile come un custode, e sembrava aspettasse un segnale per spiccare il volo verso la volta celeste. Poco distante c'erano i grandi complessi funerari regali. Numerose tombe di pietra calcarea proteggevano il riposo delle salme di principi, nobili e sacerdoti. E verso il sacro Nilo si levavano imponenti una miriade di costruzioni arcaiche. Secoli di vita passata saturavano l'atmosfera e la sfumavano di saggezza e mistero. L'Elfo abbassò le palpebre, per sigillare dentro di sé la sensazione di eternità che quel luogo emanava. Mentre la sua anima era ancora assorta, parlò con il pensiero.

"Metatron, siamo sul posto."

Attese qualche istante con la speranza che i suoi timori si rivelassero infondati, poi continuò: "Metatron, siamo in cima alla Grande Piramide, aspettiamo istruzioni..."

Non arrivò alcuna replica.

Sentì il peso delle pupille dei due giovani angeli. Erano fisse su di lui e lo osservavano con una punta di sconforto.

«Ophidiel ha interrotto di nuovo il contatto con Sefira e la possibilità di comunicare telepaticamente.» Nishida restituì lo sguardo e si sciolse in un sorriso rasserenante. «Siamo soli. Ma pieni di risorse.» E strinse i due ragazzi a sé.

«La mappa che ti ha trasmesso Metatron non conteneva le coordinate precise della Porta, vero?» Uniko conosceva la risposta e cercava un sollievo momentaneo nell'illusione.

«No» confermò l'Elfo. «Sappiamo solo che è all'interno della piramide.»

Unika si concentrò. «La troveremo: sarà lei a guidarci!»

Era come se la voce di un'entità che non conosceva la chiamasse. Non le era mai capitato prima ed era disorientata. Sentì le guance avvampare, mentre il segnale si faceva sempre più distinto nella sua mente. Liberò un sospiro e distese le spalle. Le mani erano ancora intorpidite, ma il cuore aveva quasi ripreso il ritmo regolare. Portò le dita al volto e spostò i lunghi capelli biondi dietro le orecchie. L'oppressione che l'aveva assalita stava lasciando il posto a un pulsare chiaro e definito. «Seguiamo le vibrazioni!»

«Trasvoliamo fino all'ingresso» suggerì Nishida. «Poi proseguiremo a piedi. Dobbiamo perlustrare ogni angolo con i sensi accesi.»

In un secondo arrivarono alla base della piramide, si arrampicarono sui primi gradoni e si infilarono in un cunicolo che si apriva tra grandi blocchi di granito. Attivarono i loro poteri per vedere al buio e Nishida si mise davanti, facendo strada. La galleria era bassa e stretta e i passi scricchiolavano al contatto con il suolo ruvido, dando voce a un silenzio spettrale.

«Non siamo i primi a visitarla...» constatò Unika.

«L'interno della piramide è stato scoperto molti anni fa. Vi sono entrati saccheggiatori, ricercatori e turisti provenienti da ogni parte del mondo» spiegò Uniko. «Ne parlano tutti i libri di storia. Probabilmente sono state trovate molte cose... ma non la Porta. Immagino che sia nascosta in una stanza ancora segreta.»

«Metatron e Eber avranno escogitato un rifugio protetto e irraggiungibile» confermò Nishida.

I tre angeli procedevano circospetti, uno dietro l'altro, con le braccia aperte, i polpastrelli contro le pareti e la schiena curva in avanti. Uniko chiudeva la fila. Fece correre la vista oltre i fluenti capelli di Unika e le spalle dritte di Nishida. Un fremito invisibile gli percorse la spina dorsale: erano circondati da giganteschi massi di pietra. Sopra, sotto, ai lati non c'era altro che granito e il tunnel si estendeva rettilineo come una profonda e misteriosa spaccatura nel ventre della piramide.

Dopo una trentina di metri giunsero di fronte a un bivio. La strada si divideva in due biforcazioni: una scivolava verso il basso, l'altra si inerpicava. Nishida arrestò la marcia. Inclinò la nuca all'indietro e chiuse gli occhi per ascoltare il richiamo della Porta.

«Dobbiamo salire.»

Unika aggrottò le sopracciglia. «Io sento che bisogna scendere.»

I loro occhi si incrociarono riflessivi, prima di voltarsi verso Uniko, che scosse la testa, stringendo le labbra in segno di difficoltà. «Io percepisco una forte energia. Mi prende la testa e mi pulsa nelle tempie, ma non riesco a individuare una direzione.»

«Saliamo!» propose Unika. «È la prima volta che avverto una sensazione di questo tipo e non credo di saperla interpretare correttamente. Tu, Nishida, sei senza dubbio più esperto di me.»

L'Elfo imboccò il corridoio ascendente. Il percorso si snodava irregolare tra enormi macigni, perfettamente squadrati. Alcuni di essi sembravano tagliati ed estratti da una cava, altri erano più porosi e irregolari.

Unika, Uniko e Nishida iniziavano a rendersi conto della difficoltà della missione. Non sapevano a cosa sarebbero andati incontro e un velo di tensione li inquietava: l'emozione di penetrare un luogo arcano si mescolava con il senso di responsabilità per un incarico così fondamentale e con il terrore per un possibile fallimento. Camminavano senza parlare, attenti a ciò che il destino avrebbe potuto offrire loro a ogni passo di quella scalata angusta. Il caldo era quasi insopportabile, si depositava invisibile sulla pelle, entrava nei pori e raggiungeva la gola, come brace incandescente.

«Nishida?» La voce di Unika era un sussurro. Il dubbio le esplodeva nella testa.

«Ti ascolto.»

«Tu lo sapevi?»

Nishida rallentò e si voltò verso di lei. L'abbracciò con il calore del suo sguardo dorato. Capiva il dilemma che la turbava ed era pronto a rassicurarla.

«No. Non conoscevo l'esistenza delle tre Porte. E credo che sia stato giusto così.»

Unika lo scrutò perplessa, incapace di comprendere fino in fondo la sua opinione.

«Ma... perché Metatron non l'ha detto a te e a Yesod?»

Nishida era sicuro che nessuno degli Angeli Guida ne fosse a conoscenza. Ma era anche convinto che Unika avesse condiviso con Metatron ogni istante di quella importante decisione. Si illuminò al pensiero di lei: bellissima, valorosa, intensa. E non poté fare a meno di chiedersi se le cose sarebbero andate in modo diverso se fosse stata ancora al fianco del Saggio.

«Metatron è il capo di Sefira e degli angeli che hanno come missione la salvaguardia delle anime degli esseri umani. È un ruolo importante. Direi fondamentale. E quando si governa l'Universo, si hanno molte responsabilità. La prima è la protezione della propria specie. Soprattutto quando da essa dipende il futuro della vita sulla Terra. Il sistema di sicurezza delle Porte è stato ideato per tutelare Sefira e, di conseguenza, il mondo.»

«Sì, ma la strage del genere umano è un pensiero terribile.»

A Nishida non sfuggì il tono di disapprovazione nelle parole di Unika. «Vedila così: è una scelta. È il sacrificio doloroso, ma necessario per garantire l'avvenire. Un eventuale annientamento degli uomini oggi può evitare la fine del mondo domani. So che è un concetto difficile da accettare, ma bisogna considerarlo come un atto estremo. Nel momento in cui la razza umana dovesse decidere di forzare le Porte per impossessarsi di Sefira, significherebbe che noi angeli abbiamo perso il controllo della situazione e che il seme degli uomini è diventato malvagio. Tutto questo potrebbe portare alla distruzione della nostra genia e della dinastia da cui tutto ha avuto origine. Sarebbe la fine del principio. La morte del Bene. Un rischio troppo alto. Che Metatron non può permettersi di sottovalutare.»

«La cancellazione degli esseri umani porterebbe con sé milioni di vite innocenti. È una cosa drammatica... spietata!»

«Non è crudeltà. È senso del dovere. È giustizia. È l'unico modo per proteggere con fermezza l'Universo e la sua corretta evoluzione.»

Nishida lesse nel bagliore viola delle iridi di Unika un inizio di comprensione. Decise di non insistere. Entrambi i ragazzi avevano l'intelligenza, la sensibilità e la forza interiore per affrontare la realtà.

«Sulla Terra nessuno è consapevole di questo pericolo» affermò Uniko, con un tremore che gli incupiva il tono.

«E così deve essere. Gli uomini non sanno di noi. E non devono pensare che il loro destino sia nelle nostre mani. Perderebbero fiducia in se stessi e non agirebbero con determinazione. Nei secoli, la conclusione di un'Era ormai degradata e l'inizio di quella successiva, completamente rinnovata, è stata associata all'avvento di grandi cataclismi. Questo è ciò che vedono gli uomini. Ed è quello che devono credere. È più facile accettare la propria fine per un evento naturale che per qualcosa che non si riuscirebbe comunque a capire.»

L'a spiegazione dell'Elfo era molto lucida e non lasciava spazio a ulteriori commenti.

Il gruppetto si rimise in moto. I loro passi erano leggeri, ma le menti portavano il fardello di tutte le informazioni acquisite. Quasi senza accorgersene, si trovarono in un piccolo vano da cui partivano due corridoi: uno orizzontale e uno più largo che continuava in salita. Decisero di proseguire l'arrampicata. La galleria adesso aveva un'altezza di circa otto metri ed era decisamente spaziosa. Penetrava nel buio senza fine e tagliava la pietra come una lama affilata. La pendenza era significativa, ma l'aria sembrava più respirabile e il caldo aveva allentato la presa.

«Nishida, tu sai dove conduce?» Uniko non fece in tempo a finire la domanda, che sbucarono in un altro tunnel. Era corto e longitudinale. Attraverso una serie di accessi angusti portava a un'ampia stanza di granito rosso.

«Dove siamo?» Unika fece girare lo sguardo tra le pareti liscissime e il soffitto che incombeva sulle loro teste.

«Deve essere la Camera del Re» spiegò Uniko, indicando il sarcofago monolitico scoperchiato e vuoto in un angolo della sala.

«Qui l'energia è fortissima!» esclamò Nishida. «Talmente intensa che non riesco a orientarmi.»

L'entusiasmo dei due ragazzi si infranse come un cristallo colpito dalla punta acuminata delle parole dell'Elfo. I pensieri martellavano sotto il peso dei blocchi di granito e delle vibrazioni energiche della Porta di Orion, che li aspettava lì, da qualche parte, invisibile. Unika e Uniko si portarono le mani alla nuca e iniziarono a scuotere il capo come per liberarlo dall'oppressione. Invano.

«Quante probabilità abbiamo di farcela?» Uniko avvertì una fitta di dolore nello stomaco.

«Dobbiamo farcela!» sostenne Nishida con tutto il vigore che aveva in corpo. «Siamo venuti qui per prendere la chiave. E non ce ne andremo senza: è vicina e la troveremo. Ricordatevi cosa ci siamo detti un attimo fa: dal nostro successo dipende la sopravvivenza del mondo. E voi siete i due angeli migliori che abbiamo.» L'Elfo lasciò vagare i ricordi nel tempo passato, alla notte della rinascita, a Unika che scompariva in un bagliore per dare vita a due bellissimi neonati biondi. *Sì*... pensò tra sé. *Unika era l'angelo migliore e noi ce la faremo.*

«Ma...» la voce di Unika sfumava in un sospiro. Appoggiò la mano destra al petto. Uniko avvertì la stessa preoccupazione e condivise il medesimo pensiero.

«Non abbiamo più le Entità nel cuore...» sussurrarono timidamente all'unisono.

Nishida capì. Si abbandonò in un sorriso, che mostrava una schiera di denti bianchissimi e perfetti.

«Il vostro valore non è mai dipeso dalle Entità. Invece, è vero il contrario: le Entità sono state affidate a voi perché siete angeli superiori. Gli unici in grado di custodirle.»

Unika spalancò gli occhi e chiese: «Ma come facevate a sapere che noi saremmo stati capaci di proteggerle?»

«Ci sono cose che sono scritte all'origine. E il vostro destino era già chiaro nel momento in cui siete nati.»

I due giovani angeli si guardarono per un istante lungo un'eternità. Sentirono l'irrefrenabile bisogno di stringersi l'uno all'altra, ma l'emozione che scorreva nelle loro vene li intimidiva e bloccava ogni movimento. L'espressione che avevano dipinta sul volto parlava per loro e valeva molto più di qualsiasi discorso. Si voltarono verso Nishida per fare l'ennesima domanda. Lo videro perlustrare la stanza e capirono che il tempo di interrogarsi era finito. Almeno fino al compimento della missione. Adesso dovevano agire.

«Che forma ha la Porta?» Uniko si unì all'Elfo e iniziò a ispezionare la sala. Trovò strano che non vi fossero geroglifici sulle pareti e notò che il soffitto era composto da nove enormi lastroni di granito.

«Non lo so. Non l'ho mai vista» replicò Nishida senza distrarsi dalla ricerca. «Immagino sia simile a quella di Horizon. È stata costruita con lo stesso scopo e più o meno nella stessa epoca. Ma è meglio non darlo per scontato e non sottovalutare nulla.»

«A che altezza saremo?» Il cervello di Unika andava a mille all'ora e il suo quesito celava un'intuizione.

«Più o meno a una cinquantina di metri dal suolo» calcolò l'Elfo.

«Quindi siamo più in basso della metà della piramide...»

Unika stava ragionando ad alta voce, aveva la fronte corrugata e le pupille sembravano fisse su qualcosa che non si vedeva. «Siamo sicuri che il tunnel tramite cui siamo arrivati qui non avesse un passaggio verso l'alto?»

«Andiamo a controllare!» Uniko si era già spostato verso il condotto di uscita.

All'estremità superiore della grande galleria intravidero una fessura. Nishida fu scosso da un brivido. Fissò Unika, orgoglioso, come un padre che osserva un figlio talentuoso, e fece un cenno di assenso con il capo. Si alzarono in volo tra i muri scoscesi e si infilarono nel pertugio. Era stretto e angusto. Dovettero mettersi a quattro zampe e procedere carponi. Dopo qualche metro sbucarono in una cavità verticale che collegava una serie di minuscole stanze opprimenti, posizionate proprio sopra la Camera del Re. Entrarono nella prima e la esaminarono con attenzione: era vuota. Sembrava uno spazio tra due intercapedini: lastroni di granito perfettamente levigati facevano da pavimento e da soffitto, appoggiandosi alle pareti di calcare.

Proseguirono verso l'alto e si fermarono nella seconda stanza. Poi salirono nella terza. Nella quarta. Fino a raggiungere la quinta. Erano tutte molto simili: piatte e spoglie. Solo l'ultima presentava una copertura leggermente arcuata, composta da un sistema di grandi blocchi disposti a "falde".

«Qui non c'è nulla» annunciò Uniko, dopo aver controllato ogni angolo della superficie. Nella sua voce c'era un velo di tristezza.

«Eppure è qui...» Nishida era concentrato. «Il fatto che l'energia sia così intensa significa che siamo vicini. Troppo vicini. Tanto da non riuscire a identificare il punto preciso.» Si interruppe per un attimo di riflessione, poi continuò. «Credo ci sia solo una cosa da fare: allontanarsi dalle vibrazioni. Da una certa distanza sarà più facile individuare il centro esatto della forza emanata dalla Porta.»

«E se tornassimo quasi all'ingresso, alla biforcazione dei condotti?» propose Uniko. «Potremmo provare a percorrere il corridoio discendente, dove Unika percepiva il segnale.»

«Mi sembra un'ottima idea. Andiamo!» convenne Nishida.

Trasvolarono fino al bivio e imboccarono l'altro tunnel.

«Scende ancora» avvisò Nishida, dopo circa duecento passi di pendenza molto ripida. «State attenti: il passaggio si restringe.»

Entrarono in un cunicolo alto poco più di mezzo metro. Si chinarono e proseguirono lentamente.

«Non vi sembra incredibile avere sulla testa tutti questi massi di granito?» Unika era incredula.

«Sì» confermò Nishida. «Saranno oltre due milioni di blocchi. E, se penso a tutta la strada che abbiamo fatto, credo che ci stiamo addentrando sotto il livello del suolo.»

Arrivarono in una stanza molto simile alla Camera del Re, ma senza sarcofago. L'aria sapeva di chiuso e sul pavimento c'era un pozzo, che sembrava puntare direttamente verso il centro della Terra. Nishida vi si infilò e riemerse in una manciata di secondi, scuotendo la testa. «Non si va da nessuna parte.»

«Di qui sì!» Uniko era scomparso all'interno di una fenditura nella parete. Unika e l'Elfo seguirono il suono delle sue parole e si trovarono in un altro condotto. Era diverso dai precedenti: proseguiva in modo irregolare, i muri non erano levigati e il fondo era sconnesso. Sembrava più un passaggio segreto che una vera e propria galleria. Dava quasi l'idea di non essere parte integrante della monumentale costruzione. L'atmosfera era pesante e, man mano che ci si inoltrava, la mancanza di luce incombeva in modo sempre più opprimente.

«Siamo arrivati al capolinea» bofonchiò Uniko, bloccandosi, deluso, di fronte a una parete in pietra che segnava la fine del percorso.

Nishida si concentrò. Scomparve. Poi la sua voce rimbombò come se provenisse dagli inferi.

«Trasvolate! Il cunicolo continua. È solo ostruito da un macigno enorme.»

I due ragazzi non se lo fecero ripetere due volte. In un attimo si materializzarono dall'altra parte e Uniko si rimise in marcia davanti a tutti.

«Dove ci porterà?» chiese Unika dopo qualche minuto di cammino.

«Non riesco a immaginarlo, ma è molto lungo» rispose Uniko, avanzando spedito.

Nishida era taciturno e continuava a guardarsi le spalle, come per tenere sempre sotto controllo la via di fuga.

A un tratto Unika si fermò.

«Avete anche voi la sensazione che ho io?»

Uniko serrò le palpebre.

«Non so cosa sia, ma sento qualcosa di strano... come se...»

«Pericolo!» urlò Nishida, mentre un rumore sordo e scrosciante li travolgeva. «Trasformatevi in uno scincus scincus!»

Una valanga di sabbia si riversò tumultuosa nel tunnel e iniziò a vorticare come un potente getto d'acqua solida e frantumata. In un batter d'occhio tutto il condotto si riempì, lasciando spazio solo a una nuvola di polvere che odorava di passato.

«Dove siete?» Nishida ansimava per la preoccupazione. Nuotava nella sabbia come un pesce. Il suo nuovo corpo allungato oscillava in movimenti ondulatori e si spostava rapido tra la massa densa di minuscole particelle.

«Io ci sono!»

«Anch'io...»

Uno dopo l'altro emersero due piccoli musini di lucertola. Quello con gli occhi viola aveva il naso un po' più appuntito e una leggera ombreggiatura rosea ai lati della bocca. Quello con gli occhi blu presentava forti striature gialle e nere sul dorso.

«Grazie al cielo...» sospirò Nishida, agitando le sottili zampette anteriori.

«Ma cos'è successo?» sibilò Unika.

«Camminando abbiamo azionato un dispositivo di sicurezza. Probabilmente era nascosto e non ce ne siamo accorti. Sarà bastato calpestare un piccolo congegno per attivare tutto il meccanismo di difesa.»

«Stai dicendo che siamo finiti dritti in un trabocchetto?»

«Credo di sì. E questo significa che siamo sulla strada giusta.»

«E adesso che facciamo?» La voce di Uniko era poco più di un ronzio.

«Andiamo a vedere cosa c'è oltre tutta questa sabbia. Stavolta vado avanti io. Statemi vicino e fate molta attenzione.»

Le tre piccole lucertole si tuffarono nelle dune e iniziarono a nuotare verso il lato opposto del cunicolo. Il corpo stretto e flessuoso permetteva movimenti agili e veloci.

«Ci siamo!» Nishida raggiunse un punto in cui la sabbia si diradava al suolo, e riprese le sembianze di Elfo.

La galleria adesso era di nuovo foderata da blocchi di granito e le pareti erano coperte di splendidi geroglifici. Nishida esaminò i simboli, come se fosse in grado di leggerli.

«Sai cosa significano tutti questi segni?» si informò Unika, riprendendo il proprio aspetto.

«È un antico sistema di scrittura composto da elementi ideografici, sillabici e alfabetici. Trovo molto strano che all'interno della piramide non ci sia alcun geroglifico e in quest'area ce ne siano così tanti.»

«Che idea ti stai facendo?»

«Qui non è mai arrivato alcun essere umano. Siamo i primi a mettere piede in questa parte del tunnel, dopo chi l'ha costruito. Il primo tratto del corridoio è nascosto nella roccia e sembra scavato come un semplice condotto di fuga senza uscita. Quando lo abbiamo percorso, si interrompeva di fronte al nulla e il transito era bloccato. E, soprattutto, nessuno aveva ancora azionato il trabocchetto.»

Unika e Uniko lo ascoltavano in silenzio, cercando di seguire il suo ragionamento.

«Ci troviamo in un luogo segreto. E questi geroglifici, molto probabilmente, raccontano una storia che non è ancora stata svelata.»

I tre angeli si avvicinarono al muro. Uniko fece scivolare le dita sulle immagini rovinate dal tempo. Persone che sembravano prendere vita dopo millenni di solitudine. Due uomini a torace nudo e ricchi monili circolari intorno al collo camminavano verso una bellissima donna dal volto luminoso. Quello a destra aveva la testa di ariete, l'altro la testa di falco. Entrambi reggevano un'imponente sfera sulla sommità del capo. La donna indossava un abito aderente, che segnava le linee morbide del corpo. I lunghi capelli incorniciavano occhi espressivi e profondi rivolti all'infinito. Un nastro le cingeva la fronte e fermava una piuma. Sotto le braccia spuntavano ampie ali e le mani stringevano lo scettro e il flagello. Accanto a lei c'erano alcune incisioni, che riproducevano il simbolo di Sefira in varie dimensioni: una miriade di eliche intrecciate avvolte dal cerchio aleggiavano come stelle intorno alla sua figura solenne. Poco distante, separato da una macchia di calcare che traspirava dalla pietra, troneggiava un essere dal fisico umano, ma con un'inquietante testa di sciacallo. Il muso allungato e le orecchie appuntite davano un aspetto pauroso alla creatura, così dinamica da sembrare pronta a balzare fuori dalla parete.

«Guardate!» Gli occhi di Unika brillavano.

«Cosa?» Nishida era ancora rapito dalla donna angelo protetta dal falco e dall'ariete, sotto la tenebrosa mira dello sciacallo.

Uniko incrociò la traiettoria dello sguardo di Unika e la seguì fino alla parete su cui era raffigurata un'imbarcazione con lo scafo tondo. Trasportava tre soggetti che Unika, Uniko e Nishida avevano già visto: al centro c'era una piramide enorme, alla sua destra un angelo con due teste e una sola ala, alla sinistra una sirena stritolata da un serpente marino.

La piramide emanava luce: piccoli tratti ne circondavano la punta, a indicare un forte bagliore proveniente dall'interno. La sirena aveva il viso sollevato verso il cielo, dove spiccava la rappresentazione della costellazione di Orione, nella sua forma di clessidra. L'angelo con due teste e un'ala era in movimento. Aveva un piede davanti all'altro e le braccia tese in direzione della piramide. Ma non impugnava la spada con l'incisione della lettera A e non lanciava nemmeno un raggio di luce: le sue dita erano strette introno a una torre con la base molto ampia e sei linee orizzontali che ne attraversavano l'estremità.

«Non vi ricorda nulla questo simbolo?» Unika indicò gli spazi tra le rette che tagliavano la sezione verticale della torre. «Sembra la forma delle stanze che abbiamo visitato sopra la Camera del Re...» abbassò la voce pensierosa. «Ma, se non sbaglio, abbiamo contato cinque camere, non sei. Vero?»

«Stai dicendo che là sopra può esserci una sesta stanza che contiene la Porta di Orion?»

Capitolo 41

LA PORTA DI ORION

Giza, la Porta di Orion

«Dovrebbe essere qui sopra.»

Nishida indicava il soffitto. I tre angeli erano accovacciati uno di fianco all'altro sul pavimento di granito della quinta stanza sopra la Camera del Re. Le vibrazioni erano fortissime e la sensazione di essere vicini all'obiettivo li rendeva irrequieti. L'Elfo si concentrò e fece correre i sensi oltre la volta.

«Sento che c'è uno spazio al di là di questa massiccia copertura a falde. Aspettatemi qui. Provo a trasvolare per vedere se siamo sulla strada giusta.» Nishida si smaterializzò. Unika e Uniko non fecero in tempo a prendersi per mano, che la sua voce li raggiunse.

«Venite!»

I due giovani angeli non aspettavano altro: trasvolarono senza esitazione, con il cuore che scoppiava nel petto. Si trovarono in una stanza la cui base aveva la stessa dimensione delle cinque precedenti, ma era alta circa dieci metri e stranamente luminosa.

Nishida aveva gli occhi puntati in alto e il suo viso rifletteva la soddisfazione che sgorgava dall'anima. Era in piedi, in tutta la sua eleganza, con le gambe divaricate e le braccia rilassate lungo i fianchi. I capelli candidi come la neve si appoggiavano leggeri sulle spalle. La fronte ampia, il naso affilato e il mento sottile erano rivolti al cielo, come se l'Elfo fosse stato folgorato da un'importante verità. Unika e Uniko guardarono la sua espressione compiaciuta, quasi beata, e si sentirono in soggezione di fronte a tanta intensità. Le ginocchia iniziarono a tremare appena la loro mente si rese conto della scoperta: avevano trovato la stanza segreta della piramide di Cheope.

Senza parlare e senza muoversi, i due ragazzi sollevarono la testa. Il gesto lungo e lentissimo nascondeva l'apprensione di affrontare un'emozione troppo forte. Poco alla volta si apriva alla loro vista lo splendore silenzioso di uno spazio che era stato sigillato per millenni: il pavimento levigato, decine di lastre di granito rosso, la luce eterea dell'aria. Poi la videro: in mezzo al soffitto e orientata verso la punta della piramide c'era la Porta di Orion. Enorme. Solenne. Si stagliava contro la volta come se spalancasse un varco nell'infinito. Era molto simile a quella di Horizon, ma aveva una struttura rotonda. La superficie era ripartita in spicchi e le incisioni raffiguravano le stesse due creature dalle sembianze umane che troneggiavano anche sulla Porta di Horizon. Era difficile capire da dove partisse la sequenza temporale, ma era senza dubbio la rappresentazione delle fasi di costruzione di quel luogo misterioso. Al centro c'erano i cinque scomparti posizionati a croce, con le due impronte sferiche per le Entità Fondamentali e le tre sagome a esagramma dove inserire le chiavi.

«Ce l'abbiamo fatta» sussurrò Unika nello stesso istante in cui Nishida leggeva la frase nell'antico alfabeto di Sefira scolpita lungo il bordo superiore della circonferenza.

La Vita Che Dura Un Istante Contiene L'Eternità.

«È un altro enigma, vero?»

«Sì. Sono le istruzioni per trovare la chiave» rispose l'Elfo, senza spostarsi dalla posizione di contemplazione.

«Questa volta c'è anche un disegno.» Unika notò che le parole del rebus erano affiancate da una serie di punti intarsiati nella roccia. I fori componevano la sagoma di un rettangolo inclinato, con un lato che proseguiva verso l'alto, formando una coda.

«Sembra la rappresentazione di una costellazione...» Uniko cercava nelle galassie che aveva studiato l'immagine che gli si palesava di fronte.

«È l'Orsa Minore» lo anticipò Nishida. «Il Piccolo Carro... indica il polo nord celeste.»

Il silenzio inondò di nuovo la stanza. I tre cuori erano colmi di gioia per aver scoperto la Porta e carichi di tensione per la necessità di risolvere l'enigma: la missione non era conclusa e tutti gli sforzi compiuti fino a quel momento sarebbero stati vani se non fossero riusciti a trovare la chiave.

«Rileggiamo insieme l'indizio e cerchiamo di interpretarlo.» Nishida scandì ogni singola parola: «La-vita-che-dura-un-istante-contiene-l'eternità».

«Parla di morte...» Unika stava riflettendo sotto voce.

«...di immortalità» mormorò l'Elfo. I suoi pensieri volavano veloci come la luce.

«Il sarcofago!» esclamò Unika. «La tomba è ciò che protegge quel che resta della vita e proietta nell'eternità.»

Nishida e Uniko si voltarono verso di lei. Nella sua intuizione bruciava la fiamma dell'ingegno.

«Sbrighiamoci!» l'Elfo era su di giri. «Andiamo subito nella Camera del Re.»

Si materializzarono di fronte al monolite di granito rosso. Unika iniziò a esaminarne i lati. Le sue dita sottili accarezzavano la pietra e gli occhi ne controllavano ogni centimetro. Uniko si avvicinò al bordo esterno e la aiutò nella perlustrazione.

«La superficie è liscia. Non c'è alcun incavo che possa nascondere la chiave.»

«Aspettate un momento...» La voce di Nishida irruppe come

un raggio di speranza nell'oscurità dello sconforto. «C'era una stanza più in basso che non abbiamo visitato!»

«È vero» concordò Unika. «Sul corridoio orizzontale. Al secondo bivio, noi siamo saliti attraverso la grande galleria e non abbiamo esplorato il passaggio che si inoltrava nel buio in linea retta.»

Ci misero qualche secondo per arrivare in trasvolo nel piccolo vano da cui partiva il percorso longitudinale. Imboccarono il tunnel e giunsero in un locale abbastanza ampio, ma completamente spoglio, che presentava solo una nicchia a modiglioni scavata nel muro.

«È molto simile alla Camera del Re e anche alla sala sotterranea» osservò Uniko.

«Potrebbe essere la Camera della Regina» disse l'Elfo. «Un'altra stanza dell'eternità.»

«E quelli cosa sono?» Unika indicò un paio di cavità di circa venti centimetri di lato, che si aprivano sulle pareti a nord e a sud.

Uniko si accostò a quella più vicina a lui. «È un buco che corre nella pietra.» Le sue mani ne sfiorarono il perimetro, mentre la vista si infilava per guardare l'interno. «È molto profondo: non si vede dove conduce.»

L'Orsa minore indica il nord... rifletté Nishida. Poi lasciò che i suoi pensieri prendessero voce. «Provate a seguire il mio ragionamento. Se è vero che la frase *la vita che dura un istante contiene l'eternità* si riferisce all'immortalità, potremmo pensare che stia a indicare un sarcofago, un luogo sepolcrale o una tomba. Dentro la piramide, i locali che possono avere il significato sacro della vita dopo la morte sono tre. Abbiamo esplorato ogni centimetro della Camera del Re e della sala sotterranea. L'unico posto che ci manca è questo.» Spostò lo sguardo verso le due piccole cavità e si fermò su quella alla sua destra. «E se l'incisione accanto all'enigma rappresenta l'Orsa Minore, potremmo pensare che la chiave sia nascosta nel condotto che punta a nord.»

Unika e Uniko videro Nishida ridurre le sue dimensioni e volare rapidissimo dentro la fessura. Lo imitarono e in un attimo si trovarono tutti nel cunicolo. Quello che prima sembrava un minuscolo pertugio in cui riuscivano a malapena a infilare una mano, ora, paragonato alla loro nuova altezza, aveva le sembianze di un'altra grande galleria.

«Quanto siamo alti?» Unika si guardava intorno incuriosita.

«Più o meno quattro centimetri» rispose Uniko.

«Non sono mai stata così piccola.»

«Nemmeno io. È strano osservare ciò che ci circonda da questa prospettiva.»

«Ma non avete voglia di scovare la chiave? Forza, ragazzi, andiamo a cercarla!» Nishida si spostò velocissimo verso l'interno e scomparve. La convinzione di essere nel posto giusto lo rendeva energico e impaziente.

Unika e Uniko lo rincorsero e si affrettarono per non restare indietro. Lo trovarono immobile di fronte a quello che, con le loro dimensioni reali, avrebbero associato a uno sportello di aerazione. Ma, nella situazione in cui erano, assomigliava a una porta con due maniglie centrali. Era bloccata e ostruiva il passaggio. Nishida non perse tempo. Dopo aver provato a spingerla con forza, si smaterializzò e la oltrepassò. I due giovani angeli lo seguirono dall'altra parte del tunnel buio e caldo, che continuava a penetrare rettilineo nel granito.

«Attenzione, c'è un'altra chiusura» avvisò Nishida qualche metro più avanti, smaterializzandosi per trasvolare oltre.

Unika e Uniko lo raggiunsero al di là della seconda porta e fecero appena in tempo a vederlo che si trasformava in uno scorpione.

«Ma che succede?» Unika era sbigottita.

«State dietro di me.» La voce di Nishida frusciava sorda. Il suo corpo corazzato aveva un colore dorato. Le otto zampe erano ancorate al suolo e la coda vibrava, producendo un sibilo sottile.

«Non muovetevi e non fiatate» raccomandò ai due ragazzi, che si bloccarono sotto lo sguardo giallo dei suoi quattro occhi laterali.

Poco distante c'era un altro scorpione, nero e massiccio, tanto grande da fare fatica a muoversi nel condotto. Avanzava con la testa bassa e le chele tese verso di loro, come un toro che sta per attaccare.

Uniko fece un passo indietro, afferrò la spalla di Unika e la tirò a sé.

Nishida alzò i pedipalpi anteriori a forma di tenaglia e si mise in posizione di combattimento. Inarcò la coda e orientò la punta a uncino in direzione dell'aggressore.

L'altro scorpione sembrò studiare la scena. La testa ondeggiava nervosa e ogni tanto scattava come per intimorire il nemico.

Nishida era immobile. Dalla sua bocca sgorgava un suono invisibile, ma terrificante: comunicava forza e ostilità. Dopo qualche secondo lo scorpione nero decise di rinunciare. Arretrò senza voltarsi e strisciò via, lontano nel cunicolo.

Nishida restò in quella postura finché ebbe la certezza che il pericolo era passato. Poi rivolse l'attenzione ai due ragazzi. «Spero non abbiate avuto troppa paura. Nelle cavità si rifugiano spesso insetti e animali di vario tipo. È probabile che ne incontriamo altri. Manterrò queste sembianze, per essere pronti nell'eventualità ci trovassimo di nuovo nella stessa situazione.»

Mentre Uniko annuiva serio, Unika accarezzava la coda dello scorpione: le sue dita sfioravano la pelle dura e lucida. Poi si librò in aria e volò sul suo dorso. Nishida sorrise appena avvertì il peso del giovane corpo sulla schiena. «Forza, Uniko, sali anche tu.»

Uniko si sedette dietro a Unika e si rilassò appena lei gli sorrise con entusiasmo.

Lo scorpione procedeva lento, con le chele proiettate in avanti, pronte a difendere e ad attaccare in caso di necessità.

I suoi sensi erano vigili e gli occhi analizzavano con attenzione lo spazio intorno. Tutt'a un tratto si bloccò in mezzo al cunicolo.

«La vedete?»

«Dove?»

«Lì avanti. Sul soffitto.»

Unika e Uniko allungarono lo sguardo, mentre l'eccitazione continuava a far pulsare forte il sangue nelle tempie. Nel granito era stata ricavata una nicchia, da cui spuntava una sagoma di metallo appuntita. Nishida avanzò fino ad arrivarci proprio sotto. I due occhi che aveva sulla sommità della nuca si spalancarono appena ne afferrarono l'immagine.

«Ci siamo... ci siamo... ci siamo... è lei! L'abbiamo trovata!» Il suo corpo corazzato sussultò di gioia.

Unika avvertì la felicità di Nishida e non riuscì a trattenere le lacrime. Scattò in piedi sul dorso dello scorpione. Si alzò sulle punte e tese le braccia verso l'alto per raggiungere la chiave, che svettava come un enorme monumento sulle loro teste. Era un esagramma, simile all'altro. In rilievo spiccavano la lettera O e il profilo della costellazione di Orione, nella sua forma di clessidra inclinata.

«Proviamo a tirarla giù?» Uniko aveva la voce rotta dalla commozione.

Nishida si spostò indietro. Sollevò entrambe le chele e le posizionò tra il metallo e il granito, cercando di insinuarsi fra il bordo della chiave e la nicchia in cui era incastonata. Provò a fare leva. Uno scricchiolio lasciò intuire che la pietra stava cedendo. L'Elfo insistette finché la chiave si staccò dall'incavo e cadde in una nuvola di pulviscolo denso. Unika e Uniko si portarono le mani al volto, e tossirono per espellere la polvere che avevano respirato. Poi si abbandonarono allo stupore: il secondo esagramma era ai loro piedi. Luccicava nel buio del cunicolo e custodiva nelle sue sei punte il sogno e la paura di Metatron. Il sogno che gli angeli potessero vivere nel mondo insieme agli esseri umani e la paura che quegli stessi esseri umani non fossero preparati interiormente a gestire una tale opportunità.

Nessuno dei tre angeli riusciva a parlare, ma i loro cuori colmi di sentimento, soddisfazione, esultanza davano significato al silenzio.

«E adesso come facciamo a portarla fuori di qui?» chiese Uniko, tornando alla realtà.

Nishida scavalcò la chiave, si girò verso la direzione da cui erano arrivati e aumentò la propria mole per farsi più potente. Poi abbassò i pedipalpi a tenaglia e iniziò a spingerla verso l'uscita.

«Sì, ma... ci sono le due porte che bloccano il passaggio» osservò Unika, senza nascondere la sua preoccupazione. «Noi siamo piccoli e la chiave è grande e pesante rispetto alle nostre dimensioni... Nishida, dici che ce la facciamo a trasportarla con il trasvolo, unendo le nostre forze?»

«No. Siamo sulla Terra da troppo tempo e abbiamo già usato molte energie.»

«Ma ora che l'abbiamo trovata, non possiamo lasciarla qui!»

«Cercherò di abbattere le porte» rispose Nishida, trascinando l'esagramma.

Unika e Uniko si scambiarono uno sguardo intenso e angosciato.

Appena giunsero al punto in cui il percorso era sbarrato, Nishida li fissò con dolcezza. «Trasvolate dall'altra parte e state lontani dallo sportello. Mettetevi al riparo, mentre provo ad aprire un varco.»

Unika e Uniko tentennarono per un attimo, poi seguirono il consiglio: avrebbero voluto dare una mano, ma erano sicuri che l'Elfo non si sarebbe fatto aiutare.

Nell'istante in cui i due giovani angeli scomparivano, lo scorpione si trasformava in un enorme cervo volante. Le mandibole estremamente sviluppate da sembrare corna erano solide e robuste e si estendevano rigide oltre la testa. Nishida si concentrò. Prese la rincorsa e caricò la porta che ostruiva il cammino. Un rumore cupo scosse l'aria. Ma non portò alcun risultato. Il coleottero si abbatté ripetutamente sull'ostacolo. Colpo dopo colpo Nishida sentiva il mal di testa aumentare e le forze venire meno, ma non si fermava.

«Dobbiamo fare qualcosa» Unika era affranta e in pena per la fatica che stava facendo Nishida.

«Cos'hai in mente?»

«Possiamo provare ad aprire l'altra porta, così quando Nishida arriverà qui con la chiave, troverà il passaggio libero.»

«È una buona idea, ma noi non abbiamo né la sua esperienza né la sua abilità.» Uniko era perplesso.

«Sì, ma siamo in due e sappiamo che quando uniamo le energie, la nostra forza si moltiplica.»

Uniko ricordò quando avevano sfidato il gelo e la morsa del freddo mortale al Monte Forte un anno prima. Sentì il battito accelerare alla memoria delle sensazioni che aveva provato quel pomeriggio. Alzò il volto e incrociò lo sguardo di Unika, che intuiva i suoi pensieri e gli sorrideva.

«Io mi ero avventurata molte volte su quella cima innevata, senza mai riuscire ad avvicinarmi: l'aria era troppo ghiacciata e mi costringeva a desistere. Poi sei arrivato tu, ignaro di essere un angelo, di custodire la Fiamma nel cuore e di saper volare. Ma io ho sentito subito che in te c'era qualcosa di speciale. E ho deciso di condurti lassù. Non sapevo nemmeno io cosa cercavo, ma l'abbiamo trovato insieme: il freddo non ci ha bloccati, siamo riusciti ad atterrare sulle pendici coperte di neve.» Unika fece un passo verso Uniko e puntò le iridi viola in quelle di lui. «Da sola non ci sono mai arrivata sul Monte Forte. E tu saresti morto al primo tentativo. Insieme ce l'abbiamo fatta. Senza fatica. Senza difficoltà. Senza dolore. Capisci cosa voglio dire?»

Uniko fece sì con la testa.

Unika si illuminò in un'espressione carica di grinta e vivacità. «Ogni giorno scopriamo qualcosa di nuovo. Sono sicura che non conosciamo ancora molte cose di noi, del nostro passato e del nostro destino. Ma abbiamo una certezza: quando siamo insieme, la somma dei nostri poteri si eleva a potenza. Alcune volte mi sembra addirittura che siamo invincibili.»

«È così anche per me.» Uniko sentì le guance avvampare.

«Lo so. E so anche che apriremo quell'accesso.» Si voltò e iniziò a correre in direzione della seconda porta, che conduceva alla Camera della Regina.

«Dove stai andando?»

«Prima, quando siamo entrati, ho visto delle maniglie sulle ante. Sto pensando che tu potresti spingere dall'interno e io tirare dall'esterno, o viceversa. Se riusciamo a coordinarci bene, potremmo farcela...» Unika sospirò, concentrata. «Però dobbiamo individuare la creatura giusta in cui trasformarci per essere più efficaci.»

«Ho trovato!» esclamò Uniko. «Esiste un roditore che si chiama *gerboa del deserto* o qualcosa del genere, ma è conosciuto anche come "topo delle piramidi". Per le sue caratteristiche fisiche potrebbe fare al caso nostro: ha un aspetto tondeggiante e due piedi grandi e potenti che gli permettono di saltare come un canguro e di scavare tane profonde nella terra. Ed è dotato di una coda lunga il doppio del suo corpo, molto robusta.» Uniko prese fiato perché preso dall'euforia aveva pronunciato una parola dietro l'altra, senza respirare. «Tu trasvoli dall'altra parte della porta, agganci la coda alle maniglie e tiri verso di te. Io appoggio i miei piedoni sul battente e spingo più forte che posso.»

«Funzionerà» confermò Unika, mentre si smaterializzava per raggiungere il lato opposto.

«Sei in posizione?»

«Sì!» confermò la ragazza.

«Trasformiamoci!»

In una frazione di secondo i due giovani angeli presero le sembianze di corpulenti topolini, lunghi una trentina di centimetri, di cui venti solo di coda.

«Ho il pelo arancione.» La voce di Unika era un acuto squittio.

«Prova a saltare... siamo piccoli canguri.»

Appena presero confidenza con il loro nuovo fisico, si portarono entrambi di fronte allo sportello.

«Sono agganciata» sibilò Unika, dopo aver infilato e attorcigliato la coda alle maniglie.

«Sono pronto anch'io. Al mio tre, inizia a tirare.»

«Va bene.»

«Uno... due... tre!»

I due gerboa si misero in azione: Unika si distendeva fino a sentire la coda strapparsi dal corpo, Uniko si scagliava sulla porta e pressava con tutta la forza che aveva nelle zampe posteriori.

«Non ce la faccio più.» Unika era esausta.

«Riposiamoci per qualche secondo» suggerì Uniko, mentre si leccava i piedi feriti dalle stoccate date alla superficie dura e resistente. «Quando sei pronta, possiamo riprovarci.»

«Eccomi.»

«Via!»

Unika si aggrappava al suolo con le zampe e strattonava con forti colpi di bacino. Uniko calciava assiduamente. Le loro menti erano concentrate e il cuore batteva all'impazzata.

«Non ti fermare!» urlò Uniko. «Ho sentito un fruscio. La porta sta cedendo.»

Unika pensò alle parole di Metatron. Pensò alla minaccia incombente. Pensò a Nishida che si stava spaccando la testa contro l'altra porta pur di riuscire a trasportare la chiave. Pensò a Sefira che li stava guardando impotente. Pensò al mondo che scivolava inconsapevole verso la fine. Pensò a Uniko con cui lei stava condividendo ancora una volta il significato della vita. Pensò al futuro che avrebbero potuto avere solo se fossero stati in grado di aprire quel dannato passaggio.

«Ahhh!» Un grido lancinante le esplose dalla gola e tirò con tutta se stessa.

Lo sportello si spalancò in un tonfo.

Unika cadde a terra stremata. Uniko riprese il suo aspetto, si gettò nel varco e la raggiunse. Il topolino con gli occhi viola aveva il pelo madido di sudore e una sottile linea di bava che usciva dalla bocca.

«Unika, ce l'abbiamo fatta!» le sussurrò nell'orecchio, accarezzandole il musino appuntito. «Respira, Unika... respira piano e riprendi le forze. Io sono qui con te.»

Un boato raggiunse i loro timpani: a qualche metro di distanza, il cervo volante aveva abbattuto l'altro ostacolo.

Unika sollevò le palpebre. «Nishida sta bene?»

«Credo di sì.»

«Vai a vedere. Sento che ha bisogno di noi.»

Uniko trasalì nell'udire quelle parole e non riuscì a fermare la commozione: Unika aveva un animo generoso come nessun altro. Era di fronte a lui, debole come non l'aveva mai vista. Faceva fatica a respirare. Soffriva. Eppure, si preoccupava per Nishida. Uniko le stropicciò il pelo sul collo e, con un sospiro carico di ammirazione, le disse: «Aspettami qui...»

Si alzò. Gemette per il dolore ai piedi: le escoriazioni erano gravi e non riusciva a camminare. Strinse i denti e volò rapidamente verso l'interno del tunnel. Vide in lontananza la porta scardinata e una sagoma immobile al suolo.

«Nishida!» chiamò, quando capì che l'amico angelo era in difficoltà.

Il coleottero non si muoveva.

«Nishida!» Uniko lo raggiunse e gli si gettò davanti. Il cervo volante era massacrato: le mandibole non avevano più la forma delle corna, ma erano schiacciate e frantumate come ossa rotte.

La testa era immersa in una pozza di liquido incolore e le zampette posteriori erano rilassate a terra, inerti.

«Nishida, rispondimi...» Uniko allungò la mano e la infilò tra il pavimento e il corpo del coleottero, per ascoltare il cuore: batteva lento. Il ragazzo chinò il capo, avvicinò l'orecchio e non percepì alcun respiro. Sentì l'agitazione scuotergli l'anima. In quell'istante un fruscio attirò la sua attenzione. Girò lo sguardo e vide il topolino dagli occhi viola strisciare verso di loro. Unika non aveva le forze per riprendere il suo aspetto, ma si trascinava senza tregua e il suo sibilo disperato congelava l'aria: «Nishida, ti prego, non mollare...»

Unika arrivò di fronte al cervo volante e crollò.

Uniko era incapace di reagire. Stava assistendo a una scena a cui non era preparato: Nishida era distrutto e giaceva esangue tra le sue braccia e Unika stava consumando le ultime energie per assisterlo e supplicarlo di non morire.

Uniko scoppiò in un pianto spontaneo: lacrime dense gli rigavano le guance e cadevano come una pioggia sul dorso del coleottero. Un fremito doloroso gli percorse la spina dorsale e scosse le sue membra. Avrebbe dato se stesso per cambiare le sorti di quel momento. Ma cosa poteva fare? Chiuse le palpebre. Si distese tra il topo delle piramidi e il cervo volante e li abbracciò, posando le dita sui loro petti. *Io sono diventato Uniko grazie a voi. Mi avete fatto scoprire il fuoco che brucia nel mio spirito. Avete creduto in me. Avete aperto le mie ali. Non abbandonatemi adesso. Non lasciatemi solo. Se è finita per voi, è finita anche per me.* Spalancò il cuore e cercò di far fluire la vitalità che lo animava, con il potere dei suoi sentimenti. Sentiva le vene pulsare forte e trasferire energia ai due amici. Goccia dopo goccia, emozione dopo emozione le sue arterie si svuotavano per riaccendere la fiamma in Unika e Nishida. Le forze lo abbandonarono e la vista gli si oscurò nel buio delle lacrime. Perse i sensi.

Passarono i secondi. Passarono i minuti. Passarono le ore. I tre corpi giacevano immobili e senza vita.

Capitolo 42

SEFIRA CON IL FIATO IN GOLA

Sefira, la Porta di Orion

«Forza... forza...»

Yesod aveva gli occhi spalancati e incollati allo schermo. Ansimava. Dalla sua bocca usciva un fiato caldo scosso dall'inquietudine della tristezza.

La stanza della Finestra sul Mondo era travolta dalla tensione. Le immagini che arrivavano dalla piramide incupivano l'atmosfera e stritolavano i cuori. Nel buio del cunicolo si intravedevano tre figure unite in un triangolo di speranza: un topo dalla coda lunghissima e spezzata, un cervo volante con la testa fracassata e un ragazzo biondo con i piedi insanguinati e gli occhi rovesciati all'indietro.

«Alzatevi...» Il Drago fremeva, impotente.

Allibis piangeva lacrime azzurre.

Martin si era tolto il cappello e lo stringeva al petto.

Metatron era muto. Il dolore gli perforava l'anima. Il suo spirito urlava la sofferenza più profonda di fronte ai tre angeli valorosi stretti in un abbraccio che proiettava alla vita, ma trasudava di morte. *La sopravvivenza di un angelo dipende dalla ricchezza della sua anima, forza angeli di Sefira, nessuno più di voi ha sentimento, entusiasmo ed emozione nel cuore. Ce la potete fare. Ce la dovete fare.* La voce del pensiero rimbombava assordante nella sua mente concentrata.

La notte scese su Sefira e nessuna stella si accese in cielo.

«Uniko...» Il sussurro pallido e agonizzante di Unika era poco più di un sospiro. Le palpebre del minuscolo topo delle piramidi si sollevarono pesanti e il suo musetto si girò verso il cervo volante. «Nishida...»

«È viva!» esclamò Yesod in un ruggito di felicità. Appoggiò l'enorme naso contro l'immagine virtuale, come per inghiottirla e trattenerla dentro di sé.

Allibis volò accanto a lui e tese le mani verso lo schermo, cercando di accarezzare la nuca della piccola creatura che ricominciava a prendere coscienza.

Martin spalancò la bocca, mentre il cappello scivolava al suolo.

Metatron era immobile. Il volto senza espressione. I pensieri lontani. Negli occhi aveva lo sguardo indaco di Unika che gli parlava di eternità.

«Unika...» Le dita di Uniko si mossero sul cuore del topolino. «Grazie al cielo sei viva...»

«Anche lui è salvo!» Yesod lanciò un getto di fuoco, che infiammò l'aria.

Allibis si portò le mani alle labbra.

Martin allungò le braccia e si appoggiò al muro per paura di perdere i sensi.

Metatron non parlava, ma la sua mente implorava il destino.

«*Mmm...*» Nishida sembrò riprendere coscienza. Le zampine si distesero e la testa iniziò a muoversi.

I due angeli biondi, ancora deboli, si voltarono verso di lui e mormorarono all'unisono: «Nishida...»

«Sono vivi tutti e tre!» Yesod prese il volo nella piccola stanza. Le ali si dispiegarono immense e la sua testa sbatté sul soffitto, facendo tremare l'Osservatorio. Poi trasvolò all'aperto e librò nell'aria sopra i Laghi Hyatt, mentre le stelle tornavano a risplendere in cielo e a riflettersi nell'acqua argentea.

Allibis ricominciò a piangere, ma questa volta erano lacrime di gioia.

Martin si lasciò cadere a terra, stravolto.

Metatron chiuse gli occhi e liberò un sospiro di gratitudine.

Capitolo 43

DI FRONTE AI MOAI

Oceano Pacifico, 25 ore alla Porta di Abyss

I sette Moai che da millenni guardavano il tramonto videro tre figure materializzarsi sulla spiaggia bianca davanti a loro.

«State bene?» domandò Nishida ai due giovani angeli, che riuscirono a malapena ad annuire, indeboliti dal trasvolo e ammaliati dal paesaggio che li circondava.

L'oceano non aveva confini e ruggiva orgoglioso la sua maestosità, lottando con il cielo aperto per la supremazia dello spazio. I promontori verdi, la roccia bruna e l'acqua turchese sfidavano il blu profondo dell'aria e il bianco immacolato delle nubi, mentre il sole sembrava penetrare nelle fronti delle gigantesche statue monolitiche di tufo vulcanico per donare loro la vita.

Unika si sedette a terra e si lasciò cadere sulla sabbia calda. Appoggiò la schiena, allargò le braccia e piegò il volto di lato, come per assorbire tutta l'energia benefica emanata dalla Terra. I lunghi capelli dorati incorniciavano la sua esile figura: sembrava una dea appena emersa dal mare.

Uniko la guardò rapito e affascinato. Avvertì un sussulto al cuore e il desiderio di stringerla forte. Si distese al suo fianco, la accarezzò con lo sguardo, poi abbassò le palpebre e si abbandonò alla sensazione di pace che lo stava assalendo.

Nishida li osservava con tenerezza, mentre si assopivano uno accanto all'altra: avevano bisogno di guarire le ferite, recuperare le forze e ritrovare la serenità d'animo. Solo allora sarebbero stati pronti per la prova definitiva. Nishida serrò le labbra e corrugò le sopracciglia ancora segnate dalle escoriazioni causate dalle testate contro la porta nel condotto. Sapeva che il peggio doveva ancora venire. Portò le mani al volto, commosso dal pensiero della forza che quei due giovani angeli avevano dimostrato: non si erano mai tirati indietro e avevano quasi dato la vita per portare a termine la missione. Una missione per tanti aspetti impossibile. Ma non per Unika. Non per i cuori nati dal suo sdoppiamento. Nishida ringraziò il destino per averlo fatto assistere all'incantesimo sedici anni prima e per avergli dato la possibilità di seguire i due ragazzi tanto da vicino. Socchiuse gli occhi su quei ricordi, fece volare la gioia che aveva nel profondo e aspettò che la fatica svanisse dal suo corpo.

I suoni della Natura erano la sola voce di quel luogo sperduto e lontano dalla terraferma. Il vento soffiava leggero e si insinuava tra gli arbusti e le foglie delle palme, che sembravano bisbigliare tra loro. Le onde si infrangevano a riva in un fluttuare melodioso. Gli uccelli cantavano nella loro danza libera e piena di armonia.

Il tempo scorreva lento.

«Nishida...» Il sussurro di Unika si intonava perfettamente con la musicalità dell'atmosfera circostante. Si era appena destata e il suo sguardo era più acceso che mai.

«Dimmi.»

«Tra quanto arriveranno gli umani?»

«Tra qualche ora, credo.»

«E... quando arriverà Ophidiel?»

Nishida la osservò, mentre si sedeva e incrociava le gambe, portando le mani alle caviglie. «Sei convinta che lo incontreremo di nuovo, vero?»

«Non ho dubbi. Siamo in questa situazione per colpa sua. Ha architettato tutto per condurre Uniko alla Porta di Horizon, sapendo che io lo avrei raggiunto. Il piano è fallito solo perché non abbiamo più le Entità Fondamentali nel cuore. Ma lui non mollerà. Non si fermerà. Vuole tornare a Sefira e non si darà pace finché non ci sarà riuscito.»

«Come faremo a combatterlo?» Uniko era ancora sdraiato sulla sabbia corallina. «Non siamo sufficientemente forti...»

«Io non ho più paura di lui!» lo interruppe Unika, con una luce sinistra negli occhi. Il viso angelico aveva un'espressione agguerrita. «Lo abbiamo già sconfitto. Due volte. La prima non me la ricordo nei dettagli, ma tutto è successo quando abbiamo impugnato l'Aeterna» sospirò pensierosa, intrappolata nel vuoto di memoria. «E poi, in qualche modo, siamo riusciti a batterlo anche alla Porta di Horizon. Sono sicura che il nostro destino è quello di annientarlo.»

Nishida rabbrividì e sentì un segnale di allarme accendersi nel petto. Unika era sempre più vicina alla verità e si chiese per quanto ancora Metatron sarebbe stato in grado di celare il segreto.

«È possibile che io senta già il richiamo della Porta negli abissi?» Uniko si era tolto gli anfibi, aveva arrotolato il bordo dei jeans al ginocchio e si era diretto verso il bagnasciuga.

Unika puntò lo sguardo, liberò la testa dai pensieri che l'avevano travolta e si concentrò. Nishida la vide inclinarsi in avanti, portare le mani a terra, perpendicolari alle spalle, affondare il ginocchio sinistro nella sabbia e tendere la gamba destra. Sembrava un felino che fiuta l'aria.

«Hai ragione. Avverto le vibrazioni. Vengono da là.» Unika allungò il braccio, indicando la direzione.

«Sì.» Nishida cercò di dare una spiegazione: «Ormai abbiamo

imparato ad ascoltare la voce delle Porte e a distinguere il loro segnale. Le onde magnetiche che ci arrivano dalla Porta di Abyss provengono da molto lontano. Sarà un viaggio lungo e faticoso verso il fondo dell'oceano». L'Elfo passò le dita lunghe e affusolate tra i capelli e deglutì un pensiero bizzarro: di fronte all'acqua leggera e trasparente in cui si riflettevano gli ultimi bagliori del sole, per la prima volta sentì il desiderio di parlare con l'Oracolo. Avrebbe voluto sapere cosa li aspettava.

Dopo qualche attimo di riflessivo silenzio, Unika si alzò in piedi e fece qualche passo verso di lui.

«Me la fai vedere?»

Nishida capì immediatamente. Aprì il sacchetto di foglie di palma che teneva agganciato alla cintura ed estrasse la chiave.

«La lettera O indica Orione?» chiese Unika, osservando l'esagramma che l'Elfo le aveva appoggiato sul palmo della mano.

«Sì. Ogni Porta ha il suo nome e il suo simbolo. Se guardi bene, si intravede anche la sagoma della costellazione.»

Unika si concentrò sulla superficie metallica dell'oggetto prezioso, poi interrogò di nuovo Nishida: «Tu hai visto la chiave della Porta di Horizon?»

«Non da vicino, ma mi ricordo la H e una linea netta, che sembra segnare il confine tra Terra e Cielo.»

«Quindi su quella di Abyss ci sarà la lettera A...» ragionò Unika, assorta. E con la memoria volò indietro nel tempo, ripercorrendo ogni esperienza. I luoghi, le situazioni, i volti si fondevano in un caleidoscopio di immagini tanto nitide quanto effimere. In quei pochi secondi, Unika rivisse il film della sua vita fino a quando trovò ciò che stava cercando. Poi si voltò verso Uniko che le dava di spalle, orientato al mare aperto e ancora attratto dal richiamo della Porta. «Queste lettere non ti fanno venire in mente nulla?»

Uniko girò la testa e la guardò dritto negli occhi. «No... non mi sembra. Perché?»

«Credo di aver visto la raffigurazione di un esagramma con le tre lettere OHA unite.»

«Sei sicura?» Le pupille di Uniko si dilatarono all'interno delle iridi blu.

Unika mosse ripetutamente la testa in segno di assenso.

«Dove?»

«Sulla piramide nella Foresta di Thinkingblu, a Sefira.»

Capitolo 44

NELL'ANIMA

Isola Bisentina, 19 ore alla Porta di Abyss

«Ophidiel...»

«Vieni a sederti accanto a me.»

Evangelia aveva percorso la scalinata interna che, attraverso una porticina stretta, portava al tetto della basilica. Ophidiel era seduto sul bordo superiore della cupola e fissava l'orizzonte.

Evangelia si chiuse il battente alle spalle e si fermò a osservare la possente sagoma dell'angelo, prima di raggiungerlo. Era a torso nudo e i primi raggi del mattino illuminavano i dorsali che gli scolpivano la schiena. Evangelia abbassò le palpebre appena il sole le si insinuò negli occhi. Si portò le mani alla fronte e mosse il primo passo verso di lui.

«Hai passato qui tutta la notte?» gli domandò con una sfumatura di tenerezza nella voce.

«Sì. Questo è il luogo più alto dell'isola. Riesco a vedere dove la terra si fonde con il cielo. Mi ricorda la mia piramide. Se chiudo gli occhi, riesco a sentire la voce della foresta di Thinkingblu che mi parla.»

Evangelia gli si sedette dietro. Allargò le gambe intorno ai suoi fianchi e gli cinse il busto con le braccia. Appoggiò la guancia alla base del collo di Ophidiel. «Ti manca molto?»

«Mi manca la libertà.»

Evangelia lo strinse forte, per farsi sentire vicina.

«La libertà di essere e la libertà di guidare il futuro.»

«Lo so.»

«Ci sono ancora tante cose che non conosci, Evangelia. Ma quando sarà il momento non avrò segreti per te.»

Evangelia si morse le labbra. Non sarebbe servito a nulla chiedere. Si abbandonò alla sensazione di serenità che l'alba portava con sé e respirò a fondo il profumo emanato dalla pelle del suo angelo.

Quando il lago iniziò a brillare d'argento, Ophidiel le prese le dita, le disgiunse dal proprio petto e si alzò in piedi.

«Seguimi.»

Evangelia restò seduta ancora per qualche istante e lo osservò troneggiare sopra di sé: la luce si infrangeva sul fisico statuario e l'ombra che ne scaturiva si allungava fino ad avvolgerla.

Con calma si avviarono verso la porta da cui Evangelia era sbucata poco prima. Appena dentro, Ophidiel indicò una botola sul soffitto.

«Dobbiamo salire ancora.»

«Non mi ero accorta ci fosse un altro passaggio…»

Ophidiel si levò in volo e spinse con forza lo sportello. Sedimenti densi e giallastri si staccarono dagli angoli e dalle fessure.

«Prendi la mia mano.» Ophidiel le tese il braccio e Evangelia vi si aggrappò.

«Che posto è questo?» chiese Evangelia appena entrarono. Si guardò intorno, incuriosita, mentre un forte odore di chiuso le bruciava nelle narici.

Era un antro piccolo e buio, illuminato dal chiarore che entrava dai quattro pertugi stretti, posizionati sui lati. Al centro c'era un piedistallo in marmo nero, che si apriva in una vasca circolare. Sembrava una fonte battesimale.

«Che cos'è?» Evangelia sfiorò la superficie lucida offuscata da uno spesso strato di polvere.

«Non conosco la ragione per cui è stato costruito questo spazio e non so a cosa serva questo oggetto.»

Evangelia lo fissava, attonita.

«Ciò che importa non è *quello che è* ma *quello che vogliamo che sia*.»

Evangelia era sempre più sorpresa: cercava di captare i pensieri che si agitavano nella mente di Ophidiel e attendeva con trepidazione di ascoltare il seguito.

Ma Ophidiel non disse altro.

Rimasero immobili a lungo. Il sole salì oltre la linea dell'orizzonte. Il cielo si colorò di azzurro. Il vento ricominciò a soffiare. Fuori il tempo scorreva, ma si fermava nei loro sguardi.

«Come andrà a finire?» Evangelia si strinse a lui.

«Cosa vuoi sapere veramente?»

«Cosa sarà di noi?»

«Noi vivremo. La tua vita dipende da me e il mio cuore è nelle tue mani.»

Capitolo 45

MU

Oceano Pacifico, 13 ore alla Porta di Abyss

«Uno, due, tre, quattro, cin...»

«Cosa stai contando?»

La domanda di Eve non distolse l'attenzione di Dimitra dalla delicata operazione che stava svolgendo. La ragazza dai lunghi ricci corvini mantenne gli occhi fissi sul sandwich appoggiato sul vassoio davanti a lei, e continuò a snocciolare numeri a voce bassa, finché esclamò: «Nove, sono nove!»

Craig Walden e Eve si scambiarono uno sguardo divertito.

«In realtà... in totale sono undici. Perfetto, direi» biascicò Vlad Kazig con la bocca piena.

Pochi minuti prima l'ispettore era spuntato dalla cabina di pilotaggio con quattro vassoi zeppi di cibo e bevande, portando un po' di distrazione nell'abitacolo del jet diretto nel Pacifico.

«Sì, ma io non so nemmeno da dove cominciare per mangiare un panino a undici strati!» Dimitra non stava nella pelle, desiderosa di gustarsi il primo morso.

«Prego... questo non è un panino: è un Club Sandwich» la corresse l'ispettore, tracannando un corposo sorso di Coca Cola, destinato a spingere il boccone giù per l'esofago.

«È per caso un esperto in materia?»

«Ebbene sì, professore» replicò Vlad Kazig, impettito. «Lei si appassiona alle creature dell'aldilà, mentre io mi dedico a cose più concrete.»

«Non credo di riuscire ad avvicinarmi a una roba così...»

«Sbagli, ragazza mia.» L'ispettore incalzò Eve. «Seppur caratterizzati da qualche imperfezione, dobbiamo riconoscere che questi esemplari rientrano a pieno titolo nella categoria dei Club Sandwich di razza.»

«E per far parte della categoria che proprietà devono possedere?» Craig Walden reggeva il gioco.

«Glielo dico subito, professore.» Vlad Kazig ingoiò un altro pezzo e diede sfogo a tutto il suo sapere sull'argomento. «Innanzi tutto, le fette di pane devono essere imburrate e tostate quel tanto che basta a dorarle. È necessario che restino morbide all'interno e la crosta deve essere eliminata. Ma il punto fondamentale è l'imbottitura.»

Eve ascoltava e studiava con interesse l'oggetto al centro della discussione.

«Il Club Sandwich è composto da tre fette di pane separate da due farciture, ognuna delle quali prevede uno strato di pollo a pezzettini, uno di pomodoro, uno di bacon rosolato e croccante e una foglia di lattuga. Il tutto ben condito da soffice maionese. Si tratta di otto livelli di farcitura a cui si aggiungono le tre fette di pane: undici strati complessivi di piacere sublime.»

Il breve, ma incisivo eloquio di Vlad Kazig aveva concentrato l'attenzione delle due ragazze sui variegati panini multistrato. Dimitra spalancò la bocca e addentò il suo con voracità. Eve sollevò il sandwich e cominciò a leccare la maionese che colava dal bordo.

Craig Walden sembrava avere la mente altrove.

«E lei, professore, non mangia?» Vlad Kazig aveva tutta l'aria di volersi impossessare dell'ultimo panino rimasto intonso sul vassoio.

«Con tutto il rispetto per il piacere sublime… no. Preferisco un buon bicchiere di vino rosso. Anzi, se vuole approfittarne…» Il professore non fece in tempo a concludere la frase che Vlad Kazig aveva già abbrancato il sandwich, siglando l'accordo con un perentorio: «Grazie!»

«A cosa sta pensando? La vedo assorto…» Eve toccò il braccio al professore.

«Rifletto… rifletto su ciò che ci sta accadendo» disse Craig Walden, lanciando la profondità dello sguardo oltre il finestrino, nel buio della notte. «Vedi Eve, da qualche giorno è come se ci stessimo muovendo su un sentiero oscuro e affascinante. Un percorso che attraversa le più incredibili leggende, rendendole improvvisamente comprensibili. L'Agarthi, le origini arcane della Grande Piramide, lo Zed e adesso… Mu.»

«Eh?»

Craig Walden si accorse di aver catturato, ancora una volta, l'interesse dei compagni: si erano bloccati con il sandwich in mano, in attesa di compiere un altro viaggio fantastico sul tappeto volante dei suoi racconti.

«Mu è un mito sviluppatosi nel corso del '900. Vi dico subito, in tutta sincerità, che rientra tra quelli a cui non ho mai attribuito alcuna credibilità. Anche se oggi devo rivedere la mia posizione.» Il professore portò il bicchiere alle labbra e sorseggiò un po' di vino. Lo trattenne in bocca per qualche secondo prima di deglutire, poi riprese a parlare.

«Tutto nasce dai viaggi in Oriente di un colonnello dell'esercito britannico, James Churchward. Verso la fine dell''800, il colonnello trovò in un tempio indiano alcune tavolette di terracotta scritte in una lingua antica e misteriosa. Dedicò tutta la vita a decifrare quei testi e riuscì a trascrivere un alfabeto originale, basato su fonemi e simboli della cultura Maya…»

«Ma i Maya non abitavano in Messico?» lo interruppe Vlad Kazig con il solito tono insidioso.

«Sì, ispettore. Mi dia un po' di tempo e arriverò anche a spiegarle dei Maya. Per il momento è importante sapere che sulle tavole viene narrata la storia di un continente scomparso, chiamato Mu. Sembra si trovasse sull'immensa superficie che ora è coperta dall'Oceano Pacifico. Si estendeva dalle isole Hawaii fino alla linea immaginaria che congiunge l'isola di Pasqua alle Fiji. I suoi abitanti avevano sviluppato avanzatissime conoscenze astronomiche e ingegneristiche e vivevano in grande armonia con la Natura della terra che occupavano.»

«Questa storia l'ho già sentita...» commentò Dimitra, spazientita.

«Hai ragione» confermò il professore. «E dobbiamo riflettere su questo. Quello della civiltà superiore è un elemento ricorrente nelle leggende che riguardano i tempi lontani. Noi sappiamo più o meno tutto ciò che è successo da duemila anni a questa parte, mentre ci è praticamente ignoto il passato. Forse, alla luce delle cose scoperte nelle ultime ore, possiamo dire che queste leggende sono frammenti di memoria che parlano di Eber e della sua gente.» Craig Walden bevve un altro sorso di vino, poi continuò.

«Non può essere un caso che in ogni luogo in cui ci rechiamo si siano sviluppate credenze simili. Sulle tavole tradotte da Churchward è scritto che i muani erano guidati da un leader mistico e carismatico, in grado di comunicare con le divinità... chi poteva essere, secondo voi?» Il professore fece una breve pausa, per leggere l'emozione sui volti dei compagni.

«Ed è anche scritto che Mu e i suoi abitanti furono spazzati via da un maremoto apocalittico, che sconvolse la Terra circa 12.500 anni fa. I pochi sopravvissuti della razza muana si dispersero. Alcuni si insediarono in America Centrale, nell'area attualmente conosciuta come Messico: erano i precursori della civiltà Maya... il cui alfabeto ha conservato elementi fonetici e visuali dell'alfabeto muano.»

«Ho capito» annuì Vlad Kazig, pensieroso. «Però c'è una cosa che proprio non mi torna.»

«Quale?»

«Ammettiamo che sia tutto vero: tanti anni fa esisteva un mondo bello e rigoglioso in cui gli uomini erano talmente illuminati da essere quasi in grado di integrarsi con gli angeli... ok, ammettiamolo pure.» L'ispettore diede un colpo di tosse, prima di proseguire il ragionamento. «Stiamo scoprendo che la terra occupata da quei nostri illustri antenati aveva un'estensione enorme: Asia, Africa, America... probabilmente anche Europa, vero professore?»

«È possibile. Ci sono tracce e riferimenti simili anche in alcune aree della Francia meridionale, in Italia, in Spagna, in Inghilterra...»

«Appunto!» affermò Vlad Kazig. «Per quanto evoluti fossero e nonostante quello che ci ha detto la voce misteriosa dentro il monte Kailash, non credo che quegli uomini potessero avere mezzi di comunicazione e di trasporto tanto superiori ai nostri. Giusto?»

Il vuoto in cui cadde la domanda dell'ispettore confermò la tensione degli ascoltatori.

«Allora: qualcuno sa dirmi come diavolo faceva questo Eber a governare quel mondo sterminato? In particolare: come si spostava da una parte all'altra della Terra? E come poteva occuparsi della costruzione delle Porte e di opere architettoniche distanti decine di migliaia di chilometri le une dalle altre? Non credo fosse semplice muoversi dall'Himalaya all'Egitto, dal Messico all'isola di Pasqua. Ma chi era quello lì? Un super eroe?»

Gli occhi di Vlad Kazig, Eve e Dimitra erano fissi sul professore: solo lui poteva dare una spiegazione. Ma stavolta Craig Walden rimase in silenzio. La risposta che sentiva nel cuore aveva alla base l'idea che si era formata nella sua mente poche ore prima, quando aveva chiesto a Metatron se le tre chiavi insieme avrebbero aperto la Porta. Ma era un pensiero troppo audace. Craig Walden sospirò e decise di mentire, per il momento.

«Io… non lo so.»

«*Ladies and gentlemen, we are about to land in Mataveri airport. Please fasten your seatbelts and enjoy the beautiful view of the sunrise on your right side.*» La voce metallica del pilota, che annunciava l'atterraggio imminente, trasse d'impaccio il professore. Tutti si dedicarono ad allacciare le cinture e si rilassarono di fronte allo spettacolo del cielo che iniziava ad accendersi con i colori dell'alba. I quattro passeggeri vissero quei minuti con il fiato sospeso e gli occhi puntati sulla macchia verde sempre più vicina.

L'aereo stava per toccare terra.

Capitolo 46

RAPA NUI

Oceano Pacifico, 12 ore alla Porta di Abyss

Appena si aprì il portello, un tepore profumato e accogliente si insinuò nell'abitacolo del jet. Vlad Kazig strinse la mano al pilota, varcò la soglia e cominciò a scendere i gradini dell'aeromobile. A metà della rampa si fermò e si voltò, per aspettare i compagni.

La prima a raggiungerlo fu Eve, seguita da Dimitra. Craig Walden chiudeva la fila.

Erano atterrati sull'isola di Pasqua e lo scenario che si offriva ai loro occhi toglieva il fiato. Il piccolo aeroporto di Mataveri era costruito su una lingua di terra circondata dal mare. Il sole non era ancora sorto, ma la luce cominciava a illuminare il profilo dolce e sinuoso delle colline circostanti. Il vento soffiava leggero e l'atmosfera era estremamente calma: non c'era anima viva e la sola voce che si udiva era il brusio dell'oceano in lontananza.

Frastornati dalla quiete irreale, i quattro umani misero piede al suolo e si diressero verso l'unica costruzione dell'area. Era bassa, tinteggiata di giallo e minuscola, se comparata al cielo senza confini che incombeva su di loro. Due Boeing 777 della compagnia di bandiera cilena sonnecchiavano sulla punta opposta a quella in cui si trovava il jet. Tutt'intorno si estendeva uno splendido giardino fiorito da cui emergeva una statua raffigurante una buffa figura umana. Aveva la testa enorme e allungata, gli occhi incassati nel cranio, il naso piatto e le spalle strette: era un Moai.

«Ci troviamo in mezzo all'oceano, a oltre tremila chilometri dalle coste del Cile.» Craig Walden sentì la necessità di sottolineare la distanza di quel piccolo luogo dal resto del mondo. Era come se la lontananza dalla terraferma si riflettesse negli animi, accendendo la sensazione di distacco dalla realtà.

Eve camminava lenta, quasi intimorita. Dimitra aveva il volto serio e non parlava. Vlad Kazig continuava a guardarsi intorno, scuotendo la testa. «Non capisco...»

«Perché è così perplesso?» Craig Walden accelerò il passo fino ad affiancare l'ispettore.

«Non c'è nessuno... un aeroporto non può essere deserto. E poi, avevo chiesto una jeep con autista e attrezzatura da sub...»

«Non vi serviranno.»

La voce di Nishida perforò l'aria rarefatta e agguantò l'attenzione di tutti. Uno dopo l'altro si voltarono di scatto verso il cespuglio da cui proveniva il suono e videro la sagoma dell'Elfo uscire dal fogliame. Con lui c'erano i due angeli biondi.

«Jo! Unika!» Eve corse loro incontro.

«Come state? E come è andata?» le fece eco Craig Walden.

«Ce l'abbiamo fatta» sorrise Nishida, aprendo la mano per mostrare la chiave della Porta di Orion.

Gli esseri umani spalancarono gli occhi sull'esagramma.

«Vi racconteremo tutto strada facendo. Adesso dobbiamo sbrigarci» disse Nishida, arginando l'entusiasmo che stava dilagando nei cuori. Si mise davanti al gruppo e li invitò a seguirlo. Dopo qualche passo, si rivolse all'ispettore: «Ho fatto in modo che chi doveva venirvi a prendere se ne dimenticasse e restasse a casa tranquillo, e che chi è di servizio in aeroporto avesse qualche minuto... diciamo... di sonno durante il vostro transito. Sono sicuro che capirà il perché...»

Vlad Kazig restò a bocca aperta. Aguzzò la vista in direzione dell'edificio giallo e scorse due poliziotti in divisa seduti sul selciato. Avevano la schiena appoggiata al muro e la testa reclinata: dormivano profondamente.

«Ha addormentato l'intero aeroporto per evitare che altre persone venissero a conoscenza della spedizione?» L'ispettore era senza parole.

Nishida fissò Vlad Kazig con i suoi intensi occhi gialli. Poi riprese la marcia, tendendo il braccio verso un promontorio che si stagliava imponente nella luce fredda dell'alba. «Dobbiamo arrivare lassù.»

«Sì... ma... io aspettavo anche le tute, le maschere, le bombole...»

«Non si preoccupi» lo interruppe Nishida. «Non servirà alcun equipaggiamento. Abbia fiducia, ispettore.»

Vlad Kazig non fece in tempo a rispondere, che l'Elfo era svanito per riapparire una cinquantina di metri più a est, dove la recinzione dell'aeroporto era rotta e presentava un varco.

«Per di qua!»

Eve e Craig Walden si scambiarono un'occhiata di intesa, ricordando gli spostamenti repentini di Nishida la notte in cui li aveva prelevati allo chalet per condurli al laghetto di Maple Town, attraverso il quale avevano raggiunto Sefira.

«Muoviamoci allora!» fu l'esortazione di Vlad Kazig. Era rivolta al gruppo, ma serviva, più che altro, a spronare se stesso.

Si infilarono nell'apertura della rete d'acciaio e si trovarono in una radura lussureggiante. Per qualche centinaio di metri dovettero fare attenzione a dove mettevano i piedi: erano fuori da ogni strada battuta e avanzavano tra gli arbusti.

«Là c'è il sentiero.» Nishida trasvolò di nuovo e si rimaterializzò in un punto in cui il terreno si inerpicava, assumendo una pendenza più significativa.

Camminarono a lungo, fino a raggiungere un'altura da cui si scorgeva il profilo dell'isola. Sulla destra l'oceano manifestava la sua potenza con un ruggito sordo e minaccioso. A sinistra le case della capitale Hanga Roa erano ormai piccoli fiori colorati in un grande prato verde. Davanti a loro si ergeva il promontorio. Sembrava aspettarli, mentre faticava a nascondere l'esplosione del sole. La vegetazione si era diradata: non c'erano più alberi, solo erba bassa che si faceva largo tra massi di roccia bruna.

Craig Walden assaporava ogni goccia di emozione che irrorava il suo cuore: stava vivendo un'avventura straordinaria, in compagnia di creature fantastiche, in uno dei luoghi più affascinanti del mondo. Un brivido corse lungo la sua spina dorsale e arrivò al cervello: ebbe la sensazione che la coscienza si staccasse dal corpo, per osservare se stesso.

In quell'attimo di incredulità vide un uomo felice, consapevole delle proprie forze, per nulla spaventato da ciò che sarebbe potuto accadere. Quell'immagine di sé gli procurò un forte disorientamento. *Perché mi sento così? Sono solo un professore, uno studioso, un uomo di pensiero, e non di azione. Eppure non ho paura. So cosa devo fare. Sono pronto ad affrontare qualsiasi cosa possa succedere. Sono qui perché è giusto che io sia qui. È il mio destino. E io sto bene.*

Un colpo al braccio lo fece tornare alla realtà. Dimitra l'aveva appena superato, sfiorandolo con la spalla. Procedeva con passo deciso ed efficace. Ma l'armonia del movimento contrastava con la durezza dell'espressione.

«Dimitra...» la chiamò il professore, colpito dalla maschera di tensione che le deformava il viso.

«Che c'è?»

«Tutto bene?»

La ragazza si fermò di colpo e pietrificò Craig Walden con lo sguardo. Poi chiuse le palpebre e si voltò verso il mare. «Tutto bene, mi chiede?»

Il professore capì che era turbata, ma non riusciva a immaginarne la ragione. Non fece ulteriori domande e aspettò.

Dimitra guardò Unika e Uniko, che procedevano davanti a

lei, mano nella mano. Poi inspirò e riprese a camminare. Appena Craig Walden la affiancò, abbassò gli occhi e bisbigliò in modo sinistro: «Tutto finisce...»

«Cosa intendi?»

«Mia madre è finita, mio padre è finito.»

Craig Walden era attonito. Non si capacitava della tristezza che sentiva fluire da quelle parole.

«L'amicizia finisce, l'amore finisce.»

Prima di quel momento il professore non si era mai reso conto del dolore che albergava nello spirito della ragazza.

«Perché dici così?» provò a chiederle, sapendo che non avrebbe ottenuto risposta. Dimitra non lo tenne in nessuna considerazione e continuò con lo stesso tono.

«Eber è finito, Mu è finita.» Dimitra si voltò di scatto verso Craig Walden. «E anche tu finirai... ci pensi mai a questo, eh? Qualunque cosa succeda, comunque vada questa vicenda, tu finirai. Come puoi vivere serenamente con la consapevolezza di questa assurda realtà?»

«La nostra vita ha un senso profondo, Dimitra...»

«E quale sarebbe?» lo incalzò lei, avviandosi sulla salita.

«Contribuire a diffondere nel mondo un sistema di valori sani e positivi. Se ispiriamo i nostri comportamenti a una finalità importante, tutto acquisisce un senso.»

«Chi stabilisce cos'è sano, positivo, giusto? Tu?... Sei sicuro di non sbagliarti? Non hai mai pensato che la verità potrebbe essere un'altra?»

«Qual è la verità, Dimitra?»

«La verità assoluta non esiste» affermò la ragazza con una calma impressionante. «Io posso solo dirti qual è la mia.»

Fecero gli ultimi passi verso la vetta del promontorio e raggiunsero gli altri. Lo spettacolo visto da lassù toglieva il fiato: la cima era il bordo di un enorme cratere vulcanico. La roccia lavica si gettava a strapiombo nell'oceano, disegnando una scogliera alta centinaia di metri. Poco lontano, due isolotti contrastavano le onde dell'oceano con disperato coraggio.

Nishida era in piedi su un masso. Aveva le gambe divaricate, in una posa plastica ed elegante. Respirava l'energia della Natura, che regnava incontrastata.

«Questo è un luogo sacro» esclamò l'Elfo. «È il santuario di Orongo. E quello è il cratere del vulcano Rano Kau.» Tese l'indice verso il mare. «Vedete quei due scogli laggiù? Sento che la Porta di Abyss è nascosta là sotto.»

Unika si avvicinò a lui. Aveva gli occhi accesi dal fuoco del coraggio. Uniko la osservava, ammirato e orgoglioso.

Craig Walden non avvertiva alcun senso di paura e, ancora una volta, ne fu sorpreso. Indugiò nel leggere l'emozione sul volto di Eve e l'ansia su quello di Vlad Kazig. Poi tornò a guardare Dimitra: fissava l'orizzonte, immobile.

«Sei preoccupata?» le domandò sottovoce.

Lei strinse le spalle e, senza voltarsi, rispose: «No. Perché dovrei? Anche questo momento finirà. Come ogni altra cosa. E allora... sai qual è la mia verità?»

Craig Walden era sospeso tra l'incredulità di trovarsi di fronte a una ragazza così profonda e la curiosità di ascoltare cosa aveva da dire.

«La verità è che la vita è fatta di attimi e noi siamo fatti di emozioni. Questo è un attimo speciale, uno di quelli per cui vale la pena vivere: ci regalerà sensazioni forti. Scendere laggiù, penetrare negli abissi, cercare la chiave... voglio vivere questo attimo. Voglio prendere l'emozione che c'è dentro e nutrirmi di essa. E quando sarà finito, l'emozione resterà con me, per sempre. Perché questo siamo: emozioni. Il resto non esiste.»

Capitolo 47

LA VOCE DEL PROFONDO BLU

Oceano Pacifico, 10 ore e 25 minuti alla Porta di Abyss

«Devo confessarvi una cosa.» Vlad Kazig aveva la mano destra dietro la testa e si stava fregando la nuca, con atteggiamento imbarazzato.

«Ci dica, ispettore» lo incalzò Craig Walden.

«Non so nuotare.»

Gli occhi di tutti si posarono su di lui e le sue parole concise raffreddarono l'aria.

Eve era sorpresa: quell'uomo burbero e scontroso ogni tanto aveva aspetti di debolezza che la lasciavano di stucco.

«Non è un problema.» Il sorriso di Nishida era rassicurante. «Con l'incantesimo che farò a tutti voi, avrete la possibilità di respirare sott'acqua come pesci. Vedrà, ispettore, senza la paura di affogare tutto diventerà semplice. Sarà sufficiente allungarsi e muovere braccia e gambe. E se lo troverà complicato, la trasformerò in un delfino, così non dovrà più preoccuparsi.»

Vlad Kazig assunse l'espressione titubante di chi non sa se credere a ciò che sta ascoltando o sentirsi preso in giro.

«È una sensazione divertente!» Craig Walden gli diede un colpetto con il gomito e strizzò l'occhio a Eve. «Io ho avuto l'onore di provarla l'anno scorso. Le dico solo che avevo tre teste, due enormi ali sulla schiena e volavo in cielo come un cherubino.» Il professore cercò di sdrammatizzare il momento, ma ottenne l'effetto contrario: l'ispettore si incupì ancor di più.

Uniko fece qualche passo verso la scogliera, che si affacciava sull'oceano. Il sole era sbucato dalla linea piatta dell'orizzonte e il vento rendeva l'aria nitida. Guardò verso destra e lasciò spaziare la vista oltre il cratere vulcanico di Rano Kau. Poi si voltò a sinistra, dove lo strapiombo precipitava nelle onde. In lontananza si intravedevano le sagome degli isolotti tra cui spiccava lo scoglio di Motu Nui, che indicava loro la strada. Uniko non riusciva a fermare i pensieri: vagavano nervosi tra le sagome di quel paesaggio senza confini. Sentiva la presenza di Unika dietro di sé e, ancora una volta, non sapeva prevedere cosa sarebbe stato di loro. Sogni e incubi si mescolavano nella sua anima, rapita dall'incessante mormorio del mare impetuoso.

«Come li portiamo laggiù?» Unika gli mise una mano sulla spalla, destandolo dal torpore inquieto delle riflessioni. La sua voce intensa lo scosse nel profondo. Uniko fece correre gli occhi fino a incrociare le sue iridi viola, cariche di energia. I secondi si fermarono in quello sguardo complice e nessuno di loro parlò.

Eve li raggiunse. Si sporse e impallidì di fronte al vuoto che si apriva a un metro dai suoi piedi. Allungò un braccio per ancorarsi a Unika, mentre la testa le girava e lo stomaco si chiudeva in un senso di nausea.

«Dovrebbe esserci un piccolo sentiero che costeggia il dirupo» disse Nishida. «Ci caleremo per un po' e quando saremo a un'altezza adeguata, ci tufferemo in acqua.»

«Non vedo nessun sentiero.» Vlad Kazig tese il collo e inclinò il capo per cercare di individuare il cammino, ma la parete picchiava perpendicolare verso il basso e non lasciava molto spazio alla fantasia. L'ispettore sentì le ginocchia tremare e cercò di cacciare via il principio di vertigine.

«Questo è il percorso che secoli fa i nativi dell'isola seguivano per sfidarsi nel rito dell'Uomo Uccello» spiegò Craig Walden. «C'erano due tribù, i Corti Orecchi e i Lunghi Orecchi. A settembre, durante l'equinozio di primavera di questo emisfero, i prescelti delle due etnie si gettavano lungo il versante fino ad arrivare all'oceano e pagaiavano su piccole imbarcazioni per raggiungere lo scoglio di Motu Nui, dove gli uccelli depongono da sempre le uova. L'obiettivo era trovare le uova, raccoglierle e portarle intatte al capo tribù, che li aspettava proprio qui. Il primo concorrente che riusciva a tornare quassù con un uovo intero era il vincitore. Veniva nominato *Sacro Uomo Uccello* e per tutto l'anno seguente godeva degli onori di un re.»

«Ma bisogna aggrapparsi alla roccia per scendere...» Il sussurro di Eve era poco più che un soffio d'alito.

Unika si levò in volo e andò in avanscoperta. Tornò dopo qualche istante. «È molto ripido.» E scosse la testa, guardando Nishida.

«Dobbiamo trovare una soluzione alternativa.» L'Elfo strinse le labbra e digrignò i denti, contraendo la mascella.

«Non potreste darci il potere della Metamorfosi, come l'anno scorso a Sefira?» Craig Walden cercò di essere propositivo, senza nascondere il suo entusiasmo.

«No. Non abbiamo molto tempo. Per abituarvi a sembianze diverse dalle vostre impieghereste qualche ora. E non possiamo permettercelo. Non adesso.» Un lampo attraversò la mente di Nishida. Le sopracciglia folte e ben disegnate si corrugarono, evidenziando due piccole rughe verticali all'attaccatura del naso. «Però...» Nishida studiò a una a una le figure accanto a lui. «Siamo tre angeli e quattro esseri umani. E, più o meno, il fisico è proporzionato.»

Nessuno fiatava. Tutti aspettavano la fine del ragionamento.

«Ma sì. Potrebbe funzionare.» Nishida soffermò l'attenzione sul profilo corpulento dell'ispettore. Scacciò via il dubbio e continuò deciso. «Ognuno di noi prenderà uno di voi e lo porterà in volo fino là sotto.» Non lasciò sedimentare la preoccupazione nei pensieri degli umani e si rivolse a Craig Walden: «Te la senti di aggrapparti alle mie spalle? Sarà questione di qualche secondo».

«Andiamo!» rispose Craig Walden, sapendo che non c'erano molte alternative.

Unika spalancò gli occhi. Poi annuì fiduciosa. L'intuizione di Nishida avrebbe potuto risolvere il problema.

«Chi preferisci portare?» le domandò Uniko.

«Eve» replicò lei, senza esitazione.

«Bene. Io condurrò giù Dimitra.»

Unika si avvicinò a Eve. «Ti va di venire con me?»

«Certo! Penso spesso a quando ci hai insegnato a volare a Sefira. Eravamo tutti così euforici. Ci siamo lanciati nel vuoto tenendoci per mano. È stata un'emozione bellissima. Il ricordo mi dà sempre grande allegria.» Eve arrossì e uno sguardo sincero le illuminò il volto.

«Sai, Eve? Quel giorno ti promisi che sarei venuta a trovarti a Maple Town. Non avrei mai voluto che capitasse in circostanze come queste.»

Eve si strinse nelle spalle.

«Sei pronta?»

La ragazza dai fluenti capelli rossi fece sì con la testa. Mentre si chinava per sfilarsi le scarpe da ginnastica, Unika notò che indossava gli stessi jeans a vita bassa di quando l'aveva incontrata in Tibet ma, a differenza di allora, portava una maglietta verde militare di cotone spesso a maniche lunghe, che le stava larga. Eve intercettò il pensiero di Unika. «L'ho trovata nella cappelliera, in aereo. È un po' grande, ma è nuova e almeno è pulita.»

«Ti sta bene.» Unika le sorrise e le tese la mano. «Vieni.» Si voltò e le fece cenno di aggrapparsi alla sua schiena. «Volerò piano e scenderemo in verticale. Non avere paura.»

«Io mi fido ciecamente di te. Tu mi hai salvato la vita. E se potessi scegliere un angelo custode, vorrei che fossi tu.»

Unika si ricordò di Eve in preda alle convulsioni e priva di sensi all'Eremo delle Arti. Era passato un anno, ma sentiva ancora la voce seria di Metatron mentre affermava che Eve era stata colpita dalla Sindrome di Arisuye e che l'unico rimedio per guarirla era il succo di mangrovie nere. Il cuore di Unika sobbalzò nel petto come nel momento in cui aveva deciso di avventurarsi nella Foresta di Thinkingblu per prendere le radici che avrebbero sottratto Eve da morte certa. Quell'esperienza aveva cambiato la vita a tutti loro. E se ora si trovavano sulla Terra alla ricerca delle chiavi delle tre Porte era perché quel giorno a Thinkingblu, con il suo gesto tanto generoso quanto impulsivo, lei aveva liberato Ophidiel. Una lacrima le rigò la guancia. Si chiese come sarebbe stato il presente se lei avesse assecondato le richieste di Metatron, lasciando risolvere il problema a Nishida. L'Elfo avrebbe trovato le radici in Amazzonia e avrebbe salvato comunque Eve. *Forse...* pensò. *Forse sarebbe arrivato in tempo e l'avrebbe salvata. Ma non lo sapremo mai.* Unika guardò Eve. Era di fronte a lei. Ed era viva. Si asciugò il viso e non si fece altre domande: quello era sufficiente per andare avanti e affrontare il destino. Con Eve sulle spalle, si alzò in volo e si diresse verso il mare.

«Mi spiace che tu sia stata coinvolta in questa vicenda, Dimitra.» Uniko si avvicinò alla ragazza: si era seduta su un masso e giocherellava con le pietruzze laviche raccolte al suolo. Sembrava del tutto indifferente all'agitazione che la circondava.

«Perché non te ne sei andata e hai deciso di accompagnarci fin qui?»

Dimitra spostò una ciocca di riccioli ribelli dietro l'orecchio e arricciò il naso nella sua solita smorfia. «Hai presente quella strana sensazione di inevitabilità? Non so come definirla, ma è come se una vocina dentro di me mi avesse detto che questa è la mia strada.»

Uniko la osservò incuriosito. Dalla sera in cui gli aveva rubato il portafogli in aeroporto, quella ragazza non aveva mai smesso di stupirlo.

«Pensavo di trovare quello che cercavo in Tibet. Ma non è stato così. E poi... questa avventura è molto eccitante per me.» E senza dare preavviso si gettò verso di lui. Appoggiò le mani sulle spalle di Uniko e sollevò il bacino in un salto. Serrò le gambe intorno alla sua schiena e lo abbracciò con disinvoltura. Poi gli avvicinò la bocca all'orecchio e sussurrò: «Sono pronta a volare fin laggiù!»

Uniko avvertì una vampata di imbarazzo asciugargli la gola. Deglutì e afferrò timidamente le ginocchia di Dimitra. Appena la sentì ancorata a lui, contrasse gli addominali e librò in aria.

«Sei innamorato di lei, vero?» Il fiato di Dimitra continuava ad accarezzargli il collo. «Quella ragazza bionda ti ha fatto dimenticare chi sei...»

«Ma che dici?» Uniko girò la testa e si trovò quasi a contatto con le labbra di lei. Dimitra non arretrò e sostenne lo sguardo.

«Sembra che tu non faccia altro che assecondarla. Guarda che ci sono altri valori importanti, nella vita. Per esempio l'amicizia. Tu sai cos'è l'amicizia, Uniko?» Il tono di Dimitra era suadente e graffiante allo stesso tempo. L'angelo biondo si sentì a disagio. C'era qualcosa nell'atteggiamento della ragazza che lo metteva in difficoltà.

«Vado a prendere l'ispettore.» Nishida apparve davanti a loro. Aveva già depositato Craig Walden e adesso stava risalendo per caricare Vlad Kazig. Puntò gli occhi gialli in quelli di Uniko e lesse un sottile turbamento. «C'è qualcosa che non va?»

Uniko scosse la testa. Scacciò le ombre e si calò nel vuoto. Non inclinò l'assetto, ma mantenne la posizione eretta, per evitare di sbilanciarsi e di perdere il controllo nella discesa. Vide che Unika e Eve erano atterrate e stavano agitando le mani, facendogli segno di raggiungerle. Era pronto al commento di Dimitra, ma la ragazza non aprì bocca.

A riva le onde ricoprivano la piccola lingua di spiaggia rocciosa. L'acqua tendeva i suoi flussi verso la sponda. Si insinuava tra la sabbia e la pietra porosa, per poi ritrarsi di nuovo verso l'oceano aperto. Sembrava una danza. Un movimento armonioso e cadenzato, un richiamo verso gli abissi.

«Non credo che questa esperienza mi piacerà.» Vlad Kazig aveva appena messo piede a terra. Si reggeva ancora al braccio di Nishida. Il volto era pallido e uno strano alone verdastro gli colorava il gonfiore delle occhiaie. «Sto per vomitare l'anima.» Un abbozzo di disperazione traspirava dal suo sguardo. Le ginocchia vacillavano e il respiro era affannato come dopo una lunga corsa. Tese la mano al suolo e si inginocchiò goffamente.

Craig Walden corse verso di lui, per offrirgli supporto.

Nishida aspettò che si riprendesse, prima di rivolgersi al gruppo: «Appena siete pronti, togliete le scarpe e gli indumenti scomodi. Poi sedetevi tutti di fianco all'ispettore e chiudete gli occhi».

«È venuto il momento di trasformarci in pesci?» Vlad Kazig cercava di mostrarsi ironico, ma si capiva benissimo che era agitato.

«Non proprio pesci, ma il concetto è quello...» Nishida non aggiunse altro. Alzò le braccia all'altezza del petto e strinse i pugni. Fissò a uno a uno gli esseri umani tesi come corde di violino, mentre i due angeli biondi volavano alle sue spalle. Poi spalancò le dita e lanciò un getto invisibile di energia. Una luce dorata e impercettibile avvolse le quattro figure schierate di fronte a lui.

«Potete riaprire gli occhi. Siamo pronti per immergerci.»

Vlad Kazig alzò le palpebre e fece correre le pupille a destra e a sinistra, per sincerarsi che tutto fosse come l'aveva lasciato pochi secondi prima.

Dimitra scattò in piedi, infilò le mani tra i lunghi capelli e li raccolse dietro la nuca. Inspirò. Riempì le guance e iniziò a boccheggiare, imitando il verso del pesce.

Craig Walden non si mosse. Non aprì gli occhi e restò con le gambe incrociate e il volto rivolto in alto. Era concentrato ad ascoltare e comprendere le reazioni del corpo, cercando di controllare l'emozione dello spirito.

Eve sentì un gonfiore dietro le orecchie. Appoggiò le dita, che si ritrassero appena captarono la pelle sollevata e increspata. Eve si spaventò. Trattenne il respiro e tornò a tastarsi il collo. I polpastrelli scivolavano delicati e intimoriti sulle protuberanze lamellari, che si estendevano dalla mascella all'attaccatura del cuoio capelluto. Tra una e l'altra si nascondevano piccole fessure.

Eve guardò Nishida. L'Elfo annuì e, anticipando la domanda della ragazza, spiegò: «Non preoccupatevi della strana sensazione respiratoria che avvertite. Ora siete dotati di branchie. Riuscirete a respirare in acqua. Potrete anche parlare in immersione, ma i suoni che produrrete non saranno quelli a cui siete abituati. Quando saremo là sotto, il mio consiglio è di comunicare con le braccia e i gesti del corpo».

Consapevole di avere gli occhi di tutti puntati addosso, Nishida iniziò a camminare verso la profondità dell'oceano. Aspettò che l'acqua gli cingesse la vita e girò la testa verso gli altri. Le sue iridi gialle brillavano e trasmettevano fiducia. Allungò la mano e fece cenno di seguirlo.

Vlad Kazig si era tolto i mocassini e l'impermeabile, e appariva molto determinato. Allentò il nodo della cravatta, stropicciata da troppe ore di viaggio, e la fece scivolare oltre il colletto. Tolse la cintura e infilò la camicia nera nei pantaloni marroni, alla cui estremità sbucavano i piedi, coperti da due calzini consumati. Mosse la mascella, aprendo e chiudendo la bocca ripetutamente, per cercare di capire il funzionamento dell'apparato branchiale. Poi, senza la minima esitazione, raggiunse Nishida.

Craig Walden pensò alla sera di un anno prima allo chalet, quando quello stesso Elfo era comparso dal nulla insieme al Drago, per condurre a Sefira lui, Eve, Zack e Jo, attraverso le fredde acque del laghetto di Maple Town. D'istinto si voltò verso Eve, che gli tese la mano. Uniko tirò Unika a sé e si avvicinò a loro. Distese il braccio per afferrare Eve, quando le dita di Dimitra si insinuarono nelle sue. Uniko girò la testa di scatto, con la fronte corrugata e lo sguardo interrogativo. Puntò le pupille in quelle della ragazza. Ma Dimitra fece finta di nulla e proseguì noncurante.

L'alba sembrava osservare tutto dall'alto della sua quiete. Il silenzio era intervallato solo dall'infrangersi delle onde e dal sottile frusciare dei corpi che si immergevano lenti. Nessuno di loro poteva immaginare cosa avrebbero trovato negli abissi. Nessuno di loro sapeva se sarebbero mai riemersi. Ma erano pronti. Avevano deciso. Ognuno per sé e senza condizionamenti. La paura invadeva gli spiriti, ma era sopraffatta dalla determinazione di portare a termine la missione e di affrontare la vita che si sarebbe potuta aprire o chiudere per sempre sotto quelle onde.

Capitolo 48

NEGLI ABISSI

Oceano Pacifico,
9 ore e 20 minuti alla Porta di Abyss

La prima luce del sole colava dal cielo come argento incandescente e penetrava l'oceano fino a renderlo scintillante quanto un velo di carta stagnola.

Nishida era scomparso, lasciando il posto a una serie di cerchi concentrici che disegnavano le onde.

Unika si alzò sulle punte dei piedi. Prese lo slancio. Tese le gambe fino a sentire i polpacci contrarsi e, con la testa tra le spalle, inarcò la schiena e tagliò la superficie dell'acqua.

Uniko la seguì.

Eve strinse la mano a Craig Walden e si immersero nello stesso istante.

Dimitra si tappò il naso con le dita e lasciò cadere la testa all'indietro, inzuppando i capelli. Poi si distese sulla schiena e restò a galleggiare per qualche istante a pancia in su.

Vlad Kazig inspirò e riempì i polmoni. Strinse le palpebre fortissimo e si fece sommergere dal mare. Il suo cuore batteva all'impazzata e i muscoli erano inchiodati dal terrore.

«Da questa parte, ispettore!» La voce arrivava ovattata alle sue orecchie. «Mi segua.»

Vlad Kazig aprì gli occhi e vide Nishida che nuotava di fronte a lui, agitando le braccia e facendogli segno di stare tranquillo. «Rilasci il respiro. L'acqua non la soffocherà, gliel'assicuro.»

Vlad Kazig scosse la testa con le pupille sbarrate come se avesse visto un fantasma. Non riusciva a smettere di trattenere il fiato. Si sentiva morire e la paura di affogare bloccava la sua capacità di reazione. Appena il petto entrò in fase di spasmo per la mancanza di ossigeno, ebbe un sussulto e d'istinto si spinse verso l'alto, cercando di risalire in superficie. Nishida lo afferrò per i polsi e lo trattenne con forza. L'ispettore spalancò gli occhi terrorizzato e la faccia già livida divenne paonazza. Era al limite della resistenza e i polmoni stavano per scoppiare. Provò a divincolarsi, ma quando si rese conto che l'Elfo non avrebbe mollato la presa, lo guardò rassegnato e la sua mascella si spalancò. Ci mise un attimo a realizzare che l'acqua entrava dalla bocca e fuoriusciva dalle branchie, mentre l'ossigeno riprendeva ad alimentare il suo corpo.

«Si calmi, ispettore... piano, piano. Lasci fluire il respiro e si rilassi... bene... così... adesso cerchi di distendersi e assecondare le onde. Bravo. Osservi i miei movimenti e provi a fare lo stesso.»

Nishida sembrava perfettamente a suo agio. Si spostava leggero come se fosse sospeso nel vuoto e volteggiava sicuro nell'acqua profonda. Era elegante e si spingeva in avanti con grande coordinazione: le braccia allungate, le gambe unite e i colpi di reni precisi lo facevano somigliare a un pesce. Ogni tanto sforbiciava i piedi e usava le mani come timone.

Craig Walden li raggiunse e, intuendo lo stato d'affanno dell'ispettore, lo affiancò e cercò di assisterlo.

Eve era vicina a Uniko e lo seguiva con la classica andatura a rana.

Unika scivolava come una sirena: attraversava l'acqua con i polsi tesi oltre la testa e nuotava di lato, muovendo il bacino e le caviglie in sintonia. I capelli lunghi fluttuavano leggeri come filamenti di alghe dorate.

Dimitra avanzava a scatti. Accelerava per superare tutti e poi si fermava ad aspettarli. E nell'attesa roteava su se stessa in una serie di capovolte con le ginocchia strette al petto. La profondità non la spaventava. Al contrario, sembrava divertirla.

Nishida concesse loro qualche minuto di assestamento, prima di dirigersi verso l'oceano aperto. Nuotava a pochi metri dalla superficie, per evitare che gli altri avessero un senso di oppressione e agevolare il pensiero di una via di fuga veloce. Ci volle una buona mezz'ora perché il gruppo cominciasse a prendere dimestichezza con la nuova dimensione. E quasi un'ora prima che il respiro di tutti si assestasse e i gesti diventassero fluidi. Poco alla volta, anche l'ispettore appariva meno insicuro e il suo procedere abbastanza sciolto.

Appena superarono l'isolotto di Motu Nui e si trovarono al largo della costa, Nishida decise che era giunto il momento di orientarsi negli abissi. Si voltò per fare cenno del cambiamento di rotta e si gettò a piombo verso il fondale. Unika e Uniko gli si accodarono come un'ombra. Eve, Dimitra e Craig Walden ne seguirono la scia. Vlad Kazig faticò nella variazione repentina di direzione e impiegò alcuni secondi per capire quale fosse il movimento più funzionale per scendere in verticale. Poi, con incertezza, si inoltrò insieme a loro alla scoperta dell'ignoto.

Man mano che si inabissavano il buio diventava intenso e i raggi del giorno non riuscivano a filtrare. Se all'inizio i loro occhi erano in grado di identificare sagome e forme, ora le tenebre ne accecavano la vista. Nel momento in cui l'agitazione iniziava a impossessarsi delle anime, Nishida agì come aveva fatto nel cunicolo al monte Kailash: si concentrò e accese un potente getto di luce. Il raggio fuoriusciva energico dalle sue iridi e illuminava il cammino. Unika e Uniko lo imitarono. In un attimo la profondità fu rischiarata da tre fari: la luce di Nishida era gialla come l'oro, quella di Uniko azzurra cobalto. Unika colorava l'acqua di lilla.

Gli umani si fermarono attoniti. Anche se con la mente avevano accettato la presenza degli angeli, provavano sempre grande sbigottimento di fronte alle manifestazioni dei poteri di quegli esseri superiori. Gli abissi che fino a quell'istante erano stati cupi e misteriosi adesso splendevano come un arcobaleno: avevano smesso di incutere timore e davano l'idea di essere un mondo irreale. L'acqua era cristallina. In alcuni punti fluiva leggera come l'aria. In altri era lievemente offuscata da una sottile sospensione sabbiosa. Più il gruppo scendeva, più la temperatura si abbassava e lo sguardo spaziava senza limiti nel nulla che li circondava. La sensazione era di attraversare un luogo dimenticato dal sole e dalla vita. I suoni arrivavano ovattati, le immagini erano sfumate come la realtà nel dormiveglia e il tempo sembrava dilatarsi. Non vi era altro che acqua. Solo acqua. Sopra. Sotto. Ovunque. L'acqua avvolgeva ogni cosa, come un abbraccio che protegge. O che imprigiona.

I minuti passavano e i sette cuori nuotavano senza tregua, schierati come in formazione d'attacco: visti dall'alto disegnavano la punta di una lancia. Nishida era davanti a tutti e apriva la strada. Leggermente arretrati e ai suoi lati procedevano Unika e Uniko. I tre fasci luminosi coprivano un'ampiezza orizzontale di circa dieci metri. Alle loro spalle c'era Dimitra, che continuava a zigzagare e non manteneva una rotta definita. Dietro qualche metro avanzavano allineati gli altri tre umani. Eve era sul lato destro, seguiva la traiettoria di Unika, Craig Walden su quello sinistro, l'ispettore al centro.

«Cosa sta facendo Nishida?» domandò a un tratto Eve, spaventata dall'atteggiamento dell'Elfo, che sbracciava verso di loro.

La risposta non tardò ad arrivare. Unika e Uniko si bloccarono di scatto e si voltarono, agitando le mani per fare segno di rallentare. La luce che sgorgava dai loro occhi illuminò una miriade di corpi che si muovevano compatti e veloci. In una manciata di secondi un branco di pesci lunghi e affusolati saturò lo spazio.

«Che... cosa sono?» Eve era terrorizzata.

«Barracuda» disse il professore, cercando di afferrarle il polso, mentre la fiumana la allontanava da lui.

«Mi trascinano via!» Il grido di Eve si perse tra i cumuli di squame.

«Eeeve!»

In un istante la ragazza scomparve dalla vista di tutti. L'oceano era un sordo brulicare di pinne e code che si agitavano nervose.

Eve cercò di ripararsi la faccia con le mani e cominciò a mulinare convulsamente le braccia per allontanare i pesci. Avvertiva la loro pelle viscida e scivolosa urtarle la testa, la schiena, le gambe. Non sapeva più dove fosse, da quale parte dirigersi. Le mancava il fiato. Urlava, ma non riusciva a udire la sua stessa voce.

«Aiuto! Non vi vedo!»

Unika percepì la paura di Eve. Si concentrò per ascoltare i segnali che provenivano da lei e trasvolò. Si materializzò alle sue spalle e la tirò a sé. «Sono qui. Non avere paura.»

Eve si lasciò abbracciare. Tremava come una foglia e piangeva. Chiuse le palpebre e si tenne stretta a Unika. I barracuda erano tantissimi. Troppi. Nuotavano uno accanto all'altro e sembravano non finire mai.

«State bene?» Quando la voce di Nishida arrivò alle loro orecchie, le due ragazze erano avvinghiate una all'altra. La testa di Eve affondata contro la spalla destra di Unika e viceversa. Eve era paralizzata. Unika muoveva le gambe per restare sospesa nella profondità.

Uniko le raggiunse. «È tutto finito.»

Unika lo guardò e sorrise.

Eve alzò il volto e, senza staccarsi da Unika, fece roteare gli occhi intorno a sé per assicurarsi che l'uragano fosse passato.

«Sono andati per di là.» Vlad Kazig boccheggiava, mentre

annaspava verso di loro. Nuotava impacciato e i suoi gesti erano precari. «Se non siamo morti adesso, sarà difficile lasciarci le penne dopo.»

Anche Craig Walden era provato. Ma non era d'accordo con l'ispettore. Al contrario, era certo che il peggio doveva ancora arrivare.

Nishida sentì l'urgenza di rassicurarli e farli riposare un po'. Attivò il potere della Vista d'Aquila e captò il fondale: non era molto distante.

«Vi chiedo di seguirmi ancora per qualche metro. Laggiù c'è un'ampia distesa di sabbia. Ci consentirà di prendere fiato e di scaricare l'adrenalina.»

Guardò le espressioni scosse degli umani. Rifletté sull'incredibile sforzo che stavano facendo. Dimostravano una grande tenacia fisica: nessuno di loro era pronto a un viaggio così faticoso, soprattutto dopo giorni di pressante tensione. Ma stavano dando prova anche di una significativa forza mentale: la missione che li vedeva coinvolti richiedeva un impegno smisurato. Impensabile per una creatura terrena. Eppure erano ancora lì. Con i muscoli stanchi, gli occhi smarriti, ma l'anima accesa. Si erano caricati della responsabilità di aiutare gli angeli a salvare l'Universo e non sarebbero tornati indietro per nessuna ragione.

Meritano di vivere... pensò Nishida. *Meritano di farcela. Loro sono il futuro della Terra. La razza illuminata in grado di diffondere i valori che fanno evolvere il mondo.*

Capitolo 49

LA CUPOLA

Oceano Pacifico, 7 ore e 30 minuti alla Porta di Abyss

«Quanto tempo manca allo scadere delle quarantotto ore?»

L'ispettore era appoggiato a una roccia ricoperta di alghe sul fondo del mare. Stava a braccia conserte e sorreggeva il mento con la mano destra.

«Poco più di mezza giornata» replicò Nishida senza esitazione, come se avesse attivato l'orologio nella sua testa.

Nessuno commentò. Non sapevano se essere rasserenati o preoccupati.

«È difficile dire se sia tanto o poco.» Nishida aveva letto il dubbio che assillava le menti. «Non siamo nelle condizioni di poterlo valutare. Dobbiamo ancora trovare la Porta e non conosciamo il nascondiglio della chiave.»

Craig Walden mosse la testa in segno di assenso: «E non abbiamo ancora sconfitto Ophidiel...»

«Nemmeno l'affascinante strega vestita di nero» aggiunse Vlad Kazig.

Unika lanciò un'occhiata a Uniko. Entrambi sentivano che era solo questione di ore e l'Angelo del Male sarebbe apparso davanti a loro, spietato come sempre, per appropriarsi delle chiavi e aprire l'ultima Porta.

Nishida lasciò cadere l'argomento. Tutti si aspettavano l'arrivo di Ophidiel e lui pensò che non era il caso di aggiungere tensione alle ansie già esistenti. Del resto, era inutile fare congetture.

«Se vi sentite pronti, possiamo ripartire.» L'Elfo era sospeso nell'acqua a qualche centimetro dal tappeto sabbioso. «Non siamo lontani.» Poi si rivolse ai due ragazzi biondi: «Ci sta chiamando, la sentite?»

«Sì!» risposero all'unisono.

«Allora mettiamoci in marcia.»

In una frazione di secondo il gruppo era di nuovo allineato in un nuoto tutt'altro che sincronizzato. La luce che fuoriusciva dagli occhi dei tre angeli illuminava la profondità: piccole dune ondulate si alternavano a strati corallini e a densi ciuffi di alghe scure. Il fondale continuava a digradare. Alcune volte scendeva ripido come un burrone, dando la sensazione di un salto nel vuoto. In altri punti aveva le sembianze di un pendio collinare che scivola dolcemente verso valle.

«Guardate là.» Unika indicò avanti una cinquantina di metri. «C'è una sagoma scura.»

«Dove?» chiese Uniko.

«Laggiù! Sembra un altro Moai.»

Un imponente profilo roccioso si accese di viola, per essere raggiunto subito dopo dal raggio azzurro e da quello giallo.

Nishida accelerò l'andatura per avvicinarsi.

Era un enorme blocco di tufo vulcanico, completamente scolpito. Aveva la fronte bassa, il naso allungato e il mento squadrato, che si appoggiava su un torace massiccio. Nishida gli girò intorno e lo esaminò nei dettagli. Sembrava del tutto simile a quelli in superficie, ma si differenziava in un dettaglio: aveva gli occhi. I bulbi oculari erano coperti da uno strato di corallo bianco, all'interno del quale erano posizionate due sfere di vetro vulcanico nero che animavano le pupille.

«È identico agli altri?» Unika non nascose il suo dubbio.

«Sì, ma ha la vista» rispose Nishida.

Unika e Uniko puntarono i loro fasci luminosi sulla parte superiore del grande volto di pietra.

«È strabico!» esclamò Unika.

«Cosa può essergli successo?» Uniko osservava i due occhi di ossidiana: guardavano uno a sinistra e l'altro a destra.

«Nulla è lasciato al caso» constatò Nishida.

«Ci indica la strada... cioè... due strade diverse.» Craig Walden provò a dare un'interpretazione.

«Ma quale sarà quella giusta?» domandò Vlad Kazig, appena sopraggiunto.

«Entrambe...» L'Elfo appoggiò le dita sulla pietra di tufo: era consumata dal tempo e dall'acqua, e sembrava attendesse da anni quel momento per raccontare la sua storia.

Eve e Dimitra erano immobili, ai piedi della scultura. Una aveva la bocca aperta, l'altra era quasi impassibile, ma un sogghigno di impazienza le solcava le guance.

«Dividiamoci» propose Nishida. «Io e Unika ci sposteremo verso destra. Tu, Uniko, andrai con gli altri a sinistra. Cerca di seguire la traiettoria indicata dall'occhio. Con i tuoi sensi puoi farlo.» Nishida fissò a uno a uno i volti concentrati e in attesa di ricevere istruzioni. «Perlustrate ogni angolo, ogni centimetro di questa parte dell'oceano. Non tralasciate nessuna roccia o irregolarità nel terreno. Tutto ciò che è nascosto in profondità deve essere scandagliato.» Poi si rivolse a Unika: «Noi faremo lo stesso».

«Fino a dove dobbiamo arrivare?» si informò Craig Walden.

«Non oltre i duecento metri. Qualsiasi cosa scopriate, non fate nulla. Non correte rischi. Ci vediamo qui, di fronte al Moai, tra mezz'ora. E decideremo insieme come procedere.»

«Tutto chiaro.»

Uniko salutò Unika con uno sguardo carico di parole. Aspettò il suo sorriso e si avviò verso sinistra.

Nishida e Unika presero la direzione opposta. Nuotavano silenziosi e assorti, uno accanto all'altra. Esaminavano ciò che li circondava con grande attenzione. Ma il fondale era regolare e non sembrava nascondere alcun mistero.

«Ho la stessa sensazione di quando eravamo all'interno della Grande Piramide» sussurrò Unika. «Le vibrazioni sono talmente intense che non riesco a capire il punto esatto da cui provengono.»

«Vale lo stesso anche per me. La Porta è da qualche parte qui intorno, ma il suo richiamo è così forte da impedirmi di individuarne la localizzazione precisa.» l'Elfo si interruppe di colpo, dopo aver notato uno scintillio in lontananza.

«L'hai visto anche tu?»

«Cosa?»

«Mi sembra che là avanti ci sia qualcosa che luccica.»

Unika allungò la vista e il fascio di luce viola ritornò indietro, come riflesso da uno specchio.

«Eccolo!»

«Tieni gli occhi puntati là sopra» si raccomandò Nishida. E trasvolò sul bagliore.

Unika aspettò che l'Elfo raggiungesse la meta e le facesse cenno. Poi si smaterializzò. Appena riapparve davanti a lui, sentì il cuore che cominciava a sobbalzarle nel petto. Lo sfavillio era intenso, ma non proveniva da una fonte di energia. Era un oggetto riflettente, che rimandava la luce così come scaturiva dai loro sguardi.

«Che cos'è?»

«Non ne ho idea. È incastrato sotto la sabbia. E non si capisce che forma abbia.»

Unika ci appoggiò sopra i palmi. «È freddo.»

Nishida chiuse la mano a pugno e picchiettò la superficie con le nocche. Tornò un rumore cupo.

«Ha la consistenza del vetro.»

«Ma come può essere?»

«Proviamo a scavare, per estrarlo» le dita di Nishida si muovevano rapide, ma lo strato di arena che ricopriva l'elemento misterioso era compatto e resistente.

«Riesci a prenderlo?»

«No.» L'Elfo raschiava la sabbia. «Non trovo il bordo. Sembra molto grande.»

Unika si spostò di un metro e affondò di nuovo i polpastrelli. «Lo sento anche qui... e... prosegue... possibile sia tanto esteso?» Incuriosita, la ragazza nuotò oltre e ripeté il tentativo, ottenendo il medesimo risultato: nascosto dal fondale c'era qualcosa di gigantesco, ancora oscuro e non identificabile.

«Si sviluppa in orizzontale. Sembra senza confini.» Sul viso di Unika la curiosità si mescolava a una buona dose di sbalordimento.

«Così ci impieghiamo troppo tempo. Spostati dietro di me.» Nishida meditò per un brevissimo istante. Si concentrò. Aprì le spalle come se stesse incanalando aria nei polmoni e soffiò dalle labbra una sferzante ondata di vento. Per qualche secondo l'oceano tuonò. Si crearono forti onde sottomarine e la sabbia iniziò a sollevarsi, offuscando la trasparenza dell'acqua. Unika avvertì la sensazione di essere trascinata via e dovette usare i suoi poteri per non perdere l'equilibrio e finire nel flusso tumultuoso.

Appena tornò la quiete, Nishida guardò in basso e l'espressione gli si accese di soddisfazione: con il suo potente soffio aveva portato alla luce l'elemento riflettente. Una superficie molto ampia, perfettamente levigata e lucida, si estendeva sotto di loro. Emergeva dalla sabbia come la punta arrotondata di un iceberg.

I due angeli si scambiarono uno sguardo esterrefatto. Nessuno di loro aveva dubbi: quello che stavano osservando era solo la minima parte di qualcosa di inaspettato e ancora irriconoscibile, che si celava sul fondo dell'oceano.

«Sembra un'enorme lastra di cristallo!» Unika si portò le mani alla bocca. «Ma... a cosa serve?»

Nishida si sdraiò e avvicinò il volto al vetro, cercando di guardare oltre. Dopo un attimo sollevò la testa. Le sue guance erano arrossate. «Vieni a vedere.»

Unika non se lo fece ripetere. Si allungò a pancia in giù sul piano liscio e freddo e lanciò la vista oltre lo spessore. «Ma allora... non siamo sul fondo del mare...»

«A quanto pare no.»

Unika si alzò. I suoi occhi emanavano entusiasmo e incredulità. «Aiutami a spostare ancora un po' di sabbia.» Si concentrò e diede vita a un getto d'aria simile al precedente. Nishida fece lo stesso. Soffio dopo soffio, la superficie cristallina fu spazzata.

«Non siamo riusciti a farla affiorare tutta. È smisurata. Ma fin dove arriva?» Unika si inginocchiò a terra per penetrare la trasparenza con il potere della Vista d'Aquila. «Laggiù ci sono statue e pilastri...»

«Si intravede un corridoio molto lungo.» Nishida aveva il naso schiacciato sul vetro. «Sfocia in una stanza rotonda. Al centro c'è...»

«La testa della sirena!»

«E più in là... la sua pinna.»

«Sembra incastrata nel pavimento. Emerge solo in parte e il suo corpo è imprigionato sotto il livello del suolo.»

«Guarda! Si scorgono anche le fauci di un mostro marino! E dal pavimento spuntano pezzi di coda che avvolgono la sirena.»

«È la stessa rappresentazione che abbiamo trovato dentro il monte Kailash, nel tempio della Porta di Horizon.»

«E che è raffigurata anche nel cunicolo della piramide di Cheope.»

«Cosa significa tutto questo?» Unika non si raccapezzava.

«Siamo sopra una cupola protettiva... credo che là sotto ci sia quello che stiamo cercando.»

«La Porta?»

«Forse molto di più.»

Unika non fece in tempo a replicare che Nishida era già scomparso. Lo vide rimaterializzarsi molti metri sotto di lei e guardare in alto per farle segno di restare ferma dov'era. Non nuotava, ma si muoveva camminando tra le statue dell'androne. Unika lo seguì con lo sguardo, finché non svanì di nuovo. Avrebbe voluto andare con lui, ma sapeva che non era una buona idea. Si sforzò di aspettare paziente. Il tempo passava. Secondi, minuti. Poi Nishida ricomparve.

«C'è una città, là sotto. Sono presenti segni di vita passata. E non c'è acqua. È come essere in una bolla d'aria in mezzo all'oceano.»

«Stai dicendo che abbiamo trovato un mondo sommerso?»

«Credo di sì. Forse un luogo dove vivevano gli esseri umani migliaia di anni fa.»

Capitolo 50

IL PASSATO SOMMERSO

Oceano Pacifico, 6 ore e 40 minuti alla Porta di Abyss

«Dobbiamo avvisare gli altri.»

«Sì, torniamo al Moai.»

Unika e Nishida trasvolarono di fronte al gigante strabico. Non c'era segno del gruppetto.

«Andiamogli incontro» suggerì Nishida.

Ancora sbigottiti dall'incredibile scoperta, proseguirono silenziosi nella direzione indicata dall'occhio sinistro del monolite. Nuotavano veloci sul fondo dell'oceano, carichi di adrenalina.

«Uniko!» Unika iniziò a sbracciarsi quando il suo raggio luminoso si intrecciò con quello azzurro del ragazzo.

«Avete trovato qualcosa?» chiese Nishida, prima che Unika raccontasse ciò che avevano visto.

«Solo rocce e coralli» rispose Craig Walden. «Ma non ci siamo spostati oltre i duecento metri concordati.»

Nishida si accigliò, meditabondo. «Eppure ci deve essere un passaggio.»

«Un passaggio per dove? E...» Vlad Kazig non fece in tempo a concludere la frase che Unika buttò fuori le parole tutte d'un fiato: «Noi abbiamo scoperto una cupola di vetro trasparente che protegge una città sommersa. Nishida è andato giù e sembra che là sotto si possa respirare normalmente!»

«Come... una città sommersa?» Il viso del professore cambiò espressione, agitato da una vampata di irresistibile bisogno di sapere.

«Non so dire se sia una città o un tempio o un rifugio segreto...» Nishida si inginocchiò e si mise a scavare nella sabbia. Il fondale lì era diverso: lo strato sedimentario era più spesso e i granelli avevano una consistenza maggiore. Dovette andare molto a fondo prima di trovare ciò che cercava. «Sentite qua. Siamo sopra un'enorme superficie trasparente che isola una vasta area sotterranea dall'acqua del mare. Sono trasvolato e mi sono materializzato una trentina di metri più in basso. Ci sono molti corridoi, scale e stanze. Pavimenti lastricati, muri decorati, sculture e affreschi. Tutto antichissimo, ma in perfetto stato.»

«Hai trovato la Porta?» Uniko non riuscì a trattenere la curiosità.

«Non ho avuto tempo a sufficienza. Ho fatto solo un veloce giro di perlustrazione.»

«Come ci arriviamo?»

«Speravo aveste individuato un accesso.»

«Difficile trovare qualcosa se non si sa cosa cercare.» La voce di Vlad Kazig arrivò severa alle orecchie di tutti. «Non siamo nemmeno sicuri di aver seguito la direzione giusta.»

«La direzione è giusta» ribatté deciso Nishida. «Non dimenticate che l'occhio di destra ci ha portati nel punto in cui la sabbia dirada e rivela una parte importante della cupola. Questo significa che l'occhio sinistro ci guiderà all'ingresso.»

«Se ne siamo sicuri...»

«Voi non avete superato i duecento metri, vero?!» La domanda era retorica e Nishida non aspettò la risposta. «Proviamo a spingerci oltre.» Si mise davanti al gruppo e fluì via come un'onda tra le onde. Tutti gli altri ne seguirono la scia.

Dopo qualche minuto di silenzio il professore agitò le mani. «Prima siamo arrivati fin qui, poi siamo tornati indietro.»

Nishida annuì, senza rallentare. I suoi occhi ruotavano a destra e a sinistra, cercando di intercettare un possibile pertugio. Attivò il potere della Vista d'Aquila e captò una scogliera calcarea in lontananza. Si ergeva imponente a circa un chilometro da loro. Era molto estesa e sembrava diramarsi in una miriade di estremità frastagliate.

«Per di là.» Nishida indicò la rotta, rassicurando i suoi compagni un po' smarriti dal buio e dal nulla apparente che li circondava.

Appena giunsero in prossimità, Nishida si fermò. Unika e Uniko fecero correre i fari luminosi in alto, in basso e di lato, per misurare il perimetro della muraglia che si stagliava davanti a loro. Appariva come un immenso groviglio roccioso: alcune pareti erano porose come spugne di pietra, altre sembravano più taglienti di lame affilate. Occupava lo spazio di un bosco sommerso e nei suoi avallamenti si aprivano cavità profonde e anfratti dove si rifugiavano pesci grotteschi, luminescenti, con grandi bocche dentate.

«Come faremo a superarla?» Vlad Kazig anticipò il dubbio di tutti. Aveva gli occhi leggermente piegati verso il basso, indice di un inizio di stanchezza.

«Non credo che sarà necessario. Penso che il passaggio che stiamo cercando sia nascosto in qualche ansa di quelle rocce.»

«Direi che è meglio separarci.» Craig Walden non vedeva altra soluzione.

«Io direi di no» replicò Nishida. «La barriera è troppo vasta e non possiamo correre il rischio di perderci. Né tanto meno di non vedere l'ingresso. Dobbiamo perlustrarla con la massima attenzione. Stiamo vicini e diamoci un senso di marcia.»

«Cos'hai in mente?» Unika sentiva l'euforia esploderle nel petto.

«Disponiamoci in verticale, a circa due metri di distanza l'uno dall'altro. E cominciamo a ispezionare verso destra. Circumnavigheremo tutta la scogliera fino a ritrovarci in questo stesso punto. Se non avremo scoperto nulla una volta tornati qui, ripartiremo da più in alto. E continueremo così finché non avremo analizzato ogni centimetro della superficie in tutta la sua altezza.»

Nishida si concentrò. Tese le braccia in avanti, unì i palmi e ne fece scaturire un potente getto di energia dorata, che si trasformò in un rogo di piccole particelle fluorescenti. Sembrava un falò iridescente. Non era fuoco, ma energia pura: incendiava l'acqua e illuminava gli abissi.

«Questo servirà per ricordarci il punto di partenza.» Nishida sorrise agli umani con la luce della fiducia negli occhi e poi li spronò: «Mettiamoci in formazione. La Porta ci attende».

L'Elfo nuotò verso l'alto e si posizionò a circa nove metri dal fondale, cercando di stare a metà del gruppo, per avere il più ampio raggio visivo.

«Unika, Uniko, mettetevi alle estremità.»

Mentre Unika saliva, portando con sé Eve, Uniko si fermava vicino alla sabbia. Craig Walden si collocò sopra l'Elfo, subito sotto Eve, e fece segno all'ispettore di affiancare Nishida verso il basso. Dimitra strizzò l'occhio a Uniko e si sistemò tra lui e Vlad Kazig.

Partirono schierati e compatti. Procedevano lenti. I loro sensi erano focalizzati sulla superficie rocciosa, illuminata dai raggi dei tre angeli. Si fermavano a esplorare ogni interstizio e scanalatura. E quando si presentavano affossamenti e grotte, Nishida andava in avanscoperta.

Il tempo sembrava fuggire e fermarsi contemporaneamente. Nessuno di loro sapeva dire da quanto fossero su quel versante. L'unica unità di misura era rappresentata dalla distanza della pira che avvampava alle loro spalle, come un faro nella notte che indica la lontananza della spiaggia al marinaio.

«Fermi… fermi…» Vlad Kazig cominciò a muovere le mani. «Quei massi sembrano riportati. Non hanno nulla a che vedere con le falde calcaree che ci sono a questa profondità. Sono di tufo vulcanico. Lo stesso presente nelle cave sull'isola e con cui sono stati costruiti i Moai.» L'ispettore alzò il viso per trovare conferma nello sguardo di Nishida.

Davanti a loro il paesaggio roccioso e frastagliato si interrompeva per lasciare spazio a un raggruppamento di macigni levigati. Erano disposti in modo apparentemente casuale e circoscritto, come una piccola zona lunare tra le irregolarità stratificate della scogliera. Il vuoto che si apriva ai loro fianchi sembrava segnare un percorso. Nishida vi si insinuò. Mentre nuotava, l'Elfo si rendeva conto che non era una delle solite caverne erose dall'acqua: aveva le sembianze di un canale e si snodava verso la profondità, protetto dai pendii della barriera. Nishida tornò indietro ad avvisare gli altri. E si avviarono tutti in fila indiana. Unika era dietro di lui, seguita da Eve, Craig Walden e Vlad Kazig. Dimitra precedeva Uniko, che chiudeva la fila. Il passaggio era stretto, ma non opprimente. All'inizio era una via obbligata, guidata dai lati perpendicolari dei blocchi monolitici. Poi si incuneava in una fessura alla base di uno dei grandi massi e continuava in una galleria vera e propria, scavata nella roccia. Procedeva in verticale verso il basso, sotto il fondale.

Angeli e umani nuotavano spediti e le loro menti iniziavano a figurarsi dove sarebbero sbucati.

«Siamo arrivati alla fine del tunnel» Nishida osservò il cunicolo che piegava a gomito per spegnersi contro una parete ruvida.

«L'acqua si infila in quel buco!» Unika puntò il raggio di luce viola su un'apertura sotto di loro: era la bocca di un pozzo di pietra che si gettava negli abissi.

«Seguiamo il flusso anche noi.» Nishida appoggiò le sue mani sul bordo della cavità, girò la testa per fare un cenno di incoraggiamento al gruppo e si fece inghiottire dalle tenebre.

La prima parte del pozzo era angusta. Lo spazio aveva una forma circolare ed era estremamente ridotto.

«Cosa sono quelle protuberanze che escono dal muro?» Eve faticava a parlare: aveva la sensazione di soffocare tra quelle pareti troppo strette.

«Sembrano appigli.» Unika si aggrappò con le dita e fece aderire il corpo alla superficie, fino a trovare un appoggio anche per i piedi.

«Forse, se non ci fosse l'acqua, potrebbero servire per scendere.»

Eve imitò l'amica. Afferrò le prese e provò a spostarsi, come su una scala a pioli. «Mi dà l'idea di essere all'interno di una lunga ciminiera e di percorrerla in discesa.»

«Non so quanto ci resisto, qui dentro.» Vlad Kazig era in preda alla claustrofobia.

Unika si staccò dalla parete e accelerò l'andatura per rendere meno pesante il percorso all'ispettore.

«Tenete duro!» gridò Nishida. «Intravedo una zona più ampia là sotto.»

Grazie al cielo... fu il pensiero di Vlad Kazig, che nuotava con le palpebre serrate e l'affanno in gola.

«Si apre... il tunnel si allarga!» Unika si sentì cadere nel vuoto. Pur essendo sempre stata immersa, avvertì la stessa sensazione di quando ci si tuffa dall'alto e si finisce in un'enorme piscina. Le mani tese in avanti tagliarono l'acqua. Unika arrivò a toccare il fondo con le dita, poi incurvò la schiena e risalì, giusto in tempo per vedere sbucare Uniko, vicinissimo alle lunghe gambe di Dimitra.

«Quelle sono... scale!» Craig Walden colse la sagoma di una serie di gradini: partivano dal muro sotto l'apertura del pozzo e scendevano ripidi verso il pavimento.

Tutti si voltarono verso di lui, per poi seguire la traiettoria del suo sguardo.

«Significa...»

«Che questo posto una volta non era sommerso.» La voce di Vlad Kazig risuonò sorda.

«Dove conducono?»

«Verso quella porta.» Unika allungò il braccio.

Nishida era già in prossimità del varco e lo stava oltrepassando.

«C'è un'altra stanza!»

Il secondo locale, a pianta quadrata, era molto più ampio del primo. Le pareti erano di pietra e il pavimento era lastricato con grandi massi levigati. L'acqua copriva tutto e rendeva l'atmosfera ovattata e surreale.

«Non si va da nessuna parte» osservò Uniko, dopo aver scrutato ogni angolo.

«Forse sì» Nishida si era spostato al centro, di fronte a un grande blocco cilindrico di tufo scuro, cavo all'interno.

«È una fontana!» Craig Walden fissò la struttura che si levava dal suolo per circa un metro. Si avvicinò. Sulla circonferenza esterna erano incise le due eliche intrecciate del simbolo di Sefira. Sopra il bordo, sull'orlo dell'apertura, erano appoggiate, una di fronte all'altra, due statue imponenti. L'angelo a due teste e una sola ala impugnava la spada nella destra. L'altra mano era tesa in alto. Si protendeva nella stessa direzione in cui si allungavano le dita della sirena, che si levava dalla morsa del mostro marino. L'angelo e la sirena sorreggevano insieme una piramide capovolta. La punta della piramide era orientata verso il centro della cavità.

«È una fontana senza fondo. Per di qua...» Nishida percepì un fremito corrergli lungo la schiena: era vicino alla meta.

Uno dietro l'altro si infilarono nel buco e si trovarono ancora una volta in un tunnel discendente, sulle cui pareti erano incastonate maniglie di sasso.

«Anche voi vedete una strana luce?» Eve chiuse e riaprì gli occhi per un paio di volte.

Unika spense il raggio luminoso per qualche istante. L'acqua sembrava meno buia. «Sì. Cosa può essere?»

«Proviene dal basso» notò Nishida. «Là in fondo il passaggio piega in orizzontale.»

Appena l'Elfo arrivò allo snodo, si rese conto che il cunicolo aveva una forma a U.

«Rallentate. La galleria risale.»

«Stiamo tornando indietro?»

«No. Dopo essere scesi a lungo, abbiamo nuotato per qualche metro paralleli al suolo. Adesso siamo in un condotto che affianca quello che abbiamo appena percorso in discesa. Ci sta portando in alto.»

«Il colore dell'acqua qui è diverso.»

«Sembra semplicemente meno fonda.»

Nishida aumentò gli sforzi. La testa era protesa verso l'alto e le gambe si muovevano a un ritmo frenetico. Sentiva il sangue fluire veloce nelle vene. Il richiamo della Porta era fortissimo.

«Ahahahahhh.» La voce eruppe acuta dalla sua gola.

Volò fuori dal tunnel. Le braccia tese perforarono il vuoto e lanciarono il suo corpo oltre la superficie dell'acqua.

Nel giro di pochi secondi, affiorarono tutti.

«Siamo fuori!» esclamò Vlad Kazig, rincuorato.

«No. Siamo dentro. Sotto la cupola.»

Capitolo 51

GLI AFFRESCHI

Oceano Pacifico, 4 ore e 30 minuti alla Porta di Abyss

Sette teste spuntavano dall'acqua, con i volti rivolti verso l'alto, le bocche spalancate e gli sguardi increduli.

Unika, Uniko, Nishida, Eve, Dimitra, Craig Walden e Vlad Kazig galleggiavano in una piscina rettangolare, al centro di una stanza solenne e cupa. Le pareti proseguivano in verticale a perdita d'occhio. Erano composte da enormi lastre di pietra scura saldamente unite una all'altra. Alle intersezioni dei lati spiccavano quattro colonne, sulle quali erano appoggiate quattro sfere, in ciascuna delle quali ardeva un fuoco vivo e brillante.

Unika si avvicinò al bordo della vasca e mise le dita sulla pietra levigata e scivolosa. Contrasse gli addominali e spinse con le gambe. Le braccia si distesero e il corpo emerse eretto. I capelli bagnati le scivolavano lungo la schiena, mentre il riverbero delle fiamme illuminava il suo profilo. Fece qualche passo sul pavimento freddo. Gli indumenti gocciolavano. Chiuse gli occhi. Il bagliore accendeva l'interno delle sue palpebre. Poi li riaprì e si lasciò assalire dall'emozione: avvertì un formicolio intenso dilagare dalla punta dei piedi alla base della nuca. Alzò il volto e il raggio di luce viola dello sguardo attraversò lo spazio fino a colpire il soffitto.

«Nishida…»

«Sì, Unika. Quella è la cupola che abbiamo visto da fuori.»

Uniko si levò in volo e raggiunse la volta, a un centinaio di metri sopra di loro. Puntellò le mani sulla superficie vitrea. «Là sopra c'è il fondale su cui nuotavamo poche ore fa?»

Nishida annuì. «La sabbia ricopre tutto questo luogo sommerso.»

«Sommerso, ma pieno d'aria» aggiunse il professore, facendo leva con il ginocchio sull'orlo della piscina per uscire.

«E pensare che mi stavo abituando a nuotare» disse Vlad Kazig, tirandosi in piedi. L'ispettore diede due colpi di tosse e si passò le dita sul volto, cercando di asciugarlo. Poi scrollò i pantaloni e arrotolò la camicia zuppa all'altezza della pancia, strizzandola.

«Questo posto mi mette i brividi.» Eve si strinse le braccia intorno al corpo. Tremava. I capelli grondavano sul viso pallido e le gocce sembravano lacrime. «Andiamocene via da qui.» La sua voce esitante nascondeva un tono impaurito.

Unika fece per avvicinarsi a lei, quando Dimitra iniziò a correre verso un'arcata che si apriva nel muro dietro di loro. Investì Unika e con una spallata la gettò a terra. Poi scomparve.

Unika atterrò di schiena. Si rialzò immediatamente e si lanciò d'istinto all'inseguimento della ragazza. Nishida la afferrò per il polso.

«Non te la prendere. Lo sai che è un po' particolare. La ritroveremo ad aspettarci in qualche stanza più avanti.»

«Dimitra non mi piace. Non mi è piaciuta dal primo istante. Mi guarda in un modo strano. Nei suoi occhi c'è sempre una luce sinistra quando si rivolge a me. Non ne posso più. Adesso voglio che mi dica una volta per tutte quale problema ha nei miei confronti.» Unika si divincolò e trasvolò per evitare di essere riacciuffata. Si materializzò a qualche metro di distanza, nella sala limitrofa. Era un atrio senza apertura sulla cupola, piccolo e angusto, da cui partiva una scalinata. Unika la imboccò. Saliva a tornanti stretti all'interno di una galleria con la volta bassa in muratura. Era buia e con un forte odore di chiuso. I gradini erano ruvidi e gelidi. In alcuni tratti scivolosi. Unika riusciva a udire i passi veloci di Dimitra: rimbombavano in lontananza e rimandavano una sorda eco. Unika avvertiva l'urgenza di raggiungerla. Le sue gambe volavano e inghiottivano lo spazio, mentre la mente liberava una sequenza confusa di immagini, portando alla memoria tutti i momenti che avevano trascorso insieme. Nella sua testa riecheggiavano le parole asciutte e pungenti di Dimitra. Visualizzava le sue smorfie scostanti, i gesti ribelli, gli atteggiamenti maliziosi. Rivedeva il portamento indisponente e il modo di incedere sicuro, le mani che giocherellavano con i riccioli spettinati, gli occhi verdi, furbi e intelligenti. *Verdi. Furbi. Intelligenti.*

La rampa di scale sbucò in un corridoio lunghissimo. Unika non ne scorgeva la fine. Ma, verso l'alto, la vista ricominciava a spaziare fino alla cupola. Adesso era a una trentina di metri sopra la sua testa. Unika si fermò. Guardò in su e individuò il punto dove qualche ora prima lei e Nishida avevano spazzato via la sabbia e da cui avevano catturato la presenza dei pilastri che ora la circondavano e sostenevano i muri laterali. La parete alla sua sinistra era affrescata con il dipinto di una valle verde e rigogliosa. *Sefira...* Unika si avvicinò e tese le mani sulla superficie colorata. Le immagini erano vivide e le rimandavano forti emozioni. Si mosse, seguendo con le dita il profilo delle colline lussureggianti, che sembravano ondeggiare leggere sotto il cielo tinteggiato di azzurro intenso. *Il Monte Forte...* Unika puntò gli occhi sulla vetta innevata che si levava maestosa. Aprì il palmo, come per strapparla dal dipinto e stringerla a sé. Lasciò correre lo sguardo. *La Torre... casa mia...* Sentì la commozione scoppiarle nel petto e le lacrime pungerle gli occhi. *Chissà quando la rivedrò.* Pensò a Metatron e a Yesod. Le mancavano tantissimo. Accostò la fronte al muro, mentre il pianto scivolava dolce sulle sue guance. *Vi voglio bene. Vi voglio bene.*

Si staccò di scatto. Qualcosa aveva attirato la sua attenzione. Esaminò l'affresco. Non c'era dubbio che il paesaggio di fronte a lei fosse Sefira, ma alcuni dettagli erano diversi. La dimora di Metatron non aveva le due costruzioni laterali. Non c'era il terrazzo aperto sul tetto e nemmeno l'ala dove si trovava la sua stanza. Era rappresentata soltanto la torre ottagonale di pietra scura, che si stagliava solitaria in mezzo al verde.

Ecco il nostro fiume... il Fiume delle Note Segrete, il cuore pulsante di Sefira che porta la linfa in tutta la nostra terra. Unika percorreva con i polpastrelli la traiettoria a forma di cuore del fiume. Il dipinto ritraeva il corso d'acqua, che si muoveva tra le pianure e i pendii. Qualche volta alla luce del sole, altre scavandosi un tragitto sotterraneo. Si allargava nella Laguna del Tempo Senza Tempo, passava dai Laghi Hyatt e si incanalava nel piccolo Lago del Ghiaccio Perenne. *Attraversa tutta la valle senza mai sfociare e senza mai fermarsi e si ricongiunge con la sua sorgente nell'Occhio. Ma... dov'è l'Occhio?* Unika scrutò la parete con grande concentrazione. Cercò l'estremità inferiore del cuore. *Questo è il punto dove il fiume ha origine e dove ritorna, dopo aver concluso il suo percorso. E dove c'è il collegamento con Maple Town.* Sobbalzò: il bacino d'acqua non aveva le dimensioni che lei conosceva. Nell'affresco era una piccola pozza.

Inarcò le sopracciglia e d'istinto rivolse lo sguardo in alto, in basso, a sinistra in direzione dell'apertura da cui era sbucata. Poi si spostò verso destra e iniziò a camminare lungo il corridoio, senza togliere gli occhi dal dipinto, che costeggiava tutto il passaggio. Allo scorcio completo della valle si susseguivano le illustrazioni di altri luoghi di Sefira. Unika identificò la veduta della Terrazza Senza Confini, tra le cime dei Monti Tailli. Più avanti, era raffigurata la cascata della Dimora dei Sogni, nascosta nella vegetazione del Bosco degli Alberi Millenari. Unika era irrequieta: una forte bramosia di scoprire si era impossessata di lei. Era come se fosse spinta dal desiderio di trovare qualcosa che stava prendendo forma nella sua mente. Gli occhi si nutrivano di tutto con ingordigia e il fermento del pensiero divampava nelle sue pupille pulsanti. *Eccoti.* Si fermò di fronte a un'immagine inaspettatamente sconcertante. Avvertì un'ondata di calore avvampare sulle gote: la piramide a gradoni di Thinkingblu svettava imponente dinnanzi a lei. Non era cupa come l'aveva sempre ipotizzata sulla base dei racconti di Metatron. Non incuteva il timore che aveva provato quando si era aggrappata alla fune per scalarla. La vegetazione intorno non opprimeva l'atmosfera come il giorno in cui lei e Uniko erano stati assaliti da Ophidiel. La sua forma completamente squadrata, i gradini verticali e la terrazza tronca sulla sommità emanavano un'aura solenne e raggiante. Nel dipinto il sole la illuminava dall'alto e il cielo intorno regalava sfumature dorate, che si riflettevano sulla distesa erbosa circostante. Ma ciò che catturò l'interesse di Unika fu il simbolo che dominava lo scenario: in alto, sopra la piramide era raffigurato l'esagramma con le lettere OHA unite. Diffondeva energia, quasi fosse reale, e brillava come la stella polare.

Unika ne restò abbagliata. Pensieri confusi e impetuosi le scuotevano lo spirito. Il cuore spingeva il sangue nelle vene, che gonfiava la giugulare e le asciugava la bocca: la piramide sembrava un tempio sacro e l'esagramma il suo emblema. Si rese conto di essere davanti a una grande rivelazione. Un segreto inconfessato. Una verità celata e custodita con grande riservatezza. Ma non riusciva a immaginare di cosa si trattasse. *Qual è il mistero dietro a tutto questo?* I suoi occhi non si staccavano dall'affresco. *Cosa rappresenta la piramide di Thinkingblu e perché Ophidiel è stato imprigionato proprio là? Cosa significa l'esagramma con le tre lettere e che relazione ha con le chiavi delle tre Porte?*

Un rumore di passi la riportò alla realtà. *Dimitra.* Unika si ricordò di lei. Doveva rincorrerla. Raggiungerla. Sentiva che era importante farlo. Con la testa pesante e frastornata, si levò in volo e attraversò il corridoio. I dipinti sulla sua sinistra continuavano ad accompagnarla, mentre sulla parete di destra una serie di nicchie custodivano statue di pietra scura. Tutte identiche. Molto squadrate e poco dettagliate. Sguardi fissi e mascelle importanti su corpi muscolosi, ma senza dinamicità. Apparivano come un esercito di guardiani, schierato per difendere il passaggio. Unika ebbe l'impressione fossero Moai più evoluti, meno primitivi. Tuttavia non si soffermò: doveva trovare Dimitra.

Capitolo 52

LA RIVELAZIONE DI DIMITRA

Oceano Pacifico, 4 ore e 5 minuti alla Porta di Abyss

«Tu lo sai cos'hai fatto?»

Unika si fermò appena udì la voce squillante di Dimitra. Era giunta nella sala circolare in cui si apriva il lungo corridoio pieno di affreschi. L'aria era calda e rimandava un senso di immobilità. Unika aveva la sensazione di addentrarsi nella quiete irreale che normalmente anticipa la tempesta.

«Ne sei cosciente?»

Unika cercò con lo sguardo il punto da cui provenivano le parole acuminate, mentre il respiro le si arrestava in gola di fronte alla singolarità dello scenario che la attorniava. L'atmosfera era azzurrata: la cupola di cristallo ricopriva l'intera stanza e i riflessi dell'oceano sovrastante si specchiavano sul pavimento di vetro vulcanico nero.

«Hai rovinato tutto.»

Unika sentì una goccia di sudore tagliarle la fronte: era nel cuore del mondo sommerso. Poco più avanti si ergeva elegante il busto della sirena. Era alto più di cinque metri. Aveva il viso rivolto verso di lei e i suoi occhi sembravano guardarla per implorare aiuto. Lunghi capelli le avvolgevano le spalle e le coprivano i seni. Le braccia erano visibili fino ai gomiti, incastrate al suolo e nascoste sotto il tenebroso piano lucido, insieme ai fianchi e alla coda flessuosa.

«E non hai ancora capito niente.»

Unika si lasciò penetrare dall'espressione accesa della statua piena di anima che si divincolava dalla morsa del mostro marino, le cui fauci sembravano sputare fuoco. Poi proiettò le pupille nello spazio circostante. Lo attraversò tutto fino a incrociare quelle di Dimitra. La ragazza era seduta a cavalcioni sulla pinna della sirena, che sbucava dal suolo e si innalzava plastica in fondo alla sala. Le sue gambe lunghe e asciutte penzolavano nel vuoto, mentre le mani sorreggevano il mento.

«Ma io sono qui per questo. Per illuminarti, piccola egoista accentratrice.»

Unika si chiese dove aveva già visto quel ghigno. I suoi pensieri la portarono a un anno prima. Era a terra, alla Piana della Vittoria, senza forze e con i muscoli doloranti. Per un istante rivisse la spiacevole sensazione dell'arsura nella bocca, delle escoriazioni sulle braccia e della contrattura al dorso. La figura davanti a lei la guardava ansimante. Con quello stesso ghigno altezzoso. Nelle sue iridi brillavano odio, sfida e minaccia.

«Zack?»

Unika non fece in tempo a pronunciare quel nome, che Dimitra si levò in aria. Squarciò l'atmosfera con l'energia di una saetta e restò sospesa a qualche metro da terra. Tese le braccia ai lati e inclinò la testa oltre le spalle. Una scarica elettrica scosse le sue membra. Il bulbo oculare sembrava esploderle dal cranio, mentre le vene del collo pulsavano e le dimensioni del torace laceravano la maglietta di cotone rosa.

Sotto lo sguardo attonito di Unika, l'agile corpo di Dimitra prendeva le sembianze di un fisico scolpito e vigoroso. Il volto affilato si allargava in una mascella squadrata e i riccioli ribelli lasciavano il posto a una folta chioma corvina. Solo gli occhi restarono gli stessi. *Verdi. Furbi. Intelligenti.* Sferzanti. Predatori. Letali.

Capitolo 53

UNA STORIA IN SOSPESO

Oceano Pacifico, 3 ore e 50 minuti alla Porta di Abyss

«Tu?»

Uniko irruppe nella stanza. Aveva seguito Unika, anticipando il gruppo e ora si trovava faccia a faccia con Zack. Impallidì appena lo vide. I suoi occhi si sgranarono come per appropriarsi di quella visione tanto sorprendente quanto dolorosa. Sentì la bocca paralizzarsi, mentre lo stupore si confondeva con la collera: aveva rimosso Zack dalla propria coscienza e adesso riaffiorava come un fantasma dal passato.

«Ci hai messo tanto ad arrivare, fratello. Ma sei ancora mio fratello? Credo proprio di no.» Zack si abbandonò a una risata fragorosa, nella quale il disprezzo si mescolava a una sofferenza profonda. «Hai seguito il corso degli eventi e non ti sei nemmeno accorto di ciò che lasciavi indietro. Cieco e sordo, ti sei allontanato senza voltarti.»

«Cosa stai dicendo?» Uniko non era pronto a quell'incontro.

«Da quando hai scoperto di essere un angelo ti sei montato la testa. Hai perso di vista le tue origini, hai dimenticato chi ti ha insegnato a vivere e hai rinnegato il significato dell'amicizia. Io ero il centro dell'Universo per te, per Eve, per gli altri. Voi eravate le farfalle che mi volavano intorno e si nutrivano della mia vicinanza. E io vivevo per voi, per guidarvi e per condurvi dove non sareste mai stati in grado di arrivare da soli. Ma tu hai cambiato strada. Sono state sufficienti quattro parole affascinanti di un estraneo che ti ha detto di essere un professore di Angelologia per distrarti e portarti via da me, che ero la tua luce. Ma cosa pensavi di fare? E dove credevi di andare?»

«Zack, tu sei pazzo!»

«Come hai fatto a convincerti di non avere più bisogno di me?» La voce del ragazzo evocava i tormenti dell'inferno: ira, risentimento e disperazione si fondevano in un urlo estremo.

Zack si girò di scatto verso Unika.

«È stata lei a farti credere di essere forte e indipendente?» Ingiuriose fiamme color smeraldo esplodevano dalle iridi di Zack e una smorfia di rancore gli deformava i lineamenti, facendolo sembrare terrificante e mostruoso. «Lei ti ha illuso. E non ti sei nemmeno accorto che ti ha soggiogato. Non ti ha reso libero, ma schiavo. È stata subdola: ti ha dato la speranza di essere padrone di te stesso esclusivamente per diventare il centro dei tuoi pensieri, il tuo sole. Si è sostituita a me. E tu le giri intorno come un satellite.»

«Smettila!»

«Ma guardati. Sei diventato il cagnolino di una gattina capricciosa.»

«Piantala! Questo è troppo!»

Uniko si staccò da terra e si scagliò contro Zack.

«Uniko, no! Non ascoltarlo!» Le parole di Unika si persero nel frastuono provocato dal getto di energia verde che scaturì dai palmi aperti di Zack. L'angelo biondo fu scaraventato al suolo. Scivolò per qualche metro sul pavimento levigato, mentre con le mani cercava un appiglio che non trovava. Sbatté sul petto della sirena e ruzzolò lontano, fino a fermarsi contro il piedistallo di una delle tante statue che costeggiavano il corridoio da cui erano giunti. Frastornato, Uniko sollevò la nuca e si rimise in piedi con un balzo. Dalle palpebre socchiuse sgorgavano occhiate cariche di rabbia. Nel frattempo, Zack era atterrato al centro della sala. I brandelli degli abiti di Dimitra gli penzolavano ancora addosso. La maglietta aveva uno squarcio sul torace e lasciava intravedere i pettorali tonici. Una manica si era completamente staccata, l'altra era fissata per circa un centimetro all'orlo della spalla e pendeva lacerata sull'avambraccio anteriore. I bottoni di metallo che chiudevano i jeans alla vita erano stati sradicati dalle cuciture e una serie di strappi orizzontali mettevano in mostra i quadricipiti in tensione.

«Fammi vedere chi sei. Tu e io. Senza poteri. Senza incantesimi.» Zack rivolse il dorso delle mani a Uniko e gli fece cenno di avvicinarsi.

«Non chiedo altro.» Uniko alzò le braccia in posizione di difesa e si inclinò, spostando il piede destro in avanti.

«Fatti sotto.»

Uniko abbassò la fronte, scattò e si catapultò verso Zack. Si abbatté contro di lui con tutta la velocità che era riuscito ad accumulare. Lo abbrancò con violenza e gli conficcò la testa tra lo stomaco e l'ascella. Zack vacillò e perse l'equilibrio. Caddero uno sull'altro. Appena Zack toccò terra, Uniko sollevò il pugno e lo colpì ripetutamente al volto: urlava mentre le sue nocche si schiantavano sugli zigomi di Zack.

«È tutto qui quello che sai fare?» Zack drizzò il bacino e con un colpo di reni ribaltò Uniko. Lo fece roteare alla propria sinistra e gli si spostò sopra. Puntò il gomito al suo collo e incominciò a spingere.

«Ti ho osservato da vicino, Jo. Sei una delusione per me. La tua vita è uno spreco. E te lo dimostrerò.»

«Adesso basta!» Una voce roca e cavernosa tuonò sotto la cupola. I tre ragazzi si bloccarono e il silenzio scese opprimente come un velo fitto e sottile.

Zack allentò la presa. Con le ginocchia ancora inchiodate intorno ai fianchi di Uniko, fece scivolare lo sguardo in alto. Uniko aveva la testa schiacciata sul pavimento. Approfittò di quell'attimo di distrazione di Zack e si liberò dalla morsa.

Unika sospirò. Strinse le labbra. Il dolore che le sconquassò il petto non fu una sorpresa: vide ciò che si aspettava.

Capitolo 54

NELLA SALA DELLA SIRENA

Oceano Pacifico, 3 ore e 20 minuti alla Porta di Abyss

«Non ora, Zack. Non ora. Avrai tutto il tempo per occuparti di lui più tardi. Manterrò la mia promessa. Sarà tuo: da quando ha perso la Fiamma della Vita a me non serve più.»

Ophidiel si era materializzato poco sotto la cupola e stava scendendo in verticale. Aveva l'aspetto titanico di sempre. I muscoli possenti sembravano urlare sotto l'epidermide bronzea e le vene fremevano avide e rabbiose. Il cranio rasato risplendeva come ambra levigata e nelle sue pupille viveva lo sguardo del cobra.

Unika non riusciva a distogliere gli occhi da lui. Non aveva mai conosciuto pericolo più grande. Eppure non provava il bisogno di scappare. Al contrario, avvertiva l'esigenza di saperne di più. Sentiva vibrare in Ophidiel un'anima infinitamente complessa dove le tenebre sfumavano nella luce e il labirinto del passato si districava negli orizzonti del futuro. Unika non sapeva dare una spiegazione a ciò che provava, ma quell'angelo caduto aveva il potere di chiamarla a sé. E più lei si ribellava, più l'energia che pulsava nella mente di Ophidiel la attraeva.

«Non sei stupita di vedermi, vero?»

Unika non rispose. Chiuse gli occhi, ma l'immagine di Ophidiel continuò ad accendersi dietro le palpebre. Li riaprì. Lo fissò, mentre la sala perdeva il bagliore azzurrato e l'aria cominciava a colorarsi di bruno.

Ophidiel allargò le narici e incurvò gli angoli della bocca. Poi si voltò verso il corridoio.

«Evangelia, portali dentro!» L'urlo assordante tremò sulle sue labbra e ingoiò la calma apparente.

Il primo a comparire fu Heinrich Thule, che corse subito di fianco a Ophidiel, come un cane dal suo padrone. Poi apparve Nishida. Aveva il volto tirato dalla preoccupazione, ma appena vide che Unika e Uniko non erano feriti, si rilassò. Dietro di lui sbucarono Eve, Craig Walden e Vlad Kazig. E infine spuntò Evangelia. Elegante e glaciale. Indossava una tuta subacquea mimetica in neoprene elasticizzato, che aderiva perfettamente al suo corpo snello. La divisa aveva il colore dell'oceano: chiazze azzurre, cobalto e nere si mescolavano le une alle altre, per sfumare e confondersi nelle gradazioni del mare. Ai piedi calzava leggerissime scarpe ergonomiche con una sottile suola in gomma e la forma anatomica delle cinque dita. I capelli nerissimi erano raccolti in una treccia, che si appoggiava lucida tra le scapole.

Evangelia avanzava lentamente. Aveva i polsi tesi in avanti e le dita aperte, rivolte all'esterno. Da ogni polpastrello fluiva un sottile raggio di energia blu scuro che avvolgeva tutte le figure davanti a lei.

«Cosa hai fatto ai miei amici?» gridò Unika, appena si accorse che procedevano con difficoltà.

«Nulla di quello che avrei potuto. Ormai dovresti conoscere la mia magnanimità.» Dalla bocca di Ophidiel fuoriuscì un fiato cupo e incandescente.

«Stiamo bene» confermò Nishida, rivolgendosi ai due giovani angeli. «Siamo solo controllati da una forza energetica che ci impedisce di scappare e blocca i miei poteri.»

Unika indirizzò la sua attenzione su Evangelia: i lineamenti erano severi e la donna agiva con grande determinazione. D'istinto, si voltò verso Zack. Anche lui era a suo agio. Nessuno di loro era un angelo, ma entrambi erano stati dotati da Ophidiel di capacità sovraumane. Unika si chiese quanti poteri sarebbero stati in grado di gestire contemporaneamente e quale avrebbe potuto essere il loro punto debole.

«Zack... Zack? S-sei tu?» farfugliò Eve.

«Dov'è Dimitra?» domandò Craig Walden nello stesso istante, guardandosi intorno.

«Dimitra era Zack!» sbottò Uniko, ancora scombussolato dalla sorpresa di qualche minuto prima. «Ci ha seguiti ed è sempre stato con noi. Ci ha tenuti d'occhio. Ci ha spiati. Ci ha ingannati per tutto questo tempo!» Il suo viso era paonazzo e, mentre urlava, sputava la rabbia che aveva dentro.

Eve strinse le palpebre per fermare le lacrime. L'affanno iniziò ad agitarle il respiro. Si portò le mani al petto, senza riuscire a smettere di singhiozzare. L'emozione di rivedere Zack, la consapevolezza che il vecchio amico era un seguace del Male, lo sbalordimento nell'apprendere che Dimitra non era mai esistita erano sensazioni troppo forti per il suo spirito fragile. Osservò Uniko, incredula. Si voltò verso Unika come per aggrapparsi a un filo di speranza. Poi le gambe iniziarono a vacillare, la testa si piegò di lato e svenne.

«Eve!» esclamarono all'unisono i due angeli biondi. Uniko cercò di divincolarsi per raggiungerla, ma Zack lo atterrò di nuovo. Unika si levò in volo e fu intercettata dal raggio bruno di Ophidiel, che la immobilizzò in aria, per poi farla cadere al suolo. Nishida scattò per soccorrere Unika e fu frenato dall'energia blu di Evangelia, la stessa che trattenne anche Craig Walden e Vlad Kazig nel momento in cui provarono a chinarsi per rianimare Eve.

Tutte le anime nella stanza erano nelle mani di Ophidiel.

Egli ne controllava le azioni e, senza ombra di dubbio, anche i pensieri.

«Metatron, ti stai godendo lo spettacolo?» L'Angelo del Male spalancò le braccia e girò su se stesso, con la fronte rivolta alla cupola di vetro. Fece scendere il buio, mentre la sua pelle si squamava e lui assumeva le sembianze del cobra. Prima di riprendere l'aspetto originario estrasse la lingua biforcuta ed emise un sibilo mostruoso.

Uniko e Nishida trattennero il fiato, in attesa di sentire la voce rassicurante del Saggio. Si illuminarono all'idea che Ophidiel riaprisse la comunicazione con Sefira.

«Guarda, guarda quante facce illuse.» Ophidiel trafisse con uno sguardo pieno di derisione i volti inquieti dei tre angeli. «Disincantatevi: non ho nessuna intenzione di riattivare il collegamento con Metatron. Non ha mai nulla di interessante da dire. E sono stufo di ascoltare i suoi paterni consigli. Bla, bla, bla. Tutte parole sterili sul suo ruolo nei confronti del mondo. Doveva pensarci prima alle implicazioni della responsabilità di cui si è fatto carico, quando veramente poteva dare il giusto corso agli eventi. E invece non l'ha fatto. Non è stato nemmeno in grado di immaginare le conseguenze delle sue azioni. Ora è tardi. Il tempo è scaduto millenni fa.»

Il tono risentito infuocava l'aria già rovente e faceva tremare gli spiriti che ascoltavano immobili.

«Se parlassimo con lui, forse potrebbe aiutarci a trovare quello che stiamo cercando. Mi sembra che non ci restino più molte ore» osservò Vlad Kazig, intenerito dalle espressioni abbattute degli altri. Aveva capito quanto fosse importante per loro entrare in contatto con Metatron e tentò di convincere Ophidiel a prendere in considerazione il dialogo con Sefira.

«Il suo aiuto è inutile.» Le parole lapidarie echeggiarono nella sala. «Invece è divertente sapere che ci guarda impotente e disarmato.»

«Ma dobbiamo ancora scoprire il nascondiglio della Porta» insistette l'ispettore.

«La Porta di Abyss è qui sotto.»

«Come fa a dirlo?»

«La sento.»

Nishida trasalì. Guardò Unika e Uniko. Si capirono subito: nonostante il richiamo fosse molto intenso, Ophidiel aveva individuato la Porta con precisione. Questo significava che aveva capacità tremendamente superiori alle loro.

Nel momento in cui i tre angeli si scambiavano cenni carichi di parole, rendendosi conto dell'evidente realtà, avvertirono il peso degli occhi di Ophidiel. Si girarono verso di lui e si sentirono inchiodati dalla sua supremazia: l'Angelo del Male annuiva con un ghigno sprezzante che confermava le loro supposizioni.

Unika arrossì. Uniko si sentì nudo. Nishida sostenne lo sguardo, consapevole della propria debolezza di fronte a una forza tanto smisurata.

«Adesso portatemi le chiavi.» Il tono era viziato da una grave autorità.

Anche se la domanda suonava inevitabile, una fitta di dolore atterrì i cuori. Nessuno si mosse, mentre il silenzio scendeva ancora più agghiacciante e il buio divorava tutto, tranne la brace ardente che infiammava le iridi di Ophidiel.

«Non avete scelta. Le chiavi appartengono al mio destino. Io aprirò la Porta. E io la chiuderò per sempre dietro di me.»

Vlad Kazig cercò gli occhi di Nishida. L'Elfo aspettò che il respiro rallentasse nel petto. Nelle orecchie aveva la voce della coscienza che gli diceva di obbedire. *Non hai alternative.* Fece un cenno di assenso all'ispettore e mosse il primo passo in direzione dell'Angelo del Male. Gli arrivò di fronte. Estrasse la chiave dal sacchetto di foglie di palma e, con le pupille fisse in quelle di Ophidiel, tese la mano aperta.

«Non si conclude qui, Ophidiel. L'inizio comincia dalla fine.»

Le parole eruppero violente dalla gola dell'Elfo, che si stupì da solo del tono severo con cui le pronunciava e avvertì un sapore amaro dilagare nella bocca asciutta.

Vlad Kazig era alle sue spalle. Stringeva la chiave della Porta di Horizon nel pugno chiuso. Aveva i nervi a fior di pelle e il desiderio imperioso di non cedere. Ma sapeva che non sarebbe servito a nulla. Emise un suono gutturale e rabbioso a labbra strette. Deglutì. Allungò il braccio e spalancò le dita.

Capitolo 55

IL SACRIFICIO

Oceano Pacifico, 2 ore e 50 minuti alla Porta di Abyss

«Heinrich!»

«Sì, mio *Assoluto*.»

«Vieni qui.»

Il ragazzo dinoccolato dagli occhiali rossi si precipitò davanti a Ophidiel. Sul suo volto brillava la luce della devozione.

«Ho una missione importante da affidarti.»

Heinrich Thule chinò il capo. Un ciuffo di capelli castani gli scivolò sulla fronte. «Dimmi cosa vuoi che faccia.»

«Sai quanto sono importanti queste due chiavi, vero?»

«Sì.»

«Devi proteggerle.»

«Lo farò a costo della vita.»

«È proprio ciò che ti sto chiedendo.»

In quelle parole, Heinrich sentì la forza della presenza autorevole di Ophidiel: dominava il suo essere e guidava la sua mente.

«Sono pronto.» Heinrich sollevò il viso e tese le mani a cucchiaio per prendere i due preziosi oggetti che Ophidiel stringeva con forza.

«Per trovare la Porta di Abyss dovrò scatenare l'inferno qui sotto. E non posso permettere che le chiavi vadano perse.» Ophidiel appoggiò gli esagrammi sui palmi tremanti di Heinrich. Nella sala faceva molto caldo, ma la pelle del ragazzo era gelida.

«Vedi la posizione della sirena?»

Heinrich annuì.

«Vai dietro di lei e avvinghia il braccio destro che spunta dal pavimento. Appoggiati con il torace e abbraccialo con tutto il corpo, fino a congiungere i polsi all'altra estremità. Tieni le mani unite: le chiavi devono stare completamente nascoste e riparate dalle tue dita.»

Il giovane seguì le indicazioni senza fiatare. Giunse accanto alla statua e le cinse il gomito. La circonferenza era importante e dovette distendersi molto per riuscire ad avvolgerlo e ad avvicinare le mani. Sentiva i muscoli del petto tirare come se stessero per lacerarsi e le sei punte delle chiavi appaiate spingere sui suoi palmi, quasi a tagliarli.

«Bravo.» Ophidiel fece un cenno di compiacimento con il capo.

La platea assisteva ammutolita e sgomenta. Nessuno sapeva immaginare cosa sarebbe successo, ma tutti erano consapevoli del sacrificio che si stava consumando.

«Ora ascoltami con attenzione. Siamo all'atto finale. La sirena è stata realizzata in un metallo molto pesante e resistente. Indistruttibile e inamovibile. Perché stesse di guardia alla Porta di Abyss per l'eternità. Qualsiasi cosa accada tra queste acque, lei non verrà scalfita e non si sposterà nemmeno di un centimetro. Farò diventare il tuo corpo della stessa lega metallica. Rimarrai ancorato al suo braccio e proteggerai le chiavi, mentre io provocherò il maremoto che metterà in luce la Porta.»

Heinrich capì che l'*Assoluto* pretendeva la prova estrema da lui. Sentì il dolore della paura.

«Non morirai invano. Quando avrò liberato la Porta di Abyss, dopo aver risolto l'ultimo enigma e trovato il terzo esagramma, tornerò qui e prenderò dalle tue mani le chiavi che avrai protetto.

Allora aprirò il passaggio per Sefira: il tuo sacrificio mi consentirà di dare un corso diverso alla storia.»

Lacrime di commozione gonfiarono gli occhi di Heinrich. Il terrore svanì dalla sua espressione per lasciare il posto alla gratitudine di essere stato scelto.

Ophidiel chiuse le palpebre. E quando le riaprì colpì il ragazzo con un getto di energia bronzea. L'aria tremolò come la fiamma di una candela al vento. I secondi sembrarono allungarsi nel silenzio irreale. Heinrich provò una fitta urticante agli arti, mentre il suo cuore si arrestava per sempre. Spalancò la bocca, ma il suo grido spasmodico si spense nel metallo che gli paralizzava le membra.

Nishida si portò le mani al petto. Craig Walden sentì le gambe cedere. Vlad Kazig si inginocchiò e vomitò. Eve perse nuovamente i sensi. Zack sobbalzò nervoso. Uniko urlò, ma nessun suono riuscì ad affiorare dalle sue labbra. Unika guardò Evangelia. Era immobile, il volto inespressivo e lo sguardo concentrato su Ophidiel. Nessun fremito della pelle, nessun lampo negli occhi, nessuna tensione sul volto: perfetta e impassibile come una statua di marmo.

Lo sapeva. Questo era nei piani e Evangelia lo sapeva.

Capitolo 56

IL MAREMOTO

Oceano Pacifico, 2 ore e 30 minuti alla Porta di Abyss

Che sarà di noi, una volta che Ophidiel avrà scoperto la Porta di Abyss?

I pensieri di Nishida viaggiavano velocissimi. Le domande gli turbinavano in testa. *Cosa posso fare per proteggere Unika e Uniko e tutti gli umani?* Aveva lo sguardo fisso davanti a sé, ma non vedeva nulla: la mente era un mescolarsi di riflessioni, valutazioni di scenari alternativi, ricerca di soluzioni. *Dobbiamo assolutamente trovare la chiave per evitare la fine del mondo, ma non possiamo permettere a Ophidiel di aprire la Porta.* Nishida sentiva il sangue pulsare nel collo e rimbombare nelle tempie. Era una corsa contro il tempo e contro l'Angelo del Male. *Cos'è più importante: salvare il genere umano dalla distruzione o preservare Sefira?* Brancolava nel buio senza risposte. *Ophidiel ci può essere di aiuto per trovare la chiave più velocemente? Può essere un alleato in questa fase?* Gli sembrava che ogni passo in avanti lo conducesse su un altro baratro. Aveva la sensazione che tutte le opzioni possibili nascondessero rischi fatali. *Metatron e Yesod saranno pronti a combattere Ophidiel?* Ogni neurone del suo cervello era concentrato sul pericolo in atto e sulla catastrofe imminente. Nishida cercava di analizzare le cose sotto tutte le prospettive, con l'obiettivo di individuare anche solo uno spiraglio di luce a cui agganciare l'ingegno per trovare una via di uscita. Intanto i secondi fuggivano e l'ansia lo divorava: sapeva che Ophidiel si stava preparando alla mossa successiva.

«Chi sarà il prossimo di noi a doversi immolare per la sua spietata mania di grandezza?» La voce roca e contrita di Vlad Kazig fu la prima a rompere il silenzio.

Ophidiel non fece una piega. Dopo aver trasformato Heinrich Thule in una statua di metallo, l'Angelo del Male si era sollevato in aria, a circa un metro dal suolo, e aveva sorvolato lentamente tutta la stanza, con il volto rivolto al pavimento. Ora aveva preso posizione vicino all'ingresso. Dava le spalle alla sirena e al giovane corpo che le stava avvinghiato al braccio, e teneva le pupille fisse in quelle di Evangelia. La donna non parlava. Non si muoveva. Lo guardava dritto negli occhi, senza espressione. Se non fosse stato che lui stesso aveva interrotto da ore tutti i canali di comunicazione telepatica, si sarebbe potuto immaginare che dialogassero con il pensiero.

«Nishida!» ringhiò Ophidiel, senza distogliere lo sguardo da Evangelia. «La Porta di Abyss pulsa con intensità qui sotto, ma i miei sensi mi dicono che non si raggiunge facilmente. Renditi utile: trasvola e vai a fare un sopralluogo.» E picchiò il piede destro a terra con forza.

Per quale ragione lo chiede a me?, si domandò Nishida. *Per vendicarsi? Oppure ha paura che sia troppo pericoloso e non vuole rischiare la vita di Evangelia e di Zack? O semplicemente perché i poteri che ha dato agli umani sono limitati e ha bisogno dell'aiuto di un angelo?* L'Elfo non poteva intuire quale fosse il motivo reale, ma non esitò nemmeno un istante. Sapeva che qualunque cosa avesse in mente Ophidiel, era opportuno non ostacolarlo: se fosse riuscito ad assecondarlo e a tenerne sotto controllo l'ira, sarebbe stato più facile ragionare su un piano d'azione.

«Appena la signora mi liber...» Nishida non arrivò a finire la parola, che Evangelia aveva già spento il raggio di energia blu.

Nishida lanciò un'occhiata rassicurante ai due angeli biondi. Distese le labbra in un sorriso affettuoso e scomparve. Il suo istinto gli disse di essere molto cauto: si rimaterializzò appena sotto il pavimento. Si posizionò sospeso in aria, con la schiena contro il soffitto, che altro non era che il lato inferiore del piano di vetro vulcanico nero. La temperatura era altissima. La gola gli si riempì di calore arido, e starnutì quando le narici furono invase da un fastidioso odore di cenere. Aveva l'impressione che le guance prendessero fuoco. *Ma che...?* Per un attimo di incredulità restò immobile: sotto di lui scorreva un fiume di lava incandescente. Ribolliva come metallo fuso e prendeva sfumature ora più rossastre e ora più brune, ingoiando tutto nella sua densità. Tutto tranne la coda della sirena, che si inarcava integra nell'abbraccio del mostro marino. Entrambe le statue erano immerse nella lava e si ergevano oltre il soffitto, indifferenti al calore. *Ophidiel ha ragione: la Porta di Abyss non è avvicinabile.* Nishida avvertì il brivido dell'ineluttabilità soffocargli il respiro. Cercò di rifuggire da quel terribile pensiero e non lasciò che la mente naufragasse nel magma rovente che si muoveva furioso a pochi metri più in basso. Scrollò la testa, come per scacciare i timori e si impose di focalizzarsi sulla missione. *Siamo a migliaia di metri sotto la superficie dell'oceano e la Porta di Abyss è protetta dal fuoco.* I battiti del cuore accelerarono per poi arrestarsi di colpo. *Il fuoco si spegne con l'acqua. Per liberare la Porta dobbiamo fare entrare il mare nella cupola.* Sentì lo stomaco contrarsi, come se avesse ricevuto un pugno: per portare alla luce la Porta avrebbero dovuto distruggere il mondo sommerso. *Qual è la cosa giusta da fare?* Non aveva le idee chiare, ma sapeva che non esisteva alternativa: il tempo fuggiva veloce e se non fossero riusciti ad aprire la Porta tutto sarebbe stato cancellato comunque. Si concentrò e trasvolò nella sala dove gli altri lo aspettavano.

«Magma. La Porta è custodita da un'enorme quantità di magma...» Nishida stava concludendo la frase, quando Ophidiel irruppe violento: «Dobbiamo far penetrare l'oceano!»

La paura soffiò sulle anime di tutti come una bufera infernale.

«Il magma a contatto con l'acqua si solidificherà.» Nishida era consapevole di dire una cosa ovvia.

«Sarà di sicuro più facile trovare la Porta sotto le rocce che nel fuoco lavico» tagliò corto Ophidiel.

«Potrebbe esserci un'altra via...»

«Evita di fare affermazioni in cui non credi nemmeno tu.»

«Questo luogo racchiude la storia di millenni. Prima di demolirlo abbiamo il dovere di riflettere su una soluzione diversa.»

«Dovere? Ah ah ah... tu sai cos'è il dovere, Elfo? Io ho il *dovere* di trovare la Porta di Abyss e di rientrare a Sefira e tu hai il *dovere* di aiutarmi per fare trionfare finalmente la giustizia. Questo è l'unico *dovere* a cui appellarsi.»

Nishida strinse i denti e sentì dolere la mascella. Non aveva la forza per contrastare Ophidiel e nessuna ulteriore parola avrebbe cambiato le sue decisioni.

«Lascia che gli umani e i due giovani angeli tornino in superficie. Resteremo qui sotto tu e io. E ti darò una mano.»

«Mi offri l'aiuto della disperazione, Elfo. Il tuo animo non è sincero. Sei cieco. Non vuoi vedere. Non vuoi sapere. Non hai capito nulla del passato che ci ha condotti a questo punto, né di come si deve svolgere il presente per mettere fine agli sbagli e disegnare il futuro che avrebbe dovuto essere millenni fa. Togliti di mezzo.»

Ophidiel gli voltò le spalle e lanciò ancora una volta lo sguardo in quello di Evangelia. Ogni volta che le pupille si incrociavano il tempo per loro sembrava compiere un altro percorso e le espressioni di entrambi si accendevano di una insolita emozione. Dopo qualche istante, lei annuì. I suoi occhi cobalto brillavano iridescenti nell'aria tenebrosa.

«Zack!» intimò Ophidiel, senza distogliere l'attenzione da Evangelia.

«Sono pronto.»

«Tu aiuterai Evangelia a tenere sotto controllo il tuo stupido amico e la sua gattina selvatica. Non preoccuparti degli altri. Sono innocui e inutili. Prima moriranno e prima avremo un problema in meno a cui badare.»

«Non aspetto altro.» Il commento di Zack aveva il suono del crocidare di un avvoltoio.

Craig Walden si sorprese dell'agghiacciante sensazione di puro terrore che gli artigliava il petto. Gli era nuova. Aveva assistito tante volte alla morte, ma fino a quel momento ne era stato solo sfiorato. Ora la vedeva avvicinarsi e prendere forma velocemente nelle parole di Ophidiel. Si passò la lingua tra gli angoli della bocca: non aveva più nemmeno una goccia di saliva per allentare la tensione e l'effetto fisico gli ricordò quello della cartavetrata.

Vlad Kazig era accanto a lui. Gli abiti stropicciati avevano lo stesso colore e la stessa aria distrutta del suo volto. Era stanco, ma non mollava: le gambe continuavano a tremare e i conati di vomito non si erano placati. Eppure guardava Ophidiel con una rabbia incontrollabile, come un cane pronto ad azzannare.

Eve era apparentemente cosciente, anche se i sensi l'avevano abbandonata. Gli occhi sbarrati e le labbra violacee rivelavano la sua assenza mentale.

«Come riuscirà a fare arrivare l'acqua qui sotto?» chiese Unika, rivolgendosi a Uniko, ancora tenuto sotto scacco da Zack. Unika pensava di conoscere la risposta, ma si augurava non fosse possibile.

«Romperà la cupola.» La conferma di Nishida tolse ogni dubbio e infranse anche l'ultima speranza. Le guance dell'Elfo non avevano perso il rossore provocato dal calore intenso della lava e la voce era incrinata dall'angoscia.

D'istinto, tutti alzarono gli occhi verso il soffitto trasparente. Tranne Evangelia, che continuava a fissare Ophidiel; e Eve, persa nel nulla.

Unika immaginò la forza dell'oceano prorompere furiosa dentro la cupola, abbattersi nella sala, frantumare il pavimento, infiltrarsi nei corridoi. Avrebbe spazzato via i muri, le statue. Ogni cosa. Ma non la sirena e nemmeno il mostro marino che la stritolava. Unika risentì nella mente le parole di Ophidiel di qualche minuto prima: *La sirena è stata realizzata in un metallo molto pesante e resistente. Indistruttibile e inamovibile. Perché stesse di guardia alla Porta di Abyss per l'eternità.* Si immaginò il fondale dell'oceano dopo il maremoto. Non ci sarebbe stato più nulla, a parte l'acqua e le rocce laviche. Solo una statua testimone del disastro. Avvertì gli occhi di Uniko cercare i suoi: il ragazzo stava pensando la stessa cosa. Entrambi si voltarono per cercare lo sguardo di Nishida. E lo trovarono. Protettivo come sempre, ma velato da un'ombra di incertezza. In quello stesso momento, Evangelia spense i raggi di energia blu che controllavano Craig Walden, Vlad Kazig e Eve.

Ci siamo. Li libera perché ormai è finita... pensò Unika, vedendo la donna che procedeva decisa verso di lei.

«Sai cosa ci aspetta, quindi non fare domande e non opporre resistenza. Vieni con me. Dobbiamo avvicinarci al tuo amico e a Zack.»

Per la prima volta Unika poté osservare Evangelia da vicino. Era bellissima. Leggera ed elegante come una piuma, si muoveva in quel calore asfissiante con la grazia di una ballerina che volteggia su un campo di fiori. Aveva la pelle luminosa e gli occhi, che da lontano apparivano gelidi, emanavano grande intensità.

Unika si chiese perché una creatura tanto incantevole permettesse a un essere così malvagio di dominarla. E mentre il dilemma le attraversava i pensieri, vide la realtà: Evangelia non era sottomessa da Ophidiel, ma felice di stare al suo fianco.

Unika fece appena in tempo a catturare quell'idea, che Evangelia si girò di nuovo verso Ophidiel. Si guardarono ancora una volta per un istante interminabile e poi l'Angelo del Male inclinò la testa oltre le spalle, alzando il viso al cielo. Tese le braccia verso la cupola e allargò il torace. Le gambe sorreggevano salde il corpo muscoloso. Era un'immagine sovraumana: la mente acuminata guidava un fisico colossale; una commistione di forza e potenza che nessuno avrebbe potuto fermare.

«Nishida!» Unika chiamò l'Elfo nell'istante prima che Ophidiel scatenasse il cataclisma. «Non pensare a noi. Prenditi cura di loro!» E indicò i tre umani sgomenti e indifesi, fermi all'ingresso della sala.

Nishida si gettò verso Craig Walden e Vlad Kazig. Prese in braccio Eve e si mise davanti a loro come uno scudo.

«Tenetevi stretti a me. Appena Ophidiel romperà il soffitto, l'aria salirà verso l'alto e farà entrare l'acqua che, a sua volta, spingerà fuori l'ultima aria rimasta. Prima di essere travolti dalla marea, dobbiamo sfruttare la pressione e farci trascinare in superficie. Io userò i miei poteri e mi lancerò subito in volo.»

La voce si perse nel boato che seguì. Una terrificante luce bruna scaturì dagli occhi, dalle mani, dal petto e dalla bocca spalancata di Ophidiel. Attraversò lo spazio e raggiunse la cupola. La colpì con violenza e la fece tremare. La forza di Ophidiel si era catalizzata in un raggio potente che si innalzava dal suo corpo e si schiantava sul soffitto. Era elettricità pura, bruciava con le sfumature del bronzo e produceva scariche fortissime, che percuotevano la superficie cristallina, sollecitandola con un'onda di energia.

I volti di tutti erano inchiodati al cielo, in attesa di vedere l'oceano riversarsi su di loro, mortale. Ma la protezione non cedeva.

Ophidiel teneva la posizione e continuava ad alimentare il getto. Le ginocchia erano più flesse di qualche secondo prima, la gola più dilatata e le spalle sobbalzavano verso l'alto, come per aiutare la sua forza a sgorgare dal profondo. Il suolo vibrava come sotto l'effetto di un terremoto e le pareti ondeggiavano. Crepe visibili si aprivano sui muri della sala e le prime due statue monolitiche del corridoio di ingresso piombarono a terra.

Ophidiel aveva la pelle imperlata di sudore. Le arterie irroravano veloci i muscoli e gli addominali si contraevano scossi da spasmi convulsi. Più Ophidiel sentiva la stanchezza dilagare nelle membra e più si concentrava per generare energia. Evangelia lo vide abbassare il bacino e inclinarsi all'indietro con il palmo delle mani aperto e le braccia semipiegate ai lati del petto. Era esausto. Aveva gli occhi rovesciati. Le vene del collo sembravano scoppiare, mentre i capillari si laceravano sulle guance e sulla fronte, trasformandogli la faccia in una maschera di sangue.

«Basta... ti prego, fermati!» Il grido di disperazione sgorgò spontaneo dal cuore di Evangelia, nell'istante in cui il raggio di luce bruna si spegneva insieme al corpo inerte di Ophidiel. L'Angelo del Male crollò a terra, con lo stesso tonfo di una montagna distrutta.

Evangelia si lanciò verso di lui.

Zack fulminò con lo sguardo Unika e Uniko, intimando loro di non muoversi.

Nishida avvertì sulla pelle gli stessi brividi che gli animali sentono poco prima del temporale.

«Ophidiel!» Evangelia lo raggiunse e gli si inginocchiò accanto. Lo prese per le spalle, bramosa di un segno di vita.

«Ophidiel, parlami...» Lo stringeva a sé e lo scuoteva con vigore. «Ophidiel, sono qui...» Gli sollevò la testa e se la mise in grembo. Lo sorresse e appoggiò le labbra alla fronte calda e madida, mentre con le dita gli accarezzava il volto.

Ophidiel aprì di scatto le palpebre. Aveva gli occhi gonfi e la pupilla era talmente dilatata da coprire del tutto l'iride.

«Scappa...» Il sussurro profondo e rauco di Ophidiel uscì dalla bocca tirata dalla fatica.

Evangelia sollevò la testa giusto in tempo per vedere migliaia di venature diramarsi come una ragnatela sulla superficie cristallina della cupola. Poi la deflagrazione. Il vetro esplose e una miriade di schegge saturò l'aria, mentre l'oceano si appropriava dello spazio che per secoli gli era stato sottratto.

Capitolo 57

ABBRACCIATI PER LA VITA

Oceano Pacifico, 1 ora e 45 minuti alla Porta di Abyss

«Ophidiel, concentrati...»

Evangelia si era spostata sopra di lui e cercava di farlo reagire. Aveva le ginocchia puntate a terra ed era seduta sul suo petto. Con una mano gli stringeva il braccio all'altezza del bicipite. Con l'altra gli reggeva la nuca e la tirava con forza a sé.

«Ophidiel, non c'è tempo... dobbiamo trasvolare...» Ophidiel non si muoveva. Era steso, esausto. Aveva i polsi lungo i fianchi e le gambe semiaperte. Le spalle erano appoggiate al suolo, ma il torace sobbalzava sotto l'effetto delle contrazioni muscolari, trasferendo piccole scosse alle caviglie.

«Ophidiel, trasvola!» Una violenta ondata di aria calda si abbatté su di loro. Evangelia capì che non c'era più nulla da fare. Si distese sul corpo stremato di Ophidiel, fece scivolare il braccio sinistro sotto la sua ascella e quello destro attorno al collo, fino ad abbracciarlo. Si agganciò a lui, mentre la pressione li urtava e li scaraventava in tutta la sala: scivolavano senza controllo sulla superficie liscia del pavimento. Tutt'a un tratto la corrente li sollevò e li gettò contro la parete. Ophidiel sbatté la schiena e Evangelia sentì un dolore lancinante agli avambracci, quando rimasero schiacciati contro il muro. Urlò nell'istante in cui la raffica li travolgeva di nuovo facendoli turbinare come una foglia sferzata dalla tempesta. Udì il ruggito del mare che irrompeva: una muraglia di acqua nera precipitava impetuosa e riempiva la cupola. La spinta dell'aria fu devastante. Evangelia serrò la presa e trattenne il fiato, appena vide avvicinarsi il volto della sirena. Una ciocca di capelli si allungava appuntita come una lancia verso la spina dorsale di Ophidiel. Ci stavano finendo inesorabilmente contro e non c'era alcun modo di evitarlo. Evangelia chiuse gli occhi.

Quando li riaprì non respirava più con il naso, ma attraverso le branchie. Erano nell'oceano aperto: Ophidiel non dava segni di vita, ma era riuscito a trasvolare.

Capitolo 58

TRAVOLTA DALL'ACQUA

Oceano Pacifico, 1 ora e 45 minuti alla Porta di Abyss

Quando Ophidiel crollò, il tempo restò appeso a un filo di incertezza, che scosse i sensi di Unika. Le sue pupille erano incollate alla cupola, mentre si riempiva di nervature sottili e fitte a una velocità quasi ipnotica. In un battito di ciglia, tutto si frantumò sotto l'irruenza dell'oceano. Una cascata d'acqua si riversò nella sala con la forza di una valanga, sparando pezzi di cristallo come proiettili dal caricatore di una mitragliatrice.

«Unikooo!» Il grido carico di affanno della ragazza si perse nel rombo del mare, che distruggeva la protezione per fronteggiare l'aria e impossessarsi del mondo sommerso.

Unika si sentì strappare dal suolo. Tese le braccia verso Uniko nell'attimo in cui entrambi venivano travolti dall'onda. Avvertì una fitta lancinante alla testa: era andata a sbattere contro qualcosa. Ebbe l'impressione che il timpano sinistro si fosse lacerato per la violenza del colpo. Le ronzavano le orecchie e le si annebbiò la vista. Poi la schiena si piegò e le ginocchia si inarcarono verso il volto: iniziò a ruzzolare compressa dalla furia delle rapide, senza più riuscire a governare gli arti. I capelli le coprivano il viso, le entravano in bocca e le causavano conati di vomito a ripetizione. Unika non vedeva dove stava andando e continuava a sbatacchiare da una parte all'altra della stanza. Si trovò nel corridoio, inghiottita dalle acque impazzite. Fece per ancorarsi a una delle statue, ma fu trascinata via. Finì contro la parete dipinta. Allungò la mano verso la piramide di Thinkingblu, mentre veniva dilaniata. Pezzi di muro la investirono insieme al mare che imperversava, portando con sé detriti di ogni tipo. Aveva la pelle lacerata e tumefazioni ovunque. Il dolore assorbiva la sua vitalità. Stava perdendo i sensi. I ricordi più disparati le attraversavano la mente. Sguardi, visi, paesaggi, momenti... Tutto mescolato e offuscato in un unico pensiero. Poi catturò l'immagine della lingua di sabbia dove lei e Uniko si erano immersi qualche ora prima. Era nitida. Era la sua via di fuga. Unika non aveva più energia, ma quello era l'appiglio a cui aggrapparsi; il solo modo per farcela. *Devo riuscirci. Devo riuscirci.* La mente vacillava e le impediva di concentrarsi. *La spiaggetta ai piedi del dirupo... il bagnasciuga... voglio... devo andare là.*

Trasvolò.

Capitolo 59

VIA DALL'INFERNO

Oceano Pacifico, 1 ora e 45 minuti alla Porta di Abyss

Una pioggia impalpabile cadeva dal cielo.

Agli occhi di Uniko la scena appariva come un film muto al rallentatore. Ophidiel era a terra, stremato, e la donna scrollava il suo corpo, gridando qualcosa. Zack era immobile, faccia pallida e aria terrorizzata. Unika muoveva le labbra e stava chiamando il suo nome, con le mani tese in un gesto disperato. Nishida sorreggeva Eve, mentre Craig Walden e Vlad Kazig gli si ancoravano alle braccia. Aveva gli occhi socchiusi e dalle iridi non sgorgava la brillantezza dorata di sempre. Era concentrato: guardava in alto in attesa del momento giusto, ma il suo volto non emanava fiducia. Uniko si sentiva uno spettatore. Il suo sangue sembrava esserси congelato nelle vene e avere paralizzato le membra: assisteva impotente come se fosse al di là di uno schermo.

Una goccia gli colò dalla fronte, scivolò lungo il naso ed evaporò prima di toccare il suolo. Il contatto con un corpo estraneo lo riportò alla realtà.

Tocca a te. La voce della coscienza lo scosse nell'istante in cui la pioggerella si trasformava in un nubifragio. Unika era sparita dalla sua vista. Nishida stava spiccando il volo. Craig Walden si accasciava al suolo, portandosi una mano al collo, dove gli si era aperta una brutale rosa di sangue. Uniko non esitò più. Si lanciò in trasvolo dall'altra parte della sala. Afferrò il professore poco prima che l'oceano turbolento li travolgesse. Lo teneva con tanta forza da sentire i muscoli contrarsi e le dita formicolare. Strinse i denti e si incanalò verso l'alto, sospingendosi nel tunnel di aria calda che si immetteva nel mare, oltre l'apertura della cupola.

Capitolo 60

LA FURIA DELL'OCEANO

Oceano Pacifico, 59 minuti alla Porta di Abyss

Al largo della costa l'oceano si aprì in un vortice tumultuoso. Sembrò sprofondare negli abissi, per poi sfogare la sua potenza in una tremenda eruzione d'acqua. Gorgogliava tonante e ribolliva, creando una foschia di vapore che rendeva azzurrata l'aria all'orizzonte. Unika si era materializzata a carponi sulla piccola spiaggia di fronte allo scoglio di Motu Nui. Era indebolita e sofferente. Le mani e le ginocchia escoriate affondavano nel bagnasciuga, dove gocciolavano i capelli fradici e arruffati che le incorniciavano il viso. Aveva gli occhi gonfi e le palpebre vibravano come in preda a una crisi di epilessia. Ansimava, mentre la saliva mista al sangue le colava dalla bocca tumefatta. Cercò di tirarsi in piedi, ma le braccia cedettero e lei cadde con la faccia a terra. Con grande fatica si voltò a pancia in su e le vertebre scricchiolarono nel movimento. Dopo aver ripreso fiato, raddrizzò la schiena fino a mettersi seduta e si esaminò il corpo: era coperto da lividi bluastri e abrasioni. Gli abiti erano a brandelli e le ferite aperte bruciavano, sporche di sale e sabbia. Unika si rimise carponi per riuscire ad alzarsi, ma le caviglie vacillavano e la testa martellava. Si concentrò e, appena fu in posizione eretta, allungò lo sguardo: vide un'onda che cominciava a prendere forma e si dilatava sulla superficie dell'acqua. Avanzava verso riva a una velocità immane, trascinando alghe, pezzi di roccia e residui del mondo sommerso.

Pensò a Uniko e ai suoi compagni. Non aveva la forza necessaria per spiccare il volo e andare a cercarli. Scosse le ciglia per liberarle dalle lacrime e crollò di nuovo al suolo, mentre il buio si insinuava nel suo spirito e le stritolava la gola.

«Unika-a-a...»

La voce era flebile e proveniva dal mare.

«Unika, dove sei?»

Unika sussultò. Uno spiraglio di luce accese la speranza e portò una goccia di energia alla sua anima distrutta.

«Uniko... sono qui.» Le parole che uscivano con difficoltà dalle labbra non producevano alcun suono.

«Unika, aiuto!»

Le dita di Unika strinsero la sabbia. Sentiva di avere solo due alternative: morire lì, sulla spiaggia, sola e senza averci provato oppure morire in volo, nel disperato tentativo di salvare Uniko. Nel suo cuore non esistevano dubbi. Respinse la morsa di dolore fisico e spossatezza e si librò nell'aria. Il collo non era in grado di sostenere la nuca, che ciondolava a destra e a sinistra, e una fitta continua le pugnalava lo stomaco. Perse l'equilibrio e lo recuperò a stento. Deglutì la saliva amara che aveva sulla lingua e si spinse in avanti. Procedeva insicura e a sobbalzi, ondeggiando senza direzione. Non udiva più la voce di Uniko e i battiti acceleravano per l'ansia.

«Uniko, sto arrivando...» Ancora una volta dai suoi polmoni uscì solo un debole sibilo. Uniko non rispondeva e l'oceano davanti a lei sembrava investito da un uragano.

Attivò la Vista d'Aquila, sebbene gli occhi facessero fatica a mettere a fuoco. Le onde troneggiavano scure e schiumose: divoravano ogni particella di spazio circostante. A un tratto lo vide. Affiorava tra i cavalloni d'acqua. Era supino, con la testa reclinata sulla spalla, e i marosi lo travolgevano con violenza. Unika provò a trasvolare, ma era esausta e il suo fisico non si smaterializzò. Lo sforzo la fece vacillare e dovette concentrarsi per non cadere nella corrente. Disarmata, si orientò in volo verso di lui. Il vento furoreggiava e la rallentava. Gli arrivò sopra e scoprì che non era solo. Tra le braccia sorreggeva un altro corpo abbandonato, che Unika fece fatica a riconoscere: Craig Walden era privo di sensi, aveva l'incarnato livido, la mascella tesa come se stesse urlando e gli abiti sporchi di sangue.

«Uniko, prendi le mie mani!»

Uniko ci mise qualche secondo a ritornare in sé. Appena le sue pupille incontrarono quelle di Unika, allungò il braccio libero in un gesto estremo. I loro polpastrelli si sfiorarono nell'istante in cui l'onda spaventosa li sommergeva. Unika se lo sentì strappare dalle dita e lo vide scomparire sotto di sé. Un secondo dopo una raffica la colpì al fianco, scaraventandola in basso. Lo schianto fu devastante: affondò anche lei negli abissi, ingurgitando boccate d'acqua. Mulinava le braccia per tornare a galla, ma non riusciva a riemergere, assistendo impotente alla forza dell'oceano che la portava via.

Riaffiorò a un centinaio di metri dalla riva. Si guardò intorno: Uniko e il professore erano svaniti. Sapeva che doveva trovarli, perché non avrebbero resistito a lungo. Strinse i denti e si sollevò ancora in volo. Perlustrò angosciata tutta la superficie, finché scorse la schiena di Uniko. Era rovesciato e il suo gomito cingeva il collo di Craig Walden. Unika barcollò fino a raggiungerli. Tese le mani e agganciò le spalle del ragazzo. Le sue unghie cedettero. Avvertì i tendini stridere. Tirò con decisione e lo ribaltò. Una seconda onda stava correndo nella loro direzione.

«Uniko, alzati...»

Uniko la osservava incapace di reagire.

«Uniko, dobbiamo volare via da qui!»

Uniko tossì, sputando saliva e salsedine. Si voltò verso Craig Walden e, cercando di non essere risucchiato nella profondità, lo avvinghiò.

«Aiutami...»

Unika si protese e afferrò il professore. Chiamarono a raccolta le ultime forze e insieme si staccarono dall'oceano, liberandosi dalle acque burrascose prima che il flutto successivo li sopraffacesse per abbattersi sulla costa.

Sfibrati e bagnati fradici atterrarono sullo scoglio di Motu Nui. Adagiarono Craig Walden sulle rocce e gli crollarono addosso. Unika si lasciò scivolare su un fianco. Uniko si mise seduto. Era piegato in avanti e batteva i denti. I due giovani angeli tremavano per il freddo e per la stanchezza e si guardavano negli occhi. Nessuno dei due aveva il coraggio di toccare il professore: il petto macchiato di sangue non si muoveva.

Uniko chinò il capo e iniziò a singhiozzare.

«Ha smesso di respirare poco fuori dalla cupola. Ero alle sue spalle: lo sorreggevo da dietro e le mie braccia gli cingevano il petto. Spingevo verso l'alto con le gambe e con il pensiero, cercando di sfruttare la pressione che ci portava in superficie. Seguivo Nishida, che era davanti a me con Eve e l'ispettore.» Uniko si passò le mani sugli occhi e iniziò a sfregarli. «Il professor Walden era debole, ma respirava. Poi, di colpo, la sua testa ha iniziato a ciondolare e mi è sembrato che il cuore smettesse di battere. Ma io non potevo fermarmi. Dovevo nuotare a tutta forza per scappare dalla furia dell'oceano... altrimenti ci avrebbe travolti e sarebbe stata la fine.» La tristezza gli chiudeva l'esofago. «È morto. Non sono riuscito a salvarlo...»

Unika non era in grado di consolare Uniko. Abbassò le palpebre e si voltò verso il corpo cadaverico di Craig Walden. L'espressione del dolore si era impossessata del suo viso: profonde occhiaie grigiastre scendevano fino a metà guancia, nelle narici e sugli angoli della bocca si era raggrumato del sangue e le labbra semiaperte erano bloccate in una smorfia lugubre.

«È stato colpito dai frammenti della cupola. Ha ferite ovunque» constatò la ragazza, osservando con sconforto la fronte massacrata dai vetri, il collo falciato e gli aloni rossastri sulla pelle del professore. Poi i suoi occhi si posarono sul taglio che si estendeva dietro l'orecchio sinistro, dove il continuo contatto con l'acqua aveva portato la carne a cedere e a lacerarsi. Le branchie vibravano appena.

«È vivo!»

Uniko sollevò di scatto la testa, nell'attimo in cui il cielo si rabbuiava per accendersi con fragorose saette, accompagnate da una pioggia scrosciante.

Unika appoggiò la mano sulla fronte di Craig Walden. Le sue dita tremavano intimorite, mentre le gocce scendevano a catinelle e si riversavano su di loro.

«Professore... professore...»

L'uomo non reagiva. L'acqua torrenziale lavava via il sangue, che continuava a sgorgare dalle ferite.

«Professore... siamo a riva...» Uniko non sapeva cosa fare. Avrebbe voluto scuoterlo, provare a fargli il massaggio cardiaco, aiutarlo con la respirazione bocca a bocca, ma aveva paura di peggiorare il suo stato.

La testa di Craig Walden si piegò di lato e un flebile rantolo gli uscì dalla gola.

«Professore... siamo qui... ci vede?»

Craig Walden schiuse le palpebre con un gesto lento e doloroso.

«Siamo noi, professore: Uniko e Unika. Adesso è in salvo.»

Craig Walden vomitò acqua salmastra e riprese a respirare con la bocca.

Uniko lasciò cadere la fronte sul petto del professore e gli strinse il braccio con entrambe le mani. Il suo pianto convulso era accalorato da un pensiero di fiducia. Un fulmine squarciò il cielo e illuminò l'oceano. Il boato del tuono che lo seguì fece vibrare la terra. Unika sobbalzò. Girò il volto e intravide una sagoma che spuntava dalle onde.

«Nishida!»

L'Elfo sembrava camminare a filo d'acqua. I movimenti erano incerti: procedeva verso riva, ma perdeva ripetutamente l'equilibrio, incapace di seguire una traiettoria. Zigzagava. Alcune volte sembrava riemergere, altre ricadere e venire risucchiato dal mare. Unika osservò Craig Walden: era in difficoltà. Non c'era nulla che potessero fare per lui, oltre che assisterlo. Pioveva forte, ma era al sicuro sullo scoglio. Unika incrociò lo sguardo di Uniko e non ci fu bisogno di parlare. Si alzarono in piedi, anche se nessuno dei due aveva la forza di trasvolare. Si concentrarono e provarono a staccarsi dal suolo, lanciandosi in volo verso l'oceano aperto. Man mano che si avvicinavano, la scena si chiariva ai loro occhi: Nishida portava Eve tra le braccia e si trascinava dietro il corpo di Vlad Kazig. Eve era abbandonata, come se stesse dormendo. La sua guancia si appoggiava alla spalla di Nishida, che la reggeva con un braccio dietro la schiena e l'altro sotto le ginocchia. Alle caviglie dell'Elfo era ancorato l'ispettore: si teneva forte per non essere strappato via dalla corrente e spingeva con le gambe, cercando di mantenersi a galla. Il peso di Eve incurvava Nishida in avanti e la morsa di Vlad Kazig lo sbilanciava all'indietro. Il mare cercava di inghiottirlo verso gli abissi e le raffiche ostacolavano il suo avanzare.

«Eccoci!» urlò Unika con tutto il fiato che le era rimasto.

Nishida sollevò il mento. La pelle levigata come la porcellana era raggrinzita dalla fatica. Dai capelli fradici incollati alla fronte spuntavano gli occhi gialli e magnetici: trasudavano stanchezza, ma si rasserenarono alla vista dei due giovani angeli.

«Siete salvi, meno male!»

«Pensiamo noi a Eve!» Uniko si sporse per prendere la ragazza. Unika lo affiancò, mentre Nishida staccava Eve dal suo petto e la consegnava alle loro cure. Poi l'Elfo si chinò verso l'acqua e afferrò le mani dell'ispettore.

«Resista per qualche minuto ancora.»

Vlad Kazig aveva il fiato corto. Le dita erano gonfie e livide per lo sforzo. Quando le aprì avvertì un pungente formicolio estendersi fino alla schiena.

«Ce la fa ad aggrapparsi alle mie spalle?» Nishida si immerse fra le onde agitate e si caricò l'ispettore sul dorso. Appena lo sentì saldo, si concentrò e uscì dall'acqua con le ultime energie che gli erano rimaste, dirigendosi verso lo scoglio di Motu Nui, verso cui puntavano anche Unika e Uniko, insieme a Eve.

Dall'altra parte dell'isola le onde schiaffeggiavano il corpo di Ophidiel. Era tramortito e aveva il volto rivolto al cielo. La sua pesante sagoma affondava nel bagnasciuga. Quando riprese i sensi aveva smesso di piovere e appena sollevò le palpebre la luce rossastra del sole lo abbagliò. Sentiva il corpo completamente indolenzito. Le braccia e le gambe erano intorpidite e i muscoli contratti. Piegò un ginocchio verso l'alto e portò la mano destra alla fronte. Poi si girò sul lato sinistro e strinse le dita di Evangelia. Era distesa accanto a lui, con la pancia a terra. I lucenti capelli neri che le onde avevano sciolto le coprivano la schiena. Aveva il viso inclinato: la guancia si appoggiava alla sabbia e le labbra rosee sfioravano la spalla.

Ophidiel non si mosse e la guardò a lungo, aspettando che riprendesse conoscenza. La cupola era distrutta, la Porta finalmente accessibile, Sefira vicina. Ma nulla poteva valere quanto quel momento di profonda consapevolezza.

Capitolo 61

LA PORTA DI ABYSS

Oceano Pacifico, 9 minuti alla Porta di Abyss

«Devo andare.»

Nishida era in piedi sul promontorio dello scoglio di Motu Nui. Aveva le gambe divaricate e le braccia distese lungo i fianchi. Le dita erano aperte, come per fermare il vento che le attraversava. I capelli ancora bagnati fluttuavano alle sue spalle, mentre le pupille perforavano la cresta delle onde che ruggivano sotto di lui.

«Io vengo con te.» Unika gli volò accanto e gli prese la mano.

«Anch'io!» esclamò Uniko.

«No. Loro hanno bisogno di voi.» L'Elfo si girò verso i tre umani.

Craig Walden era seduto con le gambe piegate e la testa affogata tra gli avambracci incrociati sulle ginocchia. I jeans sformati dall'acqua si erano stracciati sul fondo ed erano sporchi di terra e sangue come la sua faccia.

Vlad Kazig si era tolto la camicia fradicia e l'aveva lasciata cadere sugli arbusti. Continuava a essere in affanno e camminava avanti e indietro. Si sentiva irrequieto e non riusciva a stare fermo: come se fosse ancora in fondo al mare con l'urgenza di riemergere.

Eve aveva ripreso i sensi. Era rannicchiata contro un grande masso con lo sguardo perso nel vuoto. Aveva gli occhi rossi e gonfi e la pelle del viso punteggiata da piccole macchie rossastre.

«Non ho alternativa: devo aiutare Ophidiel a trovare la terza chiave» continuò Nishida. «È il solo modo per salvare la Terra. Sono sicuro che Metatron e Yesod saranno pronti a fronteggiare Ophidiel appena verrà disinnescato il meccanismo e la Porta si aprirà. E in quel momento io tornerò qui a prendervi.»

I due angeli lo osservavano perplessi. Entrambi sapevano che stava solo cercando di proteggerli e voleva risparmiarli dall'ultimo e definitivo incontro con l'Angelo del Male. Se fossero stati in grado di trovare la chiave in tempo, lo scontro tra Sefira e Ophidiel sarebbe stato inevitabile. In caso di fallimento, si sarebbe scatenato il cataclisma.

Se deve finire, che fine sia. Ma insieme, pensò Unika.

Insieme fino alla fine, rifletté Uniko.

I due ragazzi si scambiarono un'occhiata di intesa e dichiararono all'unisono: «Noi veniamo con te!»

L'Elfo sospirò e serrò le palpebre, rassegnato.

«Nishida, non preoccuparti per noi. Aspetteremo il vostro ritorno. Qui saremo al sicuro.» La voce di Craig Walden era determinata. Il professore era consapevole di non avere la forza per dare una mano ai tre angeli e che la sua presenza, insieme a quella di Eve e Vlad Kazig, avrebbe rallentato la missione.

L'Elfo riusciva a leggere le vibrazioni che animavano la mente di Craig Walden. Capì che quello era un saluto in cui si mescolavano la speranza di un arrivederci e il timore dell'addio.

«Non sarete soli laggiù. Ci saremo anche noi: vi accompagneremo con tutti i nostri pensieri.» Eve si era alzata e si stava avvicinando ai tre angeli. Parlava lentamente, dopo essere stata in silenzio a lungo. Aveva le braccia conserte al petto e si sforzava di non tremare.

«E vedete di tornare in fretta. Non ho nessuna intenzione di passare troppo tempo su quest'isola» aggiunse Vlad Kazig, con lo sguardo rivolto a terra. Per la prima volta avvertiva un velo di malinconia.

Nishida strinse le labbra e annuì. Si portò la mano destra al cuore e promise: «Ci vediamo tra qualche ora per riscrivere insieme il futuro». Poi fece un cenno di assenso a Unika e Uniko. E svanì qualche istante prima dei due giovani angeli.

Si rimaterializzarono appena sopra quello che restava della cupola. L'oceano aveva sventrato la superficie di cristallo, che ora si apriva come un ingresso verso gli abissi. Vi si insinuarono nuotando. Il mondo sommerso non esisteva più; ormai era solo un'enorme caverna sottomarina: le pareti erano state spazzate via insieme alle scale, ai cunicoli e alle sculture di pietra. Era resistita solo la sirena avvolta dal serpente. La lastra di vetro vulcanico scuro che le intrappolava i fianchi aveva ceduto sotto il peso dell'acqua e la statua ora si ergeva in tutta la sua maestosità, dominando il fondale.

Uniko rallentò la discesa quando fu vicino a Heinrich Thule: appariva come un bizzarro braccialetto al polso della splendida creatura. Non provava più rabbia nei suoi confronti, ma solo pietà.

Unika girò il volto, ma non si fermò e continuò a seguire Nishida con la schiena tesa verso il basso e il corpo in asse.

L'Elfo era concentrato e quasi non credeva ai propri occhi: il magma che pochi minuti prima tuonava minaccioso sotto di lui si era trasformato in rocce laviche scure e inermi. Si estendevano come uno scoglio irregolare e poroso. Ma quello che lo sorprese maggiormente fu vedere Ophidiel. Non solo li aveva anticipati, ma aveva già demolito gran parte del blocco roccioso.

«Dove sei? Maledetta Porta dove sei?» Ophidiel era sospeso in acqua e dava le spalle alla parte finale della gigantesca coda del mostro marino, incastonata al suolo. Dalle iridi e dal palmo delle sue mani fuoriuscivano fasci di luce bruna intensa, che colpivano lo strato sedimentario e lo polverizzavano. Accanto a lui c'erano Evangelia e Zack.

«È arrivato prima lui...» Unika si bloccò e fece cenno a Uniko di fermarsi. Nishida invece procedette e raggiunse Ophidiel. L'Angelo del Male spense il getto luminoso e voltò la testa di scatto.

«Pensavo che fossi affogato, Elfo.»

Nishida non rispose e sostenne lo sguardo.

«Cosa sei tornato a fare?» domandò Ophidiel, sprezzante.

«Anche se è l'ultima cosa che vorrei, sono qui per aiutarti. Non mi sembra che tu sia riuscito a fare grandi passi avanti, a parte distruggere un luogo custodito da millenni.»

«*Grh!*» ringhiò Ophidiel. «Apri ancora la bocca e ti incenerisco una volta per tutte!» E strinse i pugni, mentre le vene del collo sembravano lacerarsi sotto la pelle.

Uniko e Zack si fissarono. Erano provati, ma in entrambi vibrava forte il desiderio di scagliarsi contro l'altro.

Unika osservò sbigottita i solchi che Ophidiel aveva aperto sul fondale. Erano voragini profonde, ma della Porta nessuna traccia. *Eppure è qui. La sento.* Si guardò intorno e una scintilla le attraversò i pensieri.

«Il serpente marino!» esclamò nell'istante in cui l'intuizione prendeva forma nella sua mente.

Tutti seguirono la traiettoria indicata dai suoi occhi.

«Le fauci sono spente. Prima sembravano eruttare fuoco... significa che il suo corpo è cavo...»

Ophidiel capì immediatamente. Trasvolò e raggiunse la testa del mostro. Dalla mandibola spalancata spuntavano la lingua arrotolata all'indietro e quattro lunghe zanne acuminate. Ophidiel si aggrappò alle due superiori e, senza esitazione, si gettò dentro la gola enorme.

«Vuol dire che la Porta...?» Uniko era incredulo.

«Sì» confermò Nishida. «La Porta potrebbe essere nel corpo del serpente, proprio alla base della coda che fino a poco fa era immersa nella lava: il magma l'ha protetta dall'esterno e il metallo resistente le ha fatto da scudo per tutto questo tempo.» Si interruppe pensieroso, convinto dell'esattezza della supposizione. Poi continuò, come se stesse riflettendo a voce alta. «Il calore intenso rendeva incandescente l'aria all'interno della statua e inavvicinabile la Porta. Risaliva dal basso verso l'alto attraverso il tronco del mostro per sgorgare dalla bocca, dando l'impressione che il serpente sputasse fuoco e dissuadendo chiunque dall'idea che le fauci potessero rappresentare un ingresso.»

Unika orientò la sua attenzione verso l'estremità della coda, che si inabissava nelle rocce laviche del fondale. Si concentrò per percepire ogni possibile movimento o segnale da parte di Ophidiel e notò che anche Evangelia stava facendo la stessa cosa. Ma da dentro non arrivava alcun rumore. L'istante di immobilità fu interrotto da un sibilo. Sembrava il frusciare di una raffica di vento. In una frazione di secondo, Ophidiel sbucò veloce come un proiettile dalle fauci del serpente. Il suo corpo volò nell'acqua, come se fosse stato sputato. Aveva la nuca rovesciata all'indietro, mentre il torace era proteso in avanti. Urlò. Era un grido di rabbia che proveniva dal profondo.

«NULLA È IMPOSSIBILE PER CHI CERCA LA DANNAZIONE!»

Le sue parole tagliavano la densità dell'oceano.

«È l'enigma?» Evangelia aveva la faccia severa, ma segnata dall'ansia.

«Sì. E dice che la chiave non è qui» replicò Ophidiel, dopo aver inarcato la schiena ed essere tornato in posizione frontale all'altezza della testa della statua. Congiunse le braccia al petto, con il viso corrugato per la collera.

Il silenzio si impadronì degli animi.

D'un tratto la luce cambiò. Nell'oscurità si accese un lampo e iniziò a scendere a grande velocità verso di loro. Sembrava che il sole avesse trovato il passaggio per insinuarsi negli abissi. Il riflesso ambrato illuminò i contorni della sirena, mentre l'acqua si apriva a vortice per liberare il passaggio. Giunto sul fondo, il chiarore si dissolse nel profilo di una figura aggraziata: era Felia.

«Adesso sì che siamo al completo» sentenziò Ophidiel. «Non ti è bastato lo smacco in Tibet? Sei venuta per prenderti la rivincita, belva rognosa?» Ophidiel si mise sulla difensiva, memore di quanto successo in precedenza.

«Ti guiderò alla chiave.» Felia lo inchiodò con lo sguardo. I lunghi capelli castani erano sollevati dal tenue movimento delle onde e si muovevano leggeri intorno al corpo muscoloso. Filamenti di bronzo si intrecciavano in un decoro che le copriva appena i seni. Una catenella di argento scurito dal tempo collegava le due coppe e scendeva sulla pancia fino ad agganciarsi alla maglia in metallo che le fasciava i fianchi. Entrambi i bicipiti erano avvolti da bracciali alla schiava. E al piede sinistro portava una cavigliera sottile a cui erano appesi tanti piccoli ciondoli.

«Non ho bisogno del tuo aiuto.»

«La chiave è custodita in un luogo lontano. Dall'altra parte della Terra, sulla costa nord ovest di questo oceano. Non c'è molto tempo e che tu lo voglia o no, io andrò a recuperarla. Puoi decidere se vuoi seguirmi o preferisci startene qui ad aspettare.»

Ophidiel socchiuse gli occhi in una smorfia. Il dubbio era una minaccia che non poteva permettersi.

Intanto, Nishida ripeteva a voce alta il testo dell'enigma: «Nulla è impossibile per chi cerca la dannazione…»

«Da dove si capisce che la chiave non è vicina?» Unika era intrigata.

«Lo si intuisce. Le parole dell'enigma stanno a significare che solo uno spirito determinato e disposto a tutto potrà trovarla. Questo vuol dire che non è in un posto facilmente raggiungibile.»

«Ma perché parla di dannazione?» intervenne Uniko.

«Metatron ci ha detto che chi prova ad aprire la Porta senza avere titolo per farlo è condannato a morire a causa del cataclisma. È come se fosse un avvertimento: la forzatura della Porta conduce inesorabilmente alla fine.»

Ophidiel si smaterializzò, per ricomparire un attimo dopo di fronte all'angelo dalle energiche sembianze femminili. Troneggiava sopra di lei. La pelle della nuca gli si stava ricoprendo di squame nere e la mascella digrignata sembrava volerla azzannare.

«Come ti chiami?» sbraitò con voce increspata.

«Felia» rispose lei, indifferente.

«Qual è il tuo ruolo?» Ophidiel era insofferente; dalla sua bocca spalancata si intravedevano i denti bianchissimi e la lingua che sputava rabbia.

«Sono la Custode delle Porte.»

«Sì. Questo l'ho capito!» Il tono di Ophidiel era ancora più infuriato. «E allora per quale motivo adesso vuoi facilitarmi il compito?»

«Per evitare che il genere umano venga distrutto. Questa volta gli uomini sono innocenti e non meritano una punizione simile. Tu hai attivato il meccanismo. Io lo disinnescherò. Dopodiché Metatron si occuperà di te.» Felia aveva il volto severo e nessun movimento vibrava sulle sue ciglia.

«Bramo dalla voglia che arrivi quel momento. Non sai quanto. Ma sarò io a occuparmi di Metatron. E subito dopo di te. E lo farò con grande piacere.»

Felia ruotò la testa, prima a destra e poi a sinistra, alla velocità di un fulmine. Quando si bloccò, il suo volto aveva le sembianze di un leone. Ruggì con forza, mentre il naso si arricciava e la pelle del muso si sollevava per mostrare i canini acuminati.

Ophidiel alzò il sopracciglio destro e piegò le labbra in un ghigno sarcastico. Con una flessione di insofferenza nella voce, la pungolò: «Se hai finito di miagolare, possiamo partire».

Appena Felia riprese il suo aspetto, Ophidiel convogliò la propria attenzione sui tre angeli, che stavano osservando la scena ammutoliti.

«Tu!» Allungò il dito e lo puntò contro Uniko. Il ragazzo avvertì un fremito e si sentì come un pesce nella rete.

«Tu ci accompagnerai» proseguì Ophidiel. «Con un ostaggio, saremo sicuri che nessuno tenterà qualche sciocchezza.»

«Vengo io con te.» Unika trasvolò davanti al suo indice ancora teso, frapponendosi tra lui e il compagno. Le iridi viola si gettarono nelle pupille nere di Ophidiel e per un istante i due restarono immobili con gli occhi negli occhi. Uno di fronte all'altra. Ophidiel statuario ed erculeo. Unika delicata, ma piena di vitalità.

Ophidiel stava per scoppiare a ridere. Poi ebbe un sussulto. I pensieri lo riportarono a Sefira, un anno prima. Era l'Adlivun. Lui era in piedi sul dorso di Zack, che solcava l'aria nelle sembianze di un'orribile creatura volante. Di fronte a lui c'era un angelo valoroso, pronto a morire per gli ideali che custodiva nel cuore. E quell'angelo guerriero aveva gli stessi occhi che ora lo stavano sfidando: intensi, determinati, carichi di sentimento. Ophidiel ne risentiva ancora le parole *«I miei occhi di angelo sono quelli che ti accompagneranno all'inferno!»* Trasalì. *Unika? Ma... come può essere?* Scacciò dalla testa le immagini che dominavano le sue riflessioni: non era possibile; non c'era tempo; bisognava agire. Prese il braccio della fanciulla e la tirò a sé. «Sarai accontentata.»

«Lasciala andare!» Nishida cercò di intervenire, ma Ophidiel aprì il palmo della mano e gli intimò di stare fermo.

«Unika, nooooo!» Uniko era sconvolto. Una fitta gli trafisse il petto e gli tolse il fiato.

«Non preoccupatevi per me...» Unika si voltò per rassicurare gli amici.

«Perché l'hai fatto?» Uniko si sentì fragile rispetto a lei e un forte senso di colpa fece breccia nel suo spirito: quella poteva essere l'ultima volta che la vedeva.

«Per salvarti.»

«Chi ti dice che mi vada bene? Perché fai sempre di testa tua e ti carichi da sola di tutte le responsabilità? Io non voglio. Non mi piaci quando fai così. Non mi piaci! Non sei l'Unika che voglio avere vicino!»

Unika si morse il labbro inferiore e sospirò, per ricacciare il dolore.

«Uniko, io...» Avrebbe voluto spiegare, ma una voce che veniva dal profondo le disse che Uniko non avrebbe capito. Non in quel momento. Deglutì le parole e si tenne dentro i pensieri. *Sono io. Giusta o sbagliata che sia, io sono questa. Perché ti stupisci ancora, Uniko? Dovresti conoscermi. Dovresti sapere che io non penso quasi mai a me stessa e che da quando ti ho conosciuto vivo per te. Per la tua felicità. Mi viene spontaneo. Non faccio altro che seguire ciò che la mia anima mi suggerisce. E se serve sacrificarsi, che sacrificio sia. Questo è quello che ho dentro. Questo è quello che sento. Non posso cambiarlo. Non voglio cambiarlo.*

«Mi spiace, Uniko. Scusa se non sono come tu mi vorresti.» Fu tutto ciò che riuscì a dire. Poi si girò verso Nishida e gli sorrise, prima di abbassare le palpebre per affrontare l'incertezza di ciò che sarebbe stato.

In quello stesso istante Ophidiel guardò Zack.

«Sai cosa devi fare.»

Zack annuì.

Ophidiel assunse un'aria compiaciuta e si focalizzò su Evangelia. I loro occhi si abbracciarono e, come sempre, il tempo sembrò fermarsi nei loro sguardi. Nessuna parola pronunciata, solo pensieri carichi di significato.

Senza interrompere il contatto visivo con Evangelia, Ophidiel strinse il polso di Unika e ordinò a Felia: «Andiamo!»

Svanirono.

Capitolo 62

YONAGUNI

Yonaguni, 5 ore e 45 minuti alla Fine del Mondo

Unika chiuse gli occhi con una smorfia di fastidio.

Il chiarore in cui si era appena materializzata era talmente intenso da costringerla a portare entrambe le mani al viso per proteggere la vista, e ci mise qualche secondo prima di riuscire a mettere a fuoco.

Si trovava sott'acqua, a una decina di metri di profondità. I raggi del sole penetravano senza incontrare la minima resistenza, sfumando ogni cosa di azzurro. Unika guardò in alto: la superficie era corrugata da correnti impetuose e le onde erano attraversate da pesci di varie dimensioni. Poi abbassò lo sguardo: i suoi piedi erano appoggiati su un ampio basamento piatto, coperto di vegetazione marina. Unika sussultò nel vedere l'intensità del blu tutt'intorno: era su una terrazza negli abissi dell'oceano.

Una forte pressione sull'avambraccio sinistro la fece sobbalzare. Una mano robusta l'aveva afferrata e la stava scrollando con vigore. Unika si voltò e incrociò l'espressione tagliente di Ophidiel. Era al suo fianco e fluttuava con movimenti lenti e pesanti.

«Andiamo! E stammi vicino» ordinò, contraendo i potenti muscoli del collo.

Unika orientò gli occhi verso la direzione indicata dall'Angelo del Male e trovò Felia. Era sospesa a qualche metro da loro. Aveva le braccia aperte e roteava i polsi, mentre le gambe mulinavano in un gesto armonioso per consentirle di rimanere in posizione eretta. Appena vide i due angeli dirigersi verso di lei, Felia dette un poderoso colpo di reni e cominciò a pinneggiare verso il fondale.

Unika nuotava concentrata. Ma la tensione non le impediva di osservare il luogo in cui si trovava. Quella da cui si era appena staccata era la sommità di un enorme palazzo, costruito con grandi blocchi di pietra e ricco di scalinate, logge e cunicoli.

Mentre costeggiava una parete lunga e altissima, Unika notò i segni che il tempo aveva lasciato su quel castello sommerso: gli spigoli erano smussati e crepe profonde solcavano i muri, dove microrganismi, alghe, coralli e spugne regnavano sovrani. L'anima dell'angelo dagli occhi viola vibrò al pensiero dei giorni, delle notti, dei millenni di solitudine che erano scivolati lenti e inesorabili in quella profondità.

«Sbrigati. Non ho tempo da perdere.»

Unika si sentì strattonare. Ophidiel la stava trascinando per il braccio, mentre accelerava in avanti.

Quando raggiunsero Felia, Ophidiel agguantò i capelli di Unika e li tirò con forza, fino a scuoterle la testa.

«Dov'è la chiave?» chiese a Felia, brandendo Unika come un trofeo. Unika avvertì un dolore lancinante al cuoio capelluto, ma non si lasciò sfuggire una parola.

Felia squadrò Ophidiel con freddezza e non rispose. Esaminò le occhiaie che aveva sotto gli occhi e capì che era molto provato. La sua indole guerriera avrebbe voluto prendere l'iniziativa e aggredirlo. Ma il rischio era di mettere a repentaglio la vita di Unika. Felia scacciò il pensiero, distese le braccia lungo i fianchi e aumentò la velocità.

Il suo corpo fendeva l'azzurro del mare di Yonaguni. Le fasce muscolari si contraevano armoniose, mosse da un'onda continua e perfetta. La schiena trasmetteva impulsi sinuosi ai glutei e alle cosce. Le caviglie erano allineate e i piedi uniti formavano una vera e propria pinna caudale.

Ophidiel avanzava imprimendo potenti gambate, simili a quelle dei subacquei: una forbice che si apre e si chiude a ritmo costante. La velocità era la stessa di Felia, ma la fluidità del gesto era nettamente inferiore. Felia sembrava scivolare nell'oceano senza fatica, Ophidiel guadagnava ogni metro con uno sforzo evidente.

Unika si spostava leggera, attenta a tutto ciò che succedeva. Un brivido le fece accapponare la pelle appena vide Felia dirigersi verso un pertugio angusto. Era una galleria profonda che tagliava la pietra. Dopo qualche istante sbucarono fuori dalle mura del palazzo sommerso.

Felia non accennò a fermarsi e proseguì decisa. A un tratto, una sagoma prese forma sul fondale davanti a loro. Era una testa enorme. Unika notò la somiglianza con i tratti dei Moai che aveva visto sull'isola di Pasqua. Il naso e la bocca erano quasi cancellati dall'inesorabile offesa del tempo. Le orbite oculari, invece, erano perfettamente visibili e davano al monolite l'aspetto di un volto umano.

Ophidiel intuì che la chiave era nascosta da qualche parte nella scultura e, spinto dall'euforia, accelerò. Arrivò ai piedi della statua, si fermò solo una frazione di secondo e poi cominciò a girarle intorno come uno squalo che ha fiutato l'odore del sangue.

«Dov'è? Dimmi dov'è!» ringhiò, aggressivo.

Felia lo fissò con disprezzo. La sua anima era tormentata da un violento conflitto: se fosse stato per lei, non avrebbe mai consegnato la chiave all'Angelo del Male. Ma, stavolta, non aveva scelta.

Alzò la mano destra e fece segno a Ophidiel di fermarsi. Lui sbuffò di rabbia, ma obbedì.

Felia scrutò l'incavo dell'occhio sinistro del monolite. Piegò le gambe e si allungò in uno slancio leggero, che la fece salire all'altezza della fronte. Rimase sospesa per qualche istante, mentre aguzzava la vista. Poi curvò il busto in avanti e si infilò nell'occhio della faccia di pietra.

L'Angelo del Male la osservava con il fiato sospeso. La vide scomparire, inghiottita dal buio. Quei pochi secondi di attesa gli sembrarono più lunghi dei millenni passati in esilio a Thinkingblu. Si passò la mano sulla faccia, come per cancellare i postumi delle ferite e la stanchezza degli ultimi giorni. E cercò di concentrarsi sul futuro e sul momento in cui avrebbe riaperto la Porta.

Ci siamo... Un sorriso di compiacimento gli illuminò il volto quando Felia uscì dalla testa della scultura, stringendo tra le dita l'esagramma con la lettera A.

«Dammela!»

Felia abbassò le palpebre e gli consegnò la chiave della Porta di Abyss.

Il lampo di soddisfazione che attraversò la mente di Ophidiel fu tanto intenso quanto effimero. Una terrificante onda d'urto si abbatté improvvisamente su di lui. Il suo corpo massiccio fu spazzato via come un fuscello. L'ultima cosa che riuscì a mettere a fuoco con chiarezza fu il viso stupito di Felia. Poi si sentì trascinare dalla corrente. Vide nero. Un dolore straziante lo travolse quando si schiantò contro un masso. Sospirò e raccolse tutte le forze che aveva per riprendere coscienza.

«Tu?!» Ophidiel non credeva ai propri occhi. Ora capiva. Accecato dalla collera e dal disorientamento, digrignò i denti e si mise in posizione di difesa. Per un attimo il tempo si fermò. Il silenzio che avvolse i fondali di Yonaguni altro non era che la quiete prima della resa dei conti.

Capitolo 63

ONDE DI PAURA

Oceano Pacifico, 5 ore alla Fine del Mondo

Il trillo del telefono rimbalzava nel disordine del piccolo ufficio e non riusciva a svegliare l'uomo di bassa statura, che dormiva sul divanetto nel corridoio di ingresso.

Gonzalo Parra lavorava da oltre dieci anni al Centro di Rilevazione Sismica di Rapa Nui e anche quel giorno oziava nella consapevolezza dell'assoluta tranquillità del suo incarico. Qualche ora prima aveva dato un'occhiata al grafico disegnato dal pennino del sismografo, che registrava i movimenti sismici sulla carta millimetrata. E aveva verificato il solito andamento: il sismografo evidenziava continue scosse di piccola entità, caratteristiche della zona circostante l'isola di Pasqua. *Niente di nuovo,* si era detto e, come tante altre volte, si era sdraiato sul divano. E si era assopito.

Ci volle una serie infinita di squilli per scalfire il sonno profondo in cui Gonzalo Parra galleggiava. E la ragione era semplice: Gonzalo non conosceva quel suono, non l'aveva mai sentito. Da quando era stato assunto, il telefono rosso era sempre stato in silenzio, accanto a quello grigio, che veniva utilizzato per le chiamate ordinarie di servizio.

Gonzalo Parra sapeva che l'apparecchio rosso era collegato a una linea protetta, destinata alle emergenze. Gliel'avevano detto tanti anni prima nei giorni di addestramento. Da allora non ci aveva più fatto caso e si era dimenticato della sua esistenza.

Quando il chiodo acustico perforò in modo brutale il muro del torpore, il giovane indigeno di Rapa Nui si rese conto che doveva alzarsi per capire cosa stava succedendo. Scattò in piedi addormentato e dovette appoggiarsi allo schienale del divano per non finire a terra. Il suono ossessivo lo guidò verso la scrivania. Gonzalo sussultò quando realizzò che il trillo proveniva dall'apparecchio rosso. Strabuzzò gli occhi, si dette un paio di schiaffi sulle guance e alzò la cornetta.

«Pronto...?»

«Qui è il Centro di Rilevazione Sismica di Tucson, Arizona. Con chi parlo?»

«Sono Gonzalo Parra, responsabile del Centro dell'isola di Pasqua.»

«Gonzalo, il mio nome è Al Cedaro.» La voce al telefono aveva un tono militare e perentorio. «Sono il direttore dell'IPPC.»

IPPC era una sigla ben nota a tutti coloro che operavano nel settore della sismologia. Erano le iniziali del Programma Internazionale di Prevenzione Catastrofi, un'iniziativa promossa dai governi delle nazioni più importanti del mondo. L'obiettivo era creare una rete di esperti da attivare solo in caso di minaccia di eventi distruttivi, ossia nell'eventualità in cui una catastrofe potesse abbattersi sul pianeta. In quella circostanza, gli esperti sarebbero stati obbligati a fare riferimento direttamente ai vertici dei vari stati, tagliando fuori la burocrazia degli apparati tradizionali. Avrebbero dovuto garantire la segretezza dell'informazione fino a quando i presidenti interessati avessero deciso di darne comunicazione pubblica. A capo di quella rete di esperti era stato posto il più grande sismologo vivente, una figura leggendaria per la comunità dei tecnici e degli appassionati di sismologia: Al Cedaro, per l'appunto.

«Mi ascolti, Gonzalo, io adesso le chiederò un aiuto semplice, ma fondamentale. Ho bisogno della sua affidabilità e della sua riservatezza. Capisce, vero?»

«Certo.» Gonzalo stava cercando di mantenere la calma.

«Perfetto. La situazione è la seguente: le stazioni di Boston e Manaus stanno registrando un'attività sismica anomala, la cui intensità continua a crescere in modo lineare con il passare del tempo. I sistemi computerizzati sono risaliti al probabile epicentro del sisma e l'hanno individuato in un punto preciso dell'Oceano Pacifico. Quella dell'isola di Pasqua è la stazione più vicina alla posizione.»

«Ma io ho controllato a metà pomeriggio e non c'era nulla di particolare...»

«L'attività è partita poco fa. Ha guardato il sismografo negli ultimi cinque minuti?»

Il silenzio che seguì valse più di ogni risposta. Oltre a essere imbarazzato per non aver seguito l'evoluzione del grafico, Gonzalo Parra era molto preoccupato. Se il mitico Al Cedaro chiamava per un evento così recente significava che stava succedendo qualcosa di molto grave.

«Allora adesso lei andrà al sismografo e mi dirà cosa sta segnalando in questo momento.»

«Vado.»

Con l'ansia che gli cresceva nel petto, l'ometto dalla carnagione olivastra e dai lineamenti latino-americani si diresse verso la stanza del sismografo. Era un modello piuttosto vecchio, con un "pennino a filo caldo" sempre acceso: misurava l'attività sismica attraverso la distanza tra la linea tracciata dal pennino e la retta stampata sul foglio di carta termica. Maggiore era lo scostamento, più elevata era l'intensità del fenomeno che si stava manifestando.

Gonzalo Parra non ebbe bisogno di avvicinarsi per sentire un violento pugno nello stomaco: il pennino era finito fuori dal foglio di carta, si era incastrato in una scanalatura esterna dell'apparecchio e non riusciva più a tracciare la linea. Per un attimo, l'anima del giovane indigeno si nutrì della speranza che l'inconveniente fosse legato a una circostanza accidentale. Tese la mano tremante, afferrò il pennino e lo riportò sul foglio. E vide ciò che non avrebbe mai voluto vedere: il pennino si staccò dalla linea retta fino a uscire dal rotolo di carta, andando di nuovo a incastrarsi.

Era evidente che il sismografo stava registrando un terremoto la cui intensità era superiore al limite massimo misurabile dalla macchina. Gonzalo Parra sapeva che tale livello era la magnitudo 9 della scala Richter, ovvero un sisma che i testi ufficiali descrivevano con le parole "scossa con distruzione totale e catastrofica di cose e persone anche proiettate in aria, trasformazioni topografiche, scomparsa di laghi e deviazione di fiumi." E sapeva anche che l'ultima calamità di tale potenza si era verificata in Cina nel 1556, causando la morte di quasi un milione di persone.

«Allora?» La voce squillante di Al Cedaro eruppe dalla cornetta del telefono, distogliendo Gonzalo Parra dalle sue elucubrazioni e riportandolo al presente.

«Ecco, non so come spiegarlo...»

«Mi dica cosa sta leggendo sul sismografo. È tutto ciò che deve fare.»

«Il pennino esce dal foglio di carta.»

Gonzalo Parra era stato di una chiarezza disarmante. La sua affermazione aveva reso l'idea di ciò che aveva davanti agli occhi. E Al Cedaro non ebbe bisogno di molta immaginazione per comprendere la terribile realtà. Il capo dell'IPPC rimase in silenzio per qualche istante, poi terminò la telefonata con poche significative parole.

«Capisco. E sono sicuro che ha capito anche lei, vero?»

«Credo di sì.»

«Immagino comprenderà anche la ragione per cui le chiedo di aiutarmi ancora su due fronti.»

«Sono pronto.»

«Non perda di vista il sismografo. Rimanga lì a verificare i movimenti del tracciato e faccia in modo di essere contattabile al telefono.»

«Senz'altro» rispose Gonzalo in modo talmente incisivo da risultare quasi frettoloso. «E qual è l'altra cosa che posso fare per lei?»

«Non parli con nessuno. Non faccia parola ad anima viva di ciò che ha saputo nel corso di questa telefonata. Sono sicuro che ne comprende il motivo.»

«È così.»

«Conto su di lei.»

«Ci conti, Al.»

«Perfetto. A più tardi.»

Al Cedaro chiuse la comunicazione e appoggiò il telefono sulla scrivania. Restò immobile, meditabondo: doveva riordinare le idee in vista della chiamata più importante della sua vita, quella che non avrebbe mai voluto fare. La telefonata al Presidente degli Stati Uniti.

A varie migliaia di chilometri da lui, su un'isola in mezzo all'Oceano Pacifico, un essere umano lasciava di corsa il suo ufficio, dimenticandosi perfino di chiudere la porta. Gonzalo Parra contravveniva, senza alcun senso di colpa, all'impegno appena preso con Al Cedaro e correva verso casa. Piangeva disperato e sperava di arrivare dalla moglie e dal figlio prima che fosse troppo tardi.

Prima della fine del mondo.

Capitolo 64

LA RESA DEI CONTI

Yonaguni, 4 ore e 50 minuti alla Fine del Mondo

«Tu, ancora una volta, tu...»

Ophidiel parlava con fatica, rivolgendosi all'enorme Drago che aveva di fronte. Il capo degli Angeli Guida di Sefira. Suo fratello. Yesod.

«Continui a prestarti alla tragica e perpetua rappresentazione della cattiveria di Metatron. A cui non basta contrastare ogni mia legittima rivendicazione, no... scatena contro di me la furia cieca di mio fratello!»

Yesod era in silenzio, immobile. Gli occhi fiammeggianti fissavano quelli di Ophidiel e i suoi muscoli erano tesi all'inverosimile, pronti a scattare.

«Non vuole sporcarsi le mani, oggi come allora.» Lo sguardo di Ophidiel sembrò scavalcare la sagoma di Yesod per vagare nell'oceano della memoria. «È stato tanto tempo fa, ma ricordo ancora ogni momento di quel giorno. Mi aveva quasi ucciso e ordinò a te di condurmi a Thinkingblu...»

«Smettila!» tuonò il Drago. «Non ho nessuna voglia di parlare con te...»

«Già...» lo interruppe Ophidiel. «Hai paura di scoprire la verità. Tu non sai niente, niente!»

«Quel giorno commisi un errore» ringhiò Yesod. «Dovevo annientarti e avrei risparmiato a Sefira e al mondo tutta questa violenza.»

«No!» urlò Ophidiel con voce roca, puntando il dito tremante della mano destra contro il fratello. «L'errore è stato un altro e ora tu ascolterai quello che ho da dire!»

Poco distante da loro, Felia stringeva Unika in un abbraccio protettivo, in attesa che gli eventi prendessero il corso drammatico e ormai inevitabile scritto dal destino.

«Yesod, tu devi conoscere la vera ragione per cui Metatron ha voluto esiliarmi.»

«Basta! Non c'è tempo da perdere... dammi la chiave.»

«La chiave?» Ophidiel spalancò gli occhi, si appoggiò a uno spuntone roccioso e proruppe in una risata isterica. «Fratello mio, sei sempre alla rincorsa di qualcosa che tu stesso allontani. La chiave non ce l'ho, e sai perché?»

Il Drago eruttava bolle di impazienza dal naso.

«Perché con la tua entrata in scena scomposta hai fatto volare la chiave chissà dove. Sarà qui, da qualche parte, sul fondo dell'oceano.»

Felia e Unika si scambiarono uno sguardo allarmato che, in brevissimo tempo, si trasformò in un cenno di intesa: senza dirsi nulla, si lanciarono alla ricerca del prezioso oggetto.

Yesod sentiva la rabbia montargli nel petto. Non sapeva cosa fare: la priorità assoluta era entrare in possesso della chiave, ma non poteva perdere il controllo sul fratello. A toglierlo dalla situazione di stallo ci pensò il violento e improvviso fendente di energia che Ophidiel gli scagliò contro: l'estremo tentativo del guerriero ferito che gioca la sua ultima carta. Yesod accusò il colpo. E Ophidiel approfittò del suo disorientamento per avventarsi su di lui e attaccarlo con un pugno in mezzo agli occhi.

«Io volevo il bene di Sefira, lo capisci?»

«Cosa stai dicendo?»

«Ti sto svelando il segreto che Metatron non ha mai rivelato a nessuno...»

«Sei pazzo!» ruggì il Drago, assestando una musata tremenda sul naso di Ophidiel. L'Angelo del Male fu scaraventato nel blu e fluttuò lontano, senza capacità di reazione. Cadde sul fondale sabbioso e rotolò su se stesso, fino a sbattere la testa contro le rocce. Urlò di dolore e con angosciante lentezza si sollevò in ginocchio. Mostrò il volto insanguinato e deformato dalla sofferenza.

«Dammi solo la possibilità di raccontarti ciò che è successo...» Ophidiel faticava a reggersi in piedi, si muoveva a scatti e continuava a sbattere le palpebre per mettere a fuoco.

Yesod osservò il fratello distrutto e capì che era fuori combattimento. Pensò che la scelta di Metatron di ritardare la sua spedizione nel mondo degli uomini si era rivelata vincente: le risorse di Ophidiel erano ormai prosciugate, mentre lui era fresco e in possesso di tutto il vigore.

«Stammi a sentire, fratello, adesso o mai più...» Ophidiel aveva gli occhi bassi. «Le forze mi stanno abbandonando, sono allo stremo e lo sai. Non posso più tentare nulla... se non provare a metterti in condizione di capire.»

Yesod era impietrito. Non avrebbe mai pensato di assistere a una scena tanto drammatica: il Malvagio, il potentissimo Angelo del Male, la minaccia incombente su Sefira e sull'intero Universo era davanti a lui. Stava morendo e lo implorava di ascoltarlo.

Il Drago si guardò intorno per cercare Unika e Felia. Nuotavano come pesci, perlustrando il fondale con frenesia, alla ricerca della chiave. *Sono distanti, non possono udire le sue parole.* Rasserenato, Yesod riportò l'attenzione su Ophidiel e lo vide trascinarsi bocconi verso una parete di pietra. Ophidiel appoggiò la schiena, esausto. Spasmi pesanti gli scuotevano il torace e le mani andavano continuamente alla bocca, per liberarla dal sangue che sgorgava copioso.

«C'è stato un tempo in cui ogni cosa era luminosa. L'armonia regnava suprema nella nostra amata Sefira. E anche sul mondo degli uomini brillava una luce promettente. Tutto sembrava possibile... addirittura che gli esseri umani si integrassero con gli angeli.» Ophidiel emise un suono gutturale, prima di tossire il dolore che gli ostruiva il respiro.

Ancora una volta, Yesod era travolto da un conflitto interiore. Non si fidava di Ophidiel e non aveva voglia di ascoltare il suo delirio, ma la pena che provava nel vederlo ridotto in quel modo apriva una ferita profonda nella sua determinazione.

«Era il sogno di Metatron...» proseguì Ophidiel, sempre più debole. «Voleva portare il nostro stato di grazia anche sulla Terra. E si convinse che l'unico modo per realizzarlo fosse creare il contatto tra i due mondi.»

«Taci adesso» lo interruppe Yesod. «Conosco questa storia e non vedo come...»

«Ah, conosci la storia? E lo sai chi era Eber?»

Yesod allargò le narici e replicò spazientito: «Non ho tempo per...»

«Sai chi era Eber?» sbraitò Ophidiel.

Il Drago fu colpito dalla veemenza del fratello e decise di rispondere: «Eber è stato un leader della razza umana, illuminato e rispettato, con cui Metatron ha aperto un canale di comunicazione per...» Yesod vide Ophidiel sorridere in modo sinistro e scuotere il capo. Si interruppe, interdetto.

«Tu non sai niente. Ti aggiri nel castello di bugie costruito da Metatron, convinto di conoscere una realtà... che non esiste! Ma è giunto il momento che il vento della verità abbatta le mura della menzogna.»

Nell'attimo di silenzio che seguì, nelle acque cristalline di Yonaguni ci fu solo lo spazio per il brivido di inquietudine che increspò la coriacea pelle del Drago. Poi Ophidiel fece appello alle poche energie rimaste e proferì le parole che avrebbero segnato per sempre la coscienza del capo degli Angeli Guida.

«Eber era un angelo. Era il fratello di Metatron.»

Capitolo 65

L'ULTIMA TELEFONATA

Washington, 4 ore e 15 minuti alla Fine del Mondo

«Buonasera, Al.»

«Presidente...»

«Sa che è sempre un piacere sentirla. Ma ricevere una sua chiamata sulla linea rossa a quest'ora non prelude a una buona notizia.»

«No, signore.»

«Coraggio, mi dica tutto.»

«Le nostre stazioni stanno registrando la genesi di un'attività sismica di intensità mai vista. I calcolatori hanno individuato l'origine del fenomeno in un punto non lontano dall'isola di Pasqua. I fondali dell'Oceano Pacifico stanno vibrando in modo significativo.»

«Quanto significativo?»

Il silenzio del direttore dell'IPPC fece gelare il sangue nelle vene del Presidente degli Stati Uniti.

«Al, ho bisogno di una risposta.»

«Secondo i miei calcoli, se l'energia continuerà ad accumularsi come ha fatto negli ultimi minuti, tra poche ore si verificherà un terremoto la cui magnitudo potrebbe essere quantificata a livello 12 della scala Richter.»

«Come? Non esiste il livello 12... la scala Richter si ferma a 9!»

«Per l'appunto. Siamo di fronte a una catastrofe immane, di portata inimmaginabile. Nemmeno Richter aveva pensato potesse accadere un cataclisma simile.»

«Ma cosa significa magnitudo 12?» Il Presidente era sempre più teso e stava perdendo la sicurezza che gli era abituale.

«Significa la fine del mondo.»

Stavolta fu l'uomo seduto al tavolo dello Studio Ovale della Casa Bianca a restare in silenzio. Conosceva Al Cedaro da tanti anni e ne aveva sempre apprezzato la capacità di analisi e l'attitudine a misurare le parole. Lo riteneva un uomo affidabile e degno di fiducia. Ma, in quel momento, il Presidente non voleva credere all'affermazione che aveva appena ascoltato.

«Andiamo, Al, cosa intende dire?»

«Sotto i fondali del pacifico sta montando un'onda sismica di proporzioni apocalittiche. Cresce in modo lineare nel tempo e se aumenterà con il ritmo attuale, tra qualche ora farà esplodere una bomba naturale, paragonabile a centosessanta miliardi di tonnellate di tritolo.»

«Eh?»

«La Terra si spaccherà in due, signore.»

Il Presidente degli Stati Uniti non riusciva a parlare. Al Cedaro pensò che fosse giunto il momento di comunicare nei dettagli la situazione e continuò nella sua drammatica spiegazione.

«Una quantità di energia di queste dimensioni provocherà una frattura interna e profonda che, con ogni probabilità, attraverserà la Terra da una parte all'altra. Non sarà visibile in superficie, ma le conseguenze saranno devastanti. Le vibrazioni partiranno dall'Oceano Pacifico per raggiungere in poche ore le coste del Cile, la Nuova Zelanda e l'Australia. Poi sarà il turno del Giappone e del Nord-America. Nel giro di ventiquattro ore anche l'Africa e l'Europa saranno colpite dallo sciame sismico. Ogni costruzione verrà distrutta e se anche qualcosa venisse miracolosamente risparmiato dalle scosse sarà annientato dalle ondate di tsunami, che si abbatteranno a ripetizione su tutti i continenti. La geografia del pianeta cambierà completamente e il clima verrà sconvolto. Ci sarà una nuova glaciazione.»

L'attesa all'altro capo del filo preludeva alla domanda che tormentava il Presidente.

«Moriremo tutti?»

«Sì. Sarà l'estinzione della razza umana.»

«Mio Dio... Al... ci sarà pur qualcosa che possiamo fare...»

«Di fronte a una forza di questa entità non abbiamo nessuna carta da giocare. Come scienziato, provo un senso di dolorosa impotenza: non possiamo fare nulla.»

«Ma sappiamo da cosa nasce un'apocalisse del genere?»

«È ciò che mi deprime di più, Presidente. No, non lo sappiamo. L'origine di tutto questo è completamente ignota. È un mistero.»

Il Presidente tacque ancora. Poi chiese: «Al, dimmi: esiste qualche probabilità che il processo si interrompa?»

«I miei occhi di scienziato non riescono a vederla. Ma il mio cuore di uomo non può non sperare...»

«Grazie, Al. Adesso devo decidere se e come comunicare la cosa. Per il momento so di poter contare sulla sua totale riservatezza e sulla sua disponibilità.»

«Non dubiti, Presidente. Io sono a sua completa disposizione. Comunque, appena terminata questa telefonata, troverà tutta la documentazione nella casella e-mail protetta dell'IPPC a cui solo lei può accedere.»

«A presto, dunque.»

Il Presidente degli Stati Uniti chiuse la telefonata più difficile e assurda della sua vita. Era attonito. Aveva lo sguardo perso nel vuoto e la mano destra appoggiata su una pietra della sua terra natia, che usava come fermacarte. Dopo qualche minuto schiacciò uno dei tanti pulsanti della tastiera che aveva di fronte.

«Sì, Presidente?» La voce dell'assistente personale risuonò rassicurante dall'altoparlante.

«Ann, convochi il generale Malone nel mio ufficio, priorità assoluta. E gli dica di preparare l'Airforce One per il decollo immediato.»

«Certo, Presidente, sarà fatto.»

«Ann...»

«Sì, Presidente?»

«Chiami anche mia moglie, per favore.»

Capitolo 66

DODICIMILA ANNI FA

Yonaguni, 4 ore alla Fine del Mondo

«Ma cosa stai dicendo?»

La domanda del Drago era striata da profonde crepe di incredulità.

«È così, Yesod. Eber era il fratello di Metatron.» La voce di Ophidiel era poco più che un rantolo. Le parole uscivano dalla bocca insieme a fiotti di sangue, mentre le sue membra ormai prive di forza giacevano inerti sul fondale sabbioso.

«È stato più di dodicimila anni fa. Metatron era ossessionato dall'ambizione di condurre gli esseri umani allo stesso stato di grazia degli angeli. Ci confrontammo molto e io non ero d'accordo. Lo consideravo rischioso e prematuro... ho sempre ritenuto che gli uomini non fossero pronti.»

Yesod teneva sotto controllo Unika e Felia. Non voleva che udissero ciò che Ophidiel stava rivelando.

«Ma Metatron non mi ascoltò. Non valutò nemmeno per un istante i miei dubbi e decise di provare a realizzare il suo sogno. Affidò il delicato compito a suo fratello. Colui che abbiamo pianto, perché pensavamo scomparso, era invece in missione segreta. Per svolgere l'incarico senza essere scoperto da Sefira dovette cambiare aspetto e nome. Fu così che nacque Eber. Era una creatura straordinaria: accettò la sfida con entusiasmo e andò nel mondo degli uomini per studiare la situazione. In breve tempo si appassionò all'idea e definì un vero e proprio progetto. Gli dette anche un titolo: *l'Uomo del Futuro*. E lo presentò a Metatron e agli altri due angeli con cui Metatron aveva deciso di condividere la visione: io e Unika.»

Ophidiel respirava a fatica. Le braccia erano immobili lungo i fianchi e la testa reclinata sulla spalla.

«La strategia era chiara: Eber avrebbe vissuto sulla Terra senza svelare la propria natura e si sarebbe affermato poco alla volta come un leader amato e rispettato. Avrebbe promosso i valori positivi del mondo degli angeli attraverso i suoi comportamenti virtuosi, creando un modello di riferimento capace di sviluppare proselitismo. Eber non voleva influenzare le azioni degli umani con l'esercizio dei suoi poteri. Il suo scopo era orientarne la vita grazie alla comprensione di una filosofia che ponesse al primo posto il bene comune, l'altruismo e la fiducia negli altri.»

Yesod si accorse di aver smesso di respirare. Il cuore aveva cambiato ritmo e un nodo gli stringeva lo stomaco.

«Era un piano lucido, equilibrato, che richiedeva tempo: per poter registrare cambiamenti concreti e arrivare all'*Uomo del Futuro* sarebbe stato necessario l'avvicendarsi di varie generazioni. Eber ne era consapevole e, prima di svelare l'esistenza degli angeli e di Sefira, voleva essere sicuro di poter contare su un alto grado di consenso degli esseri umani.»

Ophidiel era sfinito. Mentre si portava le mani al volto, mormorò: «Stupido illuso...» Poi inspirò profondamente e riprese a parlare.

«Cercai di convincere lui e Metatron che il progetto avrebbe avuto un esito nefasto e che l'*Uomo del Futuro* era una chimera irraggiungibile: gli esseri umani sono corrotti dall'individualismo e dall'ambizione personale. Nell'integrazione con gli angeli avrebbero sicuramente cercato un'opportunità di accrescimento del loro insulso potere, inquinando la nostra armonia.»

Yesod avrebbe voluto fare mille domande, ma nessuna riusciva a trasformarsi in parole.

«I due fratelli mi ascoltarono... mi ascoltarono e mi rassicurarono sul fatto che erano consci del rischio. E che non avrebbero mai messo a repentaglio la sicurezza di Sefira. In particolare, Eber affermò con determinazione che non avrebbe rivelato la propria natura finché non fosse stato certo dell'affidabilità degli esseri umani. Io ero preoccupato ma...»

Un rumore sordo si propagò improvvisamente negli abissi di Yonaguni e una scossa fece vibrare i blocchi di pietra.

«Non c'è più tempo!» urlò Yesod. «È il meccanismo di distruzione...»

«È troppo tardi ormai» gli fece eco Ophidiel con tono sommesso.

«Dobbiamo trovare la chiave!» gridò Unika da lontano, continuando a perlustrare il fondale con gli occhi sbarrati.

«Yesod, quello che sto per dirti è molto più importante della distruzione della Terra...»

I monoliti oscillavano e cominciavano a spezzarsi.

«Devi sapere... tutti voi dovete sapere che Eber perse la testa!»

Il Drago non poté fare a meno di orientare la sua attenzione sull'inquietante discorso del fratello.

«Il carisma di Eber divenne ben presto leggendario sulla Terra. Con il potere del trasvolo riusciva a essere presente in poco tempo ovunque e le genti di tutto il mondo cominciarono ad avere per lui una sorta di venerazione. Ogni comunità lo idolatrava e i monumenti, i cui reperti si trovano sparsi sul pianeta, sono tutti riferiti a lui... anche se gli esseri umani di oggi non lo sanno. Fu proprio in quel periodo che i due fratelli progettarono e realizzarono il sistema di Porte che sarebbe dovuto servire per gestire i trasferimenti tra Sefira e la Terra. Ogni cosa sembrava andare nella direzione auspicata da Metatron, finché... finché Eber non si innamorò. Di una donna.»

Yesod era attonito, immobile, frastornato. Il fondale tremava senza tregua, ma il Drago sembrava non accorgersene. Sentiva che Ophidiel stava dicendo la verità. Una verità che catapultava la sua anima in un labirinto inestricabile.

«Sì, Yesod, hai capito bene. Ciò che non aveva alcun senso accadde: il fratello di Metatron, un Angelo Guida, si innamorò di una donna, di un essere umano. Lo rivelò a noi tre, con la sincerità e la trasparenza che gli erano proprie. Ci disse che provava un sentimento più forte della sua stessa volontà. Che non poteva, non voleva opporsi a un'emozione così intensa. Che l'amore che gli riempiva il cuore era una manifestazione estrema del Bene Assoluto.»

Uno scossone aprì una voragine a pochi metri da loro.

«Ricordo ancora l'espressione di Metatron.» Ophidiel abbassò le palpebre, ripercorrendo con gli occhi della memoria quei momenti lontani nel tempo. «Lo rivedo cercare lo sguardo di Unika. Lei sospira. Poi gli dice che il sentimento è da rispettare. Metatron annuisce e si illumina. Io esprimo il mio disappunto, faccio presente l'enorme pericolo a cui stiamo andando incontro. Metatron afferma che l'integrazione con gli esseri umani dovrà passare, prima o poi, attraverso l'unione delle due razze...» Ophidiel riaprì gli occhi e fissò Yesod.

«In quell'istante capii che non c'era più nulla da dire: con le argomentazioni razionali e la logica del buon senso non li avrei mai convinti. Solo Unika aveva il potere di farlo, ma il suo rapporto con noi era delicato, così come il suo ruolo: si trovava in mezzo a due fuochi e continuava a caricarsi di grandi responsabilità nei confronti di Sefira. Mi resi conto che per fermare quella follia dovevo dimostrare con i fatti la natura perfida e corrotta degli esseri umani. Per questo decisi di fare ciò che Metatron non mi ha mai perdonato.»

«Yesod!» L'agitazione di Unika distrasse il Drago. «Non riusciamo a trovarla!»

La ragazza guizzò veloce nell'acqua mossa dalle continue vibrazioni e raggiunse Yesod, seguita da Felia. Trasalì appena si rese conto delle gravissime condizioni di Ophidiel. Si voltò verso Yesod e, vedendolo attonito, capì che tra i due fratelli stava succedendo qualcosa di importante.

«Bene...» sibilò Ophidiel. «Così anche tu potrai sapere la verità.»

«No!» intimò Yesod.

«Di quale verità sta parlando?» chiese Unika con curiosità e inquietudine.

«Adesso non è il momento» rispose Yesod, senza ammettere repliche. «Dobbiamo tornare allo scoglio di Motu Nui.»

«Ma non abbiamo trovato la chiave...» Unika era affranta.

«Lo so, ma laggiù ci sono creature che possiamo ancora salvare. Nishida ha bisogno di noi... andiamo!»

«Non puoi evitare che la nostra gente sappia cos'è accaduto!» sbraitò Ophidiel, raccogliendo le ultime energie. «Dovete ascoltarmi, per evitare che un giorno qualcuno commetta lo stesso errore!»

Il Drago fumò di rabbia. Voleva proteggere Unika dall'impatto che le rivelazioni del fratello avrebbero potuto avere sulla sua sensibilità. E l'unico modo era portarla via da lì.

«Unika, Felia, andiamocene!»

«Io voglio sapere di cosa sta parlando!» Unika era risoluta.

«Sei proprio come lei...» sussurrò Ophidiel. A quell'affermazione, Yesod reagì con una durezza che lasciò di stucco Unika e Felia.

«Basta così!» Il Drago caricò i muscoli del collo come una molla e fece scattare il cranio in avanti. Lasciò uscire dalle pupille un impressionante fascio di energia, che raggiunse Ophidiel in pieno petto.

Ophidiel rantolò e si piegò su se stesso. Il mento cadde sul torace, le gambe ebbero un ultimo sussulto, prima di tendersi flosce sul fondale.

«Perché?» domandò Unika a Yesod.

«Adesso non posso spiegarti… dobbiamo andare!»

«Ma io non…»

Una scossa violentissima la interruppe. Un'onda potente li scaraventò lontano, mentre la struttura di pietra si sgretolava. Con la coda dell'occhio, Yesod vide crollare l'enorme parete su cui era appoggiato suo fratello. Mentre veniva travolto dai detriti, il corpo di Ophidiel era inerte. I massi gli piombarono addosso, seppellendogli la testa e il tronco. Solo i piedi restarono visibili, immobili e senza vita.

«Vieni, Unika! Uniko, Nishida e gli umani hanno bisogno di noi.»

Nell'udire il nome di Uniko, la ragazza fu percorsa da un brivido. *Devo correre da lui*. E tutto il resto passò in secondo piano.

I tre angeli si scambiarono uno sguardo d'intesa e trasvolarono, senza vedere i deboli movimenti sotto le macerie. Due gambe martoriate si piegavano a fatica, testimoniando l'estremo alito di vita che attraversava ancora le membra di colui che era stato il potente Angelo del Male. Sepolto da tonnellate di massi, Ophidiel trovava la forza per liberarsi, concentrarsi e usare i suoi poteri.

Prima della fine.

Capitolo 67

SENZA DOMANI

Washington, 3 ore e 35 minuti alla Fine del Mondo

«Dimmi che non è vero...»

«Purtroppo non posso, Caroline.»

Alla risposta del marito, la first lady scoppiò in lacrime. Stavano parlando al telefono, nonostante si trovassero entrambi nello stesso edificio. Accadeva di frequente: il Presidente voleva sentirla spesso, anche quando era impegnato in riunioni delicate e sua moglie non poteva raggiungerlo.

«Adesso ascoltami, amore mio: prepara i bagagli per un lungo viaggio, prendi i bambini e vai subito all'hangar dell'aereo presidenziale. Ci sarà Frank ad aspettarti. Pronto...? Caroline...» *Ha staccato.*

Il Presidente riagganciò e guardò il generale Frank Malone dritto negli occhi. Il militare sedeva davanti a lui, in silenzio, con la stessa espressione di sempre: fiera, orgogliosa, senza paura.

«Stai tranquillo, Bob. Me ne occuperò io.»

«Grazie, Frank. Per favore, trova lei e i bambini e decollate al più presto. Non so a cosa servirà, ma mi piace pensare che se riuscirete a stare in alto fino a quando le scosse saranno esaurite, avrete qualche possibilità di sopravvivere.»

Frank Malone e Robert "Bob" Eager si conoscevano dai tempi

dell'accademia. Frank aveva continuato con successo la carriera militare, Bob aveva intrapreso quella politica, ottenendo da subito risultati straordinari: in pochi anni era diventato il più giovane Presidente degli Stati Uniti della storia. Appena si era insediato alla Casa Bianca, Bob aveva chiamato Frank per ricoprire l'importante incarico di Capo di Stato Maggiore della Difesa. Insieme avevano affrontato situazioni difficili, risolto problemi complessi e portato a termine progetti ambiziosi. Li univa un rapporto di stima profonda e fiducia assoluta. Per questo Bob aveva raccontato all'amico tutta la verità, mostrandogli la documentazione ricevuta da Al Cedaro. E l'aveva fatto prima di informare gli altri membri del governo.

«Lo farò, Bob. Ma perché non vieni con noi?»

«Non posso lasciare la nostra gente. Ho sempre condiviso i problemi e le opportunità di tutti e voglio farlo anche stavolta. E la prima cosa che devo fare è parlare alla Nazione e al mondo, comunicare ciò che sta per accadere.»

«Questo ti fa onore, ma hai considerato le conseguenze di un messaggio come quello che vuoi dare? Cosa succederà quando l'umanità ascolterà il Presidente degli Stati Uniti d'America annunciare l'imminente fine del mondo?»

«Ho valutato la cosa. Ma penso che tutti abbiano il diritto di sapere la verità e di confrontarsi con la propria coscienza. È mia responsabilità. E voglio farlo nel solito modo: come un normale cittadino.»

«Bob...»

«Sì, Frank.»

«Non credo che Caroline partirà senza di te.»

«Lo so, ma...»

Un frastuono interruppe il dialogo. Le due ante dell'imponente porta di legno si spalancarono, e l'austera bellezza di Caroline Fitsimmons fece irruzione nello Studio Ovale.

«Io non ti lascio! O tu vieni con noi o io resto con te!»

«Caroline, ascoltami...»

«No, non ti ascolto!»

«Io vengo con voi» le disse il marito, abbracciandola con tenerezza. Lei appoggiò il viso sulla sua spalla. Il Presidente ruotò il capo fino a incrociare lo sguardo di Frank e gli strizzò l'occhio, senza sorridere. Il generale capì il messaggio e si alzò in piedi.

«Vieni, Caroline» disse con tono pacato. «Bob deve parlare alla Nazione. Andiamo a prepararci per il viaggio, lui ci raggiungerà appena avrà concluso il discorso.»

La donna staccò la guancia dalla giacca del marito e lo baciò sulle labbra. Poi sussurrò: «Ti aspetto all'hangar. Senza di te, non partiamo...»

Frank le strinse la spalla, mentre faceva un gesto d'intesa al Presidente. «Certo, Caroline, andiamo.» E la invitò a seguirlo.

Lei fece qualche passo senza voltarsi per non perdere il contatto visivo con l'uomo che amava. E uscì dalla sala, accompagnata dal generale.

Il Presidente rimase da solo. Per qualche istante restò fermo, in piedi, in silenzio.

«Ann...» chiamò con voce alta, approfittando della porta aperta.

«Eccomi, Presidente.»

«Per cortesia, convochi tutti i membri del governo nel mio ufficio per un consiglio straordinario. Poi chiami la troupe e i tecnici del set televisivo. Dopo la riunione, dovrò parlare alla Nazione.»

Lo sguardo dell'assistente trasudava commozione. L'alta professionalità accumulata negli anni le fece mantenere un contegno rigoroso e formalmente ineccepibile.

«Subito» rispose, voltandosi per tornare alla sua postazione.

Bob Eager inspirò, guardò fuori dalla finestra ed ebbe la sensazione di non riuscire più a vedere i colori del mondo.

Capì che il mondo, senza un domani, non esiste.

Capitolo 68

MOTU NUI

Oceano Pacifico, 2 ore e 30 minuti alla Fine del Mondo

Le onde che si infrangevano sugli scogli di Motu Nui esplodevano in nuvole di vapore densissimo. La notte incombeva nelle sfumature tenebrose del cielo e nelle urla tempestose del mare. Vibrazioni sempre più forti scuotevano le rocce e penetravano negli animi con tutta la loro carica di paura.

Nishida, Uniko e gli umani si erano spostati verso il centro del piccolo scoglio, per proteggersi dalla violenza crescente dei flutti. Si erano seduti su una radura di erba tra le formazioni rocciose, e i due angeli illuminavano il buio con i raggi dei loro occhi.

Poco distante schiamazzava un numero imprecisato di uccelli terrorizzati.

«Sono sterne» spiegò Craig Walden, spezzando l'angoscioso silenzio che aveva tramortito le menti. La sua voce era ancora debole, ma le ferite avevano smesso di sanguinare e le guance stavano riprendendo il colore di sempre.

«E perché stanno tutte qui?» Eve ascoltava distratta i versi dei grandi volatili.

«Approfittano dell'amenità dell'isolotto per nidificare e riprodursi. Le loro uova sono il prezioso oggetto che i partecipanti al rito dell'Uomo Uccello devono recuperare per...»

«Siamo sull'orlo dell'Apocalisse e voi avete la forza di pensare alle uova delle sterne...» bofonchiò l'ispettore. La ragazza e il professore si scambiarono uno sguardo di reciproco invito alla pazienza e non risposero.

Vlad Kazig era molto nervoso. Invidiava la capacità di Craig Walden di rifugiarsi in discorsi più o meno importanti per allentare la tensione. E ammirava la calma di Nishida e Uniko: erano appollaiati su uno spuntone roccioso, fissavano l'orizzonte buio e aspettavano.

Lui non riusciva a estraniarsi dal presente e nemmeno a restare in attesa. Se ne stava rannicchiato sull'erba bagnata, con la mente imprigionata in un groviglio di pensieri. Ciò che lo atterriva di più era il senso di impotenza: guardare inerte il manifestarsi degli eventi non rientrava nel vocabolario dei suoi comportamenti. Nascose la faccia fra le mani e si mise a riflettere sulle ultime ore.

Se l'altro giorno non fossi andato nell'aula del professore, oggi sarei a casa mia... pensava. *Starei per morire, senza saperlo. A quest'ora mi ritroverei seduto in poltrona, a bere il solito bicchiere di Porto: tranquillo, ignaro, libero dall'angoscia che mi devasta il cuore. Però non avrei conosciuto la verità. Non avrei conosciuto gli angeli. E nemmeno il professore e la ragazza timida. E la mia vita sarebbe meno ricca... questa esperienza ha un valore inestimabile. Ma in questo preciso momento, qual è il senso del mio esistere? Vorrei poter fare qualcosa per evitare la fine. E non...*

«Unika!»

L'urlo di Uniko si infilò tra le crepe del frastuono e destò la mente dell'ispettore. Vlad Kazig vide l'angelo biondo balzare in piedi e slanciarsi verso una terrazza naturale di roccia lavica, dove Unika, Felia e un enorme drago si erano appena materializzati.

«Un drago?» esclamò, disorientato. «Ci mancava anche un drago adesso...»

«È Yesod!» gridò Eve, piena di speranza, puntando l'indice verso il capo degli Angeli Guida.

«Amico mio, che gioia vederti!» Nishida corse ad abbracciare Yesod. Poi si rivolse agli altri due angeli: «Unika... Felia... state bene?»

«Avete la chiave?» Craig Walden non riuscì a trattenere la domanda.

«No» fu la laconica risposta di Yesod.

«L'ha presa Ophidiel?»

«No, Eve. Ophidiel è fuori combattimento» rispose Unika, stringendo le mani di Uniko. «La chiave è andata persa.»

«E adesso cosa facciamo?» Il tono impaziente di Vlad Kazig mascherava una disperazione senza limiti.

«Vi portiamo via.» Yesod era determinato. «Per il momento voleremo in alto e poi...»

«Poi riapriremo l'Occhio e verrete tutti a Sefira.»

«Metatron!» urlò Nishida al suono della voce del Saggio.

«Riusciamo a sentirti!» gli fece eco Yesod. «Significa che possiamo riprendere a comunicare!»

«Sì, valoroso Yesod. E finalmente posso rivedere Uniko.»

«Com'è possibile?»

«L'unica spiegazione è che la vita di Ophidiel sia cessata. E con la sua morte si siano esauriti i sortilegi che aveva scatenato.»

L'affermazione di Metatron lasciò tutti senza parole.

In quei brevi attimi di silenzio, le vibrazioni si fecero più intense.

«Qui casca il mondo...» Vlad Kazig stava cominciando a preoccuparsi sul serio.

«Yesod, Nishida, Unika, Uniko: avete il compito di salvare questi esseri umani. Alzatevi in volo e...»

Una scossa violentissima fece tremare l'isolotto di Motu Nui. Tutti persero l'equilibrio, cadendo a terra.

«Attenta, Eve!» Craig Walden vide un grande masso poco distante dalla ragazza fratturarsi in due e oscillare. Stava per crollarle addosso. D'istinto, il professore si gettò su di lei per spostarla. Riuscì ad afferrarla e a spingerla con entrambe le mani, ma non fece in tempo a sottrarsi alla frana. Un pesante blocco di roccia lo colpì, facendolo stramazzare al suolo.

«Professore!» Vlad Kazig si alzò barcollando e si lanciò verso Craig Walden, che rotolava sul terreno. Appena lo raggiunse, lo aiutò ad alzarsi. Il professore si portò subito la mano sinistra all'altezza della spalla opposta e il suo volto si contrasse in una smorfia di dolore.

«Si è fatto male?» Vlad Kazig notò che il maglione si stava inzuppando di sangue sulla schiena.

«Non è niente» farfugliò Craig Walden.

«Non direi proprio.» L'ispettore gli fece cenno di mettersi seduto. «Mi faccia vedere.» Poi si rivolse a Nishida: «Ho bisogno di un po' di luce...»

Accorsero tutti e gli angeli illuminarono l'aria.

Stringendo i denti, Craig Walden si sfilò il maglione. Liberò prima il braccio sinistro, poi la testa. Con fatica, tirò fuori il braccio destro, rimanendo a torso nudo. Vlad Kazig si accucciò alle sue spalle, per osservare la lesione da vicino. La terra continuava a tremare e dovette appoggiare una mano al suolo per non finire lungo e disteso.

«È una brutta ferita» commentò. La spalla era lacerata e sanguinava molto.

Tutti osservavano con il fiato sospeso. Unika sgranò gli occhi, attratta da un particolare apparentemente insignificante.

«Quel simbolo...» mormorò Unika, aggrottando la fronte.

Uniko fu il solo a percepire il suo bisbiglio. «Eh?» le domandò sottovoce.

«Io l'ho già visto...»

«Di cosa stai parlando?»

«Quel simbolo... sembra...»

«Quale simbolo?» Uniko era perplesso.

«Il ciondolo... al collo del professore!»

L'angelo dai capelli biondi aguzzò la vista, in modo da inquadrare il piccolo oggetto. Lo vide penzolare, ma non era facile focalizzarne la forma perché Craig Walden aveva il petto coperto dalle braccia.

«Non riesco a...»

«L'ho intravisto di sfuggita, mentre si toglieva il maglione. Sembrano le lettere... una sull'altra...» un pensiero prese forma nella mente di Unika, che si inginocchiò davanti al professore.

«Cosa c'è?» chiese Craig Walden quando si accorse che la ragazza gli fissava il petto. Poi capì. Sollevò la mano sinistra per afferrare il pendente. «Questo?»

Unika tese il braccio e prese il ciondolo. Appena gli occhi misero a fuoco, trasalì.

In un secondo, la coscienza di Unika abbandonò quell'isolotto squassato dal terremoto e spazzato dalle onde. Decollò oltre il cielo nero e l'orizzonte cupo del presente per lanciarsi nell'ampio spazio degli interrogativi che l'avevano assalita nelle ultime ore.

«Thinkingblu!» urlò con la voce alterata dall'emozione. «È il simbolo che ho visto sulla piramide di Thinkingblu! E che ho rivisto sull'affresco nella cupola...»

Unika si voltò verso l'Elfo. «Nishida, ne sono sicura! È quello di cui ti parlavo sulla spiaggia. E poco fa ho avuto conferma osservando i dipinti nel corridoio che portava alla sala della sirena: l'esagramma con le tre lettere OHA troneggiava sulla raffigurazione della piramide!» Poi lanciò lo sguardo viola nelle pupille di Uniko. «Non puoi non ricordarti. Quando siamo andati a cercare le radici di mangrovie nere, siamo saliti in cima alla piramide. Sul terrazzo quadrato dove ci siamo seduti per guardare la foresta, prima che Ophidiel ci aggredisse... al centro c'era incisa questa immagine.»

Uniko scuoteva la testa, sforzandosi di ricordare. Ma la sua mente rivedeva solo le fauci spalancate dell'enorme cobra nero.

Mentre l'incredulità generale serpeggiava sulle facce frastornate, il ruggito di Yesod coprì il fragore dell'oceano in tempesta. Tutti si voltarono verso il Drago e lo videro avvicinarsi a Craig Walden con le narici dilatate.

«Glielo dia, professore.» La voce di Metatron tuonò con vigore inaudito. Nessuno riusciva a capire cosa stesse succedendo. «Consegni immediatamente a Yesod l'oggetto che porta al collo.»

Craig Walden non sopportava l'idea di dover compiere azioni senza comprenderne le finalità. Ma sentì che stavolta era ciò che doveva fare. Si alzò in piedi, sfilò il ciondolo dal cordoncino di cuoio scuro e lo porse al Drago.

Yesod lo afferrò e sparì.

Il disorientamento di pochi istanti prima si era trasformato in un vero e proprio stato di shock. Mille domande si agitavano negli animi.

Cos'era quell'oggetto misterioso?

Cos'aveva a che fare con Sefira e con la piramide di Thinkingblu?

Perché ne era in possesso Craig Walden?

E dov'era andato Yesod?

Una prima, insoddisfacente risposta si concretizzò nelle poche parole di Metatron. «Yesod sta eseguendo gli ordini che gli ho appena trasmesso. State calmi e lasciate che la speranza nutra i vostri cuori.»

Capitolo 69

DAVANTI ALLE TELECAMERE

Washington, 1 ora e 38 minuti alla Fine del Mondo

I membri del governo degli Stati Uniti d'America lasciarono lo Studio Ovale della Casa Bianca in un silenzio attonito e spettrale. Quando l'ultimo di loro sparì dietro la porta sorvegliata dalle guardie armate, la voce del Presidente rimbombò solitaria nella sala.

«Ann...»

«Mi dica, Presidente.»

«È stato allestito il set televisivo?»

«Come mi aveva chiesto.»

«La troupe è pronta?»

«Sì.»

«Perfetto, grazie. Ann...»

«La ascolto, Presidente.»

«Vada pure a casa.»

Bob Eager stimava Ann McLeod. Era la sua assistente personale da tanti anni e aveva sempre dimostrato intelligenza e sensibilità fuori dal comune. Per questo non fu sorpreso quando udì la sua risposta.

«Grazie, Presidente. Ho capito. Ma ho dedicato gli ultimi anni a occuparmi di lei e delle sue attività. In un momento come questo, l'unico senso che può avere la mia vita è starle vicino. Non ho figli e le persone che mi sono care sono lontane. Presidente, lasci che io sia al suo fianco anche in questo passaggio.»

«Certo, Ann. Lo apprezzo molto.» Bob Eager le sorrise. «Andiamo a parlare al mondo.»

Uscirono insieme dallo Studio Ovale e si avviarono verso la porta protetta. Quando imboccarono il corridoio che portava al set televisivo, le guardie del corpo si disposero intorno a loro. Il silenzio era disturbato solo dal rumore dei tacchi che picchiettavano sul parquet.

Prima di raggiungere il set, Bob Eager infilò la mano destra nella tasca interna della giacca. Estrasse il cellulare e lo porse a Ann McLeod. Era un telefono sempre acceso, il cui numero era a disposizione di un gruppo molto ristretto di persone. Ogni volta che andava in diretta televisiva, il Presidente lo dava alla sua assistente, che ne disattivava la suoneria, lasciando solo la vibrazione. Ann lo tenne in mano, insieme all'agenda che portava con sé.

Il Presidente salì sul podio, dove erano sistemati il leggio e i microfoni. I tecnici avviarono la sistemazione delle luci e due ragazze gli si avvicinarono per passargli un velo di trucco sul volto.

Quel giorno Bob osservava lo svolgimento delle attività con un'attenzione particolare. Avvertì una stretta al cuore al pensiero che ogni azione veniva effettuata con grande professionalità. Tutti cercavano di dare il meglio, come sempre quando si lavora per il Presidente. Ma stavolta c'era un'apprensione nuova nell'aria. La trasmissione era di quelle "a reti unificate" e "di carattere straordinario". Il messaggio avrebbe interrotto senza preavviso la programmazione ordinaria delle emittenti televisive più importanti. E tutte le persone riunite intuivano che c'era in ballo qualcosa di grosso.

«Presidente, noi siamo pronti.»

Quando la voce metallica del regista diede il via, i tecnici e le truccatrici si allontanarono dal podio. Bob Eager si sentì solo come non gli era mai successo. Aveva il volto chino e percepiva il peso degli sguardi su di sé. Alzò gli occhi per cercare Ann. La vide sorridente come al solito, e si rasserenò. Si sistemò il nodo della cravatta. Inspirò. Doveva trovare la forza di andare avanti e svolgere il compito che il suo ruolo richiedeva. Si concentrò e riportò la mente su ciò che doveva dire.

«Ok. Cominciamo.»

«Bene, ragazzi, ci siamo. Pronti?»

Una serie di pollici rivolti verso l'alto rispose all'interrogativo del regista. Dopo qualche secondo, necessario per predisporre il sistema di interruzione delle trasmissioni, la voce metallica risuonò ancora nella sala.

«Cinque, quattro, tre, due...»

«Stop!»

L'attenzione di tutti si diresse verso la posizione da cui era partito il grido, che aveva fermato il conto alla rovescia. Il braccio alzato di Ann McLeod, fasciato dalla manica della giacca dell'elegante tailleur rosso, si agitava frenetico. Nell'altra mano, Ann impugnava il cellulare del Presidente, lo teneva vicino all'orecchio e parlava con aria infervorata.

Bob Eager non sapeva che la sua assistente aveva appena risposto a una chiamata di Al Cedaro e che l'uomo stava comunicando un segnale di diminuzione dell'attività sismica nel Pacifico. Ma capì che una buona notizia correva su quella linea quando vide Ann sorridere, annuire e stringere a pugno la mano sollevata verso il cielo.

Il calore della speranza inondò il cuore del Presidente: un domani era ancora possibile.

Capitolo 70

IL CORSO DEGLI EVENTI

Oceano Pacifico, 1 ora e 9 minuti alla Fine del Mondo

Motu Nui era in balia della furia del terremoto: altissimi muri d'acqua si sollevavano per poi abbattersi con violenza sugli scogli. Il cielo era sprofondato nel mare, non c'era più riparo: l'oceano era sul punto di inghiottire quel fragile lembo di terra.

Eppure un'onda più grande aveva travolto gli animi sull'isola: quella dello stupore e del disorientamento causato dal ciondolo di Craig Walden e dallo strano comportamento di Yesod. Il Drago si era smaterializzato da pochi secondi e l'ansia regnava sovrana.

Craig Walden scuoteva la testa senza riuscire a fermarsi. Gli occhi guizzanti tradivano la ricerca spasmodica e vana di una spiegazione, di un ricordo, di un appiglio. Era in piedi, a torso nudo, curvo su se stesso. La schiena ossuta lo faceva apparire più magro del solito e i capelli cortissimi enfatizzavano l'espressione di imbarazzo che gli segnava il viso.

«Io non capisco...» ripeteva a intervalli regolari.

Il suo sguardo frastornato rimbalzava sui volti interrogativi dei compagni, percependo le sfumature diverse che coloravano il loro sbigottimento. Uniko e Unika lo guardavano con incredula tenerezza. Gli occhi di Nishida sembravano proiettare su di lui una luce nuova. Eve era persa in un vortice di emozioni. Vlad Kazig si era allontanato e lo fissava con sospetto. Nessuno osava chiedere nulla, tutti aspettavano.

«Quel ciondolo... lo porto da sempre, da quando avevo otto anni. Me lo diede mia nonna, il giorno del funerale di mio padre...»

«Lo sentite anche voi?» Unika muoveva le iridi da destra a sinistra e aveva i palmi delle mani rivolti verso il basso.

«Sì» confermò Nishida con gli occhi chiusi e i sensi accesi. «L'intensità delle vibrazioni sta calando...»

«Cioè?»

Vlad Kazig mosse un passo verso la scogliera, quando una vera e propria esplosione devastò l'acqua davanti a lui. Una colonna di spruzzi si levò maestosa, dividendosi in una miriade di goccioline che lasciarono ben presto intravedere l'imponente sagoma del Drago. Yesod usciva dal mare sbattendo le ali con forza. Si librò nell'aria, puntò l'enorme testa verso il cielo scuro e soffiò un'impressionante fiammata dalle narici. Il cielo nero si accese di bagliori.

Gli esseri umani rimasero attoniti, quasi intimoriti dalla spettacolare entrata in scena del capo degli Angeli Guida. Lo osservavano a bocca aperta, mentre volteggiava ruggente sull'isolotto spazzato dalle onde. Alle loro spalle, Nishida sorrideva. L'Elfo conosceva bene l'amico e sapeva che quella era la sua tipica forma di esultanza: Yesod era felice, molto felice.

Uniko e Unika si scambiarono un'occhiata di complice speranza, che si trasformò in gioia pura appena Nishida li abbracciò.

«Ce l'ha fatta, ce l'ha fatta!» Nishida era commosso.

Craig Walden si voltò in direzione dei tre angeli: il loro tripudio non lasciava dubbi. Un'emozione travolgente gli riempì il petto e il professore volle condividerla con Eve, ancora impietrita dal frenetico susseguirsi degli eventi.

«Eve!» Le afferrò entrambi i gomiti e la scosse con calore. «Yesod ci è riuscito… ha fermato la distruzione della Terra!»

Eve tramutò a fatica l'espressione sbigottita in un sorriso. Poi sciolse i freni inibitori e lasciò che la contentezza si sciogliesse in lacrime.

Gli occhi di Vlad Kazig saettavano da una parte all'altra. La sua indole lo portava a non illudersi mai e aveva bisogno di ragioni solide per poter credere alla buona notizia. Sentiva che le vibrazioni nel terreno erano sempre meno forti e vedeva le onde ritornare alla normalità.

«Sì!» urlò Nishida nell'istante in cui Yesod passava in volo radente sopra le loro teste.

Appena il Drago toccò terra, Unika gli corse incontro.

«Possiamo sapere cos'è successo?» Vlad Kazig aveva bisogno di capire.

Yesod inclinò la testa, mentre il suo respiro si faceva sempre più regolare. «Non sta a me decidere ciò che può essere detto.»

«Hai ragione, Yesod, questa decisione spetta a me.» La voce di Metatron risuonò chiara nella ritrovata quiete di Motu Nui. «E io vi ritengo tutti meritevoli di sapere la verità. Perché avete lottato per salvare il mondo, affrontando difficoltà e sofferenze enormi che devono trovare la dovuta compensazione nella conoscenza di ciò che è accaduto. Ma prima di spiegarvi il motivo per cui il meccanismo di distruzione si è arrestato, voglio raccontarvi la storia che c'è dietro. Yesod, tu già la conosci. Almeno in parte.»

Il Drago chinò la testa in segno di rispettosa deferenza.

La tensione era palpabile.

«Le Porte sono state create da me e da un altro angelo. Eber. Mio fratello.»

Il silenzio era interrotto solo dal rumore della risacca.

«Avevamo un progetto ambizioso: portare il nostro stato di grazia nel mondo degli uomini. Eber si trasferì sulla Terra e si integrò con gli esseri umani, senza rivelare la propria natura e agendo come uno di loro. Cominciò a diffondere i nostri valori, diventando un esempio di comportamento virtuoso... tutti coloro che avevano la possibilità di incontrarlo restavano affascinati dalla profondità del suo animo, dalla generosità con cui si relazionava, dalla sua capacità di vivere per gli altri. La visione era proprio questa: proporre al genere umano un modello di *Uomo del Futuro* in grado percorrere la strada del Bene e di evolvere secondo gli obiettivi più alti.»

Le espressioni erano attonite e gli sguardi concentrati.

«I risultati del lavoro di Eber rendevano l'orizzonte dell'*Uomo del Futuro* accessibile. Le nuove generazioni crescevano, mostrandosi sempre più pronte a interpretare la vita nel modo giusto. Perciò Eber e io decidemmo di crederci. Insieme creammo il sistema di Porte perché sentivamo vicino il momento in cui la civiltà umana sarebbe stata in grado di entrare in contatto con Sefira e con gli angeli.» Metatron si interruppe con un sospiro. «Fu allora che mio fratello mi colse di sorpresa. Dicendomi che si era innamorato di una donna.»

Il tempo sembrava essersi fermato. Ma Vlad Kazig non rinunciò alla sua abituale sfrontatezza e lasciò uscire il dubbio che si era insinuato nella sua mente.

«Una donna... donna?»

«Un essere umano di sesso femminile» confermò Metatron, serio. «Dopo un primo momento di perplessità, ritenemmo che la cosa rientrasse nel percorso intrapreso. Il sentimento meraviglioso che univa un angelo a un essere umano altro non era che il paradigma ideale di ciò che volevamo creare: un mondo di amore, pace e armonia. Eravamo sicuri che un angelo e un essere umano potessero far crescere il loro sentimento, ma il destino decise che le cose dovevano andare in modo diverso.»

Stavolta la pausa di Metatron fu lunga e sofferta. E nessuno fiatò prima che riprendesse a parlare.

«Gli umani non si dimostrarono degni della nostra fiducia.

Forse, semplicemente, non erano ancora pronti. Alcuni di loro osarono ciò che non era concesso e si spinsero laddove non avrebbero dovuto, innescando il meccanismo di distruzione. È stato circa dodicimila anni fa... la razza umana fu travolta dall'Apocalisse.»

«Tentarono di attraversare la Porta per entrare a Sefira?» Craig Walden immaginava la risposta.

«Sì» replicò Metatron, senza aggiungere altro.

«E che ne è stato di Eber?» si informò Unika con grande trasporto.

«Ha deciso di restare con il suo amore. Ha finito la propria esistenza con lei.»

La tragica storia del fratello di Metatron riempì di commozione il cuore di tutti. Ma l'anima di Yesod era particolarmente turbata: il racconto di Metatron non gettava una luce chiara sulle ombre che solo poche ore prima Ophidiel gli aveva descritto. La storia era la stessa, ma aveva ancora molti lati oscuri. Yesod avrebbe voluto porre tante domande al Saggio, ma decise che non era il momento giusto: l'avrebbe fatto una volta rientrato a Sefira, faccia a faccia.

Anche la mente di Craig Walden vorticava. Il professore aveva intuito da tempo che Eber doveva essere un angelo: da quando, nelle viscere del monte Kailash, il Saggio aveva illustrato le modalità per disinnescare il meccanismo di distruzione. Il compito era impossibile per un essere umano, seppure di una civiltà evoluta. Solo un angelo avrebbe potuto recuperare le tre chiavi in breve tempo... un angelo sulla Terra. E l'ulteriore conferma gli era arrivata quando, in quella stessa occasione, aveva chiesto a Metatron se le tre chiavi insieme avrebbero aperto la Porta, oltre a interrompere il sistema di annientamento. Metatron aveva confermato. Ciò significava che a chi avesse trovato le chiavi sarebbe stata data la possibilità di entrare a Sefira. E quella concessione poteva essere accordata solo a un angelo.

Tuttavia per il professore c'erano ancora due nodi da sciogliere. Stava per prendere la parola quando sentì Vlad Kazig porre un quesito tanto semplice quanto importante.

«Ma se il genere umano si è estinto dodicimila anni fa... noi cosa ci facciamo qui?»

«È una domanda più che legittima, che merita una risposta precisa» commentò Metatron. «L'avvento di Eber portò vari e significativi miglioramenti nel mondo degli uomini. Tra questi, un deciso incremento delle capacità scientifiche, di tecnica e di ingegneria. I progressi registrati negli anni in cui mio fratello ha vissuto con gli uomini sono stati impressionanti. E ciò ha consentito a poche, pochissime anime di trovare il modo di sopravvivere all'Apocalisse. È da costoro che discendete tutti. O quasi.»

Un brivido corse lungo la schiena di Craig Walden. Partì dalla nuca e gli trafisse lo stomaco. Il professore sentì che Metatron stava per dare la risposta ai due dubbi che gli tormentavano l'anima: perché quel ciondolo aveva fermato la distruzione della Terra e, soprattutto, perché l'aveva lui?

«Il ciondolo che lei portava al collo, professore, è la chiave universale.» Metatron sembrava leggere il cuore di Craig Walden. «Eber la custodiva gelosamente. Apriva tutte le Porte e sostituiva l'insieme delle tre chiavi.»

Lo stupore che annichiliva i pensieri fu interrotto da Unika.

«Ma io il simbolo della chiave l'ho visto sulla piramide di Thinkingblu e raffigurato su un dipinto all'interno del mondo sommerso!»

«Sì, Unika. La piramide era il punto d'ingresso a Sefira delle tre Porte. Era la Porta delle Porte. È da lì che passava Eber per spostarsi tra Sefira e la Terra. Dopo quanto è successo, ho sigillato la piramide e ho posto l'incantesimo sulla foresta circostante.»

Unika aveva ancora una domanda che le martellava nella testa: *Perché Ophidiel è stato imprigionato a Thinkingblu?* Ma non fece in tempo a esporla, anticipata dal tono trepidante di Craig Walden.

«Saggio Metatron...»

«So cosa vuole sapere, professore. Si prepari, perché quando avrà ascoltato ciò che sto per dirle, nulla sarà più come prima.»

Eve era tesissima. Osservava Craig Walden, che per la prima volta le sembrava fragile e indifeso: immobile, in piedi, con le braccia conserte e solo i jeans addosso. Lo vide chiudere gli occhi e reclinare il capo all'indietro. E riconobbe la tipica espressione che si dipinge sul volto di chi riceve un messaggio telepatico.

Eve si accorse che anche Unika, Uniko, Nishida e Yesod abbassavano le palpebre, concentrandosi. Capì che erano in ascolto. I fari di luce si spensero e l'atmosfera intorno si rabbuiò.

Pochi istanti dopo, tutti riaprirono gli occhi e si scambiarono sguardi eloquenti. Nishida sorrise, si avvicinò al professore e lo abbracciò. Lo stesso fecero Unika e Uniko, mentre Yesod annuiva con un movimento del capo.

«Ma cosa sta succedendo?» chiese Eve, disorientata, rivolgendosi a Vlad Kazig.

«Un'idea ce l'ho» ribatté l'ispettore, fissando Craig Walden. «Ma non sono sicuro che sia quella giusta.»

«È così.» La voce del Saggio era solenne. Nei pochi istanti di silenzio che seguirono, l'uomo in jeans e a torso nudo fece qualche passo in direzione della scogliera, lanciando lo sguardo nella notte dell'Oceano Pacifico. La spalla aveva cessato di sanguinare, la sua anima volava altissima.

Poi ci furono solo le parole rivelatrici di Metatron.

«Abbiamo trovato un discendente di Eber.»

Capitolo 71

IL CUORE DI OPHIDIEL

Yonaguni,
1 ora dopo l'apertura della Porta di Abyss

Ophidiel aprì appena gli occhi. Solo una fessura. La luce bruna delle sue iridi tagliò l'acqua. Poi si spense sotto il peso delle palpebre che crollavano di nuovo.

Buio.

Le dita si distesero sulla roccia ruvida e i polpastrelli cercarono un appiglio.

Buio.

Le labbra si schiusero in preda a uno spasmo incontrollato.

Buio.

Il cuore diede un battito irregolare.

Buio.

Una voce armoniosa uscì dai ricordi e gli arrivò alla mente.

«*Ophidiel, quando mi porterai a vedere il tramonto sulla tua piramide a Thinkingblu?*»

«*Non è ancora tempo.*»

«*Cosa stai pensando?*»

«*Che avrei voluto che tutto questo non accadesse. Ma se le cose fossero andate in modo diverso, non ti avrei cercata... e non ti avrei trovata. E ora non saremmo qui insieme, tra i rami scossi dal vento, a osservare il cielo che si specchia nel lago. E la vita non avrebbe lo stesso significato.»*

«Io non sono un angelo, ma la mia anima mi dice che ci saremmo incontrati comunque. Magari in un altro momento e magari in un altro vicolo. Ma tu mi avresti guardata e io ti avrei sorriso.»

Evangelia si stringeva al suo braccio fiduciosa. I capelli lucidissimi le incorniciavano il viso, mentre rovesciava la testa all'indietro per farsi baciare dal sole.

«Evangelia...» Ophidiel alzò la nuca di colpo, come se si fosse svegliato da un torpore profondo. Ma perse i sensi subito dopo.

Buio.

«Ophidiel, devo confessarti un segreto...»

«Ti ascolto.»

«Non ho paura. Qualsiasi cosa il destino abbia scritto per me, so che tu ci sarai.»

Una fitta di dolore lancinante attraversò la fronte di Ophidiel e un bagliore intenso gli accecò i pensieri: immagini e rumori confusi si accavallavano nella sua mente.

«Come hai potuto? Che tu sia dannato per l'eternità!» La faccia di Metatron era una maschera di dolore e rabbia.

Buio.

«Ti giuro su quanto di più caro sento nel cuore che l'ultimo sangue che cadrà sulla mia terra sarà il tuo. E segnerà la libertà!» Unika stringeva l'Aeterna, pronta ad attaccare.

Buio.

«Ho sbagliato una volta, non accadrà la seconda.» Le narici di Yesod erano dilatate e dalla bocca fuoriusciva un fuoco rovente.

Buio.

«Vedo il tuo corpo accasciato al suolo. Siamo tutti intorno a te. Sta piovendo forte e Metatron alza il braccio per infliggerti il colpo finale.» Allibis tremava come una foglia.

Buio.

«Non si conclude qui, Ophidiel. L'inizio comincia dalla fine.» Nishida serrava i pugni e il suo sguardo era pieno di risentimento.

Buio.

«Ahhh...» Ophidiel ebbe un sussulto e il suo corpo sobbalzò. I muscoli si contrassero in preda alle convulsioni, mentre un fischio assordante si impossessava dell'udito insieme all'oscurità che gli ammantava la vista. La luce della speranza era una scintilla distante, che si allontanava sempre più nel tunnel della notte. *Sto morendo.* Ophidiel cercò di aggrapparsi a un'emozione positiva che avesse in sé il seme della fiducia. Pensò a Evangelia, ma non riusciva più a ricordare il suo volto. Si concentrò per ascoltarne ancora la voce, ma nessun suono gli arrivò alla mente. *È finita. Non mi resta che una cosa da fare... devo tentare.*

Provò a portare le braccia al petto. Ci mise qualche istante per riuscire a sollevarle: erano indolenzite da un formicolio violento e non rispondevano ai suoi comandi. Premette i polpastrelli nella pelle, fino a lacerarla. Le unghie scavavano la carne e si insinuavano in profondità. Mentre il sangue zampillava a fiotti e gli colava sui fianchi, trovò lo sterno e fece correre le falangi fino alle costole; le afferrò e diede un forte strattone. Il rumore delle ossa che cedevano fu agghiacciante. Ophidiel si sentì mancare, ma non si fermò e immerse le dita nella cassa toracica.

Finalmente raggiunse ciò che cercava: il cuore. Lo sentì pulsare. Batteva: era debole, ma vivo. E lo sarebbe stato ancora per poco. *Devo fare in fretta.* Doveva staccarlo prima che si spegnesse per sempre insieme alla fine del suo sogno. Urlò nell'istante in cui le mani lo sradicavano. Lanciò le braccia in alto e fece in tempo a osservarlo: sussultava nei suoi palmi, fuori dal petto squarciato.

Ophidiel sorrise e si concentrò per l'ultima volta.

Capitolo 72

PER SEMPRE

Isola Bisentina,
5 ore dopo l'apertura della Porta di Abyss

Evangelia piangeva.

Le lacrime le solcavano le guance, si insinuavano nelle fessure della bocca, scivolavano sul mento e gocciolavano a pioggia sul cuore pulsante di Ophidiel. Era tra le sue mani. Evangelia tremava, mentre lo stringeva e lo fissava incredula. Nella mente le riecheggiavano i discorsi di poche ore addietro, prima che il sogno si infrangesse.

«*Ophidiel, mi hai tolto il fiato…*»

«*È quello che sento.*»

«*Ha un grande valore per me sapere di avere il tuo cuore.*»

«*Non credo tu riesca a comprendere fino in fondo quanto sia veramente questo valore.*»

«*Perché dici così?*»

«*La vita di un angelo dipende dal suo cuore. Ti ho appena dato la mia vita.*»

Per un momento senza tempo, Evangelia restò immobile. Solo ora capiva davvero il significato di quelle parole. Ciò che Ophidiel le aveva sussurrato di fronte al lago argenteo era molto di più di una dichiarazione d'amore: il cuore per un angelo era l'essenza profonda, l'unica vera fonte di eternità. E prima di morire, per non lasciare spegnere la propria anima, Ophidiel aveva deciso di strapparselo dal petto e di farlo trasvolare da lei.

Evangelia strofinò il viso sulla spalla, per asciugarlo. Poi si avviò verso la basilica immersa nel verde. Quando non aveva visto tornare Ophidiel da Yonaguni, aveva capito che era successo qualcosa. Era volata via da Rapa Nui prima che gli angeli la intercettassero ed era tornata a casa: nella loro isola, al sicuro e schermata dalla vista di Sefira.

Imboccò le scale ripide e raggiunse la sommità della cupola. Aprì la botola con il pensiero e volò nella stanza: Ophidiel se n'era andato lasciandole tutti i poteri che le aveva dato.

Il locale era in penombra: la luce della sera entrava tenue dalle fessure e ammantava i muri con i suoi riflessi. Evangelia fece qualche passo e si fermò di fronte al piedistallo di marmo nero che reggeva la vasca circolare. Con delicatezza vi appoggiò il cuore di Ophidiel. Abbassò le palpebre e ricordò la sua voce che diceva: «*Ciò che importa non è quello che è, ma quello che vogliamo che sia*».

«Sì, Ophidiel...» sussurrò, mentre i suoi occhi si riempivano ancora di lacrime. «Noi vivremo. Il tuo cuore è nelle mie mani.»

EPILOGO

Sefira, 10 ore dopo l'apertura della Porta di Abyss

«Professore, la stavamo aspettando!»

Unika corse incontro a Craig Walden. Era appena uscito dalla dimora di Metatron e camminava verso di loro a passo spedito.

Uniko e Eve si illuminarono appena lo videro e si alzarono in piedi un secondo dopo Unika, per raggiungerlo.

Vlad Kazig si rallegrò, ma non si mosse. Rimase con le braccia conserte e la schiena appoggiata contro il tronco della grande quercia. Cercava di contenere l'euforia, anche se gli occhi accesi tradivano la sua felicità.

Yesod era accucciato poco distante, in mezzo al prato, e Nishida, seduto sul suo dorso, stava mordicchiando un filo d'erba..

Erano rientrati a Sefira, tutti tranne Felia, che aveva deciso di restare sulla Terra a custodire le Porte.

Appena arrivati nella valle degli angeli, erano stati accolti da Metatron e Allibis. Dopo i saluti e gli abbracci commossi avevano parlato a lungo. Poi erano crollati e il tempo aveva vegliato sul loro riposo. Avevano trascorso l'ultima ora nel giardino fiorito dietro la Torre a godersi la tranquillità e il sole, in attesa di veder sbucare Craig Walden.

Il professore si era trattenuto con il Saggio: lui aveva molte domande da fare e Metatron tante risposte da dare.

«Fatevi stringere...» Craig Walden allargò le braccia e i tre ragazzi vi si gettarono, senza esitazione. «Avervi conosciuto è stato un regalo prezioso. La vostra amicizia è la cosa più importante...» le parole del professore sfumarono in lacrime. Eve accostò la guancia al suo petto. Unika gli prese la mano. Uniko sorrise, emozionato.

«Ci stavamo chiedendo quali segreti le stesse raccontando la Luce dell'Universo...» Vlad Kazig si sforzò di mantenere il solito tono sarcastico, ma se non fosse stato per la paura di sembrare sdolcinato, si sarebbe unito all'abbraccio.

«Nessun segreto, ispettore. Ora vi racconterò tutto. Quest'avventura è nostra. E lo sarà fino in fondo.»

«Non mi sembra giusto» intervenne Yesod, scuotendo il capo. «Immagino che Metatron abbia voluto condividere fatti importanti e riservati.»

«Sì, Yesod. Abbiamo parlato di temi molto delicati... che riguardano me. Voi siete la mia famiglia e io sarò felice di rendervi partecipi.»

Nishida diede un colpetto sulla spalla del Drago e annuì.

Craig Walden si sedette sull'erba, all'ombra dei grandi alberi secolari, vicino a Vlad Kazig e di fronte ai due Angeli Guida. I ragazzi si misero intorno a lui.

«Allora, lei è un angelo?» Eve non riuscì a trattenere la domanda che le martellava nella testa dal momento della rivelazione di Metatron a Motu Nui.

«No, Eve. Non sono un angelo e non sono un uomo. Sono l'ultimo anello di congiunzione tra due mondi ancora troppo distanti.» Craig Walden si commosse e si portò le mani al volto per asciugare gli occhi lucidi. «Sono l'ultimo bagliore della vita di Eber. E della speranza di Metatron.»

«E non ha mai sospettato niente? Nemmeno quando è arrivato

a Sefira la prima volta?» Uniko si ricordò la contentezza del professore nell'istante in cui aveva trovato conferma alla sua convinzione sull'esistenza degli angeli.

«Ho sempre avuto una forte irrequietezza nel profondo. Una voce che mi diceva di riflettere, di studiare, di ascoltare, di guardare oltre le apparenze. Di vedere ciò che gli altri non erano nemmeno in grado di immaginare. Forse è questo il motivo della mia irresistibile attrazione per le entità superiori, che mi ha portato alla ricerca frenetica di qualche traccia di un mondo parallelo. Ma è sempre stato tutto a livello inconscio.»

«E Metatron l'ha illuminata sulle sue origini?» Unika non stava nella pelle.

«Credo che sia stata una sorpresa anche per lui. Conosceva bene suo fratello e insieme condividevano un sogno. Sapeva dell'amore di Eber, ma tutto è successo troppo in fretta. La razza umana ha tradito le loro aspettative e Metatron è stato costretto a cancellarla. Il mondo è stato distrutto e lui non poteva immaginare che la donna di Eber aspettasse un figlio.»

«Ma Eber non gliel'aveva detto?»

«Metatron non mi ha raccontato quale sia stata la sorte di Eber. Ho fatto la domanda diretta, ma lui non ha risposto. Qualcosa mi dice che Eber è morto in un modo molto tragico e che nel cuore di Metatron quella ferita è ancora aperta.»

Yesod abbassò le palpebre, pensando alle parole che Ophidiel gli aveva detto a Yonaguni: «*Mi resi conto che per fermare quella follia dovevo dimostrare con i fatti la natura perfida e corrotta degli esseri umani. Per questo decisi di fare ciò che Metatron non mi ha mai perdonato*». Yesod non era ancora riuscito ad affrontare il tema con Metatron. Ma intendeva farlo al più presto.

«Professore... lei ha fratelli?» L'intuizione di Vlad Kazig colpì un punto importante.

«No, sono figlio unico. Ma i miei genitori non lo erano. E nemmeno i miei nonni» replicò Craig Walden. «Ci ho pensato anch'io, sa, ispettore?! È una delle prime cose su cui ho riflettuto. Sono passati millenni dalla nascita del figlio o della figlia dell'amore tra Eber e un'umana. Chissà in quanti rivoli si è diffuso il sangue degli angeli. Sono sicuro di non essere il solo a portare nelle vene quella discendenza. Ho di certo molti fratelli nel mondo. Non so dove, ma ci sono. Probabilmente ignari come me della loro natura...» Il professore sospirò e strinse le labbra. «Quello che resta da capire è perché il ciondolo sia stato affidato a me. Me l'ha regalato mia nonna, al funerale di mio padre. Mi ha detto solo che avrei dovuto portarlo sempre con me e custodirlo a costo della vita, perché lì dentro c'era lo spirito del mio papà, che non mi avrebbe mai abbandonato. Avevo otto anni e ci ho creduto. Quell'oggetto era tutto ciò che mi restava di mio padre, oltre al suo ricordo. L'ho sempre tenuto al collo. E anche da grande ho voluto credere che in quel ciondolo ci fosse l'amore di chi mi voleva bene.»

Gli sguardi erano puntati su di lui e gli spiriti sussultavano. Nel corso di tutte le ore passate insieme, il professore aveva sempre dato prova di una grande profondità. Non stupiva l'intensità delle sue parole. Stupiva la lucidità con cui stava affrontando la verità.

Vlad Kazig corrugò la fronte, mentre un pensiero gli attraversava la mente. *Quali poteri scoprirà di avere il professore?* Per la prima volta in vita sua, l'ispettore si morse la lingua e trattenne la domanda. Poi, con tono stranamente sommesso, chiese: «Che farà adesso?»

«Cercherò di capire cosa vive dentro di me. Oggi ho qualche risposta, ma ancora molti dubbi. Ho bisogno di tempo per comprendere chi sono e qual è la mia missione. Porto nel sangue il segno di Sefira, e nulla accade per caso. Devo scoprire cosa si aspetta da me il destino, per evitare che Eber sia morto invano.»

La grande vetrata della Torre si spalancò e apparve Metatron.

La luce che lo avvolgeva era splendente. Il Saggio procedeva verso di loro, sorridendo.

Craig Walden capì. «Credo che per noi sia ora di andare» disse, rivolgendosi a Eve e all'ispettore. «Dobbiamo tornare sulla Terra.»

Nishida scese dal dorso di Yesod e insieme si avvicinarono agli umani: era giunto il momento dei saluti.

Vlad Kazig guardò Metatron e fece per parlare. Poi cambiò idea e si limitò a un cenno del capo.

Eve sentì un vuoto nel cuore e corse ad abbracciare Unika.

«Non dovete essere tristi: non ci perderemo più.» La voce del Saggio risuonò nel parco. «Resteremo in contatto. Ci sentiremo e ci vedremo ogni volta che vorrete. Ciò che avete fatto per salvare il mondo vi rende speciali e degni della conoscenza fondamentale di cui siete stati resi partecipi. Sefira vivrà con voi e ve ne sarà grata per sempre.»

Metatron fissò il professore con uno sguardo che celava una sorpresa. «Apra la mano, professore.»

Craig Walden tese il palmo, incuriosito.

«Questo è suo.» Metatron gli consegnò il ciondolo.

Craig Walden spalancò la bocca, incredulo. «Ma... ma...»

«È il ricordo di suo padre e rappresenta *l'amore di chi le voleva bene*. È giusto che lo tenga lei.»

«Come...?»

«Non si preoccupi: le Porte non si apriranno mai più. In nessun modo. Il suo esagramma e le altre chiavi non hanno più la loro funzione. Quindi può continuare a custodirlo, senza timore.»

«Grazie.» Craig Walden osservò il simbolo che aveva accompagnato la sua vita. Lo strinse tra le dita e gli sembrò di sentirlo pulsare.

Dopo qualche attimo, il professore sollevò il capo e incrociò gli occhi dell'angelo biondo.

«Uniko, tu non vieni con noi, vero?» Craig Walden conosceva la risposta.

«Resto qui. Come lei, professore, ho ancora tante cose da capire, da conoscere, da scoprire. Ora questa è casa mia e non voglio più stare lontano.»

«Lo capisco.» Craig Walden gli scompigliò i capelli.

Uniko si voltò verso Unika e le sorrise.

Il Capitolo Segreto

A Unika, Evangelia, Sarah...
e alla determinazione di cui sono capaci
le donne forti, quelle che sanno trovare
uno scopo nella vita
e per raggiungerlo sono pronte
a cambiare il mondo

PROLOGO

Isola Bisentina, un mese dopo l'apertura della Porta di Abyss

Il sasso sfiorò per tre volte la superficie del lago prima di inabissarsi.

Evangelia piegò le ginocchia, tese il braccio e ne lanciò subito un altro. E un altro ancora. Gli occhi fissavano la traiettoria della pietra che solcava l'aria e danzava sull'acqua in una sfida continua alla legge di gravità.

Io sono come questi sassi... un'anima scagliata con forza nel mondo, che si consuma accarezzando le emozioni, e quando la vita inizia ad abbracciarla, affonda nelle acque profonde del dolore senza nemmeno averla assaporata.

Era l'ora del tramonto. Quella in cui la voce del vento lasciava il posto ai sussurri del lago. E alle parole della coscienza.

Ma che senso ha tutto questo, Ophidiel?

Evangelia camminò verso riva. I tacchi alti degli stivali scivolavano sulla ghiaia bagnata che rendeva instabili i passi. Entrò in acqua. Era gelida e il freddo risalì dai piedi, facendole correre i brividi lungo la schiena. Strinse i denti, mentre il lago penetrava nei vestiti e le sferzava la pelle.

«Ophidiel!» urlò con tutto il fiato che aveva nel petto. «Ophidiel, perché mi hai abbandonata qui, da sola?»

I capelli nerissimi ondeggiavano leggeri, scompigliati dalla brezza della sera. Evangelia li scostò dal volto e li intrecciò dietro le spalle.

«Ophidiel!» gridò di nuovo, continuando a camminare. «Cosa vuoi da me?»

Avanzò ancora.

«Io non posso vivere senza di te!»

L'acqua le cingeva il petto.

Non voglio nascondermi su quest'isola e affogare ogni giorno nel ricordo e nel rimpianto.

Inarcò la schiena e si tuffò nel lago.

Ti raggiungerò, ovunque tu sia!

L'acqua ghiacciata e la paura che le raggelava il cuore la facevano tremare come una foglia.

Sto arrivando...

Nuotava verso il fondo del lago, lasciando che il freddo si impossessasse di lei, delle sue membra, dei suoi pensieri. Aspettava che gli spasmi dell'ipotermia le offuscassero i sensi e la prendessero per mano per portarla verso l'oblio di una morte veloce.

Ophidiel...

Le palpebre si abbassarono, abbandonate all'incoscienza.

È finita...

Una luce abbagliante attraversò l'acqua e le bruciò negli occhi.

Sono morta...

La luce non si spense. Evangelia sollevò le palpebre e trasalì nel vedere gli abissi illuminati. Non era un'allucinazione. D'istinto alzò la testa e diede un colpo di reni per raggiungere la superficie. Appena affiorò, tossì fuori l'acqua che aveva in gola. Il cuore batteva debole e gli arti rispondevano lenti. Confusa, osservò la collina. La cupola che emergeva dal bosco di lecci e platani brillava di un chiarore fortissimo.

«Ophidiel!» Evangelia aprì la bocca ma uscì solo un rantolo.

Si spinse sulla spiaggia. Braccia e gambe erano intirizzite e le mani avevano perso sensibilità.

Si trascinò sul bagnasciuga e il contatto con la terra dura la fece gemere di dolore. A fatica si tirò in piedi e imboccò arrancando il sentiero che conduceva alla basilica. Si concentrò per volare. Non riuscì: la sua forza di volontà era stremata. Si sfilò la maglia, gli stivali e i jeans fradici. E cominciò a correre.

Esausta, arrivò all'edificio. Si appoggiò con tutto il peso sulla porta per aprirla. Il battente cigolò. Senza provare sollievo per il tepore dell'interno, sfrecciò su per le scale di legno che portavano alla cupola. Inciampò. Sbatté le ginocchia e si aggrappò ai gradini con le mani. Percorse l'ultima rampa carponi, poi si concentrò di nuovo e volò fino alla botola. Spinse lo sportello e irruppe nella stanza.

Il bagliore era accecante. Tanto che fu costretta a girare il viso e coprirsi gli occhi con le dita indolenzite dal formicolio del sangue che riprendeva a circolare. Dopo un attimo di esitazione, guardò verso la luce. Proveniva dal fonte battesimale. Era il cuore di Ophidiel.

«Sei tu...»

Evangelia si avvicinò e prese il cuore in mano. Una scarica di energia le penetrò le viscere, fino alle ossa. E una voce parlò alla sua anima.

"Tu mi ridarai la vita, ma prima devi sapere cos'è successo."

Evangelia non capì finché un lampo di luce non le trafisse la mente, riportandola a dodicimilacinquecentonovantadue anni prima.

Capitolo 1

L'ORIGINE

Sefira, 50 anni prima della chiusura dell'ultima Porta

«Ti sbagli, Metatron!»

La voce di Ophidiel tuonava imperiosa nella Sala delle Decisioni. Erano in quattro a discutere. Appassionati, risoluti, infervorati, e la luce guizzante delle torce dava grande intensità ai volti tesi.

Metatron era seduto sull'imponente sedia di legno scuro, con lo schienale alto. I gomiti erano appoggiati ai braccioli e le mani intrecciate sorreggevano il mento.

Suo fratello era in piedi accanto a lui, le spalle contro la parete di pietra ruvida e la fronte corrugata.

Unika fluttuava sopra il tavolo circolare al centro della stanza. Le braccia stringevano le gambe al petto e il ciuffo di capelli biondi che le scivolava sul viso non riusciva a nascondere l'energia del suo sguardo.

Gli occhi di tutti erano fissi su Ophidiel che parlava senza neppure riprendere fiato, con i pugni serrati.

«Il tuo è un progetto assurdo. Angeli e uomini non possono e non devono vivere insieme! Come fai a pensare anche solo per un istante che gli esseri umani siano in grado di capire la nostra realtà e accettarla? Noi abbiamo un unico ruolo nella loro vita: custodire le loro anime e consigliare la loro mente. L'idea di entrare in contatto diretto con gli uomini è pazzia pura!»

«Calmati, Ophidiel...»

«Non ho nessuna intenzione di stare a guardare senza muovere un dito! È un errore! Stiamo andando contro le leggi del creato. Gli uomini sono fragili e del tutto imperfetti! Non sono e non saranno mai pronti a comprendere chi siamo e perché esistiamo. Se ci mostrassimo a loro, all'inizio ci seguirebbero intimoriti, venerandoci come divinità. Ma poi prenderebbero confidenza e cercherebbero di assomigliarci. È questo il limite: loro non saranno mai come noi! E, rendendosene conto, non si rassegnerebbero di fronte alla nostra superiorità. Proverebbero a dimostrare a se stessi di essere forti. Forse anche invincibili. E sarebbe la fine. Perché se tutto ciò dovesse accadere, nella loro testa noi diventeremmo il nemico, il male da combattere e distruggere. E da dei, ci tramuterebbero in demoni.»

«Aspetta... aspetta un attimo! È vero, loro non potranno mai essere come noi. Però io sono convinto che potremmo riuscire a condurli a uno stato evolutivo più alto.»

«Ma lo stiamo già facendo! Siamo i loro angeli custodi proprio per aiutarli a crescere, o sbaglio? Ricordi perché siamo stati creati, Metatron? Per mettere ordine e portare luce nelle menti selvagge che scorrazzavano sulla Terra. Quanti cataclismi sono stati necessari per fermare la distruzione che la razza umana ha causato nei secoli?»

«Certo, Ophidiel, hai ragione. Esistiamo per dare alla storia un corso migliore. Ed è proprio questo il punto. Abbiamo impiegato millenni per rendere il genere umano la civiltà gloriosa che è. Non è stato facile, ma ce l'abbiamo fatta. Adesso è tempo di accelerare: gli uomini di oggi sono molto più illuminati rispetto a quelli del passato. Possono fare un nuovo passo avanti. E noi dobbiamo dare la spinta decisiva alla loro evoluzione: affiancando al lavoro degli angeli di Sefira una nostra presenza diretta sulla

Terra potremmo raggiungere risultati strabilianti in pochissimo tempo.»

«No! In questo modo accelererai solo la fine. Con il progresso aumenterà anche la bramosia di potere degli uomini. Non si accontenteranno e vorranno di più. Sempre di più. Fino a pretendere cose che non potremo mai concedere.»

«Perché non credi negli uomini, Ophidiel? Perché sei così pessimista?»

«La differenza tra te e me, Metatron, è che io sono obiettivo. Tu attribuisci agli esseri umani una natura che non hanno. Tu vuoi trasformarli in qualcosa che non sono.»

Un'ombra di silenzio scese sulla sala.

«Metatron, Ophidiel, non è detto che la verità risieda in un solo pensiero.» Le parole di Unika portarono una ventata di calore nel gelo della tensione che aleggiava. «Proviamo a valutare con serenità quale potrebbe essere la soluzione, senza dimenticare che non stiamo parlando di cose, ma di anime.»

«No. No e poi no!» urlò Ophidiel, fuori di sé. «Possibile che nemmeno tu capisca, Unika? Non esistono vie di mezzo: o continuiamo a essere guide spirituali degli uomini o diventiamo loro compagni. O è bianco o è nero: non ci sono sfumature! E non riuscirete a farmi cambiare idea!»

Capitolo 2

LA SCINTILLA DEL FUTURO

Sefira, 50 anni prima della chiusura dell'ultima Porta

Il cielo era limpido. Il vento impetuoso. L'erba ondeggiava silenziosa, carezzandole le gambe nude.

Angeli... cosa significa essere angeli? Siamo stati creati per proteggere la vita... ma fino a che punto? E dov'è il nostro orizzonte?

Unika alzò gli occhi verso la palafitta che si intravedeva tra le fronde degli alberi e si sollevò in volo. Fendette l'aria scaldata dagli ultimi raggi del sole con la mente in subbuglio e i brividi sulla pelle.

Uomini... esseri semplici nati per vivere il mondo e farlo fiorire... ma qual è il loro traguardo?

Atterrò sul terrazzo nascosto dai rami. Le assi di legno scricchiolarono. Il suono lieve dei suoi passi si unì al fruscio delle foglie e al respiro dei tronchi protesi al cielo. Unika raggiunse l'orlo della balconata. Sfilò dalle braccia le spalline sottili dell'abito lilla che indossava e con movimenti lenti se lo fece scivolare lungo il corpo, fino alle caviglie. Appoggiò i piedi su una delle corde che solcavano la foresta e cominciò a spostarsi leggera nel vuoto, ascoltando la voce intensa della Natura.

Angeli e uomini, anime unite... ma quanto?

Respirò la forza che quell'oceano di vegetazione selvaggia trasmetteva e si sedette sulla fune, restando sospesa tra le piante per assorbirne tutte le vibrazioni. Con le gambe penzoloni, sciolse i capelli raccolti sulla nuca, allargò le braccia e lasciò che la luce del tramonto si specchiasse nelle sue iridi.

Angeli e uomini possono avere un futuro insieme?

Le emozioni navigavano veloci e il tempo scorreva portando le tracce di un passato che si schiudeva su un presente pieno di interrogativi. Cosa si aspettava il destino da lei? Sefira aveva bisogno di una guida lungimirante. Agli uomini serviva un sostegno solido. Metatron voleva un braccio destro, un alter ego. Ophidiel chiedeva a gran voce un confronto. Tutti gli angeli desideravano un'amica.

Quanta energia ci vuole per essere tutte queste cose insieme, quanta concentrazione occorre per non deludere nessuno... Quanta serenità interiore è indispensabile per essere sempre lucidi e non abbattersi davanti alle difficoltà?

Una nuvola sfumò il cielo.

Unika scorse la scintilla del futuro accendersi nel profondo della sua mente. Era la porta per vedere l'avvenire. Un potere unico, che solo lei possedeva. Mentre quelle dell'Oracolo, Allibis, erano visioni aggrovigliate di episodi che si sarebbero verificati in un futuro non ben identificato, lei era in grado di vedere con estrema chiarezza in un futuro molto lontano.

Perché proprio ora?

Unika sentì le lacrime pungerle gli occhi. Detestava quel potere. Era tanto forte che non riusciva a controllarlo: non era lei a decidere l'accensione della scintilla e non poteva orientarla. Poteva solo ignorarla. La scintilla era indipendente dal suo volere. Era come se avesse una vita propria: si presentava e le offriva la possibilità di guardare lo squarcio di futuro che essa stessa sceglieva di mostrarle. Poi si spegneva. E non c'era modo di farla riapparire. Prima di quel momento si era accesa nella sua mente pochissime volte.

Non voglio vedere il futuro... Non voglio! Conoscere il futuro significa non avere futuro...

Lottò con se stessa: la testa le diceva di non farlo, l'anima era inquieta e cercava una speranza. Fissò la scintilla e vi si tuffò con tutti i pensieri.

Vide due giovani angeli biondi. Si tenevano per mano e correvano insieme su un prato pieno di fiori. Sorridevano e si guardavano negli occhi... Unika non sapeva chi fossero, ma era come se il loro cuore battesse nel suo. La felicità di quegli sguardi era quanto le serviva per ritrovare l'equilibrio. Una lacrima le rigò la guancia quando uscì dalla scintilla e chiuse la porta sull'avvenire.

Capitolo 3

RAZIEL

Sefira, 30 anni prima della chiusura dell'ultima Porta

«Mi sei mancato, Raziel.»

«Nessuno mi chiama più così. È un'emozione sentirti pronunciare il mio nome, fratello.»

Metatron lasciò trasparire un velo di malinconia. «Per me sei e sarai sempre Raziel. Eber è una maschera, sicuramente utile, ma innaturale ai miei occhi.»

Un vento gelido spazzava i pendii del Monte Forte, spingendo un nugolo di fiocchi di neve dentro la grotta.

«Perché hai la spada?»

Raziel si strinse nelle spalle. «Vorrei che la tenessi tu. Nella mia nuova vita mi è solo di intralcio. Porta il peso dei tempi passati e non mi consente di guardare al futuro con la leggerezza d'animo necessaria. Ha avuto la sua storia e adesso è ora di voltare pagina.»

«Capisco. La custodirò come se fosse mia.»

Raziel annuì con gratitudine. Restò in silenzio per qualche secondo, poi sorrise. Il suo sguardo valeva più di mille parole. «Quanto tempo è passato dall'ultima volta che ci siamo incontrati qui?»

«Un anno esatto. È stato il giorno in cui abbiamo dato un nome al nostro progetto: *L'Uomo del Futuro*.»

«A volte mi sembra un'eternità... stare lontano da Sefira mi spezza il cuore. Altre volte invece è come se fosse accaduto tutto in un baleno: se penso alle cose che abbiamo fatto in questo anno e a ciò che dobbiamo ancora costruire, sento che il tempo è volato.»

«È così...» Metatron lo abbracciò con forza. «Dai, racconta: voglio tutti i dettagli!»

«Allora mettiamoci comodi.» Raziel gli diede una pacca sulla spalla e si sedette per terra, appoggiando la schiena contro la parete di roccia ghiacciata. Si schiarì la voce e cominciò: «I quattro popoli che abitano la Terra sono molto diversi tra loro. Per alcuni aspetti, quasi incompatibili. Se non ne conoscessimo la storia, potremmo dire che provengono da mondi distanti e del tutto differenti».

«Più di quello che già sapevamo?»

«No. È una conferma, ma questa esperienza mi ha fatto vedere le cose da un altro punto di vista. Privilegiato, per certi versi. Stare accanto agli uomini come angeli custodi permette di capirli, di sentire la loro anima e di conoscerli nel profondo. Ma vivere in mezzo a loro da esseri umani corregge la prospettiva, perché si relazionano con te come farebbero con un amico o un nemico, con uno che stimano o che disprezzano, con uno su cui contano o che non considerano. E l'effetto non è lo stesso. In questo caso percepisci in modo diretto anche l'apparenza, la finzione, l'atteggiamento costretto dai condizionamenti esterni. Li osservi nella loro dimensione non pura, filtrata dalle paure, dalle insicurezze, dalla voglia di mettersi in mostra. Sottigliezze che da angelo custode non riesci a cogliere, perché quando sei un angelo leggi la loro interiorità, il loro spirito, quindi vai oltre, vai all'essenza. E credimi, fratello, io ho imparato che per conoscere veramente gli uomini è importante toccare con mano ciò che vogliono essere... Spesso gli uomini agiscono senza pensare, si muovono seguendo l'istinto, cambiano idea senza un ragionamento. Questo un angelo non lo vede. O meglio, non riesce ad anticiparlo, ma se ne rende conto quando accade. E può essere destabilizzante.»

«Mi stai dicendo che per essere angeli custodi migliori dovremmo vivere insieme agli uomini per qualche tempo?»

«Non per essere migliori, ma per avere un quadro più ampio della situazione. Ciò ci aiuterebbe a capire particolari che a volte sfuggono.»

Raziel guardò Metatron mentre si sedeva di fronte a lui: era concentrato e aveva l'espressione seria di chi vuole sapere. «Fatta questa premessa, veniamo ai quattro popoli. Il mio parere non è diverso da quello che abbiamo maturato nei secoli. Ma posso fornirti qualche elemento in più...»

«Ti ascolto...»

«Tutti i popoli hanno ormai raggiunto uno stadio evolutivo avanzatissimo in termini di conoscenza: dalla scienza all'arte, dalla cultura sociale al concetto di progresso. Tuttavia ogni etnia ha usato questa risorsa straordinaria per vivere e plasmare l'ambiente a propria immagine e somiglianza.»

«E le discrepanze che noi vediamo tra i vari contesti rispecchiano il modo di essere e di affrontare la vita dei popoli stessi...» constatò Metatron.

«Esatto. Basta pensare al popolo di Nubiri che vive nella parte centro-nord dell'emisfero. È la terra più edificata del pianeta, si va dai grattacieli alle isole artificiali, dai centri satellite alle costruzioni fabbricate con materiali molecolari ottenuti dall'uso di nanotecnologie...»

«Lergan e la sua gente puntano sulla tecnologia più di chiunque altro!»

«No, Metatron... In realtà tutti i popoli sono interessati alla tecnologia. La differenza è che a Nubiri sono ossessionati dall'utilizzo della scienza in ogni campo. Impiegano robotica e cibernetica ovunque, l'informatica ha raggiunto livelli di sviluppo esponenziali, la loro comunicazione di massa è la più rivoluzionaria, le loro astronavi sono le più veloci e i mezzi di trasporto i più sofisticati. Tutto deve essere immediato, comodo e perfetto.»

«Un benessere tanto totalizzante da diventare addirittura asettico e impersonale.»

«Infatti non amano il contatto fisico, e i momenti di massima socialità per loro sono quelli guidati dalle connessioni multimediali. È come se avessero sempre bisogno di relazionarsi con più persone nello stesso istante e svolgere una moltitudine di attività contemporaneamente.»

«Che realtà frenetica!» Metatron scosse la testa.

«Se ci pensi, da loro ogni cosa accade in fretta e tutto invecchia a un ritmo impressionante. La loro filosofia di vita rifugge dal passato, è come se dovessero dimostrare a se stessi e al mondo intero di essere il futuro... di essere il popolo più sviluppato ed emancipato. Il solo in grado di superare sempre i propri limiti.»

«Nulla a che vedere con il popolo di Rumes, che vive più a sud...»

Raziel sapeva di avere catturato l'attenzione del fratello. Vedeva i suoi occhi brillare interessati. «Il popolo di Rumes non è ambizioso. È gente assennata e ancorata ai valori elementari. Guarda Shamash, il loro capo: per spirito e carattere non c'entra niente con Lergan, nemmeno nel modo di governare.» Raziel gesticolava. «Anche a Rumes credono nella tecnologia, ma solo per semplificare la vita e migliorare la quotidianità. Sono gli unici a preoccuparsi della sopravvivenza in senso stretto. Tutto ciò che fanno oggi è per garantire un futuro ai loro figli. Pensa che usano pannelli solari microscopici per convertire l'energia del sole e immagazzinarla in cellule altamente distribuite, in modo da soddisfare le esigenze energetiche degli anni a venire.»

«Per certi aspetti sono l'esatto opposto di Nubiri.»

«Soprattutto dal punto di vista relazionale: sono estremamente socievoli, famiglie numerose che vivono in comunità, un insediamento a piccoli centri, abitazioni basse e con tanto spazio intorno, e un bisogno profondo di ritrovarsi e condividere momenti e ricorrenze legati alle tradizioni.»

«Dimmi la verità, ti trovi bene con loro?»

«Come non avrei mai immaginato. Hanno un forte senso del rispetto e della solidarietà. Sanno ascoltare e...»

«E ti fanno sentire a casa!»

«Quasi.» Raziel affondò lo sguardo in quello del fratello. «Mettono il cuore in tutto ciò che fanno e sono capaci di sacrificarsi per la causa in cui credono.»

Metatron piegò la testa di lato, con aria interrogativa, e Raziel capì. «So cosa stai per chiedermi.»

«Sentiamo...»

«Tu vuoi sapere come li definirei e io credo che "amici" sia la parola che esprime meglio ciò che provo per loro!»

«Sono colpito...»

«Da cosa?»

«Da te, Raziel. Vederti così entusiasta mi trasmette un'energia che neanche pensavo di avere...»

«Dovresti venire con me... allora sì che sentiresti l'adrenalina scorrere forte nelle vene!»

Metatron fece un cenno di assenso e appoggiò la nuca alla parete.

«Promettimi che un giorno proverai a vivere da uomo in mezzo agli uomini. Ti assicuro che ne vale la pena!»

«Promesso. Tu però adesso parlami della terra dell'est. Raccontami di quella zona verdissima e rigogliosa, regno del genio creativo...»

«Non riesci ad aspettare, eh?» lo schernì Raziel. «Ttaima è un'area molto prospera. L'abbiamo seguita nei secoli mentre da popolo di avventurieri e viaggiatori si trasformava in ciò che è oggi.»

«Intendi il riferimento assoluto per la cultura?»

«Sì! La terra da cui provengono i più grandi architetti, ingegneri e costruttori, per non parlare di scrittori e filosofi. Anche l'astronomia è da sempre il loro chiodo fisso... Hanno tutti un'apertura mentale smisurata, che li rende curiosi e interessati.»

«Però confinano con Nubiri. Quanto è stato contaminato il loro stile di vita?»

«Pochissimo. Sono riusciti a gestire il progresso mantenendo un forte livello di indipendenza, perché sono molto più votati allo spirito che alla materia. E nonostante l'importante orientamento alle espressioni artistiche, tutti gli abitanti sostengono la legge e hanno un innato senso della giustizia e dell'onore.»

«E cosa mi dici di Alakan?»

«Alakan è un universo a parte.» Raziel alzò gli occhi e guardò i fiocchi di neve trasportati dal vento che volavano nella grotta. «È il popolo che conosco meno. In questo periodo mi sono dedicato a Nubiri, Rumes e Ttaima. Di Alakan posso dirti poco più di quello che già sappiamo. È una regione marina che vive sull'acqua e dell'acqua ha fatto il proprio punto di forza. I suoi abitanti si considerano un'isola a tutti gli effetti e hanno scelto di separarsi e allontanarsi dal resto del mondo. Sono il popolo più emancipato su ogni fronte: scienza, tecnologia, genetica... Non sono secondi a nessuno. Ma tutte le loro risorse sono indirizzate al sapere puro.

«Li apprezzo perché non cercano né potere, né lusso, né benessere. Il loro obiettivo è sempre e solo creare valore per la vita e per il pianeta.

«Tant'è vero che sono il popolo più longevo. In questi ultimi secoli la sopravvivenza media degli uomini è arrivata a cent'anni, e la loro ha superato la soglia dei centoventi» affermò Raziel.

«Mi confermi che continuano a studiare i sistemi biologici non solo per sconfiggere le malattie e rallentare l'invecchiamento, ma anche per essere sempre in perfetta sintonia con la Natura?»

«Certo. Posso testimoniare che hanno trovato un giusto equilibrio fisico e mentale per dare e ricevere energia dall'ambiente circostante, in un modello virtuoso di massima sinergia.»

«Grandioso...»

«Sai cosa penso? Che se dovessi spiegare in due parole la terra di Alakan, direi che è il *rifugio dell'essere*. Un luogo dove l'esistenza è scandita dai ritmi naturali, dove le regole sono dettate dalla saggezza e dall'armonia interiore. Gli uomini di Alakan vivono in pace nel rispetto della vita, dell'anima, del tempo.»

«Il rispetto della vita, dell'anima, del tempo... Sembra che stiamo parlando di angeli» sospirò Metatron.

«È il popolo più spiritualmente evoluto, quello più vicino al nostro ideale.»

«Anche Ophidiel ha un'ottima opinione di Alakan. Custodisce l'anima di Rodon, il loro leader, e ne parla con grande ammirazione.»

«Per questo mi sto concentrando su Nubiri, Rumes e Ttaima: secondo me sono i tre popoli che hanno più bisogno di aiuto per crescere nella luce del Bene Assoluto.»

«Quale dei tre è più lontano dal fare un passo verso di noi?»

«Nubiri» rispose Raziel, senza la minima esitazione. «Ho paura che la corsa verso la scoperta fine a se stessa e l'identificazione della felicità con il controllo dell'innovazione faccia perdere di vista i fini più importanti. E poi Lergan è ambizioso. Troppo. La sua volontà di primeggiare lo rende debole.»

«Già...» Metatron si soffermò per qualche istante a riflettere. «In ogni caso mi sembra di capire che la nostra intuizione iniziale fosse corretta. La tua visione conferma che gli uomini sono più illuminati rispetto al passato... e sempre più pronti ad affrontare nuove sfide.»

«Sì, ma ancora non abbastanza da permetterci di dare seguito al nostro sogno... Nessuno di loro è in grado di prendere in considerazione la nostra presenza. Sono sulla buona strada, ma lontani dalla meta.»

«Io sono fiducioso!»

«Metatron...» Raziel era meditabondo. «Non ti chiedi mai se abbiamo fatto la scelta giusta?»

«Ogni sera. E la risposta è sempre sì. Il nostro compito non è solo proteggere l'Universo, ma anche farlo evolvere. E se pensiamo di poter accelerare la crescita spirituale degli esseri umani, non possiamo far finta di niente.» Metatron prese Raziel per le spalle. «Ed è proprio perché non abbiamo tralasciato quella possibilità che oggi siamo qui. La tua presenza sulla Terra si sta rivelando fondamentale: stiamo dando un grande stimolo allo sviluppo morale e mentale del genere umano. Bisogna avere pazienza e i risultati arriveranno. Più sorprendenti di quanto previsto. Vedrai! E tu ne sei consapevole quanto me...»

Raziel si accigliò. «Spero solo di riuscire in questa missione.»

«Ce la farai. E io sarò felice perché finalmente potrò comunicare a tutta Sefira il nostro progetto: angeli e uomini insieme nella costruzione di un futuro comune e luminoso. Senza più segreti.»

«Cosa penseranno di me gli angeli quando riprenderò le mie sembianze e scopriranno la verità... che non sono morto sulla Terra, svolgendo un incarico delicato, come invece credevano?» Raziel abbassò lo sguardo. «Si sentiranno ingannati, temo.»

«E noi spiegheremo perché l'abbiamo fatto. Saremo trasparenti e parleremo con il cuore in mano. Sono sicuro che capiranno. Coglieranno il motivo che ci ha indotti a simulare la tua scomparsa: avevi una missione importantissima. E l'unico modo per portarla a termine con successo era quello di vivere in mezzo agli uomini: non come angelo custode, ma come guida tangibile e reale. Servivano anni per farti conoscere e diventarne il leader: solo così avresti potuto incoraggiare generazione dopo generazione l'evoluzione dei popoli, influenzando comportamenti sempre più positivi.»

«Ma non si spiegheranno la ragione per cui abbiamo tenuto tutto nascosto.»

«Invece sì: per non illuderli. Per non creare false attese. Quando abbiamo deciso di provare a supportare gli esseri umani anche con un contatto diretto, il piano era in una fase talmente embrionale che avrebbe potuto fallire. Non sarebbe stato corretto mettere a repentaglio l'energia dei cuori di Sefira con una speranza che, in quel momento, era più un sogno che una realtà. Ognuno di noi dedica la propria esistenza a portare serenità alle anime della Terra e da sempre abbiamo concordato sulla necessità che la nostra presenza non dovesse essere percepita: ogni creatura ha il diritto di essere libera e sovrana della propria coscienza. Il nostro disegno prevede la possibilità di cambiare le regole. Quale capo saggio avrebbe potuto pensare di raccontare un progetto tanto ambizioso e complesso, prima di averne valutato le conseguenze? Era troppo rischioso.» Metatron aprì le braccia. «Questo è ciò che diremo e che convincerà la nostra gente.»

Raziel sentiva un'ombra offuscargli l'anima. Si passò le mani sulla faccia. «Ophidiel continua a non essere d'accordo. Non comunica mai telepaticamente con me e quando sa che sono qui mi sta alla larga.»

«Lo so. E non importa. È nostro dovere pensare al bene più grande. Non possiamo fermarci di fronte ai suoi limiti. Noi due sappiamo che quello che stiamo facendo è giusto e che il futuro è in una comunicazione aperta tra angeli e uomini. Andremo avanti, senza voltarci.»

Raziel fissò Metatron con grande trasporto, finché non sentì svanire la fitta di rimorso che gli pungeva lo stomaco.

«Credo in te, Metatron. La tua fiducia è la mia.»

Capitolo 4

LA COPERTURA

Sefira, 30 anni prima della chiusura dell'ultima Porta

«L'hai incontrato?»

«Sì.»

«Come sta?»

«Ha molta nostalgia di Sefira. Ma è profondamente convinto del suo incarico.»

Il viso di Unika si distese in un sorriso. «Questo mi rincuora. A che punto è?»

«Si è introdotto bene tra gli uomini. Ha costruito relazioni strette con tutti i popoli e sta imparando a conoscerli... forse meglio di quanto possa fare un angelo custode.»

Unika annuì. «Non mi stupisce. Vivere da uomo in mezzo agli uomini non è come custodire la loro anima e consigliare la loro mente.»

Metatron rifletté su quelle parole: erano le stesse di Raziel. Colpito, riprese il racconto.

«Raziel dedica gran parte del suo tempo al popolo di Nubiri. Secondo lui sono troppo concentrati sul progresso e troppo poco alla diffusione dei valori più importanti. Però non è teso. Anzi, l'ho sentito fiducioso.»

«È una grande sfida per lui.»

«Lo è per tutti» commentò Metatron. «E comunque vada, ne usciremo arricchiti.»

Unika lo guardò negli occhi, senza obiettare.

«La parte difficile della missione deve però ancora arrivare» continuò Metatron. «Per ora Raziel è riuscito a fare tutto con equilibrio. Nessuno sospetta dei suoi poteri. Ma più lo conosceranno, più gli uomini vorranno averlo vicino e più lui dovrà stare attento a non scoprirsi...»

«Se decideremo di proseguire su questa strada, dovremo prevedere meglio la sua copertura rispetto a Sefira.»

«Cos'hai in mente?»

«Raziel ha cambiato aspetto fisico e si è schermato: nessun angelo può avvertire la sua natura angelica. Ma appena comparirà in modo continuo sui monitor della Finestra sul Mondo qualcuno si chiederà chi è quell'uomo, da dove arriva e cosa fa. Dobbiamo evitare che Martin lo segnali e uno dei nostri Angeli Guida gli si avvicini per prenderlo in carico come angelo custode. Perché non riuscendo a mettersi in contatto con la sua anima, capirebbe subito che c'è qualcosa di strano.»

«Sono d'accordo con te... è rischioso.»

«Possiamo parlare con Martin e renderlo partecipe del progetto. Questo ci rassicurerebbe su tutti i fronti.»

«No!» scattò Metatron. «Nessuno deve sapere. Ho già sbagliato a condividere il piano con Ophidiel!»

«Non era giusto escluderlo. È il capo degli Angeli Guida. Lui deve sapere...»

«Bene, allora che si renda utile!» sbottò Metatron con una punta di irritazione nella voce. «Chiediamo a lui di fingere di essere l'angelo custode di Eber.»

«Non accetterà mai!»

«È l'unica soluzione che vedo...»

«Potrebbe essercene un'altra.»

«Quale?»

Negli occhi di Unika brillava la luce dell'intuito. «Vado in missione sulla Terra. Farò io da angelo custode a Eber.»

«Stai scherzando?»

«Assolutamente no.»

Metatron inarcò le sopracciglia e piegò la testa di lato, perplesso.

«Vieni, andiamo all'Osservatorio e interveniamo sulla memoria della Finestra sul Mondo.»

«Vuoi creare un passato a Eber?»

«È indispensabile» ribatté Unika. «E mi consentirà di dire a Martin che vado sulla Terra per sostenere una delle mie anime in una scelta importante.»

«Martin è scrupoloso e andrà a consultare la memoria per capire meglio...»

«E troverà la storia che abbiamo impostato, quindi si metterà tranquillo. Mi seguirà nella missione accanto a Eber attraverso la Finestra sul Mondo e, una volta rientrata, se dovesse cogliere cose strane che lo riguardano verrà a dirmelo.»

«Questo ci permetterà di gestire anche le emergenze.» Metatron si portò una mano alla bocca e picchiettò l'indice sulle labbra.

«Allora, ti convince l'idea?»

«No...»

«Perché?»

Metatron si fece serio. «Dovresti restare lontana da Sefira. E questo non mi piace.»

«Sarà per poco. Ma ci darà la copertura di cui abbiamo bisogno.»

Metatron allungò la mano verso il ramo più basso dell'Ippocastano Persempre. Lasciò scivolare lo sguardo negli occhi indaco di Unika. Era seduta sull'erba, con la schiena appoggiata al grande tronco e i capelli liscissimi sciolti sulle spalle.

«Perché sei così angosciata? C'è qualcos'altro?»

«Non riesco a nasconderlo, vero?»

«Ti conosco troppo bene, Unika...»

«Due cose mi preoccupano.» Unika rovesciò la testa all'indietro fino a toccare con la nuca la corteccia ruvida. Abbassò le palpebre e sospirò. «Innanzi tutto sono in ansia per te. So che questo è un progetto importante e anche un grande sogno. Le probabilità di successo ci sono, ma sono remote. L'ultima cosa che vorrei è vederti con il cuore infranto.»

Metatron si intenerì. «E la seconda?»

«Fare tutto di nascosto mi disturba. Mi sembra di non credere nella capacità di ascolto, comprensione e lungimiranza del nostro popolo. In questo momento è come se stessimo confidando più negli uomini che negli angeli.»

Metatron non replicò. Alzò il volto al cielo e restò in silenzio.

«Non prendere male le mie parole» aggiunse Unika. «Mi chiedo solo se c'è un'altra via. Magari potremmo agire in modo diverso. Mi spaventa il pensiero di dovercene pentire in futuro.»

Capitolo 5

ENKIL

Ttaima, 30 anni prima della chiusura dell'ultima Porta

"Mi hai colto di sorpresa!"

"Cosa ti ha stupito di più? Che io abbia lasciato Sefira o che abbia deciso di farti da angelo custode?"

"A dire il vero, né una cosa né l'altra... sono ammirato dalla tua voglia di conoscere e toccare con mano la situazione."

"Appena Metatron mi ha detto che, secondo te, vivere tra gli uomini aiuta a capirli meglio, mi sono precipitata alla Finestra del Passaggio..."

"Lo so: era un tranello per convincerti a venire qui!"

"Dai, smettila... e portami a vedere qualcosa di interessante!"

Unika fluttuava accanto a Raziel, che camminava a passo deciso nella vegetazione. Non c'era un alito di vento e il silenzio della notte era graffiato solo dal rumore dei suoi passi e dallo sbattere d'ali degli uccelli selvatici che si levavano in volo appena lo sentivano avvicinarsi.

"Non sono abituato ad averti eterea alle mie spalle... mi fa un po' impressione."

"Comportati da uomo e fingi di non vedermi. Non vorrai mettere a rischio la mia copertura, eh?"

"Allora tu non farmi ridere. Sono sicuro che se Martin mi

osserva proprio in questo momento penserà che io sia matto..."

"Come mai ti sei messo a correre?"

"Siamo in ritardo."

"Per cosa?"

Unika vide Raziel svoltare di colpo e imboccare una lunghissima strada rialzata. Era lastricata con enormi blocchi di pietra e attraversava la foresta a perdita d'occhio, fino a raggiungere una costruzione piramidale sormontata da cinque torri maestose.

Raziel la percorse, superando un fossato pieno d'acqua. Passò sotto un portale che si apriva tra le mura e si sedette per terra. Incrociò le gambe e appoggiò i gomiti alle ginocchia, sollevando il mento.

"Ma che...?"

"Zitta... guarda..."

Unika sentì il cuore sobbalzarle nel petto. I primi raggi del sole si diffondevano lenti nel cielo, insinuandosi tra le torri della costruzione che avevano di fronte. Riflessi dorati accendevano l'aria in un gioco di luci che toglieva il fiato.

"Io non..." L'emozione le bloccava le parole.

"L'alba osservata da qua ha tutto un altro sapore..."

"È meravigliosa!"

"Mi hai chiesto di farti vedere qualcosa di interessante e qui c'è la summa del talento del popolo di Ttaima" disse Raziel. "Questa è la massima espressione del loro sapere. Un'area vastissima edificata in pietra nel rispetto dei canoni di magnificenza e secondo le geometrie di allineamento cosmico. Il complesso architettonico è stato concepito in mezzo alla giungla, lontano dalle metropoli, ed è stato realizzato con monoliti. Per capirne il significato è necessario alzarsi da terra e osservarlo dall'alto, solo così si può avere una visione di insieme. E solo così ci si rende conto che gli spazi, i monumenti, i dettagli riproducono il cielo: le posizioni di ogni cosa sono state definite seguendo la mappa della costellazione del Drago."

"È lo specchio del Cielo..."

"Molto di più. Indica la correlazione tra Terra e Cielo. L'uomo è fatto di corpo e anima. Il corpo è espresso con la Terra. L'anima con il Cielo. Questa costruzione rappresenta l'uomo nella sua interezza. E Ttaima ha voluto raccontarlo in modo unico e irripetibile, dando vita a qualcosa che rimarrà per sempre. Conoscenza astronomica, tecnica architettonica, uso estremo della tecnologia a supporto di ogni scienza impiegata e intelligenza artistica sono state sfruttate per la realizzazione di un'opera grandiosa."

"Comunica potenza e spiritualità."

"Lo scopo del popolo di Ttaima è mettere la conoscenza al servizio dell'anima. L'obiettivo è dimostrare che l'evoluzione e il progresso hanno senso solo se consentono di dare pace all'interiorità e di guardare oltre. Anche oltre la vita."

"Per questo usano i monoliti, giusto?"

"Sì. Il concetto sta proprio nell'eternità. Solo blocchi di pietra imponenti potranno vivere per sempre e dare testimonianza del legame tra Terra e Cielo, tra corpo e anima."

Unika si lasciò baciare dal sole. Non chiuse le palpebre e inspirò per portare dentro di sé il valore di quel momento. "Grazie..."

"Non dirlo nemmeno per scherzo. Grazie a te di aver voluto condividere con me questa gioia."

Raziel si alzò e riprese a camminare verso le torri che svettavano contro il cielo sfumato di rosa.

"Dove andiamo adesso?"

"A conoscere Enkil, il capo della terra di Ttaima."

Unika udì un forte boato e sollevò lo sguardo.

"Tempismo perfetto..." commentò Raziel, guardando una navicella ellittica sfrecciare sopra di loro, per atterrare su un terrapieno poco distante.

"È lui?"

"Sì. Viene qui tutte le mattine, al sorgere del sole. Cammina a lungo tra le gallerie, osserva i lavori e progetta gli avanzamenti...

non gli sfugge niente e ogni giorno apporta un miglioramento. Se ne va appena arrivano gli ingegneri e i costruttori. Li saluta a uno a uno, si congratula per i passi avanti fatti rispetto al giorno precedente e condivide con loro le proprie riflessioni. Poi li lascia all'importante compito di erigere l'eternità."

«Eber!»

Unika si rallegrò quando vide Enkil correre incontro a Raziel.

«Ciao, Enkil!» lo salutò Raziel.

«Non hai perso l'abitudine di essere mattiniero...»

«Neanche tu a quanto pare!»

Enkil abbracciò Raziel. «Che bello riaverti qui!»

«Anche se sono stato via, non ho smesso un attimo di pensarti... e poi ero curioso di vedere i progressi.»

«Vieni, ti mostro l'ultima creazione.»

Unika li seguì all'interno di una lunga galleria decorata da bassorilievi e colonne altissime. Sbucarono in un cortile quadrato al cui centro troneggiavano enormi blocchi di pietra. Molti erano grezzi, altri disegnati, qualcuno sagomato.

«Che cosa sono?» domandò Raziel, avvicinandosi al monolite più grande.

«Stiamo preparando le statue. Voglio che questo luogo sia pieno di vita e che ogni uomo si possa riconoscere nei volti e nelle pose di queste sculture.» Enkil tese il braccio verso nord. «Laggiù abbiamo iniziato la costruzione di un ponte...»

«Un ponte?»

«Un ponte verso l'arcobaleno, verso la serenità...»

L'emozione di Raziel era palpabile, a Unika sembrava quasi di poterla toccare.

«Fa piacere scoprire che le tue parole non sono finite al vento, vero Eber? Ti ho ascoltato quando mi dicevi che il traguardo di ogni uomo è trovare la strada verso il Bene, per nutrirsi dei valori che rendono l'anima virtuosa...»

«E libera!»

«Sì, libera dal giudizio... per godere della felicità di rendere felici gli altri, senza condizioni.»

«Sei riuscito a commuovermi...» Raziel fissò Enkil con gli occhi lucidi.

«E siamo solo all'inizio! Metterò a frutto tutto quello che mi hai insegnato. Costruirò un ponte gigantesco dove collocherò le statue. Sarà il simbolo del cammino nella luce. Rappresenterà il passaggio tra realtà e sogno. La realtà povera e materiale in cui l'uomo nasce e il sogno che può raggiungere elevando il proprio spirito.»

La compiutezza dell'essere... pensò Unika.

«Il mio desiderio è dare vita a un'oasi di ristoro interiore, carica di significati profondi. Un luogo appartato e privo di confini, dove in qualsiasi momento chiunque ne senta la necessità si possa recare per cercare la via. Immagino uomini arrivare qui da ogni parte del mondo e incontrare altri uomini. Parleranno, si confronteranno, qualcuno dipingerà, qualcun altro scriverà, altri ancora faranno musica. Qualcuno si limiterà a osservare. Ma la loro anima potrà affrancarsi da tutto il resto e prima o poi troverà la fiducia che dà origine all'ispirazione e alla voglia di costruire un futuro migliore.»

«È un progetto ambizioso. Sono orgoglioso di te, Enkil!»

«È il mio modo per fare un passo verso l'evoluzione di cui parli sempre.» Enkil prese la mano di Raziel. «Non finirò mai di esserti riconoscente per avermi aperto gli occhi.»

«Il merito non è mio, sei tu che hai voluto ascoltare, guardare, sentire... vivere.»

La calma venne interrotta dal rumore di motori potentissimi. Tutti e tre alzarono il volto: una miriade di velivoli si avvicinava veloce.

«Eccoli!» Enkil iniziò a sbracciarsi verso il cielo.

"Stanno arrivando i tecnici" spiegò Raziel a Unika, mentre uno dopo l'altro tutti i mezzi atterravano e scaricavano decine e decine di uomini.

"Come sono organizzati?"

"Quelli che si muovono concentrati sono i costruttori. Il loro compito è guidare i lavori. Gestiscono le squadre e indirizzano i piloti delle navicelle che devono sollevare i monoliti per spostarli da una parte all'altra della piana. In orizzontale o in verticale a seconda della struttura che deve essere eretta."

"Hanno una grande responsabilità..."

"Sì, ma sono affiancati da ingegneri, che seguono tutte le fasi e continuano a inserire nuovi dati nei processori. Studiano gli ologrammi proiettati dai computer e calcolano masse e spazi." Raziel indicò un gruppetto appartato. "Architetti e astronomi invece sono gli addetti alla forma. Tramutano la costellazione del Drago in edifici e monumenti."

"Sono esterrefatta!"

"E lo sarai ancora di più tra un istante..."

Unika vide Raziel avvicinarsi a un gruppo di scultori che usava potenti fasci di luce per fondere e modellare la pietra.

«Sono a vostra disposizione. Come posso aiutarvi?»

«Bentornato, Eber!» lo salutò uno di loro, che indossava un guanto da cui fluivano sottilissimi raggi di energia. I raggi che uscivano dalle diverse dita del guanto avevano intensità differenti, e Unika notò che l'artista li usava con grande maestria per incidere il monolite. La luce del pollice era la più forte e serviva per gli intagli profondi, mentre quella del mignolo era tenue e veniva impiegata per le scalfitture leggere.

«Dammi una mano a raffinare questo volto... ho bisogno di rendere più espressivo lo sguardo.» L'uomo fece cenno a Raziel di salire sulla pedana elettromagnetica che fungeva da ponteggio di fronte alla statua. Appena Raziel lo raggiunse, lo scultore gli passò un guanto simile a quello che stava usando.

Raziel se lo infilò.

"Unika, mettiti davanti a me... voglio guardare i tuoi occhi..." E cominciò a scolpire la pietra.

Capitolo 6

L'ANGELO CUSTODE DI EBER

Sefira, 29 anni prima della chiusura dell'ultima Porta

«Ci sono novità?»

Metatron si materializzò alle spalle di Martin.

Lo Gnomo sobbalzò e si girò di scatto. Con gli occhietti tondi stralunati espirò, portandosi una mano al petto. «Metatron, che spavento! Non ti ho sentito arrivare...»

«Allora? Cosa succede sulla Terra?»

«Ah...» Martin tolse il cappello e si grattò la testa, con l'aria di uno che sta riordinando le idee. «La Terra è in una fase interessante. Molto interessante. Interessantissima, direi...»

«Cioè?»

«È un tema di cui mi piace discutere con i miei assistenti.» Martin era compiaciuto e gli gnomi che aveva intorno annuirono. «È un momento di grande riflessione... ovunque. Ricordi? Te lo dicevo già qualche tempo fa e ora te lo confermo: non credo di aver mai assistito a un periodo di maggior consapevolezza degli uomini. Vivono in pace, si danno traguardi ambiziosi, rincorrono i sogni senza perdere di vista la realtà...»

«E i nostri angeli?»

«Li sento tutti molto soddisfatti. Decisamente!» Martin mosse più volte la testa in segno di assenso. «Ho appena parlato con Tiferet, che mi ha relazionato sul lavoro dei suoi Angeli della Forza. E adesso sto aspettando il rientro di Unika.»

«Ha già portato a termine il suo compito?» Metatron si finse stupito.

«Sì, sì, sì! Mi aveva anticipato che sarebbe stata una missione lampo. Voleva solo sostenere una delle sue anime in una scelta importante.»

«E dov'è ora?»

Martin sintonizzò uno degli schermi della Finestra sul Mondo. «Eccola. È lì... la vedi? Insieme a quei due uomini.» Martin saltellava, euforico. «Mi sono scollegato da lei poco fa, perché si stava congedando. L'uomo che protegge si chiama Eber, è uno stratega. Una persona coltissima e di grande carisma. Viaggia in continuazione. Collabora con capi di Stato e uomini di potere, li consiglia e ispira in tutti comportamenti virtuosi.»

«E l'altro chi è?»

«Ci avrei giurato che non l'avresti riconosciuto. L'ultima volta che l'hai visto aveva i capelli corti e qualche chilo in più. Ora non si vede altro che quella lunga chioma bionda sul viso affilato.»

«Enkil?»

«Proprio lui, il capo di Ttaima. Una delle anime custodite da Hod.»

«Ma certo! Con la coda di cavallo, la tunica e gli stivaloni sembra un ragazzino...»

«Già. Guarda!» Martin tese il braccio verso lo schermo. «Unika sta partendo... torna da noi! Torna da noi, finalmente!»

«È riuscita nella sua missione?»

«Che domande... ovvio! Avevi qualche dubbio, per caso? Eber è molto sereno. E il suo ottimismo è contagioso: l'ha trasmesso anche a Enkil.»

«Da cosa lo capisci?»

«Dai un'occhiata a quella meraviglia architettonica... nell'ultimo anno hanno fatto passi da gigante!»

Metatron assentì.

«È arrivata! Andiamo!» Metatron vide Martin correre nella stanza della Finestra del Passaggio e gettarsi addosso a Unika.

«Ciao, ciao, Unika!» Lo Gnomo la strinse forte, premendole la guancia contro il ventre. «Come ti senti? Dolori per la rimaterializzazione?»

«Sto bene, Martin, grazie.» Unika si chinò e gli baciò la fronte. Alzò lo sguardo e sorrise. «Metatron...»

«Sono felice di averti di nuovo a casa, Unika.»

«Ehi...» esclamò Martin. «La Finestra pulsa ancora...»

«Chi sta rientrando?» Metatron scrutò Martin.

«Non lo so... Oggi non era previsto nessun altro.» Martin interrogò l'intelligenza artificiale. «È Ophidiel!»

«Ophidiel?» ripeterono Unika e Metatron all'unisono.

In un battito di ciglia Ophidiel si materializzò di fronte a loro. Era scalzo e a torso nudo. La pelle scura, la giugulare gonfia e il cranio rasato rendevano ancora più minacciosi i suoi occhi, accesi come due braci roventi.

«Cosa ci fai qui?» gli domandò Metatron.

«Ho bisogno di parlarti. Subito.» Ophidiel era cupo in volto.

Metatron guardò Martin, che capì e si congedò, lasciando i tre da soli nella stanza.

«Cos'è successo?» Metatron incrociò le braccia al petto.

«Lo chiedo io a te, visto che tra gli uomini è partita una competizione sfrenata...»

«In che senso?» Unika spalancò gli occhi.

«Dovresti saperlo, dato che torni anche tu da là...» Nella voce di Ophidiel affiorava il risentimento. «Sulla Terra non si fa altro che parlare di progresso... non esiste essere umano che non si senta impegnato in una gara verso l'evoluzione. Tutti vogliono essere protagonisti del cambiamento per lasciare un segno nella storia.

Per giunta, i leader dei vari Stati si stanno sfidando per decidere chi di loro guiderà il futuro.»

«E dove sta il problema?»

«Lasciami finire, Metatron...» lo zittì Ophidiel. «E smettiamola con le ipocrisie. Se il progresso seguisse il suo corso naturale non sarei qui a discuterne. Ma sia tu che io sappiamo che tutto questo non avviene in modo spontaneo. Anzi. È volutamente forzato. Sembra che qualcuno, guarda caso di nome Eber, stia parlando di un avvenire luminoso, di obiettivi superiori da raggiungere...»

«Questo è ciò che vogliamo.»

«Questo è ciò che *tu* vuoi!» Ophidiel puntò l'indice contro Metatron. «E anche se il fine ultimo fosse condiviso, sarebbe un errore lasciarsi prendere la mano. Ogni cosa deve avere un senso e soprattutto compiersi per gradi.»

«Fammi capire...» intervenne Unika.

«Ma cosa c'è da capire? È già tutto chiarissimo, cristallino, direi! Raziel sta diffondendo il concetto di Bene Assoluto, di valori da emulare, di ideali a cui aspirare... giustissimo, peccato che torniamo al punto di partenza. Le sue parole hanno un effetto nefasto perché generano aspettative, desideri, manie di onnipotenza. Ma come fate a non vedere?» Ophidiel scosse la testa. «Ricordatevi che sono uomini. Non angeli. Non sono capaci di limitarsi, né tanto meno di capire quand'è il momento di fermarsi. Sono avidi. Dagli un dito e ti prenderanno il braccio. Dagli il corpo e ti prenderanno l'anima...»

«Basta, Ophidiel! Stai esagerando!» sbraitò Metatron.

«No! E sai qual è la verità?» Ophidiel non aspettò risposta e continuò. «Raziel sta influenzando questa interminabile corsa al miglioramento, senza rendersi conto che per gli uomini il filo tra competizione e guerra può essere molto sottile.»

Capitolo 7

SENTIMENTO NON CORRISPOSTO

Sefira, 29 anni prima della chiusura dell'ultima Porta

«Aqua... sono tornato.»

Ophidiel camminava a passo lento e spostava le fronde con le mani tese. «Aqua, dove sei?»

Raggiunse la sponda e la vide: la Sirena gli dava le spalle. Era distesa, con il ventre appoggiato su uno spuntone di roccia che affiorava dal lago, i lunghi capelli neri sciolti sulla schiena, la pinna sollevata in aria, le mani immerse nell'acqua.

«Ciao, Aqua, avevo voglia di vederti!»

La Sirena girò la testa e accennò un sorriso timido. Si tuffò e riemerse a pochi metri dalla riva.

«Vieni a farti stringere!» Ophidiel si era chinato e le tendeva le braccia.

Aqua si tirò sul bagnasciuga. Aveva lo sguardo basso e gli occhi lucidi.

«Cosa c'è che non va, piccola?» le chiese Ophidiel, accarezzandole la guancia.

«Ho aspettatò tanto questo momento e ora non so cosa fare...»

«Perché?»

«Devo parlarti...»

Ophidiel avvicinò il viso a quello di Aqua e le spostò una ciocca di capelli dietro l'orecchio. «Sono qui...»

«Secondo me è meglio che la nostra storia finisca...» Le tremava la voce e le parole erano un sussurro.

Ophidiel le baciò la punta del naso e, senza staccare gli occhi dal suo volto, si sedette per terra, in attesa.

«Non sono serena. Non riesco a essere felice... siamo troppo diversi. Io sono un'anima semplice. Tu hai una personalità forte, complessa. È proprio ciò che mi ha fatto innamorare, ma è anche la mia prigione.»

«Cosa provi?»

«Io non mi sento alla tua altezza, Ophidiel. Tu non mi hai mai chiesto nulla, ma io sono convinta di non essere quella che tu vorresti. Ci ho provato. Ci provo in continuazione. Senza riuscirci. È un'ombra che annebbia la mia mente... mi dico che non sono l'angelo che può darti quello che cerchi. Mi sento soffocare da un fortissimo senso di inadeguatezza che... che... che mi consuma.»

«Non mi hai mai detto niente...»

«Ho tentato...» Aqua si passò le dita sulle ciglia per liberarle dalle lacrime. «Ma spiegarti quello che sento mi fa sentire ancora più fragile...»

«Sbagli...»

«Forse... ma ho pensato tanto a cosa mi fa soffrire. E ora l'ho capito. Io ti amo. Tu per me sei tutto. Mentre...» Aqua scoppiò a piangere «...mentre per te io sono solo una parte della vita.»

Ophidiel abbassò le palpebre. Le riaprì e cercò lo sguardo di Aqua. Non lo trovò. La Sirena aveva il volto tra le mani e scuoteva la testa.

«Ophidiel... i miei pensieri sono tutti tuoi. Tutti. Tutti. Tutti!» Aqua guardò Ophidiel, disperata. «Penso a te in ogni istante e soffro... soffro perché so che questo sentimento non è reciproco.»

«Ascoltami...»

«No!» Aqua gli mise l'indice sulla bocca. «Io so che sei attratto da me. So che ti senti legato. So che stai bene quando siamo insieme. Ma so anche che quello che tu provi non è amore. E io non ho la forza di vivere con un angelo che non mi ama. Pensaci... non ce lo meritiamo. Né tu né io. Tu non ti sentiresti libero di amare qualcun altro, se ne avessi l'occasione. E io... io continuerei a tormentarmi per il terrore di perderti.»

«Ho capito, Aqua. Ho seguito ogni parola... anche quelle che non hai detto... e adesso ti chiedo di lasciarmi parlare.»

«Non voglio. Anche su questo ho riflettuto molto. Non voglio che tu parli. Perché con la tua capacità dialettica, il tuo sguardo, le tue argomentazioni riusciresti a convincermi del contrario. E domani soffrirei come oggi. Più di oggi. Perché ogni attimo che passa è sempre peggio. Non ce la faccio più.» Aqua singhiozzava. «Io devo essere forte perché la mia energia aiuta gli altri angeli ed è fondamentale per proteggere le anime degli uomini. Non posso permettermi di essere debole. E... e... e non sono più disposta a stare male.»

«Aqua, io voglio te!»

«Tu mi vuoi! Sì, *mi vuoi*. Questo è il termine giusto. Tu mi desideri... sono un oggetto prezioso, da guardare, accarezzare, possedere. Ma non faccio vibrare le tue corde profonde... non ti faccio battere il cuore. E questo mi distrugge.»

«Perché dai ai nostri momenti solo questa interpretazione? Apriti con me, affrontiamo le tue paure insieme e vedrai che con il tempo le smorzeremo.»

«Tempo... abbiamo avuto tempo. E non è cambiato nulla. Tu sei fatto così, Ophidiel: dominatore e indipendente. Io vorrei essere la regina dei tuoi sogni, dei tuoi pensieri, delle tue emozioni...» Aqua deglutì il gusto amaro della disillusione, prima di fare la domanda che la struggeva. «Sii sincero... potrà accadere?

Pensi davvero che un giorno io possa diventare la regina della tua vita?»

Ophidiel strinse le labbra.

«Appunto. Non succederà mai.»

Ophidiel le sfiorò il mento. Fece correre le dita sul suo collo e le sollevò il viso.

«Guardami...»

Aqua alzò lo sguardo. Gli occhi scurissimi erano velati di tristezza. Ophidiel le baciò la bocca. Un bacio lunghissimo, che colmava il vuoto delle parole che non le avrebbe detto. Quelle che Aqua voleva sentirsi dire, ma che lui non era in grado di pronunciare.

«Aqua, per te io ci sarò sempre...» Ophidiel si alzò in piedi e si incamminò.

Sentiva lo sguardo di Aqua seguirlo. Gli aveva chiesto di non parlare, ma lei in cuor suo desiderava che lo facesse. E lui non ci aveva nemmeno provato.

Non è troppo tardi. Se me ne vado adesso soffrirà, ma la lascerò libera. Troverà la sua strada... e un angelo che possa darle la felicità.

Capitolo 8

LA PRIGIONE DELLA SOFFERENZA

Sefira, 29 anni prima della chiusura dell'ultima Porta

Unika immerse le dita nell'acqua. Guardò la superficie del lago che brillava di un colore iridescente e si lasciò inebriare dal profumo del ginepro. Si sedette sulla roccia bruna e aspettò. Dopo qualche istante l'acqua si increspò e affiorò la fronte pallida di Aqua.

«Unika...»

«Ciao, Aqua. Spero di non averti disturbata.»

«No, figurati! Tu non mi disturbi mai.»

Unika lesse segni di tensione sul viso spento della Sirena. «Sono venuta a controllare che tu stessi bene. Ophidiel è rientrato per qualche ora dalla sua missione e ha convocato tutta Sefira alla Terrazza Senza Confini. Ha raccontato cosa sta succedendo sulla Terra, per aggiornarci sui successi degli Angeli Guida e condividere le sue sensazioni positive sull'avvenire. È stato un bel momento. Mancavi solo tu... e io mi sono preoccupata.»

«Scusami, Unika.»

«Non ti devi scusare.» Unika le sorrise con dolcezza. «Vuoi dirmi cosa c'è che non va?»

«Io... sono infelice... dannatamente infelice!»

Unika entrò nel lago e allargò le braccia. «Vieni qui, dai...»

Aqua si lasciò stringere. «Sono distrutta e non riesco a uscirne. Un groviglio di pensieri mi soffoca la mente e mi stritola il cuore.»

Unika le carezzò i capelli. «Sfogati...»

«Ho solo voglia di piangere.»

«E allora piangi, Aqua, piangi...»

Aqua si abbandonò alle lacrime. «Ma perché soffro così?»

«Prova a parlarne con me...»

«Il fatto è che non esiste!» Aqua tremava. «Ho provato in tutti i modi a convincermi che esistesse, ma non esiste!»

«Cosa?»

«L'amore eterno, quello che illumina le notti, scioglie la neve prima ancora che cada, toglie il fiato e fa urlare a squarciagola... non esiste. E senza amore eterno la vita non ha significato.»

Unika sentiva tutto lo sconforto che agitava la Sirena.

«Io volevo un amore grande, in grado di travolgermi, di scatenare dentro di me un'energia che nemmeno immaginavo di avere... in grado di dare valore alle mie giornate. Volevo un amore capace di sconfiggere il tempo e di superare i limiti. Ma quell'amore non c'è...»

«Calmati...»

Aqua si staccò dall'abbraccio e fissò Unika con gli occhi colmi di disperazione. «Cos'è la vita? Cos'è l'amore? Io non lo so più. Forse non l'ho mai capito. Quello che pensavo fosse vero, è sempre stato solo un inganno. La vita che ho desiderato era un'illusione. E ora che me ne rendo conto mi sento persa. Come posso continuare a sognare, sapendo che la realtà sarà solo una delusione?» Aqua abbassò lo sguardo. «Devo farla finita e cominciare a vivere senza speranze... ma come faccio?»

«La vita e l'amore siamo noi, Aqua. Con le nostre emozioni, le nostre gioie e le nostre sofferenze creiamo il mondo che ci appartiene.»

«Io non ho creato nulla... tutto quello che ho costruito è stato un castello di nebbia su uno strato di brina.»

«Non esagerare. Considera che adesso sei sconvolta e fai fatica a valutare i tuoi sentimenti.»

Aqua scosse la testa. «Sono sfinita!»

«Ascoltami. Non sempre si può scegliere e la felicità è una meta difficile da raggiungere, ma è ciò che proviamo nella parte più profonda di noi che orienta la nostra esistenza e dà un senso a quello che ci circonda. Siamo protagonisti della nostra vita e nulla di quanto ci accade è indipendente dalle nostre azioni. Insomma, Aqua, ti sto dicendo che il tuo futuro è nelle tue mani!»

«Ma sarà un futuro straziante! Più soffro e più soffrirei. Mi sembra di non poterne fare a meno. È come se il dolore mi conducesse a nuovo dolore. So cos'è che mi fa stare male e non riesco a liberarmene. Non ti sembra assurdo?»

Unika le sollevò il viso, passandole le dita sotto il mento. «È assurdo com'è assurda la nostra voglia di rialzarci ogni volta che cadiamo. Un istinto naturale che ci porta a combattere e a dare l'anima per quello in cui crediamo... per continuare a vivere.»

«Ma che razza di vita è? Passi le ore a tormentarti e quando decidi di scappare ti accorgi che non c'è via d'uscita. Corri per lasciarti la tristezza alle spalle e appena ti fermi scopri che non è cambiato niente. Niente! Sei solo più stanco di quando sei partito e il dolore è sempre lì a ridere di te.»

«Non è così, e tu lo sai. In mezzo a tutto il tempo e la strada che ti separano dal punto di partenza ci sono nuove emozioni, altre esperienze. Ci sono il cambiamento e la crescita.»

«Sì, ma per cosa, poi? Per ritrovarti ancora più sola di prima?»

«Forse.» Unika l'afferrò per le spalle e la scosse con vigore. «Ma la solitudine ha un grande valore, Aqua. Aiuta a sentirsi liberi e a guardarsi dentro senza condizionamenti. Non dimenticarlo mai.»

«La libertà che ho sempre voluto è diventata la mia prigione. Mi sento sola, Unika... tanto sola.»

«Ti senti sola perché colui che ami non è con te. E questo lo capisco benissimo. Ma ancora una volta, prova a vederti artefice del tuo destino. Tutto dipende da quello che vuoi veramente.» Unika sospirò. «Ophidiel non se n'è andato. Se lo chiami, tornerà.»

«Ophidiel ha bisogno di un altro angelo... di qualcuno migliore di me.»

«È Ophidiel ad avere bisogno di un altro angelo o sei tu che non riesci a essere felice insieme a lui?»

Aqua affondò il volto tra le mani. «Io lo amo.»

«Il tuo è un amore che non ti rende serena. E forse non è amore. Non cercare risposte fuori, cercale dentro di te.»

«Io non...»

«Chiediti se hai fatto tutto quello che potevi per stare al suo fianco. E se sei disposta ad adattarti e a continuare a fare sacrifici pur di non perderlo. Se la risposta è sì, lascia che questo amore totalizzante ti rapisca. Se la risposta è no, smettila di angosciarti e guarda altrove.»

«Io non la voglio questa vita!» Aqua scoppiò a piangere di nuovo. «Ma non so quale altra vita potrei avere, perché ho paura di ricominciare da capo.»

«Adesso rilassati un po'...»

«Mi spiace, Unika. Io sono un angelo e dovrei essere un esempio di armonia per infondere sicurezza agli uomini... invece non riesco nemmeno a dare pace alla mia anima. Ma che angelo sono? Mi sento inutile.»

«Sei solo confusa.»

«Io non sono forte.»

«Chi ha detto che sia giusto esserlo?»

«E cosa devo essere, allora?»

«Te stessa, Aqua. Solo te stessa. Forte o fragile, coraggiosa o timida, combattiva o tollerante... che importanza ha? Conta soltanto che tu sia in grado di trovare la tua strada.»

«Ma io sono stata generata per sorreggere gli uomini nei loro momenti complessi... come faccio in questo stato?»

«Siamo angeli, ma non tutti abbiamo lo stesso compito e non tutti siamo stati creati per lo stesso scopo. Troverai la tua dimensione, l'importante è non smettere mai di cercarla.»

Aqua sbatté le ciglia appesantite dalle lacrime. «Unika, tu ti fidi di me?»

«Certo! Perché me lo chiedi?»

«È da tempo che Metatron e Ophidiel non mi assegnano più incarichi. Conoscono la mia debolezza e non mi gravano di pesi che sanno che non riuscirei a sopportare. Ma io ho bisogno della verità: dimmi, Unika, tu ti fideresti di me tanto da darmi una missione?»

Unika la guardò dritta negli occhi. «Sì!»

«Davvero?»

«Io ti stimo. Sei uno spirito virtuoso. Sai cosa significa sentirsi soli e non amati: non faresti mai nulla per tradire la fiducia riposta in te. Se un giorno dovessi avere qualcosa di importante da proteggere, chiederei il tuo aiuto. Senza pensarci due volte.»

Capitolo 9

LA PRIMA PORTA

Sefira, 25 anni prima della chiusura dell'ultima Porta

«È ora?»

Unika gioì quando Metatron le apparve davanti e gli corse incontro, euforica.

«Sì, andiamo!» disse Metatron, tendendole la mano.

Trasvolarono insieme al torrione roccioso del Faraglione di Mezzogiorno. Erano le ultime ore del giorno e il tramonto infondeva ai contorni dell'Arcipelago del Tempo un bagliore suggestivo.

«Dormono già tutti?» chiese Unika, assaporando la sensazione del vento sulla pelle. Adorava la brezza notturna che le accarezzava il corpo, spettinandole i capelli e premendo il vestito leggero sui suoi fianchi.

«Da un po'» rispose Metatron, avviandosi verso l'Osservatorio. «Stesso metodo di sempre: ho sospeso i loro sensi con l'incantesimo dell'Incoscienza.»

«Non avrei mai pensato di fare la clandestina...»

Metatron si concentrò e con il potere dell'Elettromagnetismo sbloccò la superficie di energia che proteggeva l'ingresso. Il corridoio era illuminato da un debole riflesso cangiante, mentre le stanze della Finestra sul Mondo e della Finestra del Tempo erano in piena luce. Solo il piccolo locale di sinistra, dove c'era la Finestra del Passaggio, era buio.

I nove angeli gnomi erano accasciati nelle loro postazioni di fronte agli schermi evanescenti, qualcuno con la testa ciondoloni sul collo, qualcuno disteso a terra, immersi in un sonno profondo.

Unika si intenerì quando vide Martin appisolato sul pavimento con le dita infilate nelle treccine della sua barba bianchissima.

«Ci sono tutti?» Metatron si guardò intorno, impaziente.

«Sì, non manca nessuno.»

«Bene.» Metatron volò davanti allo schermo centrale della Finestra sul Mondo e lo sintonizzò.

Unika si emozionò appena comparve il volto di Raziel.

"Riuscite a vedermi?"

"Ti vediamo!" confermò Metatron con il pensiero.

"Raziel..." La voce telepatica di Unika era poco più di un sussurro.

"Ciao, Unika" la salutò lui. "Mi spiace non poter ammirare i tuoi occhi. È un peccato che la Finestra sul Mondo non permetta anche alla Terra di guardare Sefira. Ma del resto, chi poteva prevedere questo utilizzo?"

"Quale notizia importante hai da comunicarci?" Metatron era ansioso di sapere.

"Innanzi tutto grazie a entrambi per esservi recati subito all'Osservatorio. Oggi non mi bastava comunicare con voi telepaticamente: voglio mostrarvi una cosa."

Unika trattenne il fiato, in attesa.

"Metatron, puoi allargare il campo visivo dietro di me e orientare tutti gli schermi sull'area che mi circonda?"

Metatron governò il controllo dei monitor e alle spalle di Raziel spuntò un cielo azzurro sopra una distesa innevata.

"Sono sulla vetta di una montagna imponente che brilla al sole come un cristallo di ghiaccio. La cima sfiora i settemila metri di altezza e, grazie alla sua forma compatta, spicca maestosa da tutta la catena montuosa di cui fa parte. I versanti sono rivolti ai quattro punti cardinali e da ogni pendio nasce un fiume che ne segue la direzione: i quattro corsi d'acqua dividono la Terra in quattro parti identiche. Alla base del monte c'è un lago che sembra lo specchio del cielo."

"Perché ci mostri tutto questo?" Unika era incuriosita e nei suoi occhi scintillavano i colori vivi delle immagini sullo schermo.

"Stavo pensando che ci serve un canale fisico di comunicazione. Se decidiamo di proseguire in questa avventura, mi sembra necessario trovare un modo più semplice per vederci. Con la telepatia siamo in contatto continuo, ma non possiamo stordire Martin e i suoi assistenti tutte le volte che vogliamo incontrarci. Sta diventando indispensabile avere un collegamento diretto tra di noi. Non vi pare?"

"Cos'hai in mente?" domandò Metatron.

"Di aprire una Porta. Vorrei costruire un passaggio tra Sefira e la Terra."

Unika sbarrò gli occhi e pensò di non aver capito.

"Dal silenzio riesco a immaginare le vostre espressioni allibite." Raziel era raggiante. "Comunque mi immagino un punto di transito segreto. Conosciuto solo da noi. Dal quale potremo passare per trovarci e organizzare insieme il futuro."

"E pensi che quella montagna faccia al caso nostro?"

"Sì. Si trova nella terra di Ttaima, nella zona più selvaggia e meno abitata. È un luogo densissimo di energia, ma data la sua posizione non è un'area di interesse per gli esseri umani. Credo che nessuno si sia mai spinto fin quassù. La mia idea è di scavare una galleria interna per penetrare nelle viscere della montagna e ricavare un antro protetto, dove aprirei l'accesso tra i due mondi."

"Con un sistema di sicurezza che non permetta agli uomini di passare." Per quanto si sforzasse, Unika non riusciva a dissimulare la preoccupazione.

"Ovvio! Creeremo un meccanismo che impedisca il transito a chiunque capiti di fronte alla Porta. Possibilità già remota per tutto quello che ci siamo appena detti."

"È un'idea geniale" constatò Metatron. "Come procediamo?"

"Io mi occuperò del passaggio sulla Terra. Voi individuate il posto dove costruire la Porta di ingresso a Sefira."

Capitolo 10

BASATHIEL

Sefira, 25 anni prima della chiusura dell'ultima Porta

"Martin..."

Basathiel sbuffò. "Martin... mi senti?"

Niente.

Perché non risponde?

Basathiel osservava il movimento lieve delle onde che increspavano la superficie dell'acqua. Era in piedi sulla riva, nel punto in cui la corrente accelerava e il Fiume delle Note Segrete sembrava voler scappare dalla luce per nascondersi nel tepore della foschia. Adorava quella conca: rispecchiava il suo essere. Era un luogo di passaggio, in cui la Natura mostrava un doppio volto: un attimo prima splendeva dei colori resi brillanti dal sole, un attimo dopo esibiva le proprie ombre, enfatizzate dall'abbraccio della nebbia.

"Martin?"

Basathiel immerse i piedi nell'acqua. Diede le spalle alle colline per affondare la vista nel buio misterioso che ammantava la Laguna del Tempo Senza Tempo. Era inquieto.

Ma dov'è finito?

Si tuffò nel fiume. Riemerse con le ali spiegate e volò fino al bagnasciuga. Scosse la testa per liberare i capelli dall'acqua e con le mani asciugò il corno che aveva sulla fronte. Camminò sulla sabbia sottile e raggiunse il rifugio dove viveva. Era un edificio circolare, in pietra. A parte la piccola fessura dell'ingresso, i muri non avevano aperture. Erano rivestiti di liane e si protendevano alti verso il cielo. Le dimensioni dell'interno erano ridottissime. C'era solo lo spazio per sedersi con le gambe piegate e le spalle appoggiate alla parete. Basathiel considerava quella costruzione la sua armatura. Era il posto in cui si appartava quando sentiva la necessità di proteggersi da tutto ciò che lo feriva: i giudizi di Ophidiel e Mizar che non capivano il suo valore, gli sguardi invidiosi degli altri Angeli della Forza, la delusione per le missioni troppo semplici che gli venivano affidate.

Si accucciò sullo strato di sabbia che fungeva da pavimento e lasciò vagare lo sguardo oltre la cima dei muri. Non aveva mai costruito il tetto perché adorava l'idea che il cielo potesse entrare sempre nella sua vita.

"Martin, ci sei?"

Non ho alternative, volo da lui e gli chiedo di mandarmi subito sulla Terra. È inutile restare qui... Basathiel aveva impresse nella mente le parole malinconiche di Aqua. L'aveva chiamata telepaticamente per chiederle se le andava di passare un po' di tempo insieme, prima della sua partenza. Senza una sfumatura di entusiasmo nella voce lei gli aveva fatto capire che preferiva stare da sola. E l'aveva congedato. *Neanche un cenno di incoraggiamento. Nemmeno un sorriso... Come se io per lei non esistessi.*

Basathiel inalò una boccata d'aria ed espirò con forza per scacciare lo sconforto. Si alzò in piedi e spiccò il volo verso l'Osservatorio.

Il sole era quasi tramontato. Sarebbe stata una serata piacevole se non fosse stato per l'amarezza che gli bucava lo stomaco. *Perché Aqua non si confida con me? Come fa a non sentire quanto tengo a lei? Le parlo con dolcezza, le dimostro la mia voglia di vederla, di starle vicino... Basta! È stupido continuare a torturarmi. Vado sulla Terra dalle mie anime, così almeno servirò a qualcosa!*

Attraversò tutta la piana a velocità sostenuta. I muscoli tesi e i capelli che ondeggiavano sulle spalle rinvigorivano il suo spirito. Vedeva il corno brillare, colpito dagli ultimi bagliori del giorno, e con la coda degli occhi percepiva il profilo tenebroso delle ali spiegate. *Sono magnifico...* pensò, lasciandosi inebriare dalla propria bellezza.

Atterrò sulla scogliera nord del Faraglione di Mezzogiorno.

È ingiusto farsi male quando la vita ti regala queste emozioni. Sorrise tra sé e fece qualche passo nell'erba. Poi udì un fruscio.

Non sono le voci degli assistenti di Martin...

Si fermò contro il tronco di un grande albero, in ascolto. Riconobbe Metatron. Si affrettò a uscire dalla vegetazione per salutarlo, quando sentì la voce di Unika, che lo frenò.

«Non lo so... l'idea in sé è interessante, ma il rischio aumenta ancora di più.»

«Cosa ti preoccupa?»

«Essere scoperti... iniziano a diventare troppe le cose da tenere segrete. E sai che non mi piace.»

Basathiel trattenne il respiro e attivò il potere dell'Udito Dominante. Ma Unika e Metatron trasvolarono subito e lui perse il seguito del discorso.

Di cosa stavano parlando?

Pensieroso, sbucò dal fogliame. Arrivò davanti all'Osservatorio, disattivò il flusso di energia che bloccava l'ingresso ed entrò senza esitare.

«Martin!»

«Ciao, Basathiel... cosa ci fai qui?»

«Ti ho chiamato parecchie volte, ma non mi hai mai risposto.»

Basathiel vide Martin grattarsi la testa e sbadigliare. «Stai bene?»

«Certo!»

«Ci sono problemi con Metatron e Unika?» Basathiel non riuscì a nascondere la sua curiosità.

«No. Perché?»

«Erano qui fuori e mi sono sembrati molto assorti.»

«Non so... non sono entrati: io non li ho visti.»

Basathiel scrutò l'espressione di Martin. «Sei sicuro?»

«Voi avete visto Metatron e Unika?» domandò Martin agli altri gnomi.

«No!» replicarono tutti all'unisono, scuotendo la testa.

Basathiel si accigliò. Avvertiva qualcosa di strano, ma era una sensazione che gli scivolava come sabbia tra le dita. «Forse mi sono confuso io.»

«Comunque non mi hai ancora detto per quale motivo sei qui...» si informò Martin.

«Per salutarti!» Basathiel improvvisò un sorriso. «Avevo voglia di vederti! Ma adesso ti lascio al tuo lavoro...»

«Grazie, grazie! Passa quando vuoi!»

Basathiel gli diede una pacca sulla spalla e trasvolò.

Il tarlo del sospetto si era insinuato nella sua mente.

Capitolo 11

LA SPADA DI RAZIEL

Sefira, 25 anni prima della chiusura dell'ultima Porta

I segreti iniziano a diventare troppi, per i miei gusti.

Basathiel era nascosto nella radura di fronte alla Torre e continuava a pensare alle parole di Unika. *Perché ci sono cose che Unika e Metatron devono tenere segrete? E "segrete" nei confronti di chi?*

Aveva passato una notte agitata, a riflettere sul da farsi. L'idea di anticipare la missione sulla Terra si era dissolta nel desiderio di scoprire il mistero che si celava dietro quel frammento di discorso intercettato per caso. *Potrebbe essere l'occasione per dimostrare a Sefira il mio coraggio e far capire che nessuno più di me merita di diventare un Angelo Guida. Forse così Aqua mi noterà e si innamorerà di me.* Basathiel aveva imparato che non basta la forza di volontà per emergere, ma spesso serve essere al posto giusto nel momento giusto. E la sera prima il destino gli aveva fatto un regalo. Gli aveva socchiuso una porta, che adesso lui voleva spalancare. Non era ancora la ricompensa per gli anni passati a fare da ombra alla luce dei potenti, ma era una piccola promessa, un sussurro che portava i semi della speranza in un futuro migliore.

Basathiel si era acquattato in un boschetto di alberi secolari e aspettava con trepidazione il sorgere del sole: tutti i giorni all'alba Metatron si recava all'Osservatorio e quella mattina lui ne avrebbe approfittato. Appena la luce inondò la valle, Basathiel si rese invisibile. Sapeva di non avere poteri sufficienti per schermarsi ai sensi degli Angeli Guida, ma sapeva anche che sarebbero stati tutti impegnati nelle rispettive missioni e che nessuno sospettava che fosse lì. Si librò nel cielo e con cautela sorvolò la Torre. Osservò con attenzione ogni angolo della costruzione. *Sembra deserta.* Concluse un altro giro di perlustrazione. *Nessun movimento, nessun rumore. Via libera!* Un lampo di titubanza gli attraversò la mente e la sua determinazione vacillò per un attimo. Ma la curiosità era più forte di ogni altra cosa. Si fece coraggio e trasvolò all'interno.

Il camino era acceso e Metatron non era in casa. Basathiel tirò un sospiro di sollievo. Era stato pochissime volte in quelle stanze e se le ricordava a malapena. Alla sua destra c'era una libreria carica di volumi antichi. Le pareti del lato opposto erano rivestite di arazzi che sembravano animarsi al riverbero delle fiamme. Era tutto in perfetto ordine. Basathiel si guardò intorno, alla ricerca di qualche indizio che potesse dare un senso ai suoi dubbi. Ma non notò niente di insolito. Si spostò con circospezione, accarezzando i manufatti sistemati negli scaffali e respirando il forte odore di legno che impregnava l'aria. Il silenzio era grave e Basathiel aveva i brividi a fior di pelle. *Ma cosa sto facendo? Sono pazzo.* Represse l'istinto di girarsi e guardarsi alle spalle. Il pensiero che qualcuno potesse materializzarsi di colpo e scoprirlo lo terrorizzava. Avvertì un senso di freddo sulla nuca, come se un alito di paura gli fosse arrivato da dietro all'improvviso. *È pericoloso restare qui. Molto pericoloso.* Poi pensò alla propria vita da incompreso. A tutto il tempo dedicato a farsi valere. E a tutte le sconfitte ricevute. *Non posso mollare. Non adesso che il destino mi sta offrendo una possibilità.* Era il momento di ricordare a se stesso che l'avvenire dipendeva dalle sue prossime scoperte. Chiuse gli occhi e li riaprì. *Devo stare calmo. Devo concentrarmi per non sottovalutare l'evidenza.* E in quel preciso istante vide ciò che cercava. Tra i mosaici che decoravano il pavimento, uno attirò la sua attenzione. Rappresentava una delle tante battaglie in cui gli angeli di Sefira avevano dato prova del loro valore. Le figure erano quelle di Metatron e di suo fratello Raziel. Entrambi brandivano una spada. *La spada!* Basathiel si voltò di scatto e cercò con gli occhi la spada che aveva visto poco prima appoggiata al muro, dietro a una scultura di pietra lavica, protetta da una pila di libri. Con la mente accesa dall'intuizione, si avvicinò e l'afferrò. Era un'arma leggerissima. L'impugnatura allungata consentiva una presa solida. Sulla sommità dell'elsa c'era una cuspide acuminata, simile alla punta di una freccia, e la lama trasparente aveva una forma ondulata, come se fosse avvolta dalle fiamme. Basathiel notò che sul filo della lama c'erano incisi alcuni simboli, non più leggibili. Ci passò sopra le dita. *Qualcuno ha cercato di cancellarli.* Pensieroso, tornò a osservare il mosaico. *Sì, è proprio la spada di Raziel!* L'emozione lo assalì. Una sola domanda gli ronzava nella testa. *Cosa ci fa qui la spada di Raziel? Metatron ha comunicato a tutti che Raziel è scomparso durante un'importante missione sulla Terra. Ci ha detto che di lui si sono perse le tracce. Ma... se così fosse, si sarebbe persa anche la spada.*

Mille risposte potevano essere plausibili. Ma Basathiel sapeva che nessuna era quella giusta.

Capitolo 12

L'OMBRA DEL DUBBIO

Sefira, 25 anni prima della chiusura dell'ultima Porta

«Vorrei dare una mano.»

«Lo stai già facendo, no?»

«Vorrei fare di più...»

Ophidiel scrutò lo sguardo di Basathiel. Gli occhi azzurrissimi erano fissi nei suoi e le pupille erano dilatate. «Come stanno le tue anime sulla Terra?» gli chiese, cogliendo un leggero movimento delle palpebre.

«Tutto procede benissimo. E sento di avere risorse e tempo per aiutare altri angeli a portare a termine incarichi importanti.»

«Ne hai parlato con il tuo Angelo Guida?»

«Mizar è in missione e non volevo disturbarlo. Posso aspettare il suo rientro, ma ci tenevo a rendermi disponibile da subito.»

«È molto apprezzabile. Hai già un'idea di cosa fare?» lo incalzò Ophidiel, incuriosito da quella proposta del tutto insolita.

«Potrei affiancare Unika, per esempio.»

«Unika?» Ophidiel inarcò il sopracciglio destro.

«Sì, ho saputo che è tornata sulla Terra. Molti dicono di averla vista assorta nell'ultimo periodo. Lei è la nostra luce. E io concordo con te quando sostieni che il suo ruolo è qui, a Sefira, per infondere fiducia e coordinare le nostre missioni. Ecco perché ho pensato che la prossima volta potrei darle un supporto. Potrei alleggerirla un po'...»

«Se Unika avesse avuto bisogno di noi ce l'avrebbe detto, non credi?»

«Può darsi... comunque pensaci. E per qualsiasi cosa, sappi che puoi contare su di me.»

«Ho capito e terrò conto della tua disponibilità» tagliò corto Ophidiel.

Basathiel non si mosse.

«C'è qualcos'altro di cui volevi parlarmi?»

«No...»

Basathiel gli voltò le spalle e si allontanò. Si fermò dopo qualche passo. «Ophidiel?»

Ophidiel attese che parlasse.

«Tu sei sempre al corrente di tutto ciò che accade?»

«Non ho capito la domanda.»

«Non fa niente... mi metto in contatto con Mizar e lascio che sia lui a suggerirmi come muovermi.»

«Credo che sia la cosa giusta.» Ophidiel fece passare un istante di silenzio. «Però fammi un favore. Concentrati al massimo sui tuoi incarichi. Sono importanti e non devono essere sottovalutati. Ti consiglio di tornare subito sulla Terra dalle tue anime: da vicino riesci a proteggerle meglio.»

Capitolo 13

LA PORTA DELLE PORTE

Sefira, 23 anni prima della chiusura dell'ultima Porta

"Ho una sorpresa per te!"

Unika era sulla terrazza di legno all'Altare delle Emozioni, quando avvertì la voce di Metatron nella mente. Qualche istante dopo, il Saggio apparve di fronte a lei. Aveva l'espressione accesa dalla contentezza e Unika sapeva a cos'era dovuto quello stato d'animo. Sentì un senso di disagio dilagarle nel petto, ma lo soffocò con un sorriso.

«Però mi devi assicurare che terrai gli occhi chiusi finché non ti dirò io di aprirli.»

«Promesso!»

«Dai, dammi la mano.»

Unika chiuse le palpebre, mentre il cuore dava un battito irregolare.

«Sei pronta a trasvolare insieme a me?»

«Non vedo l'ora.»

«Andiamo!»

Si materializzarono in mezzo alla foresta.

La vegetazione era alta e folta, ma il sole filtrava tra i rami, e sotto le piante la penombra era dolce.

«Adesso facciamo due passi. Tu però non aprire gli occhi.»

Metatron procedeva piano e Unika riusciva a percepire le vibrazioni di entusiasmo che animavano il suo spirito. Faceva molto caldo e un intenso profumo di foglie e radici si impossessava dei sensi.

«Siamo a Thinkingblu?» lo interrogò Unika, muovendo la testa a destra e a sinistra e arricciando il naso come un felino che fiuta l'aria per inseguire la preda.

«Non ti si può nascondere nulla...»

«Quindi posso guardare?»

«Non ancora.»

Avanzavano uno di fianco all'altra e non si udiva alcun rumore, oltre a quello dei loro piedi che calpestavano l'erba.

Dopo qualche metro Metatron le lasciò la mano. «Aspetta qui. Non ti muovere e non...»

«Non devo aprire gli occhi. Sì, lo so...»

Unika sentì Metatron allontanarsi e poco dopo un rumore sordo scuoterle i timpani. Era un fruscio pesante. Le diede l'idea di un macigno che si spostava.

«Cammina dritta davanti a te.»

Unika seguì le istruzioni. Il gioco la divertiva, anche se non riusciva a essere spensierata come avrebbe voluto.

«Ancora... avanti così... continua.»

Unika era scalza come sempre e a un tratto avvertì che la consistenza del terreno cambiava: il prato lasciava il posto a una superficie terrosa. E nello stesso istante il sole sembrava spegnersi e l'aria raffreddarsi.

«Dove mi stai portando?»

«Tra poco lo scoprirai.»

«Ora siamo al coperto. C'è odore di umido.»

«Non fermarti e segui la mia voce.»

Unika allargò le braccia e capì di essere in un cunicolo stretto, scavato nella roccia. Toccava le pareti di entrambi i lati e appena fece correre le mani in alto sfiorò il soffitto.

«Adesso stai attenta, ci sono dei gradini che conducono in basso.»

Unika tastò il suolo con la punta del piede e si protese in avanti per imboccare la discesa. I gradini erano di altezza irregolare.

«Stiamo scendendo nelle viscere della Terra?»

«In un certo senso, sì.»

Unika trasalì e un brivido le increspò la pelle.

«Forza, scendi!»

«Uno... due... tre... quattro... cinque... ma quanti sono?»

«Tanti.»

La mente di Unika era in subbuglio. Cercava di lasciarsi andare all'emozione di quel momento, ma il freddo della pietra sembrava penetrare dalle sue mani e irradiarsi in tutto il corpo.

«Tieni duro ancora per un attimo. Tra poco ci siamo.»

Unika si fermò quando nelle sue orecchie si insinuò un tenue zampillare. Le ricordò la pioggia che cade. Si passò le dita sulla faccia: era bagnata. Tese la gamba per spostarsi sul gradino successivo e ritrasse il piede nel momento in cui avvertì il contatto con l'acqua: non se l'aspettava e la sensazione la fece sussultare.

«Acqua?»

«Vieni, tranquilla. Siamo arrivati.»

Unika fece scivolare il piede destro fino a toccare il fondo. Poi scese anche con il sinistro. Era immersa fino alle caviglie.

«Ho il cuore in gola.»

«Anch'io... apri gli occhi.»

Unika sollevò le palpebre e le si bloccò il fiato nel petto.

Erano in una grotta. Non filtrava luce dall'esterno, ma l'atmosfera rimandava bagliori opalini. La roccia dei gradini e dei muri si apriva in uno specchio d'acqua turchese, che lambiva la caverna. Una piscina naturale, le cui onde fluttuavano leggere sul bordo di sasso. Di fronte a lei si ergeva una parete imponente, completamente intarsiata. A prima vista sembrava di metallo. Ma Unika non ne era sicura. Al centro era raffigurato il simbolo di Sefira.

«Che posto è questo?»

«Siamo sotto la piramide di Thinkingblu.»

«Significa che questa è...»

«La Porta.»

Unika fissò Metatron, mentre la commozione le saliva agli occhi.

«Sì, Unika. Questa è la Porta delle Porte. L'accesso a Sefira dei passaggi che Raziel aprirà sulla Terra.»

Capitolo 14

LA CODA DEL DELFINO

Sefira, 23 anni prima della chiusura dell'ultima Porta

Sei stupenda, pensava Basathiel mentre osservava Aqua e le diceva tutt'altro. «Non ho ancora capito perché hai voluto a tutti i costi vivere in questa conca...»

«Qui mi sento bene.» Aqua si guardò intorno, facendo correre gli occhi dal lago alla vegetazione circostante, al cielo. «C'è tutto quello di cui ho bisogno: l'acqua, le piante, il sole... e le stelle di notte.»

«L'acqua, le piante, il sole e le stelle ci sono in tutta Sefira!»

«Sì, ma quaggiù la vita scorre tranquilla. Senza rumori, senza frenesia, senza l'ansia del domani... io non sono fatta per affrontare i problemi dell'Universo. Io ho bisogno di pace e...»

«E...?»

«E di essere protetta.»

«Ma nessuno vuole farti del male.»

«È l'ansia del mondo a farmi male. Io non riesco a gestire le sofferenze degli uomini e ad aiutare il lavoro degli angeli. Le tensioni mi devastano l'anima.» Aqua portò le mani dietro la nuca e si passò le dita tra i capelli. «Non so perché la Fiamma della Vita abbia generato uno spirito fragile come il mio. Non ancora. Ma sono sicura che un giorno anch'io scoprirò qual è il mio ruolo in questo mondo e cosa il destino ha scritto per me...»

Basathiel fece per parlare, ma lei lo anticipò. «E adesso mi chiederai perché ho deciso di vivere con la pinna caudale...»

«Me lo diresti?»

«Non lo so. Forse no...» La Sirena abbassò lo sguardo e spostò le dita sul filo di perle di fiume che le cingeva i fianchi.

«Cosa posso fare per guadagnarmi la tua fiducia?»

Aqua si immerse, per riaffiorare un attimo dopo con un sorriso triste sulle labbra. «È successo tanto tempo fa. Ero molto giovane ed ero in missione sulla Terra sotto la supervisione di Raziel. Proteggevo lo spirito di un uomo audace. Il suo nome era Duncan, era il capitano di un veliero che solcava l'oceano. Ci fu un ammutinamento: un gruppo di marinai attaccò il corpo di comando. Ricordo tutto come fosse ieri: era notte e le urla sfregiavano il silenzio. Duncan difese con coraggio la sua nave, ma fu sopraffatto dalla bramosia dei nemici e cadde in mare, ferito. Le onde lo travolsero. Io fui presa dal panico. Senza riflettere, mi materializzai e mi gettai nelle acque buie. Duncan sprofondava e per raggiungerlo prima che annegasse dovetti trasformarmi in delfino. Solcai gli abissi e lo afferrai. Riuscii a portarlo in superficie e a farlo aggrappare a una fune di salvataggio. Duncan risalì a bordo. Appena si rese conto che i suoi uomini erano stati annientati, si trascinò fino nelle stive, accese le micce e fece saltare in aria il veliero. Uccise tutti.»

Oh, no! Basathiel sentì un brivido attraversargli la schiena.

«Quella notte commisi un errore gravissimo. Anzi... due errori. Innanzi tutto non avevo capito affatto lo spirito dell'uomo che custodivo: un angelo esperto avrebbe saputo leggere più a fondo nella sua anima. Ma lo sbaglio più grande fu non chiedere aiuto al mio Angelo Guida. In pochi minuti feci tutto ciò che non dovevo: mi mostrai agli occhi degli uomini, intervenni sul corso della storia e generai l'evento scatenante. Per salvare un uomo causai la morte di più di cento altri. Non sopravvisse nessuno.»

«Non lo sapevo...»

«Lo sanno in pochi... solo Unika, Metatron e gli Angeli Guida.»

«E poi cos'è successo?» Basathiel era colpito da quella rivelazione.

«Raziel mi fece rientrare subito a Sefira. Ero esausta e pronta a essere punita. Ma Metatron mi guardò con i suoi occhi intensi e mi disse che non c'era condanna peggiore del dolore che già provavo. Era vero. Piansi per giorni interi. E non riuscii mai più a trovare la forza per superare il senso di inadeguatezza che ancora mi porto dentro.»

Quanta sofferenza, creatura dolcissima...

«Da allora non sono stata in grado di portare a termine nessun'altra missione sulla Terra. Ci ho provato tanto, sai? Ma senza successo. Finché un giorno Ophidiel mi ha salvata dall'angoscia del fallimento, dandomi la possibilità di trascorrere la mia vita a Sefira. Ho imparato ad aiutare gli uomini da qui.»

«Come fai?»

«Trasferisco energia con il pensiero. Dedico tutto il mio tempo a infondere amore e serenità agli esseri umani. Lo faccio a distanza e serve tanta concentrazione... ma è il mio modo per rendermi utile e mi fa stare bene.»

«Ora capisco perché ti sei creata questo rifugio...» Basathiel avrebbe voluto stringerla forte a sé.

Aqua annuì.

«E perché hai tenuto la coda da delfino...»

«La lascerò solo quando riuscirò a perdonarmi le colpe del passato.»

Capitolo 15

LO SCIALLE

Sefira, 23 anni prima della chiusura dell'ultima Porta

Sefira...

Raziel si librava nel cielo sopra la collina che ospitava il piccolo specchio d'acqua da cui sorgeva e sfociava il Fiume delle Note Segrete. Era immobile da ore. Solo gli occhi seguivano il corso del fiume. Attraversavano la valle insieme alla corrente, per respirarne i profumi, ascoltarne i suoni e memorizzarne gli scorci. Il Fiume delle Note Segrete era il cuore di Sefira e lui lo sentiva pulsare come se l'avesse nel petto.

Chissà se sulla Terra riuscirò a essere felice come sono stato qui...

Pensieri irrequieti si mescolavano ai ricordi. Raziel aveva il terrore di dimenticare quella vita, di scordare il volto dei suoi amici e la vivacità delle sensazioni che Sefira gli aveva regalato.

Quando, dopo aver percorso tutta la valle, il suo sguardo tornò al punto di partenza, Raziel decise che era tempo di andare. Volò sulla chiatta ormeggiata in mezzo al laghetto, proprio sulla punta del cuore. Era un barcone piatto, tutto in legno. L'aveva costruito per vivere dove il Fiume delle Note Segrete nasceva e moriva: nel luogo che per lui rappresentava il centro dell'armonia.

Camminò sulle assi galleggianti.

Ma quanto tempo è passato?

Sfiorò con lo sguardo le linee squadrate della cabina. Era una struttura solida, fatta con le travi di un tronco millenario. Raziel adorava lavorare il legno e negli angoli esterni aveva messo quattro statue con il volto, le sembianze e le espressioni degli angeli a lui più cari. Le aveva scolpite a una a una secoli prima. La statua più elegante, a prua, era Unika. I capelli lunghissimi incorniciavano un viso sorridente. Alcune ciocche le coprivano i seni, altre salivano, seguendo le braccia allungate oltre la testa, e si intrecciavano alle dita aperte che carezzavano il cielo. Sull'altro angolo di prua c'era la statua di Ophidiel, di dimensioni doppie rispetto a quelle di Unika. Il corpo sembrava piegato da un grande sforzo, come se reggesse quasi da solo il peso del tetto: gambe flesse, addominali contratti, spalle tese e tutti i muscoli segnati da vene in rilievo. Aveva gli occhi stretti dalla fatica, eppure l'intaglio della pupilla li rendeva incredibilmente penetranti. A poppa Raziel aveva posizionato se stesso nell'angolo opposto a quello di Unika, e Metatron sullo stesso lato di Ophidiel. Metatron aveva il mento sollevato, le braccia conserte e le palpebre abbassate. Raziel si era raffigurato seduto su una roccia, con i gomiti puntati sulle ginocchia e il viso tra le mani. La sua statua fissava l'orizzonte e il tetto della chiatta era appoggiato sulla testa, come se fossero i pensieri a sorreggerlo.

Raziel girò intorno alla cabina e serrò la mascella al ricordo della sera in cui aveva avuto l'idea di realizzare quelle sculture. *Il sole era tramontato da poco e noi quattro eravamo qui, su queste stesse assi... su questa chiatta.* Avevano trascorso ore a parlare degli uomini e a progettare il futuro. Metatron stava dritto, quasi rigido, e gesticolava. Ophidiel camminava avanti e indietro e lo contraddiceva di continuo. Unika li guardava divertita e scuoteva la testa. Lui li aveva osservati a lungo e aveva sentito forte dentro di sé il desiderio di fermare per sempre quell'istante di straordinaria intimità.

Si erano incontrati sulla sua barca tante altre sere ancora, tutte quelle che gli erano servite per ultimare le sculture. Avevano condiviso idee, preoccupazioni, speranze. Avevano discusso. Avevano litigato. Avevano sognato. Ma avevano anche lasciato che la vita scorresse leggera.

A Raziel tornarono in mente le parole di Unika: «*Lo sguardo di Ophidiel deve essere più severo... se vuoi che la statua lo rappresenti fino in fondo devi dare crudeltà ai suoi occhi!*»

«*Crudeltà? È così che definisci tutto ciò che ha un sapore diverso dal tuo?*» aveva ribattuto Ophidiel.

«*No, no: crudele non è sufficiente. Lo sguardo della statua deve essere spietato!*» aveva aggiunto Metatron, rincarando la dose.

Ed erano scoppiati tutti a ridere.

Unika si era librata in volo per raccogliere una margherita. Era tornata sulla chiatta e l'aveva infilata fra le labbra della statua di Ophidiel.

«*Ecco... così addolciamo un po' quello sguardo crudelmente spietato!*» E aveva fatto un incantesimo al fiore per renderlo perenne.

Raziel aveva avvertito una felicità profonda. Una sensazione che soltanto adesso, dopo tanto tempo, riusciva a capire davvero. Di fronte alla margherita incastrata tra le labbra digrignate di Ophidiel si chiese se quei momenti sarebbero mai tornati. E la risposta gli fece male, perché distruggeva in mille frammenti la memoria di quella felicità così limpida.

Sospirò, annegando in una boccata d'aria tutta la tensione per il futuro che cominciava a farsi largo nella sua anima. Scacciò la malinconia e spinse con forza la porticina che conduceva dentro la cabina. Il battente cigolò. All'interno tutto era come l'aveva lasciato: uno spazio ampio con scaffali aperti, carichi di oggetti... *Ecco i miei ricordi.* Erano manufatti di ogni genere che segnavano momenti di vita trascorsi con gli altri angeli di Sefira. Raziel fece correre lo sguardo sui ripiani. *L'ametista che mi ha regalato Hod.* La prese tra le mani e pensò alle sue parole quando gliel'aveva data: «*Sei l'amico migliore che ho!*» Provò una stretta al cuore. *Le due lame che*

Yesod e io abbiamo forgiato per vedere chi era in grado di realizzare il pugnale più resistente. Raziel spostò gli occhi sulla mensola in alto. *Il cristallo iridescente che si è staccato dalla collana di Allibis quando mi ha abbracciato.* Aprì un libro ed estrasse tre pagine strappate. *Le formule magiche che Metatron voleva distruggere.* Esitò per un istante di fronte a una scheggia di legno. *Aqua... questo è un pezzo del veliero che hai portato con te dal tuo ultimo, drammatico viaggio sulla Terra.* Fissò il nulla per un attimo interminabile. *Quante cose. Vorrei averle sempre tutte a portata di mano... ma come faccio? Devo sceglierne una... una sola da tenere sempre con me sulla Terra.* E non ebbe dubbi. Afferrò lo scialle bianco che le Fateninfe gli avevano donato alla fine di un Torneo della Primavera di tanti anni prima. Era molto grande ed era stato tessuto da tutti gli angeli di Sefira insieme, usando filamenti ricavati dai petali dei fiori di loto.

«*Abbiamo un altro premio da consegnare!*» aveva annunciato Metatron dopo aver condotto il vincitore del Torneo nella schiera degli Angeli della Forza.

Raziel l'aveva guardato allibito e Metatron aveva fatto cenno alle Fateninfe di avvicinarsi.

«*Siamo qui per consegnare un premio speciale a Raziel, che ha seguito con dedizione la preparazione dei nostri Angeli della Primavera.*» Tremilla aveva parlato a nome di tutti. «*Senza il suo impegno non avremmo avuto un Torneo così competitivo e i nostri giovani angeli non sarebbero diventati tanto bravi.*»

Raziel si era commosso e gli angeli di Sefira avevano applaudito.

«*Abbiamo tessuto questo scialle con le nostre mani e i nostri pensieri. Ogni angelo di Sefira ha intrecciato fiori di loto e amore per scaldare la tua anima ogni volta che ne sentirai il bisogno.*»

Le Fateninfe erano volate verso di lui e gli avevano consegnato lo scialle.

Fratelli, amici, angeli di Sefira, il vostro calore è tutto ciò che mi serve per affrontare la vita che mi aspetta. Raziel strinse lo scialle tra le mani, uscì dalla cabina e senza guardare indietro trasvolò all'Osservatorio, dove Metatron aveva già addormentato Martin e i suoi assistenti, per permettergli di tornare sulla Terra.

Un attimo dopo Basathiel si materializzò sulla chiatta. Non si era accorto di niente. Seguiva solo il proprio istinto.

E la porta della cabina, che era rimasta chiusa per anni, si aprì di nuovo. Per la seconda volta, quel giorno.

Capitolo 16

LA PREMONIZIONE

Sefira, 20 anni prima della chiusura dell'ultima Porta

"Unika..."

La voce telepatica di Allibis intercettò i pensieri di Unika.

"Allibis, che bello sentirti!"

"Possiamo vederci?"

"Certo!" Unika intuì che qualcosa turbava l'Oracolo. Allibis era una creatura solitaria, amava starsene appartata e si mostrava solo se veniva chiamata. Era raro che aprisse la comunicazione per prima. In passato era capitato poche volte e solo in situazioni di emergenza. "Dimmi dove sei, che ti raggiungo."

"Incontriamoci alla Terrazza Senza Confini."

Unika inspirò, preoccupata. Fissò il cielo e trasvolò all'istante.

Quando si materializzò nella luce abbagliante dei Monti Tailli, Allibis la stava già aspettando. Era sospesa nell'aria, in posizione seduta, con le gambe incrociate e le mani appoggiate sulle ginocchia. Indossava un abito azzurro che lasciava scoperte le spalle e piccole campanule celesti le cingevano la fronte, dando ancora più risalto al colore caldo dei suoi capelli. Aveva le palpebre abbassate e la sfera di energia tra le corna pulsava intensa.

«Allibis, grazie per avermi fatta venire fin qui. Quest'aria tersa che si specchia nel ghiaccio e lo fa risplendere di mille luccichii...

non so, riesce sempre a commuovermi.» Unika dovette fare uno sforzo per staccare gli occhi da quello spettacolo.

Allibis la guardò e Unika notò che il riverbero della neve dava alle sue iridi bronzee un riflesso dorato.

«Tu lo sai?»

Unika corrugò la fronte, presa alla sprovvista.

«Ho avuto una visione» continuò l'Oracolo. «Ho visto un angelo in mezzo agli uomini. Ma non era uno spirito che li guidava. Era in carne e ossa e parlava come se fosse uno di loro. Era Raziel, ma aveva un aspetto diverso. E gli uomini lo chiamavano Eber.»

Unika strinse le labbra. Fu come se una nube oscurasse il sole nella sua anima. Frenò l'emozione e aspettò che Allibis continuasse.

«Nella mia testa si intrecciano due dubbi. Se Raziel è vivo, perché a tutti noi è stata comunicata la sua scomparsa? E cosa ci fa sulla Terra nei panni di un uomo che si chiama Eber?» Lo sguardo magnetico di Allibis era fisso su Unika. «Ma la domanda che si agita dentro di me è: tu lo sapevi?»

Unika sentì le mani raffreddarsi. Fece per rispondere, ma Allibis riprese a parlare.

«Non mi devi raccontare nulla. Se è una missione segreta, lo accetto. Ero solo in ansia all'idea che tu non ne fossi a conoscenza. Perché non deve succedere niente a Sefira che tu non sappia. Volevo informarti.»

Unika annuì e lasciò passare qualche secondo. Si stava chiedendo se non fosse il caso di rendere partecipe Allibis. Non trovò alternative: era inevitabile. Prima che il silenzio diventasse ingombrante, decise di spiegare: «Sapevo che questo giorno sarebbe arrivato. E ti dirò che forse in fondo ci speravo. Parlare con te mi aiuta sempre a osservare le cose da una prospettiva diversa. Sì, l'angelo che hai visto è proprio Raziel. È sulla Terra con l'obiettivo di provare a far evolvere la razza umana. Il sogno è che un giorno angeli e uomini possano vivere insieme. E tutto è stato tenuto nascosto perché la decisione è delicata e i rischi di insuccesso sono altissimi. Noi angeli ci nutriamo di speranze e non sarebbe giusto illudere invano la nostra gente: quel giorno è ancora lontano... a oggi irraggiungibile, direi.» Unika spostò gli occhi sulla valle sottostante e, dopo aver assorbito tutti i colori della Natura, mormorò: «Metatron e Raziel ci credono moltissimo».

«E tu, Unika?»

«Io sento il pericolo...»

Allibis piegò la nuca all'indietro. Un fremito si impossessò delle sue membra: tremava come una foglia. Chiuse le palpebre e il pallore le sbiancò il viso. Aveva una visione.

Unika restò immobile, lasciando che l'Oracolo vivesse l'esperienza. Sapeva che durante le crisi premonitrici non doveva essere svegliata, per evitare traumi alla sua coscienza.

«Unika, fermali!»

Unika trasalì: Allibis cominciava il suo viaggio nel futuro. E qualcosa le diceva che non sarebbe stato luminoso.

«Non sanno cosa li aspetta...»

Unika avvertì un inizio di agitazione.

«Fermali... prima che sia troppo tardi!»

Chi devo fermare? Unika avrebbe voluto chiederlo, ma Allibis stava entrando nella fase di trance: era concentrata sulle immagini che la mente le trasmetteva e non sarebbe stata in grado di ascoltare altro.

«Ophidiel è in piedi di fronte a una folla. Ha una luce sinistra negli occhi... dice qualcosa di importante... un discorso. Tutti lo guardano, lo ascoltano, tendono le braccia in alto.»

A chi sta parlando Ophidiel? Cosa sta dicendo? Unika trattenne il fiato, sperando che Allibis aggiungesse qualche dettaglio.

«Fa caldo: le facce sono sudate. Vedo il riverbero dell'acqua... sembra una piazza, però... non è Sefira...»

Perché Ophidiel è andato sulla Terra?

«Ophidiel si alza in volo. Ha una scintilla tra le dita e la trasforma in una fiamma: la fa vibrare alta nelle mani. La sua pelle si accende... il fuoco avvampa e lo avvolge! Brucia... brucia... è una torcia umana!»

La voce di Allibis era concitata e i pensieri di Unika viaggiavano velocissimi, nel tentativo di capire il più possibile.

«La folla è stregata. Lo acclama e urla, in preda al delirio. E lui continua a muovere la bocca e a gesticolare. Ma non sento le parole. Vedo solo il suo volto infervorato. Li sta... li sta incitando!»

Unika si lasciò sfuggire una smorfia di sconcerto.

L'Oracolo si interruppe di colpo. Inclinò la schiena e allungò le gambe fino a distendersi nell'aria. Le palpebre smisero di vibrare e le labbra si rilassarono. Unika pensò che Allibis stesse per riprendere coscienza, quando un grido le sgorgò acuto dalla gola: «Unika, non lasciarlo andare. Non stasera. Lo stanno aspettando!»

Unika capì che la scena nella testa di Allibis era cambiata.

«Non deve oltrepassare quella porta... o finirà all'inferno!»

Unika vacillò. Il gelo del terrore le soffiò addosso come una bufera. Si trattenne dall'allungare la mano per toccare Allibis. Avrebbe voluto scuoterla, per farsi dire tutto quello che vedeva e che sentiva. Ma controllò l'irrefrenabile bisogno di sapere: destare Allibis significava interrompere la visione e c'era il rischio di causare danni alla sua mente. Unika non fece in tempo a indietreggiare, che Allibis spalancò gli occhi. Era ancora in trance e sussultava, come se il corpo fosse attraversato da una scarica elettrica.

«Unika, salva lei... ha negli occhi la vita e nel suo petto batte il cuore del mondo che verrà. Unika, salvala! Salva quella donna!»

Unika sentì una morsa allo stomaco. Provò a immaginare quale corso stessero prendendo gli eventi a cui assisteva

Allibis. Cercava di trovare una strada nel tunnel oscuro creato da quel sogno, quando il viaggio dell'Oracolo cambiò ancora destinazione.

«Unika...» La voce di Allibis era ridotta a un filo. «Unika, ma tu stai piangendo! Dimmi qualcosa, Unika... cos'è successo?»

Per Unika era difficile interpretare la premonizione. La mente di Allibis volava da una situazione all'altra, tutte in momenti temporali diversi. Unika presumeva che la porta a cui si riferiva Allibis fosse la Porta delle Porte nella piramide di Thinkingblu. Ma si chiese *chi* non dovesse attraversarla. E se la donna che avrebbe dovuto salvare fosse un angelo o un essere umano. E poi non poté fare a meno di domandarsi perché lei stesse piangendo. Rabbrividì. Guardò con apprensione il viso esangue dell'Oracolo. Si commosse al pensiero di quanta energia le servisse per prevedere il futuro e dare a lei il modo di prepararsi. La carezzò con lo sguardo e sussurrò: «Allibis, basta. Svegliati adesso. Non voglio che ti stanchi. Il tuo aiuto è stato preziosissimo...»

L'Oracolo continuò ad agitarsi, con il viso contratto e imperlato di sudore. La bocca si contorceva, ma non emetteva più alcun suono. La tensione si allungò nel silenzio che seguì, finché Allibis sembrò cadere in un sonno profondo e senza sogni. Dopo qualche istante riprese conoscenza.

Unika aspettò che si riavesse del tutto, prima di sfiorarle la guancia. «Bentornata, Allibis. Respira ora... è tutto finito.»

Allibis scosse il capo. «No. Tutto deve ancora cominciare.»

«Cosa ricordi di quello che hai visto, Allibis?»

«Il cielo era buio. Non c'era sole. Non c'era luna. Nemmeno le stelle illuminavano Sefira.» L'Oracolo si portò le dita al volto per asciugarsi le lacrime. «E...»

«Dimmelo, Allibis. Dimmi tutto ciò che hai visto.»

«Avevi le mani sporche di sangue.»

Capitolo 17

PAURA D'AMARE

Sefira, 20 anni prima della chiusura dell'ultima Porta

«Guarda cosa ti ho portato!»

Basathiel correva sul sentiero che conduceva al Lago del Ghiaccio Perenne. Raggiunse la riva e vide Aqua affiorare e scivolare sul bagnasciuga. Appena incrociò i suoi occhi, il cuore accelerò i battiti.

«Cosa ci fai qui? Non dovresti essere sulla Terra?»

Basathiel si inginocchiò e le porse due fiori intrecciati. «Ho disobbedito alle regole.» *E l'ho fatto per te...* pensò. «Ho attraversato la Finestra del Passaggio solo per portarteli...» Basathiel sentiva l'emozione nelle sue stesse parole. «Sono secoli che non esci dalla tua prigione dorata e volevo farti provare ancora le sensazioni della vita che scorre sulla Terra. Volevo regalarti un ricordo del tempo che hai passato nel mondo.»

«Sono bellissimi...» Aqua aprì le mani e prese i fiori. «Perché hai intrecciato gli steli uno all'altro?»

«Ho esaudito il loro desiderio di stare insieme.» Basathiel era pronto a dichiararsi. «È lo stesso desiderio che ho io... vorrei starti vicino e poterti stringere sempre!» *Sempre, Aqua. Hai capito? Sempre!*

Aqua abbassò lo sguardo.

Basathiel le si avvicinò, sfiorandole il collo con le labbra. «Era solo per dirti quanto sono contento di vederti...»

«Cinque petali candidi e morbidi come la neve... Mi ricordano i fiori che crescono sul Monte Forte...»

Basathiel avvertì il disagio della Sirena e assecondò il suo tentativo di cambiare discorso.

«Tu ci sei stata sul Monte Forte?»

«No... me li portava Raziel. Era il suo modo di dimostrarmi affetto. Sapeva quanto mi sentissi in colpa per i miei errori e veniva a trovarmi spesso.»

Raziel... Bastò quel nome per riaccendere tutti i dubbi che affollavano la mente di Basathiel.

«Che tipo era Raziel? Voglio dire, tu l'hai conosciuto bene... Com'era al di là delle apparenze?»

«Un animo nobile. Bellissimo. Puro.»

«Ti manca?»

Aqua fece sì con la testa. «Era il mio Angelo Guida. L'unico angelo con cui riuscissi a parlare di tutto... a confidarmi. Mi ascoltava senza esprimere giudizi e aveva sempre una parola di conforto... come Unika.»

«Secondo te lo rivedremo ancora?»

Aqua sgranò gli occhi.

Basathiel notò l'espressione spaesata della Sirena e capì di averla rattristata.

«Raziel è morto» sussurrò Aqua, incupita.

Devo rincuorarla. Basathiel le prese il viso tra le mani. «E io cosa posso fare per guadagnarmi la tua fiducia?»

«Non lo so...»

«Sì che lo sai. Puoi chiedermi qualsiasi cosa...»

«Passare più tempo con me...»

Basathiel la vide aprirsi in un sorriso luminoso. *Sai che non aspetto altro!* Fece per baciarla, ma Aqua si tirò indietro di scatto.

«Scusami, Basathiel. Non sono pronta...»

«Io cercavo solo di...» Basathiel sollevò le spalle. «Lascia stare. Non fa niente.»

«Tu sei molto dolce, e ti ringrazio. È che... ho paura.»

«Paura?»

«Sì... paura di soffrire. Ancora.»

«Io darei qualunque cosa per renderti felice.»

«Lo so.»

«E allora? Perché scappi?» *Perché non ti lasci amare?*

«Non sono più sicura di me. E delle mie emozioni...»

Basathiel sapeva che per rasserenarla avrebbe dovuto stupirla. Discutere non serviva. Quello era il momento di farla gioire. «Ho un'idea...»

«Quale?»

Basathiel si alzò in piedi, chiuse gli occhi e tese le braccia in avanti. Si concentrò e scagliò un getto di energia contro la parete di roccia su cui scorreva la cascata. Staccò un masso e lo spostò con la Telecinesi fino ai propri piedi.

«Questa pietra sarà l'ampolla dei nostri pensieri...»

Aqua lo guardava esterrefatta.

«Io conferisco a questo sasso il potere di custodire le parole che non mi sento di pronunciare. E regalo a te, *solo a te*, il potere di ascoltarle. Oggi. Domani. Quando vorrai.»

«Non credo di aver capito...»

«Te lo spiego...»

Basathiel abbassò le palpebre e pensò intensamente. Riaprì gli occhi e portò il macigno davanti a lei.

«Ascoltalo.»

Aqua fissò la pietra e alla sua mente arrivarono le parole di Basathiel: "*Non voglio avere segreti per te*".

«Ma...»

«Hai capito adesso?»

«Sì!»

«Se un giorno vorrai, potrai fare lo stesso... potrai regalare a questa roccia i tuoi segreti. Tenersi tutto dentro non fa bene e ci rende deboli.» Basathiel le accarezzò i capelli. «Ma la cosa importante, adesso, è che tu sappia di poter contare su di me.»

Ophidiel era a pochi passi da loro, nascosto dietro un cespuglio carico di bacche rosse. Era andato a trovare Aqua per verificare che non si sentisse sola e aveva assistito a tutta la scena.

Basathiel? Chi l'avrebbe mai detto? Scrutò Aqua. La vide sorridere a occhi bassi e arrossire mentre Basathiel gesticolava di fronte a lei con tutta la vivacità di cui era capace.

Le piace... pensò, rendendosi conto che gli atteggiamenti timorosi di Aqua celavano una punta di allegria. *Che profondità pensi di trovare in lui, Aqua? Tu meriti di più.* Ophidiel sospirò. *No, no... io non ho il diritto di parlare. Ti ho già fatto troppo male. Se pensi che Basathiel possa essere l'angelo giusto, non sarò certo io a impedirtelo.*

Ophidiel voltò le spalle ai due angeli in cerca di serenità e trasvolò.

Capitolo 18

LA LEALTÀ DI MIZAR

Sefira, 20 anni prima della chiusura dell'ultima Porta

«Fatti sotto.»

«A cosa devo questo onore, Maestro?»

Ophidiel era a torso nudo. I piedi scalzi ancorati al terreno, i quadricipiti in tensione, le braccia piegate con le mani alte davanti al volto. Gli occhi fissi in quelli di Mizar.

Mizar si tolse la casacca e la gettò a terra. Bicipiti e pettorali sembravano scoppiare sotto la pelle ambrata. Flesse le ginocchia e fece una sequenza rapida di saltelli sul posto, prima di darsi lo slancio e avventarsi contro Ophidiel. Perfettamente in asse con il terreno, ruotò il bacino e tese la gamba, sferrando un calcio altissimo.

Ophidiel si abbassò e lo schivò, tornando subito in posizione di difesa. «Grazie per essere venuto.»

«Tu mi chiami e io arrivo...»

Ophidiel alzò la guardia appena vide Mizar avanzare agile e caricarlo con una serie di pugni. I polsi di Mizar erano fermi e la potenza delle braccia fluiva in linea retta dal gomito. Ophidiel parò ogni colpo, inclinando le mani al momento del contatto per allontanare l'attacco.

«Di cosa volevi parlare?» gli chiese Mizar.

«Del Tellion.»

«Del fiore?»

«Sì. Del fiore che Lergan ha rubato a Rodon.»

Ophidiel assestò un paio di pugni velocissimi contro l'addome di Mizar, che saltò indietro e scansò l'affondo.

«Dimmi cosa vuoi sapere di preciso.»

«Sei l'angelo custode di Lergan... ho bisogno di conoscere i suoi pensieri.»

«Sono sempre gli stessi: è assillato dal potere.»

«Immaginavo...»

«Comunque lo sappiamo da tempo, non è una novità.»

«È vero. Ma mai come ora siamo stati in un momento di grande orientamento al progresso. E per uno come Lergan questa diventa la gara della vita. Sono sicuro che vedrà Enkil erigere costruzioni grandiose, Rodon lavorare sui genomi... e non starà a guardare. Non accetta di essere secondo a nessuno.»

Mizar molleggiò sulle caviglie, si diede la spinta e saltò in aria, roteando con una gamba aperta, puntata verso la testa del suo Maestro. Ophidiel la evitò e Mizar spiccò un balzo dopo l'altro, atterrando sempre sul piede sinistro e colpendo a ripetizione con il destro.

«E pensi che abbia rubato il fiore per questo?» domandò Mizar, mentre Ophidiel gli bloccava la gamba e lo spingeva indietro, facendogli perdere l'equilibrio.

«Quel fiore è il risultato di decenni di studio. I suoi tessuti sono resistentissimi, conducono il calore e sono idrorepellenti. Per giunta sono in grado di monitorare la composizione e la qualità dell'aria che li circonda per adeguarsi all'ambiente... Immagazzinano energia vitale e possono trasmetterla.»

«Vuoi dire che...»

«Lergan ha rubato quel fiore perché, agendo sui suoi singoli atomi e assemblandoli con altre molecole, può creare materiali a elevate prestazioni, che userà nei campi più svariati.»

Mizar cadde di schiena, si alzò di scatto e con il corpo proteso in avanti si lanciò in una piroetta simile alla precedente. Ophidiel gli afferrò il braccio con entrambe le mani e lo gettò a terra. Mizar sfiorò il suolo con il torace, appoggiò le dita sull'erba, fece una rapida capriola e tornò a fronteggiare il suo Maestro.

«Secondo te ha intenzione di sfruttare i materiali derivati in campo militare?» Il taglio a mandorla degli occhi dava ancora più vivacità alle pupille, che saettavano incredule in quelle di Ophidiel.

«Lergan costruirà armi micidiali, macchine da guerra indistruttibili.»

Mizar si fermò e abbassò la guardia. Si passò entrambe le mani tra i capelli neri cortissimi e scrutò Ophidiel con aria turbata. «Non ho mai letto nella sua anima la voglia di distruggere. È un uomo che vuole comandare, questo sì... ma non è un assassino.»

«Forse no. Ma sento che qualcosa in lui si accenderà...»

«E perché dovrebbe?»

Ophidiel capì di aver toccato una corda sensibile nello spirito di Mizar. Gli stava dicendo che una delle sue anime avrebbe potuto rivelarsi diversa da come lui l'aveva considerata. Ed era un'affermazione pesante. Ma era indispensabile fornirgli tutti gli strumenti per poter affrontare l'eventualità, se si fosse presentata.

«Te l'ho detto... per primeggiare. La corsa all'evoluzione è dannosa. Sai quanto me che gli uomini non sono capaci di controllarsi. Lergan meno degli altri.»

«Cosa vuoi che faccia?»

«Stagli vicino. Tanto. Di più. Non perderlo di vista nemmeno un attimo. Seguilo in ogni istante della giornata e ascolta ogni suo pensiero. Cerca di consigliarlo e di dissuaderlo da comportamenti bellicosi. E se non ci riesci, avvisami subito. Dobbiamo stare molto attenti. Servono misure di massima sicurezza.»

«Maestro?»

Ophidiel intuiva la domanda che Mizar stava per fargli. Lo guardò negli occhi e attese.

«Sta succedendo qualcosa che io non so, vero?»

«Ho solo bisogno del tuo supporto. Sei l'angelo che stimo di più. E sono sicuro che mi aiuterai...»

Ophidiel sapeva di chiedere a Mizar un atto di fede. E sapeva anche che Mizar non si sarebbe tirato indietro.

«Non dubitare...» rispose Mizar, consapevole del fatto che Ophidiel non gli avrebbe detto nulla di più.

«Grazie.»

«Considerami a tua completa disposizione.» Mizar abbassò la testa, in segno di rispetto.

«Fammi un altro favore.»

«Qualsiasi cosa.»

«Tieni Basathiel lontano, fuori da questa storia.»

Capitolo 19

LA STATUA

Sefira, 17 anni prima della chiusura dell'ultima Porta

Era notte fonda.

La foresta incombeva come una presenza tenebrosa nell'oscurità. Metatron si materializzò di fronte alla piramide tronca. Tese le braccia in avanti e con la forza del pensiero attirò a sé uno dei grandi macigni che ne costituivano la base. Il masso cominciò a scricchiolare e si spostò, mostrando un passaggio. Metatron vi si insinuò e richiuse il varco alle sue spalle. Avrebbe potuto trasvolare direttamente nelle viscere della piramide, ma adorava percorrere quel cunicolo segreto a piedi: ogni volta riviveva le sensazioni di euforia delle notti in cui aveva usato i suoi poteri per scavare la roccia e aprire il condotto che conduceva al suo sogno.

Giunto in fondo, camminò fino alla Porta. Era in una lega di metallo resistentissima: l'aveva creata lui stesso, aggiungendo nella colata l'essenza del magma dei Fari di Sefira. La Porta era stata forgiata e temprata fino a prendere la forma di una pesante lastra monolitica. Metatron infilò le mani in tasca e tirò fuori le Entità Fondamentali. Le inserì nelle due scanalature circolari al centro del monolite. Aspettò che intorno a esse si accendesse un raggio dorato, conferma dell'attivazione dell'ingranaggio. Le estrasse e le rimise in tasca, al sicuro. La Porta si smaterializzò e Metatron fu ingoiato da una luce accecante. Quando la luce si spense, Metatron si ritrovò in un altro luogo. Si voltò. Il bagliore stava svanendo e al suo posto c'era una Porta chiusa. Ma non era quella da cui era entrato.

«Ben arrivato, fratello!» Raziel gli corse incontro.

«Ciao, Raziel. Hai fatto grandi progressi qui sotto.» Metatron si congratulò, osservando meravigliato la caverna che si estendeva davanti ai suoi occhi. Una scalinata ricavata nella roccia conduceva verso il centro dell'antro e tutt'intorno si intravedevano i primi profili di colonne altissime.

«Come ti sembra il passaggio?» gli domandò Raziel, avvicinandosi per il solito, caloroso abbraccio.

«Veloce. Molto veloce. L'abbiamo costruito con saggezza e migliorato nel tempo: funziona perfettamente.»

Il viso di Raziel si illuminò di soddisfazione.

«Manca solo un dettaglio per renderlo completo.»

«Quale?»

«Secondo me sarebbe il caso di studiare un meccanismo di apertura anche dalla Terra. Sto pensando di creare un dispositivo che ti permetta di entrare a Sefira ogni volta che lo vorrai» rispose Metatron, riflessivo.

«Ma se io ho bisogno di venire a Sefira, mi basta chiamarti telepaticamente e tu apri la Porta, no?»

«Lo so, ma sarei più tranquillo sapendo che sei libero di muoverti tra i due mondi in autonomia. Se succedesse qualcosa a me e a Unika, rischieresti di restare bloccato sulla Terra. È importante che tu sia nelle condizioni di poter tornare sempre a casa.»

«Hai in mente una chiave che possa sostituire le due Entità Fondamentali?»

«Proprio così. Mi piacerebbe ideare un sistema di sicurezza che continui a prevedere l'apertura della Porta attraverso l'uso delle Entità, ma che possa essere attivato anche con una chiave speciale, che terrai tu.»

«Mmm... ragioniamoci bene insieme.» Raziel si grattò il mento. «Però dopo. Ora voglio mostrarti una cosa. Dai, vieni.»

Metatron vide Raziel scendere la scalinata e fermarsi in mezzo alla grotta.

«Guarda in su.»

Metatron sollevò il volto. Un bagliore bluastro e ovattato filtrava dall'alto, si rifletteva sul ghiaccio che copriva la roccia e rischiarava l'aria fino al suolo. L'atmosfera era magica.

«Ma quanto hai scavato? Non si vede la fine... cioè, l'inizio...»

«Avevo bisogno di luce. Volevo che la nostra Porta fosse accarezzata dal sole. Quindi ho aperto un tunnel verticale che raggiunge la vetta e che si ramifica in una serie di cunicoli orientati al fianco esterno della montagna. Direi che sono riuscito a creare un nascondiglio luminoso, ma al tempo stesso sicuro e protetto: sarà impossibile per qualsiasi essere umano trovare la Porta.»

Metatron non credeva ai propri occhi. «Sono senza parole...»

«Mi fa piacere!»

«E se un giorno valuteremo che la razza umana sarà all'altezza di comunicare con noi, costruiremo sulle pareti un passaggio accessibile.»

«È la mia speranza. Ma è troppo presto per parlarne. E poi c'è un'altra cosa che vorrei condividere con te...»

Metatron osservò l'espressione di Raziel e capì che le sorprese non erano finite.

«Il grosso del lavoro è fatto» continuò Raziel. «Ma sono i dettagli a fare la differenza.»

«Quando fai così sei davvero incredibile!»

«Ascoltami. Vorrei rendere questo posto accogliente. Mi piacerebbe farne un tempio: il nostro tempio.» Raziel girava su se stesso con le braccia spalancate per indicare lo spazio intorno.

«Ne sarei orgoglioso...» Metatron si commosse. L'entusiasmo del fratello lo riempiva di gioia.

«Lastricherò il pavimento e le scale con pietra nobile, erigerò pilastri solenni e decorerò ogni angolo con il simbolo di Sefira: voglio che questa grotta si trasformi in una sala maestosa... e voglio che il cuore di questa montagna si animi con la nostra passione.»

«Ti aiuterò. Sarà una grande soddisfazione farlo insieme.»

«Mi stavo chiedendo quando me lo avresti proposto. Allora, iniziamo subito!»

«Sono pronto!»

«Come prima cosa, dobbiamo dare il nome alla Porta. Solo quando avrà un nome esisterà davvero.»

«Hai già qualche idea?»

«Pensavo di chiamarla "Porta di Horizon". Stiamo creando un punto di confine fra due mondi, tra la Terra e il Cielo. E il concetto di orizzonte per me è sinonimo di avvenire.»

«Che Horizon sia!» Metatron fece un cenno di assenso con il capo, felice di suggellare la decisione.

«E adesso, il pezzo forte. Vieni con me.»

Metatron seguì Raziel davanti a una grande sagoma, coperta da un telo scuro.

«A te l'onore di svelare cosa c'è sotto.»

Metatron non se lo fece ripetere. Tese il braccio per afferrare un lembo del drappo e tirò con forza, scoprendo una statua di marmo bianco. Metatron non se l'aspettava. Spalancò gli occhi e la studiò con attenzione.

«Siamo noi due. La statua ci rappresenta e sarà sempre l'emblema del nostro essere.» Le parole di Raziel vibravano intense.

Metatron osservava attonito l'angelo marmoreo che si stagliava imponente davanti a lui. «Un solo corpo e due teste identiche...» La sua voce era un sussurro.

«Due gemelli con un unico obiettivo. Siamo in due, ma nella nostra anima brucia lo stesso sogno...» disse Raziel, portandosi la mano al petto.

«E perché una sola ala?»

«Vivo sulla Terra da molto tempo ormai. Ho nel cuore Sefira, ma non mi sento più di volare. Le ali ora sono le tue. Io preferisco camminare. Così come preferisco usare l'energia per scavare questa montagna e lascio a te il compito di affrontare il Male con la spada.»

«Grazie.» Metatron era toccato nel profondo.

«Grazie a te, fratello, per aver creduto in tutto questo. Senza di te, nulla sarebbe possibile.»

Capitolo 20

NESSUNA ALTERNATIVA

Sefira, 15 anni prima della chiusura dell'ultima Porta

Ophidiel si precipitò dentro l'Osservatorio. Fece correre gli occhi in tutti gli angoli della stanza, fino a incrociare quelli dello Gnomo.

«Cos'è successo, Martin?»

«Non lo so... non lo so... io...»

«Mi hai detto che era urgente!»

«Sì... cioè... può darsi... sto cercando di mettermi in contatto con Unika, ma non la trovo. So che lei non vuole che io parli con Metatron delle sue cose. Per questo non ho interpellato il Saggio. Ma poi mi sono detto: e se quello che è capitato fosse un problema? E allora sono andato in confusione. Anche perché lei si fida di me... però la deluderei se non mi assumessi le mie responsabilità, giusto?»

«Martin, calmati. E smettila di farfugliare... Non ho capito niente!»

«Va bene, va bene. Da capo...» Martin soffiò fuori tutta l'aria che aveva nei polmoni. «Unika è molto protettiva con le sue anime e vuole che la tenga informata su tutto, sempre. Oggi è successa una cosa strana e io ho pensato che lei lo dovesse sapere... però non mi risponde. Ho mandato anche uno dei miei assistenti a cercarla... Sta girando tutta Sefira, ma non l'ha ancora incontrata. E nell'attesa mi sono fatto prendere dal panico...»

«E hai chiamato me.»

«Sì, ma forse ho sbagliato. Se Unika non ha piacere che io coinvolga Metatron nelle sue cose, di sicuro non gradisce nemmeno che ne parli con te...»

«Martin, basta adesso! Me lo dici cosa c'è, sì o no?» Ophidiel percepiva l'indecisione dello Gnomo e lo provocò per fargli vuotare il sacco.

Martin cominciò a sudare e Ophidiel alzò la voce, per dargli lo scossone definitivo. «Allora?»

Le ultime barriere cedettero e lo Gnomo si decise a raccontare. «Una delle anime di Unika... Eber... Basathiel... Sì, insomma...»

«Cosa c'entra Basathiel con Eber?»

«È questo il punto. Sì, sì... è proprio questo il punto. Basathiel ha infranto le regole. Sarebbe dovuto andare in missione nei prossimi giorni, però ha voluto anticipare... Ma invece di raggiungere le sue anime, si è avvicinato a Eber. È stato con lui pochissimo e poi ha insistito per tornare. È rientrato a Sefira un attimo fa. Quando gli ho chiesto spiegazioni, si è volatilizzato. Non mi ha nemmeno guardato in faccia. Allora ho pensato di avvisare Unika, perché nessun angelo ha il diritto di allontanarsi dalle proprie anime per custodire quelle di un altro. Senza il consenso di Metatron e Unika non può farlo un Angelo Guida, figuriamoci un Angelo della Forza...»

«Dov'è Basathiel, adesso?» lo interruppe Ophidiel.

Martin abbassò lo sguardo e aprì le braccia, sconsolato.

Ophidiel non aspettò che lo Gnomo rialzasse gli occhi e trasvolò.

«Aqua, ti devo parlare...»

«Non farlo!» urlò Ophidiel, materializzandosi alle spalle di Basathiel.

L'Angelo della Forza era sul bordo del lago, proteso verso l'acqua, in attesa che la Sirena lo raggiungesse. Si voltò di scatto e si mise in posizione di difesa.

«Basathiel, andiamo via di qui...» continuò Ophidiel, facendogli segno di avvicinarsi.

«Stammi lontano!»

«Voglio solo discutere.»

«Di cosa?»

«Lo sai.»

«Non mi fido di te. Non mi fido più di nessuno. Vattene!»

«Basathiel, ragiona...»

«Quand'è che avete deciso di ingannarci tutti, si può sapere?»

«Basathiel, non credo che tu abbia idea di cosa stai parlando.»

«A quanto pare tu sì, invece!»

«Dai, vieni con me.»

«Io con te non vengo da nessuna parte...»

Ophidiel fece un passo in avanti. «Sei scosso e stare qui peggiora solo la situazione.»

«Aqua, esci dal lago... dobbiamo partire!» Basathiel osservava la Sirena con la coda dell'occhio. Le dava le spalle e si spostava seguendo i suoi movimenti, per schermarla dalla vista di Ophidiel.

«Cosa pensi di fare?» Ophidiel percepiva il suo rancore.

«Noi due lasciamo Sefira. E tu non ci ostacolerai.»

«Sei pazzo!»

«No! Ho solo un grande istinto di conservazione. Ho scoperto il vostro piano e non ho intenzione di restare qui a farmi soggiogare da voi... e da quelli che farete arrivare.»

«Stai farneticando. Non arriverà nessuno!» Ophidiel si mosse con decisione verso Basathiel.

L'Angelo della Forza scagliò un raggio di energia che squarciò la roccia davanti ai suoi piedi. Ophidiel fissò il solco, poi sollevò lo sguardo. Avrebbe voluto tirargli un pugno, ma si trattenne.

«Te lo chiedo per l'ultima volta: vieni via con me. Risponderò a tutte le tue domande, te lo garantisco.»

«Scordatelo! Non mi faccio fregare da te!»

Ophidiel sentiva l'ostinazione di Basathiel. *È una bomba a orologeria. Non posso permettergli di scoppiare.* Chiuse i pugni e scandì le parole. Gravi. Minacciose. «Non costringermi a usare la forza.»

«Aaaah!» Basathiel abbassò la testa e gli si avventò contro.

Ophidiel lo vide caricare come un toro. Flesse le gambe e tese le braccia per frenare l'attacco, ma finì a terra. Con la schiena al suolo e immobilizzato dal peso di Basathiel, contrasse gli addominali e gli diede un pugno violentissimo sulla mascella, facendogli girare la faccia.

«Cosa vi prende?» Dal lago giunse la voce incredula della Sirena.

I due erano troppo concentrati per rispondere.

Basathiel saltò all'indietro. Piegò le ginocchia, spostò il peso sul piede sinistro, mentre il destro si sollevava e con una veloce apertura dell'anca si preparava a calciare. Ophidiel anticipò il fendente e colpì la tibia di Basathiel con la pianta del piede.

Basathiel urlò. Ophidiel ne approfittò e si alzò da terra. Erano di nuovo uno di fronte all'altro.

«Ma che cosa ti sei messo in testa?» gli chiese Ophidiel, portando le mani all'altezza del volto, in posizione di difesa.

Prima che Basathiel replicasse, le grida di Aqua tagliarono di nuovo l'aria della conca. «Lascialo in pace! Non fargli del male! Ti darò tutto quello che vuoi!»

Ophidiel trasalì quando si rese conto che la Sirena si stava rivolgendo a lui. Senza abbassare la guardia, girò la testa e la vide implorare: «Ti prego, Ophidiel. Ti supplico... fermati».

Ophidiel ebbe una stretta al cuore: Aqua non aveva capito.

Non può capire... mi ha visto apparire all'improvviso e pensa che sia stato io ad attaccare.

Basathiel sfruttò quell'attimo di esitazione per affondargli le nocche nello sterno. Ophidiel accusò l'impatto. Si chinò in avanti e intercettò il secondo pugno. Afferrò il polso di Basathiel e con inattesa rapidità si spostò alle sue spalle, gli strinse l'altro avambraccio intorno al collo e lo sbilanciò fino a farlo cadere.

«Perché fai così?» gli ringhiò nelle orecchie, mentre lo costringeva al suolo.

«Dimmelo tu...» Il tono di Basathiel era soffocato dalla pressione sulla gola.

«Io ti ho solo chiesto di chiarirci...»

«Menzogne! Tu volevi evitare che raccontassi a Aqua il vostro segreto!»

«Tu non sai niente, Basathiel...»

«Quello che so basta e avanza!»

Con un poderoso colpo di reni, Basathiel si scrollò di dosso Ophidiel e riuscì a sovrastarlo. Continuarono a lottare come due belve scatenate. Gli occhi infiammati, le bocche digrignate, i sensi all'erta. Pugni, calci, manate, gomitate. Non c'era tregua.

«Come potevate pensare che fossimo tutti ciechi?» sbraitò Basathiel in faccia a Ophidiel. A cavalcioni sopra di lui, con le ali nere che sbattevano poderose, gli strinse la giugulare tra le mani. «Avete fatto male i conti!»

Ophidiel leggeva nelle pupille di Basathiel una furia mossa dalla paura. «Stai oltrepassando il limite. Ritorna in te, Basathiel... prima che sia troppo tardi.»

«È già tardi. Io ti fermerò. E dirò a tutti quello che ho scoperto.»

Ophidiel sapeva che era sincero: in quel momento il desiderio più grande di Basathiel era svelare al popolo di Sefira ciò che immaginava essere vero. Lo avrebbe fatto per orgoglio, per il suo bisogno di emergere, per essere amato. Ophidiel abbassò le palpebre. Pensò a Unika. Agli altri suoi fratelli. Al futuro. *No, non posso lasciarglielo fare.*

Si concentrò. Insinuò un ginocchio tra il pròprio corpo e il petto di Basathiel e spinse con tutta la forza che aveva. Arretrò con la nuca, prima di aggredirlo con una testata devastante sul naso. Lo vide indietreggiare per il dolore, ma non si fermò. Sapeva che non c'erano alternative e che un suo errore a quel punto avrebbe compromesso la serenità di tutti gli angeli di Sefira. Si scagliò contro di lui e lo colpì a ripetizione.

«Io racconterò tutto...» biascicò Basathiel, sputando sangue.

«L'hai voluto tu!» Ophidiel alzò il viso al cielo e urlò tutto il proprio dispiacere, mentre afferrava il corno e glielo sradicava dalla fronte.

«Nooo!» L'invocazione di Aqua era angosciata.

Ophidiel sentì Basathiel perdere i sensi. Lo lasciò cadere a terra, tramortito. Si diresse verso la sponda del lago. Il bruciore delle ferite non era niente se paragonato alla sofferenza della sua anima. Aveva dovuto mettere fuori combattimento un suo fratello, davanti agli occhi dell'angelo a cui era stato legato... e che non l'avrebbe mai perdonato.

«Cosa gli hai fatto?»

«Aqua...»

«Io iniziavo ad amarlo! E tu me l'hai strappato! Tu... tu distruggi sempre i miei sogni!»

Le parole di Aqua diedero il colpo di grazia alla mente affranta di Ophidiel.

«Sono mortificato. Ma tu hai sbagliato. Per dimenticare me ti sei buttata nelle braccia del primo che passava.» Ophidiel fece un gesto di disprezzo. «Non dovevi!» La delusione gli strozzava la gola. «Non dovevi innamorarti di lui! Lui non vale niente!»

«Cosa vuoi ancora dalla mia vita?» Aqua singhiozzava.

«Nulla.»

«Almeno dimmi che anche se te ne sei andato mi pensi, mi

desideri... almeno dimmi che sono tua! E che hai fatto tutto questo perché non puoi vivere senza di me...»

Ophidiel era esausto. *Cosa la farà soffrire di meno? Farle capire che Basathiel è stato un ingenuo o illuderla ancora? Illuderla.*

«Tu sei mia!» le gridò, con lo spirito a pezzi.

«Aqua!» Basathiel la chiamò.

Ophidiel si voltò e lo trovò a terra dove l'aveva lasciato, con la testa sollevata e gli occhi fissi su un macigno appoggiato sulla riva opposta del lago. Un lampo gli si accese nella mente. Il ricordo della proposta che Basathiel aveva fatto a Aqua tempo prima. «*Questa pietra sarà l'ampolla dei nostri pensieri... Io conferisco a questo sasso il potere di custodire le parole che non mi sento di pronunciare. E regalo a te, solo a te, il potere di ascoltarle...*»

Ophidiel guardò il masso e capì che Basathiel aveva trasferito lì il segreto che pensava di aver scoperto. Vide Aqua nuotare veloce verso la sponda e spiccare un salto nell'aria per raggiungerlo.

«Aqua, fermati!»

La Sirena non lo ascoltò.

Ophidiel la bloccò con un raggio che la fece ricadere in acqua.

«Basathiel, aiutami!» supplicò la Sirena.

«Aqua, ascoltami... Basathiel ti sta coinvolgendo in una storia che riguarda solo lui. Tu devi starne fuori. E provare a dimenticare quello che è successo oggi.»

«Basathiel...»

«Come fai a non capire, Aqua? Basathiel è sfinito... non esiste più. Non deve esistere più per te. E non potrà difenderti! Perché tu non sei in pericolo. Come te lo devo dire?»

Ophidiel lanciò un'onda di energia potentissima e incenerì la pietra che custodiva i pensieri.

Basathiel appoggiò le mani a terra, strisciò le gambe e si rannicchiò per alzarsi. Aveva le labbra contratte in una smorfia di dolore e la faccia era una maschera di sangue. *Non posso morire adesso. Non prima di averla portata in salvo.* "Unika... Unika... mi senti? Unika, ho scoperto il vostro piano. È sbagliato. Sarà la distruzione di noi angeli. Unika, ti prego, almeno proteggi Aqua. Portala via da qui prima che sappia, prima che possa soffrire. Ha un animo sensibile. Se io morirò, chi si prenderà cura di lei? Aiutami a salvarla."

«Tu mi vuoi male! Hai rovinato la mia vita. Mi hai tolto tutto... e adesso anche lui... IO TI ODIO!» Il tono della Sirena era straziante.

Ophidiel avrebbe voluto stringerla forte, rassicurarla e cancellare ogni goccia di quella tristezza dai suoi occhi. Ma ormai era troppo tardi. L'unica cosa che poteva fare era lasciarle una speranza. Un raggio di luce a cui aggrappare i suoi fragili sogni.

Osservò Basathiel. Ansimava. Aveva gli occhi rovesciati. Si era faticosamente rialzato in piedi e stava per tuffarsi nel lago. *La sua anima è senza energia. Il suo cuore si sta spegnendo, ormai sconfitto e sopraffatto dalla rassegnazione. Vuole buttarsi in acqua per non morire davanti a lei. E se lui morirà, lei non troverà mai più la pace.*

«Pietrificati!» Ophidiel tese le braccia e fece un incantesimo a Basathiel. «L'eternità ti vedrà senza vita e il tempo scorrerà davanti ai tuoi occhi per sempre ciechi.» Ophidiel strinse i denti e mormorò: «Ti salvo, Basathiel. Ed è tutto quello che posso fare. Per te... e per lei...»

Cercò lo sguardo di Aqua. Era sconvolta, terrorizzata. Spostò di nuovo l'attenzione su Basathiel.

«Ritroverai il respiro e la vista durante i minuti che illuminano ogni giorno l'alba e il tramonto.» Rifletté per un istante. *Devo privarti di tutti i poteri... e non posso lasciarti comunicare con lei.* Alzò il tono della voce: «Se in quei brevi attimi la tua Sirena cercherà di uscire dall'acqua per avvicinarsi a te, tu morirai».

«NOOO! Sei un mostro!» urlò Aqua.

E invece non ho pensato altro che a te. Lo spirito di Basathiel si rafforzerà con la gioia di continuare a vederti e tu troverai una ragione di vita nel prenderti cura di ciò che rimane di lui. Ophidiel aveva le lacrime agli occhi. Voleva solo finire quanto incominciato e allontanarsi il più in fretta possibile da quel luogo di tormento. Per rendere valido l'incantesimo doveva dargli una chiave di reversibilità. E per evitare che Basathiel raccontasse quello che aveva scoperto, la chiave doveva essere una missione impossibile. *Il sogno di Metatron è che angeli e uomini vivano insieme, il sogno di Aqua è trovare la felicità. Entrambi desideri irraggiungibili.*

«Il sortilegio potrà essere spezzato solo se un essere umano bacerà con passione la bocca della tua amata.»

«Che tu sia dannato!» lo maledisse Aqua.

Ophidiel strinse il corno di Basathiel tra le dita. L'avrebbe portato sempre con sé, in ricordo di quella tragedia. Senza dire altro, si incamminò verso il sentiero che si inerpicava nella boscaglia.

«Ti odio!» continuava a ripetere la Sirena. «Verrà un giorno in cui sarò forte abbastanza per combatterti. Un giorno sarò io a farti male. Lo stesso che tu stai facendo a me. E mi implorerai di smettere. Ma io ti distruggerò. Sì, Ophidiel... verrà il momento della resa dei conti.»

Ophidiel scrutò il cielo. Si era incupito. Nuvole plumbee stavano per riversare una pioggia torrenziale.

Unika ha visto tutto. E sta piangendo.

Voltò le spalle al lago, mentre la Sirena fissava attonita l'ultimo sguardo di Basathiel e gli sussurrava: «Ti amo», mentendo a lui e a se stessa.

Capitolo 21

PUNTO DI ROTTURA

Sefira, 15 anni prima della chiusura dell'ultima Porta

«La situazione è gravissima!»

«Era già un disastro prima che Basathiel scoprisse di Eber.»

«Non sappiamo cosa sapeva Basathiel!»

«Che avesse scoperto tutto o solo una parte del tuo piano, è un dettaglio. Era nelle condizioni di poter nuocere a Sefira. E alla tua credibilità. Ho dovuto gestirlo. Sono stato costretto!»

«L'hai fatto nel peggiore dei modi!»

«Tu non eri là, Metatron. Non lo hai visto in faccia e non hai sentito le sue parole. Quindi taci, perché non hai il diritto di giudicare!»

«Ophidiel ha fatto quello che era giusto fare» intervenne Unika, dopo averli lasciati sfogare. Guardò negli occhi prima Metatron e poi Ophidiel. «Chiunque di noi si fosse trovato in quel frangente, avrebbe agito nello stesso modo. Se non peggio.»

«Unika, non ho bisogno del tuo supporto. So difendermi da solo.»

«È questo il punto, Ophidiel: non devi difenderti. Se Basathiel avesse portato via Aqua da Sefira e raccontato agli altri angeli le sue supposizioni, sarebbe scoppiato il panico e non saremmo stati in grado di ripristinare la serenità magari per lungo tempo.»

Unika continuava a fissarlo. «Adesso è inutile ragionare sui se e sui ma. Sarebbe tempo perso. Prendiamo in mano la situazione e decidiamo insieme come procedere.»

«Ci sono poche alternative.» Metatron era seccato. «Bisognerà raccontare quello che è successo e trovare una spiegazione attendibile del perché tu hai pietrificato un Angelo della Forza.»

«Gelosia.»

Entrambi si girarono verso Unika.

«Sì» continuò lei. «Gelosia per la Sirena. Aqua non negherà di certo, visto che è proprio ciò che si è immaginata e il suo cuore desidera l'amore di Ophidiel.»

«L'accaduto comporta una punizione.» Metatron osservava i fulmini che squarciavano il cielo.

Unika conosceva quello sguardo e sapeva che doveva aiutare Metatron a trovare una via di uscita. «No, se tu, nel tuo ruolo di sommo capo di Sefira, deciderai di dare a Ophidiel una seconda chance.»

Unika lesse sul volto di Metatron l'espressione di chi inizia a vedere la luce in fondo al tunnel. E su quello di Ophidiel l'angoscia del risentimento.

«So che questa soluzione non ti piace, Ophidiel. E che mette il tuo orgoglio in difficoltà di fronte al nostro popolo. Ma so anche che sei uno spirito nobile, disposto a sacrificarti per la giusta causa.»

«Fila tutto liscio, tranne per un particolare...»

Unika sapeva a cosa si riferiva, ma attese che lo dicesse.

«Questa non è una "giusta causa". Questa è la pena per aver salvato la reputazione di qualcun altro. Qualcun altro che mi chiede di accettare di perdere la fiducia della mia gente per difendere un progetto in cui non credo. Tutto ciò è scorretto.»

«Guardala da una prospettiva più ampia» disse Metatron. «Se riusciremo nella nostra missione sarà anche grazie al tuo contributo.»

«Guarda tu invece dal mio punto di vista: ho dato un contributo importante a una missione sbagliata e nefasta per il nostro futuro. Sai cosa significa? Che se fosse per me, manderei tutto a rotoli!»

«Non ti permettere...»

«Di fare cosa? Di dire quello che penso? Siamo forse diventati una dittatura? Metatron, ti dico un'ultima cosa: prima ti fermerai e prima staremo meglio tutti.»

«Non sono più disposto ad ascoltarti!»

«Bene. Era quello che aspettavo, per potermi congedare.» Ophidiel trafisse Metatron con lo sguardo. «Ah... solo un suggerimento. Ringrazia di avere Unika al tuo fianco. Altrimenti non sarei così tollerante con te.»

Capitolo 22

IL CORAGGIO DI YESOD

Sefira, 10 anni prima della chiusura dell'ultima Porta

«Quando è iniziato lo scontro?»

Unika irruppe nella stanza della Finestra sul Mondo. Trovò Martin concentrato a sintonizzare gli schermi. Le immagini erano le stesse su tutti i monitor: ovunque divampavano incendi, il suolo era squarciato da voragini profonde, gli edifici si sgretolavano sotto l'impatto di potenti raggi di luce.

«L'attacco è partito poco fa...» spiegò Martin agitatissimo, mentre dava istruzioni ai nove assistenti che si muovevano efficienti dietro di lui, registrando ogni singolo episodio. «È successo tutto all'improvviso. Sì, cioè... nessuno poteva immaginarlo. Ieri sera Lergan ha fatto inserire i nanorobot creati con il Tellion nel serbatoio della Nubirix α, la sua navicella privata. Mizar mi aveva avvisato, ma riteneva che Lergan avesse in mente solo una missione esplorativa. Stamattina infatti il velivolo è partito per il deserto, dove avrebbe fatto varie prove di efficacia dei nanorobot appena programmati. Lergan lo pilotava dal computer del suo studio, con un controllo a distanza...»

«E poi cos'è accaduto?»

«Un'ora fa Lergan ha cambiato improvvisamente la rotta della navicella. Mizar era con lui. Ci ha avvertiti appena ha letto nei suoi pensieri l'intento criminale. Ma non c'è stato niente da fare. Niente. Niente. Niente...» Martin scuoteva la testa come preso da un attacco di schizofrenia. «Nel giro di pochi minuti Lergan aveva già parlato ai suoi generali e dato l'ordine di radere al suolo Ttaima.»

«Sintonizzami con Mizar...»

«Subito!» Martin si asciugò il sudore dalla fronte. Su uno degli schermi comparve una sala a vetri. Lergan era al centro, seduto su un'enorme poltrona nera, gli occhi fissi sulle immagini di Ttaima, trasmesse dall'astronave che pilotava a distanza. Alle sue spalle c'era Mizar.

"Unika, non sono stato in grado di dissuaderlo." La voce telepatica di Mizar non dissimulava il profondo dolore che lo tormentava.

"Non è colpa tua, Mizar. Manipolare la mente degli esseri umani non è previsto dalle regole assolute dell'Universo. Non potevi fare nulla di più rispetto a ciò che hai fatto. La vita degli uomini è e deve restare nelle loro mani."

"Lo so... ma questo senso di impotenza è terribile. Lergan è qui, di fronte a me, guida i nanorobot contro gli edifici del centro di Ttaima, e io non posso fermarlo. Sta cancellando anni di progetti e di lavoro e io non riesco in alcun modo a influenzare la sua mente. È insopportabile!"

"Continua a parlargli, non perdiamo le speranze."

«Martin?»

«S-s-sì, Unika...» Lo Gnomo balbettava, in affanno per la tensione.

«Mettimi in contatto visivo con Hod. Ho bisogno di sapere cosa pensa di fare Enkil.»

"Unika, mi vedi?" L'Angelo Guida era accanto al capo di Ttaima.

"Sì, Hod. Dimmi cosa passa nella testa di Enkil..."

"Enkil è ancora attonito. Ha convocato il suo gruppo di consiglieri, ma nessuno sa dove sbattere la testa, non si capacitano. Nessuno di loro si aspettava un attacco. E non hanno capito subito che si trattava di Lergan. Ora cercano di scoprire il motivo dell'invasione. Intanto le forze armate rispondono all'assalto. Ti tengo informata in tempo reale."

"Sai cosa devi fare: stagli vicino e indirizza la sua mente verso un percorso di pace..."

Unika spostò lo sguardo da uno schermo all'altro. «Martin, l'offensiva è localizzata?»

«Per ora, sì!» rispose lo Gnomo, stringendosi le mani una contro l'altra per rallentare il tremito che le agitava. «S-s-sembra che gli obiettivi di Lergan fossero il centro amministrativo e il Palazzo dell'Estro di Enkil. I nanorobot li hanno distrutti. Le astronavi dell'esercito di Lergan s-s-stanno incenerendo tutta l'area. Il bersaglio al momento pare essere solo la capitale.»

"Non illudiamoci che poi si fermi" intervenne Mizar. "Lergan allargherà il campo. Sento la sua bramosia di occupare tutto il territorio di Ttaima. Vuole la guerra. A tutti i costi. Per dimostrare che lui è il più forte."

"È probabile che Enkil chieda alleanza a Shamash e forse anche a Rodon..." disse Hod. "I suoi pensieri vanno in quella direzione..."

«Ma prima che riesca a prendere una decisione, Lergan avrà già attaccato Rumes e Alakan.»

La voce ruvida e profonda colse Unika alla sprovvista. Si voltò di scatto e incrociò lo sguardo acuto di Ophidiel. «Mi chiedevo dove fossi...»

«A organizzare il lavoro di tutti. A giudicare da come è partita, questa guerra evolverà velocemente e in modo più drammatico del previsto. Coinvolgerà gran parte dell'emisfero. Dobbiamo essere pronti ad affrontare un conflitto immane.»

«Sarà devastante. Orribile. Più che orribile!» Martin camminava avanti e indietro, affranto.

«Ophidiel, hai novità?» chiese Unika, con il fiato sospeso.

«Rodon ha attivato lo scudo su tutta Alakan.»

«Quindi il suo popolo è al sicuro?»

«Sì. Niente e nessuno riuscirà a penetrare i loro confini. E tendo anche a escludere che Rodon si lascerà coinvolgere dallo scontro.»

«Potrebbe essere una buona notizia...»

«Merak invece mi ha comunicato che Shamash ha fatto alzare la flotta. I suoi uomini controllano e proteggono tutto lo spazio aereo di Rumes.»

«Pensi che entrerà in guerra?»

"Non lo farà!"

"Merak!" esclamò Unika, appena venne raggiunta dall'affermazione telepatica.

"Unika, Ophidiel... sono con Shamash. Per il momento non ha intenzione di fronteggiare Nubiri. Anche lui è sconvolto dall'accaduto. È confuso e sta provando a mettersi in contatto con Lergan per capire le ragioni che l'hanno spinto a comportarsi così. Si è già sentito con Enkil e i due sono in comunicazione continua. Gli ha assicurato supporto se Lergan non dovesse fermarsi."

«Cos'altro possiamo fare?» Unika si rivolse a Ophidiel.

«Tutti i nostri Angeli Guida sono allertati. La maggior parte di loro è già sul posto con le schiere di Angeli della Forza al completo. Stanno provando a orientare nel modo migliore il pensiero degli uomini al comando. Ma la situazione è delicatissima e continuerà a precipitare. Sai quanto me che Lergan non cambierà idea. Lui e i suoi sono determinati e convinti di essere sulla strada giusta. Vogliono dominare il mondo e combattono per portare la loro egemonia oltre tutte le frontiere.» Ophidiel fissò Unika dritto negli occhi. «Possiamo fare solo due cose per dare una svolta decisiva al corso della storia.»

«Quali?» Unika temeva ciò che Ophidiel stava per dire, ma voleva sapere.

«Innanzi tutto mi recherò io stesso sul posto. Immediatamente.»

«No!» Unika alzò la voce, senza distogliere lo sguardo da quello di lui. Ragionava a una velocità straordinaria e ogni riflessione la portava a convincersi che era fondamentale che Ophidiel restasse a Sefira.

«Cosa significa *no*?»

Unika avvertì una sensazione di ineluttabilità. «Abbiamo bisogno di te qui, per coordinare e seguire le missioni di tutti.»

«Unika, se vogliamo influire sul futuro dell'umanità, laggiù ci deve andare il migliore di noi. O ci vai tu o ci vado io. Non esistono alternative.»

«Posso andarci io.» Yesod si materializzò davanti a loro. «Affidatemi questa missione. Nessuno di voi due può allontanarsi da Sefira in questo momento. Metatron è impegnato in qualcosa di segreto che lo assorbe quasi totalmente. Tu, Unika, sei la luce, la mente e il leader di tutti noi: ogni angelo ha bisogno di vederti e sentirti vicina. E tu, fratello, sei il capo degli Angeli Guida. Il tuo compito è governare le nostre azioni.»

Yesod parlava con calma e grande assertività. Unika lo ascoltava, ammirata: la sua presenza incombeva nella sala e comunicava fiducia. *Il nostro gigante buono*... pensò, guardando il fisico imponente illuminato dall'espressione gentile del volto. Gli occhi limpidi erano enfatizzati dai capelli castani, cortissimi, che seguivano la curva pronunciata delle tempie.

«Allora? Cosa aspettate ad accettare? Porterò con me tutti gli Angeli della Forza che sono ancora a Sefira. Ci concentreremo sulle anime degli uomini e le guideremo verso un orizzonte di pace.»

Yesod accompagnava le parole con il movimento delle mani possenti. Unika lo conosceva bene e sapeva che controllare le emozioni non era il suo forte: nel suo sguardo leggeva l'entusiasmo e nel calore della sua voce percepiva la determinazione di chi sa di poter dare un contributo importante.

«Vai, Yesod. Prendi tutti gli angeli che possono esserti utili... noi qui ce la faremo.» Unika lo stimava molto per tutta quella devozione.

«Non ti deluderò!» Yesod chinò il capo, in segno di riconoscenza.

Unika sentiva che avrebbe voluto abbracciarla, e gli sorrise con affetto. «Hai tutta la nostra fiducia.»

Yesod annuì e si girò verso il fratello dicendo: «Vi lasceremo sguarniti per un po', ma saremo pronti a rientrare per qualsiasi emergenza».

Ophidiel non fece tempo a replicare che Yesod era già scomparso.

Unika riportò gli occhi sugli schermi. Abbassando le palpebre, fece la domanda che le tormentava l'anima. «Ophidiel...»

Ophidiel non fiatò, in attesa.

«Poco fa hai detto che ci sono solo due cose che possiamo fare per dare un nuovo corso alla storia. Qual è la seconda?»

«Lo sai.»

Unika si morse le labbra e non commentò.

«Fermare Metatron e Raziel.» Ophidiel tacque per un istante. «Frena la loro illusione, Unika. Io sono stato tagliato fuori dai giochi e ormai non mi ascoltano più. Tu sei l'ultima speranza. Fallo. Pensa al passato, al presente e, soprattutto, al futuro... e agisci. Senza esitare.»

Capitolo 23

TRE ANIME

Sefira, 10 anni prima della chiusura dell'ultima Porta

La neve scendeva senza interruzione.

Copriva i pendii del Monte Forte e ammantava tutto con il suo candido silenzio.

Unika si materializzò in un piccolo antro ghiacciato, vicino alla vetta. Aprì le mani e guardò i fiocchi che si depositavano leggeri sui suoi palmi. *Quanta serenità, quassù... Ma perché gli uomini devono per forza ammazzarsi per godere della vita? Non mi ci abituerò mai...*

Si avviò verso una fenditura nascosta tra le rocce. Una piccola galleria portava dentro la montagna. L'aria era gelida e l'umidità si compattava sulle pareti, formando lunghe striature.

«Per iniziare, potremmo aprirne tre.»

«Hai già pensato dove?»

«Nei punti di maggior energia della Terra.»

Le voci provenivano dall'interno della grotta e rimbombavano soffuse nel cunicolo. Unika era preparata a quel suono. Si strinse nelle spalle e allungò il passo.

«Dopo la Porta di Horizon, mi piacerebbe creare una Porta orientata al cielo e una Porta nel profondo dell'oceano, rivolta al centro della Terra.»

«Orizzonte, Cielo, Abissi. Non mancherebbe niente. Perfetto come un sogno!»

«Sì! Potremmo cominciare subito a costruire la seconda Porta e fare in modo che sia attiva per il prossimo Equinozio di Primavera... Sarebbe grandioso avere un motivo in più per festeggiare la nostra ricorrenza.»

«Scommetto che sai già come chiamarla...»

«Le daremo il nome della costellazione con cui sarà allineata all'alba dell'Equinozio di Primavera: Orione.»

«Ottima idea... E l'altra?»

«La terza sarà la Porta di Abyss.»

Unika giunse alla fine del tunnel e sbucò in una caverna di stalattiti di ghiaccio. Si bloccò, sussultando per la commozione: sulla Terra c'era la guerra, Metatron e Raziel erano turbati quanto lei, ma trovavano la forza di reagire e guardare al futuro, continuando a inseguire il loro progetto. Si chiese cosa fosse giusto fare. Lasciarli sognare o interrompere la conversazione e riportarli alla triste realtà? Aspettò che i due fratelli terminassero il discorso e si fece sentire.

«Bentornato...»

Raziel si voltò di scatto.

«Unika... che felicità rivederti!» Raziel le corse incontro e la abbracciò forte. «Speravo proprio che ci raggiungessi.» Si staccò da lei, le prese il volto tra le mani e la guardò dritto negli occhi. «Sei sempre così bella... Stare sulla Terra mi dà grande soddisfazione, ma la tua mancanza è insopportabile.»

«Neanche Sefira è la stessa senza di te. E la tua assenza comincia a farsi sentire in modo pesante. Se devo essere sincera, inizio a odiare la tua missione.» Unika si girò verso Metatron. «So che da me vi aspettate entusiasmo e sostegno. Ma se finora ho provato a crederci, adesso vedo solo lati negativi. E pericolo. Tanto pericolo.»

«La guerra ti toglie tranquillità, vero?» Metatron era in ansia.

«Sì. Non riesco a pensare ad altro. E continuo a chiedermi se non abbiamo sottovalutato qualcosa. Se magari avremmo potuto agire in modo differente, per evitare che la situazione precipitasse, e indirizzare gli eventi verso un'altra via.»

«Oh, Unika...» Raziel le accarezzò la guancia.

«Scusami, Raziel. Perdonatemi entrambi. Ma ho bisogno di dirvi quello che sento.»

«È giusto!» Un velo di preoccupazione spense l'euforia dal viso di Raziel.

Unika continuò: «Abbiamo dato vita a questo progetto perché ci sembrava che la razza umana fosse ormai abbastanza evoluta da poter ambire allo stato di grazia. Ci siamo dimostrati fiduciosi e abbiamo provato con tutti i mezzi a far compiere agli uomini un ulteriore passo in avanti. Eravamo sicuri di riuscire a stimolare la loro crescita interiore per avvicinarli definitivamente alla coscienza del Bene Assoluto. Tu, Raziel, hai addirittura immolato la tua esistenza di angelo, allontanandoti da Sefira, rinunciando alla vicinanza della tua gente, sacrificando quanto di più caro avevi nel cuore, pur di stare sulla Terra in mezzo a loro. Ma...» Unika deglutì, cacciando indietro le lacrime. «Forse, senza volerlo, li abbiamo solo illusi di essere invincibili. È stato un errore. Un nostro errore.» Sentiva gli sguardi cupi di Raziel e Metatron su di sé, ma concluse con la forza d'animo di sempre: «Secondo me è arrivato il momento di chiederci se sia il caso di proseguire».

«Unika...» la interruppe Metatron. «Sei sconvolta. Il tuo discorso non è obiettivo.»

«Ne sei sicuro? È il mio discorso a non essere obiettivo o sono le tue speranze che ti impediscono di vedere cosa sta succedendo? Yesod sta per partire. Andrà in missione sulla Terra perché malgrado gli sforzi di tutti i nostri angeli non ci sono stati miglioramenti. C'è bisogno di un intervento più forte e determinato. C'è bisogno di tutta la nostra energia. E forse non sarà sufficiente...»

«Questa è la vita degli esseri umani. Le guerre per la supremazia ci sono sempre state. Non capisco il motivo di tutta questa agitazione per il conflitto di oggi. Cos'ha di diverso da quelli scoppiati in passato?»

«È proprio questo il punto.» Unika fissò i due fratelli con un penetrante sguardo indaco. «Ma come fate a non capire? La guerra è scoppiata proprio nella civiltà che noi credevamo più illuminata delle precedenti. La guerra è scoppiata nonostante fossimo costantemente in mezzo agli uomini e nonostante tutte le cose meravigliose che tu, Raziel, hai fatto per loro. Il tuo esempio, la tua vita sempre guidata dai valori fondamentali, i tuoi consigli... non sono serviti, non servono e non serviranno a nulla. Tutti i popoli ti ascoltano e ti venerano. In località lontane migliaia di chilometri le une dalle altre si costruiscono città, si fondano templi e si erigono monumenti in tuo onore. Stai portando ovunque il tuo messaggio di pace. Ma l'animo umano non cambia. Non nella sua essenza profonda. E ciò a cui stiamo assistendo ne è la prova. Hai spiegato agli uomini come vivere in serenità senza distruggere, senza combattere, senza uccidere. E loro continuano a distruggere, a combattere, a uccidere. Perché fa parte della loro natura. È il loro destino da quando sono stati creati. Ogni uomo nasce con l'istinto di crescere, conquistare, prevaricare e dominare. Per questo impara ed evolve in fretta. E sempre per questo non si ferma davanti a nulla. Nemmeno se ciò che vuole esige in cambio il sacrificio e la morte dei suoi simili.» Unika aveva il cuore a pezzi. «No. Gli uomini non sono pronti. Non lo saranno mai. E non hanno colpa se non si meritano la nostra fiducia. Siamo noi che sbagliamo, perché pretendiamo di dare loro fiducia, a tutti i costi. Ci siamo convinti, e abbiamo commesso un errore che era scritto nelle regole assolute dell'Universo. Pensateci bene: se la Mente che ci ha generato ha deciso di affidarci il compito di custodire le anime degli esseri umani è perché ne hanno bisogno e da soli non sono in grado di elevarsi. Non dimenticate tutti i cataclismi che abbiamo dovuto originare nei millenni per cancellare il Male dallo spirito degli uomini e dare al genere umano la possibilità di ricominciare, partendo da zero e lasciandosi alle spalle il percorso nefasto che aveva imboccato.»

«Hai parlato con Allibis?» si informò Metatron, certo di conoscere già la risposta.

«Sì. Ma non è stato ciò che ha predetto a farmi cambiare idea. Io sono angosciata. Tanto. Troppo. Questo sogno ha cominciato a indebolire la nostra integrità, sta mettendo a repentaglio la sicurezza di Sefira. E sta anche caricando gli uomini di troppe responsabilità. Vi siete mai chiesti cosa succederà se non saranno capaci di affrontarle? A volte penso che anziché aiutarli a crescere, stiamo solo anticipando la loro caduta.» Unika si asciugò le lacrime con le dita. «Mi spiace. Il mio cuore urla nel dirvi quello che penso. L'ultima cosa che vorrei è infrangere le vostre speranze. Ma sono costretta a chiedervi di chiudere per sempre la Porta di Horizon. Vi chiedo di non pensare mai più ad aprirne altre. Vi chiedo di tornare a ispirare le menti degli uomini come abbiamo sempre fatto e come sappiamo fare. E ve lo chiedo con tutta me stessa.»

Unika non attese che Metatron e Raziel replicassero. Si voltò e si incamminò verso l'uscita della grotta.

«Unika, aspetta!» Il tono sorprendentemente caldo di Metatron la colpì. «Raziel ha un regalo per te...»

Unika si fermò e, senza girarsi, scosse la testa. «Non è il momento...»

«Sì, invece.» Raziel le si avvicinò. Infilò la mano in tasca ed estrasse un esagramma di metallo su cui spiccavano in rilievo le tre lettere OHA unite insieme. La abbracciò da dietro e, appoggiandole il mento sulla spalla, spalancò le dita davanti al suo viso e le mostrò l'oggetto.

«Cos'è?»

«La Porta si apre con la presenza in contemporanea delle due

Entità Fondamentali. Ma Metatron ha insistito affinché io avessi sempre il modo di rientrare a Sefira, anche senza il suo intervento e l'utilizzo delle Entità che custodisce. Gli ho dato ascolto e abbiamo creato una chiave sostitutiva delle Entità Fondamentali. È un esagramma, due triangoli che uniti formano una figura a sei punte: il simbolo dell'armonia dell'Universo. Due elementi uguali e contrapposti che si fondono uno nell'altro. Il maschio e la femmina. L'acqua e il fuoco. Il principio attivo e il principio passivo. La luce e il buio. Sefira e la Terra. Sull'esagramma ho scolpito tre lettere: OHA, le iniziali dei nomi pensati per le tre Porte che vorremmo aprire.»

Unika non fiatava. Ascoltava commossa, con la mente tormentata da immagini confuse.

«Poi però mi sono reso conto che io non aprirei mai la Porta senza il consenso di Metatron, nemmeno se fossi in pericolo. E so che lui farebbe lo stesso. Entrambi pensiamo che prima delle nostre necessità e sopra ogni cosa viene la protezione di Sefira. Per questo abbiamo deciso di rendere l'accesso più sicuro, ideando un congegno elaborato, che prevede l'apertura della Porta solo con le nostre volontà unite. Ho scelto di non usare questa chiave, ma di crearne altre tre, una per ogni Porta. Ho forgiato la prima con la lettera H di Horizon in rilievo. E una volta che saranno costruite le altre due Porte intendo realizzarne una con la lettera O di Orion e una con la lettera A di Abyss. Il meccanismo è semplice: ogni singola Porta si attiva con l'inserimento congiunto delle due Entità Fondamentali, controllate da Metatron, e della chiave della Porta, che io terrò sempre con me. Alle due Entità Fondamentali Metatron ha tolto il potere di aprire la Porta, se usate da sole.»

Raziel lanciò un'occhiata al fratello, prima di spostarsi di fronte a Unika.

«Questo per dirti che le tue paure sono le nostre. Anche noi sappiamo che gli uomini non sono pronti. E né io né Metatron vogliamo mettere a rischio Sefira. Tutt'altro. Metatron sta già pensando a un ulteriore elemento di difesa del passaggio, in aggiunta ai nostri consensi simultanei: un angelo che sia custode della Porta e la protegga.»

Unika provava tenerezza nell'udire le parole di Raziel. Anche se non riusciva a rassicurarla, quella determinazione la toccava nel profondo.

«Prendi questa chiave, Unika.» Raziel tese la mano e le porse l'esagramma. «Questa è la prima chiave creata, la Chiave Universale, la Chiave delle Chiavi. La Chiave che apre ogni Porta: rappresenta il sogno dell'unione dei due mondi. È il passepartout tra Sefira e la Terra. Un attimo fa l'avremmo distrutta. Adesso vorremmo che la tenessi tu. È il segno del rispetto e della fiducia che nutriamo nei tuoi confronti. Sei lo spirito più lucido e consapevole tra noi. Sei la sola in grado di vedere sempre lontano. La sola che sa davvero scindere il desiderio che pulsa nel cuore dalla logica che fa ragionare il cervello. Nessuno meglio di te può custodirla.»

«Io...»

«Prendila, Unika.» La voce di Metatron echeggiò solenne nella grotta. «Decideremo insieme se e come proseguire. Ma questa sera non andartene senza aver capito davvero che il tuo sentire è il nostro sentire.»

Capitolo 24

TENTATIVO VANO

Nubiri, 10 anni prima della chiusura dell'ultima Porta

«Di qui non si passa!»

«Sono Eber. Sono venuto a trovare Lergan.»

Dieci uomini armati gli sbarrarono la strada. «Abbiamo l'ordine di non far passare nessuno.»

«Dite a Lergan che sono qui, per favore.»

«L'Imperatore non intende incontrarla.» La voce sopraggiunse dall'interno dell'edificio. Un uomo anziano, vestito di bianco, scese le scale, attraversò l'atrio e si avvicinò ai soldati in uniforme nera. «La stava aspettando e mi ha chiesto di darle questo messaggio: "Eber, non cercarmi. Mi farò vivo io quando sarà il momento".» L'uomo vestito di bianco recitava a memoria la frase di Lergan.

«Io devo parlargli... subito.»

«Mi spiace. Non ho altro da dirle. E le chiedo di non insistere, per non obbligare la nostra sicurezza a intervenire.»

Raziel osservò l'uomo voltare le spalle e allontanarsi. Fece un passo verso l'ingresso e le guardie spianarono le armi. Si interrogò su come agire. E non poté fare altro che andarsene.

Capitolo 25

COSCIENZE A CONFRONTO

Sefira, 10 anni prima della chiusura dell'ultima Porta

«Sapevo di trovarvi qui.»

Unika si chiuse alle spalle il pesante portone di legno del Tempio della Saggezza e sorrise a Yesod e Ophidiel, seduti uno di fronte all'altro ai piedi dell'unicorno nero. Il sole entrava dalle vetrate e illuminava la sala.

«Ciao, Unika!» Yesod si alzò e le corse incontro. «Questo è l'unico posto in cui Ophidiel e io riusciamo a parlare senza litigare.»

«Lo so. Anche se non ho mai capito il perché di questa cosa.»

«È semplice» ironizzò Yesod. «Entrambi ci sentiamo insuperabili e siamo convinti di avere sempre ragione. Solo il Tempio dove ignoranza e sapienza vivono insieme può darci l'equilibrio interiore di cui abbiamo bisogno per dialogare e ascoltarci a vicenda senza cercare di prevaricare.»

Unika si lasciò abbracciare da Yesod. Si alzò in punta di piedi e appoggiò la guancia al suo petto muscoloso, facendosi stringere forte.

«Sono venuta a salutarti, amico mio. Ti aspetta una missione importante, e non sai quanto vorrei poter venire con te.»

«Il tuo posto è qui, Unika. Ne stavamo giusto parlando.» Yesod si voltò verso Ophidiel, ancora seduto a terra, con la faccia seria. «Vero, fratello?»

«E dicevamo che tu hai un compito altrettanto fondamentale» replicò Ophidiel, lanciando uno sguardo d'intesa a Unika.

Unika sapeva a cosa si riferiva Ophidiel e si accigliò.

«No, Unika. Non preoccuparti. Non ho svelato a Yesod il segreto che *dobbiamo* custodire. Ho solo cercato di fargli capire che in questo momento nessuno di noi è sereno. Siamo tutti impegnati a combattere contro qualcosa...» Ophidiel si interruppe, come per cercare le parole giuste. «La guerra sulla Terra è uno dei tanti problemi da affrontare. Non è il solo. La nostra concentrazione e tutta la fermezza di cui siamo capaci faranno la differenza.»

Unika si irrigidì, contrariata dal fatto che Ophidiel avesse voluto informare il fratello dell'esistenza di un segreto.

«Ma di cosa state parlando?» Yesod guardò prima Unika e poi Ophidiel. «Cosa mi state nascondendo?»

«Nulla, Yesod. Nulla che possa distoglierci da quello che ci aspetta» mentì Unika. «Ophidiel non è d'accordo su una decisione presa da Metatron. Riguarda solo loro due. E, come sai, Metatron e Ophidiel non hanno ancora trovato il loro "Tempio della Saggezza", dove poter discutere con calma e tranquillità...» Unika si sforzò di accennare un sorriso.

Ophidiel serrò la mascella e Unika capì che moriva dalla voglia di raccontare al fratello la storia di Raziel. Lo vide chiudere i pugni e riflettere. Sapeva che si stava chiedendo quale fosse la cosa migliore da fare. Per un attimo pensò di aiutarlo a decidere. Ma Ophidiel l'anticipò.

«È così, fratello. Ora vai a portare la luce a quella gente. E torna vincitore, dopo averli convinti alla pace.»

Unika sospirò di sollievo. Anche se nel profondo non aveva mai dubitato della lealtà di Ophidiel. Era l'angelo più forte che conosceva e non avrebbe mai messo a repentaglio l'armonia di Sefira. Per nessun motivo.

Ophidiel si alzò e si avvicinò a Yesod. Gli tese la mano e con l'altro braccio lo attirò a sé. Si strinsero. Come fratelli. Come angeli votati al Bene Assoluto. Come guerrieri pronti a tutto.

«Grazie, Ophidiel!» replicò Yesod. «Ti terrò informato. E ascolterò i consigli che vorrai darmi.» Poi si rivolse a Unika. «Abbi cura di te. E di tutti loro. Rischiano di fare danni se li lasci soli anche per poco. Quanto alla prossima battaglia, ti prometto che la combatteremo insieme.»

«La combatteremo *tutti e tre* insieme!» sottolineò Ophidiel, abbracciandoli entrambi.

Unika annuì, soffocando il presentimento che iniziava a farsi largo dentro di lei.

Yesod si chinò e le baciò la fronte. E in quel bacio si smaterializzò.

Il silenzio scese nella sala, i pensieri presero il sopravvento sulle parole e la luce si raggelò.

«Adesso tocca a noi!» dichiarò Ophidiel. Era di nuovo teso e la sua voce rimbombava severa. Senza aggiungere altro, si avviò verso l'uscita.

Unika lo seguì con gli occhi. Era a torso nudo. Indossava solo un paio di pantaloni di cotone nero che si appoggiavano morbidi alle caviglie. I piedi scalzi si muovevano lenti sulla pietra fredda del pavimento e il suo atteggiamento non lasciava spazio a repliche.

«Perché sei così arrabbiato? Sembra quasi che tu me ne faccia una colpa.»

«Non ho ancora capito da che parte stai.» Ophidiel si fermò in mezzo all'androne. Girò il capo per incrociare le sue pupille e la fissò a lungo. «In queste cose non si può stare a metà. O sei con Metatron o sei contro di lui. È una questione troppo importante. Te l'ho detto tempo fa: o è bianco o è nero. Il grigio non esiste.

E prima o poi anche tu dovrai scegliere. Perché una *non scelta* sarà comunque *una scelta*.»

Unika sostenne lo sguardo e sentì le parole di Ophidiel pungerle l'anima. Gli si avvicinò e lo prese per un braccio.

«Non sono d'accordo con il progetto di Metatron. Lo sai tu e lo sa anche lui. Gli ho parlato. C'era anche Raziel. Ho esposto a entrambi le mie preoccupazioni. Ho chiesto di non insistere, di chiudere la Porta e di non aprirne altre.»

«Ma tutto questo non li fermerà, vero?»

Unika provò una fitta al cuore. Gli occhi di Ophidiel bruciavano nei suoi e le toglievano il fiato. Si sentì attaccata e alzò la voce: «Come ti permetti di giudicarmi? Tu non hai fatto altro che dirti contrario. Hai urlato il tuo dissenso, senza ascoltare. Non hai nemmeno provato a discutere, argomentare e capire. Pensi che prendere tutto di petto sia sempre la sola via possibile, e sei convinto che chi non fa come te sbaglia...» Unika strinse la presa e scosse la testa. Una ciocca di capelli le scivolò sul viso. «No, Ophidiel. La vita non va così. Soprattutto quando si fa parte di una comunità e quando le nostre azioni influiscono sulle esistenze degli altri. Io la sento, questa responsabilità. E continuo a credere nel dialogo. Si possono prendere decisioni corrette solo osservando le cose da tutti i punti di vista!»

«Unikaaa!» sbraitò Ophidiel, facendo un passo indietro e tirando via il braccio. «Perché non vuoi capire? Parlare con Metatron non serve a niente! A niente!» Si portò una mano alla bocca, come per imporsi di non gridare. Aveva il viso contratto, ma gli occhi brillavano più intensi che mai. «Lui ha deciso, Unika, e quando decide non cambia idea. Mai. Io apprezzo la tua inesauribile volontà di provare a convincerlo. Ma devi renderti conto che non funziona.»

«D'accordo. Però non dire che non sai da che parte sto.»

«Te lo dico, invece, perché tu sei come me. Quando pensiamo che una cosa sia giusta, siamo pronti a tutto per vederla realizzata. Ma se non lo facciamo, significa che non abbiamo ancora deciso. Tu sai che Metatron e Raziel stanno commettendo un gravissimo errore, ma non sei ancora pronta ad affrontarli con forza, a minacciarli, se necessario. Tu sei nelle condizioni di farlo. Tu puoi, Unika! Sei la sola che può tutto. E se non agisci è perché non sei convinta fino in fondo.»

Unika restò di sasso.

«Unika, io non giudico e non te ne faccio una colpa.» La voce di Ophidiel era tornata al tono fermo e pacato. «Cerco solo di dirti che più il tempo passa, più sarà difficile intervenire. E più la scelta da fare sarà importante. Definitiva. È già tardi. E domani sarà anche peggio. Ormai siamo su una strada senza ritorno.»

«Mi fai paura quando dici così...»

«Si può sapere cosa deve succedere di ancora più drammatico per farti aprire gli occhi?»

Capitolo 26

LA SCALA DEL CIELO

Rumes, 9 anni prima della chiusura dell'ultima Porta

"Fratello..."

"Sto arrivando, Raziel."

"Ricorda di smaterializzarti quando usi la Porta. Saremo all'aperto, a più di cento metri dal suolo. Non possiamo correre il rischio che qualcuno ci veda."

Metatron non rispose. In un istante la sua figura eterea comparve accanto a quella di Raziel.

«Ben arrivato, Metatron. E buon Equinozio di Primavera.»

«Buon Equinozio di Primavera anche a te!» Metatron abbracciò con forza il fratello. «Ce l'hai fatta, eh?»

«Te l'avevo detto che avremmo avuto un altro motivo per festeggiare la ricorrenza di Sefira.»

«E senza dubbio l'inaugurazione della seconda Porta è l'ideale per cominciare questa giornata gloriosa!»

«È tutto pronto per il Torneo?»

Metatron annuì. «Stasera uno dei nostri giovani vincerà e avremo un nuovo Angelo della Forza.»

«È sempre un momento commovente, vero?»

«Sì...» Metatron inspirò a pieni polmoni. «Come quest'alba.»

«Ti ho proposto di arrivare presto proprio per guardare insieme il sorgere del sole.»

«Toglie il fiato.»

«Adesso capisci come mai ho insistito per farti venire di persona. Volevo che provassi questa emozione dal vivo, non solo attraverso lo schermo della Finestra sul Mondo.»

«A volte invidio la tua missione...» Metatron lasciò vagare lo sguardo. La vista si perdeva nella valle sabbiosa sottostante. Il sole sembrava accendere l'aria e infuocare a poco a poco il deserto. «La Terra è un posto meraviglioso...»

«Lo è.»

I due fratelli restarono per qualche secondo in silenzio, a contemplare la Natura che esplodeva di fronte a loro con tutta la sua potenza.

«Finalmente puoi toccare il monumento di cui ti parlavo.» Raziel si chinò e sfiorò con la mano la superficie di granito su cui erano appoggiati i loro piedi. Poi si sedette sul bordo, facendo penzolare le gambe nel vuoto. «Siamo in cima alla *Scala del Cielo*. La torre costruita dagli uomini per dare la possibilità al divino di scendere sulla Terra.»

«È un'opera architettonica davvero sbalorditiva.»

«Gli esseri umani hanno sempre bisogno di creare un legame con il trascendente. E io ho pensato di guidarli alla costruzione di una struttura originale, diversa dai soliti templi.»

«Come ti è venuta in mente questa forma?»

«Non è stata una mia idea.» Raziel non nascose la sfumatura di dolcezza che traspariva dal suo sorriso. «Tempo fa una bambina mi ha fatto un regalo. Avevo appena finito un discorso, c'era tanta gente, e lei è scappata dalla madre per corrermi incontro. Mi è arrivata davanti e ha teso le sue manine per darmi un foglio di carta. Era un disegno: sembrava una torre molto alta su cui erano tracciate alcune linee orizzontali. Quando le ho chiesto cosa fosse, mi ha risposto che erano i gradini che lei doveva fare per raggiungermi. Ho conservato quel disegno. Lo porto sempre con me: mi fa riflettere.»

«Su cosa?»

«Sul concetto di distanza. Quella bambina mi vedeva come un esempio da imitare, come un traguardo da conquistare. E la torre con le linee orizzontali era il suo modo di rappresentare la scala su cui lei avrebbe dovuto arrampicarsi per avvicinarsi a me.» La voce di Raziel si disperdeva nell'immensità dello spazio che li circondava. «E io ho fatto mio quel concetto. Ho tradotto il pensiero della bambina nella realizzazione di questo monumento, a cui ho conferito un significato profondo: è la via che porta gli uomini al Cielo e il Cielo agli uomini.»

«Hai dato agli esseri umani un riferimento sacro. Un luogo che cureranno e rispetteranno per sempre...» Metatron era compiaciuto.

«Un luogo che non oseranno mai oltraggiare e difenderanno a costo della loro stessa vita. La guerra impazza, e il popolo di Rumes ha voluto erigere questa torre come simbolo di speranza, per sottolineare ancora di più la forza del rapporto con il divino...» Raziel aveva gli occhi lucidi mentre parlava.

«E tu hai costruito la Porta che guarda la volta celeste proprio quassù, in cima alla torre.»

«Dove si riflette la luce di Orione.»

«Sono ammirato, fratello.» Metatron si girò verso Raziel per trasferirgli tutto il suo apprezzamento. «Hai indirizzato la fede degli uomini, creando una Porta sicura, protetta dalla loro tensione spirituale e per di più invisibile.»

«Sì, e quando li riterremo pronti a comunicare con noi e a oltrepassarla, per loro sarà tutto molto naturale: dovranno solo attraversare il passaggio che hanno sempre venerato come il legame tra Terra e Cielo.»

«La Porta è perfetta.»

«Non ancora.»

«Cosa manca?»

«Nulla...»

«E quindi?»

«Non so...»

«C'è qualcosa che non mi stai dicendo?»

Il tono di Raziel si incrinò. «No, Metatron. Solo un'ombra.»

«Cosa ti turba?»

«Questa guerra... che non riusciamo a fermare. Il rammarico di non avere il consenso di Ophidiel, che io stimo moltissimo. Il dispiacere di sentire così lontana Unika, che amo più della mia vita. E la paura dell'ignoto... di affrontare una missione tanto importante e rischiosa. Temo la fine del nostro sogno. Sono preoccupato, te lo confesso. E non potermi confrontare con Allibis mi innervosisce ancora di più.» Raziel si passò le mani sul viso. «Non fraintendermi, fratello. Non ho cambiato idea. Anzi, continuo a confidare nel nostro progetto. Voglio che *L'Uomo del Futuro* non sia più una chimera e si trasformi in realtà. Ma se dovesse esistere anche solo una remota probabilità che qualcosa possa andare storto, io devo prevederla.»

Metatron assentì, colpito dal senso di responsabilità del fratello.

«Vorrei dare ancora maggior sicurezza alla Porta» riprese Raziel. «Oggi ci sono io a proteggerla insieme alla gente di Shamash e a tutti coloro che credono in me e nella possibilità di una vita più illuminata. Ma la strada è ancora lunga e le insidie sono ovunque.»

«Cos'hai in mente?»

«Sto pensando di coprire la torre. Di ripararla con una struttura esterna che la tuteli, un involucro solido e indistruttibile.»

«Ma dopo tutto ciò che mi hai raccontato sulla "Scala del Cielo", come pensi di convincere gli uomini a farlo?»

«Non sarà difficile. Spiegherò loro che è per preservare la torre nel tempo e difenderla da eventuali attacchi nemici. Li coinvolgerò nella costruzione di un'opera solenne.» Raziel tese il braccio e indicò un punto nel deserto. «Laggiù ho individuato una piana con un terreno molto stabile. Erigerò tre piramidi, da allineare con le tre stelle della cintura di Orione, perché la loro posizione rifletta sempre le coordinate dell'Universo in questo momento di fiducia. E nella piramide più grande nasconderemo la torre e la Porta.»

«Mi sembra un ottimo stratagemma e sarò orgoglioso di aiutarti.»

Raziel strinse la mano al fratello, mostrando tutto il calore che aveva nell'anima. «Non vedo l'ora di decorare l'interno della piramide con il simbolo della nostra Sefira. E poi...» Si alzò in piedi e lanciò lo sguardo verso il sole appena sorto. «E poi voglio che ci sia *lei* a custodire per sempre il sentimento che ha ispirato l'ideazione di questo luogo. Costruirò una tigre magnifica, elegante e potente, con un volto bellissimo. Sarà il mio tributo a Unika: un monumento in suo onore. Lei è la nostra stella polare. L'angelo delle nostre emozioni. Colei che stimola i sogni e ha la capacità di farci comunque stare con i piedi per terra. Unika è parte di questo progetto. Senza il suo continuo incoraggiamento non ci saremmo mai dati un obiettivo tanto ambizioso. Senza le sue apprensioni non avremmo maturato così in profondità questa scelta. Lei crede nel nostro piano, ma ne vede i rischi ed è in ansia per le conseguenze. Sono i suoi timori a guidarci in una riflessione continua...» Raziel fissò Metatron negli occhi. «Se falliremo, solo Unika potrà proteggere la Porta. Se avremo ragione e ne usciremo trionfanti, lei sarà qui con noi a vedere ogni giorno il sorgere del sole.»

Capitolo 27

SHAMASH

Rumes, 7 anni prima della chiusura dell'ultima Porta

Il popolo era già tutto schierato. In attesa.

Raziel camminava nella luce accecante del mattino e osservava la sua gente da lontano.

Era alle porte di Baalbek e la folla era riunita sulla piazza davanti ai templi eretti in suo onore.

Raziel rovesciò la testa all'indietro e respirò l'aria che profumava di casa.

Era appena stato da Enkil. Per giorni aveva cercato di convincerlo a non entrare in guerra. Ma non c'era riuscito. Nonostante tutto, Enkil aveva deciso di contrattaccare, per distruggere Lergan e cancellare l'istinto egemone del popolo di Nubiri. Raziel sentiva il bisogno di incontrare il popolo di Rumes, prima di partire di nuovo per recarsi da Rodon. Viaggiava di continuo per stare più vicino agli uomini e portare il suo messaggio di pace. Erano tempi duri, ma condividere i pensieri con loro lo rasserenava e gli infondeva nuova fiducia, necessaria per proseguire nella missione.

Raziel non si era ancora reso visibile. Avanzava a passi lenti per assaporare fino in fondo l'euforia di quel momento. Sentiva sfumare nell'oscurità dell'incertezza la felicità che lo travolgeva e lasciava che l'anima vibrasse.

La terra era rossa e arsa dal sole che bruciava il giorno. La luminosità del cielo regalava alle cose i colori più veri. Le cime innevate delle montagne facevano da sfondo a un paesaggio gradevole. Raziel non riusciva ad abituarsi al contrasto evidente tra i profili morbidi delle colline e i contorni squadrati del complesso di pietra che si stagliava di fronte a lui. La solennità del luogo aleggiava e penetrava nella sua coscienza.

Era una costruzione immensa e monumentale, dall'architettura perfetta. L'aveva voluta con tutte le sue forze e costruita insieme agli uomini per avere un posto dove ritrovarsi, che fosse anche il simbolo dello stretto legame tra i valori terreni e quelli assoluti.

Raziel fissò le mura smisurate che proteggevano come guerrieri di roccia tutta l'area. Poi spostò lo sguardo sulle colonne altissime. Le percorse con gli occhi dall'alto al basso: erano sorrette da una piattaforma di blocchi monolitici enormi. Gli stessi massi con cui era stato edificato tutto quel sito maestoso. Sospirò. Era di fronte ai pilastri che reggevano il futuro: i pilastri dove c'era stato il primo incontro tra Eber e gli uomini, e sulle cui fondamenta erano nati i suoi sogni.

Raziel allungò il passo, preso dal desiderio di unirsi a quella gente. Costeggiò le navicelle disposte al di fuori delle mura e si precipitò alle porte della piazza. Si mostrò alla folla. Tutti si girarono verso di lui con i volti accesi di contentezza.

«Eber, ti aspettavamo!»

Raziel vide il loro capo salutarlo e corrergli incontro. Era un uomo molto alto e ben piazzato. Aveva i capelli neri cortissimi, la carnagione scura e la mascella pronunciata. Indossava un pastrano di tessuto color sabbia sopra una casacca morbida e un paio di pantaloni scuri infilati in stivali di cuoio. Al collo portava uno *shemag* beige leggero che lo riparava dal sole e dal vento. Qualche piccola ruga gli segnava la fronte e il suo sorriso metteva in evidenza un'espressione sincera.

«Ciao, Shamash. Anch'io avevo voglia di vedervi!» Raziel gli tese la mano. Shamash gliela strinse con le sue dita forti e lo tirò a sé per abbracciarlo.

«Ci siamo tutti. E siamo pronti.»

Raziel si staccò dall'abbraccio giusto per guardare Shamash negli occhi. Le sue iridi nerissime conferivano profondità allo sguardo.

«Andiamo, allora!» Raziel si avviò verso l'interno delle mura. Si fece largo tra la moltitudine che lo acclamava, lasciandosi stringere e toccare. L'emozione gli dilagava nel petto: la manifestazione di affetto di quegli uomini lo ripagava di tutte le energie e il tempo dedicati a sostenerli nella loro crescita interiore.

Raggiunse il cortile e si diresse verso la scalinata che portava all'ingresso del tempio più grande, quello situato al centro del complesso. Salì i gradini di pietra che conducevano alla navata. Si fermò sull'ultimo in modo che tutti potessero vederlo, e cominciò a parlare con voce ferma e coinvolgente.

«È sempre una grande gioia per me incontrarvi. E lo è ancora di più incontrarvi qui, nella casa che abbiamo costruito insieme per dare una dimora ai nostri sogni.» Raziel credeva in quel popolo e lo considerava parte di sé. I volti di quegli uomini erano nella sua anima. Li conosceva uno a uno e sapeva che non avrebbe potuto vivere senza di loro.

«Quando vi ho di fronte il mio cuore esulta e la vita prende una prospettiva diversa. Sento che tutto diventa possibile e che le difficoltà, anche le più ardue, sono superabili.» Raziel incurvò le labbra in un sorriso spontaneo, che comunicava tutto il suo attaccamento. «Quando sono lontano vi penso in continuazione e non passa giorno che non speri di tornare da voi per camminare uniti nel nostro futuro di luce.»

Raziel lasciò che le sue parole trasferissero fiducia. Poi proseguì, con tono grave: «Oggi sono qui per chiedervi aiuto. Ho bisogno più che mai del vostro sostegno. Come sapete, Nubiri tiene sotto assedio Ttaima. Ttaima per un po' ha respinto l'offensiva ma da qualche tempo ha cominciato ad attaccare. Stanno morendo soldati e civili... quante vite innocenti! E questo mi fa tremare, perché assisteremo alla distruzione di quanto è stato creato fino a oggi». Fece una pausa. «Sapete cosa significa?» Raziel alzò la voce e aprì le mani, rivolgendo i palmi al cielo. «Significa che l'uomo farà un passo indietro agli occhi del Bene Assoluto. Significa che l'uomo si allontanerà dallo stato di grazia per avvicinarsi invece alla notte buia dell'incoscienza.»

La folla non fiatava.

Raziel abbassò le palpebre e strinse i pugni. «Fratelli, amici, anime della mia stessa anima, dobbiamo impedire che questo accada. Dobbiamo fermare Nubiri. Ma dobbiamo fermare anche Ttaima. Dobbiamo fermare tutti coloro che vogliono combattere per la supremazia o che cercano giustizia. Dobbiamo far capire a quegli uomini che l'evoluzione non si ottiene sottomettendo chi la pensa in modo diverso da noi. E nemmeno eliminando chi ci ha fatto del male. Ma, al contrario, il progresso si ottiene guardando alla diversità con gratitudine, e trasformando la comprensione di quella stessa diversità in un punto di arrivo comune, in un obiettivo alto, superiore. Il potere fine a se stesso è sterile. Porta inesorabilmente all'estinzione della vita e alla morte dello spirito.»

Il silenzio incombeva. I volti erano tesi e concentrati.

«Colui che non ascolta e che crede di conoscere la verità meglio degli altri è colui che porta alla devastazione. Vede nelle idee che non condivide la propria debolezza e l'avverarsi dei suoi stessi incubi. E colpisce per uccidere, per spazzare via ciò che non capisce e che non sa interpretare, con la speranza di cancellare il problema. Ma il problema tornerà più forte di prima e lo travolgerà: gli logorerà l'anima. Allora quell'uomo avrà bisogno di credere nelle proprie forze e attaccherà di nuovo. Ucciderà ancora, senza tregua, nella vana illusione di poter dimostrare che è forte e sa vincere. Quel giorno sarà la fine. Per lui. Per quelli come lui. Per chi l'ha subito. Per chi non l'ha fermato. Per l'umanità.»

Raziel sentì il dolore trafiggergli il cuore. Vide le sue angosce prendere forma davanti a sé. Pensò alla bramosia degli uomini. Alla loro natura imperfetta. E nella sua testa risuonarono le parole di Unika: «*Ma l'animo umano non cambia. Non nella sua essenza profonda... gli uomini continuano a distruggere, a combattere, a uccidere. Perché fa parte della loro natura... Ogni uomo nasce con l'istinto di crescere, conquistare, prevaricare e dominare... non si ferma davanti a nulla. Nemmeno se ciò che vuole esige in cambio il sacrificio e la morte dei suoi simili... No. Gli uomini non sono pronti. Non lo saranno mai. E non hanno colpa se non si meritano la nostra fiducia. Siamo noi che sbagliamo, perché pretendiamo di dare loro fiducia, a tutti i costi... A volte penso che anziché aiutarli a crescere, stiamo solo anticipando la loro caduta*». Si chiese se *L'Uomo del Futuro* fosse una pura illusione, effimera come una chimera. Dopo un attimo di smarrimento, cercò dentro di sé la forza per continuare.

«Dobbiamo agire in fretta, per cambiare le cose. Se sarà necessario, cambieremo anche il destino. Ma la nostra vita non può consumarsi nella sofferenza della morte. La nostra vita vale di più. Insieme possiamo raggiungere il sogno.»

Raziel avvertiva la fragilità dei propri pensieri. Parlava alla folla, ma si stava rivolgendo alla sua stessa anima. Le convinzioni che lo avevano supportato in tutti quegli anni ora lo facevano vacillare. Non sapeva più orientarsi. Non conosceva la verità.

«Leggo la domanda nei vostri sguardi e la risposta è sì. C'è il modo di fermare tutto questo. C'è il modo di fermare Nubiri e Ttaima. La strada è costringere i due popoli a riflettere, a ragionare, a parlare. Non ci sarà un avvenire per il genere umano se non riusciremo a provare a noi stessi di essere superiori alla lotta per la supremazia. Voi questo lo sapete, fratelli miei. E vi chiedo l'aiuto che hanno chiesto a me altri miei fratelli... fratelli che un giorno vorrei fossero anche i vostri...» Raziel deglutì le lacrime che gli stavano appannando la vista. «Il nostro compito è portare la consapevolezza ovunque, anche negli antri delle coscienze più sorde. E oggi è un giorno importante perché stiamo scrivendo il nostro futuro e quello dei nostri figli.»

Raziel tese le braccia verso la sua gente, che lo applaudì. Senza aggiungere altro, scese le scale per tornare in mezzo a tutti coloro che l'avevano ascoltato e che credevano in lui.

Shamash lo affiancò, insieme a Zecharia e Abram.

«Come vuoi che ci muoviamo?» gli chiese.

«Con intelligenza e lucidità. L'obiettivo è portare la pace. E non lo si può fare attraverso la guerra.»

«Possiamo accompagnarti da Lergan. Tu lo conosci meglio di noi e lo hai incontrato spesso. Andremo in pace e chiederemo udienza per discutere con lui e trovare un accordo.»

Raziel appoggiò una mano sulla spalla di Shamash. «È la mossa corretta. Ma mi preoccupa. Poco fa, mentre vi comunicavo il mio pensiero, ho avuto un presentimento. Non so quanto reale e quanto dettata dall'inquietudine di questi giorni, tuttavia ho avvertito una sensazione di pericolo...»

Shamash fece un cenno di assenso a Zecharia e Abram, prima di rivolgersi di nuovo a Raziel: «Al tuo popolo puoi chiedere qualsiasi cosa. Noi ti vogliamo bene e siamo pronti a tutto».

«Lo so, Shamash. Lo so. Non è questo il punto. La fiducia è fondamentale tra di noi, ma non deve essere sinonimo di sacrificio. Io non vi chiederei mai di immolarvi per un obiettivo non raggiungibile. Le risorse e le energie sono limitate, per questo dobbiamo concentrarle sul bersaglio giusto. Se un giorno riterremo necessario giocare il tutto per tutto, lo faremo. Ma sarà una decisione che prenderemo insieme, dopo aver analizzato le soluzioni alternative. E dopo aver concordato che il nostro sacrificio sarà funzionale a uno scopo molto più grande: alla speranza di un avvenire migliore per il genere umano.»

«Vorrei avere sempre la tua forza interiore...»

«Sei una persona speciale, Shamash. Sono contento di averti conosciuto.» Raziel si incupì, e si avviò verso l'esterno delle mura.

«Shamash...»

«Dimmi...»

«Mi fai una promessa?»

«Quello che vuoi...»

«Se un giorno ti chiederò di prendere una decisione importante al posto mio, promettimi che lo farai.»

Shamash fissò Raziel con l'aria di chi sa che non è il caso di fare domande. «Certo. Se sarà ciò che vorrai.»

Raziel si girò verso la folla che lo stava seguendo con lo sguardo. Alzò le braccia al cielo e mosse le mani in cenno di saluto. «Arrivederci, amici miei! Siete la mia speranza.»

Salutò Zecharia e Abram. Poi abbracciò Shamash. E riprese la strada da cui era venuto. Camminò senza più voltarsi, sapendo di essere sotto gli occhi di tutti. Si sarebbe smaterializzato appena la sua figura avesse perso i contorni nitidi, diventando un puntino in lontananza.

Quei passi erano i più pesanti della sua esistenza: portavano il fardello della sua mente confusa, incapace di scorgere lo spiraglio di luce che l'aveva guidato fino a quel momento.

Capitolo 28

RICHIESTA D'AIUTO

Sefira, 6 anni prima della chiusura dell'ultima Porta

"Ophidiel..."

"Raziel?"

"Sì. Vorrei parlarti."

"Per dirmi cosa?"

"Per sentire il tuo parere."

"Che razza di scherzo è questo? Lo conosci, il mio parere. Non mi sembra di averlo mai tenuto nascosto."

"È da tanto che non ci confrontiamo."

"Non sono stato certo io a fingere di essere morto per abbandonare Sefira e andare sulla Terra a fare il paladino degli uomini... chiedendo ai miei fratelli di mentire per me!"

"Ti prego..."

"Ti prego, *cosa*? Con che coraggio mi chiami? Tu e il tuo compare avete portato solo problemi... A tutti!"

"Per questo vorrei parlarti..."

"Non c'è più niente da dire. Quello che dovevamo dirci ce lo siamo già detti. Le mie idee non sono cambiate. Anzi."

"Ascoltami..."

"Ascoltami tu! L'unica cosa che puoi fare è chiedere scusa! Non ti salverà l'anima, ma almeno ti permetterà di mostrare di nuovo la faccia!"

"Ti chiedo scusa anche subito, se questo può aiutare."

"Bene! Allora prima di ricominciare a parlare con me, preparati a fare un lungo tour per Sefira. E assicurati di avere fiato a sufficienza per chiedere scusa a tutti quelli a cui hai causato un danno. Vai da Martin e scusati per tutte le menzogne che gli avete fatto bere. Vai da Basathiel e prova a spiegargli perché è stato pietrificato, e scusati con Aqua, che ha perso quello che si illudeva potesse diventare l'amore della sua vita, senza nemmeno capire cos'è successo. Chiedi scusa a Yesod, a Mizar, a Hod, a Merak e a tutti gli Angeli Guida e agli Angeli della Forza che stanno impegnando ogni goccia di energia nel disperato tentativo di fermare una guerra scoppiata per i tuoi capricci. E non dimenticarti di chiedere scusa a Unika, che hai messo in una situazione di difficoltà immane. Vorrebbe darti il suo supporto morale e vive di sensi di colpa perché deve nascondere la verità al suo popolo. Tu non hai la più pallida idea di tutto il male che hai fatto..."

"Ophidiel..."

"Piantala, Raziel... torna da dove sei venuto e non farti più sentire!"

"Possiamo vederci?"

"Allora proprio non vuoi capire!"

"Per favore, Ophidiel..."

"Sparisci!"

"Ti supplico... davvero... Dammi la possibilità di parlarti e poi farò tutto quello che mi chiedi!"

"Non ho nessuna intenzione di venire sulla Terra per incontrare te."

"Sono a Sefira. Dimmi dove posso raggiungerti."

"Non credo che tu possa correre il rischio di farti vedere in giro, o sbaglio?"

"No, certo. Aiutami a trovare un modo."

"Ai Fari. Nella grotta di Mizar, sotto la bocca del cratere inattivo, dove c'è il lago vulcanico. Mizar è in missione e nessuno a parte me conosce quel luogo."

"D'accordo."

«Non ci crederai, ma sono felice di vederti!» Raziel sorrise a Ophidiel appena si materializzò all'interno della caverna. Il blu intenso del lago alle sue spalle contrastava con il colore della roccia bruciata dalla lava.

Ophidiel gli si avventò contro e lo colpì con un pugno in piena faccia.

Raziel barcollò. Si portò le mani al volto, tenendosi il naso rotto.

«Cosa vuoi da me?» urlò Ophidiel.

Raziel mosse la mascella, per verificare che fosse ancora intera. Si passò le dita sulla bocca e sputò un grumo di sangue.

«Dovevo aspettarmelo, questo benvenuto...»

«Allora, cosa vuoi?»

Raziel fece una smorfia di dolore. «Ho bisogno di te...»

«Non avrai mai il mio appoggio!»

«Non voglio il tuo appoggio. Voglio un consiglio.»

«Eh?»

«Voglio il consiglio di chi ha visto avverarsi i propri sospetti. Cosa faresti se fossi in me?»

«È troppo tardi. Avresti dovuto ascoltarmi prima!»

«Lo so. Allora mettiamola così. Siamo a un punto di non ritorno. La guerra è scoppiata, l'evoluzione degli uomini ha raggiunto livelli mai visti e porta con sé ingordigia, cattiveria, bramosia di potere. Non sappiamo se saremmo arrivati comunque fin qui o se con la nostra spinta abbiamo accelerato il corso degli eventi. In ogni caso, io mi sento responsabile per aver riposto nel genere umano più fiducia di quanta fosse capace di gestire. Sono convinto che alcuni uomini siano speciali, intelligenti e in grado di avvicinarsi a noi e ai nostri valori. Ma non sono un ingenuo, e vedo che per un uomo illuminato ce ne sono molti altri impreparati, non ancora pronti.» Raziel fece una pausa e sembrò cercare le parole giuste. «Quindi sono qui a chiedere a te, che sei sempre stato scettico: cosa posso fare adesso... dopo ciò che è già successo... per... per evitare che tutto esploda?»

«È già esploso!»

«Sì... certo... Ma ci sarà pur qualcosa che posso fare per limitare i danni?»

Ophidiel vide Raziel remissivo e capì che il suo intento era sincero. Era ferito e a suo modo stava implorando comprensione e aiuto. Non aveva nessun senso continuare a torturarlo. Ophidiel si sforzò di mantenere la calma e cambiò tono. «Non puoi fare nulla. Eber sulla Terra è diventato un mito, una guida. Se scomparisse, il mondo cadrebbe nel panico. Gli uomini si sentirebbero persi, abbandonati. Non saprebbero più in cosa credere e a chi chiedere sostegno. Se cambiasse modo di entrare in contatto con loro, impiegherebbe anni prima di riuscire a modificare le aspettative del genere umano: ormai tutti lo conoscono e le sue parole sono state assimilate... No, Raziel. Non puoi fare più niente.»

«Non credo alle mie orecchie! Ophidiel, il grande capo degli Angeli Guida, che pensa che non ci siano soluzioni e mi consiglia di stare con le mani in mano... Raccontala a un altro!»

«Tu non sei me, Raziel. Questo discorso e tutte queste supposizioni sono inutili. E lo sai. L'unica cosa che puoi fare è andare da chi ha iniziato questo conflitto e affrontarlo. Lergan è la mente, tutti gli altri agiscono per suo volere. Ferma lui e metterai fine alla guerra. Se ci vai come angelo, puoi solo provare a farlo riflettere... Però è anche vero che lo sta già facendo Mizar e i risultati non sono positivi. Se ci vai come uomo devi essere pronto a tutto. E per "tutto" intendo TUTTO. Immagino che tu sappia cosa voglio dire.»

«Ophidiel, invece, cosa farebbe?»

«Te l'ho già detto. Ophidiel non si sarebbe trovato in questa situazione.»

«Capisco...»

«Raziel, il tuo animo è puro. Sei un angelo virtuoso, ma non sei un guerriero. Mettiti la coscienza in pace, rinuncia ai tuoi sogni e torna a Sefira. E lascia che quello che verrà lo gestisca qualcun altro.»

Capitolo 29

LERGAN

Nubiri, 6 anni prima della chiusura dell'ultima Porta

«Eber? Da dove sei spuntato?»

«Dobbiamo parlare, Lergan.»

«Come hai fatto a eludere la sorveglianza?» Lergan si precipitò verso Raziel, con aria inquisitoria.

Raziel guardò negli occhi il piccolo uomo, calvo e completamente glabro, che si tendeva sulle punte dei piedi per avvicinarsi al suo volto e lo minacciava con il pugno chiuso, sbraitando infuriato.

«Cosa ti è preso? Sono anni che attacchi Ttaima e sei ancora convinto di essere nel giusto?»

«Ma non mi dire! Sei venuto a rimproverarmi...» Il tono di Lergan era beffardo e nell'agitazione della rabbia il suo naso aquilino sembrava ancora più sporgente e le iridi di ghiaccio mettevano in risalto la faccia diafana e senza arco sopracciliare.

«Hai distrutto secoli di progresso. Hai raso al suolo i progetti di generazioni intere. Hai sterminato migliaia di persone innocenti... perché?»

«Non ho fatto altro che seguire il tuo insegnamento. Sto portando la luce nei luoghi bui. Non è quello che volevi,

Ma-e-stro?» Lergan pronunciò l'ultima parola scandendo polemico ogni singola sillaba.

«Tu farnetichi! Non sai quello che dici!»

«Davvero? Allora vediamo se riesco a rinfrescarti la memoria. Un giorno sei comparso dal nulla e hai cominciato a parlare dell'*uomo*. Ti sei messo a nudo davanti a noi e, raccontandoci di te, ci spiegavi come siamo fatti, quello che sentiamo, quali sono le nostre risorse, e il modo per superare le nostre fragilità. Te lo ricordi, Eber? Dicevi cose che sembravano ovvie, ma che in realtà erano profonde, vere... facevano riflettere...» Lergan muoveva la testa in modo nervoso. «Ascoltandoti ho imparato a conoscermi meglio e a valutare chi mi circonda.»

Raziel non fiatava. Lasciava che Lergan si sfogasse, cercando di intuire dove voleva andare a parare.

«Ho creduto in te. E sei diventato un esempio importante per la mia vita. Tanto importante che ti cercavo ovunque. Avevo bisogno delle tue parole e non desideravo altro che starti vicino. Ed è lì che ho capito...» Lergan era a un passo da Raziel, si protendeva in avanti, agitando le mani. I muscoli del collo erano tesi. «Ho capito che il nostro rapporto non era reciproco. Io mi ero legato a te. Avevo messo la mia anima nelle tue mani. Ma tu mi consideravi uno dei tanti. Ti confrontavi con i popoli sparsi nel mondo e a tutti dicevi che avevi fiducia in loro e nella loro capacità di evolvere verso modelli di vita più illuminati, votati a valori superiori. E allora mi sono chiesto come tu potessi credere indistintamente nelle capacità di ogni essere umano. Gli uomini sono diversi tra loro. Molto diversi. Esistono uomini superiori e uomini deboli. È innegabile. Non volevo pensare che tu, pur sapendo tutto di noi, non te ne fossi accorto. Le risposte risiedevano altrove e potevano essere soltanto due: o tu mentivi, prendendoci in giro, oppure ci stavi mettendo alla prova, per vedere le nostre reazioni e capire chi di noi avrebbe potuto essere l'eletto.»

Raziel trasalì quando si rese conto del dramma che si era consumato nella mente di Lergan.

«E dato che io continuo a stimarti come non ho mai stimato nessun altro, scelgo la seconda opzione. Per questo ti dimostrerò che Nubiri è l'unico popolo in grado di meritarsi la tua fiducia e il premio di vivere insieme a te nel futuro radioso di cui parli. Non ho voluto incontrarti perché volevo portare a termine il piano che ho ideato, e offrirti su un piatto d'argento il mio successo.»

Raziel sentì il sangue gelarsi nelle vene. *Lergan è convinto di ciò che fa e considera la distruzione di Ttaima il mezzo per arrivare al fine ultimo. Radendo al suolo Ttaima vuole dimostrare la superiorità del suo popolo.*

«Lergan, perché non mi hai chiamato e non mi hai esposto i tuoi pensieri e i tuoi dubbi, prima di far scoppiare una guerra?»

«Perché gli uomini veri sanno che c'è un momento per tutto. C'è un momento per pensare, uno per parlare e quello per agire.»

«Lergan, devi fermare questo scempio. Io so quanto vali tu e quanto vale la tua gente. Non mi devi dimostrare niente.»

«Sì invece!» tuonò Lergan. «Non sei tu a dire che il senso della vita si vede in *ciò* che facciamo e in *come* lo facciamo?»

«Lergan, ascoltami...»

«No!» Lergan aveva perso il controllo. La sua giugulare sembrava sul punto di esplodere e il viso esangue si era acceso di un colore violaceo. «Ho ascoltato per anni. Adesso metterò in pratica. Per te, per me, per la mia stirpe. Ti darò quello che sei venuto a cercare: i fratelli con cui condividere le esperienze dell'avvenire.»

Raziel fece per rispondere, quando un brivido gli increspò la pelle. Doveva andare via. Subito. Puntò l'indice contro Lergan e con tutto il dolore che aveva nel petto gli disse: «Ti stai sbagliando! Io voglio la pace, e solo chi capisce questo potrà seguirmi!»

Senza aggiungere altro, corse verso la porta, la spalancò e uscì. Mentre la richiudeva fece in tempo a vedere il profilo etereo di Yesod comparire alle spalle di Lergan. Raziel l'aveva sentito arrivare e, anche se si era schermato ai sensi degli angeli, preferiva non correre rischi. Si precipitò sulle scale. Le meningi erano strette in una morsa: si sentiva colpevole per non aver capito in tempo cosa muoveva la mente di Lergan e per non essere stato in grado di dissuaderlo. Ora poteva solo sperare che Yesod riuscisse a fare ciò in cui lui aveva fallito. Un senso di nausea gli stritolò lo stomaco e la testa cominciò a girargli. *Ho sbagliato... ho sbagliato*. Una fitta gli trafisse il cuore. Allungò la mano per sorreggersi alla parete, ma gli si offuscò la vista. *Devo rendermi invisibile*. Si concentrò. Invano. Lo sforzo gli diede il colpo di grazia: perse l'equilibrio e cadde in avanti, rotolando giù per i gradini. Un dolore lancinante gli perforò collo e spalle, mentre le ossa scricchiolavano e le membra sbattevano sul marmo duro e contro la balaustra. Udì delle voci provenire da lontano. Passi. Parole incomprensibili. Poi delle mani lo sollevarono. *Sono cieco... non riesco a mettere a fuoco*. Si sentì trasportare e adagiare su un letto. Una voce femminile diceva che era tutto a posto, di lasciarli soli.

Raziel socchiuse gli occhi e la prima cosa che vide fu il volto di una giovane donna sorridente. Era seduta sul bordo del letto, china su di lui. Aveva la pelle ambrata e liscia come porcellana. I capelli scuri scendevano ondulati sulle spalle. Le ciocche laterali e quelle sulla fronte erano raccolte in uno chignon vaporoso dietro la testa e davano risalto agli occhi enormi e all'ovale perfetto.

«Riesci a sentirmi?»

Raziel si chiese se stava sognando. Rabbrividì quando avvertì il palmo della mano fresca della donna appoggiarsi sulla sua fronte sudata.

«Hai avuto un malore. Respira con calma e ti riprenderai in fretta. Credo che sia colpa del caldo. In questi giorni è insopportabile.»

Raziel sbatté le palpebre prima di passarsi le mani sulla faccia e mettersi seduto.

«Dove siamo?» chiese con voce roca.

«Sei caduto dalle scale e hai fatto un tale fracasso che le guardie sono accorse subito. Si sono allarmate perché non ti avevano visto entrare. Stava scoppiando il finimondo, ma per fortuna c'ero io. Ho detto che eri da me. Ti ho fatto portare in camera mia. Ora sei qui, hai tutto il tempo per recuperare le forze!»

Raziel cominciava a ricordare. *Sono andato a parlare con Lergan. Poi è arrivato Yesod e io sono fuggito. La conversazione con Lergan mi ha atterrito... e ho perso i sensi.*

«Eri da mio padre?»

Raziel fissò le labbra carnose che gli parlavano con dolcezza. Le accarezzò con lo sguardo e si abbandonò alla sensazione di quiete che quella donna riusciva a infondergli. Lei arretrò e dalla scollatura dell'abito uscì un ciondolo.

Non credo ai miei occhi... ma è... è...

Al collo, la giovane portava una piccola torre attraversata da linee orizzontali.

La via che conduce gli uomini al Cielo e il Cielo agli uomini.

«Mi chiamo Sarah» lo anticipò lei, intuendo il suo pensiero. «Ci siamo incontrati molto tempo fa. C'era tanta gente intorno a te e tu parlavi alla folla. Dicevi cose importanti, che toccavano l'anima. E in quel momento io ho espresso il desiderio di essere come te, da grande.»

«Sarah...» mormorò Raziel, ricordando la bambina bellissima che scappava dalla madre per raggiungerlo e regalargli il disegno che aveva fatto per lui.

La donna annuì, mentre Raziel si portava la mano destra alla tasca ed estraeva un foglio.

Sarah lo riconobbe immediatamente, spalancò gli occhi e due lacrime le rigarono le guance.

«Sarah...» ripeté Raziel, aprendo il pezzo di carta ingiallito su cui spiccavano le linee tratteggiate da una mano infantile. «Sono venuto da tuo padre per chiedergli di fermare la guerra. Ma non mi ha ascoltato. Combatte per dimostrarmi il suo valore...»

«Lo so.»

«Non è quello che io voglio, Sarah. E tu che hai ascoltato i miei discorsi e le mie parole conosci la verità... mi devi aiutare a dissuaderlo.»

Sarah si alzò dal letto e si avvicinò alla finestra. Aveva le spalle nude e indossava un corpetto nero bordato d'oro sopra una lunga gonna dello stesso tessuto. I movimenti eleganti lasciavano intravedere la vita sottile e le gambe tornite. Fra i capelli erano intrecciati fili dorati e sulle braccia erano disegnati decori floreali.

«Da quando è morta mia madre, nessuno riesce più a parlare con lui. Non esce dalla stanza in cui si è rinchiuso in cima al palazzo e detta ordini alle truppe. Continua a ripetere che la vita vera deve ancora venire. E che per raggiungerla bisogna avere fede e darsi da fare. Io discuto con lui ogni giorno. Cerco di spiegargli quello che sento, di farlo ragionare. Ma è inutile.» Sarah affondò il viso tra le mani. «Là fuori la gente muore. Non muoiono solo coloro che lui chiama "nemici", ma anche i nostri soldati, i nostri fratelli, i nostri mariti, i nostri figli, i nostri amici. Ed è atroce. Ingiusto.» Sarah si morse le labbra. «Mio padre sta inseguendo la scintilla di una follia.»

Raziel sentì una fitta al cuore più violenta di quella che lo aveva assalito qualche istante prima. Si accasciò in avanti, mentre il gusto amaro della tristezza gli inondava la bocca.

Sarah si inginocchiò per sorreggergli la testa. Poi lo aiutò a distendersi di nuovo.

«Ma io continuerò a parlargli. Insisterò finché avrò fiato e vita» gli disse. «E non perché me lo chiedi tu, ma perché è la cosa giusta da fare. Cercherò di fargli cambiare idea. Non desisterò finché non ci sarò riuscita. Lo prometto a te e a quanto di buono c'è nella mia anima.»

«Corri da lui, allora. Non mollare. Abbiamo perso anche troppo tempo. Devi fargli capire che è la pace a portare ciò che lui insegue...»

Sarah fece cenno di sì con il capo. Scattò verso la porta, ma si bloccò di colpo. Un pensiero sembrò solcarle la mente: era come se sapesse che al ritorno avrebbe trovato la stanza vuota. Si voltò e corse da Raziel. Gli sollevò il mento e avvicinò le labbra alle sue. Dopo un bacio lunghissimo, scomparve oltre la soglia.

Raziel avrebbe voluto aggrapparsi a lei, trattenerla, stringerla. Ma non reagì. Con il respiro di Sarah ancora sulla bocca, chiuse gli occhi, si concentrò e trasvolò lontano.

Capitolo 30

SARAH

Nubiri, 6 anni prima della chiusura dell'ultima Porta

«Papà...»

Sarah spalancò la porta della stanza a vetri, dove Lergan stava impartendo ordini ai suoi generali. Era seduto su una grande poltrona nera e le immagini di fronte a lui cambiavano in continuazione, mostrando il risultato dei vari scontri con Ttaima.

«Non ora, Sarah. Non vedi che sono impegnato?»

«Non c'è mai un momento giusto per te...»

«Torna più tardi.»

«No. Tu mi ascolti adesso.»

Lergan fece un movimento con la mano e interruppe la comunicazione con l'esterno. Le facce dei cinque uomini con cui stava parlando sparirono insieme all'immagine degli edifici demoliti e del cielo grigio di fumo.

«Sai che non mi piace essere interrotto. E che non sopporto il tuo atteggiamento irriverente.»

«Non ho altro modo per attirare la tua attenzione, papà. Da quando la mamma è morta, tu non sei più disposto ad ascoltare nessuno. Nemmeno tua figlia. E questo è difficile da accettare.»

«Tua madre non c'entra nulla. Se non ti ascolto è perché in questo momento ho responsabilità importanti a cui far fronte.

Non è più tempo di feste, passeggiate e chiacchiere spensierate. Siamo in guerra. La mia mente è concentrata. Devi capire che queste sono cose più grandi di te.»

«Siamo in guerra perché hai voluto esserlo. *Tu* hai deciso di attaccare Ttaima. *Tu* sei l'unico artefice di questa situazione.»

«Ho fatto quello che mi è stato chiesto.»

«No. Nessuno ti ha chiesto di dominare il mondo. Nemmeno di affermare la tua supremazia. *Tu* ti sei lasciato sedurre da un delirio di onnipotenza.»

«Non sai quello che dici...»

«Ah, no? Sentiamo un po', tu come lo definiresti il tuo comportamento, altrimenti?»

«Smettila, Sarah!»

«Allora dimostrami che non è così. Ferma lo sterminio. Porta la luce parlando di pace.»

«La luce non si porta con le parole. Le parole non hanno fondamenta e volano via in un soffio di vento.»

«Papà! Ma ascolti quello che dici? Che diritto hai tu di invadere e sottomettere altri popoli?»

«Il mio non è un diritto. È un dovere. Io sono l'eletto. Colui che darà prova di meritare un futuro migliore. Lo faccio anche per te. E per tutta la nostra gente.»

«La nostra gente sta morendo...»

«Si sta immolando per una causa più alta, per un avvenire diverso, fatto di valori superiori, di verità profonde.»

«Ma come fai a parlare di valori quando le astronavi scoppiano, i palazzi crollano, le città bruciano e le persone soffrono?»

«Devi imparare a guardare oltre, Sarah. I tuoi occhi devono vedere quello che sarà. Non quello che è. Il presente si sta consumando nel sogno del domani.»

«Non ci sarà un domani. E anche se ci dovesse essere, sarà un domani in cui nessuno vorrà vivere, perché la tristezza avrà soffocato gli animi e la distruzione avrà colorato di tetro ogni cosa. Non ci saranno sorrisi, né speranza. Solo drammi, paura, sconforto.»

«Vattene, Sarah! Esci da questa stanza e non farti più vedere finché non ritorni in te e non cominci a portare rispetto per tuo padre!» Lergan era in piedi e tendeva il braccio con l'indice puntato.

Sarah lo fissò dritto negli occhi. Avrebbe voluto schiaffeggiarlo fino a farlo rinsavire. Ma lo sguardo fermo di lui le fece capire che non sarebbe servito a nulla. E che quella sarebbe stata l'ultima discussione.

«Mi dispiace, papà» gli disse, in lacrime. «Non doveva andare così.»

Senza aggiungere altro, Sarah si voltò e uscì dalla stanza, sbattendosi la porta alle spalle. Prima di scendere le scale appoggiò la schiena allo stipite. Singhiozzò in silenzio, lasciandosi travolgere dalla disperazione. Poi si asciugò il viso e guardò oltre. *Lo fermerò. In un modo o nell'altro lo fermerò.*

Capitolo 31

IL CUORE E LA TESTA

Nubiri, 6 anni prima della chiusura dell'ultima Porta

«*Segui sempre il cuore, Sarah. Ma non lasciare che il cuore ti uccida.*»

Erano le parole che le aveva detto suo padre due anni prima, quando aveva pagato la cauzione per tirarla fuori dalla prigione dove l'avevano rinchiusa dopo averla catturata durante un'azione armata. A capo di un gruppo di ambientalisti aveva messo fuori uso il sistema di sicurezza di un laboratorio di ricerca, preso in ostaggio gli studiosi, malmenato i guardiani e trafugato una decina di animali di grossa taglia sfruttati per gli esperimenti.

Era stata un'avventura elettrizzante, che le era costata un braccio rotto, qualche livido e una condanna penale con arresto domiciliare. Ma aveva imparato molto. Aveva capito che la determinazione non serve a nulla se fine a se stessa e che i colpi di testa, anche quando ispirati da pensieri nobili, non portano mai a risultati positivi. La sua azione era stata bloccata dalle forze dell'ordine, i media avevano oscurato l'informazione e il laboratorio aveva continuato a fare ricerche usando violenza all'ecosistema. E tutti gli animali erano stati trovati e messi in gabbia di nuovo.

Sì, papà: seguirò il cuore, usando la testa.

Sarah estrasse una borsa da sotto il letto, aprì l'armadio e cominciò a riempirla. Si muoveva con fermezza, prendendo in mano solo le cose che considerava davvero indispensabili.

Gli occhi le caddero su una parrucca bionda. *Myriam.* I pensieri corsero indietro di qualche mese. Myriam era la figlia della governante del padre. Sarah e Myriam avevano la stessa età e si somigliavano molto: occhi grandi, viso acqua e sapone, stessa statura. Una bionda, l'altra bruna. Erano cresciute insieme e sarebbero sembrate sorelle se non fosse stato per il carattere.

Myriam era una ragazza inquieta, sempre alla ricerca di ciò che non aveva. Spendeva tutti i soldi che la madre guadagnava con fatica e spesso si cacciava nei guai. Sarah l'aveva coperta molte volte, anche con Lergan, che aspettava solo la scusa buona per mandarla via di casa. E passava il tempo a salvarla da situazioni difficili.

La madre di Myriam si era ammalata di una malattia incurabile che l'avrebbe consumata velocemente. E Myriam era morta in un incidente stradale pochi giorni dopo la notizia. Sarah sapeva che la morte di Myriam avrebbe distrutto l'anima già fragile della madre e aveva deciso di risparmiarle quella sofferenza. Tutte le sere indossava la parrucca bionda e i vestiti di Myriam e andava all'ospedale, dove passava la notte al fianco della donna. Lo aveva fatto per settantatré giorni. Fino a quando la povera donna si era spenta. Fino a quando, prima di chiudere gli occhi per sempre, le aveva sussurrato: «*Sarah, tu meriti molto di più da questa vita. Meriti un angelo che si prenda cura di te*».

Capitolo 32

LA GUIDA NELL'OMBRA

Sefira, 3 anni prima della chiusura dell'ultima Porta

«Martin?»

«Vieni, vieni, Unika. Siamo qui!»

«Sei sintonizzato con Yesod?»

«Certo. Ti stavamo aspettando!»

Unika corse nella stanza della Finestra sul Mondo. Martin era in piedi davanti allo schermo, con la fronte grondante di sudore e le dita infilate nelle trecce della barba.

"Yesod!"

"Ciao, Unika..."

Unika osservò l'immagine eterea di Yesod alle spalle di Lergan. Accanto a lui c'era Mizar.

"Mizar, ci sei anche tu!"

"Sì, Unika. Le nostre forze sono unite, lo sai..."

"È proprio impossibile riuscire a guidare i suoi pensieri?"

"Purtroppo sì..." rispose Mizar.

"Ha un cuore duro e una mente brillante. Agisce in nome di un fine ultimo, che dal suo punto di vista è il più nobile che ci sia. È convinto delle proprie idee e non ascolta ragione." Yesod scosse la testa.

"Non migliorerà mai."

"Però non è detta l'ultima parola..." continuò Yesod. "Mizar sta facendo un ottimo lavoro con i generali di Lergan. Anche se è un percorso lungo e difficile, sembra che si riesca a infondere il senso della giustizia in molti di loro."

"Mi state dicendo che l'obiettivo è fare in modo che disobbediscano agli ordini di Lergan?"

"Sì" confermò Mizar. "E iniziamo a vedere i primi risultati anche grazie a sua figlia."

"Cioè?"

"Lergan ha una figlia di nome Sarah. È una donna speciale. Ha poco più di vent'anni e non condivide i principi del padre. Ha provato a dissuaderlo ma senza successo, e ora si è schierata contro di lui. Ha messo in piedi un esercito di ribelli e sta colpendo Lergan ai fianchi."

"È risoluta?"

"Ti piacerebbe, Unika. Ha fegato da vendere e nelle sue vene scorre audacia liquida."

"Chi di noi la sta seguendo?"

"Alcor. Ma sembra che qualcosa l'abbia scossa negli ultimi tempi. È come se di colpo avesse cambiato marcia. Non sappiamo ancora quale sia il pensiero di fondo che la guida. Ma di sicuro è molto forte!"

Unika si incuriosì. «Martin, riesci a rintracciarla?»

«S-s-subito!» Lo Gnomo sintonizzò un altro schermo della stanza.

Unika era concentrata sulle immagini: Sarah stava camminando a passo deciso in un vicolo buio. Era sola e all'apparenza non armata. Indossava un mantello scuro che le copriva testa e corpo. Quando tendeva il passo si intravedevano solo le gambe avvolte in stivali neri fino al ginocchio. Unika la vide rallentare, strisciare le spalle contro il muro, sporgere la testa oltre l'angolo per assicurarsi che non ci fosse nessuno, poi svoltare e infilarsi in una porticina. Era un palazzo che prima della guerra si stagliava verso il cielo per oltre ottanta piani. Le bombe lo avevano sventrato ed erano rimasti in piedi pochi livelli.

Unika non toglieva gli occhi dallo schermo, attenta a ogni movimento. Sarah percorreva le scale di corsa. Era agile e veloce: sembrava non sentire la fatica. Dopo una decina di rampe, sbucò in un corridoio illuminato da una luce flebile che si accendeva a intermittenza. Si avvicinò a un battente di metallo blindato e bisbigliò qualche parola: «Dopodomani all'alba». Nel giro di pochi secondi un rumore sordo di chiavistelli che giravano nelle serrature anticipò l'apertura della porta. Sarah entrò e si richiuse il battente alle spalle.

Martin orientò di nuovo le immagini per avere una visuale dell'interno della stanza. Era un locale ampio, essenziale, equipaggiato da strumentazioni e apparecchiature tecnologiche di ogni tipo.

«È un laboratorio» constatò Martin.

«Così sembra» replicò Unika, mentre guardava Sarah prendere un pacchettino dalle mani di un giovane con la faccia ustionata, un occhio bendato e un braccio bionico.

«Martin, fai uno zoom sull'oggetto!»

Martin azionò il dispositivo di ingrandimento con la forza del pensiero, ma Sarah aveva già nascosto il pacchetto misterioso sotto il mantello.

«L'intelligenza virtuale non riesce più a metterlo a fuoco. L'ho perso...» Martin abbassò la testa in segno di sconforto.

«Non importa, Martin. Continuiamo a seguirla.»

Unika si girò verso il monitor connesso con Yesod e Mizar. Lergan stava camminando avanti e indietro.

"Yesod, sai come sta andando il supporto alle anime di Ttaima?"

"Il popolo di Ttaima in questo momento è ferito e si sente oltraggiato, ma Hod è fiducioso. È sicuro che Enkil smetterà di attaccare quando Lergan ritirerà le truppe. Enkil ascolta la sua voce e non è votato alla guerra."

«Unika, guarda!» esclamò Martin.

Unika seguì la traiettoria del dito puntato verso l'altro schermo. Sarah era di nuovo in campo aperto ed era stata intercettata da un gruppo di cinque guardie del padre. Sgattaiolava nei vicoli, cercando di sfuggire all'inseguimento. Le guardie indossavano caschi senza visiera e tute nere che fasciavano il corpo come in un involucro di gomma. Erano armate con fucili e pistole a energia, ma non facevano fuoco. «Ricordate gli ordini: dobbiamo prenderla viva!» disse il soldato che correva davanti agli altri.

Unika assisteva agli avvenimenti senza fiatare. La sua mente vorticava veloce, ma non si era ancora fatta alcuna idea concreta sulla personalità di quella giovane donna e sul suo obiettivo.

Sarah arrivò in un vicolo cieco. La strada si interrompeva contro un muro di cemento. Non c'era via di fuga. Sarah cominciò a guardarsi intorno, gli occhi si muovevano frenetici a destra e sinistra alla ricerca di una soluzione. Aveva il viso congestionato dalla corsa convulsa e la mascella tesa per la paura. Si gettò alle spalle il mantello che indossava, portò le mani dietro la schiena e, con un gesto fulmineo, scagliò due dardi a forma di stella a cinque punte verso gli aggressori. Ne colpì uno alla gola e un altro fra gli occhi. L'urlo dei due uomini si spense mentre si accasciavano senza vita al suolo.

Unika sentì un fremito alla base del collo appena le altre tre guardie spararono. Sarah rotolò su un fianco per evitare i raggi di energia. Estrasse un altro dardo e fece per lanciarlo. Prima che la sua mano si tendesse, i tre soldati caddero a terra come frutti che si staccano da una pianta. Crollarono inermi in un tonfo.

«Ma che...» Martin era esterrefatto.

Unika sussultò quando vide Sarah sollevare lo sguardo, sorridere, alzarsi e superare le guardie per riprendere la sua corsa.

«Cos'è successo?» domandò Martin, grattandosi la testa, mentre lo schermo rimandava l'immagine dei tre militari che si trascinavano in piedi, come risvegliati da un lungo sonno.

«Non ne ho la minima idea» mentì Unika, cogliendo la figura di un uomo nell'ombra. Era troppo distante perché il monitor riuscisse a mostrarne il viso. Ma Unika aveva capito qual era il pensiero di fondo che guidava Sarah: Raziel.

Capitolo 33

LA VOCE DELL'ISTINTO

Nubiri, 3 anni prima della chiusura dell'ultima Porta

«C'è un luogo che devi vedere...»

Raziel guardava Sarah negli occhi. Le sue iridi scure brillavano energiche, illuminate dalla luce della luna. Avrebbe voluto baciarla.

«È in mezzo al mare. Una distesa di terra verde che si getta nelle acque turchesi. Piante che tendono i rami al cielo, fiori che sbocciano in ogni stagione. Foreste che nascondono vulcani, torrenti, cascate. Spiagge di finissimi cristalli rosa. E il sole... un sole che accende la vita ogni mattina.»

«Stai parlando della terra di Alakan, vero?»

«Sì.»

«Mio padre ha sempre detto che quella gente è pazza.»

«Ai suoi occhi lo è, poco ma sicuro. È un popolo che ha fatto una scelta importante. Ha deciso di vivere in armonia con l'ambiente, in un rapporto di reciproco scambio. Grazie alle loro conoscenze, quegli uomini riescono a trarre sostentamento puro dalla Natura, restituendo ossigeno al cielo e linfa vitale al suolo. Non sono interessati al potere, ma solo alla vita.»

«È vero che vivono di pesca e agricoltura?»

«Esatto. Conducono un'esistenza semplice e dedicano alla ricerca tutte le risorse che hanno a disposizione.»

«Li conosci?»

«Da sempre. E vorrei che li conoscessi anche tu...»

«Ci andremo. Te lo prometto. Ma dopo che avrò fatto una cosa che sento di dover fare.» Sarah passò le dita tra i capelli di Raziel.

«Vorrei andarci subito...» le sussurrò lui.

«No. Non sarei in pace con me stessa. Non riuscirei a godere appieno della gioia che mi regaleresti...» Sarah alzò il mento al cielo. Il suo sguardo attraversava il buio e rimbalzava nel firmamento. «Fin da piccola ho sempre sentito di essere nata per un compito importante. Non so spiegarti questa sensazione... forse proprio perché è solo una sensazione. Ma dentro di me qualcosa vibra da sempre. È questo che mi ha spinta a studiare giorno e notte, a dedicarmi al sapere anche contro il volere della mia famiglia, che desiderava fare di me una regina inutile e indolente.»

Raziel e Sarah erano seduti sul terrazzo di quel che restava dell'ultimo piano di un grattacielo che svettava solitario sopra la città. Raziel era affascinato dalla veemenza con cui Sarah raccontava.

«Io ho un istinto che mi guida, Eber! Non ho mai smesso di seguirlo. Si è rafforzato nel tempo. E quando ti ho incontrato e ho ascoltato dalla tua voce parole che la mia anima già urlava da tanto, ho capito che quella era la strada. Non vedo ancora la fine del cammino, ma so dove devo andare. Devo fermare mio padre. Questo è il prossimo passo. Da cui nascerà qualcos'altro... come una catena fatta da tanti anelli. Per ora vedo un anello alla volta, ma un giorno vedrò il progetto nella sua interezza e conoscerò la ragione dell'anello che devo chiudere oggi.» Sarah prese la mano di Raziel nelle proprie. «Sono sicura che capisci. Non fermarmi. Lasciami fare quello che sento... dopodiché sarò libera di venire con te.»

Capitolo 34

LA GUERRIERA

Rumes, 3 anni prima della chiusura dell'ultima Porta

«Shamash! Hai visite...»

La donna che comparve sulla soglia aveva uno sguardo malizioso.

Shamash deglutì l'ultimo sorso del liquore dolciastro che aveva nel bicchiere. Si alzò dal tavolo intorno a cui stava discutendo con i suoi uomini e si diresse verso l'uscita della stanza. Sbucò su un piccolo terrazzo scavato nella pietra. La costruzione era ricavata all'interno della montagna. Locali di varie dimensioni si aprivano nella roccia ed erano collegati tra loro con corridoi angusti: un alveare gigantesco, creato per essere invisibile ai radar.

Shamash abbassò lo sguardo sul pianoro di terra battuta. Trasalì. Non credeva ai propri occhi. Si precipitò giù dalle scale strette e sconnesse, scendendo due gradini alla volta. L'afa rendeva l'aria quasi irrespirabile e la sua pelle colpita dai raggi del sole era imperlata di sudore. Corse verso lo spiazzo dove era atterrata la navicella ellittica con il colore del cielo. Lo scudo d'occultamento era ancora attivo e i motori accesi. Lo sportello era aperto e davanti al velivolo c'era una figura avvolta da un lungo mantello.

«Regina...» La voce di Shamash era rotta dall'imbarazzo.

«Shamash, non sono più una regina. Ora sono una guerriera.»

Sarah si lasciò cadere sulle spalle il cappuccio che le copriva la testa.

«Perché sei venuta fin qui? Sai che è pericoloso.»

«Ho bisogno di un favore.»

«Tutto quello che vuoi. Puoi contare su di me.» Shamash fece un cenno di assenso con il capo, mentre il suo cuore palpitava, emozionato. Sarah era incantevole: benché si fosse rasata i capelli a zero, gli occhi pieni di vita, il naso sottile, le sopracciglia arcuate e le labbra carnose le conferivano un'espressione dolce e intensa allo stesso tempo.

«Domani all'alba lancerò l'attacco definitivo a Lergan» dichiarò lei.

«Siamo pronti. Verremo con te!»

«No, Shamash. Tu devi restare qui perché se io fallirò, sarai l'ultima speranza per la salvezza del bene dell'umanità. Non possiamo rischiare in un solo colpo tutte le risorse che abbiamo.»

«Come posso aiutarti, allora?»

«Se io dovessi morire, dai rifugio ai miei uomini, prendili sotto la tua protezione. Ti saranno fedeli.»

Shamash sentiva vibrare in lei il coraggio. Si perse nel suo sguardo e portò le dita aperte al petto, in segno di promessa. «Lo farò. Casa mia sarà casa loro. Ma tu devi tornare vincitrice. Nessuno meglio di te conosce i punti deboli di Lergan, e solo tu puoi arrivargli al cuore. Se non ce la farai, non ci sarà futuro.»

Sarah gli tese la mano. «Sapere che ci sei mi è di grande conforto, Shamash. Grazie.»

Shamash sorrise, onorato.

«Ho ancora una cosa da chiederti.»

«Ti ascolto.»

«Quando lo rivedrai, dagli questo da parte mia.» Sarah piegò la testa e sfilò il laccio di canapa che teneva al collo, a cui era appeso il ciondolo a forma di torre. Lo porse a Shamash. «E digli che ho fatto tutto ciò in cui ho creduto.»

Capitolo 35

IN TRAPPOLA

Sefira, 3 anni prima della chiusura dell'ultima Porta

«L'hanno scoperta!»

La voce di Martin era allarmata. Lo Gnomo camminava irrequieto davanti alla Finestra sul Mondo, senza togliere gli occhi dallo schermo. I suoi assistenti lo ascoltavano, turbati.

"Unika... Unika... Unika, rispondimi!"

"Martin, dimmi."

"Gli uomini di Lergan stanno per entrare nel bunker dove si è rifugiata Sarah... non ha scampo."

"Arrivo!"

In una manciata di secondi Unika si materializzò all'Osservatorio.

«Eccomi! Cos'è successo?»

«Stanotte Sarah si è nascosta in un piccolo appartamento al piano interrato del palazzo che vedi.» Martin tese il dito tremante verso il monitor. «Sembrava t-t-tutto tranquillo fino a mezz'ora fa, quando una pattuglia armata dei soldati di Lergan ha circondato il quartiere e ha fatto irruzione nell'edificio.»

Unika fissava il volto di Sarah. La donna era seduta per terra, con la schiena appoggiata contro la parete. Sembrava in attesa.

«È sempre stata sola?»

«Sì. È arrivata poco dopo la mezzanotte, si è seduta in quell'angolo e non si è più mossa.»

«Non si è messa in comunicazione con nessuno?»

«Assolutamente no! Non si è mai spostata da là. Solo dieci minuti fa, per mangiare una caramella.»

«Una caramella?»

«Una caramella, una gomma, non so... si è infilata in bocca qualcosa.»

Unika si accigliò.

«Oh, no, no, no! Stanno scendendo le scale...» Martin gesticolava frenetico, in preda all'ansia.

Un gruppo di militari in uniforme nera affollava la rampa che portava nello scantinato.

«Non li ha sentiti arrivare. La prenderanno di sorpresa!»

Unika non rispose. Restò immobile a osservare la squadra che faceva saltare in aria la porta blindata del locale per fare irruzione ad armi spiegate.

Sarah scattò in piedi e con una velocità impressionante cominciò a lanciare i suoi dardi acuminati e taglienti. Colpiva dritto alla gola e in mezzo agli occhi, e ogni lama rotante andava a segno.

«Combatte come una pantera: è stata allenata per anni dalle guardie del padre. L'hanno istruita da giovane, perché imparasse a difendersi... e guarda adesso!» Martin aveva la mascella aperta.

Sarah lottava con un'agilità singolare. Sembrava riuscisse a prevedere le mosse degli aggressori e li anticipava.

«Ma sono troppi... Lei è da sola...» Martin sudava per la tensione.

Di colpo la scena cambiò ritmo: i militari si spostarono per fare largo a tre uomini di stazza massiccia. L'incedere marziale e l'attrezzatura testimoniavano la loro appartenenza a un corpo speciale. Avevano il volto coperto da un casco aerodinamico integrale. La visiera era una membrana scura filiforme a bassa densità: rendeva invisibile la faccia, permettendo a chi la indossava di guardare e respirare, senza la necessità di fessure per occhi e bocca. Petto, spalle e avambracci dei tre guerrieri erano protetti da piastre flessibili di reticolo tetraedrico di diamante, di un nero lucido e riflettente che contrastava con l'opacità della tuta elastica ad alta prestazione. Placche della stessa composizione si modellavano perfettamente su cosce, quadricipiti e stinchi. Le mani erano riparate da guanti di fibra molecolare resistentissima, la stessa di cui erano fatti gli stivaletti.

Sarah lanciò con precisione le sue shuriken, ma nessuna colpì il bersaglio: i tre soldati erano veloci e addestrati quanto lei. In un battito di ciglia la costrinsero in un angolo. Sarah roteò gli occhi, prima di flettere sulle ginocchia e saltare in alto in una capriola serrata. Tese la gamba destra per colpire il collo di uno degli aggressori. Lui si scansò e l'atterrò con un pugno al fianco. Sarah urlò. Cadde a terra e si rialzò a fatica. Si gettò verso il muro. Balzò a piedi pari contro la parete, per prendere lo slancio, scavalcare i nemici e fuggire. Ma una mano aperta la colpì al mento e la fece crollare di nuovo. I tre energumeni l'accerchiarono e la catturarono, sotto gli sguardi attoniti degli altri soldati.

Sarah perdeva sangue dal naso e si divincolava come un'ossessa: scalciava, scuoteva la testa e inarcava la schiena senza tregua.

Unika si chiese dove fosse Raziel. Poi la luce negli occhi di Sarah la fece riflettere: la donna aveva un'espressione strana. Non era paura. Se non fosse stato per la drammaticità della scena, il suo poteva sembrare uno sguardo di esultanza.

Capitolo 36

PADRE E FIGLIA

Nubiri, 3 anni prima della chiusura dell'ultima Porta

Il rumore dei passi che si avvicinavano era freddo come le pareti grigie della cella in cui Sarah era rinchiusa. Rimbombava nel corridoio lugubre, accompagnato dai lamenti degli altri prigionieri incarcerati nei sotterranei del palazzo di Lergan.

Sarah si alzò dal pavimento sporco e umido su cui era rimasta rannicchiata per ore e afferrò le sbarre a due mani, portando dentro di sé la gelida sensazione di morte che quelle inferriate trasmettevano.

Sapeva che i soldati stavano andando da lei. E li avrebbe accolti in piedi, con il volto segnato dal dolore, ma lo spirito pieno di coraggio.

Quattro uomini si schierarono davanti alla porta della cella. Tenendosi a distanza, uno digitò un codice su un piccolo apparecchio che aveva agganciato alla cintura e fece scattare la serratura. Altri due entrarono e la ammanettarono, infilandole i polsi in un congegno sferico che immobilizzava le mani e riduceva l'energia vitale del corpo.

Sarah avvertì un immediato indebolimento fisico e le ginocchia cedettero.

Senza dire una parola, i due militari la afferrarono per le braccia e la trascinarono nel corridoio, scortati dagli altri due che si erano fermati sulla soglia.

«Dove mi state portando?» Sarah parlava con la bocca socchiusa e la sua voce era poco più che un farfuglio.

«Tuo padre ti vuole vedere» replicò secco il soldato alla sua destra.

«E sarà per l'ultima volta, bellezza!» gli fece eco quello di sinistra, con un ghigno disgustoso. «Poi sei tutta nostra...» Una risata collettiva sgorgò dalle gole bramose dei quattro carnefici.

Arrivarono di fronte a una porta blindata, che venne azionata dall'esterno. Altre quattro guardie proteggevano il passaggio. In fondo al corridoio, Sarah fu spinta dentro un ascensore circolare.

«Ultimo piano» disse l'uomo di sinistra, avvicinandosi a uno scanner della retina posizionato sulla parete interna dell'ascensore, e scandendo le sillabe.

«PDO?» domandò una voce metallica che si diffondeva chiara nell'abitacolo.

«33798» rispose l'altro soldato.

«Attendere la richiesta di autorizzazione.»

Dopo qualche secondo una spia luminosa blu si accese e l'ascensore cominciò a muoversi.

Sarah era nervosa: la salita sembrava interminabile.

A un tratto le porte si aprirono. Una luce fortissima la colpì in pieno volto e Sarah dovette abbassare le palpebre. Era stata per troppe ore al buio e i raggi del sole che entravano dalle vetrate dell'ultimo piano le pungevano le pupille come una pioggia d'aghi.

Le guardie la strattonarono fuori dall'ascensore e la condussero in un atrio con le pareti in stucco di un rosso acceso. Un'ampia scala in marmo bianco scendeva ai piani inferiori. Sarah conosceva bene quell'ambiente. Lì aveva incontrato Eber. E nella sua stanza da letto, qualche gradino più in basso, l'aveva baciato.

Una mano la prese per il collo e le rovesciò la testa all'indietro. «Dai il tuo saluto veloce al paparino, noi ti aspettiamo qui, RE-GI-NA...» Il soldato aprì la bocca, e con la lingua spessa e ruvida le leccò tutta la guancia. Sarah avvertì il calore fetido del suo alito, mentre le dita le stritolavano la nuca. Cercò di divincolarsi, ma la sfera che le legava le mani assorbiva tutta la forza del suo corpo, come una sanguisuga.

In quell'istante la porta a doppio battente che dava sul ballatoio si spalancò. Apparve un uomo anziano vestito di bianco.

«L'avete controllata bene? È disarmata?» domandò serio ai quattro militari.

«Innocua come una bambina» confermò la guardia, che continuava a conficcarle i polpastrelli nel collo.

L'uomo vestito di bianco li fece entrare nella grande sala a vetri. «Toglietele le manette. E aspettate fuori.»

Il soldato la liberò e fece un passo indietro, non prima di aver grugnito qualcosa di incomprensibile e rivoltante, che Sarah sapeva essere diretto a lei.

Appena la porta si chiuse, una voce risuonò acuta nella stanza.

«Lasciaci soli.»

Sarah riconobbe il timbro del padre. Si guardò intorno, ma non lo vide. Restò immobile, mentre l'assistente anziano obbediva all'ordine.

Senza le manette, Sarah riprese un po' di forza.

Nel silenzio, dove l'attesa aveva il sapore della solitudine, Lergan si mostrò. Le arrivò di fronte e la fissò negli occhi.

«Perché, Sarah?»

Lei sostenne il suo sguardo.

«Perché l'uomo che ho di fronte non è più mio padre. Ma un despota. Incapace di amare e apprezzare il valore della vita.»

«Speravo di trovarti più lungimirante, dopo le ore che hai passato rinchiusa.»

Sarah indugiò sul volto del padre: erano passati anni dal loro ultimo incontro. Lo trovò invecchiato. La pelle era rugosa sulla fronte e sulle tempie. Le occhiaie scavavano le guance come solchi profondi. Ma l'espressione era quella di sempre, dura e tagliente.

«Se pensi che una cella puzzolente e le minacce dei tuoi scagnozzi possano farmi cambiare idea, non hai capito nulla di me.»

«Voglio dirti una cosa...» Lergan tese le braccia e le strinse il viso tra le mani. «Non passa giorno che io non mi interroghi su di te, Sarah. Sei il mio dolore più grande. Lo sarai per l'eternità. E sai cosa mi fa soffrire di più? Non il tuo comportamento, non la tua ribellione, e nemmeno il fatto che tu ti sia messa contro di me e abbia urlato al mondo cose ignobili sul mio conto. No. Io soffro perché non capisco. Per quanto mi sforzi, proprio non capisco. Non ci riesco.» Lergan le accarezzò gli zigomi. «Io ti volevo bene. Da me avresti potuto avere ciò che desideravi. Avresti potuto chiedermi tutto l'amore dell'Universo e io te l'avrei dato. Invece non l'hai preso. Peggio, l'hai rifiutato. E per cosa? Per rincorrere un ideale che non esiste.»

«Tu capisci solo la tua lingua, papà.»

«E tu mi assomigli, Sarah.»

Quell'affermazione le affondò nello stomaco come un coltello nel burro.

«Un giorno, quando la cronaca parlerà di noi ci definirà un padre e una figlia separati dalla guerra. Una guerra personale, che ognuno di noi ha fatto propria per raggiungere scopi interiori non spiegati e non spiegabili. Nessuno saprà leggerne i motivi veri. Ci definiranno simili, forse uguali. E avranno ragione. Tranne che per una cosa: io so dove devo arrivare. Tu no. Tu sei solo accecata dalla volontà di contrastarmi. Hai sbagliato, Sarah. Il tuo errore ti costerà la vita. E con te morirà la parte migliore di me.»

«Sei un mostro.»

«È tutto quello che hai da dirmi?»

«Non credo che altre parole possano scalfire la tua sorda integrità. Ho provato a parlarti anni fa e non è servito. Credo che oggi sia ancora più inutile.» La voce di Sarah era un sussurro e le sue labbra si muovevano a stento.

Lergan annuì. «Sarai giustiziata oggi. Sul terrazzo in cima al palazzo. Subirai il trattamento riservato ai traditori. Perché nessuno più di te ha tradito. Morirai per annegamento nell'acqua profonda della coscienza: voglio che l'agonia sia lenta e che la tua mente abbia tempo di pensare a lungo, fino a quando l'ultima traccia di ossigeno sarà presente nei tuoi polmoni.» Lergan si voltò e camminò verso la vetrata che dava sulla città. «L'esecuzione verrà trasmessa a reti e canali unificati. Voglio che tutti sappiano. E che tutti vedano i tuoi occhi nel momento in cui la disperazione ti costringerà a spalancare la bocca per respirare. Perché nell'istante in cui l'acqua ti inonderà i polmoni, i tuoi occhi diranno la verità ed esprimeranno ciò che la tua anima avrà finalmente capito: che hai sbagliato.»

«Vedo che hai pensato a tutto...»

«Non mi hai dato scelta.»

«E immagino che ancora una volta non ti sporcherai le mani. Resterai in questa tua torre d'avorio ad aspettare che qualcuno uccida per te. Non è così?»

«Non sono io che ti uccido. Sei tu che hai scelto di suicidarti.»

«Se hai architettato tutto questo, abbi almeno il coraggio di farlo di persona, papà. Accompagnami alla piscina delle acque della coscienza, gettami dentro e resta a guardare i miei occhi. Lì. Di fronte a me. Mentre la mia anima capisce *chi* ha sbagliato.»

Lergan strinse i pugni. La sua faccia corrugata non celava la nausea che gli attanagliava le viscere. «Non la prendo come una sfida. Ma come il tuo ultimo desiderio...»

Sarah trattenne il fiato.

«E ti accontenterò. Così la tua coscienza non avrà nemmeno più quello da rimproverarmi.»

Sarah reagì con un silenzio che valeva più di mille parole.

«Credo che non abbiamo più nulla da dirci.»

«Lo credo anch'io.»

Lergan si avvicinò al tavolo al centro della stanza e premette un pulsante per avvertire che era pronto. Un attimo dopo la porta si aprì e rientrarono le guardie, accompagnate dal vecchio vestito di bianco.

«Rimettetele le manette» ordinò Lergan. Poi si rivolse al suo assistente: «È tutto pronto?»

«Da ore. Aspettano solo un suo cenno, Imperatore.»

Lergan abbassò le palpebre in modo impercettibile e si passò una mano sulla testa calva. «Andiamo!»

Le quattro guardie e l'assistente si scambiarono un'occhiata interrogativa.

«Avete capito bene» tagliò corto Lergan. «Sarò io a giustiziarla.»

Nessuno parlò. Gli sguardi erano più che eloquenti.

Sul terrazzo erano in attesa una cinquantina di soldati, tutti schierati intorno a una grande piscina trasparente piena d'acqua. Navicelle attrezzate con apparecchiature da ripresa circondavano lo stabile, pronte a registrare e a trasmettere l'esecuzione in diretta mondiale.

Per la prima volta Sarah si lasciò travolgere dall'emozione: un capogiro la fece traballare e il cuore cominciò a batterle forte nel petto. Aveva la gola secca e un dolore sordo le trafiggeva le orecchie. Fino a quel momento era stata concentrata solo sull'obiettivo. Ora la sua anima sussultava di paura e l'acqua trasparente nella vasca le faceva tremare le vene.

Devo essere forte. Adesso più che mai, o tutto sarà stato vano.

Lergan era davanti a lei e procedeva lentamente verso i gradini che portavano alla sommità della piscina. Camminava con passo sicuro, ma Sarah sapeva che era tutta apparenza: una dimostrazione di forza di volontà. *Aveva previsto di restare nella sua stanza ad aspettare la mia morte. Avrebbe voluto urlare il suo dolore in silenzio, lontano da tutto e da tutti, come quando è mancata la mamma.* Sarah lo conosceva e riusciva a sentire ciò che provava. Per questo aveva fatto leva sul suo orgoglio e lo aveva provocato, sfidandolo per costringerlo a mettersi in gioco. E ora lo vedeva soffrire, dietro la maschera di indifferenza che lo proteggeva dalle telecamere.

Prima di imboccare la scala, Sarah si fermò.

«Solo noi due, papà.»

Lergan la scrutò.

Insieme al sentimento di sfida, nella propria espressione Sarah gli fece leggere anche una profonda fragilità. La stessa fragilità di quando da piccola correva da lui nel pieno della notte per raccontargli i suoi incubi.

Lergan alzò la mano e ordinò alle guardie di fermarsi. Mise il piede sul primo gradino ed ebbe un'esitazione. Poi salì il secondo. E percorse di slancio i successivi.

Sarah lo seguì, con la fronte alta e la bocca serrata.

Il decimo gradino si appoggiava al bordo della piscina. Appena Sarah lo raggiunse, Lergan si chinò per agganciarle alle caviglie un congegno simile a quello che aveva intorno ai polsi. Quella seconda sfera l'avrebbe immobilizzata e le avrebbe tolto anche l'ultima goccia di forza che le rimaneva, facendola sprofondare inesorabilmente nell'acqua.

«Addio, Sarah. Spero che alla fine tu riesca a ritrovare te stessa.»

Sarah lo osservò e capì che in un altro momento lui l'avrebbe abbracciata. Le avrebbe detto tante cose. Ma ormai era tardi. Ormai era un'altra vita. E il suo risentimento poteva solo affogare insieme a lei in fondo a quella vasca.

Fece correre lo sguardo sulla superficie immobile dell'acqua. Erano circa cinque metri di profondità. Bastava molto meno per annegare. Lacrime cristalline le inondarono gli occhi e si riversarono leggere sulle guance, fino a morire tra gli angoli serrati delle sue labbra.

Senza parlare, Sarah si voltò e si protese verso il padre. Cercò la sua guancia per un ultimo bacio.

D'istinto Lergan le si avvicinò, tendendo il collo.

Fu un istante. L'istante che segnò la storia.

Sarah aprì la bocca, mosse la mascella e con la punta della lingua sollevò il piccolo oggetto che aveva tenuto contro la gengiva per tutto quel tempo. Era poco più grande di una caramella. Sarah lo morse, ne ruppe l'involucro protettivo e, prima che il contenuto le scivolasse in bocca, lo sputò nell'orecchio del padre. Fu tutto talmente rapido che Lergan ci mise un attimo per rendersene conto. L'attimo fuggente in cui la realtà si trasforma in un dramma e la vita prende i colori della morte.

Lergan si portò la mano all'orecchio, mentre una fitta atroce gli perforava il timpano.

«Come...?»

«Succo di Loto nero, papà. Ricordi? Il veleno più mortale che ci sia, se ionizzato.»

Lergan fu assalito dalle vertigini e un fuoco gli incendiò le meningi. Gli si offuscò la vista e la mandibola si bloccò aperta, mentre la lingua si ispessiva e dalla bocca schiumava una saliva densa.

Prima di perdere conoscenza, Lergan si gettò addosso a Sarah. L'avvinghiò con entrambe le braccia nel momento in cui il sistema nervoso smetteva di funzionare e gli arti non rispondevano più alla mente. La strinse in un abbraccio mortale. Perse l'equilibrio e cadde nella vasca, tirando Sarah con sé, immobilizzata dalla morsa e dai due congegni che le succhiavano ogni energia.

L'impatto con l'acqua fu sconvolgente. Una colonna di spruzzi si alzò alta in cielo. Schizzò le guardie attonite e incapaci di reagire di fronte al loro Imperatore morente, e si abbatté sugli oculari di registrazione ammassati contro le pareti della piscina, azionati per riprendere le immagini e trasmetterle al mondo.

Lergan era paralizzato e andava a fondo come un sasso, trascinandosi dietro Sarah.

Sarah ingoiò acqua. Provò a liberarsi. Ma sentiva le forze abbandonarla e i sensi sfuggirle lontano, nelle tenebre.

Il mento rivolto verso il cielo, le braccia tese in alto, oltre la testa, le gambe unite e il bacino in tensione: Sarah sembrava una sirena che si divincolava da un orribile mostro marino, per raggiungere la superficie, per poter respirare.

Il buio si stava impossessando della sua anima, quando sentì mollare la presa. Guardò in basso e vide suo padre affondare inerme, con gli occhi sbarrati e i denti digrignati in una smorfia di dolore. Il corpo era morto, la mente lottava ancora. Sarah fece in tempo a vederlo spalancare la mascella, nel gesto disperato di chi ha bisogno di aria. Si fissarono, mentre l'acqua gli riempiva i polmoni. Nel suo sguardo c'era stupore, ma nessuna traccia di paura, né di rimpianto. Sarah non lesse la luce della consapevolezza del suo errore nemmeno quando lei stessa fu costretta ad aprire la bocca alla ricerca estrema di ossigeno, e inalò l'acqua profonda della coscienza.

Capitolo 37

IL RISVEGLIO

Alakan, 3 anni prima della chiusura dell'ultima Porta

Azzurro.

Sono in paradiso.

Dagli occhi socchiusi filtrava una luce intensa.

Sto volando in cielo.

L'azzurro non aveva confini e brillava d'immenso come uno spazio infinito. Sarah abbassò ancora le palpebre, mentre i suoi sensi cominciavano a riprendere vita. Mosse la testa, le spalle, la schiena: avvertì il contatto con una superficie morbida.

Sono distesa.

Allungò le mani: le sue dita si intrecciarono con fili lunghi e sottili.

Erba.

Tese il collo e ascoltò: un sibilo sfiorava le sue orecchie.

Vento.

Aprì le narici e inspirò in profondità: l'odore era di spazi aperti, di terra, di tepore che asciuga il prato.

C'è il sole... fa caldo.

Sarah deglutì. Appena la saliva arrivò in gola le sfuggì un lamento: un fuoco ardente le bruciava nella trachea fino allo stomaco. Si passò la lingua sulle labbra screpolate. Poi si girò su un fianco e sentì i muscoli contrarsi. Spalancò gli occhi e fu assalita di nuovo dall'azzurro intenso. Li chiuse di colpo, per poi aprirli lentamente. Poco alla volta la vista metteva a fuoco. Il cielo era sconfinato, senza nemmeno una nuvola. Scendeva fino all'orizzonte e si confondeva con il mare.

Mare?

Sarah si tirò in piedi, a fatica.

Dove sono?

Si guardò intorno. Era su una scogliera che si affacciava nel vuoto. Sotto di lei le onde si infrangevano a riva in un movimento armonioso, lasciando la loro schiuma su un lembo di sabbia dorata.

Come sono arrivata qui?

Sarah provò a ricordare. Un dolore agghiacciante le trafisse le meningi, mentre immagini confuse le si affastellavano nella memoria. Acqua. Tanta acqua. La superficie era lontana, sopra la sua testa. Non riusciva a raggiungerla. Si divincolava. Suo padre la fissava con occhi sbarrati e nitidi e la tirava con sé verso il fondo. Il respiro svaniva. I polmoni si riempivano. Il cuore accelerava. Il buio.

Sarah vacillò e perse l'equilibrio. Si chinò e appoggiò le mani al suolo. Restò ferma per qualche minuto. Poi si concentrò ancora. Gli ultimi ricordi erano l'acqua che le entrava dal naso e dalla bocca e l'oscurità in cui affogava.

Sbatté le ciglia un paio di volte, per scacciare l'angoscia e riallacciarsi al presente. Si osservò i palmi delle mani. Fece correre lo sguardo sulle braccia, sulle gambe, fino ai piedi. Aveva la pelle segnata da aloni violacei, tumefazioni ovunque e abrasioni profonde intorno a polsi e caviglie. Sarah ricordò i congegni sferici con cui era stata immobilizzata. Poi esaminò ciò che indossava: era una tunica leggera di cotone naturale. Non era sua. Non era l'abito che portava quando era stata catturata.

Era confusa, faceva fatica a mettere insieme tutti i pezzi di quel rompicapo. Si prese la testa fra le mani, e appena le dita scivolarono sulla nuca trasalì: i polpastrelli sentivano l'attrito dei capelli cortissimi che crescevano.

Ma come può essere? Li ho appena rasati...

«Ben svegliata.»

La voce la raggiunse alle spalle. Sarah si voltò.

«Eber!»

«Va tutto bene, Sarah. Sei stata priva di sensi per diciannove giorni e diciannove notti, ma sei al sicuro, ora.» Raziel le si avvicinò. Il suo viso era rassicurante.

«Sono viva?»

«Certo che sei viva...»

«Non è un sogno? O... una nuova vita nell'aldilà?»

«Sei sana e salva, Sarah» Raziel tese la mano e le sfiorò il mento.

Sarah corrugò la fronte e piegò le sopracciglia in un'espressione esitante. Poi parlò in un sussurro: «Mio padre è morto?»

Raziel annuì.

L'ho ucciso. Ho ucciso mio padre. Sarah si sentì mancare. Strinse le ginocchia al petto e guardò verso l'orizzonte, lasciando che le lacrime le scivolassero lungo le guance.

«Rilassati, Sarah.» Raziel le si sedette accanto. «Hai ancora bisogno di riposare.»

«Alla fine ce l'ho fatta, eh?»

«Sì. Fermando tuo padre, hai colpito al cuore Nubiri e hai messo fine alla guerra. Ttaima non è più sotto assedio. Enkil ha ritirato le sue truppe. E il mondo orientale è di nuovo libero di vivere in pace.»

Sarah singhiozzò. Dentro di sé il senso di vittoria lottava con il dolore per la perdita. Ripensò a suo padre. Si chiese se gli volesse bene. E il vuoto che sentiva nell'anima era più significativo di qualsiasi risposta.

«So cosa provi. E vorrei poterti alleggerire da ogni tormento.»

«Questa sofferenza è la pena che devo scontare. È giusto. Mi fa sentire vera. E viva.»

Raziel le sorrise con tenerezza.

«Cos'è successo in quella vasca?» Sarah inclinò la testa e lo fissò dritto negli occhi. «Io stavo affogando. Io *sono* affogata.»

«Shamash è arrivato appena in tempo. Insieme ai suoi uomini e al tuo gruppo di fedeli ha superato le barriere dell'esercito di Lergan. Ha annientato la difesa del palazzo e distrutto la piscina.» Raziel raccontava con tono pacato e le sue parole erano avvolgenti come un abbraccio. «Ti hanno tirata fuori. Avevi ingerito molta acqua ed eri sotto shock. Ma il tuo cuore batteva ancora.»

«Hanno rischiato la vita per me...»

«Tu eri pronta a sacrificare la tua per tutti. E loro non sarebbero mai stati fermi a guardare. Hanno agito con estrema determinazione, per salvarti e dare il loro contributo alla storia.»

Sarah si commosse.

«E io ho rispettato il nostro accordo: ho lasciato che tu facessi quello che *ti sentivi* di fare, prima di portarti dove avevo promesso.»

«Vuoi dire che siamo...?»

«Nel luogo che ti dicevo, ricordi?»

Sarah pensò alle parole di Raziel, giorni prima. «*Una distesa di terra verde che si getta nelle acque turchesi. Piante che tendono i rami al cielo, fiori che sbocciano in ogni stagione. Foreste che nascondono vulcani, torrenti, cascate. Spiagge di finissimi cristalli rosa. E il sole... un sole che accende la vita ogni mattina.*»

«Adesso devi riposare, Sarah. Per tutte le altre domande e gli altri pensieri c'è tempo. Hai liberato il mondo, dimostrando un coraggio esemplare, e io ti ammiro molto. Ma ora sei qui: non soffrire più e lascia che mi prenda cura di te.» Raziel abbassò la testa, si portò le mani alla nuca e slacciò il cordoncino di canapa con il ciondolo a forma di torre. Si protese verso di lei e glielo legò al collo. «L'ho custodito per te. Ma voglio che lo tenga tu.»

Sarah prese il ciondolo tra le dita, lo strinse, e rivisse in quell'oggetto tutta la sua vita.

Raziel le baciò le labbra. Un bacio lungo, intenso, pieno di emozione. Un bacio che sostituiva le parole. Quelle che non le avrebbe mai detto.

Si alzò e si allontanò in silenzio, portando con sé il segreto di ciò che era realmente successo. Non le disse che le era stato accanto per tutto il tempo, da quando l'aveva incontrata nel palazzo di Lergan a quel preciso istante. Non le disse di averla seguita nelle carceri sotterranee, di essere stato al suo fianco mentre sfidava il padre, di averla accompagnata alla vasca, di averla sorretta nell'acqua. E non le raccontò neppure di avere guidato la mente di Shamash e di avergli comunicato i dettagli per farlo intervenire in tempo. Ma soprattutto non le disse che era stato lui a fare esplodere le pareti della piscina e che le aveva soffiato alito di vita nei polmoni, quando il suo cuore aveva ormai smesso di battere.

Capitolo 38

ANGELI EROICI

Sefira, 3 anni prima della chiusura dell'ultima Porta

«Aspettiamo Metatron, prima di chiamarli?»

«No, Metatron non viene.» Unika distolse lo sguardo, per evitare gli occhi di Martin.

«Cos'è successo?»

«È solo impegnato in altro.»

«Possiamo procedere?» tagliò corto Ophidiel.

«Certo, certo! Mi sintonizzo con loro.»

"Angeli Guida, ci siete?" Unika si sforzava di avere un tono brioso.

"Presente!" rispose Yesod.

"Anch'io!" gli fece eco Mizar.

"In ascolto!" affermò Hod.

"Eccomi!"

"Ci sono!"

Uno dopo l'altro tutti gli Angeli Guida diedero conferma.

"Gli Angeli della Forza sono con voi?" domandò Ophidiel, in attesa che gli schermi proiettassero le immagini.

"Tutti!"

Unika cercò la complicità di Ophidiel, ma non la trovò. Dispiaciuta, prese la parola.

"Perfetto... Ophidiel e io, insieme a Metatron, che in questo momento non può essere qui con noi, volevamo ringraziarvi. È stata una guerra estenuante e durissima. E voi avete eseguito l'incarico in modo eccellente, dimostrando tutto il vostro valore. Non vi siete risparmiati. Avete dedicato ogni goccia di energia per indirizzare gli uomini persi, per confortare gli uomini innocenti, per salvare le anime di tutti. Sono orgogliosa di voi!"

"Siamo onorati, Unika!" rispose Yesod. "Parlo a nome di tutti: le tue parole ci illuminano lo spirito!"

Unika fece cenno a Ophidiel di continuare, ma lui non le rivolse lo sguardo.

"Ancora una volta ho sentito la forza della vostra mente guidare il mondo. Nessuna esitazione. Nessuna perdita di tempo. Nessuna mossa avventata. Siete stati all'altezza della missione. Determinati, veloci... impeccabili. Angeli coraggiosi come sempre. Più di sempre. Siete la mia fierezza!"

"Grazie, Maestro!" esclamò Mizar. "Se non ci fossi stato tu a istruirci in tutti questi anni, noi non saremmo stati pronti ad affrontare una situazione così drammatica e complessa. E il tuo supporto, i tuoi consigli, la tua voce che non ci ha abbandonato un istante ci hanno consentito di sostenere gli uomini e di orientare i loro pensieri durante la guerra."

"Siamo una squadra per questo, no?" rimarcò Ophidiel. "Adesso tornate in missione. Non illudetevi che sia finita. I tempi che verranno saranno ancora più faticosi: sarà necessario ricostruire un pezzo alla volta la fiducia di tutti i popoli. Dovremo aiutarli a rimettere in piedi le loro vite e a inventarsi nuovi sogni."

"Siamo pronti!"

"Sefira farà ancora a meno di voi. Il vostro compito è sulla Terra, angeli eroici!"

Un applauso scoppiò spontaneo tra gli angeli, schierati nei vari angoli del mondo.

"Vi voglio bene..." sussurrò Unika, mentre Martin fremeva dalla contentezza.

"Sei sempre nei nostri cuori!" ribatté Yesod, accompagnato dalle grida di consenso di tutti.

Ophidiel li congedò. Senza aggiungere altro, si voltò e uscì dalla stanza.

«Aspetta...» Unika lo rincorse fuori dall'Osservatorio.

Ophidiel si fermò.

«Perché non mi guardi?»

Ophidiel girò la testa di lato e la squadrò con la coda dell'occhio. «Perché non so cosa dirti...»

«Ophidiel, siamo noi. Che cos'è questa storia? Da quando hai smesso di rivolgermi la parola?»

«Da quando non so cosa sia giusto fare con te...»

«Cioè?»

«Sei sempre bellissima e pura come l'aria. Ma io vorrei che tu fossi meno bella e meno pura. Ti vorrei più vera. Non per me, o per Sefira. Ma per la tua felicità. Vorrei che imparassi a lasciarti andare. Vorrei che imparassi a urlare la tua rabbia e a seguire l'istinto, ignorando il parere di chi ti circonda. Vorrei vederti furibonda, delusa, triste e capace di mandarci tutti all'inferno. E vorrei vedere i tuoi occhi brillare quando sei allegra davvero. Invece tu pensi di dover fare felici tutti a ogni costo. Sei schiava delle tue responsabilità. Metatron, Raziel, gli uomini, Sefira... e non voli libera come dovresti...» Ophidiel sollevò le spalle e riprese il cammino. «Ma dato che non ho il diritto di dirti queste cose, me ne vado e ti lascio alla tua vita perfetta.»

Capitolo 39

GRATITUDINE

Sefira, 3 anni prima della chiusura dell'ultima Porta

"Ophidiel..."

"Cosa vuoi ancora?"

"Ringraziarti. Tutto qui."

"Non esultare, Raziel. La morte di Lergan non significa nulla. Diminuisce la tensione nell'immediato, ma non cambia la prospettiva di lungo termine. Non ci solleva dal problema. Non cancella gli errori commessi."

"Lo so."

"Allora dimostra a te stesso che hai imparato qualcosa da questa storia."

Capitolo 40

LA PROMESSA

Sefira, 1 anno prima della chiusura dell'ultima Porta

«Cosa facciamo, adesso?»

Metatron era teso e guardava Raziel con aria severa.

«Voglio rifletterci bene. Gli avvenimenti degli ultimi tempi mi hanno indebolito. Ho perso molte certezze e ho bisogno di ritrovare la fiducia negli uomini.» Lo sguardo di Raziel era sconfortato e la sua voce echeggiava come un sussurro di vento tra le pareti gelide del Monte Forte.

«Non c'è più nulla su cui riflettere. Abbiamo fallito.» La luce che si insinuava tra i ghiacci si specchiava negli occhi di Unika, facendoli splendere di un indaco freddo e iridescente. «È finita. Dobbiamo riconoscerlo.»

«Unika, non capisco perché...»

«No, Metatron!» lo interruppe lei. «Ci abbiamo creduto e ci abbiamo provato. La strada era senza uscita e ci siamo trovati sul baratro. Siamo caduti. A questo punto possiamo solo leccarci le ferite per cercare di guarire e rialzarci.»

«Io continuo a pensare che abbiamo visto bene» replicò Metatron con tono scocciato. «Non lasciamoci sopraffare dall'esempio negativo di un solo uomo che ha voluto dimostrarsi superiore agli altri. Sarebbe un errore. Lergan ha scatenato una guerra terribile, è vero. Ma mentre lui distruggeva, altri uomini cercavano di fermarlo. E altri ancora cercavano di gettare le fondamenta di un mondo migliore, orientato al Bene Assoluto.»

«Non è una questione di numero. Uno o cento, che differenza fa?» ribatté Unika. «Apriamo gli occhi una volta per tutte e smettiamola di negare l'evidenza!»

«Ascoltatemi...» Raziel intervenne nella discussione. «Nubiri e Ttaima ci metteranno anni per riprendersi da questa guerra. Ora più di prima hanno bisogno di noi e del nostro supporto. Diamo loro il tempo di capire gli sbagli commessi e scrivere il nuovo corso della storia insieme ai popoli di Alakan e Rumes. E prendiamoci dell'altro tempo anche noi...»

«Sì, e torniamo a fare gli angeli custodi. Premurosi, attenti... ma semplici angeli custodi!» Unika era risoluta.

«E io che pensavo di conoscervi...» Metatron sbuffò, innervosito. «Da quando scappiamo a nasconderci dopo la prima difficoltà?»

«Quello che è successo tu lo chiami "la prima difficoltà"?»

«Lasciami parlare, Unika.» Metatron tese la mano per zittirla. «Abbiamo scoperto i limiti del genere umano. Abbiamo capito che qualcosa è andato storto. Va bene. Ma questo non deve spaventarci, non deve sottintendere che sarà sempre così. Non dimenticate che ora sappiamo di poter contare su uomini di qualità come Shamash e...»

«E...?»

«E poi perché non chiedere aiuto al popolo di Alakan?»

«Alakan?» Unika sgranò gli occhi.

«Sì!» confermò Metatron. «Gli uomini di Alakan mettono la vita al centro di tutto. Ecco perché in quella terra sono sempre in pace. Nella loro cultura non c'è nulla di più importante della vita e a nessuno è permesso distruggerla. Mai...»

«Non ti seguo...»

«Sto dicendo che forse in loro c'è la speranza che attendiamo... Il popolo di Alakan è curioso: conosce la scienza, domina la tecnologia, non smette mai di studiare, di cercare, di crescere. E nonostante tutto, è un popolo umile. Ha un'anima talmente pura da non soffrire di invidia e da non suscitarne. Sapete cosa significa tutto questo?» Metatron non aspettò risposta: «Che chiunque venga a contatto con quella gente non può che restarne affascinato!»

«Io continuo a non capire dove vuoi andare a parare...»

«Semplice. Vorrei diffondere i loro ideali nel resto del mondo. E tu, Raziel, potresti suggerire a Rodon di ospitare i capi degli altri popoli. Vorrei mostrare a tutti come si vive a Alakan, nel rispetto assoluto dell'uomo e del pensiero, con tolleranza, benevolenza e compassione.»

Unika trattenne il fiato. *Ha ragione Ophidiel: Metatron non mollerà mai.* Una fitta le trafisse il petto. *Il sogno è il suo. Per tutti questi anni ho pensato che l'idea fosse nata da Raziel, ma mi sbagliavo. Metatron è l'artefice. Metatron è il burattinaio. Ha convinto suo fratello, gli ha trasferito entusiasmo. E anche adesso che Raziel è scoraggiato, Metatron non sente ragione. Ma come ho fatto a non rendermene conto prima?*

«Non so...» Raziel si portò la mano alla bocca, pensieroso. «A Alakan hanno deciso di isolarsi dal resto del mondo per poter vivere secondo i loro principi...»

«Sono sicuro che, se gli spiegherai il motivo della tua richiesta, Rodon ti seguirà. E con l'esempio di Alakan e il nostro continuo supporto la razza umana troverà la strada per migliorare.» Metatron insisteva.

«No! Basta... vi prego, basta!» urlò Unika.

«Perché ti scaldi così tanto?»

«E me lo chiedi?»

«Stai tranquilla, Unika.» La voce di Raziel si intromise di nuovo tra lei e Metatron. «Io sono terrorizzato quanto te. Non faremo niente. Ora è meglio aspettare.»

«Nel frattempo chiudiamo le Porte.» Unika era determinata a non cedere.

«No!» sbottò Metatron. «Non è necessario. Le Porte sono nascoste in luoghi sicuri.»

Unika fece per obiettare, ma Raziel la anticipò: «Calmiamoci tutti, adesso. Siamo turbati e poco lucidi. Non ci fa bene discutere in questo modo». Si voltò verso Unika e le sorrise. «Fidati di me. Ti do la mia parola che finché gli uomini non saranno riusciti a riconquistarsi la nostra stima, non apriremo altre Porte.»

Capitolo 41

IL SEGNO INDELEBILE DELLA VISIONE

Sefira, 1 anno prima della chiusura dell'ultima Porta

«Guarda chi si vede...»

«Ciao, Allibis. Anche tu qui?»

«Questa cascata mi trasmette tranquillità. Passo molto tempo a guardarla.»

«Non volevo disturbarti. Me ne vado subito.»

«No, no, Ophidiel... resta!»

«Sono solo di passaggio. Sto andando all'Osservatorio.»

«Sei strano... a volte mi ricordi Unika.»

«Sei tu quella strana, se hai questi pensieri!»

«Non ho visto altri angeli spostarsi a piedi per tutta Sefira.»

«A me piace camminare.»

«Appunto. Anche a Unika.»

«E questo cosa significa?»

«Niente. Ma c'è un'altra cosa che vi accomuna.»

«E sarebbe?»

«Tu non mi chiedi mai di prevedere il tuo futuro.»

«Perché non mi interessa.»

«Nemmeno Unika vuole sapere cosa sarà di lei.»

«Non è vero! Unika ti interpella spesso...»

«Sì, ma non per conoscere di se stessa. Mi chiama per avere indicazioni sull'avvenire del mondo, degli uomini, degli angeli, di Sefira... tante cose, ma mai riferite al suo destino.»

«E a te spiace?»

«No. Ammiro il vostro coraggio di affrontare la vita impreparati.»

«Non impreparati, ma con i mezzi che abbiamo. Non credo che sapere cosa ci accadrà ci permetterebbe di cambiare le cose. Aumenterebbe solo la nostra ansia. E di sicuro non ci regalerebbe una vita migliore.»

«Ahhh...»

«Allibis, cosa c'è?»

Allibis fu assalita da fremiti incontrollati. Rovesciò gli occhi e cominciò a farneticare.

Ophidiel capì che era caduta in trance. Le sorrise, intenerito. «Ti lascio ai tuoi sogni.» E si allontanò.

«Che tu sia maledetto!»

Le parole di Allibis lo raggiunsero alle spalle. La voce era alterata e roca. Ophidiel si voltò. Vide l'Oracolo muoversi a scatti. *Il tuo dono è una condanna, Allibis. Non ti invidio per niente.* Ophidiel strinse le labbra, turbato dal destino di quella creatura, e si rimise in cammino.

«Taci!»

Il tono di Allibis era sinistro. Ophidiel non aveva assistito a molte crisi premonitrici, ma quella gli sembrava più violenta del solito. Tornò sui propri passi e le si avvicinò. Sapeva di non doverla toccare, né svegliare, per evitare traumi alla sua mente. Rimase in silenzio accanto a lei.

Allibis spalancò gli occhi. Ophidiel notò che aveva le pupille immobili, dilatate.

«Mi hai costretto tu a farlo!» Allibis sollevò il braccio e scagliò una lama di luce.

Ophidiel si scansò, rotolando su un fianco, e il raggio incenerì il tronco di un albero enorme. Incerto sul da farsi, restò a terra.

Allibis ruotò il palmo della mano verso di sé.

«Allibis, no!» urlò Ophidiel. «Allibis, svegliati! Svegliati!»

Dal palmo della mano uscì un altro raggio di luce che colpì l'Oracolo in pieno volto.

Allibis gridò dal dolore e riprese coscienza. Si coprì la faccia con le dita, scuotendo la testa.

Ophidiel scattò in piedi, la raggiunse e la abbracciò. «Allibis, come stai? Fammi vedere...» Le prese le mani e gliele staccò dal viso. La guancia destra era aperta in due e la ferita le attraversava l'occhio.

«Cosa mi hai fatto?»

«Allibis, non sono stato io!»

«Mi hai sfregiata! Non volevi ascoltare la premonizione e mi hai sfregiata!»

«No, Allibis! Eri in trance... parlavi... ti agitavi... e tutto d'un tratto hai cominciato a scagliare raggi di luce... Ti sei fatta male da sola.»

Allibis afferrò le spalle di Ophidiel. Emise un rantolo gutturale e perse i sensi.

Ophidiel la sorresse. Con un braccio le cinse la schiena e con l'altro le sollevò le gambe. La portò verso la sponda del fiume. La stese sull'erba e le bagnò le mani e la fronte. Fece scivolare acqua fresca sulla ferita intorno all'occhio.

«Allibis, va tutto bene. Lascia correre le immagini che si muovono nella tua mente... Lasciale andare, e torna qui con me...»

Allibis si irrigidì, in preda a un attacco di convulsioni. Spalancò di nuovo gli occhi. Le pupille pulsavano. E mentre un rivolo di saliva le colava dall'angolo delle labbra, fissò Ophidiel e sussurrò: «Vedo il tuo corpo accasciato al suolo. Siamo tutti intorno a te. Sta piovendo forte e Metatron alza il braccio per infliggerti il colpo finale».

Capitolo 42

LA SIRENA

Alakan, 1 anno prima della chiusura dell'ultima Porta

«Dove andiamo?»

«Shhh...» Raziel appoggiò l'indice sulla bocca di Sarah. «Vieni con me, senza fare domande.»

Sarah scese dal letto e lo guardò incuriosita. «Ma è notte fonda!»

«E il cielo è pieno di stelle! Dai, andiamo!»

Sarah scosse la testa, sorridendo. «Non smetti mai di sorprendermi.» Si alzò in punta di piedi e lo baciò sulle labbra. «Dove mi porti?»

«In un posto tutto mio... che voglio farti vedere.» Raziel la prese per mano e l'accompagnò fuori.

«Cosa significa "tutto tuo"?»

«Che l'ho costruito con le mie mani e con il mio cuore. Un luogo dove custodisco le emozioni più intense, dove la mia anima può vagare libera quando è inquieta. Un luogo... che mi ricorda casa.»

«Casa...» Sarah sospirò, mentre avanzava scalza sul viale che conduceva al mare. «La mia casa è stata distrutta. Ma la tua... be', non mi hai mai detto dov'è.»

Raziel si fermò e la abbracciò con gli occhi. Le accarezzò le guance, il collo, le spalle, e le sfiorò le braccia con i polpastrelli. Li fece scivolare fino ai polsi, poi intrecciò le dita alle sue e se le portò al viso. Le baciò, senza smettere di guardarla. «Casa mia è dove sei tu.»

Sarah sentì il calore di quelle parole raggiungerle l'anima, come un'onda che scivola dolce a riva.

«Sbrighiamoci, tra qualche ora sorge il sole!» Raziel la tirò per un braccio.

«Ci andiamo di notte perché non vuoi che nessuno ci veda?»

«Diciamo di sì... ma, soprattutto, perché dobbiamo essere lì nel momento esatto in cui i primi raggi spuntano dall'orizzonte.»

Correvano veloci tra le vie ciottolate. Attraversarono un paio di piazzette e si inerpicarono verso una zona boscosa. Appena si inoltrarono nella vegetazione, Raziel accese una torcia. La strada si interrompeva per lasciare spazio a un sentiero sterrato. Lo percorsero a passo deciso finché sbucarono in un punto molto alto, in cui la scogliera si gettava a strapiombo nell'oceano.

«Siamo sopra la città...» Sarah era elettrizzata.

«E guarda laggiù!»

«Che spettacolo...» Sarah gioì nel vedere in lontananza le luci che illuminavano il centro. Si strinse nelle spalle e alzò lo sguardo al cielo. Le stelle brillavano e l'odore della salsedine mescolato a quello del sottobosco le inebriava i sensi. «Raziel, dobbiamo venirci anche al tramonto: in questo angolo sperduto l'atmosfera è magica!»

«Ci verremo tutte le volte che vorrai.»

«E il Tempio...»

«Sì?»

«Il Tempio sembra addirittura più grande e maestoso visto da qui!» esclamò Sarah, indicando il profilo dell'enorme cupola di cristallo che brillava nella notte.

«È lì che stiamo andando.»

«Al Tempio?» Sarah restò a bocca aperta.

Raziel si avvicinò a un pozzo di pietra, nascosto tra le piante. «Per di qua.» Scavalcò il bordo e si calò dentro.

Sarah appoggiò le mani sulla superficie ruvida e si sporse in avanti ma, anche se la torcia di Raziel rischiarava la profondità, non riuscì a vederne la fine.

«Non avere paura. Ci sono delle maniglie fissate alle pareti. Dai, scendi!»

Sarah seguì Raziel giù per il tunnel verticale.

«È un passaggio segreto?»

«Non ci crederai, ma questo condotto l'ho fatto per te. Per portarti a vedere quello che sto creando...»

«Scusa, ma tu...?» Sarah si morse la lingua. Stava per chiedergli come raggiungeva il Tempio, lui, se quel passaggio l'aveva costruito solo per lei. Ma qualcosa le disse che Eber non le avrebbe risposto.

«Fai attenzione perché tra un po' la discesa finisce. Io sono già in fondo. Mi stacco dalle maniglie e salto giù.»

Raziel atterrò su un basamento di pietra.

«Forza, lasciati cadere. Ti prendo io!»

Sarah evitò di guardare in basso. Appena sentì che non c'erano più appigli si gettò nel vuoto. Le braccia di Raziel l'afferrarono e la posarono a terra con delicatezza.

«Ma dove siamo?»

«Nelle viscere del faraglione più piccolo. Adesso attraversiamo lo scoglio che lo collega al faraglione più grande e saliamo al Tempio.»

Scesero alcuni gradini ripidi, attraversarono un androne ed entrarono in una sala squadrata molto ampia. Al centro era posizionata una scultura. Raziel la illuminò con la torcia.

«E questa cos'è?»

«Una fontana.»

Sarah si avvicinò. Accarezzò la statua. Figure appena abbozzate si intrecciavano in un movimento sinuoso.

«L'hai costruita tu?»
«Sì.»
«E cosa rappresenta?»
«Un giorno te lo spiegherò.»
Sarah non fece altre domande. C'erano tante cose che Eber non le aveva detto. Ma sapeva che prima o poi il momento in cui non avrebbe avuto più segreti per lei sarebbe arrivato. E quella certezza le bastava per essere felice e per vivere appieno ciò che il destino le riservava.
«Adesso ci aspetta la parte più difficile. Devi fare un bel respiro perché ci dobbiamo immergere.»
«Sono pronta!»
Raziel si tuffò nella fontana. Si inabissarono, per poi percorrere un tratto in orizzontale e risalire verso la superficie.
Sbucarono in una grande piscina.
Raziel aiutò Sarah a uscire. Le sfiorò i capelli, le scostò una ciocca inzuppata dalla fronte e con l'indice le sollevò il mento. «Sono emozionato come mai prima d'ora.»
Sarah sentiva il suo fiato caldo sul viso. «Anch'io...»
Raziel le prese una mano e se la portò al petto. «Senti come batte...»
Sarah annuì.
«Batte per te, Sarah.»
Raziel abbassò le palpebre per un attimo senza tempo, in ascolto del proprio cuore. Poi spalancò gli occhi, sorrise a Sarah e la condusse su per una scalinata. L'aria era umida e l'unico rumore era quello dei loro piedi bagnati sulla pietra ruvida.
«Ma quanto sale?»
«Tanto!» rispose Raziel. «Sei stanca?»
«No, per niente! È solo che non vedo l'ora di arrivare in cima...»
Giunti all'ultimo gradino si trovarono in un corridoio interminabile e molto spazioso. La luce della torcia illuminava un pavi-

mento scuro e Sarah intravide affreschi e statue lungo le pareti.

«No, non fermarti adesso. Qui ci torniamo dopo. Il sole sta per sorgere. Vieni!» Raziel la strattonò con gentilezza.

Sarah si lasciò trascinare, sentendo di essere vicina alla sorpresa.

Il corridoio si affacciava su di una sala circolare enorme. Una scala scendeva in basso. Ma Raziel si bloccò di colpo. Spense la torcia e strinse con più forza la mano di Sarah.

«Cosa succede?»

«Stai qui con me, Sarah.»

Sarah intuì che era il momento e si abbandonò, fiduciosa. In attesa.

Il cielo si accese all'improvviso. Il buio si dissolse in un alito azzurro, prima di perdersi per sempre. Durò un istante. L'impercettibile istante in cui la notte sfuma nel giorno. La cupola brillò come un diamante colpito dalla luce e lasciò filtrare un fascio di raggi dorati. La stanza avvampò nel chiarore. E una sagoma prese vita. Era una statua maestosa. Una sirena bellissima guardava il sorgere del sole, che le baciava il viso. Un viso stupendo. Un viso intenso. Un viso vissuto. Il viso di Sarah.

Gli occhi della sirena scintillavano di vita, mentre il suo corpo si divincolava dalla morsa di un mostro marino.

Sarah trasalì. L'immagine che aveva di fronte le penetrava l'anima e la faceva sussultare.

«Sei tu, amore mio. Tu, splendida e coraggiosa. Tu che non ti fermi di fronte a niente e che sacrifichi quanto hai di più caro per salvare ciò in cui credi.»

Sarah sentì le lacrime salirle agli occhi, per poi riversarsi sulle guance e scivolare tra le labbra.

«Sei tu, Sarah. Come ti ho vista nel momento in cui ho capito di amarti. Nel momento in cui ho pensato che se ti avessi persa con te sarebbe morto anche il mio cuore.»

Sarah non riusciva a staccare lo sguardo dalla sirena. Era così forte, vera, viva.

«Sei tu, Sarah. Quando in quella piscina maledetta ti divincolavi da tuo padre per dimenticare il passato e raggiungere la speranza di un futuro migliore.»

Sarah tremava, scossa dalla commozione.

«Sei tu, Sarah. E io voglio che il sole ti guardi negli occhi ogni mattina e ti accarezzi il viso per tutto il giorno. Voglio che il mondo veneri questo Tempio, senza sapere che venera te, perché tu l'hai salvato in silenzio e senza farti vedere.»

Sarah si toccò la nuca.

«I capelli... quel giorno nella piscina non avevo i capelli...»

«Quel giorno nella piscina il mostro ti ha uccisa. Questo mostro rappresenta la tua rinascita. Non il dolore che è stato, ma la libertà che ha portato. Sarah, quel mostro tu l'hai sconfitto. E questa statua ne è il simbolo. Io voglio che tu sia libera e felice per sempre.»

Restarono immobili davanti alla sirena.

Il cuore accelerato, il fiato corto, la gola in fiamme.

Passato, presente, futuro. Sofferenza, gioia, speranza. Paure, pensieri, sogni. Tutte le sensazioni sbattevano contro la statua, e quando tornavano indietro avevano un'aura diversa, nuova, pura, essenziale.

Raziel si voltò verso Sarah.

«Questa è la vita che voglio vivere... insieme a te...»

Sarah si sentiva svuotata e nella leggerezza dell'anima prendeva forma solo un sentimento. Guardò Raziel e gli disse ciò che non aveva mai confessato nemmeno a se stessa.

«Ti amo.»

Capitolo 43

PER LA LUCE DI SEFIRA

Sefira, 1 anno prima della chiusura dell'ultima Porta

«Cosa sei venuta a fare?»

«Volevo parlare con te. Tu e io, da soli.»

«Pensavo che ci fossimo già detti tutto.»

Ophidiel era in piedi sul punto più alto del Faraglione del Crepuscolo e il suo sguardo si perdeva nelle acque argentee dei Laghi Hyatt. Fissò a lungo le onde. Poi si voltò. Incrociò gli occhi di Unika e sentì un fremito nel petto: era di una bellezza disarmante. Aveva la pelle luminosa e un sorriso dolce sulle labbra. Portava i capelli raccolti dietro la nuca, ma il vento aveva sciolto qualche ciocca, spettinandola un po'. Indossava un abito leggero, di un colore che assumeva sfumature dal blu al viola, a seconda della luce. Spalle e braccia erano scoperte e i piedi scalzi affondavano nel prato umido di rugiada.

«Sei salita fino a qui camminando?»

«Sì! Avevo bisogno di sentire il sole sulla faccia e respirare il profumo dei campi in fiore. Ho volato a pelo d'acqua fino alla sponda di questo isolotto incantevole e poi sono salita a piedi.» Unika si sedette sull'erba mossa dalla brezza e fece vagare la vista oltre lo scoglio che si gettava a precipizio nel lago. «Hai scelto un angolo suggestivo dove vivere.»

Ophidiel non replicò e tra loro per qualche istante ci fu solo il silenzio.

«Ti ascolto.»

«L'ultima volta ci siamo lasciati sulla mia "vita perfetta", ricordi? E sul senso di responsabilità che mi guida: la necessità di rendere tutti felici. Ci ho riflettuto molto, sai? E credo che tu abbia ragione: ho sempre paura di deludere chi crede in me. È un mio limite. Quando c'è un problema, vorrei poterlo risolvere immediatamente e trovare una strada che sia una soluzione o un compromesso, se necessario. Per questo sembra spesso che io non prenda posizioni chiare. Ma come sostieni tu, non sempre è possibile. A volte l'alternativa è una sola: o bianco o nero. Punto. Insomma, sono qui per dirti che ora so cosa devo fare. E lo farò.»

Ophidiel inarcò un sopracciglio e scrutò Unika, interessato.

«Ho affrontato di nuovo Metatron e Raziel. Raziel è distrutto. La guerra l'ha scoraggiato e il suo cuore è ferito.»

«Forse ha capito!»

«Forse sì... Ma Metatron non sembra scalfito. La sua speranza nel genere umano è inesauribile. Ha proposto a Raziel di chiedere aiuto a Rodon. Pensa che se Enkil e Shamash vedessero come si vive a Alakan riuscirebbero a orientare la loro gente su modelli di vita più illuminati... per condurre di nuovo gli uomini alle porte di Sefira.»

«È pazzo!»

«Credo che sia semplicemente obnubilato dal suo sogno. E temo che non sia più in grado di avere una visione lucida della situazione e dei rischi.»

«Bisogna fermarlo una volta per tutte!»

«Infatti. Ho capito che parlare con lui non dà risultati...»

«Vuoi sentirti dire che te l'avevo detto?»

Unika scosse la testa. «Lo metterò di fronte a una scelta.

O si ferma, o non avrà più il mio appoggio. Questo lo costringerà a pensare.»

Ophidiel la seguiva con attenzione, senza interromperla.

«Può decidere di non ascoltarmi e perseverare nel tentativo di avvicinare gli uomini agli angeli. Ma deve stare attento: il progetto è segreto e se io volessi uscirne, per lui sarebbe più difficile portarlo avanti. Non solo, potrei decidere di rendere partecipe la nostra gente. E dirmi contraria. In tutta la mia vita non ho mai ostacolato Metatron pubblicamente. E se arrivassi a tanto, il mio comportamento avrebbe gravi conseguenze sulla sua integrità agli occhi di Sefira.»

Ophidiel aveva lo sguardo concentrato e non fiatava.

«Come hai detto tu una volta, il mio peso è fondamentale a Sefira. I nostri angeli credono in me. E se Metatron non terrà conto della mia opinione, rischierà di perdere la stima del suo popolo.»

Ophidiel strinse i denti e la sua mascella si contrasse.

«A cosa stai pensando?» gli chiese Unika.

«Che non è questo il punto. Questo è il dato di fatto.»

«Cioè?»

«È ovvio che Metatron cederà. Appena lo obbligherai a scegliere, mettendolo con le spalle al muro, non avrà alternative. Si piegherà al tuo volere, farà mille passi indietro e rinuncerà al suo progetto.» Ophidiel si sedette di fianco a lei. «Questo non è in discussione. E lo sai bene anche tu.»

«E quindi? Obiettivo raggiunto, no?»

«Ne sei sicura?» Ophidiel affondò gli occhi in quelli di Unika. «Hai valutato bene tutte le implicazioni? Metatron non capirà il tuo atteggiamento. O peggio, lo vedrà come una mancanza di rispetto, forse addirittura come un tradimento. E da quel momento ti considererà l'angelo che ha infranto il suo sogno...»

Unika abbassò le palpebre. Il peso della verità era difficile da sopportare.

«E come ti senti di fronte a questa prospettiva? Sei sicura di voler vivere il futuro con un fardello così ingombrante nell'anima?»

«Sì!» Unika aveva gli occhi lucidi. «Prima di tutto sono un angelo. La mia esistenza ha senso solo se è al servizio della vita degli uomini e di Sefira. Il progetto di Metatron è pericoloso per entrambi. E io farò quanto necessario.»

Ophidiel annuì. *Così parla un leader*, pensò.

«Come posso aiutarti?» le chiese dopo un attimo di esitazione, mentre un pensiero fulmineo gli attraversava la mente.

«L'hai già fatto... mi hai costretta a riflettere, e oggi mi hai ascoltata.»

Unika raccolse un filo d'erba, lo mise in bocca e si alzò. Il suo volto era tornato sereno e le lacrime erano svanite.

Ophidiel l'accompagnò verso il sentiero che portava al bagnasciuga. Il cielo dentro di lui si era rabbuiato e una mano invisibile gli stritolava la gola. Si rese conto che ciò che sembrava vero fino a un momento prima, in quell'istante non lo era più. E capì il perché: ora era lui a dover fare una scelta.

«Cosa ti turba?»

«Nulla!» rispose Ophidiel. «Vorrei solo che tu ci pensassi ancora un po'. Qualche giorno in più non farà la differenza.»

«Va bene.»

Camminarono in silenzio fino alla spiaggia dell'isolotto. Prima di alzarsi in volo Unika inspirò una boccata d'aria, come per trattenere tutte le emozioni di quella conversazione. Fissò ancora Ophidiel negli occhi e gli sussurrò: «Grazie...»

Ophidiel la guardò allontanarsi nell'azzurro terso. Si sentì orgoglioso di esserle vicino. E colpevole per averla spinta a mettersi in gioco in modo così estremo. Unika era veramente un angelo speciale. Ogni giorno dimostrava valore e prendeva in mano la vita. Combatteva per ciò in cui credeva. E lo faceva con coraggio, fino in fondo. Era la migliore di tutti. Anche di lui. *Devo fermarla*, si disse. *Io che l'ho forzata per farla agire, ora devo fermarla. E devo farlo in fretta. Prima che si opponga a Metatron e rinunci per sempre alla serenità. Perché Sefira ha bisogno della sua serenità. Più di ogni cosa. Unika è la sola in grado di dare luce a tutti noi e di accendere le nostre anime.*

Ophidiel corse verso la sommità del faraglione. Le gambe spingevano e il cuore pulsava. Arrivò in cima. Senza rallentare, spiccò un salto verso il dirupo e si tuffò nelle acque del lago: testa, spalle, corpo sprofondarono negli abissi come la lama affilata di una spada. Con movimenti di braccia potenti e rapidi colpi di reni si spinse verso il fondale. Trovò il passaggio che cercava. Era un cunicolo nascosto tra le rocce. Vi si insinuò e lo percorse tutto. Affiorò come un titano in una piccola grotta, all'interno del faraglione. Aprì una voragine nell'acqua e si levò in volo fino a raggiungere uno spuntone roccioso, eroso dal tempo. Non c'era luce e l'aria era impregnata di umidità. Ophidiel alzò le braccia, rovesciò il capo e lasciò esplodere la tensione che aveva dentro. Urlò. Un grido disperato. Tetro. Spaventoso. Era la sua anima che parlava, in quel luogo sommerso e isolato, dove nessuno poteva sentirla.

Quella caverna sotto il livello del lago e lontana dal resto del mondo era il suo rifugio. Un antro segreto e protetto dalla roccia millenaria. Il solo posto in cui riusciva ad ascoltare la voce della sua coscienza. In quel momento la voce era forte. E gli diceva cosa doveva fare: avrebbe fermato Metatron. E avrebbe salvato la serenità di Unika.

Capitolo 44

LA FELICITÀ

Alakan, 1 anno prima della chiusura dell'ultima Porta

«Sei bellissima...»

Con un dito, Raziel seguì il profilo di Sarah: la fronte, il naso, le labbra. Si spostò dal mento alla guancia e salì fino ai capelli, che Sarah lasciava crescere ricci e selvaggi, da quando era a Alakan. Dopo averla ammirata a lungo, si chinò su di lei e la baciò.

Sarah lo strinse forte a sé. Con le braccia gli cinse la schiena e premette il seno contro il suo petto, fino a sentire i cuori fondersi e battere come se fossero uno solo.

«Non smettere di baciarmi... non smettere mai...» gli sussurrò, mentre le parole diventavano respiri e i respiri si perdevano negli sguardi avidi d'amore.

Le mani si cercavano, si trovavano, si intrecciavano. I brividi facevano fremere la pelle. I pensieri volavano liberi. I corpi distesi nell'erba vibravano come brace nel fuoco.

«Ti amo...»

«Ti amo!»

Le stelle illuminarono il cielo.

Il sole sorse all'orizzonte.

Il tramonto colorò di rosa il profilo delle nuvole.

La notte li trovò ancora abbracciati.

«Sarah... lo senti anche tu?»

Sarah sorrise. «Sì. È come se il tempo si fosse fermato.»

Raziel la guardò negli occhi, inebriato dalla morbidezza della sua pelle e dal profumo intenso dei loro corpi vicini.

«Sono felice... come non sono mai stato.»

«Voglio che sia così per sempre.»

«Lo sarà. Questa è la vita che ci appartiene e io non ne sprecherò nemmeno un attimo.»

Capitolo 45

IL PESO DEL SEGRETO

Sefira, 8 mesi prima della chiusura dell'ultima Porta

«Fatti abbracciare, fratello!»

«Ciao, Yesod!»

Appena Yesod gli si materializzò di fronte, Ophidiel lo tirò a sé e gli diede una pacca sulla spalla. «Bentornato a casa! Che bello vederti!»

«Pensavo che ci saremmo incontrati al Tempio della Saggezza!»

«No, non oggi. Ti fermi a Sefira troppo poco tempo per sprecarlo a discutere e vedere chi dei due ha ragione. Molto meglio contemplare l'orizzonte da qui! Guarda com'è grande!»

«Sconfinato...»

«Incredibile, vero?»

«Non esiste nessun luogo sulla Terra come la nostra Piana del Sole di Melia. L'ho cercato in lungo e in largo, ma niente!»

«È per avere sempre una buona ragione per tornare a Sefira.»

I due fratelli risero, come non succedeva da tempo.

«Dimmi una cosa, Ophidiel: ma tu... sei veramente soddisfatto del nostro lavoro?»

«Sai che non parlo mai a vanvera, Yesod, e dico sempre quello che penso: siete stati tutti ineccepibili. Durante la guerra e soprattutto adesso. Gli obiettivi raggiunti sono lodevoli.»

«E di me sei soddisfatto?»

«Io non saprei fare di meglio.»

«Detto da te, è importante.»

«Sei coraggioso, Yesod. Sei un guerriero eccezionale. E anche un leader audace.»

«Attento, potrei portarti via il ruolo!»

«Te lo cederei volentieri. Ma non sei ancora pronto, purtroppo... Ti manca qualcosa.»

«Cosa?»

«La diffidenza.»

«Perché dici così?»

Ophidiel rispose con sincerità. «Tu ti fidi troppo. Hai il dono della lealtà. Ma questa non sempre è una virtù. Perché qualcuno potrebbe approfittare di te.»

«Non capisco...»

«Per essere un vero capo e avere la responsabilità di tante altre anime devi saper mettere in discussione ciò che succede. Tutto. Devi analizzare ogni situazione, pensare esclusivamente con la tua testa, farti domande, valutare punti di vista differenti e importi di osservare ogni possibile scelta da prospettive opposte. Solo così avrai qualche chance di fare il bene. Il bene vero. Quello che davvero influisce sulla vita di chi ti sta vicino.»

«Sei criptico...»

«Non farci caso... oggi va così.»

«Ti va di spiegarmi meglio?»

«Ma no... non ce n'è bisogno! Ricordati solo di domandarti sempre se stai facendo la cosa giusta, indipendentemente da chi te l'ha suggerita. E guarda oltre le apparenze...» Ophidiel cambiò tono e ammiccò al fratello. «Ce la facciamo una corsa?»

«Aspettavo che me lo chiedessi!»

«Come quando eravamo ragazzi... tutta la Piana fino alla Gola della Verità!»

«E chi arriva ultimo racconta un segreto!»

«Preparati a sputare il rospo, allora... perché sei spacciato!» Ophidiel scattò in avanti, dando una spallata al fratello, che lo seguì a ruota.

Correvano veloci. Ophidiel aveva una falcata corta e potente. Yesod con un solo passo inghiottiva metri di terreno. Le braccia tagliavano l'aria e spingevano in avanti i corpi massicci. Due saette, una bruna e una pallida, che attraversavano sterpaglie, rocce, prati e terriccio.

«Arrenditi, che fai prima!»

«Scordatelo!»

Ophidiel tese il collo in avanti e accelerò. Il cranio rasato era imperlato di sudore, che gocciolava sulla faccia e scivolava sul petto e sulle spalle. Yesod si concentrò per non restare indietro.

«Tanto lo sai che ti batto...»

«Illuso!»

I due fratelli si avvicinavano rapidi alla voragine che spaccava la Piana, creando un canyon profondissimo. Procedevano appaiati e tenevano un ritmo sostenuto.

A un tratto Ophidiel rallentò e Yesod guadagnò terreno.

Fu solo un attimo. L'attimo in cui Ophidiel si lasciò allettare dall'idea di perdere. Il bisogno irrefrenabile di trovare una scusa per chiedere aiuto a suo fratello, per una volta nella vita. *Ma cosa sto facendo? No! Non posso.* Digrignò i denti e ingoiò la frustrazione di sentirsi solo in una situazione di crisi profonda. Allungò le spinte, staccò Yesod e raggiunse la gola per primo. Si fermò ansimante sul precipizio e guardò in basso. Un'immensa vallata desertica si apriva sotto di lui, protetta da strati di roccia sedimentaria che mostravano al sole l'erosione del tempo.

«Sai che per un istante ho quasi pensato che tu volessi farmi vincere...?» gli disse Yesod appena lo raggiunse.

«E perché avrei dovuto?»

«Non lo so. Dimmelo tu... forse perché per la prima volta nel tuo spirito alberga un dubbio. Un segreto che ti rode e che non vedi l'ora di raccontarmi...»

Ophidiel fu tentato di afferrare la mano che il fratello gli tendeva. Scacciò il pensiero e con aria beffarda gli disse: «A dire il vero sto pregustando l'ascolto del *tuo* segreto...»

«Va bene... tanto lo so che riderai come al solito...»

«È il prezzo che paga chi perde, no?»

«Infatti.»

«E allora? Sto aspettando.»

«Vorrei cambiare sembianze. In modo definitivo.»

«Ah ah ah... non ci posso credere!»

«Te l'ho detto che ti saresti messo a ridere!»

«E quale aspetto vorresti avere?»

«Quello di un drago.»

«Un drago?»

«Esatto!»

«E cosa ti impedisce di farlo subito?»

«Mi manca lo stimolo... una ragione forte, per capire che è arrivato il momento di essere qualcos'altro...»

Ophidiel tirò su con il naso. «Tu sei matto!»

Yesod sorrise e lo abbracciò di nuovo. «Grazie per questo momento. Era quello che mi serviva per ricaricarmi!»

«Ti accompagno alla Finestra del Passaggio, dai!»

«Qualche istruzione particolare per la missione?»

«Sì.»

«Ti ascolto.»

«Concentra le energie su Ttaima, Nubiri e Rumes. Sposta tutti gli angeli sulle anime di quella gente.»

«E il popolo di Alakan?»

«Ci penserò io. Sono gli uomini più sereni in questo periodo. Da solo riuscirò a custodirli tutti. Ma se avrò bisogno, ti chiederò di aiutarmi.»

Capitolo 46

LA CONFESSIONE

Sefira, 6 mesi prima della chiusura dell'ultima Porta

«Solo tu mi puoi capire, Unika...»

«Raziel, ma cosa sta succedendo?»

«Io...»

«Mi devo preoccupare?»

«No. No. Stai tranquilla. Ho solo bisogno di raccontare... di condividere con te quello che sento.» Raziel si sedette di fianco a Unika sulla fune che attraversava il cielo della foresta dell'Altare delle Emozioni. «Avevo voglia di vederti e sapevo che questo tuo angolo di paradiso nascosto avrebbe dato un po' di rifugio anche alla mia anima. Penso spesso alle tue funi che solcano il vuoto tra gli alberi millenari e alla sensazione che si prova nello stare qui in mezzo alla Natura, sospesi nell'aria, soli con se stessi...» Raziel si voltò verso Unika. «Quando mi prende la malinconia mi fa bene immaginarti seduta quassù. Sento la forza del tuo spirito e la tua capacità di vedere le cose dall'alto, dando a tutto la giusta prospettiva. È una sensazione che mi infonde energia, mi fa ritrovare la serenità. Ti ammiro molto, Unika. Per quello che sei e per quello che fai. Sempre.»

Unika gli sorrise con uno sguardo carico di affetto. Non disse nulla e aspettò che Raziel continuasse a parlare.

«Non ero pronto. È successo all'improvviso e...»

«E ti ha travolto completamente...»

«Vuoi dirmi che tu... tu sai già di cosa sto parlando?»

Unika annuì.

«Quando l'hai scoperto?»

«Non l'ho scoperto. L'ho sentito. Hai presente quei lampi che ti attraversano la mente in certi momenti? Ti ho visto dalla Finestra sul Mondo e ho capito che la proteggevi. Lì ho intuito.»

«Io mi sono innamorato di lei, Unika. Perdutamente.»

Unika gli strinse la mano.

«E adesso sono combattuto, esausto. Il mio cuore vuole lei, e nulla mi sembra più spontaneo, più bello, più luminoso. Ma la testa mi dice che non posso. Che non devo. Che questo tipo di sentimento non ci appartiene...» Raziel sospirò e una smorfia impercettibile gli piegò gli angoli della bocca. «E soffro. Come mai prima d'ora.»

«Non ci sono cose giuste o sbagliate quando si parla di sentimenti, Raziel. Noi viviamo di emozioni. Noi siamo emozioni allo stato puro. Questa è la nostra natura e ciò che ci fa battere il cuore.»

«Sì, ma io mi sono innamorato di una donna... di un essere umano femminile che non sa chi sono, che non potrà mai immaginarlo e a cui dovrò mentire per sempre...»

Unika percepì tutto il dolore di Raziel. Avrebbe voluto dirgli che non c'erano problemi, che non doveva fare altro che correre da lei, abbracciarla e raccontarle tutto. Ma non lo fece. *Siamo angeli e la prima cosa a cui dobbiamo pensare è la responsabilità che abbiamo nei confronti del genere umano.* Unika si morse il labbro inferiore e fissò Raziel con occhi tristi. «So cosa provi nel non poterti abbandonare a lei e nel non poterti dare come vorresti. Ma tu sei un angelo, Raziel, e sei nato per portare avanti una missione importante.»

Una lacrima scese dal bordo esterno dell'occhio di Raziel, e Unika capì.

«No, Raziel... no...»

«Sì, Unika. Sono venuto per dirtelo. Volevo che fossi tu la prima a saperlo.» Raziel guardò il sole che filtrava tra le foglie e pronunciò poche, inequivocabili parole. «Voglio rinunciare a essere un angelo. Se è il solo modo che ho per poter vivere insieme a Sarah ogni istante della sua vita, lo farò.»

Capitolo 47

DISTANZA INCOLMABILE

Sefira, 5 mesi prima della chiusura dell'ultima Porta

"Ophidiel..."

"Unika..."

"Ho una cosa da dirti... Una cosa delicata."

"Ti ascolto."

"Metatron ti convocherà. Raziel vuole parlare con noi."

"Raziel?"

"Sì... ha chiesto lui a Metatron di coinvolgerti. E io sono d'accordo. Penso che sia importante."

"Cosa ci deve dire?"

"Questo lo saprai da lui."

"Allora perché mi hai chiamato?"

"Volevo anticipartelo e... mi farebbe piacere che tu venissi all'incontro."

"Potrebbe cambiare le prospettive?"

"Da ogni punto di vista..."

"Va bene. Ci sarò."

"Ophidiel?"

"Dimmi..."

"Per favore, ascolta Raziel con il cuore aperto."

«Bene, bene! Tutti qui riuniti... a cosa devo questa chiamata?» Ophidiel irruppe nella Sala delle Decisioni.

«Ciao, Ophidiel.» Raziel gli andò incontro.

«Raziel, che sorpresa!»

«Non credo che sia una sorpresa per te. Ma mi fa piacere vederti.» Raziel gli mise le mani sulle spalle e lo abbracciò, con un sorriso sincero.

«Grazie di essere venuto!» lo salutò Unika.

Ophidiel indugiò sui suoi occhi, prima di voltarsi verso Metatron.

Metatron aveva le braccia conserte e la sua faccia era una maschera di ghiaccio.

«Immagino che ci sia una ragione degna di rilievo, se mi avete convocato dopo anni di silenzio» ironizzò Ophidiel.

«Infatti» confermò Raziel. Fece un grande respiro e iniziò a parlare. «L'ultima volta che ci siamo incontrati tutti insieme è stato triste e avvilente. Eravamo proprio in questa sala e abbiamo discusso a lungo. Da allora è come se qualche cosa tra noi si fosse rotto e le nostre strade si sono separate. Ho pensato spesso a come ricucire il rapporto, ma non ho mai trovato il modo.»

«Non l'hai trovato perché non eri disposto ad ascoltare un parere diverso dal tuo...» lo interruppe Ophidiel.

«Forse...» Raziel esitò. «O, semplicemente, non ero pronto a trasferire quello che mi bruciava nell'anima. Credo che lo sbaglio sia stato proprio questo: se avessi raccontato le mie speranze e i miei pensieri più intimi, di sicuro avremmo continuato a comunicare. Anche se con qualche diverbio.»

«Raziel, stiamo aspettando. Di' ciò che ci devi dire.» La voce di Metatron suonò grave.

Ophidiel lanciò un'occhiata interrogativa a Unika, intuendo che neppure Metatron era al corrente del motivo dell'incontro.

«Hai ragione, fratello» ammise Raziel. «Consapevole dell'errore che ho commesso in passato e che non ha fatto altro che accrescere la tensione, ho deciso di vedervi per condividere con tutti voi ciò che mi sta accadendo.»

Raziel cercò gli occhi di Unika e li trovò caldi e partecipi.

«Mi sono innamorato» affermò, senza tanti preamboli. «Mi sono innamorato di una donna. Non di un angelo. Ma di una donna. Il suo nome è Sarah.»

Metatron impallidì.

Ophidiel fece una smorfia di disappunto. «Eh?»

«L'ho conosciuta mentre viaggiavo nel mondo per infondere fiducia e parlare di grandezza d'animo. È una donna coraggiosa, si è sacrificata per la pace e ha salvato molte vite. Adesso vivo con lei nella terra di Alakan. E accanto a lei sono cresciuto nello spirito. Sarah mi ha insegnato a guardare al presente più che al futuro. A non chiedere favori alla vita, a non pretendere troppo da me stesso, a non aspettarmi nulla dagli altri... ma ad apprezzare gli attimi per la semplicità che regalano.»

«Tu ti sei bevuto il cervello!» esclamò Ophidiel.

«Non sai quello che dici...» gli fece eco Metatron.

Raziel si strinse nelle spalle. «Prevedevo questa reazione. Vorrei solo che riusciste ad ascoltarmi...»

«Ascoltarti? Ma se stai farneticando!» Ophidiel era inferocito.

«Hai la mente annebbiata...» riprese Metatron, disorientato. «Fermati a Sefira per un po'. Ti servirà per riposare e chiarirti le idee.»

«Io non ho bisogno di risposare, e mai come oggi ho avuto le idee chiare...»

«Metatron, Ophidiel...» Unika si inserì nel discorso. «Perché non ci calmiamo e cerchiamo di andare al di là della superficie, provando a capire Raziel? Ci sta parlando con il cuore in mano. E dice cose bellissime, profonde. Non siamo noi quelli votati a promuovere e diffondere l'amore?»

«Amore... sì... ma non...»

«Non tra un angelo e una donna?» domandò Unika, togliendo

la parola a Metatron. «E dove sta scritto che l'amore si definisce tale solo se è tra angeli o tra uomini? Mi sembra che siamo noi a essere offuscati in questo momento. Non so cosa vi stia passando per la testa e non so quale minaccia leggiate in tutto questo. Raziel non rivelerà mai la sua natura di angelo alla donna che ama. Non la porterà a Sefira. La amerà e basta. Un amore spontaneo, puro. Mi dite dove sta il problema? Io non solo non lo vedo, ma trovo straordinario il sentimento di Raziel.»

Ophidiel provò ad argomentare ma non ci riuscì.

Metatron abbassò le palpebre, come per cercare di placare l'agitazione.

Dopo un attimo di silenzio, Ophidiel sbottò contro Metatron.

«È tutta colpa tua, Metatron! Tu hai voluto che Raziel andasse sulla Terra. Tu hai fatto in modo che si mescolasse tra gli uomini. Tu ti sei inventato il sogno folle dell'unione delle due genie. Ed ecco il risultato, servito su un piatto d'argento. Del resto, quale migliore unione ci potrebbe essere se non questa? Tu sei stato la causa di tutto!»

«Non ti permetto di sputare sentenze su ciò che ho fatto o non ho fatto!»

«E perché no? Tu sei responsabile di Sefira e devi farti carico delle decisioni che prendi!»

«Non azzardarti...»

«Avresti dovuto darmi retta, anziché considerarmi scomodo e tagliarmi fuori dal vostro progetto assurdo!»

«Basta!» urlò Unika. «Ma cosa vi prende? Ho di fronte i due massimi esponenti di Sefira o due bambini che litigano per il gusto di litigare? Mi sembra che intorno a questo tema stiate raccogliendo i dissidi irrisolti di anni. Ve ne rendete conto oppure no?»

Raziel si avvicinò a Unika e le prese la mano. "Unika, lascia che sia."

"La notizia li ha colti alla sprovvista... rappresenta un cambiamento e mina le loro convinzioni."

"Sapevamo che sarebbe andata così. Per questo ti ho chiesto di aiutarmi. Non erano pronti. Hanno bisogno di riflettere. E noi li asseconderemo."

"Sì... ma non hai ancora comunicato la tua scelta..."

"Come faccio a dir loro adesso che rinuncio allo stato di grazia per vivere vicino a Sarah? Non voglio deluderli più di quanto abbia già fatto."

"Vedrai, troveremo un'altra occasione."

Raziel le strinse le dita nelle sue e si rivolse a Metatron e a Ophidiel con tono mite. «Grazie per avermi ascoltato. Ne parleremo ancora e comunque la pensiate, vi assicuro che capirò.»

Capitolo 48

IL GIARDINO DEI SOGNI

Alakan, 5 mesi prima della chiusura dell'ultima Porta

«Eccoti, finalmente...»

«Eber! Non ti ho sentito arrivare...» Sarah era seduta per terra, con le mani nell'erba. Alzò lo sguardo e gli restituì un sorriso raggiante. «Mi cercavi?»

«Sì...» Raziel si lasciò travolgere dall'emozione di vederla. Tornare da lei era rigenerante per la sua anima affranta. E il calore che Sarah riusciva a trasmettergli mitigava anche le ansie più profonde. «Avevo voglia di stare con te.»

«Non speravo che rientrassi così presto e mi sono allontanata...»

«Io ho girovagato dappertutto per trovarti... ed è stato bellissimo assecondare il desiderio che avevo di raggiungerti.» Raziel si inginocchiò di fianco a lei. «Poi ho immaginato che potessi essere qui. Mi sono ricordato che mi avevi chiesto di portarti quassù al tramonto... e mi sono precipitato.»

«Questo posto è favoloso. Lontano da tutto e da tutti, ma al centro delle mie sensazioni... è talmente pieno di energia! Oh, Eber, da quando me l'hai mostrato, non riesco più a starne lontana. I fili d'erba che accarezzano il cielo e la roccia che si getta nel mare... dolcezza e potenza allo stesso tempo... uno spettacolo che nutre lo spirito.»

Raziel si perse nell'espressione accesa di Sarah. I raggi del sole le colpivano gli occhi, facendoli brillare. Le si avvicinò. «Vieni qui... lasciati abbracciare...» E la strinse con tutta la passione che provava per lei.

Sarah appoggiò la guancia sulla sua spalla, lui le prese la nuca tra le mani e le baciò i capelli.

«Cosa stavi facendo?» le chiese, osservando i mucchietti di sassi che Sarah aveva accatastato sull'erba.

«Metto le fondamenta per i sogni.»

«Cioè?»

«Era un gioco che facevo sempre con mia madre. Moltissimi anni fa. Creavamo le *Montagne dei Desideri* con le pietre.»

«Raccontami...»

«Mia mamma diceva che i sogni devono avere basi solide, che non si costruiscono per aria. Quindi andavamo in un prato vicino a casa, che avevamo chiamato il "Giardino dei Sogni", e ci mettevamo a costruire. Raccoglievamo tanti sassi e li disponevamo tutti per terra, uno vicino all'altro, in cerchio. Ogni cerchio rappresentava un sogno. I primi sassi appoggiati al suolo erano le fondamenta. Mano a mano che il sogno evolveva, si sviluppava e prendeva contorni più nitidi, noi tornavamo al Giardino per aggiungere nuovi sassi alla costruzione. A ogni sforzo per concretizzare il sogno seguiva l'aggiunta di un sasso. E a poco a poco si creavano piccole montagne di pietra.»

«In pratica, ogni cosa che facevi nella vita reale per realizzare il sogno era rappresentata da un sasso che faceva crescere la montagnetta, dico bene?»

«Sì, e si proseguiva così fino a quando il sogno si era avverato del tutto, e a quel punto sceglievamo il sasso finale, il simbolo della completezza, l'esaudirsi del desiderio. Lo sistemavamo in cima a tutti gli altri. E ci appoggiavamo sopra un oggetto legato al sogno stesso.»

«Del tipo?»

«Ti faccio un esempio: uno dei miei sogni da ragazzina era imparare le arti marziali. Ho studiato a lungo con i migliori maestri d'arte e mi sono allenata senza tregua. E quando sono stata premiata come Paladina del Primo Ordine di Nubiri, entrando a far parte dei pochissimi eletti, ho passato giorni interi a cercare la pietra giusta. Alla fine l'ho trovata nel letto di un ruscello. Era proprio come la volevo io: bianchissima e perfettamente levigata. L'ho messa sulla piccola montagna, che dopo tutti quegli anni era diventata piuttosto alta. E per concludere l'opera ho tagliato la treccina che mi ero lasciata crescere dietro la nuca dal momento in cui avevo cominciato a esercitarmi. L'ho annodata intorno alla pietra, legandola per sempre alla Montagna dei Desideri e alla conquista del sogno.»

«Che tenerezza...»

«Sì... tanta. E anche un po' di malinconia...»

«È per questo che stai mettendo nuove fondamenta?»

Sarah arrossì. «Ho voglia di ricominciare a vivere. Di guardare l'orizzonte e corrergli incontro...»

«È un'idea magnifica!»

«Ho già iniziato a costruire tre nuovi sogni!» Sarah lanciò un'occhiata alle pietre che disegnavano il prato.

«Perché alcuni cerchi sono più grandi e altri più piccoli?»

«Perché non tutti i sogni hanno la stessa importanza.»

Raziel la scrutò, incuriosito.

«Vedi, quello là è grandissimo.» Sarah indicò il cerchio più distante. Era sul bordo della scogliera, dove l'erba si diradava e lasciava posto alle rocce che si affacciavano al mare. «E sai cosa rappresenta?»

«Dimmelo tu...»

«È il nostro amore.» Sarah si commosse. «Non c'è nulla di più importante per me del nostro amore. È un sogno unico, irripetibile, meraviglioso... e voglio che cresca per sempre. Voglio che si arricchisca di tutti i nostri pensieri, di tutte le nostre parole, di tutti i nostri momenti. Voglio che sia eterno.»

«E lo sarà, Sarah... lo sarà...»

«Dedicherò ogni istante della mia vita per realizzarlo!» Senza asciugarsi gli occhi, Sarah volse di nuovo lo sguardo ai cerchi di pietra. «Quello di fianco, sulla sinistra, è il desiderio di renderti felice...»

«Ma io sono felice!» Raziel le sfiorò la guancia. «Tu sei la mia felicità, e lo sai.»

«Alcune volte lo sento. Altre ti vedo pensieroso. Come se qualcosa di oscuro ti imprigionasse l'anima. Non so di cosa si tratti e credo che tu non sia pronto a parlarmene. Per questo uno dei miei sogni è darti tutta la serenità di cui hai bisogno per affrontare le tue paure e sentirti libero insieme a me.»

Raziel provò una fitta al cuore. Sarah non finiva mai di stupirlo e di regalargli emozioni intense.

«E quello più piccolo?» le chiese sottovoce.

«Quello più piccolo è il desiderio di tornare a Nubiri, un giorno... Per ora è più una paura che un desiderio, ma voglio che si rafforzi.»

Raziel era impressionato. *È una donna straordinaria. È la mia donna... È la donna con cui voglio condividere tutto. TUTTO.* Si abbandonò all'istinto di stringerla. Di baciarla. Di fare l'amore.

«Dai, scegli una pietra e aggiungila a uno dei miei sogni!» Le parole di Sarah si fecero largo fra le sue riflessioni.

Raziel la baciò sulle labbra, in un bacio pieno di sentimento. Poi si alzò in piedi. Camminò fino al dirupo. Si chinò e, sporgendosi oltre il ciglio, staccò un sasso nero e squadrato dalla parete che si gettava a strapiombo nell'oceano. Tornò da Sarah, reggendo la pietra come se fosse un trofeo, e gliela appoggiò sulle mani.

«Vieni. Mettiamola insieme sopra le fondamenta che hai costruito. Un sasso in più, un passo avanti, un gradino che ci avvicina al sogno del nostro amore e al futuro che ci attende...»

Sarah annuì.

«Che sia per sempre...» sussurrò Raziel.

«Che sia per sempre!» confermò Sarah.

Capitolo 49

IL FUOCO CHE UNISCE I DUE MONDI

Alakan, 3 mesi prima della chiusura dell'ultima Porta

«Non sapevo che ti piacesse dipingere...»

La voce raggiunse Raziel alle spalle.

«Ciao, fratello. Cosa ci fai qui?»

«Sono venuto a trovarti. E a vedere di persona la vita che tanto decanti.»

Raziel non distolse gli occhi dall'affresco. La sua mano si muoveva rapida sulla parete dove troneggiava il grande panorama di Sefira. Stava intensificando la luce sopra la piramide di Thinkingblu, aggiungendo riflessi dorati al cielo.

«Il dipinto è finito, ma ogni giorno lo arricchisco con qualche dettaglio. La nostra valle è meravigliosa, perfetta, viva... e io vorrei rappresentarla in tutta la sua bellezza, per renderle onore nel migliore dei modi.»

«Ci stai riuscendo!» confermò Metatron. «Ogni scena illustrata su questo muro racconta una storia. La nostra storia. Vedo sentimento, passione, talento. La tua opera trasmette emozioni vere, Raziel. Se ne coglie tutta l'energia, davvero!»

«Sentirmi a casa anche quando sono lontano mi fa stare bene.

Non sai quanto sia rigenerante guardare Sefira nei momenti di nostalgia...»

«Lo capisco.»

Metatron fece qualche passo lungo il corridoio. «E queste statue?»

«Immaginavo che non sarebbero passate inosservate.»

«Teste enormi, lineamenti marcati, posture inespressive... poca dinamicità. Cosa rappresentano?»

«Sei sicuro di volerlo sapere?»

«Direi di sì.»

«Anche se la risposta potrebbe deluderti?»

«Così mi incuriosisci ancora di più... Dai, dimmi.»

«Rappresentano gli uomini.»

«Gli uomini?»

«Sì. Sono gli uomini che osservano Sefira.»

Metatron si accigliò, perplesso, e attese che Raziel continuasse.

«Da sempre ci chiediamo come reagirebbero gli uomini se sapessero dell'esistenza degli angeli. Abbiamo anche provato a darci una risposta, illudendoci. E gli avvenimenti degli ultimi tempi ci hanno sbattuto contro la cruda realtà. In questa stanza ho voluto esprimere il mio dubbio.»

«Spiegami...»

«Da una parte ho rappresentato l'anima di Sefira, in tutta la sua potenza. Dall'altra ho rappresentato gli uomini. Che, se paragonati a Sefira, sono molto grezzi, primitivi... e questo è innegabile. Il corridoio rappresenta lo spazio che separa gli uomini da Sefira. E non sappiamo quanto sia lungo questo percorso. A volte sembra non esistere, altre ci dà l'idea di essere smisurato.» Raziel si allontanò dall'affresco e indicò il passaggio che conduceva alla grande stanza circolare. «Ho fatto confluire il corridoio nella sala della sirena. Ti spiego perché. Ciò che unisce i due mondi è l'amore, che io ho voluto identificare con la sirena. La sirena è Sarah: lei mi ha fatto conoscere il coraggio, il valore e l'altruismo che possono albergare nello spirito di un uomo. Se non ci fosse stata Sarah, io avrei perso fiducia nel genere umano molto tempo fa.»

«Non ti seguo...»

«Sono convinto che la distanza tra gli uomini e Sefira possa essere colmata solo da un sentimento fortissimo. Che non è la compassione, il senso di responsabilità, l'affetto che ci lega agli abitanti della Terra. Ma l'amore profondo, vero. Quello che unisce due creature nell'anima. Senza l'amore profondo Sefira vedrà sempre gli uomini come esseri da proteggere, custodire, fare evolvere. E gli uomini vedranno Sefira come un'entità misteriosa, divina... da temere e venerare.»

«Mi stai dicendo che se non ti fossi innamorato di una donna avresti abbandonato il nostro sogno?»

«Avrei faticato a credere nella comunicazione naturale fra i due mondi, senza dubbio.»

«Non è un pensiero luminoso...»

«È un pensiero intimo che ho deciso di condividere con te.»

«È la fine della speranza...»

«No, Metatron. È l'esatto contrario: questa è la speranza. Pensaci bene. Se io non mi fossi innamorato di una donna, sarei tornato da te sconfitto. Con il cuore a pezzi per non essere riuscito a fermare la guerra, a insegnare agli uomini la vera pace, a farli guardare al futuro con ottimismo e nobiltà d'animo. Invece sono qui a dirti che anche se gli uomini non sono ancora pronti, in alcuni di loro c'è la luce del Bene. E io voglio farla trionfare.»

Metatron aggrottò la fronte e si portò le mani al volto.

«Fratello, non devi essere amareggiato...» continuò Raziel. «Nessuno di noi ha mai pensato che questo progetto fosse semplice. E con il passare del tempo abbiamo maturato una consapevolezza maggiore. Siamo più avveduti e saggi di quando abbiamo intrapreso la missione. E di sicuro anche più critici. Ma questo è positivo, perché ci consente di raddrizzare il tiro, smorzare le illusioni, affrontare il cammino con la giusta pazienza e lungimiranza.»

«Non lo so...» Metatron abbassò la testa e si avviò verso la sala della sirena.

«Dove vai?» gli chiese Raziel.

«Rientro a Sefira.»

«Mi spiace averti rattristato. Pensavo che fosse importante per te conoscere i miei pensieri e i miei sentimenti...»

«Infatti lo è. Ma ora devo andare.»

«Hai i minuti contati perché hai dovuto trovare un espediente per distrarre Martin?»

«Non ho fretta. Ho solo bisogno di riflettere.»

«Aspetta un attimo... Come sei arrivato qui, allora?» Raziel guardò il fratello con aria interrogativa.

«Ho aperto una Porta. La Porta di Abyss. L'ultima Porta.»

«Cosa...?»

«Sì: l'ultima Porta.» Metatron sospirò. «Hai promesso a Unika che non avresti aperto nuovi punti di collegamento. Ma nel nostro sogno iniziale le Porte erano tre. Ne mancava una. Mancava la Porta di Abyss. E ho deciso di crearla io. E poi, dato che hai scelto di trascorrere molto tempo in questo posto, credo che sia fondamentale per te avere una Porta vicina.»

Capitolo 50

L'ALFABETO DI SEFIRA

Alakan, 2 mesi prima della chiusura dell'ultima Porta

Raziel sentì le lacrime inondargli gli occhi.

Guardò la luce dell'alba appoggiarsi sui fianchi di Sarah, correrle sulla schiena e accarezzarle i capelli, fino a illuminarle il volto. Il calore del sole le scaldava la pelle, mentre il sonno dolce donava ai suoi lineamenti una naturalezza profonda, quasi irreale. Desiderò che quell'istante durasse per sempre.

Sarah era distesa davanti alla grande vetrata che si affacciava sul mare. Dormiva serena. E lui godeva di quell'emozione. Un'emozione che valeva una vita. Tutte le mattine, alla stessa ora, la osservava con la commozione nel petto fino a che si svegliava. Lei gli sorrideva e lui si sentiva la creatura più felice dell'Universo.

Nulla è più importante di lei...

Si passò la mano sul viso. E cercò di scacciare l'ombra che gli stritolava l'anima. Non ci riuscì.

Morirà, si disse. *Una mattina non si sveglierà più. Non spalancherà i suoi occhi bellissimi e non mi sorriderà. E io l'avrò persa per sempre.* Si lasciò trascinare dall'angoscia nei meandri oscuri della paura. La paura di vedere finire un sogno. La paura di non poter essere se stesso fino in fondo, né con la donna che amava, né con i suoi fratelli angeli, né con gli uomini che credevano in lui. La paura di dover mentire di continuo. La paura di deludere. La paura di commettere altri errori. La paura di rendersi conto di colpo che tutto era cambiato e niente era più come prima.

Raziel sapeva che per sconfiggere alcune di quelle paure serviva solo una grande forza interiore. Ma sapeva anche che per altre esisteva un rimedio.

E se avesse ragione Ophidiel? Se i timori di Unika fossero fondati? Se avessimo realmente sbagliato le nostre valutazioni? Adesso è scoppiata la guerra tra gli uomini, domani potrebbe scoppiare tra uomini e angeli, o ancor peggio tra angeli. Forse stiamo mettendo a serio rischio Sefira. Forse stiamo minando la fiducia che ci lega. Forse stiamo distruggendo la nostra integrità. E se fosse davvero così, io non potrei mai perdonarmelo. Non voglio vivere con questo peso. Non voglio guardare indietro un giorno e sentirmi strozzare dai rimorsi.

No. Non è tempo. Forse lo sarà. Ma non ora.

Indugiò per qualche altro secondo sul profilo di Sarah. Si concentrò e trasvolò.

Si materializzò davanti alla Porta di Horizon.

L'atmosfera solenne del Tempio scavato nelle viscere della montagna gli fece accapponare la pelle. Pensò all'entusiasmo con cui lui e Metatron avevano aperto quel passaggio. In preda a un'emozione violenta, che gli sconquassava il petto, volò al centro della sala, in mezzo alle statue che rappresentavano le tre Porte. Guardò la piramide. Poi si avvicinò alla sirena e le sfiorò la guancia. Era un'opera splendida, identica a quella che aveva scolpito nel Tempio di Alakan, ma molto più piccola. Non l'aveva ancora ultimata: ci dedicava tempo e passione perché quella scultura suggellava un momento importante della sua vita. Non era solo il ritratto di Sarah che lottava nell'acqua profonda per liberarsi dall'abbraccio mortale del padre, ma anche la raffigurazione dell'amore che lui provava per quella donna meravigliosa.

A passo lento, si spostò di fronte alla statua che ritraeva lui e Metatron.

È la scelta giusta.

Tese le mani e, con il potere della mente, ricavò sul piedistallo dieci cubi disposti in due file da cinque. Li collegò tra loro con un ingranaggio a pressione, connesso a sua volta alle due teste dell'angelo. A lavoro ultimato premette uno dopo l'altro i dieci cubi, nell'esatta sequenza che aveva stabilito. Appena fece pressione sull'ultimo, le teste dell'angelo si girarono fino a guardarsi e il decimo cubo si sbloccò, liberando uno spazio nascosto dietro di esso. Raziel estrasse dalla tasca l'esagramma su cui spiccava la lettera H e lo posizionò all'interno della cripta segreta.

Lì sarai al sicuro per sempre.

Raziel tentennò.

Avrei dovuto distruggerti... si disse guardando la chiave per l'ultima volta. *Ma distruggere te significherebbe abbandonare per sempre il sogno. E noi viviamo di sogni. Voglio che la speranza di un futuro luminoso non smetta mai di bruciare nella nostra anima.*

Rimise il cubo al suo posto e con lo sguardo incise tutti i dieci blocchi. Su uno rappresentò il simbolo di Sefira. Su un altro un cerchio vuoto. E sui successivi intarsiò entrambi i segni, a distanze differenti. Solo un cubo aveva i due simboli perfettamente coincidenti.

Chissà se succederà mai...

Raziel tornò davanti alla grande Porta e scolpì lo stipite con la frase che aveva nel cuore.

Le Emozioni Migliori Non Le Abbiamo Ancora Vissute

E la scrisse nell'antico alfabeto di Sefira.

Così, quando verrà il tempo, qualsiasi angelo potrà trovare la chiave. Anche se io non ci sarò. Anche se io sarò un uomo. Anche se io sarò già morto e sepolto come un uomo.

Raziel inspirò, chiuse gli occhi e si ascoltò. Sensazioni, ansie, presentimenti urlavano alla sua coscienza e gli suggerivano di agire.

Trasvolò di nuovo.

Si materializzò a chilometri di distanza. Di fronte alla Porta di Orion, dove avrebbe fatto la stessa cosa.

Capitolo 51

LE TRACCE NELL'ETERNITÀ

Ttaima, 1 mese prima della chiusura dell'ultima Porta

«Posso chiederti un favore?»

«Eber!» gridò Enkil appena vide Raziel avvicinarsi. «Ma dov'eri scomparso? Le ultime notizie ti davano a Alakan... stavo per chiamare Rodon e chiedergli di te!»

«Ho fatto l'eremita per un po'...» Raziel gli strinse la mano.

«Come stai?»

«Lo chiedo io a te, amico mio...»

«Stiamo ricostruendo tutto. Città dopo città. Quartiere dopo quartiere. Edificio dopo edificio.» Enkil girò su se stesso con le braccia tese per indicare i lavori di ripristino che lui e la sua gente stavano facendo. «Guardati intorno... le persone sono tornate nelle loro case. Le strade sono di nuovo tutte accessibili. Le macerie non ci sono più. Molti grattacieli sono già in piedi, identici a quelli di prima.»

«Non credo quasi ai miei occhi!»

«Siamo impegnati a tempo pieno e con l'aiuto di Rumes andiamo avanti spediti.»

«Congratulazioni!»

«È la voglia di ricominciare a vivere e di lasciarci alle spalle la paura, le sofferenze e la morte.»

«Lo capisco, e vi ammiro.»

«Ma tutto questo è anche merito tuo, Eber! Non abbiamo mai smesso di pensare alle tue parole. Sei sempre stato con noi!»

Raziel sorrise.

«Davvero, sai?» Enkil gli diede una pacca sulla spalla. «Però era ora che tu tornassi a farti vedere... e a rinfrescarmi la memoria con i tuoi suggerimenti e la tua esperienza.»

«Anch'io avevo molta voglia vederti!»

«Allora, cosa mi racconti?»

«Che ho preso una decisione importante.»

Enkil lo scrutò, aspettando che continuasse.

«Ho incontrato una persona speciale e ho deciso di vivere con lei.»

«Ti sei innamorato?»

Raziel annuì.

«È una notizia fantastica!»

«È questa la cosa che volevo dirti. Vivremo appartati, il più possibile lontano da tutto e da tutti. Io mi dedicherò a lei e viaggerò meno.» Il tono di Raziel si incupì. «Non so se riuscirò a venire a trovarti spesso come prima.»

«Ma cosa stai dicendo? Porta anche lei! Sarò lieto di conoscerla e di ospitarvi. Casa mia è casa tua!»

«La donna che amo è la figlia di Lergan.»

Enkil restò a bocca aperta.

«Sai cos'è successo e puoi immaginare quanto ha sofferto. Non voglio riportarla nel mondo dove ha combattuto. Né tantomeno farle ricordare quei momenti drammatici. Voglio solo starle vicino e farla felice.»

«Come posso aiutarvi?»

«Continuando a essere quello che sei, Enkil. Continuando a guardare la vita per tutto ciò che sa dare. A inventare, a costruire e a essere da esempio per stimolare l'ispirazione e la voglia di volare con l'anima.»

«Mi mancherai, Eber, non sai quanto!»

«Ma io ci sarò. Lo sai!»

«Sì...» Enkil lo abbracciò. «A proposito, qual è il favore che volevi chiedermi?»

«Realizza opere grandiose e perfette. Fallo ovunque, su tutta la Terra. Crea strutture che rimangano per sempre e sappiano trasmettere la forza e la spiritualità di uomini come noi. Lascia una traccia nell'eternità, amico mio: il nostro contributo alla testimonianza del legame fondamentale tra Terra e Cielo, tra corpo e anima.»

Capitolo 52

LA SPERANZA DI UN AVVENIRE

Rumes, 15 giorni prima della chiusura dell'ultima Porta

«La nostra gente ha ritrovato la serenità?»

«Sì, Eber!» rispose Shamash, con occhi pieni d'entusiasmo. «Siamo tornati a vivere nelle nostre case. I bambini corrono nei prati e abbiamo ricominciato a uscire e a festeggiare le ricorrenze nelle piazze. La paura è un ricordo. Bruttissimo. Ma un ricordo, ormai.»

«Lo speravo tanto!»

«Il sole brillerà più forte di prima nelle anime di tutti, vedrai!»

«Ne sono sicuro!» Raziel restituì lo sguardo carico di fiducia. «Ho parlato con Enkil e mi ha detto di tutto il tuo aiuto nella ricostruzione di Ttaima...»

«Lui avrebbe fatto lo stesso per noi...»

«E Nubiri? Cosa pensi di fare?»

«Riporteremo anche Nubiri agli splendori di un tempo.»

«Quegli uomini hanno un gran bisogno di te, Shamash. Aspettano solo che tu decida di prenderli sotto la tua guida...»

«Questo non è nei miei piani.»

«Perché no?»

«Io farò di tutto per sostenerli e darò loro le risorse necessarie per ricominciare a vivere... ma non sono in grado di fare il capo.»

«Tu sei un capo straordinario, invece.»

«Per Rumes... non per Nubiri. Sono nato e cresciuto in questa terra. So di cosa hanno bisogno i miei fratelli, perché sento ciò che sentono loro. Ma non riuscirei mai a guidare Nubiri, un popolo con una storia e una cultura che non mi appartengono, e prospettive che non capisco né condivido. No, Eber, credimi: io non sono all'altezza di governare Nubiri.»

«Permettimi di dire che non sono d'accordo... Comunque la scelta è tua.»

«Sarah sarebbe la persona giusta. Con tutto quello che ha fatto, il popolo l'acclamerebbe e tutti sarebbero pronti a seguirla.»

«Sarah non accetterebbe mai. Per lei sarebbe un tuffo in un passato doloroso e pieno di sofferenza.»

«Come sta, adesso?»

«Si è ripresa. È una donna forte e lascia che il sorriso le illumini sempre la vita. Ma io so che la sua ferita non è rimarginata e non si rimarginerà mai.»

«Si trova bene a Alakan?»

«Credo di sì. Dico "credo" perché la vedo gioire delle sensazioni che la Natura di quella terra le regala. Passa ore a guardare il mare, a respirare il vento... facciamo l'amore nell'erba. Ma non parla con nessuno, a parte me. È come se volesse isolarsi dal resto del mondo per trovare se stessa... per trovare la parte della sua anima che è morta in quella piscina...» Raziel si impose di non andare oltre. *Lei è morta in quella piscina... ed è come se lo sapesse.*

«Dalle tempo...»

«Tutto il tempo che avrò.»

«Eber?»

«Dimmi.»

«C'è una cosa che non mi spiego di quel giorno. È da allora che continuo a pensarci, senza trovare una risposta.»

Raziel sapeva cosa Shamash stava per chiedergli.

«Sarah mi aveva avvertito che avrebbe attaccato il padre. Ma non mi aveva dato dettagli. Io ero a casa con mia moglie: era il compleanno di nostro figlio. Tutto d'un tratto mi sono precipitato fuori, sono salito sulla navicella, ho radunato i miei uomini e siamo corsi al palazzo di Lergan. Abbiamo superato le barriere difensive di Nubiri e abbiamo annientato intere squadre di soldati. Sono atterrato sulla sommità del palazzo, dove l'acqua aveva inondato tutto e ho visto Lergan morto... e Sarah priva di sensi a qualche metro da lui...»

«Poche ore dopo, quando ci siamo incontrati e mi hai portato Sarah ancora sotto shock, ricordo che mi hai raccontato per filo e per segno l'accaduto... ed era andata proprio così...»

«Sì. Ma non mi ero reso conto...»

«Di cosa?»

«Io... be'... com'è possibile? Voglio dire, perché ho lasciato mia moglie e mio figlio nel bel mezzo della festa? Non ho ricevuto chiamate. Ne sono sicuro. Lergan non aveva ancora comunicato al mondo l'esecuzione di sua figlia. E poi... come ho fatto ad arrivare in tempo, a sconfiggere tutte le forze armate nemiche e a tenere sotto assedio la città? Da solo... con un pugno di uomini. Ma hai presente quanto fosse numeroso l'esercito di Lergan?»

«La cosa importante è che tu ci sia riuscito. Quel giorno hai liberato il mondo dall'oppressione di un despota. Hai portato la pace.»

«Speravo che tu potessi aiutarmi a trovare qualche spiegazione in più...»

«E come?»

«Non lo so, fratello, non lo so.»

«Forse, con il tempo, quando tutto sarà sedimentato, affioreranno memorie più nitide.»

«Forse...»

«Dai, torniamo al discorso di prima» suggerì Raziel. «Chi potrebbe prendere in mano le redini di Nubiri?»

«C'è un giovane uomo che potrebbe fare al caso nostro.»

«Davvero?»

«Credo di sì. Era uno dei ribelli del gruppo di Sarah. Intelligente e lungimirante. L'ho osservato dopo la morte di Lergan e continuo a tenerlo d'occhio. Sa ascoltare e sembra seguire obiettivi ragionevoli. Non è troppo ambizioso e ha un buon carisma. Potrei sostenerlo e consigliarlo, affinché in futuro possa guidare Nubiri nel modo giusto.»

«Come si chiama?»

«Jerimiak.»

«Stagli vicino e vediamo come si comporta.»

«Non dubitare!»

«Shamash?»

«Sì?»

«Ti ricordi quando ti ho chiesto di farmi una promessa, tempo fa?»

«Come potrei dimenticarlo?»

«Vorrei che mi sostituissi...»

«Eh?»

«Io starò accanto a Sarah. Ha bisogno di me e io non ho intenzione di lasciarla sola nemmeno per un attimo. Ma quello che abbiamo creato in questi anni non deve andare perso. Tu sei l'unico in grado di continuare ciò che abbiamo iniziato.»

«Ma nessuno conosce la vita come te, Eber. Tu senti il nostro cuore, leggi la nostra anima e ci suggerisci la strada giusta. Tu ci hai aperto gli occhi. Soltanto tu sai trasformarci in uomini migliori.»

«E tu *sei* un uomo migliore, Shamash. Credi nel futuro e lo stai costruendo. Vai avanti così...»

«Se è quello che mi chiedi, manterrò la promessa.»

«Ci conto... ma non è tutto.»

«Ti ascolto.»

«Abbiamo imparato che la guerra può scoppiare all'improvviso. E che possiamo trovarci in mezzo alla distruzione da un momento all'altro... Shamash, cerca angoli della Terra sicuri, che possano diventare un rifugio per te e per gli uomini come te. Fallo subito. Non devi lasciarti cogliere alla sprovvista dalle catastrofi che la vita può ancora riservarci...»

Shamash annuì. La sua testa era piena di mille domande. Ma per quel poco che conosceva Eber, sapeva che non avrebbe avuto risposte.

Capitolo 53

IL TORMENTO DELLA SCELTA

Sefira, 5 ore prima della chiusura dell'ultima Porta

Lo sguardo fisso, il respiro controllato, la mente concentrata. Ophidiel lanciò un'ultima occhiata alle increspature cristalline dei Laghi Hyatt. Il sole stava sprofondando oltre l'orizzonte e la superficie dell'acqua scintillava d'argento. Era il momento che preferiva, quello in cui la Natura prende i colori più veri e la frenesia del giorno sfuma nelle riflessioni dell'animo. Ma il suo animo era ancora irrequieto: quella giornata sarebbe stata una delle più lunghe della sua vita. E una delle più dolorose.

Ophidiel strinse i denti e il muscolo della mascella ebbe un fremito, mentre la giugulare si gonfiava di adrenalina. Era ora. Doveva farlo. Era giusto così. Nessun dubbio, nessun ripensamento. Solo la consapevolezza profonda che dopo quella notte la storia avrebbe preso un corso diverso.

Trasvolò.

Si materializzò sulla sommità della Piramide di Thinkingblu. L'azzurro splendente dei laghi aveva lasciato il posto al verde intenso della foresta e le fronde degli alberi si muovevano nel vento, leggere come onde. Ophidiel si rese invisibile agli occhi e ai sensi degli altri angeli. Scese i gradoni di pietra. L'area era deserta e la voce del silenzio era straziante quanto l'attesa.

I minuti si allungavano senza tempo e gli ultimi riverberi del sole sembravano indugiare per non lasciare spazio alle stelle.

A un tratto udì un fruscio. Uno dei grandi massi che costituivano la base della piramide si spostò e aprì un passaggio. Ophidiel intuì che era arrivato Metatron, invisibile e schermato come lui. Aspettò che il varco si richiudesse, fece scorrere qualche secondo e mosse di nuovo il macigno, infilandosi nel cuore della piramide.

Per un attimo si rasserenò. Aveva temuto che potesse comparire Unika, e per lui sarebbe stato più difficile fare ciò che si era prefisso. Con Metatron invece era diverso. Da un certo punto di vista riusciva a provare anche una punta di soddisfazione.

Era la prima volta che si insinuava in quel cunicolo. Se n'era tenuto volutamente alla larga. Imboccò la galleria scavata nella roccia. La percorse a passo deciso e con la massima attenzione: non doveva commettere alcun errore, perché avrebbe potuto non esserci una seconda possibilità.

L'ultima rampa di gradini lo condusse in una grotta dall'atmosfera suggestiva al cui centro si stagliava una grande lastra monolitica di metallo scuro. Ophidiel trasalì quando vide che la Porta era proprio come l'aveva immaginata. Cercò di non lasciarsi sopraffare dall'emozione e dalla curiosità. Non c'era tempo per esaminare i dettagli e non poteva perdere la concentrazione.

Scrutò Metatron, che era tornato visibile. Lo osservò estrarre dalla tasca le due Entità Fondamentali per inserirle negli alloggiamenti sulla Porta. Si impose di non infuriarsi e di non chiedersi perché Metatron avesse deciso di usarle come chiavi, anziché custodirle nel nascondiglio sicuro dove avrebbero dovuto stare. Accantonò il risentimento, mentre una luce fortissima inondava la stanza. Ophidiel non esitò e si gettò in quel fascio accecante. Sbatté contro qualcosa di solido. Pensò che fosse un masso o un muro. Poi capì che era un corpo. Era Raziel. Riuscì a intravederlo di spalle, prima di essere inghiottito dal raggio e trascinato via. Quando la luce si spense, si trovò in un altro luogo. Era sulla Terra.

Capitolo 54

RODON

Alakan, 4 ore prima della chiusura dell'ultima Porta

Ophidiel si guardò intorno.

Si trovava in una sala circolare enorme. Il pavimento era lastricato di pietra nera lucida e le pareti si tendevano altissime al cielo. Una cupola di cristallo faceva da soffitto. In mezzo alla sala si ergeva una statua imponente. Ophidiel fece correre lo sguardo dalla base alla testa: rappresentava una sirena intrappolata nella morsa di un mostro marino.

L'hai fatta tu, Raziel, vero? Che storia vuoi raccontare con una scultura così drammatica?

Esaminò la stanza e cercò la Porta da cui si era materializzato: era diventata una fredda lastra rotonda di metallo. Spiccava sul pavimento, al centro di una serie di rilievi bronzei e incisioni che disegnavano il simbolo di Sefira.

Ophidiel mantenne l'invisibilità e si spostò nell'atrio. Percorse un corridoio lungo. Su un lato era stata ricavata una fila di nicchie con monoliti di pietra scura, sulla parete opposta c'era un dipinto. *Sefira?* Ophidiel si accigliò. *Raziel, soffri di nostalgia della nostra Terra?* Non si fece neppure sfiorare dalla compassione e accelerò il passo. Imboccò le scale e scese i gradini fino a sbucare in un locale apparentemente senza via d'uscita.

Quattro colonne sorreggevano altrettante sfere, in cui ardeva un fuoco vivace. Ai loro piedi c'era una piscina a sfioro. *Ti sei creato un bel rifugio.* Ophidiel trasvolò all'esterno. *Sei stato astuto. Hai reso il Tempio inaccessibile agli uomini. Un'entità sacra da venerare, ma da non violare.*

Ophidiel si lasciò alle spalle il faraglione roccioso su cui svettava la cupola e volò fino alla grande piazza sottostante. La città era esposta al sole e dava sul mare. Distese verdi facevano da sfondo a caseggiati maestosi nelle dimensioni ma semplici nella forma. La pietra si fondeva con il metallo in strutture che si appoggiavano sull'acqua come se galleggiassero. Il mare era convogliato in una rete di canali e ogni canale era attraversato da ponti con architetture lineari. Sparse ovunque si stagliavano statue maestose con le braccia rivolte al cielo, nelle cui mani bruciava una luce calda che illuminava sempre a giorno.

Di fronte al porto e proprio sulla piazza centrale c'era il palazzo di Rodon. Ophidiel vi si diresse deciso. Ogni passo era pesante come un macigno, ogni respiro sembrava portare con sé il tormento della coscienza. *Non avrei mai pensato di dover arrivare fino a questo punto... ma non mi avete lasciato alternativa.* Pensò alla determinazione di Metatron. Agli errori di Raziel. Allo sguardo intenso di Unika e alle sue parole, mentre gli diceva di essere pronta a tutto per salvare Sefira e il mondo. Quei ricordi erano ciò di cui aveva bisogno per non esitare e andare avanti. Chiuse i pugni e inspirò, prima di dare il via al suo piano. Quello che avrebbe scritto il futuro.

Si fermò contro un muro, nascosto dal fermento che animava la piazza, e si rese visibile. Non con il suo aspetto, ma nelle sembianze di Eber.

Camminò verso la struttura circolare a gradoni che si innalzava al centro della piazza, davanti al palazzo di Rodon. Era la tribuna da cui i leader parlavano alla folla durante i raduni collettivi. Era sovrastata da una statua di metallo raffigurante un delfino, scolpito nell'attimo in cui esce dalla superficie dell'acqua per cavalcare le onde.

Tutti lo salutavano con sorrisi e cenni del capo. Qualcuno gli si avvicinava per scambiare qualche parola, ma lui tirava dritto, senza voltarsi. Salì sulla tribuna, guardò il palazzo di Rodon e cominciò la recita.

«Ho bisogno di fare una comunicazione importante!»

Dopo qualche secondo, Rodon uscì sul balcone. Era un uomo molto alto, con i capelli castani schiariti dal sole, gli occhi azzurri come il mare e la pelle abbronzata. Una tunica a kimono blu gli fasciava le spalle e lasciava intravedere un torace scolpito. Aveva un aspetto regale e l'espressione del volto era serena, come quella di chi ha trovato la pace interiore.

«Eber, fratello mio, cosa succede?»

Scusami, Rodon. Non lo farei se non fosse vitale.

«Convoca i ministri, i consiglieri e tutti i tuoi uomini di fiducia. Devo parlarvi.»

Rodon allargò le braccia e diede un segno di assenso con la testa.

In poco tempo la piazza si gremì e molte altre persone accorsero, incuriosite. Rodon si fece largo tra la folla e raggiunse la tribuna. Le sue gambe inghiottirono i gradoni con agilità. Appena fu accanto a Ophidiel, lo abbracciò. Ophidiel non si mosse. Rodon gli mise una mano sulla spalla e gli chiese in modo plateale: «Cosa possiamo fare per te, fratello?»

Ophidiel si spostò verso la statua del delfino, salì sul piedistallo per essere ancora più visibile e parlò con voce stentorea.

«Popolo di Alakan, voglio raccontarvi una verità importante e per farlo ho bisogno di tutta la vostra attenzione.»

«Siamo qui per ascoltarti, Eber» replicò Rodon. «Le tue parole sono ossigeno e linfa essenziale per noi, lo sai.»

«Bene. Allora promettetemi che qualsiasi cosa succeda durante questo mio discorso, continuerete a farlo finché non avrete sentito tutto. Ci sono molte cose che dovete sapere e alcune vi sorprenderanno. Ma per capire ciò che sto per dirvi è fondamentale che restiate concentrati fino alla fine.»

«Non dubitare» rispose Rodon, a nome tutti. «Siamo assetati della tua saggezza, come sempre.»

Ophidiel lo vide perplesso. *Ti stai chiedendo il motivo di questo comportamento bizzarro da parte di Eber. Ora lo scoprirai.*

«Allora, procediamo.»

Ophidiel alzò le braccia al cielo. Rovesciò la testa all'indietro e si trasformò. Riprese le proprie sembianze fisiche: Eber scomparve di colpo per lasciare il posto al guerriero muscoloso e rasato.

Un brusio impressionante si levò dalla folla.

«Non dovete avere paura! Sono qui per spiegarvi.»

Tutti lo fissavano a occhi sbarrati. Su alcuni volti Ophidiel lesse lo sbigottimento, su altri la paura.

«Ma... ma che...?» Rodon era esterrefatto.

Chi era più vicino alla tribuna arretrò, qualcuno fuggì.

«No! Non scappate... restate dove siete! Vi rivelerò segreti di cui non avete mai neppure immaginato l'esistenza.» La voce di Ophidiel tuonava limpida e rassicurante.

Rodon spalancò la mano, facendo segno alla sua gente di fermarsi. Poi fissò Ophidiel negli occhi. «Chi sei?»

Ti stimo, Rodon. Sei intelligente e non ti fai abbindolare. Mi hai visto cambiare aspetto e ammaliare la folla. Non credi ai tuoi occhi e cerchi una spiegazione plausibile a ciò che sta accadendo. Pensi che io nasconda qualcosa. E hai ragione. Io ti userò, perché non ho scelta.

«Il mio nome è Ol e sono un cacciatore di demoni.»

Un altro brusio serpeggiò assordante.

Ophidiel non lasciò che il tempo gettasse ombra sugli animi e continuò assertivo.

«I demoni sono esseri superiori che si confondono tra noi. Non si sa da dove vengono, né perché esistono. Una cosa è certa: vivono sulla Terra, fingendosi persone come tutte le altre. Assumono sembianze umane, ma hanno poteri sovrannaturali.» Ophidiel fece una pausa solo per permettere a quelle parole di penetrare nelle menti in ascolto. «Non è tutto. I demoni si nutrono della nostra energia e accrescono la propria forza assorbendo la vita che ci scorre nelle vene. Sono esseri malvagi. Subdoli perché ci ingannano: si spacciano per uomini qualunque, allo scopo di cibarsi di noi. Ma la cosa peggiore è che ci uccidono, succhiandoci a poco a poco la salute e il vigore interiore. E noi ci ammaliamo di mali terribili, inspiegabili e, soprattutto, incurabili.»

Dopo un momento di grande agitazione, il silenzio agguantò il pubblico. Le bocche spalancate e le espressioni terree rimandavano a Ophidiel la certezza di aver fatto breccia nei loro pensieri.

«Cosa ci fai qui? Perché sei venuto a dirci queste cose?» Rodon era diffidente e non si preoccupava di nasconderlo.

Bravo, Rodon... mostrami quanto vali. Fammi le domande che mi servono per portarli tutti dove devo.

«Voglio raccontarvi la mia storia, perché ho bisogno di voi.» Ophidiel scese dal piedistallo del delfino e si avvicinò a Rodon. Per la prima volta gli sorrise e chinò il capo in cenno di rispetto. «Molti anni fa un demone che si era finto mio amico ha devastato la mia famiglia. Il destino ha voluto che io scampassi alla strage. Da quel momento ho capito che c'era un disegno superiore e che la mia salvezza doveva essere messa a disposizione di altri. Fu così che decisi di dedicare la vita alla ricerca dei demoni, per distruggerli tutti, uno dopo l'altro... per spazzarli via per sempre dal nostro mondo.» Ophidiel cambiò tono, increspando la voce con un timbro più cupo. «Imparai a riconoscerli e a seguirne le tracce. E osservandoli da vicino scoprii i loro punti deboli. In trent'anni ne ho sconfitti quattro.»

«Ohhh...» Il mormorio cresceva.

Ophidiel camminò verso il ciglio della tribuna.

«Ma quello che non potevo immaginare è che, uccidendoli, ci si può impossessare dei loro poteri.»

Senza aspettare repliche, Ophidiel roteò veloce su se stesso e si librò nell'aria, in un volo verticale. Salì per una decina di metri, per poi perdere quota e fermarsi sospeso a poca distanza dal suolo.

«I demoni si fortificano con la nostra energia, e chi li annienta, a sua volta, può assorbirne il potere e fare sua tutta la loro forza. Ciò che vi sto mostrando è il potere che ho accumulato in questi anni.»

«Cosa vuoi da noi?» Rodon scrutava Ophidiel con la faccia di chi vuole capire.

Grazie, anima nobile. La tua perspicacia mi agevola la strada.

«Aiuto... chiedo soltanto aiuto.»

L'incredulità corse sui volti degli ascoltatori.

«Qui, nella vostra Terra, si nasconde un demone che sto inseguendo da tempo. Uno dei demoni più potenti mai esistiti. È forte e spietato, e io voglio eliminarlo.» Ophidiel portò la mano chiusa a pugno al petto. «Popolo di Alakan, siete i primi a cui faccio questa rivelazione. Credetemi, non avrei mai voluto, ma per catturare il demone ho bisogno di voi.»

«Dicci cosa dobbiamo fare!» urlò una voce.

«Ti aiuteremo!» gridò un altro.

«Siamo con te!»

L'euforia dilagava.

Ophidiel celò un ghigno compiaciuto. La folla iniziava a reagire, dando sfogo alle proprie peggiori debolezze.

«Calmatevi!» ordinò Rodon. «Non facciamoci prendere dal fanatismo. Siamo uomini di scienza e logica. Restiamo lucidi e guardiamo le cose per ciò che sono e possono essere, come abbiamo sempre fatto.»

«Quali altre prove ti servono per credermi?» Ophidiel parlò con perfetto autocontrollo, senza arroganza.

«Come puoi pretendere che io ti creda? Non sappiamo chi sei. Ti presenti a noi come il nostro fratello Eber per farti ascoltare. Ti trasformi in un altro uomo e ci parli di demoni. Racconti cose assurde che non hanno spiegazione e ti levi in volo per dimostrare che le tue parole sono sincere. No, Ol, o chiunque tu sia. Se ti interessa continuare ad avere la nostra attenzione, svela la magia e chi sei, e dicci cosa vuoi veramente.»

Ophidiel annuì. Si librò di nuovo nell'aria. Tese il braccio destro in avanti, fece schioccare le dita e accese una scintilla. La scintilla divenne una fiamma bruna nel suo palmo. Con il pollice e l'indice dell'altra mano, dalla fiamma principale ne estrasse una più piccola e la fece ardere. A quel punto lanciò entrambe le braccia al cielo e lasciò che il fuoco gli colasse lungo i polsi, fino a inondare avambracci, gomiti, spalle. E poi il torace, da dove impregnò tutto il corpo. In un attimo Ophidiel era diventato una torcia umana.

«Posso trasformarmi in fuoco. E questa non è magia.» Gli occhi di Ophidiel erano brace ardente. «Rodon, cosa devo fare ancora per dimostrarti che quello che dico è vero?»

Rodon era inorridito.

Li sento, Rodon, tutti i dubbi e i timori che ti turbinano in testa. Ciò che vedi sembra reale, senza trucchi, senza finzione. Eppure la tua mente di uomo di scienza non ti permette di accettarlo. Dai, Rodon... ancora uno sforzo: pensa alla cosa più impossibile... e chiedimela.

Rodon guardò il mare.

Sì, Rodon, hai ragione. L'acqua non può incendiarsi...

Ophidiel salì ancora più in alto e scagliò un poderoso getto di fuoco sul tratto del canale dove non c'erano imbarcazioni. Le fiamme accesero la superficie del mare, scesero in profondità e non si spensero.

Gli sguardi di tutti erano fissi sulle onde roventi.

«Era questo il segno che volevi?»

Rodon era impietrito.

Non sei sgomento perché ho incendiato il mare, ma perché ti ho letto nel pensiero. E continuerò a farlo.

«Mi credete, adesso?» Ophidiel incombeva, gigantesco e potente, sulla scena, mentre i presenti urlavano, impressionati.

«Siete pronti alla rivelazione che sto per farvi?»

«Sììììììì!» La folla era in delirio.

Uomini e donne tendevano le mani verso Ol, il padrone del fuoco, in adorazione. Avrebbero voluto avvicinarsi a lui, toccarlo. Erano in preda a una crisi di isteria collettiva.

«Allora, ascoltatemi...» proseguì Ophidiel, determinato a guidare al proprio obiettivo tutta la tensione che vibrava nella piazza. «Il demone che sto cercando ha l'aspetto con cui mi sono presentato a voi e dice di chiamarsi Eber.»

L'affermazione tramortì tutti e ancora una volta calò un silenzio gelido.

«Finge di essere un uomo saggio e parla di valori positivi e di pace, ma il suo scopo è circondarsi di un cospicuo numero di persone per impossessarsi della loro energia...»

«Menzogne!» sbottò Rodon. Guardava Ophidiel con gli occhi accusatori di chi rifugge l'idea.

«È un peccato, Rodon...» ribatté Ophidiel. «Da un capo quale sei, mi sarei aspettato maggior freddezza e lungimiranza. Ma non insisterò nel convincerti. Non sono qui per questo. Sono qui solo per chiedere aiuto a chi me lo vorrà dare.» Ophidiel abbassò la testa e modulò la voce per creare tensione. «Ho tanto bisogno del vostro sostegno...»

«Nessuno dei miei uomini ti seguirà, Ol.» Rodon non era disposto a cedere.

Ophidiel percepiva tutta la sua indecisione. *Dimmi quello che provi, Rodon... dimmelo.*

«Eber è un fratello, per noi. Ora non è qui e non è in grado di controbattere. Il nostro è un popolo giusto. Nessuno può essere attaccato senza possibilità di difendersi.»

Sì! Ophidiel sussultò.

«Rodon, sai dov'è Eber adesso e con chi sta quando non è qui con voi?»

Rodon impallidì.

«Immagino che non vi abbia mai detto dove va, quando sparisce per qualche tempo, o sbaglio? Ve lo dico io...» Ophidiel lasciò che l'impazienza di sapere facesse fremere tutti, poi diede il colpo di grazia alle coscienze. «Torna a casa. Negli inferi.»

Quelle parole schiaffeggiarono i presenti, scatenando in ciascuno un groviglio confuso di emozioni.

«E io so dove si trovano gli inferi. Rodon, quello che tu chiami "fratello" ha creato un passaggio per gli inferi proprio nella tua Terra.»

«Cosa stai dicendo?»

«Il Tempio con la grande cupola che Eber ha costruito in cima a quel faraglione è il luogo che collega casa tua a casa sua. Tra qualche ora il vostro "fratello" Eber tornerà e, se non mi ascolterete, un po' alla volta continuerà ad assorbire la vostra energia e morirete tutti di mali oscuri.»

Sei disorientato e dentro di te non trovi più le risorse per continuare a sostenere Eber. Lascia che sia, Rodon. Lascia che sia.

«Prima di invocare ancora il vostro appoggio, vi dico che ho messo una taglia sulla testa di Eber. Ed è una taglia importante. A chi mi aiuterà a catturarlo lascerò i suoi poteri. Come vedete, io non ho bisogno della forza di questo demone: il mio scopo è solo ammazzarlo. Quindi, se sarete con me, vi farò dono di tutta la sua energia.»

Ophidiel trattenne un sorriso soddisfatto. Sapeva di avere appena pronunciato la frase magica che avrebbe portato tutti gli animi dalla sua parte.

«Mi aiuterete?» Ophidiel chiuse gli occhi, pronto a gustare la risposta.

«Sì!» Un coro di voci si sommò nell'assenso.

«Cosa vuoi che facciamo?» chiese un uomo.

«Io sono con te!» dichiarò un secondo.

«Anch'io!» strillò un terzo.

La folla era in fibrillazione. Gli sguardi si perdevano in un'esaltazione che non vedeva limiti. Ophidiel sentiva di aver conquistato il popolo. Il culmine era vicino.

«Mi avevano detto che eravate persone *illuminate* e non dubitavo che avreste capito. Sono felice di condividere con voi questo momento. E di svelarvi il segreto per sottrarre il potere a un demone... Andremo insieme alla cupola e là aspetteremo. Il demone apparirà dal nulla, vedrete! E a quel punto lo cattureremo.»

«Al Tempio non si arriva. E non si deve arrivare!»

Ophidiel apprezzò il tentativo disperato di Rodon di fermare la sua gente.

«È un luogo sacro, costruito per ringraziare il cielo della prosperità e della pace che regna sulla nostra terra. Per questo abbiamo chiesto a Eber di erigerlo, ricordate?»

«È il passaggio per gli inferi... e quando saremo là lo vedrete con i vostri occhi!» insistette Ophidiel. Sapeva che bastava poco per tenere acceso il fervore della folla.

Una moltitudine di mani si alzò, accompagnata da grida di ammirazione.

«Solo Eber sa come raggiungere la cupola!» provò a resistere Rodon, esausto.

Mentre lo sconforto riprendeva il sopravvento, Ophidiel illuminò ancora una volta gli spiriti. «Io conosco la via!»

Rodon sospirò e strinse le labbra, rassegnato.

Ophidiel rimise i piedi sulla tribuna. Sempre in fiamme, spalancò le braccia.

«È ora di andare!» annunciò, fissando i volti che gli stavano intorno, in attesa della domanda che ancora non era stata posta, ma che non poteva tardare. La domanda che avrebbe dimostrato la fragilità degli uomini e la vera forza che li spinge. *Cosa aspettate? Tirate fuori la vostra ingordigia, fatemela vedere!*

«E come faremo a prenderci i suoi poteri?» chiese una voce tra le tante. E fu subito accompagnata da altre voci che ponevano lo stesso quesito.

Ophidiel sentì il cuore accelerare. Avrebbe voluto che Metatron fosse lì a vedere quelle facce sfigurate dalla bramosia, per ascoltare le loro parole smaniose, per toccare con mano la realtà. *Gli uomini non potranno mai avvicinarsi agli angeli. E questo per il semplice fatto che sono uomini: deboli, ignoranti, limitati, predatori. Fatti di sangue e mossi solo dall'incontrollabile desiderio di dominare tutto e tutti. Anche ciò che nemmeno conoscono. E io, Metatron, te lo dimostrerò!*

Ophidiel gettò al branco l'ultimo brandello di carne che serviva a rivelare appieno la sua natura.

«Per avere i poteri di un demone è necessario strappargli il cuore dal petto e mangiarlo!»

Capitolo 55

L'ANGELO UOMO

Sefira, 3 ore prima della chiusura dell'ultima Porta

«Non puoi farmi questo...»

«Metatron, io ho deciso.» La voce di Raziel era strozzata dalla commozione.

«No... no. Non riesco nemmeno a capire quello che mi stai dicendo.»

«Ti sto dicendo che scelgo di vivere come un qualsiasi essere umano. Mi trasferirò sulla Terra con Sarah. Mi dedicherò a lei e continuerò a guidare gli uomini sulla via del Bene, ma lo farò con maggior serenità e comprensione. Senza un obiettivo da raggiungere, senza darmi limiti di tempo, senza caricare la missione di chissà quali aspettative. Lo farò e basta. Disincantato e spinto da un sentimento semplice e spontaneo.»

Metatron scuoteva la testa, incredulo.

«E questo significa che rinuncio allo stato di grazia e mi rimetto al tuo volere. In altre parole, se tu non mi riterrai più degno, avrai il diritto di togliermi i poteri di angelo.»

«Non ti priverò mai dei tuoi poteri, Raziel! Tu non solo sei mio fratello, ma sei uno degli angeli migliori che io abbia mai conosciuto...»

«Sì, e anche quello che ti ha deluso di più!»

«Sei l'angelo con cui ho condiviso tutto!»

Unika li osservava. Riusciva a capire i sentimenti di entrambi. L'amore che traboccava dal cuore di Raziel e la tristezza che incupiva quello di Metatron. Due cuori colpiti. Due cuori che combattevano per ciò in cui credevano.

«In ogni caso, nella vita che ho scelto le chiavi delle tre Porte non sarebbero più al sicuro con me. Ho pensato che fosse il caso di distruggerle, ma non ce l'ho fatta: quelle tre chiavi sono state il simbolo di una visione, di un sogno, di una speranza, e non voglio che tutto muoia per la mia decisione di essere un uomo...»

«Consegnale a me!»

«No, Metatron. Avere le chiavi in mano significa continuare a pensarci... illudersi... Dammi retta, teniamole lontane dai nostri occhi, per il momento.»

«E dove le hai messe?»

«Le prime due sono nascoste vicino alle rispettive Porte. Nasconderò la terza stasera, al mio rientro sulla Terra. Non la custodirò nel Tempio di Alakan, perché voglio che diventi casa mia e di Sarah. Porterò la chiave lontano. Non so ancora dove. Sceglierò il luogo e te lo comunicherò.»

«Vedo che hai pensato a tutto...»

«Credimi, fratello, è la cosa giusta da fare.»

Unika li ascoltava in silenzio, sapendo che nessuna sua parola avrebbe potuto aggiungere qualcosa. Il discorso era intimo, aperto, sincero. Decise di lasciarli soli e liberi di dirsi quanto avevano nell'anima. Si concentrò e trasvolò.

Capitolo 56

TROPPO TARDI

Sefira, 2 ore prima della chiusura dell'ultima Porta

La Natura era silenziosa e immobile. Accompagnava i passi di Unika e assecondava i suoi pensieri.

Dove sta la felicità? Nella gioia di fare della propria vita un sogno? E quando nasce la delusione? Nella consapevolezza che sulla via per raggiungere quel sogno succederanno cose mai nemmeno immaginate?

Unika aveva lo sguardo fisso sull'orizzonte. Il sole era tramontato da poco e gli ultimi bagliori davano al cielo una sfumatura dorata.

Raziel si è innamorato. Di una donna. È venuto a comunicare la sua decisione: lascerà lo stato di grazia per diventare un uomo. E il cuore di Metatron urla di dolore. Ma perché? Perché se il suo desiderio era che angeli e uomini si avvicinassero? Perché non riusciamo mai a vedere la felicità, anche quando è proprio lì, davanti a noi?

Le fronde degli alberi graffiavano l'aria tersa, producendo un fruscio leggero.

Un angelo che abbandona il proprio destino per seguire il sentimento che gli brucia nel cuore: cosa può esserci di più intenso e vero? Non è questa l'emozione che dà significato alla vita?

La brezza le accarezzava il viso e soffiava al ritmo dei suoi respiri.

Quanta strada abbiamo fatto per trovarci qui. Quante riflessioni, preoccupazioni, paure, prima di scoprire che la soluzione si nasconde sempre nelle pieghe più profonde dell'Amore. La mano invisibile del destino ci ha condotti su questo cammino solo per fare in modo che Raziel incontrasse una donna. Una donna che non avrebbe mai potuto conoscere altrimenti. Una donna che ha creduto in lui come uomo. Una donna che si è sacrificata per dimostrargli fiducia. Una donna che ha avuto la forza di farlo riflettere. Una donna che adesso ci fa interrogare tutti su cosa sia giusto o sbagliato per la vita di un angelo.

Unika correva veloce. Aveva il cuore pieno di trasporto e gli occhi lucidi di commozione.

Ora sono felice. Felice perché i sentimenti travolgono sempre le nostre esistenze. Felice perché c'è un ordine superiore delle cose che quando meno ce l'aspettiamo ci mostra la verità. Felice perché Raziel ha capito che l'integrazione tra angeli e uomini non è possibile. Gli angeli sono angeli e gli uomini sono uomini. Siamo diversi nello spirito e nella sostanza. Potremo vivere insieme solo quando saremo capaci di dimenticare chi siamo e riusciremo a mettere al primo posto un obiettivo più alto. Come ha fatto Raziel, decidendo di abbandonare il suo stato di grazia per Amore.

Unika si asciugò le lacrime con il dorso della mano.

Sì... sono felice. Da Raziel abbiamo imparato e impareremo ancora tanto. Tutti. La sua scelta metterà la parola fine al progetto di evoluzione forzata del genere umano. Metatron ne soffrirà, ma si renderà conto che le Porte non sono il mezzo per l'unione delle due stirpi e non ha senso tenerle aperte.

Unika si alzò in volo.

Devo dirlo immediatamente a Ophidiel. Lo scenario è cambiato e tutti i timori che ci assillavano in questo nuovo quadro svaniscono. Ophidiel avrà da ridire sulla scelta di Raziel, ma si rasserenerà sul resto. E con il tempo tutto prenderà la giusta prospettiva.

Unika raggiunse la spiaggetta di sabbia fine lambita dall'acqua dei Laghi Hyatt. L'isolotto di Ophidiel era di fronte a lei, avvolto nell'abbraccio del cielo notturno. *Non vedo l'ora di parlare con lui.* Si concentrò e trasvolò. Si rimaterializzò sulla scogliera che si gettava a picco nelle onde.

Ophidiel non c'era.

Unika fece qualche passo, con i sensi all'erta.

Ma dov'è?

Attivò il potere della Vista d'Aquila e perlustrò i dintorni. Di Ophidiel nemmeno l'ombra.

"Ophidiel...?" lo chiamò con il pensiero.

Nessuna risposta.

"Ophidiel, mi senti?"

Perché non mi risponde? Dov'è andato?

Alzò il volto e un brivido le attraversò la schiena. Il buio incombeva. La luna non si vedeva e non c'erano stelle.

Oh, no. No!

Ricordò le parole di Allibis di molto tempo prima. «*Il cielo era buio. Non c'era sole. Non c'era luna. Nemmeno le stelle illuminavano Sefira.*»

Unika vacillò. Un presentimento terribile si fece largo nella sua mente. Mentre cercava di non farsi prendere dal panico, l'Oracolo le comparve di fronte.

«Allibis...»

«Unika, sta accadendo!»

«*Cosa*, Allibis?»

«Unika, è questa la notte! Devi fermarli!»

«*Chi* devo fermare, Allibis? Concentrati... Ti prego, dimmi qualcosa in più...»

Allibis abbassò lo sguardo, smarrita.

Unika capì che non c'era tempo. Senza esitazione e con l'anima in subbuglio, trasvolò fino alla Torre.

«Metatron, Raziel...»

La grande sala dove li aveva lasciati era deserta.

"Metatron? Raziel?"

Non riusciva a raggiungerli nemmeno con il pensiero.

La Piramide!

L'inquietudine prese il sopravvento sulla ragione e Unika si smaterializzò di nuovo.

«Metatron!» urlò con tutto il fiato che aveva in gola, quando lo vide spostare il macigno e uscire dalla base della Piramide.

«Unika, cosa c'è?»

«Dov'è Raziel?»

«È appena tornato sulla Terra. Voleva che andassi con lui per presentarmi Sarah. Ma stasera non ce l'avrei fatta a reggere un'emozione tanto forte.» Metatron sospirò. «Mi ha detto di salutarti e...»

«Dobbiamo fermarlo!»

«Credo che sia tardi. Ha fatto la sua scelta. Sai quanto me che non riusciremo a fargli cambiare idea.»

«No, non sto parlando di quello! Dobbiamo evitare che torni sulla Terra.»

«Unika, ma cosa stai dicendo? Ha oltrepassato la Porta qualche minuto fa. Ormai sarà già arrivato.»

«Andiamo anche noi!» Unika svanì di fronte agli occhi allibiti di Metatron. Si rimaterializzò davanti alla Porta delle Porte, nel cuore della Piramide. Colta da un istinto irrefrenabile, si scagliò contro la superficie metallica e picchiò con forza i palmi delle mani.

«No! No! No!»

«Unika, mi vuoi spiegare?»

«Hai guardato il cielo? È spento! Non c'è la luna. Non ci sono le stelle. Allibis ha predetto che sarebbe successo qualcosa stanotte...»

«Quando?»

«Anni fa... non te l'ho detto perché non volevo spaventarti.»

«Cos'ha predetto?»

«Non lo so! Ma avverrà al di là di questa maledetta Porta! Aprila!»

«Io...» L'espressione di Metatron era tesa. «Non posso. Ho bisogno di Raziel per aprirla...»

Unika si portò una mano al collo, afferrò il legaccio di canapa ed estrasse dalla scollatura l'esagramma che Raziel le aveva regalato. Non avrebbe mai pensato di doverlo usare. Lo strinse tra le dita e lo tese verso il centro della Porta: insieme a Metatron fu risucchiata nella luce.

Capitolo 57

L'INFRANGERSI DI UN'ILLUSIONE

Alakan, 1 ora prima della chiusura dell'ultima Porta

«Eber... ti stavamo aspettando.»

Appena si materializzò nella sala del Tempio della sirena, Raziel impallidì. La luce della luna che filtrava dalla cupola di vetro era sopraffatta dal bagliore innaturale delle torce accese e impugnate da mani nervose. Il silenzio abituale di quel luogo inaccessibile era oltraggiato da un brusio nervoso. L'aria bruciava di tensione. E gli occhi di centinaia di persone erano puntati su di lui.

«Rodon, cosa ci fate qui?»

«Sono io che chiedo a te da dove arrivi...»

Raziel cercò di riprendersi dallo stupore e di trovare una risposta credibile.

«Basta menzogne, Eber» lo anticipò Rodon. «È ora di dirci chi sei.»

A Raziel si gelò il sangue. «Viviamo insieme da anni. Non capisco la tua domanda, né tanto meno questa strana accoglienza.»

«Non sono più sicuro di conoscerti...» Il tono di Rodon era grave.

«Basta parole!» Una voce si levò nervosa dalla calca.

«Sì, è ora di farla finita!» urlò un altro, alzando il pugno chiuso.

«Rodon, ma cosa succede?» Raziel vedeva sui volti i segni dello sdegno mescolati a quelli dell'esaltazione.

«Ho spiegato a questa gente la tua natura, Eber... o come ti fai chiamare.» Ophidiel si fece largo tra la folla.

«Tu...?» Raziel era frastornato.

«Ho detto a tutti la verità. Ora sanno da dove vieni e dove vai quando scompari per qualche tempo.» Ophidiel continuò a parlare a Raziel con la telepatia. "L'ho fatto per dimostrare a te, ma soprattutto a Metatron, quanto è fragile l'essere umano, anche quello che voi considerate *evoluto*."

"Non capisco..."

"Sono bastate poche parole *giuste* per attrarre l'attenzione di questi stolti, per accendere la loro bramosia e l'istinto primordiale: quello di prevaricare e di possedere. Ed è importante che Metatron lo sappia. Che Metatron veda come si comportano questi uomini con Eber, la loro guida spirituale."

«È vero ciò che ci è stato raccontato, Eber?» Rodon incalzava. Dall'espressione tesa del volto si capiva che il suo cuore era puro e sperava solo in un chiarimento, per mettere fine a tutto quel delirio che lo spaventava a morte.

"Questi uomini sono manipolabili da chiunque, Raziel. Ora seguono te, domani me, dopodomani un altro perfetto sconosciuto che si fa portavoce di chissà quale inganno. Non puoi fidarti di loro. Non hanno una vera coscienza. Sono preda di una profonda ignoranza, che li spinge a credere in qualsiasi cosa faccia vibrare le loro pulsioni più intime."

«Eber, il tuo silenzio mi preoccupa. E mi devasta. Significa che non sai cosa rispondere... e che ci hai sempre mentito. Che ti sei preso gioco di noi.» Rodon era nervoso.

«No, Rodon... ascoltami...»

"Non sprecare parole, Raziel. Rientra a Sefira con me.

Chiudiamo le Porte. Dissuadiamo Metatron. Dimentichiamoci tutta questa storia. Lasciamo che gli uomini vivano il loro destino e torniamo a proteggerli come abbiamo sempre fatto, non da fratelli ma da angeli custodi. È così che deve essere."

"Io ho già deciso, Ophidiel. Sono andato da Metatron a comunicargli la mia volontà di rinunciare allo stato di grazia."

"Sei impazzito?"

"No. Sono solo innamorato. E tu lo sai. Voglio stare vicino a Sarah e dedicarle tutto il tempo e le attenzioni che posso, perché gli anni che vivrà sono tanto brevi quanto preziosi."

"Ma che necessità hai di rinunciare al tuo essere angelo? Perché?"

"Non posso correre il rischio di mettere in difficoltà Sefira. Se mantenessi il mio stato di angelo, prima o poi qualcuno si accorgerebbe dei miei poteri. Soprattutto Sarah. E io non voglio trovarmi nella situazione di doverle mentire ancora. Ma non voglio essere nemmeno fonte di pericolo per gli angeli. Nessuno conosce l'esistenza di un mondo superiore e parallelo... e questo segreto deve essere protetto a qualunque costo."

"Devi chiudere le Porte, non abbandonare lo stato di grazia!"

"L'ho fatto. Ho chiuso la Porta di Horizon e la Porta di Orion. Ho nascosto le due chiavi vicino alle Porte stesse. Stasera sigillerò anche questa."

"Mi sforzo, davvero, ma proprio non mi capacito..."

"Certo, è normale. Perché tu non hai nell'anima un sentimento forte come il mio..."

"Raziel, forse non ho il diritto di giudicare il tuo amore per una donna. Ma guardati intorno! Guarda le facce degli uomini che ti circondano... sono pronti a sbranarti. È stato sufficiente dire loro che sei un essere sovrannaturale per aizzarli come belve affamate. Come puoi pensare di vivere come uno di loro?"

"Io credo ancora negli uomini. Non in tutti. Ma in qualcuno sì. Parlerò con Rodon e ti dimostrerò che non c'è nulla da temere."

«Rodon, amico mio, non ti ho mai tenuto segreta la mia missione. Sai che il mio compito è quello di diffondere valori positivi tra gli uomini. E non ho smesso un attimo di farlo...»

«Vogliamo i tuoi poteri!» Il grido che proveniva dalla moltitudine somigliava a un latrato.

«Silenzio! Lasciamolo parlare...» Rodon alzò la mano per zittire la confusione.

«No! È un demone! Prendiamogli i poteri!»

"Sono tutti qui per ucciderti, Raziel... non lo vedi?"

«Ascoltatemi...» Raziel allargò le braccia e fece un passo in avanti. «Non so e non voglio sapere cosa vi è stato detto su di me nelle ultime ore. Ma qualsiasi parola vi abbia condotto qui, non può essere più profonda di quelle che ci hanno accompagnati per tutti questi anni. Pensateci. Viviamo insieme da molto tempo, abbiamo condiviso progetti e visioni sul futuro. Abbiamo costruito un percorso di crescita che giorno dopo giorno ci ha portato a una consapevolezza interiore importante. Abbiamo...»

«Facciamola finita!» Un uomo corpulento uscì dalla calca, spintonò tutte le persone che aveva davanti e si diresse verso Raziel.

«Avanti, che aspettiamo?»

«Sì, prendiamolo!»

«Diamoci da fare!»

«Non fatelo fuggire!»

Uno dopo l'altro si infervorarono tutti.

«No! Fermi! Aspett...» Rodon cercò di calmare i suoi uomini, ma fu sopraffatto da insulti e imprecazioni. Non lo ascoltavano più. Nemmeno lo vedevano. Una massa in preda al delirio si muoveva scomposta. Rodon fu travolto e finì a terra. Cercò di rialzarsi, ma non riuscì. Un ginocchio lo colpì in pieno volto, mentre una pedata alla bocca dello stomaco gli toglieva il fiato.

«Nooo! Non fatelo!» gridò nello schiamazzo generale, portandosi le mani alla testa, per coprirsi dalle sferzate di piedi imbizzarriti. Poi perse i sensi, investito da quello che sembrava un branco di tori scatenati.

Raziel vide Rodon scomparire, calpestato dalla sua stessa gente. Sentì un dolore lancinante trafiggergli il cuore. In un istante assunsero significato anni di discussioni con Ophidiel e Unika. In un istante i dubbi di Ophidiel e le preoccupazioni Unika si concretizzarono nel dramma. In un istante fu troppo tardi per tutto.

"Ho sbagliato..."

"Raziel, andiamo!"

"Ho sbagliato..."

"Raziel, è ora di muoverci!"

"No, Ophidiel. Se quello che sta succedendo è vero, vuole dire che tu hai ragione. E se tu hai ragione, io ho commesso l'errore più grande che potessi fare, macchiandomi della colpa peggiore per un angelo. Ho messo in pericolo Sefira..."

«L'ho preso!» Un uomo gli arrivò di fronte e gli diede un pugno in faccia. Un altro lo afferrò per le spalle. Altri sopraggiunsero e lo assalirono.

Raziel non si mosse.

"Raziel, vieni via!" lo implorò Ophidiel.

"Merito la loro ira."

Ophidiel tese le braccia e lanciò un raggio di luce bruna sulla folla. Raziel aprì i palmi delle mani e scagliò la propria luce contro quella del capo degli Angeli Guida, fermandola.

"Lasciami qui, Ophidiel. È la giusta punizione per ciò che non ho capito... e non ho saputo o voluto vedere."

"Raziel... Ma cosa stai dicendo? Liberati da questi assassini! Usa i tuoi poteri! Torniamo a casa!"

"No, Ophidiel. Non posso..."

"Raziel, reagisci!" Ophidiel si alzò in volo e scaraventò un altro raggio bruno sulla moltitudine. Ma Raziel lo intercettò di nuovo.

"Ophidiel... fammi un favore. È l'ultimo che ti chiedo. Non fermarli. O tutti i tuoi sforzi per aprirci gli occhi saranno stati vani. Lascia che Metatron veda..."

Capitolo 58

LE MANI SPORCHE DI SANGUE

Alakan, 45 minuti prima della chiusura dell'ultima Porta

Unika sgranò gli occhi, incredula.

Sono all'inferno.

Sentì il terrore correrle nelle vene.

Davanti ai suoi occhi, una marea di corpi si muoveva frenetica. Mani alzate e pugni chiusi si agitavano nell'aria. Bocche spalancate, denti digrignati, occhi avidi disegnavano le facce di quelle anime che sembravano uscite dall'oltretomba.

Chi è questa gente?

Unika si guardò intorno. Non riusciva a mettere a fuoco il groviglio selvaggio che la circondava.

Caos, urla, nervosismo. Esaltazione.

I singoli rumori si perdevano nel brusio corale delle voci che si mescolavano una con l'altra.

«Chi sei? CHI SEI?»

«Volevi fregarci!»

«Ti abbiamo scoperto!»

«Te la facciamo pagare!»

«Parla! Demone, confessa!»

Sono in preda a una crisi di follia collettiva...

Unika si girò di scatto verso Metatron e lo trovò impietrito.

«Ma... cosa sta succedendo?» Metatron farfugliava, sconvolto.

Unika tornò a fissare la moltitudine. I fuochi accesi lungo il perimetro della sala rendevano ancora più raccapriccianti le espressioni dei volti deformati dalla concitazione. L'aria era satura. Le esalazioni di troppe persone ammassate in uno spazio chiuso bruciavano nelle narici e l'odore era quello del fanatismo.

Dove sei? Dove sei?

Le pupille di Unika correvano da un angolo all'altro del Tempio, nel disperato tentativo di individuare quello che cercava. E vide, inorridita, ciò che non avrebbe mai voluto.

«Razieeel!» gridò nell'attimo in cui la folla si apriva e lasciava intravedere il corpo inerte dell'angelo sul pavimento.

Raziel era a terra, privo di sensi. La testa era piegata di lato, il viso tumefatto e gli occhi sbarrati fissavano il vuoto. I vestiti gli erano stati strappati di dosso e rivoli di sangue gli rigavano collo, braccia e gambe.

Accadde tutto in un istante.

Unika si sollevò in volo per raggiungere Raziel e sottrarlo dalle mani e dai piedi crudeli che lo percuotevano.

Un raggio di luce bruna attraversò la sala e colpì a morte molti uomini.

Un coltello affondò nel petto di Raziel e gli squarciò il torace.

Un raggio di luce azzurra si affiancò a quello bruno e falciò altre vite.

Una donna comparve all'improvviso, impallidì e si fece largo tra la calca.

Mani fameliche ruppero il costato di Raziel e si infilarono bramose nella carne.

Unika lanciò un'onda di energia che investì la folla attorno a Raziel.

Dita insanguinate si staccarono dal corpo di Raziel e si levarono in aria, per mostrare il suo cuore caldo e insanguinato.

Un boato di esultanza proruppe violento.

L'urlo straziato di una donna sovrastò tutte le altre voci.

Ophidiel diede sfogo alla rabbia che lo travolgeva, scagliando un raggio bruno ancora più potente.

Metatron fece lo stesso con il suo raggio di luce azzurra.

Gli uomini caddero a decine.

Una bocca si aprì per ingoiare il cuore di Raziel.

Altre labbra avide si avventarono per accaparrarsi un pezzo di preda.

Unika decapitò le teste che stavano divorando il cuore.

La morte e il silenzio s'impossessarono del Tempio, sotto lo sguardo angosciato della sirena stritolata dal mostro marino.

Raziel fissò Unika, in un ultimo lungo sguardo, e le parlò con la forza del pensiero che non voleva morire.

"Questa è la pena per aver voluto essere felici... Proteggi lei." I suoi occhi si chiusero sotto il peso delle palpebre senza vita.

«NOOO!» Unika gli si inginocchiò di fianco. Afferrò la testa mozzata dell'uomo che aveva ucciso e gli estrasse il cuore dalle fauci. Lo rimise nel petto di Raziel e iniziò a pressarlo in un massaggio disperato.

«Raziel, resisti. Raziel, ti prego...»

Raziel non reagì.

Unika non si fermò.

Raziel era immobile.

Unika continuò a stimolargli il cuore. Invano.

Raziel era morto.

Unika si alzò in piedi. Guardò il corpo esanime. E pianse.

Capitolo 59

LA VITA CHE CONTINUA

Alakan, 45 minuti prima della chiusura dell'ultima Porta

Perché sono tutti qui?

Sarah non si capacitava.

Pochi minuti prima del tramonto, non vedendo arrivare Eber, era andata a fare quattro passi sullo scoglio dove erano soliti osservare l'oceano insieme. Alzando lo sguardo, aveva visto balenare una luce strana nella cupola. Il Tempio era isolato e si raggiungeva attraverso un passaggio segreto che solo lei conosceva. Preoccupata, era corsa là.

Ma cosa stanno facendo?

Appena si affacciò al lungo corridoio che dava sulla sala della sirena, Sarah restò senza fiato: i massimi esponenti del popolo di Alakan erano riuniti in quello spazio inviolato. Le voci erano esasperate e un odore disgustoso pizzicava le narici.

«Muori, demone! Muori!»

«Ti pentirai di essere venuto qui!»

C'era una violenza spaventosa in quelle parole. Sarah non capiva, ma era travolta dall'angoscia. Indugiò sul volto della sirena: i suoi occhi sembravano tristi.

«Ammazzalo!»

«Sì... così! Finiscilo!»

No... non può essere... no!

Nella confusione, Sarah vide una donna bionda e bellissima levarsi in volo sopra tutte le teste. Poi un raggio di luce bruna squarciò l'atmosfera. Molti caddero a terra e le urla si fecero più forti, sfrenate.

«Spaccagli il torace!»

«Prendiamo il cuore!»

Sarah si portò le mani in grembo, mentre una fitta le trafiggeva l'addome.

Un raggio di luce azzurra investì altre persone, che stramazzarono al suolo senza vita. Ma nessuno fuggiva: tutti continuavano a fissare un angolo in fondo alla sala.

Sarah cercò di aprirsi un varco tra la folla impazzita, con il sangue che pulsava e le tempie che scoppiavano. Vide la donna bionda librarsi di nuovo nell'aria e scatenare una fortissima onda d'urto. Sarah perse l'equilibrio. Un uomo le cadde addosso. Lei si divincolò dal corpo morto, si rialzò e si tuffò ancora nella calca.

A un tratto un silenzio irreale le offuscò i sensi. Di fronte a lei la gente non smetteva di agitarsi, ma le sue orecchie non trasmettevano più alcun suono al cervello. Una voce le solcò la mente. Era poco più di un bisbiglio. Un sussurro incomprensibile, che portava con sé il calore di un abbraccio.

Eber?

Sarah abbrancò le spalle e le braccia delle persone che sbraitavano davanti a lei, impedendole di vedere oltre e di avanzare. Afferrava i vestiti e tirava all'impazzata, per infilarsi tra i corpi stipati.

Udì di nuovo il sussurro. Questa volta era più chiaro.

"Ti amo" le disse la voce di Eber.

Non può essere!

Sarah non ci credeva. Pensò che si trattasse di un'illusione.

Scosse la testa e sbatté le palpebre. Ma solo quando quelle parole le penetrarono l'anima, capì davvero.

«Non lasciarmi, Eber!»

Sarah si gettò sulle schiene che le ostruivano il passaggio. Tirò pugni, gomitate, pur di riuscire ad addentrarsi nella ressa e avvicinarsi. Con il volto tumefatto e le mani escoriate, raggiunse la prima linea. Sembrava un campo di battaglia: uomini feriti, cadaveri dilaniati e teste mozzate giacevano ovunque. Sarah si bloccò a bocca spalancata di fronte alla donna bionda. Era inginocchiata in una pozza di sangue denso e scuro, con il volto contratto dalla disperazione. I capelli lunghissimi le coprivano le guance inondate di lacrime. E stringeva un cuore nelle mani insanguinate. Lo spingeva con tutte le sue forze dentro un torace aperto e implorava il destino con l'ultimo fiato rimasto.

«Raziel, resisti. Raziel, ti prego...»

Sarah sentì la vita spegnersi dentro di sé, per poi riaccendersi in un movimento fugace nel ventre.

Capitolo 60

PRIMA DELL'ALBA

Alakan, 15 minuti prima della chiusura dell'ultima Porta

«Cosa avete fatto? Cosa avete fattooooo?»

Metatron aveva perso il controllo. L'accaduto l'aveva colto di sorpresa: non era preparato a gestire l'ira che gli sconquassava l'anima.

«Sarete puniti per questo! Tutti! Tutti quanti!»

Scagliava raggi distruttivi sulla moltitudine, senza staccare gli occhi da quelli ormai vitrei del fratello. Era una belva ferita che si muoveva bramosa di sangue e vendetta.

«Vi spazzo via! Vi annientο con le mie mani!»

Aveva il cuore a pezzi e la rabbia era l'unica fiamma che alimentava il suo spirito. Non si spiegava come potesse essere successo e la disperazione non gli permetteva di ragionare. Solo quando l'ennesimo raggio bruno incrociò il suo ritrovò la lucidità e ricompose i pezzi di un puzzle non ancora chiaro. Si girò di scatto verso Ophidiel.

«E tu, cosa ci fai qui?»

Ophidiel sostenne lo sguardo. «Sono venuto a cercare di porre fine al tuo delirio. Ma la saggezza di Raziel ha superato la mia volontà.»

«Cosa significa?»

«Che non doveva finire così...»

Metatron abbassò le palpebre e si concentrò. Con la forza del pensiero interrogò il passato e visualizzò gli ultimi avvenimenti. Quando riaprì gli occhi, le sue pupille bruciavano di un fuoco ancora più inarrestabile. Strinse i pugni, con la giugulare che sembrava squarciare la pelle per esplodergli dalla gola.

Guardò Unika, che continuava a massaggiare senza speranza il cuore di Raziel nel petto martoriato.

Fece correre lo sguardo sui cadaveri ammucchiati sul pavimento.

Si soffermò sul corpo di Rodon, travolto con le braccia tese, nel vano tentativo di fermare i suoi uomini.

Osservò gli ultimi sopravvissuti che, dopo aver assistito alla carneficina, avevano abbandonato le ostilità e fuggivano timorosi, come cani randagi con la coda tra le gambe.

«Almeno vi siete resi conto di cosa avete fatto?» La sua voce era un rantolo straziato. «Dannati. Sarete dannati per sempre!»

Oltre ai lamenti dei feriti, nessuno osava fiatare.

«Avete ucciso un angelo. L'angelo che era venuto sulla Terra per aprirvi le Porte della vita. Avete ucciso mio fratello. Avete ucciso il sogno.

«Non meritate di vivere. Non meritate il futuro che avremmo scritto per voi. Non meritate che il vostro seme germogli. Non meritate nemmeno di veder sorgere il prossimo sole!

«Sarete sterminati, tutti, dal primo all'ultimo. Cancellati insieme alla vostra stessa malvagità. E questo sarà un bene per il mondo che verrà. Nessuno si ricorderà più di voi, perché di voi non resterà traccia.»

Metatron deglutì l'amarezza che gli inondava la bocca. Poi si rivolse a Ophidiel.

«E tu, che razza di anima sei? Hai tradito la tua gente. Hai tradito chi si fidava di te. Tu che avresti dovuto proteggere hai distrutto. Tu sei la colpa più grande. TU SEI IL MALE.

«Ti condanno all'agonia più dura. Ti condanno a una fine arida come il pensiero che ti ha spinto a commettere questo omicidio. Ti condanno a un'eternità di tormento.

«Questi uomini non vedranno il futuro, ma tu lo vedrai con gli occhi di un morto.»

Metatron rovesciò la testa all'indietro, inarcò il torace, aprì le dita e accumulò tutta l'energia che trovò dentro di sé. Spalancò gli occhi e lanciò contro Ophidiel un raggio potentissimo. Ophidiel tese entrambe le mani e lo bloccò.

Cercò gli occhi di Unika.

Li trovò. Erano colmi di lacrime.

"Vola, regina di Sefira. Non permettere che tutto questo oscuri la tua anima. Tu sei l'unico spirito puro. Guida il nostro popolo come solo tu sai fare."

Prima che Unika potesse rispondere, Ophidiel serrò le palpebre, abbassò la mano che contrastava l'energia azzurra di Metatron e si lasciò investire.

Cadde a terra, inerme.

Metatron fissò Unika. «È ora di andare.»

Unika non si mosse.

«Fai quello che senti. Ma torna prima dell'alba. Perché l'alba sulla Terra non sorgerà.»

Capitolo 61

SOLO PER AMORE

Isola Bisentina, un mese dopo l'apertura della Porta di Abyss

Evangelia appoggiò il cuore di Ophidiel nella vasca di marmo nero. Si lasciò cadere sulle ginocchia e scivolò a terra, fino a rannicchiarsi sul pavimento gelido. Ansimava. Batteva i denti e il torace era scosso da spasmi violenti. I capelli fradici erano incollati alle guance e si infilavano tra le labbra livide, facendola tossire.

Guardò le mani ustionate: la pelle delle dita era sollevata da vesciche gonfie e le lacerazioni sui palmi lasciavano scoperta la carne viva. Sentiva il sudore freddo mescolarsi con l'acqua del lago, in un odore che sapeva di morte.

Si strinse le gambe con le braccia e le raccolse al petto, scoppiando a piangere. La sua anima urlava tutto il dolore che aveva dentro. Un dolore struggente, inumano. Ma la bocca non aveva fiato per gridare e gli occhi non avevano lacrime da versare. Era esausta.

Il cuore di Ophidiel aveva parlato alla sua mente, le aveva fatto vedere ciò che era successo anni prima, trasferendole le sensazioni vivide di ogni istante. E lei ne aveva assorbito tutta la sofferenza.

Ora sapeva.

Conosceva il segreto che aveva diviso gli angeli di Sefira. Che aveva condannato alla distruzione gli uomini. Che aveva segnato la nascita di un nuovo mondo costruito sugli errori del passato. Ma soprattutto sentiva lo strazio che tutte quelle creature avevano provato. Ognuna di loro aveva amato. E la tragedia era scoppiata solo per amore. Amore per un sogno. Amore per una donna. Amore per la vita.

Evangelia tremava: aveva scoperto chi erano gli angeli e quanto tormento poteva avere il loro spirito.

Il buio scese nella stanza.

Evangelia sollevò le palpebre e vide la luce spegnersi lentamente. Capì che anche il cuore di Ophidiel era esausto.

Chiuse gli occhi e immaginò di tendere la mano per stringere la sua. Si abbandonò al sogno di loro due abbracciati in riva al lago a guardare insieme il sorgere del sole.

Capitolo 62

DUE DONNE

Alakan, la chiusura dell'ultima Porta

«Eber!»

Sarah si gettò sul corpo martoriato di Raziel. Gli sollevò la schiena e gli sorresse la testa con le mani.

«Rispondimi, Eber... rispondimi...»

Sarah lo scuoteva e le sue grida avevano la voce straziante della disperazione.

«Non andare via... non adesso... Ti prego, Eber, non lasciarmi!»

Unika la osservava, affranta. Era di fronte a lei, con il cuore distrutto e la mente svuotata. Non riusciva a muoversi e non aveva più nemmeno la forza di parlare. La sala era disseminata di cadaveri. I pochi superstiti erano scappati, nella vana speranza di salvarsi, e il silenzio sembrava urlare di compassione.

«Eber, guardami!» Sarah non si rassegnava. «Svegliati! Sono qui... sono io... Mi senti? Ti prego...!»

Raziel era morto. Nessun alito di vita scorreva più nelle sue vene: le guance pallide, le mani abbandonate al suolo, il collo ciondolante, i capelli raggrumati di sangue, il torace dilaniato. Sarebbe stato irriconoscibile, se non fosse stato per gli occhi: da spenti fissavano il nulla con l'espressione dolce e intensa di sempre.

Sarah lo strinse al petto. Con le dita tremanti gli accarezzò le tempie, poi avvicinò le labbra al suo orecchio.

«Eber, questa doveva essere una notte speciale... Non vedevo l'ora che tornassi per farti una sorpresa. Volevo dirti che aspettiamo un bambino...»

Unika sussultò. Sentì il tempo fermarsi e i pensieri accelerare: le parole di Sarah furono come uno schiaffo in piena faccia e le iniettarono nell'anima un'energia inaspettata. Di colpo le tornò alla memoria la premonizione di Allibis.

«Unika, salva lei... ha negli occhi la vita e nel suo petto batte il cuore del mondo che verrà. Unika, salvala! Salva quella donna!»

Unika tese le braccia e la prese per le spalle. «Sarah, dobbiamo andare...»

Sarah non rispose.

«Vieni!»

Sarah girò la testa e guardò Unika con sguardo vacuo.

«Chi sei? Cosa vuoi da me?»

«Sarah, io...» Unika sospirò. «Non c'è tempo per raccontare tutto ciò che Eber non ha potuto dirti... e io non ho il diritto di farlo. Il destino ha voluto che si compisse questa tragedia. Forse perché c'è un fine ultimo che ancora non vediamo. La sola cosa che conta in questo momento è la tua salvezza...»

«La mia salvezza? Io sono morta insieme a lui.»

«Una parte di te lo è, ma ora devi pensare alla vita che ha appena cominciato a muoversi nel tuo grembo. Eber vorrebbe questo...»

Sarah continuava a osservarla, assente.

«Sarah, quello che è successo sconvolgerà il mondo e cambierà la storia. Non pretendo che tu capisca, ma solo che mi ascolti. Eber non era un uomo come tutti gli altri. In realtà Eber si chiamava Raziel ed era un angelo. Un angelo valoroso, che per amore ha deciso di rinunciare allo stato di grazia e ha scelto di vivere accanto a te. Ma per proteggere i suoi fratelli non ha rivelato la sua identità. Nemmeno alla donna che amava. E l'ha fatto proprio per evitare che si verificasse quello che stanotte ci ha travolti.» Unika si asciugò le lacrime dal volto. «Tutto ciò che è capitato, però, ora fa parte del passato. Il presente siete tu e il bambino che nascerà: suo figlio. Il figlio di un angelo...»

Sarah era smarrita. La bocca socchiusa, gli occhi fissi, i brividi sulla pelle. Unika sapeva che stava cercando di cogliere il senso della verità che le aveva rivelato.

«Questo... è un evento incredibile. Perché, Sarah, non è mai successo che un angelo avesse un figlio. Non lo abbiamo mai nemmeno creduto possibile.» Unika rifletté per un istante. Un timore si insinuò nella sua mente e non riuscì a scacciarlo. Volse lo sguardo verso la cupola e parlò a Sarah come se parlasse a se stessa. «Non lo deve sapere nessuno. Né gli uomini né gli angeli. Sono tutti troppo sconvolti e smaniosi di vendetta per poter affrontare con coscienza una realtà così importante.» Si concentrò. Metatron aveva schermato il Tempio agli occhi di Sefira. Lei lo schermò a quelli di Metatron. *Nessuno deve saperlo. Nessuno!* «Io non sono riuscita a salvare Raziel, ma non fallirò di nuovo. Ti proteggerò, Sarah. Fosse l'ultima cosa che sarò in grado di fare.»

«Da... da chi mi devi proteggere?» La voce di Sarah era poco più di un bisbiglio.

Unika percepiva tutta la sua angoscia: il dolore per la morte dell'uomo che amava si mescolava con il terrore di perdere il suo bambino.

«Non da chi. Ma da cosa.» Unika si inginocchiò di fronte a lei. «Questa notte gli uomini si sono macchiati di una colpa gravissima. Per il loro errore, verranno spazzati via. La Terra sarà travolta dai più terribili cataclismi. Nessuno si salverà. Nessuno. E la vita ricomincerà da zero.»

Sarah non poteva capire, ma Unika voleva solo che si fidasse di lei.

«Tu sei un angelo come lui, vero?»

Unika annuì. «Io sono un angelo che da lui ha imparato il significato profondo dell'Amore.»

Quelle ultime parole sembrarono scuotere Sarah. Allungò le braccia e si fece stringere le mani da Unika, come a lasciare che un raggio di luce si insinuasse nel suo cuore per sconfiggere il buio.

«Dimmi cosa devo fare.»

Unika le sorrise. «Il terremoto e il maremoto distruggeranno il mondo. Tu ti rifugerai qui. Io farò sprofondare questo luogo negli abissi e lo renderò il più sicuro possibile. Quando sarà tutto finito, potrai risalire in superficie... e io ti aiuterò a sopravvivere.»

Sarah sfiorò le palpebre di Raziel e gli chiuse gli occhi. Poi lo baciò sulle labbra.

«Ti porterò sempre con me...» gli sussurrò.

Si alzò in piedi, si appoggiò le mani sul ventre e fece un cenno di assenso a Unika. «Sono pronta.»

«Andiamo...»

Unika attraversò la sala della sirena e salì i gradini che conducevano al corridoio con gli affreschi. Sarah la seguiva senza parlare, e Unika sentiva riaffiorare la voglia di combattere nella guerriera che c'era in lei. *Ce la farai, Sarah. Vincerai contro la sofferenza. Contro la paura. Contro la solitudine. Vincerai tu.*

Percorsero tutto il corridoio, imboccarono un'altra rampa di scale e scesero fino alla stanza della piscina. Unika perforò con lo sguardo le quattro sfere sopra le colonne e rese perenne il fuoco che ardeva in ciascuna.

«Qui sarai al sicuro...»

Le due donne si guardarono. Sui loro volti il rimpianto sfumava nell'affetto. Non si erano mai incontrate prima, ma in pochi minuti avevano condiviso più emozioni di quelle che un qualsiasi essere umano riesce a provare in tutta la vita.

Unika si protese verso Sarah e l'abbracciò. «Abbi cura di te...»

Sarah si lasciò stringere. Poi fece un passo indietro e scrutò l'espressione di Unika.

«Non ti vedrò più, vero?»

«È così, non mi vedrai... ma ci sarò.»

Sarah congiunse le mani al petto, senza abbassare gli occhi.

Unika l'abbracciò ancora, prima di voltarsi per tornare nella sala della sirena.

«Aspetta!» esclamò Sarah, rincorrendola.

Unika si fermò e si girò lentamente.

«Non mi hai nemmeno detto come ti chiami...»

«Unika. Mi chiamo Unika.»

«Grazie, Unika. Non ti dimenticherò mai.»

Neanch'io, Sarah.

Unika si portò le dita al collo: aveva ancora una cosa da fare. Prese la Chiave Universale e per un istante senza tempo rimase immobile. La sua parte razionale le diceva che era sbagliato. Il suo cuore voleva che lo facesse. Unika lasciò che l'emozione prendesse il sopravvento.

«Tieni...»

«Cos'è?»

«È la chiave che permette il collegamento tra il mondo degli uomini e quello degli angeli. Me l'ha consegnata Raziel molti anni fa. Voleva che la custodissi io, perché pensava che con me sarebbe stata al sicuro. Oggi dovrei distruggerla, ma qualcosa nel profondo non me lo permette. Sento che è giusto che la tenga tu...»

«Potrebbe mettere a rischio l'avvenire... distruggila!» affermò Sarah con la voce strozzata.

«No. L'ha creata Raziel. L'unione dei due mondi era uno dei suoi sogni. Se io la distruggessi, metterei la parola fine a ciò che il destino ha voluto che continuasse. Tu aspetti il figlio di un angelo: l'unione dei due mondi è già avvenuta.»

Sarah non riuscì a trattenersi e scoppiò a piangere. Prese la chiave dalle mani di Unika e la osservò con timidezza, mentre i pensieri volavano lontani.

Unika cominciò a indietreggiare, senza staccare lo sguardo da Sarah. Era una donna coraggiosa e profonda. Avrebbe custodito nel cuore l'amore che la univa a Raziel e agli angeli. Avrebbe difeso la chiave a costo della sua stessa vita. Non avrebbe mai raccontato a nessuno quella storia straordinaria. Nemmeno a suo figlio. E l'avrebbe fatto per proteggerlo. Gli anni, i secoli, i millenni si sarebbero susseguiti e il segreto si sarebbe perso nel tempo.

Unika ascoltò fiduciosa la voce della propria coscienza e trasvolò nella sala della sirena. Doveva fare in fretta per sistemare tutto quanto era restato in sospeso.

Si chinò accanto al corpo di Raziel. Gli infilò la mano in tasca ed estrasse la chiave con la lettera A. La terza chiave. L'ultima. Quella che Raziel aveva intenzione di nascondere quella sera.

«Finirò io il tuo lavoro, amico mio carissimo. E rispetterò il criterio che hai voluto dare. Renderò la Porta introvabile e occulterò la chiave. Nella speranza che in un futuro luminoso il tuo sogno si avveri e gli angeli si sentano fiduciosi di aprire di nuovo i passaggi.»

Unika raggiunse il punto sul pavimento dove era posizionata la Porta.

Se esiste, qual è il significato di tutta questa pena? Perché gli uomini non si sono fermati e si sono fatti travolgere dalla bramosia di potere?

Dai suoi occhi sgorgò un intensissimo raggio color indaco che incise la risposta a tutti i dubbi sulla circonferenza della Porta:

Nulla È Impossibile Per Chi Cerca La Dannazione

Con la forza del pensiero trascinò la statua della sirena sopra la Porta. Subito dopo si sollevò in volo, portando Raziel con sé. Generò una massa di magma rovente che inondò il suolo e la parte inferiore della statua. Per imprigionare la lava ed evitare che il calore estremo si diffondesse in tutto il Tempio, creò una lastra di cristallo isolante con cui cinse i fianchi della sirena.

Unika respinse la tristezza che le offuscava l'anima e si guardò intorno, alla ricerca di un'idea per l'ultimo tassello. La sua attenzione fu attratta da un enorme monolite di pietra che si ergeva al centro del corridoio. Era orientato verso gli affreschi e al posto degli occhi aveva due cavità profonde. Sotto il bulbo oculare sinistro era scolpita una frase firmata Eber e Sarah:

I Nostri Occhi Affronteranno Insieme l'Ignoto

Unika fu scossa da un fremito intenso. Fece scivolare le dita sulla pietra ruvida e nascose la chiave in fondo alla cavità sinistra. Si concentrò, smaterializzò il monolite e lo trasferì al nord, in un posto sicuro e lontanissimo.

«Raziel, è ora di salutare per sempre il mondo...» Unika appoggiò a terra il corpo dell'angelo senza vita. «Non preoccuparti. Custodirò il segreto e penserò io a Sarah e a vostro figlio.» Lo baciò sulla fronte. «Mi mancherai...»

Lo osservò per l'ultima volta. Chiuse le palpebre e con le mani gli strinse entrambi i polsi. Una potente luce indaco avvolse Raziel e lo incenerì.

Senza aprire gli occhi Unika trasvolò fuori, nell'aria aperta. Lanciò un getto di energia sulla cupola di cristallo e la fortificò. Poi si librò ancora più in alto. Ascoltò il rumore del mare in burrasca e annusò l'odore acre del cielo senza stelle. E con le lacrime che le bagnavano il viso segnato dalla morte, sollevò le braccia e alzò le onde. In un secondo tutta la terra di Alakan fu travolta dall'oceano e sprofondò negli abissi.

Unika serrava le palpebre. Si obbligava a non guardare. Piangeva. Piangeva ciò che non c'era più. Piangeva ciò che sarebbe nato dalla fine. Piangeva a ogni respiro.

Piangeva ancora quando il suo corpo attraversò la Finestra del Passaggio per tornare a Sefira.

Capitolo 63

IL SENSO DI COLPA

Sefira, 12 ore prima della Fine del Mondo

«L'hai ucciso!»

Appena si materializzarono all'interno della piramide di Thinkingblu Metatron scagliò a terra Ophidiel. Lo teneva imprigionato nel raggio di energia azzurra e lo sferzava con tutta la forza che aveva. Saette di luce potentissima, onde d'urto e scariche elettriche uscivano dalle sue pupille furenti e si abbattevano sul corpo immobile di Ophidiel.

«Che tu sia maledetto!» L'ira di Metatron era un fiume in piena che travalicava ogni argine.

Ophidiel non si muoveva. Guardava Metatron negli occhi e si lasciava investire dalla sua furia.

«Hai ucciso mio fratello! IO TI ODIO!»

«L'abbiamo ucciso insieme...» La voce di Ophidiel sgorgava dal profondo.

«Taci! *Tu* hai aizzato quelle belve. *Tu* l'hai buttato in pasto a loro come carne da macello!»

«*Io* ho solo acceso la scintilla su un mucchio di sterpaglie secche che aspettava di bruciare... e mi hai costretto *tu* a farlo.»

«No! *Io* non c'entro niente con la tua pazzia. *Tu* sei l'infame!» Metatron rovesciò gli occhi, allargò le narici e inalò profondamente. Poi spalancò la bocca e soffiò un getto di vento tagliente. Ophidiel fu scaraventato contro la parete. Sbatté testa e spalle, e uno spuntone di roccia gli affondò nel fianco, mentre le ossa si frantumavano e la contrazione dei muscoli faceva stridere ancora di più i tendini.

«Ti farò provare cosa significa il dolore. Sentirai il male bruciarti nelle viscere, mentre la vita ti sfugge di mano. Vivrai la sofferenza che ha patito Raziel quando quegli esseri immondi lo massacravano per strappargli il cuore.»

Metatron gli si lanciò addosso con una violenza mai vista. Lo costrinse contro il muro. Gli prese la faccia tra le dita, piegò all'indietro il collo e lo colpì sulla fronte con una testata poderosa. Un fiotto di sangue denso colò dal naso rotto di Ophidiel e Metatron lo aggredì di nuovo. E poi ancora. Senza tregua. Ansimando, fece un passo indietro e, prima che Ophidiel scivolasse al suolo, con entrambe le mani gli attraversò il petto. Impugnò il cuore e lo strinse con tutta la forza che poteva.

Ophidiel urlò, senza difendersi.

«Soffri. Soffri e implora pietà.»

Ophidiel non parlava e non cercava di sottrarsi alla presa.

«Fa male, vero? Morirai nello strazio più atroce!» Metatron sentiva pulsare sotto le unghie il cuore agonizzante.

«Non riuscirai a farmi più male di quello che già provo. La pena peggiore è quella della mia anima...» Le parole di Ophidiel erano un sussurro spezzato.

Un pensiero folgorò Metatron. Allargò le dita ed estrasse le mani dal torace di Ophidiel.

«Hai ragione. Non meriti la morte. Ma di vivere faccia a faccia con la tua colpa.» Metatron lo lasciò cadere a terra e lo calciò con disprezzo. «Vivrai nella solitudine assoluta e sarai costretto a guardare negli occhi la tua misera coscienza e la distruzione che hai causato.»

Ophidiel tossì saliva e vomitò sangue.

Metatron tese l'indice della mano destra contro il suo volto deturpato.

«Ti condanno alla prigionia eterna. Sarai segregato in questa piramide. Qui è iniziato il sogno mio e di Raziel e qui si infrangeranno le tue speranze. A farti compagnia avrai la Porta delle Porte. Chiusa per sempre. Chiusa sul mondo. Chiusa su Sefira. Chiusa al tuo spirito indegno.

«Ti toglierò i poteri, ma ti lascerò la saggezza. Perché la tua mente deve essere lucida, per guardare l'anima spegnersi lentamente. Eh, sì... una sfida importante: la mente farà di tutto per resistere e l'anima si lascerà andare. Io godrò nel vederti tormentato dal conflitto interiore. Ti chiederai se sia meglio vivere o morire. E ti consumerai nella ricerca della risposta.»

Ophidiel si mise seduto. «Nulla potrà mai lenire il mio dolore. E la punizione a cui hai pensato è la stessa che infliggerei io se fossi al tuo posto. Accetto la condanna. Ma tu mi affiancherai in questa espiazione. La colpa è tua quanto mia, Metatron. Tu sei stato cieco e sordo. Anche se io non avessi sobillato gli uomini, prima o poi la tragedia si sarebbe verificata comunque. Tu avresti dovuto sentire, prevedere, conoscere l'animo umano e invece hai ascoltato solo la voce della tua ambizione. Sei stato avido. Egoista. Hai protetto il tuo sogno, dimenticandoti di tutto il resto. Abbagliato dalla tua chimera hai condotto Raziel alla morte insieme a me.»

«TACI!» Metatron gli si avventò contro. I suoi fendenti erano carichi di energia distruttiva: laceravano la pelle, squarciavano la carne, dissanguavano le vene. «Ti faccio chiudere per sempre quella bocca maligna!» sbraitò, affondando un pugno in pieno volto a Ophidiel e rompendogli la mascella.

"Siamo solo noi due." La voce del pensiero di Ophidiel raggiunse la mente di Metatron. "Hai schermato ciò che è accaduto sulla Terra e quello che sta succedendo qui, adesso. Nessuno può sentirci né vederci. Perché non la smetti di riversare su di me la tua frustrazione per aver fallito e non provi a essere onesto con te stesso? Assumiti le tue responsabilità, Metatron. Starai meglio..."

«Ma cosa vuoi saperne, tu, di quello che provo io?»

"Io so tutto. Io c'ero. Ho visto. Ho sentito. Tu hai sbagliato. Lo so io. Lo sa Unika. Lo sapeva Raziel, che si è sacrificato per dimostrartelo. E lo sai anche tu."

«BASTA!»

"Ascoltami, Metatron. Hai l'occasione di redimerti. Portami davanti al nostro popolo. Metti tutti a conoscenza del mio errore. Condannami di fronte a loro. Ma poi racconta la verità. Rendili partecipi del tuo sogno, delle tue speranze. Spiega di Raziel, della sua missione segreta... e di come è finita. Non nascondere nulla. Solo così darai ai nostri angeli la possibilità di sapere, di capire e di crescere, imparando dai nostri sbagli. Il futuro si costruisce sulla fiducia. E in questo momento la fiducia può essere l'unica salvezza della nostra anima."

Prima che Metatron tendesse le mani per scagliare l'ultimo micidiale raggio che gli avrebbe tolto poteri e sensi, Ophidiel lo sfidò.

"Se non dirai la verità, non sarai più degno di governare. E io non ti perdonerò. Il mio cuore si nutrirà del desiderio di tornare per destituirti e guidare Sefira al tuo posto."

Capitolo 64

LA REGINA DI SEFIRA

Sefira, 10 ore prima della Fine del Mondo

«Unika... oh, grazie al cielo sei qui!»

Martin era agitatissimo.

Unika era appena rientrata dalla Finestra del Passaggio.

«Unika, presto...! C'è bisogno di te...»

Unika si passò le mani sul volto per asciugare le lacrime.

«Unika, sta succedendo una cosa assurda, inaudita!»

Unika camminò verso l'uscita dell'Osservatorio.

«Unika, dove vai?»

Unika girò il viso e guardò Martin con la mente assente.

«Unika... ma mi hai sentito?»

«Martin, sono stanca... lasciami andare a prendere un po' d'aria... parleremo più tardi...»

«No...: no, no, no! Unika, non hai capito. Qui sta succedendo il finimondo!»

Unika attraversò la sala, seguita dagli sguardi esterrefatti degli gnomi.

«UNIKAAA!» urlò Martin con tutto il fiato che aveva nei polmoni. La sua voce suonò stridula, ma perentoria.

Unika lo fissò, perplessa. «Cosa c'è?»

«Come cosa c'è? Non so quante volte ho già provato a dirtelo.

Siamo in una situazione di emergenza... priorità... sì, insomma... vitale! Metatron ha convocato gli angeli alla Torre. Ma non è stata una convocazione normale. Ha ordinato a tutti di raggiungerlo *immediatamente* per questioni della massima importanza. Ha voluto che chiamassi Yesod e gli altri Angeli Guida e li facessi rientrare dalla loro missione sulla Terra...» Martin farfugliava, mentre gocce di sudore gli imperlavano la fronte. «Metatron non è solo... con lui c'è Ophidiel. Ma non Ophidiel... Ophidiel... cioè, non il capo degli Angeli Guida che conosciamo. Ophidiel adesso è un cadavere che cammina. Il suo corpo è ferito, devastato, distrutto. E non ha più nessun potere...» Martin gesticolava, affannato. «Metatron l'ha massacrato!»

Unika sentì le parole dello Gnomo raggiungerle l'anima. Immaginò Metatron che sfogava tutta la propria ira su Ophidiel. E Ophidiel che non reagiva, punendo se stesso per l'errore di cui si riteneva colpevole.

«Io non posso fare niente...» sospirò, con gli occhi tristi.

«Sì, invece!» replicò Martin, chiudendo i pugni e pestando i piedi.

«No, amico mio. Non so più cosa sia giusto e cosa sbagliato...»

«Tu sei la nostra regina. Tu sei l'unica che può mettere chiarezza e guidarci verso la luce!»

Unika sussultò. Il suo cuore saltò un battito: erano le stesse parole che le aveva sussurrato Ophidiel. Unika strinse le palpebre e ricacciò indietro le lacrime. Il tempo di piangere era finito. Il tempo di rinunciare non era ancora arrivato.

«Hai ragione, Martin. Devo andare.»

Martin la vide smaterializzarsi. Corse insieme a tutti i suoi assistenti alla Finestra sul Mondo e orientò uno degli schermi su Sefira. Appena l'immagine della Torre apparve davanti ai loro occhi, Martin trattenne il respiro.

Capitolo 65

LA CONDANNA

Sefira, 10 ore prima della Fine del Mondo

«Angeli di Sefira!»

Il volto di Metatron era una maschera. Le sopracciglia corrugate, le labbra strette, gli occhi gelidi. Lo sguardo fisso e impenetrabile celava il groviglio di emozioni che gli stracciava le viscere.

«Ho bisogno della vostra attenzione e comprensione. Attenzione, perché quello che sto per dirvi vi coglierà impreparati. Comprensione, perché vi chiederò di fidarvi di me.»

Gli angeli erano radunati nel parco della Torre e ascoltavano Metatron in silenzio, sconvolti alla vista di Ophidiel in piedi accanto a lui, sanguinante e sottomesso.

«Anni fa ho coinvolto Ophidiel in una missione importante. Una missione segreta che avrebbe potuto cambiare i nostri orizzonti. Una missione in cui io credevo e a cui ho dedicato la mia vita, sicuro che avrebbe rappresentato una svolta decisiva per il bene di Sefira. Non vi ho resi partecipi perché l'esito era incerto e l'ultima cosa che avrei voluto sarebbe stato regalarvi l'illusione di un sogno irrealizzabile.»

In quel momento Unika si materializzò nel parco, dietro la moltitudine riunita. Ophidiel la sentì arrivare, sollevò gli occhi e si illuminò. Gli Angeli Guida lessero nello sguardo di Ophidiel una luce diversa e si voltarono di scatto, per capire chi stesse guardando. Sussultarono, quando videro Unika. Si erano chiesti la ragione della sua assenza e l'apparizione improvvisa li rasserenò. Unika aveva il viso provato, ma emanava la forza di sempre.

Metatron continuò con voce più forte. E gli Angeli Guida tornarono a girarsi verso di lui.

Tutti tranne Allibis.

"L'hai salvata?" chiese a Unika con il pensiero, dopo essersi schermata.

"Sì. Ma sono arrivata tardi e non sono riuscita a salvare loro..." Unika indicò con un cenno del volto Metatron e Ophidiel e sospirò affranta, ricordando Raziel.

"Loro sono stati artefici del proprio destino. Anche Raziel. Lei invece no... non sapeva. Lei è innocente. Quella donna e il suo bambino erano la tua missione, Unika. E tu l'hai portata a termine."

Unika si commosse, mentre Allibis tornava a rivolgere l'attenzione a Metatron.

«Ma l'angelo a cui ho chiesto supporto mi ha tradito. Ha usato le armi che io stesso gli ho dato per puntarmele contro. Per distruggere tutto ciò in cui credevo. E non ha ferito a morte solo la mia anima: ha ucciso la speranza di Sefira di vivere un futuro più luminoso.»

Unika deglutì tutte le lacrime che le sgorgavano dal profondo.

«Non posso dirvi altro. Se non chiedervi scusa per non essere stato all'altezza di dare a Sefira la prospettiva che meritava. Ma nel mio cuore il sogno non è morto e le mie energie sono pronte a riaccendersi.»

Ophidiel girò la testa e fissò Metatron negli occhi. Uno sguardo di attesa. Lungo. Carico di trepidazione. Di speranza. Uno sguardo che si trasformò prima in rancore e poi in minaccia, quando Metatron non proseguì nel racconto, decidendo di tenere segreto tutto l'accaduto.

«Tuttavia, per ricominciare a sognare è necessario chiudere il cerchio della delusione. Mettere fine all'ostilità. Punire il tradimento.»

Un brivido di paura atterrì gli angeli in ascolto.

«OPHIDIEL!» La voce di Metatron tuonò imperiosa. «IO TI CONDANNO ALL'ESILIO ETERNO.»

Metatron tese l'indice, autoritario. Ophidiel continuò a guardarlo negli occhi. Nelle sue pupille ardeva la promessa che l'avrebbe tenuto in vita.

«Consumerai i tuoi giorni rinchiuso nella foresta di Thinkingblu: diventerà la dimora della tua coscienza colpevole, la gabbia in cui affronterai da solo il peso dell'errore che hai commesso. Qui, oggi, al cospetto degli spiriti di Sefira, farò giustizia. Ti privo dello stato di grazia e di tutti i poteri che come angelo hai avuto, ma che come criminale non hai più il diritto di possedere.»

Il verdetto turbò gli Angeli Guida.

«L'essere impuro che vi sta di fronte ha danneggiato Sefira. Nessuno di voi dovrà più riconoscerlo come fratello. E questa è l'ultima volta che lo vedrete.»

Il timore e l'angoscia dilagarono silenziosi. Non un sospiro. Non una parola. Le facce erano incredule. La mente non capiva. L'anima accettava.

«Yesod! Affido a te l'incarico di condurre Ophidiel in esilio. Abbandonalo in mezzo alla foresta, poi torna da me senza voltarti indietro. Thinkingblu sarà il labirinto che imprigionerà il Male per sempre.»

Yesod cercò lo sguardo del fratello. Non lo trovò. Si girò verso Unika.

Unika era assorta. Concentrata. Nella sua testa stavano prendendo forma i pensieri che avrebbero scritto il futuro. Voleva fermare Metatron. Ma non poteva. Avrebbe diviso in due Sefira. Avrebbe creato una spaccatura profonda. Avrebbe causato una guerra. Ma ancora peggio, molti angeli si sarebbero lasciati trascinare dallo sconforto nel buio opprimente della tristezza, e il loro cuore non avrebbe retto il dolore per essere stati ignorati e ingannati da colui che avevano sempre considerato il loro capo, saggio e leale. E sarebbero morti, sopraffatti dalle emozioni negative. La vita sulla Terra stava per essere spazzata via da un cataclisma. Nuovi uomini sarebbero nati da quel disastro. Gli angeli dovevano essere forti per affrontare i problemi del nuovo mondo. *No. Non può essere la fine di tutto. La cosa che sarebbe giusto fare in questo momento porta con sé una minaccia devastante per l'avvenire... Devo sacrificare un angelo per salvare la pace...* Unika restò immobile per un lungo istante. Poi sorrise a Yesod e, con la forza del cuore, annuì.

«CHE GIUSTIZIA SIA!» urlò Metatron, costringendo a terra Ophidiel.

La tensione era al massimo.

«CHE TU SIA DANNATO E RINNEGATO PER L'ETERNITÀ!» Metatron alzò il braccio destro e scagliò un raggio di luce potentissimo contro Ophidiel.

Unika portò le mani al petto e alzò il volto. Il cielo si rabbuiò e una pioggia fitta e sferzante cominciò a cadere su Sefira.

Allibis si smaterializzò.

Gli Angeli Guida erano svuotati, paralizzati nel pensiero e nei movimenti.

Metatron restò in piedi, fermo, con le braccia lungo i fianchi, mentre la pioggia gli colava sul volto e si mescolava alle lacrime, senza lavare via la sofferenza.

Yesod si avvicinò al corpo martoriato di Ophidiel e lo aiutò a sollevarsi.

Ophidiel puntellò le mani a terra, fece leva sulle ginocchia, ma non ce la fece e ricadde al suolo, sfinito.

Yesod lo sorresse e lo trascinò tra la folla che si apriva per lasciarli passare.

Appena gli arrivarono davanti, Mizar chinò la testa in segno di rispetto per il suo maestro. E Ophidiel, con l'ultima goccia di energia, sussurrò: "Mizar, tu sei il mio orgoglio. Non permettere a nessuno di allontanarti dal centro".

Nessun Angelo Guida si mosse. Nemmeno quando Metatron trasvolò. Nemmeno quando i due fratelli scomparvero all'orizzonte. Nemmeno quando la pioggia si fece più battente. Era come se volessero fermare il tempo, nella speranza che arrivassero le risposte a mettere luce sulle troppe domande. Ma non accadde. Le ombre del passato sfumarono solo per lasciare il posto all'incertezza sul futuro.

Capitolo 66

INSIEME OLTRE LA FINE

Sefira, 15 minuti prima della Fine del Mondo

«Non mentire a te stessa, Unika...»

«Non capisco cosa vuoi dire.» Unika era di fronte a Metatron, sul terrazzo della Torre. Aveva i capelli inzuppati e la pioggia continuava a correre sulle sue guance pallide.

«Non devi sforzarti di starmi vicino. Quello che è accaduto ci ha allontanati, lo so.» Metatron le accarezzò il viso.

Unika socchiuse la bocca per rispondere, ma le parole si persero in un sospiro che valeva più di ogni discorso.

«Sento di averti persa.» Metatron la guardò con gli occhi pieni di malinconia. Era bellissima. La tensione rendeva il suo volto ancora più intenso e nei suoi occhi profondi vibrava l'equilibrio. Avrebbe voluto stringerla forte, dimenticare insieme a lei tutto quel tormento e camminare mano nella mano verso l'orizzonte. Avrebbe voluto tante cose. Ma non era destino. Fece un passo verso il parapetto. Si appoggiò e lasciò vagare lo sguardo nella nebbia grigia che ammantava la valle.

«Resti con me, mentre finisco quello che devo fare, o preferisci andartene?»

«Resto...»

Metatron annuì. «Allora ferma il tempo a Sefira e immobilizza la coscienza di tutti gli angeli per i secondi che mi saranno necessari. Nessuno deve vedere né sentire. Quando tutto sarà finito, racconterò loro che ho dovuto distruggere il mondo perché l'errore di Ophidiel aveva inquinato in modo irrimediabile l'anima del genere umano.»

Unika non replicò. Si sedette per terra. Incrociò le gambe, appoggiò i gomiti alle ginocchia e congiunse i palmi all'altezza delle labbra. Ascoltò il rumore della pioggia, il fruscio delle fronde in lontananza, le pulsazioni del proprio cuore. E su quel battito carico di emozioni, si concentrò.

Per prima cosa controllò la memoria della Finestra sul Mondo e cancellò gli avvenimenti degli ultimi giorni nella terra di Alakan. Poi lesse la mente di Martin e di tutti i suoi assistenti. Solo Martin aveva visto ciò che era accaduto nella stanza della sirena, prima che Metatron schermasse tutto. E solo Martin aveva assistito al momento in cui lei si era alzata in volo per aprire l'oceano e farci sprofondare la terra. Unika rimosse tutte quelle immagini dai ricordi dello Gnomo. Subito dopo entrò nei pensieri degli Angeli Guida, per sincerarsi che nessuno conoscesse la verità su Raziel. Infine disgiunse le mani e spalancò le dita: catturò il tempo in una bolla d'aria e lo imprigionò tra i polpastrelli.

Restò in quella posizione a lungo. Gli occhi della sua anima videro Metatron aprire le braccia, inarcare il busto e rovesciare la testa, mentre dalla bocca spalancata usciva un vento scuro e tenebroso, che si trasformava in un inarrestabile uragano, superava i confini di Sefira e si abbatteva sulla Terra.

Capitolo 67

IL CATACLISMA

Terra, la Fine del Mondo

Nubi nere si ammassarono sopra tutta la superficie terrestre. Uno strato denso di minuscole particelle d'acqua si estese dal suolo al cielo, fino a raggiungere altezze mai viste. L'atmosfera cominciò a roteare in una spirale sempre più vorticosa, attirando a sé gli oceani. Il mare si alzò in un moto ondoso a intensità crescente. Scosse sismiche di inaudita potenza si propagarono in tutte le direzioni. La Terra si squarciò.

Un unico, poderoso boato, con cui la Natura urlò la sua forza.

Era la fine del mondo.

Capitolo 68

IL CUSTODE

Sefira, 10 giorni dopo la Fine del Mondo

Pioveva a dirotto da giorni.

Il cielo era cupo e la coltre di nubi non lasciava filtrare nemmeno un sottile raggio di luce. L'unico bagliore era quello delle saette che stracciavano il buio, squarciavano l'aria e aprivano voragini nel terreno.

Il cuore di Unika era devastato e Sefira era in ginocchio.

«Felia!» La voce di Metatron non riusciva a emergere nel vento burrascoso che piegava gli alberi e frustava l'atmosfera.

«Feliaaaaa!» Metatron era in piedi in mezzo alla Piana del Sole di Melia. Aveva le gambe divaricate, le braccia lungo i fianchi e i pugni chiusi. La nuca china e gli occhi serrati. Solo le labbra spalancate e le corde vocali tese all'inverosimile per chiamare l'angelo a squarciagola.

"Felia... ho bisogno di te." Il pensiero di Metatron raggiunse la mente dell'angelo.

Felia gli si materializzò di fronte. Il corpo muscoloso era nudo. I lunghi capelli castani incorniciavano gli occhi vivaci e comunicativi.

«Come posso esserti utile, Metatron?» gli chiese, abbassando il capo in segno di rispetto.

«Felia... io...»

«Cosa succede?»

«Aiutami...»

«Vieni.» Felia lo prese per mano e lo condusse nel suo rifugio sotterraneo.

Era una caverna spaziosa, illuminata da un riflesso verde che sembrava fluire direttamente dall'esterno. Le pareti erano scavate nella roccia, ma levigate come una lastra di marmo, e il suolo rimandava un calore intenso. Al centro della grotta c'era una scultura. Era la testa di un leone. Fluttuava a circa mezzo metro da terra. Le fauci erano spalancate in un ruggito. Gli occhi riluccevano cristallini, i canini erano acuminati, e sulla lingua spiccavano due cavità sferiche.

«Sei venuto a riportarmi le Entità Fondamentali?»

«No. Sono venuto a chiederti di proteggere Sefira.»

Felia sbarrò gli occhi. Ma non fece in tempo a replicare.

«Per tutti questi anni hai custodito le Entità Fondamentali. Nessuno meglio di te può difendere per l'eternità la nostra valle dagli attacchi esterni. Siamo stati in grave pericolo, ed è accaduto per colpa mia. Non deve succedere mai più. Non voglio. Per questo ti darò tutto il potere di cui avrai bisogno per combattere... e superare anche le mie debolezze quando sarà necessario.»

«Cosa significa?»

«Felia, preparati a una nuova missione. Andrai sulla Terra e sarai rimossa dalla coscienza del popolo di Sefira, per diventarne la Custode.»

EPILOGO

NUIKA

Terra, 7 mesi dopo la Fine del Mondo

La notte era buia.

Il cielo aveva un colore bronzeo, striato dal viola intenso delle nubi. Tenui barlumi accendevano l'aria. L'atmosfera era carica di energia e si specchiava sulle onde, facendole brillare di riflessi opalescenti. L'oceano si era placato e un vento leggero asciugava il terreno, sollevava la polvere, accarezzava la pelle nuda di un mondo che stava per nascere.

In una caverna silenziosa in cima a un promontorio, il fiato della vita scaldava l'anima massacrata della Terra.

Sarah era in un angolo, distesa sullo scialle bianco che Eber le aveva regalato anni prima. Aveva la testa contro la parete. Il volto pallido era teso, i capelli fradici di sudore si appiccicavano alla fronte e sulle guance. La schiena era inarcata e le gambe divaricate.

Sarah guardava nel vuoto, fissando il ricordo degli occhi di Eber. Inspirava e contraeva l'addome. Poi espirava, per spingere con più forza. Non aveva paura e il dolore che le lacerava il basso ventre rappresentava la speranza di poter sorridere ancora.

Il tempo che scorreva lento in ogni respiro accelerò di colpo, con l'ultima spinta: la più lunga. La più importante.

Sarah urlò.

Emozionata, sollevò le spalle e appoggiò le dita tremanti sul corpicino appena nato. Lo prese tra le mani, se lo portò al petto e lo osservò a lungo. Aveva un incarnato roseo e i capelli nerissimi. Gli occhi gonfi facevano risaltare ancora di più la dolcezza del viso. Era una femmina. Sarah la vide divincolarsi per espandere i polmoni e inspirare il primo alito di vita. La sentì piangere, e pianse insieme a lei tutta la sua felicità.

La baciò sulla testa e poi tese le braccia in avanti. «So che sei qui, Unika... Guardala! È una bambina bellissima.»

Unika si asciugò il volto e accarezzò la piccola. Avrebbe voluto rivelarsi, stringere a sé Sarah e sua figlia. Ma non poteva. Sospirò e sorrise. La cosa più importante era fare in modo che stessero bene. Doveva proteggerle. E lei l'avrebbe fatto. Per sempre.

«Si chiamerà Nuika.» La voce di Sarah era commossa. «In tuo onore, Unika. Con la speranza che abbia la tua forza. Sono sicura che Eber ne sarebbe contento.»

Unika si alzò e si avvicinò all'imbocco della caverna che dava all'esterno. Nascosta alla vista di Sarah, si materializzò. Staccò alcuni frammenti di roccia dalla parete e li posò a terra, disponendoli in cerchio.

La luce iniziava a rischiarare il buio, colorando il cielo di rosa.

Tre cuori battevano all'unisono e sprigionavano un'inarrestabile voglia di vivere.

Stava per sorgere l'alba di un nuovo giorno.

Nasceva un sogno.

AETERNA

INDICE

LA FIAMMA DELLA VITA

Parte Seconda

Parte Terza

L'ULTIMA PORTA

IL CAPITOLO SEGRETO

Il terzo titolo della saga

È DISPONIBILE SIA IN VERSIONE CARTONATA
CHE IN BROSSURA.